Denitza Bantcheva

LA TRAVERSÉE DES ALPES

Du même auteur

L'Instant sur les ogives (poèmes)
Les Cahiers Bleus/Librairie Bleue, 1996, Prix Claude Sernet 1997

Jean-Pierre Melville : de l'œuvre à l'homme
Les Cahiers Bleus/Librairie Bleue, 1996

Par des chemins détournés (récits)
La Tilv, 1997

Dessaisissement (nouvelles)
Les Cahiers Bleus/Librairie Bleue, 1998

« Dossier H » Joseph Delteil
(ouvrage collectif sous sa direction), L'Âge d'Homme, 1998

L'Amatrice d'effigies (roman)
éd. d'Écarts, 1999
nouvelle édition revue et corrigée, 2004

Les Brefs Mémoires de Léonore Sy (roman)
éd. d'Écarts, 2000

CinémAction : Stars et Acteurs en France
(sous sa direction), Télérama/Corlet, juin 1999

CinémAction : L'Univers de Joseph Losey
(sous sa direction), Télérama/Corlet, juin 2000

CinémAction : L'Écran amoureux
(sous sa direction), Télérama/Corlet, mars 2003

L'Orée de la joie (poèmes)
Les Cahiers Bleus/Librairie Bleue, 2004

Des morceaux d'archipel (poèmes)
Trames, 2005

CinémAction : Fassbinder l'explosif
(sous sa direction), Corlet/Arte, 2005

Denitza Bantcheva

LA TRAVERSÉE DES ALPES

roman

Éditions du Revif

Avertissement

Bien qu'il soit inspiré de l'inexistence de son auteur, ce roman n'est guère autobiographique.

PREMIÈRE PARTIE : INEXISTENCE

« Je vois déjà ma fin venue,
ce que je trouve bête par un si beau jour,
avec encore toute mon œuvre à faire. »

Alain Robbe-Grillet,
Les Derniers Jours de Corinthe

1

Par une après-midi bien froide de je ne sais plus quelle année, il y a un siècle et demi au moins, un poète et un prosateur prenaient le thé dans le salon mal éclairé de l'aîné. On s'éclairait alors à la bougie, croyant au feu sacré et aux Génies, parmi lesquels on comptait ce poète, encore jeune mais déjà adulé comme peu de grands hommes l'ont été de leur vivant. En ces temps-là, il arrivait encore qu'un génie lise l'ouvrage d'un débutant obscur, et lui envoie aussitôt une missive pour l'inviter à faire connaissance.

Avant même de l'ouvrir, le débutant avait compris que sa vie allait changer : il n'était déjà plus la même personne, ayant déchiffré le nom de l'expéditeur. Quand un génie vous écrit, que vous n'avez jamais espéré voir de plus près que sur la promenade où, un jour, le fouet de son cocher toucha votre chapeau, ce qui fit qu'il s'envola et que vous perdîtes la tête en reconnaissant le porteur du feu sacré, déjà loin devant vous – quand un tel homme vous écrit, vous n'êtes plus celui qu'on croit (un petit provincial en costume élimé, qui se pique d'écrire alors qu'il fait des fautes de grammaire) : vous venez de devenir un élu des forces célestes.

Or, quand il lut que son dieu l'invitait à prendre le thé le lendemain à cinq heures, le béni n'eut qu'une envie : de repartir en courant vers sa province, et son destin faillit ne jamais s'accomplir. Pour honteux que ce fût, il regretta d'avoir reçu la lettre, et alla jusqu'à faire des reproches mentaux à son auguste expéditeur. Car si le poète s'était contenté de lui écrire qu'il aimait bien son livre, le petit prosateur aurait pu rester sur un petit nuage jusqu'à la fin du mois, puis se rappeler l'éloge à chaque nouvelle humiliation (sa vie n'en manquait pas), et le relire quand y repenser ne suffirait plus, alors que l'invitation lui faisait l'effet d'une claque qu'on vous promet de recevoir en public – devant tout l'auditoire que les siècles à venir offraient au journal du poète. L'insignifiance de notre blanc-bec y serait consignée, et comment ! Son âme joufflue cuisait déjà toute entière. Quel moyen aurait-il de faire illusion ? Son moral descendit, comme disait ma grand-mère, plus bas que *le niveau du sol*, à savoir : quelque part sous les saletés qui traînaient par terre dans son chez-lui tout autre que douillet ; il en était certain, même le cocher du grand homme eût jugé sa conversation inepte. Il en vint à regretter d'avoir produit un livre assez bon pour lui attirer ce désastre : choir du piédestal imaginaire où l'on venait à peine de le mettre sous forme d'idée platonicienne... Sous les points de suspension, il faut lire une vingtaine d'heures de tourments, notre jeune homme n'étant pourvu en rien aussi largement qu'en doute et en mépris envers lui-même. Le prétexte d'une maladie aurait pu être utilisé en toute bonne conscience : il présentait déjà tous les symptômes de l'exténuation physique, aggravés par la perte de l'appétit et du sommeil.

Mais l'on ne refuse pas plus un thé chez son idole que sa convocation au Jugement dernier, il le savait, et voilà qu'on était le lendemain, sans que l'on sache comment on y était arrivé, n'arrivant même pas encore à croire qu'on se trouvait là et que l'homme dont chaque mot était sacré lui parlait, détaillant les qualités de son ouvrage, depuis un bon quart d'heure. De fait, le débutant n'en saisissait qu'une bribe par phrase, quasi sourd à force d'ébahissement, et ne rêvait que de rentrer se coucher pour finir par se convaincre qu'il ne rêvait pas (par ailleurs, il avait vraiment besoin de s'étendre, ne tenant assis qu'à la manière dont on peut rester debout en venant d'être assommé, ou par la force qui promène les somnambules sur les balustrades), quand à travers la brume de ses idées lui parvint un propos si peu croyable que d'étonnement, il se réveilla, et que jusqu'à nos jours, nombre d'historiens se demandent à sa place s'il ne l'a pas halluciné.

Le poète n'a sans doute pas usé des termes précis qu'on trouve dans le journal du prosateur – il est notoire que les prosateurs refont à leur façon toutes les répliques d'autrui, et souvent sans s'en rendre compte, poussés par le besoin irrépressible de faire parler le monde dans le style de leurs livres –, et comme je ne peux pas plus que les chercheurs me renseigner à la source (il ne m'arrive jamais de discuter avec ce poète-là, seul son admirateur me rend visite), il ne me reste, pour être véridique, qu'à vous prévenir que je reformule aussi :

- Vous êtes fragile, votre existence est dure, dit le génie, on ignore si demain vous serez toujours vivant et en pleine possession de votre esprit. Il est grand temps d'écrire un grand roman : un recueil de nouvelles, ce n'est pas assez pour vous garantir l'immortalité. Vous en êtes capable, et je vais maintenant vous en donner le sujet : en vous lisant, une idée m'est venue ; j'ai tout de suite su qu'elle vous appartenait. Si vous y travaillez avec autant de zèle que vous êtes riche en talent, ce sera le plus beau roman que notre époque pût produire. Écoutez-moi, et commencez dès demain...

Mais pourquoi diable, dites-vous, cher lecteur, commencer de cette façon quand on veut raconter sa propre histoire, dont le début a eu lieu plus d'un siècle après ces gens, auxquels la narratrice n'est aucunement apparentée - ni descendante, ni parente par alliance, ni même compatriote ? (On se rend compte que vous avez des lettres, comme disait mon grand-père.) C'est qu'entre tous les commencements possibles avant que le verbe ne fût sur cette page, celui-là s'imposa avec une force de conviction pour moi-même étonnante, et justement, par l'entremise du Diable.

Il faut savoir que le cadet des confrères en avait une peur morbide, croyant qu'on risquait de Le rencontrer chez les gens qu'on qualifie de médiocres, autrement dit un peu partout - contrairement à l'auteur de *Faust*, qui trouvait naturel que Satan préfère fréquenter les êtres d'élite. Pour ma part, à l'époque où le désaccord entre ces spécialistes m'intrigua, je tenais les notions de lieu et de temps pour négligeables, passant mes loisirs en compagnie des Classiques du Monde (collection complète : vingt volumes de la bibliothèque de maman), aux heures où les adultes faisaient la grasse matinée, leur travail ou la lessive, assise dans ce but et de travers sur mon lit, au milieu d'un tas de coussins et d'oreillers – objets agréables et très utiles en appui de tel ouvrage trop lourd pour mes bras dont on avait coutume de dire, à mon exaspération, que c'étaient des allumettes. Comme j'aurais voulu les avoir dodus, ainsi qu'il se devait pour être une héroïne de roman dont tout le monde tombe amoureux (cf. les Classiques), ou une cantatrice célèbre comme Reine ! De fait, c'était par Reine que la curiosité envers le Malin m'était venue : elle chantait Marguerite dans le premier spectacle que j'avais vu à l'Opéra ; le Diable, c'était Plenkine, et si vous êtes amateur, c'est assez de précisions pour comprendre que je tombai immédiatement amoureuse des deux.

Je ne sais plus quel ténor faisait Faust ce soir-là, mais je lui garde une rancune tardive autant que tenace, lui imputant d'abord la faute de m'avoir privée de toute chance de réentendre la même distribution (s'il n'avait pas été médiocre, se serait-on abstenu d'enregistrer le gala ?), puis ma passion enfantine pour Satan, d'où découlèrent certaines conséquences regrettables, à retardement. Fût-il au moins joli garçon, Faust, même sans grande voix, je l'aurais sans doute préféré, à l'âge tendre que j'avais, et faute de critères artistiques déjà fixés. Honni soit l'anonyme qui me poussa, au contraire, à me mettre à sa place (dans sa vacuité) pour aimer les deux autres.

Est-ce « aimer », le bon verbe ? Disons plutôt qu'ils m'enchantèrent. Je n'avais jamais vu, en matière de femmes faites de chair et d'os, rien qui ressemblât autant aux princesses des contes de fées que Reine, jouant à la fois Marguerite et Hélène, autrement dit Cendrillon avant et après le mariage, ceci en poussant des cris qui vous faisaient à la fois fendre le cœur et constater que sa grandeur dépassait tout malheur qui pût lui arriver. (Ce pauvre crétin qui ne l'épousait pas, ou qui l'avait déjà épousée et déçue pour devenir cocu par les soins d'un type en tout point semblable, il était plus à plaindre qu'elle !) Tandis que Plenkine, qui ne ressemblait, lui, à rien que j'eusse déjà vu, était tout simplement sublime dans son rôle, comme tout le monde le disait - surtout quand il sifflait ! Cette dernière remarque ne doit pas être mal comprise, relevant des critères de mes sept ans ; cependant, même les adultes appréciaient tout particulièrement la partie finale où, sur le fond sonore et visuel du chœur des anges triomphants, Plenkine faisait une pirouette avant de pousser un sifflement indescriptible de malice et d'ironie, tellement irrévérencieux et gamin-des-bas-quartiers que l'œuvre entière s'en trouvait rehaussée. Cela vous faisait comprendre, fussiez-vous sourd à l'art lyrique, que vous aviez devant vous le meilleur interprète de tous les temps dans sa catégorie.

On pouvait attribuer le mérite de la trouvaille à Boito, ou au metteur en scène (pour la pirouette), mais *la façon de siffler*, qui faisait le sel et l'inouïe perfection de la scène, n'appartenait qu'à Plenkine – ce que je peux vous certifier, ayant vérifié, depuis, les aptitudes de toutes les basses mondialement célèbres. En sifflant, il vous mettait en extase, prouvant ainsi qu'il était le premier *même sans user de ses cordes vocales* : combien de chanteurs oseraient seulement relever le défi de concourir avec lui à armes égales ? Son sifflet (qui avait dû épater les copains du temps où l'on l'appelait Nicolas, voire Coco) vous offrait l'essence même du personnage, non seulement comprise mais exprimée avec l'éloquence propre aux seuls génies. À l'écouter en disque, plusieurs fois de suite (sans Reine, hélas), on pouvait pénétrer dans le mystère de Lucifer aussi profond qu'il soit donné aux mortels, autrement dit se rendre compte qu'il n'y avait pas grand-chose à faire pour l'éclaircir – autant essayer d'expliquer comment la force, les vibrations et la chute sarcastique de ce sifflement-là Le résumaient.

Préférais-je Reine ou le Diable ? Difficile à savoir, vu que Reine (toutes les héroïnes en une) émerveillait en permanence, mais ne pouvait effrayer, tandis que Lui avait pour avantage ce don supplémentaire, par ailleurs peut-être peu souhaitable. Faute de pouvoir trancher, je décidai qu'il n'y avait pas de mal à les adorer de concert : n'était-on pas censé aimer par plusieurs les parents, par exemple, dont tous les frères et sœurs éventuels ? (Ma famille n'étant pas nombreuse, j'avais tendance à y inclure mentalement toute personne fictionnelle ou vraie qui me convenait.)

Sans cette soirée mémorable, je n'aurais peut-être pas entrepris de lire les Classiques : on m'avait expliqué que *Méphistophélès* était tiré de Goethe qui en était un, ce qui m'avait fait prévoir, à juste titre, qu'on pouvait passer du bon temps en compagnie du Diable chez d'autres aussi. Je n'étais pas difficile : il me suffisait de trouver Son seul nom (l'un des nombreux) sur quelque page pour lire avec patience et délectation tout le volume, sans cesser de m'attendre à y apprendre davantage sur Lui, jusqu'à la déception de la dernière phrase signifiant que je n'en saurais pas plus par cet ouvrage-là, et qui me faisait recourir aux ressources supposées du suivant. À part le bonheur spécifique de l'énamouré(e) auprès de son objet, cherchais-je autre chose à travers mes lectures ? Oui, le moyen concret de Le faire venir chez moi indépendamment d'elles, avec un pacte qui me serait personnellement destiné.

Il n'était pas indispensable d'être énamourée du Malin pour penser qu'un contrat passé avec Lui relevait de l'ordre des actes les plus romantiques qui soient, et demeurait objectivement préférable au morne choix du Bien consistant entre autres à apprendre ses leçons, à se tenir correctement à table, à toujours obéir aux grandes personnes, et pire encore, à être moi plutôt qu'une voyageuse dans le temps. Je me demandais donc à tout moment (auriez-vous interrogé vos parents ?) comment joindre l'Esprit qui contredit éternellement, afin de lui apprendre que j'étais d'accord pour le marché : Il devait encore l'ignorer, autrement Il n'aurait pas tardé à venir. Sous quelle forme terrestre pouvais-je Le croiser pour attirer Son attention ? Comme les Classiques n'étaient pas unanimes là-dessus, je finis par conclure que le meilleur moyen de trouver la réponse était de grandir au plus vite, supposant les adultes capables d'obtenir tout ce qu'ils voulaient, même (surtout) un rendez-vous d'affaires avec le Diable. La preuve : Faust n'était pas un petit garçon. Autant qu'on sût, s'il arrivait bien que le Diable s'incarne en quelque enfant, mâle ou femelle, c'était toujours de Son propre chef, sans contrat signé, sans contrepartie garantie – autrement dit de manière toute parentale, aucunement enviable. Moi, je voulais avoir affaire à un Satan plus respectueux, qui fasse au moins semblant de me traiter d'égal à égale, qui me rende l'hommage de déployer devant moi ses trésors de séduction.

Curieusement, il me fallut atteindre l'âge d'un quart de siècle pour remarquer quelque chose dont j'aurais pu me douter à sept ans : de tous les adultes, ce sont les gens de lettres que Lucifer visite le plus souvent, les géniaux comme les médiocres, les pieux aussi bien que les mécréants – ceci depuis les temps bibliques et sans discontinuer jusqu'à présent (quel que soit le présent où vous achevez de lire cette phrase). Les exemples récents ne manquent pas, encore qu'ils ne soient pas tous notoires - mais vous souvenez-vous de l'année où un auteur contemporain fut officiellement proclamé diabolique, devenant ainsi mondialement célèbre le jour même ? Si je me rappelle la date exacte, ce n'est pas par amour pour Lucifer (Il ne m'intéressait plus, à l'époque), ni par goût de l'histoire littéraire : il se trouve que ce jour-là, je venais d'arriver à Paris, autrement dit d'accomplir mon plus vieux rêve toujours actuel. (Cela faisait dix ans que je le nourrissais, excusez du peu : la moitié de ma vie.)

Au sortir de la voiture, je restai un moment là où l'on avait choisi de me déposer (place d'Italie, mais je l'ignorais encore), tout étourdie d'avoir les pieds dans la ville de mes rêves, puis je me rappelai qu'il était imprudent de stationner sur la chaussée, et voyant un arrêt de bus, je pris le premier venu. Son conducteur écoutait la radio qui donnait les nouvelles, me permettant ainsi d'apprendre qu'un romancier dont j'entendais le nom pour la première fois venait d'être accusé d'intelligence avec Satan, et condamné à mort par contumace. N'ayant pas bien entendu ce dernier terme, je supposai qu'il s'agissait d'un supplice du genre qu'il vaut mieux ne pas chercher à se représenter (je souffrais d'une imagination débordante, ce qui revient à être trop souvent débordée par les visions qu'elle pouvait engendrer, notamment par les déplaisantes : songer à la prison, par exemple, me valait de m'y retrouver, et bien sûr pas à la place du gardien, mais dans un cachot de deux mètres sur deux tout au plus, moitié moins haut sous plafond, où les rats rongeaient déjà – au secours ! assez ! je ne veux plus y penser ! – tout cela, parce que quelqu'un avait prononcé le mot en ma présence).

Mais ce jour-là, l'eussé-je voulu, je n'aurais pas réussi à passer plus d'une seconde à la place du condamné : je me trouvais à Paris, je le contemplais depuis la plate-forme à l'arrière de mon Premier Bus Parisien (ils en avaient encore, à cette époque), excellent point de vue dont je pouvais disposer à ma guise, car bien que le véhicule fût bondé, personne d'autre ne se tenait là – apparemment, le reste des passagers était plus sensible au froid qu'aux splendeurs de la capitale qu'il connaissait sans doute depuis assez longtemps pour être inapte à en tirer la moindre exaltation.

Mais comme Paris était étourdissant, pour quelqu'un d'accoutumé à le voir seulement dans ses pensées ou devant soi (sous forme de photos ou à l'écran), depuis une position fixe qui semble être la seule possible – quand tout à coup, ses rues se trouvaient pourvues d'une troisième dimension qui vous plaçait au beau milieu, tandis que la fuite de leurs détails était devenue le temps de votre vie, la durée d'un trajet où vous n'aviez plus assez d'yeux même pour le moindre des immeubles qui filaient de vos deux côtés ! À peine avais-je pu remarquer une façade vaguement familière – d'où ? –, un café au nom célèbre – il était donc si grand ! –, puis une perspective faisant apparaître on ne sait quel monument tout au fond, que de nouvelles découvertes m'en détournaient, à se demander combien de semaines, voire de mois il faudrait pour me refaire l'illusion d'avoir une petite idée de la ville. J'avais pourtant cru si bien la connaître, quand je dépliais son plan pour y retrouver rapidement telle rue issue d'un livre en cours de lecture !

Ma topographie parisienne était presque entièrement composée d'adresses de personnages littéraires ou d'artistes célèbres d'époques variées – faute d'occasion de m'y rendre, les plus anciennes me semblaient à peu près aussi valables que celles de mon temps. Je doutais qu'il y eût un seul lieu dans cette ville qui ne fût pas consacré par quelque grand homme, et comme il arrive que le hasard encourage les rêveurs, je disposais depuis la veille d'une preuve supplémentaire pour cette idée : le même plan de Paris m'avait permis de réaliser que l'immeuble que je devais rejoindre se trouvait en face de celui du meilleur ami de Proust, rue Alfred de Vigny. Si l'on se rappelle que l'événement du jour était lui aussi lié aux belles lettres, on peut penser qu'en matière d'auspices pour mon avenir parisien, j'avais l'embarras du choix, faute de connaître le meilleur mode d'emploi.

Or, j'étais incapable d'identifier l'avenue où le bus venait de s'engager, je n'avais aucune idée des directions qu'il pouvait prendre, ni de son terminus, ni de la distance qui me séparait de mon point de chute (le plan dont je disposais n'avait pas d'index des rues). Nous avions sans doute traversé plusieurs arrondissements, depuis que je me tenais sur la plate-forme – impossible de savoir si j'étais en train de m'approcher du but ou si j'avais déjà pris un retard qui m'empêcherait de l'atteindre au bon moment.

On m'avait prévenue qu'on ne m'attendrait pas plus d'un quart d'heure, et si je manquais ce rendez-vous, je ne pourrais plus joindre qui que ce fût de l'« on ». Autrement dit, étourdie par le bonheur d'être à Paris, il se pouvait que je me fusse mise dans une situation pire que tous mes cauchemars en plein jour : sans l'anonyme que je risquais de ne jamais rencontrer, je n'avais pratiquement aucun moyen de rester là où j'avais passé dix ans à rêver d'arriver. Je m'élançai donc depuis la plate-forme, me faufilant à grand renfort d'excuses parmi les voyageurs, vers l'homme qui devait pouvoir me renseigner.

INTERDIT DE PARLER AU CONDUCTEUR.

Cette pancarte ne m'aurait pas fait la moindre impression dans ma ville natale, mais transgresser un interdit parisien, même si toute la suite de ma vie en dépendait… Je restai figée devant sa cabine, sentant que j'allais me trouver mal, et pendant que j'essayais de me reprendre (tu ne vas pas t'évanouir juste maintenant, idiote ! réfléchis donc, il doit bien y avoir une solution au problème, que tout le monde sauf toi arrive à trouver !), ce fut le conducteur lui-même qui me parla :

- Ça va pas ?

L'enchantement était brisé, et je bénis mentalement mon Premier Conducteur Parisien.

- Si, si ! ça va très bien, Monsieur ! Pourriez-vous me dire comment me rendre rue Alfred de Vigny ?

- Je n'en ai pas la moindre idée. Alfred comment ? Jamais entendu parler, Mademoiselle.

Ce fut une vieille dame qui me renseigna.

- Vous venez d'arriver à Paris ?, fit-elle, et sans attendre ma réponse : Vous allez voir, visiter Paris, c'est merveilleux. On ne s'en lasse jamais. Moi, j'y suis née, dans le Neuvième, et même maintenant, à l'âge que j'ai, dès que je sors un peu de mon quartier, je découvre. Il y a tant de belles choses à découvrir, à Paris ! On croit qu'on en a fait le tour, mais non, il reste toujours des quartiers où l'on peut se perdre, des bâtiments qu'on n'avait jamais remarqués alors qu'ils sont à deux pas de chez vous, et qui sont fabuleux... Et tant de coins qui ont leur vie bien à eux, des villages en pleine ville – il faut connaître ça ! Il y a un charme, à Paris, que vous ne trouverez nulle part ailleurs. C'est à la fois grandiose et intime. Sans parler des musées...

J'avais un petit faible pour les vieilles dames. Elles m'inspiraient plus de connivence que la plupart de mes contemporaines, et je les préférais de loin aux femmes d'âge intermédiaire, qui m'intimidaient facilement. Je trouvai à la fois naturel et merveilleux que la ville m'ait offert pour première connaissance faite *intra muros* précisément une vieille dame aimable et volubile, et qui ne faisait, en parlant, que confirmer mes attentes. Quel dommage que je doive descendre ! Eussé-je pu rester, me disais-je, elle m'aurait certainement proposé une petite promenade ensemble ; combien de choses ne m'aurait-elle pas apprises sur Paris ! Penser que je n'allais sans doute plus jamais la croiser... Mais si je l'avais rencontrée alors que je venais à peine d'arriver, il ne me faudrait pas beaucoup de temps pour trouver des amis ici, me rassurai-je.

*

- Je ne vais pas rentrer avant deux semaines. En attendant, sortez le moins possible. Faites vos achats le soir, à l'épicerie que je vous ai marquée sur le dessin. N'allez surtout pas plus loin, et achetez assez de choses à la fois pour ne pas y retourner trop souvent. Évitez de descendre quand la loge de la concierge est ouverte, vous avez les horaires là-dessus. N'allumez pas la radio, ni la télévision, sauf si vous voulez la regarder sans le son. Si quelqu'un frappe à la porte, n'ouvrez pas. Et surtout, ne donnez à personne mon numéro de téléphone, ni l'adresse. Si vous tenez à appeler votre famille, faites-le d'une cabine, et ne racontez pas de choses que vous pourriez regretter.

(*traduit de l'anglais*)

Sur quoi, l'On prit son sac de voyage et sortit de son logement, tandis que je posais le mien pour prendre possession de mes Premiers Quartiers Parisiens.

C'était ce qu'on appelait une chambre de bonne, et qui se loue ou vend actuellement à titre de studio, mais à l'époque, j'ignorais complètement qu'on pût lui donner de telles appellations. Drôlement petit, me dis-je, qui aurait cru que les Parisiens, fussent-ils anglophones, vivent dans des cellules genre moine grec ? C'était vraiment fait pour vous inciter à la méditation : il n'y avait là qu'un minimum de meubles et une seule fenêtre, fort petite elle aussi, percée dans le plafond pentu, de façon à diriger vos idées vers le ciel. Placé dessous, l'on ne voyait strictement rien d'autre, même pas un oiseau ou un avion, que du ciel. Or, je n'avais pas envie de méditer, pas tout de suite, et puisque l'ouverture existait, j'allais essayer d'en profiter d'une manière plus proche de mes envies.

Hélas, quoique fort mince, je ne pus y passer que la tête – d'autant plus fâcheux que le toit était encore plus praticable que je ne l'eusse imaginé, pourvu d'un petit garde-fou à l'aspect parfaitement fiable, contre lequel j'aurais calé mes jambes pour rester accroupie à contempler la rue, si seulement mes épaules avaient encore été moins larges de quelques centimètres. Quelques années plus tôt, me dis-je amèrement, j'aurais mieux profité de mes futurs premiers quartiers parisiens (et je me rappelai telle mésaventure d'Alice au Pays des Merveilles). Mais il ne fallait pas trop demander, crainte de fâcher les forces qui m'avaient permis d'y arriver, et faisant contre mauvaise fortune bon cœur (mauvaise ? c'est bien trop beau, tu veux dire, capricieuse !), je décidai que la tête suffisait.

Debout sur une chaise, en manteau et l'écharpe bien serrée, on jouissait (ayant ma taille précise) de conditions assez plaisantes pour passer plusieurs heures la tête hors de la fenêtre (de la lucarne, du puits de jour ou de l'*Oberlicht*, comme je croyais savoir que ça s'appelait en allemand, mais je préférais « fenêtre », terme et image plus familiers et rassurants), tranquille, à étudier les toits, un petit fragment de rue lointaine et les faîtes des arbres du parc voisin, ces derniers peu susceptibles d'avoir un aspect spécifiquement local, mais plus animés que le reste du paysage. Un des peupliers proches avait une pie pour habitante : bonjour, voisine ! La saison permettait de voir clairement son nid parmi les branches, et il était distrayant d'observer ses allers-retours, malgré le fait qu'ils vous empêchaient d'oublier que vous-même n'aviez pas le droit de bouger d'où vous étiez (même pas d'un centimètre, s'agissant de la fenêtre et de la chaise). Comme j'enviais la pie, la belle pie parisienne avec sa liberté de mouvement et son gai jacassement, qui s'envolait soudain vers l'autre bout du quartier, alors que je devais attendre deux semaines entières pour finir par me convaincre que j'étais moi aussi indépendante (de fait, plus que jamais auparavant), et libre de me promener dans toute la ville !...

Les deux semaines passées, l'On me déposa avec mon sac de voyage devant les portes d'un bâtiment moderne que je ne restai pas à contempler, le trouvant du premier coup d'œil indigne de Paris (assez laid pour se trouver n'importe où ailleurs), et son seuil franchi, le cours des événements dont je dépendais devint soudain si rapide, surtout par contraste avec la période d'immobilité d'où je venais de sortir, que je ne compris plus grand-chose à ce qui était en train de m'arriver.

Là, tout semblait urgent et se déroulait suivant des règles bien établies, que j'étais peut-être censée connaître, mais que je n'avais pas le temps de reconstituer. À peine entré, le visiteur s'y voyait mettre un tas de formulaires dans les mains, qu'il devait remplir tandis qu'on lui demandait de passer dans une autre pièce et le remettait (avec les papiers qu'il éparpillait, dans son affolement) à un photographe, moins intéressé par son sujet que tout autre que j'eusse connu, puis (toujours avec les papiers, ramassés sans qu'on sache trop comment, auxquels s'ajoutaient les photos), à un troisième personnage anonyme censé *l'étudier.*

Je suis certaine d'avoir entendu ce verbe ; or, dans mon cas, l'homme chargé de l'étude ne fit qu'attraper la feuille qui se trouvait par hasard au-dessus des autres, y jeter un coup d'œil et me la rendre avant de m'indiquer (à grand renfort de « gauche » et de « droite » débités aussi vite qu'on imagine) le chemin vers un bureau que je mis – enfin libre de m'égarer – un bon quart d'heure à découvrir. Ne croyez pas que je fusse de mauvaise volonté, je faisais de mon mieux, mais depuis cinq minutes, j'avais pratiquement perdu l'habitude de m'orienter toute seule, alors que le bâtiment présentait des gauches et des droites tous les dix pas – cela tenait du labyrinthe, comme vous l'avez certainement deviné. Même à l'époque, j'avais déjà remarqué que l'architecture publique moderne affectionnait le labyrinthe plus que toute autre forme, et vous aurez l'occasion de savoir d'où venait le dégoût qu'elle m'inspirait – mais pour l'instant, rendons-nous là où il faut sans tarder davantage.

Le bureau enfin trouvé était énorme et plein d'employés très occupés (autant que lui, si j'ose dire), visiblement soucieux et dépourvus de tout intérêt pour mon arrivée. Il y en avait qui téléphonaient, qui feuilletaient debout de gros dossiers, qui fouillaient dans leur tiroir, qui rangeaient des choses bizarres dans de hauts placards métalliques, et d'autres qui traversaient la pièce dans diverses directions en portant, les sourcils froncés, chacun son petit plateau chargé de gobelets fumants. On ne pouvait guère entrer sans provoquer une collision, car leurs évolutions ne s'arrêtaient que pour changer de sens. C'était en somme un spectacle presque aussi fascinant qu'intimidant : ma première chance de voir à quoi ressemblait la vie professionnelle parisienne.

Comme je regardais ces affairés depuis le seuil, n'arrivant pas à choisir un moment pour faire mon entrée qui risquait de paraître inopportune, je vis l'un d'eux s'asseoir, prendre un gobelet sur le plateau qu'il venait de poser sur son bureau, boire une gorgée et, faisant rêveusement des yeux le tour de la pièce, constater ma présence sur le pas de la porte. Il me fixa un instant, l'air de chercher à se rappeler par quoi elle relevait du déjà-vu, puis m'adressa de la tête un signe auquel je répondis par un grand sourire de gratitude (enfin remarquée, enfin saluée, ce qu'il est gentil !), avant de songer à aller vers lui.

C'était un homme dans la trentaine, qui perdait ses cheveux et portait une cravate noire à losanges gris foncé sur une chemise gris clair. Il jeta un coup d'œil aux formulaires plus ou moins remplis, consulta les photos pour juger de leur ressemblance avec moi, puis prononça cette phrase inattendue : « Donnez-moi votre main. »

Associant ce genre de demande aux scènes d'amour des romans classiques, j'eus un saisissement, puis je pensai qu'il fallait sans doute l'entendre au sens propre, ce qui ne m'aida pas à y voir plus clair. Si ce monsieur voulait me dire bonjour en me serrant la dextre, il aurait pu s'y prendre plus simplement, en esquissant le geste, et ceci dès que je m'étais approchée. Voulait-il toper comme un vieux paysan qui conclut une affaire ? Cette idée me parut saugrenue, mais aucune autre ne me venait, et songeant que les usages parisiens devaient avoir des finesses que j'ignorais, je tendis le bras par-dessus le bureau. L'homme saisit aussitôt mon poignet et le tira vers lui. « Écartez bien les doigts ! »

Ce fut un rite aussi bref qu'étourdissant : ma dextre fut projetée contre une surface humide et molle, puis soulevée, et avant d'avoir compris qu'on allait s'en servir comme d'un tampon, je me la vis restituer. Je fixai la feuille qu'elle venait de quitter, avec stupeur. Placée comme je l'étais, aucun moyen de lire le texte, mais d'une certaine manière, je l'avais signé – étais-je en état d'arrestation ? non, je venais sans doute de m'engager à respecter les lois, me rassurai-je. Si la façon de faire manquait de délicatesse, elle n'avait rien de vraiment humiliant – en fait, c'était un rite d'adoubement. Cette dernière idée m'enthousiasma.

L'employé me remit un petit carton où je me vis sourire (sans bien comprendre comment ma photo s'y était retrouvée), et acheva la cérémonie par un « au revoir » – formule inaugurale de ma vie nouvelle. Je repris le sac contenant tous mes biens et je sortis. Il faisait froid et beau, la journée commençante s'ouvrait devant moi, plus libre que jamais auparavant : non seulement je pouvais me promener jusqu'au soir, mais je n'avais aucun emploi du temps, aucune obligation, aucune attache pour les semaines à venir. Le service que l'On m'avait rendu s'était achevé trois quarts d'heure plus tôt. Je ne connaissais plus personne en ville, ni l'endroit où j'allais poser mon sac, ni le moyen de subsistance qui serait le mien quand j'aurais dépensé le pécule dont je disposais (environ mille francs, dix salaires mensuels selon l'échelle qui m'était familière). On pouvait dire que j'étais une inconnue dans l'inconnu – d'autant plus justement que l'orthographe de mes nouveaux papiers me conférait une identité assez différente de celle que j'avais eue jusque-là.

Curieusement, ce fut d'un coup, l'espace d'un seul instant que toutes ces données et ces choses à faire se présentèrent à mon esprit, si bien que je ne sus plus par où commencer, et remarquant un café sur le trottoir d'en face, je décidai que ce serait par une pause de réflexion.

C'était un vrai café-tabac parisien, comme au cinéma, avec des ouvriers discutant au comptoir, des œufs durs exposés dans un panier, des tables en formica, un sol en mosaïque où l'on pouvait écraser ses mégots, et bien sûr des croissants – parfaitement froids, à cette heure-ci, mais gentiment servis par le patron. J'étais la seule cliente. En mangeant, je réalisai que j'avais les doigts noirs, ce qui me permit de connaître un objet à tige métallique, orange et fendillé comme un melon, fixé au mur de manière à ce qu'on ne manque pas de le voir, autrement dit pointé vers le visage de qui entrait aux lavabos, et dont je n'usai pas faute de pouvoir l'identifier. (Aucun des pays que j'avais traversés ne m'avait appris que les savons pouvaient se présenter en applique façon Gallé.) L'eau refusa de faire partir l'encre, mais ce n'était après tout pas si grave. Sans doute les Parisiens étaient-ils habitués à croiser des personnes ainsi tachées. Ils devaient savoir que c'étaient simplement de nouveaux venus, et que leur toucher ne salissait point. Par ailleurs, je ne voyais pas qui je pouvais être amenée à toucher dans l'immédiat.

Il était inconcevable qu'une ville où tant de monde était déjà venu s'installer à ma manière n'offrît aucun moyen de survivre aux nouveaux, mais comment trouverais-je quelqu'un qui puisse me conseiller, qui connaisse les hôtels les moins chers et les démarches à faire pour trouver du travail ? Michel Darbois, pensai-je – si je pouvais tomber sur lui… Je doute, cher lecteur, que vous compreniez d'où cette idée m'était venue : pour vous, Michel Darbois ne doit rien évoquer d'autre que les films où vous l'avez vu (*Les Sentiers de la Nuit*, par exemple), et peut-être quelque entretien lu dans une salle d'attente ; même si vous êtes de ses admirateurs, vous ne pouvez pas deviner la raison qui me faisait croire qu'il aurait une certaine sympathie pour moi. Aucun article ni livre ne l'indique, et à l'époque dont je vous parle, nous n'étions qu'une poignée, tous du même coin du monde, à penser que s'il tombait sur quelqu'un venant de Pleunk, il serait attendri. Mais même à ce moment où l'idée de demander conseil à Darbois me semblait moins insensée que maintenant (je ne songeais même pas aux changements que la ville avait connus depuis trente ans que Michel n'avait plus remis les pieds dans un hôtel miteux), à peine m'était-elle venue que la conscience de son absurde m'accabla, et je finis – pour la première fois depuis deux semaines que j'étais à Paris – par remarquer qu'il existait un décalage entre les aventures que l'endroit permettait en principe et ce que je pouvais y faire concrètement, dans l'immédiat. Eh bien, en tout cas, rien ne m'empêchait de laisser mon sac à une consigne et de m'offrir une grande promenade à pied, pour commencer. Chemin faisant, la chance me ferait peut-être trouver ce qu'il me fallait. Je dépliai mon vieux plan sur la table, me repérai et cherchai un moyen rapide de parvenir à la gare la plus proche.

Et subitement, je me rappelai qu'il y avait à Paris une Faculté de Lettres où j'étais inscrite depuis l'été dernier, la Poste ayant entre autres vertus magiques celle de vous conférer le titre d'étudiant même quand vous demeurez, encore ou définitivement, à des milliers de kilomètres des salles où vous êtes censé assister aux cours. Comment la Faculté avait-elle pu me sortir de l'esprit ? Elle était là, sur le plan, et quelque part à l'intérieur, il y avait des gens qui me connaissaient au moins de nom – de fait, ils avaient dû lire mon nom à voix haute à chaque appel, au début de chaque cours, comme une formule incantatoire qui restait bizarrement inefficace depuis des mois déjà. Mais j'allais y courir ! Oui, il y avait à Paris un endroit où l'on m'avait attendue, et maintenant qu'on ne s'y attendait sans doute plus, j'allais enfin m'incarner à leurs yeux : plus rien ne m'empêchait de répondre « présente », d'apparaître à ceux qui avaient douté de mon existence.

Bien sûr, je n'avais pas encore compris que je n'existais pas vraiment.

*

Il est des phénomènes, cher lecteur, que nous avons tous tendance à ignorer, même – voire *surtout* – quand nous sommes en train de les subir : ainsi, le nourrisson met plusieurs années à remarquer qu'il a doublé de volume en quelques mois, tandis que l'adulte censément conscient peut réaliser qu'il n'a plus vingt ans seulement aux noces de sa progéniture, et je suppose que la plupart des morts ne comprennent pas aussitôt qu'ils le sont, pour ne parler que de transformations liées au temps. Quant à l'espace, l'habitant éventuel de telle forêt encore inexplorée par les civilisés ne doit pas songer que nous autres le tenons pour une fiction ou pour un trésor vivant, et ce n'est pas la peine d'aller si loin pour voir des créatures qui, à l'inverse de ce sauvage, n'ont rien pour vous faire imaginer qu'elles relèvent d'une (ir)réalité radicalement différente de la vôtre, bien qu'elles n'existent de fait que dans la mesure où elles font illusion – à vos yeux comme aux leurs propres.

Une branche de la physique évoque des phénomènes comparables en termes de « mondes parallèles » ; toutefois, ne s'occupant guère que de corps célestes, elle ne nous apprend pas ce qui arrive aux simples humains, même pas extraterrestres, qui participent de plusieurs à la fois (et à l'époque, je ne lisais pas de physique).

Je n'avais alors pas la moindre idée de la forme particulière d'inexistence dont je vous parle : personne ne m'avait renseignée sur elle, et si vous m'aviez demandé de vous trouver un exemple de personnage qui soit à la fois inexistant et vivant, je me serais rabattue sur les héros de roman au lieu de répondre : moi. Bien sûr, il m'arrivait de ressentir un certain manque de réalité, mais je l'attribuais à mon jeune âge ou bien aux circonstances, ou aux usages pleunkois dont quelques-uns relevaient vraiment de l'invraisemblable (même pour les gens qui n'étaient jamais sortis du pays) ; rien ne m'obligeait à comprendre que l'impression de porte-à-faux provenait de ma nature plutôt que d'une situation provisoire. Sans doute aurais-je passé ma vie entière à m'abuser sur ce point, si Paris ne m'avait pas permis d'y voir plus clair, au bout d'un certain temps et de quelques expériences qu'il n'est point besoin de raconter toutes pour vous faire mieux saisir ce dont je parle.

J'avais imaginé que la Faculté de Lettres (la meilleure de Paris, m'avait-on assuré) occupait quelque bâtiment ancien dont la façade superbe manifesterait son prestige, j'eus donc un choc en découvrant qu'elle ressemblait assez à l'institution où l'on avait pris mes empreintes digitales, en plus grand. Quand je finis par trouver la secrétaire chargée des inscriptions, je réalisai qu'elle était sur le point de rejoindre ses collègues à la cantine, mais elle ne fit aucune difficulté pour me remettre une vraie carte d'étudiante, puisque j'y tenais, se contentant de me prévenir qu'à ce moment de l'année, il n'y avait pas beaucoup de chances que les professeurs m'acceptent. Il allait falloir que je discute avec chacun d'eux pour… Au fait, pourquoi n'étais-je pas arrivée plus tôt ? Avais-je été malade ? J'acquiesçai (ce n'était pas faux), ravie de ne pas avoir à m'expliquer plus en détail. Comme les Parisiens s'exprimaient vite ! en moins d'une minute, ils vous bouclaient toute une conversation, vous fournissant au passage la moitié de vos répliques. La secrétaire me lança un regard de sympathie, me souhaita bon courage et sortit avec moi de son bureau pour s'accorder la pause qu'elle méritait. Je l'aurais trouvée encore plus formidable si je m'étais doutée que cette jeune femme venait d'enfreindre le règlement à mon profit : de fait, elle avait oublié de me demander mes papiers, qui lui auraient permis de constater (et de m'apprendre) que je n'avais pas le droit d'étudier. Je ne le sus qu'au bout de plusieurs mois, la veille des examens de fin d'année, par Shéhéra – mais n'anticipons pas plus qu'il n'est nécessaire.

Avant d'arriver à la salle où devait se trouver mon Premier Professeur Parisien, je m'étais déjà consolée de son refus probable de m'admettre : on se passera bien, me disais-je, de rester la moitié de la journée, cinq jours par semaine, dans un endroit pareil. Qui aurait cru que ça pouvait avoir des couloirs de béton nu, la meilleure Faculté de Lettres de la Ville Lumière, des escaliers métalliques façon sortie de secours, peints au minium, et des tubes halogènes qui clignotent juste au-dessus des portes - même pas au plafond où on les remarquerait moins ? Comme si c'était Max qui l'avait fait construire !… Et si c'était *vraiment* Max ? (À savoir le père d'un ami d'enfance, dont on disait toujours que ses projets étaient appréciés MÊME à l'étranger.) Quoique peu plausible, cette idée me donna le surplus d'assurance nécessaire pour affronter le corps professoral.

-Vous avez fait le premier trimestre chez vous ? Mais ce n'est pas le même programme ! fit-il d'une traite, sans attendre que je confirme sa supposition – en réalité, je ne savais pas s'il fallait la tenir pour juste : certes, au premier trimestre, j'étais restée chez moi, et mon programme de cette période ne pouvait pas ressembler au sien, toutefois… -Vous venez d'où, en fait, de Varsovie ?

- Non, de Pleunk.

-Tiens ! Vous connaissez… ? (Je ne saisis pas le mot qu'il venait de prononcer.)

- Je ne crois pas, mais je peux me rattraper, vous savez, déclarai-je. J'ai tout mon temps pour étudier, et j'avais un programme plus chargé que le vôtre, quand je devais préparer le concours de…

- Bon, me coupa le Premier. Où je dois signer ?

Je l'ignorais complètement, ce fut donc lui qui trouva le formulaire indispensable dans quelque pièce voisine. Décidément, ce n'était pas difficile de s'entendre avec les Parisiens, fussent-ils Professeurs et d'un abord plutôt froid ; je n'avais pas eu tort de les imaginer bien plus gentils que les Pleunkois, parmi d'autres supériorités.

Le Deuxième était en train de quitter son cabinet au moment où je frappai à la porte, d'où résulta une bousculade assez peu souhaitable comme approche initiale. M'excusant de mon mieux, je me crus vouée à l'échec, vu son air courroucé, mais qui ne tente rien n'a rien, et au fond, je m'en fichais, n'est-ce pas ?

- Je viens vous demander une signature pour…

- Passez-moi donc ça, je n'ai pas le temps !

Sur quoi, il me tira des mains le formulaire, signa d'un hiéroglyphe et disparut en grognant quelque chose, toujours fâché.

Ce fut moins simple avec le Troisième, qui était une dame :

- Hors de question que j'accepte quelqu'un au milieu de l'année ! Ce n'est pas un cours magistral, ici, mes étudiants font des travaux corrigés chaque semaine.

- Mais...

- Puisque vous êtes là, dit-elle, l'air de me prendre en pitié, asseyez-vous, vous écouterez ce cours. Ce qui ne veut absolument pas dire que vous faites partie de mes étudiants.

N'ayant aucunement prévu une réplique pareille – mais qu'avait-elle dans le cerveau pour croire que je voulais l'écouter pendant deux heures alors que je n'allais pas pouvoir retourner dans cette faculté, et par sa faute ? mais ce n'était pas possible, ç'avait si bien marché jusque-là, et cette bonne femme venait de tout me foutre en l'air ! -, je ne pus que m'asseoir sur la première chaise libre que je vis. On m'avait rarement fait essuyer une telle humiliation, jamais devant une salle pleine d'étudiants, parisiens qui plus est, qui me fixaient en chuchotant. Voilà, me dis-je, à quoi ça t'a servi de vouloir *apparaître* ! Effectivement, on ne trouverait guère d'entrée plus réussie ! Et me rappelant la hâte que j'avais eue de me retrouver là, je faillis pleurer : mais qui s'était jamais aperçu de mon absence ? si j'avais vraiment figuré sur leurs listes, quel professeur aurait lu plus d'une fois un nom comme le mien, du genre dit « à coucher dehors » ? on avait tout de suite dû constater que c'était une erreur, et le barrer en se félicitant de ne pas compter parmi ses étudiants une créature qui vous inflige de tels exercices phonétiques ! Je me tassai dans l'espoir (vain) de moins sauter aux yeux, avant de réaliser que je n'avais même pas une copie vierge pour me donner une contenance en faisant semblant de prendre des notes.

Cependant, la Troisième avait déjà commencé ce qui n'était « pas un cours magistral » – va savoir ce qu'elle peut entendre par là, cette gredine (mon lexique présentait à l'époque des étrangetés involontaires dues à la lecture des classiques en l'absence d'exercices de conversation française contemporaine), et quel genre de travaux elle se targue de faire faire à cette bande de bavards, mais regarde-moi ça, ils ne se taisent toujours pas, est-ce possible qu'ils passent tous leurs cours à chuchoter ? Si j'entendais au moins ce qu'ils se racontent...

- Paul Klee..., fit la Troisième (je sursautai), Paul Klee disait, à ce propos, que l'art moderne s'efforçait de retrouver dans les visions intérieures de l'artiste la forme que l'homme ne savait plus voir depuis qu'il tenait les conventions picturales pour le reflet de la réalité...

J'ouvris la bouche, puis je me mis à pleurer – silencieusement, cependant mes voisins se turent, les leurs aussi, et le changement d'ambiance attira l'attention de la Troisième : comme je m'essuyais le visage, nos regards se croisèrent, mais à mon soulagement, elle ne fit rien de plus que de m'imiter – ouvrir la bouche, j'entends –, après quoi elle détourna les yeux et poursuivit son cours.

- ...Parmi les diapositives que je vous ai préparées, vous verrez également quelques autoportraits de Francis Bacon. Ils datent de 1956, de la période où Bacon sortait de ce qu'on peut appeler une crise de conscience artistique. Il lui semblait avoir épuisé non seulement les idées picturales qui l'avaient fait avancer jusqu'alors, mais aussi sa capacité de les renouveler. Il doutait d'être vraiment un artiste. Plus tard, en évoquant ce moment crucial, il a dit : « *Je ne savais plus quoi faire sur cette terre...*

- *..., alors j'ai pensé : Pourquoi ne pas essayer de me faire moi-même ?* », achevai-je avec jubilation.

La Troisième me fixa, puis déclara :

- C'est exact. Vous viendrez me voir à la fin du cours.

Et reprit de nouveau, tandis que je me demandais si c'était l'air de Paris qui me rendait si peu discrète. Je consacrerais le reste de la séance à garder mes mâchoires bien fermées en n'exprimant que par le regard l'amour que m'inspirait dès lors cette dame. Comme elle avait eu raison de m'obliger à rester, quelle chance j'avais eue de tomber sur ce cours précis, pour la première et la dernière fois que j'étais là ! Mais comment se pouvait-il qu'on parle autant de peinture aux étudiants de lettres ? Il existait donc une discipline prévue pour les hésitants de ma sorte, pour ceux qui n'arrivent pas trop à savoir s'ils veulent devenir écrivains ou peintres : on avait engagé ce professeur exprès pour eux. Voilà ce que c'était, le niveau de vie parisien ! Alors qu'à Pleunk...

Si je lui racontais le Dernier Esthète, après le cours, me dis-je, la tête qu'elle ferait ! Oh, elle n'aurait sans doute pas le temps de m'écouter, et même si elle était moins pressée que ses collègues, j'aurais du mal à glisser l'anecdote – par quelle phrase introduire l'Esthète dans un échange du genre concevable entre elle et moi ? Mais rien que d'imaginer l'effet que cette histoire aurait produit sur la Troisième (une dame payée pour citer Klee et Bacon), je dus me baisser pour fouiller dans mon sac faute de pouvoir m'empêcher de rire. (Trop pressée de commencer mes études, je ne l'avais pas laissé à la consigne : il était d'un modèle utilisable en ville et ne pesait que cinq kilos ; si quelqu'un le remarquait, il croirait que j'y transportais des livres, ou que j'allais faire du sport.)

Connaissez-vous le personnage du Dernier Esthète pleunkois ? C'est une question rhétorique, pas une colle que je vous pose : bien qu'il soit toujours visible sur une photo de groupe très connue, où figurent également Picasso, Braque et Miro, je doute qu'on l'ait jamais nommé depuis dans une légende autre qu'orale et confidentielle. Pour faire bref, sachez qu'il s'était lié d'amitié avec eux du temps de ses études, où il leur avait acheté quelques tableaux, puis, n'ayant plus ni l'âge de la bringue ni l'illusion d'être un génie, il était rentré à Pleunk pour y enseigner l'histoire de l'art, ou plutôt l'Esthétique, comme cela s'appelait alors. Ses étudiants l'apprécièrent beaucoup, jusqu'au moment – une vingtaine d'années avant ma naissance – où il fut jugé dangereux, arrêté, condamné et fusillé, faute d'avoir compris à temps que les lois locales avaient changé. Il s'agissait de faire un exemple. Dès lors, chacun sut qu'être accusé d'*esthétisme* pouvait valoir la peine capitale, et les successeurs de ce malheureux aux Beaux-Arts pleunkois n'évoquèrent plus l'École de Paris qu'en termes de bande de charlatans, du moins pendant les cours. Par ailleurs, tout mouvement artistique ultérieur à l'impressionnisme fut exclu du programme, comme des musées : si vous visitez Pleunk, n'y cherchez pas la collection de l'Esthète, qu'il avait offerte à la ville jadis. Même du temps où j'y vivais encore, il n'en restait rien de plus qu'un vague bruit. Les seuls œuvres récentes qu'on y trouvait portaient à croire que l'histoire de l'art s'était arrêtée à David, le peintre préféré de l'État (ce dernier terme désignant couramment le personnage le mieux placé de Pleunk, qui s'en servait, étant presque illettré, en guise de pronom personnel). Chacun savait que leurs auteurs étaient les meilleurs peintres du monde actuel, de même qu'« aucun fleuve n'est plus grand que la Sombre », comme l'affirmait un classique local. Arrêt ou recul pouvant paraître étonnant seulement à qui ignore que l'anachronisme était la caractéristique la plus courante de la vie pleunkoise depuis les temps modernes, et dans tous les domaines, tant et si bien qu'on peut utiliser « les Anachroniques » en guise d'appellation du peuple en question – cependant, le développement à ce propos peut attendre.

Quant à la Sombre, elle fut jadis pour Pleunk l'équivalent de la Seine pour Lutèce, et de nombreux poètes du cru l'ont chantée, mais de mon temps, c'était un filet d'eau dans un large lit de béton (prévu pour des débordements qui se faisaient toujours attendre), dont la couleur l'avait fait rebaptiser « la Merdeuse » (on disait aussi, parfois, « le Merdançon »). Il faut savoir qu'au début de l'époque du Progrès, ou suite à l'Avènement (autrement dit après la fin de la dernière grande guerre), le climat pleunkois avait changé, et les ressources locales s'étaient mises à diminuer, y compris la pluie et la poésie – seul l'humour semblait proliférer, quoique sous cape. Ainsi, de nombreuses plaisanteries couraient sur l'homonymie du pays avec sa capitale, revenant à dire qu'il ne pouvait même pas se payer un nom. La population nationale était, de mon temps, inférieure d'un million à celle du Grand Paris ; je ne saurais vous dire ce qu'il en reste de nos jours, faute de source d'information locale ou parisienne : cela fait des années que personne ne songe à perdre son temps en la recensant, ce qui se comprend aisément. À présent, Pleunk est dans un tel état qu'on peut très bien se dispenser de le décrire, il suffirait de citer une formule balzacienne, mais quoi qu'on dise de Pleunk, c'est toujours trop ; de ce point de vue, qu'on soit plus ou moins bref revient au même. Si je m'arrête là, c'est en songeant à cette étrange capacité qu'ont les pays de peau de chagrin, de se réduire à mesure qu'on disserte sur eux de loin, sans disparaître pour autant : je ne voudrais pas que les Pleunkois actuels se retrouvent, par ma faute, encore plus gênés qu'ils ne le sont.

« Mais comment diable connaissiez-vous Klee et Bacon, en venant d'un tel pays ? » Pour simplifier, disons que c'était faute de goût pour David et pour le genre historique en général. De mon temps, il y avait à Pleunk pléthore de monuments historiques, autrement dit plutôt récents et immanquablement dédiés à des héros. Comme je n'écris pas de guides touristiques, je vous épargnerai leur description et leurs photos, ne craignez rien. Un seul m'a jamais paru intéressant, le plus vieux, qui se présente en deux mots : un obélisque - en marbre gris, ressemblant à n'importe quel autre obélisque, sauf qu'il se dressait dans ce pays précis, sur le rond-point central de la capitale. C'était sans doute pour attirer l'attention sur lui qu'un ancien maire avait fait cercler la place par les rails du tramway auquel elle servait de terminus, si bien qu'en attendant le nouveau départ, les Pleunkois pourvus de ticket avaient le loisir de le contempler (l'obélisque ou le ticket, ou un mégot qui traînait sur le sol du véhicule, pour la plupart d'entre eux qui avaient déjà trop vu le premier). Un jour, du temps où je n'étais guère blasée et ne pouvais pas encore lire l'inscription gravée sur le marbre gris, je demandai à ma grand-mère de m'expliquer ce que c'était. « Le monument du Héros de la Patrie, répondit-elle. C'est juste ici qu'on l'a pendu, et toute la ville s'était rassemblée pour le voir. C'était un gars qui voulait que les Pleunkois soient libres. »

Une leçon d'histoire impressionnante. J'imaginai aussitôt la foule au-dessus de laquelle les occupants du tram se réjouissaient d'être les mieux placés des spectateurs, et au milieu de la place, un beau jeune homme, le visage fier, très content de mourir en centre de l'attention collective, qu'on menait vers l'obélisque flambant neuf - parce que sachant qu'il était un Héros, on s'était dit qu'on ne pouvait pas le pendre ailleurs que sur un monument dressé en son honneur… Oui, mais (la question surgit au milieu de l'image) où avait-on pu accrocher la corde ? Il fallait croire qu'on l'avait nouée autour de la pointe. Mon Dieu ! C'était sans doute une chose drôlement pénible, d'être pendu ainsi, et ça devait faire une chute vraiment pas belle à voir. Pour un Héros, ils auraient quand même pu prévoir une mort un peu plus *décorative*, me dis-je (vous apprendrez bientôt d'où je tenais de tels mots à quatre ans). Le marbre, c'est une bonne idée, mais ils auraient quand même pu le tailler en forme de potence, non ? À cette époque, j'aimais imaginer ce que je deviendrais un jour, hésitant entre la carrière de pompier, de vendeuse, de cantatrice et tout autre métier dont je venais d'apprendre l'existence, et je pensai que même si être Héros de la Patrie paraissait plus glorieux qu'être pompier (ces derniers n'ayant pas de monuments), c'était nettement moins bien : devoir mourir d'une manière tellement incongrue, et sans que ça serve à rien ! (Je songeais au fait que les pompiers, eux, sauvaient généralement pas mal de monde avant de périr dans les flammes, si toutefois ils ne mouraient pas de leur belle mort.) À partir de là, l'art historique cessa de m'intéresser – mais je viens de me rendre compte que pour vous expliquer par quels détours ce désintérêt m'amena à connaître quelques artistes interdits à Pleunk, il me faudrait au moins encore dix pages, ce qui me ferait dépasser les limites des digressions les plus audacieuses dès le début de mon récit ; il s'impose de revenir à mon premier cours parisien, qui s'achevait déjà – ça se comprend, depuis le temps que je vous instruis sur Pleunk.

- Venez par ici, fit la Troisième (alors que j'étais en train de passer le seuil : j'avais oublié qu'elle voulait me parler). Vous croyez-vous capable de me faire, d'ici à la fin mai, deux devoirs supplémentaires pour chaque mois que vous avez manqué depuis octobre ?

- Bien sûr. J'ai tout mon temps.

- Bon. Vous avez une feuille à me faire signer, il me semble ? (Je la sortis de ma poche, assez confuse de voir à quoi je l'avais réduite sans m'en apercevoir. La Troisième fit une grimace, mais aucun commentaire, et signa.) Et maintenant, vous pouvez m'expliquer ce qui vous a pris de pleurer ?

- Je n'avais jamais imaginé qu'il existait des cours comme le vôtre, déclarai-je. Si l'on m'avait dit un jour que j'aurais un bonheur pareil…

La Troisième me fit perdre la suite de mon propos : ses yeux s'écarquillèrent, puis me lancèrent ce que les auteurs anciens appelaient « un regard inquisiteur », puis elle se mit à sourire.

- D'où venez-vous ?

- De Pleunk.

- Vous avez fait des études, là-bas ?

- Non, c'est-à-dire si, mais pas de lettres, c'est-à-dire… (Je faillis avouer un trimestre aux Beaux-Arts.) J'ai passé le concours d'entrée des Langues Étrangères, rien de plus. Les Langues Étrangères, c'est quelque chose comme les grandes écoles en France…

- Je vois, je vois, m'interrompit la Troisième avant de sourire encore, cette fois-ci d'un air curieusement complice. Vous me ferez au moins six pages par devoir, et je compte sur vous pour me rendre tout ça dès le mois prochain. Vous auriez dû me dire tout de suite que vous aviez fait hypokhâgne et khâgne - enfin, l'équivalent pleunkois !

Ignorant qu'on pouvait appeler ainsi les classes préparatoires, je manquai l'occasion de la détromper. Vers la fin de l'après-midi, je sortis de la Faculté complètement admise et quelque peu perplexe : avec tous les devoirs supplémentaires que je devais rendre (à cinq professeurs), je ne savais plus trop quand j'arriverais à visiter Paris. N'aurais-je pas mieux fait de me rappeler que j'étais étudiante au bout d'une semaine de promenades, en passant par hasard devant la Faculté, ou de l'oublier complètement ? Me fallait-il vraiment reprendre mes études - même si les parisiennes étaient autre chose que les pleunkoises – quand personne n'exigeait que j'en fasse, et juste le jour où je m'étais sentie parfaitement libre ?

À cette époque, cher lecteur, toute mon expérience pouvait se résumer en termes de passage d'examens, au propre comme au figuré. Chacun a pu connaître une période où il a dû prouver régulièrement, sinon au quotidien, qu'il méritait de devenir ce qu'il est, mais à vingt ans, j'avais subi un tel nombre d'épreuves que même sans compter celles qui m'attendaient dans les mois à venir, cela pouvait suffire pour un demi-siècle de vie normale. Je ne vais pas vous les dénombrer toutes, mais sachez qu'à Pleunk, on passait des concours dès le collège, si l'on tenait à s'inscrire au lycée. D'autre part, l'hésitation entre divers domaines m'avait valu, avant d'arriver aux examens d'admission à l'École des Beaux-Arts et aux Langues Étrangères, de concourir en matière de poésie, de caricature et d'endurance. (De fait, mon intérêt pour les langues étrangères relevait aussi de l'endurance – mais ce n'est pas le moment d'en parler.)

J'aurais donc pu profiter de ma nouvelle indépendance autrement qu'en allant faire juger de nouveau mes aptitudes, sans même avoir mauvaise conscience : il était plus utile, dans une situation comme la mienne, de devenir femme de ménage qu'étudiante. Cependant, je ne pouvais pas attendre de trouver un emploi pour donner de mes nouvelles à Minou, qui serait ravie d'apprendre que j'étudiais. Elle s'inquiéterait sans doute moins pour moi, grâce à cela ; avec tous les soucis que je lui avais donnés, je lui devais bien cette petite compensation, et puis, comme elle disait, « ce n'est pas bon pour les jeunes de rester sans rien faire, les obligations les aident à devenir des adultes responsables. » D'autre part, que dirait ma grand-mère si elle apprenait que je ne faisais pas d'études ?

*

Il faut savoir, cher lecteur, que ma grand-mère, Florence dite la Sauvage ou la Grande Ourse, tenait absolument à ce que j'en fasse, depuis l'époque où sa fille n'avait même pas fini les siennes, et où je lui donnai le second sobriquet. En ce temps-là, Florence s'occupait de moi toute la journée, ce qui consistait à me promener à travers Pleunk (la capitale) au hasard de ses sorties, et à m'instruire par le biais des contes tout en faisant la cuisine, le ménage ou du tricot :

- Qu'est-ce que tu veux que je te raconte, maintenant ?

- L'histoire de l'Ourse.

- Encore ? !

- S'il te plaît !

- Il était une fois une très grande Ourse... Non, il y en a marre ! Si je te répète tous les jours la même, tu vas rester complètement idiote et tu ne vas jamais devenir étudiante comme Minou.

Mais quant à vous, aucune raison de vous en priver, lecteur. La très grande Ourse à laquelle Florence ressemblait fort et par sa corpulence, et par sa gourmandise (elle pouvait avaler un kilo de miel à son petit déjeuner) s'était liée d'amitié avec un humain, bûcheron de son métier, de la façon suivante : un jour qu'elle venait de trouver un énorme rayon de miel dans le tronc d'un arbre, elle ne put en retirer sa patte, et se lamenta à voix haute. Le bûcheron qui passait par là accourut, croyant que c'était une dame qui se trouvait dans le malheur, et découvrant que ce n'était qu'une Ourse, faillit la tuer à force de déception. « Épargne-moi et sauve-moi, mon bon Homme, je saurai te monter ma gratitude. J'ai beau être une Ourse, je n'en suis pas moins reine dans ma forêt. Quand ta chasse sera mauvaise, tu m'appelleras et je rabattrai vers toi toutes les biches ; quand tu n'arriveras pas à vendre ton bois, je te donnerai du miel, et du meilleur, qui coûte autant que l'or ; et si un jour ta vie se trouve en danger, je te rendrai le service que tu peux me rendre maintenant. » Libérée, l'Ourse tint ses promesses, et plus souvent qu'elle n'aurait cru devoir le faire, le bûcheron devenant plus exigeant à mesure qu'il s'habituait à vivre moins durement grâce à son aide. Amenée à le voir plusieurs fois par semaine (selon ma grand-mère), l'Ourse commença non pas à se sentir exaspérée, notez-le, mais à se prendre d'amitié pour lui. Un jour qu'elle le raccompagnait vers l'orée de la forêt, après lui avoir fait cadeau d'une ruche entière, elle voulut l'embrasser en lui disant au revoir. « Tiens-toi là où tu es ! s'écria l'homme horrifié par cette perspective, tu pues ! » L'Ourse recula et rentra fort affligée *dans son trou* (dans sa tanière), sans mot dire.

Le lendemain, coupant du bois, le bûcheron se retrouva soudain à plat ventre sous une énorme branche qui venait de s'écrouler. « Ourse, mon amie, au secours ! » - « Je ne suis plus ton amie, déclara la souveraine de la forêt, je l'ai été jusqu'à l'heure où tu m'as dit une mauvaise parole. J'eusse mieux aimé mourir la patte coincée dans l'arbre près duquel tu m'as connue, que survivre pour m'entendre insulter par un humain qui me devait son bonheur. C'est le dernier service que je te rends. Va-t-en maintenant, et si un jour tu me revois, tâche de tirer vite, car... » J'ignore la fin de son discours : dès que Florence arrivait à ces mots, je me mettais à pleurer.

- Mais voyons ! C'est pour ça que je te la raconte ? Tu ne vas jamais comprendre que c'est seulement une histoire ? C'est inventé pour apprendre aux petits enfants qu'il faut être gentil.

- Il ne l'a pas revue, n'est-ce pas ? Il ne l'a pas tuée ?

- Bien sûr que non. On va peut-être même la rencontrer dans le parc, tout à l'heure. Elle s'est peut-être liée d'amitié avec le jardinier…

Comme ma grand-mère. Où qu'elle s'installât, Florence apportait la campagne, au sens le plus concret de l'image : cette bien nommée n'avait jamais pu s'abstenir de planter les fleurs et les arbustes de sa cour natale (et nombre d'autres essences, jusqu'aux peupliers qu'elle affectionnait sans doute en raison de leur croissance rapide : à part eux, à son sens, l'arbre incapable de porter des fruits n'en était pas un) près de chaque immeuble citadin où elle venait de s'installer. L'année où elle me raconta pour la première fois l'histoire d'où je tirai son surnom, Florence était encore l'heureuse habitante d'un pavillon de banlieue, que je tenais pour ma maison et le paradis terrestre, pourvu d'un jardin qu'elle cultivait depuis longtemps, mais avant, elle avait vécu en plein centre-ville (en tant que domestique), et après avoir dû céder son petit terrain aux bulldozers pour emménager dans un bâtiment tout neuf, elle reprit sa vieille habitude de cultiver le premier lopin de terre vacant, sans même en être locataire, et sans se soucier du temps durant lequel elle pourrait en jouir.

Je l'ai vue faire trois fois, sur une dizaine d'années, sans compter ce que lui devaient les parterres des immeubles voisins. Il se trouvait, entre les *tours* et les *barres* qui constituaient les trois quarts de l'habitat pleunkois, des « espaces verts » : des terrains vagues où l'on avait laissé l'herbe pousser librement, en attendant le jour où l'on y construirait de nouvelles tours et barres. C'est précisément de cette liberté provisoire que Florence profitait avec astuce – car s'il était vrai qu'on ne pouvait pratiquement rien faire à Pleunk sans autorisation officielle (même pas héberger quelqu'un pendant plus d'une semaine), nul règlement n'interdisait qu'une citoyenne plantât ce que bon lui semblait dans les terrains vagues ; de fait, aucune instance n'était chargée de contrôler ce qui pouvait y pousser.

Mais comment Florence se procurait-elle ses graines, oignons, boutures et jeunes pousses ? Eh bien, en les achetant (pour les quelques espèces vendues chez les fleuristes), ou par son ami le jardinier du parc, qui n'hésitait pas à lui offrir telle essence plus rare, ou simplement (le plus souvent) en les *piquant* là où elle les trouvait, au cours de nos promenades dans les jardins publics du centre-ville.

- Viens, petiote, on va faire un petit tour dans le square de l'Avènement, c'est bon pour les enfants de prendre l'air au moins deux heures par jour. On va voir s'il y a quelques nouvelles plantes à *piquer*... C'est déjà la saison, ils ont bien dû commencer à refaire leurs plates-bandes.

Longtemps, je crus que les plates-bandes étaient faites pour qu'on s'amuse à en *piquer* les fleurs, spécialement celles du square de l'Avènement, le plus joli de la capitale, qui s'étendait à l'endroit où, paraît-il, un grand homme venu de l'étranger avait tenu un discours mémorable après lequel les Pleunkois avaient tous compris que le meilleur chemin qu'ils pussent emprunter était celui qu'il leur indiquait (on le voyait faire, l'index en fonte pointé vers quelque chose qui s'appelait le Progrès). Chaque plate-bande présentait un panneau selon lequel il était interdit de marcher dessus et de cueillir les fleurs – texte que Florence m'avait lu par souci éducatif –, mais pas une seule inscription n'intimait de s'abstenir du piquage et repiquage. Cependant, nous procédions ainsi :

- Va jeter un petit coup d'œil par là pour voir ce que fait le gardien, ma petiote !

Je m'exécutais.

- Il lit son journal, Nounourse.

- Et sa bouteille de bière, il l'a vidée ?

Je retournais voir.

- Non, pas encore.

- Très bien. Tiens maintenant mon cabas large ouvert.

Dans le cabas de Florence, il y avait un grand sac en plastique que nous ramenions à la maison bien rempli, avec force précautions et en chantant – car la Grande Ourse avait une belle voix et connaissait aussi bien le répertoire folklorique des veillées de sa jeunesse que *Lili Marleen, Le chant des partisans* et *Bella ciao* (traduits en pleunkois), qu'elle m'avait appris. Pour *Lili Marleen*, elle précisait qu'on ne devait plus la chanter en public, « mais n'empêche, c'est une jolie mélodie, et ça me rappelle les bals où l'on allait danser avec ton Dédé avant de nous marier... », ce qui me fait réaliser que je ne vous ai toujours pas présenté ce dernier, cher lecteur. De fait, à l'époque, je le connaissais à peine : c'était encore un homme très occupé.

Il travaillait, à ses dires, *par mi-temps*, expression qui faisait que je l'assimilais vaguement aux footballeurs (ses héros), autrement dit quatre heures tôt le matin et quatre autres en fin de journée, sans que je sache trop où ; il déjeunait à la maison, c'est vrai, mais au moment où je faisais ma sieste, et se couchait dès que je la finissais. Je ne lui accordais donc pas une grande importance parentale, d'autant moins qu'à la différence de son épouse, Dédé était menu, chauve et peu disert. Si vous tenez à vous le représenter, je peux vous confier que je n'ai jamais connu de tête évoquant aussi bien que la sienne la coquille de noix, par le biais des rides comme du caractère. Quand il se décidait à converser, on réalisait qu'il ne pouvait guère que résister à autrui, contredire, chercher noise et agacer ; lorsque j'eus l'âge requis pour cesser d'incarner l'exception à cette sienne règle, je trouvai un moyen de me venger qui, pour échouer à rendre Dédé plus supportable, ne lui en ôtait pas moins le dernier mot : dès qu'il m'exaspérait, je m'écriais : « Noisillon, Noisillon ! », et je m'enfuyais à toutes jambes à l'autre bout de l'appartement. Aucune mesure punitive ne pouvait s'ensuivre : même si le ton indiquait que j'étais fâchée, ce qu'il y avait d'insultant dans cet hybride de « noix » et de « chercheur de noise » échappait à Dédé qui croyait à une variante d'« oisillon » - terme trop doux pour mériter qu'il fasse un rapport aux instances supérieures (bien entendu, par lui-même, Dédé demeurait incapable de punir, toute sa capacité de nuisance se limitant à *noisillonner*). Mais pour revenir à l'époque où je le remarquais à peine, si je l'appréciais (au point de lui donner un diminutif tendre), c'était parce qu'il aimait bien, lorsque ses loisirs de bricoleur lui en laissaient le temps, me soulever, me poser sur ses épaules et faire le tour de la maison au galop, s'attirant la colère de l'Ourse qui craignait pour sa santé (fragile depuis l'époque où il avait failli mourir de la phtisie) et pour les bibelots.

Ce sont ces derniers qui avaient engendré mon intérêt pour le beau. En effet, l'Ourse possédait une petite collection de bêtes en porcelaine (chiens assis, cheval dressé sur son socle, éléphant blanc) ainsi qu'un bouquet de roses en plastique, qui se distinguaient des vraies en se refusant au toucher :

- On ne joue pas avec ça !

- Pourquoi ?

- Parce que c'est *décoratif*. C'est *esthétique*. C'est fait pour être regardé.

Obéissante, je regardais ces roses à tout moment que Florence ne pouvait pas m'accorder. Si je les regarde assez longtemps, pensais-je, je vais bien finir par comprendre ce qu'elles ont de beau.

Elles se trouvaient sur la table du salon, dans un vase bleu de Chine orné de poissons, d'algues et de vagues dorées, au milieu de la nappe qui représentait un paysage d'automne avec vol de hérons sur fond de ciel gris. Comme mon regard ne dépassait pas encore la hauteur de la table, je grimpais sur une chaise, je m'allongeais à plat ventre sur la nappe, je m'accoudais et, le menton sur les poings, je commençais par flairer le bouquet qui dégageait une odeur curieuse, probablement typique de sa matière décorative. Je scrutais la poussière déposée dans ses pétales, nervures et replis bien imités d'après nature, m'étonnant un peu de ses couleurs passées et de l'absence d'épines sur les tiges ;

je me permettais de l'effleurer pour savoir s'il était d'un grain plus appréciable que celui de la plante. Mais malgré mon application qui me le fit vite connaître par cœur dans ses moindres détails, la beauté qu'il devait contenir m'échappait aussi bien que le Beau aux philosophes adultes qui s'efforcent de le définir depuis l'aube des temps.

Suite à ces exercices, je dressai mentalement la liste des choses agréables à mes yeux : sont beaux les chats, le jaune d'œuf, les colliers en strass, les bonbons translucides (qu'on garde des mois durant, jusqu'à finir par se rassasier de leur vue, puis on les mange), les chaussures vernies, les pêches molles et les grandes cuillères inoxydables. Il va sans dire que ce classement varia et s'élargit avec le temps, finissant par inclure des êtres humains, des paysages, des œuvres d'art, des phrases, etc. Pourtant, certaines de mes plus anciennes valeurs persistèrent, tout comme l'étonnement face aux objets décoratifs de grande consommation.

- Qu'est-ce que tu fais là ?

- Je ne fais que regarder !

- Descends tout de suite ! hurlait l'Ourse. Mais voyez-moi ça ! On ne peut pas la laisser seule une minute ! Avec toutes les poupées que tu as, tu ne peux pas t'occuper à jouer ?

- Elles ne sont pas intéressantes. J'aime mieux discuter avec toi.

Pour être sciemment flatteuse, cette dernière phrase n'avait rien d'un mensonge, et l'Ourse le savait. Elle se radoucissait donc aussitôt, me ramenait à la cuisine où le repas du soir était en train de cuire, m'installait de travers dans son vaste giron et me récompensait par une nouvelle histoire éducative :

- Il était une fois une petite grand-mère...

- Petite comme moi ?

- Un peu moins petite que toi. Elle avait un mari – et toi aussi, tu en auras un avant d'être grand-mère, je te rassure...

- Ce sera un chat.

- Quoi ? !

- Un très beau chat aux yeux bleus.

- Juste ciel, cette gamine est *givrée* !

Comme vous l'avez sans doute déjà remarqué, Florence avait un parler éclectique. Arrivée tard dans la capitale et se sachant peu lettrée, elle gardait toujours présente à son esprit l'idée que les citadins – surtout les jeunes, qui avaient pu faire des Études, c'est-à-dire aller plus loin que les petites classes – s'exprimaient nécessairement beaucoup mieux qu'elle, ce qui lui faisait retenir tout terme inconnu qui sortît de leur bouche, après en avoir demandé l'explication. Ainsi usait-elle avec délices, sur un ton d'italiques, d'une série toujours croissante de Nouveaux Mots, qui pouvaient relever aussi bien de la chimie moléculaire que du verlan. Les médias contribuaient également à l'évolution de son vocabulaire, par la langue de bois ou par les tics verbaux de tel présentateur des nouvelles.

À son sens, et quel que fût le registre de ses Nouveaux Mots, ils méritaient tous le même respect, et devaient lui procurer un prestige presque identique à celui dont les savants et les collégiens jouissaient auprès d'elle. Cependant, j'étais la seule personne qui pût bénéficier de toute l'étendue de son lexique : devant chacun des autres, qu'il s'agît de son mari, de sa fille ou du petit-fils de la voisine, ma grand-mère n'utilisait que les Nouveaux Mots qu'elle lui devait. Ainsi, ma mère qui m'avait confiée à ses soins ne pouvait aucunement se douter des richesses verbales que j'assimilais depuis l'âge d'un an, et se retrouvait parfois bouche bée en m'entendant parler de *gamine givrée* (au sujet de sa cousine Monique, redoutable idiote un peu plus âgée qu'elle, dont nous reparlerons), de *réaction en chaîne* (à propos de la chute d'une pile d'assiettes) ou de *cabinet ministériel* (pour demander où faire pipi au restaurant). « Qui t'a appris ça ? », demandait-elle après avoir retrouvé ses esprits, et comme nous étions à l'époque où je craignais beaucoup ses réactions, je répondais : « Je ne sais plus, Minou » – ce qui me ramène enfin à mon propos.

- Elle est complètement *maboul* ! poursuivait ma grand-mère. On se marie dans son *espèce vivante*, pour ta gouverne, et nous ne sommes pas des chats.

- Maman et moi, si ; toi, tu es une Ourse, bien entendu.

Vous aurez compris qu'il s'écoulait un long moment avant que l'Ourse ne reprenne son conte :

- Le mari de cette petite grand-mère était charmant, mais il faisait toujours des bêtises. *Notamment*, il se débrouillait pour perdre les *finances* de la maison, ou pour viser le buffet quand il coupait du bois, ou pour s'asseoir droit sur les œufs que sa femme venait de ramasser sous les *poulagas*… (J'ai oublié de préciser que Florence accordait à certains mots plusieurs acceptions personnelles.) Et qu'est-ce que tu crois qu'elle disait en se rendant compte des *conneries monumentales* qu'il venait de faire ?

- « Regardez-moi donc ce bêta ! Mais il est maboul ! »

- Non, elle disait : « Ce n'est pas grave, ce qui compte, c'est que mon homme soit sauf et bien portant. »

-Vraiment ?

- Et mieux, quand les voisins lui apprenaient que son mari avait encore fait des siennes, en espérant qu'elle finirait par sortir de ses gonds, elle rétorquait : « Mon homme sait ce qu'il fait. » Tant et si bien qu'on ne parlait plus que d'elle. On lui avait fait une *réputation phénoménale*, qui est arrivée aux oreilles pointues du Diable lui-même, qui a décidé que *cette situation* ne pouvait plus durer : « Je vais lui flanquer une de ces tentations, elle va voir si son homme sait ce qu'il fait ! » Parce que le Diable n'aime pas que les humains se croient plus forts que lui, pour ta gouverne…

Craignant que votre patience ne soit pas égale à celle de la petite grand-mère, je résume : le Diable rendit son mari encore plus maladroit que nature, lui faisant d'abord noyer les poules, puis perdre le cheval, puis brûler la maison au moment où l'épouse était allée chercher le *véhicule familial*, et que croyez-vous qu'elle fit en voyant qu'ils n'avaient plus que ce dernier pour tout bien ? Elle embrassa son homme et le chargea de vendre la bête au marché – résultat : une poignée de cailloux. Le Diable avait bien sûr profité de l'occasion pour faire croire au mari que c'étaient des pierres précieuses, par l'entremise d'un paysan madré, mais ma grand-mère précisait que même sans intervention surnaturelle, l'imbécile en question se serait débrouillé pour rentrer les mains vides.

- Et alors, qu'est-ce que tu crois que sa femme a dit ?

- « Mon homme sait ce qu'il fait. »

- Exactement. Alors, Dieu qui regardait leur cirque du haut du ciel a trouvé qu'elle *dépassait toutes les bornes*, comme patience, et non seulement il leur a rendu tout ce que le mari avait perdu, mais il a transformé en or pur tout autour d'eux. Ça t'épate, hein ? En fait, c'était le bon Dieu qui avait voulu que ces deux-là s'aiment et s'entendent toujours, comme disait toujours ma grand-mère à moi en me racontant cette histoire.

La première fois que je l'avais entendue, j'avais demandé :

- Pourquoi Dieu n'a pas fait pareil chez nous ?

- Comment ça ?

- Il aurait pu empêcher Minou de divorcer, non ?

- Peut-on être aussi bête ? s'était écriée l'Ourse. Dieu n'existe pas !

- Vraiment ?

- Bien sûr que non ! *La science l'a prouvé.*

- Mais tu as dit…

- Enfin, c'était un conte ! Les contes, c'est des *conneries*, c'est fait pour t'endormir ou pour t'amuser, pas pour que tu y croies ! Si ça ressemblait aux contes, la vie vraie, il y aurait peut-être un Dieu par *tête de la population*, mais je peux te dire qu'au train où va le monde, ça fait un bail qu'il n'y en a plus aucun !

Cette conclusion me fit voir aussitôt un train bondé et avançant très vite, où se trouvaient certainement toutes les personnes de ma connaissance absentes de la maison, et à l'idée que le Diable y voyageait également, j'éclatai en sanglots. J'étais encore loin de le trouver séduisant, alors que grand-mère n'avait pas pensé à m'apprendre que selon la science, Il n'existait pas plus que le bon Dieu. Ce fut ma mère qui le fit, à une autre occasion, mais cela ne m'empêcha pas de Le revoir souvent, car à l'époque, seule la Grande Ourse me semblait autorisée à trancher sur tous les grands sujets – pour faire un mot facile, comparée à elle, Minou ne faisait pas le poids.

Il faut noter qu'en ce temps-là, Minou était ma mère des dimanches : en semaine, travaillant, elle sortait avant l'heure de mon lever et rentrait généralement quand je dormais déjà ; le samedi, elle préparait sa Thèse à la Bibliothèque Nationale – ce qui me faisait me demander, chaque fois que je l'entendais, pourquoi Minou ne grimpait pas sur celle de la maison, relativement basse et assez large pour qu'une personne de son volume pût s'y allonger à plat ventre et lire tranquillement. Les dimanches, elle *profitait de moi*, comme disait l'Ourse, en m'emmenant au zoo, dans un jardin public ou (s'il faisait mauvais) chez des amis pourvus de petits enfants, le plus souvent chez Rosa et Julia, ses *copines du lycée*. Tout compte fait, en sept ans, nous ne passâmes qu'environ quatre cents jours ensemble, vacances comprises, et nos rapports eussent pu rester encore un certain temps hebdomadaires sans deux événements (par ordre chronologique) : l'abandon de la Thèse et l'abdication de Florence.

Je reviendrai sur le premier en temps voulu ; quant au second, cela se passa ainsi : un jour que je conversais avec deux petites voisines non loin de ma grand-mère qui s'occupait (encore) de préparer le repas, elle m'entendit (d'après ce qu'elle avoua par la suite) débiter des dialectismes affreux, du genre qu'elle croyait ne plus jamais utiliser. Réalisant que je ne pouvais cependant pas les tenir de quelqu'un d'autre, elle mit du sel dans le dessert et passa le restant de la journée à trépigner, après m'avoir donné un livre pris au hasard parmi ceux de ma mère, assez gros pour que je ne risque pas de le finir avant l'heure du dîner. Je n'y compris rien (je ne parle pas du livre), mais c'était là une astuce destinée à m'éviter autant que possible de l'entendre parler.

Au coucher, Florence déclara que je pouvais aussi bien me passer de conte (d'un des deux seuls contes, cités plus haut, qui échappaient encore à mon mépris pour ce genre), et comme j'essayais de protester, elle eut recours à la menace suprême : « Tu vas voir comment ta mère va te gronder quand je vais lui raconter… » – car l'Ourse avait réussi (preuve ultime, s'il en faut, de l'incomparable autorité qu'elle incarnait auprès de moi, qui m'eût fait croire que le feu glaçait, si elle l'avait prétendu) à me convaincre que Minou pouvait devenir proprement terrifiante en se fâchant *vraiment*, ce dont je n'osai jamais me faire donner un exemple : il va de soi que Grand-mère dit toujours vrai ; mieux vaut ne pas voir à quelle Méduse maman peut ressembler quand elle le veut. Pour être précise, j'avais déjà une petite idée de l'aspect de Minou en colère, mais cela ne m'avait pas désabusée sur son potentiel gorgonesque. Ne riez pas, je n'étais pas complètement aveugle de candeur : fâchée, ma petite mère-des-dimanches lançait au coupable (mâle ou femelle de n'importe quel âge) un regard qui aurait pu vous faire tomber à la renverse, voire en morceaux, s'il avait duré plus qu'un instant, et l'instant suffisait pour que je me sente, comme disait l'Ourse, *plus basse que le niveau du sol* pour le reste de la journée. Par surcroît, Minou m'était assez peu familière pour susciter l'idée qu'elle pouvait distribuer, au besoin, des punitions absolument atroces d'un genre que je ne saurais deviner.

La phrase consacrée qui n'avait jamais manqué de me calmer fit donc son effet une fois de plus, vu que j'ignorais, pour quelques jours encore, qu'il y avait en réalité beaucoup moins à craindre du côté maternel que de celui de ma grand-mère dont j'avais déjà souvent subi les cris.

Ayant refermé la porte de la chambre, Florence s'assit à la cuisine et pleura jusqu'à l'heure où Minou devait rentrer, puis, l'entendant ouvrir la porte d'entrée, elle s'essuya les yeux, achevant ainsi le deuil de l'époque où nous fûmes inséparables. Elle abdiquait. Comme elle le déclara à sa fille quelques minutes plus tard, en conclusion du rapport concernant les dialectismes : « La petiote est devenue trop grande pour qu'on puisse *l'exposer sans danger à l'influence* d'une paysanne sauvage de mon espèce » – un propos qui devait rester inscrit dans l'histoire familiale, et qui me fait venir les larmes aux yeux maintenant que je le relis.

Elle abdiquait. C'était urgent, sa fille devait se débrouiller pour s'occuper de mon éducation, autrement dit 1) passer plus de temps avec moi 2) me faire comprendre que ma grand-mère n'était pas le meilleur modèle à imiter. « Je ne sais pas comment tu pourrais faire, mais tu trouveras le moyen, toi qui *en as dans le cerveau*. C'est ta gamine, elle doit devenir intelligente et instruite comme toi. » Le verbe « devoir » avait, dans la bouche de l'Ourse, une force telle que toute personne qui l'entendait perdait ses éventuelles velléités de résistance : cela tenait de la loi de la nature, on le sentait dès le mot prononcé. Aussi ma mère trouva-t-elle au plus vite le moyen en question : elle changea de travail, se dispensant ainsi de l'obligation de passer au bureau toutes les journées ouvrables, et soucieuse de me faire rattraper le retard mental que l'Ourse prétendait m'avoir valu, ne passa plus guère sans moi que les heures où j'étais à l'école.

Au bout de quelques semaines, elle constata que l'influence de l'Ourse ne m'avait pas empêchée de m'adonner, sans que celle-ci s'en aperçût vraiment, à des activités intellectuelles fort étranges et précoces – mais c'est là une autre histoire, qui peut encore attendre. Le moment est aux pleurs et au chant.

Adieu, Grande Ourse, mère des légendes, divinité suprême du

temps païen, douce et féroce mangeuse de ruches, l'heure était venue que ta majesté se réduise aux proportions plausibles d'une dame dont le giron n'était plus assez large pour que sa petite-fille s'y tienne blottie. Plus de chaton qui se frotte contre tes jambes, fini les contes de ta grand-mère à toi, tu n'étais pas près de trouver à qui d'autre les apprendre, il ne te resterait plus qu'à te taire prudemment, porteuse de sagesse et de mystères bien cachés, lorsque les Enfants parleraient à table – car les Enfants, dirais-tu désormais, honorant par ce mot l'unisson de ta descendance, ont toujours à se dire des choses importantes. Désormais, tu écouterais, et ce serait la petiote qui t'instruirait sur le sens des Nouveaux Mots retenus au passage des années d'après ton règne, vieille déesse qui abdiquas au profit des Lumières, humble gardienne de leur culte, que personne ne songe à remercier. Comme ils oublient facilement, les enfants pressés de parler et de faire, qu'ils te doivent l'attirance qui les éloigna de toi, ma sauvage déchue encore capable de voir la plus obscure des villes comme le foyer radieux du Savoir. Puisse la Science par toi vénérée s'être trompée pour que quelqu'un te rende en or pur comme ton regard la maison qui fut ton temple à l'époque où je croyais aux contes, âme clocharde, déjà lointaine comme la constellation tutélaire de mes mots, que tu fus. Adieu, Grande Ourse des jardins publics où l'on ne se promène plus.

Elle se consola (autant qu'elle put) en devenant propriétaire d'un petit appartement sis dans un immeuble tout neuf, entendez pourvu d'un terrain vague encore non cultivé. Elle y ramena son mari, ses marmites, ses bibelots, son vase, ses roses en plastique et sa nappe à hérons. (« On va enfin pouvoir arranger cette maison ! Ta pauvre grand-mère n'a jamais voulu comprendre qu'il y avait autre chose que le kitsch pour décorer ! ») Mais même après son abdication, ma grand-mère et moi gardâmes une habitude commune, assez récente et qui ne présentait aucun inconvénient du point de vue de mon développement : aller à l'Opéra. C'est bien Florence qui m'avait emmenée voir *Méphistophélès* ; ayant constaté que je ne m'ennuyais pas aux spectacles lyriques, elle en profita.

En vous présentant Pleunk, j'ai omis de faire une précision capitale : faute d'y trouver grand-chose de bon à voir, on pouvait toujours s'y régaler les oreilles, à l'époque, grâce au seul art où le pays excellât encore, le chant. Un jour que je m'étonnai de cette excellence devant des amis adolescents, futurs artistes peintres, je m'entendis suggérer que ça devait découler de la loi biologique qui veut que les canaris chantent le mieux en cage. Or, je ne saurais retenir cette explication : la plupart des grands chanteurs pleunkois n'habitaient pas vraiment le pays, étant les seuls artistes locaux à avoir le droit de se produire ailleurs. Si l'Opéra local demeurait remarquable, c'était grâce aux galas qu'ils revenaient y donner de temps en temps, et aux élèves du Conservatoire, encore trop jeunes (comprenez : inconnus) pour que Milan ou Vienne les engagent. Avant la basse inégalée dans le rôle titre de l'opéra qui me fit changer d'idée sur Satan (le muant de vision cauchemardesque en héros fascinant et somme toute admiré par tous, puisqu'on l'écoutait et applaudissait sans retenue, en masse), Pleunk s'enorgueillissait d'avoir donné au monde l'inoubliable Charoff – non, cher amateur, ce n'était pas un Russe ! – et une longue théorie de sopranos menant droit aux contemporaines Reine et Guina.

Pour aller les écouter, ma grand-mère et moi mettions notre tenue de gala, confectionnée par elle et qui ressemblait aux costumes que nous verrions sur scène par son aspect démodé, ses tissus de mauvaise qualité et son tomber défectueux – mais cette description provient du regard rétrospectif d'un auteur familiarisé avec la couture parisienne, tandis que dans l'espace-temps où cela se passait, endimanchée et fière aux côtés de ma grand-mère plus royale que Guina, j'adressais un signe d'au revoir à Minou qui nous souhaitait une bonne soirée depuis le seuil et nous regardait descendre l'escalier, d'un œil méditatif, n'arrivant jamais à comprendre comment une femme aussi fruste que sa mère pouvait être friande d'opéra. Bien qu'aller aux spectacles ne coûtât pas grand-chose à Pleunk, et malgré l'excellence de ses chanteurs lyriques, cet art n'y avait jamais constitué une distraction aussi populaire qu'en Italie, ce qui n'aidait pas à s'expliquer le plaisir qu'en tirait notre Sauvage ; quant à Minou elle-même, les concerts symphoniques l'attiraient davantage ; en matière de chant, elle n'appréciait que la variété, et tièdement.

Voilà pourquoi, à la différence d'elle, je peux me vanter d'avoir entendu Charoff en vrai, malgré l'invraisemblance que donne à la chose le demi-siècle qui sépare nos naissances. À soixante ans, il demeurait encore assez en voix pour briller sinon en Satan de Gounod, du moins en Nabucco, rôle où il se maintenait *presque* à la hauteur d'Abigaille chantée par celle dont on disait que Verdi revenait de l'autre monde à chacune de ses premières. Tenir le coup aussi bien, face à elle, en fin de carrière qui plus est, cela prouvait qu'on méritait amplement les éloges dont on était couvert depuis sa jeunesse – pour enfant que je fusse, je le compris aussitôt.

Rien qu'en entrant sur scène, Guina vous faisait oublier tout le reste de la distribution : aucune Fenena ne pouvait se relever après le coup de vent de son arrivée, et avant même qu'elle n'attaque *Io t'amavo*, on comprenait pourquoi ce pauvre Ismaele s'était rabattu sur la première fille qui avait bien voulu le lui voler : Abigaille n'avait tout simplement pas moyen de faire moins que d'écraser d'admiration quiconque. On plaignait le malheureux de s'être trouvé sur son chemin :

se laisser aimer par elle revenait à passer pour un chapon, fût-on d'un tempérament volcanique et d'une taille monumentale (ce qui est rarement le cas chez les ténors). On ne s'étonnait pas que le plus grand de l'époque eût annulé (sous prétexte de grippe) son contrat avec la Scala dès qu'il avait su qu'elle serait sa partenaire, désistement que personne n'avait vraiment regretté : les moyens de Guina suffisaient amplement pour vous assurer une soirée dont vous ne vous remettriez pas de sitôt, l'exaltation qu'elle provoquait tenant de l'abus d'alcool. Guina jouissait de cette particularité incroyable, de n'avoir qu'à « ouvrir la bouche », comme elle l'avouait candidement, pour chanter sans faille (et trente ans durant) la partie qui avait donné tant de mal à la Callas, réputée comme la plus néfaste qu'un soprano pût oser : Turandot. On le voyait bien : la bouche en question, qu'on aurait cru petite, se transformait subitement en cratère en forme d'O majuscule à faire peur, et sans que le reste du visage, ni le cou ni le corps ne marquent le moindre effort, du masque lisse ainsi percé sortait toute seule la voix gigantesque, aussi puissante au plus bas qu'au sommet de son énorme diapason. Pour le lecteur ignorant, je précise que Guina pouvait également chuchoter et chanter *piano*, sans y perdre une once de sa majesté.

Par ailleurs, hors la scène, Abigaille-et-Turandot était excellente en tricot (étudiante, elle s'était nourrie en faisant des pulls pour ses condisciples nées de parents moins pauvres), et la plus paisible des épouses pour le seul homme qu'elle eût jamais aimé. (Aussi ne fut-elle célèbre qu'auprès du public capable d'apprécier les cantatrices pour leur seul art.) Toujours aimable, presque effacée, elle n'avait d'ambition que dans l'exacte mesure où sa voix lui en demandait, ce qui explique en partie le fait qu'elle attendit presque vingt ans avant de se produire sur une scène importante. Même reconnue dans le monde entier, elle ne finit jamais par quitter une fois pour toutes son logement pleunkois, ni par prendre une seconde nationalité, se contenter de peu lui étant aussi naturel que de régner sur toute la Chine.

Guina était, bien sûr, la préférée de l'Ourse qui disait à son propos : « une fille de la campagne, comme moi ».

Reine, en revanche, revenait à Pleunk rarement, y logeait à l'hôtel et n'y passa plus un seul jour entre sa légendaire soirée de *Tosca* (qui marqua la fin de ma première période opératique) et le changement suivant de climat local, survenu quinze ans plus tard (j'avais alors repris goût à l'art lyrique, mais j'étais loin de Pleunk). Avant même de commencer, et sans qu'on se doute aucunement de la raison qui en ferait une légende, cette représentation unique de *Tosca* dans une nouvelle mise en scène pleunkoise, avec un chef d'orchestre italien venu en supplément digne de la vedette, était un événement. Si ma grand-mère put louer nos places, ce fut uniquement grâce aux bons termes où elle était avec la caissière, et sans oublier de la remercier pour nous avoir mis les billets de côté, en lui offrant un bégonia luxueusement empoté, flamboyant de rouge et pesant trois kilos. Nous serions au balcon, au premier rang, bien au milieu.

Une semaine avant ce gala, le professeur de musique de mon école s'était occupé d'expliquer *Tosca* tout au long de tous ses cours, aux petites classes comme aux collégiens, nous racontant l'intrigue, décortiquant les personnages et précisant que la diva la plus remarquable tenant le rôle actuellement était bien de chez nous. Sa leçon faisait ressortir deux idées : l'œuvre en question annonçait l'Avènement, car Mario et Floria s'étaient sacrifiés à une cause qui allait l'amener ; si Reine avait choisi de chanter *Tosca* pour son retour à Pleunk, ce n'était pas un hasard : elle rendait ainsi le meilleur hommage à la voie du Progrès que le pays avait, et cætera.

Pour démontrer le courage et le mérite des protagonistes, le professeur avait longuement insisté sur l'horreur incarnée par Scarpia – un scélérat typique de son époque, mais aussi le symbole de tous nos ennemis –, sans évoquer l'interprète. Ne sachant pas encore comment ce dernier s'appelait, ni ne songeant à le demander (s'il avait valu la peine qu'on en parle, la caissière l'aurait cité à ma grand-mère qui me l'aurait fait connaître), je manquai de saisir l'incohérence majeure que contenait cette leçon. Je me demande encore à quel point le professeur en était responsable : comprenait-il vraiment sur quoi il insistait ?

Le début du gala me déçut : après une si grande attente et tant de discours, je trouvai que dans *Tosca*, Reine n'avait rien de plus qu'en Marguerite, alors que ses nouveaux costumes rendaient nettement moins bien que celui d'Hélène. En outre, je préférais Verdi à Puccini. Et par surcroît, chantée en traduction pleunkoise, cette histoire s'avérait d'une cruauté trop frappante pour que je puisse m'en délecter. Imaginez un peu, on serrait le crâne du héros dans un anneau de fer (supplice heureusement invisible, mais malheureusement audible), pendant que son amoureuse discutait avec Scarpia aussi poliment qu'il se peut, n'ayant même pas moyen de l'insulter sans aggraver ce qu'il faisait subir à son amoureux ! Si au moins ils s'étaient exprimés en italien, une part de cette horreur nous aurait échappé – je dis « nous » car autour de moi, les spectateurs pleuraient, à l'exception notable de Florence que personne n'avait jamais pu voir les larmes aux yeux. Quant à moi, ignorant jusqu'alors qu'on pût vivre des situations aussi atroces, j'étais terrifiée et révulsée au point de n'avoir même plus ma ressource habituelle ; de toute manière, avec ou sans mes pleurs, Scarpia restait le plus fort ; si Tosca n'arrivait pas à l'apitoyer, quel autre moyen de faire cesser cette ignominie ?

Arriva *Vissi d'arte*, en bon pleunkois, et je pleurai aussi, tandis que le balcon entier éclatait en sanglots. Je n'oserais dire que la salle entière pleurait : je ne distinguais pas grand-chose de l'orchestre plongé dans la pénombre, ses occupants les plus sensibles devaient faire attention à ne pas brouiller le chant en sanglotant ; par ailleurs, la plupart d'entre eux étaient des officiels d'un rang auquel les larmes en public n'allaient pas mieux qu'à Florence – mais la corbeille débordait et gémissait de compassion autant que faire se pouvait sans inonder la scène ni briser la voix de Reine. La salle n'étant pas très grande, Tosca devait nous entendre ; à chaque nouveau vers, elle montait d'un degré en puissance pathétique, et lorsqu'elle parvint à « Pourquoi, Seigneur, avoir permis qu'on me tourmente ainsi ? », le son que rendit la question fit gémir jusqu'aux cieux : l'on entendit comme un écho de douleur descendant vers nous, depuis les lustres dont le cristal vibrait visiblement de pitié. La corbeille s'effondra – au figuré, bien sûr, et sans Florence, mais de façon encore plus manifeste que l'émoi du cristal. Pour ne citer qu'un seul exemple, je m'étais écroulée sur le parapet et me tordais sans arriver à cesser de sangloter pour reprendre mon souffle, écrasant tantôt le côté gauche de ma figure, tantôt le droit contre le velours trempé, dans l'espoir absurde de finir par boucher la plaie d'où provenait l'hémorragie lacrymale.

Or, le grand moment du gala n'était pas encore venu – qui s'en serait douté ?

Lorsque nous vîmes Tosca tuer Scarpia, nous fûmes bien sûr très soulagés (notamment moi qui ne savais pas que ce fût prévu), mais l'acte en lui-même n'avait rien de spectaculaire, dans cette mise en scène-là ; par ailleurs, l'on devait être encore épuisés par le grand air de Reine ; tant et d'autres raisons pour ne guère montrer d'enthousiasme au moment où l'immonde s'écroulait. Je ne saurais affirmer que la diva ait été déçue de ne pas nous sentir jubiler à cette chute, cependant, l'idée m'en vint, et je l'observai d'autant plus attentivement. Le jeu était le suivant : ayant poignardé Scarpia en tournant le dos à la salle, ce qui revenait à le cacher presque entièrement derrière soi, Tosca le laissait tomber et s'écartait latéralement de lui avant de faire quelques pas vers le public. Reine les fit d'une façon qui - soit colère face à notre tiédeur, soit procédé bien prémédité – nous donna à comprendre immédiatement que quelque chose de grand allait se produire. Elle se campa au bord de la scène, fixa la salle l'espace d'un éclair, puis tourna le visage juste assez pour qu'on pût bien suivre son regard sans rien perdre de sa mimique. Et relevant le menton pour jauger l'homoncule gisant, elle eut soudain la grimace de dégoût la plus vériste qu'un visage de diva puisse donner : les yeux resserrés, la lèvre inférieure remontant brusquement et réduisant sa belle bouche à un trait qui frémissait de répugnance, elle resta un instant plantée au-dessus de lui telle une lance vibrante, puis rejeta la tête avant de siffler : « C'est devant *ça* que Rome entière tremblait ! » - et l'on entendit dans la salle le plus bruyant silence que j'aie jamais connu, comme si tous les spectateurs pensaient à haute voix, en chœur : bon Dieu !, tandis qu'au premier rang, droit devant elle, son plus grand admirateur national comprenait qu'il venait de recevoir, et de sa propre initiative, une offense qu'il n'avait même pas moyen de punir par cette peccadille que semble être la peine capitale en pareil cas.

Vous comprenez que l'État ne fit plus revenir Reine dans sa ville natale ; de fait (j'allais l'apprendre plus tard), elle partit droit vers l'aéroport dès sa sortie de scène, sans quitter d'un pas le chef d'orchestre qui était venu la rejoindre d'urgence, depuis la fosse, pour saluer le public en la tenant par le bras, et elle put prendre l'avion sans accident – impossible de savoir ce qui se passa en chemin entre cet Italien et le cortège de sous-scarpia locaux qui entouraient la diva à chacune de ses visites chez nous, mais en tout cas, elle parvint sauve à Rome. Quant au Scarpia poignardé, il rentra faire son rapport à Moscou d'où il venait (provenance que le professeur de musique avait passée sous silence), en emmenant pour les besoins de l'enquête le metteur en scène pleunkois dont personne n'entendit plus parler ; faute de connaître son sort exact, les amateurs se contentèrent d'en tirer la conclusion, lapidaire comme une pierre tombale, que le pauvre homme avait toujours été bien moins chanceux que Reine.

On débattit longtemps, en revanche, pour essayer de fixer son opinion sur ce qui avait sauvé la cantatrice : certains disaient qu'avec ou sans l'Italien, si l'État avait jugé bon de la châtier, il l'aurait fait ; d'autres supposaient que non accompagnée, Reine aurait pu disparaître sans dommage pour Notre réputation ; d'autres encore pensaient que c'était exclu en raison de la nature de l'outrage : scénique, donc sans doute préparé avant le gala, donc probablement annoncé aux proches que Reine avait à Rome, qui se seraient dépêchés d'apprendre au monde entier la cause de son éventuel accident de voiture ou d'avion – si l'État n'avait pas prévu une telle mesure de défense de sa part, elle avait pu l'en informer par le biais du cortège, dès la chute du rideau…

Ce que le public ignorait : outre le chef d'orchestre, l'Italie était représentée ce soir-là par une petite équipe grâce à laquelle on peut encore entendre le *Vissi d'arte* qui bouleversa le cristal, ainsi que la réplique inimitablement feulée. Je tombai sur le disque une vingtaine d'années plus tard, loin de Pleunk, dans un rayon d'enregistrements bradés (cela se comprenait, les versions pleunkoises n'étant guère recherchées de par le monde), et l'achetai de préférence au reste des disques avec Reine pour vedette, vendus (nettement plus cher) dans le magasin. Je l'écoute rarement, son effet me laissant plus affaiblie - à l'âge que j'ai, avec les souvenirs récents qui s'y rattachent et les réflexions venant s'y ajouter en supplément d'ironie désolante – qu'à l'époque où cette *Tosca* m'empêcha de retourner à l'Opéra.

Car effectivement, nous n'y retournâmes plus. Minou fut effarée de me voir rentrer la figure encore toute rouge et enflée ; le récit que Florence a dû lui faire de notre soirée, après mon coucher, n'a sans doute rien eu pour maintenir l'idée que ce genre de distractions ne pouvaient que me profiter (ma famille pensait, en général, qu'il valait mieux se reprocher un surcroît qu'un manque de prudence). De mon côté, je ne demandai même pas à y retourner : sans que je m'en aperçoive, sans que je sache à quel moment précis, l'appétit d'opéra m'avait quittée. Peut-être avait-il diminué déjà avant ce gala, lorsque j'avais laissé tomber les exercices vocaux du chœur où je chantais depuis deux ans, sommée de choisir entre la perspective de ne jamais accéder aux solos et les soins d'un orthophoniste qui me débarrasserait de mon « R français » - comme on appelait, à Pleunk, l'inaptitude à rouler les R que la langue locale voulait aussi sonores que les italiens. Je n'avais jamais tenu, auparavant, à garder mon « R français », ne me rendant même pas compte que je l'avais ; or, dès qu'on me fit comprendre que je présentais un défaut inadmissible chez une future diva pleunkoise, je renonçai à en devenir une. Inexplicablement, je préférais conserver ma prononciation anormale, que je refusais d'ailleurs d'admettre comme telle : « Puisque les Français parlent comme moi, fis-je à l'adresse de Minou qui venait de dire que l'orthophoniste ne me ferait aucun mal, c'est qu'il n'y a pas de raison de me soigner. La France, c'est beaucoup plus grand que Pleunk, alors, c'est les Pleunkois qui ne sont pas normaux, c'est eux qui ne devraient pas avoir de solos ! Qu'ils se les gardent ! Quand je serai grande, je vivrai à Paris et je ferai ce que je veux ! Je chanterai en duo avec Jacques Camp ! » (C'était la dernière année de sa vie, mais lorsque je sus que Jacques Camp venait de mourir, si je perdis ce rêve, je ne changeai pas de décision concernant mon avenir ; il n'y avait pas que mon chanteur de variété préféré pour me faire caresser l'idée - d'autant plus rassurante que j'ignorais encore qu'elle relevait de la folie dans l'espace-temps où j'étais - d'être prédestinée à trouver le bonheur à Paris. Mais assez de digressions emboîtées.)

Les seules occasions où je me rappelai dès lors ma période opératique – avec étonnement : je ne comprenais même plus comment j'avais pu raffoler à ce point d'art lyrique, c'était à croire qu'une autre personne avait occupé mon for intérieur, et cela se pouvait, me disais-je, puisqu'on change de physique et de vêtements en grandissant, qu'est-ce qui prouve qu'on n'a pas changé de personne aussi, en dormant, par exemple ? la précédente a dû s'en aller pendant que je dormais… -, c'étaient les rares rencontres avec le petit soupirant que j'avais eu au chœur : il se trouvait être un voisin de mon amie Dima chez qui le hasard nous réunissait parfois. Il y venait pour jouer avec Mila, la sœur cadette de Dima, ayant lui aussi trois ans de moins que nous les grandes, autrement dit étant définissable comme un *bébé*, malgré sa bouleversante voix de castrat et l'amour éperdu qu'il me portait. Nous avions vite fait de l'enfermer avec sa contemporaine dans la chambre des enfants, pour rester, comme nos mères le faisaient à d'autres moments, au salon, à nous dire des secrets ; mais si Mila supportait ce traitement sans protester, du moment qu'elle n'était pas seule, le pauvre amoureux finissait toujours par trouver un prétexte pour revenir devant l'objet de sa passion – faute de mieux, il se résignait à la honte de demander à faire pipi, s'attirant ainsi force remarques humiliantes. Chaque fois qu'il ressortait, flamboyant de confusion ou de passion, il me lançait un regard à la fois timide, furtif et éloquent comme une supplique, qui me signifiait qu'il n'osait pas espérer, sans pourtant désespérer qu'on allait lui permettre de rester quelques instants de plus près de son adorée, ou du moins dans la même pièce. Ce fut le premier soupirant de ma vie (le plus précoce aussi : il m'aimait déjà à cinq ans, quand il venait d'entrer au chœur), mais j'en avais connu d'autres avant même de le perdre de vue (vite, suite au déménagement de la famille de Dima), ce qui contribuait à en faire la dernière des quantités négligeables, tandis qu'ensuite, le souvenir de mon époque opératique à laquelle il était lié ne me revint plus que les rares fois où l'on repassait à la télévision *Faust* avec Charoff, dans la mise en scène inégalée de Gardini.

Quand j'y repense, je vois une explication possible du fait que l'art lyrique n'avait pas périclité à Pleunk depuis l'Avènement : on peut difficilement en trouver un autre qui soit aussi *naturellement* anachronique, dont les sujets soient plus proches de l'esthétique officielle pleunkoise (sans parler de l'idéologie : le dernier gala de Reine resta le seul cas où un metteur en scène local ait profité des doubles sens qu'on pouvait y déceler). En effet, laisser fleurir l'opéra permettait de maintenir, sans qu'il s'en aperçoive, le public cultivé au XIXe siècle, dans la vague conviction que les idées d'alors (telles que les libretti les résument) restaient en vigueur, voire d'avant-garde également à Vienne, Milan, Paris ou New York – puisque les mêmes œuvres y faisaient le clou de leurs saisons, et que Gardini (un sympathisant de notre régime) et Charoff (le patriote pleunkois que vous croyiez russe) n'y étaient pas moins admirés que chez nous.

Tout cela pour vous dire, cher lecteur, qu'ayant perdu l'espoir de me voir devenir cantatrice, ma grand-mère en investit d'autant plus dans le succès de mes études, et qu'il eût été cruel, après lui avoir fait croire avec l'aide de ma mère que je partais pour Paris uniquement dans le but d'en poursuivre, de laisser ce mensonge dépourvu de la moindre caution ultérieure : faute de jamais me revoir dans l'avenir prévisible où il se pouvait que des vérités guère plaisantes lui soient révélées, elle se consolerait à l'idée de mes diplômes.

*

D'autres raisons firent que quelques semaines après le retrait de ma carte d'étudiante, je cessai définitivement de le regretter : tout montrait que c'était là la meilleure possibilité que j'eusse eue, sinon la seule, d'entrer dans la vie parisienne. En effet, à tout endroit autre que la Faculté où j'avais pu me rendre entre-temps, je m'étais vu refuser l'accès, ou l'on m'avait acceptée seulement pour une période très brève. Ainsi, l'hôtel miteux de mes rêves – enfin découvert après une longue recherche téléphonique à l'aide de l'annuaire disponible à la poste du Louvre où je fis la distraction des employés durant toute une soirée, refusant de quitter la cabine où j'étais, puis entrant dans une autre dès que celui ou celle qui m'en avait chassée auparavant la libérait –, l'hôtel le moins cher que j'eusse déniché à force de coups de fil presque aussi nombreux que les hôtels de la Ville, ne me garda dans sa chambre la plus petite que durant une petite semaine. En effet, ayant eu la bêtise d'avouer à son propriétaire et réceptionniste que je n'étais pas touriste mais fermement décidée à m'établir à Paris, je m'entendis demander de payer chaque mois par avance, ou de décamper, ce que je fis aussitôt.

Il me plaisait pourtant, mon Premier Hôtel Parisien : tout proche de la Butte Montmartre, tellement vieillot que je croyais habiter quelque film rétro tourné du temps de ma petite enfance - *Les Quatre Chandeliers*, par exemple, où le héros joué par Henri Ronsin passe quelques heures très agitées, en compagnie d'une jolie prostituée, avant de s'enfuir par le toit d'un établissement à peu près semblable, sous les coups de feu de ses poursuivants -, et relativement calme, du moins la nuit (dans la journée, j'avais bien mieux à faire que d'écouter ce qui s'y passait). Si mes moyens me l'avaient permis, j'y serais restée indéfiniment, et chaque fois que j'ai eu l'occasion de repasser devant (pas très souvent), j'ai regretté de l'avoir quitté si vite. Il est vrai que je ne pus pas me permettre de sitôt le luxe de séjourner dans un autre, ce qui a dû renforcer ma nostalgie pour son escalier en vieux bois aux marches concaves à force de pas, menant à un cinquième étage où j'avais eu le privilège de loger juste à côté de la seule salle de bains. Là où je dormis ensuite, il n'y en avait point, c'est-à-dire si, et certainement plusieurs, autant que d'appartements, mais je ne franchis jamais leurs portes, et je fis tout mon possible pour ne guère croiser leurs habitants, me contentant d'user de l'espace commun du couloir du septième où se trouvaient des chambres curieusement inhabitées, cadenassées de l'extérieur, devant lesquelles on pouvait s'étendre sans craindre d'être dérangé, une fois que la première expérience avait montré que personne n'y montait durant la nuit. Je ne sais plus comment l'idée m'était venue qu'on devait pouvoir résoudre de cette manière le problème du logement, toutefois, elle s'avéra aussi bonne qu'impossible à suivre longtemps : en sortant de l'immeuble le matin, on finissait par se faire remarquer, et la prudence intimait d'en changer, alors que les portes codées étaient déjà très répandues à Paris, en ce temps-là, limitant d'autant les chances de pouvoir y trouver assez de couloirs disponibles où l'on serait successivement à l'abri durant quelques mois au moins.

Au bout d'un mois, et faute d'avoir trouvé du travail (la vue de mes papiers rebutait tout employeur potentiel que j'eusse pu rencontrer), je commençai à penser que la Faculté allait rester mon seul lieu de séjour fixe, et qu'il n'y avait qu'elle pour m'aider à combattre le doute existentiel qui m'envahissait. Je m'étais déjà mise à développer d'étranges habitudes mentales, m'interrogeant fréquemment sur l'idée que les gens se faisaient de moi, en me croisant dans la rue par exemple (devinaient-ils, malgré mon aspect tout à fait correct, préservé grâce à diverses astuces, que je n'avais pas de moyens d'existence, et que de fait, je n'existais pas vraiment ?), et dénombrant obsessionnellement tout ce qui me manquait pour vraiment exister : une adresse qui ne fût pas une boîte postale ni située aussi loin que l'enfance ; un nom complet d'usage courant, le mien étant devenu obsolète à force de paraître imprononçable ou d'être prononcé d'une manière qui le rendait méconnaissable ; une source de revenus autre que la poche où je tenais ce qui me restait ; un permis de séjour me promettant plus de trois mois de certitude de pouvoir demeurer à Paris ; et surtout, surtout, quelqu'un qui me connaisse assez bien pour ne pas m'interroger sur mon passé ni risquer d'être repoussé par mon présent.

Je commençais à remarquer que la plupart des gens avaient tendance à vous confondre avec votre situation du moment (au lieu de se dire qu'il s'agissait là d'un état provisoire, qui ne vous définissait pas forcément), et malgré ma conviction qu'elle ne pouvait que changer (elle changeait sans cesse, de fait, même si ce n'était pas toujours pour le mieux), leur point de vue m'influençait de plus en plus péniblement. Le pire, ç'avait été le résultat de mon idée malencontreuse de faire le tour des institutions censées secourir les diverses sortes de nécessiteux : dans chacune, la personne compétente m'avait fait me raconter, pour déclarer ensuite qu'elle ne pouvait pas s'occuper de moi, chaque fois pour une raison différente, ce qui m'avait amenée à la conclusion que je manquais même de moyens de justifier mes besoins : en somme, ils n'avaient pas de raison d'être et tenaient du scandaleux. Ainsi, j'en vins à me soucier avant tout d'organiser mon (in)existence de façon à la rendre le moins frappante possible aux yeux d'autrui.

Du matin jusqu'au milieu de l'après-midi, cinq jours par semaine, je demeurais à la Faculté, qui se prêtait le mieux à mon besoin de combattre le doute existentiel. Entre ses murs où personne ne cherchait à me connaître plus qu'il ne fallait pour m'interroger sur le dernier cours ou pour m'emprunter une cigarette, *je pouvais*, du moins tant que mon apparence restait assez proche de l'idée qu'on se fait des étudiants, *me croire l'une d'eux*, puisque les professeurs et eux-mêmes ignoraient que notre ressemblance se limitait strictement aux horaires et à l'endroit qui nous réunissaient. Si vous saviez, lecteur, comme il est délectable de passer, quatre heures par jour et cinq jours par semaine, pour une étudiante quand on est quelque chose qui tient du merle blanc (en moins propre) et de l'âme en peine (par son état transitoire et affixe, quoique agnostique)...

Même durant ses heures de fermeture, la Faculté me protégeait encore, me fournissant un prétexte sérieux pour oublier mon cas particulier d'inexistence au profit de celui, bien plus normal, des grands auteurs défunts.

J'étudiais alors l'histoire littéraire (qui faisait l'objet d'un examen à passer) entre deux terminus, bien installée côté fenêtre dans le bus 43 dont le trajet compte parmi les plus longs et les plus beaux de Paris, deux avantages très appréciables pour les amoureux de la ville qui n'ont pas de logement. Je nettoyais parfois un coin de vitre embuée pour contempler la vue qui se recouvrait vite de gouttelettes minuscules, me rappelant au devoir : tu n'es pas là pour m'admirer. En repensant au trimestre où j'avais tout fait sauf étudier comme mes nouveaux condisciples, je savourais le bonheur de me trouver dans ce vaste *perpetuum mobile*, les genoux couverts de copies doubles : les notes de ces mois-là, prises par une autre. À mes pieds reposait, secoué par le mouvement, mon sac rempli de livres d'occasion, la plupart en mauvais état, ce qui était fait pour me réjouir. Comme les notes, ils me suggéraient (par chaque tache ou miette prise entre les pages, par chaque cheveu perdu ou bout corné) que le passé manqué était bien rattrapable puisque je pouvais emprunter, acheter ou inventer la prime jeunesse que je n'avais pas vécue à Paris. N'aurai-je pas appris par cœur, moi aussi, mes classiques français dans le plus célèbre et ridicule des manuels de lettres dont les auteurs (justement détestés par des générations entières) m'étaient chers autant que l'adolescence de récupération qu'ils me donnaient ? N'allais-je pas finir par en savoir autant, voire plus que ceux qui faisaient les mêmes études à la suite d'un tout autre début de vie ? Ce savoir n'allait-il pas devenir moi-même aussi sûrement qu'est Docteur en médecine celui qui possède son diplôme, et que personne ne confondrait avec l'enfant de jadis qui brandissait une seringue en plastique ?

Ces agréables prévisions m'incitaient au travail sans m'empêcher de guetter l'approche de la rue où Frédéric Moreau s'était promené si tristement un soir en compagnie de Monsieur Arnoux. C'est là qu'habitait Michèle qui avait accepté une fois d'héberger pour la semaine une inconnue qui se trouvait être moi. Depuis, elle demeurait la seule personne capable de me transformer périodiquement en quelque chose de meilleur encore qu'une étudiante, et même de me présenter aux autres en ces termes : « C'est une amie ». Chaque fois que mon cabinet de travail passait sous ses fenêtres allumées donnant sur la rue Lafayette, je lui envoyais toute mon affection, d'un regard vite emporté par la force des choses. Je l'imaginais assise à son bureau sous la lumière de l'autre côté des vitres, en version fixe de la studieuse mobile que j'étais, sachant qu'elle travaillait de midi à minuit pour préparer un mémoire où il était question... du prosateur auquel le poète avait conseillé de se dépêcher de devenir immortel avant d'être mort. Vous vous rendez compte ? Quand j'avais appris que c'était sur lui que Michèle travaillait, cela m'avait fait l'impression qu'on a en tombant sur un copain d'enfance dix ans après la dernière fois qu'on l'a vu.

« Mais comment ça se fait que tu écrives sur un auteur étranger ? » - « J'ai fait quatre ans de Langues Orientales ; ma maîtrise, c'est de la littérature *comparée.* » Je ne cherchai pas à savoir ce que pouvait signifier ce mot dans le contexte, absorbée par la découverte qu'il existait des Parisiennes qui trouvaient plus d'intérêt aux vieux romanciers exotiques qu'aux écrivains modernes de leur propre langue. Personnellement, et malgré le respect que je devais aux compagnons d'enfance, je ne comprenais pas pourquoi quelqu'un qui n'était pas obligé de s'en contenter limiterait ses études à eux, alors que personne ne lui interdisait de faire un mémoire sur le Nouveau Roman, par exemple, entre autres phénomènes littéraires parisiens dont l'intérêt était d'autant plus grand qu'ils étaient encore relativement frais, et n'avaient pas fait l'objet de centaines de doctes ouvrages ! Mais je gardai mon étonnement pour moi, à ce moment-là, ne me sentant pas encore assez amie de Michèle : si je l'exprimais, et s'il s'avérait que c'était un point de vue ridicule, typiquement pleunkois ? Et puis, c'était au classique en question que je devais notre amitié. Si je ne l'avais pas lu dans mon enfance, et si plus tard, lorsque j'avais voulu partir de Pleunk...

Dire que j'aurais pu y être encore, pensais-je dans mon cabinet volant, entre deux lignes de la vie d'un grand auteur. J'essuyais de nouveau la buée de la vitre pour savourer mon bonheur : ce n'est pas du cinéma, je peux descendre et me promener sur cette grande avenue, jeter un coup d'œil dans cette jolie cour intérieure, m'asseoir sur ce banc. Je peux aller dans la station de métro où Michel Darbois tire sur les deux policiers dans *Les Sentiers de la Nuit*, qui est exactement la même que dans le film, sauf que maintenant, je suis du bon côté de l'écran. Tout est vrai alentour ! Et même sans bouger, peut-on être mieux placé pour contempler ? Je surplombe les voitures et les piétons dans un parfait confort, les embouteillages m'offrent gentiment le temps d'étudier l'architecture parisienne, à moi qui ne suis pas pressée d'atteindre le terminus pour repartir vers le début du parcours. (De même, les digressions retardent mon histoire dans son mouvement vers des épisodes moins plaisants du passé lointain ou plus récent.)

L'autre grand avantage de la ligne 43, c'était qu'elle fonctionnait jusqu'à minuit passé, abrégeant d'autant les heures nocturnes pour lesquelles j'avais constamment besoin de trouver de nouveaux abris, les soirs où je ne rentrais pas à la Faculté. J'ai oublié de préciser qu'en plus de ses autres bienfaits, elle s'était récemment avérée susceptible de me loger : l'avantage des constructions labyrinthiques, c'est que leurs gardiens n'en font jamais le tour complet, comme j'avais pu m'en rendre compte par hasard en m'endormant dans une salle de cours déserte où j'étais restée écrire mes devoirs. Cependant, je veillais à ne pas abuser de la bonté de mon *alma mater*, n'y couchant que le plus rarement possible, crainte qu'on finisse par s'en apercevoir, et que je ne puisse plus jamais jouir de l'image d'une étudiante comme les autres. Par ailleurs, vers la fin de mes révisions circulaires, j'eus mon premier emploi qui m'offrait aussi quelques heures de canapé trois fois par semaine : je me transformai en Ange Gardien.

Je me demande si Les Anges Gardiens existent encore ; logiquement, ils devraient, vu que le besoin n'en a pas diminué, mais ils ne s'appellent peut-être plus ainsi, et ils ne sont certainement plus gouvernés par Mademoiselle Astuguevieille, dont le nom m'émerveilla complètement la première fois que je le lus sur la porte de son bureau, en attendant d'y entrer. Dans la salle d'attente, à mes côtés, se trouvait une dame très pressée, qui devait pour sa part aller garder des patients à l'hôpital, sous peu, et trouvait exaspérant de perdre des heures chaque fois qu'elle revenait dans cette agence. Avais-je remarqué que la demoiselle qui la tenait mettait toujours un quart d'heure rien qu'à retrouver votre dossier, sans parler des notes interminables qu'elle prenait à chaque phrase qu'on lui disait ? Il serait peut-être temps qu'elle prenne sa retraite ! N'empêche, Les Anges Gardiens, cela restait la meilleure adresse qu'on puisse trouver : jamais personne qui manque de sérieux. Et moi, avais-je un petit à garder ou en cherchais-je ? Je ris : « J'en cherche, pour le moment. » – « On ne sait jamais, fit la dame en souriant chaleureusement, moi, j'ai eu mon fils aîné à dix-sept ans ! »

Mademoiselle Astuguevieille tardant à relâcher la visiteuse précédente, nous eûmes le loisir de nous raconter toute notre vie, ou presque ; j'appris ainsi que mon interlocutrice se prénommait Odile, qu'elle avait en plus de l'aîné (déjà indépendant et faisant ses études à l'étranger, lui aussi, et pas plus près qu'en Amérique), deux autres garçons, Jean et Pierre, issus d'un autre père, mais qui ne s'était pas montré plus paternel que le premier, d'où le besoin de le remplacer par des Anges, à l'occasion.

Pour commencer, Odile avait eu des Anges mâles, et elle s'en serait tenue à eux si le dernier en date ne s'était pas montré maladroit au point de casser au moins une assiette chaque fois qu'il faisait dîner les petits. Par ailleurs, c'était un garçon sympathique et très sérieux, mais… Elle pouvait aussi bien prendre une fille, au fond, c'était entre autres ce qu'elle comptait dire à la patronne de l'agence, si jamais elle finissait par pouvoir lui parler. « Vous êtes devant moi, en fait, non ? » Je l'étais. Et comme je proposais de lui céder mon tour, et qu'elle reconsultait sa montre, Odile jugea que ce serait tout aussi simple que je vienne garder les petits le soir même : je pouvais les récupérer chez la voisine où ils étaient déjà, elle l'appellerait pour la prévenir, et je resterais dormir car Odile rentrerait à six heures du matin. « Ça ne vous dérange pas ? » - « Oh ! non, tout au contraire ! » - « Si ça se passe bien, comme je l'imagine, on va se revoir souvent ! » Sur quoi, elle prit congé, et folle de joie d'avoir trouvé une place avant même de rencontrer la personne censée me placer, je ne sentis pas passer le temps jusqu'au moment où Mademoiselle Astuguevieille laissa enfin sortir ma devancière, et m'invita à entrer.

Elle ne me parut pas moins pittoresque que son patronyme : vieille, effectivement, habillée d'une façon vaguement monacale, quoique ce ne fût pas une robe mais une jupe longue, un chemisier en soie et un gilet angora qu'elle portait (respectivement grise, blanc et noir), elle avait des manières à la fois sèches et étrangement exaltées, par moments. Ainsi, après m'avoir ordonné de m'asseoir en face d'elle qui venait de retrouver son siège derrière son bureau couvert de papiers et où un encrier authentique était visible, elle se mit à m'interroger sévèrement, en fronçant les sourcils, pour pousser une sorte de cri de joie en apprenant que je venais de Pleunk : « Oh, mon Dieu ! Vous avez pu sortir de ce pays ? ! » - « Vous le connaissez ? » - « Je n'y suis jamais allée, mais j'en sais quelque chose, j'avais une amie d'enfance qu'on avait envoyée dans une mission catholique, là-bas… Vous vous êtes enfuie ? » Je confirmai, souriant de plaisir d'être si bien devinée. – « Bravo ! Vous avez fait ce qu'il fallait faire. Un jour, la liberté brillera pour vos compatriotes aussi, mais entre-temps… » - « Il vaut mieux être ici ! », me permis-je de compléter. – « Absolument ! » Je commençais à croire que Mademoiselle Astuguevieille et moi ne pouvions avoir que des échanges chaleureux, voire complices (bien qu'elle utilisât de temps en temps des expressions que je trouvais bizarrement artificielles, du type de « la liberté brillera »), quand on en vint aux questions pratiques : il fallait lui donner mes papiers pour qu'elle en fasse la photocopie et prépare mon dossier. « Ah ! mais ce n'est pas possible ! Je ne peux pas m'occuper de quelqu'un qui ne restera en France qu'encore deux mois ! »

Je fis de mon mieux pour la convaincre du contraire, et surtout, que je ne bougerais pas de Paris, elle pouvait compter sur moi : d'une manière ou d'une autre, j'y resterais non seulement jusqu'à la fin de l'année, mais mieux encore, indéfiniment. Je ne voulais aller nulle part ailleurs, et j'avais entrepris des études... – « Oui, je veux bien, mais les parents, ils ont besoin de gens qui aient leurs papiers en règle, vous savez ! Je ne peux pas leur proposer quelqu'un qui peut devenir clandestin dans deux mois ! » Je faillis lui dire que j'étais déjà engagée à l'essai par une dame qui n'avait pas eu l'air de s'en soucier, mais je trouvai plus prudent de me taire. Aussi me laissai-je éconduire par Mademoiselle Astuguevieille (redevenue sèche), en regrettant amèrement d'avoir perdu et sa sympathie, et l'intérêt qu'elle aurait certainement pris à mon sort ultérieur si l'on m'avait permis d'exister légalement pour des périodes plus longues qu'un trimestre.

Odile aussi va finir par s'en rendre compte, me disais-je en marchant vers chez elle (elle habitait tout près des Anges Gardiens), et va me chasser. Peut-être dès demain matin : elle croit que je suis inscrite à l'agence, elle va téléphoner pour dire qu'elle m'engage, et l'Astugue va lui révéler que je suis inengageable... Mais cela se passa autrement : ayant décidé qu'il valait mieux être sincère avec Odile, j'eus la surprise d'apprendre, le lendemain matin, qu'elle ne tenait pas à passer par l'agence, du moment qu'elle avait sous la main quelqu'un de sérieux, de sympathique et qui plaisait aux garçons. De toute manière, elle ne savait pas si elle aurait toujours besoin de les faire garder dans quelques mois : peut-être réussirait-elle à changer d'horaires, d'ici-là. Sinon, puisque je ne serais pas déclarée, elle pourrait continuer de m'employer, avec ou sans papiers.

Chère Minou,

Ça fait des semaines que j'essaie de te joindre par téléphone – je n'y passe pas tout mon temps, mais quand même, le central téléphonique de la patrie dépasse les limites, en matière de pannes à répétition ou de longue durée. Faute de savoir combien de temps encore ça va continuer, je t'envoie la présente : le candide employé de la poste où je me trouve ne doute aucunement que tu la recevras mardi prochain. Comme il se peut que ce soit aux calendes grecques, je reste brève : je vais très bien, tu peux t'enorgueillir d'avoir une fille étudiante parisienne (ce n'est pas une blague), je n'ai pas encore fini de manger tes économies, et j'ai déjà un excellent travail grâce à une agence qui s'appelle Les Anges Gardiens (ce n'est pas une blague non plus). Je t'embrasse comme je t'aime.

P.S. Aux organes compétents : prière de laisser passer cette lettre ; en l'absence de réponse, son contenu sera communiqué à la destinataire par d'autres moyens.

Pour le lecteur qui serait aussi candide que l'employé de la poste, déchiffrons la première phrase : elle revenait à plaisanter allusivement sur l'infaillible technique permettant aux organes compétents pleunkois de bloquer, quand ils le souhaitaient, un numéro de téléphone uniquement pour les appels provenant de l'étranger. Puisqu'il était certain que toutes mes lettres seraient lues – pour commencer ou uniquement – par eux, j'avais jugé utile (P.S.) de leur faire croire que je pouvais aussi bien me servir d'un messager, ce qui les aurait privés d'une source de renseignements sur ce que je devenais (et l'on sait l'intérêt que ces organes portent au parcours de tous les expatriés). Je m'étais aussi permis de les taquiner quelque peu au passage, notamment en présentant ma situation comme enviable (na !), tout en leur laissant le choix d'imaginer que je ne faisais que rassurer ma mère. En citant le nom de l'agence, je m'étais demandé s'ils y verraient un message crypté (sans doute, compte tenu du délire d'interprétation dont souffre leur corps de métier), et s'ils chercheraient à en savoir plus là-dessus ; je crus entendre mademoiselle Astuguevieille leur assurer qu'un jour, la liberté brillerait pour leurs compatriotes, et je piquai un fou rire (ce n'était qu'un jeu d'associations, bien sûr, mais pourquoi se priver de s'en amuser ?), puis je repartis vers les fils d'Odile. De fait, eux aussi avaient contribué à me faire citer le nom de l'agence : s'étant attendu à faire connaissance avec un nouvel Ange Gardien, et sachant où leur mère m'avait trouvée, ils restaient convaincus que j'en étais vraiment un, à mon grand plaisir : quitte à être irréelle, autant passer pour une habitante privilégiée de l'Ailleurs.

Pierre affirmait que j'avais l'usage de sortir par la fenêtre quand il dormait à l'heure où je m'en allais, et avant de se coucher, il me chantait une chansonnette selon laquelle j'allais remonter au ciel d'un instant à l'autre. « Plus haut que les avions ! », ajoutait-il élogieusement. Fasciné par les appareils volants, il tenait les pilotes pour supérieurs à tous les autres adultes, avant d'avoir fait ma connaissance. Même mon ignorance complète en matière d'aviation n'arriva pas à me faire baisser dans son estime : ses oncles en savaient plus, certes, cependant ils ne volaient pas de leurs propres ailes. À l'heure du coucher, Pierre priait « son ange » de lui pardonner les bêtises qu'il craignait que je ne rapporte à l'instance parentale, et incapable de résister à cette adresse, je promettais de les oublier : « Mais tu ne vas plus me faire courir partout pour te ramener à table, hein ? » – « Non, je mangerai tout ce qu'il faut, tu peux me croire ! »

Soit dit en passant, son manque d'appétit me préoccupait à proportion du mien : rechignant à dîner, il m'empêchait de profiter des bons plats familiaux qu'Odile préparait à notre intention, et dont je rêvais toute la journée. Les soirs où je n'étais pas trop fatiguée à l'heure où les petits étaient endormis, je rappliquais, occupant enfin toute seule la cuisine, et me régalais en paix, quoique à la hâte, des restes (trop copieux pour mériter ce nom péjoratif).

« Moi, j'ai été sage, disait Jean, alors tu me raconteras une de tes histoires ! » C'était l'aîné. Il méprisait le goût que certains peuvent avoir pour les anges ou les avions, n'aimant que les bêtes sauvages et les contes inédits. « Les livres, je les ai déjà tous lus (un descendant de Mallarmé, me disais-je), ce sont des balivernes bonnes pour les *nains* ! » Je soupçonnais du calcul là-dessous : Jean savait d'expérience qu'un conte lu s'achève à l'heure prévue pour l'extinction des feux, alors qu'une histoire inédite a toutes les chances de durer davantage, qu'elle soit inventée ou tirée d'un souvenir : fabuler est souvent laborieux, tandis que le récit autobiographique s'étale facilement en proportion de l'amour-propre. Bien sûr, je commençai par leur raconter l'Ourse et la Petite grand-mère, mais bizarrement, elles n'eurent aucun succès, soit qu'elles étaient trop courtes, soit que les frères avaient besoin de contes moins naïfs ; quand j'essayai piteusement de démontrer leur intérêt en expliquant qu'enfant, je les trouvais passionnants, je m'entendis répliquer : « Bien sûr ! Tu es une fille, toi ! », et je dus convenir tacitement de mon manque de connaissances en matière de contes pour garçons. Il ne me restait plus qu'à improviser.

Les lits des frères étaient superposés et assez larges pour leur permettre de s'étendre à plat ventre en travers, le menton sur les poings, devant la conteuse assise sur une chaise d'enfant au milieu de la chambre, qui posait la question rituelle :

- Quel genre d'histoire voulez-vous, Jean-Pierre ?

- Une histoire de loups.

- Non ! raconte ce que tu faisais quand tu étais petite.

- Mais ce n'est pas intéressant, je ne faisais jamais de bêtises, avouais-je en ne mentant qu'à moitié (celles que j'avais faites n'avaient pas d'intérêt anecdotique, du moins pas pour ce public-là).

- Raconte l'histoire de la Frontière, alors !

- Oui ! la Frontière !

C'était le seul sujet qui suscitât chez eux un enthousiasme à percer les tympans, faisant même oublier à Jean que seule la nouveauté pouvait le satisfaire. J'acceptais donc de raconter la Frontière pour l'énième fois, en me demandant comment j'avais pu être assez idiote pour jamais l'évoquer.

- C'était l'hiver, commençais-je en soupirant, il neigeait à gros flocons sur les villages et sur la grande forêt…

- … et les yeux des loups brillaient dans la nuit !

Je l'admettais : après tout, la présence de bêtes féroces ne pouvait que renforcer mes pauvres effets.

- Aouououououououou ! hurlait alors l'aîné en tendant le cou, façon gargouille, depuis sa mezzanine.

- Tais-toi, Jean-Loup, ou j'éteins la lumière !

- Pardon, Monange !

Cette réplique parodique méritait doublement punition, revenant à se moquer de mon autorité en visant le petit Pierre par ricochet. Mais je trouvais Jean trop drôle pour arriver à me fâcher de manière crédible, et puis, il se faisait tard, alors que j'en étais encore au tout début de l'histoire. Je feignais donc de n'avoir rien entendu :

- Il faisait très, très froid…

- Moins cent degrés !

- À Pierre fendre ! poursuivais-je sur un ton menaçant. Le vent sifflait tellement fort dans les arbres - je vous préviens, si vous l'imitez, gare à vous ! – tellement fort qu'on n'entendait absolument rien d'autre. C'était tant mieux : il ne fallait surtout pas qu'on nous entende. Nous marchions à travers ce petit village qui semblait endormi – et vous avez intérêt à vous calmer, parce que si vous n'êtes pas sur le point de dormir dans dix minutes, j'arrête de raconter – quand soudain, tous les chiens des villageois se sont mis à aboyer ! Ils nous avaient entendus ou flairés, malgré le vent…

Avant que je n'arrive du village à la Frontière elle-même, il s'écoulait encore un bon quart d'heure : l'extinction des feux était déjà repoussée au-delà des limites permises. Le truc avait marché.

Le lendemain du premier soir où je leur avais raconté cette histoire, les garçons s'étaient dépêchés de la répéter aux copains de classe. Pour une fois, ils pouvaient les épater sans craindre la réplique : « N'importe quoi ! C'est pas possible ! », ayant la réponse prête : « Mais si, c'est vrai, vous n'avez qu'à lui demander, à *elle*, quand elle viendra nous chercher ! » (Cela vous cloue le bec des incrédules. Allez donc contester ce que vous affirme une *grande* !) C'est ainsi que je devins la preuve vivante du fait que les aventuriers tels qu'on en trouve dans les bandes dessinées peuvent parfaitement exister dans la vie réelle, où ils vous empêchent de passer à table sans vous laver les mains, et vous ennuient d'un tas d'autres manières.

Pour ma part, notant que mes souvenirs désagréables pouvaient se transformer en aventure fabuleuse dès qu'ils étaient racontés, je n'étais pas ravie, mais prise d'angoisse. Cela me ramenait au constat de n'avoir plus guère moyen de dire qui j'étais sans qu'on me prenne pour quelqu'un d'autre, et plus précisément pour quelqu'un qui *n'existait pas*. Depuis que j'avais passé la fameuse Frontière (à vrai dire, plusieurs, mais cela revenait au même), tout le monde, les grands comme les petits, s'était mis à m'attribuer des caractéristiques bonnes ou mauvaises mais toujours surprenantes – celles d'un danger public, d'une ex-élève de classes préparatoires, d'une mendiante ou d'une touriste à plein temps, entre autres –, au point que je ne m'y retrouvais plus du tout. Il avait suffi que je change d'espace pour devenir soudain identifiable à n'importe quoi sauf à moi-même telle que je me savais, et cela à la faveur des circonstances précises où l'on me rencontrait : en une seule journée, je pouvais être une jeune fille normale à tel endroit, une SDF à chasser à tel autre, une victime à protéger au troisième, puis une héroïne invincible ailleurs. Pour compliquer les choses davantage, je m'obstinais à me considérer comme un écrivain (puisqu'il était désormais impensable de me procurer le matériel dont les peintres ont besoin, ou de conserver mes éventuels dessins), au mépris des faits qui le démentaient, tout écrivain étant censé écrire, ce que je ne faisais guère, et publier, ce que j'avais cessé de faire deux ans avant de quitter Pleunk, autrement dit depuis une éternité. Avais-je même jamais publié une ligne, du point de vue de Paris ? (De fait, j'étais en état de mort locale, comme on peut le dire d'une anesthésie, mais je ne l'avais pas encore compris.)

Ayant acquis, durant mes vingt premières années, la mauvaise habitude de me croire pourvue d'un moi insécable censé n'évoluer que très progressivement, je restais frappée par l'idée que toute nouvelle contingence de ma vie remplie d'imprévisible pouvait me faire changer du tout au tout aux yeux d'autrui, à n'importe quel moment. Si bien que le soir où, à la fin du conte, Pierre me demanda tout à trac : « Si tous les pays se battent contre la Frontière, qui va gagner ? », je répondis avant d'avoir eu le temps de réfléchir :

- La Frontière, bien entendu !

- C'est vrai ?

- Mais non, je plaisante ! Ils ne peuvent jamais se battre : la Frontière, ce n'est pas un État, c'est…

Mais tandis que j'expliquais, la vision s'étendait à mes yeux : la Frontière, pays ultrapuissant car entièrement peuplé de soldats qui tirent sur tout ce qui bouge, la Frontière dont le territoire est susceptible d'annexer tout lieu existant…

- D'accord, j'ai compris. Mais si les équipes de France, d'Amérique, de la Frontière et de Pleunk jouaient les unes contre les autres, qui serait le champion ?

Car dans la géographie de Pierre et Jean, faute d'être au-delà de l'océan comme l'Amérique, Pleunk se trouvait juste de l'autre côté de la frontière, ce qui n'est guère étonnant : quand on connaît bien seulement deux pays, que ce soit d'expérience ou d'en avoir souvent entendu parler, ils paraissent tout proches l'un de l'autre.

La première fois où j'étais allée chercher Pierre et Jean à la sortie de leur école pour les emmener au square en attendant l'heure du bain, on avait pris le temps de m'interroger sur l'endroit où j'avais vécu avant :

- Comment ils sont, les garçons de Pleunk ? m'avait-on demandé, gentils comme nous ?

Et j'avais répondu :

- Non. S'ils étaient aussi gentils que vous, je serais restée avec eux. Mangez votre goûter, maintenant ! À force de le tripoter, vous en avez déjà plein la figure !

Qui aurait imaginé qu'en donnant cette réponse, je venais de m'engager à développer le sujet dès le surlendemain ? Car le surlendemain, Jean que je venais de gronder me demanda à brûle-pourpoint :

- Qu'est-ce qu'ils font, comme bêtises, les garçons de Pleunk ?

Ne tenant pas à lui fournir de nouvelles idées en la matière, je voulus rester floue :

- Des choses absolument abominables.

- Oh ! chouette !

- Pas chouette du tout, ce n'est vraiment pas le genre de choses que vous aimez bien faire, c'est tellement dégoûtant que si vous pouviez les voir, vous leur auriez même donné des claques.

- Comme quoi, par exemple ?

Je cherchai.

- Eh bien, vous voyez ce petit arbre, là, qu'on vient de planter ? Dès qu'on en plante un, à Pleunk, il se trouve un garçon qui va se suspendre d'une main au tronc pour tourner autour comme sur un pivot.

- Mais c'est pas grave !

- Comment, ce *n'est* pas grave ? Quand on tord un jeune arbre et qu'on tire dessus, il se casse, ou il pousse mal et dépérit, alors au lieu d'avoir un square, on se retrouve à jouer sur une aire toute nue, expliquai-je coléreusement, en digne petite-fille de Florence. Ça vous plairait, à vous, que je vous oblige à jouer sur le parking derrière l'immeuble, à côté des poubelles, au lieu de vous emmener ici ?

- Non ! S'il te plaît !

- Alors, si vous voyez un garçon qui tord l'arbre qu'on vient de planter, qu'est-ce que vous faites ?

- On lui fout des claques !

Cette déclaration me fit jubiler : l'exemple que je leur avais fourni était tiré de souvenirs authentiques du temps où, ne distinguant guère les arbres des humains, je pleurais en regardant les garçons du voisinage s'amuser à les torturer quand la Grande Ourse n'était pas dans les parages. Je n'avais pas moyen de les en empêcher, et mes réserves lacrymales épuisées, je restais dans un état particulier qui tenait de la sensation qu'on éprouve après avoir été forcé de manger quelque chose d'indigeste et qu'on déteste. J'appelais cela (mentalement) « avoir lourd », sur le modèle d'« avoir froid » ou « mal ». Cela m'arrivait dans d'autres circonstances aussi, assez souvent pour que j'aie cherché, dès l'âge de raison, à y voir plus clair ; il ressortit de mes efforts d'analyse qu'on ne pouvait pas réduire à un seul sentiment la cause du « lourd », mais que les divers mélanges émotionnels qui le provoquaient contenaient toujours une dose d'impuissance. Et voilà que désormais, je n'aurais plus lourd à l'idée d'un petit arbre qu'on tourmente : je me rappellerais que Pierre et Jean étaient prêts à le défendre !

- Mais d'habitude, fit Jean après un instant de réflexion, quand on plante des arbres, on leur met une petite cage. Comment ils faisaient pour l'enlever ?

- Une petite cage ?

- Oui, en métal, autour du tronc, pour que personne ne l'abîme, justement.

- Ah bon ? Ça n'existe pas à Pleunk.

- C'est vrai ?

- Oui. On y trouve des tuteurs ; seulement, les garçons ont vite fait de les arracher.

- Mais alors, à Pleunk, c'est moins bien qu'à Paris ?

- Si c'était mieux, je ne serais pas ici.

Jean et Pierre ne profitèrent pas de ce propos pour m'interroger sur les autres inconvénients du pays. À leur sens, les méchants garçons et l'absence de protection solide autour des jeunes pousses suffisaient, en matière de raisons pour le quitter.

- Qu'est-ce qu'ils faisaient d'autre ?

- Ils embêtaient les plus petits et les filles. Vous faites ça, vous ?

- Seulement s'ils sont méchants.

- Quand Céline se moque, par exemple.

- Eux, ils les embêtaient pour le plaisir, déclarai-je en songeant à tels condisciples des petites classes, notamment à l'inoubliable Alexandre dit « de Macédoine », puis « Macédoine-de-Légumes », puis « Gugume », le cancre qui siégeait derrière moi, toujours là d'une année à l'autre, et n'en devenait pas moins féroce à force de copier par-dessus mon épaule, ce qui faisait qu'après avoir échappé aux terreurs de la récré, je devais m'attendre à ses coups de pied dans les mollets, sinon à être *tirée par la queue* (la tresse) dont il se servait comme d'un cordon de sonnette – mais ce n'est pas le moment de développer, et il vaut mieux ne pas trop s'en souvenir. Vous trouveriez ça bien, ajoutai-je à l'adresse des frères, que je me mette à vous taper pour la seule raison que je suis grande et forte ?

- Non ! (en duo)

- Alors ?...

- Alors, on ne sera pas méchants comme les garçons de Pleunk.

D'une conversation à l'autre, les souvenirs et le souci éducatif se conjuguant, les garçons de Pleunk devinrent le repoussoir par excellence, leur image gagnant en noirceur ce qu'elle pouvait perdre en variété ; à vrai dire, j'avais compté parmi eux deux amis d'enfance, mais qui ne pouvaient guère servir d'exemple ; par ailleurs, ils avaient tous les deux fini par me décevoir, ce qui les rendait facilement assimilables aux affreux.

J'avais moins de scrupules à présenter ainsi les Pleunkois qu'à jouir d'un prestige héroïque auquel je n'aurais jamais eu l'idée de prétendre, et qui me ramenait toujours, par contraste, à l'idée que j'étais un simple jouet des circonstances ; je saisissais donc chaque occasion de raconter une histoire tendancieuse de garçons pleunkois plutôt que la Frontière. Résultat : Pierre et Jean se félicitèrent souvent d'être différents d'eux, et me jugèrent très gentille de ne pas abuser de ma puissance. Quant à Odile, lorsqu'elle prenait le temps de discuter avec moi à son retour, elle m'assurait que les frères m'aimaient bien, et se disait contente de mon influence : Pierre et Jean s'étaient mis à employer des termes tels que « par surcroît », « abominable », « parfaitement » et « beaux arts » ; ils exprimaient le désir de faire des études supérieures, et montraient de l'intérêt pour la géographie...

Il était bon d'y repenser en achevant le dîner de tout à l'heure, seule dans la cuisine : pour incroyable que ce fût, l'inexistante que j'étais pouvait avoir de l'influence bénéfique, parfaitement, bénéfique, malgré le peu de temps qu'elle passerait avec eux, sur deux petits Parisiens. Puisque Odile le disait, sans que personne ne le lui demande, ce devait être vrai. En quelques semaines seulement, et à raison de trois visites par semaine, j'avais mérité le titre angélique usurpé. À ce constat exaltant, je m'octroyais le luxe d'un verre de vin rouge – Odile ne manquait jamais de laisser la bouteille qu'elle avait ouverte à midi sur la table, pour moi, une gentillesse qui me paraissait tellement invraisemblable que je n'en buvais guère : en avais-je vraiment le droit, un vin qui devait coûter si cher, et en prendre *à chaque fois* ? pendant mes heures de travail, qui plus est ? (À Pleunk, le vin, moins bon que celui-là, était une denrée de fête.) Mais sous l'effet des compliments récents, je me laissais un peu aller ; je les fêtais.

La fenêtre de la cuisine donnait sur la place Saint-Georges, lieu familier aux frères Goncourt, dont l'aspect me ravissait : par ses teintes et par ses formes (y compris le relief de certains bâtiments), cela tenait de la coquille d'œuf, mais d'un œuf au naturel légèrement corrigé par Fabergé – ni trop simple ni trop ornementé. Je transportais une chaise devant cette vue et m'octroyais non seulement un second verre de vin, pire (mieux encore) : une cigarette piquée dans le paquet qu'Odile laissait toujours traîner quelque part pas très loin du fourneau. (Je l'imaginais fumer sans les mains, tout en s'activant en vue de régaler ses petits et leur gardienne, n'ayant pas le temps d'en fumer une sans rien faire, toujours débordée, Odile, ce n'était pas facile, sa vie, bien que ce fût une vraie Parisienne, de naissance, et qui tenait ce merveilleux chez-soi de ses parents...) Quand elle me voyait, elle ne manquait jamais de m'en offrir, ce qui rendait le larcin plus ou moins justifiable. Je me concentrais sur le moment actuel : je suis quelqu'un qui ne mange pas uniquement des diplomates, qui boit un excellent vin et qui fume en savourant le tabac devant une vue absolument splendide, dans la plus belle ville du monde où j'ai bien mérité de me trouver... Mais vous vous demandez peut-être de quels diplomates je parle, cher lecteur : des gâteaux qui doivent ce nom à la manière conciliante dont ils absorbent les restes de tout ce que le pâtissier prépare, qui dépassent du moule. Je les avais découverts dans la boulangerie voisine de mon Premier Hôtel, et dès lors, ils étaient devenus mon ordinaire : rien de meilleur n'était aussi peu cher et si roboratif ; ça rassasiait pour la journée, ou presque ; en outre, je me réjouissais malignement d'en manger pour mon petit-déjeuner, haïssant de tout cœur le corps diplomatique pour des raisons trop longues à expliquer dans les limites de cette digression.

*

Entre-temps, le jour était venu où je devais passer mon premier examen qui valût vraiment la peine d'être réussi, comme je me le disais depuis la veille au soir, suite à quoi je n'avais pas dormi et m'étais retrouvée sur le parvis de la Faculté à une heure où le reste des convoqués devait être encore au lit – si toutefois il y en avait d'autres que moi, s'agissant d'un partiel de rattrapage, qui précédait de loin la période où les étudiants qui n'avaient pas raté tout leur premier trimestre allaient avoir de nouveau le trac à ma manière ; peut-être quelques nuls arriveraient-ils d'ici une heure – ce qui ne promettait pas de me réconforter –, incarnant le risque d'échec que je courais. Je m'étais assise sur le bord du bizarre bassin sec entourant la Tour Centrale, autrement dit à peu près au milieu de la construction où mon avenir allait se jouer (si j'échouais, qui serais-je ?), j'avais posé sur mes genoux un livre ouvert, le même que j'avais relu jusqu'à minuit et demi dans le bus, et sur le livre, un paquet de cigarettes que je m'étais offert pour la journée, quoique ce fût une dépense déraisonnable. Dans le temps (cela semblait un laps de temps aussi grand que la distance entre Pleunk et Paris), me rappelais-je, ma mère m'achetait du chocolat, pour ces occasions-là, une plaquette du meilleur par épreuve, à dévorer pendant la pause. Maintenant, définitivement adulte (mais oui, quoique irréelle, je menais une vraie vie d'adulte, non ? cela au moins, on ne pouvait pas me le nier, je me débrouillais toute seule), je n'avais plus besoin de sucreries. Je n'avais même pas mangé de diplomate avant de venir ici, et je remarquai que la nuit blanche ne m'avait pas affaiblie. Je n'avais besoin de rien pour réussir, me disais-je, même pas de cette cigarette, je la fumais uniquement pour le plaisir. Pas besoin de relire non plus, je gardais le livre ouvert seulement par superstition. Je savais tout. Malgré l'angoisse qui me tenait, j'allais au moins obtenir la moyenne, c'était certain. Ce n'était pas maintenant que je raterais un examen.

Pour mieux m'encourager, je me rappelais le dernier que j'avais passé du temps des chocolats.

C'était au mois de juin, l'année de mes dix-huit ans, et sans la moindre intention de suivre ne fût-ce qu'une heure de cours si je réussissais à me faire admettre. Je me tenais dans la cour du bâtiment aux portes encore fermées, par ce matin encore frais qui promettait une belle journée de canicule, parmi quelques milliers de jeunes candidats qui bourdonnaient d'excitation, et je me demandais quelle ironie supérieure voulait que je passe pour l'une d'entre eux.

Comme le sifflet au repos cache une petite sphère prête à devenir un cri assourdissant, ma tête contenait des idées n'ayant rien à voir avec le concours, qu'il fallait réprimer mais qui cherchaient l'occasion de se manifester. Sans l'effet des calmants qui me disposaient au silence placide, j'aurais sans doute produit sinon un hurlement, du moins quelque sanglot ou bruit exaspéré face à l'absurdité de ma situation. Par bonheur, personne ne faisait attention à moi, aucun des futurs étudiants alentour ne semblait connaître les auteurs non inscrits au programme assez bien pour savoir que j'en étais ; cependant, j'éprouvais presque autant de rage que de satisfaction à le constater. (La vanité est parfois bienvenue, avec son petit air frivole qui arrive à vous distraire des idées pires.)

Pour cesser de penser, je me récitai mentalement les premières dizaines d'une centaine de citations d'auteurs pleunkois (dont « Aucun fleuve n'est plus grand que la Sombre »), qui promettaient de m'offrir une note élevée à ce concours après lequel, *peut-être*, j'allais enfin pouvoir quitter Pleunk, sa littérature et ses enjeux qui n'étaient plus les miens. Puis l'idée me vint qu'on pouvait résumer cet examen en termes d'expérience scientifique : on allait vérifier si une personne en état de désintégration intérieure pouvait écrire en trois heures une dissertation qui corresponde aux exigences les plus pédantes mieux que trois mille autres. C'est donc pour me prêter à cette expérience que je ne m'étais pas tuée quelques mois plus tôt – la belle affaire ! et si je réussissais, la belle jambe que ça me ferait ! Qui diable m'avait rendu assez idiote pour croire qu'on me laisserait partir, après ?

Cette année-là, tout succès personnel que je pouvais concevoir me paraissait soit improbable, soit inutile, soit attribuable à l'ironie du sort la plus ignoble, ou les trois à la fois - par rapprochement avec ce qui s'était passé. Je manquais encore de recul et de goût pour le genre d'humour (noir) qui se fait à vos dépens.

Un concours de circonstances dont on peut admirer le zèle avait fait commencer l'année par deux événements mémorables, un privé et un public, dans l'ordre : l'interdiction de mon premier recueil de poèmes (à l'état d'épreuves) et l'accident ferroviaire où disparut mon fiancé, parmi quelques dizaines d'autres Pleunkois qui rentraient de vacances. Le premier malheur n'était pas vraiment irrémédiable : on m'avait affirmé qu'il suffisait de remplacer les trois quarts des textes par de plus optimistes et de moins modernistes pour que le livre finisse par paraître. Cependant, même avant le second qui ne tarda pas, j'avais du mal à être enthousiaste et vieillotte sur commande, tandis qu'ensuite, j'oubliai le recueil. Une fois rentrée des obsèques (qui eurent lieu au bord de la mer), je refusai de ressortir, déclarant que je n'allais plus remettre les pieds aux Beaux-Arts (où avait enseigné mon fiancé), ni où que ce soit ailleurs, et je restai dans mon lit, à méditer sur des sujets morbides, dans la mesure où les calmants ne me réduisaient pas à la léthargie. Je ne mangeais plus guère – juste assez pour m'éviter l'hôpital. J'attendais de voir si je finirais par mourir de tristesse, au bout de quelques mois, ou s'il allait falloir trouver un expédient – avec une certaine curiosité haineuse à l'égard de ma forme matérielle.

Un après-midi d'avril, Minou vint s'asseoir au bord du lit et me demanda, l'air de vouloir me distraire par une conversation anodine : « Tu te souviens comme tu rêvais de visiter Paris ? » (L'année précédente nous semblait alors infiniment lointaine.) J'acquiesçai, résignée à subir poliment un énième exercice verbal dépourvu de sens - puisque Minou y tenait, autant lui laisser croire que ça pouvait servir à quelque chose. « Eh bien, fit-elle tranquillement, j'ai décidé de t'envoyer à Paris, si ça te dit encore. » Une déclaration si stupéfiante que je me redressai : « Mais Minou, c'est complètement impossible ! » - « C'est ce qu'on croit, dit ma mère, pleine de malice et ravie de l'effet produit. Mais moi, j'ai ma petite idée sur la façon de procéder. »

Je ne vous ai pas bien présenté Minou, mon cher lecteur ; maintenant, cela s'impose, bien que le personnage soit rétif à se laisser enfermer dans un portrait, faisant partie des êtres qui s'efforcent de toujours *évoluer*, comme elle disait (en vue de s'améliorer), étant dotés d'une insatisfaction constante et d'une jeunesse intérieure qui les empêchent de jamais atteindre la maturité, comprenez : la stagnation qui rend autrui facilement descriptible. Je pourrais, bien sûr, décrire Minou telle qu'elle n'est plus (seule son apparence d'éternelle adolescente a peu changé avec le temps, rendant à peine croyable qu'elle puisse avoir une fille si vieille), mais cela prolongerait trop cette digression, et puis, la kyrielle de ses images inactuelles vous donnerait l'illusion de la connaître, au lieu de vous convaincre que ce n'est guère possible.

D'autre part, même si Minou avait été facile à décrire, j'y aurais sans doute échoué : les êtres qui nous demeurent proches (fussent-ils très loin, et depuis longtemps), nous privent de la distance nécessaire pour les voir comme des personnages ; autant demander à un portraitiste de travailler les genoux collés à ceux de son modèle.

Je me contenterai donc de noter qu'à l'époque de la déclaration citée plus haut, ma mère apparaissait à tout le monde, moi comprise, comme une femme ambitieuse, il est vrai, mais qui ne sous-estimait aucune contrainte existentielle et ne se donnait jamais que des buts accessibles. Par conséquent, si Minou s'affirmait *capable de m'envoyer à Paris* – ce que tout Pleunkois ne la connaissant pas aurait pris pour une idée de folle -, elle devait vraiment l'être. Mais comment ?

- Je ne te le dirai pas, na ! répondit Minou sans plus cacher sa jubilation. Pas avant d'être sûre que ça vaut la peine, ma vieille. Tout ce que tu peux savoir pour le moment, c'est qu'il va falloir te remettre au travail.

Je me laissai aller sur l'oreiller.

- Tu sais, fis-je placidement, si je vais à Paris, il y a peu de chances que j'en revienne.

Cette dernière réplique était due à mon goût (assez paradoxal) de la vérité, qui m'a souvent privée d'une certaine forme de confort moral, et bien desservie, sans m'empêcher de rêver et de mentir par ailleurs. Je préférais prévenir tout de suite Minou des conséquences éventuelles dont l'idée pouvait la faire renoncer au projet (les parents de ceux qui ne revenaient pas s'attiraient nombre de soucis en supplément de la perte de leur progéniture).

- Oui, je sais, fit-elle en soupirant. Mais on n'en est pas encore là. On verra bien après. À chaque jour suffit sa peine. Si tu ne veux pas retourner aux Beaux-Arts, prépare le concours d'entrée d'une autre fac, et quand tu seras inscrite…

Un principe de l'existence pleunkoise exigeait qu'on se conforme très strictement aux règles pour avoir quelque espoir de s'en libérer. Et il existait dans les lois locales un article (lointain écho de la Déclaration selon laquelle tout humain a, parmi d'autres droits, celui d'aller où il veut) dont on pouvait profiter si les autorités étaient convaincues qu'on rentrerait sans faute. Ma mère avait revu un vague cousin qui venait d'avoir un poste très important, et lorsque je fus admise aux Langues Étrangères, on crut que l'improbable commençait vraiment à s'accomplir.

Le cousin m'accorderait le privilège de voir appliquer la loi. On me donnerait un visa de sortie du territoire, je pourrais demander un visa français, et adieu, Pleunk ! J'irais m'améliorer en langues étrangères ailleurs, là où les trains ne déraillent guère et où personne n'aurait l'idée d'interdire des poèmes pour cause de tristesse et de vers libre. Rien que d'y penser, je sentais que ça valait la peine de revivre, cette perspective.

Oui, mais mon admission fut la dernière étape du projet à correspondre à nos prévisions, comme vous devez vous en douter, cher lecteur.

Malgré tout, je suis ici, me disais-je en répondant de la main qui tenait la cigarette à un signe que me faisait de loin une fille au visage vaguement familier (sans doute inscrite à quelque cours, ou à plusieurs, que je suivais), je suis ici et j'y reste, vous pouvez tous aller au Diable, je finirai par exister, bande de tueurs d'espoir, en commençant par le passer aussi bien que la dizaine qui n'en valaient pas la peine, cet examen auquel je ne serais pas arrivée si vous aviez eu autant de pouvoir que vous croyez, pauvres crétins !

- Bonjour ! Je croyais que j'allais être la première.

- Quand je suis arrivée, il faisait encore nuit.

- Toi aussi, tu as peur ?

- Terriblement.

- Comment ça se fait ? Tu es dans les meilleurs !

- Ah oui ?

- Bien sûr ! Tout le monde le sait ! Madame Périer a dit que tu devrais être en licence, pas en première année…

- N'importe quoi. (L'influence de Pierre et Jean se manifestait.) Elle ne se rend pas compte de mes lacunes. Tu veux une cigarette ?

- Oui, merci. Normalement, je ne fume pas, mais dans les cas exceptionnels comme maintenant… Je m'appelle Shéhéra.

Je me présentai à mon tour.

- Mais je me rappelle très bien ton nom, je l'ai retenu dès la première fois : ma meilleure amie s'appelle presque comme toi.

- Comment ça, presque ? !

- À une lettre près : son nom de famille commence par un « D ». Elle a un autre prénom, bien sûr, mais ça vous fait toujours quelque chose en commun. Elle me manque beaucoup. Depuis que j'ai quitté le Liban, je n'ai plus d'amis.

- Cette fille habite au Liban ? !

- Oui, son père est diplomate.

- Ah bon.

- Je trouve que tu lui ressembles un peu.

- Ça m'étonnerait.

- Je t'assure. Je peux t'offrir un peu de chocolat ?

- Comment ?

- Un peu de chocolat, il paraît que c'est très bon d'en manger quand on passe des examens, ça donne des forces et ça stimule le cerveau, d'après ce qu'on dit.

Elle s'était assise à côté de moi et me tendait la plaquette. Je ne pouvais ni la chasser ni refuser : elle parlait du chocolat en termes de Minou et avait tout l'air d'un petit enfant qui vous demande à être amis, avec la conviction candide nécessaire pour persuader même une adulte que cela s'imposait. Elle était petite, boulotte, blonde aux yeux verts, pourvue de lunettes ovales et d'un sourire à fossettes – ce dernier point m'émut étrangement. Je serais son amie. Puisqu'elle avait raté des partiels, je commencerais par lui proposer de copier sur moi, si cela lui paraissait utile. Je n'avais plus du tout peur – de fait, en présence de cet être invraisemblable, les examens passaient à l'arrière-plan.

Nous eûmes le partiel, bien entendu – et tous les suivants, sauf un (oral) qu'elle rata de justesse, mais n'anticipons pas trop. Grâce à Shéhéra, dès les premiers beaux jours, je connus un autre espace d'études, quittant le bus 43 pour le parc des Buttes-Chaumont, où nous pouvions travailler étendues sur l'herbe sous le soleil, puis bavarder en mangeant elle un sandwich, moi le diplomate de rigueur, avant de rebachoter en duo. Les Buttes-Chaumont étaient son parc préféré, tandis que moi, je me rappelais une séquence de film où Daliés s'y trouvait (sur un banc bien visible depuis l'endroit où nous bavardions), et insensiblement, nous devenions inséparables ou presque – dans les limites de nos loisirs. Shéhéra travaillait dans la restauration rapide. Les soirs où j'étais libre, je passais la chercher à la fin de ses heures de travail, et je partageais son dîner. Si elle n'avait pas habité chez l'un de ses frères, j'aurais aussi partagé son logement, et si l'année prochaine (c'est-à-dire au mois d'octobre) elle réussissait à trouver une chambre assez peu chère, cela se ferait. En attendant, et jusqu'à son retour au Liban pour les vacances, nous étions heureuses d'avoir déjà cela, qui était beaucoup : plusieurs heures d'amitié par jour et un temps délicieux. On aurait cru que le ciel lui-même tenait à nous donner le plus de temps possible pour devenir de plus en plus complices : pas une goutte de pluie au-dessus des Buttes-Chaumont, et jamais froid, pendant les semaines où je regrettai toujours davantage que Shéhéra doive partir, et où elle-même cessa d'en avoir hâte. Un vrai miracle, vu qu'elle avait passé toute l'année à en rêver, et qu'elle n'avait jamais cru pouvoir… finir par se plaire à Paris.

Était-ce possible ? Oui, elle ne l'avait jamais aimé, la seule raison qui lui avait fait accepter de venir y faire des études, ce à quoi son père tenait beaucoup, c'étaient les prétendants. Quoi ? Oui, chez elle, une fille de bonne famille commençait à en avoir vers ses quinze ans, qui venaient faire des visites solennelles après s'être assurés que le père ne les voyait pas d'un mauvais œil, et l'on devait discuter avec eux, et après, ils demandaient officiellement sa main auprès du père, et ceux que Shéhéra avait eus jusqu'à présent étaient tous, malheureusement, du genre auquel les pères n'aiment pas la refuser, pas plus que les mères n'approuvent le refus, en fait, ni les grands-parents, les oncles et les tantes, sans parler de la fratrie… – « Mais quelle horreur ! Comment diable accepter de se marier avec qui que ce soit quand on sait d'avance que toute la famille l'approuve ? ! » – « Oh… tu sais, moi, j'aime bien l'idée que toute la famille l'approuve, je ne demande que ça, mais… Je n'avais envie d'épouser aucun de ceux qui venaient. »

De fait, les parents de Shéhéra ne tenaient pas à la marier tôt : n'ayant qu'une fille, ils préféraient la garder encore quelque temps pour eux. Mais elle avait des tantes qui adoraient faire les marieuses, en montrant sa photo aux célibataires de leur connaissance : vous ne trouverez jamais meilleure jeune fille, belle, gentille, faite pour tenir une maison et avoir des enfants – ses deux frères cadets, c'est elle qui les a élevés autant que leur mère – et instruite par-dessus le marché, elle n'a que de bonnes notes au lycée ! Le premier homme jugé digne de prétendre à sa main était pilote de ligne : métier respectable, excellente situation, il venait d'acheter une maison trois fois plus grande que celle où habitait Shéhéra, il ne lui manquait donc plus que l'épouse.

– L'une de mes tantes en avait parlé à mes parents : « on ne refuse pas un tel parti à la légère », alors, ils l'ont invité pour me rencontrer, sans m'expliquer pourquoi. Je croyais que c'était simplement un ami de mon père. Quelques jours plus tard, il est revenu en mon absence pour me demander en mariage. Je rentre du lycée, je trouve toute la famille réunie, et j'apprends qu'on attend seulement mon « oui » pour commencer à fêter les fiançailles. Si l'on m'avait prévenue, j'aurais mieux réagi, plus calmement, mais comme ça m'a fait un choc, j'ai carrément dit que je ne l'épouserais pour rien au monde. – « Mais pourquoi ? Mais comment ? Un homme tellement bien, tellement gentil… » Ça m'a fâchée encore plus : « Bien ? j'ai fait, pour vous, peut-être, pas pour moi. Il est chauve. Il est bête. Il a quarante ans. Alors non, non, non ! »

La tante qui le connaissait a voulu me parler en tête-à-tête : comment pouvais-je le juger stupide sur une conversation de dix minutes ? et puis croyais-je que les cheveux étaient la première qualité du bon mari ? Mes parents approuvaient ce mariage, alors qu'ils avaient voulu me garder encore quelques années : ils étaient convaincus que cet homme était bon et qu'il rendrait sa femme heureuse ; m'auraient-ils cédée à lui sans cela ? ils avaient plus de jugement face aux gens qu'une gamine comme moi ; mon père était cardiaque ; s'il nous faisait une crise à cause de mon entêtement, à Dieu ne plaise ? Il n'était plus très jeune, ma mère pouvait rester veuve avant que les petits ne grandissent… Un gendre aisé, pour la famille, ce serait une assurance : ce ne sont pas les belles-filles qui vont vous prendre en charge, en cas de besoin. Et des prétendants comme celui-là ne se trouvent pas à tous les coins de rue.

Il y avait vraiment de quoi réfléchir. Même mes frères voulaient me marier avec le pilote : les petits raffolaient des avions – tu imagines, pouvoir monter dedans, dans le cockpit ! –, et les aînés faisaient les hommes qui savent ce qu'il faut à leur sœur mieux qu'elle-même. Pour une fois qu'ils avaient l'occasion de me faire la morale et de paraître sages ! Et ils avaient tous envie de faire la fête ; un mariage, surtout le premier dans la famille, c'est la meilleure occasion. Ils se voyaient déjà en train de courir dans tous les sens en tirant dans l'air (c'était la guerre, tout le monde avait son arme, pas de réjouissances sans coups de feu) ou de s'empiffrer de gâteaux comme on n'en mange pas tous les jours. Ils sont très gourmands, mes frères.

Ce disant, Shéhéra me tendit la boîte de cornes de gazelle dont elle n'oubliait jamais de se munir en vue de nos sorties, et en croqua une à son tour avant de continuer :

- Mais moi, toujours non. Le discours de ma tante m'avait donné une idée de défense. J'ai dit que le métier du prétendant était trop dangereux : si vous avez raison de croire que je pourrais l'aimer, je n'ai pas envie de passer mon temps à craindre de rester veuve. Alors, on a fini par le refuser. Le deuxième candidat avait un métier rassurant (joaillier), cinq ans de moins que le pilote, et les cheveux crépus. J'aurais vraiment été à court d'arguments s'il n'avait pas été trois fois plus large que moi. Quand on en est arrivé au sixième, l'atmosphère à la maison devenait irrespirable ; les demandes commençaient à se faire plus rares : le bruit courait que je repoussais tout le monde…

- Ils avaient tous des défauts rédhibitoires ?

- Pas forcément, certains étaient assez bien, mais… Je ne pouvais pas les accepter, et je ne pouvais pas continuer à tous les refuser pendant encore cinq ans ou plus, ça commençait déjà à nuire à la réputation de la famille, tu sais… Ce n'est pas bien vu, chez nous, qu'une fille en refuse tant. On se demande pourquoi, et on commence à faire des suppositions désagréables, embêtantes pour les parents. Bref, si je partais faire mes études ici, ça remettrait le problème à la fin de mes études. C'est pour ça que je dois bien travailler : il faut que j'arrive à faire les plus longues études possible. Mais n'empêche, j'ai passé l'année à me demander si je n'allais pas rentrer tout de suite. C'est horrible d'être étranger à Paris, et avec un seul frère pour toute famille.

- Ce n'est pas horrible, c'est merveilleux ! Tu te rends compte que tu es dans la plus belle ville du monde, où tu as sous la main toutes les lectures, tous les tableaux, tous les films que tu veux, et que personne ne te surveille, ou presque ? Je crois que si tu n'as pas aimé Paris tout de suite, c'est uniquement parce que tu n'as pas pensé à bien en profiter.

– Je ne pouvais pas, ils me manquaient tous, et les gens d'ici se tiennent si mal avec les étrangers, je passais mon temps à me demander d'où allait venir la prochaine vexation. Je n'avais pas prévu tout ça, je ne pouvais pas penser à autre chose.

– Mais maintenant, tu peux. Et quand tu reviendras de tes vacances, je vais te faire bien profiter de Paris. Je vais te montrer des endroits incroyables, absolument splendides, et on ira ensemble au Louvre, et... Tu vas voir, bientôt, tu aimeras Paris autant que moi.

– Comme ce serait bien ! Seulement... Il y a autre chose. J'ai un secret. Tu me promets de le garder ?

Le secret était le frère d'une ancienne condisciple, un frère aîné, que Shéhéra connaissait depuis toujours, mais qu'elle n'avait pas revu pendant un an et demi, qu'il avait passés, je vous le donne en mille, à faire des études à Paris. Puis son père était tombé grièvement malade, et l'on avait rappelé l'étudiant : il fallait bien que quelqu'un fasse vivre les autres. « Ce n'est pas une famille aisée, et le reste des frères, ce sont des bons à rien. » Alors, Shéhéra l'avait revu, et trouvé complètement changé. Si elle n'avait pas su qui c'était, elle ne l'aurait pas reconnu. Il était devenu... on ne pouvait qu'en tomber amoureuse. Il était si beau qu'elle n'arrivait toujours pas à croire qu'il l'aimait aussi. Mais même maintenant, après tous ces mois sans se revoir, il lui disait qu'il l'aimait quand elle l'appelait.

– Tu l'appelles souvent ?

– Non, une fois par mois maximum. C'est compliqué, il ne faut pas que sa famille sache que je l'appelle.

– Les deux familles sont contre vous ?

– La mienne seulement. Mais ce n'est pas bon qu'on sache que je le cherche, ça ne se fait pas chez nous, et mes parents peuvent finir par l'apprendre.

– Le problème, c'est qu'ils sont pauvres ?

– Pas seulement. Ils n'ont pas bonne réputation, et lui, il n'a pas de travail fixe, mon père pense que c'est un incapable comme ses frères. Une seule fois, il nous a vus ensemble, on se promenait, et après, il m'a dit qu'il m'interdisait de revoir ce garçon. Ça devait se voir qu'on était amoureux.

– Et il sait que c'est à cause de ce garçon que tu as refusé les prétendants ?

– Mon Dieu ! Il ne manquerait plus que ça, ne parle pas de malheur ! Il n'en sait rien, il croit que c'est de l'histoire ancienne. La fois où il nous a vus, c'était il y a six ans.

– Mais vous avez continué à vous voir ?

- Un petit peu, en cachette ou en présence de sa sœur. C'est difficile, tu sais, chez nous, de voir un garçon en tête-à-tête…

- Et après ça, tu trouves que c'est affreux d'être à Paris ? Mais bon Dieu, tu n'as qu'une chose à faire : lui demander de te rejoindre, il ne pourrait pas trouver du travail ici ?

Shéhéra me fixa, stupéfiée, et je crus avoir dit une énormité, le temps que son regard (elle avait des yeux verts et dorés, le plus souvent étonnés ou doux) passe à l'exaltation retenue :

- Si, peut-être… Quand il était étudiant ici, il travaillait.

- Comme il n'a rien de fixe là-bas, on ne s'étonnera pas qu'il cherche ailleurs, non ?

- Je crois que c'est une idée. Il faudrait que je lui en parle. Je ne suis pas sûre qu'il veuille partir… Et pour le visa, ça sera compliqué… Mais en tout cas, je vais lui en parler. Tu vois, tout d'un coup, je recommence à être très pressée de rentrer !

- Oh, merde alors !

*

Lorsque la perspective d'un été sans amies (Michèle aussi partirait) me faisait baisser le moral, s'ajoutant à la crainte de rester sans permis de séjour, et à la certitude de ne plus retourner chez Pierre et Jean dans les mois à venir (Odile allait bientôt changer d'horaires), je me rassurais en songeant à la chance que j'avais : à Pleunk, me disais-je, en vingt ans, je n'ai eu que Dima et Ève, en matière d'amies dignes de ce nom ; ici, j'en ai rencontré autant en moins de deux mois ! En arrivant, je ne savais pas comment m'y prendre pour chercher du travail, et j'en ai trouvé aussitôt ou presque ! Jusqu'à présent, les papiers ne m'ont servi à rien, personne de vraiment important pour moi ne me les a demandés ; peut-être que je pourrais m'en passer par la suite aussi… (Je m'entraînais pour devenir optimiste, cher lecteur, je n'avais plus rien contre cette tournure d'esprit : un des miracles que Paris peut faire.)

Aux moments où ces réflexions ne suffisaient pas, notamment lorsque Pierre et Jean me demandaient qui j'irais chercher à l'école au retour des grandes vacances, ou à quelle adresse ils pourraient m'écrire et m'envoyer des dessins - ce qui me faisait voir une espèce de vaste néant sans même un enfant pour croire que j'étais un ange ignorant des problèmes de logement -, je me consolais en me disant qu'à supposer ma disparition complète, il resterait après moi, à Paris, au moins une petite histoire qui durerait un certain temps par leurs soins, m'assurant la gloire anonyme des sources du folklore : elle leur plaisait trop pour qu'ils manquent de la propager ; et si cela se trouvait, il suffirait qu'on la raconte pour que je perdure, par quelque échange occulte d'énergie… Au lecteur qui s'étonne que je sois allée jusqu'à me voir disparaître, il faut rappeler que j'étais déjà en état de mort locale (bien que je ne fusse pas encore capable de le nommer), un état dont la logique s'impose fréquemment à qui le subit, avec la force de persuasion de l'évidence, et en paraissant destinée à être menée à bout. (Un mois après mon arrivée à Paris, je me sentais déjà toute proche de l'inconnaissable dont je dépendais directement, n'ayant aucune garantie d'avenir et habitant un présent si mobile qu'on ne pouvait plus dire où ni comment je pouvais avoir lieu.) Heureusement, en même temps, les circonstances où il semble facile de disparaître vous rendent le domaine de l'irréel d'autant plus accueillant (ne fût-ce qu'en pensée) que le réel vous l'est peu, et vous font ainsi progresser, ne serait-ce qu'inconsciemment, vers une meilleure connaissance de l'occulte.

Or, le soir où je racontai pour la dernière fois l'histoire de la Frontière, l'admiration qui brillait dans les yeux de Pierre pendant que j'approchais du meilleur moment, celui où les soldats arrivaient, m'affligea plus fort que jamais. Comme il me trouvait courageuse, invincible ou du moins impossible à attraper, ce qui revenait au même ! Ma foi, il me regardait comme j'avais regardé Michel Darbois, dans le temps ! Était-ce possible, même à l'âge qu'il avait, de ne pas sentir combien j'étais faible, soumise aux circonstances ? De ne pas comprendre que je devais mes maigres exploits à la chance ou à la malchance, mais en tout cas, surtout pas à la nature héroïque qu'il m'attribuait ? Et Jean qui m'avait dit que je lui manquerais, l'air convaincu que de mon côté, j'ignorais ce genre de sentiments ! (D'où lui venait cette impression ? De la Frontière, toujours ?)

Bon, c'étaient des enfants, mais Shéhéra ? Elle aussi me voyait comme quelqu'un que je n'étais pas, quelqu'un de meilleur et de très fort, qui n'était pas censé avoir peur des examens, ni d'autre chose, et dont les difficultés ne pouvaient que s'arranger, elle me l'avait dit quand j'avais voulu me plaindre de mon inexistence : « Mais tu n'as pas à t'inquiéter ! Pour quelqu'un comme toi, ça ne peut aller que de mieux en mieux ; d'une façon ou d'une autre, tu vas te débrouiller, et très vite, tu vas voir ! Après ce que tu as vécu, avec ce que tu as déjà fait, rien ne peut te résister ! » Juste ciel ! Si elle ne savait pas encore que les choses peuvent aussi aller de pire en pire, pour qui que ce soit, ne remarquait-elle pas que j'étais quelqu'un de nerveux, d'angoissé, de pleurnichard, même sans que l'incertitude existentielle s'en mêle ? Pourquoi voyait-elle un atout dans « ce que j'avais vécu », au lieu de se dire qu'après en avoir vu en deux ans plus que d'autres en toute une vie, je devais être bien éprouvée et mal placée pour tenir le coup dans les mois à venir ? (Pendant ces réflexions, je continuais à dévider la bobine de mes exploits frontaliers.) Michèle non plus, quand on y pense, n'avait jamais l'air de croire, en me demandant mes dernières nouvelles, qu'elles pussent être mauvaises. Elle qui m'avait connue sans logis, elle n'avait pas douté que c'était une sorte d'accident, une situation de brève durée, sans gravité réelle, qui s'arrangerait d'une façon ou d'une autre, même indépendamment de son aide…

Était-ce moi, vraiment moi, qui donnais ce genre d'idée à mon nouvel entourage, l'idée que rien de grave ne me menaçait jamais, ou que mes mésaventures relevaient toutes du passé ? C'est vrai que j'essayais de faire bonne figure, et que je paradais, à l'occasion, mais cela suffisait-il à cacher tout le reste de ma personne ? Et si c'était la fameuse Frontière qui le cachait à leur yeux, pourquoi Michèle au moins, la plus mûre des quatre, la moins facile à s'enthousiasmer, celle dont je craignais toujours de perdre la sympathie en lui révélant malgré moi je ne sais quel trait qui me réduirait au ridicule complet aux yeux de son esprit ironique, pourquoi au moins Michèle n'avait-elle pas compris que la Frontière n'avait jamais été qu'un accident ? Qu'il n'y avait que ce passage, dans toute mon expérience, à ne rien démontrer qui me concernât ; qu'on pouvait l'ôter de mon histoire, et qu'avec ou sans lui, je restais la même : aussi faible, trouillarde et peu débrouillarde qu'à présent ! Les autres ne sentaient-ils donc pas que j'étais une créature oscillant entre le pessimisme complet et l'optimisme effréné (en partie méthode Coué, nécessaire pour tenir), incapable de trouver le juste milieu qui protège des dangers ? Pleine d'assurance, oui, quand il s'agissait de commenter des œuvres (la seule chose qu'elle sût faire, elle qui n'écrivait même plus) ou de donner des conseils – qu'elle n'aurait jamais su appliquer s'ils la concernaient, timorée et timide comme elle le demeurait les trois quarts du temps !

Vous n'avez pas eu assez d'occasions de remarquer à quel point je pouvais l'être (timorée et timide), cher lecteur, mais à ce moment de mon histoire, un observateur objectif aurait pu dire, sans exagérer, que je l'étais à la hauteur d'au moins quatre-vingt pour cent de mon temps vécu. Les circonstances où je m'étais sentie telle étaient – encore ou définitivement ? – incomparablement plus variées et abondantes que les situations (en famille ; avec des amis ; en colère ; s'agissant d'arts et lettres) où je manifestais les qualités opposées. Par ailleurs, au cours d'une période encore proche et revenant à un bon tiers de mon existence, j'avais eu pour surnoms Gitane et Auschwitz (faisant référence à mes teint et maigreur, et servant alternativement, sans que mes condisciples songent au lien historique entre les deux), ce qui m'avait donné de bonne heure la vague conviction que mon seul aspect visuel permettait à la plupart du monde, même aux petits et aux plus bêtes, de comprendre du premier coup d'œil que j'étais un bouc émissaire tout désigné. Et maintenant, les quatre personnes, deux petites et deux grandes, qui me connaissaient le mieux dans mon nouvel espace-temps s'accordaient pour voir en moi une espèce de vainqueur né !

Mais si c'était eux qui avaient raison ? pensai-je soudain. Je l'avais tout de même passée, la fameuse Frontière – m'en serais-je crue capable seulement quelques mois plus tôt ? Peut-être avais-je aussi d'autres réserves de force et de courage, dont je ne me doutais pas encore mais qu'eux percevaient ? Et si c'étaient des choses qu'on voyait mieux à distance que de l'intérieur ? (Je racontais à ce moment la traversée de la clairière, après laquelle la camionnette nous prendrait.) Il faudrait y réfléchir, quand j'en aurais le temps. Mais même à l'admettre, cela m'aiderait-il dans l'immédiat ? Non. Cela ne réduisait ni la peur du lendemain ni l'impression de complète impuissance, y compris face au regard des autres. Oh, que j'avais lourd ! Jamais Michel Darbois n'avait eu lourd comme moi, j'en étais sûre, ne serait-ce que parce qu'il avait dû apprendre de bonne heure, lui, comme tous les garçons (surtout les pleunkois), à se battre au propre et au figuré plutôt que de se lamenter, et puis, avec le physique qu'il avait…

*

J'aurais sans doute dû commencer ce récit en parlant de la bohème pleunkoise, cher lecteur, et de la légende de Michel Darbois, mais il est déjà trop tard pour cela (bien qu'il n'y paraisse pas, le moment où je vais vous quitter est plus proche que le début de mon histoire). Il ne me reste pas grand choix sinon de vous fournir le morceau qui aurait formé l'ouverture la plus appropriée *maintenant*, inapte à faire son effet mais gardant, faute de mieux, sa valeur informative. Fermez les yeux. (Du moins pour tout ce qui vous entoure.) Imaginez que vous êtes à Pleunk.

Depuis que je l'ai quitté, il s'est écoulé quelque temps porteur d'événements si nombreux et prenants qu'il devient difficile de retrouver les détails de l'autrefois sans l'aide de l'imagination, et je ne dispose d'aucun témoin à consulter par téléphone, ou qui pourrait lire mon récit une fois achevé pour juger de sa véracité. (Ainsi va l'Histoire, et que ces pages soient bénies par le malin génie qui veille à sa grandeur.) Mais je me rappelle qu'il y avait à Pleunk un grand immeuble maintenant disparu, où se réunissaient régulièrement quelques jeunes personnages dont la conteuse, au dernier étage, dans un studio servant d'atelier. S'il faut avouer avec regret qu'ils paraissaient presque ordinaires, eux-mêmes ne doutaient guère que le monde entier finirait par apprendre qui ils étaient, vu qu'à la différence des peintres en bâtiment, la majorité des artistes dont on connaît l'existence sont célèbres, ce qui donne à toute pratique de leur métier l'avant-goût de la gloire. D'ailleurs, tout grand homme ne semble-t-il pas parfaitement commun ou bien, dans le meilleur des cas, peu différent de l'idiot du village, à ses voisins qui ignorent encore qu'ils se vanteront un jour de l'avoir connu ?

Dans leur anonymat provisoire, ils parlaient rêveusement, surtout d'eux-mêmes : le fait qu'il n'était pas de bon ton, à Pleunk, d'explorer ses gisements de particularités les poussait à les exhiber, à disserter dessus, à les exagérer, tant qu'ils étaient entre eux. À part cela, comme ils ne pouvaient guère trouver alentour assez de sujets exaltants, ils parlaient surtout de choses censées s'être passées loin dans l'espace et/ou le temps, et la véracité de ces événements, garantie par la foi de celui qui les racontait en y mettant le meilleur de lui-même, paraissait absolue à tous les autres, sauf intervention d'esprit chagrin (il s'en trouvait parfois) plus attaché à la stricte vraisemblance qu'aux plus belles illusions, fussent-elles nécessaires à la survie de certains. Bref, parler de soi-même ou de personnages légendaires, c'était toujours pour eux un moyen de s'évader.

La plupart des légendes pleunkoises avaient pour héros quelqu'un qui avait réussi à s'échapper du pays grâce à telle ou telle astuce plus admirable que celles d'Ulysse (essayez donc de sortir de Pleunk sans permission ou d'en obtenir une, vous serez convaincu que par comparaison, trouver le moyen de faire entrer une armée dans Troie sans qu'on s'en aperçoive n'est rien du tout). Aucune de ces légendes ne comprenait la suite des aventures du héros : le conteur vous disait bien ce qu'il était devenu depuis sa fuite, mais sous une forme presque aussi abstraite qu'« ils vécurent heureux » - en simple conclusion. Car il va de soi que les héros se gardaient de remettre les pieds à Pleunk, tandis que personne parmi les Pleunkois demeurant sur place ne restait jamais en contact avec eux, autant qu'on sache, les parents de fugitifs pas plus que les vagues relations.

Or, un soir, l'un de nous (ce ne fut pas moi) raconta pour la première fois l'histoire d'un homme connu sous le prénom de Michel, qui avait réussi à se cacher dans une caisse en bois de soixante centimètres cube, sur un bateau au long cours. Ce moyen de transport pourvu de charme romantique avait dû lui paraître tout désigné pour se sauver de l'insignifiance pleunkoise, d'autant plus que Michel était mineur : habitué aux couloirs souterrains, on a moins de mal à passer des semaines dans le noir d'une soute, et à s'y fondre au point de ne pas être découvert par les torches électriques qui inspectent les recoins à chaque escale. (Un peu d'obscurité initiale n'a jamais nui aux mythes.) Une fois sorti de là, notre héros se retrouva, devinez où ? dans la Ville Lumière, bien entendu !

Quelque temps auparavant, Michel avait fait allusion à ses projets devant deux amis de la mine qui le plaignaient de devoir travailler avec eux alors qu'il était un garçon instruit (il avait son bac et lisait très bien à voix haute la rubrique sportive des journaux) : « Ne vous en faites pas !

avait-il répliqué. Vous allez voir : un jour, j'irai à Paris et je serai célèbre » – ceci, après avoir bu deux-trois verres, et sans que personne ne le prenne au sérieux avant l'année où ses anciens copains qui l'avaient perdu de vue le retrouvèrent par hasard à l'écran, en allant voir un film où le rôle principal était tenu par un certain Darbois.

Trouvez-vous étonnant que la vedette n'ait jamais raconté cela à la presse, alors que d'autres paieraient cher pour avoir un passé si romanesque ? Songez au corollaire de l'aventure (notamment aux soucis qu'elle pouvait donner à l'entourage du fugitif), et au fait que Michel avait pris un pseudonyme français (ce choix devait bien avoir ses raisons). Et à ma connaissance, il n'y a guère d'originaire de Pleunk qui l'évoque volontiers : s'avouer de là-bas vous oblige soit à raconter l'endroit pendant des heures – ce dont on se lasse avant d'avoir cessé de compter le nombre de fois où on l'a fait –, soit à subir des réactions comme celles que les gens peuvent avoir en apprenant que vous êtes né en prison.

Vous trouvez incroyable qu'un homme de sa stature ait tenu dans une caisse aussi petite ? Rappelez-vous le climat pleunkois : s'il n'aide guère les autochtones à grandir, il apprend aux rares géants à se réduire. Il y a pour cela divers moyens à effet provisoire ou définitif, entre autres : fréquenter ses congénères normaux auxquels on finit par ressembler sans même s'en rendre compte, ou les bistrots où l'âme peut arriver à oublier le corps sous une table. Et même sans cela, les Pleunkois sont si souvent mis en boîte, étiquetés, rangés dans des tiroirs, classés dans des rubriques qui n'occupent qu'une ligne, que leur don de réduction se développe tout seul. L'étonnant dans l'histoire du jeune Michel, ce n'est pas qu'il ait pu se fourrer dans la caisse, mais qu'il ait eu l'idée d'utiliser ses habitudes locales pour partir sur la voie de la grandeur.

Une fois l'histoire finie, tandis que nous restions muets, complètement étourdis par la révélation que Michel Darbois avait vécu dans notre minable pays, quelqu'un brisa le silence pour dire (sur un ton qui finit de nous réveiller) qu'il savait pertinemment que le Michel en question, celui de la mine, y travaillait toujours et n'avait pour point commun avec Darbois qu'une faible ressemblance physique. Et subitement, chacun réalisa que le jeune homme qui venait de parler lui était inconnu, mais comme personne n'osa lui demander qui il était, chacun crut qu'un des autres devait le connaître et l'avoir amené.

C'est justement à cause de la ressemblance, poursuivit l'inconnu avec la voix de la raison (qui me fit frissonner), qu'un rêveur parmi ceux qui passent leur temps au cinéma a confondu un jour l'acteur et le mineur, d'où la légende dénuée de fondement autre qu'illusoire, qui nous était parvenue. Sur cela, il se tut et accueillit avec un sourire méprisant les faibles protestations qu'émirent quelques-uns.

Bizarrement, même sans rien en savoir, on ne pouvait guère douter que ce personnage s'y connaissait beaucoup mieux que nous pour distinguer une histoire fausse d'une vraie.

Ce briseur de rêves n'apparut plus jamais à nos soirées, mais il y laissa une trace durable : nous ne parlâmes plus guère d'autre chose que de Michel. Certains amis refusaient désormais d'admettre son exploit (ce qu'ils auraient cru la veille sans demander la moindre preuve) et réfutaient sarcastiquement les faits de son voyage : « Et comment il a fait pour arriver de Pleunk à Paris en bateau ? Par la Sombre ? » Ils n'accordaient même pas au mineur d'avoir déclaré à ses camarades : « Vous allez voir : un jour, j'irai à Paris et je serai célèbre ! » – qui pouvait être assez crétin pour avouer ce genre de projet, surtout dans un bistrot ? et s'il l'avait avoué, à supposer qu'on ne l'eût pas mis en taule dès le lendemain, l'aurait-on seulement laissé approcher d'un quai maritime ?

Pour ma part, incapable d'opposer aux sceptiques le moindre argument concret, je demeurais convaincue que les aventures de Michel étaient vraies. Même si elles présentaient des détails peu plausibles, à mon sens, mieux valait croire aux légendes que de raisonner toujours en fonction de la réalité d'un pays si petit, et qui n'était pas non plus très logique. (Si quelque Parisien apprenait comment nous vivions et quels étaient nos usages, n'aurait-il pas quelque mal à y croire ? Pourtant, nous existions. Avec le recul, je dirais que ce dernier fait constituait en réalité la découverte la plus incroyable que pût faire un touriste à Pleunk.) J'avais à cette époque dix-sept ans, un fiancé artiste assis à mes côtés, et dans mon sac, un vieux livre du Dernier Esthète pleunkois. La phrase de Michel m'en rappelait une autre, que j'avais prononcée du temps où Jacques Camp était encore vivant et où j'ignorais encore que « l'R français » ne suffirait pas à me le faire rejoindre. Depuis, j'avais acquis la certitude que je ne verrais jamais Paris, mais comme j'en avais toujours envie, j'aimais bien l'idée que cela restât possible dans l'absolu, pour des gens plus forts que moi. Peut-être sentais-je vaguement qu'admettre qu'un obscur Pleunkois puisse devenir une légende donnait une petite chance de suivre son exemple, dans l'avenir - qui me semblait très flou, comme d'habitude à cet âge-là. Mais non, c'est le regard rétrospectif qui a dicté la phrase précédente : je ne sentais certainement rien de tel, me sachant trouillarde et me croyant promise à vivre avec mon fiancé, à Pleunk (qu'il me rendait, bien sûr, comme seuls les gens qu'on aime sont capables de le faire, beaucoup plus supportable que nature).

Dans l'espoir de finir par établir ou démentir définitivement l'histoire de Michel, nous allâmes presque tous revoir plus de trente fois un film où il jouait et qui passait justement à l'époque : *Les Sentiers de la Nuit*, de Robert Massigny. Personne d'entre nous ne savait rien de ce dernier, mais à force de relire son nom au générique, chacun le retint, et mieux : se convainquit que ce devait être un cinéaste célèbre. Le film n'était sans doute pas tout récent : qu'il s'agisse de cinéma, de musique, de peinture ou de belles lettres, l'art étranger mettait toujours du temps à parvenir à Pleunk, si toutefois il y parvenait. De fait, aucun de nous ne se faisait une idée précise de l'âge qu'avait Darbois, ne pouvant en juger qu'à sa tête, d'après le peu de rôles où nous l'avions vu, et que nous n'avions pas moyen de dater : on ne trouvait dans les bibliothèques pleunkoises aucun renseignement sur les vedettes ultérieures au cinéma muet.

On était sûr au moins que *Les Sentiers de la Nuit* datait d'après la dernière guerre mondiale, car notre héros y aidait des Juifs à passer en Suisse, entre autres faits de Résistance. « On a dû lui donner ce rôle parce qu'on savait qu'il s'y connaissait en fuites », commentait quelqu'un au sortir de la salle. – « N'importe quoi ! », faisait un autre, puis : « Mais c'est vrai qu'il a une tête de campagnard de chez nous… » Finalement, on consultait votre auteur : « Toi qui sais le français, est-ce que Michel parle avec un accent ? » - « Non, répondais-je, pas du tout. Mais je suppose qu'un bon acteur peut finir par avoir l'accent qu'il veut. » Mon goût (paradoxal) de la vérité avait encore trouvé le moyen de se manifester. Puis il me vint à l'esprit que le pseudonyme de Michel contenait le mot « bois » faisant penser à la caisse, alors qu'en pleunkois, « dar » signifiait « don » - était-ce un pur hasard ? Bien entendu, je m'empressai de faire part aux autres de cette illumination, dont on discuta longuement.

Dans l'espoir de dénicher dans le film quelque preuve ou démenti encore inaperçu(e) des origines pleunkoises de Darbois, nous y retournâmes dès le lendemain, une pratique rien moins qu'extraordinaire pour notre groupe : le trouble-fête avait bien visé en parlant de ceux qui passent leur temps au cinéma. Même aujourd'hui, si vous me demandiez un discours sur la plus grande invention du siècle où je suis née, j'évoquerais le Septième art, de préférence à la télévision, aux camps de concentration et aux vaisseaux spatiaux. Car à mon sens, rien ne vaut une salle obscure pour voyager vers le meilleur des Ailleurs : on ne saurait y perdre plus que l'exacte portion de son existence qui, une fois enlevée, la rend moins pesante. Et l'on y voit, pendant qu'on oublie même qu'on a un corps, qu'il existe vraiment un monde où les gens vivent éternellement et peuvent s'aimer toujours, où les exploits les plus inconcevables vont de soi. Qui ne se sent pas mieux de s'en être convaincu ne fût-ce que l'espace d'une séance ? (En outre, le cinéma a le mérite de jouer un grand rôle dans plusieurs histoires que j'ai à vous raconter.)

En somme, notre temps libre n'étant pas encore aussi réduit que celui des gens mûrs, nous vécûmes des mois entiers en compagnie de

Michel, visible devant nous sur l'écran, ou invisible mais demeurant le pivot de nos réunions, l'hôte d'honneur des meilleurs moments de cette époque. Nous parlions de lui jusqu'au petit matin. Tournant en boucle comme il arrivait souvent aux pensées des Pleunkois, fussent-ils satisfaits de leur vie ou poussés à la fuir, les discussions sur son identité nous étaient devenues plus qu'habituelles : indispensables au point de sembler vouées à l'éternité.

*

À cette étape, vous devez vous demander comment j'ai trouvé le moyen de fuir Pleunk (de passer plusieurs frontières), et d'abord quelle force m'avait convaincue que j'en étais capable. Il est certain que du temps de la bohème, personne n'aurait imaginé que je le serais un jour, surtout pas moi. Apprécier les histoires d'évasion ne vous décide pas nécessairement à imiter leurs héros pour quitter le sol natal, fût-il le moins plaisant (ou même purement fictionnel), cela vous aide plutôt à supporter d'y vivre (surtout si vous êtes une trouillarde ne sachant même pas nager, frêle comme une tige et douillette). Je devrais donc vous fournir un vrai mobile, une cause décisive, pour arriver au moyen concret, mais si je tarde encore, c'est que j'hésite à choisir entre plusieurs versions dont chacune a ses avantages propres.

Je pourrais avoir quitté Pleunk par la force de l'amour, par exemple – ne serait-ce pas hautement romanesque ? Même si à l'époque où je vivais là-bas, l'on n'y rencontrait pas de Parisien, on pouvait toujours trouver le moyen d'en aimer un. Ainsi, mon amie Hanna était tombée amoureuse de Laurent Ray, et le restait encore la dernière fois que je l'ai vue, quoiqu'elle n'eût de ses nouvelles qu'une fois tous les deux-trois ans, au rythme anachronique où quelques-uns de ses films parvenaient aux salles pleunkoises. Sachant que ces nouvelles resteraient toujours inactuelles et approximatives (le décalage entre l'acteur et le personnage s'ajoutant à l'anachronisme), elle se demandait parfois comment serait Laurent Ray le jour (improbable mais rêvé) où elle se retrouverait dans le même espace-temps, à l'autre bout de ses années-lumière, autrement dit si elle arriverait à le reconnaître « en vrai ». Et pourtant, elle l'aimait, depuis trois films déjà. Ne dirait-on pas une situation d'histoire fantastique, de celles où il peut arriver qu'on change de monde en un clin d'œil, qu'on passe des siècles à dormir sans même vieillir, ou qu'on se réveille soudain complètement transformé ? Ne serait-ce pas intéressant à exploiter ?

Mais quelque chose me retient. Je me souviens qu'un jour, quand j'avais neuf ou dix ans et que j'étais assise avec ma mère dans un cinéma (on y revient, forcément), les deux jeunes installés devant nous se mirent à s'embrasser avec passion, n'en pouvant plus d'attendre que le film commence, c'est-à-dire que l'éclairage s'éteigne. Me tournant vers Minou qui paraissait gênée (juste sous le nez de l'enfant, vous voyez), je souris largement et commentai : « Et quand on pense à comment ils seront dans quelque temps, hein ? Après le boulot, à table, en chiens de faïence ! » – « Tais-toi, Denise ! s'exclama ma mère à voix basse, tu dis encore des horreurs ! » (À l'époque, j'étais une spécialiste des remarques désabusées, et l'on m'appelait souvent comme l'héroïne de mon dessin animé préféré, un chaton qui faisait plein de bêtises.) Je baissai les yeux, penaude, puis je sentis comme un tremblement de terre et les relevai, de surprise : s'efforçant héroïquement de rester discrète et d'avoir en même temps l'air très fâchée, Minou pinçait la bouche tout en bondissant sur place de rire.

Si vous aimez les conclusions hâtives et la psychologie, vous devez penser qu'élevée par une dame si complaisante, je ne pouvais donner qu'une marginale. Pour vous encourager (une fois n'est pas coutume), je précise que par surcroît, j'étais issue d'un père onomastique. « Qu'est-ce que c'est ? » Un père dont on connaît le seul nom, bien entendu ! Je ne sais plus à quelle époque je lui appliquai ce terme pour la première fois, mais je me rappelle la délectation que j'éprouvais à toujours répondre, à la question courante : « Et ton papa, qu'est-ce qu'il fait ? » – « Il est onomastique », ôtant ainsi toute envie de persister à la plupart des curieux. Quand il s'en trouvait à n'avoir aucune honte d'être ignares, qui demandaient en quoi consistait ce métier, j'avais le plaisir supplémentaire d'avouer, la mine très enfantine : « Je ne sais pas. » Les onomastiques (pères ou autre chose), sont distrayants, commodes et pratiquement inoffensifs, sauf quand on tient à s'en servir pour embêter le monde.

Pour clore cette digression et revenir à mon propos : songeant au commentaire que je fis autrefois sur les amoureux, et quoique j'eusse changé d'opinion sur Éros entre-temps, je trouve plus prudent de choisir pour ma fuite un motif autre que sentimental : j'ai peur que la puissance de l'amour ne puisse convaincre qu'une poignée de lecteurs très romantiques.

J'avancerais bien ma vocation, mais je crains que ce mobile aussi vous semble critiquable. Hormis les artistes, qui ne sont pas censés demeurer mon seul public, peu de monde admet qu'on puisse s'exposer à toutes sortes de désagréments, voire aux pires dangers tout simplement parce qu'on se sent doué et qu'on veut progresser dans son art. Chaque fois que j'ai essayé (qu'il eût été utile) de convaincre quelqu'un de l'existence de gens qui aiment mieux manquer de nourriture que d'accès aux bons musées, ou se suicider plutôt que de gâcher leur talent, j'ai échoué.

Je pourrais aussi m'être décidée à fuir Pleunk grâce à quelque danger plus effrayant que cette entreprise : chacun comprend aisément qu'on essaie même les moyens les plus risqués dans l'espoir de sauver sa peau, et il est des menaces susceptibles de décupler les forces de n'importe qui. Une telle situation de départ rendrait encore plus excitantes aux yeux des plus jeunes les aventures qui en découleraient, tandis que les adultes apprécieraient ses aspects réaliste, idéaliste, politique, historique... Cette version ne serait ni interdite aux moins de douze ans (quand on la filmerait), ni ennuyeuse pour le public moyen.

Toutefois, je pourrais vous présenter encore plusieurs explications acceptables de mon départ, et je me demande toujours pourquoi les gens sont convaincus qu'on ment lorsqu'on leur donne plus d'une raison pour justifier un geste. Je n'ai jamais observé d'action humaine qui fût provoquée par une seule cause, ce qui me semble normal : même le vol d'un caillou tient à plusieurs, d'après les physiciens, sans parler de la flèche qu'on se renvoie encore depuis Zénon et après Valéry. Mais passons : mon histoire a assez de mal à avancer même quand je fais uniquement les digressions indispensables, et vous pouvez finir bientôt par croire qu'elle est vouée à demeurer en suspens ou à tourner en boucle comme moi du temps de la bohème ou du bus qui me servit de cabinet de travail.

Eh bien, puisque plus j'y pense, plus j'hésite, je vais encore remettre à plus tard le choix de la raison décisive de ma fuite. Je suis prête, en revanche, à vous raconter tout de suite comment je n'ai pas quitté Pleunk de la façon la plus légale qu'il se peut, par le moyen que Minou avait conçu.

*

Un jour de juillet, après ma réussite aux examens d'entrée des Langues Étrangères, j'entrai pour la première fois dans un bâtiment aux couloirs interminables où des hommes armés montaient la garde devant les portes faites pour des géants, épaisses et doublement capitonnées. Au rez-de-chaussée, on me fouilla et me prit mes papiers. N'ayant jamais subi de telles pratiques ni fréquenté de tels lieux en dehors des cauchemars, je me sentis très diminuée avant même d'arriver au bureau indiqué, et je craignis que mon aspect ne m'enlève toute chance de réussite. L'air un peu triste pouvait être excusé, vu que j'avais perdu un être cher, mais il n'en fallait pas moins faire montre d'équilibre, de confiance et d'optimisme.

Ayant remis au garde le petit papier qui prouvait qu'on m'attendait, je frappai au chambranle de la porte (geste absurde vu le capitonnage intérieur), je l'ouvris en manquant de tomber (elle était plus lourde que je ne l'imaginais) et je me retrouvai dans un décor qu'on peut connaître sans jamais l'avoir vu. Au fond de la pièce, devant la fenêtre, un personnage siégeait à contre-jour dans un fauteuil massif, derrière un bureau aussi volumineux qu'il se devait ; le siège face à lui, plus modeste et parfaitement éclairé, attendait le visiteur. Il n'y avait dans tout le cabinet aucun objet qui ne correspondît pas au lieux communs sur le pouvoir, et je suppose que le lecteur devine déjà la suite de l'action. Car certains meubles ont la puissance des lois, ou semblent du moins la posséder, et en persuadent leurs occupants qui agissent dès lors en fonction de leur place, au sens propre bien plus qu'au figuré (d'autant plus naturellement s'ils professent la conviction que tout humain se définit par ses biens et outils). Mais il faut ajouter que le personnage qui me recevait avait été, au début de sa carrière, un esprit original et même une tête brûlée, d'où l'espoir qu'il allait consentir à m'aider.

Il savait déjà ce qui m'amenait, mais ne semblait pas pouvoir se l'expliquer : pourquoi vouloir voyager, qu'y avait-il ailleurs qui puisse manquer à Pleunk, surtout à une fille de si bonne famille, promise à un avenir sur lequel lui-même allait veiller ? Connaissant ces questions avant qu'il n'ait songé à les formuler, j'avais eu le temps de préparer ma réponse, je lui présentai donc cet argument : je voulais visiter les musées parisiens.

La plupart des raisons qui font rêver de Paris risquaient de choquer ce personnage, mais le constat qu'il y avait là-bas des œuvres qu'on ne pouvait pas voir à Pleunk m'avait paru relativement acceptable, ne constituant pas nécessairement un propos subversif. Cependant, je me représentais mal le genre d'homme auquel j'avais affaire. Comment le résumer ? Je dirais qu'il ignorait (volontairement, je pense) tous les *ailleurs* qui peuvent vous empêcher de vous fixer aux meubles d'un cabinet, fût-il magnifique, et à son esprit - si c'est bien la notion d'*ailleurs* qui garde en nous l'espace du recul, qui permet de nous mettre à la place de quelqu'un d'autre, de concevoir la relativité des certitudes, et de douter qu'on ait le droit de décider du sort d'autrui.

Je vis le personnage sourire à ma réponse et se laisser aller contre le dossier de son fauteuil avant de m'apprendre que c'était là l'argument le plus futile qu'on lui ait jamais présenté. Puis il sourit de nouveau :

- Remarque, cela peut se comprendre, qu'on manque encore du sens des réalités, à ton âge ; ça viendra, mais je crois qu'en attendant, il vaut mieux t'éviter de voyager. On en a connu, de jeunes étourdis qui sont partis visiter les musées, puis ils se sont perdus dans les parages, et au bout de dix ans, ils n'ont toujours pas retrouvé le chemin de la maison. C'est ennuyeux pour eux, pour leur famille aussi, et on se dit qu'ils ont manqué bêtement leur avenir. Vous, les jeunes, vous êtes les architectes de notre futur, nous tenons à vous, il ne faut pas l'oublier.

- Mais au contraire, protestai-je énergiquement, je suis quelqu'un qui pense aux choses réelles et à son avenir : je viens d'être classée première au concours d'entrée des Langues Étrangères. Si je veux passer mes vacances à Paris, c'est aussi pour que cela profite à mes études...

Malgré cette déclaration qui n'était qu'à moitié fausse, le personnage resta inébranlable : c'était son devoir d'homme mûr et de parent éloigné mais soucieux de mon bien, de me refuser le permis de voyager. L'ayant dit, il alluma une cigarette, et ses traits se détendirent comme cela arrive lorsqu'on vient d'accomplir une tâche avec succès. (Ainsi je m'accorde une pause méritée après avoir écrit quelque passage qui me satisfait.) Il exhala la fumée, me regarda et sourit largement :

- Je viens d'avoir une idée. Puisque tu as envie d'aller à l'étranger, tu peux demander une bourse d'études pour la ville où j'ai achevé les miennes. Il y a là-bas d'excellents musées, et tu ne pourras y apprendre que des choses hautement profitables. Quand tu seras de retour, tu auras ta place parmi nos jeunes les plus dignes de confiance, les plus aptes à faire fructifier leurs dons...

Il s'agissait de la ville où vécut le romancier qui croyait que le Diable pouvait se cacher sous les vêtements de n'importe qui sauf des hommes remarquables.

- J'appuierai ta demande, conclut le personnage.

Et je restai coite, sachant ce que cela signifiait. Lorsqu'on avait la chance de recevoir une telle suggestion, la refuser revenait à se classer parmi les personnes dont l'esprit peu sain exige une surveillance particulière. Tandis qu'en l'acceptant, on s'assurait le destin le plus enviable qu'on pût avoir à Pleunk : entre autres avantages, une fois diplômé, on profitait d'une liberté de mouvement presque totale. Alors ? L'homme fort me regardait avec une bienveillance scrutatrice, attendant ma réponse.

Et subitement, je compris qu'un vieux rêve presque oublié venait de s'accomplir : ce n'était même pas la peine de se piquer le doigt ni même de signer un contrat, un mot suffisait. Seulement, l'Esprit que je venais de reconnaître dans un cousin éloigné de Minou s'avérait si prosaïque et indissociable du Bien pleunkois ! Je venais de perdre un vieil idéal cher aux enfants rebelles et aux romantiques : le Diable (dans sa seule incarnation qu'il me fût donné de voir jusque-là) n'était pas séduisant. Absolument pas. Goethe m'avait menti. Et je compris au même instant (qui en devint aussitôt historique) que je n'étais certainement pas faite pour accomplir mes rêves, vu que je préférais risquer les pires ennuis au lieu de saisir l'unique chance dont je disposais.

- Je vous remercie beaucoup, mais je ne crois pas que ce soit possible. Ma santé n'est pas bonne, j'aurais du mal à supporter un climat aussi froid.

Ce n'était même pas faux, mais aucun moyen de savoir si cette excuse paraissait suffisante.

Voilà comment le grand projet de ma mère échoua (partiellement, puisqu'il m'avait tout de même sortie de mes abîmes pour quelques mois).

*

À l'heure qu'il était, cet homme fort devait occuper toujours son bureau bien isolé des bruits du monde, alors que depuis notre unique rencontre, j'avais maintes fois changé de décor et de situation - pas vraiment pour le meilleur, aurait-il dit s'il avait pu discuter avec moi à travers la distance qui nous séparait désormais, beaucoup plus grande que celle entre un siège du pouvoir et ses dépendances. La dimension d'un autre monde s'y était introduite, comparable à l'espace de quelques siècles, car le temps d'un voyage est multiplié non seulement par la distance parcourue mais aussi par les expériences inédites qu'il contient, si bien que sa durée sensible dépasse parfois, en un mois, celle d'une vie entière. Même si cet homme de cabinet aurait pu démontrer que ma nouvelle vie n'était pas sans rapport à son pouvoir (aurais-je eu les soucis que j'avais, s'il avait voulu m'aider ? n'étais-je pas punie, d'une certaine manière, pour n'avoir pas pris le bon chemin qu'il m'indiquait ?, et cætera), de mon point de vue parisien, le personnage semblait déjà plus lointain que Charlemagne, et (faute de faire partie de la même histoire que ce dernier) presque aussi abstrait que le Roi des contes de fées auxquels je ne croyais plus depuis mes quatre ans : le fameux Roi qui passe son temps à vous promettre ce que vous voulez, et à vous menacer de mort par la même occasion.

Comment attacher encore de l'importance à cet irréel, ne l'avais-je pas déjà réduit à rien du seul fait que je vivais, maintenant, *en pleine réalité* ? Non pas celle dont ses pareils pouvaient parler, bien sûr, mais la vraie : la réalité concrète, dépassant en densité toute autre, de ce qu'on découvre et qu'on s'efforce de maîtriser. À Pleunk, j'avais utilisé la plupart des moyens d'éviter de voir ce qui m'entourait ; à Paris, mon attention était toujours en éveil, que ce fût par nécessité vitale, par plaisir ou par manque de familiarité.

Le Parisien qui passe ses premiers jours dans une ville étrangère, et réalise qu'il existe des cités où aucune fenêtre n'a de volets ni même de rideaux, puis découvre, après avoir rôdé des heures entières à la recherche d'un tabac, qu'ici, les cigarettes s'achètent à l'épicerie ou chez le pharmacien, et que les cafés locaux, dépourvus de terrasses, se distinguent des appartements seulement par le nombre de tables et de chaises qu'ils présentent, n'a guère le loisir de remarquer les points communs (pourtant nombreux) qu'ont cette ville et la sienne. Seules ses qualités propres le frappent. Du même coup, tout ce qu'il fait là, ou presque, acquiert une réalité aussi sensible, riche et profonde que la découverte du monde (d'une chambre, d'un jardin) par un petit enfant – et comme ce dernier, le nouveau venu s'oriente non pas selon Euclide, mais de façon topologique, sans avoir la moindre idée de ce qui va surgir derrière le prochain tournant, sans savoir quel est le point cardinal qui se trouve à sa gauche, qu'il ne distingue d'ailleurs même pas de sa droite, ce qui vous rend le monde d'autant plus intéressant. (Bon, tu ne vas pas nous faire un exposé à la Francastel sur les représentations de l'espace, ça suffit, maintenant !)

Bien sûr, je n'en étais plus là : à force de circuler ne fût-ce qu'en bus, je voyais déjà le paysage parisien comme familier ; en revanche, d'autres données de la réalité locale la plus concrète continuaient, heureusement, de capter par surprises mon attention, la détournant de mes angoisses ou mécomptes. Ainsi, le parler et les manières des Parisiens avaient encore largement de quoi m'émerveiller. Les inconnus qui me disaient bonjour en me croisant dans la rue recevaient au passage un sourire radieux qu'ils devaient mal interpréter, ignorant qu'une manifestation de gentillesse comme la leur (fût-elle la plus banale des façons d'esquisser un flirt momentané), était parfaitement inconcevable à Pleunk. Et les conversations de l'heure de pointe dans le métro m'offraient des trésors de locutions et de tournures jamais rencontrées dans les livres, autrement dit admirables comme le style nouveau créé par un génie.

De plus, certains petits événements que je n'eusse pas notés à Pleunk m'exaltaient désormais pour la seule raison qu'ils avaient lieu ici : je n'oublierai jamais ma Première Mouche Parisienne, que je croisai en sortant de la cuisine du café où je venais d'être engagée. Ô mouche ! puisque tu étais là, c'est que l'hiver était déjà derrière moi, le printemps bien avancé, et qu'il était permis de croire que je connaîtrais aussi les saisons suivantes dans la ville de mes rêves ! Béni soit l'infaillible sens de l'orientation qui te plaça sur mon chemin ce jour-là pour en faire une triple fête ! J'avais un vrai travail (bien qu'illégal), mon premier vrai logement (bien que provisoire) et mon printemps parisien, par-dessus le marché, grâce à toi ! Depuis ce jour, la belle saison commence toujours pour moi par une Mouche inaugurale, plutôt que par le retour des oiseaux migrateurs - qui ne seraient d'ailleurs jamais rentrés s'il n'y avait pas eu d'insectes à gober. Et puis, les hirondelles sont moins visibles dans les grandes villes que les mouches, ce qui tend à montrer que les plus humbles des créatures peuvent devenir remarquables - ou bien (si vous n'êtes pas d'humeur enthousiaste) que dans la vie, on remarque généralement le médiocre plus que le sublime. Mais ce n'était pas forcément mon cas.

(Au lecteur qui n'arrive plus à suivre les allers-retours de ma chronologie, qui se demande si je reviens sur une période où je gardais encore Jean et Pierre, ou comment je pouvais avoir eu – le premier avril, peut-être ? – un « vrai travail », et préparer en même temps mes examens de juin aux Buttes-Chaumont, je conseille amicalement de laisser tomber ce genre de questions issues de la logique ordinaire : elle ne vaut ni pour les inexistants, ni pour les écrivains de mon espèce. Rappelez-vous qu'aux yeux du monde, à l'époque, je pouvais avoir jusqu'à cinq existences différentes et incompatibles par jour, sans que personne d'autre que moi ne s'en étonne, et dites-vous que si je voulais écrire des romans réalistes, j'aurais pu rester à Pleunk où l'illusion qu'ils donnent est d'autant plus nécessaire – obligatoire, de fait – que les habitants sont irréels. Si vous n'arrivez pas à reconstituer les étapes ou les strates biographiques de ce que je raconte, pourquoi vous en soucier ? Ce qui compte dans cette histoire est d'un tout autre ordre, qui finira bien par vous devenir clair. Pour le moment, il suffit de savoir qu'on est encore au printemps, après la Mouche.)

À mon nouveau travail (lui aussi provisoire, comme il se doit, mais qui durerait peut-être jusqu'à la rentrée), trop contente de l'avoir, je manifestai une humeur souriante qui me valut des salves d'éloges du côté du patron comme des habitués du Café de l'Arrivée, à croire que la serveuse que je remplaçais n'avait été que fiel et grossièreté. Je trouvais les clients charmants ou, au pire, pittoresques. Eux aussi étaient neufs à mes yeux, méritant chacun séparément le plus vif intérêt, et leurs rapports me fascinaient : on pouvait donc vivre ainsi avec autrui, le matin bons copains, à midi ennemis mortels, le soir amis pour la vie, le lendemain *bis repetita*, dans l'ordre ou le désordre, sans s'en lasser ou finir par fixer son opinion ? Comme c'était curieux ! et quel vocabulaire !… Il arrivait, certes, qu'un ou deux m'effraient jusqu'à me pousser à me fourrer sous le comptoir, en se battant, mais les vrais habitués m'aidaient à voir surtout leurs bons côtés, et se calmaient complètement à l'approche de l'heure de fermeture (qu'ils attendaient avec appréhension : la gare n'allait rouvrir que trois heures plus tard), ce qui faisait que je les quittais sur une vision attendrissante d'eux.

Vingt ans plus tôt, en changeant le nom du troquet minuscule qu'il venait d'acheter, Brahim dit Sidi avait pensé y attirer de nombreux voyageurs, qui allaient sortir de la gare voisine, lire l'enseigne et réaliser qu'il n'existait, parmi les quatre débits de boisson de la place, qu'un seul vraiment fait pour eux. Mais curieusement, depuis deux décennies, les consommateurs de l'Arrivée étaient presque tous des sédentaires, même si certains venaient vraiment de la gare où ils avaient trouvé de quoi se payer une bière ou piqué un petit somme dans la salle d'attente. En fait, la seule personne à qui son nom convînt vraiment, profondément, c'était moi-même : j'y voyais à la fois la promesse d'un établissement définitif à Paris, et l'expression du fait que j'avais posé mes bagages quelque part.

Au-dessus du Café de l'Arrivée se trouvait un appartement composé de deux pièces et d'une cuisine dont la fenêtre présentait un trou rond : l'ancien emplacement d'un ventilateur qu'on pouvait encore voir, depuis des années sans doute, sur le toit de l'appentis dans la cour intérieure. Je l'ai souvent regardé avec convoitise, bien qu'il fût manifestement hors d'état de fonctionner : s'il pouvait retrouver sa place par magie, son couvercle à peine fendu m'aurait rendu service en limitant le passage de l'air printanier qui m'avait fait renoncer à cuisiner en attendant l'été ; généralement, il faisait dans l'appartement plus froid que dans la rue, en partie parce que le soleil n'avait l'accès que du salon, et aucun moyen de venir chez moi aux heures où j'y étais.

Avec les clés, j'avais reçu un lit de camp, le meuble indispensable qui occupait tout seul les lieux en mon absence. Je le tenais au salon, devant la vue (un fragment de la gare et de la place attenante). En rentrant, je prenais le temps de m'asseoir dessus comme sur un canapé, pour méditer ou scruter rêveusement les pans d'architecture, les néons et la circulation visibles - effet d'aube, nocturne ou vespéral, dominantes grises allant jusqu'au noir, reflets bleu vif, mauve, rose, accents d'autres couleurs assurés par les feux -, tout en massant mes jambes à l'aveuglette, des chevilles aux mollets. Ou bien j'étudiais distraitement les murs, pourvus de papiers peints posés certainement longtemps avant ma naissance, et dont le dessin me rappelait ceux d'Espérance (mais nous digresserons sur elle plus tard), bref, qui me faisaient l'effet de m'offrir autant de passé parisien que je pouvais en souhaiter. L'humidité les bordait de moisissure noirâtre autour des fenêtres, et les faisait gondoler par endroits : Léonard de Vinci, Antonioni et Francis Bacon se seraient délectés avec moi aux images que cela donnait, allant du cavalier à pied, auquel il ne restait plus qu'une seule botte à l'éperon énorme, et qui regardait dans son dos (vers le cheval qui l'avait abandonné, vers l'ennemi qui approchait, ou vers tous les mécomptes possibles à la fois), aux masques fantomatiques ou grimaçants à relief et coloris variables, en passant par les forêts stylisées et les nuées de volatiles de toutes les espèces, chauves–souris incluses, qu'on trouvait surtout au plafond, mais aussi aux endroits des murs où les papiers peints en étaient au stade où ils pendaient par pans.

De temps en temps, et toujours dans mon dos ou dans la pièce voisine (de par la loi de l'embêtement universel), un bruit faisait entendre qu'un nouveau morceau venait de se détacher, ce qui revenait à me causer un choc (dans le silence presque absolu, il aurait suffi de moins pour faire croire à un écroulement) avant de me donner un accès de rage : une fois de plus, bordel ! j'avais manqué de voir *comment* cela se passait. En effet, cher lecteur, le phénomène m'intriguait très vivement : quel pouvait être le tout début du détachement ? arrivait-il que soudain, le papier craque, se fende à un endroit précis, ouvrant comme une petite bouche qui deviendrait presque aussitôt une grosse langue ? en assistant au spectacle, pouvait-on voir la cause décisive, le déclic, avant l'élan qui serait de l'ordre de l'avalanche, augmentant de lui-même dans la descente ?... Je l'ignore toujours, et si vous le savez, je vous serais reconnaissante de me l'apprendre : cela m'ôterait enfin un regret et une démangeaison intellectuelle, sans parler de l'apport que ce serait pour quelque description à venir.

Comparé à d'autres foyers provisoires que j'avais connus, ce logement de fonction relevait du luxe, d'autant plus à force d'espace libre, mais en dehors des séances contemplatives, j'avais du mal à me sentir chez moi dans un endroit si marqué par l'absence d'autrui : la salle d'eau la signalait, avec son petit placard à miroir cassé qui contenait encore deux-trois flacons de médicaments (de poison, vu la date limite) et une brosse à dents antique ; le robinet d'eau chaude suggérait à sa façon que personne n'était censé vivre ici, laissant couler des flots glacials, comme si le Léthé se déversait par le chauffe-eau qui ne lui opposait plus aucune résistance ; et quand je me rabattais sur celui de la cuisine, je tombais nez à nez avec la version locale des flacons : les pots de confiture et de moutarde sur l'étagère au-dessus de l'évier, qui attendaient d'être ouverts par chaque nouveau venu pour lui faire comprendre qu'ils demeuraient là, comme sur un autel, à l'intention des habitants de l'au-delà, les seuls à pouvoir profiter de ce qu'on voyait au fond. Pourquoi ne jetais-je pas tout cela ? D'abord, parce que personne ne m'y avait autorisée, ensuite, parce que tout cela avait sur l'appartement des droits que je n'avais pas, y compris d'ancienneté, et enfin, par pitié : rien que d'y penser, j'avais l'impression d'être sur le point de détruire les derniers restes d'un être vivant, et pour un peu, je me serais mise à pleurer.

La première femme de Brahim était morte d'une crise d'asthme dans ce logement qu'ils occupaient avec leurs six enfants, peu de temps après la naissance du dernier. À part cela, on savait d'elle son prénom, Nada, et que Sidi l'avait amenée à Paris encore adolescente (je l'imaginais telle la Malabaraise de Baudelaire, une beauté qui grelotte dans les brouillards du continent). On peut penser que Sidi souffrit beaucoup de la perdre, et qu'il ne parlait guère d'elle justement parce que sa peine tardait à passer, mais je doute qu'il l'ait vraiment pleurée : il était certainement trop occupé pour cela, entre le café, l'appartement et les gamins (comme il les appelait encore), d'autant plus qu'à l'époque, il devait s'efforcer de thésauriser. Quelques années plus tard, il réussit à acheter une maison de banlieue dont le jardin allait leur profiter mieux que les trottoirs de la place devant la gare, puis il se remaria avec Louise qui finit de les élever. Ils étaient actuellement pâtissier, technicien, prisonnier, infirmier et mariées, tandis que leur mère adoptive faisait encore la cuisine au café, avec une infinie lenteur et un calme si parfait que les habitués en doutaient que Louise fût capable de saisir ne serait-ce qu'un mot des remarques plaisantes qu'on lui lançait, jamais las de l'amusement offert par son silence massif comme par son air placide qui défiait les pires provocations. Certains la disaient sourde, d'autres laissaient entendre que c'était une demeurée. Tout ceci dans le dos de Sidi, bien sûr, qui, pour être cordial, n'en restait pas moins redoutable dans ses fonctions de seul maître après Dieu derrière son comptoir.

Personnellement, je ne le craignais guère : depuis que l'observation l'avait persuadé que je ne tapais jamais dans la caisse, il ne me montrait plus que de l'affection et du respect. Il aimait rappeler que j'étais étudiante, et l'on voyait bien que dans son esprit, cette qualité formait avec l'honnêteté un apport appréciable aux biens de l'établissement, dont la part morale ornait la matérielle pour mieux fonder l'orgueil du propriétaire. Le café était pour Sidi beaucoup plus qu'un commerce : un pays dont le peuple le reconnaissait pour chef, rôle qu'il jouait comme il se doit, réglant les discordes, nourrissant les uns à crédit ou demandant aux autres des impôts pour les reverser aux nécessiteux : à Pépé Jeannot qui n'arrivait pas toujours à s'offrir une chambre d'hôtel, mais buvait depuis dix ans son verre du soir au Café de l'Arrivée, en compagnie du sac qui contenait toutes ses possessions (du même format que le mien).

Curieusement, notre patron semblait convaincu que la bienfaisance était la voie du profit, malgré toutes les preuves du contraire que l'expérience avait dû lui fournir. Dans l'intimité, c'est-à-dire après la fermeture, pendant que Louise lavait la cuisine, que je balayais et que Sidi comptait la recette, il me tenait des discours sur les secrets du métier de cafetier, content d'avoir un public attentif : il fallait savoir qu'un café demandait l'investissement du meilleur de soi durant des années avant de prospérer, et qu'une fois prospère, on devait redoubler d'efforts au lieu de se reposer sur ses lauriers. Le seul ton qu'il prenait pour l'expliquer aurait suffi à vous faire comprendre que Sidi se considérait comme un patron qui a vraiment réussi, l'habitude l'empêchant gentiment de s'apercevoir du contraste entre sa satisfaction et ses murs sales, ses tables en formica qui n'en pouvait plus d'imiter le marbre envers et contre l'usure décidée à effacer ses stries, et ses chaises dont les pieds en l'air essayaient de lui mettre sous le nez l'imminence du jour où ils seraient bots. Par cette suffisance formidable qui défiait la réalité, Brahim me rappelait mon grand-père, homme convaincu d'avoir fondé un empire financier en s'étant élevé, depuis le temps où l'existence de l'argent lui était inconnue (sa famille paysanne tirant sa pitance droit du bout de terre, des poules et des moutons) jusqu'à la dignité de titulaire d'une assurance-vie, qui appelait la maison de campagne familiale « le château » (ironiquement mais en goûtant le mot), et regrettait seulement de n'avoir pas eu de fils auquel transmettre le devoir d'aller encore plus loin sur le chemin de la réussite en illustrant son nom. Par ailleurs, Sidi aussi donnait dans le genre Noisillon, de temps en temps.

(« Il est kabyle ? », m'avait demandé Shéhéra. - « Aucune idée. » - « Mais il est d'Algérie ? » - « Je crois, je n'en suis pas sûre. C'est le vin Sidi Brahim qui me le fait croire, en fait. » - « Il est chrétien ou musulman ? » - « Comment veux-tu que je le sache ? Je ne pose jamais ce genre de questions. » - « Comment ça se fait ? » - « D'abord, je ne veux pas risquer d'être embêtante ; ensuite et surtout, c'est plus facile de voir les gens dans leur réalité en l'absence de ce genre d'informations. » - « Il boit de l'alcool ? » - « Ça m'étonnerait. L'alcool, c'est cher, à son sens, puisque ça se vend plus cher que le café. Ça serait du gaspillage d'en boire. Du café, il en boit, mais sans en abuser. »)

Gaëlle qui prenait ou me passait le relais de mes fonctions chaque jour ou soir de travail, et qui était plus ancienne *dans la place* (je commençais à apprendre les tournures bistrotières), quoique plus jeune que moi, fraîchement sortie du lycée quitté quelques mois avant le bac, trouvait Sidi *très con*, il fallait bien le dire, malgré ses bons côtés. Il arrivait même qu'elle le lui fasse remarquer : « Mais ce que vous pouvez être *con* ! », en insistant bien sur le mot. La première fois que j'entendis cela, je faillis m'évanouir : sachant quelles crises Sidi pouvait piquer quand il imaginait qu'un client lui avait manqué de respect, et voyant que Gaëlle poussait l'effronterie jusqu'à le fixer avec dégoût, je crus que j'allais assister à quelque scène qu'il est préférable de s'épargner en perdant connaissance. Or, Sidi m'empêcha de tomber, en répondant : « Allons bon », sur un ton qui tenait moitié du paternel grognon, moitié du mari penaud, avant de lui tourner le dos pour se retirer dans l'appentis (servant de stock), d'une démarche très digne mais qui n'en faisait pas moins revenir à l'esprit la locution « la queue entre les jambes », d'autant que la ceinture de son tablier pendait visiblement. Ce n'est qu'un exemple de l'attitude typique de Gaëlle qui fit que pour commencer, je l'évitai de mon mieux : une créature douée d'un culot pareil, apte à humilier impunément son patron en public, ne pouvait que me mépriser. D'autre part, elle ressemblait (quoique en nettement plus beau) à une ancienne condisciple qui avait compté parmi mes tourmenteurs chroniques ; ça devait être un modèle amélioré du même type d'appareils humains. Que ne me ferait-elle pas subir si elle avait le temps de me remarquer ! Heureusement que pendant les minutes que nous passions ensemble (comprenez : à une distance maximale discrètement maintenue par moi), Gaëlle s'occupait toujours de quelqu'un d'autre, de Sidi ou d'une tablée qui l'avait saluée d'une façon agaçante à son sens – me faisant ainsi constater, d'une prise de relais à l'autre, que ses réactions me restaient imprévisibles, encore qu'elles fussent globalement agressives.

Je ne serais jamais allée plus loin dans mes observations si, un jour, Gaëlle ne s'était pas invitée dans mon logement de fonction, de la façon suivante : « Salut ! Ça va ? Ils n'ont pas été trop chiants, depuis ce matin ? Heureusement que tu as de la patience, toi ! (Allusion aux gestes et aux ricanements de deux habitués attablés face à nous, suivie d'un regard noir à leur adresse.) En fait, j'allais oublier de te demander : je peux venir dormir chez toi ce soir ? » Une fois passé l'accès de stupéfaction muette, dont elle profita pour m'expliquer ce qui justifiait sa demande (elle venait de quitter un amant ; le successeur rentrerait le lendemain), je pris subitement conscience de quelque chose que j'aurais pu remarquer plus tôt : Gaëlle n'avait jamais montré la moindre agressivité à mon égard. Si cela se trouvait, je lui étais sympathique, et depuis le premier jour ; en tout cas, d'une manière ou d'une autre, elle avait réussi à se former de nos rapports une idée selon laquelle nous étions presque amies – comment, sinon, aurait-elle décidé de *venir dormir chez moi*, plutôt que chez Sidi et Louise qui l'auraient hébergée volontiers ?

J'avais vu plus juste que je ne croyais, comme je l'appris après la fermeture de l'Arrivée, lorsque Gaëlle monta chez moi, chargée d'un sac à dos, d'un sac de couchage, d'une bouteille de vin, d'une boîte de cure-dents et d'une boîte de calamars à l'américaine, de la même taille – dont la sauce gicla sur le mur quand elle voulut l'ouvrir, puis sur mon pull quand je pris le relais, mais il en restait encore lorsque nous finîmes par y arriver, et c'était bien bon, et je fis un vœu, n'en ayant jamais mangé jusque-là... - où en étais-je ? oui, santé ! Gaëlle préférait vraiment venir chez moi, et de fait, elle avait déjà couché dehors au lieu d'aller chez des gens qui ne lui plaisaient pas – ce n'était pas pour dire du mal des Brahim, elle les aimait bien, vraiment ; c'était seulement pour expliquer *comment elle fonctionnait*.

« Je peux voir tes livres ? », fit-elle tout à coup, le verre à la main, les ayant remarqués (qui formaient une petite rangée entre l'angle de la pièce et mon sac de voyage, posés sur un pan bien nettoyé du parquet). - « Ils ne sont pas à moi, en fait, pour la plupart, ils viennent des bibliothèques de ma fac... », me hâtai-je de préciser, comme Gaëlle se levait, préférant la prévenir de ce détail honteux à mon sens (pourquoi donc honteux, alors que je me fichais d'exhiber devant elle le reste dans tout son sordide ? allez savoir, mais il m'avait soudain paru certain que

Gaëlle mesurait la richesse des gens précisément aux livres qu'ils avaient, et qu'elle serait déçue en découvrant que la mienne revenait à quatre ou cinq bouquins). Je lui expliquai (pendant qu'elle les regardait l'un après l'autre, avec un vif intérêt) que déménageant souvent, je devais faire attention au poids et au volume de mes affaires, etc., ce qu'elle n'entendit peut-être même pas, étant tombée sur un de ses auteurs préférés : Diderot, dont elle rapporta *Le Neveu de Rameau* sur le lit de camp, apparemment pour le plaisir de le tenir sur ses genoux, avant de lancer une discussion, ou plutôt un duo interminable sur le sujet. Puis, à ma stupéfaction, cette mauvaise élève ayant refusé de passer son bac voulut que je lui donne à lire le devoir que j'allais faire là-dessus.

Elle n'avait pas fini de me surprendre. Entre autres, j'appris, au cours du premier mois de notre amitié, qu'elle avait des attentions d'une ingéniosité délicate que j'avais crue réservée aux personnages de romans du XVIIIe siècle, qu'elle tenait l'amour pour une invention (y compris le maternel, tout en adorant sa mère), et que son côté « grande gueule » (comme elle disait) n'était jamais qu'une marque de sa ferme décision de rester toujours franche. En effet, maintenant qu'elle était majeure et qu'il n'y avait plus de règlement scolaire pour la contraindre à l'hypocrisie minimale, elle allait mener sa vie en exprimant à tout moment exactement ce qu'elle sentait et pensait, comme tout le monde devrait le faire, me déclara-t-elle, le mensonge étant la chose la plus détestable qui soit. Pour quelqu'un qui passe les trois quarts de son temps à mentir, ne serait-ce que par omission, c'est vraiment l'amie qui convient, me dis-je, avant de me demander dans quelles proportions j'avais surestimé son intelligence (quelles inepties encore pouvait contenir une tête parvenue à l'âge de la majorité avec la conviction que le monde serait meilleur si chacun se mettait à étaler son égoïsme, son mépris du prochain et le reste de ce qu'autrui ne veut surtout pas connaître ?) – mais non, me rassurai-je, elle n'est pas idiote, ça doit relever de la phobie – chez d'autres, c'est les souris, et rien ne sert de leur expliquer que c'est inoffensif… On lui a peut-être fait quelque mensonge préjudiciable, dans le temps, et l'impression s'est fixée ; en somme, rien de plus grave que les petites bizarreries du reste du monde. Rien de plus grave ? Mais comment ferait-elle pour vivre, pour tenir le coup à la longue, avec la phobie d'une des choses les plus répandues sur terre ? J'espérai de tout cœur que son instinct de conservation saurait toujours lui mentir assez bien pour qu'elle la remarque le moins possible, et je tins dès lors pour certain que Gaëlle était mauvaise observatrice.

L'amitié que je lui portais s'enrichit ainsi d'une sorte d'inquiétude maternelle, et une fois qu'on a pris cette pente, on trouve de plus en plus de raisons pour la suivre. Gaëlle était ma cadette de deux ans, mais le décalage spatial et empirique comptant bien davantage dans notre cas, l'on devait la considérer comme une petite fille – grande gueule et experte en coucheries, certes, mais pas moins petite fille pour autant ; comment se débrouillerait-elle en se retrouvant dans le pétrin des adultes, le vrai de vrai, ce qui lui arriverait infailliblement, sous peu peut-être ? Il faudrait que je la surveille – j'entends : que je veille sur elle en la quittant du regard le moins possible.

Malgré les circonstances qui voulaient qu'on ne fasse que se croiser, je la voyais plutôt beaucoup : elle restait souvent au café pour boire un verre tranquillement, lentement, paresseusement (le luxe, pour qui fait notre métier), ou pour bavarder avec des clients, histoire d'achever une conversation commencée durant le service, ce qui prenait généralement deux-trois heures, ou pour lire à la table dans le coin, au fond : choix de position montrant qu'elle ne voulait pas qu'on lui parle, malgré quoi, après avoir engueulé l'éventuel perturbateur, le plus souvent, elle oubliait qu'elle ne le voulait pas, ou changeait de vouloir, lui intimant sur un ton brusque de s'asseoir, *au moins !* et se lançait dans un débat interminable, soit sur le sujet dont l'autre avait tenu à lui parler, soit sur un thème tiré de sa lecture, ou qui venait de lui passer par l'esprit, soit – c'était ça le plus beau, à mon sens – sur le problème de l'ingérence dans l'espace de liberté d'autrui, à savoir si et dans quelles circonstances on avait le droit de déranger quelqu'un qui ne voulait manifestement pas qu'on lui parle.

Autrement dit, Gaëlle parlait tant, et à tout venant, en déployant tous ses moyens rhétoriques et finesses argumentatives, et connaissances de culture générale (non négligeables) que j'en concevais une nouvelle crainte pour elle (moi qui avais commencé par la craindre !) : que donnerait à l'avenir ce gaspillage d'énergie et de richesse intérieure, sinon une forme pire du gâchis actuel ? Car la plupart de ses interlocuteurs, qu'elle ne choisissait aucunement, n'étaient même pas aptes à apprécier ses moyens, répondant à côté des questions qu'elle leur adressait dans un but maïeutique, et s'embrouillant jusque dans leurs propres idées (pourtant fort simples), avant de déclarer, une fois de plus, déçus, que ça ne valait pas la peine de parler avec elle, puisqu'elle finissait toujours par avoir raison. « Pourquoi perds-tu ton temps à discuter avec des *cons*, alors qu'ils n'y tiennent même pas ? », lui demandais-je périodiquement, au moment propice que me semblait constituer le départ d'un de ceux qui n'avaient jamais raison – et immanquablement, Gaëlle cessait d'être en colère après lui, pour me répondre avec un large sourire : « Mais c'est les cons les plus amusants ! », ou : « Parce que j'adore les pousser dans leurs retranchements ! », ou : « Parce que j'ai une mission éducative ! Quand on est moins con, on doit essayer d'aider les plus cons que soi ! », si ce n'était pas : « Ça me fait du bien de me disputer avec eux. C'est comme le sport ou le sexe : il y a une sorte de suspense, on ne sait jamais vraiment ce que la séance va donner, et au bout du compte, même lorsque ça se passe médiocrement, c'est toujours délassant. » Je ne saurais dire laquelle de ces réponses exaspérait le moins mon côté maternel. Je désespérai après la quatrième, et pour mieux supporter de continuer à observer ce gaspillage verbal, je décidai de le voir comme une manière d'entretenir le noble art de la conversation française, en déclin depuis le XVIIIe siècle : si peu de gens s'en préoccupaient de nos jours ! il fallait bien que Gaëlle en fasse trop, pour essayer de compenser.

Tout cela pour vous dire que je préférais nettement la voir en tête-à-tête, ce qui relevait du luxe, vu nos emplois du temps, et prenait toujours un petit air de fête par ses soins. Elle me rejoignait au-dessus de l'Arrivée – imaginez à quel point j'étais fière de pouvoir accueillir une amie pour déjeuner ou pour dîner, chez moi, à Paris ! quoique l'idée ne me serait jamais venue de proposer cela à Gaëlle, malgré l'absence complète de dégoût qu'elle avait montrée au cours de sa première visite ; c'est bien elle qui avait inauguré cette tradition, en m'invitant à manger le surlendemain, « mais pas ici (où Brahim nous laissait charger nos assiettes un peu plus copieusement que la portion quotidienne à laquelle nous avions droit), chez toi, qu'on souffle un peu de cette bande d'abrutis, j'en ai marre de voir leurs têtes ».

J'achetais quelques victuailles supplémentaires, Gaëlle en apportait aussi en arrivant, et nous pique-niquions (sur une énorme nappe trouée, acquise spécialement dans ce but pour le prix d'un franc, chez Guerri – mais ce n'est pas le moment de raconter Guerri) au milieu du salon, car Gaëlle préférait rester assise par terre, pas en tailleur mais les jambes repliées latéralement, et fréquemment dépliées pour changer de côté. Bizarrement, alors que je détestais cette posture (n'arrivant jamais à bien caser mes pattes de sauterelle), la lui voir prendre me donnait une impression de confort particulière, comme si la pièce était soudain devenue douillette, accueillante, chaleureuse, et qu'elle n'était plus quasi vide mais pleine de choses réconfortantes – ce dernier sentiment pouvant être étayé par le fait que Gaëlle avait, selon ses termes, « l'art et la manière de foutre le bordel », même dans une pièce vide : elle y parvenait en commençant par poser à sa droite son sac à main (qui tenait de la sacoche) pour pouvoir y chercher au cours de la conversation divers objets (cigarettes, briquets – jusqu'à quatre –, mouchoirs, agenda, livres, écharpe, pommes, parfum, etc.) qu'elle déposait ensuite distraitement autour d'elle, sans forcément s'en être servie, peut-être pour le cas où, sinon parce qu'ainsi, il lui serait toujours plus facile de retrouver quelque chose d'autre dans le sac. En mangeant, elle semait partout des miettes aussi, bien que ses manières fussent par ailleurs dignes d'un grand dîner ; il lui arrivait également de renverser son verre (souvent) ou la bouteille entière, de perdre sa cigarette allumée sur la nappe, dans les plis de sa jupe, voire dans la poche de ma veste (me faisant pousser des cris d'orfraie, car l'incendie, c'était ma phobie à moi, puis s'évertuant à calmer ma crise de tachycardie tout en battant sa coulpe) ; bref, elle avait des maladresses qui mettaient de l'animation. Plus je la voyais, plus je la chérissais, plus j'avais envie de la protéger, et elle m'aurait sans doute rendu la pareille sur ce dernier point dès mon déménagement chez les Born, ce qui m'aurait profité davantage que ma surveillance ne lui avait été utile, mais hélas, je la perdis de vue pour longtemps, et de ma faute, avant d'arriver chez les Born (toutefois, n'anticipons pas trop).

*

C'est dans l'empire de Sidi, une fin d'après-midi sans Gaëlle, les jambes lourdes, la tête pleine d'observations et de propos de comptoir mêlés aux cours de linguistique dont je me répétais les lois dans l'espoir de finir par les comprendre, que je reçus un appel de ma mère et diverses nouvelles, dont une complètement inattendue. Elle concernait le fils de la famille la plus étonnante que j'eusse connue à Pleunk, grâce à laquelle j'avais fait autrefois des découvertes inoubliables, à commencer par celle qu'il existait des couples qui ne fussent ni ordinaires ni franchement malheureux, alors que mes observations précédentes montraient la vie conjugale comme le droit chemin vers le divorce ou la médiocrité débilitante.

De mes huit à mes seize ans, j'admirai sans réserves Clélia qui portait à leur comble tous les signes de la féminité. D'abord, elle paraissait veloutée et exquise comme une pêche cueillie au meilleur de la saison : son maquillage tenait par miracle, à n'importe quelle heure, tout aussi bien que les couleurs du fruit. Et malgré toutes les tâches ménagères, ses vêtements restaient comparables, en propreté sans pli, à ceux d'une poupée qu'on vient de sortir du paquet cadeau. En outre, Clélia se comportait avec une douceur irréprochable, quoiqu'on fût sûr (sans trop savoir pourquoi) que son caractère ne manquait pas de force. Elle semblait, par surcroît, intelligente : je ne crois pas lui avoir jamais entendu dire une bêtise, même si je ne retrouve dans ma mémoire aucun de ses propos tenus durant la décennie où je l'ai connue. N'est-ce pas étonnant ?

Max l'était encore plus, car à l'époque où je le vis pour la première fois, il était adoré de sa femme depuis quinze ans déjà, et sûr de battre tous les records en matière de durée amoureuse grâce à une potion dont il avait la recette. Selon mes déductions, parmi les ingrédients on devait trouver son charme personnel (combinaison d'une beauté rare et d'un caractère particulier), son mutisme qui lui donnait un halo de mystère, et son métier qui lui assurait des absences fréquentes du foyer. Il devait y entrer d'autres composantes aussi, mais à l'époque, je n'avais sur leur nature que des intuitions, trop incertaines pour être formulées.

Cependant, vu l'aspect extraordinaire de Max, d'un abord beaucoup trop frappant pour ne pas devenir célèbre à Pleunk où la première cause de mortalité en ce temps-là était l'ennui, j'ai pu entendre quelques bruits qui couraient sur lui. Un jour, assistant discrètement, l'air absorbée dans un livre, à une conversation entre ma mère et une voisine, j'entendis cette dernière déclarer que s'il y avait une épouse à plaindre, c'était bien Clélia. Comme mes impressions du couple en question le plaçaient au sommet du bonheur, ce propos me frappa tellement que j'y réfléchis des mois durant, sans qu'il finisse par me paraître moins obscur. En revanche, plus tard, quand j'ouïs dire que Max trompait abondamment sa femme, cela me parut aussitôt aller de soi : il avait toujours l'air absent, et quelque chose vous suggérait que ce n'était pas un homme à se contenter de ce qu'il avait, quoi que ce fût. Je me rappelle aussi qu'un jour, son étrangeté irréductible avait fait proférer à sa belle-mère, devant moi, cette phrase terrible qui s'adressait à mon ami Yvan : « Ton père, mon pauvre petit, *il n'est pas naturel !* » – sous-entendant que Max appartenait à quelque règne différent et de l'humain, et de l'animal.

Dans ma propre famille, on qualifiait Max de « *serte* », terme dialectal d'origine (je crois) arabe, qui s'appliquait, dans son sens premier, au tabac brun, et pouvait désigner parfois les gens de caractère, disons, un peu fort de café. J'ai longtemps cherché à définir plus précisément le sens figuré de cet adjectif qui ne figure dans aucun dictionnaire, aboutissant au compromis suivant entre l'indescriptible et le suggestif du mot : est « *serte* » qui a une nature plutôt sauvage, d'une violence profonde mais contenue, qui en impose naturellement aux autres, gère très bien ses affaires et dégage une forte séduction. Il est possible que cette définition composite, tirée des traits communs de tous les êtres, mâles et femelles, que j'ai entendu qualifier de « *serte* », soit trop fantaisiste pour être acceptée par un linguiste sérieux ; mais il faut bien s'en contenter : c'est la mienne et la seule trouvable dans un livre, autant que je sache.

Que l'homme en question fût *serte* se voyait immédiatement, d'abord à ses yeux, légèrement bridés, d'un bleu glacial (exotique : la plupart des natifs pleunkois les avaient chauds comme des marrons), et dotés d'un regard vaguement angoissant, du moins pour les enfants, surtout pour les siens propres qui baissaient les paupières dès qu'ils le croisaient. En ce qui me concerne, je m'y étais vite habituée, et comme

Max ne vous regardait jamais longtemps, je le fixais, m'oubliant à détailler ce phénomène au point d'en avoir la bouche bée.

Cela se voyait aussi à son comportement à table, le dimanche midi (dans les rares occasions où j'ai pu l'étudier à loisir), où, occupant la place du chef de famille sans perdre son air étranger, il nous impressionnait par son mutisme pendant que sa femme, sa belle-mère, ses enfants et la petite invitée discutaient - ne s'exprimant, lui, que pour réprimander, laconiquement, Yvan qui chahutait, ou pour demander, en des termes polis mais sur un ton propre à lui seul, le sel à Clélia. Ses rares phrases suscitaient le silence général et l'attention qu'on aurait eue devant une statue qui se serait mise à parler, tout le monde s'attendant à ce qu'elle énonce des choses aussi inouïes que l'événement lui-même.

Bref, la présence de Max (presque immobile et plus ou moins féroce) décorait la maison tout en lui conférant une atmosphère merveilleusement anormale, d'autant plus que l'homme y passait rarement. Assise en face, Célia, ravissante et taciturne (quoique moins que lui), le contemplait avec un mélange de désir et d'angoisse – je revois toujours nettement son visage, grâce à quoi je l'évoque en ces termes, mais à l'époque, je ne savais guère comment définir cette expression jamais observée ailleurs, qui m'intriguait.

Clélia et Max s'étaient connus et mariés pendant leurs études, au désespoir de leurs parents respectifs qui leur avaient prédit, en chœur antique, la séparation proche et l'échec social – pronostic que le temps se chargea de démentir. À mon époque, Max était déjà un architecte qui croulait sous les commandes, tandis que Clélia écrivait sur la mode et l'ameublement dans l'unique magazine féminin de Pleunk, lu par la moitié des Pleunkois (le sexe faible était majoritaire dans le pays : il devait mieux résister au climat, disposant d'une énorme capacité de résignation transmise de mère en fille). Ces métiers semblaient très extravagants à l'opinion publique constituée surtout de policiers et de bureaucrates. Pour ma part, dès que je connus Max et Clélia, je déplorai la banalité de ma famille où personne ne pouvait prétendre au titre d'arbitre des élégances ni d'inventeur de villes. (Faute d'héritage qui satisfasse mes goûts, j'allais tâcher d'y pourvoir par moi-même.)

Comme de coutume face aux cas de réussite éclatante, l'opinion cherchait à se rassurer, notamment en proclamant que la progéniture de tels parents devait se ressentir de la combinaison de prestige, de dureté et de distraction où elle était élevée. Le couple avait trois enfants, dont le cadet était alors mon meilleur ami. Il avait trois ans de plus que moi mais paraissait moins. Je l'avais connu en vacances et le voyais souvent : nous habitions assez près pour que je puisse lui rendre visite toute seule.

Au physique, Yvan ressemblait à son père, en version pastel. Il avait les yeux bleus aussi, qui paraissaient moins vifs, étant portés avec les cheveux blonds maternels. De fait, il était beau, mais je m'en suis aperçue seulement treize ans après l'avoir rencontré, en tombant sur sa photo. Pourquoi ne l'ai-je pas réalisé plus tôt ? Peut-être à cause de ses couleurs dépourvues de contraste, ou de notre longue amitié. Bien connaître quelqu'un revient parfois à ne l'avoir point connu.

Le trait essentiel de mon ami, qui me sautait aux yeux au point de m'éclipser certains autres, était une couardise particulière qui s'augmentait d'elle-même : Yvan craignait de décevoir. Et pour dissimuler cette peur permanente, il fournissait des efforts réellement héroïques qui promettaient d'en faire, avec le temps, un homme intelligent ou un grand arriviste, ou les deux à la fois. Il se battait avec des adversaires d'une catégorie nettement supérieure, et n'hésitait devant aucune bêtise dangereuse s'il lui fallait prouver sa force aux personnes qu'il aimait (à moi, entre autres) ou à la majorité (à sa classe, par exemple). La peur de décevoir lui faisait adopter sans lutte l'opinion d'autrui, offrir ses jouets (à moi surtout) et, en l'absence d'enfants moqueurs, flatter les adultes avec une délicatesse de courtisan accompli, qui m'épatait. Plus tard, il allait appliquer cet art aux professeurs du lycée pour montrer à ses parents qu'il pouvait être aussi apprécié du corps enseignant que ses sœurs, plus travailleuses. Une seule chose compliquait la vie d'Yvan, sa grande capacité d'affection : autour de lui, on ne trouvait que deux-trois êtres qu'il n'aimât point ; il craignait donc presque tout le monde, et les conflits potentiels entre ses divers attachements en devenaient parfois ingérables.

Il se distinguait aussi par son côté dandy, étant coquet, doté de façons raffinées, et adorant se servir ironiquement de formules précieuses. L'une de ses phrases typiques, dont je raffolais, était : « Taisez-vous donc, *personne de petite vertu* ! », qu'il me lançait régulièrement, à douze ans, avec une voix perçante de futur ténor, au cours de nos discussions, de préférence devant un public adulte et inconnu : au cinéma avant le début de la séance ou dans le bus à l'heure de pointe. (La présence d'un public, en général, le poussait à se dépasser.) Il avait l'art et la manière d'émettre cette injonction cinglante, accompagnée d'un regard qui se voulait impitoyable, aux moments les moins prévisibles. Je me délectais toujours de l'entendre et de constater que cette fois-ci encore, elle me prenait au dépourvu. Elle réussissait immanquablement à me faire glousser, voire pleurer de rire – selon le contexte.

Cette qualité et d'autres avaient augmenté ma faiblesse pour Yvan au point de me faire préférer souvent aux heures de lecture une nouvelle visite à sa maison - qui était fabuleuse. Même sans avoir le privilège d'y entrer, chacun s'en rendait compte par la seule vue de sa façade, celle d'un joli pavillon de banlieue. Quoi de plus merveilleux parmi les tours et les barres ? Pleunk était alors déjà reconstruit aux neuf dixièmes, en image du Progrès, autrement dit de la dernière laideur. Sur ce fond, la clôture en vieux bois, le jardin aux grands arbres, le lierre et les volets rouges sur fond de pierre meulière paraissaient proprement surnaturels. D'autant plus qu'on ignorait par quel miracle ils résistaient toujours, contre toute vraisemblance, à l'invasion du béton armé qui avait conquis depuis longtemps le reste du quartier. (À l'époque, je ne faisais aucun lien entre ce miracle, la hideur environnante et le métier de Max – sans doute ma capacité de réflexion était-elle paralysée sous l'effet de la fascination qu'il m'inspirait.) Regrettant toujours la maison de mes trois premières années – un fragment de paradis dont nous reparlerons –, j'étais encore plus sensible que les Pleunkois normaux au charme de ce pavillon préservé : la seule possibilité de le contempler depuis le jardin aurait suffi à mon bonheur ; cependant, une fois à l'intérieur, je n'avais presque plus envie de ressortir.

Meublée comme il se doit pour un logement de spécialiste en la matière, autrement dit mieux que toute autre à Pleunk, la maison regorgeait de trésors à peine cachés, parmi lesquels je préférais les bijoux de Clélia – de fantaisie, mais de quelle fantaisie ! Yvan affirmait qu'ils provenaient tous de Paris (origine qui aurait suffi à magnifier la pire pacotille), et pour mieux gagner mes faveurs, préoccupé comme il l'était toujours par l'avenir, il m'assurait que ces joyaux iraient, aux dires de sa mère, à sa future belle-fille. Sachant d'instinct comme d'expérience que les merveilles inaccessibles deviennent encore plus séduisantes quand on a pu y goûter un instant, il me permettait parfois (très rarement) de m'en parer. La plupart du temps, nous les regardions seulement, et vite, car il était interdit de toucher aux parures de Clélia, comme à tout trésor digne de ce nom. Les dragons gardiens, les fantômes de pirates, les démons ou d'autres forces de l'ordre guettaient autour, prêtes à punir les audacieux : Yvan prétendait toujours que sa mère ou une sœur rapporteuse pouvait rentrer.

Comment oublier l'instant de triomphe où je me découvris dans le miroir telle que je ne m'étais jamais vue, et pour cause : transformée en créature de rêve grâce au rouge à lèvres, aux boucles d'oreilles en strass, aux lunettes noires et au boa plus noir encore de Clélia, qui, autour de mon cou de fillette maigre, prenait un aspect incroyablement séduisant - tant et si bien qu'Yvan ne tint que quelques secondes avant de m'empêcher de me contempler, en m'embrassant là où il pouvait. Violemment repoussé, il n'osa plus rien de tel. Pour garder mon affection, il accepta ses limites et même, l'année suivante, ma préférence pour un adulte, son maître de violon dont je disais : « Je l'adore, il a l'air si *pervers* ! » - ce qui signifiait, en notre langage de l'époque, « sensuel ». Comme nous avions dix et treize ans, ma franchise ne portait guère à conséquence dans nos rapports, bien moins qu'un soupçon d'infidélité parfaitement infondé entre deux grands adolescents.

De temps en temps, à des moments propices, par exemple lorsque nous goûtions seuls dans la vaste cuisine, fraîche même en été, Yvan me demandait en me passant le couteau ou le pot de confiture :

- Tu m'aimes ?

- Sûr ! répondais-je laconiquement avant de concentrer mon attention sur la tartine que je préparais avec le soin du peintre pour son tableau, la difficulté d'étaler uniformément le beurre dur me passionnant comme toute autre lutte avec la Forme.

- Mais tu es amoureuse de moi ?

- Non.

Je mordais dans la tartine (toujours esthétiquement insatisfaisante malgré mes efforts), mouvement de mâchoires qui complétait le refus.

- Mais on se mariera quand même ?

Je ne répondais pas à cette question cruciale avant d'avoir fini de mastiquer, conjuguant la bonne éducation et le malin plaisir de prolonger l'attente du soupirant. Finalement :

- On verra bien.

Comme ce dialogue se répétait à user toute patience, sans promettre de changement, Yvan dut recourir à d'autres moyens pour vaincre ma réserve. Une fois, il invoqua l'autorité suprême, et l'argument majeur :

- Mon père trouve que ce n'est pas normal qu'on ne s'embrasse pas.

- Ah bon ?

- Il dit qu'un garçon et une fille ne peuvent pas être amis. Soit c'est des amoureux, soit rien.

- Ton père est un *crétin*, déclarai-je avec superbe, malgré toute ma fascination pour le personnage. Il n'a rien compris aux filles. Tu peux lui dire que si j'embrasse quelqu'un, c'est parce que j'en ai envie, et pas pour faire ce qu'on me demande. Je suis une femme libérée, moi !... Si tu ne veux plus qu'on soit amis, il suffit de le dire.

Ne sachant comment défendre le dieu de la maison sans me fâcher davantage, Yvan but toute sa tasse de chocolat, le temps de réfléchir, puis profita du passage d'une mouche au-dessus de la table pour se lancer à sa poursuite, un torchon à la main, en poussant de hauts cris. Je l'imitai. Notre chasse aux insectes fit trois victimes que nous couchâmes entre les draps de la sœur aînée avant de mimer la réaction qu'elle allait avoir en les retrouvant sous ses pieds nus. Après quoi je refis soigneusement le lit, en future maîtresse de maison, et entraînai Yvan dans une valse de réconciliation.

Cependant, nos jeux et discussions ne préfiguraient pas tous les aléas de la vie de couple. Nous nous occupions davantage des problèmes plus sérieux de l'Histoire et de la politique. Sic : mon ami avait fondé, vers ses sept ans, un État situé dans sa partie préférée du jardin, comprenant un pommier, un poirier et l'herbe moelleuse qui poussait dessous, où roulaient esthétiquement quelques fruits pourris et des feuilles mortes. Entre les deux arbres frontaliers, on pouvait accrocher un hamac où lui et moi, le Président et son Premier Ministre (et non pas le Roi et la Reine, titres indissociables des contes, donc trop enfantins pour un jeu d'*adultes*), passions des heures, tête-bêche, à discuter les décisions sociales et économiques que nous allions prendre. Notre État, nommé l'Abarie (par la lectrice de Voltaire que j'étais), avait sa Constitution, entièrement rédigée par Yvan, témoignant d'une vocation précoce de dictateur, et sa monnaie, le trévor : des billets de banque que j'avais dessinés et calligraphiés. J'étais également la scriptrice zélée de l'Histoire abare – car que vaut un État sans histoire ? autant qu'un noble sans quartiers.

Il va de soi que nous étions en guerre permanente contre les peuplades qui nous entouraient. Périodiquement, nous passions des traités de paix et accordions des titres de ministres à nos principaux ennemis, cinq garçons du voisinage qui aimaient grimper sur la clôture pour voler des fruits, non pas tant pour le plaisir de les manger (ils étaient rarement mangeables) que par amour de l'aventure. Ayant appris que nous avions fondé une République, pour ne pas rester en arrière, ils se proclamèrent d'une autre, la Tirmanie, dont on ne sut jamais vraiment qui la gouvernait, leur sauvagerie les empêchant de jamais se mettre d'accord sur ce sujet ; quand quelqu'un passait de notre côté, en revanche, il obtenait aussitôt un pouvoir et un portefeuille incontestables.

Le plus excitant de l'histoire abare commençait au moment où l'un des ministres était soupçonné de trahison ou tombait en disgrâce, ce qui annonçait une nouvelle guerre. Il fallait alors s'assurer du bien-fondé des soupçons en sondant discrètement le traître présumé, puis vérifier l'état des forces armées ennemies : avaient-ils des sarbacanes ou des frondes, et combien ? comptaient-ils mettre des épingles à la pointe des cônes de papier qui pouvaient leur servir de projectiles, ou recourir aux bouts de fil de fer tordus en U, non moins dangereux ? On devait aussi tâcher de savoir quelle date était fixée pour la première attaque. Cette charge m'incombait toujours, même quand il nous restait un allié fidèle : pour notre chef d'État, ma loyauté était la seule indubitable. De plus, mon sexe semblait me destiner à l'excellence en matière d'espionnage, étant admis que souvent femme varie : le camp adverse ne se méfierait guère de moi si je prétendais quitter la cause abare pour la sienne. Je pouvais être lasse d'Yvan, ou trouver les hors-la-loi plus excitants que les puissants.

Ce double jeu m'enchantait, tandis que la routine gouvernementale m'ennuyait assez vite. Je prenais donc à cœur mon rôle d'espionne, contente de connaître d'autres lois et coutumes que les abares, et fière de rapporter à Yvan les renseignements souhaités. Aussi étais-je récompensée d'ordres et médailles, possédant entre autres la Jarretière de Grand Officier de l'Honneur National, la Croix du Soldat Inconnu et même le grade de colonel - tout cela sans avoir besoin de me faire pendre.

Quelques réserves mitigeaient mon orgueil : même doté de majuscule, le mot « inconnu » me semblait péjoratif, et j'aurais bien aimé finir par être nommée général, ce qu'Yvan me promettait avant chaque mission sans jamais me l'accorder au retour. Lui-même était maréchal et, les jours de parade, épinglait de vraies épaulettes à franges sur son blouson. Il n'y avait qu'un général en Abarie et dans ses environs : le plus costaud de la bande des cinq, Ministre de la Défense quand nous étions alliés. Ce Tirmane n'avait jamais songé à devenir maréchal lui aussi : manifestement, il faisait un piètre politique. (Qui l'aurait empêché de s'accorder ce titre sur son territoire et d'exiger que nous le reconnaissions ?) Quand il était des nôtres, il obéissait à Yvan sans rechigner, délaissant son agressivité coutumière, oubliant sa force. Il faut croire que l'Abarie conférait à mon ami (son inventeur) un aura et un pouvoir exceptionnels, étrangers à ce qu'il représentait dans les autres domaines de son existence. Moi-même, la mieux placée pour m'en moquer, je demeurais sous leur influence.

Trop enthousiaste pour garder le secret comme je l'avais juré, j'avais révélé à Minou l'existence de notre État, et lui racontais certains événements de l'actualité abare, qu'elle écoutait attentivement en s'abstenant de tout commentaire, hochant seulement la tête et souriant parfois. Mais quand je lui appris qu'Yvan venait de créer une Banque Nationale pour recueillir les impôts, sa surprise lui fit échapper : « Mon Dieu ! ce garçon finira un jour par devenir ministre. » Le reste du temps, pendant qu'elle m'écoutait en silence, ma pauvre mère devait être en proie à un dilemme insoluble : fallait-il m'interdire ce genre d'activités subversives (à Pleunk, les jeux d'enfants pouvaient avoir parfois des conséquences peu souhaitables), ou s'indigner de l'opportunisme dont je faisais preuve ? Mes récits enflammés l'angoissaient sans doute assez pour bloquer son jugement, surtout quand il s'agissait des faits d'espionnage, qui avaient de quoi susciter quelque dégoût, voire la peur que ce ne soit une vocation.

L'histoire abare dura peut-être un an, une période très considérable à l'échelle de l'enfance de l'humanité. C'est plus tard seulement que je réalisai son effet sur moi : la fin de l'Abarie (et de la Tirmanie) fut celle du temps où je pouvais aimer la politique. Par la suite, cet amour me parut toujours semblable à la passion de la sarbacane – un peu curieux, passé l'âge des culottes courtes et de l'impunité légale. (Ce qui ne m'empêcha pas d'apparaître, à telle époque, comme une espèce de militante, mais n'anticipons pas trop dans le révolu.)

Avec le temps, Yvan cessa de me demander ma main, et les signes d'amour qu'il me donnait au début de notre amitié diminuèrent jusqu'à me laisser oublier qu'il était mon soupirant. J'eus l'occasion d'y repenser une seule fois, à quinze ans, au cours d'une soirée où, stimulée par la boisson, je voulus me distinguer au sein de la compagnie par quelque acte mémorable, et j'eus l'idée d'asperger Yvan d'eau gazeuse (bien secouée) plutôt que de préparer je ne sais quel cocktail. Tout écumant de bulles, il poussa un cri de rage feinte sous les rires des autres, se jeta sur moi, me renversa par terre et me fourra une bonne poignée de glaçons dans le décolleté - acte choquant du point de vue esthétique, vu combien ma poitrine était menue. Comme je gigotais en hurlant, il en profita pour se rouler sur moi, récolta quelques coups (féroces mais faibles), et finit par m'immobiliser pour me faire demander pardon. Ce que je refusai, réaction imprévue. Aussi me lâcha-t-il aussitôt, feignant de perdre l'équilibre (littéralement), sans doute pour ne pas choisir entre deux dangers : contrarier gravement mon affection en exerçant plus de violence ou se rendre ridicule aux yeux des autres à défaut de le faire. Cet épisode qui tranchait avec les usages bien établis de nos rapports avait un aspect vaguement érotique, et quand j'en pris conscience, je le trouvai déplaisant, d'autant plus que j'aimais déjà mon futur fiancé, celui que je n'épousai pas pour cause d'accident ferroviaire.

Les dernières années de mon amitié avec Yvan s'écoulèrent agréablement, nos tête-à-tête se faisant de plus en plus rares. Nous nous retrouvions surtout chez l'hôte de la jeune bohème pleunkoise, au dernier étage de l'immeuble qui n'existe plus. Yvan était l'unique participant aux réunions qui ne fût pas artiste, mais personne ne le percevait comme un étranger : il aimait les mêmes films que nous autres. Et il comptait parmi les plus enragés des chercheurs d'échappée, même si ses rêves le portaient vers New York de préférence à Paris - une occasion de discuter des mérites comparés des deux mondes, porteuse de conflits mais distrayante. En outre, Yvan était le seul parmi nous à pouvoir se vanter d'une nuit passée dans les sous-sols de la police, grâce à quoi son prestige de subversif était indiscutable. On l'avait arrêté après une fête bien arrosée, lorsqu'il avait cassé la vitre arrière d'un taxi dont le chauffeur venait de le refuser. Le lendemain soir, quand il nous retrouva tout souriant et couvert d'ecchymoses, même ceux qui l'appréciaient le moins (lui trouvant un côté fils de famille et faux jeton) l'admirèrent.

Il est vrai qu'un tel incident suffit parfois à transformer définitivement quelque adolescent hâbleur en opposant actif, futur dissident, prisonnier ou autre sorte de victime.

Yvan cessa de venir à nos réunions quand je me fâchai avec lui, d'une façon inattendue. Un soir où nous nous retrouvâmes trop tôt devant la porte de l'hôte qui tardait à rentrer, il me proposa de boire un verre au café le plus proche. J'eus alors l'occasion de réaliser que nous avions complètement perdu l'habitude des tête-à-tête : nous eûmes du mal à trouver un sujet de conversation. Craignant que le silence ne s'installe, Yvan eut recours au thème qui servait depuis déjà un demi-siècle de fondement au système d'échange sentimental des jeunes, dont les mots de passe rendent expansifs même les plus timides : la musique.

- Qu'est-ce que tu écoutes en ce moment ? demanda-t-il.

C'est par cette question anodine qu'il causa, si l'on peut dire, sa perte.

- Le dernier disque de Jacques Camp, répondis-je. J'ai réussi à me le faire enregistrer sur cassette par un ami qui connaît quelqu'un qui voyage parfois. Ça fait six ans que Jacques Camp est mort : depuis le temps, je ne croyais plus que j'aurais un jour ces chansons-là…

Parmi mes idoles (toutes des artistes parisiens), Jacques Camp occupait toujours une place particulière. J'avais eu le coup de foudre pour l'une de ses chansons à six ans, en l'entendant à la radio. L'air m'avait paru exaltant, plus beau que tout autre que j'eusse connu, et la voix… Ceux qui aiment Jacques Camp peuvent me comprendre à demi-mot, mais j'en écrirais bien mille pour leur offrir le plaisir de lire, pour une fois, tout ce qu'ils en pensent, comme pour initier les profanes. La voix de Jacques Camp, c'était la bonté même : elle rendait ses chansons cruelles douces et mettait dans les gaies l'humeur de celui qui rit pour oublier, ou qui n'oublie jamais que les lendemains de fête reviendront. Même quand vous ne compreniez pas un mot à ce qu'il chantait, Jacques Camp vous transmettait une vision du monde entièrement tendre, nostalgique, faite du pardon préalable de toutes les fautes humaines. Peut-être chantait-il déjà depuis sa mort assez proche, je l'ignore ; mais son timbre vous disait qu'il comprenait tout et qu'il vous aimait, qui que vous soyez, et adieu, la chanson s'achève, je n'ai pas pu faire plus long, mais tu peux l'entendre de nouveau, si je te manque.

Enfant, j'ai versé des torrents de larmes sur l'une d'elles, jusqu'au jour où j'ai su assez de français pour constater que c'était une parodie hilarante de texte folklorique. Voilà qui peut donner aux ignorants une idée de *l'effet de Jacques Camp*, que la science n'a pas encore homologué, commençant toujours par rejeter avec dédain les phénomènes qui peuvent la faire avancer (et qui, mis au rebut, profitent d'abord aux recherches des mystiques et des artistes).

À Pleunk, on ne pouvait acheter aucun de ses disques, ni même en voir la pochette, si bien que pendant plusieurs années, j'avais aimé Jacques Camp sans avoir la moindre idée de ce à quoi il ressemblait, mais cette incomplétude de son image permettait de la refaire à ma guise, c'est-à-dire d'attribuer sa voix à tout personnage séduisant de mon invention, et ne présentait aucun inconvénient car ma passion pour le chanteur était parfaitement éthérée, pas du genre qui rend préoccupante l'idée d'une déception ultérieure. Il ne m'inspirait aucune convoitise, même pas du temps où je rêvais de duos. Sa voix me suffisait, et quand je finis par découvrir son aspect physique, je ne l'en aimai pas moins d'être dès lors obligée à me le représenter dans les limites exactes d'une seule physionomie que je ne lui aurais jamais imaginée. Je pouvais lui passer cela, puisque cette tête-là ne l'avait pas empêché de chanter comme il le faisait. (J'allais finir par m'y faire si bien qu'il viendrait jouer, avec son visage précis, le rôle d'un de mes personnages, mais il est trop tôt pour parler de ce genre de spectacles devant l'éternel.)

C'est Jacques Camp qui m'apprit autrefois mes premiers mots de français, notamment « triste », « nonchalance » et « douceur ». Michel Darbois me transmit le mot de Cambronne, éminemment utile, dont je me servis aussitôt, m'amusant à répondre aux Pleunkois (enfants ou adultes) qui me tapaient sur le système, de cette façon affreusement humiliante parce qu'incompréhensible pour l'insulté. Je dois les bases de mon vocabulaire amoureux à Daliés, ou plutôt à ses diverses partenaires, bien plus loquaces sur ce sujet. (Pour le reste, je dus me débrouiller sans professeurs, grâce à quoi la langue où vous me lisez demeure la seule mienne, choisie et acquise plutôt que reçue, donc mieux que maternelle : personnelle.)

À peine avais-je évoqué mon bonheur d'avoir le dernier disque de Jacques Camp en copie pirate, qu'Yvan m'interrompit pour accomplir son premier acte de rébellion en huit ans d'amitié :

- Jacques Camp, celui qui chante *L'Orage dans la forêt* ? Tu écoutes ça ? Mais c'est d'une ringardise !

Je n'en crus pas mes oreilles : il osait dire du mal de mon idole !

- Comment ?

Yvan ne releva même pas cette réaction.

- De toute manière, il n'y a jamais eu de bonne musique française. La musique, c'est l'Amérique.

Eussé-je connu la biographie de Jacques Camp, j'aurais pu répliquer en adoptant la logique d'Yvan, d'une façon stupide mais qui l'aurait désarçonné. Au lieu de cela, je protestai sur le ton autoritaire qu'il avait subi maintes fois de ma part, avec toujours le même résultat de lui faire reconnaître aussitôt ses torts. Mais cette fois-ci, il n'en tint pas compte, réaffirmant sa nouvelle indépendance d'opinion. Alors, déboussolée, je déclarai que s'il tenait à persister dans l'idiotie, j'allais rompre avec lui.

- Tu parles ! fit Yvan en riant.

- Eh bien, tu verras. À partir de maintenant, je ne t'appellerai plus, et si tu ne m'appelles pas pour t'excuser, je ne te reverrai plus. Tu as le temps de réfléchir : je ne reviens jamais sur ce genre de décision.

Sur quoi, je me levai et quittai le café.

C'est ainsi que s'acheva mon amitié avec Yvan. Trouvez-vous ma réaction outrancière ? Pour la comprendre, il faut savoir qu'autant et même plus que d'autres rêveurs pleunkois, j'avais l'art (dont la chanson française) pour valeur suprême, lui seul me paraissant donner un sens incorruptible à l'existence. (Je croyais à l'amour aussi, déjà, mais je doutais un peu de sa résistance à la durée. L'art, en revanche, survit à tout, y compris aux artistes, me disais-je.) Une amitié qui représentait la moitié de mon existence n'était rien si elle contrevenait à ma foi.

Et ce n'était pas seulement par fanatisme que je l'avais rompue, d'autres raisons plus acceptables avaient joué. La première : j'avais réalisé qu'Yvan appartenait au genre des persifleurs qui approuvent uniquement la dernière mode. La deuxième : on peut difficilement se sentir ami avec quelqu'un qui méprise ce qu'on aime, surtout lorsqu'on est très jeune. La troisième me vint à l'esprit beaucoup plus tard, au Café de l'Arrivée, lorsque ma mère m'annonça par téléphone qu'il y avait des changements dans le pays, et qu'Yvan venait d'être élevé, à vingt-quatre ans seulement, au rang de l'homme fort que j'avais rencontré. C'est mon ami d'enfance qui occupait désormais le cabinet sinistre !

Le combiné faillit me tomber de la main, mais tout en m'écriant : « Ce n'est pas possible ! », je comprenais déjà qu'il n'y avait là rien de vraiment surprenant. Avant même l'époque abare, une fée de celles que les héros des contes ont pour marraines avait dû décider qu'Yvan épouserait la princesse et règnerait. (Quoique la vie préfère les détours et les bifurcations, certaines existences suivent la perspective des avenues droit tracées qui passent sous des arcs de triomphe en enfilade, conçues pour l'admiration des promeneurs.) Puis je me rappelai nos réunions subversives du temps des rêves, et j'eus le fou rire, ce qui chassa de mon esprit l'idée désagréable d'avoir été la meilleure amie d'un futur puissant.

- Qu'est-ce qui t'arrive ? demanda Brahim en me voyant encore hilare au retour de la cabine. Qu'est-ce qu'elle t'a raconté de si marrant, ta mère ?

- Un copain d'enfance vient de devenir quelque chose comme ministre, dis-je, ignorant l'équivalent français de son poste. (En fait, il n'en avait pas, ce qui est courant pour les dignités de pays irréels.)

Sidi écarquilla les yeux, puis me fixa comme s'il se demandait si j'avais toute ma tête. À partir de ce jour, il ne serait plus le même avec moi : tantôt il me regarderait avec une considération apitoyée, comme une aristocrate déchue, tantôt avec méfiance, sachant désormais que je n'étais pas aussi intelligente qu'il l'avait cru (si bien qu'il se mit à croire, entre autres, que je risquais de rendre aux clients plus que leur monnaie).

Puis on entendit :

- Pouah !

C'était Gaëlle (qui était arrivée je ne sais à quel moment), assise non loin du comptoir. Et c'était un « pouah » si éloquent, si lourd de sens et si définitif que d'admiration, j'éclatai de rire.

*

- Les commerçants, c'est une espèce à part ! dit Michèle lorsque je lui racontai cela (pas l'histoire d'Yvan, seulement la méfiance de Sidi) pendant que nous prenions le petit déjeuner, assises sur les hauts tabourets de son coin cuisine. Elle avait finalement trouvé le moyen de me voir un peu plus souvent : quand je n'étais pas de service le samedi, on travaillait ensemble (elle sur son mémoire, moi sur mes devoirs), et même si l'on se permettait d'interrompre le silence studieux uniquement aux heures des repas, c'était réconfortant de se trouver face à face toute la journée, chacune à son bout de la grande table couverte de livres et de copies. Nos efforts en devenaient moins pénibles. Puis, le soir, nous bavardions en toute bonne conscience jusqu'à ce que sommeil s'ensuive.

Ce commentaire me laissa perplexe. J'étais rétive aux jugements classificateurs, ayant l'individu pour critère préféré ; cependant, l'avis de Michèle me semblait hautement respectable, vu qu'elle était non seulement mon amie et mon aînée de deux ans mais aussi Parisienne (nécessairement plus compétente que moi en matière de cafetiers du coin).

- Ce type t'exploite, en plus.

J'en convenais, mais l'idée me déplaisait.

- Tu sais, il est gentil, au fond ; j'aurais pu tomber sur quelqu'un de moins bien. Et de toute manière, je n'ai pas le choix.

Pour quitter ce sujet incommodant, j'interrogeais Michèle sur l'état de ses recherches :

- Ça avance bien, depuis la semaine dernière ?

- Oh ! ça ne peut pas reculer. Je me suis rendu compte que j'ai besoin d'un vieil ouvrage critique qu'on ne trouve dans aucune bibliothèque sauf à Moscou. Maintenant, j'ai un prétexte pour retourner en Russie cet été !

- Tu aimes à ce point y retourner ? m'étonnais-je, redemandant toujours des explications sur ce phénomène. Je n'en revenais pas qu'une Parisienne puisse se réjouir de quitter Paris, ce qui m'indignait vaguement, quoique je fusse très redevable à ses goûts exotiques. Le temps est enfin venu de vous expliquer de quelle façon précise le romancier préféré de Michèle m'avait valu d'être hébergée par elle du temps encore assez proche où j'étais une parfaite inconnue : un jour, à la bibliothèque de la Sorbonne où chacune de nous s'était rendue pour consulter un dictionnaire, Michèle m'avait demandé si celui que je tenais était le deuxième volume du Dahl. « Non, avais-je répondu, mais si vous me dites quel mot vous cherchez, je pourrais peut-être vous l'expliquer. » Convaincue que j'étais Russe et ravie d'en rencontrer une, Michèle m'avait alors parlé de ses travaux et proposé de prendre une pause ensemble. Quand je me rendis compte de sa méprise et que je la détrompai, c'était trop tard : elle me trouvait déjà assez sympathique en tant que connaisseuse de son auteur, et m'avait proposé de dormir chez elle. Je n'avais pas osé lui avouer, en revanche, que c'était un peu grâce à lui justement que j'avais refusé avec répugnance d'aller faire mes études dans le pays qu'elle adorait. C'est par la suite, en devenant plus familières, que nous transformâmes ce fait en sujet de taquineries rituelles :

- Tu n'en as pas assez, de cette maudite Russie, le seul pays d'Europe à être passé droit de la féodalité à l'esclavagisme au nom du Progrès ?

- Mais comment veux-tu que j'en aie assez ? D'abord, là-bas, tout me paraît curieux, il suffit simplement de marcher dans les rues et de regarder pour avoir l'impression de vivre une autre vie. Et quoi que certains puissent avoir contre ce pays, ma chère, tu ne me diras pas que les paysages de là-bas sont vilains. Ose seulement le dire, et je mets un disque de balalaïka !

- Pitié ! j'adore les bouleaux par temps de neige, du moment que je les vois en photo à Paris !

- En plus, reprenait Michèle en riant encore, je vais toujours en Russie pour travailler, mais j'y ai des tas d'excuses pour ne rien faire. Tous les soirs, c'est la fête : il faut bien retrouver les gens que je connais ! Le lendemain, il faut se reposer un peu, rendre visite à ceux qui ne sont pas libres le soir, autrement ils m'en voudraient. Certains habitent en banlieue : voilà une occasion de se promener un peu plus, ou de rester dormir chez eux… Bref, ce n'est pas là-bas que je pourrais m'ennuyer ! C'est la belle vie.

La passion de Michèle pour la Russie était née du hasard : il s'était trouvé qu'au meilleur lycée de son quartier natal, on apprenait le russe.

- À quoi ça tient ! Mais je ne sais pas si j'aurais eu autant de goût pour une autre langue…

Et nous recommencions l'une de nos discussions préférés, cherchant à établir la liste des raisons qui peuvent vous faire aimer un pays précis avant même que vous ne l'ayez connu.

- Il vaut mieux que le pays soit lointain, disais-je.

- Et exotique, très dissemblable au sien propre.

- D'accord, mais il y en a tant qui conviendraient, pourquoi justement celui-là ?

Je vous passe le reste de ces échanges délectables dont le contenu et les redites n'ont guère de valeur pour qui ne les a pas vécus comme une part d'affection complice que chaque réplique transmet et renforce. Ayant longuement discuté, nous finissions toujours par conclure que, comme l'amour d'un être, il était impossible d'expliquer la préférence qu'on accordait à un pays au détriment du reste de la Terre.

- Cependant, ajoutais-je avec jubilation, je peux présenter beaucoup plus d'arguments objectifs en faveur de Paris que toi, en faveur de Moscou ou Léningrad.

- On verra bien, tu m'en reparleras dans quelques années, quand tu seras devenue une vraie Parisienne.

Malgré l'irritation que suscitait chez moi la conviction de Michèle que j'allais nécessairement finir par être déçue de Paris, cette phrase me comblait de bonheur : elle ne doutait donc pas que j'allais pouvoir y vivre encore longtemps, que j'allais me transformer en une de ces créatures qui auraient pu rester surnaturelles à mes yeux, si je n'avais pas réussi à m'enfuir ! Rien que pour cela, j'aurais continué à bénir Michèle chaque fois que je pensais à elle en attendant de la revoir – ma première amie parisienne et celle à qui j'étais le plus redevable.

Un samedi soir par mois, elle invitait quelques amis à faire la fête : Valérie qui parlait tellement vite que la moitié de ses propos m'échappait, et dont le timbre grave et nasillard me donnait l'impression qu'elle en voulait à tout le monde, Caroline qui ne disait rien qui ne fût ironique, son copain Jérôme qui riait beaucoup, et Charly (mon préféré), un étudiant de philosophie entiché de politique, qui avait l'avantage d'aimer boire et de raconter, après boire, des histoires inoubliables, dont celle de sa Tortue.

- Quand j'étais petit, commençait Charly, je voulais qu'on m'achète une Tortue. Pas un chien, pas un chat, pas un lapin, une Tortue. La Tortue, c'est un être paisible, méditatif, reposant, qui ne vous importune pas en faisant du bruit – elle est muette – ni en manifestant ses sentiments pour vous - elle n'en a pas. Bien sûr, mes parents ne voulaient pas m'en offrir une. « C'est antipathique, disaient-ils, c'est même répugnant, et puis, on va passer notre temps à la chercher. C'est petit, ça se fourre sous les meubles, derrière les bibliothèques, Dieu sait où, et quand ça se coince quelque part, souvent, il arrive qu'on la retrouve seulement l'année suivante, à l'odeur. » Oui, mais moi, je voulais une

Tortue. Pour chaque anniversaire, pour chaque Noël, je demandais une Tortue.

Mes parents ont fini par s'inquiéter : ça durait trop, c'était une obsession. Ils ont donc consulté un spécialiste. « Achetez-lui une tortue, a dit le spécialiste, puis on va voir ce que ça va donner. » Alors, ils m'en ont offert une, en me gardant à l'œil mieux que jamais.

- Bien entendu, elle s'appelait Caroline…

- Comme toutes les tortues !

- Si vous me faites remarquer encore une fois que j'ai un prénom de tortue, chers Feuilles-de-Chou et Couin-Couin, je ne vais plus vous désigner que par les appellations qui vous ressemblent le mieux. Charly, tu ne crois pas qu'on pourrait se passer d'entendre la fin de ton histoire ? La deuxième fois qu'on s'est murgés avec toi, on la savait déjà par cœur, et d'autres séances de révision ont suivi, si je peux me permettre de te le rappeler !

Charly refusait de prêter l'oreille à ces tentatives de l'interrompre, restant rêveusement concentré sur le passé béat où il ne connaissait qu'une seule Caroline, qui n'aurait jamais songé à heurter la part la plus sensible de son for intérieur.

- Ce que j'étais heureux ! C'est vrai que la Tortue se fourrait sous les meubles, mais ce n'était pas plus mal : pour une fois, j'avais quelqu'un qui n'en ait jamais marre de jouer à cache-cache. Elle ne faisait pas attention à moi, mais de toute manière, j'avais l'habitude ; elle se laissait attraper à tout moment, elle voulait bien faire la course avec mes Playmobiles, elle me laissait même la lancer en l'air, alors que si j'avais dérangé mon père quand il lisait le journal !… Bref, j'étais parfaitement heureux.

- Dit-il avant de s'envoyer son énième petit verre derrière la cravate, illico presto !

- Charly, tu devrais en mettre une, ça t'irait bien.

- Charly, les tortues aiment bien les cravates !

- Couin-Couin, voulez-vous bien fermer votre bec ?

Le conteur soupirait, le regard toujours fixé sur l'autrefois :

- Seulement, la Tortue pissait partout. Quand elle pissait sur le parquet, ça allait : j'essuyais derrière elle, personne ne s'en rendait compte. Mais elle s'ingéniait à me pisser dessus aussi. Un samedi, je me souviens, mes parents m'avaient pris avec eux dans la voiture pour faire les courses au supermarché, et sur la route, la Tortue que j'avais sur les genoux m'a mouillé ma culotte courte. Allais-je avouer que c'était elle ou faire semblant que c'était moi ? Quel dilemme, mes amis ! C'est là que je me suis posé pour la première fois un problème d'ordre métaphysique, à savoir si l'éthique personnelle est préférable à l'éthique collective… Pas en ces termes précis, bien entendu, mais peu importe.

Quand nous sommes arrivés au parking du supermarché et qu'on m'a demandé de sortir de la voiture, j'ai refusé. Ma mère s'est retournée et elle s'est rendu compte que j'étais mouillé. Alors, elle s'est mise à me gronder, sans chercher à savoir qui était le coupable, et je me suis mis à pleurer, pas parce qu'elle me grondait, mais parce que je voulais rester dans la voiture, seul avec ma Tortue...

À ce moment de l'histoire, toute la compagnie pleurait aussi, mais de rire.

- Vous ne comprenez rien ! se fâchait Charly, cessant de raconter. Vous êtes des insensibles !

Ce qui provoquait de nouveaux rires. Pour ma part, entre deux accès d'hilarité incontrôlable, j'essayais de l'assurer de ma sincère compassion :

- Tu ne peux pas savoir à quel point je te comprends ! J'aurais réagi exactement comme toi !

- Seule Denise me comprend ! s'exclamait Charly, les larmes aux yeux. Merci, Denise !

Et il me serrait la main dans les deux siennes, manifestation de reconnaissance qui me comblait de plaisir, car depuis que je menais une vie indépendante, les signes d'affection ne me suffisaient jamais.

Comme Charly, je me sentais par moments incomprise par les autres : je découvrais peu à peu que nous n'avions pas exactement les mêmes goûts et valeurs. Un soir où je voulus parler de peinture, on me demanda mon avis sur telle bande dessinée qui venait de paraître, et on se rendit compte que je n'en lisais jamais, ni de romans policiers - un genre qui, à mon vif étonnement, jouissait aussi du plus grand prestige dans la compagnie. Charly et Jérôme m'en recommandèrent plusieurs, dont je notai les références, tenant à combler mes lacunes en matière de lectures parisiennes, quoique peu sûre de pouvoir les apprécier. Un autre soir, en entendant que j'aurais aimé voir le dernier film où jouait Michel Darbois, les amis déclarèrent unanimement qu'il devait être *merdique*, et voyant mon air ahuri, m'instruisirent : tout le monde savait que ces gens-là, Darbois, Ray et compagnie, ne faisaient jamais rien de valable. Je leur fis remarquer qu'il s'agissait d'un film *policier*, imaginant qu'ils changeraient d'avis pour s'y précipiter en m'y emmenant, mais je n'eus que l'occasion d'apprendre qu'au cinéma, ce genre leur semblait méprisable. J'hésitai, puis je renonçai à lancer une discussion à l'instar de Gaëlle, en leur disant franchement que mon avis était l'exact contraire du leur (« Comme Godard l'a noté, aurais-je commencé, ce sont les mauvais livres qui donnent le plus facilement de bons films, et le genre policier en est la preuve par excellence... »), après quoi j'eus lourd toute la soirée. Puis, le jour où il m'arriva de citer Voltaire, à je ne sais quel propos, je constatai que son nom ne provoquait pas moins de mépris : l'ayant étudié au collège, les amis étaient d'accord pour lui donner la palme de l'ennui. Et moi qui avais cru qu'à Paris, on m'écouterait avec compassion si je racontais le mal que j'avais eu à me procurer *Candide*, qu'on me comprendrait d'avoir fait si souvent la queue pour revoir *Les Sentiers de la Nuit* ! (Gaëlle non plus, avec qui j'avais davantage de goûts communs, n'aimait ni Voltaire, ni Darbois, ni Ray, et elle aussi consommait force romans policiers.)

Je commençais à penser, avec tristesse, qu'il y avait au moins un point commun entre Paris et Pleunk : quoique ce ne fût pas pour les mêmes raisons, ici comme là-bas, il valait mieux éviter d'évoquer en public mes goûts et mes valeurs, sous peine de me retrouver isolée. Il paraissait que chacune de mes références, aussi variées qu'elles fussent (allant de Balthus à Fernandel en passant par Piaf et Schopenhauer) devait provoquer, chez la majorité des personnes proches de mon âge et faisant le même genre d'études, soit le bref silence de qui ignorait que la chose puisse intéresser quiconque, et se dépêche poliment de changer de sujet, soit une réaction impitoyable autant qu'inattendue. L'auriez-vous cru ? Mes jeunes Parisiens n'écoutaient que des groupes anglophones, et quand je leur avouai ma passion pour Jacques Camp, je m'attirai des commentaires semblables à celui d'Yvan. Plus humble qu'autrefois et trop récente parmi eux pour oser me fâcher, je répliquai :

-Vous pouvez vous moquer, mais je dois vous dire que pour moi, pendant toutes ces années à Pleunk, Jacques Camp, c'était en quelque sorte la voix de la France.

Jérôme éclata de rire.

- Mais d'abord, Jacques Camp, c'était un Américain, autant que je sache !...

Ce propos m'ébaubit à tel point que je n'entendis même pas la suite. Jacques Camp, Américain ? Non, Jérôme le confond sans doute avec Mort Schuman ou Eddie Constantine, me dis-je, ça arrive facilement quand on a quelque raison d'associer des gens qu'on n'estime pas, dont aucun ne nous intéresse assez pour se distinguer du lot... Cependant, moi qui aimais Jacques Camp, je ne connaissais rien de sa biographie, n'ayant jamais pu lire qu'un petit entretien qu'il avait donné à un magazine allemand, l'année de sa mort, au début d'une tournée internationale (qui ne devait pas, hélas ! passer par Pleunk), et où il ne disait pas grand-chose de plus que n'importe quelle autre vedette à qui l'on demande quel effet lui fait le succès qu'elle a jusqu'à l'étranger, l'amour que le public lui porte et le chiffre des ventes de son dernier disque. (De fait, l'expression « la voix de la France » venait justement de cet article, du chapeau où le journaliste précisait que Jacques Camp était *cela* pour nombre de gens dans le monde entier.) Je n'avais donc pas moyen de contredire Jérôme, et j'eus vraiment honte en réalisant que depuis le temps que j'étais à Paris, je n'avais jamais songé à mieux me renseigner sur mon chanteur préféré.

Le lendemain de cette soirée, j'allai dans un grand magasin de produits culturels ouvert le dimanche, au rayon livres, où je cherchai un long moment avant de dénicher une encyclopédie de la variété.

> **Camp**, Jacques, pseudonyme de Jack Julius Camp (1940-1980) - Né à Los Angeles (États-Unis), il obtint son doctorat de philosophie à Cambridge avant de voyager en pratiquant divers métiers (chercheur, comptable, chauffeur...). Installé à Paris depuis 1966, le hasard d'une rencontre devait en faire une vedette de la chanson populaire : le producteur Georges Caminade l'entendit chez des amis qu'il amusait en parodiant Elvis Presley. Le succès immédiat de son premier 45 tours...

L'ouvrage remis à sa place, je passai quelque temps à rôder sans trop savoir où, mon esprit demeurant indisponible aux repères concrets, comme il arrive aux somnambules, avant qu'une borne d'écoute n'attire mon attention – j'étais au rayon musique, où je finis par trouver un florilège de Jacques Camp, avant de retourner vers la borne pour m'asseoir par terre, le casque sur la tête, et réfléchir un peu. Jack Julius Camp, Américain, diplômé de Cambridge...

Mais alors, me demandais-je en l'écoutant comme pour la première fois quinze ans après le jour où je l'avais découvert, mais alors, lui qui avait parodié Presley pour amuser ses amis, qu'est-ce qu'il en pensait, des paroles sentimentales que des auteurs locaux venaient lui proposer de mettre en musique, des petites histoires d'amoureux parisiens qui m'ont tant fait rêver et souvent mis les larmes aux yeux - et que je suis encore, grâce à sa voix, vers après vers, toujours émue comme si je les découvrais ? Que pensait-il, Jacques Camp, des gens qui l'imaginaient ou le voyaient tel qu'il se laissait entendre, ignorant sa jeunesse outre-atlantique, ses études prestigieuses et le fait qu'il était devenu chanteur par la force des choses, voire faute de mieux ? Avait-il gardé, le succès venu, le regard distant du philosophe envers ce qu'il faisait ? S'en disait-il fier pour cacher combien il en était gêné ? Ou bien s'était-il convaincu, le temps et la gloire aidant, que vraiment, ces chansonnettes qu'il poussait, c'était le meilleur de lui-même ?

Moi qui ne l'avais même pas imaginé, puisque sa voix me suffisait, je comprenais désormais d'une autre manière *l'effet de Jacques Camp* : cette mélancolie qu'il faisait passer jusque dans les chansons comiques, et la douceur, le pardon qui allaient de pair. Cela ne s'entendait pas, mais je savais maintenant qu'il avait bien connu la corruption du doute qui ouvre au regard toute l'étendue possible des méprises et des peines, les détours des chemins, les faux départs, les mensonges qui peuvent s'avérer plus solides et fiables qu'une vérité - tant de choses qu'on ne saurait guère expliquer aux autres, et que les notices biographiques ignorent...

« M'oublieras-tu demain ? », demandait-il dans mon oreille, et voilà qu'une fois de plus, pour une autre raison, les larmes me venaient, avec la certitude qu'au lieu de m'en éloigner, la nouvelle image de Jacques Camp – tellement moins simple et nette que la précédente – me le faisait aimer encore davantage. Si quelqu'un pouvait oublier Jacques Camp, ce n'était sûrement pas moi qui venais, en outre, de réaliser qu'il m'avait toujours encouragée, à sa discrète manière d'homme qui ne dit jamais ce qu'il pense mais vous le fait tout de même entendre, encouragée à venir le rejoindre ici – où je venais enfin de le reconnaître. « Quand je serai grande, avais-je dit à dix ans (l'année où il allait mourir), j'irai à Paris et je chanterai en duo avec Jacques Camp » – voilà que d'une certaine façon, je le faisais. Comment avais-je pu trouver décevant qu'il fût né américain ? Qu'est-ce que cela signifiait, sinon que J. J. Camp me comprenait et m'approuvait ? Il me garantissait que je ne serais jamais déçue par Paris : lui qui pouvait aller où bon lui semblait y était resté. (Et il avait pu devenir la voix de la France, pour tant de gens qui l'écoutaient au loin...)

Je devais à Jérôme toutes ces découvertes, mais je ne lui en dis rien lorsque je le revis : j'avais décidé de ne plus jamais parler de Jacques Camp aux soirées de Michèle. Je m'en tiendrais à une autre façon d'être avec ses amis, qui pouvaient me donner sinon l'impression de vraiment faire partie de leur groupe, ou la complicité que j'avais avec elle, du moins l'illusion de vivre une vie proche de la leur, aussi proche que nous pouvions l'être ensemble : pour ce qui dépendait de ma volonté, je n'évoquerais plus rien qui rende manifeste le décalage entre nous. Je parlerais d'examens, et me sentirais semblable à Caroline, Jérôme et Charly, qui les avaient tous eus du premier coup, eux aussi. En évoquant le Café de l'Arrivée, j'aurais le plaisir d'entendre Valérie raconter le self-service où elle se faisait de l'argent de poche en première année, et Charly expliquer comment il était devenu l'as de la distribution de prospectus (se débrouillant pour jeter les trois quarts du paquet sans que personne ne s'en doute) : placé dans ce contexte, mon gagne-pain se confondrait avec leur expérience de jeunes Parisiens normaux, et à leur insu, ils m'assureraient qu'il me resterait de tout cela de bons souvenirs, à raconter en riant l'année prochaine et celle d'après... Oui, je ne mettrais plus jamais en avant les goûts qui me distinguaient des autres amis de Michèle, car ils étaient capables de me rassurer encore mieux que les étudiants anonymes d'un amphithéâtre où l'on savait de moi seulement ce que je répondais au professeur : chez Michèle, je pouvais être comme les autres, ou presque, *malgré tout ce qu'ils avaient déjà appris à mon sujet.* Tout en me connaissant, ils voulaient bien faire comme si de rien n'était, ou peut-être (pouvais-je l'espérer ?) avaient-ils oublié ce que j'avais été à leurs yeux pendant la période où nous fîmes connaissance, ou percevaient-ils mes différences comme négligeables par comparaison avec le reflet d'eux-mêmes également visible en moi. Quoi qu'il en fût, ils avaient le pouvoir de me sortir de l'inexistence, le temps d'une soirée (ce qui était déjà considérable) et même davantage, l'effet bénéfique se prolongeant discrètement au-delà, jusqu'au prochain événement pénible. Si cela se trouve, me disais-je, au bout de quelques mois, avec un peu de chance, ils auront réussi à me faire prendre l'habitude de me voir comme l'une d'eux *à tout moment* où aucune preuve du contraire ne me tombe dessus...

Sans cette impression bienfaisante d'exister presque comme la jeunesse parisienne, je n'aurais peut-être pas quitté le Café de l'Arrivée – quoiqu'il soit difficile de démêler rétrospectivement les raisons concomitantes qui firent que je le quittai, pour mettre en avant celle qui serait la plus décisive. Les évènements concordèrent ainsi : Sidi devenait toujours plus méfiant et sourcilleux avec moi ; il en arriva à m'accuser d'avoir encaissé, un jour, dix francs de moins qu'il ne fallait (une grosse somme et pour lui, et pour moi, encore qu'en fonction de critères de jugement différents comme la pauvreté l'est de la pingrerie), exigea que je les lui rembourse, puis les retrouva dans la poche de son tablier : c'était lui, le distrait qui avait oublié de les mettre dans la caisse. Entre-temps, j'avais eu assez lourd pour ne plus pouvoir lui pardonner, en dépit de ses excuses. À mon sens, cette fois-ci, il avait vraiment dépassé la limite de ce qu'on peut tolérer sans changer de sentiments pour quelqu'un – et non content de cela, dès le lendemain, il m'adressa un nouveau reproche complètement injustifié.

Le soir même, alors que je comptais me changer les idées avec l'aide de Gaëlle, j'eus un nouveau mécompte : elle ne passa chez moi que pour me prévenir qu'elle partait pour au moins deux semaines en province, chez un amant récent (connu à l'Arrivée – sans doute le seul vrai voyageur à y être jamais entré), une décision qu'elle avait prise à la dernière minute, après avoir trouvé par qui se faire remplacer chez Sidi. Si cela se passait bien là-bas, elle y resterait. – « Tu y resterais ? en province ? » - « Du moment que ce n'est pas en Bretagne ! » De fait, Gaëlle n'avait jamais eu l'intention de travailler longtemps chez Sidi, ni où que ce soit ailleurs : pour que la vie valût d'être vécue, d'après elle, l'on ne devait jamais prendre d'habitudes professionnelles, même si l'on croyait avoir trouvé le meilleur emploi du monde. « Sinon, c'est bientôt la routine. On s'encroûte, on devient con avant de s'en rendre compte. » Elle profita de mon ahurissement pour préciser que ce principe concernait aussi les régions, les villes et les hommes – il fallait veiller à en changer assez souvent pour ne pas trop s'y habituer : pour ne pas devenir dépendante d'eux, pour ne pas se mettre à leur ressembler et pour ne pas finir dans l'ennui. Il allait de soi qu'en parlant de rester dans le Jura, elle l'entendait dans ce sens-là : « Si je n'ai pas envie de fuir au bout de deux semaines ou même avant, j'y resterai le temps de faire le tour du mec et de la région, tu vois, six mois maximum… » Cette dernière phrase avait peut-être pour but de me rassurer, mais mon attention s'était fixée ailleurs. - « Et les amis ? », demandai-je. – « Les amis ? » - « Le principe est valable pour eux aussi ? » - « Oui, sauf que, d'après mon expérience, il peut en exister dont on arrive à ne pas s'être encore lassée au bout de cinq ans, c'est mon record ! » Et elle rit.

Je sentis tout mon lourd se soulever d'une dizaine de centimètres, puis rester en suspens le temps que je me demande si j'allais le faire redescendre ou bien profiter du fait que Gaëlle exigeait du monde la franchise pour me passer les nerfs sur elle – pour lui faire payer plus que les deux fautes commises ce soir à mon égard. Ce qui me décida fut la certitude qu'elle se fichait complètement de mon état d'esprit du moment. « Eh bien, fis-je, il faut croire que nous nous sommes assez vues, en un mois et demi. Merci de me l'avoir fait comprendre. Comme je ne peux pas me permettre de changer de travail quand ça me chante, et que je ne traite pas les gens en consommables, je m'en serais sans doute rendu compte trop tard ! » - propos indigne à la logique bancale, surtout pour la dernière phrase, mais je n'en avais cure, à ce moment.

Gaëlle partie, j'eus tout le loisir de pleurer et de réfléchir, et vers quatre heures du matin, j'arrivai, on ne sait trop comment, à ma propre surprise, à l'idée de changer de travail, justement : désormais, j'étais sûre de pouvoir me le permettre et de le souhaiter. Ce qui fut fait dès la semaine suivante.

Lorsque j'appris aux amis de Michèle que j'avais quitté le café pour un emploi plus lucratif, moins fatiguant et qui me promettait plus de loisirs (réceptionniste de nuit dans un petit hôtel – avec un peu de chance, je passerais à lire les trois quarts de mes heures de travail), j'eus le profond plaisir de me sentir pour la première fois de mon inexistence vraiment libre, c'est-à-dire aussi peu soumise qu'eux aux contraintes du réel où nous vivions, et ils m'approuvèrent tous, Michèle comprise, mais quand mes nouvelles fonctions dépassèrent leur promesse de loisirs en me laissant complètement inoccupée, au bout de cinq jours seulement (un neveu du patron s'était manifesté, qui trouvait lui aussi ce poste parfait), je préférai me taire sur ce changement de situation : tant que les amis l'ignoraient, je pouvais l'oublier, le temps d'une soirée avec eux. D'autre part, le chômage forcé avait aussi ses bons côtés, me permettant entre autres d'accomplir mieux que jamais ma très vieille intention de visiter les musées parisiens.

*

En ce temps-là, le Louvre était gratuit tous les dimanches, si bien qu'un jour par semaine, je pouvais me promener d'un chef-d'œuvre à l'autre jusqu'à ce que je doive m'asseoir sur l'une des banquettes placées dans les salles à l'intention des vrais amateurs d'art, ceux qui refusent de s'en éloigner pour rentrer même quand ils ne tiennent plus debout de fatigue, ou qu'ils sont sur le point d'avoir un malaise à force de faim. Assise, je fixais le tableau qui se trouvait devant moi, quel qu'il fût, et il me semblait y entrer. J'entrais dans une sorte d'état second où j'oubliais tout, où plus rien ne m'atteignait, ni les borborygmes de l'étage inférieur à mon cerveau, ni les commentaires audibles alentour, et dont la plupart étaient susceptibles, en temps normal, de me mettre hors de moi. (Je n'avais jamais aimé qu'on parlât devant la grande peinture : même quand ce n'était pas pour dire des inepties, cela me semblait irrespectueux, du moment qu'elle se taisait, elle. À mon sens, la proximité de la beauté muette rendait tout commentaire presque indécent, au mieux assimilable à une faute de goût.) Peut-être aurais-je toléré les guides si j'avais eu l'occasion de constater, plus jeune, leur utilité, mais ils n'en avaient aucune - sauf à juger utiles les mensonges, les signes d'ignorance crasse et les clichés idéologiques – à Pleunk où l'on ne voyait pas non plus de groupes d'étudiants en demi-cercle autour d'un professeur faisant cours en plein musée : là-bas, l'on étudiait l'histoire de l'art à l'aide de reproductions, dont la plupart étaient en noir et blanc. J'avais donc pris l'habitude d'aller voir des tableaux toute seule, ce qui m'évitait de devoir communiquer mes impressions.

Mais si l'on peut trouver le parler malvenu face à eux, il en va autrement des rêveries. Il faut croire qu'une affinité secrète les lie aux images immobiles et muettes : celles-ci permettent aux récits qui se déroulent en vous de prendre place quelque part à l'intérieur de leur espace-temps éternel, se dotant ainsi d'une splendeur ou d'un charme acquis par acclimatation, quand ce n'est pas l'inverse qui arrive, le monde du tableau passant dans votre for intérieur pour devenir une rêverie portant votre marque. Et je voyais, fixant les traces de tel coup de pinceau, l'artiste debout devant sa toile inachevée, qui reculait, fronçait un peu les sourcils, plissant les paupières, mordillait le bout de sa moustache, puis se rapprochait de la surface immense, repassait un petit coup sur l'aile de l'ange exterminateur, lequel le regardait assez méchamment, sans doute exaspéré que l'autre lui imposât autant d'heures de pose (quelle créature ailée l'apprécierait ?), tandis que le pape agenouillé dans un coin, priant pour tous, tournait la page de son missel, n'en pouvant plus de la relire et d'avoir mal aux genoux (malgré le coussin, à la longue, ça tenait de la mortification au point où l'on n'est plus censé en subir après tout ce qu'on a fait pour atteindre ce rang), puis concevait l'idée de sous-payer le maître trop exigeant envers lui-même et oublieux des autres, qui n'avait toujours pas commencé à esquisser les traits de sa ronde face – de toute façon, cette commande ne serait jamais achevée dans le délai…

Et je me souvenais du temps (qui me paraissait bien plus lointain que l'époque de ce maître) où je devais faire un long voyage en train, à travers plusieurs pays dont les autorités exigeaient qu'on leur présentât autant et encore plus de tampons ou de petites feuilles de couleur collées aux pages du passeport où figurait une photo à laquelle je ne ressemblais plus, sous l'inscription censée me définir, en français (à mon grand plaisir, selon l'ancien usage des échanges internationaux toujours valable chez les anachroniques) : PROFESSION ARTISTE PEINTRE – issue du seul malentendu bureaucratique flatteur que j'eusse connu. À la première frontière, on le regarda à peine, mais à la deuxième, je fus privée de cette preuve d'identité et de délit, qu'un homme armé emporta quelque part, tandis qu'un autre me fit avancer au bout de son fusil, parmi les sapins enneigés, vers une petite maison (de cantonnier ?) où il me permit de m'asseoir près du poêle, après quoi, à ma surprise, il baissa son arme et ressortit. Le règlement voulait-il qu'il monte la garde à l'extérieur, en attendant qu'un autre vienne m'interroger ? Pas moyen de m'en assurer : même aller jeter un coup d'œil par la fenêtre eût été imprudent, pouvant passer pour une tentative de fuite ou quelque autre acte du genre qui rend bien dans un rapport sur un de ces accidents qui arrivent en cours d'interrogatoire ; autant ne pas leur donner des idées, ils en trouveront assez, s'ils le souhaitent ; ce qui était certain, en revanche, c'était que le poêle ronflait très agréablement. Cela faisait longtemps que je n'avais pas vu de vrai poêle à bois ; le train avait été glacial, et j'y avais passé quarante-huit heures environ. Puisque l'on m'avait arrêtée, j'allais essayer d'en profiter : tant que personne n'entrait, je savourerais la chaleur et le repos. De fait, notai-je, tout était agréable et douillet, dans cette maison : elle semblait conçue, meubles compris, pour faire rêver le visiteur d'y couler des jours tranquilles en vivant simplement, avec une petite famille, de bons petits plats, cultivant son jardinet, prenant le temps de lire, le soir, sur le banc près de la porte, ou à côté du feu – bref, l'idéal voltairien concrétisé en pleine dictature, dont la paix me paraissait enviable sans que je fusse pour autant capable d'en jouir plus que le temps d'une visite.

Par la fenêtre, on pouvait voir les voies, quelque train passant en tonnerre de temps en temps - l'un de ceux où j'aurais voulu être - et de vieux wagons qui allaient toujours rester à leur place, à la différence de moi. Curieusement, les hommes armés tardaient à reparaître. Au bout de quelques heures de solitude totale, je finis par me demander si je ne ferais pas bien de sortir de la pièce agréable et douillette, comme quelqu'un de libre - que j'étais en fait, vu que personne ne me surveillait, ni n'avait songé à me menotter. Ne pouvait-on pas imaginer que j'étais une invitée ou quelque lointaine cousine venue passer des vacances chez les habitants de cette maison, assurément gentils, mais qui n'avaient pas le temps de la distraire dans la journée ? Ne serait-ce pas sain et naturel de sortir faire une petite promenade avant l'heure du dîner ? Juste au moment où j'y songeais, des pas se firent entendre, et un jeune soldat entra après avoir soigneusement secoué la neige de ses vêtements et chaussures, à grand renfort de coups de pied en l'air et de tapes, gestes qui s'accordaient mal avec l'aspect intimidant de son équipement.

C'était un adolescent au visage obtus et rouge, aux cheveux blonds et drus, râblé et court sur pattes. Il me regarda, déplaça une chaise pour s'asseoir en face de moi, me regarda encore, puis se mit à gratter le plancher de la pointe du pied, produisant un grincement étonnamment désagréable qui m'agaça si bien les dents que je ne pus pas me retenir de grimacer – s'il n'a pas l'habitude de molester ou de violer les détenus, celui-là, me dis-je, c'est tout de même une vraie punition. Sur cela, comme pour confirmer mon idée, le soldat fourra un doigt dans sa narine gauche, ferma les yeux et fouilla longuement d'un air concentré.

Tout en l'observant (en guettant le moment où il passerait à autre chose, à moi probablement), j'essayai d'imaginer ce qu'il pouvait bien être ou avoir été quand il ne portait pas d'uniforme : un très mauvais élève au lycée technique régional, par exemple, sans doute issu (pas seulement au figuré : en prenant le car aussi, aller-retour à chaque fin de semaine, où il cracherait sur le sol et frotterait du pied) d'une famille nombreuse ; la formule « tête à claques » se présenta à mon esprit, et je vis son père lui en donner une suite à la lecture de son livret, après quoi le fils garda sa mine inexpressive tout en baissant un peu sa face de têtu. Rien d'étonnant à ce peu de réaction : même sans le connaître d'aussi près que ma vision interne m'avait permis de le faire en moins d'une minute, on voyait tout de suite que c'était un gars solide, prémuni contre les remontrances, imperméable à l'autorité parentale ; quel métier préparait-il avant d'avoir été appelé ? Hélas, il ne fallait pas le lui demander, alors que la passivité complète commençait à me peser, en dépit du travail de mon imagination. J'aurais aimé pouvoir parler pour me distraire, ne fût-ce qu'avec lui, ou mieux, sortir un livre de mon sac de voyage, mais il semblait peu probable que mon gardien vît dans ce geste autre chose qu'une provocation, aggravée par le fait que la seule lecture que j'eusse emportée était en français – et je réalisai qu'on la trouverait tout à l'heure, puisqu'on finirait certainement par me fouiller corps et biens, et que je n'aurais même pas la ressource de prétendre, en guise de justification pour cette preuve supplémentaire de culpabilité, être professeur (PROFESSION ARTISTE PEINTRE), quoique mon avenir pleunkois fût justement celui-là, du moment que je ne peignais plus. Si le lecteur ne voit pas en quoi un livre en français peut former une preuve incriminante, aidons-le : nous étions près de la frontière entre deux des pays où toute langue étrangère autre que le russe était a priori celle de l'ennemi, définition utilisable par les autorités, en cas de besoin ou d'envie, pour vous accuser de déviance, de subversion, voire d'intelligence avec le susdit, et moi, cher lecteur, j'étais quelqu'un de pris en possession d'un faux visa (petit papier jaune ; peut-être regarderait-on aussi, un peu plus loin, le petit papier bleu...), relativement près - à encore une trentaine d'heures de train seulement – d'un endroit où le monde libre commençait.

C'est juste quand le mélange d'angoisse et d'ennui dont j'étais remplie devint insupportable (si vous ne l'avez jamais connu, faute d'avoir été arrêté ou de craindre suffisamment le dentiste, observez bien les gens autour de vous la prochaine fois que vous serez dans une salle d'attente qui s'y prête, pas forcément dentaire : vous en verrez les signes au moins chez un individu ; les plus beaux que j'aie observés avaient lieu dans le couloir d'un service « permis de séjour ») que le jeune homme tira mon passeport de la poche de sa capote, l'ouvrit et commença à le lire avec application, parvenant à y trouver quelques mots compréhensibles pour les natifs de sa langue. Il mit longtemps à étudier la page de la photo, non sans lever les yeux de temps en temps pour comparer les renseignements écrits avec leur objet réel, et enfin, il fit entendre sa grosse voix : « Tu es artiste peintre ? »

J'hésitai un instant avant de répondre, méditant sur ce résumé de ma personne : pouvais-je me dire, avais-je jamais été artiste peintre, moi qui n'avais vendu qu'un seul tableau, à dix-sept ans, et qui n'avais plus rien peint depuis longtemps ? « Oui », répondis-je enfin, et je vis combien il était surpris que je comprenne son parler – ou que je sois capable d'ouvrir la bouche ; en tout cas, il en eut l'air satisfait. « Tu fais quoi ? » Je lui expliquai, comme à un enfant, que je faisais des peintures. Alors il se leva, ouvrit un placard, y prit un carnet d'écolier et un stylo, et les mit devant moi : « Fais voir ! »

Je dessinai aussitôt une figure aux traits fins, aux yeux mi-clos, aux sourcils ailés et aux lèvres arquées, un de ces visages qui parsemaient naguère les marges de mes cahiers de classe, et dont l'air de sortir d'un rêve aurait suffi à les faire voir comme une provocation, n'eussé-je pas été si bonne élève. C'était le papier à carreaux qui l'avait fait surgir, bien sûr, sans que j'aie eu la moindre intention d'irriter le soldat ; c'est seulement après lui avoir tendu le carnet ainsi décoré que je pensai aux conséquences possibles de mon acte qui revenait à fourrer sous le nez d'un homme laid et grossier l'image d'un homme beau et raffiné, stylisée qui plus est, autrement dit relevant de ce qu'on appelait (sous Hitler comme chez les dirigeants de l'espace-temps où nous nous trouvions) *l'art décadent*. Il était peu probable qu'il s'ensuive une réaction de l'ordre de l'émerveillement que la beauté suscite selon Platon, Aristote et Longin, pour n'en citer que trois parmi les penseurs unanimes antérieurs au siècle où nous étions ; plus vraisemblablement, mon petit dessin susciterait des sentiments et des gestes rien moins que beaux.

Le soldat fixa le carnet, les yeux large ouverts, le posa sur la table devant laquelle il s'était assis, le regarda un temps avec un air indéfinissable – attendait-il de savoir, selon le niveau qu'atteindrait la montée de sa colère (ou, si vous préférez comme Florence les termes *scientifiques*, de l'hormone qui décide chez nombre de gens de ce qu'ils vont faire la seconde d'après, et dont ils seront les premiers étonnés), s'il allait me le lancer à la figure, ou se lever brusquement pour me gifler, ou renverser la table pour commencer, etc. ? Et voici la réponse, surprenante comme il se doit (même quand on se croit intelligent, on ne saurait tout prévoir) : le soldat finit par repousser le carnet dans ma direction, le faisant glisser sur le bois nu de la table, et ordonna : « Fais-moi ! », sur un ton qui laissait comprendre qu'il venait de me juger digne de cette tâche.

Je songeai que j'étais promue d'artiste peintre à Créateur, et qui plus est, après les bureaucrates, par le représentant d'une autre force parmi les moins généreuses envers l'art, puis je lui demandai une feuille qui soit plus grande. Il parut fort irrité, mais changea d'expression l'instant d'après, et alla docilement fouiller dans le placard d'où il me rapporta, qui l'eût espéré ? un joli bloc de papier à aquarelle pour enfants. Et en se rasseyant, non plus de l'autre côté de la table mais sur une chaise plus proche, sans plus rien qui me cachât une partie de sa personne, il fixa du mieux qu'il put son fusil en diagonale approximative devant sa poitrine – peut-être eût-il choisi de le tenir martialement des deux mains, si l'arme avait été plus légère et le porteur, moins paresseux. Alors l'artiste peintre se demanda si ce ne serait pas l'imprudence de trop, mais ne put pas prendre une autre décision, et ma main commença à esquisser la copie exacte (je lui concédais le réalisme, au moins) des traits du modèle armé, rien que le visage, pendant que je m'appliquais à penser que ce n'était là personne d'autre qu'un cousin chez qui je m'étais retrouvée en visite, avec lequel j'avais certainement joué du temps où nous étions petits (le souvenir d'un vrai cousin provincial, toujours appelé Crétin par son père, surgit à point pour m'aider), qui mérite donc largement qu'on lui fasse son portrait – il fallait bien que je m'en persuade, cher lecteur, puisqu'on a besoin d'aimer ce qu'on dessine, suffisamment pour en tirer quelque chose qui soit plus proche de l'art qu'un portrait de Photomaton, et puisque l'idée de dessiner pour obéir à l'ordre de quelqu'un qui peut faire de vous à peu près ce qu'il veut est fort pénible. (À se fixer, elle me l'aurait fait rater jusque sur le plan de la ressemblance ; c'eût été regrettable et du point de vue de l'honneur artisanal, et de celui du modèle potentiellement redoutable.) Je songeai aussi au fait que ce jeune homme était en partie une fonction des circonstances : armé ou non, si nous avions été dans la maison de ses parents (qui ne devait se distinguer guère de ce poste frontalier), en dehors de ses heures de service, il m'eût paru inoffensif, voire digne de pitié (pauv' petit rustaud empoté, bas sur pattes, façon chiot bâtard, qui n'ira jamais ne serait-ce que jusqu'à la capitale minable de ce pays, qui ne fera jamais que voir passer les trains, les citadins, les belles filles, les hommes qui vivent mieux…). Et je pouvais aussi essayer de voir en lui ce qu'il aurait pu être s'il avait grandi ailleurs que dans ces circonstances locales et nationales… Tiens, en garçon flamand, fils de fermier aisé du temps de Bruegel, il était parfaitement crédible, et comment ne le serait-il pas, étant *factuellement* l'unique commanditaire que j'eusse eu à ce jour ? Je le ferais un peu plus viril, l'air d'avoir un an ou deux de plus, en considérant que le père est mort récemment, pour lui laisser les rênes des affaires familiales, et qu'il a décidé de se faire faire un portrait par un peintre qui passait, ça tombait bien, pour marquer et pour faire remarquer à tout visiteur de sa maison son accession au rang de chef de famille qui ne se prive de rien…

Il faut croire que le portrait lui plut : il le contempla pensivement, l'éloigna au bout de son bras, le rapprocha, puis arracha la feuille du bloc, la plia en quatre et la rangea presque délicatement dans la poche qui avait contenu mon passeport. Un peu plus tard, ses supérieurs arrivèrent, et après avoir pris tout l'argent que j'avais sur moi, me relâchèrent - inexplicablement. Le carnet a dû rester dans la petite maison où il est passé depuis par d'autres mains, certainement débarrassé, dès sa découverte, de la page à dessin décadent. Quant au portrait, je suppose que le modèle l'a gardé ; peut-être même décore-t-il à présent une chambre, dans la maison de ses parents où aucun enfant n'habite plus (aussi peu probable que cela paraisse, je vois la feuille comme si j'y étais, dépliée, encadrée et suspendue au mur), et sa mère le regarde avec tendresse, à chaque fois qu'elle refait la poussière dans la pièce vacante, en y voyant non pas le soldat qui m'ordonna de le faire, mais une image au-delà du dessin, sans laquelle ce n'eût pas été le portrait de son fils, fût-il assez ressemblant pour que le modèle puisse s'y reconnaître.

Juste avant de quitter le poste si étrangement douillet au poêle ronflant, j'avais remarqué, depuis le seuil où je me retournais pour refermer la porte, qu'il y avait sur le mur qui s'était trouvé dans mon dos au cours des heures précédentes une reproduction encadrée, du genre auquel on s'attend le moins chez les gardes-frontière, les policiers, les douaniers et je ne sais quels autres corps sans uniforme qui avaient l'usage des lieux : non pas le portrait du dictateur local, ni même Lénine de profil superposé à Marx joue contre oreille, avec Engels au troisième plan, mais le chef-d'œuvre mondial par excellence, Mona Lisa qui pendait également (à titre d'emblème de la culture) un peu partout chez les Pleunkois de la ville et de la campagne, ce qui justifiait peut-être l'avis du puissant selon lequel je n'avais pas besoin de jamais voir le Louvre – et je maudis ce sous-diable bien en chair, assurément assis derrière son bureau à l'heure qu'il était, grâce à qui je me retrouvais sans le sou et sans moyen de reprendre le train (parti depuis longtemps, le seul où mon billet restât valable), à un millier de kilomètres au moins du passage promis vers le monde libre. À me supposer capable d'y arriver à pied et en stop, et sans qu'on m'arrête une seule fois, il était certain que ce serait des jours après le bon moment – j'aurais pour ainsi dire raté le passeur déjà avant de me remettre en route. (À le réaliser, il me parut qu'il n'y avait au monde rien de plus enviable que de pouvoir faire mille et davantage de kilomètres à pied en gardant l'espoir de trouver un passeur au bout.)

Le plus raisonnable serait de rentrer à Pleunk (où je pouvais demander qu'on me réexpédie) pour essayer de préparer une autre tentative de fuite, mais rien que d'y penser, j'avais envie de mourir sur-le-champ : celle qui venait de rater avait pris trois mois de préparation (comprenez : d'incertitude, d'angoisse et de tracas à tout moment) ; une grande partie des économies de ma mère y était passée, qui venait d'achever sa disparition par les soins des voleurs en uniforme ; rien ne m'assurait que je trouverais jamais un autre passeur, tandis que le mien n'aurait sans doute pas hâte de se remettre en contact avec moi, ayant été payé d'avance.

Le pire, d'après mon sentiment à ce moment-là, cher lecteur, ce n'était même pas le risque de rester sans moyen de ressortir de Pleunk, c'était l'idée de le revoir – de repasser sa frontière dans le mauvais sens, de retraverser à l'envers le paysage jusqu'à la capitale, de me retrouver à la gare d'où je m'en étais allée *pour toujours, à jamais*, puis de rentrer dans l'appartement auquel j'avais fait mes adieux avec la plus grande joie. Oui, c'était cela le pire, d'endurer cela, dont l'effet ne se dissiperait pas de sitôt – déjà, j'avais lourd à n'en plus savoir comment je me traînerais jusqu'à la gare toute proche ; qu'en serait-il dans trois-quatre jours, à Pleunk ? –, car pour la suite, je savais que si j'échouais à repartir, je n'en souffrirais pas longtemps. (Même en prison, où il n'était pas exclu que j'aboutisse, on trouvait le moyen de se supprimer.)

Et pire encore, je comprenais soudain pourquoi ils m'avaient relâchée après m'avoir pris l'argent : parce qu'ils *savaient* que j'allais retourner à Pleunk, ça devait se lire sur ma physionomie, que je n'étais pas le genre de fille capable de se sauver quoi qu'ils fassent, et ils s'étaient certainement dit que de tous les points de vue, ce serait mieux de me faire passer par là : de me faire *demander* à être rapatriée dans la prison que j'avais voulu fuir, de me faire comprendre que même en me lâchant dans la nature, ils me tenaient, ils nous tenaient tous, sur ces centaines de milliers de kilomètres carcéraux, aussi bien ceux d'entre nous qui se satisfaisaient de la vie qu'on pouvait y mener, que les autres, même les plus forts que moi, qui étions prêts à tout risquer pour en sortir...

Et comme mes yeux se remplissaient de larmes qu'il fallut essuyer, je revoyais la grande toile devant moi, dans l'une des plus belles salles du Louvre qui était mon lieu de séjour pour toute la journée – vaste maison de souverains en enfilades riche de milliers d'œuvres dont les plaisirs ne s'épuiseraient jamais (le temps de parcourir une aile en s'attardant devant chaque merveille autant qu'elle le demande, en plusieurs dimanches, l'on sentirait déjà l'envie de retourner voir le département précédent, pour se rafraîchir les impressions et faire quelques petites comparaisons...), et où je pouvais parfaitement m'éviter, si j'y tenais, de jamais revoir la Joconde (qui pendrait à jamais, inévitable, chez la moitié de ma parentèle pleunkoise, notamment juste en face de la porte du salon de l'ignoble tante Monique, dont nous reparlerons). Quoi que cela m'ait coûté et me coûtât encore, je m'étais sauvée – de ceux qui croyaient me tenir et de la laideur pleunkoise. Je m'étais vraiment sauvée, j'étais vivante dans une salle du Louvre. J'avais trouvé assez de force pour y arriver.

Et je pensais : me voilà chez ces maîtres dont j'apprenais les vies naguère, du temps où je ne pouvais admirer leurs œuvres que dans les livres d'art dont les reproductions auraient fait rire ou pleurer même un amateur français du demi-siècle précédent. Je suis à la source, maintenant ; ce qu'il me reste à apprendre, je l'aurai appris des œuvres elles-mêmes, droit d'elles à mes yeux – j'inaugure l'ère où tout est authentique, original, dans le texte. Je suis dans le vrai, rien n'est faux, illusoire, irréel alentour. Je suis encore jeune, ce n'est pas si grave que je ne peigne plus, et même que je n'écrive plus guère : j'ai le temps d'apprendre ; le moment finira bien par arriver où il sortira des rêveries quelque chose de nouveau et de meilleur, issu de la nouvelle réalité que j'aurai.

Et j'allai m'asseoir, pour fêter cela, devant l'immense tableau où le Roi boit après avoir trouvé la fève de son couronnement, à une table opulente autant que la mémoire de l'artiste nourrie de plats paysans et parsemée de festins de commanditaires, et je me remplis les yeux du rouge rubis de toutes les carafes, en entendant tinter les verres des convives, puis je détaillai la flore et la faune des soupières où l'on pouvait se noyer, les poissons démesurés et les viandes débordant des plateaux, la sauce onctueuse qui coulait sur la nappe - offerts par un homme large et prévoyant qui devait se douter qu'il allait me permettre de remarquer que je ne souffrais plus, non, aucunement, de n'avoir rien mangé depuis le déjeuner de la veille (un diplomate), que sa peinture (cette apothéose de la goinfrerie) me serait une pitance suffisante pour quelques heures au moins, m'ôtant l'appétit qui aurait dû m'empêcher d'en jouir – quelle nourriture matérielle ferait mieux, pour ce qui concerne la part consciente des fonctions humaines ? Et pourquoi se soucier des jours suivants, puisqu'on était dimanche ?

Puis je me relevai, les forces m'étant revenues, pour aller faire un tour chez un autre roi, qu'on ne voyait pas, mais dont les appartements s'efforçaient de vous convaincre qu'il pourrait rentrer : à défaut du protocole de son temps, les cordons étaient là, tendus devant les meubles inaccessibles où il s'était tenu, formant des allées pour obliger les visiteurs à se mouvoir lentement, solennellement, et pour vous faire imaginer que l'ancien propriétaire des lieux se cachait quelque part derrière les tentures ou sous le baldaquin, se moquant de vous qui ne pouviez pas vérifier sa présence. J'avais pris l'habitude de retourner aux Appartements du roi comme on allait au théâtre à son époque, ou comme mes contemporains allumaient leur poste : pour me sentir en société tout en me changeant les idées. Il y avait toujours là une petite foule qui me fournissait des propos d'enfants ébahis, de provinciaux éblouis, de touristes sidérés ou envieux, et rien de ce qu'ils disaient ne pouvait m'agacer, puisqu'ils ne parlaient jamais d'art, seulement de sujets ne méritant à mon sens pas plus de respect qu'ils n'en montraient, à savoir l'Histoire et le mobilier.

Ce dimanche, comme si l'ordre des choses tenait à me distraire toujours mieux, je tombai là sur un groupe compact de collégiens de province conduits par leur professeur, une jeune femme compétente qui leur expliquait, d'une pièce à l'autre, avec force détails, comment vivaient les rois. Se tournant tantôt vers un lit, tantôt vers une table où des rites intéressants étaient censés se passer, elle ne se rendait peut-être pas compte que les élèves prêtaient peu d'attention à ce cours supplémentaire (regardant dans n'importe quel autre sens, bavardant, voire échangeant des coups), ou peut-être se disait-elle qu'on ne pouvait pas être au four et au moulin, et qu'il s'en trouverait toujours quelques-uns pour profiter de sa leçon (en effet, moi au moins). Or, pendant qu'elle faisait une description érudite du Louvre tel qu'il était jadis, un garçon d'origine exotique visible saisit le moment où elle reprenait son souffle pour l'interrompre en demandant : « Madame, pourquoi nous, on n'habitera jamais dans une maison comme ça ? »

Projetée en une seconde de Louis XIII à l'état actuel de l'habitat français, et des soucis des rois à ceux des enfants d'immigrés, l'enseignante eut tout l'air d'une élève qui « sèche » (comme disaient mes condisciples de la fac), tandis que je réalisais que je pouvais répondre, moi, et pourquoi me priver de ce plaisir ? - « Parce qu'on n'est pas des rois, fis-je, mais c'est beaucoup mieux d'y venir en visite. » Le garçon ouvrit des yeux comme des soucoupes, l'air de se demander si j'avais toute ma tête, et sûre de mes effets, j'argumentai à partir de l'idée que l'habitant de ces appartements n'avait pas moyen de leur trouver plus d'intérêt que n'importe qui d'autre à n'importe quel autre logement familier. « Nous, en revanche, nous avons même plus de recul que le nécessaire pour les apprécier, nous ne risquons pas de nous y habituer complètement, bref, nous sommes en état d'en profiter bien mieux que l'habitant », déclarai-je (l'enseignante paraissait suspendue à mes lèvres, admirative ou ahurie, allez savoir) avant de me permettre une généralisation : regarder les belles choses importait davantage que de les posséder, puisqu'on n'en possédait jamais vraiment la beauté (petite série d'exemples rendant le raisonnement plus compréhensible et acceptable, dont – par pure démagogie – celui du beau match de football), et de conclure : « Regarder, c'est toujours une ressource disponible, même quand on est aussi pauvre que moi, du moment qu'on n'est pas aveugle, tu vois. » - « Tu as compris ? », intervint le professeur après un regard perplexe à mon adresse. - « Oui », fit le petit sur un ton peu convaincu (ou penaud ? il avait la mine de quelqu'un qui a reçu une brimade, à ma surprise). Puis la jeune femme me remercia, prit congé de moi, m'interdisant ainsi d'entendre ce qu'elle raconterait dans les pièces voisines (de toute façon, me dis-je, je les ai assez suivis, ça devenait ridicule) et repartit en avant avec sa classe sans avoir fini de décrire le Louvre tel qu'il était jadis.

Pour ma part, je restai à fixer un fauteuil que je n'avais pas la moindre, mais alors pas la moindre envie de posséder – d'abord, je trouvais ça laid ; ensuite, assise dedans, j'aurais eu les genoux à peu près au niveau du menton (de fait, comment faisaient les gens riches à longues jambes pour s'accommoder des meubles anciens dont ils héritaient ou qu'ils s'achetaient ? les gardaient-ils sans jamais s'en servir, comme au musée ? je regrettai vivement de ne pas en connaître pour me renseigner), et mes pensées revinrent sur la colle posée au professeur : qu'aurait-elle répondu si j'étais restée muette ? que pensait-elle sur le sujet ? Autre chose que moi, sans aucun doute, vu ses réactions. Je me dis avec amusement que si cela se trouvait, j'étais la personne qui avait le mieux profité du discours que j'avais fait : non seulement ç'avait été l'occasion (précieuse en ces temps-là) d'éprouver l'accès de gloriole familier à ceux qui parlent en public, mais de plus, après avoir laissé entendre aux autres que rien ne manquait à mon bonheur, je m'en retrouvais encore mieux convaincue (par moi-même) que tout à l'heure ! (En somme, ces dernières semaines, je m'améliorais en matière de procédés permettant de se remonter le moral, c'était rassurant de le constater.) Pourtant, les contre-arguments déprimants qu'aurait pu me présenter quelqu'un comme Gaëlle ou comme le Noisillon, voire le petit collégien auquel j'avais répondu, n'étaient pas non plus loin de mon esprit...

*

Le récit de cet épisode fit bien rire Lao, quelques jours plus tard, quand je le retrouvai pour déjeuner. Lao travaillait dans un organisme où toutes sortes de nécessiteux venaient demander des conseils pratiques, du soutien moral ou des cours gratuits. J'étais déjà ange gardien quand Michèle entendit parler de cette institution dont elle me transmit l'adresse aussitôt (« Ils pourront peut-être t'aider à trouver un logement, ou un boulot déclaré »), et je m'y rendis alors uniquement pour lui faire plaisir, sûre et certaine de perdre mon temps : après toutes celles qui m'avaient refusée quelques semaines auparavant, tomber sur une qui veuille et puisse m'aider, il fallait être nettement plus optimiste que moi pour l'imaginer. Mais en réalisant qu'ils s'agissait de l'immeuble d'où Laurent Ray sortait dans une séquence de *Tirez les premiers*, je me félicitai de cette occasion de le visiter, tandis que l'employé qui me reçut me réservait d'autres surprises.

M'ayant longuement interrogée sur mon identité et sur la manière dont je m'étais retrouvée à Paris, il déclara :

- On ne peut rien pour vous, ici, mais ne vous en faites pas. Vous dormirez encore quelque temps n'importe où, puis vous vous en tirerez. Je le sais très bien, j'ai été comme vous. Quand on a vécu ce genre de choses et qu'on a tenu le coup, on peut continuer jusqu'à ce que ça s'arrange.

À ce moment, j'étais très loin de trouver pareille certitude admissible, sans parler d'en être rassurée ; j'eus un accès de haine pour l'ex-confrère en galères qui profitait de cette sienne qualité pour renvoyer avec légèreté et en toute bonne conscience ceux pour qui l'inexistence dont il n'avait plus qu'un souvenir abstrait demeurait assez réelle pour les engloutir, et qui devaient par surcroît le remercier de son accueil (j'aurais lourd tout le reste de la journée). Je me redressai pour sortir, mais avant que je n'aie pu prendre congé, il reprit :

- Venez déjeuner avec moi, ça vous fera du bien. On discutera un peu plus ; s'il se trouve qu'on a des choses à se dire, vous pourriez revenir. Je me suis fait quelques amis, comme ça, même si c'est rare que j'aie vraiment envie d'écouter les gens qui viennent me voir. Je m'appelle Lao.

Et bien que ce propos fût aussi, voire plus scandaleux que le précédent, étalant sans scrupule l'habitude du personnage d'avoir des certitudes à la place d'autrui qui dépendait de lui (comment savait-il que ça me ferait « du bien » plutôt que de me faire vomir, quand j'avais déjà lourd ?), de vous considérer comme demeurant à sa disposition (puisque vous étiez un inexistant très en dessous du seuil officiel de la pauvreté), et de se targuer du mépris où il tenait votre catégorie (ses ex-confrères, ceux qu'il était censé aider présentement) même quand il vous signifiait que vous l'intéressiez, je suivis Lao vers le restaurant voisin, sans comprendre pourquoi je le faisais. Il se passait quelque chose d'inédit qui m'y avait poussée – qui m'avait empêchée de me révolter. À table, Lao m'interrogea sur ce que j'avais peint et écrit, puis me laissa occuper ma bouche autrement, en se chargeant de se raconter (bien entendu, sans que je lui aie posé la moindre question).

Lao était né dans un de ces pays qui changent souvent de nom et où l'on ne vit jamais longtemps tranquille, juste au début d'une guerre. Mais sa famille habitait un petit village isolé au milieu de la forêt, où l'on savait à peine qu'il y avait des combats quelque part ailleurs, dans un ailleurs aussi abstrait que la capitale que personne d'entre eux ne verrait jamais, ou que l'étranger – autrement dit, chez eux, que le pays fût une colonie, un royaume autonome, une démocratie, une dictature, en guerre ou pas, personne ne s'en souciait et ne s'en rendrait compte : de tout temps, ces villageois mangeaient ce qu'ils attrapaient ou faisaient pousser, certains allant troquer quelque chose en ville contre du sel (par exemple) une fois l'an, et personne ne songeant à appeler « pénurie » l'état où ils vivaient. L'enfance de Lao fut donc favorisée, par comparaison avec ses contemporains citadins, jusqu'au jour où des hommes en uniforme apparurent, sortant de la jungle environnante (suite à une erreur d'orientation), et après s'être rendu compte du manque total d'intérêt de ce village dépourvu d'armement, de téléphone et de biens dignes d'être pillés, massacrèrent sa population.

Lao avait alors sept ans, deux parents, quatre frères et une sœur. Au moment de l'arrivée des militaires, il était occupé à pêcher avec un de ses aînés, à quelque cent mètres de la maison. Les coups de feu leur firent peur, ils se cachèrent dans les broussailles pour en sortir une fois le silence revenu. Portant les poissons (morts depuis un bon moment), ils rebroussèrent chemin, découvrirent les cadavres et prirent la fuite à travers la forêt. La pêche crue leur fit un dîner ; les jours suivants, ils mangèrent des feuilles, des insectes, tout ce qui se laissait attraper à mains nues. Ils savaient qu'ils avaient un oncle dans la ville la plus proche, et ils étaient certains d'y parvenir un jour, même si la forêt paraissait sans limites. Au premier hameau qu'ils trouvèrent, plusieurs semaines après leur départ, ils furent recueillis par une famille compatissante qui les fit conduire là où leur oncle devait habiter. Ils ignoraient son nom exact, son adresse, son métier. Mais ne doutant aucunement de pouvoir le retrouver, ils le trouvèrent, au bout de plusieurs jours de recherche à travers tous les quartiers.

- Nous avons eu beaucoup de chance, vous voyez. Le lendemain, notre oncle a remis mon frère à un cousin qui venait de lui emprunter de l'argent pour aller à l'étranger : je n'étais pas obligé de te rendre service, je l'ai fait ; maintenant, tu vas m'en rendre un en me débarrassant de ce gamin-là. Moi, je suis resté chez lui quelques semaines, puis il m'a envoyé par le car dans une ville où l'on ne se battait plus, avec une cousine qui avait dans les treize ans, on était censés rester chez d'autres parents tous les deux, en sécurité. Une fois arrivés, on est allés droit à l'orphelinat : l'oncle lui avait dit de m'y laisser, manifestement, et c'est ce qu'elle a fait. Ce n'était pas si mal, c'étaient des sœurs françaises qui le tenaient, elles m'ont appris la langue, à lire et à écrire, puis je me suis tiré. J'ai travaillé quelques années pour faire des économies : je voulais retrouver mon frère qui devait être à Paris. Vous voyez, depuis que j'étais sorti de mon village, je m'étais tellement habitué à l'idée d'avoir du chemin à faire et quelqu'un à chercher, que quand je n'y étais pas obligé, j'y allais de moi-même ! (Et il rit.) Je ne peux pas vous dire combien j'étais content quand j'ai pu prendre ce bateau, un cargo qui allait à Marseille. J'avais eu beaucoup de chance, vous voyez.

Il ne retrouva jamais son aîné. Il dormit sous les porches, rencontra des centaines d'Asiatiques parisiens, travailla comme plongeur (une place enviable, on y mangeait bien), suivit des cours du soir, eut son premier vrai logement, devint français, puis employé de l'organisme où il était venu, quelque sept ans auparavant, demander de l'aide.

- Et maintenant, conclut-il, je veux changer de métier. J'en ai marre des malheureux de la terre, je les ai trop vus.

- Ils vous dépriment ?

- Non, ils m'ennuient. Ils sont beaucoup trop bêtes, pour la plupart. Ça fait six ans que je suis là, à écouter toute la journée des gens qui croient que le malheur donne le droit d'être bête ; en six ans, je n'ai jamais trouvé que cinq personnes que j'aie eu envie d'inviter à manger – même pas un par an qui me paraisse intelligent, vous voyez. Sur les cinq, il y en a deux qui sont devenus des amis, un qui est resté une connaissance, et vous qui avez le droit de me rappeler pour un autre déjeuner. (Il rit de nouveau.)

Je ne trouvai rien à répliquer. Sa franchise me semblait moins humiliante que tout à l'heure, mais il m'inspirait de nouveau une forte antipathie.

- Si j'ai mes examens à la fin de l'année, reprit-il, je deviendrai comptable. Si ce travail ne me convient pas non plus, tant pis, je commencerai d'autres études. J'aime étudier, et puis, j'ai tout mon temps pour ça : je sors du bureau à six heures, je vis seul. La solitude, ça présente des avantages très appréciables, vous allez vous en rendre compte aussi, avec le temps... Vous avez beaucoup de chance d'être tombée sur moi. Je suis complètement désintéressé : tout ce que je demande, c'est de la conversation avec quelqu'un qui m'intéresse ; en échange, je fais ce que je peux, et peut-être qu'à l'avenir, avec un peu de chance supplémentaire, j'arriverai même à vous trouver un bon boulot. En attendant, repassez quand vous voulez, même sans m'appeler : on déjeunera ensemble et vous me raconterez ce que vous devenez.

Je n'avais guère profité de cette offre car Lao ne me plaisait pas assez : même les qualités que je lui voyais me rebutaient, sous la forme particulière où elles se manifestaient, tandis que sa manie de parler de chance à tout propos m'insupportait, m'apparaissant tantôt comme une façon choquante de m'imposer son point de vue, tantôt comme un reflet grossi, grotesque, de mes propres efforts pour me contenter de mon sort. Je l'avais appelé seulement après avoir perdu ma place de réceptionniste, pour le cas où il aurait une idée ou quelque offre de travail ; au lieu de me répondre tout de suite, Lao m'avait donné un rendez-vous, me laissant imaginer que ses suggestions demandaient une longue conversation, et une fois dans son bureau, en réalisant qu'il n'avait rien eu à me proposer sauf un déjeuner, j'avais aussitôt trouvé un prétexte pour refuser – très poliment mais par mesure de vengeance : il me semblait que Lao avait simplement voulu se faire livrer de la conversation, quand il avait décidé de ne pas me décevoir par téléphone (et précisons que j'étais venue à pied, l'état de mes finances m'interdisant les frais de transport).

Or, une fois sortie du décor de *Tirez les premiers*, qui se trouvait à l'autre bout de Paris par rapport aux quartiers où j'allais reprendre ma recherche de travail (selon la méthode qui m'avait le mieux réussi jusqu'à présent, consistant à parcourir les parties pauvres du nord de la ville, en scrutant les vitrines des cafés, des magasins et des petits hôtels, où des annonces pouvaient être collées), la marche supplémentaire que Lao m'avait imposée me donna le temps, après l'avoir copieusement dénigré en pensée, de changer d'interprétation des événements : qu'est-ce qui me prouvait que ma conversation l'intéressât autant qu'il le prétendait ? il se pouvait très bien qu'il m'ait manipulée par charité, en se disant que la bonne façon d'aider une inexistante qui avait beaucoup tardé à se remanifester et demandait seulement une réponse par téléphone, c'était de la piéger pour l'emmener déjeuner sans que sa fierté en souffre. Pourquoi Lao ne serait-il pas meilleur que mon image de lui ? C'était tout de même quelqu'un qui avait commencé par choisir un métier de bienfaisance, ce qui n'allait pas forcément de pair avec la nature froidement égoïste que je lui attribuais...

Je décidai donc que je rappellerais Lao, un jour, ne serait-ce que pour faire quelques nouvelles observations qui me permettraient de fixer mon idée de lui – et je le rappelai plus vite que je n'aurais cru, le lendemain du dimanche mémorable au Louvre, car je me sentais plus forte, capable de me tirer d'une conversation avec lui sans avoir lourd (une hausse de moral certainement provisoire, me disais-je, profitons-en tant qu'elle dure encore). Je lui raconterais l'histoire du discours au collégien chez le roi, elle l'amuserait, sans pour autant me donner le sentiment de lui complaire de façon humiliante... En effet. Ayant bien ri, Lao m'offrit son dessert :

- Ça ne te fera pas de mal. (Désormais, il me tutoyait, en ayant omis de m'en demander la permission, bien sûr ; je ferais donc de même.) Moi, je deviens gros depuis que j'ai pris l'habitude de manger à ma faim. Tu sais faire de la peinture ?

- Bien sûr ! j'ai même été aux Beaux-Arts.

- Mais tu sais peindre des murs ?

- Je l'ai déjà fait une fois.

- Tu as beaucoup de chance. Je viens d'acheter mon appartement, celui où j'étais locataire jusque-là, et maintenant que je suis propriétaire, je ne veux plus vivre dans des murs sales. Puisque je ne déménage pas, il faut bien que mon changement de statut social se manifeste d'une autre façon. Alors, si tu veux, on fait une affaire : tu me les repeins. Si tu te débrouilles mal, je ne t'en voudrais pas : de toute manière, je ne pourrais pas me permettre de vrais travaux avant longtemps ; rien ne me garantit qu'un autre ouvrier au noir me les repeindrait mieux. Tu seras mal payée, mais tu auras toute la somme d'avance, et je t'emmènerai dîner tous les soirs au meilleur restaurant vietnamien de Paris. C'est moche, c'est bon marché, en revanche, tu vas voir : quand on y a mangé, on a du mal à avaler ce que te servent les autres.

Voilà comment une visite au Louvre me valut un emploi qui me rapprocha peu à peu de Lao. Son appartement, situé assez près de la station de métro Couronnes, était petit, extrêmement propre et parfaitement rangé - à vrai dire, l'ordre y était facile à maintenir, vu que le nouveau propriétaire ne possédait pas grand-chose.

- Ce que je voulais depuis très longtemps, c'était acheter un logement, alors j'ai fait des économies. Je n'ai pas fini d'en faire, j'ai le crédit à rembourser, et plus tard, j'aimerais bien acheter un peu plus grand. Mais j'ai beaucoup de chance : je n'ai jamais tenu à avoir plus d'objets qu'il n'est indispensable, je ne fume pas, je ne bois pas, la plupart des amusements que les gens se donnent m'ennuient. Je n'aime qu'étudier, manger et discuter. Tu devrais tâcher de désapprendre à fumer – je ne parle pas de te limiter, ça, tu le fais déjà, je parle de vraiment désapprendre, d'arriver à en perdre l'idée, comme on ne l'a pas quand on est enfant. Pense à toutes les économies que tu pourrais faire déjà à partir de maintenant, pour le moment où tu auras le droit de devenir propriétaire, dans dix-quinze ans…

J'éclatai de rire.

- Lao, fis-je en hoquetant encore, tu as dû oublier comment c'est, d'être provisoire ! Tu as été trimestriel, en fait, pour commencer ? (Non, m'apprit le chanceux.) Tant que je serai trimestrielle au moins, sinon d'ici à ma mort, personne ne pourra me faire croire que « dans dix-quinze ans » existe. Ça n'existe pas pour moi. Ça n'existait déjà plus quand j'étais encore à Pleunk, en fait. Une cigarette aujourd'hui, même une seule, pour moi, ça a plus de valeur que ton appartement dans dix-quinze ans. Il y a un proverbe français qui va plus ou moins dans ce sens : « Un tiens vaut mieux que deux tu l'auras ». Par ailleurs, les taoïstes ne conseillent pas autre chose que…

- Peut-on être aussi bête quand on est intelligente ? me coupa Lao (citant, sans s'en douter, plusieurs membres de ma famille). Fume si ça t'est nécessaire, chacun ses trucs pour tenir le coup, mais ne me raconte pas que dans dix-quinze ans, ça n'existe pas pour toi ! On dirait les idiots que j'écoute toute la journée – eux, ils ne le disent pas, c'est vrai, ils se contentent d'agir selon ce principe en disant d'autres conneries, et toi, avec tout ce que tu as lu, tu serais capable de me le présenter comme de la haute philosophie ! C'est de l'idiotie pure et simple, taoïstes ou non. On s'en fiche de ce que tu sens quand tu penses à dans dix ans, ce n'est pas en fonction de ce qu'on sent qu'il faut agir, *tu n'as plus intérêt à sentir*, de toute manière, dans ta situation. Tu dois penser à faire ce qui est raisonnable, toujours, pour pouvoir t'en sortir, je te le dis comme un grand frère.

Je vous épargne la suite de cet échange d'opinions où chacun de nous deux garda la sienne, cher lecteur. La leçon que j'en tirai, c'était que ma dernière hypothèse concernant Lao était plus juste que l'initiale, mais que sa tournure d'esprit finirait probablement par le faire revenir sur son idée de moi dans le sens opposé (du positif vers le négatif), car à me fréquenter, il aurait d'autres occasions de constater qu'en dépit de ma situation, quelle qu'elle fût, je persistais à « sentir », non seulement par défi sans doute stupide, mais aussi et surtout faute de pouvoir vivre autrement.

Le matin, avant d'aller travailler, Lao poussait le canapé-lit, le placard-bibliothèque, la table et les deux chaises vers le milieu du séjour, pour me laisser la place nécessaire. Cela formait une sorte d'île rocheuse, plus haute que large, à laquelle les bâches noires donnaient un petit air d'encre chinoise. Tournant lentement autour pendant que je m'appliquais à faire au rouleau le contraire de ce qui meut le pinceau (à ne laisser aucune trace identifiable de la main qui peint, à créer l'illusion que le blanc uniforme s'est étalé tout seul), je prenais du plaisir à remarquer que les gouttes qui giclaient sur le plastique sombre le transformaient progressivement en quelque chose comme le sol de l'atelier de Pollock. J'en rajoutais parfois, et même ailleurs, m'amusant à secouer le substitut du pinceau au-dessus des proéminences du rocher central, un peu comme si les vagues de la mer imaginaire qui l'entourait (la baie d'Halong ?) lançaient leurs embruns sur lui. Le soir, avant d'aller prendre sa douche (je l'attendrais en lisant sur le canapé-lit, puis nous irions dîner), Lao ôtait la housse improvisée qu'il froissait en boule, détruisant l'abstraction de la journée, et repoussait près des murs humides les meubles qui retrouvaient ainsi un aspect très ordinaire et sage, presque timide, en attendant de redevenir une île escarpée, le péril des vaisseaux imprudents, la joie des contemplatifs et de l'artiste.

Quant à la cuisine qu'il fallait repeindre aussi, il suffisait de décrocher du mur une poêle et deux casseroles pour pouvoir y travailler, le reste des objets qu'elle contenait se trouvant dans le placard sous l'évier. Elle ne m'offrait donc aucune distraction, et semblait nettement mal intentionnée à mon égard : il suffisait d'une seconde d'inattention pour être prise à son piège comme une mouche sur une bande collante, mon dos ou mon coude adhérant à la couche de peinture que je venais de passer. En y tendant les bras en croix dans le sens de la longueur, une personne de ma taille (plus grande que le propriétaire) pouvait toucher les murs opposés ; dans l'autre sens, on ne pouvait y faire que le salut fasciste. Cependant, la cuisine pouvait servir d'illustration à la philosophie de Lao selon laquelle tout malheur était une chance : on était vite débarrassé de l'obligation pénible de s'y tenir. Un coup de peinture n'y demandait que deux heures, même si l'on travaillait aussi lentement que je le faisais par acquit de conscience, m'appliquant au possible pour éviter l'idée désagréable que j'étais bien payée pour un travail insignifiant.

Par la fenêtre de la cuisine, qui donnait sur une autre rue que le séjour, l'on voyait un vieil immeuble dont il ne restait plus que la façade, décrépie comme il se doit, et portant un panneau où la distance me permettait de lire les gros caractères : « PERMIS DE DÉMOLIR », ce qui faisait que depuis le premier jour, je l'évitais au possible du regard quand je travaillais ou mangeais dans cette pièce, tout en priant pour que le moment où l'on démolirait ne vienne pas avant mon départ définitif de chez Lao – mais il viendrait beaucoup trop tôt sans doute, me disais-je, avec la malchance que j'ai ! il faut bien que ça aussi me soit infligé, juste quand tout va mal à part le fait que Lao m'aide ; ça va se produire exprès pour me gâcher même le service qu'il me rend :

c'est chez lui que j'aurai vu redémolir Espérance, et ce sera pire que les fois précédentes, puisque ce sera à Paris, cette fois-ci…

Depuis l'âge de quatre ans, voir démolir un vieux bâtiment, quel qu'il fût, comptait pour moi parmi les pires supplices, revenant à me faire assister à la perte du seul foyer que j'eusse aimé : la maison où Minou était née, où j'avais appris à parler et eu l'illusion que toutes les maisons des contes étaient celle-là, cette menue bicoque toute douillette et vieille comme une grand-mère, au milieu des bois enchantés, à savoir du jardin dont les arbres et plantes bien plus âgés que moi se présentaient comme autant d'occasions d'étudier la nature du paradis terrestre – créé avant Adam et Ève, comme Florence me l'avait appris, et cependant toujours accessible, toujours accueillant, malgré le train où allait le monde… S'il y avait des diables, des monstres, des sorcières et de méchantes fées alentour, voire fourrés dans les framboisiers où ils griffaient de jour et montraient leurs têtes épouvantables à la tombée de la nuit, il suffisait de monter les trois petites marches où j'aimais jouer assise au soleil, et de rentrer dans les murs immémoriaux qui avaient su garder bien à l'abri les vies de mes aïeuls, deux personnes dont le grand âge et le contentement d'y habiter me prouvaient, primo, que rien de vraiment affreux (ni dévoration par des bêtes féroces ou par quelque ogre, ni décapitation par les bourreaux de quelque souverain dont on n'aurait pas compris les devinettes ou soutenu les épreuves) ne pouvait y arriver, et secundo, qu'il n'existait pas de bonheur plus grand que de posséder la moitié d'un petit pavillon de banlieue. Cette banlieue s'appelait Espérance, et lorsque nous déménageâmes pour un grand quartier en construction, un de ceux que le Progrès faisait encore pousser un peu partout dans les années de mon enfance (non seulement à Pleunk, autour de Paris aussi, pour ne pas citer d'autres toponymes qui viennent sans doute par dizaines à l'esprit du lecteur), Espérance devint, par métonymie, le nom de cette maison qui n'existait plus. Ainsi, l'on disait, dans la famille : « Tu te rappelles ce qu'elles étaient bonnes, les poires d'Espérance ? », ou : « Ils étaient quand même mieux, les papiers peints d'Espérance, mais on n'en trouve plus sur le marché », ou : « Par un jour comme ça, du temps d'Espérance, on aurait pu… » – ce qui ne doit pas vous faire croire qu'on regrettait de l'avoir quittée : non, j'étais la seule à le regretter, pour incroyable que cela paraisse. Florence aurait toujours ses terrains vagues à cultiver ; sa définition personnelle du paradis terrestre lui permettait de s'en entourer où que ce soit dans Pleunk. Dédé voyait les déménagements comme autant de signes d'ascension sociale (à la façon de Sidi), sans manquer de trouver des défauts à toute situation concrète qu'il connût, Espérance comprise. Minou aimait le Progrès (du moins à cette époque-là), le chauffage central et la perspective de mener bientôt sans ses parents, dans son propre logement tout neuf, une vie toute neuve de femme moderne qui aurait fini sa Thèse et qui serait Professeur d'Université. (Il semblait encore inconcevable qu'elle ne la finirait jamais.) Moi, en revanche, je n'aimais qu'Espérance, et désormais, je leur en voulais – toujours, je leur en voudrais, non pas tant de m'en avoir privée (et au plus vite, dès qu'ils avaient appris que l'État prévoyait de la détruire) que de l'avoir abandonnée sans comprendre ce qu'ils faisaient, et surtout d'en parler sans vrai regret. De tout Pleunk, personne sauf moi ne savait que seul le nom d'Espérance y demeurait désormais, alors que la chose avait été vendue pour être démolie, et que plus jamais ma stupide famille n'aurait la chance – dont elle n'avait même pas pris conscience – de vivre dans des murs du temps où les pires malheurs ne nous étaient pas encore promis. Le quartier où l'on me ferait grandir s'appelait Jeunesse (et quelle joie maligne de savoir ce qu'il est devenu, depuis ! mais ce n'est pas le moment d'en parler) ; dorénavant, cette notion m'inspirerait une antipathie suffisante pour que j'éprouve constamment le besoin (même avant de devenir le bouc émissaire de mes condisciples des petites classes) de fréquenter des êtres et des choses qui ne seraient pas mes contemporains - ce qui me rendait du même coup plus appréciable le cercle familial, en dépit et en effet secondaire de la cause de la rancune que je lui gardais. À la même époque, je cessai d'aimer les contes, les condamnant tous au mépris, à l'exception des deux que ma grand-mère tenait de la sienne, et qui me faisaient retrouver le temps d'Espérance où je les avais entendus pour la première fois.

Dans mon nouveau quartier, je pris l'habitude de rôder au pied des tours et barres voisines, pendant que l'Ourse faisait du jardinage, pour ramasser les objets hors d'usage dont les habitants encore assez peu habitués à vivre dans des immeubles collectifs se débarrassaient en les jetant du haut de leurs fenêtres, avec la vague conviction, typiquement pleunkoise, que du moment où leur appartement était propre, l'état des environs n'avait guère d'importance. Ma taille me laissait encore les yeux assez près de la terre pour distinguer immédiatement ce que je devais sauver : la vieille montre oignon qui ne marche plus, une sorte de calotte en velours brodé, tout élimée, sous laquelle je me sentirais protégée comme sous un vieux toit et qui figurerait en même temps tous les couvre-chefs magiques (je la possède toujours à l'heure qu'il est), une petite boîte en bois à peine vermoulu, avec un beau dessin sur le couvercle, représentant une maison dans les bois... Si le triple corps parental n'avait pas eu de ces trésors la piètre opinion de leurs anciens propriétaires anonymes, l'appartement s'en serait trouvé rempli en moins d'un an ; obligée de les sauver en cachette avant de faire des scènes pour qu'on ne jette pas ceux qu'on retrouvait parmi mes affaires, j'arrivai seulement, au bout de quatre ans, à me constituer une réserve du volume d'un placard – où je pouvais fourrer la tête pour jouer en me sentant transportée dans un pays consolateur voisin de l'ère d'Espérance. Puis je découvris la maison d'Yvan.

Entre-temps (et c'est toujours le cas à l'époque où je vous parle), tout bâtiment ancien était devenu pour moi assimilable à Espérance, du moins dans la mesure où l'idée de sa destruction éventuelle m'était intolérable. Ainsi, bien que la maison où mon amie Dima habita jusqu'à nos dix ans fût beaucoup plus grande qu'un pavillon, et collective comme les tours et les barres, et dépourvue de jardin (la plate-bande coincée entre deux murs, où la vieille dame du premier s'obstinait à s'occuper de quelques plants poussiéreux, ne méritait pas ce nom), je fus très soulagée d'apprendre que sa démolition n'était pas à l'ordre du jour (d'après Julia qui précisa qu'à la différence d'Espérance, cette maison « faisait partie du centre historique »), puis, mon amie ayant déménagé vers la périphérie, je retournai moins souvent jouer avec elle que rôder dans les parages où elle n'habitait plus, par nostalgie comme pour m'assurer que ce monument de notre enfance était encore debout – à Pleunk, on ne savait jamais quelle partie de l'histoire pouvait disparaître définitivement, ni à quel moment. Entre autres, n'y avait-on pas vu, en un rien de temps, l'un des plus beaux cirques d'Europe laisser la place à un trou noir, alors qu'il n'était pas plus susceptible de se déplacer que le Cirque d'Hiver ? Et pourtant, il avait disparu aussi vite et mieux qu'un léger chapiteau : après le spectacle, je m'étais endormie sur sa vision, et en rouvrant les yeux, j'avais appris que je ne le reverrais plus. (Il avait brûlé *accidentellement*. Un ministère en béton armé le remplacerait bientôt, et pendant quelques années encore, les vieux Pleunkois se donneraient rendez-vous « devant le cirque », à savoir au café d'où l'on pouvait observer l'arrivée ou le départ des pitres qui les en avaient privés.)

« Qu'as-tu fait de ta journée ? », demandait parfois Minou à sa fille âgée de neuf à treize ans, vers la fin d'un de ces jours où elle-même était obligée de rester au bureau. – « Je suis allée conserver des bâtiments. » Minou savait déjà ce que cela signifiait : 1) veiller sur eux ; 2) les conserver par le regard, en les imprimant et réimprimant régulièrement dans ma mémoire, pour le cas où le premier procédé ne suffirait pas à les préserver (hélas, il ne suffisait guère). Mais comme si elle découvrait à chaque fois avec surprise l'existence de ce mien travail, Minou faisait : « Bon Dieu, Denise ! Je n'aurais jamais cru que je tomberais un jour sur une créature de ton espèce ! Où diable tu vas les chercher, toutes tes idées et tes passe-temps ? », admirativement. – « Mais tu n'es pas *tombée* sur moi, rappelle-toi, tu m'as tirée d'un dictionnaire », la taquinais-je. Car en effet, avant ma naissance, elle avait eu l'idée de se mettre à lire un dictionnaire des prénoms pour trouver *quelque chose d'original.* Et tombant sur un vocable jamais rencontré auparavant, elle s'était dit (je la cite) : « Comme ça sonne curieusement ! voyons donc ce que cela signifie... », après quoi, l'étymologie lue, l'étudiante avait décidé que je m'appellerais ainsi et pas autrement. « Il te fallait absolument une fille au prénom bizarre, renchérissais-je, alors, tu es servie, le reste est bizarre aussi !... » Mais assez, revenons aux bâtiments : j'aurais pu les conserver aussi en les photographiant, s'il n'y avait pas eu un phénomène typiquement pleunkois concernant les appareils photo : on avait beau en acheter de toutes les marques disponibles dans le pays, même étrangères, ils tombaient tous en panne, définitivement, dès le premier rouleau de pellicule (qui s'avérait voilée). Il n'y avait que ceux achetés *ailleurs* (inaccessibles pour Minou et moi) à tenir le coup, et ceux des photographes professionnels, bien sûr, qui disposaient de réparateurs à leur seul service, plus compétents que les autres (comme je l'apprendrais plus tard, adolescente, quand je servirais de modèle à deux de ces artistes). Mais les moyens limités de ma famille firent qu'au bout de quatre ou cinq appareils acquis exclusivement à mon profit (sur mes supplications, afin de conserver des bâtiments), Minou qui s'en passait très bien refusa de faire davantage de sacrifices matériels, et comme personne d'autre que moi n'avait de telles idées ou passe-temps à Pleunk, autant qu'on sût, il ne resta nul portrait photographique de ses dizaines de belles Espérances vouées à la démolition, que j'avais repérées en rôdant dans ses rues, et longuement contemplées dans l'espoir de les conserver.

Tout cela pour vous dire que l'une des choses que j'avais le plus aimées dans Paris, déjà avant d'y mettre les pieds, c'était qu'il présentait à peu près la même proportion d'immeubles anciens que Pleunk et ses banlieues, de récents – sans même parler des avantages uniques qu'étaient à mes yeux l'âge des bâtiments parisiens, souvent trois à neuf fois supérieur à celui des plus vieilles maisons pleunkoises encore existantes, et leurs particularités architecturales dont j'avais eu la nostalgie du temps où je les voyais seulement à l'écran, au point de passer, vers la fin de mon adolescence, des journées entières dans une ruelle pleunkoise évoquant très vaguement Belleville, assise sur le trottoir, à la dessiner ou à lire quelque auteur français capable de me donner l'impression, quand je détachais le regard des lignes pour tourner la page, que j'avais devant moi, l'une dépassant par-dessus l'autre, la version écrite et la réalité matérielle d'un pan de Paris. (De l'une à l'autre, il s'étendait quelque chose comme l'espace réel du passage vers le monde des rêves ; lecteur qui en as emprunté par des détours que j'ignore, sous des formes propres à ton urbanisme intérieur, tu me comprends, je te salue en âme sœur.)

Or, voilà que je me trouvais à deux pas du vrai Belleville, où j'allais devoir assister à la démolition d'une Espérance d'ici – contrainte et forcée d'admettre en témoin qu'à Paris aussi, l'on en démolissait.

Quoi que j'eusse fait pour éviter de regarder par la fenêtre de la cuisine, je fus bien obligée, le troisième jour de mes travaux chez Lao, d'entendre qu'il se passait quelque chose devant l'immeuble qu'il était permis de démolir, et le jour suivant, comme les bruits devenaient plus constants et plus variés, je me décidai à affronter le spectacle, ne seraitce que pour essayer de prévoir le moment où il faudrait me boucher les oreilles, me rouler en boule par terre en serrant les paupières et les mâchoires, et me concentrer sur l'idée que j'étais dans un appartement pas plus récent que ce qu'on était en train de détruire en face, le temps qu'ils aient fini (si par malheur Lao me surprenait dans cette posture, je lui ferais des aveux : un homme plus âgé que moi et qui voyait encore les cauchemars de ses sept ans devait pouvoir comprendre ma folie). Je m'approchai donc de la maudite fenêtre, je l'ouvris et pris conscience – seulement au moment où l'ouvrier casqué planant à ma hauteur me dit bonjour en souriant – qu'un échafaudage se dressait devant la façade menacée. « Qu'est-ce que vous faites ? », demandai-je, stupéfiée. – « Ben, vous voyez, je bosse comme vous, ma petite dame ! », répondit-il en riant. – « Quoi, vous repeignez la façade d'une maison à démolir ? ! »

Je vous passe sa réaction, et je bénis cet homme qui m'apprit (comment avais-je pu manquer de le deviner ?) que *comme cela se faisait beaucoup ces derniers temps à Paris*, l'on était en train de *réhabiliter* ce bâtiment – ce qu'il était permis d'en démolir, ce n'était jamais que des parties intérieures, et dans le but de le consolider. J'interrompis la conversation que l'ouvrier comptait prolonger, pour ne pas pleurer de bonheur devant lui. Et en pleurant de bonheur dans la salle de bains de Lao (où personne, ni lui-même s'il rentrait, ne me verrait en pleine crise de douce folie personnelle), je me répétais, pour l'énième fois depuis que j'étais à Paris : comme j'ai bien choisi ! Dire que je n'avais même pas su, en choisissant Paris, que les architectes parisiens avaient mis au point tout un art pour consolider même les Espérances aussi bancales et peu assimilables aux monuments historiques que la maison d'en face ! Puisqu'on la jugeait digne d'être préservée, j'en verrais certainement beaucoup d'autres qui le seraient (désormais, je veillerais à les remarquer), et chacune me répèterait : ici, l'on ne tient pas à démolir au profit du pire, il arrive même qu'on réhabilite les anciennes illusions en leur donnant de nouveaux murs porteurs…

À partir de ce moment, je ne manquai plus de saluer les ouvriers d'en face en arrivant chez Lao, et mes travaux se poursuivirent dans une humeur meilleure. Quand j'avais des moments d'abattement à l'idée de leur fin proche ou au constat du résultat médiocre de mon zèle, je retournais jeter un petit coup d'œil sur la réhabilitation qui, elle, avançait très efficacement, puis je me disais que même si les mois à venir ne me réservaient rien de réjouissant, il me restait encore un petit laps de temps (je faisais le décompte) d'Espérance visible à moins de dix mètres, et de nourriture exquise en abondance. Car le restaurant où Lao avait tenu sa promesse de m'emmener dîner tous les soirs dépassait de loin ce que j'avais imaginé en l'écoutant m'en faire l'éloge. De fait, l'expérience montrait que sur n'importe quel sujet, sa façon de s'exprimer correspondait à deux exigences intérieures : ne rien exagérer et dire uniquement ce dont on est certain - ce qui commençait à m'inspirer non seulement beaucoup de confiance en lui mais aussi plus de foi en mon avenir, puisqu'un tel homme y croyait.

La salle du meilleur restaurant vietnamien de Paris était toute en longueur, décorée dans un style à la fois nostalgique et très moderne : il y avait partout des paysages électrifiés à cascades dont l'eau coulait quand on les allumait, des hologrammes de belles dames qui clignaient de l'œil bridé au client quand il passait devant elles, des guirlandes d'ampoules clignotantes, des bas-reliefs en plastique qui faisait son possible pour imiter le stuc, et des lanternes chinoises en tissu synthétique, dont les franges profitaient de vos mouvements pour se balancer au-dessus des tables, en attendant de danser avec les ventilateurs (qui auraient aussi bien fait de se rendre utiles tout de suite, l'air étant surchauffé et enfumé à couper au couteau).

Les tables étaient si rapprochées que la moitié du restaurant (toujours plein) devait se redresser toutes les dix minutes afin que les repus puissent sortir et que de nouveaux affamés prennent place ; ainsi, le moindre passage donnait aux lieux un aspect de cérémonie impériale, et les patrons qui souriaient sans cesse dans toutes les directions devaient s'en réjouir : il n'est pas donné à chacun de prolonger ainsi chez soi, sur un autre continent et en dépit de son peu d'aisance matérielle, la tradition la plus superbe. Le reste du temps, il régnait dans la salle une animation rien moins que solennelle, le va-et-vient des baguettes entre les plats et les bouches n'étant guère ralenti par les conversations, même si elles allaient bon train aussi.

Chaque soir, Lao me conseillait un menu différent, pressé de faire mon éducation en matière de cuisine asiatique, mais ce que je préférais (le décevant un peu) était une soupe peu raffinée, servie dans un bol aussi grand qu'une cuvette (la version indochinoise de la soupière du Roi flamand), où flottaient des algues de pâte, des anguilles de bambou, des boulettes de porc, des champignons en forme de méduses, de la coriandre, des lamelles de bœuf, des morceaux de piments rouges et d'autres choses peu identifiables mais pittoresques autant qu'appétissantes. Il fallait y ajouter une botte de menthe fraîche dont on arrachait soi-même les feuilles, et le jus d'un demi-citron, pendant que le bouillon fumait encore. C'était le mets le plus revigorant que j'eusse jamais goûté : même mourante, j'aurais sans doute salué d'une salve de salive son fumet. Bien qu'il dépassât le nécessaire pour un repas complet, j'en commandais tous les soirs en entrée, au ravissement de Lao qui disait n'avoir jamais vu quelqu'un d'aussi maigre s'empiffrer ainsi sans être malade. Lui-même, replet, mangeait avec modération. Pendant que ma cuillère faisait ses exercices de plongée, laissant voir en chemin les grains de riz enfermés dans sa porcelaine (un moyen ingénieux d'augmenter mon appétit), il me contemplait avec une sorte de grave attendrissement, dans une posture fixe et digne, satisfait d'accomplir son devoir d'aîné d'une façon si visiblement utile.

Le dîner achevé, il m'accompagnait dans la nuit jusqu'à la bouche de métro, et me recommandait plaisamment de ne pas répondre aux inconnus. De fait, je n'étais guère en état de le faire, l'estomac rempli me portant au mutisme de ceux qui ne désirent rien et auxquels rien ne manque : les bienheureux dont parlent les maîtres taoïstes.

Ces plaisirs durèrent une bonne semaine, après quoi, consciente d'avoir abusé des largesses de Lao, je décidai de ne plus le revoir avant longtemps, et les premiers jours passés, je ne souffris plus guère d'être de nouveau réduite à mon ordinaire, d'autant moins que Michèle m'appela pour m'inviter à sa prochaine soirée (la dernière avant la rentrée) qui aurait lieu trois semaines plus tard. Quoi de mieux qu'une fête en perspective pour vous aider à être raisonnable, en attendant ?

Mais vous devez vous demander, cher lecteur, où Michèle pouvait m'appeler, et d'une manière plus générale, où je créchais depuis que ce n'était plus au-dessus de l'Arrivée. Répondre de façon exhaustive impliquerait trop de digressions, car chacun de mes abris suivants avait résulté d'enchaînements de circonstances trop compliqués pour être résumables. Il vous suffit de savoir que ces derniers jours, j'avais pu donner à Michèle un numéro de téléphone où me joindre après dix heures du soir, et comme je n'y suis plus, je ne vous cacherai pas ce qu'elle ignorait : c'était le numéro d'une petite entreprise très confortable où, le ménage fait, on pouvait prendre une douche et dormir sur le tapis jusqu'à sept heures du matin, avant d'aller s'acheter un diplomate.

Je n'ai jamais su ce que les employés fabriquaient dans la journée, car durant mon premier échange avec la patronne dont le patronyme se lisait sur la porte, elle avait désigné les lieux par les seuls termes de « mon entreprise » avant de m'en remettre les clés, tandis que le soir, j'étais trop pressée de me coucher et j'avais la conscience déjà trop lourde pour regarder ce que contenaient les nombreux classeurs sur les bureaux. Il pouvait s'agir de n'importe quelle branche d'activité pratiquable au moyen d'ordinateurs (il y en avait quatre), de machines à espresso (deux), de raquettes de tennis (trois, usagées), d'une salle de bain bien aménagée et de parapluies (six ou sept, féminins et masculins) placés dans un vase à côté de la porte. Dans les corbeilles à papier que je vidais, on trouvait du courrier présentant des phrases comme : « J'ai le regret de vous informer que les capacités de nos superstructures, au niveau actuel des disponibilités des parti prenants, ne sauraient répondre à votre demande. En revanche, nous envisageons d'accroître notre potentiel en temps voulu… » – ce qui, à défaut de m'éclaircir la nature de l'entreprise, me donnait l'impression qu'elle prospérait, et aussi qu'il était préférable de la nettoyer plutôt que d'y occuper un bureau.

S'il fallait rédiger ce genre de chose du matin au soir, me disais-je, je finirais vite par perdre mon français, et sans doute toute la raison nécessaire pour n'importe quelle meilleure occupation. Je n'avais aucune envie d'apprendre à jouer au tennis, détestant tous les sports, et comme les machines à espresso ne me séduisaient pas plus (je ne buvais que du thé), je conçus pour le monde de l'entreprise, tel qu'il était résumé par celle-ci, un certain mépris : on pouvait y dormir, certes, et même très bien, y recevoir des coups de fils agréables et le minimum indispensable pour survivre (la patronne me laissait une enveloppe par semaine), mais ça n'avait aucun autre intérêt.

C'est pourquoi je ne fus pas très malheureuse lorsque la femme de ménage en titre que je remplaçais dut rentrer de son congé. J'avais beaucoup de chance : le lendemain de ma dernière nuit au bureau, c'était le samedi de fête chez Michèle, où j'allais bien me distraire et rester à coucher. Quant à trouver un nouveau gagne-pain, ce n'était pas nécessaire d'y repenser avant lundi matin.

*

À force de m'être impatientée, j'arrivai chez Michèle bien avant les autres.

- Ça tombe à point ! Je n'ai pas encore fait les courses, imagine-toi : j'étais tellement prise par la lecture d'un ouvrage qui t'explique d'abord pourquoi les romantiques ont eu raison d'écrire ce qu'ils ont écrit, puis pourquoi ils ont eu complètement tort, que je n'ai pas vu l'heure ! Si tu ne veux pas boire de l'eau du robinet et manger des carottes crues pendant toute la soirée, tu restes ici chargée de la haute responsabilité de me remplacer en demandant qui c'est quand on sonne et en leur faisant supporter le manque d'apéritif.

- Dois-je lire l'ouvrage aussi ?

- Absolument ! Aucune de mes obligations ne te sera épargnée !

Sur quoi, Michèle sortit, et riant encore, je pris le journal qui traînait sur le canapé : pour une fois, me dis-je, instruisons-nous sur les grands événements qui passionnent Charly. La première chose que je vis en l'ouvrant, c'était une petite colonne où l'on parlait de la visite d'une délégation étrangère à Paris, et la photo qui me fit réaliser (au bout de treize ans !) qu'Yvan était beau. À lire son nom que des milliers de gens devaient avoir appris par ce quotidien, j'eus l'impression que mon ami d'enfance se transformait définitivement d'être familier en inconnu : en tant qu'homme politique, il le restait encore, et même quand il aurait montré tout ce qu'il pouvait faire dans ce domaine (en bien ou en mal), j'allais certainement continuer de l'ignorer.

Michèle revenue, je voulus lui raconter la transformation de mon ex-futur époux en homme d'envergure internationale, mais on sonna, Jérôme et Caroline entrèrent, et mon amie dut subir les questions obligées sur une autre actualité. (À l'époque, je faisais déjà mon possible pour ne jamais m'enquérir de ses travaux, sachant d'expérience combien il est pénible de s'entendre sans cesse demander la même chose, que ce soit « Comment ça avance ? » ou « D'où venez-vous ? »)

– Ça ne peut pas reculer mais ça n'avance pas vraiment pour autant, répondit Michèle, je rédige une page par jour, et encore, les bons jours. Je vais devoir me réinscrire en maîtrise. Avec un peu de chance, j'aurai fini mes études dans une dizaine d'années.

Sur quoi, nous bûmes au succès de toutes les entreprises de longue haleine, puis Valérie et Charly arrivèrent (l'un après l'autre), ce qui nous imposa encore deux toasts. Vers une heure du matin, en débarrassant le salon où il ne restait plus qu'une seule invitée, moi qui allais y dormir, Michèle confirma ma supposition :

– J'en ai vraiment marre qu'on me demande comment avance cette foutue maîtrise, bordel ! Pourquoi est-ce qu'on doit perdre ses meilleures années à lire des travaux que personne ne lit sans y être obligé, pour finir par écrire cent pages du même genre, puis encore cent, puis cinq cents ?... Parce que tu ne connais pas la meilleure, ma pauvre Denise : telle que tu me vois, une fois que j'aurai fini ce putain de mémoire, je continuerai jusqu'à la thèse qu'il va bien falloir que j'achève aussi, puisque je l'aurai commencée : cinq cents pages minimum ! Est-on assez cinglé, depuis les gens de la vieille Sorbonne qui ont décidé que c'était nécessaire, jusqu'à moi qui suis partie pour le faire ?

Et pourquoi suis-je partie pour cinq ans minimum de cette galère, disons six puisque je vais devoir me réinscrire en maîtrise ? Je te le donne en mille : parce que quand j'étais petite, j'aimais lire des romans ! C'est seulement cette année que je me suis rendu compte de la connerie que c'est, pour quelqu'un qui aime les romans, de s'engager à faire des mémoires universitaires. Une thèse de biologie ou d'histoire, au moins, ça peut apporter quelque chose même si ce n'est pas écrit par un génie ; mais une thèse de lettres, à quoi ça sert ? Les écrivains n'ont pas besoin d'en lire pour écrire ; les gens qui aiment la littérature s'en passent aussi très bien – pour peu qu'on soit sensible au style, on risque la nausée dès la première page de jargon universitaire. Bref, faire ce genre de mémoires, ça ne profite à personne sauf à soi-même - dans la mesure où après avoir perdu plusieurs années de sa vie, on se retrouve avec un beau diplôme -, et à l'institution qui doit en faire produire pour continuer d'exister. C'est du parasitisme pur et simple, hormis les rares cas de découvertes lumineuses sur la nature profonde des Génies et de l'Écriture, dont je suis certaine de n'être pas capable. Et le bouquet, c'est que je passe mon temps à me relire et à refaire chaque phrase, comme si cela servait à quelque chose ! Je sais très bien que je ne les améliore même pas en les refaisant, et que même si je les améliorais, le tout n'aurait pas plus de sens pour autant, mais je n'arrive pas à m'empêcher de passer une journée à corriger dix lignes. Si au moins je pouvais écrire vite !...

J'écoutais Michèle, je pensais à la Thèse de Minou qu'elle regrettait encore de n'avoir jamais achevée, et subitement, il me vint une idée qui sauverait tout ou presque - l'espace d'un instant, je vis disparaître non pas tous nos soucis, mais cette part justement qu'il suffit d'enlever pour que le reste paraisse sans gravité, du moins pour un moment (et l'habitude de vivre dans le momentané vous fait lui accorder une valeur proportionnelle à l'étendue qu'il occupe en vous par la force des choses). Je vis une suite de tête-à-tête amicaux qui se prolongerait sur des semaines entières, qui pourraient commencer dès le mois de septembre, ou même avant, si Michèle décidait que ça valait la peine d'écourter ses vacances...

- Si tu veux, proposai-je, on peut finir ton mémoire ensemble. Moi, j'écris très vite, tu n'auras qu'à m'exposer tes idées, je rédigerai au fur et à mesure – je suis sûre de pouvoir faire au moins cinq pages par jour, peut-être même dix : quand je travaille toute seule, j'arrive parfois à vingt. Tu as déjà réuni pratiquement tous les documents qu'il te faut, je connais bien ton auteur, moi aussi ; si cela se trouve, on aura fini à temps pour que tu n'aies pas besoin de te réinscrire en maîtrise...

J'avais failli dire que ce serait un moyen de rendre ce mémoire à la fois moins inutile que d'autres et plus agréable que nature : mon expérience du travail à deux (avec Shéhéra) sur des devoirs très rebutants m'assurait que Michèle cesserait d'y voir une corvée, du moment où elle ne serait plus seule à s'en occuper, tandis que de mon côté, j'oublierais par la même occasion tout ce qui me menaçait. (Dans l'espace-temps de chez Michèle, en tête-à-tête avec elle, rien ne pouvait m'atteindre : comme Espérance avait été le pays des contes de fées, l'appartement de ma première amie parisienne était la franche comté de l'amitié, le domaine où le pire restait hors les murs.)

- Merci, Denise, tu es adorable de me proposer ça, je ne l'oublierai jamais, mais je n'ai pas le droit d'accepter, répondit Michèle. C'est moi qui ai commencé cette connerie, c'est bien moi qui dois la finir comme une grande, sans profiter des copines. Avec tout ce que tu as à faire, entre tes boulots, tes études et ton écriture, il ne manque plus que moi pour te faire gaspiller le temps que tu n'as pas !

Et dire que j'avais été sur le point de lui proposer de commencer toute seule dès le lendemain, en attendant qu'elle rentre de vacances ! Il me parut soudain, contrairement à ce que Michèle venait de me rappeler, que j'étais et resterais totalement inoccupée même après la rentrée : sans parler des boulots dont j'ignorais quand j'en retrouverais un, il était peu probable que je retourne à la faculté (Shéhéra m'avait appris qu'il fallait un visa d'étudiante, normalement ; aurais-je encore une fois la chance de tomber sur une secrétaire qui oublierait de me demander mes papiers, le jour où je devrais retirer ma carte ?), quant à l'écriture, je regrettais de l'avoir jamais évoquée, ne voyant même plus comment elle pourrait me revenir – il ne devait rester au monde que Minou et Michèle pour m'imaginer écrivain, l'une sur la foi du passé, l'autre par confiance gratuite en mes dires. Que m'avait-il pris de lui en parler ? Sans cela, elle aurait peut-être accepté, me disais-je, et j'aurais au moins rédigé quelque chose de plus ambitieux que de petits devoirs, cette année…

Et la certitude de ne plus me retrouver chez Michèle avant le mois de la rentrée (qui paraissait si lointain, et à peine plus qu'hypothétique) m'accabla mieux que jamais, moi qui avais imaginé qu'elle écourterait ses vacances pour travailler en duo : à l'heure où l'on était, cette franche comté où nous étions encore ensemble jusqu'au lendemain, c'était tout ce que ma situation qui s'éternisait dans l'affixe et le momentané avait de plus réconfortant, le seul *point de retour* salvateur qui me restât (alors que l'espace de quelques mois, j'avais déjà habité dans tous les quartiers de Paris, acquérant ainsi des connaissances topographiques meilleures que celles des auteurs de guides et des chauffeurs de taxi), le seul endroit où je n'étais pas le diable sait quoi mais *l'amie de Michèle* – une vraie bonne raison d'être sinon un titre officiellement reconnu. Et il se pouvait – qu'adviendrait-il de moi d'ici à la rentrée ? si je me clochardisais complètement, reviendrais-je me montrer ? – que ce fût la dernière fois où j'avais pu jouir de son amitié. Cette idée m'effraya tant que, comme on s'évanouit, je cessai de penser (du moins à moi-même).

Nous bûmes un dernier verre pour nous consoler chacune de ses soucis avant d'aller dormir, tout en parlant (naturellement) de notre romancier et de sa peur curieuse du Malin. De fait, disait Michèle, il devait y avoir un rapport entre cette obsession et sa date de naissance, un premier avril – jour diabolique s'il en est, selon les croyances populaires qu'il ne pouvait pas ignorer. Tout petit déjà, il avait dû se rendre compte que depuis qu'il était né, il tenait de la mauvaise blague, y compris par son physique (« Quand on voit ses portraits, on ne le trouve pas si bizarre que ça, mais il faut croire qu'en vrai, ou du moins pour ses contemporains, c'était une espèce de créature grotesque – pas simplement moche, ridiculement moche, et à tel point qu'ils allaient jusqu'à dire qu'on avait du mal à croire que c'était un être humain, imagine-toi ! » - « Est-ce possible ? » - « Je l'ai lu de mes propres yeux, ce sont *des amis à lui* qui l'ont décrit en ces termes, plusieurs amis, chacun séparément ! » - « Mon Dieu ! »), et compte tenu de sa vision du monde, il devait penser que le Diable y était pour quelque chose... - « Qu'il était né du Diable ? » - « Non, quand même pas, mais que le Diable avait un certain pouvoir sur lui, ou de l'intérêt pour lui depuis toujours, bref, qu'il était plus exposé à l'influence du Diable que d'autres gens. Ce qui est intéressant, c'est qu'il est allé à Jérusalem en espérant avoir une vision ou une révélation qui le sauverait définitivement, mais rien ne s'est passé, malgré toute sa foi et l'attente qu'il en avait. Le Saint Sépulcre lui a fait si peu d'effet qu'il n'en a pratiquement pas parlé dans ses lettres. Il y a des spécialistes qui prétendent, à cause de cela, qu'il n'y est même pas allé, qu'il a inventé ce voyage. » - « Ah bon ? Pourquoi est-ce qu'il l'aurait inventé, s'il ne voulait pas en parler, justement ? » - « Moi, je crois qu'il y est allé, mais en tout cas, ça lui a fait beaucoup moins d'effet que Rome... » Effectivement, notre romancier s'était beaucoup plu à Rome, à Paris aussi (tiens, tiens !) où il avait écrit une bonne partie de son chef-d'œuvre... - « Au fond, le problème de ce pauvre homme, c'était d'être né en Russie et d'y être rentré ! », fis-je en m'esclaffant. Michèle rit aussi : « Oui, je vois où tu veux en venir : il aurait dû rester à Paris, et il ne lui serait jamais rien arrivé, il aurait écrit encore des tas de grands romans, il aurait vécu cent ans ou plus... » Mais hélas, c'était l'homme de toutes les malchances. Et en français, son nom de famille sonnait de façon encore plus ridicule et compromettante (pour un écrivain, surtout) que « Cochon », ce qui fit qu'on ne parla jamais beaucoup de ce malheureux, même pas après sa mort, dans la Ville Lumière – où Tolstoï (nom comique, mais pour les seuls russophones) et Dostoïevski (pourtant difficile à prononcer) accaparèrent toute l'attention, à son détriment –, tant et si bien que personne ne s'aperçut qu'on avait en lui un arrière-petit-cousin de Rabelais, la santé en moins. (Michèle, rabelaisienne et d'esprit et de sens, s'en apercevait.)

Il était donc rentré, mais il n'y avait plus personne dans son pays qui puisse apprécier le roman qu'il venait d'achever à sa juste valeur. Quel dommage que le génie qui lui avait conseillé de se mettre au travail tout de suite, tant qu'il n'était pas encore trop tard, et qui lui avait même fourni le bon sujet, et jusqu'au titre du futur chef-d'œuvre, n'ait pas vécu assez longtemps pour voir paraître le livre et constater qu'il était réellement immortel (autant qu'un roman peut l'être) ! N'était-ce pas proprement diabolique, cette ironie du sort consistant à faire mourir le premier le poète plein d'énergie et de santé, qui n'a même pas su qu'il avait été prophète sur toute la ligne, en parlant au débutant ? Quand on y pense, il avait vu plus juste qu'il ne pouvait l'imaginer : l'autre malheureux n'a même pas pu écrire la suite de son œuvre capitale avant de devenir fou et de mourir à son tour. Ce n'est pas fort, ça, de faire *les deux*, et en si peu de temps, alors qu'on prévoyait soit l'un, soit l'autre ? S'il n'avait pas été à ce point hanté par l'image du Diable, peut-être…

Sur cela, nous nous dîmes bonne nuit, Michèle venant de remarquer qu'il était trop tard même pour un samedi soir – pour une nuit de dimanche, en fait, qui ne serait pas suivie par une longue grasse matinée, car mon amie devait préparer ses bagages et prendre l'avion de ses vacances dans la journée. Je me couchai sur le canapé du salon, mais au lieu de m'endormir, je continuai de méditer sur notre romancier – par une sorte d'inertie de la réflexion qu'il n'aurait sans doute pas manqué de juger diabolique.

Il faut savoir, lecteur, que notre romancier qui finit totalement possédé par la foi chrétienne sans discontinuer de voir Satan non seulement partout autour mais même (et surtout) dans ses propres faits et gestes, avait commencé, dans sa prime jeunesse, par éprouver une passion proprement religieuse quoique païenne pour la beauté. Cela peut sembler incroyable à ceux qui, ayant lu ses œuvres, savent bien que rien en elles n'échappe à l'emprise de la laideur la plus repoussante, celle du médiocre, qui rend impossible même l'apparition d'un vrai monstre. Et pourtant, il aimait la beauté. On peut même penser que l'inventaire du plus terne ordinaire, de la plus ignoble mesquinerie, qui le rendit glorieux (à juste titre), était issu du seul amour du beau qui tourmentait encore ce prosateur, un amour dont l'objet restait insaisissable aux définitions et aux descriptions, autant qu'introuvable dans sa vie, sans que cela l'empêche de toujours le chercher.

Comme la reconnaissance tardait à venir, du moins telle qu'il la souhaitait, alors que les amis se faisaient rares (il n'avait déjà plus de maître), et qu'aucune belle ne voulait de lui, l'écrivain étudiait, faute de mieux, les œuvres d'art, et en arrivait à l'idée d'une Beauté qui ne serait pas une mais *double*. Il y avait la désirable, celle qui vous haussait, exigeant qu'on se dépasse pour l'atteindre ; et l'autre, la redoutable qui vous faisait commettre des péchés ou même des crimes, perdre la raison et périr. Oui, il en était certain, la Beauté était double, cela expliquait tout – mais pourquoi la mauvaise lui apparaissait-elle dès qu'il croyait se trouver enfin et pour toujours devant la bonne ?

Lui aussi, il chérissait les musées. Il y passait des heures, marchant d'un paysage à une Vénus, frôlant quelque naufrage, et tortillait le bout de sa moustache, pensif, en contemplant le martyre séduisant de quelque Sébastien. Il se mordait la lèvre inférieure, qu'il avait sensuelle et toujours incarnate à force d'être punie, devant une nouvelle Vénus qui surgissait, aux formes lascives, si tentantes, dont la beauté était en soi un scandale, dans le sens biblique comme au sens commun du terme, vu l'époque de notre auteur où toute nudité était riche de sens dangereux. Le Mal l'accablait. Car le mal, c'était souffrir en regardant ces formes ; cesser de les regarder ; songer aux imperfections de ses propres œuvres ; au désir ; à toutes les choses inaccessibles ; aux faiblesses humaines qui vous promettent la mort où elles disparaîtront, c'est vrai, mais avec vous qu'elles auront empêché de laisser une trace sur terre. À l'Enfer, tellement plus facile à imaginer, tellement plus plausible que le paradis.

Ce n'est pas qu'il voulût ne jamais voir que le mal, ni qu'il eût pour lui l'attirance morbide dont parlaient ses critiques, non, ils n'y comprennent rien, se disait-il, cela s'impose tout seul à ma vue, quoi que je regarde. Est-ce donc ma faute si le mal est bien plus répandu à travers le monde que son contraire ?... Et comme il se trouvait pourvu d'un talent incomparable pour décrire le Mal (l'ignoble médiocre), tandis que le Bien (la beauté parfaite, irréprochable) s'arrangeait toujours pour ne pas se laisser saisir et encore moins retenir par lui, pour se muer en son contraire devant ses yeux et sous sa plume, une fois rentré du musée, notre auteur était forcé de se pencher encore sur ce même mal aux dimensions toujours plus vastes, aux profondeurs insondables où il descendait avec sa bougie et sa lucidité, toujours plus bas, jusqu'à l'heure de poser la première sur le meuble de chevet avant de la souffler, et de perdre la seconde pour quelques heures.

Couchée sur le canapé, je pensai comme notre romancier à divers maux jusqu'à ce que sommeil s'ensuive, puis je fis un rêve où je le vis. Il paraît, depuis la fin de l'avant-dernier siècle où un docteur viennois l'a décrété, que tout être humain doit avoir des rêves nocturnes dotés de signification, et bien que de tels décrets me fassent doucement rigoler, je trouve utile de vous raconter le mien, en vous prévenant honnêtement que je ne puis vous garantir son authenticité, pas plus que n'importe qui d'autre en racontant les siens, mais pour des raisons légèrement différentes : chez moi, les rêves nocturnes durent moins longtemps que les diurnes, et la limite entre ces deux sortes de visions et la réalité est très mobile.

Dans ce rêve, je me trouvais chez le romancier, debout devant sa table de travail où il était encore assis. Je venais d'apparaître là car je l'avais entendu qui se disait : « La beauté, c'est le Diable », et je voulais le détromper, ce que je fis immédiatement, avec l'autorité des générations suivantes qui ont l'habitude de juger les auteurs d'antan, immortels mais bien morts : « Le Diable est ce qui nie, refuse de voir et d'aimer la beauté. » Entendant cette réfutation, le romancier trépigna de rage, puis il se mit à diminuer sur sa chaise, devenant en quelques secondes aussi petit qu'une souris, puis il tomba par terre, s'agita désespérément, se remit sur pieds et partit en courant - sans même savoir où, manifestement. Le besoin de fuir ne lui avait pas laissé le temps de réfléchir pour ne pas se cogner contre les murs. Prise d'une joie féroce, je me mis à lancer sur lui les livres qui me tombaient sous la main, tout en criant : « Diablotin ! Diablotin ! » Puis, comme je n'arrivais ni à l'écraser ni même à lui barrer le passage, je devins chat.

Ici, je m'aperçois que deux explications biographiques s'imposent, pour les lecteurs qui ne sont pas forcément spécialistes de lui ni de moi-même :

1) Notre romancier associait les chats au Diable et en avait tué, non seulement dans son enfance, comme d'autres garnements, mais aussi passé l'âge de raison. Je pourrais vérifier dans un docte ouvrage et vous citer l'année précise de ses derniers méfaits, cependant le souvenir de leur atrocité que le biographe ne s'est pas privé de décrire fait que je n'ose pas le rouvrir – si je relisais cela, je ferais des cauchemars pendant au moins une semaine.

2) Quand je m'apprêtais à quitter Pleunk, une petite divinité domestique nommée Djinn vivait chez moi, depuis très longtemps, sans que rien ne permît de deviner son âge, sa beauté étant naturellement dispensée de déclin. Elle avait un visage triangulaire aux yeux énormes et smaragdins, le nez dessiné en pièce d'orfèvrerie (d'un raffinement exprimant une certaine cruauté atavique, qui se limitait chez elle à ce seul rappel visuel), les oreilles surmontées par deux petites touffes de duvet sauvage, et le pelage tigré, sauf sur le ventre beige doré, incomparablement moelleux, où elle me permettait parfois de passer les doigts. C'était l'illustration vivante de l'adage arabe selon lequel Dieu créa l'*emchich* pour que l'humain ait le plaisir de caresser le tigre. Bien que certains humains ne comprennent guère que le félin préfère la litote là où le chien s'adonne à l'hyperbole, il était évident que ma petite divinité m'aimait. Elle passait tout mon temps de lecture et d'écriture assise sur mes genoux, ne consentant à en descendre, quand je devais bouger, qu'après avoir fait tout son possible pour me retenir, essayé la tendresse, les regards courroucés, les griffes qui s'agrippent, et même pleuré, à sa façon, brièvement, avant de remonter, faute de mieux, sur la chaise vide où elle s'enroulait autour d'elle-même pour se tenir compagnie, sur les restes de chaleur humaine, en attendant que

je me repente et la reprenne dans mes bras. Même quand elle comprenait que je sortais, elle gardait patience : nous autres, nous ferons la statue égyptienne jusqu'au retour de cet être futilement véloce.

Aux dires de la famille, Djinn entendait mes pas depuis le septième étage dès que j'arrivais au pied de l'immeuble, pour s'élancer aussitôt vers la porte, abandonnant tout (les genoux d'autrui ou son repas), avec la force qui précipite l'enfant perdu vers ses parents ou l'amour éperdu vers son objet. Cependant, la porte ouverte et moi visible, elle se gardait bien de me montrer la violence de son exultation : litote. Elle m'accueillait dans la posture canonique des dieux chats, et me contemplait les yeux large ouverts, immobile, attendant que je songe à la prendre dans mes bras après avoir ôté mon manteau et mes bottes ou posé d'autres affaires à leur place. Seul le ronronnement trahissait sa joie, qui montait d'un ton quand je la soulevais enfin et l'étreignais. Sa chaude rondeur se calait contre ma poitrine, son doux visage se nichait dans mon cou ; elle baissait les paupières, puis les fermait complètement en signe de béatitude parfaite.

Les derniers temps de ma vie pleunkoise, Djinn était très contente de moi qui ne sortais plus et passais mes journées dans un fauteuil, sans même la déranger pour lire, réfléchissant dans l'attente de quelque événement décisif qui devait venir soit de l'extérieur, soit de mon for intérieur. Il tardait trop à mon goût. J'essayais de le convaincre d'arriver, quel qu'il fût, le pire ou le meilleur, pour pouvoir enfin cesser d'attendre, mais rien ne s'annonçait. Djinn ronronnait, l'horloge mesurait les secondes, les minutes et les heures, la circulation se faisait entendre - tout passait sauf l'angoisse et une idée qui me séduisait puis me repoussait, ma pensée balançant entre deux choix avec une régularité exaspérante, capable de faire perdre la raison même aux plus endurants, dont je n'étais pas, à trop se prolonger.

Puis, un après-midi, je retrouvai mes aînés les plus proches (l'un vous est encore inconnu, et je préfère ne pas le présenter aussitôt) dans un bar aimé de la bohème pleunkoise, encore désert à l'heure qu'il était. Je m'assis sur la banquette moelleuse face à eux qui occupaient deux tabourets ; ainsi, nous formions un triangle isocèle dont je figurais le sommet. Appuyée de travers au dossier confortable, je me mis à pleurer sans discontinuer tandis qu'ils me regardaient, l'un consterné, l'autre effrayée, me donnant la conscience flatteuse mais pas assez consolatrice de l'importance que j'avais pour eux.

- Tu ne vas quand même pas faire ça, disait l'un.

L'autre se taisait, puis soupirait.

- Si, puisqu'il ne reste rien d'autre à faire, rétorquais-je en me mouchant.

- C'est de la folie furieuse. Par le train, déjà, ça a raté, alors que c'était moins risqué ; tu as eu trop de chance de pouvoir rentrer et d'être encore *dehors* au jour qu'on est. Tu crois que tu t'en tireras aussi facilement, si ça rate cette fois-ci ? Tu es consciente que ça pourrait rater dès l'aéroport, fichée comme tu l'es ? Et ces gens-là, qui c'est ? Tu ne les connais même pas ! S'ils te laissent quelque part dans la neige ? Même à supposer qu'ils soient fiables, ils t'ont dit combien d'heures ça va prendre ? Moi qui suis costaud et qui connais la montagne, je peux te dire qu'à ce moment de l'année, je n'accepterai pas de faire *un kilomètre* de promenade au milieu de la journée sur des sentiers balisés, sans parler de ce que vous comptez faire en pleine nuit ! Et tu sais que les autres ont la consigne de tirer, dans ces cas-là ?

- Je m'en fiche complètement, répondis-je entre deux sanglots, de toute manière, je n'ai plus qu'à crever. Autant crever en chemin plutôt qu'ici.

Le premier me jaugea, l'air plus adulte que jamais, d'un regard sévère, puis ironique, puis las.

- Prends plutôt un autre verre, va ! Garçon ! Encore un double cognac, s'il vous plaît !

Et, se tournant vers l'autre :

- Ramène-la et enferme-la, intima-t-il. Si elle n'avait pas l'âge qu'elle a, il aurait fallu lui donner une bonne raclée.

- Ne sois pas ridicule, fis-je d'une petite voix ; une nouvelle crise de larmes m'empêcha de lui faire une remarque sarcastique, tandis qu'il se penchait à travers la table :

- Tais-toi et bois ton verre ! Je te paie une bouteille entière si tu veux.

C'était une offre extrêmement généreuse, vu la dèche perpétuelle où il vivait, et je l'appréciai tout de suite à sa valeur, prouvant ainsi que je n'avais pas perdu mon peu de sens de la réalité.

- Si vous m'aviez demandé mon avis la première fois, reprit-il, je t'aurais déjà dit que tu ferais une connerie. Je ne parle plus du trajet. Supposons que tu arrives là-bas sans problème – qu'est-ce qui se passe ensuite ? Tu penses qu'on n'y attend que toi ? Ici, tu as au moins des gens qui t'aiment, et tu peux encore écrire. Tout vrai livre écrit paraîtra un jour, c'est moi qui te le dis, même s'il doit attendre un siècle. Mais un écrivain qui n'habite plus sa langue l'a perdue ; quant à en changer, tu crois que c'est facile ? Si tu n'y arrives pas, qui tu seras ?

N'ayez crainte, cher lecteur, je ne vais pas vous infliger les considérations de métier qui suivirent. Moi-même, je n'ai guère de goût pour les histoires où les écrivains se complaisent à exposer les particularités de leur travail aussi largement que les aléas de leur sort, tout comme leur compagnie me semble, dans la plupart des cas, fort peu plaisante. Si j'évoque certains détails ennuyeux, c'est seulement pour vous permettre de comprendre la suite, bien plus intéressante, des événements que je dois vous raconter.

- Et puis, intervint l'autre, comment on fera, nous, quand on ne saura même plus où tu es, ni ce qui t'arrive ? Ici, au moins, on peut veiller sur toi !

Je l'interrompis en ricanant, mais elle n'en tint pas compte : nos proches ne doutent guère de pouvoir nous protéger même quand tout tend à leur prouver le contraire. Cependant, elle se tut un instant, puis :

- Et la chatte, qu'est-ce qu'elle fera sans toi ?

Si tous les précédents m'avaient exaspérée, ce dernier argument m'abattit - aussi terrible à mon sens qu'il doit vous paraître futile. Je n'avais eu aucun scrupule à envisager de quitter pour toujours les miens, même dans des circonstances relativement meilleures, mais la vision soudaine de Djinn abandonnée à qui personne ne pourrait expliquer les raisons de mon absence définitive, pour qui mon néant ne se distinguait pas de mon être-ailleurs, me fit perdre toute assurance. Je m'effondrai carrément, on ne put plus me soutirer un mot, et on dut me ramener à la maison dans un état de liquéfaction galopante.

Tout cela pour expliquer que dans mon rêve, c'était Djinn abandonnée qui reprenait ses droits, et mieux que jamais puisqu'elle devenait moi : désormais, je lui appartenais comme l'esprit au corps. Nous allions nous venger sur le persécuteur de notre espèce, sinon sur ceux qui nous avaient séparées naguère. Quel plaisir, de courir derrière ce diablotin ! Même quand le parquet me faisait déraper, la souplesse féline m'évitait la chute, et les efforts du souriceau qui se fourrait sous les meubles, puis sous le tapis, étaient voués à l'échec : j'allais finir par l'attraper. Mais soudain, je vis un trou au bas du mur, où il disparut tout de suite, comme guidé par ma pensée. Je dus arrêter brusquement ma course, freinant des quatre pattes, et j'eus un tel accès de rage impuissante que je me réveillai. Le reflet d'un réverbère luisait sur le parquet ; les aiguilles du réveil indiquaient quatre heures fluorescentes, et je me rappelai que le lendemain déjà commençant allait être difficile : sans amie, sans repas, sans canapé. Voilà comment les chats abandonnés se vengent parfois sur les écrivains. (Ou bien était-ce le romancier qui nous en voulait, le responsable de mon impression soudaine que tout irait de mal en pis ?)

*

Bientôt, cher lecteur, il nous faudra quitter l'héroïne des séquences précédentes. C'est au sortir de chez les Born qu'il devint évident que je n'avais plus le même « moi », mais je ne saurais leur en attribuer l'entier mérite : outre que personne, ni même un grand ensemble social, ne vous transforme sans le concours de forces dépassant la sienne, et de circonstances qu'on ne saurait dénombrer, j'avais déjà senti que je commençais à être quelqu'un d'autre un certain temps avant de rencontrer les Born. (Entre autres signes que j'allais voir comme tels seulement plus tard, il y avait le rêve où j'étais Djinn – une interprétation aussi valable que n'importe quelle invention.)

Toutefois, l'espace d'un mois (d'août), les Born m'amenèrent à un changement beaucoup trop prononcé pour que je puisse l'ignorer : proportionnellement, je ressemblais moins à la nouvelle arrivée à Paris qu'à la petite fille que j'avais été, ou à la vieille dame que je serais si je survivais assez longtemps. La personnalité humaine étant exclusivement une affaire de proportions (puisqu'elle se compose des mêmes ingrédients chez nous tous, à l'instar de l'aspect physique composé de tronc, membres et tête qui présente de son côté un visage pourvu de la même liste de traits chez les beaux comme chez les laids), je n'avais aucun moyen de considérer que j'étais la même personne qu'un mois plus tôt, malgré certains points communs qui me restaient avec elle. J'insiste là-dessus dès maintenant pour préparer les lecteurs les plus sensibles aux changements qui vont les frapper, et pour prévenir les moins sensibles qu'il serait utile de chercher à les remarquer.

Cela commença par une annonce : la famille d'un non-voyant hébergerait une lectrice contre quelques heures de ses journées. On précisait qu'il s'agissait d'une chambre donnant sur un jardin ; j'eus aussitôt la vision de la verdure entrant dans les fenêtres ouvertes d'Espérance, et j'appelai la personne indiquée, Madame Born, qui parut ravie de m'entendre : mais oui, la place n'était pas encore prise, je n'avais qu'à venir les voir pour en parler.

Elle me dicta une adresse, en banlieue, ce qui acheva de me ravir : il n'y avait pas que les amies qui partaient en vacances ; j'étais au fond plus à envier qu'elles, car le dépaysement ne m'empêcherait pas de revenir à Paris, en moins d'une heure, autant de fois par semaine que je le voudrais. Le quartier me parut charmant, tout en rues étroites bordées d'arbres, plus paisible qu'aucune villégiature, et j'y trouvai rapidement l'adresse des Born – qui déçut mes espoirs, correspondant à un immeuble de quatre étages. Je cherchai leur nom sur les boîtes aux lettres, puis dans la liste des habitants affichée au-dessus, et je dus faire ce constat invraisemblable : il n'y avait pas de Born dans le bâtiment. Allant vers le fond du porche qui le traversait, au-delà du portail, je trouvai de la verdure comme prévu, mais à l'état sauvage, et qui poussait autour d'une maison abandonnée. J'étudiai les lieux pour m'assurer que je ne me trompais pas, j'allai même jusqu'à crier : « Madame Born ! » sous les fenêtres sans vitres, puis je décidai qu'il valait mieux rappeler.

Il fallut faire un bon bout de chemin pour trouver une cabine téléphonique, toutefois le mystère fut éclairci : les Born habitaient bien à cette adresse, dans un pavillon auquel on accédait par la porte de la muraille au fin fond de la cour, derrière la maison abandonnée. De fait, je l'avais remarquée, mais sans songer à frapper dessus, son aspect vétuste et sale me faisant croire qu'elle était condamnée depuis longtemps.

Enfin parvenue au jardin promis, je fis la connaissance de la famille : madame Born (Clémentine), potelée et souriante, sa fille Sandrine, très jolie et qui faisait son droit, et monsieur Born auquel il fallait lire, qui me déplut du premier regard. Il devait avoir dans les cinquante ans mais paraissait bien plus. Petit et tout gris, des cheveux aux pantoufles en passant par le teint, les lunettes sombres, le gilet tricoté maison et le pantalon usé, il était installé dans un fauteuil à bascule dont on ne pouvait plus identifier la couleur initiale, et qui lui donnait un aspect de majesté sinistre, le dossier dépassant la hauteur de son crâne comme dans certains portraits héraldiques.

J'avançai vers lui, dans l'intention de lui serrer la main, puis je pensai qu'étant aveugle, il n'avait peut-être pas cet usage d'où pouvaient résulter des tâtonnements embarrassants, et je me contentai de le saluer verbalement. Il m'invita à m'asseoir, ce qui me permit de mieux le voir. De près, son visage semblait plutôt cireux que gris, mais cela le rendait, si j'ose dire, moins humain qu'à première vue : il donnait l'impression d'être fait d'une matière dont les plis retenaient la poussière, et aucune de ses parties n'était lisse. Cela me rappelait quelque chose, mais quoi ? Les roses en plastique de ma grand-mère, réalisai-je, pour incongru que fût le rapprochement ; si elles avaient été décolorées, la ressemblance aurait été… Je fixai sa bouche, d'où venait de sortir un propos auquel je n'avais pas fait attention, et après me l'être fait répéter, pendant que je répondais et que Born m'écoutait de ce qui devait être son air le plus neutre, je remarquai qu'au repos, les coins de ses lèvres descendaient très bas comme pour signifier qu'en général, le monde ne lui inspirait que du dégoût.

Les deux femmes s'activaient dans la cuisine communicante, tandis que Born m'interrogeait sur mes occupations, histoire et situation actuelle.

- Vous êtes donc venue toute seule à Paris ? demanda-t-il pour finir.

- Oui.

Je vis sa langue passer sur les lèvres, les faisant briller, ce qui me parut étrangement choquant. Puis je me fis la remarque qu'il n'était pas bien d'examiner un aveugle avec autant d'attention, et dirigée sur le seul repoussant de son aspect. Il ignore peut-être ce qu'il est extérieurement, pensai-je ; il doit se percevoir comme un être dénué d'image précise, sinon invisible ; ne serait-il pas plus idoine, pour mieux le connaître, d'ignorer ce qu'on en voit ?

- Moi aussi, je suis un étranger, fit Born. Ma mère était italienne et mon père allemand.

- Où vivaient-ils ?

- À Paris. J'y suis né.

Cela me parut curieux qu'un Parisien de naissance se dise étranger ; fallait-il y voir une démonstration de sympathie ? À ce moment, madame Born et Sandrine apportèrent deux plateaux contenant le café et une montagne de petits gâteaux variés, qu'elles disposèrent sur la table qui me séparait de Born, nous servirent et, emportant chacune sa tasse et une bouchée, s'installèrent sur le canapé en face de nous, où elle se turent à la manière des spectateurs au lever du rideau : toutes attention, parfaitement immobiles.

- Moi non plus, je n'ai plus de famille, reprit Born, j'ai perdu mes parents. Et moi aussi, je m'intéresse à la littérature. C'est tout ce qui me reste comme distraction, les livres et la radio. Je sens que nous allons nous entendre. Vous aimez *Rire et Chansons* ?

Je dus avouer que j'ignorais ce que c'était. Il me l'expliqua, m'amenant à me dire que son caractère n'était peut-être pas aussi maussade que sa bouche le laissait imaginer. Je n'avais jamais eu de faible pour les émissions humoristiques (ce que je me gardai bien de préciser), mais il se pouvait que les parisiennes me plaisent, et en tout cas, elles m'instruiraient. Je me déclarai ravie à l'idée de les écouter avec lui. Il sourit. C'était la première fois depuis mon arrivée, et je m'interdis de définir l'effet que cela produisait.

- Titine, apporte le dernier bouquin que tu m'as acheté, fit-il ensuite d'une toute autre voix, je veux quand même entendre comment elle se débrouille.

C'était un gros volume dont l'auteur m'était inconnu ; sur la couverture, on voyait une blonde en robe de bal qui s'enfuyait d'un château. Je l'ouvris à l'endroit du marque-page (imitation plastifiée de papyrus, couverte d'hiéroglyphes), et lus un paragraphe.

- Très bien. Je vous engage. Vous pouvez emménager tout de suite, si vous voulez. Sandrine part en vacances après-demain, vous aurez sa chambre. En attendant, vous dormirez sur le canapé du salon.

Nous parlâmes encore un petit moment des détails de mon installation, puis je me redressai pour prendre congé. Born me tendit la main depuis son fauteuil, j'approchai pour la serrer. Il retint la mienne un instant, le visage levé, et dit :

- C'est drôle, je croyais que par chez vous, les gens étaient tous blonds.

Je mis un moment à saisir le sens de cette phrase, puis sentis comme un choc qui me fit ouvrir la bouche.

- Vous... Vous me voyez ?

Il rit.

- Bien sûr ! Je vois très mal, mais pas au point de ne rien distinguer. J'avais déjà vu que vous étiez brune quand vous étiez encore sur le pas de la porte.

Sans que je sache pourquoi, cette révélation me perturba au point que je ne cessai d'y penser pendant mon déménagement qui ne fut pas rapide même si je n'avais pas grand-chose à transporter : il fallait changer de métro trois fois entre mon logement précédent et le nouveau. Born n'était pas aveugle ! Tandis que l'annonce affirmait qu'il l'était. Entre ces deux faits, le décalage était plus ou moins explicable, mais il m'inquiétait, restant vaguement présent dans mon esprit jusqu'à la fin de la journée, comme le souvenir d'une brèche aperçue qui pouvait s'élargir. Quoi qu'il en fût, mon nouvel entourage et les habitudes que je devais y prendre m'occupèrent, les jours suivants, assez pour que je l'oublie.

Faire la lecture à Born n'était pas exactement la tâche que j'avais cru : ce qu'il souhaitait entendre, c'était un livre dont lui-même était l'auteur et qu'il fallait d'abord finir d'écrire sous sa dictée. Il s'agissait de sa Vie qu'il souhaitait, à ses dires, voir publiée avant de mourir. Elle représentait déjà quelques centaines de pages (tapées à la machine par Clémentine) concernant sa famille, son enfance et sa prime jeunesse. Les passages que je notais devaient compléter ce début d'ouvrage en s'insérant aux bons endroits, de manière strictement chronologique. Born m'avait recommandé de profiter de mes loisirs pour lire l'ensemble, et j'appris ainsi qu'il était le fils d'une déportée et d'un surveillant, conçu dans un camp et né dans une maison bourgeoise où sa mère travaillait comme servante avant que son père ne la retrouve, ne l'épouse et n'en fasse une femme au foyer. Sachant que Born aimait lire des histoires romanesques, je me demandais dans quelle mesure ces données biographiques pouvaient faire concurrence à l'état-civil.

La description des amours de ses parents avait de quoi donner des frissons, malgré (ou en raison de) l'intention manifeste de l'auteur de les poétiser en insistant sur le sordide de la situation. Born m'avait expliqué que son idéal littéraire était Zola, visiblement le seul classique qu'il appréciât, le reste de sa bibliothèque étant constitué de best-sellers récents et de biographies d'hommes politiques de sinistre mémoire. En dictant, il se servait de tournures académiques qui contrastaient avec son parler habituel, familier et naturel ; pour l'écrit, il donnait une épithète à tout nom (propre ou commun), avec une préférence pour « cruel », « belle » et « pauvre ». En quelques jours de dictée (l'écriture réduisait progressivement le temps prévu pour la lecture), j'assimilai sa façon de s'exprimer au point de ne noter que la première lettre d'une bonne partie des mots. La prise de notes finie, je tapais le nouveau chapitre avant de le relire à son auteur. « N'est-ce pas une belle histoire ? », demandait Born avec une expression qui me faisait acquiescer, puis il marquait son plaisir en imprimant un mouvement au fauteuil à bascule.

L'histoire de sa vie comprenait une enfance couverte des insultes des écoliers et rouée de coups paternels. Le jeune Born avait réagi aux premières en fuyant les cours plusieurs fois par semaine, ce qui avait rendu les seconds plus fréquents. Adolescent, il était devenu mauvais garçon, membre d'une petite bande dont il gardait d'excellents souvenirs, puis il avait tenté la carrière de souteneur (sans grand succès), avant de trouver un emploi de chauffeur et d'homme de compagnie auprès d'une grande dame qui aimait boire et qu'il fallait transporter tous les soirs de la voiture jusqu'au lit, tâche difficile vu son poids et la taille de Born. À son contact, il avait commencé à bien connaître les bars, à rêver d'en posséder un plus tard, et c'est justement dans un bar qu'il rencontra sa future épouse qui travaillait là. Une fois marié, Born quitta son emploi : selon ses dires de mémorialiste, Clémentine exerçait sur lui, depuis toujours et à jamais, la plus noble influence ; son amour l'avait transfiguré en commençant par lui faire sentir que les métiers subalternes n'étaient pas dignes du futur grand homme qu'il était.

Elle venait parfois au salon pendant que je lisais ces pages, pour écouter un peu, debout, en s'essuyant les mains avec un torchon qu'elle oubliait complètement ensuite – prise par le récit –, le gardant serré dans ses doigts joints jusqu'au bout du chapitre. De temps en temps, elle soupirait. Clémentine n'était pas bavarde, à la différence de Born qui se taisait rarement. Elle cuisinait, tricotait, faisait le ménage, la couture, soignait le jardin et son mari auquel elle apportait avant chaque repas, avec les couverts, un choix de comprimés mystérieux sur une soucoupe dorée. D'après Born, la famille vivait de ses rentes, mais l'autobiographie n'était pas encore assez avancée pour m'apprendre d'où elles venaient.

Au bout de deux jours, je m'étais rendu compte qu'être scribe et lectrice chez Born ne laissait guère de loisirs. Le lendemain du départ de Sandrine, en fin de journée, je voulus sortir, et il s'avéra que c'était impossible : Born commença par dire que le temps d'aller à Paris et d'en revenir, il serait déjà l'heure du dîner, qui ne serait vraiment pas bon réchauffé, et si je rentrais tard, ils allaient devoir m'attendre pour se coucher, la porte du jardin ne pouvant être ouverte que de l'intérieur, et allais-je les laisser seuls, Clémentine et lui, juste quand leur enfant leur manquait tant ? C'était la première fois qu'elle s'éloignait d'eux. « Et moi qui me disais que tu allais devenir comme ma seconde fille ! »

Puis il m'apprit que Sandrine ne s'absentait jamais après vingt heures, et je le crus, car j'avais constaté que la famille était à peu de chose près aussi casanière que les habitants d'une ville assiégée : en temps normal, seule Sandrine franchissait le mur d'enceinte, pour aller à ses cours ou pour faire les courses, Clémentine ne sortant qu'en cas de force majeure ; Born lui-même ne bougeait guère de son fauteuil – le centre de la vie familiale, vers lequel convergeaient tous les mouvements – que pour s'asseoir à table ou pour se coucher.

Je restai donc avec eux, et l'idée que chaque fois que je voudrais me promener, j'allais devoir parlementer pour qu'on me le permette me rendit la soirée assez pénible. De fait, était-ce raisonnable, vu l'effet de cette première tentative, de recommencer ? Puisque Born voyait les sorties en soirée d'un si mauvais œil, n'allait-il pas se faire une mauvaise idée de moi, et commencer à me traiter en conséquence, si je persistais ? Tandis que le jour, avec tout le travail qu'il me donnait, même sans compter les courses que je commencerais à faire dès le lendemain, comment trouverais-je le temps d'aller à Paris ?

Au dîner, ce soir-là, Born me prévint que si le commerçants du quartier, notamment le buraliste chez qui j'achèterais ses cigarettes, me posaient des questions, il valait mieux dire que j'étais une amie de la famille :

- C'est pas Paris, ici, c'est la banlieue, les gens sont bornés, envieux. S'ils apprennent qu'on a une employée, ils vont nous faire encore plus de crasses.

- Vous avez des soucis avec eux ?

- Oui. On est mal vus. Ils sont jaloux à cause de la maison. On était pas les seuls à la vouloir ! Et puis, j'ai eu deux-trois petits problèmes avec des voisins, il y en a même un qui me fait un procès.

- Pourquoi ?

- Pour rien. C'est un procédurier, tu sais ce que ça veut dire ?... Je suis un père de famille tranquille, moi, je n'ai rien à me reprocher. Il va voir s'il va prouver le contraire !

Puis il changea de sujet.

La famille n'était pas aussi couche-tôt que les propos de Born le laissaient imaginer. Il aimait converser jusqu'à minuit, et ne parlant que de lui-même avant le dîner, il consacrait les heures suivantes à se renseigner sur moi, m'interrogeant sur mon éducation, mes amitiés et même mes amours, pendant que Clémentine regardait la télévision près de nous. Au début, je crus qu'il voulait simplement se faire une petite idée de ma personne, et qu'il passerait vite à d'autres thèmes, mais il s'avéra que sa curiosité exigeait toujours plus de précisions. À défaut de réponse satisfaisante à chacune de ses questions, il m'accusait d'être renfermée ou d'avoir des choses à cacher, d'abord sur un ton plaisant, puis avec véhémence, se délectant à exposer *crescendo* ses griefs en dénombrant mes défauts : « Tu es quelqu'un de froid, même si tu fais semblant d'être gentille, on sent que c'est faux, tu méprises les gens... » Tandis que son ton montait toujours davantage, je me taisais, moitié abasourdie, moitié coupable ; Clémentine ne semblait rien entendre.

Ce crescendo allait vers le sommet de la fureur si doucement, de façon si naturelle qu'on ne pouvait trouver la scène outrancière qu'après l'avoir subie intégralement. Une fois son effet hypnotique dissipé, je me disais que cet homme était fou, mais ce diagnostic à peine fait, Born se répandait en excuses et en boutades, déclarait n'avoir voulu que s'amuser et s'étonnait en riant qu'on puisse manquer d'humour au point de prendre ses farces au sérieux. Je profitais de ce moment pour aller me coucher, adressant un bonsoir à Clémentine aussi, qui détournait ses yeux de l'écran pour la première fois de la soirée, et me souriait d'une façon singulière où je crus trouver, en y repensant beaucoup plus tard, une certaine dose de reconnaissance.

Au bout d'une semaine, Born alla jusqu'à hurler pendant un quart d'heure, comportement si stupéfiant pour moi qu'en guise de réaction, je ne pus que rester coite une fois de plus, les yeux écarquillés. J'aurais sans doute dû chercher le moyen de l'empêcher d'en prendre l'habitude, par exemple en lui en parlant à tête reposée, le lendemain matin, mais même si l'idée m'était venue à temps, je n'en aurais pas eu le courage : jour après jour, je trouvais les Born toujours plus surprenants, au point qu'il commençait à me sembler qu'à se tenir avec eux comme avec les gens normaux, l'on n'aurait aucune chance d'aboutir au résultat prévu et souhaité. D'autre part, désormais, ces crises s'achevaient d'une façon qui me dissuadait aussi de les commenter : Born en sortait plus joyeux que jamais, aussi heureux qu'un comédien conscient d'avoir donné une représentation magistrale. Il ne prétendait plus m'avoir fait une farce, mais après le dernier cri de la soirée, il restait un instant à me regarder d'un air indéfinissable, éclatait de rire, me tapotait la main par-dessus la table et disait : « Grande gosse, va ! T'en fais pas, on est toujours les meilleurs copains du monde ! » Après quoi, il commençait à me faire des compliments, et si j'essayais de m'éclipser comme auparavant, il insistait pour que je reste encore : « Tu m'en veux toujours ? Attention, quand on me boude, je peux devenir terrible, tu n'as rien vu ! Si tu ne m'en veux pas, prouve-le ! Ça me fait tellement plaisir de discuter avec toi ! »

Je songeai à quitter les Born, bien sûr, mais j'avais trouvé l'annonce dans un centre d'aide aux étudiants, sur lequel je comptais pour avoir par la suite d'autres emplois au pair. Si je renonçais au premier aussi vite, et si les Born disaient du mal de moi à la personne qui tenait mon dossier, ce qui était à prévoir, je réduirais d'autant mes chances de trouver mieux. Ce centre que j'avais découvert récemment était la seule institution du genre où il suffit d'une carte d'étudiante pour s'inscrire.

M'étant résignée à rester chez eux, et redoutant que la situation n'empire encore jusqu'à la fin du mois, je passais le temps où mon esprit demeurait disponible (où Born ne conversait pas avec moi ni ne me dictait) à réfléchir sur leurs particularités déjà connues, dans l'espoir de finir par trouver le couple, ou ce qu'il pouvait me faire subir, plus supportable. Pour Clémentine, c'était assez facile : rien ne permettait d'imaginer qu'elle avait des défauts pires que la passivité, et si l'on peut nuire à autrui en demeurant passif, et de diverses manières peu prévisibles, la certitude qu'elle ne me nuirait jamais de son propre chef me rassurait tout en nourrissant ma sympathie pour elle. Quant à Born, pour mieux tolérer sa personne, je m'accrochais au fait qu'il se prétendait tantôt italien, tantôt allemand – car il m'était indifférent d'avoir une idée plus ou moins bonne des peuples en question, alors que je tenais à l'opinion que j'avais des Français, les aimer me demeurant indispensable. De même, je me réconfortais en me rappelant que cet individu n'était pas Parisien mais banlieusard.

Vous devez trouver mon obstination à voir Paris et le pays alentour en idéalcolor assez ridicule, cher lecteur, mais auriez-vous pu admettre sans la moindre résistance l'idée que vous auriez perdu famille, nom, milieu (très chic, bohème) et droit de vivre plus de trois mois, pour l'amour d'un endroit dont les habitants (autorisés d'office à vous mépriser) n'auraient rien de mieux que les Pleunkois ? Vous, peut-être, mais moi, j'avoue qu'à vingt ans, je ne le pouvais pas. À onze, à quinze, à trente – éventuellement, avec plus ou moins de difficulté, mais aucunement l'année où j'ai habité chez les Born. Expliquons-nous.

À onze ans, j'aurais encore pu me dire qu'avant la France, j'avais aimé l'Abarie, une passion qui avait duré un an *également*, et m'empresser de renier, les joues flambantes, mon dernier amour en date pour la honte qu'il m'aurait donnée : peut-on être assez gosse, à ton âge, pour croire qu'il existe des endroits où *la moyenne de la population* a quelque chose de plus que nous et qui ne soit pas achetable ? me serais-je dit sur le ton sans réplique de ma grand-mère (adoptant du coup sa croyance selon laquelle la seule différence importante entre humains tenait à leur pouvoir d'achat, les Études n'étant en dernière analyse qu'un moyen de l'augmenter).

À quinze ans, j'avais déjà mon fiancé qui en avait autant de plus, et s'il m'avait laissé entendre qu'à son sens, la France ne valait pas l'amour que je lui portais, j'aurais réfléchi avant de rejeter cet avis (elle avait, bien sûr, des hommes fabuleux tels Daliés, Henri Ronsin et Jacques Camp, cependant elle ne l'avait pas, *lui* – alors que moi, à Pleunk, si ! et aurais-je échangé mon fiancé contre la permission de partir aussitôt, définitivement, vivre à Paris ?) ; après réflexion, je doute que j'aurais tenu à le contredire. Cela faisait si peu de temps qu'il m'aimait ; l'idée de la fatalité commune qui pourrait nous faire finir, lui et moi, en chiens de faïence aux deux bouts de la table conjugale ne m'effleurait même plus (et je ne me jugeais pas pour autant plus bête qu'à neuf ans) ; par ailleurs, la suite des événements n'allait pas me donner tort. (Paix à ta mémoire, amour plus digne de pitié que nul autre, toi dont le souvenir revient si rarement, qui n'auras jamais donné que du bonheur, la mémoire refusant de faire revivre le malheur de ta perte, et qui n'auras mérité, en restant à jamais sans faute, que l'effacement.)

À trente ans… Mais assez, cela peut attendre. Pour revenir à ma deuxième décennie, et précisément aux jours où j'avais besoin de trouver les Born supportables, la manie qu'avait l'homme de revendiquer ses origines (sans avoir jamais mis les pieds en Allemagne ou en Italie) me permit de finir par le dissocier complètement de ce que j'avais déjà appris de la France depuis que j'y étais ; en tant qu'individu, tranchai-je en mon for intérieur, Born appartenait à une dimension particulière, tout comme sa maison était retranchée du quartier, dimension que je ne savais pas trop comment nommer (mais il me suffisait, pour le moment, de l'avoir distinguée).

C'est en méditant sur l'isolement particulier des Born, sur l'espace où ils tenaient à rester et me maintenaient à distance du monde environnant, que je pris conscience, un jour, que la *mort locale* existait – un temps, je crus même l'avoir découverte, avant de constater que la notion figurait depuis des décennies, quoique dans une acception restrictive, chez Heimito von Doderer (*Les Démons*, tome III) – et que j'étais dans cet état depuis des mois déjà. Comment la définissais-je, à cette étape des études obligées que je fis dessus ? Ses formes étaient sans doute aussi variées que les moyens de mourir physiquement, je ne prétendais pas les connaître toutes, mais en voilà quelques-unes :

1) Ayant quitté Pleunk pour toujours, j'y étais factuellement morte, aussi bien en tant que corps dans son espace qu'en tant qu'esprit dans sa langue. On pouvait désormais m'idéaliser ou me dénigrer, là-bas, aussi librement qu'on le fait avec les morts, distribuer mes affaires, laisser mon image se déformer au fil de la mémoire, raconter mon histoire en la modifiant à volonté, sans que je m'en rende compte ni que je m'en soucie. Effectivement, cher lecteur, désormais, je ne m'en souciais plus du tout – je comprenais de l'intérieur l'idée répandue selon laquelle les âmes de l'au-delà éprouvent une paisible indifférence pour toute chose de l'ici-bas. De fait, Pleunk n'existait plus pour moi, tout comme je n'existais plus pour lui : concrètement (sensiblement), il pouvait lui/m'arriver n'importe quoi, cela n'affecterait en rien son/mon univers parallèle. (Si le pays entier disparaissait, comme il arrive aux peaux de chagrin, je pourrais aussi bien ne jamais l'apprendre, vu qu'on n'en parlait pratiquement jamais dans les médias de mon au-

delà. Je constaterais assurément une absence de nouvelles de Minou, mais de là à savoir à quoi elle serait due... Et bien sûr, Minou n'était pas Pleunk, ni factuellement, ni sensiblement ; elle faisait en quelque sorte partie de moi, d'une manière assez naturelle pour que je l'oublie, la plupart du temps, comme on ne pense pas à telle faculté qu'on possède, lorsqu'on ne s'en sert pas, voire lorsqu'on s'en sert.)

2) Cependant, arrivée à Paris en corps et en esprit, je pouvais y demeurer en toute inexistence (autre forme de mort locale, *active* par opposition à la passive qui me rendait modifiable à volonté pour les Pleunkois) à tout moment où personne n'avait la possibilité ou le désir de m'y reconnaître. Ainsi, j'y étais totalement morte en tant qu'écrivain (malgré l'illusion de Michèle), théoriquement vivante mais pratiquement morte en tant qu'étudiante, provisoirement morte en tant qu'individu, pour la période où Michèle et Shéhéra resteraient absentes. Toutefois, à la différence de Pleunk, Paris me réduisait non pas tant à une image indépendante de moi, qu'aux qualités personnelles que j'arriverais à montrer progressivement : ici, faute d'être la fille de quiconque et la représentante de tel milieu, je n'étais rien d'autre que la somme de mes données physiques et intérieures. Je resterais inexistante tant qu'elles n'auraient pas réussi à me placer dans quelque situation où il ne serait plus nécessaire de les mobiliser constamment pour survivre.

3) Les Born vivaient dans un état de mort locale particulier où il était possible - pour Sandrine, en temps normal - de circuler quotidiennement entre les deux mondes qu'ils avaient séparés en se retranchant. Cet état de mort locale permettait à Born d'écrire ses mémoires comme quelqu'un qui considère que sa vie est achevée, de se tenir pour un grand homme et pour un écrivain, ce qu'il était aux yeux de toute la population de son au-delà (Clémentine). En même temps, pour l'ici-bas, il était soit tout à fait autre chose, soit rien du tout, selon qu'on se place au point de vue de ses voisins ou de Paris. J'étais prête à parier qu'il n'enverrait jamais ses mémoires à son éditeur préféré, quoi qu'il en dît : non, il chercherait des prétextes pour ne pas les achever, ou pour revenir dessus après leur achèvement, jusqu'au moment où ce serait à d'autres de s'en occuper, s'ils y tenaient (après sa mort complète). Car même s'il ne s'en rendait pas compte – et peut-être le savait-il –, Born ne pouvait pas plus franchir par leur biais la frontière qu'il avait tracée autour de chez lui, que je ne pouvais exister en même temps physiquement à Pleunk et à Paris. Pour lui, la chose décisive, ce n'étaient pas les données réelles, mais l'image qu'il se construisait indépendamment d'elles, pour son propre usage, sans avoir besoin de reconnaissance. S'il lui importait d'être apprécié ou admiré (par Sandrine, par Clémentine, par moi), ce n'était pas pour exister mais uniquement dans la mesure où la critique pouvait perturber l'harmonie de son univers

personnel. Bref, l'état de mort locale propre à Born revenait à cacher *à lui-même* ce qu'il était, une attitude qui justifiait en quelque sorte le fait de se présenter comme aveugle. (Vous noterez, lecteur, que la question de la raison précise pour laquelle les Born vivaient retranchés ne m'occupait aucunement.)

Réfléchissant sur ces trois formes de mort locale, j'admirai le hasard qui avait réuni une personne morte de son propre chef dans un tout petit pays pour essayer d'atteindre l'existence dans un grand, et une autre dont le choix consistait à ne plus exister que dans l'intimité la plus réduite – comme si la force centrifuge s'était retrouvée chez la force centripète. J'ignorais quels effets pourrait produire leur confrontation par notre biais, mais j'espérais que ma bonne volonté me permettrait d'éviter l'affrontement direct.

Travailler pour les Born était aussi une occasion de m'instruire, plus concrètement, en matière de denrées disponibles dans les supermarchés. Je n'avais jamais constaté, jusqu'alors, qu'il en existait de géants, et où le choix à chaque rayon était si vaste qu'il fallait connaître d'avance l'emplacement de ce qu'on y cherchait, sous peine d'y perdre une heure, voire davantage. La première fois où les Born m'y avaient envoyée, la liste des achats ne comportait pas beaucoup de précisions : ainsi, concernant les produits laitiers, il y était écrit « yaourt aux fruits », et le nom d'une marque ; or, cette dernière s'avérait productrice d'une dizaine de variantes de ce dessert, m'obligeant à les examiner toutes pour tenter de deviner quelle serait la bonne, ceci après avoir longuement cherché et le rayon, et la place des yaourts parmi le reste de la laiterie qui s'étendait sur une centaine de mètres. Pour mes courses personnelles, à Paris, dans des magasins dix fois plus petits, je n'avais jamais fait attention qu'aux prix, ce qui me rendait encore plus incompétente que nature pour juger des qualités comparatives de telles sortes du même aliment, que je n'avais jamais goûtées.

Je me trompai sur presque toute la liste, cette première fois, prenant soit le moins cher, soit le plus visible, soit, dans les cas où la marque n'était pas indiquée, la seule qui me fût familière grâce aux publicités lues dans le métro. La déception de Clémentine et le commentaire de Born selon lequel je n'étais décidément bonne à rien (je tapais trop lentement à la machine) me poussèrent à manifester encore plus de zèle et d'humilité qu'auparavant. Indiscutablement, on avait des raisons d'être mécontent de moi, et si je pouvais me trouver des excuses, ce qui importait n'était pas mon point de vue mais celui de mes employeurs : je devais sinon les satisfaire complètement, du moins leur laisser la moins mauvaise impression possible.

Born et sa femme avaient fini par devenir les gérants d'un café situé près d'une route nationale, dans le Midi. Hormis les automobilistes, ils avaient pour clients quelques jeunes du coin et un groupe d'hommes mûrs un peu particuliers. Born leur payait une sorte de taxe sur les flippers, en échange de quoi il pouvait les compter parmi ses meilleurs consommateurs, ce qui était un honneur. La plupart des bouteilles leur étaient offertes en signe d'amitié. Il fallait savoir (Born cessa de dicter pour me l'apprendre) qu'à la naissance de Sandrine, l'un de ces hommes s'était proposé pour parrain, montrant ainsi son estime pour eux deux, et ce n'était pas donné à tout le monde, je pouvais le croire, de la mériter. Parfois, ces amis de la famille se disputaient en buvant ; un soir, leur mésentente fit une victime, obligeant Born à passer vingt-quatre heures au commissariat – une affaire vite close, ses protecteurs ayant de bonnes relations. En finissant de noter cet épisode, je dus trahir quelque incrédulité, au grand dam de l'auteur :

- Tu ne crois pas que je connais des mecs assez forts pour faire ça ? Mais je ne connais qu'eux ! Ils venaient tous chez moi, et ils me donnent toujours de leurs nouvelles ! C'est Pépé Orsini lui-même qui m'a appris à me battre. Quand on me voit comme ça, on croit qu'il suffirait de me souffler dessus pour que je tombe par terre, mais venez essayer !

Il semblait très fier de savoir se battre.

- Je vais te dire le truc, reprit-il, quand on n'est pas costaud, il faut faire semblant d'avoir très peur. Tu essaies de fuir, tu supplies, tu te traînes par terre, tu recules, tu gagnes du temps par tous les moyens. Le type finit par se demander s'il va vraiment frapper une lavette pareille, et à ce moment, tu attrapes une bouteille par le goulot, tu hurles et tu la casses sur le comptoir. Avant qu'il comprenne ce qui se passe, tu pars vers lui en brandissant le tesson. Dans la plupart des cas, il détale tout de suite, tu le revois jamais. Sinon, il faut viser la figure, et pendant qu'il cherche à se la protéger, tu lui envoies un genou dans les couilles.

Ce disant, Born avait l'air vraiment dangereux, et en même temps soucieux de m'instruire : comme si la moitié de sa personne vivait la scène tandis que l'autre l'observait tranquillement.

- J'avais aussi mon fusil. Même maintenant que je n'y vois plus clair, je vise encore bien. Je m'entraîne dans le jardin, de temps en temps. Tu aimes les armes ? J'en ai quatre ou cinq dans la chambre à coucher, je peux te les montrer.

Au bout de quelques années, l'établissement avait périclité, pour des raisons que Born n'expliquait pas dans ses mémoires. La famille était revenue à Paris où il s'occupait dès lors à jouer aux courses, pratiquement à plein temps. Je fus surprise d'apprendre que grâce à cela, très vite, il s'était enrichi suffisamment pour acheter un pur-sang. Était-ce possible ? Mais oui, il allait me montrer les journaux où je pourrais voir le cheval en photo, avec le nom du propriétaire dessous. C'était un crack, mais il ne fallait pas croire qu'on restait à se tourner les pouces quand on en avait un (la dictée recommença) : Born devait surveiller son entraînement, fréquenter les jockeys, cultiver ses relations dans le milieu hippique... Trop pris par sa nouvelle passion, il tarda à remarquer que Clémentine devenait mélancolique, et fut abasourdi le jour où, rentrant chez eux, il trouva une lettre lui apprenant qu'il ne les reverrait plus, elle et la petite. Au bout de quelques semaines, il la retrouva – en province, chez sa sœur où elle avait fini par s'installer –, tomba à genoux devant elle et lui assura qu'il ne pouvait pas vivre sans son amour. (Suivait un passage lyrique, impossible à résumer, sur la grandeur de l'amour.) Peu de temps après, la famille qui avait retrouvé le bonheur vint habiter en viager cette maison qui appartenait alors à une dame octogénaire.

- C'était la grand-mère que je n'avais pas eue. Personne ne l'a pleurée autant que moi quand elle est morte.

Avant de commencer à taper le chapitre, je suggérai à Born d'y ajouter quelques explications : les lecteurs pourraient s'étonner qu'une femme comme Clémentine décide soudain de quitter son mari simplement parce qu'il ne lui consacrait pas assez de temps.

- Oh ! fit Born, il n'y avait pas que ça... En somme, elle trouvait que je n'étais pas un bon mari. Il faut bien dire que je faisais des choses... Si tu savais ce qu'il pouvait m'arriver de faire, tu serais bouche bée. Mais ce n'est pas la peine d'en parler. On s'est expliqué, tout s'est arrangé.

Je me demandai de quoi il s'agissait, sans arriver à imaginer rien d'assez terrible pour faire s'enfuir Clémentine, si placide et censément habituée aux malfrats. D'autre part, Born semblait chercher constamment des occasions de m'impressionner en tant qu'équivalent domestique du grand public ; comment savoir s'il mentait davantage en s'écrivant une vie romanesque ou quand, conscient que je n'y croyais pas trop, il décidait de m'effrayer pour me faire perdre mon recul ?

Je finis par conclure que s'il n'avait pas inventé le départ de Clémentine pour compliquer l'intrigue ou pour introduire le passage lyrique, leur fâcherie devait avoir des raisons trop peu prestigieuses pour être évoquées. Peut-être buvait-il trop, et devenait-il ensuite violent avec elle, à cette époque où il avait encore toute sa santé.

Une fois le chapitre tapé et relu à voix haute, Born se montra très satisfait. Il me remercia de la suggestion que j'avais faite (même si elle était inutile, cela prouvait que je m'intéressais vraiment au travail, que je prenais son livre au sérieux et que je n'étais pas aussi hypocrite qu'il avait cru), puis il m'encouragea vivement à lui faire d'autres commentaires, à l'avenir, chaque fois que j'en aurais envie : « Faut pas avoir peur, tu peux être sincère. Moi, j'aime savoir qu'on se sent en confiance. » Il resta de bonne humeur tout le long de la soirée, même durant les heures réservées à l'enquête habituelle : je me demandai si mes dernières réponses lui plaisaient davantage (peut-être savais-je déjà mieux contourner les questions trop indiscrètes, tout en lui faisant des révélations distrayantes), ou s'il avait décidé de changer d'attitude pour quelque raison de l'ordre de celles que je n'arrivais pas à deviner ; en tout cas, ce soir-là, pour la première fois depuis que Sandrine était partie, il ne me rudoya pas.

Or, dans la nuit, il se produisit quelque chose d'étrange. Je me réveillai sans savoir pourquoi et vis de la lumière dans l'interstice de la porte de ma chambre, ce qui me fit réaliser qu'elle n'était pas fermée. Puis elle s'ouvrit : c'était Clémentine.

- Ça va pas ? Je t'ai entendue crier.

Surprise et ne me rappelant rien de tel, je supposai :

- J'ai peut-être fait un cauchemar.

Clémentine me regardait depuis le seuil, d'un air perplexe – en attendant que j'ajoute quelque chose ?

- Je regrette beaucoup de t'avoir réveillée, excuse-moi.

- Ce n'est pas grave.

Elle ne bougeait toujours pas et continuait à me fixer. Je vis sa bouche s'entrouvrir comme pour parler, mais on entendit Born :

- Qu'est-ce que tu fais ici ? Tu me surveilles ? Je n'ai même plus le droit de rester tranquille à écouter la radio quand je ne peux pas dormir ? Retourne te coucher !

Sa main apparut, saisit Clémentine par le bras et la fit disparaître, avec une facilité qui me laissa stupéfiée, puis la porte claqua, et dans le noir, tâtonnant pour trouver la poire de la lampe de chevet, j'entendis des éclats de voix, puis un autre claquement : les Born étaient maintenant à l'autre bout de la maison, dans leur chambre.

Je restai à réfléchir jusqu'au matin. Avais-je vraiment crié ? Et si j'avais crié, pourquoi était-ce Clémentine qui m'avait entendue, et pas Born, alors qu'*écoutant la radio*, il devait se trouver plus près ? Il faut sans doute expliquer comment la maison se présentait : l'on y entrait par un petit vestibule communiquant, à gauche, avec le salon jouxté par la chambre du couple ; la cuisine et la salle d'eau se trouvaient face à l'entrée, en enfilade prolongeant le vestibule ; à droite, il donnait sur la chambre de Sandrine que j'occupais. Je n'arrivais pas à comprendre où s'était tenue Clémentine avant de venir me voir : dans la cuisine ? Mais Born semblait l'avoir crue endormie. Avait-elle traversé le salon sans qu'il s'en rende compte, à un moment ? C'était possible. Elle s'était peut-être simplement levée pour aller aux toilettes, et non pas parce qu'elle m'aurait entendue crier... Mais pourquoi ma porte était-elle déjà entrouverte avant qu'elle n'apparaisse ?

Cela faisait trop de choses difficiles à éclaircir ; une seule conclusion semblait s'imposer : partir de cette maison. Mais où irais-je ? La faculté était fermée ; la perspective de retourner aux couloirs sous les toits me parut soudain accablante. Pire encore : avant d'en arriver là, il allait me falloir expliquer aux Born que j'avais décidé de les quitter. Comment me justifierais-je ?

Le matin venu, toutes mes réflexions et les projets de fuite que j'avais ébauchés se révélèrent inutiles, d'une manière que je n'aurais jamais imaginée. En sortant de ma chambre, je vis Born qui m'attendait dans son fauteuil, l'air sombre, et qui me demanda de venir m'asseoir pour discuter. Comme s'il avait entendu mes pensées, il déclara que je ne pouvais pas quitter la maison, que Clémentine (qui l'écoutait depuis le canapé) était maladivement jalouse, et qu'il n'allait pas tolérer que le moindre soupçon menace leur réputation par ma faute.

- Si tu penses que tu peux te plaindre à qui que ce soit, tu te trompes cruellement. Personne ne peut rien prouver contre moi. Au besoin, ma femme dira que tu nous as volés. Je peux faire venir la police tout de suite, on trouvera de l'argent dans tes affaires et ce sera prouvé. Tu crois que ta parole contre la nôtre, ça compte pour quelque chose ? Qui va se porter garant pour toi ? Étrangère, pas de famille, vit de travail au noir… Tu n'as même pas fait de changement d'adresse : rien que ça, ça peut te faire perdre tes papiers. Je leur indiquerai le café où tu as travaillé, il leur suffira de montrer ta photo aux clients, et soit dit en passant, le patron va regretter de t'avoir connue ! Tu ne m'as peut-être pas raconté toute ta vie, mais ce que j'en sais, c'est plus que suffisant pour te la rendre impossible, si je veux. J'ai même le numéro de la bonne femme chez qui tu faisais des gardes, j'ai tout ce qu'il y a dans ton carnet…

Ce n'est pas possible, pensais-je, atterrée, ce n'est pas vrai, c'est du Dostoïevski ! Comment s'appelait, déjà, l'héroïne qu'on accuse injustement ?…

- Si on te renvoyait là-bas, hein ? Tu sais mieux que moi ce que ça serait. Alors que chez nous, tu n'es pas malheureuse. Je ne suis quand même pas un bourreau ! Je me suis attaché à toi, je ne demande qu'à faire ton bonheur. Je suis un tendre, au fond ; je n'en ai pas l'air, mais quand j'aime bien quelqu'un, c'est pour la vie. Si tu veux, tu peux même rester chez nous quand Sandrine sera rentrée. Tu ne manqueras de rien, je te le garantis. Je t'ai déjà dit que tu étais comme une seconde fille pour moi. Tu pourras faire tes études tranquillement, comme elle…

Je me rappelai que la porte du jardin était fermée à clé ; le mur était trop haut pour que j'arrive à passer par-dessus. Il devait bien exister un moyen de fuir cet endroit, mais j'avais l'esprit aussi engourdi que les jambes dans les cauchemars : on a beau s'efforcer de réagir, la volonté ne suffit pas à vous sauver, pas plus qu'à faire courir un corps dormant. Et je me rappelai qu'avant d'arriver chez les Born, j'avais crié devant la maison en ruines, tout près de la porte que je croyais condamnée, sans qu'ils m'entendent. On ne m'entendrait pas plus de l'autre côté de l'enceinte lorsque je crierais ici. L'utilité du retranchement des Born se révélait - une parmi nombre d'autres, probablement.

Je fixais toujours Born, sans distinguer plus qu'une vague tache grise, et je cherchais une idée – quand soudain, je revis la souris. Vous souvenez-vous de la souris, cher lecteur, que j'avais poursuivie quand j'étais chat ? Il me sembla que tout s'était renversé : à la place du rêve, il y avait le réel moins croyable encore, et à la place du chat, le souriceau chasseur ; comment passer ne serait-ce que la tête par le trou qui devait bien se trouver quelque part dans le mur ?

*

Sans la souris, vous n'auriez pas appris l'histoire très incomplète et sans doute assez peu véridique de Born. Je mis longtemps à cesser d'y penser au moins une fois par jour, même si je savais que je n'étais pas la personne qui avait habité chez lui : songez aux traces que les scènes de violence observées ou seulement lues peuvent laisser chez l'humain, si vous avez du mal à vous mettre à ma place, ou à celle de l'homonyme dont j'ai choisi de ne pas vous raconter la fin. Au bout de quelques mois, je décidai d'agir pour essayer d'affaiblir la terreur que m'inspirait toute chose liée à Born, jusqu'au souvenir des rues de son quartier : je pris le bus qui le traversait, et à l'arrêt proche de sa maison, je me forçai à fixer le porche de l'immeuble correspondant à la même adresse, faute d'avoir le courage de descendre et de rester un peu devant. Je refis ce trajet trois fois de suite – exercice qui m'éreinta à tel point qu'une fois revenue à Paris, je m'assis sur un banc et m'endormis. Il peut être affreusement désagréable d'avoir hérité des souvenirs d'une personne précédente quand sa vie s'est mal achevée ; ce qui aggravait les choses, c'était que j'étais tentée de l'appeler du pronom qui me désignait, n'ayant pas pris l'habitude intérieure de procéder comme on peut le faire sans réfléchir en matière de fiction, où « il » ou « elle » vient généralement tout seul, d'instinct, lorsqu'il est approprié. Mais au pire (je le précise pour le cas où quelqu'un parmi mes lecteurs aurait besoin d'aide dans ce domaine), le temps finit par vous arranger cela : aussi porté à la confusion qu'on soit, on remarque une différence, puis une autre, puis un grand décalage, et aussi mal qu'on connaisse la façon dont soi-même fonctionne, il devient évident que ce qu'on croyait être n'a plus cours que dans un autre monde (ou dans plusieurs) où l'on n'est pas. Cependant, mon nouveau « moi » se laissait ignorer par les autres, pour la plupart de ses caractéristiques : soit on n'avait jamais l'occasion de les relever (de remarquer combien je différais de l'homonyme sur tels points) parce que je veillais à les cacher, soit on les découvrait sans savoir que je ne les avais pas toujours présentées, ignorance normale dans l'entourage de quelqu'un dont les plus vieux amis actuels sont encore très récents. Il va de soi que la plupart des traits distinctifs du moi que j'étais dès lors pouvaient être vus comme des défauts (dans toutes les acceptions de ce terme), et vous comprendrez aisément que je ne vous en fournisse pas la liste. Si la suite de mon récit vous donne l'impression que je suis toujours la même, rappelez-vous que mes facultés de dissimulation sont développées, et gardez présente à l'esprit la notion de mensonge par omission.

Pour conclure sur ce qui concerne Born, il me reste à dire que mon homonyme avait fini par deviner la raison pour laquelle Clémentine était partie, autrefois, et que j'avais la certitude que cela recommencerait. (Pour durer jusqu'à quand ? Avec ou sans interruptions dûes à d'autres filles au pair ?) Repensant au romancier de Michèle qui croyait que le Diable s'incarnait chez les gens ordinaires, je me disais que Born ne l'était pas assez, alors que pour convenir à Goethe, il l'était beaucoup trop. Il devait y avoir quelque autre catégorie qui me permettrait de le mettre à distance, de le réduire ; j'essayai les proverbes, mais « tous les goûts sont dans la nature » et « il faut de tout pour faire un monde », qui semblaient le mieux convenir, ne me rassuraient pas.

- Mais dis, les monstres existent vraiment ? demandaient les jumelles. Et les sorcières ? Et les rois qui te font couper la tête si tu ne donnes pas la bonne réponse ?

- Non, non, et non ! Il n'existe rien de tel. Surtout pas dans votre chambre.

- Tu veux bien regarder quand même sous les lits ?

Il le fallait. Elles n'allaient se calmer qu'après m'avoir vue ramper, tendre le bras pour attraper les agresseurs en puissance qui se seraient tapis dans les recoins, et sortir quelque jouet égaré ou morceau de puzzle. (Faisant partie de quoi ? D'une tête de dragon ? Dans quelle boîte le ranger ? Elles ne savaient pas.)

- Maintenant, vous allez dormir ?

- Oui.

- Vous ne criez plus, promis ?

- Je te promets, tu pourras lire tranquille.

- Moi aussi, je te promets.

- Quelles gentilles petites filles ! Allez, bonne nuit.

Enfin. J'avais eu peur que leur mère ne rentre pendant qu'elles pleuraient encore. Le mauvais côté des jumelles (par ailleurs charmantes) était qu'aucune des deux ne pouvait faire des cauchemars toute seule : chaque fois, elles criaient en duo, et Julie prétendait avoir vu le même que Sylvie, ou vice versa. En tant que fille unique, je ne savais pas s'il fallait les croire. Peut-être leurs esprits s'unissaient-ils durant l'absence des corps effacés par le sommeil ?

Elles aussi, comme Pierre et Jean, voulaient des histoires pour s'endormir, mais exclusivement des histoires d'amour – épreuve imprévue, de fait plus difficile que de raconter mon départ de Pleunk en version pour enfants ; je devais puiser dans des souvenirs anciens pour pouvoir les distraire en respectant les limites imposées par leur âge et ma discrétion, comme la loi des contes qui exige des héros merveilleux et des obstacles graves à l'union souhaitée :

- Quand j'avais sept ans moi aussi, j'étais très amoureuse d'un jeune écuyer de cirque, tout blond, en tenue rouge à passementeries dorées. Il arrivait sur un grand cheval noir, il s'arrêtait au milieu de la piste et Monsieur Loyal l'annonçait en disant qu'il n'avait que seize ans, pour que le public admire davantage ses prouesses. Moi, j'étais au premier rang, habillée d'une petite robe à volants, un peu comme les vôtres...

- Mais moins jolie, n'est-ce pas ?

- Oh oui, beaucoup moins. Quand il passait près de moi, je lui faisais de grands signes de la main et je rêvais qu'un jour, il allait se pencher vers mon fauteuil pour me soulever et m'asseoir sur son cheval. Vous imaginez, être assise si haut, sur une monture qui fait trois fois votre taille, dans les bras de son amoureux, et faire le tour de la piste ? Après, il m'aurait appris la voltige, et je serais devenue son écuyère, et plus tard, on se serait mariés, et on aurait présenté le numéro de ses parents qui seraient devenus vieux. Quel bonheur ! Mais j'avais beau retourner le voir dimanche après dimanche, il ne se décidait pas encore. Il avait commencé à me faire des signes, lui aussi, il me souriait en passant, et après son numéro, il se tournait pour s'incliner une fois de plus, spécialement pour moi – mais il ne se décidait toujours pas à me faire monter sur son cheval.

- Il était marié ?

- Quelle idée ! Quand même pas, à seize ans !

- À combien on se marie ?

- Ça dépend, mais en tout cas pas si jeune.

- Quelle horreur ! Tout ce temps qui me reste à attendre pour être la femme de Cédric !

Il s'agissait d'un camarade de classe, le fiancé de Julie. Sylvie n'en avait pas, préférant les animaux de compagnie :

- Tu crois que nous aussi, on va nous prendre au cirque si on dresse les chiens ?

Je trouvais incroyable que Marie-Claude, la mère des jumelles, pût aimer la symétrie au point de posséder (comme si son double prénom et sa double progéniture ne suffisaient pas) une double bête aussi : les caniches noirs et identiques, deux frères, qui dormaient au salon. (Et « moi » - double moi -, j'étais pour la deuxième fois la garde d'une paire d'enfants, notais-je.) Quand je les promenais ensemble, tous les quatre avaient l'air sortis d'un livre illustré ou d'un catalogue de mode : tout jolis, fraîchement recoiffés, les filles portant des barrettes, et les chiens, des colliers assortis à la tenue du jour (roses, rouges ou verts), ce qui faisait qu'au Luxembourg, les vieilles dames et des petits garçons se retournaient tous sur nous. Certains allaient jusqu'à nous courir après (l'admirateur de mes pupilles entraînant sa grand-mère), ce qui n'était pas pour nous déplaire, coquettes comme nous l'étions.

Les jumelles possédaient une quantité invraisemblable de vêtements et d'accessoires, et devaient en changer au retour de l'école, avant de goûter, puis de nouveau pour se promener, et une dernière fois après le bain - selon les instructions de Marie-Claude, que nous suivions avec délectation (je me croyais revenue à l'âge des poupées, en plus luxueux). Dans leur appartement, il y avait un dressing room où leur garde-robe occupait un mur entier. Moins nombreux que les tenues d'extérieur, les pyjamas, les chemises de nuit et les robes de chambre s'étendaient, suspendus, sur quelque chose comme un mètre et demi, sans compter les tiroirs qui en contenaient encore. Tout cela, comme l'aspect du cinq pièces où les couleurs pastel prédominaient, me donnait l'impression d'une existence où le seul incident grave à redouter était de tacher la moquette blanche, ou les murs jaune clair de la cuisine (les filles avaient toujours envie de s'asseoir ailleurs que dans leur chambre pour dessiner pendant que je préparais leur dîner). Il y avait, bien sûr, une femme de ménage, qui venait en notre absence, mais malgré cela, je n'arrivais pas à comprendre comment quelqu'un - la maîtresse de maison, pas un décorateur - pouvait oser le blanc pour la moquette de trois pièces sur cinq (celle des petites représentait des fleurs multicolores, et la cuisine était carrelée de gris pâle). Craignant le pire, j'essayais de les habituer à rester dans mes jupes (façon de parler), comme autrefois une petite fille auprès de sa grand-mère :

- Eh, les choux ! Venez me voir, je m'ennuie sans vous. Montrez-moi un peu ce que vous dessinez.

- Tu n'a pas deviné ? Des chiens !

- Et moi, une mariée.

- Bravo, c'est très joli. Vous m'en faites d'autres ?

- Tu as des chiens aussi ? Si tu me dis comment ils sont, je vais te les faire.

- Je n'en ai pas, j'ai un chat.

- Génial ! Tu nous l'amènes ?

- Il est comment ?

- Je ne peux pas vous l'amener, c'est une chatte qui vit dans un pays de conte, très douce, comme un nuage. Quand on l'a sur ses genoux, on ne sent aucun poids, rien que de la chaleur. Et quand on est malade et alité, elle vient s'enrouler là où l'on a mal, sur le ventre ou sur la poitrine, et elle ronronne dessus jusqu'à ce qu'on soit guéri.

- Mais si elle ne vit pas chez toi, comment tu peux l'avoir ?

- Avant, je vivais chez elle ; maintenant, elle vient me voir quand j'en ai besoin. Comme elle est très légère, elle peut se laisser porter par les rêves. Elle a le poil si long et si doux qu'elle peut voler comme le duvet des pissenlits...

Or, les jumelles ne voyaient pas ce qu'était un pissenlit, si bien que je dus (avant d'achever le portrait) aller chercher le Larousse pour leur montrer la Semeuse qui soufflait des akènes, en leur apprenant au passage qu'on pouvait appeler ça des aigrettes aussi, ou des dents-de-lion, nom imagé qui ne faisait surtout pas voir la chose, mais qui mettait en valeur son lien de parenté féline avec les chats les plus doux.

- ...Si vous regardez bien les pissenlits, demain, dans le jardin, Djinn la doucette va peut-être venir vous rendre visite, une de ces nuits.

Ma nouvelle personne était donc capable de raconter ce genre de choses, au lieu de dire simplement que Djinn était tigrée, moitié persane, avec une crinière façon lion. En m'écoutant parler, je m'étais demandé dans quelle mesure l'atmosphère de chez les jumelles m'influençait, et ce que je sortirais encore dans les jours à venir.

- Et maintenant, tu as un amoureux ?

- Non.

- Ce n'est pas possible !

- Si tu n'as plus de bêtes, tu dois avoir un amoureux, quand même !

- Mais je vous dis que non ! Il y a aussi des gens qui vivent tout seuls.

- On voit que tu mens !

- On ne parle pas ainsi aux grandes personnes !

- Pardon, nounou chérie. Mais quand même, on voit bien. Raconte-nous, on gardera le secret.

- Il n'y a rien à raconter.

- Mais si, mais si !

- Puisque je vous le dis ! Enlevez-moi tout ça et allez tout de suite vous laver les mains, je vais mettre le couvert.

Mais après le dîner, dans leur chambre, comme nous allions commencer à jouer aux cartes (elles en raffolaient), Julie revint à la charge :

- Il est comme ça, ton amoureux ?

Elle montrait le valet de cœur, son préféré.

- Non, fis-je, plutôt comme... Fais voir les autres.

Chacune me tendit les siens, et Sylvie ne jubilait pas moins que sa sœur : je m'étais décidée à passer aux aveux, elles sauraient tout !

- Non, il n'est pas comme ça non plus. Voyons voir dans mon jeu. Tiens, on va dire qu'il est comme celui-là.

Je leur montrai le roi de trèfle.

- Avec une barbe ? Pouah !

- Non, non, sans barbe.

- C'est un roi, alors ?

- Il peut l'être s'il veut, mais en principe, c'est un sorcier. C'est beaucoup mieux. Le roi reste tout le temps sur son trône, quel ennui ! Alors que le sorcier peut se transformer sans cesse, faire tout ce qui lui plaît, aller partout, et même être à plusieurs endroits à la fois.

- Il peut vraiment faire tout ce qu'il veut ?

- Absolument.

- Des bêtises autant qu'il veut ?

- Oui. Personne ne le gronde. Déjà, on ne se rend pas compte que c'est lui qui les fait, puisqu'il se transforme. Et même si on le savait, on les lui pardonnerait : il est tellement charmant et amusant ! Il peut ensorceler n'importe qui.

- Il habite avec toi ?

- Non, il habite dans son château de sorcier. Personne ne peut y entrer. Il se trouve dans une forêt ensorcelée, derrière une clôture en plantes, vous savez, comme les haies vives au Luxembourg ; seulement, elle est plus haute que les arbres de l'avenue de l'Observatoire. Si on essaie de grimper dessus, elle pousse encore et encore, ce qui fait que personne ne peut voir comment vit mon sorcier quand il est tout seul chez lui.

- Mais si l'on vient en avion ?

- L'avion disparaît. Le sorcier peut faire disparaître tout ce qu'il veut. C'est le château où il cache ses secrets. Aucun simple humain ne doit les connaître.

- Mais si quand même on était très malin et qu'on y entrait malgré tout ?

- On ne verrait rien. Il n'y aurait plus que des choses ordinaires comme chez n'importe qui. Ses objets sont tous magiques, ils peuvent faire semblant d'être ordinaires, quand il le faut.

- Alors pourquoi les cacher ?

- Pour ne pas perdre son temps avec les curieux. Pour rester tranquille à préparer ses sortilèges.

- Même toi, il ne te laisse pas entrer ?

- Même moi. Mais je n'y tiens pas. De toute manière, c'est loin, sa maison, je n'aurais pas le temps d'y aller : il faut que je m'occupe de vous. Ou bien vous êtes d'accord pour que je vous quitte ?

- Non, on n'est pas d'accord !

- Pas d'accord, non ! Alors il vient chez toi ?

- Oui.

- Tous les jours ?

- Non, de temps en temps, quand il est moins occupé. C'est toujours par surprise qu'il vient. Il entre par la fenêtre ou par le mur. Parfois, il passe même par la serrure, pour m'amuser.

- C'est incroyable !

- Moi, je n'y crois pas.

- Et tu as tort. Bien sûr que c'est incroyable : c'est un sorcier, il ne fait rien comme tout le monde. S'il faisait des choses croyables, il n'ensorcellerait personne.

- Il a toujours été sorcier, depuis tout petit ?

- Toujours. Il avait une marraine sorcière. Pendant que sa maman attendait qu'il naisse, la marraine mélangeait des poudres magiques en disant des choses incompréhensibles. Et juste à minuit, il est apparu : un petit garçon qui ne ressemblait ni à sa mère ni à son père, ni même à sa marraine, mais qui était tellement étrange et beau que tout le monde le regardait bouche bée. Les gens ne pouvaient pas deviner que c'était un petit sorcier, parce que les sorciers, c'est si rare que personne n'imagine qu'il peut s'en trouver n'importe où. Mais même sans se douter de rien, ils voyaient bien que c'était un garçon extraordinaire.

- Il est allé à l'école comme tout le monde ?

- Dans une école de sorciers ?

- Non, dans une école ordinaire, comme la vôtre. Seulement, pendant les cours, il faisait des choses étonnantes.

- Comme quoi ?

- Je vous les raconterai plus tard. Maintenant, c'est l'heure d'aller au lit.

- Tu nous les raconteras quand on sera couchées ?

- Seulement si vous promettez de ne pas me faire revenir trois fois pour fouiller sous les lits. Et si vous ne tenez pas votre promesse, je ne vous raconterai plus rien sur lui. Allez maintenant dire bonne nuit aux chiens.

*

Pour la première fois, je regardais l'automne dans le jardin du Luxembourg, assise sur un banc, pendant que les jumelles faisaient un tour de manège : j'observais les couleurs des frondaisons, artistement disposées par le temps avec l'assistance des jardiniers plus éphémères qu'elles, et recomposées par mon œil qui se fixait à divers endroits, d'une manière irretrouvable à jamais ; la saison et l'espace qui m'entourait me semblaient entièrement neufs. La fraîcheur des commencements leur avait été rendue, celle qui prête ses merveilles aux enfants pour un certain temps qui, même malheureux, laisse des images issues du don de voir le monde autrement qu'on ne le vit en continu, don qu'on retrouve par moments, et que la mémoire ou l'écrit peuvent rendre, quelquefois.

En cet automne unique, autre chose d'inédit se passait en moi : la langue d'autrefois se détachait. Elle ne donnait plus l'illusion de faire partie de ma personne, je percevais la distance grandissante entre elle et mes pensées, comme si je remontais vers l'époque où l'on apprend à parler, mais cette fois-ci, pour désapprendre. C'était un processus étonnamment fatiguant quoiqu'il ne demandât aucun effort conscient ; ou bien me sentais-je fatiguée parce que je m'appliquais à saisir comment cela se passait, et à chercher des signes qui me prouveraient qu'en même temps, l'autre langue adhérait ? Je n'en trouvais pas, malgré le son familier qu'elle rendait. J'étais dans l'entre-deux : aucune ne m'appartenait vraiment. Il m'arrivait ce que l'aîné m'avait prédit ; et je réalisais que cela parachevait mon inexistence : mentalement aussi bien que factuellement, j'étais quelqu'un dont une seule chose était indubitable, à savoir que son avenir était coupé du passé, sans qu'on sache pour autant à quoi il ressemblerait. En matière de vie extérieure (au jour le jour) et intérieure (l'entre-deux), je n'avais plus que du présent, et j'ignorais même comment et jusqu'où il se prolongerait.

Dans l'entre-deux, les choses que le parler peut saisir, et qu'on croit tenir à travers lui pour toujours (jusqu'à la fin de la vie, qui paraît trop éloignée pour compter, généralement), ces choses que les autres possédaient tout naturellement en les évoquant, se trouvaient séparées de moi par une paroi souple, invisible mais perceptible - comme dans l'eau où l'on plonge pour chercher un objet que les doigts atteignent avec une sensation particulière, conscients de saisir, leur toucher n'ayant plus le naturel propre à l'élément qui vous permet de respirer et de vivre en lui sans même en être conscient ; je me disais par moments que j'avais un gant à la langue (image évidente au mois de novembre). J'éprouvais des choses approximatives, difficiles à nommer, et qui se savaient vouées à une fin proche. Oui, vraiment, comme l'aîné l'avait prédit, je n'étais plus personne, car l'histoire que je pouvais raconter (et qu'on entendrait toujours autrement) était celle de quelqu'un d'autre, alors que je restais incapable d'imaginer ou de prévoir la mienne.

J'étais en suspens comme les feuilles que l'air porte sans qu'elles se sentent tomber ni voler, mais moi, je le sentais et le suspens se prolongeait – par heures entières, dispersées sur des semaines, où je donnais pourtant l'illusion de vivre dans l'espace-temps des humains qui existaient pleinement. Pour sortir de cette apesanteur, j'essayais de rassembler et d'ordonner mes souvenirs tout récents, ceux qui pouvaient m'apprendre quelque chose de moi-même, et je voyais une foule de personnages vagues dont chacun aurait pu être vrai, s'il avait duré - que j'avais portés et présentés aux autres en guise de moi quelques semaines durant, ou cinq jours sur sept, ou une fois par mois ; qui se mêlaient, et dont la plupart devaient déjà être oubliés par leurs témoins, tandis que le dernier « moi » en date se sentait encore plus inconsistant en se rappelant qu'en moins de trois ans, l'homonyme racontable et révolue avait vécu plus d'événements qu'il ne faut pour des décennies normales ; que pesait face à cela l'homonyme actuelle, dépourvue d'identité précise, qui risquait de disparaître dès demain sans laisser aucune trace ?

Il y avait ce « demain » particulier, qui revenait une fois par saison, mais que je voyais approcher de loin : le jour où j'avais rendez-vous avec un être sans nom qui était une heure où l'on devait décider de ma durée. C'était ma condition que je portais toujours sur moi, inscrite sur un petit papier : à telle date, à telle heure, on allait m'accorder ou me refuser trois mois de survie. C'était la troisième fois que ce rendez-vous approchait, encore plus effrayant qu'auparavant, et je me demandais comment l'idée pouvait être venue à quelqu'un (à qui ? quand ? où ? ceux dont on dépend sont inconnaissables) de réduire ainsi l'espace-temps pour certains des provisoires que nous sommes tous. Notre monde reposait dessus, assurément, sur ce pouvoir quasi divin, exercé par le biais de papiers et d'écritures, qui consistait à priver des vivants d'une existence qu'aucune loi naturelle ni morale ne leur interdisait, et qu'ils avaient le droit théorique de choisir. (J'avais lu la très célèbre Déclaration rousseauiste qui reconnaît entre autres – si besoin est de le rappeler – à tout humain le droit de vivre où il veut.)

J'ignorais qui était le responsable de cet ordre des choses, mais je me rappelais à toute heure un endroit où travaillaient des anonymes dont chacun pouvait écourter la durée de milliers d'inconnus à cause du lieu et de l'époque où ils étaient nés. On y allait tout seul et sans menottes, si bien que les passants ne savaient pas qu'on n'était pas comme eux. Mais une fois entré dans la salle d'attente où ils sont une centaine, tous les jours ouvrables, à n'importe quelle heure, de tous les âges, qui se tiennent bien tranquilles en attendant d'apprendre la décision qui sera prise sur la suite de leur vie (tout cela vous semble parfaitement normal quand vous ne le voyez pas de leur point de vue), l'on se rendait à l'évidence : on était un de ces sous-humains nés pour le demeurer même dans un pays dont les institutions arborent, au-dessus de leur entrée comme sur leur papier officiel, trois mots résumant ce dont on rêvait. (Et comme ils sautent aux yeux sur la lettre qui vous apprend que vous devez disparaître, cher lecteur, *Liberté Égalité Fraternité*, imaginez l'effet – mais ça peut attendre, on y arrivera toujours trop tôt.)

C'était un grand bâtiment moderne situé tout au bout d'une longue rue aux maisons et boutiques très vétustes, dont je lisais chaque fois les enseignes en marchant, pour essayer de me distraire, même si je les connaissais par cœur et même si chacune signifiait que je m'approchais de ce qui me faisait peur. Comme par un fait exprès, la force qui nous fournit l'imprévisible et l'incroyable avait placé juste dans cette rue un établissement croulant nommé HÔTEL BAR DE L'ESPÉRANCE, où l'on ne voyait jamais un client entrer ou sortir, qui m'inspirait un sentiment particulier, mélange de la fascination craintive qu'éprouvaient sans doute devant lui tous les trimestriels sachant lire, et d'une nostalgie amère. Je n'aurais jamais osé loger à son enseigne, ni même entrer y boire : qu'arriverait-il si j'y cassais un verre ou mécontentais d'une autre façon, involontairement, dans ce sien temple, la force qui nous donne et nous enlève l'espoir ?

Chaque fois, j'adressais mentalement une prière à l'antique écriteau, depuis le trottoir d'en face où la crainte me tenait, et avec plus d'humilité le jour où je fus convoquée pour un entretien important, où je devrais expliquer encore une fois à quelqu'un ce que tant de gens m'avaient déjà demandé, et dont je tarde encore à vous fournir certains éléments : pourquoi je n'avais aucun choix autre que d'être ici, qu'avais-je vécu exactement avant de partir, et ainsi de suite – des questions revenant toujours à l'épreuve que vous font passer ces personnages indispensables à tout conte, qui paraissent sur votre chemin pour changer votre avenir. Bien sûr, cette fois-ci non plus, je n'avais aucune idée de l'anonyme, homme ou femme, qui allait me juger, et comme il était préférable de voir les choses du bon côté, je me disais : ce sera une fée.

C'était vraiment une femme, et qu'on n'aurait pas crue chargée d'un tel pouvoir en la croisant ailleurs : petite, quelconque, visiblement fatiguée d'être fée, et sans doute pour cela, d'une attitude plus sévère qu'il n'était nécessaire dans sa fonction. Dès que je commençai à lui parler, son aspect, la conscience de vivre un moment fatidique et les souvenirs qui me revenaient eurent un effet embarrassant : une sorte de brume tomba devant moi, comme pour nous empêcher de bien nous voir, et je ne sus plus trop ce que je disais.

Je me rappelais confusément les vitres du bus couvertes de buée – mais oui, c'est naturel, il s'en forme toujours sur les parois qui séparent un dehors et un dedans aux climats différents ; comment s'appelle déjà ce phénomène ? condensation, je crois bien –, je répondais à de nouvelles questions à travers la même brume, je racontais des événements encore flous pour vous et qui me le semblaient toujours plus à mesure que je les expliquais à la fée censée m'écouter quelque part au loin ; je me demandai ce qu'elle pouvait entendre, je me rappelai mon vague parent pleunkois qui avait eu des fonctions diaboliques, puis toute cette confusion passa à l'état liquide, comme la condensation finit par laisser des traînées sur une vitre. Je m'en rendis compte lorsque j'entendis : « Vous pleurerez plus tard, s'il vous plaît, je n'ai pas le temps. »

Et mes yeux essuyés, tout s'éclaircit. Les choses reprirent des contours précis, on ne peut plus réels ; le conte redevint une façon de dire, une forme dénuée de contenu concret. L'épreuve se terminait. En attendant d'apprendre ce qu'on allait décider à mon sujet dans un des vagues bureaux où des gens sans visage reçoivent des rapports qui résument autrui en termes qu'il ignore, l'on m'avait donné à emporter cette phrase fascinante, riche d'enseignement, que je n'aurais jamais pu inventer. Elle me semblait résumer comme un adage tous les cas où l'on doit demander quelque chose (même l'âme charitable préfère un mendiant qui sache sourire et dont le malheur ne se manifeste pas de manière incommodante), toutes les situations réunissant deux personnes qui ne se connaîtront jamais en dehors du rapport entre faible et fort – qui fausse tout, qui est en lui-même faux, je le savais, les seules vérités humaines résidant dans l'affection (ni l'amour ni l'amitié ne rendant personne aveugle au point où leurs contraires le font). Mais en dehors de l'amour et de l'amitié, des leçons nous sont données que nous devons essayer de comprendre au-delà du mensonge qu'elles servent, et me répétant la phrase, j'y apprenais un sens des mots clés introuvable dans les dictionnaires : « pleurer » pouvait être un synonyme d'« exister », et « plus tard », signifier « ailleurs » - la femme qui l'avait prononcée me prédisait, à son insu, comme une pythie, un avenir qui serait semblable à mon passé, dans la mesure où il serait fait de pleurs, d'inexistence et de rejet, me dis-je ; mais puisqu'elle ne me connaissait pas et refusait de me connaître, sa prédiction s'adressait par mon biais à tous ceux qui pouvaient s'asseoir en face d'elle. De fait, on aurait pu afficher cette phrase en pancarte partout où les visiteurs n'ont pas le droit de déborder (en pleurant ou en protestant, par exemple) des limites de leur dossier – partout où les humains sont réduits aux deux dimensions d'une feuille cachetée, pour devenir de cette manière égaux devant le pouvoir du moment et de l'anonyme, qui peut être celui de l'arbitraire et du néant.

Absorbée par ces pensées, je rebroussais chemin dans la longue rue aux maisons et boutiques très vétustes, et quand je songeai à consulter l'enseigne la plus proche, je compris que j'avais déjà dépassé l'hôtel bar de l'Espérance – sans l'avoir salué. Fort mauvais signe. Pour me rassurer, je fourrai ma main dans la poche où se trouvait le papier me promettant d'exister jusqu'au jour anniversaire de celui où l'on avait pris mes empreintes ; puis je me rappelai qu'on pouvait me raccourcir le délai, cette fois-ci, suite à l'entretien que je venais de passer. Je ne verrais peut-être même pas la fin de l'année dont une homonyme avait espéré qu'elle serait la première de sa nouvelle vie.

Avez-vous médité, lecteur, sur le fait que les inexistants sont par excellence les êtres qui dépendent toujours d'un bout de papier, qui est leur titre (« Montrez-moi votre titre », dit-on dans les lieux où la susdite pancarte devrait pendre), correspondant aux pages où l'auteur collectif et anonyme les a décrits en termes qu'ils ne liront jamais ? (Pas plus que les personnages littéraires totalement inventés, ils ne peuvent pénétrer les arcanes de leur dossier.) Mon homonyme avait déjà eu à méditer sur ce fait à Pleunk, dont les Organes – qui voulaient, eux, qu'elle y reste – l'avaient rédigée sous forme d'histoire allant dans ce sens : elle y resterait, pour X raisons, et peut-être en prison – on ne sait pas trop, faute d'avoir lu leur roman, mais ce n'est qu'un détail, dans un pays dont la plupart des citoyens étaient même hors du trou les prisonniers des autres. (Pourquoi diable avait-elle eu le malheur de naître et de grandir dans cette prison majeure ? *Vissi d'arte* – pourquoi, Seigneur, avoir permis qu'on me tourmente ainsi ?) Maintenant, à Paris, l'on me rédigeait d'une autre façon, et cette fois-ci d'après les informations qu'on m'avait demandées (au lieu de se servir d'indicateurs), toutefois le résultat promettait d'être le même (condamnation), puisque dans les deux cas, ce qu'on jugeait, *ce n'était pas moi*. C'était un personnage voué à servir de repoussoir, à jouer le mauvais rôle, dans les deux cas, en tant qu'artiste subversive ou immigrée, dans les deux cas dangereuse ou du moins indésirable pour le pays (qu'adviendrait-il si l'on nous laissait nous multiplier ? et à moi seule, je me multipliais, vous voyez, cher lecteur : en tableaux, en poèmes, puis en transformations personnelles, étudiante, ange gardien, serveuse, femme de ménage, etc., jusqu'où cela irait-il si l'on me laissait faire ?), et dans les deux cas, décrite d'une manière où l'affection ne pouvait pas entrer. Tandis que moi, la vraie moi à laquelle on n'accordait pas le droit d'exister, sur aucune page de leurs livres, j'étais un être aimant. (L'aviez-vous remarqué ?) Enfant déjà, mon homonyme sentait que dans l'air chanté par Reine, *arte* et *amore* étaient des synonymes – autrement dit, que l'artiste vit par sa capacité d'aimer, ou dépérit si la laideur autour de lui parvient à le réduire à la haine. Mais assez digressé.

Je suis encore vivante, me disais-je, il ne faut pas penser à tout cela, il faut regarder. Je suis à Paris, ces gens n'y sont pas partout, ils n'y occupent que quelques bâtiments où rien ne m'oblige à retourner dans l'immédiat, c'est passé, je ne les vois plus, je les coupe au montage ; cette ville est belle et bonne, où je peux me promener et retrouver les amis qu'elle m'a donnés. Et après-demain, je peux retourner au Louvre.

*

Puis vint le temps des fêtes et de la vie flottante le long de la Seine, sur le bateau qui partait vers minuit pour toujours revenir au même point. Assise près du hublot, je voyais s'écouler lentement au-dessus de moi un Paris fait de hauteurs, de derniers étages sous la lune, et dont les bâtiments semblaient plus beaux que jamais, découverts l'un après l'autre par les projecteurs, lointains comme tous les lieux qu'on ne fait que traverser, placés d'avance à la distance qui va les reprendre, aimés avec nostalgie déjà au moment où leur vue s'offrait. C'était à peine croyable que l'autre rive ne fût pas un autre monde, qu'on pût retrouver la terre ferme et marcher entre ces immeubles sans fondations suspendus dans le noir. Une fenêtre s'allumait ou s'éteignait comme un signal : quelqu'un qui ignorait mon passage communiquait malgré cela avec un de mes instants, et invisible, je lui souriais. Dors bien ou veille bien, qui que tu sois, tandis que la nuit coule et emporte mon regard, cher sédentaire, et si un autre soir l'envie te vient de t'amuser, descends, on revient toujours à quai.

Cela avait commencé à la soirée d'anniversaire de Jérôme, avant laquelle je n'avais pas soupçonné qu'on pût s'offrir des fêtes fluviales avec orchestre et serveurs déguisés. À force d'ébahissement, j'oubliai que c'était mon anniversaire aussi (ou « plutôt », Jérôme n'étant pas né à cette date précise), ce que les autres ignoraient ; c'est seulement une fois redescendue sur la terre ferme qu'il allait me revenir à l'esprit, avec l'idée d'écrire à Minou que même si c'était à son insu, Paris avait donné une grande soirée flottante pour me fêter. Je regardais les musiciens en tenues folkloriques mexicaines, les danseuses espagnoles dont les châles en soie et dentelle noire tournoyaient au-dessus des frous-frous rouges, je répondais à peine aux propos qu'on m'adressait par moments, je buvais et mangeais, ce qui me donnait une contenance, l'excuse de la bouche pleine et la conscience de bien profiter de l'occasion ; heureusement, je ne risquais de gâcher la fête à personne en me comportant comme si j'étais au Paradis Latin, car notre bande et les autres invités de Jérôme, assez nombreux, s'occupaient très bien entre eux, en dansant la plupart du temps.

En retournant au bar pendant la pause de l'orchestre, pour reprendre un verre de punch, je tombai sur un homme qui se présenta comme le capitaine avant de m'expliquer qu'il m'observait depuis un moment, et voulait me faire une proposition : l'une des Carmen était tombée enceinte, son état l'empêcherait bientôt de travailler, je pouvais la remplacer.

– Les autres vont t'apprendre les pas, c'est vite fait. Je paie bien mes filles, et qui sait ? tu peux finir par devenir une vedette, ce ne sera pas la première fois qu'une danseuse de chez moi se sera fait offrir un meilleur engagement.

Ce disant, le capitaine me souriait de toute sa ronde face, réjoui d'avance par la carrière qui s'ouvrait devant moi.

- Reprends un verre ! *Salud* ! Je bois à ma nouvelle danseuse. Les filles sont sympa, tu vas voir, on s'amuse bien chez moi. Quand c'est la fête, c'est la fête pour tout le monde, pas seulement pour les clients.

Quoique la perspective fût séduisante, je refusai, expliquant que je n'avais ni l'énergie physique ni l'état d'esprit qu'il fallait pour distraire le public.

- Tu dis ça parce que tu n'es pas de bonne humeur, ce soir, fit-il. (Le pauvre homme se trompait décidément sur toute la ligne.) Essaie, je suis sûr que tu y arriveras. Il n'y a qu'à te voir : une vraie Espagnole, l'œil de braise, le rythme dans le sang !

Pour être hilarante, cette nouvelle erreur ne m'en ravit pas moins : voilà que mon physique me valait enfin une assimilation ethnique nettement plus avantageuse que le sobriquet de Gitane et que mon origine de malheur. Pour une minute au moins, j'étais d'Espagne. Et comme c'était flatteur de passer pour une *flamenca*, figure mythique, lorsqu'on était une créature floue ne faisant rêver personne ! Je faillis accepter, puis la raison et la résignation me regagnèrent. Je détrompai le capitaine : malgré les apparences, ce qui me convenait le mieux, c'était de travailler assise, à l'écart du monde.

- Je suis écrivain, précisai-je à ma propre surprise ; il fallait croire que sa gentillesse et l'alcool me poussaient aux confidences – ou à prendre mes désirs pour la réalité, selon le point de vue.

- Ah ! tu es écrivain ! Alors je vois ce qu'il te faut, s'écria-t-il, encore plus enthousiaste, le vestiaire et les toilettes ! Au début de la soirée, tu vas être très occupée, mais quand le bateau partira, tu pourras écrire ou venir t'amuser dans la salle, comme tu veux, aucun problème : tu fermes la porte à clé, ils n'auront qu'à frapper ou qu'à te chercher.

Pouvais-je trouver un patron qui me comprenne mieux ? La place était à prendre, et je me rappelai qu'un des plus illustres poètes pleunkois avait été Monsieur Pipi depuis l'âge de vingt ans jusqu'à la fin de sa vie.

C'était un jeune homme romantique autant que pauvre, et de surcroît phtisique, pour complaire aux historiens de la littérature qui se délectent aux clichés d'époque. Dès l'âge de quinze ans, il écrivit de sublimes poèmes traitant des anges ; le contraste entre ses vers blancs et son gagne-pain malpropre m'avait longtemps paru emblématique sinon du destin des poètes en général, au moins du sort que Pleunk leur réservait. Mon homonyme avait souvent relu son histoire d'enfant de paysans illettrés, doué pour les études, parti en faire à la capitale sans pouvoir les achever faute d'argent, ni trouver une situation meilleure que celle du sous-sol à peine éclairé où il passa les cinq ans qui lui furent nécessaires pour achever un recueil, le publier et mourir – une biographie qui faisait pleurer l'adolescente rêveuse, et dont l'auteur avait omis de donner un renseignement (Filip y pourvoirait, plus tard) utile pour comprendre que le sort du martyr de la pureté n'avait pas été entièrement ignoble. Non, l'Esprit qui veille sur nous autres avait pris soin de lui offrir quelques consolations, en contrepoids de sa malchance : le poète aimait les garçons ; trouve-t-on meilleur lieu pour en connaître que les toilettes d'un jardin public ?

N'empêche, son cas restait un bon exemple de la difficulté d'être immortel, dont il devait subir les conséquences jusqu'après sa mort. En effet, malgré le désir des lecteurs reconnaissants, aucun moyen de lui rendre hommage par une plaque en marbre : la tombe du poète avait disparu, sa maison natale était tombée en ruines et personne ne savait plus dans quels hôtels miteux il avait habité. De tous les lieux de sa vie, seul le chalet de nécessité demeurait en évidence, inchangé mais impropre aux commémorations. Les plus fervents de ses admirateurs y descendaient parfois, après une promenade, non sans gêne, leur humeur hésitant entre la piété qu'on sent à chercher l'ombre d'un grand homme, et le fou rire quand on réalise que pour l'honorer, on ne saurait faire qu'une libation peu solennelle bien que dotée de lettres de noblesse poétique depuis Rimbaud.

Malgré les avantages de son chalet (discrétion garantie, jusque par les biographes), j'étais certaine que cet amateur d'anges aurait tout donné pour être à ma place : lui aussi, il avait rêvé de Paris. De fait, on trouvait dans un de ses poèmes ces deux vers qui m'avaient longtemps servi (ici, je ne saurais me dissocier de mon homonyme) pour commenter ou résumer divers aspects de la réalité pleunkoise, et que j'associais au Dernier Esthète : « Ce n'est pas Paris, Ce n'est pas la France » - ils perdent en traduction, mais la version originale rendait vraiment bien, prononcée avec un « R français » par la dandy baudelairienne que j'étais. Si quelqu'un qui m'entendait se montrait scandalisé, j'expliquais que je citais un auteur qui, sans être inscrit au programme comme le classique auquel on devait l'éloge du Merdançon (je citais, là aussi : « Aucun fleuve n'est plus grand que la Sombre »), n'était pas non plus interdit de réimpression, et que par ailleurs, ce distique ne représentait jamais qu'un constat factuel anodin, une évidence pas plus critiquable qu'une carte géographique : Pleunk et la France, cela faisait deux. (Et heureusement, ajoutais-je en pensée, songeant à ce qui arriverait aux candides - tel mon premier postier parisien, que je n'avais pas encore rencontré mais que mon moi intemporel connaissait déjà – si d'aventure Pleunk les envahissait. Je vous entends rire. Riez, mais rappelez-vous quand même que sinon le petit, son essence peut envahir le grand pour le muer en peau de chagrin, et comment ! Jadis, Pleunk aussi fut un grand pays – même si personne ou presque n'en garde le souvenir, ses natifs ne furent pas toujours des esclaves voués à se réduire.)

Dans la journée, notre bateau était amarré près du métro aérien, du côté de la Tour Eiffel. En arrivant sur la passerelle, je jetais un dernier coup d'œil vers la rive, comme pour m'assurer qu'elle restait à sa place où j'allais pouvoir la rejoindre au petit matin, puis je descendais dans la cale et j'entrais dans mes fonctions : les clients commençaient à arriver ; au fur et à mesure, leurs dépouilles rempliraient mon réduit. Un soir, je gardai deux petits aussi, qui dormirent sous les habits accrochés, sur le ventre, le visage enfoui dans les pulls des parents, paisiblement, tandis que les cintres libres sonnaient au-dessus d'eux, ponctuant la berceuse des machines.

Je regardais augmenter la pile de pièces sur ma table avec une avidité aussi grande et joyeuse que la désinvolture avec laquelle j'allais trop dépenser dès le lendemain. Converties en billets, elles allaient me convaincre que j'étais riche, et j'allais fêter cela dans un café, où j'allais même me permettre de boire de l'alcool (du vin), ce que je ne faisais jamais en travaillant. L'envie ne m'en venait pas, à l'étonnement des autres employés et des clients ; je ne dansais pas non plus, ce dont il se trouvait toujours quelqu'un pour me plaindre (me le croyant interdit et s'attirant mon mépris). Les plaisirs de mes nuits de travail, c'était d'apprendre que les ivrognes ne me faisaient pas peur, que j'avais le don insoupçonné de les intimider et calmer d'une seule réplique ; de vérifier ma résistance au sommeil ; de sourire aux clients avec une politesse infaillible ; de finir au petit matin un gros livre commencé le soir ; et bien sûr, de regarder la ville après minuit, quand le bateau quittait le quai.

Une fois la porte du vestiaire fermée à clé, je lui tournais le dos pour m'asseoir devant le hublot, et je me pénétrais du caractère enviable de ma situation (quel progrès par comparaison avec le chalet de l'amateur d'anges !). N'était-ce pas satisfaisant de ne voir en travaillant que des gens joyeux, d'entendre de la musique et de me promener sur la Seine comme les touristes que j'avais enviés depuis la rive, du temps où j'aurais dû payer pour être ici ? Et aurais-je seulement imaginé, deux ans plus tôt, qu'il me serait un jour donné le bonheur de flotter des nuits entières sur le *Nec mergitur* des armoiries ?... Au bout de deux semaines, j'eus aussi la joie de me rappeler que les affiches publicitaires pour notre paradis flottant, qu'on voyait dans maints quartiers parisiens, étaient faites d'après un dessin de moi (qui l'aurait jamais cru ? un dessin de moi affiché un peu partout dans la capitale mondiale de l'art !). En effet, m'étant permis un jour de dire au Capitaine que sa publicité était médiocre, j'avais appris que faute de mieux, il avait confié la conception de ses affiches à l'imprimeur, et m'étais vu offrir de les améliorer, dont acte. C'était souvent moi-même qui les collais, ce qui me procurait à la fois le plaisir qu'on a en œuvrant à sa gloire anonyme, et des revenus supplémentaires.

Quand je n'étais pas trop épuisée d'avoir résisté au sommeil tout le long de la nuit, je quittais le bateau d'humeur joyeuse, me délectant de l'air silencieux des samedi ou dimanche matins parisiens. J'attendais longtemps le métro à la station ouverte sur le ciel, en grelottant un peu (malgré mon manteau chaud acheté chez Guerri pour la somme énorme de 20 francs) comme il arrive lorsqu'on n'a pas dormi, et savourais les effets roses et rouges du levant sur les façades. Parfois, deux collègues me rejoignaient : Julio, un Péruvien âgé, toujours souriant, acupuncteur de son métier, interdit d'exercice mais utile aux amis malades, et Julian, un jeune Colombien qui faisait sa maîtrise de sociologie et publiait des articles sur la vie parisienne dans un grand quotidien de chez lui – les deux hommes de ménage du bateau. Ils aimaient passer me voir au vestiaire entre l'heure de la plonge et deux tours de la salle pour vider les cendriers ; souvent, ils m'apportaient des empanadas ou de la boisson : « José n'en saura rien, il en offre beaucoup. » Les matins où le nettoyage était fini peu de temps après les comptes que je faisais avec le Capitaine, et où le métro tardait plus que d'habitude, Julio et Julian se disaient ravis de rentrer avec moi et, assis de mes deux côtés, faisaient tout leur possible pour entretenir une agréable conversation, malgré mon manque d'entrain.

Le sociologue aimait m'interroger sur mes lectures, ce qui avait le don de m'exaspérer, à sept heures du matin, après une nuit blanche. Timide, très bien élevé et un peu amoureux, il s'en tenait aux sujets hautement intellectuels, censés me plaire, tandis que je résistais à l'envie de lui dire que du premier coup d'œil sur sa figure, on pouvait lire « intelligent et brave », ce qui le dispensait de tout effort verbal, surtout pour une fille avec laquelle il n'avait aucune chance de succès. Enfin, le métro arrivait, je m'élançais vers la rame avec mon sac au fond duquel ma paie roulait, sonore et réjouissante, je m'installais contre une fenêtre et je montais mes pieds fatigués sur le siège d'en face, en m'excusant ; Julian prenait place à côté de mes chaussures, Julio de mon côté. Encore trois stations de discussion, puis le repos.

Les matins où je rentrais seule, il m'arrivait souvent de me réveiller non pas au lit mais sur un siège, portée dans la direction opposée à celle que j'avais prise. À force de travail nocturne, mes journées devenaient de moins en moins distinctes du rêve, même quand elles suivaient une nuit de sommeil ; c'est vers le soir seulement que je sortais de l'hébétude liée désormais à la lumière diurne. Entre autres conséquences, ce nouveau rythme de vie me causa le cuisant désagrément de me réveiller un jour à moins d'un mètre d'un visage consterné qui me fixait – celui de mon adorable professeur de philosophie Jean-Jacques Szczeciniarz, qui achevait un cours sans comprendre comment il se pouvait que son étudiante la plus enthousiaste, toujours assise au premier rang juste devant lui, ait passé deux heures à lui dormir sous le nez. Vous aurez appris du même coup que j'avais pu m'inscrire en deuxième année, cher lecteur : contre toute attente, quand le moment était venu d'essayer, j'étais tombée sur la même secrétaire qui n'avait pas pensé plus que la première fois à me demander mes papiers, me permettant ainsi la conclusion jubilatoire qu'entre les murs de mon *alma mater*, les décisions des autorités valaient autant que les sentences de mort de jadis dans les églises : sciemment ou à son insu, peu importe, la Faculté me donnait le droit d'asile. Or, malgré toute la reconnaissance que je lui devais, et quoique j'appréciasse nombre de cours que je n'y passai pas à dormir, je dois avouer que dès la rentrée (nettement avant d'occuper un emploi flottant), je me montrai moins zélée et passionnée par mes études qu'auparavant. Je restais efficace dans l'ensemble, certes, et peut-être la plupart de mes professeurs ne percevaient-ils aucune différence, mais pour moi-même, je n'avais pas moyen de m'abuser : force m'était de constater, à ma grande honte, que l'étudiante de première année et moi, cela faisait deux. Je m'occupais de mes chères études moins qu'il n'eût fallu (presque exclusivement en compagnie de Shéhéra qui ignorait que je n'aurais peut-être même pas fait mes devoirs si je ne m'étais pas sentie obligée de l'aider pour les siens), et pire, l'entrain initial passé, je sentais (comme Michèle) quelque agacement et une lassitude préalable à l'idée de franchir année après année les degrés académiques pour prouver aux autres quelque chose qui était déjà établi pour moi, à savoir mes compétences littéraires. (Que n'avais-je pas pu les exercer tout de suite pour écrire sa maîtrise ! Ça m'aurait donné l'impression d'être plus avancée, et aussi une excuse pour ne rien faire de mon côté...) Voilà pourquoi, entre autres raisons, j'ai autant tardé à vous apprendre que j'étais en deuxième année : cela ne comptait plus guère ; je pensais à autre chose, la plupart du temps, si bien que je l'oubliais ; et vous non plus n'aurez pas beaucoup d'occasions de vous le rappeler, à partir de maintenant.

*

Le lendemain d'un dimanche, un de ces jours où je ne pouvais guère m'empêcher de dormir, je me retrouvai non pas dans une salle de cours mais devant un jury que je croyais avoir déjà vu, et que vous connaissez peut-être aussi, si vous avez une certaine expérience du peuple de la nuit qui hante certains dormeurs, passant d'un rêve à l'autre. Ils étaient cinq comme les doigts de la main. Ils se tenaient loin derrière une vitre et jugeaient un parfait inconnu que nous tous voyions pour la première fois, mais qui était moi même si j'ignorais tout de lui à part ce fait. Assis à mes côtés, plein d'autres moi se taisaient unanimement dans l'attente d'occuper sa place l'un après l'autre, et à n'en plus finir, chacun sachant qu'il n'allait pas cesser de revoir ce rêve, et il semblait que ce rêve n'avait pas de fin possible qui ne soit pas aussi la nôtre.

J'essayai de me réveiller, enfonçant mes ongles dans mes paumes, puis me disant qu'il n'y avait pas de vitre, et que c'étaient là cinq personnes différentes, pas forcément unanimes, d'autant qu'au moins un parmi eux représentait l'organisme impartial dont le seul nom prononcé pouvait vous valoir de graves ennuis, dans les pays comme Pleunk, tant il était indissociable de la défense des privés de libertés dans le monde entier, puis en m'efforçant de me concentrer sur ce qui se disait au sujet de l'inconnu – forcément autre que moi, visiblement homme et noir, assis de dos par rapport à ma partie de la salle – dont on examinait le cas. Son avocat était à ce moment en train d'expliquer (en rappelant que les preuves s'en trouvaient dans le dossier que le jury avait sous les yeux) comment son client avait été arrêté, torturé et tenu en prison pendant cinq ans, ce qui se pouvait constater, par ailleurs, au visage et aux béquilles sans lesquelles il ne pouvait plus tenir debout – et les jurés auxquels le juriste était manifestement familier de longue date l'écoutaient en hochant la tête avec approbation -, c'est pourquoi il serait peu souhaitable que cet ancien opposant retournât dans le pays où le premier ministre du temps de son emprisonnement venait de reprendre le pouvoir, cette fois-ci en tant que Président ; et plus j'écoutais et je regardais, plus fort était mon espoir, devenant une certitude à cette dernière précision, que cet inconnu au moins serait sauvé (et non pas dans un rêve : en vérité, dans la réalité), puis il fut invité à se lever, et j'entendis déclarer que le recours était rejeté (« ...doit quitter le territoire dans un délai de... »), et moi, cher lecteur, obligée d'en croire mes oreilles, tandis que devant mes yeux, l'inexistant toujours muet dont j'avais aperçu le profil effroyablement marqué se tenait de dos sur ses béquilles, une jambe tremblant sans discontinuer et l'autre, tordue en dedans, je crus comprendre soudain pourquoi aucune plaidoirie ne pouvait l'aider, alors même que nous étions en présence d'un représentant de l'organisme évoqué plus haut, qui s'était lui aussi contenté, un parmi les cinq, de hocher la tête avec approbation un peu plus tôt, puis de garder le silence, et d'horreur, je tombai en quelque sorte endormie.

(Empêchée par l'horreur d'avoir ne fût-ce que les larmes aux yeux pendant que le mutilé condamné à rentrer se faire achever pour son amour de la liberté était encore devant moi, je continuerai certainement de pleurer sur lui chaque fois que j'y repense tant que je serai vivante, à la place de ceux dont je doute qu'ils aient gardé son souvenir, qui passèrent alors au suivant. N'ayant jamais pu concevoir qu'il faille assister un jour à une scène semblable, ma raison la maintint occultée des semaines durant, probablement pour se préserver, jusqu'au moment où je vis monter un Noir à béquilles, au pied plâtré, dans le bus où j'étais, et éclatai en sanglots avant de me rappeler pourquoi.)

En tombant à travers l'obscurité, je me retrouvai dans une ville étrangère aimée de maints auteurs célèbres, et que j'avais hâte de quitter pour retrouver le chemin de l'ailleurs où mon corps dormait. Comme elle menaçait de me retenir, je devais attendre le soir, l'heure où toutes les villes se ressemblent, pour partir. Et comme il tardait à venir, je me promenais pour le presser et fatiguer l'angoisse. Il se mettait à neiger, je me rappelais que ce serait bientôt Noël, ou l'année prochaine, dans le rêve comme dans la réalité, et je saluais les flocons : soyez les bienvenus ! venez tous danser ! ce soir, c'est la fête ! Blancs comme les anges et aussi bienveillants, ils allaient me garder en couvrant les routes, les sentiers escarpés, les forêts par où j'allais passer.

Dans toutes les rues, les piétons allaient et venaient gaiement, faisant leurs courses en prévision de la fête, sur les trottoirs jonchés de branches de gui dorées dont les feuilles écrasées révélaient un vert jeune, tendre, inattendu sous la couleur de gloire qu'on leur avait donnée – je le connaissais, mais d'où ? Était-ce quelque plante de Florence ? Non, personne ne faisait pousser du gui, me rappelais-je, il poussait tout seul, en parasite indésirable, pour former des couronnes – de lauriers ? en bronze ? – non, des couronnes dorées sous lesquelles l'on s'embrassait, et qui portaient bonheur... Pendant que je le fixais en essayant de retrouver ce qu'il me rappelait, tous les passants disparaissaient – ils devaient être rentrés, c'était l'heure – et comme la nuit était déjà tombée, je montais dans le train avec mon sac pesant le poids précis de la mémoire : ce qui ne pouvait pas y entrer était désormais au passé, ces choses qu'on croit siennes lorsque le présent permet d'ignorer qu'elles sont vouées à disparaître ou à devenir des mots comme tout ce qu'on a perdu en y tenant encore - ces biens palpables qui peuvent toujours exister ailleurs mais qui ne se distinguent déjà plus de l'histoire, du savoir ou des rêves. La mort locale était décrétée pour eux tous, proches compris.

Au-delà de la dernière gare, dans la nuit où l'on songe le moins à sortir, il y a des villages emmitouflés dans les congères, dont les cheminées fument. Et une file d'ombres qui ne vont plus rentrer contourne les maisons à travers les flocons, faisant crisser la neige le plus doucement possible. Puis on voit le guide rebrousser chemin, se penchant un instant vers chaque silhouette pour chuchoter un ordre dans la seule langue où l'on peut tous s'entendre, étrangère à chacun : on se déchausse pour continuer sur la pointe des pieds, au rythme du gravier sensible et nettement audible malgré la neige, et des rafales du vent qui vous tirent les bottes des mains - on dirait un énorme mille-pattes volant.

Comme on a peur que les pieds ne gèlent et qu'on se trouve en même temps ridicule, on comprend mieux qu'avant que la nouvelle vie commence déjà, et comment elle sera : à chaque pas risquée, démunie même quand on sera pourvu, camouflée et craintive. Même si un jour on retrouve un semblant d'être comme tout le monde, on restera en danger. On n'oubliera plus combien on est faible et vacillant en allant d'un passé à fuir vers un avenir inconnu : un instant là, le suivant nulle part, sans doute. Ce qu'on joue ce soir, c'est *Les Sentiers de la Nuit*, seulement nous ne sommes plus dans la salle : sans nous reconnaître, c'est nous que vous voyez en le regardant.

On était pourtant comme vous, frères humains qui n'avez jamais perdu ni gagné une dimension, il y a dans le groupe un professeur, deux femmes au foyer, un agronome, une couturière, un programmeur, qui ont cru qu'ils allaient toujours le rester, trois autres personnes dont on ignore tout, qui pourraient être vous, et un enfant qui se met à pleurer. Alors on se ramasse autour de lui, la mère lui donnant le sein, les autres trépignant, maugréant ou chantonnant à voix basse, tandis que le petit refuse de boire et hurle, si longtemps qu'on se voit déjà découverts, pris au début du chemin. A-t-on idée d'emporter ça quand on va passer la frontière ? Mais si l'on y arrive, il grandira là où il fait meilleur, il ne se rappellera pas sa seconde naissance, pas plus que la première, et il parlera sans aucun accent la langue où ses parents seront marqués à jamais par l'infamie d'avoir vécu dans le pire. Tais-toi, petit qui ignores ton bonheur de ne pas savoir d'où tu viens ! Et il finit par se taire, m'entendant peut-être lui promettre en pensée qu'il serait récompensé de tous les bonheurs pour accepter d'être, rien que d'ici à l'aube, notre sauveur après avoir failli nous perdre.

Et voilà qu'on repart à travers cette nuit trop claire où l'on fête une fin et un début dont la suite reste encore très incertaine - Robert Massigny et Michel Darbois, professeurs d'aventure, veillez sur nous qui n'avons pas eu de répétition, on entre dans la forêt, c'est ici qu'on quitte le chemin que d'autres peuvent rebrousser, faites que la neige recouvre vite celui qu'on va frayer. Jacques Camp, rappelez-moi la chanson du voyageur qui sait que le plus beau pays l'attend de l'autre côté du sommet. Une fois le sommet passé, l'on ne sera plus personne, personne ne saura qui l'on a été, l'on ne se reconnaîtra même plus soi-même. Si l'on parvient jusqu'au petit matin, une camionnette va nous emporter, autant d'inconnus serrés dans le noir, pour nous déposer à la fin du jour au milieu de l'inconnu dont on rêvait. Nous serons les étrennes imprévues d'un monde à découvrir, la monnaie vivante de notre propre rachat, qui fera de son mieux pour payer de ses jours la bienveillance de l'année nouvelle. Ce ne sera plus « nous » mais « vous » auxquels je parle à travers ce rêve, vous que je revois comme en vol d'oiseau pendant que vous descendez sur le sentier qui s'efface dans la tempête de neige : tenez bon, je vous le dis en pensée, dans le langage muet que vous comprenez.

Car quoi que vous puissiez dire, désormais vous serez toujours les gens du silence où vous êtes entrés au début du chemin, qui reste en vous, dans quelque coin d'où il sera rappelé trop souvent à votre gré. Quand vous parlerez de votre passage aux descendants d'un temps meilleur pour qui la lueur de la neige et de l'aventure se mêlera à la lumière chaude du soir où ils en auront écouté l'histoire, vous saurez que les mots ne portent jamais sur ce qu'ils devaient exprimer, qu'ils augmentent seulement la solitude de l'ineffable où le passé survit. De l'autre côté, vous n'êtes plus vous, même pas pour vous-même, vous n'êtes personne ou vous êtes plusieurs, si bien que désormais, vous serez jugés par des inconnus qui croiront vous connaître.

Et voilà que mon tour est arrivé, réveille-toi, on t'appelle, c'est bientôt le moment de te défendre, prépare ton discours – tu dois leur faire entendre que vous n'êtes pas seulement des feuilles écrites, qu'il s'en trouve parmi vous qui savent parler aussi, et sans pleurer !

Le rite voulait que chacun des cinq jurés apporte d'abord ses arguments pour justifier le verdict, ce qui me laissait le temps de composer des phrases jusqu'au moment où ils m'interrogeraient, après quoi je plaiderais pour moi-même. (Point n'était besoin de les écouter pour préparer ce que je leur dirais.) Sur la table des cinq, le livre où devait être inscrite leur version de mes aventures glissa d'un juge à l'autre, avant de revenir dans les mains du premier. Il chaussa ses lunettes, le feuilleta, puis leva les yeux vers moi :

- Pourquoi avez-vous quitté l'Amérique du Sud ?

- Je n'y suis jamais allée de ma vie, répondis-je aussitôt, avec soulagement (l'examen commençait par une question facile), avant de réaliser que cet homme me confondait – comment était-ce possible ? ils m'avaient pourtant appelée par mon nom ! – avec quelqu'un qui venait de là-bas. De chez Julio, Julian et José – comment se faisait-il ? Le souvenir intempestif du fait que le Capitaine m'avait prise pour une Espagnole n'eut pas la vertu de m'aider à y voir plus clair. D'autres questions suivirent, assez abstraites pour qu'on puisse les adresser à toute personne placée dans les mêmes circonstances, ne me permettant pas de vérifier si l'erreur qu'on avait faite sur moi était partielle ou totale (feuilletait-on le dossier de quelqu'un d'autre, par mégarde ?), et comme j'avais conçu mon discours de défense pour un auditoire qui serait censé connaître mon passé mieux que moi-même, je n'en dis pratiquement rien. Mieux encore, je ne m'entendis guère parler : soudain, une certitude complètement imprévue appelait toute mon attention. En effet, subitement, j'avais compris que je n'étais même pas ce que j'avais cru jusqu'à l'instant d'avant, mais juste l'être encore indescriptible et pourtant différent que les cinq avaient devant eux au présent.

Puisqu'ils en ignoraient absolument tout, jusqu'aux faits qu'ils étaient censés connaître, mon histoire n'avait plus aucune réalité (lecteur, oubliez ce qui précède : il n'avait pas lieu d'être, rien de tel ne m'était arrivé, le Tribunal s'en porte garant), ou bien seulement celle des rêves et autres produits de l'imagination ; je n'allais plus y revenir à leur profit. Désormais, j'étais pur présent, et c'était maintenant une joie, car je comprenais enfin : le présent est vraiment *insaisissable*. La décision qu'on venait de confirmer ne concernait que l'homonyme ; quant à moi, en vérité, aucune main n'allait plus jamais m'atteindre, comme aucun poing ne pouvait me contenir.

Et effectivement, lorsque les cinq doigts refermèrent leur livre, je me retrouvai dehors au lieu de rester entre les pages, saluée par le froid qui confirmait que rien ne comptait sauf l'immédiat, la pure réalité si gaiement vraie au sortir du néant, que même frissonner m'exaltait. Je plissai les paupières contre la lumière violente, j'inspirai profondément pour me remplir de ce présent glacial et éclatant, puis, immobile, je parcourus du regard les lieux où je n'avais pas le souvenir d'être déjà passée : c'était une rue de banlieue inconnue, évoquant vaguement (tours et barres) Pleunk comme des milliers d'autres cités du globe (en Amérique du Sud aussi, l'on en trouvait de pareilles, certainement), mais même son aspect déplaisant ni le fait que la mémoire de l'homonyme ne m'avait pas lâchée ne suffirent à rien gâcher à mon nouveau présent inauguré.

Il y avait devant moi, sur le trottoir d'en face, un bar-tabac vers lequel je courus sans prendre garde aux voitures, sûre comme je l'étais que rien ne pouvait plus m'atteindre. Je m'écroulai sur une chaise dans la chaleur et le bruit, je commandai un verre de vin en souriant au garçon, je sortis de mon sac un cahier et un stylo, et j'écrivis - interminablement, dans un instant qui se prolongeait hors temps, autant qu'il fallait pour que l'histoire à raconter fût achevée et le stylo vidé, juste au dernier mot. Puis je réalisai que cette histoire était écrite dans la langue du présent, celle que tout le monde parlait alentour : je venais de devenir un écrivain français. Voilà qui j'étais, définitivement.

C'était une telle joie de le comprendre que j'oubliai d'avoir encore soif, et me mis aussitôt à relire toutes les pages que j'avais noircies, non pas en vue de corriger ce premier jet, mais pour m'assurer qu'elles existaient bel et bien. Puis je vis que quelqu'un me souriait, debout devant ma table :

- Il était long, votre poème, dit-il.

Et moi, puisque c'était un serveur :

- Je reprendrais bien un verre.

Je bus alors à la réalité nouvelle du cauchemar qui allait poursuivre celle que je n'étais plus, et à ma langue nouvelle dont je n'allais pas me laisser priver, dussent tous les tribunaux d'ici-bas et d'ailleurs me refuser le salut.

Et je tins mentalement un discours nouveau :

Ne comptez plus sur moi pour accomplir ce qui était écrit ; si votre verbe peut se faire souffrance, il n'est pas le mien, et maintenant, c'est moi qui tiens la plume. Allez donc tous au diable lui faire lire vos livres où chaque nom signifie le malheur d'être né - fussiez-vous aussi puissants que leurs dieux pour ceux qui vous redoutent, je vous renie et vous déclare coupables. La langue et le néant diront si j'ai raison. Je me remets à leur jugement en toute confiance, le sachant plus sévère et mieux fondé que l'humain. Au revoir, usurpateurs.

Ayant ainsi harangué l'assemblée invisible, je me demandai pourquoi le garçon avait parlé de « poème » : peut-être parce que même ceux qui n'en lisent jamais perçoivent quelque rapport entre l'exaltation et cette notion ? Oui, sans doute, ce rapport qui avait fait dire à Baudelaire que tout homme pouvait survivre trois jours sans manger, mais pas sans poésie, et qui avait donné au romancier poursuivi par le Diable l'idée de désigner ainsi son œuvre capitale…

Mais je fus empêchée de poursuivre cette réflexion, car l'on s'agitait alentour, on criait, une femme grimpait sur sa chaise, quelqu'un ricanait - qu'est-ce qui se passait ? Une souris affolée courait entre les tables, et j'éclatai de rire, renversant mon verre qui éclaboussa le carrelage. Ce n'était pas grave, personne n'était blessé, ni même la souris. Plus rien de grave ne pouvait arriver ce jour-là, le pire étant passé. Je payai l'addition et je sortis, plus légère que jamais. La langue avait pris, elle allait m'aider à faire ce qu'il fallait pour vivre en elle.

2

C'est à la fin de cette journée où je sus qui j'étais désormais que le téléphone intervint une fois de plus dans mon histoire, en véhicule positiviste des voix de l'au-delà. Un ami pleunkois dont j'avais eu le temps d'oublier l'existence ressurgissait à point pour me rappeler à la raison : ce n'était pas si simple de n'être plus la même.

- Quand nous avons appris que tu vivais à Paris, c'était une telle joie ! On a tiré au sort pour savoir qui t'appellerait, on a vidé nos poches, et voilà, c'est moi l'heureux gagnant, je dois te prévenir que la standardiste va nous couper dans cinq minutes, alors je vais droit à l'essentiel : est-ce que tu peux te renseigner pour nous dire si Michel est vraiment celui qu'on croit ? Je te rappellerai dans un mois, je serai en fonds, on pourra se payer un quart d'heure de parlote, et je te passerai les autres ! Tout le monde comptera les jours, tu ne peux pas savoir ce qu'on est contents pour toi et à quel point on est impatients de savoir, enfin…

Vous aurez noté que pour la bohème pleunkoise, le temps n'avait pas passé : le mythe de Michel restait bien plus présent et passionnant que mon actualité. Je n'aurais pas dû en être surprise, sachant qu'à Pleunk, la denrée de première nécessité n'est pas ce qui manque à table mais l'espoir, le rêve, l'illusion, n'importe quoi qui vous permet de vivre en voyant autre chose que la réalité locale, et que les plus anciens s'y portent le mieux, étant assimilables aux premières notions que l'on a acquises sur le monde (en l'occurrence, sur un monde parallèle). Mais il faut croire que les mœurs locales m'étaient devenus complètement étrangères, car au lieu de m'attendrir, ce coup de fil me donna un fort accès d'amour-propre.

On aurait tout de même pu imaginer que l'histoire authentique d'une amie qui avait réussi à quitter Pleunk (« Mais si, je peux te le jurer ! Je l'ai connue personnellement, j'étais vraiment de sa bande de copains ! ») aurait plus de succès que le vieux conte mille fois repris, non ? Que la bohème serait folle d'impatience d'entendre comment son ex-membre héroïque avait accompli son exploit – indubitable, celui-ci, puisque j'étais joignable à tel numéro parisien. J'étais quand même la seule preuve vivante et récente de l'existence d'une Sortie, pas une légende incertaine comme Michel ! Or, rien n'y faisait, mes rêveurs se fichaient complètement d'apprendre mes aventures, ou ce qu'on devenait une fois arrivé ; je pouvais impressionner les petits Parisiens, voire certains grands, mais pour eux, je restais une vieille copine, c'est-à-dire pas plus forte que les autres. (Et moi, dès lors, je ne me rappelais même plus qu'une homonyme avait douté de ses forces.) Allez donc tous au diable, pauvres endormis ! Vous pouvez toujours rappeler dans un mois, il n'y aura plus personne de ce nom ici, et pour savoir où je suis, ce sera moins simple encore qu'aujourd'hui !

Mais de fait, comment avaient-ils déniché ce numéro ? J'eus un instant de terreur, puis je me dis : si c'était ça, il ne t'aurait pas parlé de Michel Darbois, il t'aurait interrogée sur toi-même, et il aurait eu largement assez d'argent pour une longue conversation.

Je ne réfléchis pas derechef à ce mystère car une autre question me vint à l'esprit : leur demande ne signifiait-elle pas que désormais, j'étais pour eux l'égale de Darbois ? Mais oui, l'ami de jadis m'avait dit, avant l'au revoir : « Tu lui demanderas, promis ? » Mes rêveurs ne doutaient pas que je pourrais joindre l'acteur célèbre, ni qu'il serait ravi de me renseigner !

Les Pleunkois, me dis-je, considèrent sans doute tous que dès qu'on quitte les limites de leur menue existence pour vivre dans le vaste monde, on est définitivement libéré de toutes les contraintes et on ignore tous les obstacles concevables, pas seulement ceux qui les gardent enfermés. Oui, ils doivent croire sans même s'en rendre compte qu'il suffit d'être ailleurs pour frayer avec les gloires les plus improbables et pour mettre en pratique tous ses rêves, certainement ! (Pour ma part, je n'avais pas souvenance de m'être jamais abusée ainsi.)

Si la bohème parvenait à me retrouver un mois plus tard, je n'allais pas pouvoir avouer qu'il y avait un problème sans perdre mon nouveau prestige ou sans qu'on me soupçonne de ne rien vouloir faire pour les aider, eux qui restaient là-bas. Je n'avais même pas refusé de fournir l'information précieuse : d'un accord tacite avec l'ami de jadis, j'avais omis de songer aux circonstances qui rendaient l'entreprise difficile.

Le lendemain, j'allai consulter en bibliothèque et en librairie tous les ouvrages disponibles où Darbois pouvait être évoqué, pour constater qu'aucun ne mentionnait son lieu de naissance - soit l'intéressé avait refusé de l'apprendre aux auteurs, soit ces derniers jugeaient qu'il ne valait pas la peine d'être cité. Ayant ainsi fait tout ce qui était en mon pouvoir, je m'accordai le droit moral de me considérer quitte de l'engagement qu'on m'avait imposé, et décidai de laisser au cours des choses le soin de fournir une excuse à mon ignorance : à lui de voir, lui qui s'arrange si souvent et si bien pour ne pas honorer ses promesses. De toute façon, les Pleunkois pouvaient bien continuer de vivre avec le mythe, sans souffrir plus que jadis de l'idée que la vérité leur serait à jamais inaccessible ; quant à moi, je me fichais de savoir où Michel Darbois était né - où que ce fût, il n'en restait pas moins l'un des artistes que je chérissais, et mon professeur d'aventure. Le chapitre était clos, à mon sens.

Seulement, il se trouve que les Pleunkois n'ont pas toujours tort quand ils n'imaginent aucune limite aux possibilités des gens qui vivent ailleurs.

Quelques semaines plus tard, au sortir du bateau, José (le Capitaine) m'invita pour le petit déjeuner dans un café voisin. Apparemment, le soir déjà lointain où il m'avait prise pour une flamenca, je ne l'avais pas complètement détrompé, ce dont je me rendis compte lorsqu'il me proposa tout à trac de l'épouser, déclarant que j'étais la femme de ses rêves, qu'il voulait me sauver et que je pouvais apprendre à l'aimer.

- Je sais très bien que je ne t'intéresse pas, depuis le temps que tu travailles avec moi : tu ne me regardes jamais. Ça se comprend, je ne suis pas beau, j'ai vingt ans de trop. Mais je peux t'assurer que je suis quelqu'un qu'on trouve vraiment bien quand on le connaît mieux. Tu ne veux pas essayer ? Tu vas voir, je ne demande pas grand-chose, je suis facile à vivre, et je sais faire plaisir…

C'était affreusement gênant. Et moi qui avais cru qu'on trouvait ce genre de scène uniquement dans les romans sentimentaux ! Tout ce que je pouvais répliquer, c'était :

- Excuse-moi, mais ce n'est pas possible.

- Réfléchis un peu, on en reparlera quand tu le voudras.

- Je ne veux pas te faire attendre pour quelque chose qui est déjà clair : ce n'est pas possible.

- Si tu m'expliques pourquoi ce n'est pas possible, j'arriverais peut-être à te convaincre…

L'explication aurait pu prendre des heures, même si une partie des raisons étaient inavouables, et que l'argument le plus proche du sens commun risquât de paraître à la fois très vexant et très inconsistant : eussé-je trouvé José séduisant, je n'en aurais pas été moins certaine qu'il me prenait pour quelqu'un d'autre, et que sa vie ne pouvait pas être la mienne ; les croisières en boucle me plaisaient, mais m'y engager définitivement… Et la réponse me vint :

- Je n'aime pas mentir. J'y suis souvent obligée mais je l'évite autant que je peux.

J'ajoutai quelques phrases censément consolantes, mais n'aimant pas mentir, je ne les rapporterai pas. C'est ainsi qu'une fois de plus, en toute ignorance de ce que le lendemain pouvait m'apporter, je choisis de m'en aller.

C'est tout de même étrange et cela commence à devenir exaspérant, me dis-je en marchant vers le métro aérien, je me retrouve toujours dans une situation où quelqu'un me propose un avenir qui lui semble souhaitable et qui pourrait vraiment convenir à d'autres, en m'obligeant à justifier mon refus, alors que mes raisons sont soit impossibles à citer, soit farfelues pour tout le monde sauf pour moi, soit les deux à la fois. Cela va-t-il se reproduire toute ma vie durant ?

Certes, la situation variait : le Capitaine était quelqu'un de bien, incomparablement supérieur au Puissant pleunkois persuadé que ma place était parmi les gens de son espèce, sans même parler d'une comparaison avec Born, trop ignoble pour que le rapprochement ne soit pas salissant. On pouvait supposer que les prochains cas de la même figure seraient préférables aux deux premiers, voire au troisième ; mais si l'on imaginait que c'était Julian ou n'importe quel autre homme de ma connaissance plus plaisant que José, qui m'offrait de partager sa vie, la difficulté d'expliquer mon refus serait encore plus grande. (Quoique j'eusse fait un petit pas en avant dans l'art oratoire en trouvant la formule « je n'aime pas mentir ».)

À envisager cette perspective, j'eus un accès d'accablement, et je décidai de prendre des mesures (provisoires mais radicales) pour couper court à ce genre d'embêtements : mon prochain travail serait soit solitaire, soit pourvu d'un entourage exclusivement féminin, dussé-je attendre longtemps pour le trouver.

Comme il arrive qu'une décision dont on ne démordrait pas même en crevant de faim fasse plier la force des choses (qui n'a rien à prouver et peut donc céder parfois, non sans malice), j'eus mon nouveau travail exclusivement féminin et presque solitaire dès le lendemain. Il m'était familier et n'avait rien d'intéressant (ménage et repassage) pour mériter que je l'évoque ici - si ce n'était l'identité de ma nouvelle patronne. Lorsque je me rendis chez elle pour la première fois, je trouvai Jacqueline en train de jouer avec sa fille :

- Agnès ne vous dérangera pas : dans la semaine, c'est son père qui la cherche à l'école et qui la garde jusqu'à mon retour, vous serez toute seule dans l'appartement pour travailler, et l'on ne se verra pas souvent. J'ai des horaires un peu particuliers...

- Maman est menteuse, intervint Agnès.

- Comment ?

Monteuse, naturellement. Agnès m'avait bien eue !

- Quelle chance ! m'écriai-je à l'adresse de Jacqueline, je n'aurais jamais cru qu'un jour, je rencontrerais une monteuse !

En elle-même, l'occupation consistant à rassembler des morceaux d'histoires, qui vous donne le pouvoir de jeter tel moment peu réussi, voire de déplacer tel événement, le mettant après un autre qui lui donne dès lors un sens nouveau, avait de quoi m'impressionner, surtout du point de vue de mon inexistence dont j'aurais bien aimé découper certaines scènes. Mais mieux encore, il s'avérait que Jacqueline avait monté des films que j'avais vus, et plusieurs fois. Je côtoyais donc une des créatures surnaturelles qui avaient présidé à mes rêves ! Elle connaissait personnellement Laurent Ray !

Au vu de mon enthousiasme, elle m'offrit de reprendre du thé et des gâteaux, visiblement curieuse de discuter un peu plus avec cette jeune personne exotique – ce qui allait revenir, de fait, à se faire interroger.

- Et Robert Massigny, vous le connaissez ?

- Je l'ai connu. Il est mort, vous savez, il y a longtemps. J'ai été assistante sur *La Lettre égarée*, son dernier film.

- Comment était-il ?

- Oh ! c'était un drôle de bonhomme. Moi, je n'ai pas eu à m'en plaindre, mais il faisait de ces scandales ! Pendant le tournage, par exemple, l'accessoiriste avait fait une erreur. Il fallait acheter des fleurs emballées dans une grosse boîte que le héros allait ouvrir pour en sortir un fusil. Au moment de préparer la scène, sur le plateau, il s'est trouvé que la boîte était un peu trop juste pour l'arme : l'accessoiriste avait mal calculé les dimensions. Alors Massigny la lui a jetée à la figure, avec les roses qu'il y avait dedans ! Vous imaginez ? Devant toute l'équipe ! Et encore, il l'a menacé avec le fusil ! Les balles étaient à blanc, bien sûr, et Massigny n'aurait sûrement pas tiré, mais quand même, un coup parti par accident, de tout près, ça peut vous blesser autre chose que l'amour-propre.

Craignant d'entendre pire encore sur Robert Massigny, je m'empressai de changer de sujet :

- Et Michel Darbois, vous l'avez rencontré ?

- Bien sûr. C'est lui qui jouait le rôle principal dans ce film. C'est quelqu'un de charmant, on se connaît bien, on se revoit de temps en temps, même si cela fait des années que je n'ai pas travaillé avec lui.

- Vous ne sauriez pas, par hasard, où il est né ?

Je racontai la légende pleunkoise.

- Je n'ai aucune idée de l'endroit où il est né, répondit Jacqueline, je crois bien que ce n'est pas en France, mais quant à savoir si c'est en Pleunk… Tenez, on peut se renseigner à la source, puisque c'est tellement important pour vos amis. Je dois avoir son numéro dans ce carnet ; on est dimanche, il est peut-être chez lui…

Je n'en crus pas mes oreilles : elle s'apprêtait à appeler Michel Darbois en ma présence, tout de suite ! J'essayai de protester, effrayée par cette possibilité inattendue de mettre en communication directe le mythe et la réalité :

- Mais il va sûrement trouver ça ridicule !

- Oh, pas du tout ! Vous pensez ! Il sera ravi d'apprendre qu'il suscite tant d'enthousiasme à Pleunk.

Mon Dieu ! Michel Darbois ne savait même pas qu'il était un mythe à leurs yeux, il n'était pas préparé pour répondre à l'attente des rêveurs pleunkois, et c'était dimanche, il risquait d'être pris complètement au débotté ! Qu'arriverait-il si l'appel de Jacqueline le réveillait d'une sieste, ou le trouvait dans son bain, ou l'interrompait pendant quelque occupation passionnante, à cent mille lieues de l'idée des obligations morales qu'il avait en tant que vedette, surtout par rapport à un public dénué d'existence concrète ? (Même s'il était vraiment de Pleunk, que pouvait être pour lui, au jour qu'on était, ce pays minuscule distant d'un quart de siècle ou plus ?) Je voyais d'ici ce qui se passerait : au lieu de paraître à l'autre bout du fil muni de tous les attributs divins (dont la compréhension sans limites), Michel éclaterait de rire, ou ferait quelque remarque impitoyable - un instant d'inconscience pouvait suffire à faire s'écrouler sa statue colossale sculptée par mes rêveurs pendant de longues années. Oh ! pourquoi diable avais-je eu la bêtise de l'évoquer, n'y avait-il aucun moyen d'empêcher Jacqueline de l'appeler ? Non, la force des choses avait décidé de révéler finalement la vérité aux Pleunkois en manque de réel :

- Michel, bonjour ! C'est Jacqueline. Ça va ? Je suis en train de parler de toi avec une charmante jeune fille qui t'a vu des centaines de fois avec sa bande d'amis dans tous tes films qu'on a montrés à Pleunk. Elle a quelque chose à te demander, je te la passe.

Et je reçus, ahurie, le combiné qui contenait un mythe vivant prêt à discuter avec une inconnue. Je devais me faire entendre par lui, et la réponse allait m'arriver droit dans le tympan ! Le ciel me tombait sur la tête !

Ce fut pourtant aussi simple que mon ancien ami pleunkois l'avait imaginé. Michel Darbois n'exprima pas le moindre étonnement face à ma question, et m'expliqua très gentiment qu'en vérité, il était né en Cleunk – autre petit pays obscur et ennuyeux mais hélas ! doté d'une existence autonome, géographiquement différent de celui où l'on parlait de la vedette avec autant d'amour.

Le bon côté de certains malheurs, c'est qu'ils prennent une forme si différente de celle qu'on prévoyait qu'ils en deviennent fascinants - pour un peu, on oublierait d'en souffrir. Une fois sortie de chez Jacqueline, je méditai longuement sur ma profonde déception et sur l'appréhension que j'éprouvais à l'idée de devoir communiquer la vérité définitivement établie à mes amis de jadis.

Oui, j'étais déçue – moi qui me fichais, a priori, complètement du lieu de naissance de Michel. J'étais vraiment déçue en tant que moi, pas seulement pour la bohème pleunkoise. Comment se pouvait-il ? Serais-je subitement devenue patriote d'un pays en lequel je ne m'étais jamais reconnue même avant de passer par la mort locale ? Non, j'étais déçue parce que tout à trac, en se matérialisant, Michel avait changé un élément dans une vieille histoire qui *ne lui appartenait pas* – en effet, c'était là autre chose que le cas de Jacques Camp (voix sans biographie, initialement) ; en tant qu'histoire, Darbois avait été à moi, pendant des années, et maintenant, comme le chien dans la paille, sans même pouvoir ou vouloir en profiter, il m'en privait ! Bon Dieu, ce qu'ils avaient raison, les spécialistes, d'omettre de citer l'endroit où il était né ! Le manque complet d'information sur ce point, c'était cela qui m'allait le mieux, je venais de le comprendre : qu'il reste strictement fictionnel, l'endroit en question, qu'aucun fait établi ne vienne s'y substituer. Fictionnel, même si ce n'était pas moi l'auteur de la légende, le parcours de Michel avait été *en mon pouvoir* (dans ma mémoire, et dépendant de moi pour de nouvelles variations sur son thème) ; par surcroît, c'était mon mythe originel auquel j'avais en quelque sorte donné une caution de chair en m'enfuyant – que diable avait-il fallu que le propriétaire nominal du mythe, qui aurait pu ne jamais apprendre son existence, se concrétise pour le détacher de moi ? Voilà à quoi m'avait menée la chance d'entrer en contact avec ce qui n'est pas censé être connu – avec l'ordre du surhumain.

Mais pourquoi donc m'en désolais-je ? N'était-ce pas préférable, en réalité, de s'en détacher ? Qu'avais-je encore à en faire, du mythe originel, dans la vie où j'étais ? J'en étais dépouillée comme d'une vieille peau, tant mieux. Il s'avérait que je ne devais de reconnaissance pour ma fuite à aucun Pleunkois, bon débarras. Tout compte fait, il n'y avait que mon homonyme qui fût digne de devenir légendaire dans le pays qu'elle avait quitté – en quoi cela pouvait-il me gêner ? Qu'ils en profitent ou qu'ils continuent de ne pas en profiter, les rêveurs locaux, c'était leur problème, pas le mien. (Comme vous le savez, cher lecteur, malgré les accès sporadiques d'amour-propre, il m'intéressait bien davantage d'acquérir de la réalité que d'être traitée comme un mythe dans un pays où j'avais perdu le peu que j'y avais eu.)

Cependant, je n'en appréhendais pas moins de devoir communiquer la vérité établie à la bohème pleunkoise : quoique privée elle aussi, réciproquement, de presque toute la réalité qu'elle avait jamais eue pour moi (seul un coup de fil éventuel la distinguait du pur souvenir ou de la pure invention), elle m'inspirait de la pitié. De fait, elle me paraissait encore plus à plaindre, ce jour-là, qu'auparavant : je ne savais même plus très bien à quoi ils pouvaient ressembler, ces pauvres habitants d'un monde parallèle, alors que j'avais le pouvoir de faire leur malheur ! De les faire souffrir, à l'instar des puissances qui se mêlent de notre sort, depuis mon au-delà qui leur était inaccessible à tout jamais ! Oh, pauvres créatures, ai-je jamais voulu cela ? Que n'êtes-vous pas restées sans moyen de m'appeler, de m'invoquer, vous qui étiez assez confiantes dans l'irréel pour ne rien redouter des conséquences d'un tel acte ?

*

Des jours durant, j'eus peur de répondre au téléphone, craignant d'entendre un rêveur, même si le mois ne s'était pas encore écoulé et qu'on pût tarder beaucoup plus à me rappeler, vu que la bohème pleunkoise n'était jamais sûre de rentrer en fonds (c'était là un des rares points communs qu'elle pouvait se réjouir d'avoir dans l'existence avec beaucoup d'artistes des plus grandes capitales). Heureusement et malheureusement, j'avais tout le loisir souhaitable pour mûrir ma décision qui devenait toujours plus difficile à prendre : devais-je vraiment détruire une légende qui avait donné et donnait encore l'espoir quotidien à des générations de rêveurs pleunkois ? Ne serait-ce pas d'une cruauté sans nom ? Qui allait donc les faire rêver ensuite pour qu'ils puissent survivre, quand ils ne pensaient même pas à se renseigner sur moi ?

Et Michel Darbois, qui s'était montré à la hauteur de son image en me parlant si gentiment en plein dimanche, jour chômé pour les dieux, méritait-il que je lui inflige la perte de l'amour incomparable de ses admirateurs pleunkois ? Car il était certain qu'en apprenant qu'il était né en Cleunk, on l'aimerait beaucoup moins. Il n'en saurait sans doute rien ; cependant, le nombre de spectateurs assidus de ses films baisserait, et par ma faute - à moi que sa légende avait soutenue dans une grande épreuve. Devais-je lui causer du tort en guise de remerciement ?

Qui serait gagnant dans toute cette affaire ?

Ne devais-je pas faire mentir les faits pour apprendre aux rêveurs une vérité moins stricte ? De Pleunk à Cleunk, il n'y avait qu'une lettre de différence, qu'on pouvait échanger - cela ne changerait rien à l'esprit des lieux. De Pleunk à Cleunk, n'était-ce pas au fond du pareil au même ? Si leurs habitants ne vénéraient pas le même Héros de la Patrie et s'ils parlaient deux dialectes distincts, leurs particularités locales (minuscules, surtout du point de vue de Paris) étaient-elles plus significatives que les plaques donnant des noms variés aux rues parfaitement semblables de deux banlieues modernes conçues par le même architecte ? Par ailleurs, autrefois, ces deux pays en avaient formé un seul. Une faute de frappe ou de prononciation aurait suffi pour effacer leur frontière actuelle. Si j'avais mal entendu ce que Darbois m'avait dit, n'aurais-je pas transmis la seule vérité de moi connue ?

Pourtant, je finis par apprendre aux rêveurs pleunkois la vérité telle que Michel Darbois me l'avait révélée. Pourquoi ? Je ne suis pas sûre de le savoir, mais je ne pus pas faire autrement. Il faut croire qu'un certain genre de vérité m'impose toujours de la répandre à mes risques et périls, et pas forcément au bonheur d'autrui.

Aussitôt dit, aussitôt regretté. Je fus accablée de songer que je venais de priver jusqu'aux Pleunkois à naître d'un sujet d'exaltation qui aurait pu aussi bien servir d'exemple que leur donner le courage de supporter leur réalité – d'une belle histoire *vraie*, denrée rarissime. (Car c'était vrai que Michel Darbois s'était enfui, même si c'était de Cleunk et pas en bateau mais à pied.) Mon Dieu ! Pour l'éternité, ils allaient rester sans aucune légende dans cet espace étroit où vous n'imaginez même pas qu'un humain puisse tenir - bien plus étroit que celui, élargi par le rêve, où le Michel du conte avait vécu les longues heures de son fameux voyage. Ils allaient rester dans leur peau de chagrin, passer à étouffer leur vie entière, pour l'éternité, et pas la moindre gloire ne viendrait jamais les récompenser de cet exploit !

Car les exploits qui durent une vie entière n'ont aucune valeur – ni pour ceux qui doivent les accomplir au quotidien, depuis si longtemps qu'ils ne sauraient comprendre qu'ils font autre chose que le strict indispensable pour subsister (les gestes normaux d'une existence normale), ni pour les autres qui les regardent de loin : les prodiges et les grands malheurs ne frappent le public qu'à condition de se produire rarement. Mon homonyme elle-même, du temps où elle vivait à Pleunk, n'aurait pas pu concevoir cette vision qui venait d'apparaître à mes yeux, d'une caisse où tout un petit peuple étouffait dans l'obscurité (oui, je voyais cela pour la première fois, bien que mon moi intemporel s'y fût senti étouffer : il fallait avoir changé de personne pour devenir capable de le voir), et la soudaineté de l'image me fit éclater en sanglots. Mon Dieu, ils allaient rester dans la soute sans un rai de lumière, par la faute de celle qui s'était sauvée ! Ils n'en sortiraient jamais, puisque personne qui puisse leur faire croire que c'était possible n'en était sorti, puisqu'à défaut d'être Darbois, l'ancien mineur pleunkois ne pouvait plus qu'y être mort !

Cette crise passée (on retrouve toujours un certain bien-être moral, quand on fait partie d'une meilleure réalité), la distance rétablie me fit changer d'interprétation des événements : qu'avais-je fait de pire que fournir une vérité à ces esclaves de l'illusion ? Maintenant qu'ils savaient qu'aucun Pleunkois n'était jamais devenu une gloire parisienne et internationiale, ils allaient peut-être finir par se demander pourquoi, et réfléchir au fait qu'aucune légende locale n'évoquait les obstacles qui restaient à franchir aux héros une fois sortis de là-bas. S'ils y pensaient (maintenant qu'ils avaient le fin mot de l'histoire, maintenant qu'un seul Darbois demeurait vrai des deux Michel), ils avaient quelque chance de trouver par eux-mêmes, chacun pour soi ou collectivement, un passage insoupçonné vers autre chose, non ? Il était tout de même temps de changer de conte, depuis l'éternité que cela durait !

Mais la vieille légende démentie devait avoir une suite - en plusieurs épisodes, et à moi seule connue.

*

Vous savez comment les histoires peuvent attirer les histoires : à peine a-t-on commencé d'en raconter une, quelqu'un de l'auditoire vous interrompt pour en placer une autre, censée ressembler à la précédente et suscitant en lui plus d'émotion : lui appartenant, elle demande à être partagée avec toute la compagnie où se trouve encore quelqu'un qui, à son tour, se rappelle avoir vécu… Par ailleurs, ce phénomène compte parmi les causes de la vocation littéraire : racontons d'abord en tête-à-tête avec soi-même, dans l'espoir qu'ensuite, on nous laisse enfin parler et se mette à nous écouter avec intérêt.

Un soir, je me retrouvai chez Michèle pour fêter l'achèvement de sa maîtrise - mais oui, même les corvées qui paraissent vouées à l'éternité peuvent s'achever. En l'honneur de cet événement, elle avait réuni des amis plus nombreux que jamais, dont la moitié me voyaient pour la première fois, et en me présentant, je fus obligée d'évoquer entre autres mon gagne-pain. Comme il n'était pas passionnant ni reluisant, j'en vins à parler de Jacqueline qui me racontait des histoires incroyables de première main sur les mythes du cinéma, j'ajoutai qu'elle m'avait même fait parler avec Michel Darbois, et je comptais développer quand une fille nommée Sylvia me coupa pour dire qu'elle était de Cleunk :

- Chez nous, Michel Darbois, c'est une espèce de héros national. Tout le monde passe son temps à parler de lui. J'étais la voisine d'un de ses cousins, qui lui ressemble beaucoup. Vous n'allez pas me croire, mais quand ce type apparaissait quelque part où personne ne le connaissait, cela faisait des émeutes : les gens croyaient que Darbois était venu en visite au pays !…

Je ne saurais rapporter les anecdotes qui suivirent, car je fus assourdie d'antipathie pour leur narratrice : non seulement cette Sylvia me privait du plaisir de raconter ma petite conversation avec Darbois, et de l'attention de la compagnie, mais elle venait de me le rendre étranger, ce qu'il n'avait jamais été jusque-là. Tout Cleunk était donc fier de son Michel – à juste titre, et sans doute depuis toute la vingtaine ou trentaine d'années que l'acteur était connu. Pendant que je l'avais cru mien, tout Cleunk avait joui de sa légitime possession. Tout Cleunk allait toujours se réjouir d'avoir un héros authentique, alors que les malheureux rêveurs pleunkois n'en avaient plus ! Vous pouvez remarquer qu'à ce moment, j'étais loin de trouver que Cleunk et Pleunk, c'était le même pays ; si cela ne tenait qu'à moi, j'eusse provoqué sur-le-champ (à la manière des déesses grecques) une guerre fratricide pour permettre aux irréels que j'avais dépossédés de récupérer l'idole - sans même songer qu'un Michel Darbois bien vivant (susceptible de finir par aller voir son cousin) n'était pas récupérable comme telle sainte relique pour laquelle des cités moyenâgeuses s'étaient battues, ni même comme la Belle Hélène. Quand j'y pensai, mon amertume relevée de honte devint encore plus méchante.

Je passai tout le reste de la soirée à maudire Sylvia en buvant verre après verre de chagrin à l'alcool, et ce ne fut pas court : peu de tourments durent autant qu'une fête où l'on souffre et doit faire semblant d'être joyeux. Quand enfin l'heure vint de s'en aller, Sylvia qui prenait également congé de Michèle me demanda où j'habitais, et pour comble de malheur, il s'avéra qu'elle rentrait dans le même quartier :

- C'est formidable ! Non seulement on a été pour ainsi dire voisines avant de venir ici, mais même à Paris, on le reste !

Décidément, cette fille avait du génie pour m'exaspérer. Je me félicitai de ne jamais habiter longtemps au même endroit. Mais dans les trente minutes à venir, aucun espoir : personne des autres invités de Michèle n'allait dans ma direction, je devais rester seule avec Sylvia.

Nous prîmes donc le métro ensemble. Quelques arrêts plus loin, nous attendîmes ensemble la correspondance qui, rage et désespoir, n'arriva point : l'heure du dernier train était passée. Il nous fallait ressortir et rentrer à pied, à l'autre bout de la ville, toujours ensemble.

Chacune des deux s'avoua fatiguée par une rude journée, ce qui nous amena à parler de la dèche, de tous les soucis qui nous pesaient, puis, de concert, nous nous dîmes heureuses d'être à Paris. Chacune en avait tant rêvé.

- Tu sais, fit Sylvia, quand tu disais que vous alliez sans cesse revoir les films de Michel, j'ai failli me mettre à pleurer. Je connais ça tellement bien ! Pendant des années, j'ai vécu d'une séance à l'autre. Et je n'avais même pas d'amis avec qui parler de mes rêves, personne pour partager. C'est pour cela que je suis si heureuse de rentrer avec toi, j'ai tout de suite su que tu pouvais me comprendre. Pour tout te dire, j'étais amoureuse…

- De Michel ? m'écriai-je, retrouvant tout à coup l'enthousiasme de l'adolescence.

- Mais non, fit Sylvia, certainement pas ! Celui dont il s'agit ne ressemblait à aucun Cleunkois, autrement je ne serais pas arrivée ici. Et ce n'était pas un acteur mais un peintre. L'année de mes seize ans, il exposait chez nous. J'étais allée au vernissage parce que j'étais curieuse de voir ce qu'il faisait : un artiste parisien… Et j'ai vu. Puis je l'ai vu arriver, lui. Je ne peux pas te dire ce que j'ai senti : c'était comme s'il avait été créé pour prouver que l'incroyable existait. On avait du mal à croire, même si c'était visible, audible, logique et naturel, qu'il respirait.

– Tu exagères ! dis-je en riant, la tutoyant à mon tour. Je n'avais jamais eu le « tu » facile, mais là, il sortait tout seul. Sylvia me semblait subitement aussi familière qu'une copine d'enfance, et plus passionnante, ayant encore toute une vie à me raconter.

– Si tu crois que j'exagère, c'est parce que tu ne l'as pas vu à ce moment, là-bas. Il y avait le maire, l'ambassadeur et d'autres qui faisaient leurs discours, et pendant ce temps, je pouvais le regarder tranquillement : il était de face, il ne bougeait pas. Puis il m'a remarquée, et quand il a parlé, c'était comme s'il s'adressait à moi. Il a dit quelques mots sur son travail, puis il a fait, en me fixant : « Mais le plus beau, c'est de trouver dans les yeux de ceux qui regardent vos tableaux la lumière de la compréhension… »

Il aurait pu se donner la peine de trouver quelque chose de plus original, ce phénomène, me dis-je. Mais en bonne hypocrite (avez-vous remarqué combien souvent je me comportais selon le principe « je ne dis rien, puisque je n'en pense pas moins » ?), je ne laissai rien paraître de l'opinion que j'étais en train de me faire de l'aimé de Sylvia ; au contraire, je l'écoutai d'un air d'empathie encore plus marquée.

– Et après ?

– Nous ne nous sommes plus quittés. Il ne restait que trois jours à Cleunk, en fait, mais ça m'a paru durer plus que trois ans. Quand il est reparti, je me suis rendu compte qu'à part la peinture, je n'aimais plus rien des choses qui avaient pu me plaire ou me distraire avant. Je m'ennuyais avec mes amis : je ne pouvais pas leur parler de cette histoire, c'étaient des gosses, je n'avais plus envie de passer mon temps avec eux. Alors, je suis devenue très solitaire et très studieuse : je ne faisais plus que lire des livres sur Paris, et voir des films pour connaître les rues où mon amoureux pouvait marcher, et faire des exercices pour mieux apprendre la langue que nous avions parlée ensemble. J'allais chez le cousin de Michel écouter ses disques français, et chaque fois, je me mettais à pleurer dessus. Personne ne comprenait rien à ce qui m'arrivait, même pas mes parents, parce que c'étaient des gens très occupés, ils ne s'étaient même pas rendu compte que j'avais passé deux nuits et trois jours sans rentrer… Voilà, c'est ici que j'habite. Tu ne veux pas monter ? Si tu n'es pas trop fatiguée… J'ai du bon vin. C'est si bien de pouvoir enfin parler !

Elle avait une chambre au sixième, que je trouvai magnifique : bien repeinte et décorée des tableaux de sa locataire, contenant juste assez de meubles pour qu'on y soit à l'aise.

– Mais tu n'avais plus aucun contact avec lui ? fis-je pendant que Sylvia me versait du vin.

- J'ai reçu deux lettres, puis plus rien. Bien sûr, je savais qu'on n'avait pas le droit de correspondre avec l'Ouest ; les flics de la poste avaient sûrement gardé ses lettres suivantes, et toutes les miennes sauf la première. C'est ce qu'ils faisaient souvent : on laisse les gens échanger deux lettres, histoire de leur montrer qu'« on est un pays libre » et d'avoir des preuves écrites sur la relation subversive, puis on attend que le dossier se remplisse, ça peut toujours servir. C'était comme ça à Pleunk aussi, non ?

J'opinai de la tête et me versai un second verre. Je commençais à me sentir mal. J'avais de plus en plus peur à l'idée de la suite – mais je devais l'entendre, autant faire semblant de le souhaiter. Sylvia se resservit aussi.

- Et si je lui téléphonais de chez moi, mes parents finiraient par s'en rendre compte ; il fallait donc économiser sur mon argent de poche pour aller à la poste centrale – à Pleunk aussi, c'était le seul endroit public d'où l'on puisse appeler l'étranger, n'est-ce pas ? Mais toi au moins, tu n'es pas passée par là, heureusement. Si tu savais ce que c'est de n'avoir aucun moyen de parler d'amour sans que des salauds te lisent ou t'écoutent ! Je les maudis tous ! Quand j'ai pu enfin l'appeler, au bout de trois mois, il s'est avéré que le numéro n'était plus attribué. Il avait dû déménager. Alors, j'ai su que la seule chose qui me restait à faire, c'était de trouver le moyen de me rendre à Paris. Comment tu es venue, toi ?

En quels termes présenter cela ?

- Un peu à la manière d'autrefois. J'avais fait de la peinture, moi aussi, et j'imaginais les vieux peintres qui partaient comme ça, il y a des siècles, quand ils étaient jeunes et qu'ils avaient de bonnes jambes à défaut de cheval, avec leur baluchon, vers le pays où il se trouvait des maîtres qui pouvaient les prendre dans leur atelier. Bref, j'ai marché. Bien sûr, il fallait payer pour le faire. J'ai eu beaucoup de chance de ne pas payer plus cher.

- Moi, j'ai dû attendre trois ans, puis j'ai appris qu'un de ceux qui avaient tenu des discours au vernissage devait choisir quelques jeunes Cleunkois pour les envoyer suivre leurs études à Paris. Parce qu'à l'époque, Cleunk commençait à *s'ouvrir*, comme on disait - les portes de la prison laissaient passer un peu d'air. Ce type, j'avais remarqué qu'au vernissage, il avait parlé plus longtemps que les autres et d'une façon vivante, je m'étais dit : c'est quelqu'un qui aime vraiment la peinture. D'ailleurs, il ne passait pas inaperçu même quand il se taisait : il avait toujours un cigare à la main, alors qu'à Cleunk, on ne voyait jamais personne fumer le cigare, même pas un autre diplomate. En plus, il faisait dans les deux mètres, il était gros et très élégant, plus que l'ambassadeur, alors tu t'en souvenais, forcément.

Ce qu'il devait s'embêter chez nous ! On voyait tout de suite que c'était un homme habitué à bien vivre. À Paris, il devait aller à l'Opéra, dans les meilleurs restaurants, fréquenter le beau monde, alors qu'à Cleunk, il était enfermé avec ses collègues, sans aucune distraction valable. J'imagine que c'est pour cela justement qu'il avait toujours son cigare à la main : c'était le seul plaisir familier qui lui restait, ça devait lui permettre de voir moins clairement l'endroit où il se trouvait. Par ailleurs, il avait l'air très satisfait de son importance, et il souriait beaucoup.

Quand j'ai appris que ce personnage était capable de m'aider, j'ai essayé de mieux me renseigner : on disait qu'il était hautain mais au fond bonne pâte ; ses collègues l'appelaient Nounours. Ça m'a un peu rassurée, je me suis dit que si j'avais peur de le rencontrer, c'était seulement parce qu'il était d'un monde où je n'avais pu que jeter un petit coup d'œil de loin ; que ce n'en était pas moins un être humain, et qui aimait la peinture, rien à craindre. Et puis, mes deux professeurs préférés des Beaux-Arts, des peintres connus à Cleunk, avaient accepté de venir avec moi à l'ambassade pour me recommander. Pour une fois, je me sentais soutenue : je n'étais plus seule dans mon projet, j'avais des garants.

Quand on est entrés dans le cabinet de l'attaché, la première chose que j'ai vue, c'était un tableau de mon amoureux. Je me suis dit : *il* est ici, c'est un signe, *il* va m'aider à bien parler, on va se retrouver. Il y avait plein d'autres peintures sur les murs, toutes très bonnes - l'attaché avait vraiment du goût, je me sentais de mieux en mieux. Au-dessus du bureau, il y avait un portrait officiel, bien sûr, et comme c'était la première fois que j'en voyais un qui ne soit pas celui du président cleunkois, ça m'a fait un de ces plaisirs ! Bon Dieu, dans cette pièce, on est en France, je me suis dit, on est en liberté ! J'avais envie de pleurer ; pour un peu, je me serais mise à chanter *La Marseillaise*. Tu as chanté *La Marseillaise*, toi, quand tu étais à Pleunk et que tu rêvais de Paris ?

- Et comment ! Non seulement je l'ai chantée, mais j'ai même fait une espèce de leçon publique dessus, l'année où j'ai été très subversive - si je commence à t'en parler maintenant, tu n'auras plus le temps de rien me dire. Qu'est-ce qui s'est passé avec l'attaché ?

- Pour bien comprendre, il faut que tu te représentes la scène comme si tu étais au théâtre. Il s'est levé, il nous a proposé de nous asseoir sur le canapé, je me suis mise au milieu avec mon porte-folio devant les jambes, plein de lithographies, de pastels et d'eaux-fortes que j'allais montrer, puis mes garants ont commencé à parler. J'aurais cru que l'attaché allait se rasseoir, mais non, il est resté debout, et il marchait sans cesse de long en large, sans doute pour dépenser des calories, je me suis dit, alors que les autres lui assuraient tour à tour que j'étais un jeune artiste prometteur, méritant d'être encouragé… Quand j'y pense, ça devait être bien drôle à voir : il y en avait un qui marchait, et trois autres qui tournaient la tête à gauche, à droite, comme les spectateurs aux matches de tennis, mais le regard levé, parce que le type faisait dans les deux mètres. Lui, il ne nous regardait pas, il mâchouillait son cigare, il hochait la tête ; je n'arrivais pas à me rendre compte s'il était distrait ou, au contraire, concentré sur le son, parce que mes professeurs ne parlaient pas très bien le français ; en fait, l'un parlait en anglais. Mon tour est venu, l'attaché continuait de marcher et de hocher la tête ; à un moment, il a fait un virage pour aller vers le cendrier, et je me suis dit : allez, ne te laisse pas perturber, il t'écoute encore, il te reste du temps pour le convaincre, et il n'a pas encore vu ton travail. Quand j'ai eu fini de parler, il s'est arrêté, il nous a jaugés depuis sa hauteur, il a eu un petit rire bonhomme et il a fait : « Ah ! les artistes… »

Alors, je me suis brusquement rendu compte que ce petit rire qu'il avait eu n'était pas seulement jovial. En fait, c'était un rire qui sonnait comme une certitude, comme s'il y avait une armée de certitudes en lui, qui devaient garder sa paix intérieure et tous ses autres biens. Mais en même temps, ce n'était pas un rire du genre vexant, non. Puis il m'a regardée dans les yeux, il m'a souri largement, et il m'a demandé : « Vous voulez vous sauver d'ici, hein ? C'est bien ça ? »

Je ne peux pas te dire ce que ça m'a fait. D'un côté, j'avais envie de dire « oui », d'autant plus que j'avais l'impression qu'il voyait vraiment en moi, alors que mes professeurs n'y voyaient que du feu – sacré, bien entendu –, et puis, c'était un homme qui connaissait mon amoureux ; si cela se trouve, c'était un vrai ami. D'un autre côté, c'était impensable d'avouer une chose pareille, et je sentais que même si l'attaché était amateur d'art et né dans le pays des droits de l'homme, il ne trouvait pas vraiment bien qu'on veuille se sauver de Cleunk. Pourtant, il devait savoir que c'était invivable, Cleunk, il ne s'y plaisait pas ; mais c'est un fonctionnaire, je me suis dit, c'est naturel qu'il soit du côté de l'ordre. Alors, j'ai fait : « Non, non », avec empressement, même si c'était à contrecœur, et je me suis lancée dans un long discours censément persuasif, sur l'importance des études pour l'artiste, sur l'excellence culturelle – au vernissage, il avait parlé de ça, en disant qu'il était heureux de l'aider à se répandre –, je lui ai ressorti tout ce que je connaissais comme nobles clichés. En fait, pour moi, ce n'était pas des clichés, c'était des idées merveilleuses, et j'imaginais que les gens comme lui y croyaient tout autant.

Seulement, en parlant, j'ai fait l'erreur de le regarder dans les yeux, moi aussi, et j'ai commencé à voir de plus en plus clairement qu'il y avait une image qui se formait là. Ce qu'il voyait en m'écoutant, c'était quelque chose comme le spécimen représentatif de l'espèce « artiste cleunkois » - une toute petite personne aussi dérisoire qu'ennuyeuse. Et je me suis dit : il ne peut pas me voir, quoi que je fasse ; il voit Cleunk, ce trou perdu où il s'ennuie ; et logiquement, tout ce qu'il y a en Cleunk ne peut mériter que le mépris. C'est alors que j'ai réalisé qu'il n'avait toujours pas demandé à voir mon travail – rien que par politesse, l'attaché aurait pu nous proposer de lui montrer ce qu'il y avait dans le porte-folio. Il sautait aux yeux, ce porte-folio, tu sais, c'était un grand format, et assis comme on l'était tous les trois, enfoncés dans le canapé, on devait faire l'effet d'être à moitié cachés derrière, comme derrière un bouclier, ou de lui servir de support comme un chevalet à trois têtes – bref, la chose s'imposait à l'attention mieux que nous, mais l'attaché, lui, ne la voyait pas.

Il me souriait toujours, il s'était remis à hocher la tête, et je savais qu'il n'y avait plus rien à espérer : l'artiste cleunkois dont il avait trois exemplaires dans son bureau ne pouvait pas mériter son attention. Pour lui, ce qu'on faisait, nous autres, ce n'était pas de l'art, c'était du Cleunk, un point c'est tout. Alors, je lui ai dit que je voulais lui montrer mon travail. Il faut qu'il le voie, je pensais, pour qu'on soit vraiment sûr, pour que ce soit vraiment indiscutable qu'il s'en fiche complètement – qu'il aime la bonne peinture seulement si elle a de la valeur marchande établie à Paris, et si les peintres n'ont aucune faveur à lui demander. Je lui ai donc montré tout ce que j'avais apporté, il ne pouvait pas refuser, il fallait bien qu'il regarde. Puis nous sommes partis.

- Qu'est-ce qu'il a dit de ton travail ?

- Rien, ou tout comme, ça ne vaut pas la peine que je te le cite. En réalité, quand il avait fait : « Ah ! les artistes… », tout avait été dit, seulement je ne l'avais pas compris sur-le-champ. Ce bonhomme pouvait prononcer des centaines de discours de vernissage, et beaucoup mieux que d'autres, mais les artistes - pas seulement les cleunkois, tous les artistes -, il avait son opinion là-dessus, qu'il se gardait bien d'exposer, sans que cela l'empêche d'agir selon.

En somme, tu vois, c'était une rencontre entre une fille qui devait toujours se taire ou nier ce qu'elle pensait, et un homme qui devait tenir des discours dont il ne pensait pas un mot. Le point commun entre ces deux cas, c'est qu'on ne fait pas ce qu'on peut promettre. Lui, il avait promis d'« appuyer ma candidature » ; moi, de rentrer en Cleunk une fois mes études parisiennes finies - si toutefois on me permettait d'en faire. Personne des deux ne croyait l'autre, bien sûr, mais ça n'avait au fond pas la moindre importance. Parce qu'en fait, tu t'en doutes, les dés étaient pipés : ceux qui sont partis finalement, c'étaient des enfants de ministres. J'aurais pu le savoir avant de demander un rendez-vous à l'attaché, mais il faut bien qu'on s'abuse le plus possible pour tenir le coup, et puis, même quand on ne s'abuse pas, il faut tout essayer – comme je lui avais montré mon travail – pour pouvoir se dire qu'on a essayé. (Et je vis Sylvia serrer les mâchoires, d'une façon qui me donna envie de pleurer.) Elles étaient vraiment bonnes, mes gravures, tu sais, et je les ai toutes vendues plus tard, ici. Je te ressers ? Allez, encore un coup pour moi aussi, ce n'est pas le vin de Bordeaux qui nous tuera.

J'aimerais bien le revoir un jour, ce type, si possible au vernissage d'une exposition où il y a de mes tableaux. Il est ici, maintenant, il a un poste moins important mais fixe. Récemment, il a reçu un homme d'affaires cleunkois que je connais, et il lui a dit que ses plus beaux souvenirs diplomatiques étaient de Cleunk : quel merveilleux pays ! ces gens tellement chaleureux, qui vivaient mal mais qui avaient de vraies valeurs, une vraie spiritualité...

- Oh, tais-toi, pitié !

- Mais tu sais, je suis sûre qu'il disait tout ça sincèrement : avec le recul, ça doit vraiment lui paraître merveilleux, Cleunk, malgré tout le dégoût qu'il a eu à y vivre. Dans ce genre de pays, un fonctionnaire d'importation est toujours un grand homme, supérieur aux plus grands de là-bas ; quand on a un petit poste à Paris, on peut s'en souvenir avec regret. Oui, j'aimerais bien le revoir, ce bonhomme. Je lui dirais gentiment : « Vous ne vous souvenez sûrement pas de moi, mais ça fait des années que je pense à vous, notre rencontre m'a marquée. Vous voyez, je n'ai pas fait d'études à Paris, mais j'y vis maintenant et j'y expose régulièrement. Je me suis vraiment sauvée, en fin de compte, et vous y êtes pour quelque chose. » Rien de plus, mais il va très bien comprendre ce que je pense, et que je ne vais pas l'oublier.

- J'ai vu un Pleunkois de la même espèce, dans le temps, dis-je, mais j'aimerais bien l'oublier. Toutes ces choses par lesquelles on doit passer pour sortir de là-bas, toutes ces histoires, je voudrais qu'elles s'effacent, que ce soit comme si elles n'avaient jamais existé. Je voudrais bien changer de nom, que personne ne me demande plus jamais d'où ça vient, que je n'aie plus à expliquer chaque fois où je me présente comment c'était, là-bas, comment on faisait pour y vivre – toutes ces choses qui n'auraient jamais dû avoir lieu. Je n'en peux plus de raconter ma biographie aux flics, aux petits enfants et au dernier venu qui me le demande. Tiens, notre Michel, il a changé de nom, il a perdu son accent, et voilà ! Même ses amis parisiens ne savent pas où il est né ; plus personne ne lui demande d'où il est venu à Paris ni pourquoi. C'est le « pourquoi » surtout qui me fait mal : on dirait qu'aucun Parisien ne comprend qu'on veuille s'en aller d'un endroit où il n'accepterait jamais de vivre...

Ce disant, je songeais entre autres au premier Parisien que j'eusse rencontré, dont je vous ai tu jusque-là l'existence et dont je préférais ne pas parler à ma nouvelle amie – le moment est sans doute venu de vous faire comprendre pourquoi j'avais eu autant de malin plaisir à manger des diplomates. Un peu comme Sylvia, j'avais fait, vers la fin de ma vie pleunkoise, ma tentative de fuite « facile » (en douce), en m'introduisant dans l'ambassade de France – ce qui tenait de l'exploit, dans mon cas, car je n'y avais nul rendez-vous ni autre prétexte pour entrer, mais je vous la fais brève. Une fois dedans, je déclarai au premier type croisé (dans un couloir) qui avait l'air indubitablement parisien (par ses vêtements comme de physionomie et d'expression, arborant sur ses traits une dignité particulière, impossible à confondre avec l'arrogance des hommes de pouvoir ou des hauts gradés parmi les flics pleunkois) que je demandais l'asile politique. Faute d'envie de m'étendre sur ce qui s'ensuivit, je dirais que j'eus une chance inespérée : le premier Parisien que j'eusse rencontré me mit à la porte sans qu'aucun employé pleunkois de l'ambassade n'entendît ni ne vît rien qui permît de comprendre ce que j'avais demandé ; en revanche, il se pouvait bien que les Écouteurs eussent entendu, depuis la distance où se tenait leur corps anonyme – mais si c'était le cas, le diplomate n'y était pour rien, accordons-lui au moins cela. Je n'ai pas pu me résoudre à vous raconter plus tôt cet épisode lamentable, que j'évitais au possible de me rappeler, car il impliquait le constat que la France (en la personne de ce sien représentant) n'était pas exempte de collaboration (diplomatique) avec les forces grâce auxquelles l'État pleunkois pouvait faire de moi, entre autres, ce qu'il voulait. Repoussant au possible de telles idées, je concédai à cette expérience uniquement la conclusion que les diplomates français ressemblaient à ceux de n'importe quel autre pays, n'ayant pas moyen, à supposer qu'ils en eussent envie, de rester sans perfidie après leur entrée en fonctions, et je plaçai toute ma rancune encore disponible sur le corps diplomatique en général. (Je vous ronge tous comme dans l'Enfer de Dante, vous que ça ne dérange pas de laisser mettre en taule ou périr n'importe quel petit obstacle potentiel à votre bonne entente mutuelle.) Pourtant, je voulais l'oublier, celui-là ; le malin plaisir d'en manger m'était passé, au bout de quelques semaines, et plus tard, mon homonyme s'éloignant, ç'aurait été facile de ne plus repenser à lui – mais hélas, il m'arrivait toujours, sinon tout le temps (n'exagérons pas ; en parlant à Sylvia, je venais de faire une hyperbole), de tomber sur d'autres Parisiens qui semblaient tenir à m'empêcher de m'en débarrasser (ne serait-ce qu'en me rappelant vaguement le dialogue que je vous ai épargné), trouvant incroyable et quasi choquant que j'aie souhaité quitter un pays où ils ne supporteraient même pas de vivre un mois durant – sans être des diplomates. Quand j'étais de bonne humeur, j'émettais à leur profit la supposition que faute d'avoir jamais appris d'expérience qu'une patrie, ça pouvait tenir de la prison, d'une Géhenne où l'on garderait même les innocents, bref, de tout sauf ce à quoi ils étaient habitués, ils restaient incapables d'assimiler l'idée. (Et je m'en réjouis, en dehors des moments où vous me tapez sur le système, chers inconnus dont je viens de faire la connaissance et qui me faites subir vos questions presque scandalisées : vous au moins, vous en resterez à *l'idée*, si j'arrive à vous la donner ; *la réalité vécue* ne vous aura jamais humiliés, votre part de candeur n'en sera pas souillée ; vous n'aurez pas mes pires souvenirs ni ceux de Sylvia.)

- Mais comment tu as réussi à partir, toi ? demandai-je.

- Je vais te dire d'abord comment c'était quand je suis partie. C'était l'expérience la plus étrange de ma vie : je suis montée dans un train et quand je suis descendue sur le quai, j'étais à Paris, tout simplement. Je n'avais pas bougé du wagon, et le monde autour avait changé du tout au tout, sans que j'aie pu voir comment. Et pourtant, j'avais bien regardé, tu sais. Chaque fois qu'on passait une frontière, j'étudiais ce qu'on voyait de la fenêtre, et c'était tout pareil des deux côtés : des arbres nus, de l'herbe gelée. Tu comprends, je cherchais à me convaincre par les yeux que ce n'était plus le même pays, et je ne voyais aucune différence. C'est seulement une fois arrivée à Paris que j'ai vu : plus rien n'était pareil. Tout était comme dans les rêves, mais en mieux parce que c'était vrai.

J'avais un mois pour retrouver mon amoureux. Ils m'avaient dit qu'une fois sur place, je pouvais faire prolonger mon visa, mais un mois, ça me semblait déjà trop beau, je n'étais même pas capable de penser à la fin. J'avais vingt ans, je ne savais pas encore ce qu'était d'avoir un mois entier pour vivre sa vraie vie. Au bout de tout ce temps qui était passé depuis qu'on s'était aimés, au bout de tout ce que j'avais fait pour venir le retrouver, sans cesser d'espérer et de douter à la fois, cette réussite, un mois d'accordé, c'était l'éternité.

- Ç'a vraiment été l'éternité ?

- Comment te dire... Oui et non. Quand je suis rentrée, il m'a paru que j'avais vingt ans de plus.

- Tu l'as retrouvé ?

- Oui et non.

- Tu ne veux pas en parler ?

- Si. C'était très difficile de le retrouver. Il n'était pas dans l'annuaire. Il n'avait pas d'exposition à ce moment. J'ai visité toutes les galeries de peinture contemporaine, j'ai demandé à certains endroits s'il y exposait – c'était toujours non. On me regardait bizarrement et on voulait savoir pourquoi je posais cette question. J'avais toujours plus de mal à la poser, je me disais : s'ils se rendent compte que je l'aime, ça va leur paraître impayable. À chaque galerie, cela devenait de plus en plus évident qu'il devait m'avoir complètement oubliée. Je n'avais jamais admis cette idée à Cleunk, mais à Paris, face à ces gens qui pouvaient le connaître, j'étais bien obligée.

La dernière fois que j'ai posé ma question, c'était à une femme qui m'a répondu qu'elle croyait qu'il n'avait plus exposé depuis longtemps, et qu'il habitait maintenant en province. Alors, j'ai quand même fini mon tour des galeries, puis je n'ai plus fait que marcher dans la ville. Elle était si belle ! Il y avait tant de rues dont je connaissais les noms sans jamais les avoir vues. C'était des rues où il avait vécu, où il y avait des cafés qu'il aimait, dont il m'avait parlé... Cela prend du temps de tout visiter, de tout bien regarder pour toujours s'en souvenir. Parce qu'il fallait que je puisse m'en souvenir. Je n'allais plus pouvoir revenir à Paris, tu comprends. À moins que... Mais il fallait penser au cas où je n'allais plus revenir. Si l'on ne prévoit pas le pire, on risque de s'en vouloir plus tard.

- Mais tu l'as revu ?

- Oui, trois fois. Au bout de trois semaines, j'ai vu une affiche, dans la rue. Il exposait, dans une des galeries où je n'avais pas osé me renseigner. Tu te rends compte ? Le vernissage était déjà passé. Attends, j'ai une autre bouteille.

- Mais tu es riche !

- Eh oui ! Surtout en vin. Il faut bien boire pour tenir le coup, avec ce que je fais pour être riche. Je vais t'expliquer plus tard de quoi je vis.

- Donc, le vernissage était déjà passé ?

- Oui, j'avais manqué cette occasion de le retrouver, la meilleure, celle où il aurait été le moins surpris de me revoir – si ç'avait été au vernissage, il n'aurait peut-être même pas pensé que je l'avais vraiment cherché, tu vois... Mais je me suis dit que c'était déjà une chance inouïe qu'il ait une exposition juste pendant mon séjour. Puis, quand j'ai fini de copier l'adresse, tout à coup, j'ai senti que c'était impossible.

- Comment ?

- Je ne pouvais pas aller là-bas et demander après lui. Il aurait fallu expliquer qui j'étais, et je ne le pouvais pas. Et puis, si par hasard il était là, au moment où j'y serais allée ? Qu'est-ce qu'il dirait en me voyant arriver dans ces circonstances, devant les gens ? Non, impossible !

- Mais, enfin...

- Je te rassure, je suis allée téléphoner à la galerie. Une femme a décroché, j'ai demandé s'il allait passer, elle m'a dit qu'il passait souvent mais sans la prévenir. Alors j'ai commencé à me promener autour de la galerie.

- Toute la journée ?

- Non, il fallait quand même être raisonnable : si la galeriste me voyait passer devant sa vitrine trente-six fois par jour ! Mais ça m'attirait, c'était très difficile de m'en empêcher, alors j'ai choisi un trajet pour ne pas y repasser trop souvent. Je me promenais à partir d'une rue où il avait habité, près d'un quai, jusqu'à la galerie qui donnait sur un autre quai, puis jusqu'à un café où il m'avait dit qu'il voyait souvent des amis, toujours près d'un quai, mais à quelques kilomètres plus loin. Au début de ces promenades, je marchais vite : j'avais hâte d'arriver devant la galerie. Une fois devant, je passais mon chemin, toujours vite, presque sans regarder. Je jetais seulement un petit coup d'œil, histoire de voir s'il y avait des gens à l'intérieur. Ils étaient beaux, tu sais, ses tableaux. J'avais tant de mal à me retenir d'entrer pour mieux les voir ! Le reste de la promenade, le plus long, je marchais très lentement : j'avais à peine la force de m'éloigner de la galerie. Une fois près du café, soit j'entrais et je faisais un tour dans la salle, soit je n'entrais pas. Je n'avais pas assez d'argent pour me permettre un café. Je ne l'ai fait qu'une seule fois.

- Mais tu l'as vu, finalement ?

- Une fois, en passant, j'ai vu qu'une voiture sortait de la cour intérieure de l'immeuble où était la galerie, mais le temps de m'approcher, elle était déjà loin, je n'ai pas pu voir le conducteur. C'était lui, je l'ai su plus tard. Un autre jour, j'ai vu un homme entrer. Je n'ai vu que sa silhouette, son pardessus. Le temps d'arriver, quand j'ai jeté un coup d'œil à l'intérieur, il n'y avait plus personne.

- Comment ça ?

- Personne, pas même la galeriste. Plus tard, je me suis dit qu'ils devaient être allés dans l'arrière-boutique, pour un instant sans doute. Mais je n'ai pas attendu. Presque pas. Pas assez longtemps.

- Et la troisième fois ?

- C'était la bonne. Je n'étais pas dans le même quartier, j'en étais même très loin. En fait, j'avais un rendez-vous. Je devais voir quelqu'un qui passait par Paris en voyage d'affaires, quelqu'un de Cleunk, qui devait me parler de la part de mes parents. En fait, le mois s'était déjà écoulé, et j'étais restée sans visa.

À Cleunk, on m'avait dit que je pouvais le faire prolonger à Paris, et là, on me disait que j'aurais dû demander ça à Cleunk - aucun moyen de les convaincre. Alors, je me suis rendu compte que j'étais incapable de quitter Paris avant d'avoir revu mon amoureux. J'étais consciente des conséquences, mais je ne pouvais pas faire autrement. J'ai appelé mes parents pour leur dire que j'allais rester encore un certain temps, peut-être quelques jours, peut-être un mois ou deux. Tu imagines l'effet ! Bien sûr, ils ont essayé de m'obliger à rentrer tout de suite. Ma mère surtout, avec une petite voix : « Tu ne peux pas faire ça ! », ce qui signifiait : comment peux-tu nous faire ça, à nous, tu n'as pas pitié ? Ils étaient sûrs que je n'allais jamais rentrer. En fait, je n'étais pas capable de leur faire ça, mais à ce moment précis, je ne pouvais pas faire autrement non plus. Tout ce que je pouvais, c'était leur répéter que j'allais rentrer, puis raccrocher. Le lendemain, mon père m'a rappelée pour me demander d'aller voir ce

Cleunkois en voyage d'affaires, à l'hôtel où il devait arriver le surlendemain : de toute évidence, mes parents comptaient sur lui pour me convaincre de rentrer. Je n'allais pas refuser de parler avec ce type, tu penses, je leur faisais déjà assez de mal sans cela. Et c'est justement en marchant vers son hôtel que j'ai vu mon amoureux.

Il sortait d'un immeuble dont j'étais assez loin, mais il n'y avait pas de doute, c'était lui. Il marchait lentement, il avait l'air absorbé dans ses pensées, le regard dans le vague. J'ai pressé le pas. J'avais beaucoup de mal à m'empêcher de courir, et malgré tous les efforts que je faisais pour ne pas avoir l'air de marcher trop vite, j'avais l'impression de voler. Il ne m'avait toujours pas remarquée. Quand je suis arrivée à quelques pas de lui, j'ai dit bonjour ; il a levé les yeux, il a souri et il a dit bonjour aussi. Sans s'arrêter, tu vois. Il a tout simplement passé son chemin, avant que je n'arrive à comprendre ce qui m'arrivait. Il ne m'avait simplement pas reconnue. J'ai fait quelques pas de plus, puis je me suis retournée : il ouvrait la portière d'une voiture, il s'y est assis et il est parti. C'est seulement ensuite que j'ai réalisé que c'étaient la même voiture et le même pardessus que devant la galerie.

- Et après ?

- Après, je suis allée m'asseoir là où il aimait bien donner des rendez-vous, et j'ai bu ma première tasse de café parisien.

- C'est tout ?

- Non, c'est ça le plus beau. Dans ce café, il y avait quelqu'un que j'avais connu, un ami à lui. J'ai oublié de te dire qu'à Cleunk, mon amoureux n'était pas seul mais avec deux autres peintres qui exposaient en même temps. Celui-là, il m'a reconnue tout de suite, alors que je ne l'avais même pas remarqué. Il s'est approché de ma table : « Excusez-moi, vous êtes… Nous nous connaissons, je crois ?… C'est incroyable de tomber sur toi ici ! » Il venait de me voir entrer. On a parlé longtemps, il voulait savoir ce que je devenais, ce qui se passait avec les autres gens qu'il avait rencontrés à Cleunk… Au bout d'un certain temps, je lui ai demandé ce que devenait son ami. « Mais je croyais que vous vous écriviez ! » Il m'a appris que mon amoureux avait été très malade, qu'on avait eu peur pour sa vie. Qu'il avait passé un certain temps à la campagne et que maintenant, il allait mieux.

- Et après ?

- J'ai pris le premier train pour rentrer, le soir même, et dans le train, j'ai commencé à me souvenir. J'essayais de revoir tout ce que j'avais vécu à Paris, jour par jour, heure par heure, pour ne rien oublier. Le reste de ma vie, je me disais, il va falloir que je vive sur ces images, on ne me laissera plus jamais sortir de Cleunk, alors il faut que je réussisse à garder ce trésor, ce rêve en vrai, les plus belles choses que j'aie vues, pour que les années à venir soient supportables. Chaque détail que je peux me rappeler va compter, et il faut s'exercer, les revoir dès maintenant pour en perdre le moins possible.

Seulement, j'avais du mal à bien revoir autre chose que le bonjour et ce que l'ami m'avait dit. Je pensais : je m'en vais même si je ne bouge pas, il n'y a plus rien à faire. L'homme que j'aime a complètement oublié qui je suis, il a failli mourir pendant que je faisais tout ce que je pouvais pour le retrouver, et s'il était mort, je ne l'aurais peut-être jamais appris ; s'il retombe malade, je n'en saurai rien. Alors je me suis dit : qu'il vive seulement et qu'il ne souffre pas, même si je ne le revois jamais. Ce n'est pas grave qu'il ne m'ait pas reconnue, il doit quand même se souvenir de moi, de moi comme j'étais avant, c'est peut-être mieux. S'il m'avait reconnue, ç'aurait sans doute gâché cette belle chose qui avait duré trois jours.

J'ai pensé aux deux lettres, je me les suis récitées. C'étaient des lettres très tendres, tu sais. Et je me suis dit : son ami lui parlera de moi, il m'écrira peut-être de nouveau. Oui, sûrement. Il suffit que je rentre, et quelques jours plus tard, j'aurai une lettre. Et après, sait-on jamais ? Ce n'est peut-être pas fini. Peut-être que… Puis : fais-toi toujours des illusions, pauvre idiote ! Et tout à coup, j'ai réalisé que j'aurais vraiment pu faire quelque chose : il aurait fallu faire comprendre à son ami que je serais contente si mon amoureux m'écrivait de nouveau. J'aurais dû dire quelque chose qui le frappe, qu'il ne puisse pas oublier, qui le pousse à lui parler de moi de façon à lui donner envie de m'écrire. J'avais envie de me tuer. Ç'avait été possible ; maintenant, c'était fini, plus rien à faire, j'avais manqué ma seule chance. Et je n'avais même pas vu l'exposition.

- Et quand tu es rentrée ?

- Quand je suis rentrée, la maison n'a pas désempli pendant un mois. Tous les parents, amis et connaissances venaient pour que je leur raconte comment c'était, Paris. Ce que j'avais vu. Si c'était aussi beau qu'on le disait. Si ça n'avait vraiment rien à voir avec Cleunk. Et moi, je ne disais presque rien. Parce que je n'avais pas la force de parler. Tant qu'il ne s'agissait pas de Paris, je pouvais faire semblant d'être comme d'habitude, mais il suffisait qu'on prononce ce nom pour que je me taise au bout d'une phrase. Ils ont tous été très déçus. Ils ont cru que j'étais complètement idiote, la reine des évaporées, tu imagines : passer à Paris plus d'un mois et n'avoir rien à raconter au retour ! On me demandait : « Mais raconte, qu'est-ce que tu as fait pendant tout ce temps ? » Et moi : « J'ai regardé des tableaux. » Puis plus un mot.

Le pire, c'était qu'en fait, j'aurais voulu ne parler que de Paris. Les souvenirs me revenaient en détail à chaque instant, j'aurais eu de quoi raconter pendant des semaines, et il m'en serait encore resté. Ce qui m'en empêchait, ce qui me coupait la force, c'étaient les gens que j'avais devant moi. Je ne savais même pas à quoi ça tenait, si c'était parce qu'ils n'avaient jamais vu Paris ou parce que personne ne pouvait comprendre à quel point je l'aimais, ou les deux. C'était la première fois que cela m'arrivait, de ne même pas pouvoir parler alors que je le voulais - j'étais jeune, tu sais. J'avais cru que ma vraie vie commençait seulement, puis il s'était trouvé qu'elle était terminée.

Il y avait un ticket de métro qui était resté au fond de mon sac à main sans que je m'en rende compte ; je suis tombée dessus des semaines plus tard, je n'ai pas cessé de pleurer jusqu'au lendemain. Un ticket encore valable, avec le nom de Paris bien lisible dessus. Après, chaque fois que je n'en pouvais plus d'être si loin de mon amoureux, j'embrassais sa ville sur ce ticket de métro. C'est une histoire horriblement sentimentale, tu vois.

- Mais comment tu as réussi à retourner à Paris ?

- De la façon la plus simple qui soit. Je ne suis ici que depuis qu'il est permis aux Cleunkois de voyager où ils veulent. Tu sais, notre frontière, ils l'ont ouverte, ça fait déjà presque trois ans. Il était moins dur que d'autres, notre régime, déjà avant. Tu ne savais pas que les Cleunkois peuvent sortir du pays, maintenant ? Il suffit d'avoir l'argent pour le visa et le billet.

Sylvia se tut, d'une manière qui me fit comprendre que quelque chose de grave s'était passé, que j'ignorais encore. Elle remplit de nouveau nos verres.

- Il est marié maintenant, fit-elle, un enfant lui est né, sa femme attend le deuxième. Il est heureux, apparemment. Si j'avais pu revenir plus tôt, qui sait ? « J'étais tellement amoureux de toi, il m'a dit quand je l'ai revu, j'ai mis du temps à t'oublier. » Il n'avait reçu aucune de mes lettres. Il avait cru que je ne pensais plus à lui : « Tu étais tellement jeune ! » Il a été ému de me revoir, tu sais. C'était le mois dernier. Il ne se souvient absolument pas de m'avoir croisée à Paris, je veux dire d'avoir croisé il y a quelques années une fille qui lui a dit bonjour et qui avait la même tête que moi. Il ne m'avait vraiment pas reconnue - sans doute parce qu'il n'imaginait pas le moins du monde que je puisse venir à Paris.

- Mais quand il t'a dit qu'il avait mis du temps…

- « Moi aussi », j'ai fait. Qu'est-ce que je pouvais dire d'autre ?

- Mon Dieu !

- Maintenant, je vais te dire comment j'ai pu venir à Paris, la première fois : en couchant avec un type, un Cleunkois, de ceux qui pouvaient te donner ton visa de sortie. Tu vois, quatre ans plus tard, ce n'aurait pas été la peine. S'ils avaient ouvert la frontière quatre ans plus tôt… Mais ne pleure pas comme ça, ma vieille !

Ce n'était pas facile de cesser : j'entendais *Vissi d'arte*, et l'histoire de Sylvia se mêlait à des souvenirs d'une autre jeunesse, il y avait aussi l'effet du vin – bref, ce n'étaient pas les raisons qui manquaient. Sylvia, en revanche, ne pleurait pas.

- Maudit soit Cleunk, dit-elle. Maudits soient les pays, les époques et les gens qui vous ôtent le bonheur, qui vous salissent et vous obligent à mendier ce qui est votre droit. Maudits soient les faiseurs de nobles discours, les donneurs de leçons, ces faux jetons à jolie langue de bois, qu'ils soient d'ici ou de là-bas. Maudits soient ceux qui peuvent décider de votre vie, tous autant qu'ils sont, des petits flics voleurs de lettres aux chefs d'État. Maudits soient tous ces fonctionnaires tueurs à la conscience tranquille…

Et boum ! Je sursautai. Quelqu'un frappait à la porte, ou plutôt se cognait contre elle. Sylvia rit de mon ahurissement et se leva pour ouvrir. Un gros chat noir entra, sauta sur la table, me regarda d'un air intéressé, puis se retourna et miaula.

- Tout de suite, répondit Sylvia.

Elle sortit du frigidaire une soucoupe et la mit devant lui.

- Mrrou, le matou de l'immeuble. Depuis que la concierge est morte, tout le monde se le partage. Il vient dormir avec moi, de temps en temps. Et c'est toujours à point qu'il arrive, juste quand il faut détendre l'atmosphère. As-tu jamais observé les chats ?

- Et comment ! J'en ai eu pendant des années.

- As-tu remarqué comment ils peuvent écouter les humains ? Quand j'étais petite, j'avais un chat à qui je racontais toutes sortes de choses. J'étais sûre qu'il comprenait et qu'il était toujours capable de m'aider. Il m'écoutait avec une patience infinie, il ne bougeait jamais avant que je n'aie fini de parler, et il me regardait fixement, avec le genre d'attention qui fait comprendre que ce serait honteux d'exagérer en te plaignant, et qu'on t'aidera seulement si l'affaire en vaut la peine. Et puis, un jour, ce chat a disparu. Je n'ai jamais su comment, on n'a pas voulu me le dire. Le lendemain, je suis tombée malade, tellement malade qu'on croyait que je mourrais, et on pensait que c'était à cause du chat : j'avais tellement pleuré de ne plus l'avoir !

Quand j'ai fini par guérir, il y avait un autre chat chez moi, tout pareil, tout noir, mais je voyais bien que ce n'était plus le même. Alors j'ai cessé de parler aux chats. Fini, les pouvoirs magiques des chats. J'ai cessé d'aimer les histoires où l'on disait que les animaux comprennent les hommes et que les plus grands désirs finissent toujours par s'accomplir. Je me disais : c'est tout le contraire, rien de ce qu'on veut vraiment ne s'accomplit jamais…

Sylvia soupira.

- …Et puis, tu vois, celui-là est venu me trouver un soir, comme tout à l'heure. Il est tout noir, lui aussi, et quand je lui parle, il ne bouge pas, lui non plus, il m'écoute, les oreilles dressées, avec toute son attention. Je commence à me dire que ma vocation sentimentale, c'est « mère à chats » !

- Moi, à trois ans, je déclarais très sérieusement : « Quand je serai grande, j'épouserai un matou ! »

Nous nous mîmes à rire et ne pûmes plus cesser pendant un bon moment, tandis que Mrrou nous regardait, l'air d'un monsieur distingué qui cherche le pourquoi de ces façons outrancières à six heures du matin. Ayant fini de rire, nous nous sentîmes adultes, ivres, pitoyables, épuisées et de vraies amies désormais. Nous allions nous revoir le plus vite possible. Nous prîmes congé.

*

Une fois rentrée et couchée, je fis un rêve où je vis (comme il se doit) un chat. Il était noir, digne et loquace, s'exprimant dans un langage aussi châtié qu'il convient aux chats de descendance illustre : à ses dires, il avait pour ancêtres le romantique Murr, les femelles baudelairiennes, le diabolique Béhémoth, une angélique Jellicle et des modèles de Balthus, ce à quoi il pouvait ajouter une kyrielle d'oncles, tantes et cousins glorieux. Pendant qu'il me les récitait, je me disais que c'était une créature indubitablement humaine, du genre de ceux dont les aïeux descendent droit des pages de la Bible, et qui devait me réserver Dieu sait quelles mauvaises surprises. Voyant mon air perplexe, il se tut, me fixa, puis sourit comme tel autre grand-père :

- Que voulez-vous ? De nos jours, même un chat n'est plus un chat mais doit prouver qu'il a le droit de l'être.

Je le vis alors d'un autre œil.

- Moi, je sais bien qui vous êtes, dis-je, même si votre nom m'échappe. Je sais que vous êtes vrai, et vous avez beau ressembler à d'autres, je ne vous confondrais jamais. Je vous trouve beaucoup plus intéressant que vos aïeux célèbres.

Je parlais ainsi d'abord par pitié, puis avec une sorte de conviction qui grandissait au fur et à mesure des phrases. Il sourit de nouveau.

- S'il en est ainsi, écris mon histoire. Tu la connais, n'est-ce pas ? puisque tu sais que je ne suis pas un autre.

Je réalisai alors que je venais de me mettre dans un terrible embarras : j'étais parfaitement incapable d'écrire sur ce chat, et je n'étais même plus sûre de le connaître.

Alors il commença à s'effacer : d'abord la silhouette duveteuse auréolée de lumière, puis le nez et la bouche. Les yeux restèrent, mais leur couleur changea et un nouveau visage devint visible autour d'eux, celui d'un personnage qui m'était familier.

- Eh bien ! dit-il, nous sommes encore en train de nous tracasser ? Alors que rien n'est plus simple que de sourire. Allons, souris !

Je souris.

- Une souris grise, dit-il en riant, satisfait de m'avoir prise à son jeu de mots. Fais attention, quand on retombe en jeunesse, on risque de parler plus qu'il n'est raisonnable. Pourquoi avoir raconté d'où je viens ?

- À qui ?

- À qui que ce soit. Si je peux prendre la forme que je veux, ce n'est pas à ébruiter. Ce n'est pas en public que je me montre, quand je viens te voir. Si je rends visite à quelqu'un, je l'ai choisi pour des raisons précises, et cela implique certains engagements des deux côtés, il me semble.

- Oh, excuse-moi, je t'en supplie ! fis-je, effrayée à l'idée qu'il puisse ne plus revenir. Je te le jure, ce n'est pas grave, ce ne sont que deux petites filles, elles n'en ont rien compris, elles ont cru que c'était seulement des histoires pour les amuser !

- C'est pour toi que cela peut devenir grave, fit-il, ce n'est pas moi qui serais le plus embêté si cela prenait ! Et c'est bien par les mots que ça se fait.

- Je ne comprends pas ce que tu veux dire.

- Tu comprendras plus tard. Mais entre-temps, prudence, mon amie ! Ne m'oblige pas à te montrer ce que ça donne quand j'ai tout l'air d'un simple humain, et qu'il est inconcevable d'attendre de moi ce que je peux faire pour toi actuellement. À la prochaine – rappelle-toi que si tu parles trop, je risque de ne plus jamais te le dire !

Il disparut. Alors, je me réveillai avec un sentiment de bonheur inexplicable, je ramassai les pans de la couverture plus près de mon corps, je sentis la chaleur m'envelopper et je me rendormis.

On pouvait penser que le mot « souris » était (re)venu dans ce rêve droit de la réalité où je dormais alors. C'était une ancienne épicerie ; apparemment, les rongeurs n'avaient pas encore perdu l'espoir d'y retrouver les régals d'autrefois, furetant jusqu'à l'étage divisé en petites chambres par des cloisons qu'ils n'avaient pas eu de mal à percer. Par chance, personne parmi les habitants ne les craignait ; ma logeuse prétendait même que c'étaient des bestioles porteuses de chance, qu'on ne devait tuer que si elles devenaient trop nombreuses et après une petite prière où l'on leur en demandait pardon.

L'enseigne vétuste de l'épicier surmontait toujours le rideau de fer fermé la nuit et à moitié baissé le jour. Derrière, elles étaient quatre à confectionner des vêtements de coupe assez simple, de qualité moyenne mais de vertus étonnantes : par l'adjonction d'une simple étiquette, ces robes se transformaient en trésors qu'on pouvait voir dans les vitrines d'une boutique prestigieuse d'où elles partaient vers le beau monde, frayer avec des personnages fabuleux dont mes amies couturières aimaient lire les faits et gestes dans les magazines. Pour ma part, quelques heures par semaine, j'essayais de me mettre à la place des futures acheteuses en cherchant des défauts à chaque exemplaire cousu dans la journée. Je pouvais envoyer n'importe quoi à la poubelle sans que personne discute ma décision.

La confiance absolue que la patronne mettait en moi me gênait quelque peu : si je ne doutais pas d'être capable de remarquer qu'une couture s'écartait du tracé, je ne voyais pas comment mon aspect et cinq minutes de conversation banale avaient pu la convaincre que j'avais grandi dans la meilleure société, ce à quoi je devais d'être hébergée, nourrie et reconnue pour arbitre infaillible. Les employées se fiaient elles aussi à mon jugement, au point qu'aucune n'essayait de m'amadouer ni ne m'en voulait quand elle se retrouvait payée pour trois robes au lieu des quatre finies. Bizarrement, elles me tenaient pour intègre et impartiale sans que j'aie eu besoin de le prouver, peut-être parce qu'elles sentaient que j'avais de la sympathie pour elles. Et tout le monde trouvait naturel que je sois la seule à dormir dans une pièce à lit unique (l'ancien débarras), tandis que les autres célibataires de l'atelier demeuraient à trois dans une chambre à peine plus grande, et que le reste de l'étage se partageait entre deux familles nombreuses.

La vie d'atelier présente des avantages non négligeables : nous pouvions nous habiller en choisissant parmi les plus beaux modèles, comme les princesses exilées des contes auxquelles manque tout sauf les robes de bal toujours prêtes à paraître sur un coup de baguette ou à sortir d'une coquille de noix. Par ailleurs, nous faisions grande consommation de fruits secs, au bonheur des souris qui se précipitaient à l'improviste sur l'amande tombée par terre. Mes compagnes m'avaient expliqué que dans leur pays natal, on ne pouvait se passer d'amuse-gueules, et qu'une bonne table y présentait vingt plats différents, ce qui m'avait paru une hyperbole du genre typique des émigrés affligés de nostalgie, mais j'eus bientôt la chance de vérifier leurs dires.

Chaque samedi soir où les maris étaient absents (si souvent que je ne les connus jamais), on couchait les sept enfants dans une chambre, moitié sur le grand lit, moitié sur des coussins rangés par terre, et on les couvrait de couettes, châles et manteaux après leur avoir fait goûter au vin qui allait couler jusqu'au petit matin. Puis on dînait chez la patronne où les plateaux de gourmandises descendaient sur le plancher, trop nombreux pour tenir sur les meubles, on mettait la musique bien fort, à réveiller le voisinage (mais pas les petits), et on dansait des *kutchecs* en tapant des mains au-dessus de la tête, en ondulant du ventre, autour du poêle à charbon bizarrement planté au milieu de la pièce comme une idole domestique où le feu ronflait en rougeoyant à travers les interstices de la porte, répandant une chaleur qui pénétrait jusqu'au fond du corps, réchauffant même les chaises dont les vieux os craquaient.

On riait et on mangeait encore, arrosant copieusement la moindre bouchée, pour se relever et recommencer à tournoyer en chantant à pleine voix son refrain préféré, les joues en feu, le corps délié, sans guère cesser de parler : il s'en trouvait toujours une pour lancer des moqueries aux chanteuses, ou deux qui conversaient en criant par-dessus la stéréo. Tout cela donnait un désordre exaltant au possible, parsemé d'accidents : des verres renversés ou des boulettes de viande qu'on essayait de rattraper au vol en s'esclaffant avant qu'elles ne roulent sous les pieds des danseuses. Personne n'avait l'idée de se sentir fatigué. On prenait du bon temps, pardi ! pour toute la semaine à venir, comme les rongeurs engrangent.

C'étaient des femmes qui avaient eu chacune un frère ou un fiancé à cacher quelque part lorsque les hommes armés ouvraient toutes les portes, puis à faire passer dans un pays où il travaillerait aux chantiers tandis qu'elles coudraient à l'atelier, heureuses que le sort leur ait permis d'avoir cette vie où le passé n'est plus qu'un conte pour les petits, où l'on s'amuse le samedi et ne pense jamais qu'à faire durer les lendemains, éternellement mêmes, avec le contentement des corps qui savent qu'ils survivent. Leur rêve d'autrefois, ce quotidien paraissait le meilleur possible, quand elles en parlaient, le vin aidant. Quoi demander de plus ? On travaille, les petits vont à l'école, il y en a même un qui a de bonnes notes, ce sera le savant de la famille.

« Reste avec nous, me disaient-elles, on te trouvera un bon garçon, les frères ne manquent pas, regarde l'album, tu as de quoi choisir, on te fera venir celui que tu veux, le plus beau des beaux, puis on fera une de ces fêtes ! Tu seras notre belle-sœur la plus gâtée, et on s'aimera toujours, on s'aidera – les malheurs sont plus petits quand on a une grande famille autour, tu ne peux pas savoir comme ça te donne des forces. Et regarde comme tu es gaie avec nous ! Si tu vas travailler dans la paperasse, tu vas mourir d'ennui : on les voit bien, les bonnes femmes de la poste, quelle tête elles font derrière leur guichet, toute la journée. Nous, on s'amuse en cousant, on se parle, on se moque de tout, on se soutient, on ne regrette jamais d'être ce qu'on est. Dis que tu vas rester ! »

Quand je les quittai, ce fut en promettant de revenir pour faire la fête. Puis, en passant par leur rue un matin, je trouvai l'atelier fermé – depuis deux semaines, selon les voisins. Ils ne savaient pas où était passé tout ce monde ; l'étage était apparemment désert : on n'entendait plus de vacarme, et tant mieux.

Ainsi disparurent-elles pour moi qui avais disparu de tant de mondes déjà, et commençais à prendre l'habitude de perdre ceux qui auraient pu rester ou devenir les miens : un soir ici, le lendemain on ignore où. Comme ils paraissent pourtant solides, étant faits pour durer le long de maintes générations, ces petits mondes dont chacun offre aux habitants ce qui peut leur suffire, que ce soit peu ou beaucoup ! Mais pour qui vit en mouvement entre eux, ils sont momentanés même quand ils demeurent, car leur espace quitté est un temps, celui qui s'achève toujours - au bout du mois ou de la saison que durent les univers pour lui comme aux yeux de l'éternité. (C'est pourquoi toute histoire d'errant tient autant de celle des autres avec qui il partage ses moments mais dont les existences sont des jours pour lui, que des légendes où l'immémorial sait être contemporain, où nulle date n'est jamais mentionnée.)

Ce n'étaient pas là mes pensées d'alors, mais je sentais que j'allais quitter d'autres gens aimables encore, et pas toujours par nécessité : souvent, faute de vouloir passer ma vie d'une manière qui ne laisse pas assez de place pour la distance et l'esseulement qui permettent aux histoires de se développer. J'étais en train de découvrir certains aspects bénéfiques de l'inexistence pour l'écrivain : entre autres, elle m'offrait le luxe tenant au fait qu'aucune société n'attendait de moi que j'eusse un métier stable et prenant. Je commençais à me demander si l'empêchement de travailler autrement que par petits pans d'horaires par-ci par-là n'avait pas autant d'avantages, pour moi, que d'inconvénients. L'idée m'effleurait que j'étais peut-être plus libre que la plupart de mes amis, pour étrange que cela parût.

*

Mais sans doute vous posez-vous, cher lecteur, quelques questions plus concrètes : avais-je décidé de rester dans l'illégalité ? N'avais-je pas réfléchi aux dangers que je courais - sinon le jour où l'on a refermé mon dossier erroné, au moins après la disparition des couturières ? Je vous rassure : malgré ma propension aux rêveries, j'arrive à redescendre sur le sol lorsque cela me semble indispensable, en d'autres termes quand les soucis me tirent par les jambes. Même habituée à ne plus me fixer, j'éprouvais le besoin du minimum qui distingue le clochard du nomade gitan ou du Juif errant : il me fallait la certitude de pouvoir continuer à rôder dans une ville précise. Ce besoin se rappelait sans cesse à moi ; seulement, je ne voyais pas comment le satisfaire. Quand on vous supprime l'existence légale, vous êtes censé disparaître sans autre forme de procès : vous n'avez plus d'instance où demander conseil, et aucun droit en vigueur pour les autres ne vous concerne, cela ne sert donc pas à grand-chose de lire les textes sacrés des règlements - ce qu'on fait pourtant, absurdement obstiné à croire qu'il peut se trouver là un petit passage subitement apparu pour vous sauver.

Et il n'y avait pas que la disparition des couturières pour me secouer : un jour que j'étais invitée chez Shéhéra, avec deux autres amies à elle, la conversation tomba sur le durcissement récent de ces règlements, qui ne concernait pas les seuls clandestins, et dont toutes les trois savaient quelque chose. Il fut question de contrôles de papiers dans la rue, spécialement dans le quartier où je logeais alors, et l'on en vint à me dire (en riant, mais…) : « Méfie-toi, parce que de nous quatre, c'est toi qui as l'air le plus arabe ! » – me faisant réaliser, après le moment de stupeur initiale, qu'en effet, parmi deux blondes aux yeux clairs et une brune au teint pâle, j'étais toute désignée pour le contrôle au faciès. Il y avait peu de chances qu'un policier posté au coin de ma rue me confonde plutôt avec une flamenca ou quelque Latino-Américaine (même si les décideurs avaient pu le faire) : dans son optique, il ne serait même pas nécessaire que je me promène entourée de copines à la peau bien laiteuse pour que mon caractère suspect sautât aux yeux.

Par précaution, j'allai chez Guerri me pourvoir (me ruiner) en vêtements appropriés à me donner un aspect aussi peu suspect que possible, comprenez : ne faisant ni extravagant, ni étudiante, ni même dandy (ma tendance naturelle), mais raisonnable, sédentaire et discret. Par la suite, ils allaient me valoir quelques agressions verbales, dont une qui faillit dégénérer en lynchage, de la part de jeunes inconnus convaincus d'avoir à portée de main une *bourge* incapable de se défendre (et en effet, je n'en avais pas moyen, la stupéfaction me rendant encore moins efficace que nature dans ces cas-là), qui me donnèrent pire que lourd : l'idée obsédante que le monde tenait à m'humilier et persécuter quoi que je fisse pour passer inaperçue, et pour toutes les raisons incompatibles et absurdes en même temps. Le comble, c'était qu'à Pleunk, j'avais déjà pâti de porter des vêtements que l'idéologie locale désapprouvait ; la découverte qu'à Paris aussi, le droit de s'habiller comme bon leur semble pouvait être nié aux gens, et cela, par des adolescents auxquels personne n'avait jamais demandé de professer les idées en vigueur dans les pays-prisons, m'occupait l'esprit jusqu'à quarante-huit heures durant, par crises. Est-ce possible que les gamins rebelles d'ici aient sur autrui le point de vue des bureaucrates anachroniques ? me demandais-je avec épouvante, aux heures où l'on est censé dormir, et je refaisais interminablement des dialogues intérieurs dans l'espoir de finir par trouver la série de répliques qui eût pu leur faire entendre raison, pour donner à la scène une fin plaisante – sans jamais y arriver vraiment… Mais mieux vaut en rester là sur ce sujet. Revenons en arrière, puis nous sauterons ces expériences-là.

Comme je finis par raconter à Michèle ce qui m'était arrivé devant les jurés, elle s'inquiéta, se renseigna autour d'elle et me donna pour la deuxième fois une adresse utile : celle d'une Faculté (décidément...) où se réunissaient, après leur dernier cours de la semaine, quelques futurs juristes qui souhaitaient avoir des exercices supplémentaires. Ils y recevaient les inexistants - matériau idéal pour étudier en conditions réelles toutes sortes de problèmes, et pour soumettre à l'expérience quelques solutions hypothétiques. « Dites à votre amie d'y aller plusieurs heures à l'avance, avait-on prévenu Michèle, il y a la foule. »

Elle y était, effectivement, même tôt, une foule à turbans, à poussettes, à voiles, à sacs à dos, de tous les âges, de toutes les couleurs et confessions ou sans aucune, une foule chuchotante qui se tenait respectueusement assise sur les bancs ou bien debout, collée contre les murs des couloirs de l'étage où une seule porte demeurait dégagée, menant vers les sauveurs potentiels. Il était évident, à cette tenue respectueuse, que la plupart de la foule n'avait jamais eu d'autres occasions d'entrer à l'Université, et quand la porte s'ouvrait pour laisser paraître une petite jeune fille qui appelait quelqu'un, tout le reste se taisait aussitôt - manifestant si bien son inexistence qu'on aurait pu croire le bâtiment désert - en signe de piété. Pour ma part, j'incarnais dans cet ensemble l'hétérogène trop timide ou trop fier, lisant tandis que les autres chuchotaient, et fixant la jeune fille moins pieusement : elle ressemblait à l'une de mes condisciples de première année ; je me demandais si ce n'était pas la même qui aurait laissé tomber les lettres pour faire des études plus proches du réel. Et à l'idée qu'elle pouvait me reconnaître, je baissais vite les yeux, mourant de honte au lieu de me dire que tomber sur une ancienne connaissance donnait une chance d'être reçue avec plus d'attention. Par bonheur, elle ne regardait personne de notre foule en particulier.

Au bout de trois heures d'attente, j'appris qu'ici, certains existaient encore moins que les autres : ceux qui venaient pour la première fois. La jeune fille nous fit lever le bras, nous compta et nous prévint qu'on ignorait encore si on allait pouvoir s'occuper de nous et quand ; le responsable des travaux pratiques devait nous inscrire pour nous distribuer aux étudiants du groupe, et il tardait à arriver. Il me restait encore un gros roman dans mon sac (j'avais bien fait de voir large), et tandis que certains ronchonnaient, j'eus l'occasion de me féliciter d'être, juste au bon moment, sans travail, sans enfants à chercher, sans mari qui risque de s'inquiéter ou de se fâcher s'il trouve la maison déserte à son retour (à la différence d'eux).

Les dames (de tout âge) prédominaient nettement dans la foule, probablement parce que leur métier (femme de ménage, nounou) ou son absence leur offrait des horaires plus souples que ceux des messieurs. Quelques-unes partirent, et comme le veut la loi de la malchance, c'est juste ensuite que nous vîmes arriver un homme impressionnant (venant sans doute droit du Palais de Justice) dont la tenue suscita quelque perplexité dans l'assistance. Deux femmes en robe longue assises près de moi eurent un échange ponctué de coups d'œil dans sa direction ; à leurs ton et mimique, on comprenait qu'elles se demandaient si c'était un moine ou un eunuque. Tandis qu'elles émettaient d'autres suppositions que je m'efforçais de deviner, l'avocat s'engouffra dans la porte, ressortit, nous dit d'entrer et se retrouva pris dans un tel tourbillon d'inexistence que je craignis d'être venue pour rien : si nous l'endommagions, n'allait-on pas nous refuser en masse, voire fermer définitivement l'institution ?

Par chance, mon intérêt pour l'échange de mes voisines et leur étonnement avaient retenu notre trio assez loin de la bousculade, ce qui nous donna une occasion de voir comment les derniers peuvent devenir premiers. Parvenant à s'extraire du tourbillon à l'aide des étudiants qui surgirent de la salle, l'avocat le répartit aussitôt (renonçant à la procédure habituelle) en les envoyant dans quatre salles voisines où ils nous partageraient plus en détail. (Il va de soi que nous les suivîmes tous au pas de course, divergeant vers quatre portes distantes, ce qui revenait à débarrasser le couloir plus vite que je ne l'aurais cru possible.)

L'étudiant auquel mon quart de foule se trouva confié était un grand garçon plus jeune que moi - sinon d'âge probable, du moins d'aspect, présentant une face d'adolescent angélique et une forte tendance à rougir dès le premier mot qu'on lui adressait, à cause de laquelle (sans doute) il s'appliquait à parler sur un ton froid, avec une voix plus grosse que nature. L'entendant répondre à je ne sais quelle question des dames en robe longue par un « Allez vous asseoir ! » sans appel et qui le fit aussitôt virer à l'écarlate, je m'inquiétai sérieusement pour la suite. Mon Dieu, me dis-je, c'est bien ma chance de servir d'exercice à ce pauvre enfant de bonne famille protestante ! (Sans en avoir connu, j'étais certaine que cela se présentait exactement sous l'aspect d'une rigueur pleine de vertu aux oreilles qui flambent.) C'est à ce moment que je remarquai un autre garçon, qui semblait se demander où il valait mieux s'asseoir, habillé à la mode des clochards et portant en sautoir une croix énorme qui se voyait d'autant mieux que le bois clair contrastait avec sa poitrine noire. Remarquant mon regard, il me sourit, me suivit et s'assit tout naturellement à côté de moi sur le banc que je venais de choisir.

- Je m'appelle Moussa.

Je me présentai aussi, et ne sachant pas trop comment poursuivre la conversation qui s'imposait, je lui demandai s'il était très croyant :

- … si ce n'est pas une question qui vous ennuie.

- Mais c'est pour qu'on me la pose que je porte ce truc ! Pour parler du péché originel. Tu sais ce que c'est, ma sœur ?

Je me maudis de n'avoir pas gardé ma curiosité pour la lecture. Mais une fois sûr que sa question allait demeurer sans réponse, Moussa reprit :

- Moi, quand j'étais gosse, je me le demandais. On allait à l'église, le dimanche, avec maman et mes frères et sœurs. J'entendais parler de ça dans les sermons : péché par-ci, péché par-là, alors ça me travaillait. De quoi il parle ? je me demandais. Ça doit être important puisque ça revient tout le temps, mais qu'est-ce que c'est ? J'avais beau demander à maman, aux grands frères, personne n'arrivait à me l'expliquer : ils me disaient des choses qui n'avaient aucun sens, ou bien ils se moquaient. Puis j'ai grandi, je suis venu à Paris et j'ai compris. Le péché originel, c'est simplement avoir des origines. Parce qu'il se trouvera toujours quelqu'un pour t'emmerder avec tes origines et ce qui s'ensuit, dès que tu sors de ton bled. Si tu es comme moi, on te méprise de ne pas être blanc ou riche ou de n'avoir pas fait d'études ; si tu es comme ce gars-là (il indiqua du regard le futur avocat chargé de s'occuper de nos cas), tu n'as pas intérêt à te promener par chez moi. Ça vaut vraiment pour tout le monde, le péché originel, il n'y a pas de pardon.

Cette exégèse me stupéfia au point que je m'esclaffai.

- Et toi, fit Moussa, satisfait de l'effet produit, quel péché originel tu confesses ?

Je réfléchis un instant.

- Le mien, il est un peu compliqué. Il n'est pas très courant, je veux dire. Je suis née à Pleunk. Tu en as déjà entendu parler ?

- Non, mais comme je te l'ai dit, je n'ai pas fait d'études.

- Si tu en avais fait, ce serait tout comme : Pleunk, c'est un endroit dont personne n'entend jamais dire grand-chose, sauf les petits qui aiment les contes qui font peur. C'est un endroit maudit, tu vois, du genre marécage ou ville fantôme, vraiment vilain. Si tu t'y retrouves, il faut chercher longtemps avant de dénicher quelqu'un qui ne soit pas ennuyeux ou méchant, ou les deux à la fois. Il naît peu de gens formidables, là-bas, et soit ils dépérissent, soit ils disparaissent, soit on leur fait un charme pour les transformer en cochons. Ou bien il finit par leur arriver un accident imprévisible : un train qui déraille ou une tuile qui leur tombe sur la tête, pour les punir par où ils ont péché – parce qu'ils n'étaient pas prévus, tu comprends, ils n'avaient pas lieu d'être tels qu'ils étaient, à Pleunk. Un immeuble entier s'écroulerait, au besoin, la terre se mettrait à trembler pour que les autres restent enfin entre eux. Bref, quand tu ne veux pas ressembler à ce que tu vois autour, tu as le choix de disparaître vite ou de passer des épreuves tant que tu peux résister, si tu es un héros. Tu vois le genre d'endroit ?

- Oui, fit Moussa.

J'aurais pourtant cru qu'il allait trouver cette description invraisemblable.

- Moi, j'étais une rêveuse, et les rêveurs trouvent toujours qu'on serait mieux ailleurs : si par hasard ils naissaient dans un conte de fées, ils rêveraient d'habiter dans la réalité. Et quand le conte est du genre vilain, ils sont logiquement persuadés que la réalité, c'est tout le contraire. Voilà donc mon péché originel : j'étais née là-bas et je voulais vivre dans une ville où l'on puisse croire que les meilleures choses ne seront pas nécessairement détruites. Dans une vieille ville qui te prouve par chaque rue qu'ici, les habitants ne tiennent pas à démolir ce qui mérite de rester. Dans une ville qui peut te permettre d'aimer les gens et les choses que tu vois, de l'aimer toute entière, et s'il se peut à tout jamais…

- Tu ne serais pas un peu poète sur les bords ? fit Moussa en riant.

C'est alors que j'entendis l'étudiant (dont j'avais complètement oublié la présence, comme le lieu où nous étions) :

- Mademoiselle ! Eh, la personne en veste beige !

Et je me rendis compte que dans la salle, il n'y avait plus que Moussa, les deux dames à robes longues et moi. Nous avions donc discuté si longtemps ! (Bien entendu, je n'ai pas rapporté la totalité de notre échange, sans quoi j'aurais été moins véridique, puisque je vous aurais privé de l'effet de brièveté qu'il m'avait fait.)

Je m'approchai, je m'assis devant l'étudiant qui occupait la place du professeur, j'exposai ma situation : plus de papiers et pas assez d'argent pour consulter un avocat.

- Je m'appelle Jean, fit-il. À partir de maintenant, je réponds de votre cas. C'est moi que vous demanderez quand vous reviendrez ici.

À peine avais-je eu le temps de comprendre que ce propos émis sur un ton glacial signifiait que j'avais désormais une sorte de protecteur, qu'il reprit :

- Savez-vous vous exprimer par écrit ? (forte rougeur) Je veux dire… Êtes-vous capable de rédiger une lettre correcte ?

- Ne vous en faites pas, répondis-je en souriant, à mon niveau actuel, je suis censée pouvoir enseigner le français dans le secondaire.

(Vous aurez compris, cher lecteur, que j'ai raccourci aussi deux années où je fis des études, entre autres, si bien que j'avais acquis le titre magnifique de Licenciée ès Lettres – mais ce n'est ni la seule ni la plus grande des omissions qu'on trouve dans ce récit.)

- Comment ? ! fit Jean. Vous êtes étudiante, et déjà en deuxième cycle ? Voilà qui peut nous servir à vous faire obtenir des papiers !

- Oh, ça m'étonnerait ! Il faut que je vous explique : je n'ai jamais eu le droit d'étudier, c'est par mégarde qu'on m'a laissée faire. Si les autorités l'apprennent, elles n'y verront qu'une transgression de plus à me reprocher. Vous voyez, en m'inscrivant en première année, j'ignorais que je n'en avais pas le droit, mais j'étais censée le savoir, et ensuite, quand je l'ai su, j'ai tout de même persisté.

Ce jour-là, j'étais plus péniblement consciente que jamais d'avoir transgressé, depuis que je m'étais engagée à les respecter en laissant prendre mes empreintes, nombre de lois du seul pays où j'eusse souhaité me conformer à toutes, ce qui explique le ton coupable et l'empressement d'avouer une part de mes fautes, dont témoigne cette dernière réplique.

Jean rit :

- Vous avez l'air de les croire pires que le Jugement Dernier, les autorités ! (J'ai bien vu du premier coup d'œil : enfant de bonne famille protestante, me dis-je.) Moi, je peux vous assurer que vous avez très bien fait de persister, et qu'il y a des chances que ça vous serve. J'ai déjà eu un cas comme le vôtre, je sais comment il faudra procéder… Seulement, ajouta-t-il en changeant de ton et en me fixant avec sévérité, je ne veux pas de notes médiocres, hein ? Vous travaillerez très sérieusement, à partir d'aujourd'hui, parce que la moyenne qui suffit aux examens, c'est très loin de suffire pour se faire régulariser. À propos, qu'est-ce vous avez eu, comme moyenne, pendant l'année de licence ?

- Je n'ai jamais pensé à calculer, répondis-je (penaude), quelque chose entre dix-sept et vingt. C'est trop peu ? Je passe pour la meilleure de ma promotion, pourtant…

Il faillit tomber de sa chaise. La suite de la conversation me fit réaliser 1) que si la stratégie conçue par Jean réussissait, je deviendrais l'égale de Shéhéra : non plus trimestrielle ou rien du tout, mais annuelle ; 2) que pour les années suivantes, il ne me resterait plus d'autre choix que de poursuivre mes études jusqu'au bout des diplômes existants, comme Michèle, mais en obtenant chacun dans le délai minimal (si je dépassais les trois ans de thèse, par exemple, quoique ce fût courant même chez les bons étudiants, je serais privée de permis de séjour : l'on tiendrait pour certain que je traînais exprès, en tant qu'inexistante)…

Sans doute existez-vous toujours, cher Jean, et ressemblez-vous maintenant à votre professeur d'alors, portant la même tenue sous un visage plus jeune et beau que le sien, et ma reconnaissance vous imagine satisfait de votre métier, aussi svelte qu'autrefois, pourvu d'une famille aimante comme des autres joies que vous pouvez souhaiter. Eussé-je connu votre patronyme, je vous aurais recherché et écrit. Je vous aurais invité à prendre un verre, ce qui m'aurait permis de vous rendre enfin un peu de votre gentillesse, au même café où vous m'en offrîtes un. Ou - s'il se trouve qu'une grande distance nous sépare – je vous aurais envoyé un paquet : quelques cadeaux dont un livre contenant la partie de mon histoire qui n'aurait pas pu s'écrire sans vous. Faute de le pouvoir, je vous bénis sans douter de l'efficacité que cet acte aura même à votre insu : depuis que je ne vous ai plus revu, j'ai acquis quelques connaissances nouvelles sur l'occulte et sur la force de la parole même muette.

Sans anticiper autant, cher lecteur, déjà du temps où je pouvais encore remercier Jean à voix haute, en le regardant avec toute la gratitude dont sont capables les inexistants, j'avais quelques raisons de croire que j'étais une créature dotée de pouvoirs bénéfiques. En évoquant, plus haut, une visite « chez Shéhéra », je n'ai pas précisé que depuis le temps où je ne vous ai plus guère reparlé d'elle, Shéhéra avait (« grâce à toi ! », disait-elle) déménagé de chez son frère, pour un appartement loué par le garçon qu'elle aimait naguère en secret, mais dont elle portait désormais le nom de famille et le premier descendant (on ne savait pas encore si ce serait un garçon ou une fille). Oui, elle avait réussi à faire venir son aimé à Paris, au bout d'une année de tracas, de plans qui tombaient à l'eau et de nouveaux conçus avec mon aide (moi qui avais pu sortir de Pleunk, allais-je baisser les bras au bout de deux-trois échecs dans l'entreprise incomparablement moins difficile qu'était de faire arriver un Roméo auprès de sa Juliette ?). Shéhéra n'en eut pas moins de mérite : entre autres exploits, elle travailla pendant six mois comme une esclave afin de pouvoir lui envoyer le bakchich finalement indispensable pour obtenir un vrai visa – de touriste, bien entendu, mais bon, à chaque jour suffit sa peine, une fois que son Roméo serait sur place, on aurait le temps de s'inquiéter pour la suite… Ce ne fut pas elle le pire, mais (voilà pourquoi la référence shakespearienne n'est pas gratuite, hélas) ce qui se passa lorsque le frère de notre Juliette, et le reste de la famille, pas moins redoutable de demeurer sur un autre continent, eurent vent de l'arrivée du joli cœur dans la ville dont les amoureux forment l'un des emblèmes. Tout ce que Paris comptait d'assimilable aux Capulets de Beyrouth débarqua chez l'aîné de Shéhéra, la prenant par surprise en otage, l'enferma dans une chambre après l'avoir privée de son passeport (va donc te sauver par la fenêtre), et tint conseil dans la pièce voisine pour décider de son sort ultérieur. Or, la séquestrée disposait encore d'un moyen d'appeler au secours : n'imaginant pas que cela pût servir à quoi que ce soit, la parentèle ne l'avait pas enfermée dans une pièce sans téléphone, si bien qu'un beau matin, alors que je m'apprêtais à partir travailler, toutes les larmes de l'amour contrarié se déversèrent soudain dans mon oreille, au point de me faire passer un bon moment à essayer de comprendre qui m'appelait.

Elle voulait un conseil, et m'envoyer prévenir l'amie brune au teint pâle (dont le téléphone était coupé pour cause de dèche) qu'ils avaient été découverts, pour qu'elle aille à son tour en mettre au courant l'amoureux : il ne fallait surtout pas qu'on le retrouve ! Je conseillai de sortir immédiatement par la fenêtre, puisque c'était faisable, sans se soucier du passeport (« Tu seras bien avancée de l'avoir, s'ils se débrouillent pour t'expédier droit à Beyrouth, avec ! »), mais mon amie ne semblait pas pouvoir s'y résoudre, pour quelque raison qui dépassait ma compréhension, informulable en termes précis et ayant à voir avec le respect minimal qu'elle jugeait devoir à sa famille. (On croit rêver ! me disais-je. Du respect qu'on devrait à des arriérés semblables ?) Je promis donc de rappeler, Shéhéra ne doutant pas qu'on allait lui permettre de me parler même si l'on décrochait avant elle, dans l'autre pièce, et je partis aussitôt vers la complice, en me disant que je trouverais toujours par quoi expliquer une heure de retard au boulot.

Mais il s'avéra que l'amie censée se charger de la suite de l'action ne pouvait pas bouger de chez elle, ce jour-là, attendant les Services Sociaux (aptes à venir à n'importe quelle heure, c'est votre problème si vous êtes sorti(e) juste au mauvais moment). Il me fallut donc dépasser largement l'heure de retard prévue, car non seulement l'amoureux logeait loin, dans une sorte de stock industriel de grande banlieue, où il n'avait bien sûr pas de téléphone, mais quand j'y débarquai, il mit presque une demi-heure à m'ouvrir, puis trois fois plus à comprendre combien la situation était grave, ayant passé toute la nuit à travailler, comme les précédentes. Tantôt il riait en répétant : « C'est chouette d'être venue me voir ! » – le pauvre garçon était d'un naturel très liant, et manquait drôlement d'amis, à Paris –, tantôt il s'excusait : « Je suis encore dans les vaps, je ne te suis pas bien, qu'est-ce que tu disais, déjà ? » Au bout de presque trois heures de redites et de véhémence croissante, je parvins seulement à le tirer du bâtiment et à m'assurer qu'il m'obéirait en allant se recoucher n'importe où ailleurs, du moment que ce ne serait pas devant la porte du séquestreur en chef. Ce dont je fis aussitôt le rapport à Shéhéra, depuis la première cabine téléphonique visible. Puis j'appelai l'endroit où j'étais censée travailler, et j'eus la chance de me débrouiller pour ne pas m'en faire virer suite à mes actes de protectrice d'amours contrariées.

Finalement, Shéhéra ne se décida pas à sortir par la fenêtre, quoique je l'en eusse conjurée de nouveau ; elle adopta une tactique tout autre et qui ne me serait assurément jamais venue à l'esprit – le lendemain, quand elle me la révélerait, j'en resterais muette de stupeur, puis je me dirais que je n'avais pas tous les moyens d'être une bonne conseillère, pour elle, alors que par chance, elle devait en avoir d'autres encore pour très bien se débrouiller même sans mes conseils. Voilà ce qu'elle fit : ayant attendu en silence, en réfléchissant intensément, qu'on finisse par ouvrir pour la convoquer devant le tribunal de défenseurs de l'ordre des mariages forcés ou du moins intéressés, ma petite Shéhéra toute ronde et enfantine s'assit docilement à la place qu'on lui indiqua, continua de se taire jusqu'à ce que tous les hommes présents aient épuisé leur salive à la vilipender et menacer, puis elle déclara très paisiblement n'être plus vierge. – « Et cela suffisait ? ! Ils ne t'ont rien fait, après cela, ils t'ont laissée sortir avec ton passeport ? » - « Oui. Ils m'ont dit que jamais mes parents ne me reparleraient, et d'autres choses aussi dures, tu sais, mais moi, je n'y crois pas. » - « Non ? » - « Ils finiront bien par me reparler, au moins quand ils auront un petit-enfant. Il y a de fortes chances que ce soit moi, la première de toute la fratrie, qui leur en donne un. Ils ne tiendront pas longtemps, je les connais. » - « Mais alors, tu aurais pu dire que tu n'étais plus vierge déjà avant qu'on ne t'enferme ? » - « Non, il fallait que j'arrive à me résoudre à leur dire ça. Maintenant, toute ma famille considère que je suis déshonorée, tu vois. Il me fallait du temps, et me convaincre que je n'avais pas d'autre choix, pour accepter d'être déshonorée. » - « Mais tu N'ES PAS déshonorée, bon Dieu ! Tu es à Paris, ville des amoureux où les gens couchent ensemble quand bon leur semble ! Ici, les us et coutumes de Beyrouth, ça n'existe pas ! Ici, tu n'as jamais été censée respecter un code de l'honneur inexistant ! Même à Pleunk, tu ne serais pas déshonorée : tu es majeure, ça ne tombe aucunement sous le coup de la loi, point. Même mes crétins d'oncles et tantes pleunkois ont admis qu'ils n'avaient pas le droit de l'ouvrir en ma présence, quand j'ai fait pire que toi, parce que ça tombait sous le coup de la loi – comment veux-tu que tes parents considèrent sérieusement que tu es déshonorée ? Je suis sûre qu'ils font seulement semblant, puisque la tradition permet encore qu'on se serve du mot. » - « Tu crois ? » - « Je n'en doute pas un instant ! »

Pour être mensongère, cette dernière réplique n'en produisit pas moins l'effet voulu. Un mois et demi plus tard, Shéhéra rentra à Beyrouth pour se marier - l'occasion, pour moi, d'apprendre qu'on pouvait faire cela toute seule, j'entends en l'absence complète du futur époux (obligé de rester à Paris, puisque personne ne pourrait lui payer un autre visa). Mais même seule et entourée d'un tout petit comité parental (le minimum indispensable pour éviter que toute la ville ne se rende compte qu'on célébrait des noces scandaleuses), elle se maria bel et bien comme il se devait, en robe à traîne, portant un énorme bouquet et rayonnant de bonheur (quelques photos en témoignent). Elle rentra donc mariée, les montrer au premier intéressé, qui put ainsi finir de se convaincre que leur rêve était devenu réalité… - « Mais qu'est-ce que c'est, ce rite qui permet d'épouser quelqu'un sans qu'il s'en rende compte ? Je n'avais jamais entendu parler de rien de tel. On dirait de la magie noire. » - « Quelle horreur ! Ne dis pas ça, s'il te plaît, ça peut nous porter malheur. C'est un rite religieux normal de chez nous ; quand le garçon a un empêchement, on s'en passe, c'est tout. C'est un mariage tout ce qu'il y a de correct et de valable. Quand il aura de bons papiers, on retournera en vacances là-bas, et on ira chez un photographe, poser ensemble en tenue de mariés. On remplacera les photos de maintenant par les nouvelles, dans tous les albums de nos familles, et ce sera comme s'il avait été présent, ce jour-là. «

Ce fut même mieux, du moins du point de vue visuel, car dans le mois après son mariage, Shéhéra se transforma, sous l'effet du bonheur, en jeune femme toute mince au visage proprement ravissant (même ses grossesses à venir ne la feraient pas grossir ni enlaidir). On dut lui coudre une nouvelle robe à traîne, qui se trouva être d'un plus bel effet que la première, et quand on sait que le jeune marié à ses côtés était sinon un beau parti, du moins un des garçons les plus séduisants de Beyrouth, on ne s'étonne pas que le photographe pour lequel ils posèrent agrandit un des clichés pour les besoins de sa publicité – quelques années plus tard, leur fille aînée découvrirait ses parents exposés au beau milieu d'une vitrine, et il se peut bien qu'ils y soient encore. Mais revenons à l'époque du dialogue cité plus haut.

Inexplicablement, le procédé du mariage en solitaire et surtout l'histoire de substitution de photos qui s'y ajoutait continuèrent de me fasciner, sans cesser non plus de me faire penser que le tout tenait en quelque sorte de la magie – bon, pas noire, disons blanche ; à mon sens, cela n'y changeait rien ; il me semblait vaguement que la chose relevait et de l'occulte, et de quelque domaine qui m'était plus ou moins familier, mais faute d'arriver à le préciser, je passai à d'autres événements qui appelaient mon attention, avant même que le passe-passe des photos ne s'accomplisse.

*

Il serait temps de reparler de Sylvia aussi, et de son gagne-pain qu'elle trouvait affligeant au point d'éprouver le besoin de s'en consoler en buvant du bon vin tous les soirs, sans l'épargner. Quand j'appris de quel travail il s'agissait, je n'en revins pas : elle vivait de copies de tableaux célèbres, anciens et modernes, pour une boutique spécialisée. « Mais qu'y a-t-il de tellement affreux à cela ? Faire des copies, ce n'est jamais que la meilleure manière d'étudier l'art des maîtres, de l'intérieur, et en plus, tu es payée pour le faire, c'est du pur luxe ! » – « Oh ! tu sais, au début, moi aussi, je pensais ça. Autrement, je n'aurais pas commencé. Mais quand tu fais des copies sur commande, et à la chaîne, pour ainsi dire, il y a des effets pervers qui finissent par se manifester, tôt ou tard… Chez moi, les dégâts ont commencé seulement au bout de deux mois. » – « Qu'est-ce que c'est, comme dégâts ? », demandai-je, toute curiosité. Eh bien, d'abord, d'après Sylvia, le seul fait de travailler aux copies de maîtres en sachant que d'autres aussi faisaient la même chose pour la même boutique, y compris à l'étranger (elle avait des correspondants un peu partout où l'on trouvait des musées riches en toiles célèbres), vous transformait, d'artiste qui étudie la manière de Monet (par exemple), en fabricant de sous-produits au profit d'une supercherie mondiale. – « Mais tout le monde sait que ce sont des copies, tu n'es pas une faussaire, et tu les fais certainement très bien ! » Cela n'y changeait rien : les dégâts tenaient justement à la nécessité qui voulait que des dizaines de bons peintres, jusque sur d'autres continents, passent la plupart de leur temps à produire des *copies* pour des clients qui ne souhaitaient rien d'autre que des *copies* d'art déjà reconnu. – « Ah ! maintenant, je comprends. » C'est justement pour cela que Sylvia avait parlé de supercherie : celle-ci consistait à faire croire, voire à croire (ses patrons y croyaient réellement, et nombre de commanditaires sans doute, et peut-être même une partie des peintres, pour supporter de continuer, ce qui était encore pire que de se ronger et de boire comme elle-même), primo, que seuls les faussaires étaient condamnables, et deuxio, que les copies, c'était de l'art. « Toi, tu sais quand même que ce n'est pas de l'art, rassure-moi ! Tu sais que c'est des exercices, des études ou des faute-de-mieux qui peuvent éventuellement donner une idée de l'œuvre préférable à une reproduction de très mauvaise qualité, non ? » (Je la rassurai. Je lui assurai que je savais qu'observer la touche du créateur lui-même était indispensable pour qu'on puisse dire qu'on avait vraiment une idée de ses tableaux.)

Et ce n'était pas tout : à l'étape suivante, l'on s'apercevait que – depuis un certain temps sans doute, mais pas moyen de savoir quand cela avait commencé –, l'on était en train de perdre sa propre touche, ou les qualités de son style ; non pas qu'on se mît à peindre à la manière des autres, mais on baissait, on n'était plus à son niveau d'avant. Prendre des mesures s'imposait, et Sylvia en avait pris (faire moins de copies, mobiliser ses forces intérieures pour mettre à distance ce gagne-pain, pour réduire son influence néfaste) ; cependant, cela demandait des efforts énormes, invraisemblables ; l'on se trouvait vite épuisé, donc on travaillait moins à sa propre œuvre que du temps où l'on ne souffrait pas encore de la maladie, ou de la corruption intérieure provoquée par les copies. En outre, l'on commençait à être obsédé par les prix comme par le nombre des copies faites par soi-même qui se vendaient, tellement supérieurs à ceux de ses propres œuvres ! « Tu sais, en fait, moi, je ne suis pas payée très cher, mais les commanditaires, ils dépensent pour ça des sommes avec lesquelles ils auraient pu acheter cinq fois plus de mes tableaux – des originaux, tu vois, qui peuvent bien finir par devenir célèbres et inabordables, à la différence de n'importe quelle copie. Je ne peux pas te dire le tourment que c'est, d'y penser, et de savoir en même temps qu'il ne faut pas y penser, que ça ne sert à rien, que ça ne fait que te nuire davantage, et de ne pas pouvoir t'en empêcher ! » – « Tu ne peux pas cesser d'en faire ? » – « Non, du moins pas tout de suite, parce que c'est l'un des associés patrons de la boutique, mon galeriste. » – « Oh, là, là ! » – « Ce n'est pas seulement chez lui que j'expose, mais les autres ne me font pas d'expositions personnelles, et en plus, il est plus important qu'eux, mieux réputé, et tout. Avant de cesser de faire des copies, il faudrait que j'arrive à trouver par qui le remplacer, pour ce qui concerne mon travail. Et le pompon, c'est que lui, il croit sincèrement n'avoir jamais fait que me rendre service, et même un énorme service, en me prenant pour copiste. Et il croit en moi en tant qu'artiste, tu vois. Bref, je lui dois éternelle reconnaissance. Il ne comprendrait même pas que je laisse tomber. » – « Mais comment ça se peut qu'un homme d'assez bon goût pour apprécier ce que tu peins soit en même temps obtus au point de ne pas comprendre qu'il s'impose de laisser tomber, pour l'artiste que tu es, et qu'il croie *réellement* à la supercherie ? ! » – « Je ne sais pas. Tout ce que je sais, c'est que tout ça est vrai : il aime ce que je fais, il croit aux copies et il ne comprend pas qu'on puisse les abominer. Mais parlons d'autre chose, c'est déjà trop, le temps supplémentaire qu'on a accordé à ces saloperies. Ça tire vers le bas, d'y penser, et j'y pense beaucoup trop quand je suis seule. »

Intriguée par le phénomène incompréhensible que me semblait être le galeriste de Sylvia, je lui demandai de me le montrer (présenter) pour que j'essaie d'y voir plus clair, et si possible, pas à un vernissage : il y aurait trop de monde, il ne se laisserait pas étudier plus que deux-trois minutes, et moi, j'avais besoin d'au moins un petit quart d'heure de conversation (d'observations). Sylvia accepta, quoique très perplexe face à mon intérêt pour ce sujet, et promit de m'emmener à la boutique, un jour où elle devrait s'y rendre : son galeriste aimait bien bavarder ; avec un peu de chance, au moment où l'on y serait, il n'y aurait là personne d'autre, et je pourrais observer le phénomène jusqu'à l'heure de son rendez-vous suivant.

Hélas, le jour venu, il y avait là un autre de ses copistes, si bien que je ne pus avancer guère dans mon projet d'élucidation. (Avez-vous comme Sylvia du mal à en saisir l'importance, cher lecteur ? Il me tenait à cœur pour deux raisons : d'abord, à réussir, je trouverais peut-être quelque idée pour aider mon amie artiste ; ensuite, le phénomène inédit qu'était son galeriste m'inspirait la curiosité typique des écrivains, qui devient brûlante dès qu'ils tombent sur un spécimen humain auquel ils ne comprennent rien, c'est-à-dire qui promet de faire avancer leur compréhension de l'espèce.) À peine m'étais-je présentée aux deux, le copiste se prit d'un vif intérêt pour ma personne, et je ne pus plus faire que répondre aux questions qu'il me posait, après quoi il nous proposa de venir toutes les deux visiter son atelier et boire un verre – proposition honnête faite par un homme bien sympathique, qui fut acceptée.

C'est ainsi que je devins la Voix du Peintre. Il avait de nombreux clients qui exigeaient tous, inlassablement, des explications sur chaque toile qu'ils souhaitaient acheter, sans doute parce les yeux ne leur suffisaient pas pour se convaincre que la chose valait son prix, étant *interprétable*, ce qui allait leur assurer des heures de conversation avec leurs invités.

Le Peintre était d'origine polonaise, habitué à une phonétique beaucoup plus difficile que la nôtre qu'il dédaignait, et ennuyé d'avance à l'idée de fournir aux acheteurs une version à la fois compréhensible et hautement intellectuelle de ce qui sortait de ses tubes et pinceaux – au point de souhaiter louer une Voix, intention qu'il avait depuis vingt ans déjà sans avoir passé à l'acte, jusque-là, faute de connaître un critique assez désargenté et inconnu pour accepter de devenir le truchement sur deux jambes de son atelier.

Il m'arrivait d'accompagner ses tableaux dans leurs déplacements (à telles galeries), comme toute voix suit le corps qui la conduit où bon lui semble, par droit naturel. Cette contrainte me plaisait, me donnant l'occasion de réfléchir non seulement au lien entre la matière et l'esprit, mais aussi au quotidien parisien de l'Art.

Avant de m'y trouver incluse, je n'avais jamais eu l'occasion de remarquer qu'il était fait d'emballages, de camions, de commerçants hautains et de plateaux de champagne plus que de toile et d'huile (sur le plan temporel). À force de passer mes soirées à tenir compagnie aux tableaux, un verre à la main (les gosiers de la peinture ont soif comme tout le monde), en m'ennuyant pour eux au bruit de ma parole, ou de m'appliquer à satisfaire tel collectionneur qui les recevait moi comprise (tout invité étant censé venir avec sa conversation), je conçus un usage de l'art selon lequel toute œuvre valait toute autre, du moment qu'elle était convoitée et commentable.

Je découvris alors que je disposais de la triste faculté de commenter n'importe quelle image à l'instant même où je la découvrais : ma vision se transformait aussitôt en paroles ; chaque détail perçu devenait sans le moindre effort une phrase cohérente, qui s'enchaînait à d'autres avec une persuasion parfaite quoique souvent dénuée de rapport aux intentions de l'artiste. Sans me faire d'illusions sur ce dernier point, j'en arrivais à l'impression de connaître à l'avance toute tache colorée qui puisse exister, et de ne faire que remettre son sens à la bonne place quand je l'évoquais. Il s'ensuivit chez moi une sensation de dégoût irrépressible dont l'objet demeurait flou, vu que la confusion entre les œuvres et mes interprétations augmentait. Je comprenais

Michèle (pour ce qui était des travaux universitaires) et Sylvia (pour la supercherie) de mieux en mieux. En même temps, le Peintre satisfait me vantait toujours davantage, allant jusqu'à me présenter aux clients en termes de *[s]on alter ego* – qui ne se serait distingué de lui-même que par le don de l'éloquence française. La confusion des idées s'élargissait et se propageait ainsi, d'autant mieux qu'en général, je passais pour sa compagne : bien que personne n'ait jamais dit un mot à ce sujet, le regard des amateurs d'art me le signifiait. Que nous soyons unis d'esprit, de corps et de biens semblait aller de soi, par la force de quelque loi du genre de celles qui portent sur les impôts ou la conservation de la matière. Apparemment, alentour, il n'y avait guère que moi pour trouver encore concevable que la signification ne soit pas nécessairement dépendante de l'objet auquel on l'attribue, ni le vrai sens de l'interprétation, ni l'effet de la cause imaginable, ni la vie authentique du quotidien.

Le peintre répugnait aussi à nommer ses tableaux, ce dont je me chargeais suivant ses conseils : « Les gens préfèrent les titres très courants, m'avait-il expliqué, et ils aiment les noms propres, surtout mythologiques, les plus connus possible. » Ainsi, je baptisai une théorie d'Adonis, de Salomé, de Christs, de saints et d'autres ancêtres en toile, souvent en fonction du prénom, de la confession ou des goûts érotiques du client potentiel. Les Adam et Ève, quant à eux, présentaient des vertus de panacée, ne dérangeant ni les princes musulmans, ni les homosexuels, ni les parents de famille nombreuse (malgré le renvoi allusif au triste exemple de Caïn et Abel). Nous en eûmes donc beaucoup, de toutes les tailles et d'aspects très variés, tantôt abstraits (deux larges verticales aux contours flous sur fond vert), tantôt très détaillés (jusqu'aux nervures des feuilles de vigne). Mes préférés restèrent nos derniers : chacun sur son panneau, plutôt concrets mais flous, en format si commode que leur organe vocal commun pouvait les transporter sans aide (illustrant la formule « une voix qui porte ») à l'adresse de l'acheteur potentiel.

En montant le vaste escalier en colimaçon, un ancêtre bien empaqueté sous chaque bras, j'ignorais l'identité du client et ne m'en souciais aucunement (un de plus, un de moins...). Cela faisait plusieurs mois déjà que j'en voyais de tout genre, de toutes les couleurs et physionomies, et à force de regarder tantôt leur face, tantôt les tableaux en leur parlant, je finissais par tous les prendre pour une sorte de vague prolongement des taches de peinture connues d'avance. C'est pourquoi, lorsqu'un domestique du modèle courant me fit entrer dans un appartement somme toute peu différent de nombreux autres que j'avais visités sans avoir le loisir de vraiment les regarder, dans les beaux quartiers (qu'il me semblait déjà connaître depuis ma petite enfance), j'étais mal préparée à recevoir un choc des moins banals, comme la plupart de nous n'en ont même pas une fois dans toute leur existence. Car l'acheteur potentiel, qui avait fait venir les tableaux chez quelqu'un d'autre, préférant garder l'incognito au moins jusqu'à cette étape et faire comme s'il se trouvait là par hasard, c'était… Mais dois-je vous dire qui, cher lecteur ? Je ne crois pas. Disons qu'il s'agissait de quelqu'un que je connaissais très bien de vue, qui me salua comme on le fait avec les gens qu'on voit pour la première fois, et qui était tellement plus esthétique que nos toiles à vendre qu'il devint évident que j'allais parler de lui – non seulement à vous, maintenant, mais aussitôt, à lui-même (et devant l'intermédiaire), en faisant semblant de les commenter. Je cherchais déjà les détails de sa personne qui pouvaient se substituer ou se glisser le plus aisément dans une évocation d'Adam et Ève.

Disons que c'était un homme fait pour vous inspirer.

Quelqu'un qui peut vous fournir des secrets merveilleux.

Oubliez-le si vous le pouvez.

C'est ainsi que le peintre perdit sa Voix.

En effet, de retour à son atelier, avec les toiles invendues – pour une fois, le client potentiel n'en voulait pas, à ma grande joie, manifestant (par le biais de l'intermédiaire qui les refusa) sa vision très nette de la différence entre un catalogue et des originaux, ainsi que sa sûreté de jugement –, je ne citai aucun nom, mais expliquai qu'un grand besoin de temps pour écrire m'empêchait de poursuivre mes activités.

Petite ode sur les hommes

Il est des hommes qui vous prêtent leur ombre, et d'autres qui vous font les suivre en plein soleil à travers le désert ou en marchant sur l'eau, ou du regard dans l'air ;

des hommes protecteurs, des hommes volatils, des hommes ennemis et des hommes fatigants, des hommes à plusieurs, des hommes uns et multiples, et ils ont tous leurs charmes, fût-ce cachés,

des hommes instructifs, des hommes désirables au moins pour d'autres femmes, tous ces Adam qu'une Ève peut reconnaître,

et il y a celui dont on ne dit le nom qu'à soi-même,
tant qu'on ignore encore
dans quel genre de phrase la suite va l'enfermer.

– Mais tu es folle ! s'écria Sylvia en apprenant que j'avais quitté le peintre, où trouveras-tu un autre boulot si bien payé et si peu fatigant ? Tu aurais pu passer ta vie entière à travailler pour lui, avec tous les clients qu'il a !

– Je n'en pouvais plus de débiter des idioties sur ce qu'il fait, me justifiai-je. Pour un peu, ça m'aurait dégoûtée de la vraie peinture. Je ne suis quand même pas venue à Paris pour me gâter le sens esthétique ni pour feindre d'aimer ce que je n'aime pas, j'ai eu assez d'occasions de le faire à Pleunk.

Puis je lui expliquai en quoi ce travail ressemblait à son gagne-pain. (Bien entendu, sans évoquer ma dernière visite chez un client.)

- Tu as raison, finit par conclure Sylvia. Mais comment tu vas faire maintenant ?

- Eh bien, comme avant. Adieu l'esclavage, re-bonjour la dèche ! Quand on a l'habitude, on ne s'en porte pas plus mal. De toute manière, même s'il me payait bien, ça ne changeait pas grand-chose à ma vie : avec ou sans lui, c'est toujours la Vieille Europe.

Je ne vous ai pas encore parlé de l'Hôtel Moderne de la Vieille Europe (« eau et gaz à tous les étages », inscription barrée à l'aide de deux bouts de sparadrap). Cette formidable enseigne se situait dans la rue du Faubourg-Poissonnière, juste en face de la plaque commémorative dédiée à Heine. Comment ? Vous ne l'avez jamais remarquée ?

Heinrich Heine
né à Düsseldorf le
13 décembre 1797
mort à Paris le
17 février 1856
a vécu dans cette maison de
septembre 1841 à avril 1846

« Si quelqu'un vous demande comment je me porte ici, dites alors "comme un poisson dans l'eau", ou plutôt dites aux gens que, lorsque dans la mer un poisson demande à un autre comment il se porte, ce dernier répond : "comme Heine à Paris." »

C'est justement cette plaque qui m'avait décidée à choisir l'hôtel de la Vieille Europe plutôt qu'un autre établissement où l'on vous loue une chambre au mois à bon marché. J'en avais vu plusieurs, tous dans le même quartier (où j'avais mes amies Michèle et Shéhéra, en d'autres termes presque toute ma famille parisienne), dans le même état de délabrement avancé, non dénué de charme à mes yeux, et abritant la même population d'inexistants et de semi-existants.

Les gens qui logent à ce genre d'enseigne ne sont pas forcément des plus pauvres (bien que l'on y voie un clochard au moins par bâtiment, le clochard maison, dont le reste des occupants et le patron sont presque fiers, vu qu'il élève par contraste le niveau social de l'établissement chaque fois qu'il y revient passer un mois grâce à je ne sais quel moyen d'enrichissement miraculeux autant que provisoire). Il y a là des salariés-minimum, quelques prostituées, voire un ou deux touristes désireux de s'attarder dans notre capitale (souvent de lointains parents du patron), mais la majorité des occupants ont pour point commun l'inexistence officielle de leurs revenus. Vous avez beau être plus riche qu'avant, assez riche pour louer une chambre de bonne ou même un vrai studio, rien n'y fait : tout propriétaire de l'époque où nous sommes trouve le bulletin de salaire plus fiable que la couleur de l'argent (et il va de soi que le peintre ne pouvait pas délivrer de tels bulletins à sa Voix). À l'hôtel de la Vieille Europe, en revanche, on vous reçoit comme du temps où il fut construit : vous payez votre mois d'avance, en espèces et sans formalités. Le patron vous inscrit à la main, comme du temps des plumes, dans un registre conchié par les mouches, et vous remet un petit papier jaunâtre, du modèle qu'on ne trouve plus dans aucune papeterie, prouvant que vous êtes en règle avec lui - ce qui vous réjouit d'autant plus que c'est peut-être votre seule occasion de vous sentir et de rester en règle. Bref, pour qui redoutait autant que moi toute bureaucratie, l'Hôtel Moderne de la Vieille Europe était le refuge parfait.

Encore plus appréciable car j'avais longtemps envié, je me le rappelais maintenant, les gens qui peuvent se permettre de passer des mois à l'hôtel, ces personnages hautement romantiques dispensés des soucis ménagers, du rassis et de l'ennuyeux de la vie sédentaire, qu'aucun lien durable n'entrave, ni aucun meuble ne leste, qui déménagent du jour au lendemain, si ça leur chante, pour une chambre inconnue, pour une nouvelle vue – sans qu'il soit concevable que le besoin de fuir quelque menace d'expulsion du territoire les y contraigne. Il me restait au moins six mois pour me croire leur égale. C'était ma Première Adresse Parisienne susceptible de durer même davantage – rien que cela aurait suffi à rendre l'hôtel fabuleux. Par surcroît, il m'avait longtemps paru, comme ses équivalents, aussi inaccessible qu'un quatre-étoiles. Faute d'en avoir ne fût-ce qu'une, il me proposait des avantages qui ne seraient réunis nulle part ailleurs : le face-à-face de Heine, une paix nouvelle (un grand souci de moins, par plages qui durent chacune un mois entier !), et l'idée délectable d'être dorénavant une habitante du quartier qui m'avait offert pendant une période assimilable à une éternité le meilleur et/ou le seul de mes *points de retour* rassurants, le quartier de Michèle.

L'hôtel avait, bien sûr, ses inconvénients. On ne choisit les voisins dont on est flanqué guère plus que sa famille, et même à supposer qu'on le pourrait, dans ce genre d'endroit, le choix n'aurait pas été facile : auriez-vous préféré deux prostituées, créatures bruyantes (par obligation professionnelle) mais inoffensives, ou le satire de l'établissement, qui rôde dans les couloirs en robe de chambre toujours prête à s'ouvrir, et un jeune homme à tendances suicidaires, que le manque de gaz à tous les étages n'empêche pas de faire exploser sa petite bonbonne (théoriquement interdite à l'hôtel), ou bien un vieil ivrogne et une famille nombreuse, également bruyants, quoique d'une façon moins monotone, qui viennent souvent frapper à votre porte (par espièglerie, pour demander du sel ou dans une crise de delirium tremens) ? Pour ma part, après y avoir longuement réfléchi, j'avais choisi de rentrer le moins possible (la certitude de le pouvoir à toute heure me suffisait, ou presque). C'est ainsi que mon caractère craintif et renfermé m'empêcha de vérifier s'il pouvait m'échoir parfois des voisins infiniment appréciables, ce qui a bien dû arriver quelquefois à mon insu pendant les dix mois où je logeai à la Vieille Europe.

Le patron, en revanche, me plaisait beaucoup. C'était un Asiatique à lunettes, dans la quarantaine, éternellement souriant par distraction (oubliant de retirer le sourire de sa face entre deux arrivées de clients), toujours assis sur une chaise pivotante devant un antique ordinateur (des plus gigantesques, si bien que l'homme apparaissait comme son supplément) sur lequel il faisait fièrement sa comptabilité – *jamais* les réservations, calligraphiées dans le registre que j'ai dit. Sur le mur derrière lui étaient accrochés le Règlement Intérieur (« Veillez à éteindre votre cigarette et votre réchaud en vous couchant ») et une série de photos encadrées où l'on voyait - avec stupéfaction, la première fois – un marché aux légumes où trois autres Asiatiques étaient en train de dormir, de déjeuner ou de téléphoner à l'aide d'un sans-fil cellulaire (objet encore rarissime à Paris, cette année-là), confortablement couchés ou assis en tailleur sur leur étalage. Si vous le connaissiez un peu, le patron vous expliquait que c'étaient là ses frères et sœur, marchands établis à Hanoi.

Bien que je ne l'eusse compris qu'ensuite, je dus moi aussi lui plaire du premier regard, car lorsque je voulus savoir s'il avait une chambre libre, le patron ne fit que me demander : « Pour qui ? » avant d'acquiescer. Un miracle s'était produit à mon insu : de fait, normalement, s'installer à la Vieille Europe n'était guère plus facile que d'obtenir un logement social. Il y avait des inexistants qui faisaient la queue devant l'hôtel, symboliquement parlant, le long de plusieurs années (y revenant presque tous les jours) dans l'espoir que le patron finisse par les accepter pour clients. Quand je l'appris, je me dis que décidément, Paris aurait toujours des miracles en réserve pour moi (qui l'aimais tant) – combien de fois déjà ne m'avait-il pas octroyé des faveurs miraculeuses, et ne persistait-il pas même quand je croyais que c'en était fini, ou que je me permettais de mettre en doute sa bienveillance de quelque autre manière ? Et remontant dans ma chambre, je tendis la tête par la fenêtre pour contempler et relire la plaque de Heine : un genre d'action de grâces qui était en même temps une assurance complémentaire sur l'avenir.

Dans le même ordre d'idées, à force de métiers affixes et provisoires, j'avais fini par me convaincre que je ne pouvais jamais manquer de retrouver du travail. J'écoutais avec curiosité les conversations ou les émissions de radio où les gens se plaignaient d'être inemployés depuis tel nombre d'années, espérant chaque fois finir par comprendre, pour chaque cas évoqué, quelle raison concrète les réduisait à cette souffrance : tenaient-ils absolument à être déclarés, ou cherchaient-ils un travail précis plutôt que n'importe lequel qui fût dans leurs capacités, ou n'avaient-ils pas eu l'occasion de se rendre compte qu'on en trouvait parfois – deux fois en un an, d'après mon expérience – simplement en se promenant dans les rues des quartiers pauvres ? Je n'arrivais jamais à y voir plus clair, car la raison que je cherchais semblait aller sans dire dans tous les cas et pour les malheureux, et pour leur auditoire, si bien que faute de moyen de creuser davantage, j'abandonnais chaque fois ce sujet de réflexion en me disant que leurs peines devaient s'expliquer, de manière générale, par le fait que ce n'étaient pas des inexistants – sans que cela me parût paradoxal. En effet, à mon sens, l'ordre des choses humaines excluait la possibilité que l'humain vive longtemps sans tourments ou tourmentes, fût-il natif du plus doux des pays ; il fallait fatalement, pour que son histoire en soit une, et racontable, qu'il se trouvât des misères à lui tomber dessus ; ceci étant donné, l'on ne pouvait que se réjouir de savoir combien elles étaient variées pour l'ensemble de l'humanité, et que certaines s'empêchaient mutuellement : il en ressortait, en dernière analyse, me disais-je lorsque j'étais d'humeur à être philosophe (autrement dit à tenir à distance le vécu concret tel qu'on le perçoit de l'intérieur, en simultané), un grand profit pour la narration universelle, et en même temps, quant à l'individu, la possibilité rafraîchissante, qui fait aussi évoluer quelquefois, de souhaiter avoir les malheurs d'autrui, éventuellement pris pour des bonheurs.

*

Loin de passer mon temps assise derrière un bureau comme le patron de la Vieille Europe, je dus adopter, pour continuer de lui payer mon mois, un nouveau moyen de locomotion, peu compatible avec la dignité de l'intellectuelle que j'avais incarnée aux yeux des couturières : les patins à roulettes que je tâchais d'apprendre à bien maîtriser, par crainte de me casser une jambe (l'accident ne serait pas dans mes moyens) ou de paraître aussi ridicule aux passants qu'à moi-même. (Bon, au moins, je n'allais pas me ridiculiser aux yeux des clients du peintre : si quelqu'un d'entre eux me croisait, il ne croirait jamais que ce pût être l'*alter ego*, la fille sur patins, c'était déjà ça.) Je les chaussais afin de distribuer plus efficacement les petits papiers vantant les mérites d'un restaurant dont je n'avais pas pu apprécier les mets car il restait trop cher malgré la réduction que j'offrais généreusement à tout piéton. Je pirouettais donc et virevoltais de mon mieux, souvent involontairement, non sans heurter quelques gens pressés. En m'excusant, je profitais de l'occasion pour leur fourrer une feuille dans les mains. Et le soir tombant, quand j'avais déchaussé mes bottines de cent lieues avant d'atterrir une fois de plus dans une maison inconnue dont les enfants m'attendaient (le travail d'ange gardien restait le plus fréquent de mes emplois – par le biais d'une autre agence, hélas, car même devenue annuelle, je n'avais pas osé me montrer de nouveau chez Mademoiselle Astuguevieille –, à croire qu'il constituait une fonction qui m'était désignée sur terre), j'étais récompensée de mes efforts de la journée par une admiration envieuse : ils manquaient rarement d'ouvrir mon sac où se cachaient les patins et de s'émerveiller de mes prouesses imaginaires, demandant à savoir où j'allais m'amuser ainsi chaussée, de quelles figures j'étais capable et depuis quel âge ; si je préférais les détromper au lieu de me vanter, ils se réjouissaient de rencontrer enfin une personne adulte moins habile de ses pieds qu'eux-mêmes, ou qui avait tout l'air de réapprendre à marcher.

J'aimais beaucoup les moments où une maison dont les enfants s'assoupissent laisse s'y installer le silence et l'immobilité brisés uniquement par les gestes presque improbables de l'intrus qu'on y est : à la recherche d'un verre d'eau, vous traversez des pièces inconnues, marchant sur la pointe des pieds, explorant du regard, à l'instar de quelque Asmodée, les recoins intimes d'une existence qui devraient être accessibles uniquement aux familiers dont vous ne faites pas partie. C'est comme si vous pouviez entrer par toute fenêtre éclairée qui vous permet d'apercevoir, depuis le trottoir ou l'immeuble d'en face, un pan de vie étrangère : une liberté proprement fantastique, par laquelle les limites du monde qui était encore le vôtre quelques instants plus tôt semblent abolies. Vous-même vous sentez presque irréel faute de repères coutumiers, et il n'y a jusqu'à la légère inquiétude suscitée par cette étrangeté, qui ne soit allégresse, étant née d'une ouverture sans bornes, qui donne un peu partout à la fois, dont on ne peut vraiment plus douter quand on ne tombe pas sur ce qu'on prévoit.

Un de ces soirs, ayant déjà lu jusqu'au bout mon livre alors que les parents inconnus tardaient à rentrer et qu'il n'y avait, dans leur bibliothèque, rien qui m'intéressât, j'allumai la télévision, et la première chose que j'y vis, c'était Michel tenant un bouquet de fleurs emballées dans une boîte - le film dont Jacqueline m'avait parlé ! Voilà qu'il posait la boîte sur une chaise, qu'il en ôtait le couvercle transparent pour enlever les roses, et que je voyais déjà l'arme qu'il allait en sortir, éprouvant ce plaisir incomparable de l'esprit qui fait le pont entre image et réalité. Le connaissez-vous, cher lecteur ?

Avez-vous déjà goûté la joie de rencontrer en chair et en os un homme qui, jusque-là, n'avait eu d'existence pour vous que sous la forme d'une voix familière entendue tous les matins à la radio, d'apercevoir aux informations une connaissance que vous venez de croiser sur le chemin vers chez vous, ou de lire un article élogieux où l'un de vos proches est présenté comme un génie égal à ceux des temps passés ? C'est alors qu'on perçoit, l'espace d'un instant, toute la distance entre sa petite vie et l'univers glorieux de la représentation, jamais visité auparavant ; soudain, on est devenu capable de traverser en un éclair cette distance qu'on avait crue infranchissable. Comme cela élargit le domaine du possible qui vous est alloué ! Même sans y réfléchir ou avant qu'on n'en prenne conscience, on en est exalté et se sent transformé.

Au moment même où je me réjouissais de savoir ce qui allait sortir de la boîte mythique, il advint quelque chose de stupéfiant : Michel en tira, au lieu de l'arme attendue, un appareil photo. Comment était-ce possible ? Mais la suite de l'action confirmait bien que c'était cet appareil et rien d'autre qui avait été nécessaire au héros.

Une seule explication s'imposait : Jacqueline avait dû confondre dans son souvenir deux films de la même époque (dont l'un n'était certainement pas de Massigny). Rien d'étonnant : elle les avait connus d'abord non pas entiers et immuables comme les spectateurs ont pu les découvrir, mais sous la forme de morceaux disjoints ; puis sa mémoire avait fait son propre montage, à l'intérieur du plan. Mais pourquoi cette confusion me paraissait-elle remarquable même une fois élucidée, comme si là-dessous se cachaient d'autres choses, et quelque secret important ?

Je restai un moment à me le demander, puis, brusquement, je crus comprendre : cela me rappelait l'histoire d'un photographe que j'avais rencontré quelques années auparavant. Si, par la force d'une embrouille de montage, le personnage du film avait trouvé une mitrailleuse à la place de l'appareil, on aurait pu croire que Jacqueline connaissait, et même par avance, ce qui arriva au photographe qui dut laisser son outil de travail pour prendre une arme. Tous les détails oubliés de l'histoire me revinrent, qu'il m'avait racontés lorsque nous attendions ensemble dans une maison inconnue le moment où chacun partirait de son côté (une voiture le déposerait dans telle capitale, si tout se passait bien, une autre me laisserait Place d'Italie). Il ne restait plus que nous deux à attendre, les seuls à ne pas vouloir demeurer dans le pays où cela se passait, et je suppose qu'en y songeant, le photographe avait dû sentir, avant de venir faire connaissance (sans se nommer, bien entendu) dans la cuisine où j'étais en train de chercher à manger, l'élan amical qui peut vous rapprocher instantanément, avec aisance, de quelqu'un que vous ne reverrez jamais.

Pour finir par arriver dans cette cuisine, le photographe devait prendre un bateau faisant le trajet entre une île et le continent le plus proche. Or, au dernier moment ou presque, il se rendit compte qu'il ne pouvait pas payer la traversée - bien plus chère que d'habitude car clandestine, et dont le prix avait encore augmenté depuis la veille. En désespoir de cause, il essaya tout de même de marchander. Le chef de l'équipage, un homme compréhensif, lui proposa de se rendre utile pour compléter la somme, s'il voyait quelque moyen de le faire : réfléchissez, trouvez une idée, puis revenez. Cela se passait dans un pays chaud, et l'on peut imaginer à sa guise ses palmiers qui ne me furent pas décrits, ses nuits très bleues et parfumées, le vaisseau des pirates qui mouillait dans le port, non loin du bar où notre héros réfléchit (sous le regard symbolique du capitaine pourvu du bandeau noir de rigueur) à la façon dont il pourrait lui rendre quelque service assez important pour valoir la liberté. De telles situations, quand on s'y retrouve pris à l'improviste, peuvent faire comprendre brusquement qu'on n'est pas de l'étoffe des protagonistes, manquant d'ingéniosité ou de courage, même lorsqu'on est un homme qui n'a guère pensé au danger en photographiant des scènes de guerre sous les coups de feu à l'étranger, puis je ne sais quelles choses interdites aux objectifs dans l'île en question. (Mieux vaut ne pas la nommer : la tyrannie y règne encore, alors que le personnage peut y avoir de la famille, sait-on jamais. Ce serait le bouquet si les employés de leur ambassade chargés de lire et de transmettre, en cas de besoin, tout ce qui s'écrit sur leur État en français, faisaient payer à ses proches les phrases d'une romancière qu'il n'a jamais connue.)

Comment la mériter, cette liberté ? Il se le demandait, prenant soudain conscience d'être démuni face aux exigences de la vie vraie. S'il n'avait pas été photographe, il n'aurait pas eu besoin de faire ce voyage ; mais étant photographe, à quoi servir sur un navire où personne ne cherche à fixer sur pellicule son identité incertaine ni ses actes douteux que les autres devraient oublier d'avoir vu ? Bien sûr, il proposa de travailler comme n'importe quel homme de l'équipage, et s'entendit répondre qu'aucune charge ne nécessitait un homme de plus.

Il ne restait encore sur le bateau que faute de savoir où aller à l'instant suivant, quand le capitaine laissa entendre qu'après tout, il pouvait peut-être servir à quelque chose. La seule chose à quoi un excellent photographe est bon, du point de vue pratique et dans les circonstances données, c'est… Vous avez deviné ? Non ? Votre langue au chat ? (À notre chat fabuleux qui écoute, tapi dans l'ombre, les pattes confortablement repliées sous le corps, la pointe des oreilles dirigée vers la voix.) À falsifier des passeports. S'il y travaillait quelques jours durant, bon, disons une semaine ou deux, dans un appartement où l'on le logerait (cacherait) gratuitement, et si le résultat s'avérait satisfaisant, il serait de la prochaine traversée. N'était-ce pas une chance inespérée ? Quand vous n'aviez même pas pu trouver l'idée tout seul, alors que c'était si facile et qu'à défaut, vous risquiez la peine capitale, ne serait-ce pas négligeable, en échange, de devoir même, éventuellement, passer un petit mois ou plusieurs à trembler jour et nuit dans une chambre obscure où la police peut vous découvrir d'un instant à l'autre, grâce au même capitaine peut-être, pourquoi pas ? puisqu'il faut bien que les pirates aussi rendent de temps en temps quelque service à charge de revanche (d'yeux policiers fermés la plupart du temps), vers la fin du mois ou plusieurs, du moment qu'il y a pléthore de gens moins intéressants pour la justice, et qui peuvent payer plus que vous ? Cela n'aiderait-il pas à écouler en toute tranquillité les passeports arrangés par vos soins ?

Envisageant cette possibilité, l'ancien grand reporter tâcha maintes fois par jour de chambre obscure de trouver la paix dans l'idée que si cela advenait, il aurait au moins sauvé (à sa place) autant de monde qu'il arriverait à fabriquer de passeports acceptables. Longtemps, trop longtemps, il avait jugé de telles occupations condamnables, et/ou photographié ceux qui mouraient, sans que rien de grave ne lui arrivât ; longtemps, il avait été athée (depuis la fin de l'enfance), et à présent, se sentant sous le regard de Dieu (dans l'obscurité), il songeait que ce serait sans doute juste de payer de cette manière précise, livré, mourant alors que d'autres survivraient – des innocents qu'il eût tenus pour traîtres, à une époque ; et il souhaitait pouvoir, avant d'en arriver à ce moment, trouver l'état d'esprit permettant de subir une juste peine infligée par le biais d'un État immonde, avec tranquillité, voire avec soulagement. (Mon homonyme écoutait cela tétanisée d'attention, en croyant revoir la scène finale d'un film pleunkois que vous ne verrez jamais, cher lecteur, intitulé *Derniers souhaits*, dont l'action se déroulait pendant la Première Guerre mondiale – une séquence immortelle à son sens, où le protagoniste photographe, que sa nature insouciante et farfelue avait empêché de comprendre la gravité des événements avant d'avoir été condamné à mort en toute innocence pour haute trahison, demandait à régler l'appareil sur trépied qui prendrait la photo de son exécution, avant d'aller poser presque gaiement, en artiste qui n'a pas manqué la dernière occasion de bien faire son travail. Quelques mois avant de quitter Pleunk, mon homonyme avait connu le réalisateur de ce film déjà invisible depuis plusieurs années – pratiquement depuis sa sortie –, qu'on ne laissa jamais passer les frontières locales, alors qu'il aurait pu recevoir des prix aux plus grands festivals, mais assez digressé.) Faute d'arriver à mourir avec soulagement, se disait-il, ce serait déjà bien de ne plus avoir les mains qui tremblent une minute sur deux, ce qui risquait de lui raccourcir le temps de survie, nécessaire pour trouver la paix en se rapprochant du point de vue divin…

Il faut croire que malgré tout, le falsificateur improvisé fut efficace, et que son travail intérieur méritait récompense, puisqu'il finit par embarquer sur un vieux navire inconnu, tout rouillé, puant et faisant un bruit qui laissait imaginer une panne imminente. Pourtant, un grand détour s'imposait, pour prendre d'autres passagers ailleurs, et ce n'était pas les dents des requins qu'il fallait craindre, mais les balles des militaires croisés en pleine nuit, non loin d'un rivage. Le photographe qui dormait (cauchemardait) à ce moment dans un recoin fut réveillé par un vacarme étrange, juste avant qu'on ne le secoue pour l'envoyer dans la soute, chercher une caisse qu'il apporta sur le pont. Elle contenait… vous savez quoi. Et sans savoir comment, il eut soudain entre les mains une de ces armes qu'il connaissait bien de vue mais non pas d'expérience. Et il tira. Sans trop savoir où.

Il croyait tirer non pas sur les hommes en face mais uniquement sur leur canot dont le moteur semblait vouloir lui imposer son rythme. Ses coups de feu lui paraissaient irréels, puisqu'ils étaient les premiers de sa vie et qu'aucune raison valable ne venait les justifier à ses yeux. C'était comme un jeu, mais inquiétant, la part de la comédie ou du sérieux étant trop difficile à faire, et les conséquences incertaines, quoique notre tireur fût sûr, inexplicablement, qu'une participation aussi absurde au spectacle ne pouvait pas faire de victimes.

Il tira tant qu'il put, c'est-à-dire peu de temps durant, avec l'impression d'y avoir passé des heures. Il est pourtant certain que c'était impossible : le héros ne savait pas recharger ce qu'il tenait ni n'avait de munitions sous la main. Ensuite, quelqu'un lui arracha le fusil et le poussa violemment ; tombé sur le pont, il y resta couche, la joue contre le métal vibrant, sous les éclats, les sifflements et les cris, jusqu'à la fin heureuse du combat. Heureuse pour lui. Le petit bateau pirate fut victorieux même s'il n'accosta pas au lieu prévu, ce qui obligea notre photographe à accomplir seul un parcours hasardeux en terres inconnues, le capitaine (un autre) ayant ordonné la dispersion de ce qui restait du groupe. Achevant son histoire, il se promit de nouveau (devant témoin, cette fois-ci) qu'il ne ferait plus jamais de photos de guerre, même s'il s'avérait que dans le pays où il comptait arriver le lendemain, cette aptitude permettant de se faire embaucher par une agence serait son meilleur moyen, voire le seul, d'obtenir un permis de séjour. Puis l'on vint chercher l'ex-grand reporter, et je restai seule dans la cuisine, à méditer sur le fait que ce serait finalement moi, au bout de combien de temps encore ? la dernière à quitter cette maison, de ma fournée de fugitifs qui avaient transité par elle. (Quel sens caché y voir ?)

Repensant à l'histoire du photographe au lieu de regarder le dernier film de Massigny, qui s'achevait déjà, je songeais aux erreurs de montage et autres cas de distraction ou d'oubli qui peuvent décider de notre vie, à quoi ça tenait, quelqu'un se trompait, l'espace d'un instant, et il apparaissait dans notre histoire des épisodes qui n'avaient rien à y faire, en principe, mais qui finiraient par paraître logiques, puisqu'ils étaient là, on finirait par y voir un sens caché, et un autre sens à l'ensemble, du même coup, et l'on se mettrait tout naturellement à agir d'une autre façon qu'avant...

Je n'eus pas le temps de pousser plus loin ma réflexion, car :

- Moi, je n'ai jamais cherché ailleurs qu'en moi-même les défauts qui vous paraissent si risibles et répugnants chez mes personnages, entendis-je, et je sursautai : c'était notre romancier d'autrefois qui venait d'apparaître sur le canapé face à la télévision qui s'éteignit aussitôt. Il portait une robe de chambre épaisse et des chaussons, et tenait une longue pipe.

- J'ignorais que vous fumiez la pipe, dis-je pour donner un aspect anodin à mon étonnement sans nul doute visible. C'est embêtant : que diront les parents lorsqu'ils vont rentrer et sentir la fumée ?

Il fit immédiatement disparaître l'objet en question (sans l'éteindre) dans sa poche, en me priant de l'excuser.

- Il faut bien que je fume la pipe, vous comprenez : tout le monde le fait, dans mes livres.

- Vous apparaissez souvent ainsi, chez les gens ? demandai-je après un instant de silence, histoire d'entretenir la conversation. Je craignais de l'avoir vexé et de mal m'y prendre avec lui, alors que je souhaitais de tout cœur lui paraître agréable. D'après ce que j'en savais, c'était un homme éminemment susceptible.

- Et vous-même ?

- Oui, assez souvent. On peut même dire que je vis chez les autres plus que chez moi, et par ailleurs, chez moi, c'est aussi chez quelqu'un d'autre, ou chez tout le monde, vous voyez : l'Hôtel Moderne de la Vieille Europe.

Inexplicablement, j'étais certaine qu'il devait le connaître. Il n'eut aucune réaction qui pût faire penser le contraire.

- Ce n'est pas facile de rôder sans repos dans l'espace et le temps, dit-il (parlant manifestement de lui-même). On a besoin de se poser quelque part, pour une heure ou deux, avant de repartir. Vous avez bien choisi cette maison. C'est convenablement chauffé, douillet, il n'y a sans doute pas de punaises.

- Mais certainement pas !

L'idée qu'il pût s'en trouver là me parut stupéfiante avant que je ne me rappelle d'où il venait, c'est-à-dire où il avait vécu jadis.

Apparemment, même après plus d'un siècle d'au-delà, on n'arrivait pas à oublier ce genre de détails propres à son ancienne existence terrestre.

- Je l'ai deviné tout de suite, fit-il en souriant de contentement. Je compte y passer la nuit. Les couettes semblent être de qualité. Du duvet d'oie, je suppose.

- Mais que diront les gens lorsqu'ils vous trouveront ? Ils penseront que c'est moi qui vous ai laissé entrer.

- Ne vous en préoccupez pas, ma bonne, fit-il très dignement. Jamais personne parmi ceux dont j'ai été l'hôte ne s'est plaint de ma présence. Je pense être capable d'apporter un peu de spiritualité à ce foyer qui en manque singulièrement. Aucun livre édifiant ; aucune image pieuse…

- Nicolas, dis-je (oubliant toute prudence), nous sommes à Paris, capitale où, entre les notions « grenouille de bénitier » et « mangeur de curés », l'on préfère généralement la seconde. Il ne manquerait plus que d'essayer de monter sur votre chaire dans cet appartement, alors que même vos amis, chez vous, de votre temps, trouvaient que vous dépassiez les bornes ! Pourquoi êtes-vous venu ici, pour que le monde entier apprenne que vous êtes totalement grotesque, même immortel ? Vous ne pouvez pas la fermer un peu, rien que pendant un siècle, ce qui serait beaucoup trop juste, et laisser parler vos œuvres, quand vous savez pertinemment, déjà depuis votre vivant, que vos idées à la noix ne peuvent jamais servir qu'à vous nuire ? Vous connaissez le sens français de votre patronyme, auquel on risque de songer pour conclure, après vous avoir écouté : « comme son nom l'indique » ? Êtes-vous fou, enfin ?

Au lieu d'éclater, le romancier prit un air accablé.

- Je le sais bien. Personne ne veut entendre ce que j'ai à dire. Ils veulent tous des histoires distrayantes.

Et brusquement, je cessai de le trouver agaçant.

- C'est cela, dis-je. Ils veulent s'amuser en écoutant nos mésaventures.

L'air content de me l'entendre confirmer, il s'allongea sur le canapé, laissant pendre par-dessus l'accoudoir l'un de ses chaussons, et le balança gaiement.

- Alors, je suis fou ?

- Non, pas du tout, ce n'était qu'une question rhétorique ! Excusez-moi, je me suis emportée, c'était seulement pour vous mettre en garde…

- Mais vous aussi, vous êtes folle.

Il me sourit.

- Vous croyez ?

- Bien entendu. À votre manière à vous.

Ce qui fut dit sur un ton de certitude inébranlable, tel qu'on peut en avoir quand on s'exprime depuis l'outre-tombe.

- Eh bien, fis-je placidement, ça m'est égal.

- À moi aussi, depuis un certain temps.

Il sourit de nouveau, avec bonhomie, puis :

- Bonne nuit.

- Dormez bien.

Ne sachant que faire, je me mis à relire mon livre depuis le début. Mais je n'arrivais pas à me concentrer. Il faut absolument que je joigne au plus vite Michèle, pensais-je. Quand elle apprendra que son romancier s'en va dormir chez les gens en leur absence, et qu'il s'est introduit justement dans l'appartement où j'étais de garde ! Et que c'est moi qui ai eu l'honneur de lui parler, et non pas un des spécialistes qui ont écrit tant d'ouvrages sur lui, moi qui peux tout lui rapporter, à elle et à personne d'autre ! Quand elle aura raconté cela dans sa thèse, ils s'écraseront tous devant elle, et ils viendront me voir à la queue leu leu, dans l'espoir d'en apprendre un peu plus sur lui, en m'interrogeant pour le cas où je finirais par me rappeler encore quelque détail ; je serai considérée comme le témoin le plus important non pas de sa vie, mais bien mieux, de son immortalité !...

Puis je revins à la raison : que m'avait-il dit de tellement intéressant ou d'inédit ? Rien. Le fait de l'avoir obligé à escamoter sa pipe, fût-ce par un procédé surnaturel, n'apportait vraiment pas grand-chose à sa biographie. Ni la découverte qu'il aimait se promener en chaussons. Si au moins j'avais pu affirmer qu'il était venu exprès pour me rencontrer ! Mais pas du tout, il était tombé sur moi par hasard, par un concours de circonstances... Et juste – me rappelai-je – au moment où j'aurais pu arriver à quelque découverte vraiment passionnante, nom d'un chien ! sacré malchanceux porteur de malchance ! à quoi réfléchissais-je, déjà ? à des secrets qui devaient se cacher emboîtés dans des boîtes photographiques à tours de passe-passe, je n'y comprends plus rien...

*

Non, en effet. L'apparition du romancier s'avéra porteuse de chance. Quelques jours plus tard, il m'arriva une chose encore plus incroyable qu'elle : Michèle m'apprit qu'au dernier étage de son immeuble, il y avait une chambre qui serait bientôt pourvue d'électricité, donc plus habitable qu'auparavant, voulais-je la visiter, pour le cas où j'aimerais mieux y loger presque gratuitement, et indéfiniment, plutôt que de continuer à travailler comme une folle, jour et nuit, pour payer un hôtel qui ne valait pas le tiers de son tarif ?

Et comment ! L'idée d'une chambre qui serait un vrai chez-moi aurait suffi à me transporter au sixième étage même sans que mes pieds s'en mêlent – mieux encore, quoique j'aie bondi pour y aller immédiatement, je ne comprenais pas pourquoi Michèle jugeait nécessaire de la *visiter* : j'y déménageais sur-le-champ, tout simplement. Elle coûtait un cinquième du mois d'hôtel. Et surtout, je n'aurais qu'à descendre quelques étages pour retrouver mon amie. Qui dit mieux ? Heine resterait aussi mon voisin – à la distance où, jusque-là, s'était trouvée Michèle ; allais-je regretter que leurs places se retrouvent ainsi échangées ? (Je me rappelai alors que la rue de Michèle était flaubertienne : citée dans *L'Éducation sentimentale*.) Depuis toujours, j'avais eu beaucoup plus d'amitiés immortelles que vivantes… Et en y songeant, l'idée me vint que notre romancier était peut-être intervenu en haut lieu pour me faire offrir cette chambre, m'ayant trouvée plutôt conciliante et envisageant de revenir bavarder, ce qui serait plus agréable pour lui si je disposais d'un endroit où personne ne risquerait de le voir comme grotesque, du moins pas dans le mauvais sens du terme. Dans l'immeuble de Michèle qui l'aimait, il serait en toute sécurité, au sixième ciel sinon au septième.

La chambre présentait deux lits superposés dont je choisis aussitôt le supérieur, où j'aurais le visage pratiquement contre la fenêtre (un vasistas à tabatière), ce qui m'offrirait le plaisir de m'endormir ou réveiller en contemplant le ciel et une vaste perspective de toits parisiens ponctués d'antennes, de cheminées et de tourelles (vers l'arrière-plan), évoquant à la fois un océan en fer-blanc et des ponts de navires variés. Le lit inférieur qui resterait disponible tenait plutôt, lui, de la couchette de train, par l'absence de toute vue à son niveau, ce que je trouvais délectable, ajouté au reste : ciel, mer et terre ferme réunis (condensés) en moins de deux mètres sur trois ; l'on ignore si quelqu'un viendra s'allonger dans le compartiment ferroviaire situé sous la cabine maritime, qui et à quel moment ; en attendant, la place vacante donne un air d'aventure – un élargissement supplémentaire – à l'espace réduit. Par ailleurs, vu ses dimensions, la pièce pouvait passer aussi bien pour une maison de poupée, un objet d'art conceptuel ou une cellule de moine, voire pour une caverne améliorée, si l'on observait le toit bas de forme irrégulière. Tout semblait y être fait pour protéger, isoler et, dirait-on, étreindre l'occupant qu'elle avait l'intention manifeste de garder aussi longtemps que possible. Elle était située tout au bout d'un couloir où je serais l'unique locataire, ce qui n'était pas pour me déplaire au sortir de la Vieille Europe. Je disposais pour ainsi dire de l'étage entier comme d'un appartement, bien que la plupart de ses portes fussent cadenassées telles les chambres aux secrets des châteaux fabuleux : allez savoir s'il s'y cache les corps des femmes de Barbe Bleue, quelque portrait qu'il ne faut pas voir sous peine de l'aimer sa vie durant, ou une vieille qui fait de la tapisserie avec le fil de vos jours. Quoi qu'il en soit, pour le moment du moins, il ne se cachait pas d'inexistants dans ces débarras, et pour ma part, tenant la clé de mon nouvel espace, je commençais à me sentir existante.

C'était une clé énorme datant du siècle précédent, dont la forme obsolète garantissait l'invraisemblance des lieux, alors que son poids vous donnait l'impression d'une vraie, solide réalité qui vous était fournie, jusque par la sensation de mesurer la force de votre dextre ; par ailleurs, ce modèle rarissime dans la vie courante évoquait irrésistiblement les cérémonies où les maires proclament tel grand artiste Citoyen de leur Ville, pour l'éternité (il ne me manquait plus que le parchemin calligraphié, autrement dit le permis de séjour de dix ans – un délai infini pour les anciens trimestriels).

À l'exception d'Espérance (hors concours), je ne crois pas avoir aimé un autre logement que j'aie occupé autant que celui-là. C'est vrai qu'il présentait des inconvénients tels que le vent qui entrait en flèche par les interstices du vasistas pour ressortir aussitôt, en ligne droite, à travers ceux de la porte située à moins de deux mètres, et que l'habitant avait besoin d'un certain temps pour apprendre la gestuelle qui puisse le dispenser de recevoir des coups rien que pour s'être levé de son siège, où la table et le placard semblaient vouloir vous maintenir ; cependant, cela n'en restait pas moins une petite maison bien appropriée à l'Individu, à sa réflexion et à ses rêves, conçue pour favoriser l'ingéniosité, l'invention, la création qui pouvaient s'appliquer aussi bien à la ranger le plus astucieusement possible, en vue de ménager l'espace, qu'à la peupler de créatures irréelles. Tenant du fourre-tout ou de la boîte crânienne, elle vous poussait au recueillement. Philosophiquement parlant, aucun autre habitacle ne m'aurait convenu davantage : c'était le récipient idoine pour mon essence, malgré les raisons concrètes que je pouvais trouver de m'en plaindre, dont l'absence d'eau courante et de canalisation (parfaitement logique dans une caverne).

Mon nouvel état de sédentaire me donnait, progressivement, l'assurance de qui se sait ancré (par la grande clé), et je commençais à croire – avec une légèreté à laquelle je ne pouvais résister, tant elle me soulageait de ma gravité coutumière – que désormais, du moment que j'avais calfeutré la porte et la fenêtre, j'étais à l'abri d'à peu près toutes les intempéries.

Je fis installer le téléphone, mon nom fut inscrit dans l'annuaire, cet almanach sacré de l'histoire de la Ville, pour confirmer que j'étais devenue indiscutablement Parisienne, et l'appareil se mit à sonner : c'étaient mes amis, puis, un soir, une voix masculine inconnue demandant à me parler, en un français très hésitant. Après lui avoir fait comprendre que j'étais moi-même, je l'entendis me faire une proposition stupéfiante : affirmant qu'il était le rédacteur en chef d'un journal pleunkois, l'homme voulait me charger de la tâche de le représenter.

Ses vagues explications me permirent de comprendre que je devais l'honneur de son offre au fait d'avoir pu obtenir des renseignements de première main sur Michel ; apparemment, le bruit de cet exploit courait le Tout-Pleunk ; on m'y tenait pour intime avec toutes les célébrités parisiennes, ce qui permettait de m'attribuer les compétences d'un journaliste international de première classe.

Je fis entendre un petit rire avant d'informer le personnage que j'étais *non grata* dans la presse pleunkoise depuis au moins six ans, « comme vous devriez le savoir ; par ailleurs, qui vous a donné ce numéro ? » Il prétendait le tenir de mon ami Filip, et comme je réagis par un ricanement supplémentaire, au lieu d'essayer de me faire changer d'humeur à la manière typique d'un Pleunkois de son rang (« Non, mais vous savez qui je suis ? », suivi de menaces), puis de raccrocher, le rédacteur en chef se lança dans un discours empressé, quasi servile, sur la haute estime qu'il portait à ce poète, « vous avez vu le beau supplément qu'on lui a fait pour son jubilé ? six pages entières ! » - sur quoi, malgré le caractère stupéfiant de cette nouvelle, mon sang ne fit qu'un tour : « Ah, oui ? après l'avoir interdit de publication pendant quatorze ans, puis couvert d'injures à chaque recueil qu'il publiait, vous vous vantez de lui offrir six pages de supplément ? Et moi, je suis censée les avoir lues et vous en féliciter ?... » À ce moment seulement, je me rappelai qu'un tel propos venant de la part d'une libre Parisienne pouvait valoir de graves ennuis et au poète en question, et à Minou, mais contre toute attente, la voix à l'autre bout du fil fit humblement : « Pardon, il doit y avoir un malentendu. Je ne suis pas le rédacteur en chef auquel vous pensez, je suis son successeur. Notre journal est maintenant indépendant, depuis les changements... »

Car, cher lecteur, il y avait eu certains changements en Pleunk, dont je ne vous ai toujours rien dit, à part qu'ils avaient porté mon ancien ami Yvan à un haut poste – ce seul fait aurait suffi à me les faire tenir pour nuls et non avenus (et plus tard, vous saurez quelles autres raisons justifiaient que je ne démordisse pas de cette mienne opinion), mais l'attitude suppliante du rédacteur méritait bien que j'admette, pour le moment au moins, l'idée d'une petite évolution des usages locaux. « Si j'acceptais, fis-je, pourriez-vous me garantir que mes articles paraîtraient sans coupes et sans qu'on y change une virgule ? » - « Oh, mais bien entendu ! Voulez-vous que je vous le précise par contrat ? Allô ? Vous m'entendez ? Vous acceptez ? »

Finalement, j'acceptai, après m'être fait prier encore par le rédacteur en chef qui se sentait (réalisai-je) en position de faiblesse totale car les fonctions qu'il m'offrait revenaient au bénévolat, la monnaie pleunkoise n'étant pas plus convertible que l'abare. Pour ma part, s'il ne m'avait pas parlé de rétribution, je n'aurais jamais fini par y songer :

attend-on du fantôme téléphonique d'un parfait inconnu de vous faire gagner votre vie ? de tout Pleunk, il n'y avait plus que mes deux aînés les plus chers à rester vivants pour moi, à l'étape présente (même pas Florence et Dédé, ni la bohème).

Pourquoi acceptai-je donc, alors que Pleunk n'était plus pour moi qu'une Abarie d'où pouvaient me provenir quelques appels et quelques lettres qui ne la rendaient pas plus réelle que l'État fondé jadis par le petit Yvan ? Parce que l'idée de l'illusion complète que j'incarnerais en chroniqueuse culturelle et mondaine avait tout pour me séduire. Pensez donc à l'image qu'auraient de moi les Parisiens auprès desquels je serais accréditée à ce titre, qui ne sauraient se douter (quelle expérience, quelle source leur aurait jamais appris que ce fût possible ?) qu'ils avaient affaire, derrière ma carte de presse, à une non-journaliste non-pleunkoise non-salariée qui pouvait raconter, si bon lui semblait, sous couvert de reportage, n'importe quelle invention totale sans qu'on lui en coupe un mot ou lui en change une virgule ? Qui diable pouvait jouir d'une situation aussi absurde et réjouissante, à part moi, dans le monde ? (Le seul problème, c'était que mon pleunkois n'était vraiment plus celui d'autrefois – mais bon, Minou pourrait corriger, me dis-je, et puis, pour faire du journalisme, surtout pour le niveau de la presse pleunkoise…)

Je reçus par courrier recommandé la carte prévue, dont je serais la seule de tout Paris à connaître la complète irréalité, et progressivement, la boîte aux lettres de Michèle (ma chambre n'en avait pas) commença à se remplir d'invitations variées dont la plupart m'offraient le plaisir inédit du pique-assiette. Je me munis d'une tenue de soirée qui provenait de l'Armée du Salut et d'une maison glorieuse, et je pus m'enivrer régulièrement de champagne avant de rentrer à pied (après le dernier métro) depuis les beaux quartiers jusqu'à ma maison de poupée sans eau courante (comme les châteaux de jadis) ; je fis des connaissances intéressantes, et commençai à emmener mes amis aux générales, aux projections privées et aux concerts pouvant m'intéresser, tandis que le Louvre et le reste des musées devinrent pour moi gratuits au quotidien – tout cela, parce que j'étais munie d'un bout de papier tamponné par quelque institution que j'aurais pu aussi bien inventer de toutes pièces (qui savait lire le pleunkois, à Paris ? qui pouvait dire si le tampon portait le nom d'une Union des Journalistes exotique, ou celui de Syndicat du Mensonge Tenu pour Vrai ?).

Il en découla, parallèlement aux jouissances que tout cela m'offrait, une conséquence imprévue : mon incertitude existentielle se remit à croître, sans doute par contraste avec la certitude inébranlable de mes nouvelles connaissances que j'étais quelqu'un de leur monde, ou leur homologue pleunkois (l'on imaginait, comme allant de soi, que je rentrais souvent en Abarie, pour mes vacances, ce qui aurait suffi à me perturber, vu qu'à supposer quelque réalité persistante à Pleunk, si mon homonyme y retournait jamais, une fois la frontière locale passée dans le mauvais sens, sa carte de presse ne l'empêcherait nullement de prendre ses vacances à l'ombre, parmi d'autres natifs dont le passeport prouvait qu'ils n'étaient pas en règle avec la loi locale). Par ailleurs, les visiteurs qui avaient commencé à venir chez moi devaient également être pour quelque chose dans mon nouvel accès de doute existentiel.

*

La première visite que je reçus fut plus réaliste que le retour éventuel du romancier. Un soir, vers les neuf heures, j'entendis frapper à ma porte, bruit qui m'effraya : n'attendant personne (sinon l'un de ceux qui entrent sans votre aide, notamment à travers les murs), je crus qu'il s'agissait des Gardiens de l'Ordre toujours susceptibles de surgir en demandant à inspecter votre domaine privé que vous ne sauriez maintenir clos devant eux sans aggraver votre situation (de locataire illégale pourvue d'un permis de séjour expirant bientôt – me permettrait-on de le renouveler ?).

« Qui est-ce ? », fis-je sur mon ton le moins craintif (faisons-leur entendre que nous n'avons rien à redouter, autrement dit à nous reprocher, pourvu qu'ils y croient), et l'on me répondit : « C'est moi ! » La voix était jeune, féminine, rauque et vaguement exotique. Quel soulagement !

- Qui, moi ?

- Mais moi, Gina ! Pourquoi tu n'ouvres pas ?

Effectivement, même sans connaître Gina, aucune raison de ne pas lui ouvrir.

C'était une fille que seule sa poitrine distinguait d'un garçon, plutôt petite, blonde, pourvue d'un nez de travers, d'un tee-shirt et d'un jean – somme toute, rien d'intéressant, si ce n'était son air de joie de vivre livrable à domicile.

- Oh, pardon ! fit-elle en souriant largement. Ici, ce n'est pas chez Sylvia ?

- Non, mais je peux l'appeler, si vous voulez.

- Tu es sa voisine ? Je me suis trompée de couloir, alors ! Je croyais que c'était à gauche. La seule fois que j'ai été chez elle, j'étais tellement bourrée que maintenant, je n'arrive même pas à reconnaître l'immeuble.

- Ce n'est pas le même, dis-je. Le sien est à l'autre bout de Paris. Mais appelons-la, elle vous attend sûrement, et se demande où vous êtes.

Au bout de cinq minutes de discussion téléphonique, il s'avéra que ce n'était pas non plus la même Sylvia.

- C'est incroyable ! fit Gina. Excuse-moi, c'est une embrouille complète. Tu es vraiment sûre qu'il n'y a pas de Sylvia à cette adresse ? Je ne sais pas comment j'ai fait, je l'avais pourtant notée. Regarde, c'est la tienne, non ?

52, rue de Chabrol, 10^e
au fond de la cour,
dernier étage, au fond

Effectivement. L'embrouille pouvait provenir du fait qu'aucun nom ne figurait sur le bout de papier ; toutefois, étant l'unique habitante de l'étage, je ne voyais pas qui d'autre aurait dicté ces coordonnées - censément les siennes propres - à Gina. Et elle n'avait pas le numéro de téléphone de sa Sylvia, l'ayant noté un autre jour (ou soir d'ivresse ?), sur un autre bout de papier que ses poches ne contenaient pas présentement.

- Je n'y comprends rien, répétait-elle. Son copain est batteur. Elle m'attend, je devais le voir. Qu'est-ce que je vais faire maintenant sans personne pour jouer de la batterie ? Tu ne connais pas un batteur, toi ?

- Non, aucun. Mais entrez, asseyez-vous tout de même, dis-je en digne maîtresse de maison. Asseyez-vous ici, sur le lit. (Elle était assez petite pour ne se courber qu'à peine sous le plafond pentu et bosselé.) Vous voulez un verre de vin ? Vous êtes musicienne ?

- Je suis chanteuse.

Et j'entendis un cri qui faillit me faire tomber à la renverse, un rugissement à remplir sans microphone la plus grande salle, comme je n'aurais jamais cru qu'il pût en sortir d'une gorge humaine. Par chance, la fenêtre était ouverte, la porte aussi, et ma bouche bée, sans quoi j'aurais certainement perdu l'ouïe. Bon Dieu ! Elle se serait fait entendre sans peine à côté d'un avion à réaction en train de décoller, et elle devait pouvoir dépasser en décibels Guina elle-même – sa presque homonyme, réalisai-je.

- Je m'appelle Strozzi, précisa la chanteuse. Je ne suis pas connue mais ça ne saurait pas tarder.

Se pouvait-il que ce soit une parente du cinéaste ? Mais tout le monde devait l'embêter avec cette question.

- Quelle voix ! Seriez-vous une descendante du poète Tito Vespasiano Strozzi ? tentai-je de me renseigner obliquement.

- Jamais entendu parler. Un peu de vin, ça me ferait du bien, oui. Où est ton robinet ?

- Pardon ?

- Le robinet, pour boire d'abord de l'eau, histoire de ne pas descendre tout de suite toute la bouteille.

- Je vais vous servir : le robinet se trouve dans les toilettes, à l'autre bout du couloir.

- Oh, laisse tomber !

Et elle vida cul sec son verre de vin, que je remplis aussitôt de nouveau. Sa façon de boire était réjouissante à voir : enfantine et goulue, faisant aussitôt rosir ses joues et rayonner de satisfaction ses yeux.

- Là où j'habite en ce moment, reprit-elle, c'est petit aussi, en revanche, c'est haut sous plafond. À ta place, je foutrais cette mezzanine dehors et je mettrais un canapé pliant. J'en ai vu un sur le trottoir en arrivant, pas mal. Tu veux qu'on descende le récupérer ?

- Non, non, ce n'est pas la peine, fis-je, effrayée par cette force de la nature prête à tout balayer. Les meubles ne sont pas à moi, je ne peux pas en changer.

- Dommage ! Ça m'a pas l'air très costaud, c'est du bricolage. Tu n'as pas peur que ça s'écroule sur ta tête, quand tu te couches ?

Jamais une telle idée ne me serait venue, que je trouvai d'autant plus ahurissante chez quelqu'un d'aussi menu (que pesait Gina Strozzi ? quarante kilos toute mouillée ?).

- Je dors au-dessus, pas dessous, précisai-je. J'aime bien avoir la tête juste devant la fenêtre, et c'est solide.

- Mais les mecs, tu les mets où ? (Je n'eus pas le temps de chercher quoi répondre.) C'est quand même chiant de toujours aller chez eux. Moi, je n'aime pas me réveiller chez des gens que je ne connais pas. Remarque, un lit superposé, ça m'éviterait les coups de pied de mon frère quand il vient dormir chez moi. Mais bon, j'ai l'habitude : pendant quinze ans, on a dormi ensemble, je peux le supporter encore de temps en temps.

- Il chante aussi ?

- Non, lui, c'est un cerveau. Fait des études, veut faire physicien ou astronaute, s'il arrive à partir pour l'Amérique. Je peux te dire : j'ai toujours su, depuis toute petite, que moi et ce gars-là, on était nés pour devenir historiques. Tu vas voir, qu'il finisse ses études et que je trouve un bon imprésario, le monde va entendre parler de nous ! On est pareils, quand on veut quelque chose, on casserait des murs avec les poings. (J'allais lui dire qu'avec le souffle qu'elle avait – à déraciner des arbres – les poings ne s'imposaient sans doute pas, mais encore une fois, Gina ne me laissa pas le temps de placer un mot.) Le seul problème, c'est que pour demain soir, je n'ai toujours pas de batteur. Je peux faire sans synthé, je peux faire sans basse, mais la batterie, c'est essentiel. Yahouououou ! Je crève de faim. Tu n'aurais pas quelque chose à manger ? Je connais un resto près d'ici, viens, on va se payer une bouffe et une autre bouteille - j'ai déjà tout bu, tu te rends compte, c'est typique ! La prochaine fois, je t'en apporterai deux. Le resto, ce n'est pas la cuisine de ma grand-mère, mais bon, ce n'est pas dégueulasse non plus !

(Heureusement, elle ne m'avait pas laissé proposer de lui faire une tartine de concentré de tomates, mon ordinaire de sédentaire.)

Elle était née en Campanie, d'une mère niçoise et d'un père déjà mort, dans la maison de sa grand-mère, également veuve mais ne s'entendant pas mieux pour autant avec sa bru. Hurlant pour quatre, mangeant pour deux, Gina devint vite un désastre ambulant, terreur du voisinage, reine de la récré, protectrice de l'aîné, chef de la famille. Son seul malheur, c'était qu'elle devait se taire aux fêtes de l'école, et qu'on ne voulait pas d'elle dans la chorale, sa voix n'étant pas assez angélique. Un maître s'était permis d'expliquer à sa mère : « Vous comprenez, Madame, si on lui fait chanter solo un hymne à la Vierge, ça donne quelque chose comme une chanson paillarde. Alors que si je la mettais tout au fond, même à supposer que je puisse lui apprendre à chanter *piano*, je n'aurais jamais assez de choristes pour qu'on ne l'entende pas. » Et aussi vexant que ce fût, même une mère ne pouvait nier qu'il y avait déjà dans le timbre de Gina je ne sais quoi de canaille, voire de rogomme, quand sa seule puissance vocale aurait suffi pour choquer, étant moins courante chez une fillette que chez les bêtes féroces. Bref, Gina aurait mieux fait de grandir avec un chat dans la gorge plutôt qu'avec un tigre en rut dans la cage thoracique : au village, certaines vieilles dames toujours habillées en noir allaient jusqu'à se signer neuf fois de suite en la croisant dans la rue.

En attendant de quitter la campagne où sa voix prodigieuse était si mal appréciée, elle cassa des fenêtres, répara des robinets, apprit la menuiserie (« je te l'aurais mieux fait, moi, ton lit »), joua au football avec les garçons du village et eut les plus séduisants pour fiancés, nul ne pouvant résister à son appel. Puis elle s'enfuit pour suivre un Gitan jusqu'en Allemagne (à dix-sept ans), où elle devint chanteuse des rues (puissance vocale bienvenue aux heures de pointe). Puis elle alla à Milan – « Tu connais ? Il y a un stade géant, et des bars vraiment pas mal, du côté de la piazza Ticinese » –, où elle chanta dans un restaurant, « quand on me laissait faire », ce qui signifiait probablement (je n'eus pas le temps de demander) que son emploi principal s'y situait plutôt du côté de la cuisine, ou de la plonge. Puis, sa mère s'étant remariée avec un Niçois, Gina vint passer des vacances à Nice, traîna avec les jeunes du quartier, apprit qu'un groupe de rock local cherchait une chanteuse. C'est ce groupe-là que j'allais entendre le lendemain de notre dîner (où je ne mangeai pas grand-chose, trop fascinée par elle pour y penser).

Ils avaient loué pour leur concert un petit théâtre montmartrois, plutôt vétuste et très ornementé, mal assorti au public qui commençait à le remplir. Je me trouvai assise au premier rang entre un jeune couple et trois garçons (les uns m'offrant gentiment de la bière et du haschisch, les autres s'embrassant si bien qu'ils menaçaient de me faire tomber par terre), et me sentis quelque peu déplacée, en sympathie avec les dames en plâtre et autres amours pourvus de trompettes dorées, tandis que dans la rangée derrière moi, l'on se mettait déjà à danser debout sur les sièges, en attendant la musique, et que de nouveaux amateurs de sensations fortes affluaient de partout, cherchant où se faufiler pour être le mieux placés, puisqu'ils resteraient debout. Un groupe compact vint se planter devant moi, dont l'arrière-train se mit à remuer de façon menaçante à petite distance, au niveau de ma tête ou à peu près. Je me rappelai alors que je n'avais jamais apprécié le rock, pour me demander comment j'avais pu venir me faire coincer dans une foule de fervents capables de s'écrouler d'enthousiasme droit sur moi, et je songeai à me sauver en grimpant sur la scène, avec ou sans leur aide, avant qu'on en arrive au lancer de fauteuils, traditionnel d'après ce que j'avais ouï dire de leurs usages, pour aller attendre Gina dans un coin des coulisses, discrètement et les oreilles bouchées (elle ne risquait pas de s'apercevoir de mon absence au premier rang) – mais quand je me redressai, il y avait déjà sur scène ses comparses qui branchaient des câbles, tripotaient des cordes ou des glisseurs électroniques, et le batteur arrivait (Gina avait donc réussi à en trouver un !) pour donner un grand coup sur la cymbale, faisant hurler de joie toute la salle à part moi, sur quoi tout l'éclairage s'éteignit, me donnant un accès de terreur, le temps qu'un projecteur se rallume pour faire apparaître la chanteuse.

Elle était habillée comme la veille, ses cheveux enduits de gel pointaient en désordre autour de son maquillage criard (un bon imprésario, me dis-je, c'est urgent), elle avait une énorme guitare rouge et blanc qui pendait sur le ventre, et elle jouait complètement faux, c'était indiscutable malgré le vacarme que faisait le public et mon manque d'oreille pour le rock. Mais au refrain, ses effets de voix me firent perdre tout esprit critique, me projetant au bord de la scène, dans la mêlée d'admirateurs enragés qui tendaient les bras vers elle pour brandir des briquets allumés.

On ne comprenait pas ce qu'elle chantait, sauf « te toucher, serrer, déshabiller », dont les consonnes lui permettaient de chuchoter (elle en était capable, qui l'aurait cru ?), de rugir et de gémir en l'espace d'un seul vers, puis venait un grand cri : « Ooooo mon amour ! », elle s'effondrait en extase sur le sol dans un nuage de poussière, s'y tordait, rebondissait et moulinait des bras au rythme de la batterie, tout en poussant des rauquements inhumains. Au bout d'un moment – à peu près vers le milieu du concert, pendant une chanson où il s'agissait de gens qui couchaient ensemble partout dans le monde en pensant à d'autres, ce qui leur permettait de croire au bonheur – je réalisai que personne n'avait encore rien cassé, du moins dans la mesure où je pouvais le constater (si cela se trouve, on aurait pu faire voler des fauteuils sans que je m'en aperçoive, dans l'état d'exaltation où j'étais), et je me dis que personne n'en ferait rien car à elle seule, Gina était assez déchaînée pour que la salle n'en éprouve pas le besoin. De fait, elle occupait certainement toute l'attention disponible de tout le monde sauf de ses musiciens (qui continuaient de jouer, donc d'y penser, même si pour l'intérêt qu'on leur accordait, ils auraient aussi bien pu s'en dispenser). Je remarquai qu'ils n'étaient pas partis seulement quand Gina jugea bon d'aller tout au fond de la scène pour s'élancer sur le parquet, manquant de renverser la basse et le clavier, dans notre direction, glissade qui s'acheva par un tomber à genoux, les bras en croix, juste avant la fin d'un autre refrain : « Si tu ne veux pas m'aimer, va au diable, prince charmant ! » J'espérai (pour elle) que ce dernier se trouvait dans la salle, s'il avait une existence actuelle : après cela, il ne pouvait que l'emporter sur son cheval blanc, vers le sommet des classements peut-être, à supposer que ce ne fût pas un nouveau Gitan, mais par exemple un bon compositeur.

« C'est moi qui les écris, les chansons », m'expliqua-t-elle fièrement dans le bar où nous allâmes arroser le triomphe. « Au début, les gars préféraient les leurs, mais ils ont vu que les miennes marchaient mieux. Je sais que ce n'est pas un très bon groupe. De toute manière, ça ne tient plus : il y a un mois, on a changé de basse, puis le batteur s'est tiré, celui de ce soir ne va pas rester non plus… Bientôt, je vais m'en aller, moi aussi, rentrer en Italie me chercher d'autres musiciens ; à Milan, je dois pouvoir trouver mieux, maintenant, je ne suis plus une chanteuse de restaurant. Alors, tu as aimé ? Je vais te donner une cassette, si tu veux. » Dès le lendemain, j'achetai un magnétophone (le moins cher, un vrai investissement).

« Il existe une chanteuse incroyable », annonçai-je à Michèle, à Shéhéra, à Sylvia, à tous les gens que je vis les jours suivants. « Il faut que je vous fasse entendre sa cassette. C'est bruyant, c'est stupide pour la plupart des textes, mais elle a une voix comme un cyclone, et encore, sa voix, ce n'est rien : elle a un talent à vous faire sortir les tripes par les oreilles ! » Mon enthousiasme inédit provoqua plus d'étonnement qu'il ne fit de convertis. « Je n'aime pas le hard rock », dit Michèle pour décliner mon offre d'entendre Gina Strozzi tout de suite (je me promenais avec la cassette dans mon sac à main, faute de walkman), ce à quoi je répliquai : « Moi non plus, mais cette fille-là, elle pourrait me faire écouter tout ce qu'il y a de pire », un argument qui n'eut pas la vertu de la séduire mieux. Shéhéra se soumit à l'expérience (que n'aurait-elle pas fait pour moi ?), mais sa fille (encore unique) n'apprécia pas, commençant presque aussitôt à hurler assez fort pour se faire entendre depuis la pièce voisine *malgré* Gina Strozzi, et quand la jeune mère réussit à la calmer, l'audition fut remise à un âge plus propice. Sylvia trouva la voix belle mais les chansons complètement ridicules : « On dirait le genre de choses qu'on écoutait aux soirées quand j'étais au lycée. Pour moi, ça fait quinze ans d'âge mental, et comme musique, ça joue sur quatre notes du début à la fin. »

Ce commentaire m'éberlua, me donnant une image complètement inédite et assez alarmante de moi-même - si vraiment j'étais tombée en état d'adolescence, moi qui avais manifesté une maturité frappante à l'âge des anciens condisciples de Sylvia, dans toute circonstance autre que les soirées de la jeune bohème dont les membres avaient de trois à quinze ans de plus que moi, et me trouvaient néanmoins plutôt trop sérieuse (lisez : adulte), à quelles extravagances et extrémités n'arriverais-je pas après ce début de rattrapage ? (quand je vous disais que les visites qu'on commençait à me rendre au sixième étage contribuaient à mon incertitude existentielle, je pensais notamment à cet effet imprévu de l'arrivée de Gina) -, mais cela ne m'empêcha pas de persister en prêtant la cassette à Charly qui la trouva « pas mal, pour une fin de soirée de murge », me faisant ainsi regretter amèrement d'avoir sacrifié à son (peu) de profit une semaine entière d'écoute. D'autres connaissances ne l'apprécièrent guère mieux – alors que je restais certaine (et je n'étais tout de même pas la seule, me disais-je en me rappelant le concert) que ma découverte en était vraiment une, prodigieuse et de grand avenir. Mais sans doute étais-je mal placée pour promouvoir Gina, étant donné que je la connaissais personnellement et que mon mauvais goût en matière de musique était notoire. Mon seul succès d'imprésario improvisé fut obtenu auprès d'un journaliste, vague connaissance, qui me téléphona juste au milieu de la chanson sur les gens qui font l'amour en pensant à d'autres, et demanda à propos de ce fond sonore : « Qu'est-ce qu'on entend, un nouveau groupe branché ? », puis nota le nom de ma nouvelle amie (je ne donnai bien sûr pas celui du groupe, et j'omis volontairement de l'informer qu'on ne la trouvait pas dans le commerce : sait-on jamais, me dis-je, avec un peu de chance, si des gens demandent de ses disques, on va finir par lui en éditer un). Et il va de soi que de mon côté, j'avais immédiatement pondu un article sur le concert, au profit de ses futurs admirateurs irréels.

Quant à Gina elle-même, à ma surprise, elle disparut complètement après m'avoir laissé un numéro de téléphone où, vers la fin de la semaine après son concert, une voix masculine me répondit : « Je ne veux plus en entendre parler ! » (Le prince charmant ?) Je n'en gardai pas moins la conviction que Gina finirait par se remanifester, et en attendant, je continuai de l'écouter pratiquement tout le long de mes heures de loisir, jusqu'à l'étourdissement et la migraine, dix fois la même chanson, le volume à fond. Par bonheur, ma voisine la plus proche (à l'étage en dessous) était une vieille dame quasi sourde, qui put grâce à cela continuer de m'apprécier beaucoup. Nous nous croisions parfois dans l'escalier, je ne manquais jamais de la saluer avec toute la sympathie chaleureuse que son âge m'inspirait, elle répondait avec reconnaissance et attendrissement, à très haute voix, et par la suite, j'allais apprendre que je lui devais une excellente réputation auprès de toutes les vieilles habitantes de l'immeuble – qui en comptait beaucoup –, et même le sourire (un peu craintif) de la doyenne, la voisine de palier de Michèle, dont l'état normal revenait à fuir chacun et tout le monde sauf ma voisine à moi, autrement dit à vivre dans une terreur perpétuelle, sans aucune raison, autant qu'on sût. En apercevant Michèle dans l'escalier, la doyenne s'engouffrait immédiatement (qu'elle fût sur le point de rentrer ou de sortir) dans son appartement et verrouillait sa porte à triple tour – c'est dire qu'il n'était pas nécessaire de croiser un agresseur potentiel (un jeune homme, qui serait approprié au rôle du cambrioleur) pour qu'elle manquât quotidiennement de mourir de peur. Et chaque fois qu'elle avait à traverser la cour intérieure après le coucher du soleil, la doyenne redoutait de voir apparaître, derrière les fenêtres de la loge où une concierge (la dernière) avait trouvé naguère sa fin (qui ne relevait aucunement du fait divers), son fantôme, l'ayant déjà aperçu plusieurs fois à travers les rideaux de tulle poussiéreux qui tombaient en lambeaux, au point que l'angoisse l'obligeait à attendre, pour rentrer d'un dîner chez sa sœur, que quelqu'un passe (dans ces cas-là, elle oubliait de craindre les vivants), en restant sous le porche, près du bouton de la minuterie. La première fois que ce fut moi qui tombai sur elle, je faillis pousser un cri (comme par une réaction en chaîne de peur qui augmenterait en se transmettant) car j'avais ouvert la porte cochère juste à l'instant où il faisait noir, en tendant la main vers l'interrupteur, si bien que j'appuyai droit sur la sienne (et la lumière se fit, me révélant que je n'étais pas la plus effrayée des deux). Mais pourquoi diable vous raconté-je cela ? Il s'en trouvera quelque raison, voire plusieurs, plus loin dans cette histoire.

Comme il se devait pour un bâtiment flaubertien, mon nouvel immeuble stimula rapidement ma productivité littéraire, d'autant mieux qu'une fois rentrée, si ce n'était pas aux heures où le sommeil s'imposait, je ne pouvais pas faire sans ressortir grand-chose d'autre que de rester assise pour écrire. (À la lecture, je consacrais surtout les heures de transports publics, par habitude et sans que cela nuisît aux proportions de ma consommation : la plupart du temps, mes gagne-pain lui assuraient par petits pans de larges plages horaires, m'obligeant à aller un peu partout en ville, voire en banlieue, et jusqu'à trois endroits bien distants, certains jours. Après une chute qui m'abîma le genou, j'avais abandonné les patins à roulettes, jugeant que c'était là un avertissement méritant qu'on en tînt compte : pour un peu, je me serais retrouvée au chômage complet faute de pouvoir me déplacer.) L'étape où j'en étais dans mes études me dispensait de retourner à la Faculté plus de deux fois par semaine, et j'avais expédié le mémoire que je lui devais cette année-là en quinze jours, pendant les vacances de Noël, histoire de m'en savoir quitte et de pouvoir assurer à Minou qu'il n'y avait aucun risque de voir se reproduire le précédent familial (sa Thèse jamais achevée la hantait toujours). J'avais donc pléthore de temps pour me muer en nouveau Flaubert, et j'y œuvrais, mais bizarrement, tout ce que l'inspiration me fournissait donnait soit de brèves nouvelles, soit de longues séquences aptes à servir de commencement à autant de romans, qu'il se trouvait impossible de développer davantage car dès que je m'apprêtais à le faire, quelque idée me venait qui exigeait de repartir de zéro. C'en était à se demander si je n'étais pas définitivement marquée par la période trimestrielle et le changement constant d'image et d'emplois, de façon à ne jamais devenir romancière en raison d'une incapacité acquise à concevoir une histoire d'individu qui pût durer (pourtant, les personnages des fictions que j'écrivais ne me ressemblaient guère, et ne vivaient pas comme moi). Ma productivité accrue eut l'inconvénient supplémentaire d'encombrer épouvantablement mon logement, faute d'ordinateur ou au moins de machine à écrire chez un auteur qui se trouvait affligé d'une très grosse écriture : en quelques mois, cela fit des montagnes de papier que je fus obligée, n'ayant pas non plus de rangements appropriés, de transporter au moins trois fois par jour de la table à la couchette inférieure, et vice versa (car je tenais - pour le cas où des idées de prolongements me viendraient, comme dans l'espoir de les susciter ainsi - à garder tous les commencements devant moi, en travaillant). Mais revenons à l'époque des premiers visiteurs de ma chambre.

*

Le surlendemain du concert de Gina, j'eus une autre visite. C'était assez tôt, avant la levée du jour qui faisait la grasse matinée, profitant de l'automne. Je venais de rentrer, et je tâtonnais dans le noir pour allumer la lampe, n'ayant pas encore l'habitude de la place où je l'avais mise (souci de rangement toujours plus économique de l'espace disponible oblige), quand j'entendis une voix :

- Enfin !

La lumière fut, me permettant de reconnaître le dos de l'homme qui venait d'appuyer sur l'interrupteur. Se retournant vers moi, il hocha la tête, puis s'assit dans un fauteuil que je voyais pour la première fois, mais qui avait, bizarrement, l'air d'être là depuis toujours.

- J'ai eu envie de te revoir, hier soir, alors je suis passé, mais tu n'étais pas encore rentrée, fit-il allègrement, puis il s'étira (un peu comme les chats qui sont restés trop longtemps assis ou couchés), et demanda : On peut avoir un peu de café ?

Je tombais des nues.

- Tu as passé ici TOUTE LA NUIT ? ! fis-je.

- Oui. J'ai un peu travaillé, puis j'ai cherché du café, mais bien sûr, je ne me suis pas permis de regarder ailleurs que dans le placard. Où tu le gardes ?

- Je n'en ai pas, avouai-je, c'est une nouvelle maison, je n'ai pas encore eu le temps de faire des provisions, à part le strict indispensable.

- Tant pis, j'en boirai tout à l'heure. Il faut que je parte dans cinq minutes, de toute manière.

Ce dernier propos m'affligea à tel point que je me mis pratiquement à récriminer :

- Ce n'est pas vrai ! Tu devais être à la soirée d'où je rentre, j'y suis restée jusqu'au bout rien que pour cela, en me disant que tu passerais peut-être à la toute fin, et maintenant…

- Mais je n'ai jamais eu l'intention d'y aller, fit-il en riant, qui t'a raconté cela ? Je savais que ce serait sans aucun intérêt dès le début ; quant à passer vers la fin, je ne vois pas ce que j'y aurais fait : vous avez dansé, non ? À moins d'y être vraiment obligé, danser… (Et voyant mon air encore plus affligé :) Bon, tu peux mettre un morceau de blues, on va danser, je peux bien prendre encore cinq minutes.

- Mais je n'aime pas plus danser que toi ! fis-je, sur le point de pleurer d'exaspération. Tu aurais pu me prévenir que tu viendrais ici, tout simplement !

- Quand on joue, est-ce que les cartes s'annoncent par téléphone avant de t'arriver ?

- Je ne vois pas le rapport.

- C'est pourtant toi qui as dit que j'étais le roi de trèfle, fit-il, plein de malice. Et que j'entrais par les fenêtres ou les portes fermées. Tu n'avais qu'à ne pas le dire si tu voulais que je fasse autrement.

- Mon Dieu ! Tu m'en veux toujours d'avoir parlé de toi aux jumelles ?

- Je ne t'en ai jamais voulu. J'essaie de t'apprendre quelque chose, mais on dirait que ça demande encore des leçons.

- Je n'ai plus dit un mot à personne, m'empressai-je de protester (ne saisissant en effet aucunement la teneur de cette « leçon », pas plus que de la précédente), et pourtant, tu t'es mis à me jouer des tours comme ce n'est pas permis : d'abord, tu te matérialises tout à coup en faisant semblant de ne pas me connaître, puis tu me laisses t'attendre pendant des mois, et maintenant… De toute façon, je n'aurais jamais dit que tu entrais par les fenêtres, et cætera, si tu étais un peu moins…

Soudain, je réalisai que j'étais en train de me disputer avec lui (quoiqu'il ne m'y aidât pas), pour la première fois de ma vie et depuis déjà un bon moment, alors qu'il devait repartir – quelle horreur ! comment pouvais-je en être arrivée là, allais-je me transformer en mégère, pour lui faire passer toute envie de me revoir ? comment avais-je pu gaspiller ainsi, et en les étirant qui pis est en quart d'heure de désagrément, les cinq minutes merveilleuses que nous aurions pu passer à danser ? (Car même danser, avec lui, ç'aurait été merveilleux. Quelle bonne idée il avait eue là ! Si je l'avais compris aussitôt, il m'aurait offert un plaisir nouveau, inédit, en me faisant découvrir ce dont les gens qui aiment danser se délectent : il aurait élargi le domaine des joies que je pouvais connaître, de cette manière, encore davantage que jusque-là. Oh, mon Dieu ! Pour une fois, il se proposait comme cavalier sans que personne ne l'y oblige, il faisait ce geste pour moi, et l'idiote que j'étais…) J'allais me confondre en excuses et (s'il me pardonnait) me jeter dans ses bras, mais :

- Un peu moins… ?

Puisqu'il y tenait, il fallait bien que je revienne en arrière pour compléter ma réplique précédente.

- Invraisemblable, retrouvai-je mon idée initiale. Tu es tellement invraisemblable que c'en devient exaspérant, tu comprends. Quand on te voit, on a toujours l'impression que c'est un rêve, et tu ne fais rien pour la dissiper.

- Mais toi non plus, si je peux me permettre de te le faire remarquer ! (Il avait l'air de quelqu'un qui se retient à peine de s'esclaffer.) Plus ça va, plus tu deviens fantaisiste : au début, l'on pouvait croire que c'était un concours de circonstances, mais même quand tu n'y es pas obligée, tu persistes. Tu décides, par exemple, de t'installer dans un compartiment.

- Dans une cabine de bateau, le repris-je avant de réaliser (à son rire) que c'était encore pire, mais oui : en pleine ville, même pas près de la Seine !

- Et tu me reproches d'être invraisemblable ! Comment veux-tu que des gens vraisemblables viennent chez toi ? Il n'y a même pas de fauteuil, en temps normal. Si je n'étais pas capable de pousser les murs et d'ajouter ce qui manque, à part le café pour lequel je comptais sur toi, comment allais-tu me recevoir ?

Brusquement, je me sentis en droit d'être vexée : lui aussi, comme Gina, il critique, me dis-je. Qu'est-ce qu'ils ont à me faire des remarques sur le mobilier ? Suis-je la seule personne bien élevée sur ce bateau, est-ce possible qu'il s'y invite sans cesse, à la queue leu leu, des gens qui ne veulent même pas garder leur opinion sur ma cabine pour eux, alors que personne ne leur demande rien ?

- C'est Nicolas qui m'a installée ici, dis-je sèchement. Il a fait ce qu'il a pu. Ce n'est pas rien, et je lui suis très reconnaissante.

- Nicolas ? C'est avec lui que tu es allée à la soirée ?

- Non. Nicolas est mort, c'est-à-dire qu'il n'habite pas à Paris.

- Comme explication, on ne fait pas plus plausible.

(Décidément, il y en avait un qui s'amusait bien, chez moi.)

- C'est un romancier du XIXe siècle, précisai-je (m'imposant un effort pour être factuelle et rigoureuse, sans qu'on pût me soupçonner de la moindre fantaisie), grotesque...

Je fus interrompue par un éclat de rire.

- Ah ! ah ! grotesque ! C'est excellent, on ne peut pas mieux trouver ! (Puis, sérieusement, voire avec inquiétude :) Tu t'es mise aux grotesques, maintenant ? Je croyais que c'était plutôt le baroque raffiné, ton domaine. Mais aucune importance, ce ne sont pas mes affaires. Maintenant, je dois te dire bonne nuit, ou plutôt bonjour, il est grand temps de m'en aller.

Ce qu'il fit aussitôt, à travers le point final de sa dernière réplique, me laissant méditer l'effet qu'avait produit sur lui l'idée que je puisse m'intéresser au grotesque. Si par malheur c'était rédhibitoire, à son sens ? Si « aucune importance » signifiait qu'après tout, l'ayant déçu, je ne valais pas la peine qu'il me mette en garde contre quelque nouvelle erreur qui m'en séparerait ? Je me rappelai alors, dans un accès d'effroi devant les proportions de ma bêtise, l'attitude du romancier de Michèle à l'égard de la beauté (soit inaccessible, soit mauvaise, à son sens) : comment avais-je pu commettre la bévue monstrueuse d'évoquer Nicolas ?...

Ceci n'est pas un roman d'amour, cher lecteur, vous vous en doutez déjà, j'avais même décidé, au commencement, de n'y rien dire, motus et bouche cousue - ni sous forme de songe, ni de rêverie, ni encore moins en le faisant apparaître parmi les personnages bien réels de mon récit –, de l'homme qui vient de me quitter (définitivement, peut-être). Si les lecteurs qui n'auraient connu de moi que ce livre venaient à conclure, du silence absolu que j'y garderais sur ma vie amoureuse, que je n'en avais plus aucune et que je n'en avais guère eu, à l'âge que j'ai, ce n'était pas mon problème : d'une part, je les aurais prévenus du caractère très lacunaire de ma narration ; d'autre part, une telle méprise amuserait bien mon entourage ; enfin, ils n'auraient qu'à lire le reste de mes écrits pour se rendre compte qu'en matière d'histoires d'amour, j'en ai plutôt trop fait – c'est justement ce dernier constat qui m'avait poussée à évacuer les hommes du présent récit tel que je l'avais conçu.

En effet, le temps était sans doute venu de prouver que je pouvais m'en passer, complètement, faire sans eux sinon en réalité, du moins de la fiction : dans ce roman, tout ce qui porterait jupon aurait son amoureux, ou même plusieurs, à la file, voire simultanément, *sauf moi* ; et quand bien même mon adoré me manquerait-il affreusement tout le long de l'écriture (imaginez : un roman qui risquait de n'être vraiment pas court, qui me prendrait peut-être des années, sans *un instant* d'apparition de l'être exquis ! l'astreinte, la privation que ce serait !), je tiendrais bon, par goût de l'exploit et en me rattrapant en douce par ailleurs (j'ai toujours au moins deux vies parallèles, pardon, romans en cours). Ainsi, le genre de critiques qui prétendent que les auteurs femmes sont totalement et/ou fondamentalement inaptes à créer sans placer l'amour au centre de leur œuvre auraient une fois pour toutes le bec cloué, au profit de mes consœurs : à partir de ce livre, dès qu'ils oseraient l'ouvrir, on le leur mettrait sous le nez (« Vous avez lu *La Traversée des Alpes* ? »…), et cela leur ferait passer les mauvaises habitudes mentales. (Que ne lisez-vous pas les romancières autrement qu'en cherchant à voir sous leurs jupes, pauvres bigles ? Que n'avez-vous pas plutôt fait attention quand Sarraute vous expliquait que l'artiste est du genre neutre, qu'il soit homme ou femme ? Et il s'en trouvera encore un pour me dire que Nathalie n'avait pas de belles jambes, mais sa voisine plumitive, si !)

Oui, c'était décidé, juré-craché, je me passerais de tout homme dans ce roman, comme je m'en étais passée quand il fallait trouver le moyen de venir à Paris, ou d'y survivre, voire de m'y marier (chut ! je n'ai rien dit, il est beaucoup trop tôt, de toute façon). Et surtout, si je mentionnais dans ce roman quelque fiancé que j'aurais eu, *éventuellement*, à titre de concession minimale à la manie commune de fouiller dans notre vie privée (ils seraient bien avancés, les lecteurs et les critiques curieux d'intimité, quand ils auraient appris que j'en avais eu un pour le laisser complètement hors champ), ce fiancé ne serait absolument pas *lui*. Laissons aux romancières en minijupe le plaisir d'exhiber, voire de citer par son vrai nom, le malheureux qui s'est laissé attraper par elles pour être décrit dans toutes ses fonctions physiques et psychiques, autrement dit pour être promené en laisse et fouetté à travers tout Paris jusqu'après le divorce, voire à vie – pas pour l'éternité, heureusement : leurs chances d'immortalité sont moindres que leur souci d'autrui, et la réputation du malheureux finira bien, comme les taches indélébiles, par partir avec lui. (Et je ne parle même pas des coucheuses en série qui m'ont privée, en pullulant, du plaisir que j'aurais eu à donner dans l'érotisme – d'une manière tout autre que la leur, il va de soi ! Bon Dieu, comme je me serais régalée, les belles scènes érotiques que je vous aurais troussées, voire des romans entiers, bien enlevés, pas comme les leurs – mais il fallait qu'elles se multiplient, que ça devienne obligatoire ou presque, pour une femme écrivain, de tirer ses sujets droit de son sexe, bref, depuis, rien que d'y penser, l'envie me vient de pondre une kyrielle d'histoires de nonnes ou de fidèles épouses qui font chambre à part.)

En somme, les raisons ne manquaient pas de fabriquer un énorme roman sans homme, le principal intéressé n'aurait jamais eu l'idée de s'en plaindre (de se croire négligé), et je ne me serais même pas sentie coupable de lèse-amour en faisant comme si je pouvais me passer de lui, puisque je lui avais déjà consacré, entre autres, un grand roman où il était traité en *centre de tout mon univers*, quoiqu'il n'y passât pas beaucoup plus de temps à jouer son rôle que dans ce livre-ci, ayant mieux à faire. C'était donc décidé, j'ai commencé d'accomplir le projet (motus et bouche cousue), et j'ai tout de même pu arriver à deux-trois centaines de pages, correspondant à l'âge de près d'un quart de siècle, ou à quatre ans d'inexistence (admirez l'exploit), quand j'ai été obligée de me rendre compte qu'il viendrait bon gré mal gré me rendre visite dans ce roman : j'avais beau m'appliquer à l'escamoter, il finissait par réapparaître - brièvement, certes ; toutefois, allez l'en empêcher ! Je ne pouvais plus que limiter l'effet de ses incursions d'une certaine manière, pour ne pas me sentir ridiculisée par mes propres soins, à titre d'auteur incapable de tenir ne seraitce que ses promesses minimales (que personne ne lui a demandé de faire, qui pis est). Attendez d'avoir lu ce roman jusqu'au bout avant de vous moquer. Retournons maintenant à l'espace-temps où j'ai encore vingt-quatre ou vingt-cinq ans.

Oui, c'était vrai : il entrait par les fenêtres, par les portes fermées, par les serrures et les soupirs ; il sortait des chansons, des plis des songes, des questions d'autrui, il passait par n'importe où – s'il voulait entrer, ce n'était pas moi qui pouvais faire barrage, l'eussé-je souhaité ; irrésistible, il repoussait les murs, changeait les meubles et, tant qu'à faire, votre biographie du même coup, puis s'en allait – à la prochaine. Débrouillez-vous avec, et pire encore, sans lui.

Il pouvait venir souvent, certains mois, mais ses visites paraissaient toujours rares, beaucoup trop. Puis il semblait disparaître complètement – aucune nouvelle. Puis il revenait une fois, histoire de voir. Jamais de garantie. Toujours irrésistible. Invraisemblable de tant et d'autres manières. Ensorceleur.

Je vois d'ici votre tête, cher lecteur. Je ne vous parlerai donc pas davantage de mon sorcier, du moins dans ce chapitre, et je ne vous rapporterai que ses visites les plus brèves - les plus plausibles car les moins réjouissantes.

*

La troisième personne dont je reçus la visite m'était complètement inconnue - si toutefois on peut le dire de quelqu'un qui vous ressemble autant que votre reflet. Elle apparut un jour que j'étais assise en train de rêvasser au-dessus d'un écrit, et j'aurais pu ne pas me rendre compte de sa présence sans cette réplique :

- Qu'est-ce que tu ferais si je n'existais pas ?

Je me retournai et la vis, allongée sur la couchette inférieure, fumant une cigarette elle aussi, sans doute pour rendre l'atmosphère de la pièce moins limpide encore, plus appropriée aux esprits et autres phénomènes troublants.

- Tu n'aurais pas pu survivre, ma vieille, répondit-elle toute seule à sa question rhétorique, ou si tu l'aurais pu, Dieu sait ce que tu serais devenue.

Tiens, me dis-je, elle se sert du conditionnel à la manière de Toulet.

- Comment ?

- Ah ! mais ne fais pas semblant, tu sais bien que je suis toujours là à te souffler des conseils, à te donner des forces et du courage, à t'assurer que tu ne resteras pas éternellement inexistante. Il serait temps de me reconnaître, j'en ai assez que tu fasses comme si c'était moi qui n'existais pas. Je peux bien me passer de toi, tu sais, rien ne me manquerait, et j'aurais moins de soucis. Je ne serais pas obligée de parler à ta place une fois sur deux quand tu ne sais pas quoi dire, de me faire passer pour toi quand on t'embête, de venir ici te tenir compagnie au lieu de rester tranquille à la maison…

- C'est la première fois que je te vois, dis-je, et sincèrement, ça ne donne pas envie d'avoir plus souvent ta visite. Qu'est-ce que c'est que cette histoire de conseils et de se faire passer pour moi ? Tu n'es qu'un effet d'optique du moment ! Si tu existais vraiment, je t'aurais connue plus tôt.

- C'est la meilleure ! Il aurait fallu attendre que tu viennes à Paris, et même jusqu'à aujourd'hui, avant d'exister vraiment ? Il y a des centaines de gens qui me connaissent, alentour : ma famille, mes anciens camarades de classe et de la fac, les commerçants du quartier, mes voisins, mes amis, mes collègues, mes élèves…

- Tes élèves ?

- Enfin ! Tu es bien placée pour savoir que je suis professeur. Tu ne crois tout de même pas avoir appris le français toute seule ! Qui a passé des nuits entières à te remplir le cerveau de vocabulaire et de grammaire pendant que tu dormais ? Je t'ai même envoyé des livres, dans le temps, entre autres ceux sur Klee et sur Bacon.

- Ce n'est pas possible, dis-je (bien que je fusse un peu déboussolée). Les livres interdits, je sais bien comment je les trouvais.

Elle rit.

- Demande-toi plutôt pourquoi tu les trouvais, alors que d'autres n'y arrivaient pas. Pourquoi ils sont tombés justement entre tes mains, Klee et Bacon, qui te permettraient de t'inscrire à la fac, hein ? Pourquoi es-tu devenue Parisienne plutôt qu'autre chose ? Par amour de Paris ? Je veux bien, mais l'amour de Paris, d'où il te vient ? Pourquoi tu as « l'R français » depuis toujours, ça ne serait pas par ressemblance génétique avec ta sœur ? Tu ne vas quand même pas me dire, comme les gens qui t'exaspèrent tellement, que toi et moi, on n'est pas faites de la même pâte ! Tu ne vois pas que la seule différence qu'on puisse trouver entre nous en faisant notre connaissance, c'est le nom ? À propos, tu ne m'a toujours pas demandé comment je m'appelle.

- Je ne veux pas le savoir, dis-je, parce que je n'envisage pas de t'appeler du tout. Je sais maintenant ce que tu es : une simple réminiscence littéraire. Je peux te citer au moins trois romans où les personnages disposent de jumeaux qui apparaissent et disparaissent, censés les compléter. Voilà de quelle pâte tu es faite : de la pâte à papier ! Va donc abuser quelqu'un de plus crédule !

- Je te donne encore une chance : je n'ai pas dit que nous étions jumelles. À qui d'autre ressembles-tu ?

La question était posée avec l'air qui convient quand on tient une réponse qui va faire rendre les armes à l'adversaire. Qu'est-ce qu'elle sous-entendait, qu'il y avait encore une « sœur », voire plusieurs, prêtes à surgir ? Bon Dieu, me dis-je, il ne manquerait plus que ça ! Comme si je n'avais pas déjà l'homonyme pour m'encombrer ! (Et j'eus soudain la vision affligeante d'une Denise qui serait banalissime, fabriquée en série, en quelque sorte.)

- Je n'en sais rien ! fis-je sur un ton rogue.

- Mais à ton père, enfin !

Je ris, soulagée :

- Comment veux-tu me faire dire que je ressemble à un type sans tête ? Mon père, c'est un onomastique !

- Ah bon ? Mais qu'il le soit ou non, qu'est-ce qui te prouve que nous ne lui ressemblons pas ?

(Je vous avais bien dit que les onomastiques sont infiniment commodes. On peut en faire pratiquement ce qu'on veut.)

- D'ailleurs, reprit-elle, es-tu sûre que le nom que tu connais désigne l'homme auquel nous ressemblons ? (Je restai coite, n'ayant jamais conçu pareille question.) Si par hasard il s'appelait autrement, et que ce soit un vrai Parisien, vu que de fait, pour ce que tu en sais, il peut être tout et n'importe quoi ? Si je te le montrais ? S'il ne demandait pas mieux que de te retrouver, depuis le temps qu'il n'avait plus moyen de savoir à quoi peut ressembler sa fille aînée ?

Je faillis me laisser prendre. Comme ce serait simple ! Je pourrais alors expliquer toutes mes aventures par l'Appel du Sang (auquel des milliers de cartésiens positivistes, pour ne citer qu'eux, croient dur comme fer bien qu'il soit totalement incompatible avec leur modèle rationnel de l'univers), et plus personne ne trouverait étrange que je préfère Paris à Pleunk, et le Parisien en question pourrait me faire naturaliser, ce qui réglerait d'un coup tous mes problèmes – mon Dieu ! être une vraie Française, sans plus jamais un soupçon d'inexistence ! le bonheur que ce serait ! je changerais, bien sûr, de patronyme (adieu, onomastique, tu as fait ton temps), j'en aurais un dont plus personne ne me demanderait d'où il vient, et qui serait le mien de plein droit, et si quelqu'un me trouvait encore quelque accent bizarre, j'expliquerais sans agacement aucun que j'avais grandi à l'étranger, oh, le soulagement que ce serait ! –, et même si cela s'avérait impossible (si la sœur et le père étaient purement fictionnels), il ne m'en resterait pas moins le réconfort de les avoir, de les fréquenter, de savoir qu'en vérité (allez au diable, instances officielles et autres réducteurs qui ne croyez que ce qui est tamponné !), j'étais de leur famille…

Mais – qui l'eût cru possible ? – subitement, je me dis que ce serait bien trop simple.

- Ton père n'existe pas plus que toi, déclarai-je à mon sosie, je n'ai pas l'intention d'écrire des romans de gare. Les procédés faciles, j'en riais déjà quand je passais encore debout sous la table. Si tu ne sors pas d'un livre déjà écrit, tu peux aller te chercher un autre auteur.

Elle me lança un regard à la fois blessé et critique, comme si elle voyait soudain que j'étais moins intelligente ou appréciable en tant qu'individu qu'elle ne l'aurait cru.

- Tu ne veux donc pas de ta version française ? fit-elle sur le ton de qui se sent obligé de faire une dernière tentative avant de perdre tout espoir que l'autre puisse cesser de persister dans l'erreur.

- Je n'ai aucun besoin d'être traduite, répondis-je, comme tu devrais le savoir. Et si ne tu parles pas d'écriture mais d'existence, du genre « je pourrais toujours te rendre service en me faisant passer pour toi », la réponse est la même : je me débrouille toute seule.

- Tu risques de regretter ce que tu viens de dire, fit-elle. Si un jour tu le regrettes vraiment, tu peux me rappeler. Seulement, comme tu n'as pas voulu savoir comment je m'appelle, il faudra sans doute essayer pas mal de noms avant de trouver celui qui me fera revenir.

Et elle disparut.

À vrai dire, je regrettai de l'avoir chassée avant même de comprendre ce qui venait de me faire changer de sentiment – dès sa disparition. Maintenant qu'elle n'était plus là, je ne croyais plus qu'elle fût « une simple réminiscence littéraire », non : d'une part, elle ne prétendait même pas être ma jumelle, alors qu'elle me ressemblait au point que si je l'avais vue en photo, je me serais reconnue ; d'autre part, elle ne se comportait pas comme les personnages des écrivains que j'avais lus. Et si elle était en quête d'auteur, pourquoi l'avais-je humiliée en l'envoyant s'en trouver un qui soit facile ? C'est moi qu'elle avait choisi, elle devait avoir ses raisons, même si je ne voyais pas lesquelles, a priori.

Je me mis à réfléchir à mes écrits (encore peu volumineux), les feuilletai pour voir s'il y avait là quelqu'un qui serait elle, puis me demandai si je n'avais pas manqué, en la chassant, ma seule chance d'écrire un roman. Qu'était-ce que cette manie que j'avais à refuser les offres qu'on me faisait même sans être sûre qu'elles soient vraiment mauvaises ? Cette fille paraissait tout sauf malcommode (serait-ce là le sens de « ta version française » : quelqu'un qui serait moi, mais faute d'avoir jamais connu Pleunk, dépourvu de certains défauts typiques des gens qui ont vu un peu trop de choses laides et mauvaises ?), elle ne m'avait pas sorti son père tout de suite, j'aurais pu me la garder en lui demandant de me débarrasser de lui, et entretenir avec elle le genre de rapports qu'il me plairait, qui n'auraient eu rien de mièvre ni qui fasse cliché. Oui, mais le problème de la ressemblance physique serait resté : pourquoi fallait-il donc qu'elle se présente sous l'aspect d'un sosie, dont je ne voulais pas ? Elle devait pouvoir se douter que cela me déplairait, non ? de constater tout à coup que j'avais un sosie. Mais peut-être n'avait-elle, pour tout espoir de se faire accepter, que la ressemblance ; peut-être s'était-elle dit que faute de pouvoir nier qu'elle me ressemblait comme deux gouttes d'eau, je finirais bien par l'adopter (par admettre que nous étions « de la même pâte »), ou que pour être vraisemblable sinon réelle, il fallait bien qu'elle me soit similaire autant que possible ; et de ce point de vue au moins, rien à redire, elle était parfaite.

Je réalisai alors (enfin) que pour la première fois de ma vie, le sort d'une créature avait dépendu de moi seule : ç'avait été à moi de décider si elle aurait l'existence (de sœur) qu'elle souhaitait ; et en le réalisant, même si je demeurais certaine que nous n'étions pas parentes, je sus que je ne pouvais pas la rejeter. Que ne l'avais-je pas compris tout de suite ? J'étais tout simplement incapable de la détruire, même si je n'en avais pas le moindre besoin et que sa nature (de sosie) me gênait.

Elle devait le savoir, me dis-je. Voilà pourquoi elle était venue : parce que moi, même si je faisais la bêtise de la chasser, j'aurais tout de suite envie de la rappeler. (Et je n'avais pas voulu m'en faire donner le moyen, idiote que j'étais ! Je croyais qu'anonyme, elle resterait définitivement inexistante, et ne reviendrait pas me hanter !)

Où était-elle maintenant, dans quelles limbes ? Y avait-il quelqu'un d'autre qui pourrait être sa sœur, la consoler en attendant que je trouve le moyen de la rappeler (de racheter ma faute) ? Non, sans doute pas. S'il y avait eu quelqu'un d'autre, quel besoin de moi qui ne présentais aucun avantage ni par ma situation, ni par mon caractère de fille unique ? La pauvre ! Fallait-il être malheureuse pour en arriver là ! Pour venir demander à une inexistante de vous faire exister, et juste à moi ! Telle que j'étais, elle m'avait élevée au rang de sœur de rêve ; éprouvant le besoin de le faire, elle s'était certainement découvert de vraies affinités, et importantes, et indestructibles, avec moi – il fallait bien s'en trouver pour y arriver (à m'idéaliser autant). Comme j'avais envie, maintenant, de mieux la connaître, de savoir ce qu'elles étaient !

Pour me consoler et me sentir moins coupable, je me dis qu'elle reviendrait fatalement, peut-être même sans que je devine son nom, du moment que je n'étais pas en état de la détruire : je me rappelai que ce genre de créature se distingue des gens réels par son incapacité à vous quitter pour toujours. C'est parce que ça n'existe pas que vous pouvez compter dessus, ou craindre son retour, selon le cas. L'on n'est pas obligé d'avoir des personnages de cette espèce (qui rôdent dans l'espace et viennent demander à exister), encore moins un sosie ; cependant, s'il en apparaît un et que vous n'arrivez pas à l'éliminer tout de suite, la seule chance de vous en débarrasser serait votre disparition personnelle. (Comment je le savais ? Mais grâce à mes lectures, pardi ! Comment savez-vous que le centre de la Terre n'est pas froid ou qu'il ne fait pas chaud sur Mars, d'expérience ?) Elle reviendrait, je pouvais être tranquille sur ce sujet. Peut-être ne souffrait-elle même plus d'avoir été chassée, sachant pertinemment que cela ne portait pas à conséquence. Il restait à savoir ce que j'en ferais, de cette fille qui voulait être ma sœur alors que c'était impossible, et qu'il allait falloir adopter malgré cela. Je me mis à réfléchis aux suites possibles de son (in)existence, en m'attachant à dénombrer ses avantages - puisque je devais m'y faire, autant la voir du meilleur côté.

*

Avez-vous jamais songé, cher lecteur, aux contraintes que le moi subit dans une histoire où l'on dit « je » ? Le récit à la première personne passe généralement, et sans doute à vos yeux aussi, pour un exercice éminemment complaisant. Or, bien que j'aie refusé de pratiquer l'autobiographisme pendant de longues années, je ne suis pas de cet avis – déjà du temps où je lisais les classiques sur des coussins, j'avais des raisons de ne pas le partager. Prenez donc cette description de la future Princesse de Clèves : « *La blancheur de son teint et ses cheveux blonds lui donnaient un éclat que l'on n'a jamais vu qu'à elle ; tous ses traits étaient réguliers, et son visage et sa personne étaient pleins de grâce et de charmes.* » –Votre narratrice pourrait-elle se permettre de telles séductions ? Bernique !

Je ne veux pas simplement parler du fait que si je me décrivais en blonde diaphane, il y aurait de quoi s'amuser en découvrant, par exemple à une lecture publique faite par mes soins, le contraste avec mes vraies couleurs. Je veux vous faire remarquer autre chose : bien que les gens à l'apparence plaisante soient relativement nombreux, le lecteur n'admet guère qu'un narrateur puisse avoir un beau physique, ou une grande séduction. (Sans qu'il soit question de reprendre à la première personne les superlatifs de la phrase citée, puis-je me permettre de vous informer que je suis « pleine de grâce et de charmes » ? Bien sûr que non ! Je ne le suis donc pas.) C'est pourquoi beaucoup d'entre nous demeurent carrément privés de visage et de corps, leur pauvre moi refusant d'accepter de se dire laid ou quelconque face à vous et à l'éternité promise par l'écriture. Et puis-je au moins me montrer à vos yeux comme pleine de perfections morales ? Même pas ! S'il nous est généreusement permis de paraître désintéressés et courageux (qualités qui passent bizarrement pour propres à tout intellectuel), nous n'avons guère le droit d'offrir l'aumône à chaque mendiant, de nous conduire en amoureux parfaits, en gendre ou belle-fille de rêve, en clients gentils avec la caissière, en géniteurs idéaux - bref, il nous est interdit d'être vraiment bons. Nous ne le pouvons qu'à doses minimes, avec la crainte de vous déplaire en nous rendant suspects de complaisance envers nous-mêmes chaque fois que nous nous autorisons un geste de cet ordre, et en veillant à le contrebalancer par quelque défaut bien mis en valeur. Croyez-vous, cher lecteur, que ce soit agréable de censurer ainsi presque tout ce qu'on peut avoir de bien, de le peser à l'aide d'une balance d'apothicaire, d'en rajouter au besoin pour se noircir dans l'intérêt de la vraisemblance, voire de commencer à très mal se comporter dans la vie vraie, puisque c'est cela que nous sommes censés faire – et tout cela, pourquoi ? pour payer notre choix de raconter à la première personne du singulier !

Croyez-vous que nous soyons très reconnaissables, au bout de ce travail ? Chez certains d'entre nous, les moyens d'être soi s'en trouvent souvent réduits au point que les lecteurs qui les croisent ne comprennent guère ce que l'individu qu'ils ont devant eux peut avoir en commun avec lui-même tel qu'il s'est décrit. Personnellement, j'ai longtemps évité toute rencontre avec l'un de mes auteurs préférés, puisque je ne pouvais pas m'assurer qu'il me traiterait autrement que son narrateur ne le fait avec ses connaissances : je ne tenais pas à subir une kyrielle de propos sarcastiques et d'autres humiliations. Ce n'est pas objectivement indispensable de se noircir à ce point, me disais-je, s'il l'a fait, c'est peut-être qu'il ressemble vraiment à cela, mieux vaut être prudente (pourquoi prendre le risque d'être dégoûté des livres d'un grand auteur contemporain par le souvenir des offenses qu'il vous aurait fait subir sans raison ?), et je n'en revins pas, quand je finis par tomber sur lui malgré moi, de le trouver plus gentil et humain que bon nombre de relations censées l'être (qui se prétendent telles *oralement*). De fait, il regardait la première personne venue lui parler comme s'il s'attendait à découvrir des trésors en elle, il était tout douceur, et par-dessus le marché, il se trouvait être beau. Je déplorai alors l'obligation que vous nous imposez - sans vous soucier de la différence réelle de qualités humaines (parfois énorme) susceptible d'exister entre les divers écrivains qui se racontent à la première personne du singulier -, de nous dénigrer, ce qui peut pousser certains, sans doute les plus soucieux de satisfaire autrui, à s'enlaidir sur tous les plans au point où cet homme l'avait fait. (Pourquoi donc êtes-vous si profondément convaincus que nous sommes tous affreux ?) Mais hélas, même maintenant, tout en protestant contre elle, je la reconnais comme une nécessité : le « je » contemporain qui vous narre son histoire ne saurait être que très imparfait, selon la même loi qui empêchait le conteur d'autrefois d'être en même temps le héros de son conte.

C'est autrement commode de se décrire à travers « il » ou « elle » auxquels on peut accorder tout ce qu'on veut ou qu'on se connaît comme qualités interdites aux narrateurs. Du moment que vous ne dites pas « moi » (le « nous » n'est pas toujours contre-indiqué, contenant l'idée de personnes autres que leur porte-parole), le reste des complaisances vous sont permises aussi : plaignez-vous, indignez-vous, accusez le monde autant que vous le souhaitez ; tandis qu'un « je » clairement préoccupé par lui-même et son sort manque rarement d'irriter les autres « je », fussent-ils séparés de lui par la distance d'un livre. Les mémorialistes et autres grands hommes sont-ils jamais aussi aimables qu'une fois morts, définitivement transformés en « il » ou « elle » ne risquant pas d'être en situation de rivalité avec le moi qui lit leurs aventures ?

En songeant à l'usage que je pourrais faire de mon sosie, je notai donc que cette gentille fille me permettrait, si j'en avais envie, de mettre en valeur ses qualités sans que personne me soupçonne de complaisance envers moi-même : il suffirait de modifier quelques détails, et l'on n'y verrait que du feu. De toute manière, elle n'était pas moi et ne prétendait pas l'être. Elle me ferait, si je le voulais, une « elle » différente et meilleure que l'homonyme – pourquoi s'en priver ? trouve-t-on pléthore de personnages sympathiques, attachants, sans même chercher à les concevoir ?

Par ailleurs, s'évoquer à la troisième personne du singulier ou du pluriel (procédé nommé *distanciation* par les linguistes) peut être l'expression de la vérité, lorsque les événements décrits eussent aussi bien pu arriver à n'importe qui d'autre, les circonstances y réduisant à néant votre aspect d'individu. Depuis quelques années, ce genre de faits pullulaient dans mon histoire, au point de me faire éprouver fréquemment la sensation - d'abord pénible faute d'habitude, puis presque distrayante

– d'être absente de mon vécu qui pouvait appartenir tout aussi bien à nombre d'autres êtres avec lesquels je me trouvais confondue.

Non seulement on parlait souvent de moi en me désignant par « les Pleunkois », pluriel où j'avais du mal à me reconnaître, mais on m'appelait, dans de nombreux cas, plus abstraitement encore, « elle », « elles » ou « ils », sans tenir compte de ma présence qu'on aurait pourtant dû honorer par un petit « vous » ou « tu ». Le besoin d'interprétation rationnelle qu'on éprouve en vivant l'absurde m'assurait que cette mise à distance était parfaitement logique : appartenir à certaines catégories d'humains vous rend nécessairement aussi imperceptible qu'elles sont vastes. Cependant, le « je » qui disparaît ainsi aux yeux des autres n'en subsiste pas moins, en format réduit, à l'intérieur de votre anonymat où il proteste d'être comprimé, tente de remuer, se manifeste par des accès de douleur ou de rage irraisonnés.

Je me souviens d'un matin datant de ma première année de mort locale, où j'eus l'occasion d'y réfléchir pendant que j'attendais, dans une queue interminable, qu'on ouvrît les portes devant lesquelles « ils », dont « elle », devaient se présenter périodiquement – point n'est besoin de préciser lesquelles. Il ventait et pleuvait, ils gelaient, piétinaient et juraient à voix basse en jetant toutes les deux secondes un coup d'œil vers la façade devant eux, comme si à force d'être consultée, son horloge allait se dépêcher. C'est ainsi que, levant la tête vers le cadran, je vis une fenêtre s'ouvrir, et apparaître un jeune homme en costume-cravate, sa tasse de café à la main. Il parcourut des yeux la longue queue, du début jusqu'à la fin qu'éloignait à chaque instant l'arrivée de nouveaux « ils ». Pourquoi reste-t-il là ? me demandai-je. Aurait-il remarqué quelqu'un dans la queue ? Envisagerait-il de faire entrer avant l'heure, compte tenu du mauvais temps, une partie des gens qui attendent en bas ? Puis le jeune homme posa sa tasse, se pencha par-dessus le rebord de sa fenêtre vers le drapeau accroché juste dessous, qui s'était entortillé sous l'effet de l'intempérie, et entreprit de le faire pendre droit comme il se devait. Ce n'était pas facile, cela demandait plusieurs minutes d'efforts pendant lesquelles la pluie le mouillait, mais il y tenait. Ayant fini par réussir, il referma la fenêtre, et je ne le revis plus. Je me souviens toujours de son visage, mais je crois bien que pour sa part, comme aurait dit Sylvia, il n'avait même pas vu la queue, sans parler de moi, tout en nous regardant qui nous tenions sous ses yeux.

J'aurais pu profiter de l'existence de mon sosie et des écarts qu'elle m'autorise envers les faits de ma vie pour développer cet épisode : elle pourrait rencontrer ce jeune homme et lui demander à quoi il songeait dressé au-dessus d'« eux » tout en ayant l'air de les regarder, avant d'entreprendre d'arranger le drapeau. (Je l'aurais pu d'autant plus facilement qu'à une époque plus tardive, la réalité allait m'y encourager.) Elle pourrait s'être trouvée à ma place dans la queue, par exemple parce qu'elle avait besoin de se renseigner sur les formalités à remplir pour pouvoir héberger un exotique (quelque ami rencontré en vacances à l'étranger, qui voudrait venir à Paris et aurait besoin pour cela d'un certificat d'hébergement, ou bien Minou, pour essayer de me rendre service, depuis le temps que je ne l'avais pas revue), et tomber droit sur ce jeune homme en entrant dans le bureau qui s'occupait de ces questions. J'imagine l'état d'esprit où elle aurait été après avoir constaté pour la première fois de sa vie à quoi cela pouvait revenir, de faire partie (dans la queue) d'« eux », tout en observant le jeune homme. Mais il va de soi que je ne ferai pas cela : trop facile. Si je vous ai parlé de lui, c'est pour vous aider à comprendre comment les inconnus (comme les proches) qui ne me voyaient pas (ou plus) ont contribué à mon étude des utilités potentielles d'un sosie. Qu'ils soient remerciés : même si l'on ne tient pas à l'utiliser de toutes les façons possibles, il est rassurant de savoir qu'un double serait prêt à servir dans de tels cas aussi.

Cela ne m'avançait pas vraiment pour trouver à quoi l'employer quand elle reviendrait, mais je finirais bien par y arriver, avec le temps, me dis-je ; de toute manière, même au chômage, un double reste un bien, augmentant notre espace intérieur (qui s'agrandit nécessairement dès qu'on y ajoute un nouvel occupant), autrement dit nos seules possessions inaliénables.

*

Le lendemain de son apparition (disparition), je reçus pour la première fois de ma vie une lettre de ma grand-mère, prodige qui ne se renouvellerait jamais, qui m'obligeait d'admettre que Florence existait encore, et où elle me donnait, entre autres, des nouvelles de Djinn. La transcription française de fautes de pleunkois n'étant pas toujours aisée, j'en ai corrigé la plupart en traduisant (sans manquer d'ajouter un minimum de virgules et de points, car pour ce qui concerne la ponctuation, Florence écrivait à peu près comme Joyce dans les passages de monologue intérieur, une pratique encore plus courante chez les gens simples et primitifs que chez les auteurs modernes tenus pour difficiles) : « La bestiole passe son temps à te chercher, dès que quelqu'un arrive à l'étage, elle court vers la porte. Une fois, j'entrais, elle s'est précipitée, et moi, je t'ai appelée, comme si tu étais là. Comme quand tu lisais au salon pendant que j'entrais, elle a été souvent la première à venir me dire bonjour quand tu ne m'entendais pas arriver. Tu ne peux pas savoir l'effet que ça lui a fait. Elle s'est mise à courir partout comme une folle, en miaulant. Elle croyait que tu t'étais planquée quelque part dans l'appartement. Depuis, chaque fois que je viens chez ta mère, dès que je m'assieds, elle saute sur mes genoux et se met à me zyeuter comme si elle attendait que je fasse quelque chose. Alors je t'appelle, elle dresse les oreilles, elle écarquille les yeux à se les faire sortir de la tête, puis elle se rend compte que je lui ai fait une blague, et moi, je me marre. Faut croire que ça lui plaît, parce qu'après, elle se couche en rond et se met à ronronner. Maintenant que je n'ai plus ma petite-fille, je me suis attachée à la bestiole malgré qu'elle met des poils partout et que je ne voulais pas de ça chez moi quand l'enfant était petite et m'implorait, j'aime bien aller la voir pendant l'emploi du temps de ta Minou. Je cuisine quelque chose pour l'enfant, la chatte me tient compagnie, je lui parle, elle écoute bien sagement, comme une bonne petiote, puis je lui donne à goûter ce que j'ai mijoté, tout le monde est content. Ta mère m'a proposé de la prendre chez nous, comme ça elle serait moins seule et l'enfant plus libre, d'une pierre deux coups, on va le faire si tu n'as rien contre et si j'arrive à faire accepter ton Dédé, ce n'est pas sûr qu'il va m'autoriser, comme il déteste les bêtes, mais je vais le travailler. »

Vous aurez noté que la dernière phrase me dispensait de fait de donner mon accord pour le déménagement de Djinn : telle qu'on connaît Florence, le temps que la lettre arrive jusqu'à Paris, elle aurait déjà fait plier son minuscule époux, et transporté la chatte chez les hérons et les roses en plastique. Je ne me rappelais plus que Dédé détestât les animaux (si je l'avais jamais su), mais cela n'avait rien d'étonnant : d'une part, il devait les associer à la campagne d'où il était originaire et qu'il abominait ; d'autre part, en tant que Noisillon, il se devait de les haïr, du moment que son entourage montrait du goût pour eux ; mais la Grande Ourse balaierait ces états d'âme d'un revers de main, elle qui avait réussi à lui faire accepter jadis dix camions de purin – vous ai-je raconté ce sien exploit ? Non ? Puisqu'elle revendique d'exister encore, il faut le faire.

Du temps du dernier déménagement de mes grands-parents, Dédé avait décidé de saisir cette occasion pour commencer une nouvelle vie, plus paisible, en interdisant formellement à sa femme de cultiver le nouveau terrain vague qui venait de s'offrir à elle (faute de savoir en quels termes Dédé s'était exprimé, je la cite) : « Il m'a juré par ses grands dieux que si je recommençais à l'emmerder en faisant des plantations qui vont ensuite le faire conchier [lisez : conspuer] par tout le voisinage à cause des gamins que je persécute, il demandait le divorce. » Les gamins en question étaient, bien sûr, ceux qui tordaient les arbrisseaux et piétinaient les fleurs à peine plantées, méfaits qui ne semblaient jamais graves à leurs parents. Or, juste le jour où elle fut menacée de divorce, ce qui lui fit vraiment peur, à ses dires (à ma stupéfaction), Florence se rendit compte, en allant faire des courses au centre-ville, qu'une montagne de purin s'élevait sur la pelouse au milieu du square de l'Avènement (imaginez le bel effet que ça faisait devant la statue monumentale à la gloire de ce dernier). S'étant renseignée auprès du jardinier, elle apprit que le responsable des livraisons des jardins publics avait fait une erreur, envoyant là (d'un coup de stylo, par distraction) dix camions d'engrais au lieu d'un, après les dix bien justifiés qu'il venait de faire partir vers la résidence de l'État (pourvue d'un parc fleuri immense, comme il se doit même et surtout dans un pays de peau de chagrin). Il allait de soi que la faute allait retomber sur le jardinier, qui s'en arrachait les cheveux (il risquait la prison, comme il l'apprit à l'Ourse : « Ce sont toujours les gens comme nous qui croupissent en taule pour les conneries des autres »), et ma grand-mère vit soudain le moyen de tout arranger. « On peut se débrouiller avec les camionneurs pour mettre ça chez moi ? », demanda-t-elle, précisant qu'elle avait (sic) un terrain faisant quelque chose comme mille mètres carrés. (Son nouvel immeuble s'élevait à la limite de la ville d'alors, près d'un champ de blé où des tours se mettraient à pousser dès l'année suivante.) – « Oui, peut-être, mais le problème, c'est qu'il faudra pas mal de sous pour leur graisser la patte, pour qu'ils acceptent de me rendre service en dehors de leur emploi du temps. » Florence déclara qu'il n'y avait aucun problème, se rappelant son livret d'épargne (les économies de sa vie active d'ex-femme de ménage), sauf qu'à son sens, il vaudrait mieux que ce soit *pendant* l'emploi du temps des camionneurs, c'est-à-dire tout de suite. Je vous épargne les détails pratiques : l'on s'arrangea.

Hélas, si les camions commencèrent à arriver aux heures où Dédé aussi travaillait, ce qui permettrait, espérait Florence, de lui faire croire qu'elle n'y était pour rien, le temps que les premiers déchargent et repartent l'un après l'autre, « il est rentré, il m'a vue par la fenêtre qui donnais des instructions à un gars pour savoir où décharger, il est sorti au balcon et il s'est mis à crier ». À l'étape suivante, n'arrivant pas à crier assez fort ou préférant interrompre par souci de discrétion la scène au balcon, Dédé descendit agonir d'injures sa femme près du tas de purin, sans témoins, puisque entre-temps, le camionneur était reparti. « J'étais juste en train de lui dire que maintenant, c'est fait, c'est fait, plus la peine de me gronder, quand un autre camion est arrivé, puis encore un, bref, tout le restant, en file, cette fois-ci. » Le Noisillon faillit mourir d'une apoplexie, tandis que l'Ourse, voyant qu'il n'était plus en état de divorcer, pria les camionneurs de l'excuser un instant (« Vous pouvez toujours commencer à décharger là où il n'y en a pas, je vais vous descendre une bouteille d'eau-de-vie »), et transporta son mari jusqu'au lit en lui intimant de se taire : « C'est mauvais pour les nerfs de continuer à ronchonner quand tu es déjà énervé. » Et un jardin plus vaste que jamais se mit à proliférer, bien engraissé, au pied de la nouvelle barre (pour le protéger contre certains, l'Ourse alla jusqu'aux coups de ceinture – celle de son mari, empruntée dans ce but). Qu'était-ce, comparé à cela, d'avoir à imposer au Noisillon un petit chat de rien du tout ?

Quelques mois plus tard, Minou m'apprit la suite des événements : l'ennemi des bêtes (déjà à la retraite) s'était entiché de Djinn au point de passer la moitié de ses journées assis pour éviter de déranger la créature endormie sur ses genoux. Il se délectait à jouer avec elle, à la nourrir, à brosser et peigner son long pelage, un privilège que Florence lui disputait comme, jadis, le plaisir de s'occuper du nourrisson que j'avais été. Par ailleurs, désormais, Djinn portait mon prénom et y répondait comme s'il avait toujours été le sien.

Pour commencer, j'en fus outragée : voilà donc le cas qu'ils faisaient de ma personne, tous les trois, puisque la chatte ne se rappelait même plus celle dont lui venait son nom actuel ! Puis je me rappelai que, de toute manière, en état de mort locale, je représentais tout au plus un trou (un vide) dans leur existence parallèle, et me réjouis de savoir que ma nouvelle homonyme profitait de l'amour qui m'avait été réservé, tandis que mon absence n'était plus ressentie – que pouvais-je donc souhaiter d'autre, pour eux ? Elle jouait certainement mon rôle de petite-fille mieux que je ne l'avais su : depuis que j'avais grandi, mes visites chez Florence et Dédé avaient été souvent porteuses de disputes que la chatte n'allait pas provoquer. Tout était donc pour le mieux, autant que cela se peut en Abarie.

Je repensai alors à mon sosie, dans ce contexte : d'abord une homonyme, me dis-je, puis celle-là, et maintenant, une version féline (jamais deux sans trois) ; si ça continue, je vais me retrouver en cinquième roue de la charrette, que faire de tout cela *ensemble* ? Et ne voyant pas du tout, je décidai que j'éliminerais : l'homonyme du début et la féline, bien entendu, puisque le sosie n'était pas de l'espèce qui se laisse faire. Que la première reste dans son passé d'inexistence dont je n'allais plus parler, et la troisième, chez ses grands-parents qui n'étaient pas près de se remanifester (en effet, la première lettre de Florence resta la seule, et je finis par conclure que l'effort – sans doute monstrueux – de l'écrire avait été fait uniquement par besoin de se dédouaner auprès de moi au profit de la chatte, autrement dit pour me faire des adieux). Quant à mon sosie, ne sachant toujours pas ce que je pourrais en faire, je me rassurai une fois de plus : elle n'avait aucun moyen de compliquer mon existence ; si par hasard elle se manifestait séparément de moi (comme la chatte) à Paris, les sphères où j'évoluais n'étant pas limitrophes, personne de mes connaissances ne pouvait me rencontrer dans plusieurs et se rendre compte qu'en plus d'être multiple, j'avais un double. Arrivée à cette conclusion, je me sentis enfin en paix, tranquille, ayant fait place nette, et il me vint une nouvelle énergie.

La preuve : mes écrits (les « commencements » qui s'étaient

accumulés entre-temps en une dizaine de gros tas) changèrent soudain d'aspect comme d'eux-mêmes. Il s'avérait que j'étais aux trois quarts d'un gros roman que j'étais certaine de pouvoir terminer au bout d'un ou deux mois. Dire que j'avais mis presque trois ans d'inexistence, depuis le moment où j'étais devenue écrivain, à peiner sans arriver à achever assez de nouvelles pour faire un petit recueil, attribuant mes difficultés à je ne sais quelle faiblesse congénitale ou acquise ! Ce n'avait été rien d'autre qu'une illusion d'optique : désormais, je passais des jours et des nuits, jusqu'à vingt heures de suite quand mes obligations me le permettaient, à écrire sans sentir aucun effort, sans même manger (toujours ça de gagné), en descendant des litres de thé (la panacée des moines taoïstes) et en fumant comme une locomotive de la belle époque, dont la force de trait semblait m'appartenir. Et non seulement le roman en cours progressait sans plus me poser le moindre problème, se construisant en quelque sorte tout seul, mais avant même de l'avoir fini, j'en entrepris un autre qui avancerait (en parallèle) encore plus rapidement. Mais à vrai dire, je n'ai aucun mérite de l'avoir entrepris : ce fut involontairement, et presque à contrecœur. Avant de vous raconter comment, je dois vous rapporter une autre visite que je reçus dans mon nouveau logement, la première qui eut lieu sur mon invitation.

*

En m'installant, j'avais invité Shéhéra et Sylvia, que j'envisageais de recevoir séparément compte tenu de l'espace, mais si possible le même jour sinon le jour même, tellement j'avais hâte de montrer à mon petit monde le vrai chez-moi dont je jouissais désormais. Or, il se trouvait que Shéhéra n'avait pas moyen de faire garder sa fille qu'il serait fatigant de hisser sans ascenseur jusqu'au sixième étage, et qui menaçait de nous empêcher ensuite de prendre du bon temps, à plus forte raison dans un appartement où il n'y avait ni table à langer ni eau chaude à volonté ; tout bien réfléchi, la jeune mère préféra repousser mon invitation jusqu'à la prochaine fois où Bilal (son mari) pourrait rester s'occuper de la petite – autrement dit, jusqu'au moment improbable où il ne dormirait pas les trois quarts de la journée (travaillant de nuit) ; j'aurais eu mauvaise conscience d'insister en suggérant à Shéhéra de venir lorsqu'il serait réveillé, car je savais combien le peu d'heures qu'ils pouvaient passer ensemble étaient précieuses à Juliette et à son Roméo laborieux. Quant à Sylvia, après m'avoir félicitée pour mon déménagement, elle se renseigna sur les dimensions de la pièce, sur le mobilier (proposant de m'offrir une petite bibliothèque démontable dont elle n'avait plus besoin, où mes livres seraient bien rangés), et conclut : « Viens chez moi demain soir, je te l'aurai emballée et on mangera ensemble. C'est mieux comme ça : ici, on sera plus à l'aise, et ça t'évite de faire des frais déraisonnables pour me recevoir. Tu dois économiser pour arranger ta chambre, maintenant. » Après cela, je n'osai pas insister auprès d'elle non plus, seulement renouveler mon invitation au cours du dîner, ce qui me valut une vague promesse qui ne serait jamais suivie d'exécution.

Il ne me restait plus, si je tenais à inviter quelqu'un, que d'appeler mon amie la plus récente, Claire que j'avais connue en licence, dans un cours sur Proust où nous nous étions retrouvées tout naturellement rapprochées en tant que seules ferventes (même le professeur semblait tiède par comparaison avec nous, raison de plus pour passer les pauses en duo proustien). Claire habitait encore chez ses parents, dans une maison de banlieue (pourvue d'un beau jardin, et dont j'affectionnais particulièrement l'appentis qui me rappelait la remise d'Espérance), mais s'apprêtait à devenir indépendante, en commençant par déménager, ayant interrompu ses études et pris un emploi pour pouvoir se le permettre. Jusqu'à présent, ç'avait été toujours moi, son invitée, à une kyrielle de déjeuners, dîners et fêtes, parfois en même temps que tels oncles et tantes de province, tous joviaux, rieurs, bons mangeurs et que j'arrivais à confondre avec les miens (qui ne m'étaient pas plus familiers, faute de fréquentation suffisante). Maintenant, je pouvais enfin inviter Claire à mon tour ; mais je craignais qu'elle ne se sente obligée de venir, et mal à l'aise chez moi.

Je tergiversai pendant plus d'un mois, puis je pensai à suivre le conseil de Sylvia (« arranger » mon logis), et faute de pouvoir repeindre les murs ou changer de meubles sans l'aide de forces occultes, je décidai de rendre ma maison de poupée plus présentable en économisant pour acheter un nouveau tabouret, deux couvre-lits de couleurs vives, deux jolis plateaux, une petite nappe, un vase et des fleurs. Le seul problème, c'était qu'entre-temps, j'avais fait d'autres acquisitions (plus nécessaires) qui réduisaient l'espace libre tout en empêchant la pièce de jamais paraître bien rangée, mais arrivée à ce stade (aux frais de décoration), je préférai cesser de me soucier de l'aspect de ma caverne, décrétant en mon for intérieur qu'étant enjolivée, elle paraîtrait plaisante. Claire fut donc conviée, quelque trois ou quatre mois après mon installation, à prendre le thé, et accepta sans un instant d'hésitation. Imaginez l'émoi (mi-réjouissance, mi-terreur) où j'étais en attendant qu'elle arrive.

Après s'être assise et avoir posé le paquet de gâteaux apportés pour le thé, Claire examina ma chambre dans tous ses détails, puis s'exclama : « Voilà une vraie maison d'écrivain comme je les ai toujours imaginées ! », provoquant en moi un accès de jubilation d'autant plus grand que mes visiteurs précédents n'avaient trouvé là que de quoi critiquer.

- Ah, oui ? fis-je pour prolonger le plaisir.

- Mais bien sûr ! Où qu'on regarde, on voit des livres et des cahiers, même sur le lit. Ça saute aux yeux qu'ici, la locataire passe son temps à en lire quand elle n'est pas en train d'en écrire. De toutes les maisons d'écrivains que j'ai visitées, c'est bien la tienne qui ressemble le plus à l'idée que je m'en faisais quand j'étais petite. J'imaginais l'Auteur à sa table, en train de rédiger un chef-d'œuvre ; autour de lui, rien que des bibliothèques et des tas de papier, comme ici. Si ta chambre était plus grande, ce serait beaucoup moins bien : ça ferait studio d'étudiante, ou un studio quelconque, pas un Royaume des Lettres !

Exaltée par ce propos inattendu qui me peignait en couleurs si flatteuses, je cherchai à me donner une contenance en racontant à Claire la première chose qui me vint à l'esprit :

- Il paraît qu'autrefois, à Pleunk, il y avait un moine copiste qui vivait dans une cellule remplie de rouleaux de parchemin, servant de bibliothèque au monastère. Il avait pour tout mobilier une table et une chaise, même pas de lit. Un vrai ascète. Il écrivait de l'aube jusqu'à tard le soir, avec une plume d'oie, sous une petite lampe à huile ; quand il était trop fatigué ou que l'huile s'était consumée, il se couchait par terre et s'endormait au milieu des rouleaux. Mais une nuit qu'il ne trouvait pas le sommeil, en regardant la pleine lune par la fenêtre, il a eu cette idée : et si je devenais écrivain moi aussi ? assez copié les autres ! Seulement, il fallait trouver quoi écrire. Un moine, ça n'a pas une existence tellement riche en aventures ; celui-là ne sortait jamais et avait fait vœu de silence, il ne risquait donc pas d'entendre des histoires que d'autres lui raconteraient. Alors, après avoir cherché toute la nuit, il a fini par avoir une révélation : il allait écrire l'Histoire de Pleunk ! C'était un sujet qui n'exigeait pas qu'on connaisse la vie d'autrui ni qu'on vive vraiment ; tous les renseignements qu'on puisse avoir se trouvaient dans sa cellule, éparpillés par bribes dans de vieilles chroniques ; si quelque épisode venait à lui manquer, il pouvait l'imaginer. C'est ainsi que ce moine est devenu le premier historien pleunkois, à force de s'ennuyer.

- Tu écriras peut-être aussi une Histoire de Pleunk ? fit Claire, à ma surprise.

- Moi ? Sûrement pas !

- Mais pourquoi pas ?

- Je n'aime pas l'Histoire, dis-je. Surtout pas celle de Pleunk.

- Tu sais ce qui se passe là-bas en ce moment ? demanda-t-elle (toujours à ma surprise).

- Non, pas du tout. Quand ma mère arrive à m'appeler, nous parlons de nous deux, pas des grands titres des journaux. C'est assez difficile de me joindre, depuis Pleunk, et ça lui coûte très cher, mais même si ce n'était pas le cas, je doute qu'on aurait beaucoup parlé de l'actualité pleunkoise... (Je cherchai à la hâte un moyen d'expliquer en termes simples le phénomène difficilement transmissible de l'homonymie.) C'est naturel de ne pas la connaître, c'est comme les oncles et les tantes qui vivent en ville depuis des années : ils ne sont pas au courant des derniers travaux des champs, même s'ils sont nés à la campagne.

Je croyais pouvoir clore le sujet ainsi, mais Claire insista, disant qu'elle trouvait étonnant, depuis longtemps, de ne jamais m'entendre parler de Pleunk (« aujourd'hui, c'est la première fois que tu m'en racontes quelque chose sans que je t'aie interrogée »), puis, comme je n'arrivais pas à comprendre que Pleunk l'intéressât autant, elle me donna cette explication qui lui semblait relever de l'évidence :

- Mais tu es la seule personne née là-bas que je connaisse, et si tu n'étais pas de Pleunk, je n'aurais pas été curieuse de mieux te connaître, quand on s'est rencontrées ! Les étrangers me fascinent. J'ai toujours envie d'en apprendre plus sur eux, de savoir qui ils sont.

Cette révélation, faite au bout de deux ans d'amitié, me causa un vrai choc, et je réagis avant de réfléchir :

- Alors tu as fait une erreur, tu t'es trompée de personne. Je ne suis pas l'échantillon représentatif des Pleunkois, autrement je ne serais pas ici. D'autre part, je crois être moi plutôt que « les étrangers ». Je n'ai donc rien d'intéressant pour toi à part le seul point commun de tous les gens nés n'importe où ailleurs qu'en France ?

- Mais ne te fâche pas ! Tu me comprends mal ! Je n'ai jamais dit que c'était la seule chose... Excuse-moi, je n'imaginais pas du tout que j'allais te vexer. Tu n'as vraiment aucun bon souvenir de là-bas ?

Je réfléchis, puis (mes bons souvenirs de Pleunk étant à la fois trop rares, sur un laps de temps de vingt ans, pour mériter qu'on les énumérât et racontât – ce qui aurait donné l'illusion qu'ils avaient occupé une place considérable dans l'idée d'ensemble ou dans la mémoire personnelle que je gardais du pays –, et trop nombreux pour que je puisse nier totalement leur existence) il me vint à l'esprit cette façon de répondre, que je jugeai acceptable :

- J'y ai passé du bon temps avec mon fiancé, mais je n'arrive plus trop à me le rappeler.

Claire eut l'air abasourdie.

- Tu as été fiancée ?

- Oui, ça donnait un aspect moins choquant à la chose aux yeux de certains. J'étais mineure. Dire qu'on était fiancés avec l'accord officiel de ma mère permettait d'imaginer que bientôt, on serait mariés, tu vois, ça faisait un couple à peine anormal. Elle s'en fichait, en fait – c'est-à-dire elle ne voulait ni se mêler de mes amours, ni me voir mariée très jeune –, mais on avait décidé, avec elle, qu'on présenterait la chose ainsi pour que la parentèle n'ait pas moyen de trop médire à mon sujet, dans l'intérêt du calme familial, surtout de mes grands-parents qui étaient déjà dans tous leurs états sans qu'on en soit arrivé au scandale public.

- Vous avez fait des fiançailles en présence des deux familles ?

À l'imaginer, je pouffai.

- Pas du tout, je n'avais jamais vu ses parents. Ils étaient de province, ils habitaient au bord de la mer, et pour ce qu'ils savaient de la vie de leur fils, je doute qu'ils aient eu la moindre idée de ses copines de ces années-là, je veux dire de moi ou de celles d'avant moi. On n'a pas fait de fiançailles du tout, on n'allait pas pousser la comédie si loin, on a seulement annoncé que j'étais fiancée, puisqu'il y avait des risques que le bruit de la liaison se propage et que ça tourne mal.

- Vous vous êtes séparés ?

- Non, il est mort.

- Oh, mon Dieu ! excuse-moi !

- Mais ne t'en fais pas, il n'y a pas de quoi t'excuser ! J'ai fait son deuil.

Au vu de l'effet de cette réplique, très différent de celui que j'attendais (j'avais souvent tendance à oublier qu'autrui n'est pas censé comprendre d'emblée des sentiments qu'il ne connaît pas d'expérience), je précisai :

- J'ai fini toutes les larmes que j'avais dans le temps, et comme ça ne m'a pas fait mourir, depuis, je ne sens plus rien quand je pense à lui, ce qui est bien la pire punition pour avoir aimé quelqu'un et lui avoir survécu.

- Tu ne m'avais jamais raconté ça ! fit Claire, bouleversée. Si je l'avais su, je ne t'aurais pas interrogée sur ton passé.

- Je n'aime pas le mélo, fis-je. Tant que je peux éviter de donner dans le chantage aux sentiments, je préfère raconter des choses qui laissent au lecteur un plus grand choix en matière de réactions émotionnelles. Je veux dire : je ne voyais pas l'intérêt de te parler de ça, d'autant moins que je serais certainement partie de Pleunk même sans cette histoire. Il ne faut surtout pas croire qu'elle rend mon passé trop douloureux à raconter, ou quelque chose du genre. Simplement, comme je te l'ai dit tout à l'heure, je trouve qu'il y a plein d'autres sujets qui méritent davantage d'attention que Pleunk. Je suis vraiment très loin de tout ce qui a pu s'y passer, maintenant.

C'était la première fois que j'étais en situation de constater qu'il pouvait être vraiment difficile de se faire comprendre par une amie proche ; l'expérience me donna lourd, car je n'étais pas certaine qu'il ne restât pas une part de malentendu même après mes explications. Nous changeâmes de sujet et mangeâmes les gâteaux oubliés au cours de la discussion. Je nous resservis du thé. Le soir tombait, me rendant de plus en plus mélancolique.Voilà une journée qui ne se terminait pas très bien.

- Excuse-moi, dis-je à Claire, je dois sortir, dans cinq minutes. Il y a des gens qui m'attendent, à une soirée où je dois lire quelque chose que j'ai écrit.

Et nous sortîmes ensemble pour nous séparer au coin de la rue.

*

Il existait alors, dans notre belle ville, une petite société de fervents des histoires merveilleuses, un groupe d'amis qui se réunissaient une fois par mois pour festoyer en s'en lisant à voix haute. Cela se passait dans un bel immeuble construit du temps des frères Grimm, qui est toujours debout (pas le moindre risque qu'on le laisse s'écrouler), dans une grande pièce dont la moitié formait le salon, et l'autre, la salle à manger (concrétisée par une table ovale à grande nappe couverte de bouteilles et de victuailles avant même l'arrivée des premiers invités, comme j'allais le constater plus tard).

Pour eux, le conte était le genre le plus digne d'admiration : où ailleurs peut-on trouver - me demandait Christian (le Président de leur Club) qui avait pris l'habitude de boire son café (mon thé) avec moi pendant nos pauses communes – des créatures parfaitement improbables qui soient en même temps plus vraies que nous, aussi profondes que nos rêves, et semblables à tout un chacun ?

- En ce qui me concerne, répondais-je, à partir de mes quatre ans, j'ai cessé de m'intéresser aux contes. Je préfère les histoires où il s'agit de personnages moins entiers et d'aventures plus proches du réel. Ce n'est pas que je sois une inconditionnelle du roman réaliste, Dieu m'en garde, mais les contes, à mon sens, c'est trop de symboles simples et récurrents pour trop peu de travail sur des matériaux inédits. Bref, ça m'ennuie.

-Viens chez nous, répliquait-il, tu verras, tu changeras d'avis...

Cette proposition revenait chaque fois que nous conversions, je la repoussais toujours, mais au lieu de se décourager, au bout de quelques semaines, Christian me fit entendre que le Club pouvait aussi changer de genre, pour une fois :

- Si tu veux, apporte-nous une de tes histoires. Quand on a sous la main un auteur vivant, autant en profiter.

J'acceptai aussitôt, avant de réfléchir : manifestement, ce jour-là, l'auteur vivant avait besoin qu'on s'intéresse à ses écrits et qu'on renforce leur existence en les lisant. La perspective d'une soirée chez Christian et sa femme Hélène avait d'autres charmes aussi : même sans leur avoir jamais encore rendu visite, je me dis que dîner quelque part où il ferait chaud (nous étions encore en hiver) me ferait du bien, surtout au milieu d'une joyeuse compagnie où j'allais sans doute me sentir moins irréelle qu'à un cocktail (par ailleurs, je n'avais pas de cocktails en vue pour la semaine à venir).

En rentrant, je trouvai mon sosie qui m'attendait, comme si c'était normal, sur la couchette inférieure, et aussi surprise que je fusse, je fis aussi mine de rien, de mon côté ; comme s'il allait de soi que je lui raconte ce que j'avais fait de beau de ma journée, je lui appris que j'avais été invitée à lire une de mes nouvelles :

- Tu vois, conclus-je, il n'y a pas que toi qui connaisses des tas de gens sympathiques ! Je ne manque pas de relations non plus, je peux même me permettre de me faire prier avant d'accepter de participer à une réunion intellectuelle des plus distinguées !

- C'est très bien, fit-elle, seulement, t'ayant lue, je ne vois pas trop ce que tu pourrais leur apporter. M'est avis que les circonstances exigent une histoire courte, une intrigue captivante, une écriture qui se comprenne sans effort à la première écoute. Je ne vois rien de tel dans tes écrits.

Au lieu de répliquer, je rappelai Christian pour lui apprendre que tout bien réfléchi, je devais me décommander :

- Mes nouvelles ne sont pas bonnes à lire à voix haute. Ce que j'écris actuellement, c'est un roman ; il n'a pratiquement pas d'intrigue, et si j'en coupe un morceau, ça n'aura pas grand intérêt...

- Mais tu n'as qu'à nous écrire autre chose, m'interrompit-il, tu n'as qu'à raconter un bout de tes souvenirs ! Avec tout ce que tu as vécu, il y a de quoi faire, ta vie, c'est un vrai conte !

Et il refusa d'entendre toute autre objection, en riant :

- Allez, tu ne vas pas me laisser tomber maintenant que j'ai dit à tout le monde qu'on aurait un écrivain vivant à dîner, cette fois-ci ! Si tu ne viens pas, je vais t'envoyer un ogre ; telle que je te vois, il t'avalera en une bouchée, et il en demandera une autre pour son quatre heures !

Je jetai un coup d'œil vers la couchette inférieure, mais mon sosie n'y était déjà plus, naturellement. Et je ne savais toujours pas comment elle s'appelait. J'essayai : « Anne ! » Aucun effet. Elle ne devait pas aimer les contes plus que moi. Je n'avais qu'à me débrouiller toute seule.

C'est exaspérant, me dis-je, cette manie qu'ont les gens d'assimiler ma biographie à un conte ; la raconter à des gamins pour les endormir, passe encore, mais l'écrire, non, tout de même, je ne vais pas m'abaisser à cela ! Car, cher lecteur, à cette époque, raconter ma vie me paraissait d'autant plus indigne de mon talent que j'en étais parfaitement incapable. Je finis donc par écrire non pas mes souvenirs mais ceux d'une créature inventée, racontant sa jeunesse fort différente de la mienne en quelque dix pages. Si cela ne donna pas vraiment un récit « qui se comprenne sans effort à la première écoute » (vu la densité métaphorique et la syntaxe tortueuse de la chose), je ne m'en souciais pas plus, à ce moment, que de l'aspect de ma chambre après les efforts minimaux auxquels je m'étais astreinte : jusqu'alors, je n'avais jamais accepté de commande autre que journalistique, mettant un point d'honneur à tout décider de moi-même en matière d'art ; m'ayant été pratiquement imposée comme un devoir, la nouvelle en question était déjà une trop grande concession aux auditeurs potentiels, et ce serait leur affaire de la comprendre, autrement dit leur problème s'ils n'y comprenaient rien ; je m'en lavais les mains ; je me fichais de leur réaction, après tout : avais-je jamais souhaité les avoir ?

Lorsque j'arrivai chez Christian, tous les membres du Club du Conte s'y trouvaient déjà, installés qui sur le canapé, qui sur une chaise, qui par terre. Il y en avait une bonne quinzaine, dont seuls trois m'étaient connus de vue ; quand notre hôte demanda le silence, je me sentis fort gênée et honteusement préoccupée de l'effet que ma lecture allait produire. D'autant plus en entendant le ton solennel de son discours :

– Certains d'entre nous connaissent notre invitée du mois comme une collègue. Mais elle n'est pas seulement professeur de français…

J'allais oublier de vous dire qu'à l'époque, je faisais en effet le métier de mon sosie, ayant trouvé, grâce à un condisciple de la Faculté, une place provisoire sans existence officielle dans une école (collège et lycée) où je donnais des cours supplémentaires à des élèves moins nombreux mais plus turbulents qu'une classe moyenne. Cet emploi me conférait, entre autres privilèges, celui d'être vue deux jours par semaine comme un vrai membre du corps enseignant, statut fort respectable et profitable à mon moral. J'en arrivais à me croire l'égale de mon sosie, ou plutôt nettement supérieure à elle, puisque je n'étais même pas certifiée, alors qu'on m'avait confié une plus grande responsabilité (remonter le niveau le plus bas des classes, en étant jugée au résultat).

Le premier jour où j'eus à accomplir ces fonctions prestigieuses fut mémorable pour plus d'une raison. En marchant vers la salle de classe que j'allais connaître du point de vue inédit du professeur, je faisais des efforts désespérés pour limiter le tremblement de ma tête au bout de sa maigre tige, et je serrais bien fort la poignée de mon cartable en me rappelant le peu de succès que j'avais eu, du temps où leur fréquentation m'était imposée quotidiennement, avec les cancres ; quoique nettement plus âgée qu'alors, je n'étais pas certaine qu'ils n'allaient pas finir par me faire subir le même traitement, ou presque, qu'à la petite écolière que je fus. (S'il s'en trouvait un pour se glisser dans mon dos par surprise, et pour me *tirer la queue*, comment arriverais-je ensuite à donner l'illusion d'avoir quelque autorité ?) Pour me persuader de ne plus rien avoir en commun (à part la tresse) avec elle, je tentai de me remplir d'énergie offensive en imitant l'expression coutumière de la plus ignoble de mes professeurs du collège, celle qui se vantait – à juste titre – en disant que durant ses cours, quand elle ne parlait pas, on entendait la poussière qui tombait.

C'est alors que, passant le seuil de la salle de classe, je vis l'élève Buffon, et j'eus un saisissement de mauvais augure pour la suite de ma carrière professorale.

L'élève Buffon, assis au premier rang, en d'autres termes à un mètre environ du bureau que je devais occuper, était affligé d'une de ces croissances galopantes qu'on ne voit guère qu'une fois dans sa vie, à moins d'être un enseignant de longue expérience. Mesurant dans les deux mètres à treize ans, il était fait de rallonges articulées par le moyen de nœuds démesurés qui assuraient, avec la tête, le minimum de volume strictement indispensable à son étendue. « Dégingandé » serait un euphémisme, dans ce cas précis : ses coudes étaient aussi cagneux que les genoux, tandis que ses mains semblaient attachées à des charnières beaucoup trop petites pour être appropriées, alors que les trente phalanges de ses dix doigts formaient comme une leçon sur les anomalies osseuses. En se pliant pour s'asseoir, l'ensemble accomplissait des mouvements de torsion à plusieurs axes, vous faisant sentir presque douloureusement le labeur des muscles qui devaient remettre en ordre autant de parties en si peu de temps.

Comme il s'appliquait à maintenir toute sa disproportion décemment assise devant le nouveau professeur, ses genoux qu'il essayait de ranger soulevèrent la table, et j'eus la vision d'un mur écroulé au-dessus des racines qui l'avaient percé. Effectivement, le pied de l'élève Buffon surgit par-dessous sa table, projeté vers mon bureau ; je vis (mentalement) ses orteils se planter dans la maçonnerie au-delà de ma chaise, et l'un de ses coudes sortir en massue par la fenêtre avant la fin du cours qui commençait à peine : comment allais-je faire pour rendre compte au directeur de la détérioration du bâtiment scolaire (flambant neuf) dès la première heure que j'y passais ? (Moi qui n'avais même pas d'assurance tous risques, et qui travaillais clandestinement !)

Puis, regardant mieux les extrémités en question, je me rassurai : les radicelles du pauvre malheureux allaient sans doute cesser de proliférer avant longtemps, exténuées, voire atrophiées à force de nourrir les courges et les balais qui les prolongeaient ou achevaient. Mais oui, l'élève Buffon n'était vraiment pas si dangereux qu'il m'avait semblé à première vue : remuant sur son banc, il évoquait successivement une plante grimpante, un tas de cordes empêtrées, un boa pendant sa digestion, une araignée en train d'agoniser après la levée de quelque semelle géante… Au fond, hormis les genoux, les coudes et les phalanges, cette créature devait être assez molle : une sorte de crabe qui aurait poussé au point de n'être crustacé qu'entre les bouts des pattes. (J'oublie la tête. Mais on peut dire que l'élève Buffon n'avait pas de visage car le reste vous empêchait de le percevoir : à lui seul, son genou était aussi expressif qu'une physionomie moyenne.) Et je compris très vite que de tout ce groupe de cancres confiés à mes soins, c'était bien lui qui avait le caractère le moins redoutable, peut-être parce que son physique ne lui laissait pas le loisir de dépenser de l'énergie morale à autre chose qu'à s'étonner de ce qui lui arrivait depuis qu'il ne pouvait plus passer pour un bambin.

Toutefois, dès que l'élève Buffon levait la main pour poser une question ou se gratter, je reculais vivement, craignant que le plafond ne me tombe dessus. Et plus généralement, ne pouvant m'empêcher de le garder à l'œil au cas où ses extrémités feraient subitement un nouveau bond de croissance, j'avais du mal à entendre la leçon ou les corrections orales que je n'en débitais pas moins dans un rythme de bon aloi, sans que personne veuille m'interrompre : je disais sans doute des choses moins phénoménales que le spécimen qui m'occupait l'esprit.

Une fois, je l'appelai Lamarck et me figeai d'horreur, prévoyant la suite indélébile de moqueries de condisciples qu'il allait subir, voire sa mort subite d'humiliation. Par chance, aucun (ni lui-même) n'eut l'air d'être assez érudit ne fût-ce que pour sourire de ma gaffe qui passa pour une méprise banale : tout le monde sait que les nouveaux professeurs retiennent mal les noms (et il y avait peut-être au lycée plusieurs homonymes de biologistes). Ce lapsus témoignait de mes regrets de manquer de compétence en la matière : j'aurais aimé me représenter mieux ce que l'élève Buffon pouvait sentir à être ainsi configuré ; je me rappelais ma prime adolescence où je pris dix centimètres en dix mois, mais il était évident qu'elle n'avait rien en commun avec le processus aboutissant à soulever les tables en tâchant de caser ses pieds dessous. J'en vins à regretter (d'un point de vue purement intellectuel) de n'avoir pas apprécié en mon temps les mâles inférieurs à trente ans, sans quoi j'aurais peut-être eu une idée concrète de la consistance des proliférants, encore que sur une échelle plus petite : l'élève Buffon, je le rappelle, était le premier cas que j'eusse vu de désarticulation gigantesque du mineur, et demeure encore le seul.

Bref, l'élève Buffon m'angoissa et développa mes capacités pour la rêverie masquée en exercice d'activités socialement utiles durant plusieurs semaines, suite à quoi je quittai sa promotion mieux instruite qu'à mon arrivée, l'ayant sinon élucidé, du moins détaillé autant que faire se peut sans dissection. Je ne garde aucun souvenir onomastique ni visuel du reste de mes groupes : c'est à croire que Buffon ne m'avait pas laissé une parcelle d'attention à offrir aux autres cancres. Je me demande parfois s'il est devenu (tout est possible tant qu'on n'a pas fini de se développer) un athlète admirable, un obèse difforme ou un de ces échalas grisâtres qu'on remarque à peine en dépit de leur longueur assimilable aux ombres en fin de journée. Mais il est temps de revenir au Club du Conte.

Le discours de Christian achevé, je commençai à lire. J'étais assise au beau milieu de la pièce, entourée de visages attentifs, à côté de la table dressée pour le festin qui allait clore cette séance du Club, et je m'y sentais bien mieux que sur la chaire professorale. En lisant, je pressentais le plaisir proche d'apaiser ma soif (qui croissait à mesure des phrases) avec un verre de bon vin. Je me sentais revenue au temps de la bohème, aux soirs d'oubli de la réalité, parmi des gens que les histoires improbables préoccupent autant que leur propre vie. Ce retour de jeunesse (d'une forme d'inexistence qu'on peut chérir, d'autant mieux qu'on ne risque pas d'y revenir vraiment) était si délassant, réjouissant et bienfaisant que je ne résistai guère quand, à ma surprise, l'histoire à peine achevée, l'auditoire me demanda sa suite pour le mois prochain. Décidément, le cours des choses ne voulait plus que j'écrive des nouvelles : celle-là s'avérait être le premier chapitre de mon deuxième roman.

Plusieurs mois de suite, j'écrivis par chapitres en vue d'autant de réunions du Club friand de nouveaux morceaux de l'histoire d'une artiste que je n'étais pas, et qui m'octroyait chaque fois la même récompense, toujours plus nécessaire à force de devenir coutumière : l'écoute fascinée, les commentaires, la discussion toujours plus bifurquante, la joie de se donner du bon temps ensemble. J'admirais ce miracle que je n'aurais jamais conçu : chaque chapitre se révélait convertible en heures béates. Et vers la fin de chaque soirée mensuelle, pendant que mes convives refaisaient le monde et la littérature, je me disais : il existe – voici une quinzaine de preuves vivantes – des gens qui me demandent d'écrire tant et plus sans en avoir assez, alors que je n'ai même pas cherché à me faire lire par une seule personne. Quel écrivain a plus de chance que moi ? Tant pis s'ils n'aiment pas forcément mes auteurs préférés, et s'ils raffolent de théories censées leur expliquer les livres et l'existence.

Car tous les membres du Club du Conte étaient positivistes et en dernière analyse moins intéressés par le merveilleux que par les explications qu'on pouvait en donner – j'avais été très étonnée de le constater, mais pour eux, c'était parfaitement naturel. Serait-ce parce qu'ils sont tous professeurs ou étudiants ? me demandais-je, puis je me rappelais que moi aussi, je passais souvent pour l'un ou l'autre, sans que mon actif d'heures de cours ait réussi à me convertir au bon sens, pratique ou scientifique.

Voilà comment parlaient-ils, par exemple, des fées, des sorciers et des autres créatures improbables qui surgissent à chaque pas dans les contes, tandis que nous prenions le digestif, plaisamment affalés qui sur une chaise, qui dans un fauteuil, qui sur le canapé, le soir où je leur avais lu le dernier chapitre de mon deuxième roman :

- C'est mystérieux, disait Christian, nous savons tous pertinemment que rien de tel n'existe, et pourtant, nous ne pouvons pas nous empêcher de croire à la magie pendant que nous lisons un conte. Est-ce que l'homme même le plus évolué serait incapable de vivre sans se faire croire, par moments au moins, que des forces surnaturelles veillent sur lui ?

- Personnellement, je ne crois plus à rien de tel depuis ma petite enfance, répliqua une convive. Je peux vous assurer que je suis cartésienne, le plaisir que j'ai à lire des contes ne tient à aucun besoin de foi. Leur contenu symbolique, en revanche…

D'autres l'approuvèrent, déclarant n'être clients ni des voyantes ni d'aucune église. Pour ma part, je buvais en me contentant de hocher la tête ou de sourire lorsqu'on tournait le regard vers moi – quand, au milieu de la discussion, quelqu'un m'interpella.

- C'est qui, ces gens ? demanda-t-il, planté à l'entrée du salon, en parcourant du regard les visages de l'assemblée.

- Oh ! des amis, répondis-je, me sentant subitement très mal à l'aise. Nous nous réunissons comme ça, de temps en temps. Ils aiment bien ce que j'écris.

- J'ai cru entendre qu'ils parlaient de moi, dit-il comme on émet une remarque sans importance. Ou bien c'est toi qui m'as appelé ?

- Appelé ? Non. Mais viens, assieds-toi !

Je m'écartai un peu en lui indiquant l'accoudoir gauche du fauteuil *design* où j'étais installée, meuble assez large et difforme pour pouvoir prétendre au titre de canapé.

Il s'y assit de travers, dans une posture qui manifestait son intention de repartir sous peu, pendant que je m'étonnais douloureusement d'être plus gênée qu'heureuse qu'il soit là. C'était la première fois que mon ensorceleur venait me voir en présence d'autres gens, et bien qu'ils ignorassent la sienne, je le savais parfaitement capable de se montrer à tout le monde si l'envie lui en prenait. Et ce serait d'une façon qui ne leur paraîtrait sans doute pas normale. Évidemment : même s'il décidait de s'abstenir de toute extravagance, que pouvait-il y avoir de normal dans son apparition au milieu d'une soirée réelle, fût-elle littéraire et eût-elle lieu chez des amateurs de contes ?

- Je n'ai pas bien entendu ce qu'on disait, reprit-il, mais j'ai eu comme l'impression que c'était quelque peu désobligeant pour mes confrères. Quelque chose du genre : « Seuls les enfants et les imbéciles peuvent y croire. » Alors, comme ça, tu écoutes dire des choses pareilles et tu approuves ?

- Je n'ai pas approuvé !

- Mais tu as souri et tu n'as rien dit.

- Que voulais-tu que je dise ?

- Je crois me rappeler qu'il fut un temps où, si quelqu'un faisait des remarques vexantes sur les gens que tu appréciais, tu réagissais. Tu t'es même fâchée avec quelqu'un dans ce genre de circonstances, je crois bien, et sans hésiter un instant.

Il pencha légèrement la tête et me regarda au fond des yeux, de son air de reproche le plus insoutenable, et de son plus beau regard. Je ne puis expliquer comment il arrivait à réunir les deux, mais à ma place, vous n'auriez pas su s'il fallait se jeter à son cou ou éclater en sanglots.

- Mais les temps ont changé, conclut-il, laconique, semblant éprouver à ce triste constat une sorte de satisfaction.

- Ce n'est pas vrai ! Enfin… Comment veux-tu que j'intervienne maintenant ? Et pour quoi dire ?

- Pour dire que tu n'es pas d'accord, suggéra-t-il en souriant légèrement, comme on explique une évidence à l'interlocuteur qu'on aurait imaginé moins bête.

- Mais cela leur paraîtrait très étrange !

- Étrange ?

- Oui. C'est-à-dire… Cela les étonnerait que j'intervienne comme ça, brusquement, alors que je ne participais pas à la conversation. Ils ne comprendraient pas qu'un propos tellement anodin ait pu me choquer. Ils savent que je n'aime pas les contes. Ils ne peuvent pas imaginer que j'aie une expérience personnelle des phénomènes…

Je me coupai toute seule, sentant que plus j'argumenterais, mieux je prêterais le flanc à la critique.

- Mais fais-le leur comprendre, proposa-t-il tranquillement.

- Comment ?

- Tu pourrais, par exemple, leur faire entendre que tu connais un sorcier et que tu l'aimes bien.

Sur ce, l'air satisfait de lui-même, il se laissa aller contre sa part du dossier du fauteuil, et croisa les bras. Il s'installait. Il attendait le spectacle.

- Toi qui voulais que je garde le secret ! fis-je. Même devant les petites filles, je devais me taire, et maintenant, tu veux que je te raconte à ces gens-là, qui passent leur temps à tout décortiquer ? (Vous aurez remarqué, cher lecteur, qu'à ce moment, pire que de m'en désolidariser, je les chargeais.) Tu imagines un peu à quoi ils vont nous réduire, tous les deux, si je leur dis que je te connais, sans même aller jusqu'à raconter des choses plus privées ? Et depuis quand te présentes-tu comme « sorcier » ? Je croyais que c'était une façon de dire de mon cru que tu trouvais plutôt ridicule.

- Tu n'es pas obligée de parler de moi, répliqua-t-il, tu pourrais faire référence à un personnage du roman que tu leur as lu, en expliquant en quoi, tout en étant parfaitement réel, il tient du sorcier.

- Mais ça ne va jamais les convaincre ! Ils vont croire que je veux plaisanter, ou bien ils vont se mettre à l'analyser, à quoi cela peut nous avancer ? En plus, je ne veux pas qu'ils se doutent que j'ai… un faible pour quelqu'un comme toi.

- Pour un sorcier ?

- Pour quelqu'un qui s'amuse à mettre une amie dans des situations impossibles.

Il hocha la tête.

- Je vais te dire franchement ce que je pense : quand tu étais à Pleunk, tu n'avais jamais peur des situations impossibles, ni de déplaire. Tu ne faisais pas semblant d'approuver les bêtises que les autres racontaient, sauf quand c'était vraiment indispensable. Fais attention : comme disait mon vieux maître, malheur à celui qui veut être aimé pour ce qu'il n'est pas. Si ces gens apprécient tes histoires et s'ils sont tes amis, ils doivent pouvoir entendre sans rire qu'un sorcier de ta connaissance vient parfois te voir et rend tout merveilleux pour la seule raison que tu l'aimes bien.

- Écoute, fis-je sur un ton suppliant, ils aiment lire, c'est déjà beaucoup ; de quel droit va-t-on leur demander de se mettre à la place des écrivains ? Ce sont des gens *normaux*, ils ne connaissent pas de sorciers, ça ne leur manque pas, ils ont le droit d'être et de rester positivistes, puisque ça leur plaît. Je les préfère de loin à Yvan, et tu n'es pas Jacques Camp, tu n'as pas besoin que je te défende, du moins pas ce soir : ils n'ont même pas prononcé ton nom. Et sincèrement, ces derniers temps, je préfère oublier que « je t'aime bien ».

- Menteuse ! fit-il sur un ton espiègle.

- Je te déteste !

- Il y avait quelque chose de drôle à répondre à ça, mais comme ce n'est pas de toi, je ne le dirai pas. Remarque : moi, je dis certaines choses ; toi, ça peut être beaucoup plus grave, tu les écris… Maintenant, puisque tu trouves ma connaissance tellement gênante, je m'en vais, mais la prochaine fois qu'on se voit, il se peut que je sois visible pour tout le monde. Tu m'excuseras, mais je suis quand même curieux de savoir comment tu ferais avec moi en public. Je ne doute pas que tu vas trouver un moyen pour être un peu moins gênée que ce soir. Tu auras eu le temps de te préparer.

Et il disparut.

*

Le lendemain, je me réveillai malade, et pour la première fois depuis mon arrivée à Paris, affaiblie au point de ne plus pouvoir travailler – non seulement sans revenus pour la semaine, mais chassée du monde des histoires, réduite aux limites de ma réalité que la fièvre ramenait à l'horizontale, au silence et au jeûne faute de pouvoir avaler autre chose que de l'aspirine diluée. J'avais déjà épuisé mes réserves quand Shéhéra m'appela, s'alarma de m'entendre à peine et me donna l'adresse d'une généraliste de sa connaissance, le docteur Gerbier :

- Dis-lui que tu viens de ma part, explique-lui ton cas, elle te fera sûrement une réduction, elle ne va peut-être même pas te faire payer. Son cabinet n'est pas loin de chez toi.

Je téléphonai pour prendre un rendez-vous, qui me fut accordé pour la demi-heure suivante, puis je me traînai jusqu'à l'impasse où une plaque indiquait le cabinet : DOCTEUR. Le nom inscrit sous ce titre était couvert d'une bande épaisse de sparadrap, de sorte qu'on pût lire seulement, plus bas : *1er étage gauche*. Ça, c'est une bonne adresse, me dis-je. Les honoraires du docteur Gerbier qui ne peut même pas s'offrir une plaque à son nom doivent être très raisonnables. On peut croire Shéhéra : si cette dame n'accepte pas de me faire crédit, qui le fera ?

Une fille en jean et chemise à carreaux m'ouvrit la porte.

- Je cherche le docteur Gerbier.

- C'est moi. Entrez.

- Je suis l'amie de Shéhéra, vous savez… Votre secrétaire a dû vous dire…

- C'est moi qui vous ai répondu au téléphone, je n'ai pas de secrétaire. Asseyez-vous, je vais me changer.

Je ne pouvais vraiment pas trouver mieux, comme généraliste : chaque fois que j'étais entrée chez d'autres descendants d'Hippocrate pour subir leurs rites, la seule vue de leur salle d'attente et du livre des souffrants tenu par une prêtresse revêche m'avait rendue encore plus trouillarde que nature, au point de risquer la crise de larmes avant même de voir une blouse blanche. Un médecin qui vous ouvre la porte personnellement, sous l'aspect d'un être humain inoffensif, et dont le cabinet ne se distingue guère d'un modeste appartement, était mon rêve d'enfance.

- Je suis installée depuis peu, l'entendis-je qui revenait. Vous voyez : il faudrait faire des travaux, arranger ça…

Je tâchai de l'en dissuader, ce qu'elle prit pour une manifestation de politesse. M'ayant examinée et même donné des médicaments (plusieurs boîtes), elle refusa tout paiement (« Quand vous serez riche, vous serez toujours ma patiente, n'est-ce pas ? »), puis me proposa de la tutoyer et de boire quelque chose. Le patient suivant ne devait arriver que dans trois heures. Elle avait tout son temps. Je consultai du regard l'ordonnance, et pris connaissance, avec stupéfaction, de son prénom : Dima, celui de mon amie d'enfance. Était-ce possible que cette femme soit native de Pleunk ? Rencontrait-on ce prénom dans d'autres pays ? Ce n'était pas moi qui l'interrogerais à ce sujet ; je poserais la question à Shéhéra.

- On va boire une tisane spéciale, disait Dima Gerbier sans remarquer mon ahurissement, c'est bon pour la gorge. J'ai des gâteaux aussi, il faut manger avant de prendre ce traitement…

Puis nous passâmes aux questions personnelles. Je répondais assez succinctement, demeurant presque aphone, mais je me sentais déjà un peu mieux. Elle me laissa entendre qu'un écrivain pourrait peut-être faire quelque chose de son histoire, et je l'encourageai vivement à me la raconter (pour pouvoir me taire autant que par curiosité).

- On dit qu'il ne faut jurer de rien, commença Dima. Moi, quand j'avais quinze ans, j'ai juré que je porterais toujours des pantalons et que je ne me marierais jamais.

Je ris.

- Quand je t'aurai tout raconté, tu riras mieux ou tu ne riras plus, on va voir… Mon père était un prêtre, pas simplement un homme de religion qui récite les textes sacrés aux fêtes comme le père de Shéhéra, mais un vrai prêtre, et moi, sa fille, je ne devais pas porter des pantalons, je devais m'habiller plus décemment que mes amies. Alors que j'étais un peu garçon manqué : les jupes m'entravaient, comme beaucoup d'autres choses. Ma mère disait toujours : tu veux n'en faire qu'à ta tête ! Et c'était vrai…

Mes frères qui étaient plutôt turbulents passaient pour plus sages, les punitions leur profitaient, comme disait papa, et ma sœur, c'était carrément la petite fille modèle – alors que moi, j'avais un caractère qui donnait l'impression qu'il n'y avait pas moyen d'en venir à bout, même quand je me tenais bien. J'avais un côté entêté et une force qui cherchait à se montrer, à se dépenser ; ce qu'il me fallait, c'était des choses que les autres n'oseraient pas faire ou qui ne leur viendraient pas à l'idée. Mais au moins, je n'étais pas agressive, et j'étais bonne élève, la seule dans la fratrie.

Au collège, tout à coup, c'est devenu clair pour moi : je serais médecin, parce que les médecins, tels que je les voyais, c'étaient des gens à la fois intelligents, courageux, et qui faisaient le bien : qu'est-ce qu'il y avait de mieux ? Bien sûr, ce n'était pas généraliste que je voulais faire, tu penses ! Pour commencer, c'était chirurgien militaire : ça tombait sous le sens, chez nous, c'était la guerre ; si elle se terminait, le temps que je grandisse, il y en aurait une autre quelque part dans le monde, à coup sûr – ce que j'avais appris d'histoire, ça prouvait qu'à n'importe quelle époque, on se battait plutôt trop que pas assez. Je m'occuperais donc de ceux qui se battaient, je n'aurais pas peur de voir leurs blessures, ni d'y fouiller, je n'aurais pas la main qui tremble quand on bombarderait le camp où je ferais des opérations – c'était vrai, je n'avais jamais eu la trouille sous les bombes, quand on devait courir vers la cave ou vers un refuge, et une fois dedans, depuis que l'idée m'était venue de devenir chirurgien, je m'exerçais : je faisais des parties du corps en pâte à modeler, sur une petite planche, et je les opérais, je m'entraînais dessus pour avoir de la précision ; seulement, il ne fallait pas que ma mère me voie, elle trouvait ça sinistre, ça pouvait porter malheur, bref, elle m'empêchait de travailler quand elle se rendait compte que je m'y étais remise. De toute manière, une fille, ça ne pouvait pas être médecin, à son sens : une fille de bonne famille, une fille de prêtre, ça devait se marier et se consacrer à son petit monde – il y avait largement de quoi faire à la maison, quand on voulait être une épouse et une mère digne de ce nom, même si l'on n'avait pas beaucoup d'enfants. (Nous étions quatre.)

Oui, mais moi, je ne voulais surtout pas être une épouse et une mère digne de ce nom, je ne voulais pas me marier du tout : aussi loin que je me souvienne, ça ne m'avait rien dit, alors que ma sœur en rêvait pratiquement depuis le berceau. Pour moi, passer mon temps comme maman le passait, ça revenait à être une servante, même si papa ne lui manquait jamais de respect, et ce que j'avais vu ou entendu de la vie de couple des autres – de mes tantes, de mes grandes cousines, des amies de la famille – avait fini de me convaincre que je devais rester célibataire.

- Elles se plaignaient ?

- Oh, pas toutes, loin de là ! Pour la plupart, ç'aurait été honteux de se plaindre, ç'aurait prouvé qu'elles avaient échoué dans le domaine le plus important, sinon dans le seul où elles aient jamais eu l'occasion de montrer de quoi elles étaient capables ; mais celles qui étaient entièrement satisfaites de leur vie, pour moi, c'était encore plus rebutant que les malheureuses : plus elles s'en vantaient, mieux je sentais que je ne pouvais pas me contenter de ça. Tu vois, aux yeux de toutes les femmes que je connaissais, avoir un bon mari, et qui ait la meilleure situation possible, permettant de vivre mieux qu'avant, une fois mariée, et de faire grandir autant d'enfants qu'on veut sans qu'ils manquent de rien, c'était le comble du bonheur, tout ce qu'on pouvait demander. Alors qu'à mon sens, non seulement c'était beaucoup trop peu, mais comme genre d'intérêts, ça ne me disait rien : ni le confort, ni l'aisance, ni la sécurité, ni les enfants. En dessous de sept-huit ans, je les trouvais bêtes et ennuyeux quand ce n'était pas franchement exaspérants. Je n'avais pas la fibre maternelle, tu vois, et pire : je n'avais jamais regardé un garçon comme un amoureux potentiel ; c'était des camarades, de bons copains ou des méchants auxquels je donnais des claques quand ils dépassaient les bornes. Je n'étais pas très costaud, mais je pouvais faire peur, quand je me fâchais, d'autant plus que les garçons n'étaient pas habitués qu'une fille se tienne comme moi : rien que l'étonnement, ça pouvait suffire à leur faire baisser les bras. Bref, personne ne m'avait jamais donné la moindre envie de me marier, et à quinze ans, comme on commençait à m'embêter sérieusement en me disant qu'il serait temps de cesser de jouer avec la pâte à modeler et de me rendre un peu compte que j'étais une jeune fille, qui devait s'intéresser un peu plus aux choses féminines - aux robes, aux coiffures, à la cuisine, et cætera – avant de devenir une femme, j'ai juré que je n'allais jamais être ça : je ne me marierais pas, je porterais des pantalons, toujours, et je deviendrais médecin, naturellement.

On n'allait pas souvent voir un médecin, chez nous : ça coûtait cher ; même si notre famille n'était pas pauvre, on avait l'habitude des remèdes de grand-mère, pour la plupart des maladies ; le docteur, c'était seulement quand on ne pouvait pas guérir autrement. Je n'en connaissais qu'un seul, qui n'habitait pas très loin, et je me suis inventé deux-trois problèmes de santé appropriés (c'était facile, je passais mon temps à lire ce que je pouvais trouver comme livres de médecine) pour arriver à le fréquenter : il m'apprendrait comment on pouvait devenir chirurgien. Lui, c'était un vieux médecin de quartier, il servait de tout, le plus souvent de sage-femme ; jamais personne ne l'avait interrogé sur son métier ni regardé avec admiration, alors, il ne demandait pas mieux que de m'expliquer tout ce que je voulais savoir. Je me suis vite rendu compte que je n'avais aucune perspective, dans le pays, qui soit vraiment meilleure que sa vie à lui : en tant que femme, j'allais avoir du mal à me spécialiser en chirurgie, et même si j'y arrivais, d'après lui, je n'aurais pas moyen de pratiquer, chez nous, c'était pour les hommes. Il voulait me convaincre de choisir une spécialité plus féminine, où les choses seraient plus faciles, la pédiatrie, par exemple, alors, il m'énumérait tous les inconvénients de la chirurgie, et comme je n'en démordais pas, il a fini par me dire que chez nous, de toute manière, elle n'avait aucun intérêt : il n'y avait pas de grands chirurgiens, on était en retard sur les innovations depuis au moins trente ans, mes professeurs seraient médiocres, bref, c'était un pays où l'on ne pouvait rien faire, dans ce domaine, qui vaille vraiment la peine – qui corresponde à mes ambitions. Alors, j'ai demandé : où on les trouve, les vrais grands chirurgiens ? – En Amérique, ou à Paris ; lui, il avait voulu faire ses études à Paris, dans le temps...

Paris, ça me semblait à deux pas. Je parlais le français, comme la plupart des gens chez nous, et je savais qu'en France, une femme pouvait faire ce qu'elle voulait. Il n'y avait plus à réfléchir : j'irais étudier là-bas, je me spécialiserais dans l'une des branches d'élite, tant qu'à faire, la neurochirurgie ou la chirurgie cardiaque, j'aurais pour professeurs des gens qui faisaient des miracles, puis je travaillerais avec eux.

Bien sûr, je me gardais de faire comprendre que je voulais m'en aller pour toujours : même au docteur, je laissais croire que je pouvais changer d'avis, revoir mes ambitions à la baisse. Aux miens, je disais seulement que je voulais être médecin, et que la faculté de médecine de Paris était la meilleure, comme chacun le sait. À force de l'entendre répéter, ils ont fini par se faire à l'idée. Peut-être se disaient-ils qu'habituée comme je l'étais à me faire dorloter, j'allais rentrer au bout de quelques semaines. D'autre part, papa avait rêvé d'avoir des enfants instruits, et ce n'étaient ni mes frères ni ma petite sœur qui voudraient faire des études supérieures. Un de mes oncles était marié avec une Française et vivait en banlieue parisienne, il allait veiller sur moi. J'allais habiter chez lui, pour commencer. Tout semblait s'arranger.

Seulement, quelques mois avant de partir, je suis tombée amoureuse. D'un garçon qui venait de se fiancer avec une de mes amies. Et c'était réciproque. Lorsque je suis partie, je ne savais plus si je tenais toujours à rester célibataire. Le garçon hésitait, lui aussi : il m'écrivait qu'il allait rompre, puis qu'il avait tout dit à mon amie qui lui avait demandé de réfléchir… Il l'a quittée mais je ne l'ai plus revu. Plus tard, j'ai appris qu'il s'était marié avec une autre.

J'avais donc failli devenir parjure. Mais restée libre, quoique malgré moi, j'allais en profiter. Il va sans dire que j'avais envoyé toute ma garde-robe à la poubelle dès mon arrivée à Paris, et que je ne portais plus que des pantalons ; je m'étais fait des amis, et quand je n'ai plus eu de nouvelles de mon amoureux inconstant, je suis devenue une vraie fêtarde. Je fumais, je buvais, je découchais : mon pauvre oncle ne savait plus quoi faire. Sa femme me défendait tout en lui reprochant de s'être chargé de moi. Il écrivait à ma mère, et comme elle ne voulait surtout pas que mon père soit au courant – par peur de sa réaction, elle serait la première à en souffrir ; quand il se fâchait, ça lui donnait des crises d'asthme effrayantes – elle lui cachait donc tout et dépensait une fortune pour essayer de me ramener au droit chemin par téléphone… En deuxième année, j'ai trouvé un petit boulot et j'ai déménagé en profitant d'une absence de mon oncle. Sa femme m'a aidée, je pouvais compter sur elle pour ne pas trahir ma nouvelle adresse. Maman ne l'a pas eue tant qu'elle n'a pas renoncé à contrarier mon indépendance ; papa ignorait toujours ce qui se passait et continuait de m'écrire à l'ancienne.

Désormais, plus aucune surveillance. J'ai raté quelques examens (il fallait un peu de temps pour apprendre à mener de front les études, le travail et la vie libre), puis je me suis reprise et je n'ai plus eu que les meilleures notes, n'aie pas peur, ta santé se trouve entre de bonnes mains ! Puis j'ai rencontré un garçon qui me plaisait plus que les autres. On s'entendait bien. Lui non plus, il ne voulait pas se marier. Chacun vivait chez soi, on se retrouvait seulement quand on le souhaitait. Ça a duré trois ans, il a eu son diplôme et il est rentré à Bordeaux où sa famille allait lui acheter un cabinet.

Moi, il me restait encore plusieurs années d'études et beaucoup d'amis, mais je n'avais plus envie de faire la fête et de draguer. Je déprimais un peu, ou j'avais mûri. Puis mon père est mort, et il a fallu que j'aide maman financièrement, parce que les boulots de mes frères ne rapportaient pas grand-chose. En externe, moi non plus, je ne gagnais pas beaucoup, même si je faisais le maximum de gardes ; l'argent que j'envoyais, ça suffisait pour survivre, mais pour que ma petite sœur ait des chances de bien se marier, il fallait économiser aussi, et la famille ne devait pas avoir l'air de vivre pauvrement ; bref, ce n'était jamais assez, je prenais tout ce qui se pouvait comme travail supplémentaire, je passais trop peu de temps à préparer le concours de l'internat, et je l'ai raté : moi qui me croyais la plus forte, qui me voyais dans l'élite de la chirurgie, tout ce que je serais, c'était généraliste comme le vieux médecin de quartier qui se tenait lui-même pour peu de chose.

- Ça a dû être affreux de devoir s'y résigner !

- J'avais tellement honte que je me suis dit : tu ne vaux pas plus ; maintenant, tu as intérêt à l'aimer, ce métier, si tu ne veux pas finir par te rendre compte que le médecin de quartier était beaucoup mieux qu'une prétentieuse de ton espèce ! En une journée, j'ai changé d'idée sur le travail de généraliste : je l'ai vu comme un défi, comme un domaine plus stimulant justement par le côté ingrat qu'on pouvait y trouver ; et après tout, travailler aux urgences, ça ressemblait assez à la façon dont je voyais mon avenir quand j'étais gamine…

La seule chose à laquelle je n'avais pas pensé, c'était les formalités : je savais qu'après la fin de mes études, j'aurais besoin d'un permis de travail, mais je croyais qu'on me le donnerait sans problème, et le moment venu, on me l'a refusé – j'avais toutes les malchances, décidément. Les gens n'en revenaient pas : mais comment est-ce possible, tout le monde l'a, et pas toi ? ! Ce qui avait joué, c'est peut-être que j'étais d'un pays particulièrement mal vu à l'époque : d'après mon oncle, pour les nôtres, c'était devenu difficile d'avoir ne serait-ce qu'un visa de touriste. « Tu n'as plus qu'à te marier comme moi ! il a fait, en riant. Pour ce que je sais, tu ne manques pas de fiancés ! »

Quand j'ai réalisé qu'il ne me restait pas d'autre solution, j'ai pleuré de rage. Jamais, je me suis dit, jamais ! Vous ne m'aurez pas ! Ce n'est pas maintenant, ce n'est pas ici que vous allez m'avoir, m'empêcher d'être libre, m'obliger à faire comme vous voulez !

Je me suis mariée quelques mois plus tard. En robe à traîne. Il fallait bien que ce soit un mariage selon toutes les règles, je suis donc devenue deux fois parjure par la même occasion. On a fait plein de photos que maman a toujours, encadrées, dans son salon. Ce n'était pas vraiment le mariage dont la famille avait pu rêver, et personne des miens n'a pu venir au banquet, mais c'était mieux que ce qu'ils attendaient de moi. Cela faisait des années que mes tantes plaignaient maman d'avoir sa fille aînée à l'étranger, obligée de travailler, toujours célibataire, autrement dit perdue.

Deux ans après les noces, mon mari m'a appris que depuis une semaine, il recevait tous les jours des coups de fil d'une femme qui voulait me parler. Il lui avait demandé ce dont il s'agissait : d'un nouvel appareil ménager, avait-elle répondu, nous voudrions vous le montrer ; seulement, il faut que votre épouse soit présente. Il l'avait envoyée promener en disant que ça ne nous intéressait pas, mais elle avait rappelé le lendemain : « Madame Gerbier ? », et le temps qu'il comprenne que c'était la même, elle lui avait dit qu'elle avait besoin de me parler, à moi : « Elle n'est jamais chez vous, votre épouse ? » Alors, il n'a pas osé raccrocher aussi sec : il lui a dit qu'elle pourrait essayer de rappeler tôt le lendemain matin, puis il s'est mis à filtrer les appels. Les mariages mixtes sont toujours suspects, tu sais ; j'avais déjà entendu des histoires de vérifications subreptices, pas par ce moyen, mais… Les coups de fil avaient commencé juste un mois avant la date où je devais retirer ma nouvelle carte de séjour. Mon mari ne croyait pas que ce soit la police : à son avis, ça devait être vraiment une entreprise, mais n'empêche, il valait mieux être trop prudents que pas assez. On a donc décidé de décrocher, la prochaine fois que ce serait elle, et de lui donner un rendez-vous : qu'elle vienne, puis bonjour, faites voir, ça ne nous intéresse pas, au revoir.

Ce n'est pas elle qui est venue, mais deux jeunes gens. Quand j'ai ouvert la porte et que je les ai vus, je me suis dit : souris bien, surtout, souris le plus bêtement que tu peux. Je les ai invités à entrer au salon, et l'un, aussitôt : « Vous n'êtes pas française, Madame ? » L'autre : « Vous avez un joli accent, ça vient d'où ? Depuis quand êtes-vous ici ? Et pourquoi êtes-vous venue en France, si ce n'est pas indiscret ? »

C'étaient deux gosses, ils n'avaient pas vingt-cinq ans. Cela se voyait que le jeu leur plaisait : on entre chez les gens, on leur pose plein de questions, ils offrent du café, ils ne se doutent pas de qui on est – ou s'ils s'en doutent, ça devient encore plus amusant… Ils nous ont expliqué qu'ils travaillaient comme VRP pour payer leurs études. « Qu'étudiez-vous ? », j'ai demandé. – « Le droit. Pardon, Madame, de quelle marque est votre aspirateur ? Pouvez-vous me l'apporter ? »

Ils s'adressaient exclusivement à moi. Ils ont déballé leur appareil

– une énorme machine censée aspirer la poussière et purifier l'air en même temps, dont ils allaient nous prouver l'efficacité. Il leur manquait sans cesse quelque chose pour cela : un verre d'eau, un chiffon, une serpillière, et l'un m'envoyait chercher ce qu'il fallait tandis que l'autre m'observait ou me suivait carrément : « Comme c'est joli chez vous, où avez-vous acheté cette lampe ? Et ce tapis ? Comment s'appelle cette plante ? »

Nous ayant annoncé le prix de leur machine, complètement invraisemblable pour un objet dont personne ne voudrait même gratuitement, ils se sont renseignés sur nos revenus : était-ce possible que ce soit trop cher pour nous ? Monsieur ne gagnait-il pas assez ? Et Madame ? Ah, c'est vrai, tous les médecins n'ont pas une situation enviable, et quand on a de la famille à l'étranger…

Cela durait depuis deux heures déjà. Ils n'étaient pas pressés. Ils ont démonté l'appareil ; maintenant, il fallait le laver. J'ai conduit l'un à la salle de bains tandis que l'autre est resté discuter avec mon mari : son tour était venu de répondre sans mon aide. « Excusez-moi, j'ai dit, mais je n'ai plus beaucoup de temps. Il faut me préparer ; ce soir, je suis de garde à l'hôpital. » - « Mais changez-vous tranquillement, je peux me débrouiller tout seul ! » - « Avant de me changer, j'aurais besoin de la douche. » - « Je termine, pouvez-vous seulement me donner un peu de lessive ou du savon de Marseille ? Oh là là ! j'ai fait une tache sur ma chemise, vous auriez du détachant ? Quel sale boulot ! » Il s'amusait toujours. L'autre est venu jeter un coup d'œil : « Alors, depuis le temps que tu bavardes avec Madame, Monsieur va finir par être jaloux ! »

J'aurais voulu leur dire : vous savez, les garçons, moi, je ne m'amuse pas. Je n'ai jamais appris vos jeux, et mes études, je les ai payées autrement. Les patients que je vais voir cette nuit seront contents d'être tombés sur moi, tout étrangère que je sois : je suis un bon médecin. Je soigne les gens en leur faisant le moins mal possible, et sans leur demander qui ils sont. Même vous, si un jour vous tombez sur moi aux urgences, vous ne regretterez pas que ce ne soit pas quelqu'un d'autre…

Certaines nuits, quand tu es de garde, il n'y a pas grand-monde dans la salle, tu peux rester parfois un quart d'heure, une demi-heure toute seule, à boire ton café, tandis que tes collègues et les infirmières sont occupés. Et dans un hôpital, surtout aux urgences, on trouve bien de quoi se supprimer. J'étais là, je discutais, je souriais, et quand les autres sortaient, je me demandais s'il ne valait pas mieux – puisque n'importe qui pouvait venir s'amuser à m'humilier, et que je devais le recevoir gentiment en tremblant -, en rester là, et débarrasser mon mari des tracas que je risquais de lui valoir à l'avenir. Cette fois-ci, nous avions peut-être bien passé l'examen, mais je n'en étais même pas sûre.

On peut paraître suspect aussi parce qu'on répond trop bien. Et puis, des visites comme celle-là, ou de plus ingénieuses, il pouvait y en avoir encore beaucoup. Je suis venue à Paris pour être libre, indépendante, je me disais, et je dépends de n'importe qui, je suis à la merci du premier venu ; ça vaut la peine de vivre, une telle vie ? Quand tu es dans l'état où j'étais, tu te demandes toujours pourquoi il fallait en arriver là, et moi, la réponse m'est venue toute seule, je me suis dit : tu avais juré, tu es parjure, l'heure est venue de payer.

Comme tu le vois, je suis toujours vivante, divorcée maintenant, même si je porte toujours mon nom d'épouse parce que beaucoup de gens m'ont connue comme Madame Gerbier ; ma petite sœur est bien mariée, comme elle voulait, je n'ai plus que maman à ma charge, et ce n'est pas pour me plaindre que j'en parle, je suis contente de savoir qu'elle peut toujours compter sur moi. J'ai réussi à avoir un cabinet, je vais me faire une clientèle – je n'ai pas acheté celle du confrère qui a pris sa retraite : je n'aurais pas eu assez d'argent, et je n'aime pas l'idée –, bref, je n'ai plus peur de l'avenir. Mais j'ai appris qu'il ne faut jurer de rien, jamais. Dès que tu jures, tu peux t'attendre à devenir parjure malgré toi, et je ne souhaite ça à personne.

- Et le serment d'Hippocrate, fis-je (subitement effrayée par l'idée des tracas qu'il devait lui coûter, avec sa tournure d'esprit), tu as dû le prêter ?

Elle rit d'une façon qui me rassura :

- Oui, j'essaie même de le respecter, tu vois, mais c'était *avant*, ce n'est pas comme de jurer maintenant que je sais à quoi cela revient. Maintenant, je n'oserais même plus me promettre de ne jamais porter que des pantalons. Qu'est-ce que j'en sais, des raisons qui pourraient se présenter tout à coup pour m'obliger à mettre une robe ?

Je ris à mon tour. Elle sourit.

- Tu sais, chez nous, les gens croyants comme l'était mon père pensent que la sagesse, c'est savoir se soumettre : se savoir soumis à la volonté divine et accepter de l'être. Admettre que les choses ne dépendent pas de toi, en définitive. Eh bien, moi, je n'ai jamais pu comprendre ça, sans parler de le penser, quand je vivais là-bas. Il a fallu que je vienne ici et que je me marie pour le comprendre, sans être devenue croyante pour autant. Encore un peu de tisane ?

- Volontiers, merci. Elle est très bonne.

- On t'entend déjà mieux. Ma grand-mère s'y connaissait en herbes, elle a été ma première école de médecine. Ce mélange, c'est une de ses spécialités. C'est plus efficace que pas mal de produits que je prescris ; le problème, c'est qu'à Paris, on n'arrive pas à trouver toutes les plantes que ça contient. Je vais t'en donner un sachet, comme ça, tu pourras continuer d'en prendre jusqu'à la fin de l'angine. (Puis, sur un ton plaisant :) Je vois que tu es en pantalon aussi, tu ne serais pas une fille de mon genre ? Tu veux te marier ?

- Même quand j'étais fiancée, je n'en avais pas l'intention, répondis-je en souriant. Je ne crois pas que ce soit bon pour les artistes.

- Méfie-toi, ne fais pas comme moi ! Il ne faut jurer de rien.

Je lui assurai en riant que je ne jurerais pas, pourvu que cela suffise pour m'éviter de devoir me « soumettre » d'une quelconque manière.

- Ces derniers temps, lui avouai-je, il me semble que je suis vraiment libre. J'aimerais bien que ça dure encore un peu, je veux dire le plus longtemps possible. Ça fait beaucoup de bien à mon écriture.

*

J'étais sur le point d'achever, après le deuxième (le plus court des deux, issu de l'invitation de Christian), mon premier roman, quand je retournai au Club du Conte dont j'avais délaissé les réunions depuis trois mois, par la faute d'un nouveau travail provisoire (d'ange) qui me prenait juste les soirées qu'il ne fallait pas (du mercredi, le jour de la semaine élu du Club), sans grand regret car je doutais toujours de pouvoir me plaire à écouter ou (pire) à lire à voix haute un texte du genre qu'on y chérissait. Or, de nouveau libre de mes mercredis, je me serais sentie coupable de ne plus revenir chez Hélène et Christian, d'autant plus qu'il venait de me trouver un emploi meilleur, préférable même à celui qui m'avait permis de rencontrer l'élève Buffon : des cours particuliers. Pour le lecteur qui ne voit pas en quoi ils étaient préférables, précisons qu'ils étaient à la fois bien mieux payés et, de mon point de vue, bien plus faciles à dispenser : d'abord, je n'aurais jamais qu'un cancre par séance, au lieu de dix ou de quinze ; ensuite, quoiqu'il fût plus fatigant de travailler avec un seul élève, ce qui revenait à adapter la méthode enseignée, le programme et la pédagogie utilisée à ses besoins et limites personnelles (autrement dit, à devoir se transformer en professeur différent pour chacun), j'avais moins de mal à le faire qu'à vivre, devant un groupe, dans l'angoisse de ne pas lui apprendre assez de choses faute d'être en état de tenir compte des besoins de tous ses membres à la fois ; en outre, un groupe n'est jamais attachant comme un individu peut l'être, et l'attachement que je ne pouvais pas manquer d'avoir pour mes élèves particuliers (l'expérience montrerait, en effet, par la suite, que même quand l'un d'eux me déplaisait a priori, je finissais par m'y attacher, lui trouvant un côté attendrissant ou sympathique) m'aiderait toujours à ne guère sentir (du moins pendant les cours) la fatigue qu'ils me donnaient, voire à tirer du plaisir du travail avec eux ; enfin, comme vous le savez, depuis l'enfance, j'avais du mal avec les groupes, alors que je me sentais généralement à l'aise en tête-à-tête.

Je retournai donc au Club, où l'on devait lire ce soir-là l'histoire de la Petite Sirène, non pas plusieurs fois de suite comme on le faisait avec d'autres contes, pour comparer leurs diverses lectures, mais (compte tenu de sa longueur) une seule, en se passant le relais. Hélène avait préparé dans ce but, pour chacun de nous, une photocopie du texte entier où le nom du lecteur était inscrit dans la marge du passage qu'elle lui avait réservé. Je découvris que je devais lire une partie des mésaventures de la Sirène devenue humaine, où il était question des souffrances qu'elle endurait du fait de marcher comme sur des couteaux, et de ne plus pouvoir parler, ce qui m'agaça d'autant plus que je participais à la lecture à contrecœur, uniquement pour complaire aux amis. Cependant, je n'en montrai rien et je lus de mon mieux : c'était la moindre des choses que je pouvais faire, me disais-je en me rappelant, entre autres bienfaits dont je leur étais reconnaissante, que je leur devais mon nouvel outil de travail (l'ancien ordinateur d'Hélène, qu'elle m'avait offert récemment), et l'attention sans faille, et les éloges qu'ils m'avaient accordés pendant des mois. Les choses se gâtèrent seulement une fois que, le conte fini, nous passâmes à table et à la discussion traditionnelle. Cette fois-ci, je dus parler non pas du texte qu'on venait de lire mais de moi-même, car l'un des membres jugea bon de me demander :

- Pourquoi tu ne parles jamais de Pleunk ? Toi qui es venue d'un autre monde, comme la Petite Sirène, tu peux parler, et tu n'en dis jamais rien. Qu'est-ce que c'est, un tabou ?

C'était un de nos freudiens.

- Non, répondis-je (affligée de devoir recommencer à m'expliquer là-dessus, après la visite de Claire), c'est que Pleunk ne m'intéresse pas. J'ai souvent été obligée d'en parler, plein de gens m'ont demandé de le leur raconter, et plus je le faisais, moins je lui trouvais d'intérêt. À la longue, j'ai fini par comprendre que c'était simplement parce que j'aime parler de choses qui existent, alors que Pleunk n'existe pas.

Le freudien rit, et Christian intervint :

- Ça doit bien exister, puisque tu es née là-bas !

- Je ne suis pas ta logique, répliquai-je. C'est possible, normal et très fréquent que des choses qui n'existent pas engendrent des choses qui existent. Les idées, par exemple, produisent des livres où elles sont exposées, ou des guerres, ou de nouveaux pays. Les noms produisent des personnes, et les saints, des églises. Et Pleunk, qui n'existe pas, a produit celle qui te parle. Qu'y a-t-il d'étrange à cela ?

Les rires fusèrent, et la conversation aurait sans doute pris un tour plus plaisant si notre hôte n'avait pas décidé de continuer à discuter sur ce sujet :

- Mais ce que tu dis là, c'est un sophisme !

- Absolument pas, protestai-je, c'est l'expression de la stricte vérité. Mais j'ai dû la présenter d'une manière qui ne la rend pas assez évidente. Ça va peut-être devenir plus clair si je l'explique à l'aide d'un exemple scientifique. Tu connais les trous noirs ?

(Entre-temps, cher lecteur, je m'étais mise à la physique et à l'astrophysique – ce qui me rappelait le frère de Gina, et me faisait attendre avec impatience qu'il finisse ses études, à plus forte raison en me disant qu'une fois célèbre et susceptible de recevoir des lettres à telle adresse d'Institut ou de Centre spatial, il me permettrait sinon de la retrouver, du moins d'apprendre ce qu'elle devenait – pour les besoins de mon plus gros roman dont l'une des propositions idéales consistait à arrêter le cours du temps.)

Bien sûr, Christian et toute la compagnie connaissaient les trous noirs, l'un des convives était même professeur de physique. Je le pris à témoin :

- Tu vas me corriger si je dis des choses fausses : autant qu'on sache, les trous noirs sont censés correspondre *actuellement* à une activité ayant lieu il y a plus de deux milliards d'années. C'est vrai, non ? Autrement dit, il existe des phénomènes qui paraissent actuels et réels alors qu'ils appartiennent au révolu et à l'illusion, ou vice versa. Par ailleurs, le télescope Hubble voit très précisément, à tels et tels endroits de l'univers, à une distance calculable, certaines galaxies telles qu'elles étaient il y a quatre, six, huit milliards d'années – et dont personne ne sait où elles sont ni ce qu'elles deviennent actuellement, pendant qu'on peut les voir dans leur passé. Elles seront toujours décalées dans le temps par rapport à nous, nous n'aurons jamais accès qu'à un moment ancien de leur histoire, du fait de la vitesse limitée de la lumière. C'est bien cela ?

- Mais quel rapport à Pleunk ? demanda quelqu'un, n'en pouvant sans doute plus d'ennui à écouter cette leçon qui risquait de se prolonger.

- Eh bien, répondis-je, triomphante, Pleunk *correspond actuellement à une activité qui se déroule dans le passé et l'illusion*, exactement comme les trous noirs, puisque personne ne le tient pour une étoile ou une galaxie. Je n'y vois rien d'étrange. La science a tout de même établi depuis longtemps la notion de « mondes parallèles », non ? Tout comme l'existence ou plus précisément l'inexistence des trous noirs m'indiffère complètement, sauf dans les cas où elle pourrait me servir pour mes romans, ou pour faire une image comme dans cette conversation, Pleunk ne m'intéresse pas, ce qui n'a rien d'étonnant. Par ailleurs, si cela se trouve, la science a établi la notion de « mondes parallèles », comme nombre d'autres notions, et soutient leur existence non pas tant grâce à des données matérielles et indiscutables, que grâce à l'âme humaine où tous ces phénomènes naturels se manifestent, et peuvent se voir sans aucun télescope coûtant une fortune.

(Je le croyais sincèrement, cher lecteur, et je crois encore que l'âme humaine contient tout l'univers, du moins tel que l'humain est capable de le voir et connaître.)

Sur quoi, je m'envoyai dans le gosier, à la manière de Gina Strozzi, un verre de vin bien mérité. Je semblais avoir convaincu, du moins dans une certaine mesure (comme une blague peut obtenir l'assentiment d'autrui à un discours par ailleurs discutable – car l'on croyait toujours que je plaisantais) toute l'assemblée, ou presque. Christian me resservit de vin, et Hélène, une nouvelle portion du plat de résistance (succulent).

- Mais quand même, fit une autre de mes collègues du lycée, tu dois bien penser à Pleunk plus souvent qu'aux trous noirs, vu les problèmes que tu as en tant qu'étrangère. Tu ne te dis pas, parfois, que c'était mieux là-bas qu'en exil ?

Elle en est encore à la Petite Sirène, me dis-je, puis je me rappelai qu'elle devait tout ignorer de « là-bas », alors que de mon existence actuelle, seuls les problèmes devaient s'imposer à son attention, et j'entrepris de la désabuser, ainsi que tous les autres, du même coup. (Comme cela, l'on en finirait une fois pour toutes avec Pleunk.)

- Non, jamais. Je ne me suis jamais sentie en exil à Paris, je m'y sens dans la patrie des artistes dont je suis. C'est vrai que, surtout au début, pendant que j'étais trimestrielle, je n'ai pas toujours eu la vie facile, mais on se fait à tout, et puis, plus le temps passe, mieux je me rends compte que ce n'est vraiment pas si grave de n'avoir pas le droit de travailler, par exemple, ni aucun droit civique…

Ce propos provoqua une stupéfaction collective si visible que je dus m'interrompre un instant, et expliquer plutôt que de continuer à énumérer comme je l'avais prévu.

- Mais oui, repris-je, c'est vrai que pendant quelques années, j'ai rêvé de pouvoir travailler légalement à un poste fixe, comme les gens qui existent vraiment. Or, le temps m'a montré que j'avais eu tort d'en rêver, et me proposerait-on maintenant une situation en rapport avec mes diplômes et capacités, je la refuserais. Vous voyez, j'ai fini par comprendre qu'aucune ne peut me correspondre mieux que mes petits travaux très provisoires et ma bonne vieille dèche – si ce n'est de me retrouver tout à coup rentière (comme on pouvait l'être aux siècles passés) sans que cela m'ait coûte le moindre effort. Parce que pour écrire, il me faut beaucoup plus de temps que d'argent. D'autre part, je n'ai jamais aimé la vie monotone, ça me va très bien de toujours changer d'emploi, surtout maintenant que je sais que je finis toujours par en trouver un autre, comme cela s'est passé dernièrement grâce à Christian…

Le bon Christian protesta, disant que je devais les cours particuliers aux résultats que j'obtenais avec les groupes, et je lui démontrai que je ne lui en étais pas moins redevable, car s'il ne m'avait pas proposée aux parents qui cherchaient un professeur particulier, aussi efficace que je fusse, je serais restée sans ce travail, puis je revins à mon propos :

- Vous voyez, c'est stupide d'avoir compris si tard combien ma situation me convenait : l'aurais-je su dès mon arrivée à Paris, je me serais épargné la plupart des mauvaises émotions que j'y ai connues. J'aurais pu mieux réfléchir et me dire dès le début : je n'ai pas de droits, c'est parfait, je n'en ai aucun besoin. Je vis de peu, c'est avantageux, ça dispense d'un tas de soucis nocifs à l'écrivain, du genre changer de meubles, rembourser des crédits, apprendre à conduire, et justifier je ne sais quelles autres attentes de la société... Quant au droit de voyager, que n'ont pas les trimestriels, du temps où j'étais à Pleunk, c'était bien celui qui me manquait le plus, mais à Paris, qu'aurais-je jamais eu à en faire ? Je n'ai aucune envie de bouger d'ici ! (Ça au moins, je l'ai su avant même d'y arriver.) Bref, le seul problème que j'aie dans la vie de tous les jours, c'est de ne toujours pas savoir jusqu'à quand elle me sera prolongée, puisque actuellement, on me la prolonge année par année, et qu'on peut me la suspendre même avant la fin de mes études. Ayant été clandestine, je sais que je n'ai aucune envie de le redevenir ; c'est une forme d'inexistence affreusement pénible, ça fait croître le doute existentiel à tel point qu'on ne peut guère que s'en reposer dans ses écrits, et hélas, il est impossible d'écrire sans discontinuer... (À cette étape, je ne me rendais même pas compte que je parlais aux amis en des termes – « inexistence », « doute existentiel » – normalement réservés à mon usage intérieur, et dont l'acception ne devait pas aller de soi pour eux.) Mais bon, même très provisoire et souffrant de l'être, en faisant un petit effort, on finit par se convaincre que son cas ne se distingue pas vraiment de celui de tout un chacun, même si d'autres sont officiellement autorisés à exister jusqu'au terme naturel.

Les convives m'écoutaient sans même songer à m'interrompre, et je les voyais de plus en plus... Ce n'était même plus « stupéfiés », ni même « choqués », ni même « déçus », mais quelque chose d'à la fois meilleur et pire. Les bras leur en tombent, me dis-je, ils les ont baissés et ne peuvent plus les soulever, pour le moment. Oui, ce qui prédominait dans l'assemblée, c'était la consternation ; plusieurs membres du Club en étaient visiblement atterrés. Et cela, par ma faute ! réalisai-je subitement, moi qui avais voulu les rassurer, clore vite le sujet déplaisant de mes soucis en expliquant que je n'en avais guère, pour passer à des sujets plus agréables, tirés de l'expérience que notre compagnie avait en commun, et pas de mon seul cas !

Ils ne voulaient pas, ne pouvaient pas admettre ni concevoir mon attitude. Aussi me retrouvais-je finalement plus isolée que je n'aurais craint de l'être si j'avais eu envie de me lamenter. Et au lieu d'ajouter quelque chose qui pût alléger l'atmosphère, je me tus.

Alors Hélène fit :

- Mais à t'écouter, tous les droits pour lesquels on a pu se battre, que ce soit pour nous ou pour les étrangers, on devrait les laisser tomber, on a eu tort de les revendiquer et de les défendre, en quelque sorte !

- Oh, je n'ai jamais voulu dire cela ! m'écriai-je, soulagée de comprendre que la consternation provenait d'un malentendu. (Par ailleurs, j'ignorais complètement qu'Hélène ait pu se battre, et d'autres peut-être dans la compagnie, pour des droits que je négligeais.) Je ne parle que de mon cas personnel, qui est celui d'un artiste. J'ai connu un poète qui disait que l'artiste, c'est-à-dire l'espèce à laquelle lui-même appartenait, est toujours comme l'aède ou le troubadour d'autrefois : assis à un coin de la table où l'on a eu la bonté de l'accueillir, c'est-à-dire très concrètement ici, en l'occurrence, bien qu'elle soit ovale, et plus généralement dans la société. Ce que je vous ai dit de ma situation relève strictement de ce point de vue ; je ne saurais me prononcer au nom de personne d'autre, et je sais très bien que les gens normaux ont besoin d'autre chose que de n'importe quel petit boulot provisoire. (L'atmosphère devenait nettement moins pesante, je poursuivis donc, contente qu'Hélène m'ait permis de mettre fin à notre embarras commun.) Mais moi, vous voyez, même les boulots que je fais volontiers, qui ne m'embêtent pas, du moment qu'ils ne sont pas artistiques, je n'ai pas assez de goût pour eux, alors, comment voulez-vous que je tienne vraiment au droit de les faire ? Moi, mon rêve impossible, que j'aurais pu accomplir si je n'avais pas cessé de chanter dans le temps, et si j'avais appris un instrument, ce serait de passer le reste de ma vie à la gagner comme chanteuse ambulante - dans le métro surtout, où il fait bien chaud l'hiver – même si je suis loin d'avoir le coffre de Gina Strozzi. À propos, ça vous dirait d'entendre Gina Strozzi ? J'ai une cassette de ses chansons sur moi.

Hélas, ils ne souhaitèrent pas entendre Gina Strozzi (du moins pas tout de suite), mais voulurent connaître mes opinions politiques, me remettant ainsi dans l'embarras. Je savais que pour le Club, la politique était très importante ; cependant, jusque-là, on m'avait laissée m'abstenir de manifester le moindre intérêt pour elle, sans jamais s'en étonner, ce qui m'avait fait croire que je pourrais continuer de même (en l'occurrence, continuer de penser à autre chose quand on en parlait) jusqu'à la fin des temps, ou du moins de nos réunions. Prise à l'improviste, j'hésitai entre quatre ou cinq esquives possibles, puis cette idée me vint : et si je faisais, pour une fois, ma Gaëlle ?

- Je déteste les idées de droite, déclarai-je solennellement, autant que celles de gauche mais beaucoup moins que leurs extrêmes. Ne croyez pas que j'abomine le monde entier : par bonheur, peu de gens sont capables d'être aussi limités qu'un parti pris, fût-il le leur. Ce sont bien les idées qui m'incommodent ou m'exaspèrent, pas leurs porteurs. On n'est pas obligé d'admirer les yeux de verre si son frère en a un, ou de chanter les louanges de la grippe quand l'épidémie tient tous ses amis !

Il faut savoir, cher lecteur, que j'étais ivre. Comme cela commençait à se percevoir, ma diatribe passa beaucoup mieux que mon éloge des bienfaits de l'inexistence. La plupart des amis se mirent à rire, la prenant pour de la taquinerie. En réalité, j'aurais pu rendre compte de la même absence d'opinions d'une autre manière, plus douce, qui eût été plus juste, autrement dit plus proche de mes sentiments, mais j'avais décidé de faire ma Gaëlle, ce qui ne pouvait pas aller sans un certain culot manifesté par l'agressivité. La réunion se termina dans la bonne humeur, et j'en fus ravie, mais une fois rentrée, je commençai à avoir lourd, à l'idée subite que si cela se trouvait, Christian et les autres ne m'avaient jamais invitée, choyée, estimée et louée (y compris pour mes écrits) qu'à titre d'exotique ayant besoin de soutien. Ce n'était pas de perdre leur affection que j'avais peur, mais qu'elle fût fausse à leur insu, qu'elle reposât sur une illusion. Et je me rappelai mon ensorceleur et son vieux maître, qui lui avait dit : malheur à celui qui… Même sans avoir jamais voulu être aimée pour ce que je n'étais pas, il se pouvait que ce soit le cas, puisque le Club m'avait si longtemps tenue, et malgré le roman que j'y avais lu, pour une exilée. Il avait bien raison, me dis-je, c'est de ma faute, j'aurais dû leur montrer, leur faire comprendre beaucoup plus tôt qui je suis - même en parlant de sorciers, ne fût-ce que de cette façon, puisqu'il n'y en avait pas d'autre qui puisse me venir à l'esprit à l'époque, quand c'était seulement les propos sur les contes qui me faisaient remarquer que je n'étais pas exactement ce qu'ils croyaient.

Plus j'y pensais, plus il me semblait évident que dès le début, il y avait eu erreur sur la personne, de leur côté, tandis que du mien… qu'était-ce ? J'avais d'abord cédé à l'insistance de Christian, puis j'étais revenue aux réunions par intérêt, puisqu'elles me permettaient d'écrire un nouveau livre, et je m'étais laissée choyer en faisant le moins possible attention à ce qui aurait pu m'agacer, voire m'exaspérer au Club (aux discours qu'on y tenait, qui comptaient plus que tout pour la compagnie). En tant qu'aède du bout de la table, souhaitant y rester pour un moment, je m'étais arrangée pour fermer les yeux sur les raisons qui auraient dû me la faire quitter ; je m'étais appliquée à relever uniquement les bienfaits dont je devais reconnaissance, cultivant ce dernier sentiment pour ne me sentir ni coupable ni obligée de rompre.

Et même maintenant, serais-je capable de quitter le Club, ouvertement ? Non, même si je n'avais aucune envie d'y retourner : je ne voyais pas comment je l'abandonnerais sans avoir encore plus mauvaise conscience. En me représentant les réactions que susciterait un franc refus de revoir la compagnie – qui ne le comprendrait pas, n'ayant pas moyen d'admettre les raisons que je pourrais évoquer –, je me sentais si fautive que j'en venais à douter de leur pertinence.

Je restai si perturbée par l'idée d'un malentendu s'ajoutant à celui avec Claire, et qui aurait duré presque une année, et dont je bénéficiais encore malgré le démenti que j'avais fait (s'ils n'avaient pas commencé par me prendre pour une exilée, m'auraient-ils jamais appréciée, et auraient-ils continué – à force d'habitude surtout, peut-être – à m'aimer encore maintenant, après que je les avais détrompés ?), que la semaine suivante, j'en parlai à Michèle pratiquement dès que je fus assise sur son canapé. (Elle m'avait invitée à prendre le thé vers la fin d'un après-midi où elle avait travaillé sur sa thèse, pour faire une pause avant de reprendre ses travaux qui se prolongeraient en soirée de labeur.) Je lui résumai la dernière réunion du Club en ces termes :

- Tu te rappelles les professeurs et les étudiants dont je t'avais parlé, qui se réunissent pour lire des contes et qui m'ont fait écrire mon deuxième roman ? Je les ai revus, j'ai dû participer à une lecture de *La Petite Sirène*, et je me suis rendu compte qu'ils me prenaient pour elle.

Michèle éclata de rire.

- Tu imagines ? fis-je, mi-plaintive mi-rieuse, ils croient que je suis obsédée par Pleunk et muette sur ce sujet, comme la Petite Sirène, parce que j'aurais souffert d'un refoulement ou je ne sais quelle autre crétinerie du genre. Je les ai détrompés, mais il s'est avéré qu'ils me tenaient quand même pour une exilée, et pour atrocement malheureuse à Paris. Je les ai encore détrompés, je crois que j'ai réussi à leur faire comprendre que je ne marchais pas sur des couteaux en me promenant dans Paris, mais j'ai l'impression que malgré cela, ils préfèrent me voir comme une malheureuse...

- Il y a des gens qui aiment bien voir les autres comme des victimes, fit Michèle, ou qui aiment les victimes, en général.

- Je n'y avais pas pensé, du moins pas en ces termes, mais j'ai bien peur que ce soit ça, c'est-à-dire qu'ils m'aiment bien de ce point de vue-là. Je me suis rendu compte que j'avais du mal à m'entendre avec eux, à me faire bien comprendre, je veux dire. Ce sont des révoltés, dans l'ensemble, et ils voudraient que je le sois aussi, à titre de victime sans doute, alors que moi, ne serait-ce que par contraste, je suis contente de mon sort et je me vois comme quelqu'un qui a vaincu. Arriver ici, rien que ça, c'était déjà une victoire telle que ça dépassait le croyable, tu vois. Mais le pire, c'est qu'ils connaissent mon deuxième roman, et que ça ne les a pas empêchés de continuer à se faire sur mon compte des idées complètement sidérantes, de mon point de vue, venant de la part de gens qui l'ont lu. Même s'il ne parle pas de moi, j'aurais cru que ce que j'y ai écrit aurait empêché ou éclairci certains malentendus... Tu voudrais bien le lire, si tu as le temps, pour me donner ton avis à ce propos ?

Je n'avais jusque-là jamais proposé à Michèle de lire quoi que ce fût de moi, sachant qu'elle avait eu, à vingt ans, une expérience de ce genre, avec le fils d'un ami de sa mère, qui lui avait imposé la lecture de son premier roman (autobiographique). « C'était une horreur, disait Michèle en racontant cette expérience inoubliable, une vraie merde, et ce qui est pire, je devais dire à l'auteur ce que j'en pensais. Je crois que je n'ai jamais été dans une situation aussi gênante. Je ne comprends pas comment les gens peuvent mettre les autres dans des situations pareilles, et sans douter de rien ! » Je savais aussi que Michèle ne lisait pas de littérature contemporaine (en dehors des romans policiers qui lui servaient de délassement) car elle jugeait que cela revenait à une perte de temps, compte tenu de la difficulté de *faire le tri*, autrement dit d'en trouver vite qui soient bons : « J'ai essayé de lire des livres qui plaisaient à la critique, ça ne m'a pas plu du tout, alors j'ai arrêté. Il y a déjà assez de chefs-d'œuvre des temps passés pour qu'on n'arrive pas à en faire le tour l'espace d'une vie, alors pourquoi perdre des heures et des heures à chercher quelque chose qui soit bon dans la littérature d'aujourd'hui ? Avec le recul d'un siècle ou deux, le tri est moins difficile à faire, ou il a déjà été fait par d'autres, et j'aime mieux m'épargner ce travail autant que possible. » Une ou deux fois, j'avais tenté de faire changer d'avis à mon amie, en lui disant que moi, je connaissais de bons auteurs contemporains dont je pourrais lui noter les noms, ou lui prêter les livres, et que c'était autrement réjouissant et utile pour les Lettres, de lire des vivants que des morts : une œuvre en devenir a besoin de lecteurs ; si elle n'est pas encore reconnue à sa valeur, il est agréable et bon de contribuer à ce qu'elle finisse par l'être ; on a dans ces cas-là les plaisirs rares de juger vraiment par soi-même et d'attendre la parution du livre suivant d'un grand auteur, et cætera. Mais Michèle déclinait mes offres en disant qu'elle manquait de temps (à cause du romancier obsédé par le Diable, comme de ses autres lectures obligées), et ayant peur qu'elle ne prenne mes discours de défense des auteurs contemporains pour un vaste plaidoyer *pro domo*, si je continuais d'en tenir, j'avais complètement cessé d'insister sur ce sujet. Tout cela pour dire que même si ces derniers temps je lui parlais quelquefois (en passant) de mes écrits, ce n'avait jamais été, jusque-là, de façon à lui laisser croire que je voulais l'obliger à les lire. Comme Michèle acceptait, je précisai :

– Ça n'a rien d'une autobiographie, même si ça se présente comme des mémoires, c'est vraiment de la fiction, et ce n'est pas long.

Et puis, si ça t'ennuie dès la première page, tu le laisses tomber tout de suite et tu me dis la vérité, tu peux être tranquille, je ne me vexerai pas du tout. Je peux te donner l'autre aussi, pour le cas où il te paraîtrait moins mauvais : tu regardes la première page de chacun des deux, puis tu choisis, si jamais tu veux continuer. Pour moi, peu importe lequel tu lis : les deux font ressortir à peu près les mêmes choses, c'est-à-dire, dans les deux, il y a des choses que je croyais qu'on comprendrait quand je lisais le deuxième à voix haute, et qu'on n'a pas comprises. Tu me rendrais vraiment service en me disant, à supposer que tu arrives à en finir un, s'il fait l'effet d'avoir été écrit par une victime, ou quelque chose du genre.

Ainsi passai-je, grâce au malentendu révélé par la dernière réunion du Club, et au désarroi qu'il me causa, de l'état d'auteur qui se fait prier pour lire à l'état d'apprenti romancier qui se choisit un lecteur, son premier - car le vrai premier lecteur est toujours celui qu'on a choisi, qu'il s'agisse d'une amie ou d'un éditeur ; et à cette étape de mon travail romanesque, je préférais attendre encore un peu (pour laisser reposer les écrits et faire ensuite des retouches) avant de les proposer aux éditeurs (ce que j'étais d'autant mois pressée de faire qu'il me faudrait d'abord épargner une certaine somme pour les photocopies, les reliures à spirale et les frais postaux). N'empêche, une fois remontée chez moi, pour prendre mes manuscrits (imprimés par Hélène à son travail) et les donner à Michèle, je me dis que ma future première lectrice n'aurait peut-être pas accepté de me lire si le Club n'avait pas déjà lu et approuvé l'un des deux, et malgré mon changement de vision du Club, je le bénis encore de m'avoir ainsi servi de comité de lecture et de garant.

*

Entre-temps, le sixième étage de notre immeuble avait cessé d'être assimilable à un appartement qui fût à moi malgré ses portes cadenassées : d'autres locataires s'y étaient installés, peut-être grâce au fait que certains copropriétaires avaient remarqué ma présence, qui impliquait l'idée que les chambres servant de cagibis pouvaient être aménagées et devenir habitables. Les nouveaux voisins auxquels j'avais servi (à leur insu) d'éclaireur étaient au nombre de quatre : trois dans la pièce face aux toilettes (le père, la mère et le bébé), et un dans le couloir de droite, occupant la chambre la plus proche de l'escalier. Les premiers jouissaient d'un point d'eau à l'intérieur de leur logement, comme ils me l'apprirent fièrement en trio (le bébé roucoulant dans les bras de sa mère pour confirmer), le jour où je fis leur connaissance au sortir de mon lavabo, une bouteille remplie à la main ; bientôt, ils auraient même une pièce supplémentaire : leur propriétaire venait d'acheter le débarras d'à côté et allait faire percer une porte entre les deux. Je les en félicitai, et me réjouis de tout cœur pour eux comme pour moi-même, surtout à propos de l'eau, car le second voisin était déjà arrivé, et manifestait une tendance inquiétante à monopoliser notre robinet commun.

Je ne pouvais plus guère aller remplir ma bouteille ou la bouilloire électrique reçue en cadeau de Michèle (qui me servait à préparer trois à dix fois par jour le carburant nécessaire pour mes heures d'écriture) sans trouver la porte des toilettes verrouillée de l'intérieur, car tantôt le nouveau voisin célibataire s'y rasait, tantôt il s'y douchait (à l'eau froide – à mon admiration : pour ma part, en dehors des jours caniculaires, je prenais ma douche aux bains municipaux ou bien chez Shéhéra), tantôt il y faisait sa vaisselle ou sa lessive. Il n'y passait pas toutes ses journées, mais il avait une sorte de génie pour toujours s'enfermer dans le réduit quand j'avais besoin d'y faire un saut. Cela revenait à m'obliger à patienter sur le palier, ou chez moi, selon ce qu'il me disait à travers la porte (« Pardon, je sors tout de suite ! » ou « Pardon, je finis et je m'habille, excusez-moi ! » ou « Excusez-moi, je rince, puis je sors »), et comme cela tombait très souvent à un moment d'inspiration débordante, patienter me coûtait : l'inspiration n'était pas perturbée l'espace des trente secondes nécessaires pour refaire mes réserves d'eau, mais elle pouvait l'être, voire s'en aller pour un moment, en emportant les idées qu'elle avait été sur le point de me fournir, quand je devais répondre à quelqu'un, puis frétiller d'impatience avant de pouvoir retourner au travail. Si je ne me laissais jamais aller à exprimer la moindre irritation devant le second voisin, c'était parce qu'il était très poli et me semblait sympathique.

Pour se raser, doucher et laver tout ce qu'il fallait aux toilettes, cet homme très propre finit par poser dans le réduit une étagère où mettre un petit seau d'eau chauffée au camping-gaz de sa chambre ; il se servait aussi d'un tuyau à pomme d'arrosoir, que je le voyais remporter ensuite, et il utilisait astucieusement le levier d'ouverture du vasistas au plafond pour y accrocher un miroir (comme je m'en rendis compte un jour qu'il l'y oublia par hâte de libérer les lieux). Généralement, il sortait du petit coin en pantalon noir et débardeur blanc, sa serviette à l'épaule, portant dans une sacoche ses affaires de toilette et la vaisselle, ou à la main, une cuvette pleine de linge lavé des mêmes couleurs. Tous ses effets paraissaient impeccables, étant entretenus avec un soin maximal. Il devait avoir dans les quarante-cinq ans et incarnait à mes yeux une image touchante : celle de l'homme déchu mais dignement décidé à ne jamais se laisser aller, à tenir tête au destin de la seule façon qui lui restât possible, au prix d'une humble obstination de chaque instant, qui transformait ses soins de toilette en actes d'héroïsme quotidien. Après son passage, les latrines embaumaient l'eau de Cologne ou la poudre à laver, et reluisaient de propreté. Au sortir d'elles, il se confondait de nouveau en excuses, puis se dépêchait de regagner ses pénates ; en dehors de ces circonstances, quand il croisait quelqu'un dans le couloir, il saluait toujours de manière discrète, avec la gravité modeste de qui ne voudrait pour rien au monde imposer son contact, le supposant peu désirable pour autrui.

J'aurais volontiers fait plus ample connaissance avec lui, si ce n'était la hâte de retourner à des occupations plus importantes (écrire, bien entendu) et la crainte de me retrouver impliquée dans des rapports de voisinage réguliers, c'est-à-dire contraignants. Me contentant donc, pour toute manifestation d'amitié, de toujours répondre au nouveau voisin avec un grand sourire, sans jamais lui faire de remarque sur sa tendance à s'approprier le point d'eau, je lui adressais mentalement toute ma sympathie. Pauvre lessiveur, me disais-je, lui aussi, à sa façon, c'est un fou comme moi (j'avais adopté l'opinion du romancier de Michèle).

Cependant, les circonstances voulurent qu'il m'incommodât toujours davantage, malgré la bonne volonté indiscutable des deux côtés, car mes horaires changèrent progressivement de telle façon que, plusieurs jours par semaine, je dus me lever beaucoup plus tôt que je ne l'aurais fait sans voisin, pour pouvoir me laver avant de sortir (avant que le lessiveur n'occupe les lieux), alors que je me couchais beaucoup trop tard. En effet, l'un de mes nouveaux élèves, futur bachelier, habitait en grande banlieue, à une adresse qui m'imposait de changer deux fois de métro, puis de prendre un bus, puis de marcher vingt minutes, avant de lui donner deux heures de cours (à l'heure où d'autres dînent), de le laisser dîner et de rebrousser chemin vers chez moi où je pourrais le faire également, quoique vers une heure et demie du matin. Car au moment de mon retour, le bus de banlieue ne marchait plus, il fallait que je marchasse à sa place (sur son trajet), et il va de soi que j'allais nettement moins vite (la comparaison se faisant en l'absence du moindre embouteillage). Tandis que le lendemain matin, comme par hasard, il se trouvait toujours quelque engagement ou autre sortie obligée pour me priver de grasse matinée.

Ces retours nocturnes avaient lieu trois fois par semaine, et comme des gardes occasionnelles venaient s'y ajouter, je devins une des abonnées les plus actives du métro, et une vraie habituée du dernier (de diverses lignes) que j'avais toujours hâte d'attraper.

La plupart des soirs, j'empruntais d'abord une ligne des moins rassurantes, où je tentais de me distraire en me récitant mentalement les règles de l'art de ne pas être agressée, établies par l'expérience et dont je propose une version abrégée aux lectrices qui n'ont pas eu l'occasion de les apprendre (cela peut toujours servir, on ne sait jamais) :

1) Si possible, monter dans une rame où se trouvent plus de deux personnes, et qui ne soient pas assises ensemble, les groupes étant souvent agressifs à cette heure-ci, et les couples, généralement inoffensifs mais jamais prêts à intervenir en cas de besoin : ayant mieux à faire, ils ne remarquent rien (en vertu de l'adage « les amoureux sont seuls au monde »). 2) Une fois à l'intérieur, étudier discrètement les passagers pour évaluer les risques ; les passagères non atteintes de démence ne représentent un danger que dans les cas où elles consomment des substances à effet fort sous vos yeux et/ou font partie d'un groupe habillé en cuir. 3) Repérer les travailleurs : messieurs du nettoyage (facilement identifiables car en tenue, parfois avec balai), messieurs porteurs de courses ou de paquets, messieurs à moitié endormis ne présentant aucun signe d'ivresse, messieurs très moroses d'âge moyen en possession de cravate - tous parfaitement rassurants car même à les supposer capables de battre leur épouse, ces gens laborieux ne déchargeront jamais leur exaspération existentielle sur une inconnue. 4) Pour mieux dissiper l'angoisse, fixer périodiquement son attention sur les passagers qui lisent (s'il s'en trouve) : aucun lecteur n'a jamais agressé personne dans le métro, leur manque d'intérêt pour le prochain les empêchant de vouloir lui faire du mal. 5) Tenir à l'œil sans jamais les fixer les agresseurs potentiels (buveurs de bière ou de vin embouteillé en plastique, fumeurs de haschisch, porteurs de chaîne stéréo en état de marche, hurleurs, célibataires lubriques, mendiants irrités...), de façon à prévoir leurs mouvements. 6) Il est conseillé de tenir un livre (fermé ou ouvert), mais déconseillé de vraiment lire ; cet objet magique qui vous permet d'afficher le genre sérieux (décourageant pour les dragueurs, et faisant tiédir certaines formes de haine) risque de vous priver de l'attention nécessaire pour rester apte à vous défendre, notamment à vous enfuir à temps. 7) Il est vivement déconseillé d'écrire. L'inspiration rend inapte à se défendre et risque par ailleurs de vous faire manquer votre station. Dans l'état actuel de nos connaissances, aucun écrivain du métro n'a échappé à l'agression grâce à son activité, tandis que l'auteur de ces lignes s'est déjà attiré la forte antipathie d'un groupe d'adolescents qui fumaient une cigarette faite main, en prenant des notes non loin d'eux (ce qui me rendait peut-être assimilable à leurs yeux aux indicateurs de police ou au proviseur de leur lycée – en tout cas, à une catégorie humaine détestable). 8) En marchant dans les couloirs de correspondance, garder le livre à la main, mais jamais dans la droite, sauf si vous êtes gauchère. La main la plus habile doit être toujours disponible, pour le cas où. Ne pas chantonner ni siffloter même si cela donne du courage, les manifestations sonores pouvant attirer l'attention de gens qui ne vous auraient pas aperçue autrement (personnes en crise de délire, en état d'ivresse, sous hallucinogènes ou en manque). Ne jamais

courir, sauf devant un poursuivant. Marcher vite mais discrètement (les talons sonores sont déconseillés).

Réussissant à attraper le dernier train de la seconde ligne, j'éprouvais un énorme plaisir quand j'y tombais sur un musicien. Ils étaient bien sûr rares à cette heure-ci, et assez souvent, je rencontrais le même, qui m'était d'autant plus familier qu'il pratiquait aussi dans la journée : un accordéoniste en noir, à large feutre genre Bruant, qui interprétait, comme il se devait, la chanson de Piaf, entre autres standards, sans beaucoup de succès même aux meilleures heures. Sa persistance dans un style très parisien et passé de mode avait de quoi m'émouvoir, et j'étais plus généreuse avec lui qu'avec d'autres confrères, admirant l'enthousiasme avec lequel il manipulait son instrument tout en donnant de la voix, à peine assez forte pour couvrir le fracas du train.

Il avait, pour son public, des mots surprenants : « Merci, princesse ! » me dit-il la première fois où je le rencontrai ; « mille mercis, noble chevalier ! » fit-il une autre fois à l'adresse d'un jeune homme en blouson clouté ; il lui arrivait même de mimer un baisemain, « toute ma gratitude est à vous, Madame ! », en s'inclinant devant une femme de la génération idoine, et je ne lui entendais jamais dire deux fois la même chose (à part le mot « merci »), à croire qu'il avait des réserves de courtoisie inépuisables – où ne transparaissait jamais la moindre ironie ni quelque servilité, son attitude relevant d'une sorte d'élégante dignité d'autant plus remarquable que l'accordéoniste paraissait assez éprouvé mais relativement jeune.

C'était, ces derniers temps, mon préféré parmi les musiciens du métro pour lesquels j'avais en général un faible faisant l'étonnement de mon entourage (chaque fois qu'on le constatait, j'entendais des remarques allant de « mais ils jouent toujours la même chose ! » à « je les paierais bien pour qu'ils cessent de faire du boucan », ce qui me désolait), car si je ne me régalais pas toujours à les écouter, je prenais du plaisir à les contempler, avec une certaine envie dont vous savez déjà quelque chose (ah ! si j'avais été en état d'entrer dans leur confrérie !). En effet, qu'aurais-je pu souhaiter de mieux que l'autonomie presque parfaite du barde à trois sous ? La nature de l'artiste n'est-elle pas, dans tous les cas de figure, celle d'un mendiant qui sollicite un public, un mécène ou quelque république de Platon où il est censé rester hors les murs, mais se débrouille tout de même pour circuler ? (Même à présent, très loin du Club du Conte, sachant que les récompenses reçues sont souvent inversement proportionnelles à l'indépendance esthétique, j'appelle de mes vœux l'instauration d'une Société des artistes quêteurs, qui aiderait les désireux à se former pour accéder à ce statut. Manquant de compétences organisatrices pour pouvoir la fonder, je serais la première à courir m'y inscrire.)

Il va de soi que même pendant les périodes de dèche, je donnais une pièce à la plupart, payant ainsi mes impôts sur la fortune de vivre à Paris, sauf dans les cas où l'un d'entre eux me paraissait antipathique (je revendiquais le droit à l'antipathie ou à la sympathie purement subjective : il se trouvera toujours des gens charitables n'ayant pas les mêmes goûts). Je répartissais mon budget réservé à leur corps de métier en fonction de mes préférences du moment, et l'augmentais parfois, soit à la faveur d'une brève averse d'argent, soit quand je tombais sur un spécimen particulièrement pitoyable ou admirable. Ces derniers temps, je donnais à mon accordéoniste jusqu'à trois francs à la fois (mon record de l'époque, l'équivalent du coût d'un de mes repas habituels), et j'en étais remerciée en des termes toujours variés, ce que j'admirais encore plus en supposant qu'il ne me reconnaissait pas (j'en étais certaine ; et rien d'étonnant, avec le monde qu'il voyait dans la journée). Voilà une chose que je n'arriverais jamais à faire, me disais-je à propos de ses compliments inépuisables, et si cela se trouve, il me manque encore je ne sais quels autres talents pour pouvoir donner une bonne musicienne ambulante, quand bien même j'aurais appris un instrument.

Lorsque je voyais mon accordéoniste dans le dernier métro, ou que j'y entendais son instrument depuis une autre rame, il m'apparaissait tel un ange chargé de chanter les bonnes nouvelles (plus rien à craindre, tu dormiras bientôt, les soucis de la journée sont finis), et même si, à cette heure très tardive, ses remerciements étaient moins recherchés, sa courtoisie souriante me persuadait que l'harmonie des rapports humains demeurait possible envers et contre tout, y compris dans les rames à éviter.

Le matin, je me levais d'une tout autre humeur : la moindre des choses m'irritait outre mesure, surtout l'occupation prolongée des toilettes par le voisin qui s'ingéniait à y passer plus d'une heure au moment où je m'y serais lavée en son absence. Il imaginait sans doute que personne n'en serait dérangé aussi tôt, ayant probablement pris en compte mes horaires des lendemains de son installation, qu'il devait croire réguliers et toujours valables. Craignant de me montrer agressive si je m'expliquais avec lui à ce propos dans l'état de fatigue qui rendait mon humeur peu contrôlable, je réglais mon réveil pour cinq heures et demie, en le maudissant et en remettant la discussion à quelque après-midi – mais comme par hasard, ces derniers temps, je ne tombais plus sur lui que le matin, et jamais le samedi ou le dimanche.

Cela faisait des mois qu'il habitait l'immeuble lorsque je découvris son identité, un jour que j'avais pu faire la grasse matinée jusqu'à neuf heures. Allant remplir ma bouilloire, je remarquai que la porte de sa chambre était ouverte, puis je vis un bras en sortir, dont la main tenait par la poignée un accordéon qu'elle posa sur le carrelage, avant que l'homme tout entier n'apparaisse et ne mette sur son épaule la bandoulière de son gagne-pain. Il portait un large feutre noir. (Combien un couvre-chef peut vous changer une tête !) J'ouvris des yeux comme des soucoupes, tandis qu'il me saluait avec son aimable retenue habituelle, n'ayant manifestement toujours pas fait le lien entre sa voisine et son auditrice occasionnelle. « Vous jouez de l'accordéon ? » demandai-je, histoire d'exprimer ma stupéfaction par une stupidité anodine. – « Oui », fit-il, admettant gentiment que la confirmation s'imposait, puis il prit congé de moi pour partir travailler, et je réalisai que la fille en tenue d'intérieur (vieux pantalon et chemise ou pull élargi au lavage) du sixième étage ne devait pas ressembler assez à la jeune femme du métro (habillée pour se montrer devant des gens plus aisés).

Il ne me reconnut toujours pas les fois suivantes où il joua dans ma rame. Par la suite, je ne l'entendis plus, ayant encore changé d'horaires et de trajets ; je redevins très casanière, la période de préparation au bac s'étant achevée et les gardes en soirée se raréfiant. Entre-temps, j'avais définitivement renoncé à m'expliquer avec lui à propos du point d'eau, décidant de le lui céder presque entièrement, c'est-à-dire de stocker une fois par jour, en quatre grandes bouteilles, le liquide vital. Puis, un soir, plus exactement vers une heure et demie du matin, j'entendis frapper à ma porte : mon accordéoniste s'excusait de se l'être permis (« mais j'ai vu la lumière et j'ai entendu de la musique »), et voulait savoir si je pouvais lui prêter un tire-bouchon. « Le mien vient de se casser, expliqua-t-il, j'étais juste en train d'ouvrir une bouteille, la moitié du bouchon est restée dedans. Vous voulez boire un verre de vin blanc ? »

Et comme c'était un soir un peu particulier (j'étais assez émue par un événement qui s'était produit quelques heures plus tôt, de ceux réservés à d'autres romans), j'acceptai volontiers, je lui proposai d'entrer, puis l'accompagnai dans sa chambre qu'il jugeait plus spacieuse que la mienne. Elle l'était, en effet (quoique de dimensions rigoureusement semblables), ne contenant qu'un matelas étroit, une petite table pliante où trônait le camping-gaz, et deux tabourets en plastique en forme de sabliers, outre un sac de voyage, l'accordéon et les affaires hygiéniques bien connues, correctement rangées sur une grande étagère.

– Vous n'avez pas toujours été accordéoniste ? demandai-je subtilement en goûtant son vin blanc.

– Non, fit-il, avant, je jouais du piano. Du jazz. Je faisais partie d'un quintette, à Prague, il y a quelques années. Mais je suis ingénieur de formation, je n'ai pas fait d'études musicales. J'ai longtemps joué en amateur, puis j'ai connu ces gars qui avaient besoin d'un pianiste, ils m'ont trouvé convenable… Ça tombait bien, j'en avais assez d'être ingénieur. (Sourire.) Et maintenant que je vis à Paris, je suis bien content de savoir jouer. Avant, j'habitais en Allemagne. J'avais un piano. En partant, je l'ai échangé contre l'accordéon, il était déjà vieux mais c'est une bonne marque, il pourra tenir encore longtemps.

- Vous vous plaisez à Paris ?

- Oui ! bien sûr ! comment peut-on ne pas s'y plaire ? Surtout en venant d'Allemagne... Il y a un charme à Paris que je n'ai jamais connu ailleurs. Les gens sont plus souriants, on sent partout un savoir-vivre bien d'ici ; quand je vois toutes ces terrasses de cafés pleines de monde, je ne sais pas comment dire, ça me met en joie. Je joue beaucoup devant les cafés. Même l'hiver, dès qu'il y a du soleil, il y a du monde à la terrasse. Il faut dire qu'il fait moins froid l'hiver, à Paris. Je n'ai pas encore l'habitude de ce climat, ça m'étonne, toutes ces femmes en jupes courtes au mois de janvier...

(Il eut subitement l'air gêné, craignant sans doute que je ne lui imagine des intentions malhonnêtes, faute de savoir que je pouvais reconnaître le genre neutre de l'artiste dans certaines observations.)

- Moi aussi, fis-je pour le rassurer, cela m'a frappée en arrivant. Il y en avait même qui portaient une sorte de culottes courtes en laine, sur des collants ; on n'en voit plus, c'était très à la mode il y a quelques années, et le temps que je puisse m'y mettre, c'est-à-dire que j'en trouve chez les fripiers, la mode était passée.

- Justement, dit mon accordéoniste (complètement rassuré), à propos de vêtements, je trouve que les Parisiennes savent s'habiller le mieux : on ne peut jamais deviner ce qu'on va voir comme femmes élégantes dans la journée, elles s'y prennent de tant de façons différentes, et la mode change si vite, alors que les Berlinoises qui font peut-être plus de frais de toilette ont toutes l'air de se ressembler, depuis des années. Je n'ai jamais vu autant de jolies femmes ailleurs. Rien que de marcher dans la rue, c'est une fête. Comme elles savent être charmantes ! Il y a une jeune femme que j'ai souvent vue cet hiver, à midi, quand j'allais prendre un sandwich chez un boulanger. Elle venait s'acheter une pomme, pour déjeuner. Ça non plus, ça n'existe pas ailleurs, des femmes qui déjeunent d'une pomme. Elle l'achète, elle sort de la boulangerie et va s'adosser à un mur pour la manger – une jeune femme toute petite, toute fine, en manteau vert, les cheveux couleur de miel, et un teint ! Adossée à ce mur en briques, un simple mur, mais elle n'aurait pas pu choisir mieux, vous voyez : toute sa beauté ressort dessus. Comme une poupée de porcelaine, avec deux taches roses sur les joues, on dirait qu'elles sont peintes mais non, c'est naturel, et c'est tellement beau, cette silhouette, ce visage, ces cheveux et ce manteau vert...

Il cherchait des yeux quelque chose autour, puis tendit le doigt vers une tache du dessin de ma chemise bariolée, avec un air de jubilation :

- Voilà, vert comme ça !

- Vert Véronèse.

- Et les pommes qu'elle mange sont toujours toutes vertes, d'une sorte qu'on ne trouvait pas chez moi…

- Des Granny-Smith !

Je ne pouvais guère m'abstenir d'offrir à autrui les mots qu'il cherchait, m'exposant au risque de susciter la rancune chez plus d'une victime de cet interventionnisme verbal typique des écrivains. Je me le reprochais déjà, mais le musicien me rassura :

- Ça doit être ça. Dites, c'est incroyable, vous savez *tous les noms de toutes les choses !* Eh bien, cette fille, quand je la regardais, j'avais le cœur en fête. Ne croyez pas que… Je n'irais jamais lui parler, je ne suis pas comme ça. D'ailleurs, je ne la revois plus. Mais rien que de pouvoir la regarder de temps en temps, j'étais heureux d'être à Paris.

- Vous avez des amis ici ?

- Non, je suis tout seul, je ne connais personne. Pour commencer, je parlais très mal le français, je me suis enfermé et j'ai étudié pendant un moment, la plupart de mon temps, pour avoir moins honte quand je parlerais aux gens. Mais de toute façon, vous savez, je dois être un peu ours, je n'ai jamais vécu très entouré. Ma femme disait que je n'aimais rien autant que rester dans mon coin à écouter mes disques. Je crois qu'elle avait raison.

- Elle est à Prague ?

- Non. Enfin, je ne sais pas. Elle était en Allemagne la dernière fois que j'ai eu de ses nouvelles, c'est ensemble qu'on y est allés, dans le temps. Mais elle est peut-être partie ailleurs, depuis. Des fois, j'ai l'impression de la voir dans la rue. Ce n'est jamais elle, mais cela se pourrait qu'elle soit à Paris.

Il soupira, but cul sec et se versa un autre verre, ce qui me réjouit. Plus il boit, plus il parle, remarquai-je, on est bien partis pour qu'il me raconte sa vie.

- C'est bizarre, reprit-il, ma femme, je crois la voir tout le temps, depuis que je ne l'ai plus revue. Au début, ça m'étonnait. La quantité de femmes que j'ai prises pour elle, et qui ne lui ressemblaient même pas ! Elle est blonde, bouclée, alors qu'il m'est arrivé de suivre une rousse aux cheveux courts ou même une brune à chignon, pendant un moment, avant de me dire que j'étais fou… Au bout de quelque temps, j'ai pensé que toutes ces femmes que je prenais pour elle, tellement différentes, elles devaient quand même avoir quelque chose en commun : ma femme était actrice ; je l'ai vue jouer beaucoup de personnages, il doit y avoir des gestes ou des coiffures ou des tenues de ces rôles qui me sont restés dans la mémoire sans que je m'en rende compte, et que je retrouve chez les autres. C'est un vrai malheur. Chaque fois, je crois que c'est elle, puis je comprends que non, puis je me rappelle comment on s'est quittés... Je ne souhaite à personne d'aimer une actrice – je ne veux rien dire contre ma femme, non, c'est simplement qu'il n'y a pas moyen d'arrêter d'y penser.

- Comment s'appelle-t-elle ? Je l'ai peut-être vue au cinéma.

- Cela m'étonnerait. Du temps où elle était connue, vous deviez être enfant. Elle avait eu beaucoup de succès toute jeune, avec ses premiers films, puis elle a joué dans un théâtre de province, puis elle a trouvé un rôle secondaire dans une série et elle est revenue vivre à Prague. C'est là que je l'ai rencontrée, dans un restaurant. On venait de lui refuser un grand rôle, le metteur en scène lui avait dit qu'elle était « trop belle ».

Je jouais avec les gars, elle était assise toute seule près de nous, elle buvait verre après verre et pleurait au-dessus de son assiette sans rien manger. Quand on a fini de jouer, je suis passé devant sa table – c'était sur mon chemin –, alors elle m'a pris par le pan de la veste en disant : « Vous trouvez que je suis trop belle, Monsieur ? » Et moi : « Pardon ? » - « Je suis trop belle, c'est ça ? » Elle a failli faire un scandale, on l'a fait sortir, je l'ai accompagnée dans un bar : elle ne voulait pas rentrer. « Je suis trop belle, elle disait, maintenant je le sais, comment je ne m'en étais pas doutée plus tôt ? Si je n'étais pas trop belle, j'aurais eu tous les rôles ! »

Elle répétait ça tout le temps, et moi, je ne savais pas quoi faire, j'ai commencé à lui raconter que je l'avais vue dans ses premiers films et dans la série, qu'elle jouait mieux que toutes les autres, que tout allait s'arranger... Et puis voilà, les choses s'enchaînent, on s'est retrouvé mariés.

J'étais tellement heureux et tellement fier d'avoir une femme comme elle, je ne peux pas vous dire. Tout le monde m'enviait. Elle était tellement belle ! D'habitude, on lui donnait des rôles d'idiote ou de femme pas très sympathique, plutôt méchante, ou on la maquillait beaucoup, parce qu'autrement, ça risquait d'être un peu... C'est vrai, les gens pouvaient trouver qu'elle était beaucoup trop belle ; vous savez comment c'était, dans ces pays-là, ce n'était pas bien vu qu'on soit trop beau ou trop intelligent, ou trop autre chose. Il valait mieux paraître comme tout le monde. Si elle savait que maintenant, je la confonds avec des femmes parfois si ordinaires !...

Une fois, on lui a fait jouer une riche touriste allemande (sa mère était Allemande, elle parlait bien la langue, c'est elle qui me l'a apprise), et là, on l'avait habillée d'une fourrure, avec un petit chapeau sur la tête, elle était sublime, plus belle que jamais. Elle avait deux-trois phrases à dire, pas plus. Ça lui a fait quelque chose, ce rôle. « Tonicek, elle me disait (je m'appelle Antonin), si j'étais née en Bavière comme maman, je n'aurais pas été à faire la figurante à trente ans passés, tu peux me croire. » Comme ça marchait mal pour elle et qu'elle avait une jolie voix, j'ai pensé qu'on pouvait la prendre dans notre groupe. Les gars n'allaient pas être contre, c'est toujours bien d'avoir une chanteuse quand on joue dans les restaurants, surtout une telle femme ! Comme ça, on allait passer plus de temps ensemble ; parce qu'en fait, quand elle n'avait pas de rôles, elle ne restait pas à la maison, il y avait toujours des gens à voir pour essayer d'en obtenir un… Le soir, quand je travaillais, elle sortait aussi ; je finissais par avoir l'impression que sa vie n'avait pas grand-chose en commun avec la mienne, elle fréquentait tout un monde que j'ignorais…

Je n'étais pas jaloux, il ne faut pas croire. Si je l'étais, j'aurais vraiment souffert quand elle a commencé à chanter avec nous. Les gars la draguaient tous les quatre, discrètement, c'est vrai, mais… Sans parler des clients. Moi, je m'en fichais, j'étais content qu'on soit ensemble tous les soirs. J'étais bête, peut-être. Si elle n'avait pas chanté avec nous… C'est comme ça qu'elle est tombée sur ce type, il l'a vue au restaurant. C'était quelqu'un qui avait un cabaret à Berlin Ouest, ils ont fait connaissance, il lui a laissé son adresse. À partir de ce moment, elle n'a plus parlé de rien d'autre. « C'est ma chance, Tonicek, il faut y aller ! » Alors on y est allés.

Il fit un geste de la main, censé résumer tout ce qu'il avait fallu laisser tomber et traverser : l'ellipse des épreuves.

- Au début, ce n'était pas mal, reprit-il. On avait monté quelques numéros : elle chantait et jouait des personnages ; moi, au piano, j'étais tantôt habillé comme un clown, tantôt en queue-de-pie. On faisait l'Ange bleu aussi. On plaisait au public. Elle a demandé qu'on nous paie mieux, le type a accepté. Pour moi, il ne nous fallait rien de plus : il me suffit de pas grand-chose pour être content. Mais elle espérait faire une carrière. « Je suis encore jeune, elle disait, je ne parais même pas mon âge, il faut se lancer tant qu'il est temps. » Alors on a laissé tomber le cabaret. J'avais essayé de la raisonner, mais elle m'avait dit que le type ne la laissait plus tranquille, qu'il se croyait des droits… Ça devait être vrai. Quand ils avaient vu ma femme, les hommes ne voyaient plus qu'elle.

Elle avait fait des connaissances, c'est une personne très communicative – enfin, c'était. Elle a enregistré un disque qui n'a pas eu de succès, elle a posé pour des photos, elle a eu deux-trois rôles au cinéma, tout petits, mais elle ne s'en plaignait plus, elle disait : « C'est le début. » Moi, je donnais des cours de piano. J'avais un mal, je ne peux pas vous dire ! Je n'ai jamais appris la musique comme il se doit, alors j'avais sans cesse peur que les élèves me demandent quelque chose que je ne sais pas. Mais à part ça, tout allait encore très bien. Maintenant que j'y repense, connaissant la suite, je me dis que c'étaient vraiment de beaux jours. Puis, peu à peu, ça a dégringolé.

Elle ne rentrait plus, elle buvait de la bière au petit déjeuner, elle me montrait des liasses de billets, puis on restait brusquement sans le sou, et elle se plaignait que je me débrouillais mal, que je comptais sur ma femme pour gagner ma vie... Elle s'est mise à dormir jusqu'à midi. Elle attendait que je sorte pour se lever. Elle ne me parlait plus, elle se fâchait pour la moindre des choses. Et moi, comment vous dire, je ne pouvais pas réagir, j'étais terrorisé, complètement.

Pas par elle : par ce qui arrivait. Je me disais : comment c'est venu, d'où c'est venu, cette détresse ? Il y a quelques mois encore, elle n'avait rien, elle riait, je pouvais croire qu'elle allait bien...

Je me rappelle que pendant ces jours-là, quand elle était très mal et ne supportait plus de me voir, sauf très ivre, il s'est passé quelque chose d'étrange. Nous logions depuis quelque temps dans une chambre qu'un couple d'Allemands nous louait, dans leur appartement. Ils avaient dans les cinquante ans ; je ne sais pas ce qu'ils faisaient dans la vie, on les voyait rarement, ils n'étaient pas du genre à se lier aux locataires. Alors, je n'ai pas été étonné de ne plus croiser le mari, je ne me suis même pas aperçu qu'il était absent, plusieurs jours de suite – vous comprenez, dans l'état où j'étais... Et puis, une nuit – ma femme n'était toujours pas rentrée, je ne pouvais pas dormir –, j'ai entendu quelque chose à travers le mur de la pièce voisine. C'était la chambre de nos propriétaires. Je n'avais jamais perçu le moindre bruit venant de là : l'immeuble était construit solidement, à l'allemande, les murs étaient épais... Et là, soudain, à trois heures du matin, on entendait... D'abord je n'ai pas compris ce que c'était, et quand j'ai compris, j'ai eu du mal à y croire. Elle pleurait ! Ce n'était pas ce qu'on appelle des sanglots, c'était des gémissements, des hurlements, qui étaient assourdis par le mur, mais quand même, on les entendait bien. Pendant des heures, jusqu'au matin, elle n'a pas cessé.

J'étais assis sur une chaise, j'attendais ma femme et j'écoutais cette femme qui pleurait. Je ne peux pas expliquer ce que ça me faisait, mais j'ai cru que j'allais devenir fou. Je n'osais pas aller frapper à sa porte : de quel droit me permettre ? pouvais-je savoir si ça n'allait pas être pire pour elle, encore pire que de pleurer en croyant que personne ne pouvait entendre ? C'est alors que j'ai réalisé que le mari devait être absent depuis des jours : l'aurait-il quittée ? Il n'était plus jeune et paraissait... comment dit-on... *pantouflard*, vous savez. Il suffisait de l'avoir vu pour savoir que sa vie, elle était faite, définitivement ; un homme comme ça, quitter sa femme – c'était impensable. Alors ? Serait-il malade, à l'hôpital ? Ou même mort ?

Quand cette idée m'est venue, j'ai eu froid tout à coup, je me suis même mis à claquer des dents. Il serait mort, et nous, on n'en aurait rien su. Et les autres soirs, depuis, elle a peut-être gémi comme ça, et nous, on n'a rien entendu, et même si l'on avait entendu... Mon Dieu !

me suis-je dit, et je me suis mis à pleurer moi aussi, à me cogner la tête des deux poings. Mon Dieu ! pourquoi vivre ainsi ? Qu'est-ce que c'est que cette vie ? Chacun de son côté de quelque mur, chacun avec sa peine, et rien à faire, aucune aide à attendre de personne ! Veut-on aider qu'on n'en est pas capable - soit lâcheté, soit angoisse, soit ignorance - même ma propre femme, qu'avais-je fait, qu'allais-je pouvoir faire pour qu'elle cesse de souffrir, qu'elle ne se détruise pas ?

Je ne peux pas vous dire… Écouter cette femme pleurer, la nuit durant, en attendant la mienne… Même s'il y a eu d'autres fois où j'ai peut-être plus souffert, jamais de ma vie je n'ai cru être en enfer, vraiment en enfer - sauf cette nuit-là.

Nous avons déménagé, faute d'argent, je n'ai jamais su ce qu'était devenu notre ancien propriétaire, puis ma femme a disparu, comme ça, sans que je puisse comprendre pour quelle raison. Il y avait un mot : « Ne m'attends pas. » D'abord, j'ai cru que ça voulait dire qu'elle n'allait pas rentrer de la nuit, mais elle n'avait pas l'habitude de me laisser de petits mots en sortant. Pour qu'elle y ait pensé, il fallait bien qu'elle ait décidé de partir pour un moment, sinon pour toujours… Je suis donc resté seul, mais comme on n'était pas séparés, je veux dire, comme on n'avait jamais parlé de se quitter, j'ai pensé que je devais à tout prix garder ce logement pour qu'elle puisse me retrouver. Je n'avais presque plus d'élèves, alors je suis devenu serveur dans une brasserie tenue par un Tchèque.

Ma femme est revenue au bout d'un an. Jour pour jour. Je ne sais pas si c'était un hasard. J'étais fou de joie. Je voyais bien qu'elle n'était plus la même – elle était plutôt bizarre, elle n'avait pas vraiment l'air bien –, mais c'était plus fort que moi, j'étais heureux qu'elle soit revenue, je n'étais pas en état de m'inquiéter pour elle. Trois jours plus tard, elle m'a dit qu'en fait, elle était venue chercher ses affaires. Qu'elle ne pouvait plus supporter de vivre avec moi. Alors j'ai compris qu'il fallait que je parte.

Vous comprenez, je n'avais rien à faire là-bas sans elle. Je ne pouvais pas rentrer à Prague non plus : le Mur était déjà tombé, c'était faisable, mais je n'étais pas en état de revoir des gens qui nous avaient connus, qui pouvaient me demander ce qu'elle était devenue, ou se le demander. À la brasserie, il y avait un gars dont la fiancée était française. Il parlait de Paris, il disait que c'était la plus belle ville du monde et que ça ressemblait un peu à Prague. Alors bon, pourquoi pas Paris ?

J'ai laissé à ma femme tout ce que je pouvais, sauf le piano que j'ai échangé contre l'accordéon ; je lui ai donné presque tout l'argent qu'il me restait. Elle disait ne rien vouloir, mais je savais qu'elle allait se retrouver dans le besoin. Elle disait qu'elle partirait sans doute de Berlin, bientôt, mais c'était peut-être seulement pour être sûre que je ne reviendrais pas. Elle m'a quand même accompagné au car et elle m'a dit : « Bonne chance, Tonicek, je ne t'en veux pas, je t'aime bien. » Quand elle m'a dit ça, j'ai pensé – c'est bête – qu'elle allait peut-être finir par regretter, par venir ici. Maintenant, je n'y crois plus trop, mais qui sait ? Elle n'a que moi au monde, elle n'a plus ses parents. On est toujours mariés. Elle doit savoir qu'elle peut toujours venir me retrouver. Si seulement j'étais dans l'annuaire, je serais plus tranquille… Mais je vous ennuie avec mes histoires.

- Pas du tout !

- Si, je le sais, vous êtes très gentille mais on voit que vous voulez vous coucher.

*

Je viens de réaliser, cher lecteur, que je vous ai déjà raconté plein d'histoires de Parisiens d'adoption, et pas une seule vie de Parisien de naissance. Ce n'est aucunement un choix. Les circonstances de mon récit m'obligent, pour le moment, de vous imposer une compagnie cosmopolite, portée aux confidences et - je l'espère - hautement romanesque. J'ai fait autour de moi un petit sondage, m'enquérant de l'ennui ou de l'agacement que pouvait provoquer cette surabondance d'hétérogènes, et je n'ai reçu que des réponses encourageantes : mais au contraire, me disait à sa façon chacun des interrogés, qu'y a-t-il de moins lassant que l'exotique ? Cependant, je ne suis pas complètement rassurée sur ce sujet : mes connaissances et amis racontés ne sont peut-être pas assez exotiques, justement ; du moins, ils ne le sont point à mes yeux, d'où qu'ils soient originaires. Je commence à me demander s'il ne me manque pas un sens, une certaine capacité mentale à percevoir le différent comme étranger - défaut qui pourrait nuire à mon entreprise littéraire, ne serait-ce qu'en m'empêchant de prévoir l'effet qu'elle produira sur autrui.

Ainsi, je me rappelle la conversation qui m'a dispensée de consulter Claire sur l'abondance d'exotiques dans la présente histoire, et au lieu de m'apparaître comme une raison de plus pour continuer sans jamais y raconter longuement le moindre Parisien de pur sang, ce souvenir renforce mon doute de pouvoir deviner l'effet de mes récits sur vous. Et l'envie me vient de vous raconter l'histoire de Claire elle-même, ce que j'aurais fait sur-le-champ si j'avais eu assez de matériau (Claire n'avait pas d'histoire que je connusse, à l'époque), puis il me revient à l'esprit le fait qu'elle n'était pas une pure Parisienne, étant née en banlieue, de deux parents issus chacun d'une province différente – pas plus que Michèle qui était née à Lyon (chez les frères Lumière, me dis-je lorsque je l'appris) et avait grandi dans ses environs. Tandis que mes amis et connaissances intégralement parisiens ne m'avaient jamais donné, eux non plus (s'y refusant à l'instar de Claire), de quoi les considérer comme racontables. Ce n'est guère étonnant : d'un côté, ils étaient plutôt discrets ; de l'autre, quand ils me voyaient, ils avaient avant tout envie de m'interroger, me percevant (ainsi qu'il se doit pour une exotique) comme une source de récits de (més)aventures inépuisable. Car là où les gens normaux ont une vie, les inexistants sont censés avoir des histoires, voyez-vous, cela tombe sous le sens, découlant droit du fait (qui le prouve irréfutablement) d'avoir changé d'espace-temps. Et le moment où j'aurais une vie, plutôt qu'une histoire, aux yeux de quelqu'un d'autre que Michèle, Shéhéra et Sylvia n'était hélas pas encore venu – n'est toujours pas venu, à cette étape de mon parcours.

Bref, pour vous raconter longuement de vrais Parisiens, il faut soit attendre qu'ils finissent par me le permettre en me fournissant leurs histoires (dans la seconde partie, peut-être ?), soit les inventer, ce que j'ai décidé de ne pas faire ici : ce n'est pas que ce roman fût tiré tout entier de la réalité, mais il prend ses appuis (de mille-pattes) en elle d'une manière différente que mes autres écrits, se voulant un peu moins fictionnel (si vous saviez comme il m'est difficile de l'être, ou de le rester, un peu moins !).

Par ailleurs, mes vrais Parisiens – des gens susceptibles de lire ce roman – seraient-ils contents que je les y racontasse ? Risquant de s'y reconnaître même à travers des personnages qu'ils ne m'auront pas inspirés, et de s'en fâcher – ce que ne saurait faire nul inexistant, soit qu'il ne sût pas lire le français, soit qu'il ne lût rien du tout, soit qu'il n'imaginât pas pouvoir se retrouver dans un de mes livres, soit qu'il fût complètement habitué à se voir maltraiter par écrit d'une manière encore pire (par le biais des papiers et des dossiers) –, se jugeant divulgués, critiqués, bref, transformés d'une façon peu souhaitable ? Quoique la plupart des utilisables ne me lisent jamais (tout en me demandant régulièrement des nouvelles de mes publications), il se pourrait par malchance qu'ils le fassent juste maintenant, j'entends : au moment où le présent récit sera achevé et publié ; je crains que la seule éventualité de pouvoir s'y reconnaître (puisque ce serait l'histoire de ma vie, logiquement, ils y figureraient) ne les ajoute au nombre de mes lecteurs. Bien sûr, pour commencer, cela ravirait mon (futur) éditeur, mais ne changerait-il pas d'état d'esprit quand un procès nous pendrait au nez ? (Pour incroyable que ce soit, ces derniers temps, les personnages de fiction se sont mis à traîner en justice leurs créateurs – ce qui montre sans doute que l'irréel est en train de s'imposer au sein de notre réalité, ou du moins d'y occuper à travers ces procédés davantage de place, qu'il s'y croit due.) Il va de soi qu'un tel danger m'épouvante : il ne manquerait plus que ça, désargentée comme je le suis, et après les années de cauchemars que m'a donné le trop de fréquentation obligée des instances officielles. Rien que d'y penser, je redeviens trouillarde.

Puis, tout d'un coup, le malin vient me chatouiller (l'esprit qui contredit éternellement, vous savez, une espèce redoutable de Noisillon), et je recommence à envisager de donner une plus large place aux authentiques Parisiens dans la seconde partie – si toutefois ils s'y prêtent en me livrant assez de leurs histoires pour m'inspirer ; ou peut-être, à défaut, de leur essence ? Pourquoi pas de leur essence ? N'appartenant à nul d'entre eux en particulier, elle serait publiable sans causer nulle vexation, et au cas où son aspect déplairait, l'on n'aurait qu'à décréter que je l'aurais mal saisie (extraite), ou que je n'y aurais rien compris (en tant qu'exotique). Que ce soit vrai ou non, j'aurais toujours la ressource de me rappeler – pour m'en consoler et remonter mon amour-propre déjà descendu *plus bas que le niveau du sol,* et qui ne bougerait pas d'un millimètre à moins d'un rapprochement de cette hauteur – que les mêmes reproches furent adressés à ce provincial de Balzac du temps où ses *Illusions perdues* étaient encore fraîches. (Père du réalisme plus fantaisiste qu'aucun autre auteur soucieux de faire concurrence à l'état-civil, vous qui n'aviez pas encore compris que c'était ce dernier, le double antagoniste du romancier, qui inventait plus que nous ne le saurions jamais, faites un clin d'œil de sympathie à votre vieille lectrice qui grandit à une époque au milieu de ses coussins en vous consommant à fortes doses, lancez-moi un petit sourire édenté pour me servir de viatique.)

Sur cette prière, cher lecteur, il serait temps de nous coucher – pas ensemble, certes (sauf à voir en vous un certain être capable de passer à travers les livres, auquel cas je me dépêche à plus forte raison, mon adoré), et peut-être même pas dans le même espace-temps, sait-on jamais où nous en serons (encore davantage décalés ou bien unis) quand le point final de cette partie sera mis et quand votre regard l'aura atteint, car vous n'ignorez pas, n'étant pas un enfant, mon lecteur averti, que le chemin est long de la pensée aux lèvres et des lèvres conteuses à l'oreille, sans même parler du parcours de l'écrivain jusqu'à vous, ni qu'entre ces deux points, il peut arriver aux voyageurs dans le temps que nous sommes tous toutes sortes d'aventures après lesquelles l'on ne sera plus l'être du départ. Bonne nuit.

*

SECONDE PARTIE : LITTÉRATURE (LE RESTE)

« Oui, j'étais persuadé que mon nom [...] offrait une odieuse ressemblance avec le nom de famille ou le pseudonyme d'un écrivain bulgare, ou babylonien, ou peut-être bételgeusien, apparemment notoire. »

Nabokov, *Regarde, regarde les arlequins !*

1

Je viens de me rendre compte, cher lecteur, que j'ai oublié de vous apprendre quelque chose. Comment l'ai-je pu ? C'était pourtant un événement d'importance majeure, dont j'ai passé des mois à parler avec mes amis, et auquel je devais mon image d'écrivain confirmé aux yeux de Claire : peu de temps avant sa première visite chez moi, j'avais fait paraître mon premier livre. Si je viens seulement d'y repenser, c'est sans doute parce que déjà du temps où j'attendais qu'il sorte de l'imprimerie, j'étais plus préoccupée par mes nouveaux écrits en cours, et par le genre romanesque en général, que par la poésie dont il relevait ; vu sous un certain angle, ce recueil appartenait à une époque déjà éloignée, et le fait même qu'il représentait une sorte de revanche sur Pleunk (où un recueil qu'on pouvait voir comme son équivalent avait été interdit de publication) m'en éloignait encore davantage, paradoxalement. Or, une fois paru, mon premier livre prit une importance qui n'allait pas seulement décroître à mes yeux au fil du temps qui le ferait passer d'actualité même pour mes proches : par moments, dans diverses situations, il en prendrait de nouveau et davantage, se chargeant à ma surprise de tel et tel sens inattendus, qui justifient que je vous en parle maintenant. (Hélas, malgré le peu d'entrain que j'ai à raconter, comme tant d'écrivains qui s'y complaisent, les aléas du métier, je ne peux plus éviter le sujet aussi aisément que dans la première partie, et je vous prie de m'en excuser ; je veillerai à compenser ce désagrément en vous fournissant aussi des histoires autrement plus passionnantes que le pourquoi et le comment d'un livre que j'aurai publié.)

Il était tout petit, ce qu'on nomme couramment une plaquette, mais ses dimensions n'empêchaient pas mon entourage ni moi-même d'y voir le gage d'une carrière littéraire inversement proportionnelle, à plus forte raison quelques mois après sa parution : la preuve, un critique l'avait aimé. Oh ! un critique tout petit lui aussi, du moins pour le moment, un jeunot qui faisait des comptes-rendus pour une revue poétique dont le dernier numéro était seulement son deuxième, et qui fut très surpris de recevoir une lettre de remerciements de ma part. Il s'appelait Jean-Jacques, en hommage à Rousseau, confessait un intérêt bienveillant pour les auteurs débutants, souhaitait lire tout ce que j'écrivais et me promit, dès notre première rencontre, de faire son possible pour m'aider. (En effet, il était de la race noble et rare des critiques à vocation de découvreurs, qui rêvent dès le berceau de trouver au moins un grand talent complètement inconnu qu'ils pourraient soutenir et promouvoir jusqu'à ce que gloire s'ensuive – mais à l'époque, je demeurais encore incapable de m'en rendre compte, croyant naïvement que les Jean-Jacques formaient l'ordinaire de ce corps de métier, du moins à Paris.)

Je ne sais plus quels signes d'innocence j'avais pu manifester dans notre première conversation, toutefois ils suffirent pour donner à Jean-Jacques la certitude que j'avais besoin, avant tout, d'être instruite sur ce qu'il appelait « la course aux obstacles » ou « la compétition » :

- Quand on débute, on croit qu'il suffit d'écrire pour la gagner, parce que les champions qu'on a lus se gardent bien de raconter tout ce qu'ils doivent à leurs entraîneurs et au président de leur club, si je peux me permettre de filer ainsi la métaphore sportive. Dans notre cas, mettons que l'entraîneur, c'est moi. Que dois-je faire ?

- Aucune idée, avouai-je.

- T'aider à passer au niveau suivant de la compétition, en te faisant engager dans une meilleure équipe. La première qualité de l'entraîneur, c'est de bien connaître non seulement les règles du jeu, mais aussi les décideurs : les arbitres, les chefs, les financiers... Personnellement, je suis encore loin de fréquenter tout le sérail, mais j'ai deux-trois adresses dans mon carnet...

Et il développa, m'expliquant quels seraient mes objectifs précis pour l'étape à venir. Quoique déboussolée par le vocabulaire sportif de Jean-Jacques (je l'avais imaginé exclusivement passionné de poésie et parlant le langage métaphysique de ses articles), je lui fus très reconnaissante de vouloir m'instruire et me présenter des décideurs : à part l'éditeur de ma plaquette, sis en province et que je fréquentais par courrier, je ne connaissais personne qui pût passer pour un arbitre ; quant aux présidents de club, le seul qui me connût s'occupait de contes et de lecture à voix haute, alors que j'étais encombrée de deux romans à imprimer - encombrée non seulement littérairement mais aussi littéralement, l'exiguïté de mon logement me rendant plus impatiente que nature de me débarrasser de mes manuscrits.

Par ailleurs, pour moi, tout ce que Jean-Jacques pouvait dire tenait de la révélation. Certes, je me doutais que la vie littéraire ne consistait pas uniquement à écrire chez soi avant d'aller au bureau de poste pour envoyer ses écrits aux preneurs éventuels, mais s'agissant d'une ville autre que Pleunk et d'une époque plus récente que celle des *Illusions perdues*, je n'avais de cette vie aucune idée précise.

En arrivant à Paris, j'avais cru qu'il me suffirait d'aller au café – dans les cafés littéraires célèbres qui existaient toujours et où je savais que surréalistes et existentialistes s'étaient retrouvés – pour rencontrer les auteurs vivants que j'admirais. Or, en deux ou trois ans, durant les heures que j'y avais passées, peu nombreuses car les prix n'y étaient plus aussi abordables pour les débutants désargentés que dans les années cinquante, je n'avais jamais vu qu'un seul de ces grands hommes, et de loin : l'attitude des autres consommateurs qui l'avaient reconnu m'avait dissuadée de partir vers sa table pour lui dire mon admiration (comme on pouvait le faire en pareil cas à Pleunk sans craindre le ridicule, surtout pas aux yeux de l'intéressé qui vous offrait aussitôt un verre, voire une bouteille entière), après quoi j'avais cessé de faire des économies pour pouvoir y retourner. Je m'étais aussi rendue à quelques rencontres littéraires annoncées par voie de presse, mais là non plus (et toujours contrairement à ce qui se passait à Pleunk), je n'avais pas pu faire connaissance avec les auteurs invités, ne réussissant dans le meilleur des cas qu'à échanger deux-trois répliques du genre voué à rester sans suite. Ces échecs m'avaient fait conclure qu'il serait sans doute plus facile de me lier avec des confrères lorsque j'aurais publié mon premier livre, en le leur adressant : s'il était bon (et il le serait), ne s'en trouverait-il pas au moins un pour avoir envie de me répondre ? Aussi avais-je cessé de chercher d'autres moyens de connaître mes grands hommes, dont aucun n'avait encore accusé réception de mon recueil au moment où Jean-Jacques entreprit de me désabuser. Je savais pourtant que la plaquette valait une réponse, pour m'être décidée à la publier, d'abord, et ensuite, pour avoir reçu l'avis du connaisseur le moins complaisant et le plus compétent que je connusse, un grand poète. Il est grand temps de vous le présenter et de vous permettre de mieux comprendre d'où provenait une part de mes certitudes et la majeure partie de mes illusions concernant les usages littéraires.

*

Quand la Grande Ourse abdiqua ses pouvoirs au profit de mon avenir, obligeant sa fille plus cultivée à me prendre en mains (quitte à devoir changer de travail, et de façon à perdre tout espoir d'ascension, après avoir renoncé à la thèse que son gagne-pain initial l'empêchait d'achever dans le délai imposé), Minou qui n'avait jamais eu le temps de se faire une idée précise de ma personne, et qui avait lieu de croire que j'avais subi une influence néfaste pour le développement de l'esprit constata, avec stupéfaction, que j'étais sur le point de finir sa bibliothèque, et d'y ajouter des œuvres de mon cru.

Il faut savoir que ma mère, grande amatrice de lecture, accumulait depuis l'adolescence des volumes dont le nombre augmentait régulièrement, à proportion inverse des heures qu'elle pouvait leur consacrer : étant privée par ses obligations du plaisir de les (re)lire, Minou s'accordait au moins celui de faire des provisions pour l'avenir vague (après la retraite ?) où rien ne l'empêcherait d'en profiter. J'ignore si c'est à défaut de savoir ce que le meuble contenait exactement, ou par distraction, ou bien sciemment, par extravagance personnelle, que ma mère n'avait jamais songé à m'interdire un seul de ces volumes. C'étaient, majoritairement, des textes classiques (romans, poésie, théâtre, philosophie) ; peut-être jugeait-elle que les grands auteurs ne sauraient faire de mal aux petits, ou supposait-elle qu'ils me rebuteraient, du moins à l'âge que j'avais. Elle ne m'avait pratiquement jamais vue lire (étant absente aux heures où je lisais), et ne pouvait pas se douter que j'en avalais des dizaines pour faire une sorte de recherche sur le Diable, ni que j'utilisais Homère en guise de drogue depuis que j'avais constaté qu'à fortes doses, il me faisait parler en vers réguliers des heures de suite : déjà avant que je ne sache lire, la famille s'était habituée à m'entendre rimer ou fabuler à voix basse dans un coin, notamment après les repas, quand les adultes s'attardaient à table pour discuter, et personne n'y prêtait attention ; cela formait chez nous le fond sonore assuré chez d'autres par la radio ou la télévision. (Quand ces dernières étaient allumées, je finissais souvent par m'écrier : « Éteignez ce poste, il m'empêche de parler ! », ce qui amusait grandement le triple corps parental et lui faisait remarquer qu'en effet, l'appareil dérangeait plus qu'on ne l'écoutait, dont acte.) Or, depuis que je connaissais l'alphabet, j'avais eu le temps de coucher sur papier une partie de mes improvisations, et quand Minou me soumit à une sorte d'examen pour vérifier dans quelle mesure l'influence de l'aïeule ignare avait compromis mon développement intellectuel, je lui appris que j'aurais bientôt besoin de nouveaux livres pour adultes (« Surtout pas de contes, s'il te plaît, je déteste ça – achète-moi ce que tu t'achèterais, ça me plaît, en général »), et je lui remis mes cahiers personnels.

Elle en fut effarée. Par chance, rien des écrits qu'elle lut ne concernait mon amour de Satan, mais il faut croire qu'ils donnaient même sans cela une idée inquiétante de mon for intérieur, surtout la prose : il y avait là, entre autres, l'histoire d'un assassin racontée par sa femme, très affectueusement. Lorsque Minou voulut me faire la leçon à ce propos, je m'appuyai sur *Crime et Châtiment*, puis je lui démontrai que je n'avais rien écrit qui fût plus choquant que la réalité : puisqu'il existait des criminels mariés, il était certain que leurs épouses qui n'avaient pas divorcé les appréciaient, et la vraisemblance voulait que je rende compte de ce point de vue ; d'autre part, l'adopter m'évitait des clichés qu'on retrouvait déjà chez trop d'auteurs… Déboussolée par ces arguments, Minou ne sut plus comment me passer un savon, ou que telle était son intention première, et se contenta de dire qu'elle préférait mes vers – mais pourquoi les derniers n'étaient-ils pas rimés ? Je lui expliquai qu'ils ne sauraient plus l'être chez un poète moderne, citant *Le Spleen de Paris* et *Une saison en Enfer*, après quoi, peu sûre d'être en état de juger de ma production et de ma santé mentale, Minou changea de sujet ; elle consulterait, au plus vite, en secret, quelqu'un de plus compétent – pas un psychiatre pour enfants, mais le seul poète et l'homme le plus intelligent de sa connaissance.

Il s'appelait Filip (et non pas Philippe, ayant décidé que le jour où ses poèmes sortiraient des frontières pleunkoises, on n'aurait pas besoin de transcrire son nom à la française pour que le monde sache qu'il était un vrai Européen), il avait à peine dépassé la quarantaine, à l'époque, et cela faisait une dizaine d'années qu'il était interdit de publication, ce qui n'empêchait pas les amateurs de littérature locaux de le tenir pour le plus grand auteur vivant du pays. À part cette grandeur trop évidente pour être ignorée même quand ses confrères mieux placés affectaient de le prendre de haut, Filip se distinguait par l'habitude de dire exactement ce qu'il pensait (quand il ne se taisait pas, lui qui n'était guère bavard), sans se soucier des vexations qui pouvaient s'ensuivre. Et son expérience de la vie, dont il avait connu bon nombre de circonstances déplaisantes, faisait aussi de lui un homme que ses amis consultaient volontiers au sujet de tout problème qui semblait dépasser leurs compétences.

Ma mère était de ses amis depuis deux ou trois ans déjà, ayant commencé par lui rendre un service que les lois locales prohibaient : l'aider à se faire livrer de la lecture d'en France (ce dont j'ignorais, bien sûr, tout à l'époque), chose possible pour l'employée du commerce extérieur qu'elle était alors, malgré la terreur que lui inspirait d'ordinaire tout risque d'être prise en faute par ses supérieurs, sans parler du fait que si cette faute précise arrivait à la connaissance de certains organes, elle pouvait aussi bien perdre son emploi, et toute perspective d'avenir tolérable. Ce qui l'avait enhardie au point de lui faire commettre un délit semblable, ç'avait été sa première conversation avec Filip (un jeune homme aux cheveux tout blancs, aucunement séduisant à son sens), au cours de laquelle elle s'était rendu compte qu'il était un génie. (« Je n'avais jamais croisé de génie jusque-là, expliquerait-elle beaucoup plus tard, mais ce n'est pas nécessaire d'en avoir déjà rencontré pour en reconnaître un. ») Sous le coup, elle avait accepté de l'aider, pour ainsi dire, dans un état de suspension du bon sens : tout ce qui n'avait pas trait au phénomène qu'elle venait de découvrir, lois comprises, lui était momentanément sorti de l'esprit ; quand cela lui revint, puisqu'elle ne pouvait plus revenir en arrière, elle se persuada que la transaction se passerait bien, et satisfit aussi les demandes suivantes de

Filip ; entre-temps, il s'était rendu compte de son côté qu'en plus de mériter sa gratitude (« Je te dois éternelle gratitude d'avoir nourri mon cerveau », dirait-il beaucoup plus tard), Minou avait les qualités requises pour entrer dans le petit nombre de ses vrais amis, dont elle continua de faire partie même après avoir changé de travail.

Minou remit donc mes cahiers à Filip, pour s'en remettre à son jugement : que penser de mes écrits ? quelles mesures prendre ? Il la prévint qu'il ne se prononcerait que sur les poèmes, ayant cessé de lire de la prose depuis longtemps, puis commanda du vin, et de l'eau gazeuse qu'elle boirait en attendant son avis (car cette scène avait lieu au café, bien sûr, dans un des cafés attitrés de notre poète, où les habitués offraient ou se faisaient offrir à boire, selon le jour, suivant l'usage littéraire local qui voulait qu'on abreuve même les confrères qu'on détestait cordialement). Sa lecture finie, il répondit : « Inscris-la donc au Cercle des petits auteurs, ça lui fera sans doute passer l'envie. Si elle persiste, c'est qu'il n'y aura plus qu'à te résigner : le bon Dieu t'aura punie d'un écrivain. » - « Comment cela, punie ? », demanda Minou. - « Pauvre candide ! Qu'est-ce que tu crois qu'elle sera quand elle aura mon âge, si elle écrit toujours et pas plus mal que maintenant ? *Ce que je suis* ! » Le ton de la dernière phrase renvoyait, bien sûr, à la situation de Filip que tout Pleunkois qui n'avait pas la passion de la poésie aurait défini en termes de raté complet et aviné. « Tu crois qu'elle sera heureuse, reprit-il, pour ne pas parler de ce qui te concerne ? » Ma mère prit un moment de réflexion avant de répondre : « Et toi, tu crois qu'elle est heureuse maintenant, ou qu'elle l'a jamais été ? » Cette réplique laissa le poète coi. Minou faisait parfois des observations vraiment inattendues. Mais elle n'en suivit pas moins son conseil.

Quelques années plus tôt, Pleunk avait connu sa première enfant prodige, une fille de treize ans qui écrivait des sonnets nettement mieux que la plupart de ses confrères adultes. Faute d'instructions officielles sur ce genre de cas (inconnu aux instances), et poussée par le souci de son avenir, son professeur de pleunkois, une dame, s'était mise à sous-noter ses rédactions, toujours plus sévèrement à mesure que l'ouï-dire transformait son élève en gloire officieuse – jusqu'au jour du zéro, où la surdouée rentra chez elle, écrivit un petit mot à ses parents et se suicida.

Même dans ce pays, où le suicide littéraire était très courant (chez les auteurs reconnus qui se contentaient de perdre leur talent, comme chez d'autres dont les écrits resteraient), il n'était pas admissible qu'un prodige disparaisse avant d'atteindre ne serait-ce que l'âge du bac. Les autorités s'en émurent, et soucieuses d'éviter que cela se reproduise, créèrent le Cercle des petits auteurs – qui leur permettrait de suivre de près leur évolution, de manière à pouvoir prendre à temps les mesures nécessaires pour les faire se développer dans le bon sens. Et désormais, chacun sut que l'État n'aimait rien autant que les jeunes talents.

Du temps où Minou m'y conduisit, le Cercle existait depuis un an seulement, mais il comptait déjà une dizaine de bons versificateurs, comme on pouvait le constater en écoutant la lecture par laquelle commençaient ses réunions. Ensuite, l'animatrice demandait à chacun de donner ses impressions. « J'ai l'impression d'avoir déjà lu tout ça, par petits bouts, déclarai-je quand mon tour fut venu. On devrait peut-être vérifier, avant de venir ici, si les vers qu'on va lire sont inédits. Autrement, je crois qu'on peut rester chez soi avec ses livres de classe : à quoi ça sert d'entendre encore dix fois le genre de choses qu'on y trouve ? On n'a pas besoin de les copier pour les savoir par cœur. » C'est ainsi que je devins l'enfant terrible des lettres pleunkoises, pour citer l'animatrice du Cercle, qui ne se décida jamais – soit crainte de voir se reproduire le fameux Précédent, soit empathie consécutive aux mois d'écoute fastidieuse de plagiats – à me faire taire, ni même à corriger ma propension au franc-parler.

Bientôt, tout Pleunk sut qu'un nouveau et plus jeune prodige lui était né. Une station de radio (dont l'équipe devait avoir appris qu'elle *m'empêchait de parler*) s'intéressa à mon cas – j'imagine qu'une réunion a dû s'y tenir, au cours de laquelle on a sans doute décidé que l'on gagnerait des auditeurs si l'on me confiait l'antenne, du moins une fois ou deux. (Idée très fine : ma famille écouta cette station davantage, et de préférence à toute autre.) J'y fus donc invitée à lire mes vers et à m'entretenir avec son critique littéraire, et il faut croire que le résultat fut assez distrayant : peu de temps après, je devins aussi visible sur le petit écran, après quoi mes écrits les plus inoffensifs eurent l'honneur de commencer à paraître dans la presse. Ce fut la gloire : des inconnus se mirent à me reconnaître, et je reçus des lettres d'admirateurs aux bons soins de la directrice de mon école (le nom de cet établissement étant toujours cité dans les médias), un plaisir dont je me fusse bien passée.

Avant d'apprendre que j'étais célèbre, la Directrice avait complètement ignoré mon existence parmi les élèves qu'elle gouvernait, et heureusement : chacun savait que nul autre professeur ne pouvait être aussi effrayant qu'elle (même si certains essayaient), ce qui faisait qu'au début de l'année scolaire, je m'étais réjouie d'avoir de nouveau, pour m'enseigner l'histoire, la bonne dame qui m'avait surprise, avant les grandes vacances, à écrire pendant son cours des vers dont le sujet n'avait rien d'historique, et s'était contentée de les déchirer avant d'appeler ma mère. (Ce n'était pas grave : je pouvais les reconstituer, Minou pardonnait tout à mon inspiration - il est notoire qu'elle vous prend quand elle veut -, et bientôt, ma gloire me dispenserait de ce genre de punitions.) Je n'osais pas imaginer comment la Directrice m'aurait châtiée en pareil cas, mais lorsqu'elle reçut la première lettre dont l'adresse suggérait que son collège pouvait s'enorgueillir d'être le mien, elle l'ouvrit, la lut et convoqua mon professeur principal qui dut lui rendre compte des raisons de cet incident. Ce fut ensuite mon tour de paraître dans son bureau, et ce serait peu dire que je n'en menais pas large en m'y rendant : même les pires cancres faisaient de leur mieux pour éviter d'en passer le seuil, tandis que j'étais (en toute circonstance autre que littéraire) très craintive ; la seule vue du visage de la Directrice me terrifiait, même si elle ne faisait que traverser la cour, à quelque cent mètres de moi. Quand je finis par comprendre qu'elle n'allait rien me faire de plus affreux que me donner la lettre en me foudroyant du regard, j'étais déjà revenue en classe où je pus m'évanouir tranquillement sur mon siège, en plein cours, suite aux émotions vécues. (La classe m'en sut gré : le temps qu'on me ranime, c'était toujours dix minutes de gagnées avant la sonnerie.) Les fois suivantes, je n'eus plus peur du tout : la Directrice avait le même regard méchant, mais je sentais qu'à chaque nouvelle missive admirative, je devenais plus proche de l'intouchable, à ses yeux.

Peut-être vous étonnez-vous, cher lecteur, des proportions de ma gloire : comment se pouvait-il que la radio, la télévision et la presse éprouvent autant d'intérêt pour les poèmes d'une petite fille, sans parler des individus, enfants et adultes, capables de perdre leur temps à lui écrire ? Rien de plus explicable. Comme je vous l'ai déjà dit, l'État chérissait les jeunes talents, tandis que les Pleunkois s'ennuyaient beaucoup trop. Toute distraction inédite était bienvenue pour eux, et j'étais bizarre, prolifique et érudite comme jamais aucun écrivain mineur qu'ils eussent connu.

Mes condisciples n'en conçurent aucune jalousie : depuis qu'ils me connaissaient, ils avaient eu le temps de se faire de moi (éternel bouc émissaire et première de la classe) l'image la moins enviable qui soit ; personne d'entre eux n'aurait conçu le souhait d'être à ma place – même sans la certitude de leur supériorité, le souvenir des traitements qu'ils pouvaient m'infliger aurait suffi à leur faire préférer leur position ; cependant, quelques-uns se firent plus gentils, et se renseignèrent sur les célébrités que je fréquentais, dans l'espoir d'obtenir des autographes. En somme, ma vie devint plus agréable qu'auparavant, tandis que mon amour-propre grandissait en proportion des occasions inédites qui s'offraient de le montrer.

Oui, mais dans ce monde où tant de vivants voient les choses en noir et blanc (sans forcément appartenir à l'espèce canine), il semble normal que tout bonheur doive se payer, et ce fut Minou qui paya la première pour le mien.

Non seulement elle passait désormais la plupart de ses heures de loisir en allers-retours entre chez nous et les médias pleunkois, me servant de chauffeur et d'imprésario, mais elle devait en plus revoir ses règles de vie en société, car l'attitude de son entourage à notre égard avait commencé à changer, pour prendre en quelques mois des aspects surprenants au point qu'on pouvait se demander si des sosies ne lui avaient pas été substitués. Ainsi, au bureau, sa collègue Nina, qu'on savait pourtant bavarde et cordiale, demeurait désormais presque coite quand elles étaient en tête-à-tête, autrement dit six heures sur huit, la moitié de la semaine (le reste du temps, les correctrices qu'elles étaient travaillaient à la maison), et si elle gardait l'habitude de me pincer la joue à l'occasion, le nouveau sourire joint à ce geste pouvait faire croire qu'elle en tirait le genre de plaisir auquel personne n'aime servir d'objet. Je niais que Nina me fît du mal, mais d'un bonjour à l'autre, Minou trouvait son regard abaissé sur ma petite personne toujours moins affectueux, si bien que le jour où je me pris le pied dans le fil du téléphone en traversant leur bureau (résultat : trente-six chandelles et cinq jours à manger par une paille), ma mère m'interdit de venir la chercher en fin de journée sans permission expresse – qu'elle ne m'accorda plus guère. Cette punition était naturellement bien plus cruelle pour elle-même que pour moi, compte tenu de l'état d'accablement où Minou se retrouvait vers le milieu de sa journée de bureau, et dont elle se distrayait jusque-là (à la façon des écoliers qui attendent la sonnerie) en imaginant que ma tête surgirait à l'instant d'après par la porte entrebâillée, comme un diable de sa boîte.

Pire encore : collègues, amis, cousins et autres commencèrent à échanger en sa présence, ou à lui adresser directement, des propos comminatoires concernant les dangers auxquels s'exposaient les enfants précoces – dangers d'autant plus effroyables que leurs parents étaient, en règle générale, aveugles pour tout ce qui ne servait pas leur ambition, et les menaient ainsi gaiement vers le désastre. On se demandait comment ces parents-là pouvaient ignorer ce que tout le monde savait : à priver les petits d'enfance normale, on obtenait plus souvent des incapables ou des malades mentaux que des génies… Heureusement pour Minou, je ne portais pas de lunettes, ce qui lui épargna de s'entendre reprocher ma future cécité ; cependant, il n'était pas indispensable de m'étudier de près pour constater que j'étais maigre et pâle quoique de teint mat ; désormais, on le remarquait si souvent à voix haute, que non seulement ma petite mère aux nerfs déjà éprouvés mais moi aussi, malgré la piètre estime où je tenais l'opinion publique (*des crétineries* !), je me sentis moins vaillante qu'auparavant.

À force de s'entendre répéter par tout adulte croisé qu'on a mauvaise mine, ou demander si l'on vient d'être malade, sous le regard peu rassuré de sa mère, on finit par s'interroger soi-même, et la réponse déçoit rarement l'attente. L'inquiétude n'étant pas étrangère à la migraine, ni le dégoût du monde à la nausée, je devins vite un cas intéressant pour les médecins aussi. D'après certains, mes troubles étaient de nature héréditaire ; d'autres y voyaient les prémices d'une puberté précoce – rien d'étonnant ; cependant, la plupart s'accordaient pour conclure que si les divers traitements déjà prescrits n'avaient guère agi, ce n'était pas grave. « Remarquez aussi qu'elle est plus grande que la moyenne, et qu'à part ces petits problèmes, son organisme donne toute satisfaction, fit le dernier que nous consultâmes. Elle n'a jamais eu de pneumonie, d'oreillons, de rougeole, de fracture, ni subi d'opération, ce qu'on ne peut pas dire de tous mes petits patients. C'est en somme une enfant assez solide. D'ici à deux ans, je gage que ça vous fera une jolie demoiselle bien développée. » Cette conclusion décida Minou à cesser de me faire étudier par le corps médical : il était assez rare, ces derniers temps, d'entendre un avis optimiste sur mon avenir ; mieux valait rester là-dessus plutôt que de courir le risque d'être de nouveau terrifiée au sortir de la consultation suivante.

Mais sa période d'angoisses maternelles ne s'acheva vraiment que quelques mois plus tard, un dimanche, chez ma tante Monique qui nous avait invitées à déjeuner avec d'autres cousines et rejetons. Nous arrivâmes les premières (à l'heure), et en les attendant, Monique se mit à nous raconter les exploits de son fils, absent pour cause de compétition sportive. Ce faisant, elle contemplait ma pâleur prostrée sur le canapé, sous la Joconde (je mourais d'ennui, comme chaque fois qu'on se retrouvait là), puis elle finit par s'exclamer : « Ma pauvre Minou ! le malheur que ça doit être, un enfant *de si faible constitution*, qui te demande autant de soins et t'accapare l'esprit en permanence ! » Je regardai Minou (comme d'habitude durant de tels discours) pour mesurer la montée de son inquiétude, et fus surprise de voir que cette fois-ci, au lieu de consulter ma mauvaise mine, elle relevait le menton en fixant sa cousine :

« Les mécanismes de précision exigent bien sûr un traitement plus délicat que les brouettes, fit ma mère, mais je ne crois pas que ça s'appelle un malheur. » Puis elle m'attrapa par la main et m'entraîna dehors, à mon vif contentement.

Je suppose que cette réplique ne fut pas plus vite comprise par Monique que par moi (qui épuisai ses finesses seulement le lendemain), mais le ton suffisait à donner une idée de sa teneur, et malgré la rapidité de notre sortie, je pus voir sur la figure de ma tante : 1) une stupéfaction égale à la mienne, face à cette superbe inédite chez Minou ; 2) l'épouvante de qui se croit en pays conquis et se retrouve soudain dans une souricière ; 3) la défaite la plus humiliante.

« Dis donc, elle va rester une bonne semaine la queue entre les pattes ! », fis-je à voix haute comme nous descendions l'escalier. - « Chut ! Denise, tu ne vas jamais apprendre à les garder pour toi, ce genre de réflexions ? », gronda Minou, mais on voyait bien que c'était sa notion du devoir éducatif qui s'exprimait : à peine m'avait-elle foudroyée du regard qu'elle piquait un fou rire.

Cet épisode inaugura une nouvelle étape de l'évolution que mes bizarreries imposèrent à ma mère : elle se mit à mépriser autant que moi l'opinion publique, et à lui tenir tête d'une façon dont j'étais incapable – avec une sorte d'aplomb sarcastique et en même temps attristé, comme si elle remarquait pour l'énième fois que les imbéciles vous forçaient à user de procédés à peine plus fins que les leurs, si vous vouliez leur faire comprendre qu'ils n'avaient pas toujours raison, même à Pleunk où la *crétinerie* était reconnue (sous des noms plus flatteurs) d'utilité publique.

Effectivement, cher lecteur qui n'avez pas connu cette époque sous ce climat-là (et je vous en félicite), Pleunk faisait partie des contrées où le bon ton consistait à tenir le *moins* pour le *plus*, dans tout domaine autre que le matériel. Ainsi, il suffisait aux moins capables d'accuser en public autrui d'un crime plausible (individualisme, folie des grandeurs, haute trahison) pour qu'il soit mis hors d'état de leur nuire, définitivement ou pour longtemps. Ce qui fit, par exemple, qu'un futur classique dut patienter quatorze ans avant de publier de nouveau ne fût-ce qu'un poème, suite à l'erreur qu'il avait commise en écrivant un premier recueil meilleur que ceux des autres débutants.

À l'époque de ma gloire, je n'avais pas une idée très précise de la vigueur de ce principe, les écoliers pleunkois étant notés comme partout ailleurs, selon le mérite. On peut s'étonner que l'État n'ait pas jugé utile de leur inculquer de bonne heure la logique officielle, mais ce manquement s'explique si l'on songe à l'avantage naturel que le nombre accordait aux moins bons, et aux parents qui n'allaient pas manquer d'y suppléer. Je me rappelle très bien, entre autres, le père d'un de mes cousins germains, qui adressait fréquemment au petit ce propos emblématique : « Bravo, crétin ! », suite à quelque bêtise ou pour manifester sa plus profonde satisfaction, toujours sur le même ton. Plus jeune que le cousin en question, je restai persuadée, durant deux ou trois ans, que le second terme de la proposition indissociable de sa personne était une version de son prénom réservée à l'usage de la famille, et même après avoir été détrompée, je continuai à le désigner ainsi chaque fois qu'on risquait de le confondre avec un homonyme, à l'occasion d'une fête, par exemple, où nous allions nous rendre : « Et Crétin, il sera là ? » (Je l'aimais bien.)

Un jour, à la campagne, jouant avec lui et cinq autres petits de ma parentèle, dont trois portaient le même prénom, je fus chargée (en tant que seule fille de la compagnie) des fonctions d'arbitre dans une partie de cerceau – qu'il fallait faire rouler en le fouettant avec une branche, exploit qui dépassait, à l'insu des sportifs, et mon adresse et mon entendement. Parvenus au but marqué par une corde, quatre d'entre eux se disputèrent sur les trajectoires (droites ou courbes) censées leur procurer des points supplémentaires. Ayant du mal à me rappeler la règle de ce jeu peu populaire en ville, et sachant que trois rivaux sur quatre étaient de fieffés tricheurs, je voulus les calmer en m'écriant : « C'est Crétin qui a gagné ! » Ils se turent aussitôt, pour me fixer avec stupeur, et réalisant que trois sur quatre n'avaient pas moyen de comprendre qui était le gagnant, je levai le bras pour le montrer du doigt – une seconde avant de me rappeler le sens propre du terme, tandis que les perdants éclataient du rire le plus humiliant que j'eusse jamais entendu.

Il ne servit à rien de présenter mes excuses, ni de le suivre les larmes aux yeux sous les huées des autres : il était trop gentil pour me bouder plus d'un quart d'heure, mais le mal était fait. Dorénavant, aux réunions de cousins, je fus la seule à ne plus le désigner que par son prénom. De fait, il s'appelait Vladimir – comme des milliers de garçons nés après l'Avènement, et chaque fois qu'il m'est arrivé d'en croiser un, depuis ma bourde, à Pleunk ou bien au cours de mes voyages, j'ai amèrement regretté qu'ils fussent si nombreux de par le monde, tout Vladimir me rappelant l'impardonnable crétinerie à laquelle j'avais pris part.

Ce n'est pas pour me disculper, cher lecteur, que j'use de la périphrase, je veux seulement vous rappeler d'où découlait le malheur que je fis subir à mon cousin préféré, et j'aimerais qu'on arrive à se prononcer, un jour, peut-être grâce à ces aveux, sur le partage des torts : qui de moi, de son père et de tous les autres parents de Vladimir pleunkois doit être tenu pour principal coupable ? Si cette question me tourmente encore, c'est que la victime n'en avait pas fini avec les mésaventures, toutes plus ou moins associables à son sobriquet ; mais je préfère remettre leur récit à plus tard.

Pour revenir à Minou, un certain temps après l'incident avec Monique, elle trouva une réplique utilisable dans à peu près toutes les circonstances où quelqu'un tenait sur moi des propos relevant du bon ton pleunkois, et faisant référence à la normalité : « Ma fille n'a jamais été normale, heureusement. Elle ne fait pas partie de la moyenne de la population. » Ce disant, Minou n'améliorait pas forcément son image aux yeux d'autrui, ni ne réglait ses problèmes récents, toutefois son moral s'en portait mieux. Quant à moi, j'accordai moins d'attention que jamais auparavant aux réactions désagréables qui me parvenaient. « Vois-tu, disais-je à Daliés, à Laurent Ray ou à Henri Ronsin, mes fiancés morganatiques dont les photos cachaient de façon bienvenue une partie des papiers peints de ma chambre (fournis avec l'appartement, typiques de la décoration locale), la moyenne de la population pleunkoise, ce n'est pas vraiment ce qu'il y a de plus fréquentable. Tu as raison de ne pas sortir te promener ici. Elle arriverait à te trouver mauvaise mine si elle te croisait, c'est te dire à quel point les gens peuvent être bigles. »

Minou aurait peut-être eu plus de mal à changer d'attitude envers le monde si je n'avais pas entrepris, peu de temps après la conversation où je me référai à trois ouvrages qu'elle possédait sans avoir jamais eu le temps de les ouvrir, de remettre au jour ses connaissances de sa propre bibliothèque, puis d'autres livres que j'empruntais, consommais et lui offrais, au fur et à mesure, sous forme de résumé commenté, à son vif plaisir. D'après elle, cela lui donnait l'impression de les avoir lus : ses propres lectures ne lui avaient pas laissé un souvenir plus détaillé que mes exposés ; en fin de compte, cela revenait au même que ce soit moi qui lise à sa place. Cette pratique qui trompait sa faim intellectuelle (sans manquer d'influer discrètement sur ses valeurs) présentait aussi l'avantage d'exercer mon esprit, ce qui, à l'âge que j'avais, était plus nécessaire qu'au sien. (Elle n'achèverait jamais sa Thèse ; elle ne deviendrait jamais Professeur d'Université, le rêve qu'elle avait caressé depuis le lycée, dix années durant ; et pour faire le travail qui nous nourrissait, elle aurait pu se passer de la majeure partie de ses connaissances, sans lesquelles elle l'aurait peut-être mieux supporté. Comme il était étrange, se disait-elle quelquefois, cet ordre des choses qui voulait que jeunes, on soit encouragés à apprendre, et qu'adultes, on soit forcés à oublier peu à peu le meilleur de ce qu'on savait, pour vivre… Mais elle m'avait. Avec moi, elle pouvait faire comme si le meilleur était devant elle, et de fait, ne l'était-il pas ?)

J'ai oublié de préciser qu'à l'époque où j'étais près d'épuiser sa bibliothèque, j'étais tombée, parmi les dernières réserves, sur une méthode de lecture rapide que Minou n'avait pas eu le loisir d'assimiler après l'avoir achetée dans l'espoir de résoudre grâce à elle son problème dont je ne m'étais pas encore chargée. Ce manuel présentait des exercices répartis sur trois mois ; j'en vins à bout l'espace d'une journée, concluant une fois de plus (je l'avais déjà noté à maintes reprises, quoique en termes moins précis) que le monde adulte semblait fondé sur deux principes concomitants : la tromperie sur la marchandise et la perte de temps. Pourquoi avoir prévu trois mois de lecture pour cent pages destinées à l'accélérer, sinon dans le but de faire un livre de ce qui pouvait tenir dans un article, et de faire croire aux lecteurs qu'ils auraient accompli un travail considérable ?

Cette méthode eut, dans mon cas, de longues conséquences fastes et néfastes : en deux ou trois ans, j'épuisai aussi la bibliothèque municipale, et comme celle-ci était loin d'acheter toutes les nouveautés qui m'intéressaient, Minou dut donner en location une chambre pour pourvoir à mes besoins. Le reste de l'appartement était de plus en plus encombré de volumes qui prenaient la poussière et la faisaient éternuer le dimanche, quand elle trouvait un moment pour s'occuper du ménage. Cependant, elle ne prit jamais de mesures coercitives autres que de m'obliger à passer le plumeau. Et comme personne ne contrariait mes goûts, tous mes loisirs tournaient autour des lettres, ce que je connaissais de mieux pour supporter l'existence (comprenez : l'école et le reste de la réalité pleunkoise). Quant au plumeau, je n'avais rien contre, le trouvant joli et de manipulation bien distrayante.

Je lisais à la maison, dans les jardins et les transports publics (déjà), au restaurant (les rares fois qu'on y allait, pendant que le serveur tardait à venir prendre la commande, assez pour me permettre de finir un roman de taille moyenne), chez des gens (Minou m'emmenait souvent rendre visite à ses amis, cousines ou collègues, trouvant que cela me profiterait de sortir un peu au lieu de rester à lire jusqu'à minuit) et même au musée (j'en avais trouvé un dont les banquettes anciennes me semblaient plus belles que nos meubles, d'où un déménagement à temps partiel, qui dura quelques mois). Bref, je lisais partout où je pouvais m'asseoir et où je ne voyais pas mieux à faire, et si certains s'étonnaient de cette mienne impolitesse (par ailleurs, j'étais bien élevée), le temps aidant, tout le monde finit par s'y habituer, à la seule exception de mes professeurs. Après m'être fait surprendre en flagrant délit de lecture de Heine pendant le cours d'allemand, je fus sévèrement grondée par Minou qui me fit jurer de ne plus recommencer, et j'obéis, de peur ou parce que je trouvais méchant de fâcher une femme si douce (je ne sais plus). Mais en classe, je pouvais abuser tranquillement du privilège d'écrire ce que je voulais, grâce à deux professeures successives qui firent comme si de rien n'était quatre ans durant, honneur leur soit rendu : bien qu'enseignant la littérature, elles ne voyaient pas de mal à ce que je la respecte assez peu pour en faire au lieu de l'étudier, et ma gloire aidant, elles considéraient ces travaux personnels comme suffisants en guise de devoirs.

Le sommet de ma gloire fut atteint l'année de mes douze ans, à la récré, lorsque Victor, un de mes condisciples, accourut pour me dire que je figurais dans le manuel de lettres de troisième. Je refusai de le croire, sur quoi il m'entraîna dans l'escalier, vers la salle de classe où il avait fait cette découverte invraisemblable, sur le bureau du professeur, et comme nous feuilletions l'ouvrage à la recherche de la preuve tout en nous disputant (« Tu mens ! C'est con, comme blague !» – «Tu vas voir si je mens ! Je te préviens, tu me dois un goûter et des excuses… »), nous fûmes surpris, juste au moment où nous trouvâmes la bonne page, par la Directrice en personne, attirée par le bruit. Cette fois-ci, je n'étais plus à l'abri de sa colère.

Je ne songeai même pas à expliquer la raison de nos actes coupables (présence dans une salle de classe pendant la récréation, mainmise sur les effets d'un professeur), étant trop épouvantée pour ouvrir la bouche ; quant à Victor, il essaya, mais fut obligé à se taire avant d'avoir achevé sa première phrase. Lorsque le professeur auquel le livre appartenait revint, et que la Directrice nous quitta, lui laissant le soin de nous punir, je m'enhardis au point de nous justifier, et ce fut mon tour de ne pas être crue : certain que je fabulais, le professeur ne se donna pas la peine de rouvrir le manuel (qu'il brandissait) pour vérifier mes dires. « Tu te rends compte, fit Victor une fois dans le couloir, il ne l'a toujours pas lu ! » Peut-être l'enseignant constata-t-il son erreur par la suite, mais il n'eut jamais l'idée de s'excuser en me croisant, ni de m'offrir un goûter. Pour ma part, j'accomplis volontiers ce devoir moral envers le nouvel ami qui s'était vu flanquer deux heures de colle pour s'être intéressé aux textes figurant au programme d'une classe supérieure. Je rentrai avec lui à la maison, où nous pûmes nous plaindre amèrement à Minou, mi-scandalisée mi-pliée de rire au récit de notre malheur. (Je resterais amie avec Victor jusqu'au moment où il déciderait que seules les maths étaient dignes de respect, où il envisagerait de faire carrière, et s'attirerait mon mépris par celui qu'il afficherait dorénavant envers les lettres et les arts.)

Ma mère prit les mesures qui s'imposaient, nous régalant, appelant la Directrice, répandant autour d'elle l'anecdote, acquérant le manuel et adressant une lettre à ses éditeurs pour s'enquérir de la source d'où ils tenaient mon poème publié à titre d'exemple de *créativité scolaire*. (Ils n'étaient tout de même pas censés savoir que j'écrivais durant les cours de lettres.) J'attendis avec impatience d'arriver à la troisième, pour avoir le plaisir de m'étudier, mais je ne l'eus jamais : cette année-là, comme par un fait exprès, l'on nous donna un autre manuel, qui venait de paraître et où aucun auteur mineur ne figurait. À Pleunk, les livres scolaires changeaient souvent, au rythme de la censure dont l'une des tâches consistait à transmettre des rapports sur les erreurs commises par elle-même, afin qu'on s'occupât de les corriger en temps voulu. Ma disparition du manuel aurait dû me servir de leçon pour l'avenir (l'on pouvait y voir non pas un seul présage fatal mais deux), toutefois, je n'y réfléchis guère, trop occupée par d'autres publications.

Jusqu'à la fin de mon adolescence, j'en eus beaucoup, quoique leur nombre diminuât discrètement d'une année à l'autre : à mesure que mon aspect approchait de l'adulte (je ne sortis plus sans rouge à lèvres dès mes quatorze ans), mes poèmes étaient assez souvent jugés trop sombres ou incompatibles de quelque autre manière avec l'esprit officiel des lettres pleunkoises. Toujours prolifique, autrement dit absorbée avant tout par mes écrits, je mis du temps à remarquer ce changement d'attitude et à l'interpréter correctement. Et comme vous le savez, à l'époque où je finis par penser qu'il y avait une vraie incompatibilité entre la littérature locale et moi, j'avais déjà cessé d'écrire (définitivement *et* provisoirement). Ce problème ne me concernait plus. J'allais mourir ou devenir un écrivain français, ou les deux à la fois.

Tout cela pour vous dire que mon expérience de la lecture, de l'écriture et de la gloire, acquise à Pleunk, m'avait laissé une idée générale de la littérature (déduite des œuvres aimées, des propos de Filip que je voyais de plus en plus souvent en grandissant, et de mes déconvenues) selon laquelle les écrivains écrivent de leur mieux pour être appréciés beaucoup plus tard, sans se soucier de plaire ou de déplaire à leurs contemporains. Longtemps, je restai incapable de comprendre que ce principe semblait romanesque, présomptueux ou loufoque à la plupart de ces derniers. Quand je m'en rendis compte, je n'y renonçai pas pour autant, ne tenant ni à vivre de mes écrits ni à gagner une vaste popularité - peut-être parce que je l'avais déjà un peu connue. Et à Paris, pensais-je (nous avions tant parlé de Paris, avec Filip dont un recueil de poèmes était déjà traduit en français et cité par des confrères parisiens, alors que la critique pleunkoise n'y trouvait toujours rien de bon), on voit plus vite ce que vous valez. La facilité avec laquelle j'avais pu faire paraître mon premier livre (chez le premier éditeur auquel je l'avais adressé, qui l'avait accepté assez vite pour m'épargner d'autres envois) semblait aussi confirmer cette idée rassurante : à Paris, tout bon écrit trouvait preneur, et le seul problème sérieux d'un auteur y consistait à écrire toujours mieux.

Je ne me serais donc pas inquiétée pour mes deux romans achevés mais encore inédits, si les circonstances ne m'avaient pas donné hâte de m'en débarrasser. De son côté, Jean-Jacques m'y encouragea avant même de les avoir lus, dès le jour où je les lui donnai, en me conseillant d'en faire parvenir un seul (« celui qui te semble convenir le mieux, et surtout, tu fais comme si tu n'avais pas d'autres inédits, autrement, on risque de s'en faire une idée qui peut te nuire ») à son ami Luc, dont il me fit noter aussitôt les coordonnées. « Je vais l'appeler pour lui parler de toi et le prévenir que tu vas lui envoyer un manuscrit. »

Luc appartenait à la catégorie particulière d'arbitres vivant de la seule lecture de livres qui n'existent pas encore ou n'existeront jamais, étant chargé d'en éliminer le plus grand nombre possible au profit de plusieurs grands éditeurs. Autrement dit, il était du Jugement Premier, plus redoutable que les ultérieurs aux yeux de ceux dont le souci majeur consiste, comme chez l'araignée, à déposer leurs œufs en lieu sûr, comprenez hors de leur tête et là où ils seraient le mieux conservés (dans quelques bibliothèques), l'approbation publique n'étant que le cadet auquel on a loisir de s'adonner ensuite, comme on goûte le fruit de ses efforts, non sans contentement, fût-il mauvais.

Mon inquiétude à l'idée de rencontrer cet arbitre fut accrue par les péripéties qui précédèrent le jour crucial de notre premier rendez-vous. En effet, lorsque j'appelai Luc, au bout de deux mois d'attente, pour lui demander son avis du roman que je lui avais envoyé, il s'avéra qu'il ne voyait « plus très bien » qui j'étais, c'est-à-dire qu'il n'avait pas encore ouvert l'enveloppe en question ; par ailleurs, il me fit remarquer gentiment que le délai de lecture minimal était de trois mois – que je laissai passer, dès lors confuse et pleine d'appréhensions à son égard, avant d'oser le rappeler et de m'entendre proposer de prendre un verre vers la fin du mois suivant. Entre-temps, j'avais failli rester sans permis de séjour faute d'avoir pu satisfaire à temps aux nouvelles exigences des autorités dont je dépendais, qui semblaient tenir encore moins que par le passé à laisser faire des études poussées aux exotiques. Sans la clémence d'une employée qui me concéda trois jours de plus pour lui fournir le relevé bancaire qu'on venait de rendre obligatoire, et sans la chance que j'eus de trouver une banque qui veuille de moi pour cliente, j'eusse été clandestine ou expulsée avant que Luc n'ouvre mon manuscrit, si bien qu'en marchant vers le café où je devais le voir, j'étais plus angoissée et plus pressée que jamais d'en arriver à l'étape où mes écrits achevés seraient publiés. Qui s'en occuperait si je disparaissais ? Jean-Jacques ? Cela semblait peu probable, vu que ces derniers mois, il ne trouvait même plus le temps de me revoir, se contentant d'échanger quelques phrases par téléphone quand je l'appelais, et de promettre que nous déjeunerions ensemble quand son surcroît de travail le lui permettrait (il avait commencé à collaborer à deux autres revues). Il ne me restait déjà plus que six mois jusqu'à l'expiration de mon *titre* actuel, qui serait sans doute encore plus difficile à renouveler que le précédent ; et s'il s'avérait que même au jour que nous étions, Luc n'avait pas encore lu mon premier roman ? En me donnant rendez-vous, il n'avait pas dit que c'était déjà fait, ni même que cela le serait le jour venu. Avait-il jamais souhaité me lire ?

Peut-être ne pensait-il qu'à se débarrasser de toute lecture supplémentaire, de moi en l'occurrence – par exemple, en me faisant la politesse de me rencontrer pour m'expliquer qu'il ne me lirait pas avant l'année prochaine ou celle d'après. Et si je lui déplaisais au cours de la rencontre, me lirait-il jamais, ou voudrait-il me faire publier, si par hasard il m'avait lue entre-temps ?… Je supposais désormais à Luc un potentiel d'incompréhension, voire de mauvaise volonté, équivalent à tout ce que j'ignorais de sa personne. (Je n'en connaissais que le nom et la voix ; c'est à mon propre manuscrit que j'étais censée le reconnaître.)

Arrivée au café à l'avance, j'hésitais entre deux tables avec vue sur l'entrée, quand je m'entendis appeler : un grand jeune homme tout souriant brandissait mon roman. Par quel moyen m'avait-il reconnue ? « Rien de plus facile, déclara Luc, on n'a pas besoin d'être lecteur depuis des lustres pour savoir identifier l'expression d'un auteur qui vous cherche ! » – « Elle est comment ? » – « Difficile à décrire ; mais je dirais qu'elle est très émouvante. » Mes appréhensions diminuèrent : même une éliminée potentielle ne pouvait que trouver cet arbitre sympathique.

Pour mieux faire connaissance, nous parlâmes littérature, nous découvrant des goûts communs, ce qui permit à chacun de citer à l'autre des phrases savoureuses ou des détails peu connus de la vie de nos auteurs préférés. Il se trouvait que Luc raffolait de Thackeray, de Trollope et de Tolstoï. « C'est amusant, dit-il, on pourrait croire que j'aime uniquement les romanciers qui ont mon initiale… », ce qui me fit frémir, mais il poursuivit : « …je n'en apprécie pas moins Proust, Flaubert, Stendhal… » Et comme la conversation se prolongeait à mesure des grands noms cités, Luc me proposa de la continuer dans un restaurant proche : « C'est tellement agréable de discuter avec vous ! » Cela va sans dire que j'étais du même avis.

Lorsque nous arrivâmes aux auteurs plus récents, Luc m'apprit qu'à la fin de ses études universitaires, il s'était occupé de recueillir les inédits d'Untel, grand écrivain encore peu populaire et dont il avait dernièrement écrit la biographie : « Ne vous excusez pas de ne pas l'avoir lue, elle va paraître l'année prochaine ! » Untel, me raconta-t-il, avait attendu deux décennies pour voir publier son œuvre majeure, plutôt que d'accepter d'y faire les coupures que les éditeurs exigeaient, effrayés par ce manuscrit de quelque huit cents pages, non seulement coûteux à imprimer mais aussi difficilement vendable. « Vous savez, il était très en avance sur son époque. Les lecteurs n'étaient pas préparés à le comprendre. Ce qu'il écrivait, cela semblait à peine lisible même aux éditeurs qui lui reconnaissaient un certain talent… Et il n'y en a pas eu plus de trois, sur ses trente ans de carrière, qui aient eu assez de jugeote pour le remarquer… » Je n'en revenais pas d'entendre Luc parler si mal de son corps de métier, mais il semblait le mépriser autant qu'il admirait le romancier rejeté : « Voilà un pur, disait-il en découpant sa viande. Quelle abnégation ! rien ne l'intéressait hormis son art. Il a préféré rester inconnu, et pauvre, au lieu de transiger comme la plupart des autres… »

Voilà, décidément, un lecteur avec lequel je peux m'entendre, me disais-je, toujours plus rassurée, et c'est ainsi que vers la fin du repas, au bout de trois heures d'échange de connivences, je me décidai à passer au sujet qui nous avait permis de nous rencontrer : « En fait, que pensez-vous de mon roman ? » – « Oh ! excusez-moi, j'aurais dû vous en parler plus tôt ! fit Luc en me prenant la main, l'air navré. Je ne voulais pas commencer par cela, puis la conversation m'a entraîné... Votre roman, ce n'est pas encore ce qu'il faut. Vous êtes douée mais on voit tout de suite que vous n'avez pas assez d'expérience. Il faut choisir des caractères moins petits, utiliser le double interligne, passer à la ligne beaucoup plus souvent, et faire un saut de ligne entre les paragraphes. Quand un lecteur reçoit un manuscrit comme le vôtre, il prend peur rien qu'en voyant la première page : c'est trop serré, trop dense. J'en connais qui ne commenceraient même pas à le lire. Si jamais ils commencent, qu'est-ce qui se passe ? Ils se rendent aussitôt compte que le texte n'est pas moins fatigant que la présentation typographique, alors, vous comprenez, ça ne peut que leur tomber des mains. Je ne connais que moi pour ne pas refermer un manuscrit pareil au bout de trois phrases ! »

Ce point de vue me parut ahurissant. En tant que lectrice, je préférais justement la présentation propre, selon Luc, à rebuter : je n'étais jamais pressée d'arriver à la dernière page, alors qu'au rythme où je lisais, peu d'ouvrages me duraient assez ; les gros caractères et l'espacement large me semblaient justifiés uniquement dans les livres pour enfants ou malvoyants ; et depuis que la dèche était devenue ma seconde nature, j'appréciais encore mieux les volumes épais aux lettres minuscules, qu'on achète avec la certitude *d'en avoir pour son argent.* D'autre part, je ne voyais pas comment un amateur de Proust pouvait se fatiguer en me lisant. Mais il n'a pas choisi de me lire, me rappelai-je, c'est du travail, pour les gens comme lui, ils n'ont pas envie d'y passer beaucoup de temps, et s'ils sont pauvres, c'est sûrement moins que moi. Je tentai d'adopter son point de vue :

« Mais si je laissais beaucoup d'espace, on n'ouvrirait même pas le manuscrit, il serait gros à faire peur ! » Luc sourit : « Justement, j'allais vous le dire, il ne faut pas faire de gros romans. Il faut écrire court, pas plus de cent pages. Et que ce soit limpide. Vos phrases, on couperait chacune en quatre, elles seraient encore trop longues. Vous avez lu le livre de... ? (Il cita un nom que je ne connaissais pas, et que l'état où j'étais m'empêcha de retenir.) Lui, il n'a pas eu de mal à le faire paraître, rien d'étonnant : c'est bref, limpide, ses phrases sont courtes. Il a beaucoup de succès et il le mérite. Voilà ce qu'il faut faire. Vous êtes douée, vous pouvez y arriver ! »

Mon amour des belles lettres n'étant pas assez fou pour ne pas rester muet lorsque la raison parle, je ne rappelai pas à Luc ses propos sur l'auteur d'un roman de huit cents pages qui avait bien fait de ne rien en couper. Avant d'en arriver au manuscrit, j'aurais dû lui demander quels romanciers contemporains il préférait, me dis-je, cela m'aurait sans doute mise en garde. Apparemment, il ne juge pas les vivants selon les mêmes critères que les défunts ; et si cela se trouve, ses conseils, c'est simplement une façon polie d'éviter de parler de ce qui lui déplaît vraiment chez moi. Suite à ces réflexions, je le remerciai (pour la confiance et les encouragements) en souriant, après quoi Luc changea de sujet, tandis que je tentais de me consoler en songeant que tout cela n'était jamais *que la réalité.*

En effet, si la plupart des gens recourent à une formule comme *ce n'est qu'un roman* ou *un film* (formule issue de leur foi en l'importance de la vie vraie) pour se défendre en cas de besoin contre la force de l'imaginaire, le point de vue opposé s'offrait souvent à moi comme un refuge possible. Ce n'était pas seulement grâce aux années où j'avais habité dans mon for intérieur davantage qu'à Pleunk ; je pourrais vous présenter, pour défendre ce renversement de la logique commune, des arguments d'un ordre plus respectable que celui de la simple évasion. On a souvent tort de croire que le réel ne saurait obéir à la fiction, ou qu'il ne dépend pas de nos fantasmes.

Je me rappelai mon vieux Dante illustré, où le graveur s'était complu à faire remarquer au lecteur que le poète avait envoyé vivants en Enfer tous ses adversaires (peut-être l'artiste leur avait-il donné les traits des siens propres, saisissant ainsi l'occasion de régler le plus de comptes possible), et je pensai que si je le souhaitais, je pourrais aussi prendre ma revanche par le moyen dévolu à notre confrérie : il me suffirait de transformer le lecteur en personnage. Je n'aurais même pas besoin de le noircir ni de lui infliger le moindre supplice : ses seules fonctions suffiraient à l'accabler dans un livre qu'il n'aurait pas apprécié. Car aussi importants que puissent être certaines gens dans la réalité, dès qu'on les met dans un roman, fût-il très piètre, ils se muent en créatures inférieures jouant le mauvais rôle (selon le style de l'écrivain, cela peut donner un marchand du temple, un médiocre envieux, un idiot arrogant, voire un démon des moins prestigieux). En général, une fois que la fiction les a ainsi condamnés, la vie ne tarde pas à exécuter son verdict – ou plus précisément, quand elle tarde, ce n'est jamais au-delà de l'âge de leur perte d'influence ou de leur retraite, qui vient toujours assez tôt à leur sens ; bref, on peut dire qu'ils ne perdent rien pour attendre.

Les écrivains, en revanche, parmi d'autres artistes, gagnent toujours, ne fût-ce que paradoxalement, à devenir des personnages : sans parler de l'amour du biographe pour son lointain sujet (qui lui aurait peut-être paru insignifiant dans la vie vraie), on sait combien leurs biographies paraissent exemplaires, même quand elles grouillent de mauvais exemples, aux admirateurs prêts à leur envier jusqu'à leurs misères, jusqu'à leur mort sans laquelle ils n'eussent pas été vraiment immortels. La plupart d'entre nous s'en doutent, et faute de garantie que l'œuvre seule suffise à leur procurer un hagiographe, beaucoup s'efforcent dès leur prime jeunesse d'avoir une vie romanesque au possible, qui en se complaisant à se rabaisser, qui en se faisant passer pour un héros jusque devant lui-même. Or, il n'est pas de héros sans épreuves, ni d'intrigue qui tienne en haleine sans événements pénibles. Et là aussi, la réalité peut se plier aux ordres du récit, d'une manière qui n'a rien de l'évasion ou de la consolation, étant moins rassurante que celle du paragraphe précédent.

Je sais des romanciers, dont un ou deux célèbres, qui ont eu le malheur, après avoir décrit en plusieurs volumes toutes sortes de désastres, de finir par vivre ou mourir exactement comme leurs créatures les plus personnelles, comme si une instance supérieure avait jugé bon de les enfermer définitivement dans leurs ouvrages. Bizarrement, ceux qui se décrivent eux-mêmes en attendant d'avoir leur biographe semblent les plus exposés au danger de ne pas survivre aux dernières épreuves dûment corrigées, après la série de malheurs passionnants qu'ils se sont infligés par souci de vraisemblance ou pour l'amour de l'art : ils croyaient inventer ou forcer le trait, mais finalement, ils n'avaient fait que dire vrai. C'est pourquoi, faute de savoir de quelle façon précise le réel pourrait se laisser contaminer par votre imaginaire, il vaut mieux se garder de devenir son propre héros, surtout lorsqu'on n'est pas un écrivain porté à l'optimisme, dont les romans s'achèvent forcément de manière rassurante. Mais hélas, il ne suffit pas de renoncer à se portraiturer en écrivant pour éviter que vos inventions vous rattrapent, loin s'en faut.

Dans cet ordre de mésaventures, les pires arrivent aux imprudents qui fricotent par écrit avec l'invraisemblable, l'occulte et le prodigieux. Pour ne parler que de nos contemporains, rappelez-vous celui qui, s'étant amusé à évoquer Satan sur un ton irrévérencieux, fut proclamé diabolique et forcé à se cloîtrer, le jour de mon arrivée à Paris. Difficile de trouver meilleur exemple de l'efficacité de l'imaginaire : quel autre confrère est parvenu (non content de s'être fait condamner suivant la logique loufoque de son livre) à se faire rechercher par des ennemis encore plus insolites et nombreux que ses personnages ? Veux-tu du matériel pour des romans picaresques, en voilà, et même plus qu'il n'en faudrait pour dix plumes ! Et comment y était-il parvenu ? En manquant par écrit de respect au Diable, dans une ville de mécréants, où le Susdit passait depuis longtemps pour une vieille invention risible ! Le pauvre homme aura eu, entre autres mérites, celui d'avoir réuni deux dimensions spatio-temporelles a priori incompatibles, et d'avoir fait saisir l'importance de l'imaginaire à quelques pragmatiques. (Quel assureur positiviste aurait investi sur la vie de ce romancier plus que sur celle d'un athée sous l'Inquisition ? Et puisque traiter de Satan (sinon avec Lui) peut avoir des conséquences aussi vastes, et vous faire mener une vie monacale en pleine laïcité, ne doit-on pas concéder une forme d'existence réelle même aux moins vraisemblables des personnages de roman ? On pourrait aussi se demander si les forces occultes ne sévissent pas le mieux justement là où personne n'y croit, en se rappelant les massacres les plus impressionnants depuis le Déluge – mais je laisse ce soin aux historiens.)

Pour revenir à Luc, hormis l'idée d'une facile vengeance, il m'inspira une ambition meilleure, sans laquelle je ne vous aurais pas parlé de lui. Je la conçus au dessert, pendant que je continuais de discuter avec lui grâce à l'ubiquité mentale typique des lettrés, qui n'ont pas besoin de songer à ce qu'ils disent pour avoir l'air d'exprimer des idées profondes. Apparemment, pensais-je (tout en parlant d'autre chose), les gros livres écrits dans le seul but d'illustrer les belles lettres sont voués à disparaître : on n'en veut plus ; bientôt, il ne restera sans doute personne d'assez fou pour perdre des années à rédiger *À la Recherche du temps perdu*, *La Foire aux vanités* ou *Guerre et paix* (pour n'évoquer que trois titres de la vingtaine que Luc et moi avions commentée). Quel vide ça fera, pour les lecteurs comme moi, et même pour un Luc de l'avenir !... Un vide qui avait déjà commencé à se creuser ; n'étais-je pas désignée pour en remplir une partie ? Au lieu de faire court la prochaine fois, comme le Luc actuel me le conseillait, ne serait-il pas plus important et urgent d'entreprendre toute une série de gros romans propres à exalter le Luc encore imaginaire qui existerait quand je serais ailleurs que dans son espace-temps ? (La confiance en son don, voire la pire présomption est éminemment utile à l'artiste, le poussant à la justifier.) Au fond, je n'avais avec Luc aucun désaccord que le décalage spatio-temporel ne puisse annuler ; je venais de me renseigner sur les auteurs contemporains qu'il aimait, et s'il n'avait cité aucun de mes grands hommes français, il avait évoqué un romancier américain, des plus vastes et touffus, qui se trouvait manifestement *à la bonne distance* pour être admiré. Voyez-vous ce que je veux dire, cher lecteur ? Je crois qu'une petite explication sur la bonne distance serait utile.

Vous aurez peut-être déjà remarqué qu'à une distance considérable, les choses se situent dans une dimension où la différence entre espace et temps tend à s'effacer : ainsi, l'on s'indigne également des cruautés commises au Moyen Âge chez nous et aujourd'hui dans un autre pays (d'autant plus qu'il nous semble exotique). De même, les grands hommes de notre passé ou du présent d'une autre culture jouissent facilement auprès de nous d'un prestige indiscutable. Tandis que dans l'ici-et-maintenant, l'on a tendance à croire que rien de grand ne se fait, et en même temps, que rien d'affreux n'arrive.

À la faveur de cet effet d'optique, sans aucunement changer, nombre d'œuvres qui ont été jugées unanimement exécrables ou dépourvues d'intérêt apparaissent comme des chefs-d'œuvre incontestables à tous, à partir du moment où le temps « a fait le tri », comme disait Michèle ; néanmoins, en vertu de l'aspect spatial du phénomène, tel écrivain ou autre artiste peut se voir épargner un siècle ou plus d'attente en se retrouvant presque immédiatement reconnu ailleurs que dans le pays où, selon l'adage, « nul n'est prophète ». Autrement dit, ce qui vaut pour la mort (qui peut être temporelle ou spatiale) vaut également pour la reconnaissance, la distance dont on peut avoir besoin envers les œuvres relevant d'une dimension où l'espace et le temps sont substituables l'un à l'autre. Cependant, il va de soi qu'il ne suffit pas aux artistes d'avant-garde de s'exporter pour être aussitôt appréciés à leur juste valeur ; souvent, tout dépend de l'endroit d'où ils viennent et de celui où leurs œuvres parviennent : ainsi, à Pleunk, les textes originaires de France ont toutes leurs chances d'être reçus avec un préjugé favorable (comme mes articles acceptés avant même d'avoir été écrits), tandis qu'à Paris, ce préjugé s'exerce notamment au profit de ce qui provient d'Amérique. Luc n'avait donc pas besoin d'attendre qu'un romancier américain touffu aux romans énormes meure ou remonte aux siècles précédents pour lui offrir l'estime qui lui était due : peu importait que cet auteur fût déjà unanimement reconnu dans son propre pays ; à Paris, il se trouvait dès sa première traduction à la bonne distance pour être vu tel qu'en lui-même, voire (selon les capacités de jugement du lecteur) comme meilleur qu'il ne le paraîtrait avec le recul dans le temps. Naturellement, la bonne distance (spatiale, temporelle ou spatio-temporelle) n'est pas toujours facile à calculer pour chaque artiste, faute de quoi nombre d'entre nous désespèrent ou espèrent plus qu'il n'est raisonnable être reconnus de leur vivant. Dans mon cas, une seule chose semblait certaine : pour Luc, je n'étais pas à la bonne distance ; mais peut-être le serai-je plus tôt que je ne l'imagine, me dis-je (il faut croire que j'avais un regain d'optimisme), ce n'est pas complètement exclu, puisqu'on ne sait jamais quand et par quel tour surprenant des événements quelqu'un peut changer d'optique face à nous.

Je me rappelai alors une conversation avec Michèle, datant de quelques mois. Elle avait fini de lire mes deux romans avant que Luc ne trouve le temps d'ouvrir l'enveloppe contenant le premier, et les avait beaucoup aimés, à son propre étonnement : en principe, mon genre de sujets ne lui disait rien, sans parler de son préjugé à l'égard de la littérature contemporaine (qui commença de fait à s'estomper, quoique ce fût encore presque exclusivement à mon profit). Tout étonnée de l'effet qu'ils lui avaient fait, Michèle en discuta longuement avec moi, en bifurquant sur d'autres livres qu'elle avait eu un grand plaisir à lire, pour essayer de comprendre d'où il venait (quels points communs on pourrait leur trouver avec mes écrits), puis, comme cela arrive dans ce genre de conversations, nous oubliâmes d'où nous étions parties, et nous lançâmes dans un exposé dialogué de nos critères de jugement, exemples commentés à l'appui.

Michèle en vint à me dire qu'à son sens, la grandeur d'un très bon écrivain demeurait discutable s'il n'avait pas produit un livre au moins aussi gros que *La Montagne magique*. « C'est peut-être ridicule, mais je suis sûre que c'est vrai : les livres à la fois brillants et énormes sont d'une autre nature que les petits livres brillants. Tu vois, *Enfance, adolescence, jeunesse*, c'est excellent, mais quand Tolstoï a pondu *Guerre et paix*, il a prouvé qu'il était un géant – puisqu'il avait le cul assez gros pour le pondre, si j'ose dire ! (Me rappelant ce propos, je revoyais son sourire, et sur la table entre nous, la théière, les bols noirs, les papiers et les livres en désordre, et l'atmosphère de chez elle m'enveloppait, faite d'un parfum indéfinissable propre à l'appartement, auquel se mêlaient l'amitié et l'idée qu'entre ces murs, rien ne pouvait m'arriver.) Une histoire de mille pages, ça se lit pendant des semaines ou des mois, où la vie des personnages participe en quelque sorte à la tienne, et il t'en reste l'impression de quelque chose qui a vraiment les proportions de la réalité, tu vois ce que je veux dire ? »

Michèle avait réfléchi pour essayer de fixer la taille minimale d'un de ces livres-là, et abouti à la conclusion que huit cents pages s'imposaient. « Mais bien sûr, mille ou plus, c'est encore mieux. Est-ce que tu crois que tu pourrais faire un jour un *Gros Œuvre* comme ça ? » Elle s'exprima en ces termes précis, sur un ton d'italiques, et en riant, peut-être par la sorte de pudeur assez répandue qui veut qu'on fasse au moins semblant de plaisanter quand il s'agit de parler de choses pourvues de grandeur.

La question me prit au dépourvu, et me fit subitement réaliser que Michèle m'attribuait un potentiel démesuré. (Elle avait donc aimé mes écrits à ce point-là !) « Tu voudrais que j'écrive quelque chose qui fasse huit cents pages au moins ? », demandai-je, n'en revenant pas. - « Oui. C'est faisable ? » - « Je ne sais pas. Il faudrait trouver un sujet, réfléchis-je à haute voix, ou plutôt une structure. Pour huit cents pages, on ne peut pas construire comme pour trois ou quatre cents. Ça devient un problème comme celui des architectes du Moyen Âge avec les cathédrales : avant de commencer, il faut avoir inventé les arcs-boutants et les clés de voûte, et savoir les placer aux bons endroits. Est-ce que c'était Proust qui disait ça ? » - « Hugo, je crois. Mais tu y as déjà pensé ? » - « Non, j'ai eu assez de mal pour arriver à quelque chose qui fait moins de quatre cents pages ! » - « Penses-y quand même, fit Michèle d'un air malicieux, on ne sait jamais, elle va peut-être te venir, la construction, une fois que l'intention aura pris racine. » Et maintenant, Luc me poussait dans le même sens par le biais d'une attitude tout autre !

Encore eût-il fallu avoir plus de temps libre, et d'énergie… Mais vous savez que les obstacles à mes projets peu réalistes n'arrivaient guère à me décourager. Je me séparai donc du cultivateur de petits livres décidée à chercher dès le lendemain, pour l'avenir, des histoires susceptibles de se transformer en ouvrages grandioses.

Cependant, la réalité se remit à me tarauder : nous avions partagé l'addition, j'allais donc devoir passer deux semaines avec la somme que je dépensais d'habitude en cinq jours. Et le lendemain matin, je devais appeler Jean-Jacques pour lui donner le résultat de la soirée – en quels termes allais-je pouvoir réduire les proportions de mon échec, pour décevoir le moins possible l'entraîneur qui avait cru en moi ? Je sentais qu'il me faudrait plusieurs heures de réflexion pour trouver ne serait-ce que la phrase initiale.

- Il dit que c'est beaucoup trop gros, me plaignis-je finalement, et qu'il faudrait couper toutes les phrases en quatre.

- J'aurais dû m'en douter, fit mon mentor, perspicace. Il aurait mieux valu commencer par lui donner ton plus petit manuscrit. Mais la partie n'est pas perdue ! Ce qui compte, c'est d'avoir établi le contact. Vous vous êtes séparés en bons termes ?

- Mais oui, je ne lui ai rien dit de désagréable, je n'ai fait que sourire et le remercier.

- Alors, tu sors gagnante !

Je n'en crus pas mes oreilles.

- Tu me dis ça pour me consoler.

- Mais pas du tout ! fit Jean-Jacques en riant. Qu'est-ce que tu attendais ? que Luc te fasse paraître ton roman tout de suite ? Chez un grand éditeur, on ne prend pas un auteur inconnu avant d'avoir de bonnes raisons d'y croire, et n'oublie pas que ce n'est pas Luc qui décide ; tout ce qu'il peut faire, c'est de donner un avis favorable, et peut-être d'insister. Pour qu'on publie quelqu'un, ça ne suffit pas, il faut des garanties…

- Quel genre de garanties ? demandai-je, surprise (c'était la première fois qu'il m'en parlait).

- Personnelles ou rationnelles, ou les deux à la fois, ce qui serait le mieux. Je t'expliquerai ça en détail une autre fois. Pour ce qui te concerne, à l'étape où nous sommes, ton seul garant potentiel, c'est Luc. Il te connaît à peine ; pour qu'il veuille s'engager, il faudrait d'abord qu'il arrive à croire en toi, puis qu'il se sente obligé de te pousser.

J'eus comme la sensation de tomber dans un puits sans fond, et comme il fallait dire quelque chose, je fis :

- Ça risque de prendre beaucoup de temps.

Jean-Jacques rit.

- C'est de la course d'endurance que tu fais, je te l'avais dit ! L'année prochaine, disons en février… non, en mars, après les vacances, tu rappelleras Luc et tu lui diras que tu viens d'achever un manuscrit, que tu as suivi ses conseils : voilà, ce roman-là est court… Alors, tes phrases lui paraîtront peut-être moins longues ! D'ici là, tu le rappelles de temps en temps, tu le revois, et si tu n'écris rien de nouveau, tu fais semblant d'écrire le roman qu'il n'a pas encore lu.

Je restai muette, n'osant pas apprendre à Jean-Jacques que rien ne me permettait de savoir sous quelle forme j'existerais encore l'année prochaine, en mars – délai qui relevait pour moi du fantastique.

- Entre-temps, reprit-il, on va donner ton gros roman à quelqu'un d'autre. Tu as beaucoup de chance : hier, j'ai bu un verre avec un copain éditeur qui rentrait juste de Pleunk. Il a passé une heure à m'en parler. Je ne vois pas qui serait mieux disposé envers toi. C'est quelqu'un qui raffole de pays exotiques, il publie beaucoup d'étrangers. Sa maison, ce n'est pas une grosse boîte, mais elle fonctionne bien, elle diffuse beaucoup mieux que ton premier éditeur. Et je peux te dire que celui-là n'a rien contre les gros livres à phrases longues : j'ai sa dernière parution, ça doit peser un kilo, et tu peux lire dix pages avant de tomber sur un point !

Je manifestai tout l'enthousiasme dont j'étais capable, malgré l'inquiétude que m'inspirait l'image d'un éditeur qui choisirait ses auteurs selon leur provenance : s'il voulait des exotiques, les pleunkois n'étaient certainement pas placés à la meilleure distance ; d'autre part, je doutais de l'être assez (exotique). Cependant, Jean-Jacques qui l'avait écouté parler de Pleunk ne craignait rien de tel, et si cela se trouvait, en être native me servirait vraiment à quelque chose, pour une fois. Peut-être cet éditeur assumait-il une sorte de mission de justice consistant à avantager certains inexistants des plus mal vus ?

C'est Jean-Jacques lui-même qui allait transmettre mon roman encombrant à son ami, et débarrassée du manuscrit que Luc m'avait rendu, j'eus le loisir de caresser, des semaines durant, cette vision de revanche sur le destin : la meilleure part de moi profiterait de ce qui causait tant de misères au reste. Et juste pendant cette période d'espoir et de grande dèche, Jacqueline m'appela (vous rappelez-vous la monteuse Jacqueline ?) pour me demander si j'avais une journée de libre par semaine : mais oui, bien sûr, quel jour préférait-elle ? Je fus surprise de l'entendre rire : « Ce n'est pas pour faire le ménage chez moi, c'est quelque chose de plus intéressant ! Il s'agirait d'écrire… »

*

La fortune prit alors pour moi la face d'une ancienne vedette de cinéma – une face pâle à la bouche peinte en cœur et aux yeux d'émeraude, toujours très beaux sous les cils collés un peu de travers. L'ironie du sort avait voulu que cette gloire du muet fût sur le point de devenir aveugle. On ne l'aurait pas cru : elle se mouvait, déplaçait les objets et conversait en suivant du regard la chose ou l'être idoine ; seule pouvait trahir son défaut de vision la dignité particulière de son maintien – mais ne l'avait-elle pas toujours eue ? Elle s'appelait Adrienne et avait cessé de grandir en débutant, à treize ans, ce qui l'obligeait à porter dix centimètres de talons compensés et autant de chignon. Ses cheveux à peine blonds étaient translucides comme sa peau où les rides s'apercevaient à peine. J'ignore si c'était l'un des deuils que lui avait laissés le passé, mais Adrienne Gilbert ne s'habillait jamais qu'en noir et blanc, rappelant ainsi au monde l'origine de sa grandeur. Par ailleurs, elle aimait bien plaisanter, et avait le rire encore plus facile que la larme.

Je ne me lassais pas de l'étudier. Ses traits étaient d'un raffinement de théière japonaise (comparaison toute naturelle vu son faible pour le thé) ; ses gestes, gracieux et comme soulignés par les bagues qui ornaient ses doigts de sylphe ; elle portait volontiers des nœuds de satin au col de son chemisier, qui semblaient fixés par le bijou brillant en leur milieu, et toujours prêts à tomber, ce qui me faisait prier, chaque fois que je voyais Adrienne se pencher pour reprendre sa tasse, que l'agrafe s'accroche pendant la chute à son collier de perles, pour éviter au diamant d'atterrir dans la coupelle de confiture ou sur le *scone* qu'elle venait de beurrer. (Grâce à elle, j'appris enfin ce que faisaient les gens riches – même aussi menus, c'est-à-dire du format permettant de s'en servir – de leurs fauteuils anciens : ils les gardaient vraiment comme au musée, ayant assez de place pour cela et d'autres meubles pour s'asseoir, moins précieux.)

Lorsqu'elle sortait, Adrienne portait des mitaines en dentelle et un petit sac à main, blanc lui aussi, qui contenait entre autres un article encadré relatant son arrivée triomphale à Hollywood en 1922 – pour le cas où il serait utile que quelqu'un le lise, par exemple si un malaise la prenait dans la rue. Elle sortait souvent seule, se trouvait un taxi, lui indiquait le meilleur trajet et le payait - sans jamais subir le moindre accident, que ce fût héler un particulier en train de se garer, se tromper de rue en roulant ou se faire rendre moins que le pourboire (toujours généreux) qu'elle souhaitait laisser. À la fin de la première journée que je passai chez elle, j'avais déjà complètement oublié qu'elle était malvoyante et vieille (et que je l'avais trouvée proprement grotesque en arrivant). Si le sort l'avait bien voulu, j'aurais pu avoir le bonheur de ne jamais me le rappeler.

Je lui servais de secrétaire, tous les jeudis. Sous sa dictée, j'écrivais des réponses à ses admirateurs, tutoyant quelquefois un prince espagnol retiré dans sa ferme mexicaine avec son appareil de projection et ses trésors de celluloïd, tel ancien partenaire qui ne pouvait plus sortir de chez lui, ou quelque érudit toujours débordé qui s'épargnait une partie des recherches en puisant droit dans la mémoire de celle qui avait vu tout ce qu'il décrivait. Je rêvais de rédiger la Vie d'Adrienne, à la première personne du singulier, ce qui pourrait me procurer, vu sa longueur et tout son romanesque, un an au moins d'heureux oubli de la mienne, à raison de quelques heures par jour. En attendant qu'elle me le suggère, je commençais à m'identifier au personnage, non sans son aide. (Par ailleurs, à Pleunk, j'avais eu un gramophone, ce qui faisait, entre autres, que la jeunesse d'Adrienne ne me semblait pas plus lointaine que la mienne. J'aurais très bien pu écouter les concerts de son premier fiancé.)

Adrienne disait souvent, en me parlant : « Nous qui avons débuté jeunes… », et croyait en mon avenir comme moi en son passé toujours actuel. Sans rien connaître de mes écrits, elle semblait incapable de les supposer mauvais, les évoquant toujours sur le ton de respect dû aux classiques – oui, précisément aux auteurs assez reconnus pour qu'on n'ait pas besoin de les lire pour en penser du bien. Pour ma part, et de façon moins surprenante, je tenais pour indubitable l'intérêt de sa vie et de sa carrière. N'osant pas lui poser trop de questions là-dessus, je recueillais avidement le moindre renseignement qui pouvait lui échapper au détour d'une phrase, et comme on enchâsse les pierres précieuses faute de pouvoir les porter sans cela, je construisais mentalement toute une histoire autour. Au bout de deux ou trois mois, j'en arrivai sinon à bien connaître la biographie d'Adrienne Gilbert, du moins à éprouver face à ses données, fussent-elles inédites, un sentiment de familiarité tel qu'on n'en a guère que pour soi-même. Ainsi, lorsqu'il arrivait à Adrienne de s'assoupir sur le canapé, entre le thé et la suite du courrier, je contemplais les photos disposées sur ses meubles, et la mémoire me revenait : je retrouvais mon premier fiancé, ce pianiste dont j'aurais tant voulu vous faire entendre les disques, mais hélas ! il y a belle lurette que mon gramophone s'est cassé ; et voilà mon second mari, il était beau, n'est-ce pas ? si notre enfant avait vécu…

C'était peut-être pour cela qu'Adrienne ne croyait jamais avoir dormi, en se réveillant, et reprenait son propos exactement là où elle l'avait laissé : le temps s'était arrêté pendant qu'elle semblait absente ; cependant, elle avait revécu ailleurs, à travers moi, avant de retrouver son présent. Je m'émerveillais de l'aisance avec laquelle elle faisait ces sauts dans l'espace-temps, m'y entraînant aussi, sans manquer de revenir ici-bas au bon moment : il n'arrivait jamais, par exemple, que le téléphone sonne pendant que nous étions elle-même jeune. Je pouvais toujours me fier à elle pour nous retrouver juste quand il le fallait.

Si Adrienne tenait à répondre à toutes les lettres qu'elle recevait, ce n'était ni pour se distraire (elle préférait écouter de la musique) ni même par vanité, mais par devoir moral : sa mère anglaise lui avait appris qu'il était aussi inexcusable d'y manquer que d'avoir de la poussière sur ses souliers. Le plus surprenant de ses correspondants était Monsieur Richard S. Cameron, de Chicago, employé aux écritures dans l'administration américaine. Il devait avoir une quarantaine d'années, vivait tout seul depuis qu'il n'avait plus ses parents, dans une sorte d'hôtel pour jeunes chrétiens, et passait ses loisirs au cinéma et au café du coin qui restait ouvert toute la nuit - sauf le dimanche, où, pour ne pas souffrir de son éternelle insomnie tout seul, Richard S. Cameron faisait un kilomètre à pied jusqu'à un autre café aux horaires cléments. C'est là qu'il nous écrivait chaque semaine, d'une écriture d'enfant, à l'encre violette.

Chère Adrienne Gilbert,

Il fait humide à Chicago, aujourd'hui, et j'ai eu une journée de travail un peu embêtante – il y a dans mon bureau une personne nocive qui profite de l'endroit où elle est assise pour regarder ce que je fais et pour me faire des remarques, ce qui est dur à supporter – mais maintenant, je suis assis devant un très bon café chaud, et je vous écris, et je vois ma vie s'illuminer quand je pense que je connais une grande actrice comme vous ! Un personnage si remarquable ! Auriez-vous la générosité de m'envoyer une photo dédicacée ? Ce serait le plus beau des cadeaux que j'ai jamais eus. Mais si c'est trop demander, je retire ma prière, n'y pensez plus : vous êtes déjà trop bonne de vouloir me répondre, et d'une manière merveilleusement lisible. Vous a-t-on jamais dit que vous avez une très belle écriture ? On lit votre grande âme à travers elle. J'aimerais tellement pouvoir venir un jour à Paris, vous rencontrer et connaître les lieux qui vous sont chers ! En attendant, j'ai collé sur la porte de ma chambre, à l'intérieur je veux dire, un poster avec la Tour Eiffel…

Malgré tous nos efforts épistolaires, Adrienne et moi ne réussîmes jamais à savoir de quelle manière Monsieur Richard S. Cameron, de Chicago, s'était procuré son adresse, ni même comment il avait su qu'une telle vedette existait. Dans sa première lettre, il prétendait avoir vu de ses films, mais lorsque nous lui demandâmes lesquels, il omit de répondre, s'étendant par ailleurs régulièrement sur d'autres, qui venaient de sortir et avaient pour héros des chiens fidèles, des robots dangereux, de joyeux singes ou des dauphins intelligents.

Chère Adrienne Gilbert,

Merci de tout cœur pour la photo dédicacée que vous avez eu la bonté de m'envoyer. C'est un trésor et elle se trouve à cette heure au-dessus de mon lit, sous le crucifix, dans un cadre doré que j'ai acquis spécialement hier. J'ai discuté à cette occasion avec le vendeur, un jeune homme du Nebraska, qui aime énormément les films d'horreur et qui a deux jumeaux. Qu'en pensez-vous ? Il est maintenant trois heures et sept minutes du matin, le café souffre de pénurie humaine, il n'y a que la serveuse, une femme éminemment sympathique mais parfois étrange, et deux clients : un jeune garçon très gros - je pense qu'il devrait être dans son lit plutôt qu'ici - et un vieil homme qui boit de la bière en mettant de temps en temps son index dedans. Il y a moi aussi, bien sûr ! votre ami Richard Cameron ! J'en suis à ma dixième tasse de café et je viens de manger un pancake à la confiture d'oranges, c'était vraiment bon. Je suis transporté par la joie de vous connaître et d'imaginer que vous recevrez cette lettre à Paris dont je rêve depuis que je l'ai vu au cinéma, dans le film The French Mistress, *une histoire merveilleusement bouleversante dont l'héroïne a un menate - savez-vous ce que c'est ? Avez-vous déjà joué avec des oiseaux au cours de votre fabuleuse carrière ?...*

Excusez-moi, cher lecteur, mais je n'ai pas le courage d'en traduire plus, chaque lettre de Richard S. Cameron s'étendant sur huit pages au moins. Une fois lues, Adrienne me les donnait toutes : « Je trouve que vous devriez les garder pour en faire un roman, quand vous en aurez le temps. Vous ne trouvez pas ? (Et admettant délicatement toutes les objections que je pouvais taire en tant que personne d'éducation aussi bonne que la sienne :) En tout cas, elles peuvent toujours vous servir, ne serait-ce que pour visiter Chicago : dans quel guide trouveriez-vous autant de renseignements sur cette ville ? » Effectivement, notre correspondant n'omettait jamais de citer l'adresse des lieux qu'il fréquentait, indiquant également la couleur des murs, la nature des sièges et le nombre de rues qui séparaient son bureau de la boîte aux lettres où il allait poster la présente, signée (immanquablement) « Votre fan dévoué ».

Dès qu'il apprit qu'Adrienne dictait son courrier, Richard S. Cameron souhaita connaître sa secrétaire : comment m'appelais-je ? aimais-je les chiens, nager et bricoler ? «C'est un monsieur très gentil, toutefois je trouve qu'il extravague un peu, fit Adrienne. Vous ne trouvez pas ? Bon, c'est vrai que n'étant pas anglais, il n'a sans doute pas dû apprendre, dans son enfance, à éviter les questions touchant aux *personal subjects*... » Propos après lequel je me félicitai de n'avoir pas avoué à Adrienne que depuis des semaines, j'étais rongée par l'envie de savoir ce que signifiait le « S. » de Richard Cameron. Peut-être l'étrangeté de sa tournure d'esprit était-elle contagieuse ; en tout cas, j'en étais arrivée à me réciter (par crises subites : dans le métro, au réveil, en passant à côté d'un self-service...) tous les noms propres et communs que je pouvais trouver pour cette initiale, et qui plus est, dans toutes les langues dont je connusse quelque chose (sept ou huit).

Cher Monsieur Cameron,

Merci pour votre dernière lettre. Je suis flattée par l'intérêt que vous témoignez à ma personne et à ma carrière. En réponse à vos questions concernant ma gentille secrétaire, je peux vous confier, sans être indiscrète, qu'elle se prénomme Denise (pas de nom de famille : ainsi, nous évitons qu'il trouve votre adresse ; vous en avez déjà assez à faire avec lui chez moi !) *et qu'elle est poète. Je me réjouis de vous savoir en bonne santé malgré vos insomnies. Je me permettrai de vous suggérer de boire un peu moins de café pendant que vous m'écrivez : ce n'est probablement pas le meilleur remède, aussi goûteux qu'il soit...*

Nous avions un certain mal à trouver de quoi remplir une page manuscrite, ce qui nous semblait être le minimum dû à la courtoisie, quand il fallait écrire à Richard S. Cameron. Faute de vouloir lui raconter nos thés en les décrivant en détail à sa manière, nous commençâmes à l'informer des visites qu'Adrienne recevait, chacune nous donnant l'occasion de lui présenter un personnage dont il ignorait certainement tout (au moins dix lignes qui venaient toutes seules). Ainsi, en l'espace de deux mois, Richard S. Cameron connut Manon Vernès (qui était venue déjeuner lundi et dont il *savait peut-être* que c'était une grande comédienne française, dont les tournées ne l'avaient jamais amenée à Chicago, mais qui avait joué à Londres à guichets fermés, dans les années cinquante, avant de se produire pendant six mois dans plusieurs capitales d'Amérique Latine...), Didier Combes (un excellent metteur en scène de théâtre que je connaissais déjà quand il portait des culottes courtes, le fils de mon amie Lucette Martin, qui n'est plus là pour se réjouir de ses succès, hélas... et nous fournîmes à Richard S. Cameron un résumé critique, très élogieux, du dernier spectacle de Didier), et puis, entre Olga Horstig (la reine des imprésarios français, dont nous citâmes une douzaine de *poulains*, l'occasion d'expliquer aussi le sens que ce terme avait dans le métier) et Robert Gressin (mon adorable partenaire de plusieurs films – les titres remplirent presque autant de lignes), nous eûmes le plaisir d'apprendre à Richard S. Cameron que nous avions dîné avec cet excellent acteur qu'était Michel Darbois. Et c'était vrai, j'entends : ce n'était pas uniquement en la personne d'Adrienne que j'avais dîné avec lui.

À ma stupéfaction, Michel Darbois se rappelait très bien m'avoir parlé au téléphone, quelques années plus tôt, et alors que je m'apprêtais à le laisser en tête-à-tête avec sa vieille amie (Adrienne avait été sa première partenaire et sa marraine, à titre de vedette du film où il devait jouer un rôle minuscule – une production assez modeste au réalisateur assez nostalgique pour offrir son dernier grand emploi à la seule gloire du muet toujours active), il insista pour que je vienne avec eux au restaurant : « C'est un endroit où l'on mange bien, vous verrez ! À moins que vous n'ayez un fiancé qui vous attend ? » - « Oh, non, mais… » - « On y va ! »

Michel Darbois conduisait une voiture monstrueusement vaste (il y avait sur la banquette arrière assez de place pour quatre personnes de notre gabarit) et racontait sans cesse des anecdotes hilarantes, tout en fumant de petits cigares et en se renseignant sur nos actualités, qui donnaient lieu à des enchaînements imprévisibles sur d'autres histoires cocasses. S'il fallait dire en un seul mot l'effet qu'il faisait, j'aurais choisi « étourdissant » : on avait l'impression de ne plus savoir où l'on était, de quoi on parlait ni ce qui arriverait la minute d'après, et l'on ne s'en souciait même plus, car joyeux et volubile, vous offrant à fumer, vous recommandant telle entrée, choisissant à votre place tel plat, et vous versant sans cesse à boire, Michel Darbois vous faisait complètement oublier qu'il existait un espace-temps où il n'était pas chargé de s'occuper de vous. Quand il s'éclipsa un moment, Adrienne fit : « Un charmant garçon, vous ne trouvez pas ? », et je demandai : « Il est toujours comme ça ? » - « Presque toujours, il a comme nous tous ses petits moments de tristesse, je l'ai même vu très déprimé, quelquefois, mais c'est quelqu'un qui tient à donner du bon temps à ses amis. » Je réalisai que le restaurant où nous étions, et dont je n'avais rien vu jusqu'à ce moment, avait un nom célèbre (inscrit sur le cendrier) ; heureusement, les jours où je me rendais chez Adrienne, j'étais toujours habillée de mon mieux, par souci d'être digne de mes fonctions.

La seule chose précise que je retins des anecdotes de Michel (« Vous n'allez pas me donner du Monsieur Darbois, enfin ! Je m'appelle Michel et je vous propose de me tutoyer, après un *Bruderschaft*, vous connaissez le *Bruderschaft* ? Quand j'étais en Allemagne pour tourner *Quatre pas vers l'enfer*, il y avait un vieux décorateur, un bonhomme épatant, qui m'a appris ce rite, et qui avait l'histoire la plus incroyable du monde. Vous me direz si ce n'est pas le comble… »), malgré l'ivresse qui m'étourdissait encore davantage, c'était qu'il avait été très ami avec Robert Massigny (« Je le faisais rire. Au naturel, c'était un gars très tourmenté, grand mélancolique devant l'éternel ; n'empêche, il avait le vin gai, et quand il avait descendu deux bouteilles, il vous en racontait de bonnes, lui aussi… ») qui avait tenu à lui donner la vedette dans *Les Sentiers de la Nuit* justement en raison de cette amitié : « Il croyait en moi, il me voyait meilleur acteur que je n'étais, vous savez, alors qu'à cette époque, je me fichais d'avoir un grand rôle, je tournais n'importe quoi, les doigts dans le nez, du moment qu'on me payait ; je ne pensais qu'à faire la bombe... », et que depuis sa mort, Michel n'avait connu personne qui soit un si grand metteur en scène.

« Il pouvait vous transformer, il sortait de vous des choses dont vous étiez le premier surpris, sans même vous les demander, comme par magie... Et le plus bizarre, c'est que ce gars-là avait une malchance incroyable pour tout ce qui n'était pas son travail, je veux dire : tant qu'il était sur le plateau, tout marchait comme sur des roulettes, mais dès qu'il en sortait, il lui tombait dessus de ces emmerdes ! Il pleuvait des emmerdes comme des hallebardes, sur Robert ! Imaginez-vous qu'un jour, *en un seul jour*, il a eu, au petit déjeuner, quatre critiques assassines dans les quatre journaux qui comptaient, puis un coup de fil pour lui apprendre que le producteur du film qu'il était en train de tourner avait fait faillite, après quoi il est passé nous prévenir aux studios et il est reparti voir des gens qui pourraient sauver le film, et alors qu'il venait de trouver un type que ça intéressait, ici même, le type est mort devant ses yeux, à table, d'une crise cardiaque – et quand Robert est rentré, c'était pour se rendre compte que son appartement avait brûlé ! Tout ce qui lui restait, c'était la boîte aux lettres, et quand il l'a ouverte, il a trouvé dedans un courrier qui lui apprenait qu'il ne toucherait jamais ce qu'on lui devait pour son film précédent ! Et je peux vous dire qu'une journée comme ça, pour Robert, c'était à peine pire que l'ordinaire ! Je ne parle même pas de la malchance qu'il a eue avec les femmes : à sa place, je me serais fait moine !...

Alors que sur le plateau, rien ne pouvait lui résister : il faisait des choses que personne d'autre n'aurait réussies, et tout le monde devenait comme par magie capable de le suivre, d'être à la hauteur. C'était un génie, Robert, mais vous voyez, avec sa malchance, il a fallu qu'il meure avant qu'on ne se rendre compte de ce qu'il était, et même maintenant, il est encore loin d'être reconnu comme il le mérite. On lui a quand même fait une bonne rétrospective, il y a trois-quatre ans, j'y étais, il y avait aussi Louis Menier, tu te rappelles Menier, Adrienne ?... » (La suite comprenait plusieurs anecdotes dont Louis Menier était le protagoniste.)

Pour des raisons mystérieuses (le vin ?), ce portrait de Massigny me fit un effet à la fois exaltant et accablant : comme si l'on m'avait révélé que l'homme dont une œuvre m'avait aidée à changer de vie, et soutenue tant de fois dans les épreuves, m'était plus proche que je ne l'aurais imaginé (je reverrais sans doute Darbois ; il me le raconterait encore ; je finirais par me sentir aussi intime avec Robert qu'avec le passé d'Adrienne...), et qu'on m'eût prédit en même temps un sort comparable au sien – peut-être pas en matière d'accomplissement artistique, mais du moins pour ce qui était de la malchance. En effet, puisque ce mien parent (à quel degré ?) spirituel en avait eu, comment n'en aurais-je pas, moi qui avais avec lui des affinités suffisantes pour toujours finir par le retrouver sur mon chemin, même depuis que je ne retournais plus guère au cinéma ? D'ailleurs, que vivais-je à Paris sinon le prolongement d'une idée de Robert Massigny (s'enfuir ; manquer de périr ; survivre pour affronter d'autres dangers) ? Le fait même d'être entrée - sans l'avoir cherché – dans le milieu qui avait été le sien, et de dîner au restaurant où le sauveur potentiel d'un de ses films *était mort sous ses yeux* ne prouvait-il pas que nous étions définitivement liés ?

D'abord l'oncle Assen, me dis-je, et maintenant, un parent qui me promet encore plus de mésaventures, quoique d'un autre genre ! Ce qui me fait remarquer que je ne vous ai jamais parlé de l'oncle Assen – également appelé l'Anarchiste, par la branche de la famille qui avait moins de raisons de le chérir que Florence. Assen était en fait le frère aîné de cette dernière, transformé pour toujours en « oncle » depuis la naissance de Minou, quoiqu'il fût mort avant de se pourvoir d'une nièce. Sa cadette l'aimait tant qu'elle maintint tout naturellement sa présence au sein de sa nouvelle famille (Dédé, Minou, moi), tant et si bien qu'alors que j'étais incapable de dire, à dix ans, combien d'autres frères et sœurs - toujours vivants, eux - elle avait, et que je prenais certains pour de vagues connaissances, Oncle Assen l'Anarchiste demeurait pour moi le plus familier des aînés que je ne voyais pas quotidiennement. En disant que Florence l'aimait, je ne veux pas sous-entendre qu'elle fît son éloge constamment : au contraire, ma grand-mère le citait une fois sur deux, voire davantage, à titre de mauvais exemple (me le rendant ainsi d'autant plus sympathique). Il va de soi qu'elle – née pour gouverner – n'était pas une adepte de l'anarchie ; mais cela n'aurait pas suffi pour lui faire dire du mal de son aîné ; les deux fautes plus graves que ses idées qu'on pouvait lui reprocher, c'était de s'être fait chasser du lycée et d'avoir failli provoquer la mort de leur mère.

Il faut savoir que cette dernière, une femme aussi belle que douce, mariée trop tôt et qui l'avait eu avant d'être majeure, avait élevé le garçon – son reflet pour ce qui était du visage, et chez lequel la dureté paternelle tardait encore à se manifester – comme un petit frère plutôt que comme un fils : d'abord en jouant avec lui autant que les tâches ménagères le lui permettaient, puis en lui confiant toutes ses pensées ou presque – l'occasion de remarquer, au bout de quelques années, qu'Assen était prodigieusement intelligent. Il l'était à tel point que tout le village s'en rendit bientôt compte, et que le maire décida d'écrire au roi de Pleunk pour attirer sa haute bienveillance sur cet enfant de paysans très pauvres qui, à défaut, quitterait l'école pour les travaux des champs, l'année suivante. Comme dans les contes, le roi s'émut de son sort, et c'est à partir de là que ça se gâte : pour citer la Sauvage, « dans le lycée que le roi lui a payé, il a attrapé des idées anarchiques, puis il s'est acheté un flingue et il s'est mis à tenir des discours dans la cour de récré » – d'où son expulsion de l'établissement avant l'âge du bac, et son passage à la clandestinité. C'eût été déjà assez pour rendre sa mère malade, mais à l'étape suivante, Assen se fit rechercher par toute la police nationale, traita son père de pauvre demeuré d'esclave, se réfugia chez un ami de la capitale pour ne pas faire mettre à sac la maison du demeuré, et fut trahi par son hôte. Avant que la police ne l'attrape, il eut le temps de tirer dessus, et même de se tirer une balle dans la bouche, mais elle échoua à le tuer, et au bout d'un mois (de prison), il était remis sur pieds. Seul parmi les accusés au procès où son groupe clandestin fut jugé, il refusa de se repentir (quoiqu'il n'eût aucun attentat à son actif - rien de pire que les discours et le port d'arme illégal, jusqu'à la rencontre avec la police ; mais peut-être était-ce justement pour cela ?), déclarant que tout pouvoir était coupable, et alla jusqu'à cracher sur le portrait du roi - suspendu, comme il se doit, au-dessus de la tête du procureur. De fait, la barre des accusés se trouvait trop loin du souverain pour qu'Assen puisse vraiment l'atteindre, ce qui priva le geste d'effet spectaculaire, mais lui conféra un petit supplément de sens : il n'est guère plus aisé d'offenser un Puissant que de le renverser.

Par conséquent, Assen fut aussi le seul de son groupe à être condamné à mort. Quand sa mère l'apprit, elle s'enferma dans l'étable et se battit la tête contre un mur, jusqu'à ce que son mari parvînt à défoncer la porte, après quoi il l'emporta vers leur lit, l'y ligota pour prévenir d'autres tentatives de le quitter définitivement, et la soigna de son mieux en répétant : « Qu'on le gracie seulement, ce fils de chien, il va voir ce que je vais lui en donner ! » - sans même prévoir qu'il serait à moitié exaucé.

Le temps que le verdict soit exécuté, il naquit au roi de Pleunk un héritier, ce qui valait bien l'amnistie générale – à cette époque, le Pouvoir jugeait que le peuple entier devait avoir de quoi se réjouir, plutôt que de maudire sa race, le jour d'un tel événement. La peine d'Assen fut commuée en prison à perpétuité, et cette dernière s'avéra bientôt égale à sept ans, car en prison, le redoutable anarchiste redevint le bon garçon studieux que sa mère avait connu. Il en sortit en possession de sept langues étrangères et d'un diplôme de comptabilité acquis par correspondance. Il devint comptable, un brillant comptable qui gardait peut-être ses idées subversives, mais pour lui-même, dorénavant – c'est-à-dire l'espace de deux ans, après quoi il mourut, ayant attrapé la phtisie dans l'établissement où ses études s'étaient achevées.

Parlant de lui à sa descendance (aux Enfants), Florence pouvait dire des choses du genre : « Ça ne suffit pas d'être intelligent comme ton oncle Assen pour ne pas avoir l'air bête », ou « S'il avait vécu, le pauvret, il serait peut-être ministre, au jour qu'on est, mais il a fallu qu'il fasse des conneries avant l'heure où ça pouvait lui profiter », ce dernier propos renvoyant au fait qu'après l'Avènement, le nouveau pouvoir avait rendu hommage à l'Anarchiste en faisant poser sur la façade de sa maison natale une plaque en marbre qui le disait marxiste. Notre Sauvage distinguait les « ismes » encore plus mal que l'État, et pas seulement quand cela l'arrangeait ; reste à savoir si elle avait raison, autrement dit si l'oncle Assen lui-même aurait admis l'idée officielle de son cas, pour se muer en représentant de ce qui l'avait fait cracher du temps de son adolescence – mais il ne m'a jamais rendu visite pour me le dire. En souvenir de ce sien frère (*intelligent*, à la différence d'elle-même, comme elle ne manquait jamais de le rappeler), Florence se réjouissait que Pleunk fût devenu une république, et ne remarquait guère les ressemblances ni les pires différences qu'il y avait entre sa nouvelle forme de gouvernement et la précédente. Anticipons pour ajouter que quelque 60 ans après le verdict, au retour du prince héritier décidé à se faire élire faute de pouvoir hériter, la Grande Ourse refuserait de voter pour lui, manifestant ainsi une mémoire et une rancune d'éléphant : sa naissance avait certes sauvé Assen, provisoirement, mais ce n'en était pas moins le fils de l'homme auquel la seule lumière de sa fratrie avait jugé préférable de cracher à la figure plutôt que de survivre.

Ma mère aussi eut un jour l'occasion, une seule, de reprendre le discours critique de l'Ourse sur notre Oncle Assen – et je m'aperçois qu'enfin, le moment est venu de vous expliquer à quoi je faisais allusion en disant à Sylvia que j'avais donné autrefois une sorte de leçon sur *La Marseillaise*. L'étourdie que je suis ne vous a même pas encore donné à comprendre quelles résonances cet hymne pouvait avoir jadis à Pleunk, parmi la jeune bohème, ni dit quelle suite avait eu ma promesse enfantine de me transformer en chanteuse digne d'un duo avec Jacques Camp. Eh bien, je l'avais tenue, dans la mesure où mes dons médiocres, l'entrée de la peinture dans ma vie et la réalité pleunkoise me le permettaient. Il arrivait toujours, aux réunions amicales qui se tenaient dans l'immeuble disparu depuis – ce siège de la légende de Michel Darbois –, un moment où l'on chantait.

En effet, l'anachronisme local faisait que la jeunesse entretenait encore à sa façon la tradition des veillées mélodieuses de ses aïeux, avec un répertoire allant des débuts des Beatles aux derniers blues des Stones, où j'assurais comme il se doit la présence de la chanson française. « Chante *La Marseillaise* ! », finissait-on toujours par me demander après quelque morceau de Piaf ou de Damia, et pendant que je l'entonnais, une partie de la compagnie mimait son texte, prenant des attitudes guerrières inspirées de Delacroix, façon tableaux vivants dont l'Avènement cultivait l'art pour les besoins de ses défilés officiels (le lecteur qui ne les a pas connus peut s'en faire une idée en visionnant la séquence des festivités mussoliniennes dans *Amarcord*). Il s'agissait, bien sûr, d'une distraction parodique – dont le moment suprême correspondait à « l'étendard sanglant est levé », comprenez : brandissements menaçants de maillots, de jupes ou de napperons, voire de slips rouges (s'il s'en trouvait chez nos hôtes) à bout de bras ou de balai-brosse (encore plus hilarant) – mais n'empêche, lorsque j'arrivais à « liberté, liberté chérie », le public avait toujours les larmes aux yeux, et quelques-uns (sans doute les plus ivres) sanglotaient bruyamment, tandis que les mimes baissaient les bras pour se moucher. Après ce moment cathartique, il se trouvait toujours quelqu'un pour déclarer : « Tu la chantes beaucoup mieux que Mireille Mathieu ! », un jugement que votre auteur peu modeste n'irait pas contredire.

Comment avais-je eu l'idée de l'apprendre, avec les extraits du répertoire que je préférais ? Par nostalgie de la France, bien entendu, comme Sylvia (il n'est pas nécessaire d'avoir déjà visité un pays pour en avoir la nostalgie, tout comme « *pour habiter un endroit, il n'est pas nécessaire d'y vivre, ni même d'y avoir jamais été* ») : pendant que je la chantais, y compris face aux tableaux vivants de mes contemporains pleunkois, j'étais à Paris, mieux : j'étais Paris. À plus forte raison parce que je demeurais la seule personne de ma connaissance à la connaître par cœur tout entière, ce qui reste encore le cas actuellement.

Peu de temps après l'avoir apprise, et quelques mois avant la première réunion de futurs artistes peintres à laquelle j'assistai, j'avais acheté un livre qui venait de paraître à Pleunk, en traduction : l'anachronisme local avait enfin permis aux amateurs de prose locaux de faire la connaissance du Nouveau Roman, par le biais d'un de ses représentants encore vivants à l'heure où j'écris cette phrase (béni soit-il, puisse-t-il dépasser l'âge des patriarches bibliques), mais qui, à l'époque, avait depuis longtemps abandonné le genre romanesque, ce qui justifiait sans doute le choix de le faire traduire, lui précisément parmi tous les Nouveaux Romanciers : voyez-vous, pourrait dire le préfacier pleunkois ou quelque autre critique bien placé, cet auteur est le meilleur représentant de la soi-disant avant-garde littéraire, et même lui, ça fait un bon moment qu'il a compris qu'elle ne menait à rien. (Sous-entendu : demeurer arriéré, à savoir au XIXe siècle romanesque et idéologique, ouvre des perspectives autrement plus prometteuses.)

Il y avait pourtant moyen de faire et de justifier un autre choix éditorial, en commençant par traduire l'œuvre la plus inoffensive d'un futur académicien français, que j'avais déjà lue dans le texte (une digression trop longue s'imposerait pour vous expliquer quel enchaînement de miracles me l'avait fournie), car c'était le seul grand romancier à avoir séjourné en Pleunk en tant que jeune sympathisant de l'Avènement, jadis, et personne ne savait dans le pays qu'il en était rentré avec une opinion fort différente sur le sujet (moi, je savais où exactement il avait séjourné : juste dans le village de la sœur de Dédé, où je retournais volontiers pour cette raison, avec le livre interdit dans mes bagages), mais voilà, on lui avait préféré le renégat de la prose de pointe – à mon vif plaisir d'abord (un *nouvel* avant-gardiste à découvrir !), puis à mon malheur.

Ce roman fraîchement traduit avait pour protagoniste un Parisien amoureux – qui eût cru que c'était possible ? – de Rome, ce qui me flanquait déjà un coup. Mais bon, il ne se serait certainement jamais pris de passion pour elle sans l'amour d'une femme qui y habitait, je pouvais donc tolérer cette sienne préférence, d'autant mieux qu'en avançant dans le livre, je constatais de mieux en mieux combien Léon Delmont me ressemblait. Vous en doutez ? Vous n'avez même pas besoin de me connaître pour le comprendre : il suffit d'avoir lu, plus haut, les lignes concernant *La Marseillaise*. En effet, ce personnage et moi avions la même attitude mentale consistant à chercher et à susciter partout l'image d'un lieu rêvé ; m'en fallait-il davantage pour voir en Léon Delmont mon double adulte ? Comme je fus exaltée d'apprendre qu'un tel double, et parisien qui plus est, existait ! Puisqu'il existait, c'était que mes rêves ne relevaient pas des maladies infantiles ni des enfantillages de la puberté. Puisque Delmont avançait vers sa Rome qui était mon Paris, bien décidé à changer de pays et de vie, c'était que je le pourrais !

Or, ma rapidité de lecture me priva presque aussitôt de cette confirmation de tout ce que je souhaitais : Delmont renonçait, avant même que son train n'arrivât à Rome – d'où il rebrousserait aussitôt chemin vers son Paris qui n'était *jamais rien d'autre* qu'un Pleunk amélioré – à peine moins étouffant de l'être, réalisai-je. Et pourquoi renonçait-il ? Pour trois raisons concomitantes : il manquait de courage ; le temps de s'éloigner de sa vie, il avait compris que l'alternative envisageable ne lui apporterait rien de meilleur ; il avait conçu l'idée de devenir écrivain, autrement dit de raconter ce qu'il était et ce dont il avait rêvé, au lieu de devenir un autre et de le vivre.

Arrivée à la fin, je tombai dans un état de prostration méditative, telle que l'oncle Assen avait dû la connaître, malgré tout son courage que je n'avais pas, sinon à l'énoncé du verdict (peine capitale), du moins après la commutation (prison à vie).

Voilà donc en quoi consistait mon avenir, d'après cet auteur dont le jugement valait (comme celui de tout grand écrivain, j'en étais certaine) presque autant que le divin (inconnaissable) et beaucoup plus que celui de n'importe quel tribunal : je resterais toute ma vie à Pleunk, amélioré ou même pas, faute d'avoir le supplément d'énergie, de confiance dans ses rêves et de témérité, qui manquait à Delmont comme à tout humain normal.

Oui, c'était écrit : je me découragerais. J'arriverais tout au plus à visiter Paris, dans un avenir hypothétique où cela serait permis aux Pleunkois, si je n'en perdais pas entre-temps jusqu'à l'envie. J'écrirais des histoires de résignation empreintes de sagesse, qui reviendraient toutes à celle de ma défaite sans combat. C'était sans doute cela et rien d'autre, devenir un adulte : se résigner, accepter. Cette découverte me causa un effroi adolescent si profond que mes dents claquèrent et que j'en tombai malade pour plusieurs mois. Puis je l'oubliai (pour deux ans) en tombant amoureuse du professeur de dessin qui devint mon fiancé – qui aurait pu devenir une autre vie.

Après, je cessai de chanter *La Marseillaise*, comme tout le reste de mon répertoire, et ne revis plus guère la jeune bohème, dont je ne suivrais pas le chemin, pas plus que celui des écrivains locaux, quels qu'il fussent (soit j'irais à Paris, soit je mourrais : si Delmont avait vécu ce qui m'était arrivé, il ne serait certainement pas resté chez lui), mais puisque je demeurais encore à Pleunk, dans le pays où il était possible, voire inévitable, de perdre en un mois et son aimé, et son premier livre (mort-né : à l'état d'épreuves), et puisque les Puissants me refusaient tout avenir, eh bien, à l'occasion, l'on entendrait ce que je pensais d'eux. (Comprenez : le futur auteur se rapproche du point de vue d'Assen face au portrait.) L'occasion vint plus tôt que je ne l'aurais imaginé, et d'une façon imprévisible : en me rendant dans la salle où se tenait la réunion annuelle des Gens de Lettres Pleunkois, j'avais cru que j'attendrais simplement qu'elle s'achève pour aller boire un verre avec Filip.

La réunion aurait dû être déjà close, en temps normal, mais (comme je ne pouvais pas le savoir dans l'état de rêverie chronique et de mélancolie profonde où j'étais) dernièrement, l'État avait jugé bon d'adresser aux Gens de Lettres Pleunkois de nouvelles instructions, selon lesquelles, dorénavant, ils auraient le droit (le devoir) d'exprimer quelques *idées personnelles*, une fois que les discours officiels qu'ils étaient réunis pour écouter avaient pris fin. J'arrivai juste à temps pour l'apprendre, avant qu'une dame mûre, célèbre dans tout le pays, n'en profitât pour reprendre la parole (je l'ignorais encore, mais elle venait de tenir le dernier discours officiel). Les *idées personnelles* qu'elle exprima échappèrent complètement à mon attention (il suffisait de la reconnaître pour savoir qu'elles iraient dans un sens, à mon sens, dépourvu de tout intérêt), jusqu'au moment où le mot « *Marseillaise* » me fit dresser l'oreille. Et j'entendis, stupéfiée, que l'oratrice (communément appelée la Poétesse, étant la préférée de l'État) faisait l'éloge du morceau que j'avais chanté du temps déjà lointain de ma bohème, face aux tableaux vivants.

Par quel enchaînement de circonstances, de procédés rhétoriques et d'associations permises par l'État était-elle arrivée à en parler, je l'ignorais, mais j'eusse eu un accès de rage même sans saisir ce qu'elle en disait : que la Poétesse s'appropriât en le citant depuis la tribune qu'elle occupait le chant qui nous avait mis les larmes aux yeux quand nous l'écoutions (la chanteuse comprise) comme l'air infiniment lointain de la liberté, c'en était déjà trop. Et non contente de cela, elle le louait, réalisai-je, en tant que « noble chant d'un Avènement qui précéda le nôtre, dont nous avons appris les leçons de courage, d'humanité et de générosité, que *Roger* de Lisle y a résumées… »

- Excusez-moi, fis-je en me levant de mon siège, mais quelques précisions s'imposent. D'abord, l'auteur de *La Marseillaise* se prénomme Rouget – ce qui évoque aussi bien la couleur rouge que certains petits poissons qui se laissent assez facilement attraper et qu'on mange en friture. Ensuite, si vous connaissiez le français et le texte en question, vous vous seriez épargné l'erreur d'y voir un message d'humanité et de générosité – quant au courage, il y est, mais par ailleurs, c'est un chant de haine incitant des patriotes à se battre contre d'autres patriotes, étrangers, et je doute que votre but actuel soit tel. (La Poétesse pâlit : à Pleunk, la moindre allusion à un conflit éventuel entre nations pouvait être comprise comme subversive, et donc compromettre la personne à laquelle elle était attribuée.) En outre, Rouget n'a jamais songé à offrir ce chant aux prédécesseurs de notre Avènement : il se trouve que c'était un royaliste, comme le suggèrent la particule et le *Lis* qu'on peut retrouver dans son patronyme (abusivement, mais lui-même ne manquait certainement pas de l'y voir), un rejeton de la noblesse donc, qui ne comprit vraiment l'usage qu'on pouvait faire de sa chanson guerrière que le jour où il se retrouva à fuir avec sa vieille mère devant un détachement de l'armée *révolutionnaire* qui la chantait tout en les poursuivant. Sans cela, il n'aurait peut-être jamais fini par se rendre compte qu'il était devenu célèbre, en quelque sorte, auprès de ses assassins potentiels. En effet, dans la France de l'époque comme dans le Pleunk actuel, quoique pour d'autres raisons, les communications étaient fort lentes et hasardeuses, si bien qu'un auteur pouvait demeurer longtemps dans l'ignorance de la *révolution* – étymologiquement parlant : du retournement – que telle force avait imposée au sens d'un de ses écrits. D'autre part, le rouge n'avait pas encore, alors, la valeur symbolique permettant, depuis, de songer que le malheureux était prédestiné à rendre service aux uns tout en croyant servir les autres. Tout cela pour vous dire que si vous voulez citer un chant célèbre en guise d'emblème de notre Avènement, mieux vaudrait le choisir de façon à ne pas obliger Rouget de Lisle à se retourner une fois de plus dans sa tombe.

Et je me rassis.

- Je vous remercie pour cette intervention, dit la Poétesse en me cherchant du regard (j'étais tout au fond), qui nous a permis de noter que nos jeunes auteurs ne sont pas à court d'idées personnelles. Si personne d'autre ne souhaite prendre la parole, notre cher président peut déclarer la séance close.

Ce qu'il fit aussitôt. (Loin de m'en étonner, je ne remarquai même pas que la Poétesse venait d'en donner l'ordre à un homme censément mieux placé qu'elle dans la hiérarchie littéraire pleunkoise.) Je fus parmi les premiers à sortir de la salle, ayant hâte de fumer et ne doutant pas que Filip me retrouverait sur le trottoir. Or, au lieu de lui, un inconnu dont le visage m'était vaguement familier me rejoignit, tendit la main et déclara : « Je n'ai jamais cru que je vivrais assez vieux pour entendre quelqu'un parler en public comme vous l'avez fait, surtout pas une femme, et aussi jeune que vous. Quel est votre nom ? » Je me présentai. – « Vous écrivez ? Vous voulez qu'on écrive ensemble ? » – « Pardon, fis-je, je suis confuse, mais je ne vous remets pas. » Il se présenta : c'était le meilleur cinéaste du pays, auteur de cinq œuvres faites en trente-cinq ans, et dont j'avais vu le dernier film à trois séances consécutives, avant qu'il ne disparaisse définitivement des écrans pleunkois. En réalisant qu'il me proposait de devenir sa co-scénariste (et bien que ce fût là m'offrir de travailler à un projet dont on pouvait gager que l'État ne le laisserait jamais se réaliser), j'eus les larmes aux yeux, je lui serrai les mains et je déclarai : « Si Fellini m'avait dit la même chose, je n'aurais sans doute pas été plus heureuse » – ce qui ne relevait pas de la flatterie éhontée : devant Fellini, la peur de ne pas être à la hauteur m'aurait certainement réduite à l'impuissance créatrice, sans parler du fait que je ne connaissais pas encore l'italien. J'évoquai les trois séances consécutives, et je vis les larmes monter à ses yeux aussi, qui débordèrent. « Ma chérie ! s'écria-t-il en se tournant vers l'entrée de la salle, viens voir ! (Une femme s'approcha de nous : l'auteur qu'il accompagnait à la réunion.) Écoute-moi cela : il y a dans ce pays quelqu'un qui a vu notre film TROIS FOIS, et c'est juste cette fille-là ! » Le film en question s'intitulait *Derniers souhaits*, cher lecteur, précisons-le, car au jour où j'écris cette phrase, il n'en reste de disponible que le titre, à Pleunk comme n'importe où ailleurs dans le monde, quoique l'ère de l'Avènement se soit achevée. Je demeure donc sans doute la seule personne à l'avoir vu trois fois, et à savoir que dans un autre espace-temps, le cinéaste Ranguel Valtchanov aurait pu devenir un pair de Fellini et de Massigny.

Nous prîmes congé l'une des autres après avoir échangé nos coordonnées ; nous nous reverrions bientôt. (Je n'écrirais pas de scénario pour lui, jamais, mais il ne serait pour rien dans ce manquement.) J'allumai une nouvelle cigarette, ivre de joie, puis je vis sortir Filip – enfin ! – et je souris largement, avant que son expression ne me fît me figer d'angoisse, déjà à trois mètres de distance.

- Pauvre idiote ! fit-il en arrivant tout près de moi, tu te souviendras du soir où tu as fait une leçon sur Rouget de Lisle à un colonel en jupon.

- Quel colonel ? demandai-je, pour mieux justifier l'apostrophe dont il venait d'user.

- Le colonel des SSR (lisez : Services Secrets, puis complétez par l'adjectif qui vous semble convenir) qui t'a remerciée, répondit-il sur un ton encore plus accablant. Jusqu'à Marseille, elle va te poursuivre, la vieille chienne, s'il le faut pour te faire payer ce camouflet ! Ton étourdie de mère ne t'a jamais appris à tenir ta langue, elle qui se tait même plus que le nécessaire, hein ? Si j'étais ton père, la raclée que je te flanquerais !...

Lorsque je rendis compte à Minou de cette soirée (qui s'acheva au café où Filip avait ses habitudes, où il m'offrit une demi-bouteille pour me faire passer la vexation, tout en me confirmant le bien-fondé de son accès de colère), elle resta un instant à me fixer avec terreur, puis dit : « Mon Dieu ! comme s'il ne suffisait pas de l'oncle Assen, dans cette famille, pour tenir des discours... » Une phrase inachevée sans doute en raison du fait que les mères, même plus prolixes que la mienne, ont du mal à énoncer certaines perspectives concernant leurs enfants, quand elles paraissent plus concrètes que la façon de parler qu'est, dans d'autres contextes, « tu finiras en prison », voire « à l'échafaud ». Or, insensible à son angoisse, je répliquai : « Non, il ne suffisait pas de l'oncle Assen – qui passe pour *marxiste*, dans ce pays d'imbéciles et de vendus, où la moitié de sa fratrie ne sait pas qui c'était alors que l'autre feint de l'ignorer pour tirer profit du mensonge ! » - « Tais-toi, Denise ! s'écria Minou le plus bas possible, l'Écouteur est chez lui ! » Son index levé vers le ciel montrait l'appartement d'un voisin appartenant à ce corps de métier. Et avant que j'aie eu le temps de répliquer que je m'en fichais, et comment (moi qui venais de donner une leçon sur Rouget de Lisle au colonel en jupon), elle reprit : « Oh ! pourvu qu'ils ne te fassent pas de problèmes quand tu seras aux Langues Étrangères ! », changement de perspective qui me fit vraiment voir rouge.

« *Quelles* Langues Étrangères, maman ? (Rarement utilisé, ce dernier terme rendait dans ma bouche le genre de son par lequel les parents font comprendre aux petits qu'ils sont fautifs.) Je n'irai *jamais* aux Langues Étrangères, tu ne te rappelles pas pourquoi j'ai accepté de passer le concours d'entrée ? Même si je n'arrive pas à partir d'ici, je ne mettrai jamais les pieds dans cette fac où *la vieille chienne* m'enseignerait le russe (pour le lecteur qui l'ignore, précisons : matière obligatoire à tous les niveaux de l'instruction locale), ni dans aucune autre où ses pareils font cours ! Ça ne m'a pas réussi d'être une bonne élève, maman, tout compte fait, alors, je n'irai plus étudier du tout, sauf si je peux m'envoyer par la poste à Paris ! » Minou me regardait de l'air sage de qui attend que l'autre finisse sa crise, certaine que mes menaces resteraient sans effet : elle me connaissait. Or, dès que j'en pris conscience, je réalisai qu'elle *ne me connaissait plus*. Sans trop savoir comment, j'étais devenue quelque chose de tout autre que l'oncle Assen (qui devint comptable, rappelons-le). « Ça fait longtemps qu'il n'y a plus d'Espérance pour moi, maman, dans ce pays, repris-je sur un autre ton. Tu ne t'en rends pas compte ? Le peu d'espoirs que j'ai pu m'y faire, je ne les ai déjà plus. Heureusement que j'ai été précoce : il a suffi de dix-neuf ans pour que j'en arrive là, je ne suis pas encore trop vieille pour faire ce qu'il faut. Souviens-toi, c'est bien toi qui as compris la première quelle était la seule façon de me sauver, quand tu es venue me rappeler que j'avais rêvé de Paris. Et maintenant, tu veux que je reste ici et que je fasse semblant comme avant ? Même avant, je ne suis pas arrivée à bien faire semblant, sinon, ils ne m'auraient pas mise à l'index. Je n'ai pas eu besoin de tenir des discours, tu vois, pour ne plus pouvoir publier. Tu te rends compte que je n'écris même plus ? Alors, quoi ? Tu veux que j'aille en vacances, me baigner dans la mer où j'ai versé ses cendres, avant de rentrer pour jouer aux futurs diplômés, comme si je croyais aux diplômes donnés avec l'approbation de ceux qui m'ont réduite à ne plus écrire ? »

Minou soupira et obliqua : « Ses parents n'auraient jamais dû te faire ça. » - « Ils ne savaient même pas qui j'étais, maman, tout ce qu'ils avaient, c'était un testament et mes coordonnées. Lui-même n'a pas dû prévoir que ça serait moi, celle qu'on appellerait pour les obsèques. Ils n'y étaient pour rien, ces pauvres gens. Et il fallait que je le fasse, je te l'ai déjà dit. Tout compte fait, ça ne pouvait pas mieux se passer. » Cette dernière phrase donna à Minou un regard d'intense stupéfaction, comme si elle se demandait si j'étais définitivement folle ou beaucoup plus sage qu'elle ne croyait. - « J'ai fait le tour de tout ce que je pouvais faire ici, repris-je, sauf des moyens que j'ai de dire ce que je pense et de me sauver… » - « Tu crois que ça t'aidera à te sauver, de leur dire ce que tu penses ? », m'interrompit-elle. - « Non, mais ça ne m'en empêchera pas non plus, ne t'en fais pas ! » Vous comprenez, lecteur, sans même que je vous fournisse la suite de cette conversation, que le temps de me sauver (ce qui prit encore de longs mois), je donnai à Minou pas mal de tracas – ce dont je ne me sentais aucunement coupable : primo, je croyais être dans mon droit, et secundo, qu'était-ce comme tracas, les petits actes subversifs qui suivirent, comparés au suicide à retardement de l'oncle Assen ?

Maintenant (à Paris) que j'en avais fini depuis longtemps avec cet oncle, dans quels nouveaux pétrins allait me mettre ma parenté difficile à définir avec Robert Massigny ? Faute de pouvoir le deviner, je décidai de ne plus y penser : pour le moment, j'étais l'heureuse secrétaire d'Adrienne Gilbert, et sa future biographe peut-être, qui venait de dîner chez Raoût avec Michel Darbois. J'ai vraiment déménagé pour l'espace-temps de mes rêves, me dis-je, il faut savourer cela, se pénétrer de l'idée que je suis passée du bon côté de l'écran. Le metteur en scène, on aura le temps d'y penser plus tard.

Ce dîner inaugura une nouvelle étape de mes rapports avec Adrienne : qu'elle ait eu l'impression que le moment en était venu, ou que Michel lui eût fait quelque commentaire sur ma personne, impossible de le savoir, mais à partir de là, elle se mit à me sortir, autrement dit, elle ne sortit plus guère sans moi. Nous allâmes au théâtre, aux projections privées (en dépit de sa mauvaise vision, Adrienne continuait de les fréquenter, et précisait qu'elle avait toujours été plus sensible aux voix des acteurs qu'à leur image), chez ses amis (qui finirent tous très vite par oublier que j'étais sa secrétaire, puisqu'elle ne parlait plus de moi qu'en termes de « mon amie Denise »), et remarquant que je tombais souvent, à l'occasion de nos sorties, sur des gens que je connaissais déjà (soit par leur œuvre, soit pour les avoir croisés ailleurs), Adrienne imagina que je faisais partie de son monde, quoique depuis moins longtemps, aussi naturellement qu'elle-même. Ce n'était pas moi qui la détromperais : puisqu'elle tenait cela pour vrai, si ce n'était pas le cas, cela le serait.

« Si j'avais une fille, me disait-elle parfois, j'aurais aimé qu'elle soit comme vous », me faisant me représenter rêveusement ce qu'eût été mon éducation de fille d'Adrienne Gilbert : elle m'aurait envoyée dans un pensionnat anglais, bien sûr, sans doute là où sa mère et sa grand-mère avaient été élevées, où elle serait venue me chercher à chaque fin d'année et de tournage – me donnant ainsi l'occasion de narguer mes condisciples peut-être issues de nobles familles, et de pur sang *british*, mais qui ne s'en souviendraient même plus devant le spectacle de l'arrivée d'une star hollywoodienne, vous n'aurez jamais une mère comme ça, na ! – pour les vacances, que nous aurions passées sur la Côte d'Azur, naturellement, puisqu'il ne fallait pas que j'oublie la langue, ou bien en Suisse si c'était l'hiver. Je l'aurais vite fatiguée (je la comprenais), elle m'aurait confiée la plupart du temps à une gouvernante allemande (*natürlich*, pour mieux me discipliner et développer mes tendances polyglottes) qui aurait tôt fait de constater que j'étais même plus sage qu'il ne fallait (surtout avec une maîtresse-femme comme elle), et m'aurait dorlotée. J'aurais regretté de si peu ressembler à ma mère, au physique : ah ! pourquoi diable devait-elle préférer les bruns au teint mat, m'empêchant ainsi d'hériter ne serait-ce que ses yeux verts, et me privant même du plaisir de trouver ses amants séduisants ? J'aurais rêvé de faire son métier, un jour, mais entre-temps, j'aurais écrit des histoires vengeresses (mettant en scène mes futurs triomphes) et des pièces de théâtre que je n'aurais jamais désespéré de lui faire jouer – malgré ses refus de s'y mettre sur-le-champ, et en dépit du fait que tout en aimant les voix plus que l'image, c'était une reine du muet (dont le timbre ne serait jamais à la mode). En grandissant, bien sûr, j'aurais cessé de les lui soumettre – je serais passée à l'étape où l'on ne pense qu'à s'en aller loin de ses parents…

Ce genre de prévisions rétrospectives me rendaient Adrienne encore plus chère, me chargeant de remords à son égard (j'étais une fille moins bonne qu'elle ne voulait le croire) et parachevant de me donner l'impression d'être attachée à elle de toutes les manières possibles dans notre cas (au triple titre de regard, de *Doppelgänger* et d'enfant). Je serais sans doute devenue son double vestimentaire aussi, n'était-ce notre différence de taille qui l'empêchait de m'offrir autre chose que ses foulards, ses châles et quelques vestes dont les modèles pouvaient faire croire qu'on les avait conçues pour ne pas descendre plus bas que la ceinture. Mais même cela suffit à provoquer des commentaires chez mes amies plus jeunes : Michèle trouva que j'étais devenue « tout d'un coup très distinguée », ce qui l'amusait bien (« On va voir jusqu'où iront les transformations de Denise ! »), tandis que Claire jugea que je m'habillais d'une façon plus originale qu'avant (« J'aime bien ce mélange de styles, c'est extravagant et en même temps, ça ne fait pas outré, c'est équilibré ») ; quant à Shéhéra, elle me gratifia d'une exclamation admirative à chaque nouveau détail de la garde-robe d'Adrienne que j'arborais. (Plus tard, Gaëlle complèterait cette série de points de vue en déclarant que je devrais « cesser de porter des vestes de grand-mère », avant d'essayer de me convertir aux blousons.)

Cette période de dictées, de sorties et de mutations délectables s'acheva au bout d'un an (j'anticipe, mais c'est pour mieux refaire de nouveaux zigzags chronologiques), d'une façon atroce. Au retour d'un week-end à la campagne, chez la nièce d'Adrienne, qui était devenue entre-temps une bonne connaissance, et dont la tante avait voulu me faire visiter le château (« Vous qui aimez la peinture, vous allez vous régaler ! Ma sœur a posé pour Dufy, c'était une amie de Miro, et son mari, le baron, estimait beaucoup certains autres artistes du temps qu'ils n'étaient pas encore célèbres… »), j'appelai pour lui dire combien elle avait eu raison, et je tombai sur sa concierge qui m'apprit que l'ambulance venait *de repartir avec le corps.*

Cher Richard S. Cameron,

J'ai la douleur de vous apprendre que nous avons perdu Adrienne Gilbert, dimanche dernier, vers quatre heures de l'après-midi. Le matin, elle avait fait une chute qui lui semblait sans gravité, en se prenant le pied dans le fil du téléphone. Au début de l'après-midi, elle s'est sentie un peu fatiguée, et s'est retirée dans sa chambre pour se reposer. D'après sa femme de ménage et son médecin, elle est morte dans son sommeil, sans aucunement souffrir, ce qui est sans doute la meilleure manière. Vous ne trouvez pas ?

Si vous souhaitez porter son deuil, sachez que le noir et blanc convient ; elle n'aimait pas le gris.

Je joins à ce mot deux photocopies de coupures de presse : celle d'un article qu'elle appréciait, et celle du faire-part de son décès. Bien qu'elles soient en français, je suis certaine qu'elles vous seront précieuses. Pardonnez-moi d'être si brève, mais présentement, je ne suis pas en état d'écrire davantage.

En réalité, cela s'était passé moins bien que je ne l'avais écrit : en tombant (faute d'avoir vu le fil du téléphone, alors qu'elle venait de parler avec sa nièce, à un moment où je me promenais dehors), Adrienne s'était cassé le bras gauche et ouvert un genou ; sa discrétion coutumière lui avait fait dissimuler ces faits à la femme de ménage arrivée quelques heures plus tard, et qu'elle avait dissuadée d'appeler le médecin : « Je suis un peu fatiguée mais je n'ai rien, je ne suis pas encore arrivée à l'âge où il suffit d'une petite chute pour finir à l'hôpital », après quoi elle s'était couchée, sans doute pour éviter de faire remarquer le bras inerte et l'hémorragie sous sa robe de chambre (le pansement qu'elle s'était confectionné déborderait de sang dans son lit). D'après la femme de ménage qui, inquiète, avait jeté plusieurs coups d'œil dans sa chambre, Adrienne ne s'était pas endormie tout de suite, ce qui permet d'imaginer qu'elle eut le temps de se féliciter de la réussite du camouflage, puis d'attendre avec les sentiments qui visitent même les plus braves des comédiennes le moment où la mort la prendrait – car elle avait certainement *décidé* qu'il arriverait, là, chez elle, avant l'âge de l'hôpital.

N'ayant pas moyen de savoir ce qu'Adrienne avait souffert en attendant, moi qui aurais veillé à écarter le fil si elle ne m'avait pas envoyée en week-end, je ne trouvai que le courage de présenter sa mort en les termes qu'elle aurait choisis. En dehors de cette lettre, je n'eus guère la digne discrétion qu'elle croyait m'avoir transmis : je pleurai même dans les transports publics, je racontai ses peines indubitables et supposées à tous mes autres amis, n'arrivant à me tenir correctement que devant sa nièce. Il me resta en héritage le porte-cigarettes et le briquet précieux gravés de ses initiales, un manteau de fourrure qui faisait, sur moi, une veste courte, et Richard S. Cameron qui continua de signer « votre fan dévoué ». (J'avais fini par lui donner mon adresse.) Je renonçai à m'enquérir de ce que cachait son S. : en cela au moins, je pouvais me sentir toujours approuvée par Adrienne.

Je perdis de vue son entourage, Michel compris, à part quelques personnes que je croisai de loin en loin, à tel vernissage, film ou spectacle où m'amenaient les vertus de ma carte de presse, et en revoyant ces gens qui me connaissaient toujours moins, je me disais avec tristesse que rien n'était plus facile que de changer de monde, quand ce n'était pas pour le mieux : il avait suffi d'une petite chute pour que je quitte mon identité de *Doppelgänger* inséparable d'Adrienne Gilbert. Je n'écrirais jamais à la première personne du singulier les souvenirs d'une vedette du muet : je n'avais plus accès à sa mémoire, depuis que sa mauvaise vision avait cessé de lui permettre de se retrouver en moi de son côté. Comme elle me manquait épouvantablement, je m'appliquai à cultiver certaines de ses manies (outre les attitudes typiques que j'avais attrapées par contagion), les choisissant parmi les plus éloignées de mes tendances naturelles, pour maintenir sa présence dans ma vie et me tenir compagnie à travers ces faits et gestes qui lui étaient propres, aux moments où j'aurais aimé la voir. Et je gardai, à sa place, dans mon sac à main la photocopie d'une coupure de presse relatant son arrivée triomphale à Hollywood en 1922.

*

Entre-temps, j'avais eu une surprise dont il est grand temps de parler, et qui me permet de revenir aux temps heureux où Adrienne vivait : un après-midi que nous allions ensemble à un vernissage, pas en taxi mais en bus, un moyen de transport qu'Adrienne affectionnait autant que moi, car il lui donnait un sentiment d'aventure délicieux (« Cela me rappelle les omnibus de mon enfance ; à une époque, j'habitais avec maman avenue des Ternes, tout près de leur terminus, et je ne saurais vous dire l'envie que j'avais d'y monter : être parmi tous ces inconnus, écouter ce qu'ils se disent, et peut-être même faire leur connaissance… Bien sûr, je ne leur aurais pas adressé la parole la première, je ne me le serais jamais permis, mais je rêvais que quelqu'un me remarquerait et me parlerait, alors, j'aurais le droit de lui répondre, la politesse le voudrait, et qui sait ? peut-être apprendrais-je comment il vivait, ou elle, si c'était une dame… Vous voyez, c'est un peu pour cela aussi que j'ai souhaité être actrice, pour entrer dans la vie des gens qui ne me ressemblaient pas… »), quand soudain : « Denise ! », s'exclama quelqu'un, une fille rousse qui se tenait près de nous, « Denise, c'est toi ? Mais c'est incroyable, c'est vraiment toi ! »

J'eus une sensation droit issue du temps presque oublié où j'avais été célèbre, car c'était une inconnue qui me parlait, et manifestement, pas de méprise, elle me connaissait, pour m'avoir rencontrée quelque part, sans doute (à une lecture de mes poèmes ?). Comment faire pour ne pas la vexer en lui laissant réaliser qu'elle m'était aussitôt sortie de l'esprit ? Mais l'inconnue me sauva de la panique : « Tu ne me reconnais pas ! fit-elle en riant béatement. Je suis Gaëlle, on travaillait ensemble il y a quelques années, tu te souviens ? » Je n'y comprenais plus rien : autant mon souvenir des faits, gestes et propos de Gaëlle était net, autant son visage actuel me semblait peu familier. « Mais tu étais brune ! », fis-je, stupéfiée, en guise d'excuse. – « Mes cheveux ont grillé au soleil des tropiques ! Je dois descendre, je te donne mon numéro de téléphone, vite, du papier ! Tu m'appelleras, n'est-ce pas ? Je suis tellement heureuse de t'avoir retrouvée ! »

Elle vint chez moi, apportant des victuailles comme autrefois, y compris la boîte traditionnelle de calamars à l'américaine, dont je n'avais plus mangé depuis, les considérant comme indissociables de Gaëlle, et dont les giclures d'huile à la tomate me mirent par avance dans un affolement qu'elle évita de relever par affection (jugeant indigne qu'on s'inquiète pour ses murs et sa moquette), puis elle me promit que la prochaine fois, quand ce serait moi son invitée, nous mangerions un mets hautement exotique, qu'elle préparerait d'après une recette sri-lankaise (« Chaque fois que je le fais, j'y change quelque chose, selon l'inspiration du moment »), dont les ingrédients indispensables étaient les ananas et le poivre, en quantité. Elle avait fait le tour du Sri Lanka comme d'un tas d'autres îles dont les Seychelles, l'espace d'un an, après avoir réalisé, primo, que la France devenait trop petite et familière pour elle, et deuxio, qu'elle pouvait mettre de côté presque tout son salaire pendant quelques mois, puisque son emploi de l'époque (dans une crêperie hôtel au bord de l'océan) lui offrait un logement gratuit. « C'était comme dans *Emmenez-moi* d'Aznavour, tu l'as ? » - « Bien sûr ! » - « Je savais bien que tu l'aurais ! Tu peux la mettre ? Voilà, c'était exactement comme ça : je trimais, j'en avais marre, et comme j'avais l'océan sous le nez, je me suis dit : il est quand même grand temps, depuis que je le regarde, toujours pareil, d'aller voir ce qu'il y a de plus intéressant quelque part de l'autre côté. » Gaëlle ne voulait pas aller en Amérique, trop bien connue d'avance (par les films), mais à quelque endroit qu'elle ne pourrait pas se représenter avant d'y avoir mis les pieds, va pour un vol vers Colombo, en promotion à ce moment, où elle ferait son Colomb.

- Et ça t'a plu ?

- Oh, oui, tout m'a plu, même là où c'était franchement laid et pitoyable : tout était si différent et inattendu ! C'était l'aventure complète, tu comprends, je n'avais ni réservation à l'hôtel, ni même un billet de retour, puisque je n'avais pas voulu fixer une date ; je pouvais partir n'importe où ailleurs, du moment que quelqu'un me proposait de m'y emmener, ou qu'il me restait assez d'argent pour le faire. Quand je suis restée pratiquement sans le sou, j'ai commencé à chercher du travail, et imagine-toi, il s'est avéré que je ne pouvais pas en trouver parce qu'on me jugeait beaucoup trop bien pour m'abaisser à travailler ! Personne ne voulait m'engager : j'étais blanche, ça rendait déjà inconcevable que je fasse de la plonge, du ménage ou le service ; mais quand ils apprenaient que j'étais française, je ne peux pas te dire la tête qu'ils faisaient et la vénération avec laquelle ils me mettaient à la porte !

En fait, avant de me mettre à la porte, ils donnaient chacun une sorte de réception pour moi : soit ils faisaient apporter à manger et à boire pour dix personnes, et il fallait que je reste – alors que j'étais pressée de chercher du boulot ailleurs, tu vois – pour goûter à tout et boire pendant des heures avec le patron qui ne voulait pas de moi, tout en lui racontant la France, soit ils m'emmenaient carrément chez eux pour déjeuner ou pour dîner, après avoir passé un coup de fil, et une fois arrivés sur place, il y avait déjà toute la famille réunie pour me voir, comme si j'étais une princesse exotique en visite dans le pays, qui les aurait honorés de sa présence ! Au bout d'une semaine, je n'en pouvais plus de cette situation absurde, j'étais dans une rage folle, je cherchais un moyen de m'en sortir, et tout à coup, je me suis dit : mais pourquoi diable je m'obstine à vouloir travailler, alors que dans ce pays, je n'ai pas besoin de le faire et personne ne veut tolérer que je le fasse ? Tu vois, même avant de commencer à chercher du travail, je m'étais rendu compte que si je ne pouvais pas me payer un nouvel hôtel ou un repas quelque part, il se trouvait toujours quelqu'un – de parfaits inconnus, hommes et femmes – pour proposer de m'héberger ou pour m'inviter à manger, sans même que je le veuille. J'ai donc fini par devenir parasite, puisque les gens y tenaient. J'ai habité dans un tas de familles, riches ou pauvres, toutes les classes t'invitent et aucune n'est pressée de te laisser partir, les gens ne se lassent pas de t'interroger, de t'entendre parler ; en fait, on pouvait dire que je travaillais à converser, chez eux, c'était pour cela qu'ils voulaient me garder, ils ne s'en lassaient jamais. Dans l'une des grandes familles, il y avait une jeune fille, c'était justement elle qui m'avait trouvée dans la rue, rencontrée je veux dire, et invitée, elle s'appelait Chandrika, eh bien, elle avait très envie de partir, de voyager – elle me faisait penser à toi –, elle était très bonne en anglais, beaucoup plus que moi, même si mon niveau a monté à force de devoir le parler sans cesse, j'ai même eu peur, vers la fin du voyage, d'oublier mon français, de quoi je te parlais déjà ?

- De Chandrika.

- Oui, elle voulait rester tout le temps avec moi, dans la véranda, il y avait plein de plantes autour, qui sentaient bon, elle faisait servir du thé et des gâteaux toutes les dix minutes, elle était gourmande et toute mince comme toi, et on parlait, on parlait… Elle ne voulait plus sortir, depuis que j'étais chez elle : en restant à la maison, avec moi, elle oubliait où elle était, elle pouvait imaginer que nous étions ensemble ailleurs... Le seul problème, c'était justement que je voulais bouger, moi, pas rester toute ma vie dans une jolie maison, ou dans une maison moche, peu importe, elles avaient toujours quelque chose de charmant, ne serait-ce que la végétation luxuriante autour, mais ça revenait au même, pour moi, je voulais bouger, voir de nouveaux endroits, de nouvelles îles... Heureusement qu'il y avait de temps en temps un homme qui me plaisait bien et qui voyageait, pas dans les familles, dans les cafés ou dans les ports : il suffisait que j'aille y faire un tour pour que quelqu'un me remarque, m'offre un verre et me propose de partir avec lui. Comme je ne tenais pas à me rendre à un endroit précis, c'était facile de trouver à voyager, il suffisait que le type me plaise. Le seul problème, c'est qu'au bout d'un moment, j'ai attrapé le paludisme et j'ai dû perdre du temps à rester malade dans un lit. Mais ça m'a quand même permis de rencontrer une navigatrice en solitaire qui avait eu un accident de baleine, comme elle disait, tu savais que ça se pouvait ?

- Qu'est-ce que c'est ?

Gaëlle rit.

- Ça veut dire qu'elle a heurté une baleine avec son bateau, tu imagines ?

- Quelle horreur ! La baleine est morte ?

Gaëlle éclata de rire.

- Non, c'est la navigatrice qui aurait pu en mourir, son bateau était beaucoup plus petit et plus léger que la baleine, tu sais ! Elle a fait naufrage, elle a dû partir vers la côte la plus proche sur son canot à moteur, et je peux te dire que quand je l'ai rencontrée au bar de l'hôtel où je finissais de soigner mon paludisme – le mec qui m'y avait installée était déjà parti, il en avait eu assez de faire le garde-malade, mais j'y étais toujours à ses frais et il m'appelait tous les jours, gentil comme tout –, elle était encore folle de rage dès qu'elle en parlait : putain de baleine qui lui avait fait perdre son bateau au milieu d'un tour du monde, et cætera. C'est surtout avec moi qu'elle en parlait, parce que j'étais la seule autre Française dans le coin, alors qu'elle baragouinait l'anglais si mal que même le barman n'arrivait pas à la comprendre, c'est dire : normalement, un barman, à force de voir des touristes, il apprend à comprendre n'importe quel baragouin. C'était donc moi qui devais me taper ses crises de rage à propos de la baleine, elle a dû avoir les oreilles qui sifflent pendant des mois, celle-là, si jamais son espèce a des oreilles !

- C'était au Sri Lanka ?

- Non, au Symala, c'est une petite île qui est un État, un royaume dont personne n'a jamais entendu parler, à ma connaissance, sauf les touristes qui s'y retrouvent par hasard – je n'en ai pas vu mais le barman disait qu'il en venait –, et le gars qui m'y a emmenée. Il était des

Seychelles, il faisait des affaires un peu partout. Symala, c'est vraiment un trou perdu, si j'ose dire ça d'une île : ça n'a même pas d'aéroport, le roi se promène en biplan d'avant le déluge, comme on en voit seulement au cinéma, une espèce de cageot tout bosselé qui peut se poser partout, dans un champ de navets comme sur une plage de sable.

- Ils font pousser des navets, là-bas ?

Nouvelle crise d'hilarité :

- Tu penses ! c'était une façon de dire, ils ne font rien pousser du tout, à ma connaissance, ils mangent ce qui pousse tout seul et ils élèvent des bêtes, des bestioles surtout.

- Ah, oui ?

- Oui, d'abord, chez eux, même les cochons qui sont leur gros bétail sont tout menus, des porcelets, quoi ; la volaille, pareil, beaucoup plus petite que la nôtre : on te sert un coq, tu crois que c'est une caille. Et puis, ce qu'ils préfèrent élever, c'est une bestiole qui ne se mange pas du tout, une espèce de singe de compagnie tout minuscule, c'est joli et très aimant, tout le monde a l'habitude d'en faire vivre chez soi, un petit singe par personne ou même plusieurs, dans certaines familles. Le grand problème national, c'est que l'espèce risque de disparaître : elle a du mal à se reproduire chez les gens, bizarrement, peut-être par pudeur, parce que c'est un animal très délicat, très sensible et pudique, tout le contraire des grands singes qui passent leur temps à te forniquer sous le nez. Le roi a donc publié un décret qui interdit d'avoir de ces bestioles chez soi, et c'est à la limite de la tragédie nationale, imagine-toi : les gens ne peuvent pas supporter de vivre sans, c'est pour eux une privation atroce : sans singe, ils se sentent comme si la Loi leur avait ôté père, mère, frère ou sœur. On leur a ordonné de les relâcher dans une sorte de réserve naturelle, mais tu penses s'ils ont obéi ! Pour les notables, il y avait toujours moyen de faire que la police ne vienne pas vérifier, ou qu'elle ferme les yeux ; pour les petites gens, c'était beaucoup plus compliqué : ils ont dû mettre au point tout un système de précautions, qui comprend des guetteurs, pour éviter qu'on les attrape en flagrant délit de possession de bestioles affectueuses. Malgré cela, beaucoup se sont retrouvés obligés d'en relâcher, ce qui est un drame pour le singe aussi, et quand ils n'ont plus pu endurer de vivre sans, au bout de quelques semaines, ils se sont mis à en voler dans la réserve naturelle, ce qui vaut la peine de mort.

- Oh, mon Dieu ! Il y a des gens qu'on a tués pour ça ?

- Oui, et apparemment, les condamnés ne regrettent pas de mourir, du moment que vivants, ils resteraient privés de singe de compagnie. C'est vraiment une tragédie pour eux, aussi incroyable que ce soit. Ça fait des siècles que ces singes vivent dans leurs maisons, c'est devenu impensable de survivre autrement, en quelque sorte. Et il paraît que les bestioles elles-mêmes pleurent à cœur fendre quand on les enlève à leur famille pour les relâcher, et une fois dans la réserve, elles ne font plus qu'essayer de rentrer : il faut croire que l'espèce aime mieux s'éteindre que se séparer des humains.

- Quelle tristesse ! Tu en as vu ?

- Non, j'aurais bien aimé, mais chaque fois que je demandais à quelqu'un qui m'en parlait – la population ne parlait pratiquement de rien d'autre – s'il pouvait m'en montrer un, il protestait en disant qu'il n'en avait pas, parfois en me faisant un petit clin d'œil. La réserve, on ne peut pas la visiter, le roi pense que ce serait trop dangereux, c'est-à-dire que s'il le permettait, ça ferait des émeutes qu'il faudrait disperser en massacrant tout le monde. Ce serait trop dangereux pour les singes, à son sens. Mais la navigatrice disait qu'elle en avait vu un subrepticement, dans la cuisine de l'hôtel, une toute petite tête de lémurien qui dépassait du décolleté de la cuisinière. En fait, il y a des gens qui les gardent sur eux, en choisissant des vêtements bien larges où les bestioles ne sont pas visibles, parce qu'ils ont peur que la police fasse une descente dans leur maison en leur absence, ou simplement parce qu'à force de craindre de les perdre, ils ne peuvent plus supporter de les quitter une minute. Et il paraît que les singes ne demandent pas mieux que de rester collés aux gens. Mais le résultat, c'est que l'espèce va sans doute s'éteindre, et je ne sais pas comment la population survivra, après. Buvons à leur santé.

- Oh, oui ! Puissent-ils survivre et proliférer tous, et qu'on les laisse ensemble ! Je n'ai jamais rien entendu d'aussi surprenant et touchant, comme actualité internationale.

Gaëlle rit.

- Ce n'est pas au journal de 20 heures qu'on t'en parlera ! Même la navigatrice qui connaît les océans comme sa poche ne connaissait pas Symala avant de s'y retrouver. Pour rentrer, elle a dû d'abord attendre qu'un bateau vienne d'une île assez proche – il vient une fois par mois –, parce que le roi n'a pas voulu la faire transporter en avion à un endroit mieux desservi, tu vois : elle a essayé de lui faire demander de l'aide, mais manifestement, il se fichait complètement d'elle. Ça l'a fait enrager encore plus, bien sûr. Finalement, on est parties ensemble. Elle aussi rentrait en Bretagne. Au fait, tu savais qu'en Bretagne, il y a Pleunk ?

- Comment ?

- Je me disais bien que ça te scierait ! fit Gaëlle en jubilant, il y a une bourgade, en Bretagne, qui s'appelle Pleunk, il a fallu que j'aille au Symala pour l'apprendre ! Tu imagines, c'est la navigatrice qui m'a appris ça : elle est née là-bas, à Pleunk en Bretagne ! Ça existe, et ça s'écrit exactement comme Pleunk ! La première chose que je me suis dite en entendant cela, c'était : la tête de Denise quand je lui apprendrai ça !

Elle était donc certaine de me revoir un jour ? m'émerveillai-je.

- Maintenant, continuait Gaëlle, si ça t'amuse, tu peux dire que tu es bretonne comme Florence Kerlec, c'est comme ça qu'elle s'appelle, Florence comme ta grand-mère, tu peux dire que c'est une cousine à toi, tout le monde est cousin, dans ces coins-là ! Si quelqu'un en doute, qu'il aille vérifier où se trouve Pleunk ! Jusqu'à nouvel ordre, quoi qu'en pensent les Bretons bretonnants, la Bretagne, c'est la France, tu es donc française ! Et si quelqu'un trouve ton prénom bizarre, tu n'as qu'à lui dire que c'est la version féminine de Denez Prigent, on va te faire apprendre deux-trois chansons bretonnes pour que ce soit plus vrai que nature : même moi qui ai été obligée d'en écouter à toutes les fêtes quand j'étais petite, je n'en connais pas une seule, j'ai horreur de ça ! mais toi, à la demande, tu pourras leur en chanter. Le seul problème, c'est que ça ne figure pas sur les cartes de France, Pleunk, c'est trop petit, ça n'a même pas de mairie, alors, tu ne pourras pas le montrer aux connards qui t'emmerdent avec tes origines...

Je fus prise d'un accès d'hilarité à en pleurer.

- C'est trop petit ! Même en Bretagne ! Et si cela se trouve, même en Bretagne, ça va encore se réduire !

Gaëlle se mit à rire aussi.

- Avec la chance que j'ai, repris-je, ça va sans doute disparaître, du moment que j'en parlerais !

- Si tu veux, la prochaine fois que je vais chez mes parents, tu viendras avec moi, et on fera un tour jusqu'à Pleunk, histoire de voir si ça existe toujours et à quoi ça ressemble. Ce n'est pas tout près de chez eux, mais on doit pouvoir se débrouiller pour y aller. On te prendra en photo au milieu de Pleunk, et aussi à côté de la pancarte avec son nom, il doit bien y en avoir une, puis tu montreras ça à tous les cons qui veulent t'obliger à en parler : voilà à quoi ça ressemble, qu'est-ce que vous voulez que je vous en dise ? Tel que je le vois, Pleunk, il doit ressembler à n'importe quel hameau breton comme on en trouve loin de la mer : une ancienne ferme, deux-trois vieilles maisons qui ne payent pas de mine, ou franchement pourries, faute d'argent pour faire des travaux, et autour, des champs de betteraves ou de choux-fleurs à n'en plus finir – dès qu'une voiture approche, tout le monde sort de chez lui pour voir qui c'est, puis tu dois faire le tour des maisons en buvant de la gnole chez chacun, parce qu'autrement, il t'en voudra à vie, si bien que quand tu rentres, si jamais tu as réussi à ne pas avoir un accident mortel à force d'avoir bu, tu ne te rappelles même plus d'où tu viens ni ce que tu y as fait.

Je me tordais et hennissais de rire. Ravie, Gaëlle en rajouta :

- Tu imagines l'effet que ça va faire, d'apprendre que tu es d'un hameau pareil, quand on t'a un peu vue et écoutée ? Ils vont être sur le cul ! Et toi, tu pourras le leur décrire en détail, avec les betteraves et tout, sur un petit ton très poli et distingué comme tu en prends quand tu es obligée de parler avec des cons auxquels tu ne veux pas montrer qu'ils t'emmerdent, parce que tu es trop bien élevée...

- Pitié, je n'en peux plus !... J'ai mal au ventre !... Arrête de me faire rire !... Je suis vraiment... C'est vraiment ça, ce que je fais quand je suis obligée de parler avec... ?

- Mais oui, tu ne t'en rendais pas compte ? Tu deviens encore plus polie que nature, exquise de politesse, ça m'a toujours frappée. Ou bien tu as changé sur ce point, depuis le temps ? Non, ça m'étonnerait.

En effet, maintenant qu'elle m'avait fait prendre conscience de ce mien comportement typique, je pouvais lui assurer que je l'avais gardé. Gaëlle, pour sa part, était restée tout aussi franche qu'au sortir du lycée, et apparemment, sans que cela lui ait beaucoup nui, contrairement à mes prévisions (ce qui était fait pour me rassurer). Elle avait aussi gardé toute son énergie, pour incroyable que ce fût, malgré ses vingt-quatre ans et sa ferme conviction qu'on était vieux à trente. Revenue à Paris peu de temps avant la Grande Grève de l'hiver dernier, elle y avait vu l'occasion réjouissante de connaître des conducteurs sympas qui vous prennent en stop avant d'être pris dans les embouteillages (autant de propos échangés de rab), ou de se muscler les jambes en allant travailler pédibus à l'autre bout de Paris (et n'en revenait pas que j'en aie gardé l'image cauchemardesque de journées passées à geler en mouvement, avec deux heures de pause où l'on fait cours au chaud, avant de rentrer geler assise ou dans son lit – n'en avais-je vraiment pas mieux profité, de ce désordre si bizarre et drôle ?). Travaillant toujours comme serveuse, un métier à son sens parfait pour elle, Gaëlle se moquait du client type, morose et toujours pressé, engueulait sans crainte des conséquences celui qui se permettait des formules du genre « et que ça saute ! », conspuait l'hypocrisie de ses collègues et quittait comme autrefois ses emplois au bout de six mois tout au plus, craignant que la routine, même agréable, ne nuise à sa santé morale (au désespoir des patrons successifs dont aucun ne voulait perdre cette championne d'efficacité, de vivacité et d'endurance). La mollesse, l'humeur sombre et les chichis l'exaspéraient, qu'ils fussent observés dans le métro ou dans sa famille, et je me demandais par quel miracle d'aveuglement amical elle ne voyait pas du même œil mes moments de prostration ou le refus catégorique de manger avec elle dans un fast-food. En revanche, Gaëlle n'en revenait pas, pour sa part, de savoir que je mangeais des tartines de concentré de tomates, qui lui inspiraient une sorte d'horreur très visible mais quasi muette ; quand je lui expliquai que je le trouvais bon, et qu'il me rappelait la poivrade de ma grand-mère, elle eut l'air très soulagée, et pour mieux se rassurer, me demanda à divers autres moments : « C'est parce que ça te plaît que tu en manges, hein ? Ce n'est pas parce que c'est encore moins cher que les conserves bon marché ? » Je confirmai vigoureusement, ayant compris qu'auparavant, son horreur du concentré restait muette par délicatesse, provenant de l'idée des proportions de ma pauvreté, qui lui avait fait craindre de me blesser en relevant ce détail révélateur. Gaëlle me reprochait aussi de porter des vestes à boutons dorés, « genre dadame ou mémère », mais devant mon obstination, elle finit par conclure qu'il devait s'agir là d'une de ces manies attendrissantes qu'on trouve chez les gens remarquables (jugeant farfelu l'argument selon lequel les boutons dorés représentaient pour moi, entre autres, une chance de faire meilleure impression sur les parents d'élèves).

Nous allions ensemble faire provision de vêtements chez Guerri (« Mais comment as-tu appris que ça existait, ces boutiques ? » – « Oh ! à force de me promener dans Paris… ») dont les magasins encore moins chers que ceux d'Emmaüs présentaient, en outre, l'avantage de pouvoir satisfaire à la fois mes goûts et les siens, conciliant pêle-mêle dans la même caisse les genres qui évitent généralement de se fréquenter sur pied. Nos essayages ébaubissaient les vendeurs. « Quelle horreur ! », entendait-on retentir jusqu'à la caisse, depuis la cabine dont le rideau venait de s'écarter, tandis qu'en face, j'arborais un manteau en poil de chameau, très bien conservé, « Tu ne vas quand même pas acheter ça ? ! Mamie a le même ! » – « C'est de bonne qualité. Et c'est léger. » – « Si tu veux du léger, prends un blouson ! » – « Je n'aime pas les blousons, pas sur moi, en tout cas. » – « Prends quelque chose qui fasse plus jeune, enfin ! » – « Je ne veux pas faire jeune, justement. Mais elle te va bien, cette robe. » – « Ah, tu trouves ?… » Et nous quittions inévitablement le magasin chargées de sacs dont chacune devait un tiers au moins aux insistances de l'autre, sans jamais finir pour autant par être vêtues à l'unisson.

L'entente nous était moins problématique quand il s'agissait de passer notre temps (bien plus souvent) à parler de cinéma ou de littérature. N'ayant guère vu ou lu les mêmes choses, nous prenions un grand plaisir à nous les raconter, ce qui revenait à nous procurer mutuellement des critiques plus savoureuses que celles de la presse, avant de rattraper, le cas échéant, ce qu'on avait manqué, chacune sachant dans quelle mesure exacte le jugement de l'autre se rapprochait du sien. Au bout de quelques mois d'amitié copieusement nourrie de conversation, les formules comme « je pense que ça va te plaire » avaient pris, entre nous deux, une valeur incitative que l'expérience confirmait presque toujours ; au fur et à mesure, nos références communes augmentaient, y compris en matière de livres et de films introuvables ou remis à plus tard, mais devenus presque aussi familiers à celle qui en avait seulement entendu parler qu'à l'amie pour qui leur découverte avait été marquante. Ainsi, Gaëlle se retrouva capable, au besoin, de faire des conférences sur Proust, Joyce, Fellini et Massigny, tandis que mes connaissances sur Diderot, Thomas Bernhard, le western spaghetti et le cinéma fantastique s'élargirent prodigieusement. Par ailleurs, elle aimait ce que j'écrivais, au point de refuser de me montrer son propre travail dans ce domaine : « Si un jour je réussis à vraiment finir un texte, et qu'il ne soit pas à mourir de honte rien qu'à l'idée de te le donner, je te le donnerai, promis, mais avant d'en arriver là, si jamais on y arrive, pas mal d'années peuvent s'écouler, alors, il vaut mieux ne pas trop y penser. »

Gaëlle n'avait pour le moment pas la moindre intention de publier, tirant assez de satisfaction du seul processus de l'écriture. Je l'en enviais, car je n'en tirais plus aucune de mon recueil de poèmes édité, ni même des nouveaux écrits que j'avais en cours, étant de plus en plus obnubilée par l'angoisse de ne jamais voir paraître mes deux romans achevés : les mois passaient, et aucune perspective de les mettre bientôt *en lieu sûr*, où ils puissent rester même si le lendemain, leur auteur se retrouvait réduit à l'inexistence complète, ou empêché de quelque autre façon de continuer à s'en occuper. Par malchance, le studio de Gaëlle où je la retrouvais désormais au moins une fois par semaine était situé dans le quartier de la place Clichy, tout près du café où j'avais rencontré Luc, et obligée de repasser devant cet établissement, j'avais encore plus de mal à m'ôter de l'esprit mes soucis éditoriaux ; c'était à chaque fois comme une rebuffade renouvelée, de revoir les grandes vitres derrière lesquelles l'habitué qu'était Luc se trouvait peut-être à ce moment aussi, et peut-être avec un auteur qu'il publierait ; je pressais le pas et me raccrochais à l'idée que pour me lancer un clin d'œil bienveillant, l'ordre des choses avait installé Gaëlle dans une rue où Verlaine avait vécu (ce dont une plaque y témoignait).

*

Quelque temps après la mort d'Adrienne, Jean-Jacques me rappela pour me proposer de boire un verre. En le retrouvant près de chez lui, dans un café du Quartier Latin, je remarquai tout de suite qu'il avait sur sa table un de mes manuscrits, le même que Luc avait brandi en signe de reconnaissance.

- Ça ne convient pas à l'éditeur, dit Jean-Jacques. Je n'avais pas prévu ses objections, mais je les comprends bien : ton roman n'est pas traduit du pleunkois, l'action ne se déroule pas à Pleunk, et surtout – c'est ça qui est décisif –, le sujet n'a rien à voir avec ceux des livres qu'il apprécie. Ce qui l'intéresse, ce sont les problèmes sociaux, les guerres, les causes humanitaires... Toi, quand on te lit, on a l'impression que tu as toujours vécu à Paris, dans un milieu protégé sinon dans le grand monde. Il m'a dit littéralement : « Mais qu'est-ce que c'est que cette bonne femme soi-disant pleunkoise, elle n'est jamais sortie du seizième arrondissement ? »

La stupéfaction m'empêcha de me rappeler (et de faire remarquer) qu'aucune scène du roman en question ne se déroulait dans cet arrondissement précis. Si j'avais craint une réaction du type « il faudrait couper toutes les phrases en quatre », ou que l'abondance métaphorique de certains passages rebutât l'éditeur en question (ayant constaté que parmi le peu d'ouvrages de sa maison consultables en librairie ou en bibliothèque, rien ne tenait du baroque), je n'aurais jamais deviné toute seule, ou du moins j'aurais mis des années à finir par comprendre qu'à Paris, on pût m'adresser un reproche décisif comme celui que je venais d'entendre. À mon sens, il était inconcevable (déshonorant) de juger les livres sur leurs sujets, quand on était censé s'y connaître mieux que le lecteur non professionnel, et réaliser qu'un éditeur français refusait de me publier pour le genre de raisons qui avaient fait interdire Proust en Pleunk me fit un effet où l'idée d'être en excellente compagnie n'eût, hélas, qu'une part infime. Sous le choc, je m'entendis sortir d'un trait une phrase compliquée à peu près comme celles que Luc me reprochait d'écrire :

- Si tu lui expliquais comment je vis, et que tu lui proposes de s'en assurer en me rendant visite dans mes cinq mètres carrés et demi, sans oublier de le prévenir qu'à moins d'une taille nettement inférieure à la mienne, il ne pourrait s'y tenir que courbé ou assis, alors que je ne saurais lui offrir rien d'autre que mon ordinaire, il me verrait d'un meilleur œil ?

- Je ne sais pas… (Jean-Jacques eut soudain l'air gêné, sans doute faute d'avoir vraiment su lui-même, jusqu'à ce propos, « comment je vivais ».) Tu comprends, c'est un ancien terroriste maoïste…

Cette précision fut donnée sur le ton de quelqu'un qui cherche à justifier autrui sans irriter l'interlocuteur, avec le sous-entendu qu'il s'agissait là d'un cas de marotte dont nous deux pourrions rire ensemble, avant de cesser de parler de l'éditeur, mais elle eut la vertu de produire en moi comme une réaction chimique :

- Ah ! fis-je (de la voix la plus mondaine que je pus prendre), un fils de famille qui a voulu régler ses problèmes avec Père et Mère en lançant des bombes sur des gens qui n'étaient même pas ses cousins germains, ou carrément en transformant la France en Chine, histoire d'être sûr que les Trente Glorieuses ne reviendraient pas plus que l'imminence de mouiller ses culottes courtes ? Et maintenant qu'il a hérité, il fait sa petite révolution culturelle assagie en publiant uniquement des gens qui ne risquent pas de parler des quartiers où vit sa parentèle ?…

Déjà avant le « Ah ! », je savais qu'en ouvrant la bouche, je sortirais un propos du genre qu'on peut passer des années à regretter d'avoir tenu, quelque *horreur* inédite et pire que celles que j'avais proférées par le passé – où était donc ma prudence parisienne, me demandai-je à l'endroit des points de suspension, pourquoi n'avais-je pas pu garder l'attitude « je n'en pense pas moins » ? Mais contre toute attente, à mon vif soulagement, Jean-Jacques éclata de rire, d'une manière qui tenait du compliment. Puis, s'essuyant les yeux et les lunettes, avec une sorte d'étonnement amusé (comme on peut en avoir devant un enfant ou un sauvage) :

- Tu es de droite, toi ?

- Moi ? À peu près autant que de gauche, fis-je.

Puis, craignant un nouveau malentendu, et me rappelant le Club du Conte, j'expliquai, puisque je n'étais pas ivre et ne tenais pas à faire ma Gaëlle, cette fois-ci, que j'étais pour le pluralisme : tous les partis (sans oublier les écologistes pour lesquels la petite-fille de Florence se sentait un petit faible) avaient leurs bons côtés, à mon sens, sauf les extrémistes (mais il faut de tout pour faire un monde) ; le problème, c'était qu'aucun n'en avait *suffisamment*, alors que certaines personnes s'arrangeaient pour croire que tout serait parfait si le reste des gens avaient l'esprit partisan, et bien sûr, du même parti qu'elles. Curieusement, bien qu'elles fussent censées savoir ce que cela donnait quand on établissait la victoire sans partage d'un parti, notamment sous Hitler ou sous les humanistes de l'Avènement, ces personnes refusaient d'en tirer les conséquences pour remettre en question leur point de vue trop partial. Mais pour ma part (rassurai-je Jean-Jacques), en rencontrant cette attitude, je me réjouissais toujours de constater qu'en parlant un peu plus avec l'individu qui la manifestait, on pouvait lui trouver des qualités totalement indépendantes d'elle, voire censément typiques de l'autre bord, qu'il possédait apparemment sans s'en apercevoir. (« Heureusement, peu de gens sont aussi bornés qu'une idéologie ! », m'exclamai-je.) D'autre part, j'étais tranquillisée de savoir que même les plus enragés finissaient souvent par se calmer, le temps aidant, sinon par devenir complètement tolérants.

- Ce qui fait que globalement, je considère les idées politiques comme une maladie plutôt bénigne, ou comme un petit handicap, poursuivis-je cette nouvelle version de mon discours au Club : ce n'est pas parce qu'un ami a la grippe ou un œil de verre qu'on l'aime moins. Du moment qu'il n'a pas le genre de folie furieuse qui fait souhaiter la mort de son prochain, ou qu'il en est guéri, je ne vois pas pourquoi je le rejetterais. Que chacun pense ce qu'il veut, on est en démocratie, ce n'est surtout pas moi qui voudrais qu'on soit tous unanimes… Tu vois, même l'ex-maoïste, je suis sûre que si je faisais sa connaissance, je trouverais de quoi l'aimer bien (là, le démon de l'ironie me reprit), ne serait-ce qu'en tant que descendant de vieille famille comme je pourrais en décrire. Tiens, tu ne veux pas lui rappeler de ma part, à titre de concession et d'offre d'amitié, la grande phrase du grand timonier : « Que cent fleurs s'épanouissent » ?

Jean-Jacques rit de nouveau, toutefois moins joyeusement.

- Tu sais, fit-il, moi, je te comprends très bien, mais ce ne serait pas le cas de tout le monde, dans le milieu littéraire. Si tu dis certaines choses et qu'on ne sait pas ce que tu viens de m'expliquer, ou que tu tombes sur quelqu'un qui fait métier de professer ses idées, on risque de te classer dans une rubrique où il vaut mieux ne pas être.

- Selon le bon vieux principe « qui n'est pas avec nous est contre nous » ?

- Oui. Et pour revenir à l'essentiel : ce qu'il faut pour que cet ami te publie, ce n'est pas lui expliquer comment tu vis, c'est un manuscrit où tu parlerais des choses que tu vis. Pourquoi n'écris-tu pas un roman là-dessus ?

Cette suggestion me remit de méchante humeur, mais je réussis à blaguer :

- Et après, il faudrait aussi le traduire en pleunkois avant de le lui proposer ! Je serais d'accord, mais mon pleunkois n'est plus ce qu'il était. (Et comme Jean-Jacques souriait, je me permis de parler plus sérieusement.) Le problème, c'est d'abord que je suis incapable d'écrire sur moi-même. Je n'ai rien contre l'autobiographisme, mais je n'arrive pas à le pratiquer. D'autre part, je n'ai jamais apprécié les histoires misérabilistes. Et puis, rien que l'idée de *devoir* raconter un cas comme le mien suffirait à m'en empêcher. J'en ai trop vu, à Pleunk, de ces humanistes qui dictent aux écrivains leurs sujets, leurs développements et leurs conclusions. Ici, je peux au moins leur dire ce que je pense de la littérature qu'ils font fabriquer, sans qu'on me…

- Tu ne vas pas l'appeler ? m'interrompit Jean-Jacques, effrayé.

L'idée ne m'en était pas venue, mais je l'adoptai aussitôt :

- Si, si ! Je vais lui expliquer mon point de vue !

Cette menace terrible ne fut, bien sûr, jamais exécutée. À peine l'avais-je proférée que mon sosie surgit pour m'accabler de reproches : « Voilà comment tu remercies ce garçon pour sa bonté ! Ça lui apprendra à vouloir aider les gens comme toi !… » Jean-Jacques n'eut même pas le temps de réagir : je m'excusai illico, expliquant qu'il m'arrivait de dire n'importe quoi lorsqu'on touchait à certains sujets qui m'étaient pénibles.

- Mais je te comprends, dit-il, visiblement soulagé, ce n'est pas grave…

Mon sosie n'en resta pas là pour autant : « Parler de la sorte à la seule personne qui ait voulu te rendre un tel service, et qui plus est sans jamais rien te demander en retour, sans aucune raison *personnelle* ou *rationnelle* – uniquement par goût pour ce que tu écris ! Ça lui apprendra à vouloir vous découvrir, vous autres ! Lui faire payer les critères de son copain, alors qu'il n'a fait que te les rapporter ! Tu imagines ce que ça lui a fait, à Jean-Jacques, l'idée que tu puisses embêter quelqu'un qui compte pour lui ? Est-ce que tu sais seulement quel genre de rapports ils ont, s'ils sont simplement amis, ou s'il dépend de l'autre pour quelque chose ?... »

Oui, elle avait raison, j'aurais dû me taire. Je m'empressai de réparer une partie des dégâts en interrogeant Jean-Jacques sur son actualité, et réussis à maintenir la conversation sur les sujets les plus plaisants liés à lui-même qu'il put me fournir, si bien qu'en le quittant, j'eus la certitude réconfortante qu'il resterait de bonne humeur pendant un petit moment.

Cependant, il m'en resta certaine mauvaise conscience, et (en dépit d'elle) je ne pus plus penser à Jean-Jacques avec la sympathie que j'avais eue pour lui auparavant ; je ne le rappelai plus. De son côté, comme en parfaite unisson avec ma réaction, il fit de même. C'est ainsi que je perdis mon entraîneur au tout début de la course d'endurance.

*

Étant hors jeu, du moins pour quelque temps, je dus - pour me distraire après avoir résolu provisoirement le problème de l'encombrement en envoyant tous les exemplaires de mes deux romans à divers éditeurs : Jean-Jacques ne croyait pas à cette méthode, mais après tout, elle avait bien marché pour mon recueil, heureusement que je l'ai, c'est quand même une preuve que je peux me débrouiller toute seule – accorder davantage d'attention au projet d'écrire des romans énormes qu'à la compétition.

Je relus d'abord de ce point de vue mes écrits en chantier ; bizarrement, je semblais vouée à les multiplier en parallèles ou en mouvements de pendule : dès que j'en commençais un, l'idée du suivant surgissait, et ainsi de suite, jusqu'à cinq en même temps (mais j'anticipe), ce qui impliquait des passages constants de l'un à l'autre, ou des uns aux autres – où je ne trouvai, hélas, rien d'assimilable à la clé de voûte ou à l'arc-boutant qui saurait les porter aux proportions souhaitées par ma lectrice gargantuesque. (Et comme Michèle me demandait périodiquement si j'en arriverais bientôt au Gros Œuvre, je dus la décevoir en lui apprenant ce résultat.)

Je décidai ensuite de procéder méthodiquement, quoique ce ne fût pas dans ma nature, en dressant la liste de toutes les vies que l'on m'avait racontées jusque-là, pour réfléchir à chacune du point de vue de son utilité potentielle à la littérature. Leur inventaire, fait par écrit, sous forme de résumés, s'étala sur quelques semaines en raison de l'ennui qu'il m'inspirait, et la fin de cette corvée ne fut pas vraiment de l'ordre de la récompense : la relecture des vies résumées me fit conclure à leur totale inutilité. Pour invraisemblable que cela parût, aucune ne présentait le moindre intérêt pour un romancier ambitieux : elles étaient soit aussi banales que romanesques (l'extraordinaire du réel faisant depuis des siècles l'ordinaire des lettres), soit mélodramatiques à un degré honteux, déshonorant pour tout auteur qui les aurait commises, soit appropriées au seul genre réaliste tel que le concevait le XIXe siècle, soit kafkaïennes (marque déposée), soit objectivement insignifiantes, méritant l'attention uniquement dans le contexte de la réalité vécue… C'était affligeant de le constater, mais ce n'eût pas été grave si au cours de la réflexion sur elles, j'avais trouvé quelque idée pour en transformer certaines, par exemple en les réunissant dans une seule que je finirais de refaire par de gros ajouts d'invention, ce que j'avais pu accomplir maintes fois déjà sans effort, et même à partir de petits riens vus chez des gens dont j'ignorais tout de la biographie – or, cette fois-ci, les vies étalées sous mes yeux demeuraient toutes stériles, complètement vaines au regard de l'écriture, dénuées du moindre espoir de me donner un élan. Je ne comprenais même pas comment cela se pouvait, ni pourquoi, mais c'était indubitable, je devais l'admettre.

Il s'ensuivit de cet inventaire raisonné une longue période de découragement. Désormais, chaque fois que quelqu'un me contait de ses histoires, j'avais hâte qu'il finisse, pour juger, toutes pièces en mains, de leur éventuelle utilité à mes éventuels grands travaux, et à chaque fois déçue, je m'enfonçais de mieux en mieux dans l'abattement – qui m'empêchait de finir mes petits écrits en chantier au rythme où je l'aurais pu autrement, un constat qui me renvoyait à son tour à l'idée que peu importait, de toute manière, puisque aucun éditeur ne voulait de mes romans achevés (les refus pleuvaient), après quoi, encore plus abattue, je tâchais de me remonter le moral en songeant au fait que personne d'autre que ces éditeurs ne les avait jamais mal jugés (me rappelant les préjugés fermes et pourtant vaincus de Michèle ; la syntaxe et l'imagerie complexes qui n'avaient pas empêché l'auditoire du Club de demander de nouveaux chapitres ; l'admiration de Gaëlle qui raffolait en même temps de divers classiques et modernes aux procédés fort différents des miens, ce qui lui permettait de tenir la qualité pour le point que j'aurais en commun avec eux…), puis le découragement me reprenait par le biais de la conclusion qui s'imposait : peu importe que mes romans soient bons, personne n'en veut sauf les gens qui ne peuvent pas les publier – et c'était parti pour un nouveau tour de cercle vicieux, si seulement je pouvais entreprendre un Gros Œuvre, comme cela me remonterait et soulagerait !

Souvent, je regrettai de ne pas avoir un ami qui m'offrît un thème épique, comme autrefois le poète vénéré par le romancier de Michèle. Ah ! pourquoi les histoires que nous vivions étaient-elles si petites, du moins à mes yeux, tellement impropres à servir de canevas à des récits impressionnants, pourquoi nos personnages paraissaient-ils mesquins dès que l'on songeait à leur appliquer l'aune des projets grandioses ? en arrivais-je à me demander sans même me rendre compte que c'était là des idées de ce romancier (obsédé par le Diable, autrement dit sinon complètement fou, du moins constamment perturbé). Pourquoi les proportions des existences des humains de ce siècle s'avèrent-elles insuffisantes dès qu'il s'agit de les décrire ? (Et serait-ce pour cela que la plupart des gens ne veulent plus de romans ambitieux et gigantesques - parce qu'ils savent obscurément, avant même de les ouvrir, qu'ils ne s'y trouveront pas, sinon à titre de figurants ? Je m'arrêtais un instant sur cette dernière hypothèse, puis d'autres questions affluaient.)

Était-ce justement l'abondance romanesque des âges d'or qui serait responsable de l'insignifiance, du terne de la plupart de nos vies ? Les majestueux ancêtres nous auraient-ils consommé d'avance (en les décrivant) la portion de beauté, de sentiments purs de toute ironie, d'exploits même modestes, si ce n'est de grandeur, choses qui devraient pourtant revenir de droit, sinon à chaque humain, à ceux qui veulent faire les efforts nécessaires pour les avoir et maintenir ? Cela se peut bien, me disais-je. Ils ont dû nous en priver sans même s'en rendre compte (n'imaginant pas qu'on voudrait en prendre le contre-pied, ou qu'on s'y retrouverait obligés par faiblesse, ou par peur du cliché, ou par dégoût des idéaux qu'on n'aura pas inventés) ; ils préféraient penser (*errare humanum est*) que les générations suivantes suivraient sinon leur exemple en matière d'ambition littéraire, du moins les préceptes ressortant de leurs œuvres – cela se comprend, quel aîné peut supporter de vivre avec l'idée qu'il sera renié, conspué, pris pour repoussoir au pied de la lettre, chapitre après chapitre, par ses descendants ? (Et nous étions tous d'une certaine manière leurs descendants, les illettrés sans doute encore davantage que les lettrés, puisque faute de savoir de quel livre provenait le modèle de leur biographie ou le contre-exemple que l'esprit du temps de leurs parents avait repoussé en les produisant, entre autres conséquences, ces malheureux ne pouvaient même pas se demander s'ils avaient envie de s'en détacher.) Et je me rappelais qu'ils avaient la vie plutôt longue, en moyenne, nos grands ancêtres – les trois « T » de Luc, et même Cervantès l'éprouvé, sans parler de Rabelais chez qui la santé coulait de source, et Diderot que Gaëlle chérissait entre tous, et Marivaux que je préférais, et aussi ce délicat de Flaubert dont on aurait cru qu'il y passerait dès sa prime jeunesse, mais non, il avait réussi à vivre plus vieux que Frédéric Moreau –, comment leur en vouloir d'avoir chassé de leur esprit un pressentiment qui la leur aurait sans doute raccourcie s'ils lui avaient permis de s'enraciner, nous privant ainsi de plusieurs grands romans ?

Tandis que les autres, les meilleurs des moins anciens, nous avaient joué leur tour en s'appliquant, eux, à s'utiliser en guise de modèle : et je vous fais mon portrait en jeune homme jusque sous le nom d'Ulysse, et je vous recherche tout mon temps perdu, autrement dit, il n'est aucune histoire, depuis l'aube des temps, qui ne soit pas la mienne propre. Merci, Messieurs ! Il est certain que faute de mieux, l'artiste peut toujours se servir de son miroir pour se tenir compagnie et pour ne pas perdre la main, mais que n'avez-vous pas évité d'en abuser au point de nous laisser, d'une mise en abîme à l'autre, complètement égarés, incapables de reconnaître ce que nous sommes de ce que vous êtes ? Ceci dit, chapeau pour cet exploit : aurait-on cru, avant vous, que l'humain pût réduire son égoïsme au point de ne plus savoir qui il est – sinon une créature déjà décrite ?

Auriez-vous tous conspiré, d'une époque à l'autre, de tous les coins du globe, pour nous ôter jusque l'envie d'écrire de gros romans ? Chers petits, contentez-vous des proportions modestes, histoire de prouver que l'Histoire progresse, que vous ne nous imitez pas. Tâchez de faire mieux encore : chassez l'intrigue, le personnage, le style, les procédés déjà répertoriés, hors de vos livres. Vous ne pourrez pas vous permettre de les reprendre décemment avant le jour où l'on aura presque oublié qu'ils avaient existé. Mais ne craignez rien : la plupart des lecteurs n'ont pas la mémoire longue ni l'esprit assez affamé pour vouloir avaler toute l'histoire des belles lettres ; sous peu, au bout d'un siècle tout au plus, ils ne nous connaîtront que de nom, et vous aurez le champ d'action entièrement libre. Entre-temps, occupez-vous de nous survivre. Avec les moyens du bord. Si vous le pouvez.

Or, avez-vous remarqué, cher lecteur, combien la durée de vie de l'artiste moderne est brève, en moyenne, par opposition à celle des ancêtres ? En principe, ce devrait être le contraire, puisque la longévité devient toujours plus courante dans nos contrées, mais regardez un peu les statistiques de l'histoire des lettres et des arts : depuis la fin du XIXe siècle, la quantité de vérolés (avant le remède), de tuberculeux, de suicidés, de fous furieux (ainsi empêchés de travailler), d'assassinés par erreur ou, le plus souvent, pour leurs mérites (cela leur fait une belle biographie à grande utilité publicitaire) et d'autres morts prématurés a augmenté au point de constituer le décuple des cas relevés chez la même population aux siècles précédents. (Cela tendrait-il à prouver que l'espèce artiste dégénère, comme le prétendaient certains destructeurs ?) Et l'on n'a pas songé à calculer le total de la sous-espèce constituée par les écrivains morts seulement à demi ou au tiers : ceux qui ont changé de langue une ou deux fois. Mais comme il s'agit là d'un phénomène très minoritaire, cette omission des historiens ne nous empêche pas de conclure qu'avec ou sans la susdite sous-espèce, pour telle ou telle raison, l'artiste moderne s'avère objectivement – qu'on l'y aide ou non - bien plus chétif que l'ancien.

Pourquoi vous avoir fait cet exposé ? Mais pour mieux me faire plaindre, cher lecteur. Pour vous aider à compatir à ma situation du temps où je cherchais à écrire au moins un gros roman sinon plusieurs, sans sujet, sans héros, sans garanties concernant mon espérance de vie et de publication. On aurait cru que tout conspirait pour m'ôter cette dernière, y compris mon premier éditeur - dont j'avais fini par faire la connaissance *de visu*, car il venait parfois à Paris depuis sa province -, qui avait pourtant pour moi une grande sympathie.

Notre troisième rencontre tomba à un moment où j'avais déjà récolté assez de refus de maisons plus importantes pour décider de lui proposer un roman, et comme nous déjeunions ensemble pour une fois en tête-à-tête, dans une humeur aussi bonne et joviale qu'il se pouvait, je sortis le manuscrit de mon cartable pour le lui tendre. D. D. (mentalement, je l'appelais par ses initiales car il me rappelait Dédé par un petit côté Noisillon qu'il manifestait en tenant des propos sciemment exaspérants, mais jamais face à moi, toujours à d'autres, j'ignore pourquoi) était une espèce de vieux poussin albinos gentiment farfelu, clignant souvent des yeux et aimant rire – vous comprendrez plus tard pourquoi je me permets de le décrire en ces termes. Il était connu pour perdre jusqu'à quatre fois de suite les manuscrits qu'on lui envoyait (j'avais dû lui poster trois exemplaires successifs de mon recueil, les deux derniers après que D. D. m'eut écrit qu'il le publierait), parmi les montagnes de lecture et de papiers qui limitaient le passage dans son bureau – comme me l'avait expliqué François, un autre de ses auteurs rencontré au déjeuner précédent –, et j'espérais qu'en lui donnant la chose personnellement, cette fois-ci, je m'éviterais de triples ou quadruples frais ; d'autre part, je devais en parler à D. D. pour le convaincre de la lire : jusque-là, il n'avait guère publié que des poèmes.

Voyant que je lui tendais un nouveau manuscrit, il sourit joyeusement, mais mon propos explicatif m'attira un refus immédiat : « Un roman ? Ce n'est pas pour moi. » J'essayai d'argumenter, D. D. rit gentiment et m'apprit, à mon étonnement, que ce qui comptait avant tout pour une maison d'édition, c'était sa *ligne* ou sa *physionomie* : quand bien même on lui offrirait un chef-d'œuvre impérissable du genre romanesque, un éditeur sérieux spécialisé dans la poésie ne devait même pas en lire une page, car s'il cédait à la tentation de le publier, sa *ligne* ou sa *physionomie* se brouillerait, deviendrait moins nette et lisible, ce qui nuirait à sa réputation et se répercuterait aussi sur celle de ses auteurs. Croyant avoir mal compris, je demandai confirmation en ces termes :

- Si vous avez le choix entre mes poèmes et un roman qui serait meilleur, nettement meilleur, très original et ambitieux – bon, pas autant qu'*Ulysse* ou *La Recherche*, mais quand même vraiment original et ambitieux, comme on n'en trouve pas tous les ans, en France, vous choisirez mes poèmes malgré cela ?

- Oui ! fit D. D. en riant toujours aussi gentiment (mon incompréhension l'amusait), sans hésiter un instant. Mais de toute manière, la question ne se pose jamais ainsi, en pratique. Et vos poèmes sont très bons, vous savez, dès que je les ai lus, j'ai dit à ma femme : ça me fera encore un jeune auteur que je vais me faire piquer ensuite par une grosse maison.

Et il entreprit de m'expliquer derechef que publier un peu tout et n'importe quoi, en parlant de genres, était périlleux et condamnable ; faute de pouvoir financer autant de collections durables que les grosses maisons où il ne doutait pas que je me retrouverais un jour (« mais si vous ne voulez plus vous rappeler que vous avez débuté chez moi, comme Untel qui ne met même pas ses deux premiers livres dans la liste *du même auteur*, tant pis, il me restera toujours le plaisir de vous avoir découverte, vous savez ! », suivi d'un petit rire gentil), on devait s'en tenir à un seul genre ou deux. Puisque je parlais de prose, D. D. pouvait me dire qu'il était admis, ou du moins toléré, que les éditeurs de poésie publient aussi des nouvelles. Si je lui en faisais, il serait ravi de les éditer…

- Mais dites-moi, l'interrompis-je, sans parler de vous et de vos éditions, d'un point de vue général, est-ce raisonnable, quand on sait bien que les meilleurs livres d'une époque ne sont pas une kyrielle de volumes du même genre écrits au rythme de dix ou cent par an, de considérer qu'un éditeur serait bon seulement à condition de ne pas être éclectique ? C'est de la folie, non ?

D. D. rit de nouveau :

- Si, sans doute, mais que voulez-vous ? Ce sont les critères d'usage dont on doit bien tenir compte pour ne pas péricliter, ou pour paraître sérieux. Vous pouvez m'en croire, j'ai appris le métier, encore très jeune, avec Rivière et Paulhan, paix à leur mémoire, j'ai pas mal d'expérience, je suis passé par quelques maisons plus grandes que la mienne, avant de la créer, et ça fera bientôt vingt ans qu'elle existe. Nous autres avons nos fidèles parmi les lecteurs, ce sont eux qui nous font vivre : les gens qui achètent régulièrement les publications d'un ou deux éditeurs, en se fiant à leur *ligne* ; la brouiller reviendrait à perdre ces fidèles, sans en gagner de nouveaux…

- Même si cela devait profiter à la qualité d'ensemble de ce que vous publiez ? m'obstinai-je. Excusez-moi, je ne veux pas dire que votre moyenne soit basse, je pose la question en général, pour n'importe quel éditeur.

- Oui, même si cela devait profiter à la qualité d'ensemble, comme vous dites ! (Encore un petit rire aimable.) Il faut avoir une ligne : l'avoir choisie et s'y tenir.

Si D. D. avait été plus obtus ou moins soucieux de m'instruire, cet échange n'aurait sans doute pas eu de conséquences aussi graves : j'aurais pu me dire que l'obsession de la *ligne* n'était probablement pas répandue, voire que c'était là du noisillonnage pur. Mais sachant désormais que même quelqu'un de très compréhensif et qui avait une idée si flatteuse de mon talent refusait de publier (pire : de lire !) le meilleur que j'eusse écrit, alors qu'aucune chance d'être éditée ailleurs ne se présentait, j'en arrivai à un désespoir tel que j'achetai l'annuaire de l'édition (qui coûtait la moitié de mes revenus mensuels), pris un petit boulot supplémentaire et fis fabriquer avec tout l'argent que j'y gagnai des piles d'exemplaires de mes romans, à envoyer (pour achever de me réduire à la misère) un peu partout où l'on ne publiait que de la prose. Puis je recommençai à m'interroger en cercle vicieux sur les raisons (voir plus haut) qui font que notre époque est pauvre en œuvres grandioses.

Sur cela, la plupart de mes nouvelles connaissances (professionnelles ou autres) se mirent, par un phénomène étrange, non seulement à me raconter leur vie pour ainsi dire dès présentations faites, mais aussi à insister pour que je l'écrivisse, ce qui me donnait des accès d'exaspération ou de désespoir très difficiles à dissimuler. Cependant, mon sort fut bientôt adouci par certains événements inattendus. Mon entourage se mêla de mes projets, de diverses manières (très surprenantes) que vous apprendrez d'ici à la fin de cet ouvrage. Assez parlé métier, pour le moment : ça fait sans doute plusieurs pages ou mois que vous n'en pouvez plus de mes mécomptes littéraires, alors que j'aurais pu vous raconter, à la place, des événements autrement plus intéressants, qui avaient déjà commencé avant ma rencontre avec Luc.

*

Ce fut en rentrant de la première soirée poétique parisienne à laquelle je participai, presque ivre (de l'accueil qu'on m'y avait fait comme du vin de rigueur), que je trouvai un mot glissé sous ma porte : « Mademoiselle, auriez-vous la bonté de passer me voir, à n'importe quelle heure ? J'ai quelque chose à vous demander. Ce n'est pas un service, rien qu'une question. Tonicek. » Même sans cette signature, j'aurais reconnu le style de mon accordéoniste, l'unique personne de ma connaissance à employer le terme « bonté » souvent et en y mettant toute sa foi ; et la lumière sur son seuil était là pour confirmer que comme d'habitude, il n'avait rien exprimé qu'il n'ait pas pensé, puisqu'il était déjà trois heures du matin (j'avais mis du temps à rentrer à pied). Avant de frapper, j'eus un accès de culpabilité en songeant au temps qu'il avait passé à m'attendre, autrement dit à l'importance que devait avoir sa mystérieuse question, puis je m'inquiétai : serait-ce quelque chose de grave, de vital ?

- Ah ! mille mercis d'être venue ! Pardonnez-moi de vous déranger aussi tard, alors que vous ne rêvez que de dormir… Mais voulez-vous vous asseoir un instant ?

Cette suggestion augmenta mon inquiétude.

- Pardon, reprit-il, ça ne va pas être long ; seulement, j'aimerais mieux refermer la porte avant de vous parler…

Effectivement, il ne pouvait pas le faire sans que je me fusse assise – ce à quoi je n'avais pas pensé, ni au fait que le discret Antonin devait craindre qu'on n'entende nos propos.

- Vous vous souvenez peut-être, fit-il avec une gêne audible, de la jeune fille en manteau vert dont je vous ai parlé une fois, celle qui déjeunait toujours d'une pomme verte et que j'aimais regarder…

- Oh, mais bien sûr !

Il se tut un instant, me regardant, l'air de chercher à saisir mes sentiments à ce propos. Et comme j'attendais qu'il reprenne :

- Eh bien… Elle est venue vous chercher aujourd'hui.

- Comment ?

- Oui, elle a frappé à votre porte juste quand j'étais en train de finir ma lessive, puis elle m'a vu sortir et m'a demandé si, à mon avis, vous rentreriez bientôt.

- Comment ?

- C'est une amie à vous.

- Ce n'est pas possible !

- C'est ce qu'elle m'a dit. Elle devait venir à votre lecture, mais elle a perdu le carton d'invitation et elle ne savait plus à quelle heure cela commençait, ni où c'était exactement. Elle espérait vous trouver, en passant pendant sa pause de midi. Votre téléphone ne marche plus. Elle s'appelle Claire.

- Bon Dieu !

- Elle voulait aussi vous demander si vous pouvez voir un film avec elle, dimanche soir.

- C'était ça, la question que vous vouliez me poser ? fis-je bêtement.

- Oui… Non… Elle voudrait que vous la rappeliez. Je voulais, si je peux me permettre, vous demander qui elle est.

Outre l'effet de la surprise qu'était d'apprendre, pompette, à trois heures du matin, que l'accordéoniste avait adoré à distance une de mes amies, avant qu'elle ne ressurgisse pour faire sa connaissance par mon biais, de la façon la plus invraisemblable, je fus empêchée de répondre aussitôt à Tonicek par la difficulté de résumer en une phrase quelqu'un que je connaissais depuis plus de deux ans, par la crainte de dire quelque chose qui décevrait ses espoirs, et par certains scrupules subitement surgis dans mon esprit : si je lui racontais Claire, n'allais-je pas lui fournir comme un chemin vers elle, sans l'avoir consultée ?

- Nous avons fait des études ensemble, dis-je, jusqu'à cette année. Elle a cessé d'en faire, pour travailler : elle voulait devenir indépendante, pouvoir quitter ses parents. Je ne sais pas comment vous expliquer « qui elle est ». Elle aime lire, faire de la musique, aller au cinéma…

- Faire de la musique ?

- Oui, elle joue du piano.

- Merci infiniment ! Merci, mademoiselle ! Pardonnez-moi de vous avoir retenue ! C'est très important pour moi, ce que vous m'avez appris. Merci encore, bonne nuit, reposez-vous bien !

À force d'émoi (ou pour ne pas me retenir davantage ?), Antonin ne m'avait même pas interrogée sur ma soirée, ce que j'avais cru qu'il ferait, courtois comme il l'était. En me déshabillant, je me dis que j'allais tout rapporter à Claire, dès que je l'aurais au téléphone. Si elle avait bien voulu parler avec ce parfait inconnu, au point de lui expliquer pourquoi elle était venue me chercher, c'était sans doute qu'elle le trouvait sympathique. Sait-on jamais ? Si elle ne l'avait pas remarqué à l'époque où il la contemplait, il était peut-être en train de lui plaire, maintenant… Portée par l'ivresse et par l'enchantement des coïncidences suivant lesquelles deux personnes a priori très éloignées s'avéraient liées (par mon biais), j'allai jusqu'à concevoir un mariage futur, et m'endormis sur la vision idyllique du bonheur d'Antonin enfin sauvé du fantôme omniprésent de son Ange Bleu, et de Claire enfin sortie de sa solitude.

Car il faut savoir (ce que je n'aurais jamais dit à Tonicek) que mon amie Claire rêvait de vivre en couple, de se marier et d'avoir des enfants – adolescente encore, elle y pensait déjà, si bien que le temps lui semblait vraiment long qui s'écoulait toujours sans qu'elle rencontre l'homme qui serait le sien : quoiqu'elle fût charmante – ou peut-être précisément pour cela –, Claire ne tombait jamais que sur des jeunes gens dont on comprenait dès le premier coup d'œil qu'ils ne voulaient rien de ce qu'elle souhaitait, du moins pas pour le moment, ne pensant qu'à s'amuser, bref, qu'ils n'étaient vraiment pas faits pour elle. Claire en arrivait à désespérer, en se demandant si elle n'était pas la seule personne de sa génération à n'avoir aucune envie de gaudriole, ce qui semblait tout de même improbable (elle connaissait des couples mariés et pas plus vieux), ou si elle souffrait d'une malchance phénoménale, qui pouvait faire qu'elle ne croise jamais l'âme sœur si facile à trouver pour nombre d'autres. Précisons (pour le lecteur qui serait rebuté par les jeunes filles à l'ancienne) que Claire n'avait rien contre l'idée de faire l'amour sans être fiancée, et qu'elle ne désapprouvait même pas la gaudriole : elle n'avait aucun préjugé dans le domaine de l'amour ; simplement, pour ce qui la concernait, elle ne pouvait pas désirer sans aimer, et ne pouvait pas aimer quelqu'un qui ne serait pas proche de sa vision de l'avenir, entre autres affinités et connivences requises. Je m'expliquais cet état de choses avant tout par le fait que Claire était très sensible (encore plus que sa peau délicate au teint de porcelaine) : objectivement, je ne voyais pas comment elle aurait enduré une série d'amourettes, de déceptions et de nouveaux choix qui reviendraient au même résultat, comme celles que d'autres filles traversaient sans grand dommage, voire en riant aussitôt après s'en être plaintes ; son instinct lui conseillait sans doute d'éviter de s'infliger cela, quand une possibilité du genre se présentait. Mais Antonin, tel que je le connaissais, ne pouvait souhaiter qu'un amour stable, il avait une nature même plus fidèle que la vie humaine ne le demandait ; de surcroît, il était d'une délicatesse phénoménale, tout en restant solide, ce qui en faisait à mon sens le cavalier parfait pour Claire. N'était-ce pas de fait parce qu'il pressentait cela qu'elle l'avait subjugué à ce point ? Plus je pensais à leurs particularités respectives, plus il me semblait évident que ces deux-là n'étaient seuls actuellement que faute d'avoir déjà pu s'unir. (Je manquai – fait typique de ma tournure d'esprit – de songer aux obstacles que pouvaient représenter la situation sociale actuelle d'Antonin et son âge. Je n'étais décidément pas née pour faire des romans réalistes.) Sur le point de plonger dans le sommeil, je m'écriai mentalement : « Vive les mariés ! », et une pluie de confetti me tomba dessus.

Or, quand je me réveillai (à moitié) pour tendre la main vers le téléphone, je réalisai à la fois qu'il marchait de nouveau et que je ne pouvais pas, vraiment pas, appeler Claire pour lui parler d'Antonin comme je l'avais prévu : ce serait idiot, beaucoup trop imprudent. Non, il fallait s'y prendre d'une autre manière, comme les marieuses orientales : les mettre en présence sans prévenir notre jeune fille timide à l'ancienne. Mais je ne pouvais pas les inviter chez moi en même temps : cela semblerait anormal et gênant, vu l'exiguïté de ma chambre. J'appelai Michèle en lui demandant si je pouvais descendre la consulter sur une affaire importante, et piaffai d'impatience jusqu'à la pause qu'elle s'accorderait dans l'après-midi. « Tu vois, conclus-je l'exposé de mon projet en faveur du futur couple, il faut que cela paraisse naturel qu'ils se retrouvent ensemble, en situation de mieux faire connaissance, autrement elle risque de s'effaroucher, et lui, de s'en effrayer au point de devenir encore moins entreprenant que nature. C'est un gars qui ne drague pas : même sa femme, qui était une splendeur, soit dit en passant, a dû se charger de faire tout le travail d'approche, dans le temps. Bref, ce qu'il leur faut, à tous les deux, c'est d'être poussés à converser de par les circonstances. »

Mon projet amusait visiblement Michèle, qui proposa d'inviter les futurs tourtereaux à sa prochaine soirée : Claire, à titre d'amie à moi, et Tonicek, en tant que nouveau voisin – « c'est le seul dans l'immeuble, de toute façon, qu'on puisse inviter à une murge, ça ne doit pas lui paraître si bizarre que tu m'aies parlé de lui et que j'aie eu envie de le faire venir ; tu pourrais lui dire que j'ai deux amis qui jouent de la guitare, et qu'ils seraient très contents si quelqu'un venait tenir la partie de l'accordéon dans les morceaux qu'ils vont chanter. » En effet, aux dernières fêtes de Michèle, il y avait toujours les inséparables Sacha et Lyocha, rencontrés à Moscou, qui avaient importé à Paris leur coutume de faire les musiciens à toute réunion festive où ils étaient présents, cela tombait bien. « Le seul problème, réfléchis-je à haute voix, c'est qu'il est timide, Antonin, il risque de trouver un prétexte pour refuser, quand il va se rendre compte qu'il s'agit d'une fête de jeunes, avec plein de gens qu'il ne connaît pas du tout. Mais peut-être qu'en sachant qu'il y aura Claire, il trouvera le courage d'endurer le reste. Pourvu qu'ils acceptent ! Je crois vraiment qu'il a de grandes chances de lui plaire, tu sais, et ils n'auront pas de mal à trouver de quoi parler : il a joué dans un quintette de jazz, alors qu'elle s'y connaît dans ce domaine ; en plus, il est étranger, et Claire adore ça, elle dit que les étrangers la fascinent. Elle lui fera raconter la Tchéquie, il n'aura rien contre ; avec les questions qu'elle lui posera dessus, ça leur fera déjà au moins une heure de conversation qui avance toute seule ! » – « À propos d'étrangers, dit Michèle avec un petit rire inédit, il serait temps de t'en montrer un qui me plaît beaucoup. Si cela se trouve, à cette soirée, il y aura dans un coin Claire, et dans un autre, moi, en train d'interroger chacune son chacun sur les mystères de son pays ! »

Je fus stupéfiée, n'ayant jamais imaginé que Michèle me parlerait un jour de ses amours : sur ce sujet, que ce fût lorsqu'elle avait un petit ami (présent à certaines fêtes) ou pendant les périodes où elle n'en avait pas, elle était toujours restée muette jusque-là, me portant à la conclusion qu'à son sens, il était inutile de les raconter ou commenter. (Ce qui fait que de mon côté, à l'unisson avec elle, je ne vous en ai jamais rien dit jusqu'à présent, cher lecteur. Si l'on ne respecte pas les choix de ses amis, est-on vraiment leur ami ?)

« Qui est-ce ? », me sentis-je autorisée à demander. C'était un jeune homme irlandais qui allait aux matches de football avec un collègue de Michèle chez lequel ils s'étaient rencontrés – car j'ai omis de vous apprendre en temps voulu que cette année-là, mon amie enseignait à tout moment où elle ne préparait pas sa thèse, ayant trouvé le moyen, malgré la lenteur qu'elle se reprochait, de réussir l'agrégation vouée à la transformer en professeur de collège de banlieue doublement malheureux : dans l'exercice de son métier comme à cause du retard supplémentaire que l'enseignement faisait prendre à ses travaux personnels. « Comment ai-je pu me fourrer dans ce merdier ? », se demandait Michèle. « Maintenant que je suis prof, il n'y a plus de doute que je ne suis pas faite pour ça, et il se peut que je passe toute ma vie là-dedans ! Tu ne peux pas imaginer, Denise, ce que c'est : rien que les copies à corriger que je ramène, une centaine toutes les deux semaines, il y a de quoi devenir fou ! » Preuves à l'appui : sur l'échantillon représentatif du niveau des élèves de chaque classe, les marges et les interlignes n'auraient pas suffi pour qu'on y inscrive toutes les corrections qui s'imposaient. Quant à l'ambiance à l'école, quoique Michèle fût dotée de l'autorité naturelle qui me manquait, ses cancres à elle étaient autrement plus nombreux, exubérants et hostiles au corps professoral, sans même offrir quelque Buffon qui puisse la distraire par une autre forme d'angoisse. Résultat : elle évitait au possible de parler de ce travail (d'y penser), dont seul l'achèvement de la thèse promettait de la sauver, s'il pouvait lui valoir dans les années à venir un poste en faculté. Mais voilà que le collège lui avait offert, par le biais d'un collègue, une nouvelle connaissance hautement séduisante : « Je n'aurais jamais cru qu'un jour, je serais attirée par un garçon qui aime le foot, fit Michèle pour achever la description qu'elle venait de m'en faire (que j'omets), mais voilà, il aime le foot et ça ne gâche rien ! » Ce qui me permit de lui exposer mon idée des meilleures amours : il ne suffisait pas d'être pourvus d'affinités pour que cela ait assez d'intérêt ; mieux valait être décalés aussi, sur quelques petits points au moins, sinon, cela manquait d'excitant, de piquant, d'originalité, d'occasions d'évoluer, bref, ça risquait de ne pas en valoir la peine, tout compte fait.

Le collègue et Finbarr (il s'appelait ainsi, très exotiquement) étaient invités ensemble à la fête qui aurait lieu deux semaines plus tard. Michèle n'était pas certaine que Finbarr vienne, l'ayant convié non pas personnellement mais à travers le collègue qui ne pouvait pas se douter de l'intérêt qu'elle portait à son compagnon de matches. Nous croisâmes les doigts, et je remontai au sixième pour appeler Claire : voudrait-elle venir avec moi à une fête chez mon amie Michèle ?... Non, la date ne lui convenait pas. « Mais de toute manière, ça ne me dit rien d'aller à une fête avec plein d'inconnus, ajouta-t-elle, exprimant le point de vue que j'avais attribué à Antonin, tu ne veux pas plutôt qu'on aille ensemble au cinéma ? » – « Si, si ! fis-je, voyant soudain la solution du problème qu'elle venait de me poser – comment n'y avais-je pas pensé tout de suite, plutôt que d'aller faire perdre du temps à Michèle en la consultant ? – je voudrais même t'inviter, il y a une salle où je peux avoir des places gratuites, chez une fille formidable, elle est la directrice… » Je ne doutais pas que la date que Claire choisirait conviendrait à Tonicek : il suffirait de lui dire qu'elle serait à la séance. - « Mais comment arrives-tu à connaître tant de gens ? ! », s'étonna Claire. – « Je ne sais pas, répondis-je, prise au dépourvu par cette question portant sur quelque chose qui me semblait aller de soi, je tombe dessus plus ou moins par hasard. Tu veux bien venir au cinéma de Noémie, n'est-ce pas, même si c'est en banlieue ? Ce n'est pas si loin que ça de Paris ! » Et je m'empressai, avant que Claire n'ait refusé, de lui faire l'éloge de Noémie et du programme de sa salle. Ce qui m'impose de vous la présenter.

J'étais tombée sur elle quelques mois plus tôt, à une réunion de gens de cinéma et de journalistes, suivie par un dîner où je me retrouvai attablée à côté de cette inconnue, parmi des convives qui se connaissaient entre eux : en seuls corps étrangers, et limitrophes, nous n'avions pas moyen de faire autrement que de converser, même si a priori, elle n'avait pas l'air d'y tenir. De fait, son visage avait un air étrangement sombre, ou las, et elle ne regardait guère que son assiette, sans montrer de l'appétit pour autant. Je ne lui aurais sans doute pas parlé si je m'étais sentie moins incommodée à l'idée de passer le dîner à me taire (à exhiber mon manque de compagnie dans un espace où presque tout le monde semblait se connaître).

- Vous êtes dans la production ? demandai-je à un moment qui me sembla propice (après lui avoir proposé de l'eau gazeuse, alors que je venais de remplir mon propre verre, et qu'elle eut accepté).

- Non. Je travaille dans un cinéma.

- Quelle chance ! Comment fait-on pour travailler dans un cinéma ?

Noémie eut un petit rire, du genre qu'on n'associe à la gaieté qu'à force de l'entendre et pratiquer couramment : la forme la moins articulée de la politesse, qui ne figure dans aucun manuel de savoir-vivre mais s'impose à nombre d'entre nous dès l'âge de raison.

- Je peux vous dire comment j'ai fait, mais je ne crois pas que ce soit un cas typique.

- Tant mieux ! Les cas typiques, ce n'est vraiment pas ce qu'il y a de plus intéressant.

Mon enthousiasme ne devait pas être aussi contagieux que je l'eusse cru.

- J'ai fait de l'histoire du cinéma, fit-elle, comme ennuyée de l'avouer. Vous connaissez le genre de spécialistes fous qui veulent prouver qu'un cinéaste presque inconnu mérite plus d'intérêt que les plus célèbres ? J'en suis. J'ai fait ma thèse sur Robert Massigny. Ça vous dit quelque chose ?

- Et comment ! m'écriai-je avec jubilation. J'ai vu *Les Sentiers de la Nuit* au moins trente fois !

Noémie changea de tête du tout au tout :

- C'est vrai ? C'est incroyable ! Comment l'avez-vous découvert ?

J'expliquai, en précisant que je ne connaissais hélas pas toutes les œuvres de Massigny, mais qu'il avait pour moi une importance énorme et que je ne demandais pas mieux que d'en savoir plus sur lui. Noémie rit de nouveau, moins tristement, cette fois-ci :

- On peut dire que vous êtes tombée sur la bonne personne. Si je vous avais rencontrée plus tôt ! Quand je travaillais sur Massigny, tout le monde me demandait pourquoi je n'avais pas choisi « un grand réalisateur », voyez-vous. Les gens ignoraient pratiquement son existence, même ceux qui avaient vu des films de lui. Ils ne se souvenaient que des vedettes, ils le confondaient avec je ne sais qui… Comme si personne ne pouvait retenir son nom. Alors, d'un côté, je me sentais utile de travailler sur lui – rien que les gens qui apprendraient qu'il existe, en me demandant ce que je faisais…, mais de l'autre côté, c'était assez pénible. J'en arrivais à croire qu'il était maudit : pas maudit dans le genre romantique, séduisant, mais comme quelqu'un qui est une cause perdue.

Vous voyez, il y a plein de cinéastes mineurs qui ont leurs spécialistes, leurs fanatiques, mais pour Massigny, qui est un grand, il n'y avait personne, à l'époque : de son vivant, un critique avait fait paraître un petit livre, puis il était parti s'installer à l'étranger, et depuis, personne n'avait rien fait, allez savoir pourquoi. Personne ne travaillait sur Massigny, quand j'ai commencé, et même quand j'ai fini : j'étais la seule spécialiste au monde, imaginez-vous. À force de m'en occuper, j'étais devenue proverbiale, pour ainsi dire. À la Cinémathèque, par exemple, quand j'étais encore étudiante, si j'appelais, à l'autre bout du fil, on faisait : « Ah ! Robert Massigny ! » Ses films étaient difficiles à retrouver, pour la plupart, mais je les connaissais jusqu'au moindre détail. Par exemple, si je tombais sur une copie défectueuse de *La Lettre égarée*, je pouvais vous dire tout de suite qu'il manquait le troisième rouleau dans le plan des vagues contre le rocher ; je pouvais vous citer la marque du poste de radio qu'écoute l'héroïne de *Martin Weber*, et vous réciter toutes les affiches qu'on aperçoit derrière les personnages dans l'avant-dernière séquence des *Soldats perdus*…

- Bon Dieu ! Je ne savais même pas que ça pouvait exister, des spécialistes comme vous !

- Si, on en trouve, des fous de mon espèce. Tenez-vous bien, je vais vous dire la meilleure : j'avais découvert qu'en additionnant jusqu'à un nombre simple les chiffres de la plaque minéralogique de chaque voiture que Massigny a filmée, on finit par obtenir soit 3, soit 7. Je me demande toujours s'il l'a fait exprès ; j'imagine que oui. Il devait savoir qu'il y aurait, un jour, quelqu'un qui regarderait ses films assez attentivement pour remarquer ça… Moi, j'en étais arrivée à pouvoir deviner les moindres idées de Massigny : souvent, en retrouvant des entretiens avec lui, je découvrais qu'il avait dit exactement ce que j'avais pensé de telle séquence, sur telle question… Et bizarrement, les gens qui l'avaient connu et que j'ai rencontrés me demandaient tous si j'avais été de ses amis, alors qu'il est mort quand j'avais douze ans…

- Aviez-vous parfois l'impression de le voir ou de l'entendre ?

- Oui. Pratiquement tous les jours, je dois dire, à une certaine époque. C'était comme s'il habitait quelque part dans ma tête. Ce n'était même pas nécessaire que je pense à lui pour qu'il se manifeste. Parfois, j'étais en train de lire mon journal ou de me laver les dents, et tout à coup, je l'entendais qui faisait un commentaire… Mon petit ami plaisantait là-dessus, selon lui, Massigny n'allait pas me laisser tranquille avant qu'un autre spécialiste n'apparaisse : « Après, il va déménager chez l'autre, et ainsi de suite, jusqu'à devenir mondialement célèbre ! »

- Je croyais qu'il était assez connu, fis-je, peut-être parce qu'il m'est familier depuis longtemps et qu'on finit toujours par montrer de nouveau un ou deux de ses films… Il n'y a pas eu une rétrospective, il y a trois-quatre ans, à la Cinémathèque ? Je croyais en avoir entendu parler…

- Mais si, c'est moi qui l'ai organisée ! Vous n'y étiez pas ?

- C'était une période où je n'allais pas souvent au cinéma ; c'est plus tard que j'ai su qu'elle avait eu lieu.

Je croyais que cette précision allait me discréditer aux yeux de la spécialiste, mais elle parut étrangement contente de l'entendre.

- Quand j'ai soutenu ma thèse et que j'ai réussi à me faire prendre comme stagiaire à la Cinémathèque, mon petit ami m'a dit, je me rappelle : « Maintenant, il n'y a plus qu'à organiser une rétrospective complète de Massigny, et tu auras vraiment tout réussi. » Je vous passe les détails, ç'a été beaucoup plus difficile que je ne l'imaginais. Rien que de convaincre les gens dont cela dépendait !… Et la moitié des films de Massigny n'étaient plus visibles. On arrivait à trouver des copies chez les collectionneurs, mais on ne pouvait pas les montrer, il y avait des problèmes de droits, des tas d'obstacles… On aurait cru que toutes les forces du monde s'étaient liguées pour empêcher qu'on sorte Massigny de l'oubli.

- Michel Darbois disait…

- Vous connaissez Michel Darbois ?

– Oui, d'après lui, Massigny avait une sorte de malchance invraisemblable, qui faisait que tout lui était horriblement difficile et plein d'obstacles, sauf le travail en lui-même. Peut-être que ça vaut pour les gens qui veulent le mettre en valeur, aussi ?

– Ça se peut bien. Je veux dire, pour ce qui me concerne, cette façon de voir les choses expliquerait tout. Même quand j'ai réussi à lui faire faire une rétrospective, ça n'a été qu'une série de déceptions. Pour être plus précise, il faudrait dire que ça a été la fin de tout, pour moi.

– Est-ce possible ?

Noémie soupira.

– Vous voyez, pour incroyable que ça soit, j'y ai perdu tout ce que j'avais à l'époque, même mon petit ami, et je n'ai rien trouvé, depuis, qui puisse me faire cesser de regretter ce qui s'est passé.

– Comment diable est-ce possible ?... La rétrospective a très mal marché ?

– Non, elle a plutôt très bien marché, beaucoup mieux qu'on ne l'avait imaginé, mais c'est de là que tout le malheur est sorti, pour ce qui me concerne. Comme s'il fallait que tout se gâte dès que Massigny était mis en avant. Pour commencer, je me suis fait conspuer à la première projection, voyez-vous !

– Conspuer ? !

– Bon, j'exagère, mais on m'a coupée pendant que je présentais le film, on m'a huée, bref, on m'a fait taire...

– À la Cinémathèque ? ! Je croyais que c'était un public respectueux, cultivé, bien élevé...

– Oui, normalement ; mais ce soir-là, ce n'était pas une projection normale, on avait presque quarante minutes de retard quand j'ai commencé à présenter le film, et je n'étais pas la première à parler : avant moi, il y avait eu le directeur, vous voyez, alors, il s'est trouvé des gens qui n'ont pas voulu en entendre plus : dès que j'ai commencé, on s'est mis à crier...

– C'est incroyable !

– C'était l'affluence. C'est pour cela que la projection allait commencer en retard, personne ne l'aurait imaginé : la salle était pleine à craquer, je m'en suis rendu compte seulement en arrivant. Il y avait les piliers de la maison, bien sûr, la dizaine de vieux allumés qui viennent toujours trop tôt et parlent très haut du programme de la soirée, de tous les films qui sortent et des tournages auxquels ils participent – parce qu'ils font aussi les figurants, vous savez, par amour du cinéma, pour la beauté de la chose... Mais la plupart des gens étaient très jeunes, sans doute des étudiants : ah, si tu étais là, si tu voyais ça, mon vieux ! je me suis dit, tu as de l'avenir, et comment ! – en parlant à Massigny, bien sûr, parce que c'était encore l'époque où l'on se parlait, si j'ose dire. Bref, je n'ai pas pu présenter le film, puis des gens sont sortis au milieu de la projection, puis ça a eu l'air de s'arranger, puisque la plupart sont restés et qu'il y en a même eu qui m'ont rattrapée à la sortie pour me demander de prendre un verre avec eux et de leur parler de lui, ils avaient adoré le film, vous voyez, mais à partir de là, tout s'est gâté.

- Comment ?

- C'est difficile à expliquer, mais d'abord, sur le chemin de la maison, je me suis disputée avec mon petit ami, qui trouvait que j'avais tort d'être contente – parce qu'en fait, j'étais contente, à ce moment, je lui disais que ça s'était finalement beaucoup mieux passé que je ne l'aurais cru, et lui, il était scandalisé que je puisse dire ça, passer si facilement sur le fait qu'on ne m'avait même pas annoncée comme il se devait, alors que j'avais tout le mérite de la rétrospective, que j'avais fait tout le travail, et comment pouvais-je me laisser huer, en plus, sans que personne n'intervienne pour faire honte aux gens qui m'avaient empêchée de parler, et là-dessus, me dire très contente de ma soirée ?, et cætera. En somme, on s'est disputés comme jamais, et par la suite, j'ai pu me rendre compte que sa réaction devait être plus normale et sensée que la mienne. Peu de temps après, je suis restée sans travail : on ne m'a pas renouvelé le contrat que j'avais eu après avoir été stagiaire, et pratiquement en même temps, mon petit ami est resté au chômage lui aussi, alors, ça n'a pas arrangé la situation entre nous, qui n'était déjà plus fameuse, depuis la dispute après la première projection… Vous voyez, deux personnes qui passent leurs journées, chacune de son côté, à remplir des dossiers, à donner des coups de fil, à voir des gens pour essayer de retrouver du boulot, toujours en vain, quand elles se retrouvent ensuite, ça ne donne pas forcément une agréable soirée d'amoureux. On était assez malheureux chacun de son côté, pour son propre compte, pour être pratiquement incapables de changer les idées de l'autre, et on a fini par décider de se séparer pour quelque temps. Ça faisait sept ans qu'on était ensemble, on avait l'impression qu'il s'agissait d'une crise qui passerait, vous voyez, et qu'on se séparait uniquement en attendant de remonter un peu la pente pour mieux se retrouver. Résultat : il est reparti pour sa ville natale où quelqu'un lui avait donné l'espoir de lui trouver quelque chose, et je ne l'ai plus revu, je n'ai même plus eu de ses nouvelles : son départ, c'est par des amis communs que je l'ai appris. Et une fois que je suis restée seule, je me suis rendu compte que mon pire problème, ce n'était pas le chômage : c'était que je n'avais plus aucun projet personnel, plus rien qui me tienne à cœur et dont je veuille m'occuper. J'avais fait pour Massigny tout ce que je pouvais, et c'est bête, mais pendant toutes ces années que j'avais passées à travailler pour lui, je n'avais jamais pensé à ce que j'allais pouvoir faire ensuite. Je ne me l'étais jamais demandé, vous voyez, j'avais l'impression que j'y passerais toute ma vie, à l'étudier, à écrire sur lui et à m'occuper de faire montrer de nouveau ses films. Et le jour où j'ai réalisé que c'était fini, en réalité, mon travail sur lui, puisque je n'avais plus moyen de continuer, en pratique, même si je ne voyais absolument pas ce que je pourrais faire d'autre qui m'importe vraiment, ce jour-là, Massigny a cessé de me parler.

- Mon Dieu !

Noémie me fixa en souriant.

- Vous comprenez, vous, hein ? fit-elle. Voilà comment je me suis retrouvée à travailler dans un cinéma : Massigny a cessé de me parler, puis quelqu'un m'a parlé d'une nouvelle salle de grande banlieue qui cherchait son directeur ; comme personne n'avait vraiment envie d'occuper le poste à part moi, on m'a prise et j'y suis encore.

- Vous n'êtes pas contente d'y être ?

- Pour commencer, j'étais ravie : c'était même trop beau, je n'arrivais pas à croire à ma chance. Moi qui suis née à Paris et qui avais toujours dit que je n'en bougerais pour rien au monde – vous pensez, la ville d'Europe où l'on peut voir le plus de films par semaine ! –, j'ai été folle de joie de déménager : c'était l'occasion de tout changer et de m'occuper. Il y avait de quoi faire, dans un cinéma qui venait d'ouvrir. Il fallait que j'arrive à le faire marcher, à faire accepter qu'il y ait des séances de ciné-club, et pas seulement des films commerciaux ; j'ai réussi, je suis même arrivée à faire venir des gens pour présenter leurs films, de temps en temps, j'ai créé un petit journal gratuit... Tout allait très bien – jusqu'au moment où je me suis rendu compte que je n'aimais pas vraiment ce que je faisais, parce que pour moi, vous voyez, le cinéma, ce n'était pas ce que je pouvais montrer, même aux séances de ciné-club. Le cinéma que j'aimais vraiment, ce n'étaient que les films d'une certaine époque.

- Du temps de Massigny ?

- Oui, mais ça ne tenait pas à lui, c'était autre chose, je m'en suis rendu compte en essayant de comprendre ce qui m'arrivait, pourquoi j'étais en manque et pourquoi je me sentais si mal même avec les garçons qui travaillaient avec moi, alors qu'ils étaient très sympathiques... Je ne sais pas comment vous expliquer... Il y a des gens que les films anciens rebutent ; on dirait qu'ils ont besoin d'être sûrs que les acteurs sont bien vivants et n'ont pas une ride de plus dans la vie qu'à l'écran, pour avoir envie de les voir au cinéma. Et il y a d'autres gens qui aiment voir des mondes qui n'existent plus. Cela n'avait jamais été clair pour moi, jusque-là, mais au fond, ce que j'aimais depuis toujours dans le cinéma, c'était qu'il pouvait rendre éternelles certaines choses éphémères.

- Comme je vous comprends ! fis-je, c'est exactement ce que j'aime aussi : on va revoir un film d'une autre époque, et l'on s'y retrouve comme chez soi, mieux que chez soi parce que là-bas, rien ne peut changer, ni ce qu'on voit, ni ce qu'on sent : chaque fois, on a la même surprise à telle réplique qu'on est pourtant censé connaître par cœur...

- Oui, c'était cela, mais pas seulement, pour moi : le cinéma que je préférais, qui m'intéressait depuis toujours, même avant que je ne tombe sur un film de Massigny, c'était l'européen, pas l'américain, et l'époque en question, c'était un âge d'or, vous savez, comme il n'y en a pratiquement pas eu d'autre. Un foisonnement de grands cinéastes, de grands acteurs, un peu partout en Europe, et en même temps, une passion du public pour le cinéma, comme il n'y en a plus nulle part, ou peut-être seulement en Inde. L'importance qu'un film pouvait avoir, même un film d'art et essai, à l'époque, et pour tous les publics... Un âge d'or, vraiment : tout y était réuni, vous voyez, toutes les conditions, pour qu'il en soit un et qu'il reste sans pareil. Et les jeunes gens avec qui je travaillais, avec qui je travaille toujours, ne savaient pratiquement pas que cela avait existé. Ils aimaient le cinéma, pourtant, mais les films les plus anciens qu'ils connaissaient et préféraient, ce n'était rien de ce cinéma-là. Je n'étais pourtant pas beaucoup plus vieille qu'eux, mais...

- Vous aviez une autre tournure d'esprit. Je connais ça. Vous étiez anachronique de nature, je veux dire : attachée à certaines choses indépendamment du temps où les autres peuvent les apprécier. C'est différent du passéisme, vous pouviez tout aussi bien être en avance sur tout le monde, vous savez, sans vous en apercevoir...

- Ah bon ? Vous croyez ?

- Mais bien sûr ! Pour Massigny, déjà, vous l'avez été, puisque vous l'avez fait redécouvrir, je veux dire : vous avez saisi son importance avant que d'autres ne s'en rendent compte, non ? Ça prouve que vous êtes anachronique dans les deux sens. J'ai toute une théorie sur l'anachronisme, si cela vous intéresse...

Cela intéressait Noémie si vivement que ma théorie lui fut exposée dans ses moindres détails, à grand renfort d'exemples, que je vais vous épargner, cher lecteur. L'essentiel tenait aux constats suivants : 1) les phénomènes les plus importants de l'univers, dont le grand art, sont essentiellement hors temps, tout comme ils sont essentiellement indépendants de l'espace où ils ont pris lieu ; 2) les gens qui éprouvent le besoin d'être constamment en contact avec eux sont nécessairement anachroniques, et souvent, trop à l'étroit dans leur espace existentiel – sans qu'on puisse savoir, et on s'en fiche, dans quel sens fonctionne le lien de cause à effet entre ce réglage intérieur et les phénomènes dont il se nourrit ; il va de soi que leur anachronisme n'est ni du passéisme, ni du futurisme – même s'il peut en avoir l'air parfois ou chez certains –, puisqu'il correspond précisément à ce qui est hors temps ; si cette dernière affirmation semble douteuse à prime abord, il suffit de remarquer que la plupart des anachroniques de nature sont créatifs, d'une manière ou d'une autre (autrement dit pourvus d'une démarche qui se projette dans l'avenir), pour ne plus en douter. (À cette étape de mon exposé, je citai à Noémie la maxime de Thomas Mann : « L'art est une nostalgie qui crée », où les idées de passé et d'avenir se trouvaient réunies, et lui rappelai qu'elle-même, en tant que spécialiste, n'avait fait rien d'autre que de préparer un avenir pour son sujet.)

Sans doute songez-vous à l'anachronie pleunkoise, cher lecteur, en tant que fondement possible de ce mien point de vue, mais je dois vous détromper : elle n'a jamais fait qu'attirer mon attention sur son incompatibilité avec mon propre anachronisme, sans quoi je serais certainement restée à Pleunk. Et le moment est venu de faire une mise au point sur la question pour ne plus en parler.

L'anachronie pleunkoise, artificielle, obligatoire et générale, voulait qu'on soit en retard sur le reste du monde précisément sur les points de l'existence et de la connaissance (dont les arts et les lettres, source de cette « connaissance pure » qui ne se distingue guère de la « joie pure », dont parlait mon cher Schopenhauer) susceptibles de donner aux habitants les moyens de bien percevoir l'absurdité régnante, voire de s'en libérer, ne serait-ce qu'en esprit. Ainsi, il importait à l'État que ses citoyens ignorent qu'ils vivaient mentalement au XIXe siècle (ce qui était un fait, en dépit des rogatons plus récents qu'on leur permettait de consommer), car s'ils avaient pu comparer la seule vision du monde qu'on leur offrait à quelques idées moins obsolètes ou ne fût-ce qu'à la définition de la science comme théorie *réfutable*, toute l'irréalité où ils vivaient aurait risqué de s'écrouler. Comme toute chose artificielle, obligatoire et générale, l'anachronie pleunkoise avait ses exceptions (naturelles) et prédisait sa fin.

Votre narratrice, en revanche, déjà du temps où elle vivait à Pleunk, donnait des signes d'anachronisme naturel complètement différents et peu tolérables pour l'ordre local, permettant qu'on l'accusât à la fois de décadentisme (obsolète pour Paris mais avant-gardiste dans le contexte pleunkois), de passéisme et de modernisme (autrement dit d'être en même temps trop nostalgique envers certaines choses et trop en avance pour d'autres). Vous voyez bien qu'il s'agissait là d'un anachronisme éclectique, fonctionnant dans les deux sens, et sélectif – puisqu'il excluait entre autres les choix précis de l'anachronie locale –, et personnel plutôt qu'attribuable à quelque ensemble humain qui l'aurait engendré. Personnel, il l'était non seulement pour les références et autres idées, mais même en termes biographiques : ma personne pleunkoise lut, écrivit et aima précocement, sans que cela l'empêche de prendre du retard dans ses études (deux ans à ne guère en faire, après le bac) et de garder maints traits très enfantins à l'âge adulte. Quant à ma vie parisienne, vous aurez remarqué que malgré tous mes efforts pour me mettre à l'heure des amis de Michèle, et en dépit de mes changements, j'apparaissais encore tantôt en retard, tantôt en avance, quoique autrement qu'auparavant. Bref, si je pouvais penser avec plaisir que dans ma chambre sans eau courante, je vivais à une époque précédente, ce serait une erreur grossière que de la prendre pour le XIXe siècle pleunkois. Et si les bizarreries chronologiques de ce récit n'ont pas encore fini par vous paraître à peine plus difficiles à suivre que le mouvement d'un pendule, le moment est venu de vous faire remarquer qu'il avance à force d'allers-retours, d'anachronismes allant dans les deux sens – ce qui semble plus naturel à son auteur que quelque progression en ligne droite qui pouvait faire illusion de vraisemblance du temps où certains croyaient au Progrès. Mais n'expliquons pas trop nos tours de magie.

Noémie parut à la fois stupéfiée et convaincue par mon exposé sur l'anachronisme naturel :

- Je n'aurais jamais vu mon cas sous cet angle-là. Il faudrait que j'y réfléchisse pour voir ce que ça change, à tête reposée, je veux dire : jusque-là, je me croyais passéiste et je regrettais de l'être, même si, au fond, je préfère avoir mes problèmes plutôt que ceux des autres. Mais à propos de répliques de vieux films qu'on connaît par cœur… Ça m'a rappelé quelque chose que j'aurais dû vous dire plus tôt, pour mieux vous faire comprendre pourquoi c'était fini, pour moi, le travail sur Massigny : ce n'était pas seulement parce que je n'avais plus de possibilité concrète de continuer. En fait, il s'est passé quelque chose d'autre, à la Cinémathèque, vers la fin de la rétrospective, à la projection de *Martin Weber*. J'y étais allée pour le plaisir de le revoir sur grand écran, ça faisait des années que je n'en avais pas eu l'occasion. Il y avait beaucoup de monde, ce soir-là aussi, toujours beaucoup de jeunes, et quand je me suis assise, derrière moi, un couple parlait du film : la fille questionnait le garçon, il lui citait les plans les plus remarquables, des répliques… Il l'épatait, et moi, je riais en sourdine, parce que tout ce qu'il racontait était tiré d'un article que j'avais publié peu de temps auparavant dans une revue. Je n'aurai pas travaillé pour rien, je me suis dit : des gens ont lu ça, ils sont venus voir le film, et pour eux, Massigny, ce ne sera plus un obscur comme pour ceux que je me suis échinée à convaincre qu'il avait de l'intérêt… Puis le film a commencé.

Le rôle féminin de *Martin Weber*, c'est Viviane Simon, vous savez, elle était complètement inconnue à l'époque, elle débutait. Dans le premier plan où elle apparaît, elle porte une robe affriolante comme on n'en fait plus, très cintrée, large du bas, à volants. Ce soir-là, au moment de ce plan, quelqu'un a ricané : la tenue passe mal, je me suis dit. Quelques minutes plus tard… Il faut savoir qu'il y a, dans ce film, deux brèves répliques banales, anodines. On les prononce à trois moments de l'action, et leur sens change, elles deviennent bouleversantes. C'est un procédé dont Massigny était très fier : il disait qu'en le trouvant, il avait réussi quelque chose de plus important pour lui que tout ce dont on le complimentait pour ses films à succès – parce qu'il a eu du succès, de son vivant, vous savez, il ne faut pas croire qu'il n'a connu que des échecs. Bref, à cette projection, quand on a entendu ces répliques pour la première fois, plusieurs personnes ont ri. Je me suis demandé ce qui se passait : ce n'était pas la première fois que je le voyais en salle, et les fois précédentes, personne n'avait eu l'air de trouver cette séquence drôle ou ridicule, puis j'ai cessé d'y penser, j'ai été reprise par le film. J'avais beau l'avoir vu et revu, c'était encore comme si je le découvrais, j'en avais les larmes aux yeux. C'est ça, le grand cinéma, je me disais, Massigny est mort, Viviane Simon est une ancienne vedette presque oubliée maintenant, de tous les acteurs, il ne reste qu'un seul qui tourne encore, mais ce film, ce chef-d'œuvre, ça n'a pas vieilli et on peut le revoir à n'en plus finir sans épuiser tout ce qui s'y trouve de prodigieux…

Alors, on a entendu les fameuses répliques pour la deuxième fois, et un tiers au moins de la salle a ri, si fort qu'on ne pouvait plus entendre la suite du dialogue. À partir de là, c'était clair : une partie du public ne faisait que chercher des occasions pour montrer qu'elle n'aimait pas le film. Ça riait de plus en plus fort à la moindre occasion : le bruit d'une voiture qui démarrait, un baisemain, un geste de coquetterie qu'avait l'actrice, et à la reprise suivante des répliques, vous vous en doutez, toute la salle a ri, ou presque. Quelqu'un les a répétées en parodiant les acteurs, et de rire encore. Un des vieux piliers de cinémathèque a protesté, l'excitation est retombée, mais quelques minutes plus tard, on hurlait de rire encore mieux qu'avant. Alors, pour ridicule que ça soit, je ne peux pas le dire autrement : j'ai eu envie de mourir sur-le-champ. Il restait un quart d'heure avant la fin du film. Je ne serais sortie pour rien au monde, mais supporter ça encore quinze minutes… J'ai eu une idée bizarre, j'ai pensé : l'enfer, ça doit être ça, même une seconde est au-dessus de tes forces et tu sais que ça va durer à n'en plus finir. C'est difficile à expliquer, mais à ce moment, il m'a semblé que j'étais Massigny, et en même temps, il était absent, il ne me parlait pas. Il m'a semblé que je vivais sa mort - sa deuxième, sa mort d'artiste, ou d'immortel, si vous voulez, parce que pour moi, Massigny, c'était un génie immortel. Et comme je ne pouvais pas mourir tout de suite moi aussi, je suis restée assise jusqu'à la fin du générique, je l'ai relu tout entier - je le connaissais par cœur, jusqu'aux noms des machinistes qui m'étaient chers, - et je me disais : moi qui étais sûre que Massigny allait sortir de l'oubli, qu'une grande œuvre finit toujours par être reconnue, que si autrefois on ne l'a pas comprise, on la comprendra mieux dans l'avenir... Et voilà, l'avenir était venu nous rire à la figure, à tous les deux.

- Mais il n'est pas devenu plus ou moins à la mode, Massigny, depuis ?

- Si, de plus en plus, chez les cinéphiles surtout... C'est maintenant une référence chic, branchée, vous voyez, il y a des critiques qui le citent souvent, et on repasse de plus en plus de ses films, dans le circuit art et essai. J'ai été invitée à faire des conférences à certaines projections, on m'a écoutée avec intérêt, et personne n'a ri pendant la séance... Mais ce qui s'est passé ce soir-là, vous voyez, ça a tout changé pour moi, et il n'y a rien à faire pour l'oublier. Les soirées d'après, c'est comme si elles n'avaient pas eu lieu, quand je pense à celle-là. Elle prouvait que rien n'était gagné et que rien ne le serait jamais vraiment, définitivement ; que je ne pouvais pas faire grand-chose, en fin de compte. C'est ça qui m'a achevée, vous savez, l'idée qu'on puisse toujours, n'importe quand, trouver tout à coup un détail d'un chef-d'œuvre ridicule, une petite robe démodée, et devenir aveugle pour tout le reste, ne rien en voir, refuser d'entendre autre chose que du risible même dans ce qui est bouleversant... C'est pour cela que j'ai cessé de travailler sur Massigny, au fond : je ne savais même plus si c'était bien ou mal d'avoir commencé, d'avoir fait montrer ce film pour qu'on en rie, alors qu'avant, quand il passait, personne n'en riait...

- Mais tout compte fait, vous l'avez bien remis en valeur, Massigny ! Il n'aurait sans doute pas été à la mode, aujourd'hui, sans vous !

- Ça ne change pas grand-chose, de mon point de vue – qui n'est sans doute pas très rationnel. Les spécialistes de mon genre, on est tous un peu fous, vous savez...

- Il n'est jamais revenu vous parler, Massigny ?

- Jamais. Ça m'étonnerait qu'il revienne un jour. J'ai dû le décevoir, à un moment, et puis, maintenant, je dois être trop vieille. Il doit y avoir un âge après lequel les grands cinéastes morts ne viennent plus vous parler, ou n'arrivent plus à se faire entendre.

- Ce n'est pas possible ! m'insurgeai-je, il va bien revenir, vous êtes encore jeune, il faut seulement trouver ce qu'il attend pour se remanifester ! Vous ne voulez pas écrire sa biographie ? Je peux vous aider : je connais au moins deux personnes qui ont travaillé avec lui, elles pourraient témoigner, et vous donner d'autres contacts...

Je croyais avoir trouvé là l'idée salvatrice, mais Noémie fit un petit geste, avec un sourire triste, puis :

- C'est fini, pour moi, je n'aurais plus l'énergie, ni le temps, avec tout ce que je dois faire pour que la salle marche. Mais vous, pourquoi ne pas l'écrire ? Vous l'aimez, vous aussi, et les témoins, c'est vous qui les avez, et ce sera plus facile, maintenant, de publier un livre sur Massigny – ma thèse, elle n'est jamais sortie, personne n'en voulait, l'année où je l'ai achevée. Si vous voulez, je vais vous la passer…

Quoique je fusse malheureuse à l'idée de la décevoir – et de contribuer ainsi à son abattement –, je dus lui expliquer que j'avais trop d'autres choses à écrire.

- Mais votre thèse, j'aimerais beaucoup la lire !, conclus-je.

Elle sourit, toujours tristement :

- Eh bien, je vous la passerai. Si vous n'avez pas peur des déplacements en grande banlieue, vous pouvez venir chez moi quand vous voulez, voir un film, seule ou avec des amis, vous serez mes invités, et vous pourriez rester dormir à la maison, s'il n'y a personne pour vous ramener en voiture…

À l'époque où la femme d'Antonin avait débuté, Robert Massigny était encore vivant, j'en étais sûre, ce qui faisait de Tonicek un invité tout désigné pour Noémie. Comme Claire acceptait de venir (malgré sa réticence initiale à l'idée d'aller si loin), il ne me restait plus qu'à justifier le fait qu'on serait trois, ce qui me semblait si facile que je fis une bourde :

- Je vais sans doute amener un ami aussi, qui est très intéressant pour Noémie. En fait, l'homme que tu as vu dans le couloir, tu le trouves sympathique ?

- Qui ?

Cette question me surprit au point de me faire sortir une réplique encore pire :

- Mon voisin, tu sais, qui faisait sa lessive dans les cabinets, tu le trouves comment ?…

Et réalisant l'effet désastreux qu'une telle description de Tonicek menaçait de produire, je me hâtai d'ajouter :

- C'est quelqu'un de formidable, un musicien. Vous n'avez pas discuté de musique ? C'est un pianiste de jazz, Antonin, il a longtemps joué à Prague, à Berlin, je ne sais où encore. Il était marié avec une vedette, elle a débuté au cinéma à l'époque qui intéresse le plus Noémie. Il est bien malheureux parce qu'il est seul, maintenant, et il ne connaît que moi, à Paris…

- Ah bon ? Il m'a paru gentil, dit Claire, d'une manière qui me poussa à oser :

- Tu lui as fait une de ces impressions !

- Vraiment ?

Son ton ne me permit pas de décider s'il fallait développer.

- Il trouve que tu es merveilleusement belle, me contentai-je d'ajouter. C'est un grand contemplatif, tout le contraire d'un dragueur. Quand il voit une belle personne, il ne se permet même pas de lui parler, si les circonstances ne l'y obligent pas.

La conversation s'acheva de façon assez rassurante pour me faire pousser un cri de joie après avoir raccroché. J'appelai Noémie, qui fut ravie comme prévu à l'idée de nous accueillir, puis je glissai un mot sous la porte de Tonicek, l'invitant au cinéma avec Claire pour telle date, et mon travail de *go-between* achevé, je me dis, au comble de l'optimisme, que maintenant, il ne restait plus qu'à voir Sylvia retrouver son grand amour (pourquoi pas ? même les pères de deux enfants peuvent divorcer, non ?), et Gaëlle finir par tomber amoureuse (sous peu, peut-être : je l'imaginais déjà me l'avouer, un de ces jours, au retour de la chasse).

Vous ai-je déjà dit que Gaëlle était devenue chasseresse, ces derniers temps ? C'était là l'un de ses loisirs favoris, auquel elle s'adonnait dans les bars près de la Bastille, au sud de Belleville ou dans n'importe quel quartier riche en vie nocturne et autre que le sien : les choisir éloignés réduisait le risque de se retrouver, le lendemain d'une chasse, face à sa proie de la veille, qui s'avérerait être le nouveau caissier de son supermarché familier, ou facteur, ou même – quelle horreur ! – un voisin. Car l'intérêt de la chasse, telle que Gaëlle la pratiquait, consistait à ne jamais revoir les hommes attrapés, sans quoi ils n'eussent plus été des proies exotiques, mais de vulgaires relations ou de banales connaissances.

Pour chasser, elle s'installait au comptoir d'un bar, commandait un verre, balayait du regard la salle sans oublier ses voisins de tabouret, repérait deux ou trois victimes potentielles, puis choisissait sa cible, en visant, selon l'humeur, la plus facile (un grand type mélancolique assis à sa droite, le nez dans son verre) ou la plus difficile (un distrait à lunettes, tout au fond du bar, qui feuillète un journal en s'arrêtant à chaque page tournée, pour bâiller en fixant le plafond). Puis…

Depuis que j'étais au courant de ces parties de chasse, j'essayais en vain de me représenter l'action qui s'ensuivait : connaissant Gaëlle, je ne pouvais pas l'imaginer en train de lancer à travers la salle des coups d'œil enjôleurs, ou posant le genre de question stupide qui peut servir de passerelle, ou minaudant, ou baissant le regard pour corriger la courbe de son collier vers la naissance des seins – tout ce que j'avais vu faire en pareils cas par d'autres filles ; et ma propre expérience ne m'offrait aucune démarche que je puisse lui attribuer. « Comment fais-tu pour qu'ils sachent que tu les vises ? », finis-je par demander. - « Oh ! ça dépend, répondit-elle en riant : on ne chasse pas le loup comme le loriot, vois-tu. (Puis, pleine de bonne volonté, puisque je tenais à m'instruire :) Je me compose un certain visage et je me tais, ou bien je commande un autre verre et je ris avec le barman, ou bien… Il y a tant de manières ! La façon de faire te vient à l'esprit quand tu repères ta cible, c'est l'homme qui te donne l'idée, c'est justement ça le plus intéressant : tu te regardes agir, et tu te surprends, parce que jusque-là, avec d'autres, tu as fait autrement. » – « Mais quoi que tu fasses, ça marche toujours, même avec ceux qui se trouvent à l'autre bout du bar et qui ne te regardaient même pas, au début ? » – « Oui, toujours. Une fois que tu les as choisis, quelque chose se produit qui les oblige à te remarquer. » (Je ne crus pas un instant à la valeur générale de la loi ainsi formulée : même en mettant de côté la question de l'aspect physique, elle ne devait jamais pouvoir profiter qu'aux filles jouissant de l'énergie de Gaëlle, qui devait se muer en force de suggestion dans ces cas-là ; on aurait bien ri si j'avais jamais essayé de me fier à son « tu » généralisant.)

La proie s'étant approchée, Gaëlle la faisait boire un peu plus, et rire, puis, lorsqu'elle jugeait que le moment était venu, la conduisait à l'hôtel le plus proche et *payait la chambre.* « Si tu les laisses payer, c'est fichu : de là à ce qu'ils se croient des droits, ça ne prend qu'une seconde, et tu en as pour quelques heures d'embêtements, sinon jusqu'au lendemain. Certains peuvent même t'imaginer prête à leur laisser ton numéro !… » Ce qu'elle ne faisait bien sûr jamais, prenant parfois celui qu'on lui offrait, pour leur complaire ; mais la plupart du temps, elle préférait leur expliquer en toute honnêteté, quand la partie de chasse était finie, qu'elle ne faisait jamais que s'amuser – ce qui provoquait, généralement, une stupeur suffisante pour remettre la crise de rage à plus tard, au moment où celle qui en était la cause serait déjà partie sans laisser de trace.

Sans rien en dire, je pensais qu'à force de proies (leur nombre, que j'avais demandé à Gaëlle de calculer aussi précisément que possible, approchait déjà de la centaine), la chasseresse allait finir par se trouver attrapée à son tour : un accident peut toujours arriver, et on risque le plus d'en être victime quand on court le gibier le plus varié. Un jour ou l'autre, il s'en trouverait bien un qui serait plus à son goût que les précédents, et qui ne demanderait pas mieux que d'être apprivoisé ; ou bien garderait-elle pour un moment le dernier venu, quel qu'il soit, s'étant lassée de chasser… Tout cela pour vous faire comprendre que malgré sa volonté explicite d'en rester une, je considérais Gaëlle comme célibataire seulement à moitié, ou aux trois quarts (selon la période et le temps qu'elle consacrait à chasser). Son rejet bien argumenté de la vie de couple me semblait relever sinon des maladies juvéniles, du moins de l'ordre des idées plus limitées que leur porteur : il était catégorique et théorisé au point que je n'arrivais pas à le croire viable. D'autre part, me rappelant l'adage que Dima Gerbier avait vérifié, je me disais qu'ayant *juré* – la certitude de rester célibataire sa vie durant relevait du serment –, on finissait sans doute nécessairement par devenir parjure.

*

Cependant, mon accès d'optimisme au sujet des amours de mes amies tourna court : Claire ne trouva pas Antonin à son goût, quoiqu'il lui parût vraiment sympathique suite aux propos échangés dans le train de banlieue (aller-retour assez long pour bien faire connaissance). J'échouai à savoir ce qui faisait de lui autre chose que l'homme qu'il lui fallait, car mon amie contourna rapidement ce sujet, sans doute par pudeur, et mit fin au thème d'Antonin en disant qu'elle espérait qu'il ne s'était pas fait des idées, en d'autres termes : qu'il n'allait pas rester déçu du résultat de la sortie. Sur cela (foin de transitions, abrégeons le temps quand il traîne), le collègue de Michèle vint à sa fête sans Finbarr, qui se trouvait être pris ce soir-là, et j'aurais perdu toute confiance en mon effet bénéfique sur les amours de mes amies (affirmé par Shéhéra), s'il n'était apparu en même temps une autre possibilité de réunir ces deux-là : le soir du 13 juillet, on fêterait le 14 dans la maison des parents de Valérie, assez grande, située hors de Paris et présentant l'avantage d'un vaste jardin où nos festivités se tiendraient s'il ne pleuvait pas ; plus on était nombreux, mieux ce serait, selon l'hôtesse, le collègue de Michèle était donc invité avec l'autre amateur de football, d'autant plus cordialement que le frère de Valérie aussi aimait ce sport : « Vous pourriez même former une équipe pour jouer le dimanche, avec des copains à lui qui voudraient le faire s'ils arrivent à trouver assez de monde ! » Cette suggestion nous parut, à Michèle et à moi (restées en tête-à-tête après la fin de la soirée), largement assez séduisante pour que Finbarr ne manque pas de nous rejoindre le 13 juillet. Et en effet, le surlendemain, lorsque Michèle revit son collègue dans la salle des professeurs, elle eut sa plus belle journée d'école : Finbarr viendrait ; le seul problème, c'était que Sylvain (le collègue) ne pourrait pas l'amener en voiture, à cause d'une divergence d'emplois du temps, et qu'il fallait trouver quelqu'un qui puisse montrer à Finbarr le chemin (très compliqué) depuis la gare la plus proche. Michèle n'avait pas moyen de se donner ce plaisir : Valérie comptait sur elle pour l'aider dans les préparatifs qui commenceraient tôt dans l'après-midi ; il paraîtrait bizarre qu'elle les laisse tomber pour aller accueillir à la gare un garçon presque inconnu. Naturellement, je m'offris à le faire : je connaissais le chemin par cœur, ayant déjà fêté chez Valérie plusieurs 14 juillet ; mes horaires étaient assez souples pour me permettre de partir au moment qui convenait à Finbarr, il n'avait qu'à m'appeler pour qu'on se fixe un rendez-vous. Bien sûr, je ne l'avais jamais vu, et Michèle n'était pas sûre de pouvoir me le décrire de façon à me le faire reconnaître facilement, mais je me décrirais en parlant avec lui, et peut-être y aurait-il deux-trois autres invités, pour prendre le train en même temps, ce qui ferait un groupe qui lui sauterait aux yeux, sous la grande horloge de la gare de l'Est.

Il va de soi que je saute aussi les semaines qui précédèrent le 13 juillet (on aura le temps d'y revenir). En début d'après-midi de ce grand jour, je retrouvai Gaëlle pour faire le tour de nos chers fripiers : elle manquait de vêtements appropriés pour la canicule qui venait de commencer, tandis que je souhaitais arborer une tenue inédite et qui soit digne d'une fête importante à plus d'un titre ; nous allâmes donc dans toutes les boutiques de Guerri, en commençant par les deux situées près de la place Clichy, et en finissant par celles de Barbès d'où l'on pouvait vite rentrer à pied chez moi ; nos courses faites, il nous restait assez de temps pour bavarder encore un moment, en buvant du thé, avant qu'il ne faille se séparer à la gare où Gaëlle prendrait le métro pour se rendre à son travail.

Chargées de sacs bien plus volumineux que nous ne l'aurions prévu (ç'avait été un jour faste, pour les trouvailles, chez Guerri), nous tirâmes la langue sur le chemin et essayâmes de nous redonner des forces en parlant du défilé de mode que nous nous ferions, une fois arrivées à la rue de Chabrol et au sixième étage : « Je vais me doucher d'abord, dis-je, ça me fera du bien, l'eau froide ! » – « Pendant ce temps, je vais me changer, et quand tu sortiras, tu me diras ce que tu penses de la robe verte. Je meurs d'impatience de la mettre ! Pourvu qu'elle m'aille ! » – « Tu aurais quand même dû l'essayer chez Guerri. » – « Oh ! pour ce qu'elle coûtait ! Si elle ne me va pas, je trouverai bien à qui la donner. » Puis Gaëlle essaya de me convaincre de la prendre, le cas échéant, et je dus déployer une série d'arguments pour refuser : sans parler de ma préférence pour les pantalons, c'était le genre de robe (très jolie, par ailleurs) que je n'aurais jamais porté.

Comme prévu, j'allai prendre une douche froide aux toilettes, à l'aide d'une bouteille, pendant que Gaëlle en buvait une autre avant de se changer. Au moment où je ressortais, en nouvelle robe moi aussi (un fourreau descendant jusqu'aux chevilles), elle vint vers moi depuis l'autre bout du couloir, triomphante : « Regarde, elle n'est pas trop serrée ! », mais je n'eus pas le temps de répondre : on entendit un choc assourdissant, puis un sifflement incroyable, qui nous figea, les yeux écarquillés, l'une face à l'autre – et soudain, nous comprîmes la catastrophe qui venait de nous arriver : le choc, ç'avait été la porte de ma chambre que le vent avait claquée, et le sifflement, l'effet musical des cheminées sous l'orage qui avait commencé, un bel orage subit typique du mois de juillet, dont la pluie tambourinait déjà sur le toit de tôle sous lequel nous restions *enfermées dehors*, sans moyen de rentrer dans ma chambre qu'on ne pouvait ouvrir de l'extérieur qu'avec la clé *enfermée dedans* – le sac à main de Gaëlle était dedans aussi, et le mien, bien sûr, et nos chaussures (elle était sortie dans le couloir pieds nus, tandis que j'étais en tongs, très pratiques pour se doucher au-dessus de sanitaires à la turque). Nous ne pouvions pratiquement plus sortir de l'immeuble, avec une seule paire de semelles pour deux, qui ne promettait pas de tenir plus de cent mètres, sans nos cartes orange, sans carte de téléphone pour chercher du secours ; Michèle était chez Valérie, bien sûr, et...

- Oh, mon Dieu ! criai-je en me saisissant la tête à deux mains, Finbarr va m'attendre à la gare ! Oh, quelle horreur ! Je suis la seule à connaître le chemin, ils seront trois à m'attendre, ils n'ont même pas le numéro de téléphone de Valérie...

Et j'éclatai en sanglots en tapant des poings sur le mur. Gaëlle fit de son mieux pour me rassurer, tout en s'accablant de reproches (cela marcha : l'idée qu'elle se sentait d'autant plus coupable que je pleurais me fit cesser d'un coup), puis nous essayâmes de trouver un plan d'action, et je finis par descendre en courant au cinquième étage, où je tambourinai de toutes mes forces sur la porte de la voisine presque sourde ; par chance, elle finit par m'entendre : la porte s'ouvrit, me découvrant son visage rayonnant de bonne humeur.

- Ah, c'est vous, ma petite demoiselle ?... Mais qu'est-ce qui vous arrive ? !

Après explication, je la suppliai de me prêter au plus vite un marteau, un ciseau et n'importe quel autre outil solide et lourd, pour casser ma serrure ou défoncer ma porte ; Gaëlle dut me rejoindre en renfort pour l'en convaincre et la presser, car la vieille dame rechignait à me laisser commettre un acte aussi grave :

- Mais si vous sortez tout de suite, qui va garder votre chambre ? Quelqu'un pourrait entrer et vous prendre vos affaires. Et demain, c'est férié, vous n'allez pas trouver facilement un serrurier...

À deux voix, et nous contredisant mutuellement, nous la conjurâmes de ne pas s'en soucier, car de toute manière, je n'avais pas assez d'argent pour le serrurier, et à chaque jour suffit sa peine, alors que l'essentiel (disait Gaëlle), c'était d'arriver à la défoncer à temps, cette maudite porte, il y avait des gens qui nous attendaient, qui comptaient sur nous...

Ces palabres prirent une bonne dizaine de minutes, après quoi la voisine chercha ses outils pendant un moment interminable, et lorsque je remontai en courant pour essayer de forcer ma serrure, cela se révéla impossible, tout comme de défoncer la porte : Gaëlle eut beau s'y appliquer aussi, avec toute son énergie, rien n'y faisait – on faisait des portes solides, au XIXᵉ, du temps de Flaubert. Nous étions perdues, Michèle comprise – surtout Michèle ! Mon amie qui m'avait procuré le logement coupable de tout !

Comme j'allais me remettre à pleurer, Gaëlle s'empressa de proposer de chercher un serrurier, malgré tout, en téléphonant de chez la vieille dame :

- Il doit bien y en avoir un de garde, on lui expliquera que c'est une urgence, et c'est moi qui le paierai, c'est de ma faute…

Je protestai, trouvant inadmissible de lui faire endosser des frais qui seraient à peine moins énormes pour elle que pour moi, et ne croyant pas que le serrurier puisse finir à temps, si jamais il venait vite. Non, je n'en voulais pas, je finirais toujours par trouver quelqu'un qui puisse me changer la serrure en amateur, gratuitement ; ce qu'il fallait, maintenant, tout de suite, c'était un moyen de mettre des chaussures pour aller à la gare… Où les trouver ? Je ne voyais pas du tout (la vieille dame était beaucoup trop menue pour que sa pointure m'aille), et je revins à l'idée initiale de défoncer la porte : j'allais lui demander un gros objet lourd, quand…

Dans *Les Sentiers de la Nuit*, me dis-je soudain, on montait bien par les gouttières jusqu'au troisième étage, et dans *Le Cercle*…

- Tu veux bien me tenir l'échelle ? demandai-je à Gaëlle en virant vers la lucarne qui menait au toit, au début du couloir de droite – une échelle se trouvait dessous, accrochée sur le mur, depuis toujours, et inutile jusqu'à ce jour, pour ce que j'en savais.

- Qu'est-ce que tu veux faire ? demanda Gaëlle, stupéfiée par mon virage brusque, puis elle comprit : Oh, non !…

- Mais si. Je suis sûre que je peux rentrer chez moi par le vasistas, déclarai-je catégoriquement. Je suis assez mince pour passer.

Tout en tenant l'échelle, Gaëlle continuait d'insister pour que j'y renonce, en des termes auxquels je refusai de prêter attention, de peur de revenir à la raison. Heureusement, les barreaux que j'avais à monter n'étaient pas nombreux ; mais une fois sur la toiture, en me tournant dans la bonne direction, je réalisai que mon amie était sur le point de me suivre pour me faire revenir en arrière : passant le torse par la lucarne, elle fit un geste pour m'arrêter, et je faillis tomber en l'évitant, après quoi je m'éloignai à quatre pattes sur deux ou trois mètres, et lui ordonnai de rester où elle était si elle ne voulait pas qu'on se fâche. Il ne pleuvait plus, mais la tôle mouillée était glissante au possible, j'ôtai donc mes tongs et les lançai vers elle : « Ramène-les en bas ! » - « Reviens ! hurla Gaëlle, tu vas tomber, je t'en supplie, reviens, je paierai le serrurier ! » Et elle se mit à pleurer, ce qui (malgré mon état d'inattention volontaire à son égard, et l'agacement que ses cris m'inspiraient, m'empêchant de me concentrer sur les pas à faire), me stupéfia et exalta. Qui l'aurait cru ? Gaëlle la dure à cuire, pleurer comme moi, de peur, et qui mieux est, de peur pour moi ! Elle m'aimait donc à ce point ? Je fis un signe dans sa direction, qui se voulait affectueux, je trébuchai, me rattrapai et maudis le fourreau de 14 juillet où j'avais eu l'idiotie de me fourrer, moi qui portais des pantalons pratiquement tout le reste de l'année ! Il m'entravait d'autant mieux que je n'avais pas l'habitude de marcher en robe longue. Me redressant, je restai immobile un instant, puis j'entendis : « Avancez. »

À l'autre bout du toit, Robert Massigny se tenait assis dans son fauteuil de metteur en scène, le dos contre une cheminée, tranquille, l'air quelque peu moqueur (comme s'il trouvait ridicule que j'aie du mal à avancer), et fumait un cigare – ce qui me surprit. Il fumait donc, de son vivant ? Ou bien était-ce une nouvelle habitude, contractée dans l'autre monde ?

« C'est un toit parisien complètement inoffensif, reprit-il, presque plat, vous pouvez y aller, il n'y a rien à craindre sur au moins dix mètres en ligne droite, et vous n'en ferez que sept. Ne regardez pas à gauche, je vous dirai quand il faudra vous tourner. Allons-y, action ! »

Et j'avançai, en le fixant.

« Regardez vos pieds, plutôt ! Ça ne fait pas crédible de fixer l'homme derrière la caméra, au lieu de faire attention à ne pas tomber. Vous avez oublié de vous vernir les ongles des orteils, bon Dieu ! Et vous marchez mal ! Retroussez-moi donc cette robe ! »

Ce que je fis immédiatement, étonnée de n'y avoir pas pensé. Alors, un cri tout autre que ceux de Gaëlle retentit : « Ouh laaa ! plus haut, plus haut ! », me faisant tourner la tête vers la gauche, contrairement aux indications du metteur en scène.

Je me trouvais au bord de la partie (presque) plane du toit, et par-delà l'abîme de la cour intérieure, tout rayonnant à sa petite fenêtre, un gros bonhomme m'adressait des rires, des gestes et des encouragements on ne peut plus explicites, revenant à demander à voir toute ma culotte.

« Les badauds, fit Massigny, où qu'on aille travailler, ça va trouver le moyen de venir vous emmerder ! Il ne perd rien pour attendre, cet abruti, avancez droit, je vais arranger ça au montage. Trois pas encore tout droit, puis à gauche. Voilà, maintenant, vous descendez tout doucement en veillant à garder prise. »

Il connaissait le toit, y ayant fait des repérages ; moi, pas, et je découvris que je devais descendre sur une pente très raide allant vers le vide, où je n'avais que les soudures pour m'empêcher de glisser, dans une espèce de toboggan délimité par la dernière cheminée de l'immeuble voisin et par la partie mansardée de mon toit. Mon vasistas béait en but de rêve à quelque trois mètres, ouvert comme il se doit vers l'extérieur. Comment allais-je pouvoir en maintenir la vitre soulevée sans l'aide du levier, et changer en même temps de position pour y passer mes jambes, alors que je n'aurais plus rien contre quoi m'appuyer ? Gaëlle avait raison, me dis-je, c'est impossible ; et ne pouvant pas non plus retourner en arrière, alors que Massigny avait cessé de se faire entendre, j'eus un accès de terreur : je me couvris de sueur froide tout en me mettant à trembler. Si cela continuait, j'allais vraiment tomber, rien que de peur – idée qui me décida à reprendre ma descente : centimètre par centimètre, tantôt accroupie, tantôt sur les fesses.

Je venais de dépasser la cheminée. Maladroitement, je me tournai pour y prendre appui de la main gauche, et je virai dans le sens du vasistas, puis, je ne sais comment, je me retrouvai coincée, sur le dos et pattes en l'air façon insecte renversé, entre lui et la partie montante du toit voisin. Le levier qui maintenait la vitre en l'air grinça très fort : mon pied gauche l'avait poussé en gigotant ; et si ma fenêtre se refermait ?... Cette vision effroyable me fit gémir, puis me tordre dans un coup de reins désespéré, qui me plaça par miracle mieux qu'avant, et je soulevai le levier pour fourrer la tête sous la vitre que je soutiendrais ainsi tant que je le pourrais, et je tâchai de me contorsionner de la bonne manière pour que mes pieds traversent l'ouverture (c'est là qu'on regrette sa grande taille), puis je constatai que ma minceur n'était pas suffisante pour passer aisément, mais un instant plus tard, je me retrouvai (une jambe et les bras un peu écorchés) sur mon lit, et je poussai un hurlement de triomphe presque digne de Gina Strozzi, avant de m'élancer vers la porte, vers le couloir, vers Gaëlle, en brandissant la clé :

- Ça y est ! J'y suis ! J'ai réussi !

Nous tombâmes dans les bras l'une de l'autre, sautillâmes et criâmes victoire jusqu'à faire ressurgir de chez elle la voisine presque sourde, sur quoi, je me rappelai le bonhomme d'en face, je rentrai en courant et je hurlai à travers le vasistas :

- Tu ne voyais pas que je risquais de me tuer, espèce de porc, quand tu voulais que je te montre ma culotte ? Tu vas voir ce que tu vas voir, à partir de maintenant !

Il était toujours à sa petite fenêtre au début de ce propos, mais disparut d'un coup avant la fin. L'action punitive que j'envisageais, c'était de raconter son méfait à tout ce que je connaissais de voisins, pour le faire mourir de honte chaque fois qu'il croiserait quelqu'un, voire déménager. Mais je n'avais pas le temps de commencer tout de suite, par la vieille dame : il ne restait plus que dix minutes avant l'heure du rendez-vous à la gare de l'Est.

J'arrivai sous l'horloge dans un fourreau dont la couleur avait foncé (trempé), les deux bras pansés, et beaucoup trop heureuse pour me soucier d'être présentable ; dans mon exaltation, je faillis sauter au cou de Finbarr (sans l'avoir reconnu, et pour cause, mais les deux autres m'étant connus de visage, ce ne pouvait être que lui, le gars châtain aux yeux clairs), puis j'animai à moi seule la conversation tout le long du chemin vers la maison du 14 juillet (où nous resterions tous à dormir), en racontant ma fin d'après-midi avec une volubilité intarissable – si quelqu'un ne trouvait pas mon récit détaillé passionnant, il n'avait qu'à faire semblant : sans mon exploit, pas de fête, pour ces trois-là. J'infligeai une version abrégée à Michèle (qui fit semblant, elle, de n'être pas plus réjouie que cela en voyant entrer l'homme qui lui plaisait), et changeai de sujet seulement quand toute la compagnie finit par s'apprêter à passer à table, dans le jardin : l'idée me vint qu'il se pouvait, par malchance, que Michèle se retrouve placée loin de Finbarr ; croyant bien faire, je proposai à ce dernier de s'asseoir à côté de moi, obligeant mon amie à intervenir au plus vite (très habilement, à mon émerveillement) pour m'indiquer le siège en face et prendre celui que j'avais failli m'attribuer. Comme par hasard, Sylvain se retrouva à l'autre bout de la table, et peut-être faute de savoir de quoi l'on pouvait parler avec nous deux quand on ne devait pas rester à m'écouter, Finbarr se lança dans une histoire tirée de l'actualité politique récente, sur laquelle il voulait avoir nos avis : étions-nous au courant, déjà, de ce qui s'était passé en Irlande, à l'aéroport de Dublin, le jour où le président russe devait rendre visite à son homologue irlandais ?

Je n'étais, bien sûr, au courant de rien (moi et l'actualité politique...), tandis que Michèle en avait vaguement entendu parler, et ne demandait pas mieux que d'en savoir plus. Finbarr exposa l'événement (devenant soudain presque aussi volubile que moi un peu plus tôt) tout en regardant tantôt l'une, tantôt l'autre ; nos réactions à chaque étape lui importaient manifestement au plus haut point, sans que je puisse comprendre si cela tenait au simple besoin de se sentir en situation de complicité dans ce jardin inconnu, à une table mise pour trente ou plus, ou si c'était le sujet en lui-même qui le passionnait. Vers la fin du récit, je commençais à trouver plus plausible cette dernière hypothèse, vu l'état où l'histoire en question l'avait mis : même un mois plus tard, en la racontant, il risquait de finir les larmes aux yeux, pour incroyable que ce fût ! L'événement en question était le suivant : le président qui devait rencontrer son homologue ne l'avait jamais fait, faute d'être jamais descendu de l'avion qui s'était posé sur le tarmac de Dublin, car au moment de l'atterrissage, il se trouvait être beaucoup trop ivre pour pouvoir ne fût-ce que se lever de son siège, ce dont un émissaire (qui ne parlerait, naturellement, que du mauvais état de la santé présidentielle) avait dû informer le comité d'accueil qui attendait en bas de la passerelle (homologue en tête), avant que la nouvelle ne fût transmise à la foule plus ou moins populaire qui était venue assister à l'arrivée d'un visiteur si important, et l'acclamer, un drapeau national dans chaque main. Achevant son récit, Finbarr, dont les yeux brillaient de façon alarmante à mon sens, se retourna pour m'adresser ce commentaire surprenant :

- Tu te rends compte, Denise, il n'a pas jugé l'Irlande digne d'être saluée au moins en descendant sur son sol !

- Mais puisqu'il était ivre mort ! fis-je.

- Il ne l'aurait pas été s'il avait jugé la visite assez importante. Je suis le citoyen d'un pays qui ne mérite même pas qu'on y pose les pieds, voilà ce qui ressort de cette histoire ! Quand j'ai appris cela, je suis allé dans un pub irlandais, je croyais que ça me passerait, une fois que j'en aurais discuté avec des gens, mais non, j'y pense encore, et je sais maintenant que je ne suis pas près de l'oublier ! Pauvre Irlande humiliée !

Je trouvai ce propos ahurissant. Mon plus profond respect était acquis à l'Irlande depuis longtemps : Oscar Wilde seul (découvert à onze ans) y aurait suffi, mais il y avait aussi Joyce (qui dit mieux pour un si petit pays privé d'indépendance pendant de longs siècles ? auraient-ils déjà produit quelque chose de cette envergure, les États-Unis ?) et W. B. Yeats (« Piétine doucement, tu marches sur des rêves » – vers sublime qui aurait fait mon épitaphe idéale, à l'heure qu'on était). Je ne comprenais donc pas comment Finbarr pouvait relever un incident semblable, sans même parler d'aller jusqu'à se lamenter encore, des semaines plus tard, comme il était en train de le faire – oh, mon Dieu ! il en avait vraiment les larmes aux yeux, maintenant, sans même être ivre ! – sur l'Irlande « humiliée », c'est-à-dire qui le serait, à son sens, de n'avoir pas reçu la visite officielle d'un moujik imbibé de vodka jusqu'à la moelle et servant de pantin aux ventriloques des services secrets de l'Empire du Mal. C'est ce que j'essayai de lui expliquer, car si Finbarr était resté trop candide pour savoir à quoi s'en tenir sur les hommes d'État du pays cité (et tant mieux pour lui), il ne fallait tout de même pas qu'il en souffre pendant des mois encore, me disais-je, il ne manquerait plus que ça ! Or, Finbarr refusait d'entendre raison :

- Mais imagine, Denise, si une chose pareille était arrivée à Pleunk, tu n'aurais pas été dans le même état que moi ?

Michèle manqua s'esclaffer, et me regarda de son air complice le plus malicieux, s'apprêtant visiblement à entendre une belle sortie de mon cru.

- Sûrement pas ! m'exclamai-je en riant. Mais de toute manière, l'Irlande et Pleunk, ça ne peut pas se comparer. (Et comme Finbarr n'y comprenait plus rien, je développai.) Y a-t-il un seul auteur pleunkois que le monde connaisse, autrement dit que tu puisses citer ? Non ? Eh bien, personne en dehors de Pleunk n'est capable d'en citer plus que toi, à part les spécialistes du pleunkois, qui ne comptent pas, naturellement, puisque c'est leur gagne-pain. C'est pour te dire que, d'une part, je suis tout sauf une patriote pleunkoise – je me fiche éperdument de Pleunk, en fait –, et que d'autre part, pour ce que je connais des Pleunkois, s'il arrivait là-bas ce qui s'est passé à Dublin, ils trouveraient ça hilarant et ne pourraient que conclure : bon débarras ! – depuis le temps que des moujiks ivrognes les ont réduits à rien à force de les piétiner. Mais ce n'est pas pour défendre les Pleunkois : actuellement, ils méritent bien ce qu'ils ont, à mon avis.

(Car *actuellement* – l'adverbe convient à plusieurs périodes, dans le contexte – les Pleunkois étaient pourvus d'un président élu sans truquage manifeste, et qui était un des anciens dauphins de l'État, je l'avais appris par hasard en lisant le journal irréel où je publiais des articles. Par la suite, vous aurez encore un ou deux renseignements qui aident à comprendre pourquoi je tenais les changements en Abarie pour nuls et non avenus.)

Complètement déboussolé par ce propos tout autre que la réaction qu'il escomptait, Finbarr renonça à me contredire, et revint à son territoire national en même temps qu'à son idée fixe :

- Mais pour les Irlandais, c'est une humiliation phénoménale, Denise, qu'on ne juge même pas leur sol digne d'être foulé...

- Écoute, l'interrompis-je, enrageant de ne toujours pas arriver à le désabuser et consoler, il ne s'agit pas d'un jugement, ça n'a rien de vexant pour l'Irlande, ce n'est jamais qu'un crétin qui n'arrive pas à rester dix minutes sans boire même dans les cas où ça s'impose, et qui a manqué de salir ton sol en y posant les pieds, voire en y vomissant devant tout le monde !

- Non, Denise, c'était bien un jugement : s'il allait à Washington ou ne serait-ce qu'à Londres, il aurait sûrement moins bu, et dans n'importe quel état, même mourant, il serait descendu de cet avion, j'en suis sûr !

Je ne pus qu'admettre ce contre-argument, et j'allais répliquer en insistant sur le ridicule dont le personnage s'était ainsi couvert aux yeux du monde entier, bien plus grave pour son pays que pour l'Irlande, quand Michèle intervint pour se moquer de Finbarr : « Oui, nous ne pouvons qu'admettre que nous avons maintenant à cette table un Irlandais affreusement humilié à juste titre, qui restera obsédé par l'insulte faite à son pauvre pays jusqu'à la fin de sa vie, ou du moins jusqu'à la gueule de bois de demain matin !» –, me faisant écarquiller les yeux d'horreur : était-elle folle ? ironiser alors que Finbarr avait besoin qu'on lui remonte le moral, elle qui voulait lui plaire !

Mais Finbarr, quoique piqué, réagit en se lançant dans un échange exclusif avec elle, où il se laissa moquer trois fois plus sans se fâcher le moins du monde contre Michèle. Au contraire, on aurait dit que plus elle le charriait, plus il s'apaisait – jusqu'au moment où l'Irlande fut oubliée pour leur permettre de passer à un sujet sur lequel ils seraient plus facilement complices. J'observai cette évolution de la situation les yeux et les oreilles large ouverts, fascinée par son aspect inattendu et me disant admirativement que Michèle devait savoir dès le début, à la différence de moi, que c'était là la meilleure manière de réaliser le rapprochement franco-irlandais.

Je montai me coucher presque aussitôt (vers une heure et demie), confiante dans le résultat du rapprochement et beaucoup trop fatiguée pour tenir plus longtemps, après les émotions fortes de la journée, l'exploit physique sur le toit et les deux bouteilles de vin que j'avais bues ces dernières heures sur quelques verres d'alcools plus concentrés. (J'étais à peine moins ivre qu'un président russe.) Le lendemain matin les trouva fiancés et définitivement inséparables, quoique une forme de prudence ou de pudeur qui m'intriguait les poussât à le nier (pour commencer) : peut-être se reverraient-ils dans les jours à venir pour aller ensemble au cinéma (Finbarr), puis on verrait, on n'allait pas compter sur ce qu'une coucherie de murge de 14 juillet pouvait donner (Michèle)...

Précisons que « les jours à venir » envisagés s'accomplirent le jour même, autrement dit quelques heures seulement après que les soi-disant non-engagés s'étaient dit au revoir, que Finbarr resta dormir ensuite (le soir même) chez Michèle, et que le surlendemain, elle emménagea pratiquement chez lui, tandis que le mois suivant (pendant la période où il semblait a priori douteux qu'ils se souviennent encore l'un de l'autre), ils se mirent à chercher où déménager ensemble, en locataires, ne voulant surtout pas s'engager davantage, et qu'au bout de deux mois, ils achetèrent un appartement : « Il s'est avéré, expliqua Michèle, que c'était trop cher de louer. » Cependant, ils maintinrent dur comme fer qu'ils ne se marieraient jamais – ce qui correspondait sans doute, me dis-je, aussi amusée qu'admirative, à la part de prudence ou de réserve que leur instinct infaillible leur conseillait de garder (minime, certes ; toutefois, supérieure à la quantité zéro) pour ne pas mécontenter le sort en s'avançant trop. Ou bien était-ce là une méthode de gestion de la vie de couple, que je n'aurais jamais été capable de concevoir, et qui revenait à stimuler l'attachement mutuel en persistant (de concert) à refuser autant que possible de le marquer ou reconnaître ?

Quoi que ce fût au fond, l'on ne pouvait qu'admirer la sagesse du principe qui les guidait, au vu des résultats : ils furent immédiatement et invariablement heureux ensemble, se multiplièrent à une vitesse qui leur fit bientôt rattraper mes Roméo et Juliette (le troisième enfant de chacun des deux couples naquit presque simultanément), et figurèrent aux yeux de tout le monde la réussite personnelle parfaite. Seule ombre au tableau (puisqu'il fallait bien qu'il y en eût) : ni l'une ni l'autre n'étaient satisfaits de leurs métiers, Michèle souffrant du sien sans en changer (en attendant de le pouvoir), et Finbarr, en changeant fréquemment d'emploi, tantôt de son propre chef, tantôt suite aux faillites ou au déclin des entreprises parisiennes où l'on trouvait à faire de la comptabilité ou de la traduction économique vers l'anglais. Ils tâchèrent de s'en consoler en s'agrandissant au fur et à mesure des naissances, par l'ajout à leur appartement initial de pièces voisines que le propriétaire de l'immeuble se réjouissait de leur vendre l'une après l'autre au prix fort (comment le feraient-ils baisser, quand il était évident qu'ils n'allaient pas acquérir des bouts d'autres bâtiments ?), pièces qui leur offraient, avec de nouveaux soucis, la distraction de pouvoir décider où percer des portes, déplacer des fenêtres, abattre et faire construire des murs – bref, en se transformant en architectes de leur espace existentiel. (Sans diplôme ni renommée, ils firent bien mieux que Max.)

Leur copropriété consistait en deux petits bâtiments parallèles, d'un seul étage, coincés entre deux immeubles beaucoup plus grands et hauts. Je prévoyais avec réjouissance le moment où l'ensemble serait à eux, et formerait ce qu'on pourrait trouver de plus proche dans la réalité de la meilleure utopie : une version parisienne de la métairie de Candide, avec des plantes en pot (Finbarr en cultivait toujours davantage dans la petite cour intérieure) à la place des terres, et de la progéniture délicieuse pour compenser l'absence d'amis intra muros. En effet, à mon vif étonnement (je découvrais que ce fût possible), leurs enfants (deux filles et un garçon, en symétrie parfaite avec ceux de Shéhéra et Bilal) naissaient et grandissaient presque sans pleurs et sans tracas ; au troisième, je cessai d'être stupéfaite par ce phénomène, arrivant à la conclusion définitive que manifestement, chez de tels parents, on n'avait pas moyen de faire autrement. (Du côté de Shéhéra, la dèche permanente et l'absence forcée du chef de famille à raison de quatorze heures sur vingt-quatre – réservées au travail nocturne et au sommeil diurne dans un coin – justifiait qu'on soit un peu nerveux, long à s'endormir ou complètement décalé dans ses horaires même pour manger.) Mais assez anticipé, revenons aux jours où Michèle n'était pas encore mère et architecte, seulement nouvelle occupante d'un appartement assez grand pour un couple, donnant sur une petite cour intérieure bétonnée que n'ornait pour le moment nul pot de fleurs.

*

C'est au milieu d'une journée où le problème des grands et gros romans me travaillait que Michèle m'appela pour m'inviter à lui rendre visite : « Je voudrais te poser une question délicate. Je ne veux pas en parler au téléphone… Quand est-ce que tu serais libre ? » Ce propos m'inquiéta : Michèle ne m'en avait jamais tenu de semblable depuis que je la connaissais, et faute de pouvoir deviner quel sujet lui semblait délicat au point de nécessiter une rencontre, j'eus l'impression qu'il devait être de ceux qu'on préfère éviter, autrement dit désagréable ou affligeant ; sur cela, le souvenir des temps pleunkois où les lignes téléphoniques passaient par les oreilles des Écouteurs me revint, inopportun, pour augmenter mon angoisse. - « J'arrive tout de suite, si tu veux », répondis-je, pressée d'en savoir davantage (l'appréhension du pire étant souvent moins tolérable qu'une mauvaise nouvelle). Et j'accourus.

Il s'agissait - qui l'aurait deviné ? - de notre romancier : « J'ai honte, dit Michèle, mais je dois avouer que je n'ai pas beaucoup avancé depuis que je l'écris, cette thèse. Je n'ai jamais été rapide, mais c'est bien la première fois qu'au bout de quatre ans, je n'ai réussi à pondre qu'une centaine de pages. Maintenant, il ne me reste plus que deux mois pour finir, si je veux la soutenir. Je croyais pouvoir prolonger, mais je viens d'apprendre que l'année prochaine, mon directeur de recherche serait à la retraite ; il veut se débarrasser vite de ses thésards, alors… » Quel soulagement ! Ce n'était que cela ! « Dans le temps, reprit-elle, tu m'avais proposé de m'aider pour ma maîtrise. Est-ce que tu voudrais le faire maintenant ? Surtout, n'hésite pas à me dire non… »

L'idée ne m'en serait jamais venue. Le précédent de la Thèse de Minou aurait suffi pour me faire dire « oui », m'empêchant de supporter la perspective de voir encore un être proche renoncer à l'avenir qu'il s'était choisi, et se résigner définitivement au gagne-pain supporté jusque-là à titre provisoire. D'autre part, écrire à deux quelque chose d'utile pour Michèle me sauverait pour un moment des idées noires liées à l'inutilité de mes efforts pour publier et pour trouver de grandes idées. Veux-tu de gros travaux, en voilà : nous avions environ quatre cents pages à rédiger, et ce serait l'occasion d'établir une sorte de record de vitesse – un défi fait pour réveiller en moi l'ancienne bête de concours. Quand j'y pensais, cela faisait presque six ans que les études ne m'avaient proposé aucune gageure ; et celle-ci était nettement préférable aux précédentes, n'impliquant ni des citations du genre « aucun fleuve n'est plus grand que la Sombre », ni la terreur d'échouer aux examens d'une Faculté parisienne où l'on vient à peine d'entrer – il s'agissait seulement de prouver, tout en travaillant sur un grand romancier, qu'une thèse se pouvait achever (à deux) plus rapidement et pas plus mal qu'un petit mémoire fait par quelqu'un qui aurait eu tout son temps. Je pressentais qu'après l'entraînement que me donnerait cet exercice, la mienne s'écrirait pour ainsi dire sans que je m'en rende compte (avec une facilité qui me laisserait toute l'énergie requise pour la fiction). Nous commençâmes dès le lendemain matin.

Le grand avantage du travail à deux, qui se faisait à voix haute pour tout ce qui concernait le contenu (les citations à commenter et les idées, fournies par Michèle), consistait dans le fait que nous passions à parler plus de temps qu'il ne me fallait pour pisser de la copie ; l'ayant constaté dès le premier jour, nous nous permîmes d'en profiter pour nous amuser le mieux possible – puisque cela avançait sans problème au rythme voulu, pourquoi s'en tenir aux échanges strictement indispensables ? Ce n'était pas que nous nous laissions aller à parler d'autre chose pendant nos séances de rédaction, mais l'entreprise académique étant trop ennuyeuse à notre goût, nous nous mîmes à pester et cracher sur les lumières de la critique qui formaient le minimum de références obligées, et nous ingéniâmes à introduire dans nos doctes pages des impertinences monstrueuses cachées sous une pédanterie propre à satisfaire le jury le plus sévère, ce qui renforçait notre bonne humeur ; si quelqu'un nous avait écoutées sans savoir ce que nous faisions, il aurait cru, à notre hilarité constante comme aux gros mots exclamatifs sortant par la fenêtre et qu'on pouvait saisir à la volée jusque dans le voisinage, que nous passions nos journées à jouer à quelque jeu de société – une version inédite de la Triviale Poursuite, par exemple, qui impliquerait des tas de termes savants et de noms d'écrivains (car notre romancier était, s'agissant de littérature *comparée*, rapproché de nombre d'auteurs français) dont la plupart s'accompagnaient par des interjections et autres commentaires que les joueuses ne se seraient jamais permis sans l'excitation de la partie.

Les fous rires les plus longs correspondaient aux passages (que Michèle, assise à ma gauche, lisait pendant que je les écrivais) dont le contenu à peine existant s'étalait avec brio dans une forme si riche en références qu'elle en devenait presque impénétrable. En moins d'une semaine, nous passâmes maîtres en l'art de ne rien dire tout en donnant l'impression d'en savoir davantage que les mieux instruits, ce que nous appelions « étirer des loukoums ». Nous calculâmes nos records successifs : dix lignes pour une idée qui en méritait deux ; puis quinze ; puis vingt ; puis une page entière, et qui plus est, rédigée d'un seul trait.

Au bout de quatre heures de travail aussi drôle qu'acharné, souvent passées à gonfler de petits riens jusqu'aux proportions majeures, nous prenions une pause (attendue avec l'impatience que connaissent également bien les élèves et les maîtres dont nous réunissions les tristes fonctions), en sortant dans la cour intérieure (dans le préau) où nous fumions avec délectation, assises sur les marches de l'entrée de chez Michèle, en discutant. Quel soulagement de produire des nuages de fumée qui ne sont plus destinés à brouiller les idées de quiconque, tout en exposant des opinions qu'on ne saurait évoquer dans une thèse sans choquer le jury le plus clément !

L'été indien durait encore, il faisait un temps si splendide que c'était à pleurer de ne pas pouvoir passer ses journées à se laisser baigner par le soleil ; nous maudissions en duo la jeunesse (cet âge destiné à s'abîmer en tâches aussi absurdes que nécessaires), la science des lettres et le mauvais sort qui faisait que personne ne veuille de mes romans : notre romancier, lui, qui se croyait persécuté par le Diable, n'avait jamais connu de telles déconvenues. Michèle s'accusait régulièrement de me priver du temps que j'aurais pu mettre à en achever d'autres, et je la rassurais d'autant plus vivement que je chérissais toujours davantage nos grandes séances de gaspillage verbal, pour la légèreté joyeuse qu'elles nous dispensaient même quand nous pestions de devoir les prolonger, comme pour leur parfum d'époque dont on voit venir la fin, qui me remplissait d'une sorte de nostalgie préalable.

Chacune de nous deux avait déjà dépassé le quart de siècle, et depuis un moment : théoriquement, nous n'étions déjà plus jeunes ; il ne nous restait plus que quelques semaines d'immaturité requise (voulue et approuvée par le monde), la dernière occasion de vivre encore un peu, et mieux que jamais auparavant, dans l'enthousiasme insouciant, à deux ; bientôt, des changements allaient survenir, qui devaient se préciser dans un délai fixé par des forces autres que celles que nous employions, faute de mieux, à étirer des commentaires. L'âge des accomplissements approchait : celui qui les exige, où les vies sont censées prendre une forme fixe ; nous pressentions sa venue sans être sûres de ce qu'il nous apporterait en échange de la part de légèreté qui s'en irait, et pour tromper la mélancolie liée à cette idée, nous formulions des projets optimistes :

- Quand on aura fini, disait Michèle, on va faire une de ces fêtes ! Les invités vont tous devoir se costumer en diablotins. On va sortir ici tout ce que j'ai accumulé comme paperasse, depuis la maîtrise, pour ces putains d'études : toutes mes notes, les brouillons, les photocopies d'articles, ça va faire un beau tas, on y mettra le feu et on dansera autour !

- En criant : À bas les thèses ! Puis tu deviendras prof de fac…

- Le temps que je trouve un poste, tu auras publié plein de livres, alors je donnerai à mes étudiants des devoirs sur toi, et tu viendras leur faire des conférences. Maintenant que tu es célèbre à Pleunk, tu ne vas pas tarder à devenir connue à Paris aussi, tu vas voir…

En effet, cher lecteur, il paraissait que je fusse (re)devenue célèbre à Pleunk, depuis quelque temps. J'aurais pu ne jamais m'en rendre compte si un Pleunkois n'avait pas jugé bon de m'appeler :

- Allô ! C'est toi ? C'est Alexandre ! Je n'en reviens pas de t'entendre !

- Pardon ?

- C'est Alexandre ! Tu m'entends bien ?

- Excusez-moi... Qui cherchez-vous ?

- Comment, qui ? Je ne cherche pas, j'ai trouvé ! Enfin, je t'ai trouvée, depuis deux semaines que j'appelle dix fois par jour et qu'il n'y a jamais personne ! On s'en rend compte, que tu es une femme célèbre et très occupée !

- Excusez-moi, mais je crois que vous faites une erreur...

- Elle est bonne ! C'est Alexandre, eh ! vieille branche ! Gugume, t'as oublié ? Pendant cinq ans, j'ai été assis derrière toi et j'ai copié les bonnes réponses aux contrôles !

La révélation que j'avais à l'autre bout du fil Alexandre dit « de Macédoine », puis « Macédoine-de-Légumes », puis « Gugume », me surprit si bien qu'au lieu d'une remontée d'animosité, j'eus une réplique de pure stupéfaction :

- Gugume ! D'où tu m'appelles ?

Réalisant que je venais de le tutoyer, j'enrageai contre moi-même, tandis qu'il jubilait audiblement :

- De Paris ! Je suis à Paris ! Dès que je suis arrivé, j'ai commencé à te chercher ! Je me suis dit : on va voir la vieille copine, si elle a pris la grosse tête depuis qu'elle est Parisienne et que tout le monde parle d'elle ! Tu as cinq minutes ? Je suis en bas de chez toi, au bar-tabac ! Tu viens ?

La question me prit au dépourvu, je ne fus donc pas efficace dans ma tentative de refuser :

- Tu sais, je n'ai pas beaucoup de temps... Je ne suis pas sûre de pouvoir te reconnaître, en plus...

- Moi, je te reconnaîtrais entre mille ! Viens vite ! Je t'attends ! Ma table, c'est tout au fond, juste à côté du téléphone. J'en reviens pas, depuis le temps ! Je suis fou de joie de pouvoir te retrouver !

- Je descends.

Bien sûr, je ne reconnus pas Alexandre. J'eus même, en le voyant sourire et lever les bras de joie à mon entrée, l'idée que ce pouvait être n'importe quel Pleunkois qui aurait décidé de se faire passer pour un de mes anciens condisciples – un flic pleunkois, plus précisément, de ceux qui voyagent beaucoup. Mais l'homme suspect à mes yeux avait l'air de vraiment me reconnaître, et avec une exaltation peu courante chez les flics locaux :

- *Two cups of* champagne ! s'écria-t-il à l'intention du serveur, m'obligeant à traduire après avoir corrigé au passage sa faute d'anglais. Oh, mon Dieu ! Ma vieille ! Non, mais je rêve ! Quelle beauté, quelle élégance ! T'as toujours été mignonne, je ne veux pas dire, mais alors là ! La vraie Parisienne, quoi !

Cette sortie eut la vertu de me radoucir tout en me laissant coite.

- Quand je vais raconter aux potes que je t'ai vue ! poursuivait-il.

Tu te souviens de Victor ? Il bosse chez moi ! On tient un magasin de chaussures !

- Victor, celui qui voulait devenir mathématicien ?

- Oui, il l'est devenu ! Chercheur, il était. Après, il est resté sans boulot, s'est fait prof, mais tu sais, avec la crise, ça gagne mal, les profs. Moi, je cherchais quelqu'un pour le magasin, un associé pour ainsi dire. Alors je l'ai pris. Il me bénit tous les jours ! Et tu sais pas la meilleure : nos femmes sont cousines ! On est de la même famille, maintenant, tu te rends compte !... Et David, tu te rappelles ? Je le vois toujours, et Boris. C'est chez moi qu'ils viennent, pour les chaussures ! Je leur fais des prix ! Tu va pas me croire, mais il y en a au moins dix, de notre classe, que je revois toujours. Et maintenant, te voilà, là, j'y crois pas ! Quand je vais leur raconter ! Le monde est petit, comme on dit.

- Oui.

- Tu vois, je suis venu à Paris ! Pour affaires ! Qui aurait cru qu'un jour, je ferais des affaires avec Paris ? Je commence à tâter de l'import-export. La vie est belle, mon amie ! Tout me sourit. Tu te rappelles, à l'école, j'étais le nul des nuls ! Bon, mais après, je me suis rendu compte que je n'étais pas si bête, tiens ! J'ai même fait des études de commerce, j'ai appris l'anglais, *I speak business English* !... Mais dis, toi, quelles nouvelles, qu'est-ce que tu fais de beau ?

- J'écris.

- Qu'est-ce que tu écris, encore des poèmes ?

- Non, des romans.

- Et tu les publies ?

- Non, pour le moment, je les peaufine.

(Naturellement, cette dernière réplique relevait du mensonge depuis pas mal de temps.)

- Quand on les traduira en anglais, tu me préviendras, dis ? Je vais me les commander tout de suite, je me fais même livrer des produits de beauté pour ma femme, de l'étranger ! Ah, ma vieille, ce que je suis content de savoir que ça marche si bien pour toi ! On est tous fiers de toi, tu sais, tous les copains ! Moi, depuis toujours, je savais que tu allais devenir quelque chose. Eh bah, je ne me suis pas trompé ! Tout Pleunk parle de toi, tu sais, il n'y a pas que nous !

- Ah bon ?

- Quoi, tu ne vas pas me dire que je te l'apprends ! Assez fait ta modeste, on sait que tu n'es pas du genre à te vanter. Rien qu'en prenant l'avion pour venir ici, j'ai ouvert le journal, et qu'est-ce que je vois ? On parle de toi !

- De moi ?

- Mais oui, patate ! Le livre que t'as publié ici, même en Pleunk, tout le monde en parle : t'as épaté le monde entier !

Je pouffai. J'avais complètement oublié l'existence d'une des formes de distorsion optique dues à la distance, par laquelle l'auteur le moins connu d'un pays peut être son représentant célèbre dans un autre. Je tâchai de détromper Alexandre, mais il me coupa aussitôt :

- Voilà la nôtre qui recommence à faire sa modeste ! Je t'y retrouve bien ! Je me souviens comme si c'était hier, comment tu te tenais à ton banc, sage comme une image ! Jamais un mot sauf quand on t'interrogeait, et là ! Paf ! Quand tu l'ouvrais, même les profs étaient bouche bée !

- Quand même...

- C'est ça, les grands intellectuels, c'est humble, ça peut se le permettre, alors que les ploucs de mon espèce, ça tchatche, ça se vante : qu'est-ce que ça peut faire d'autre ? Si je te disais pas que j'avais un magasin, c'est pas par les journaux que tu le saurais, hein ?

Et il se mit à rire, à gorge déployée. Il se claqua même la cuisse. Il avait l'air si bonhomme que son contentement en devenait contagieux. Finalement, moi aussi, j'étais ravie de le revoir – tel que je ne l'avais jamais connu.

- Tu penses à rentrer ? reprit-il.

- Oh ! j'ai encore un moment, je ne suis pas si pressée que ça.

- Non, je voulais dire : au pays. Il va y avoir foule à l'aéroport, tu sais, pour t'attendre, avec les fleurs et la télé !

Cette vision me donna le fou rire, dont Alexandre ne saisit pas le sens, gardant son air ravi. (Ce qui semblait prouver définitivement qu'il n'était pas des Services.)

- Pour l'instant, finis-je par répondre, je suis beaucoup trop occupée pour prendre des vacances. De plus, si j'en prenais, je crois que j'irais voir quelque pays que je ne connais pas.

- Eh oui, fit Alexandre, l'air soudain mélancolique et comme résigné. Quand on s'en est tiré, on n'a pas envie de revenir à Pleunk, ça se comprend.

Ce qui me surprit :

- Mais toi, tu es content de ta vie, non ?

- Moi, oui ; seulement, autour, c'est un de ces merdiers... Tu suis un peu les événements ? Tu sais ce qui se passe chez nous, ces derniers temps ?

- Non, je ne lis pas souvent les journaux. D'ailleurs, ici, ils ne parlent pratiquement jamais de Pleunk, autant que je sache.

- Il faudrait quand même que tu voies comment c'est, maintenant. Si tu revenais... Tu ferais un livre, on parlerait de nous, après.

Cette dernière phrase me donna brusquement un accès d'irritation.

- Je regrette de te le dire, fis-je (avec le plaisir perfide qu'on peut mettre dans une telle formule), mais je n'ai pas la moindre intention d'écrire sur l'Abarie, pardon, sur Pleunk. Et même si j'en avais, les livres sur un endroit, ça ne se fait pas après une visite de deux-trois jours, du moins pas quand on a un peu de respect pour les lecteurs. Je ne suis pas le genre d'auteur à écrire sur des choses que d'autres gens connaissent bien mieux que moi…

- Mais tu sais, m'interrompit Alexandre, on en a même parlé avec Victor, récemment. Il n'y a pas que moi qui en ai eu l'idée. Lui aussi, de son côté, il s'était dit qu'il n'y avait que toi qui puisses…

- Excuse-moi, le coupai-je à mon tour, mais comme je viens de te le dire, ça ne m'intéresse pas d'écrire sur Pleunk, point.

- Ne me dis pas que tu t'en fiches ! s'écria-t-il. Je ne te croirai pas. Je sais bien comment tu es, c'est évident que tu ne peux pas nous laisser comme ça, sans rien faire pour nous !

- Enfin ! m'exclamai-je, exaspérée, je ne t'avais pas revu depuis le collège, et tu prétends me connaître mieux que moi-même, c'est ça ?

- Je te connais, confirma Alexandre avec solennité. Je me rappelle très bien comment tu étais. On ne change pas.

- Comment j'étais ? demandai-je, subitement intriguée.

- T'étais gentille. Il n'y avait pas de fille plus gentille. Et maintenant, t'as beau faire ton importante, ça se voit comme le nez au milieu de la figure que tu es toujours la même. De toute façon, les femmes, c'est toutes pareil, j'en sais quelque chose : ça commence par dire non, puis ça change d'avis ! Écoute-moi seulement, que je te raconte ce qui se passe à Pleunk, puis tu vas voir - même sans revenir, tu vas l'écrire, le livre…

- Je ne sais pas comment te faire comprendre qu'il ne faut pas imaginer…

- Je n'imagine rien, moi ! Je *sais* que tu vas l'écrire. Laisse-moi te raconter seulement. Si tu savais comment c'est, ça te ferait de la peine, j'en suis sûr. Tu aurais pitié. Quand on te demandait de nous laisser copier, tu avais pitié, tu nous laissais faire, tu te souviens ?

- Ce n'était pas par pitié, déclarai-je. C'était parce qu'autrement, vous alliez me taper encore plus.

- Te taper, nous ? Mais on t'adorait tous ! Même que je me suis battu avec Boris parce qu'il avait dit que ce serait lui, ton amoureux ! On était tous entichés de toi, tu sais !

Le cas d'Alexandre me parut soudain clair : il ne se rappelait pas mieux ses années d'écolier qu'il n'avait pu retenir ses leçons à l'époque ; faute de souvenirs assez précis, il fabulait sur le passé, en allant dans le sens que son état d'esprit présent lui imposait. Je répliquai donc (gentiment) par un lieu commun sur les tours que peut jouer la mémoire.

- C'est parce qu'on te taquinait que tu dis ça ? s'écria-t-il. Mais tu sais comment sont les garçons, à cet âge ! Une fille leur plaît, ils l'embêtent : ils ne savent pas quoi faire d'autre !

- Quoi qu'il en soit, peu importe. Je suis contente de t'avoir revu et d'avoir appris que vous m'aimiez bien, tous. Maintenant, il faut que je parte...

- Je te rappellerai ! La prochaine fois que je viens, on se reverra ! Tu auras plus de temps, je te raconterai... Je salue les copains de ta part, hein ?

- Oui, salue-les.

- Pas question que tu paies ton verre, eh ! c'est moi qui t'ai invitée ! C'est même trop d'honneur ! Penses-y, au livre, promis ? Si tu ne peux pas parler de ce qui se passe maintenant à Pleunk, tu peux au moins raconter comment c'était, ça suffira. Les gens liront, ils comprendront ce que c'est, d'où ça vient, tous nos problèmes, pourquoi on a du mal à se débrouiller. On compte sur toi, tu entends ? Sur qui d'autre on peut compter ?

Non, mais ! m'écriai-je mentalement en remontant mon escalier. Non, mais ! Ces messieurs ont décidé que je n'avais pas mieux à faire ! Que j'étais partie de Pleunk pour passer ma vie à en parler ! Qu'ils pouvaient toujours compter sur moi pour les tirer de leur pétrin, comme dans les petites classes, et cette fois-ci, en apitoyant le monde à leur sujet ! Non, mais on croit rêver !

Et qui s'étaient-ils choisi pour porte-parole ? Juste Gugume, le Méchant Garçon Pleunkois par excellence, tel qu'il m'avait servi de contre-exemple à l'usage de Pierre et Jean : ah, mais bien sûr, c'était écrit qu'il doive venir jusqu'à Paris, celui-là, avec son *business English*, pour mieux me rappeler les coups de pieds de l'époque où il prétendait qu'ils m'adoraient tous !... (Vous me trouvez probablement bien mesquine et rancunière, cher lecteur ; tant pis pour mon image. La littérature aurait sans doute pu se faire avec de bons sentiments s'ils étaient un peu plus répandus et fréquents dans la réalité.) Mais qu'ils pourrissent dans leur Abarie qui est telle qu'ils l'ont faite, eux et leurs pareils !

À force d'indignation, j'oubliais que même avec la meilleure volonté du monde, je n'aurais pas pu faire grand-chose pour mes anciens condisciples, n'ayant rien de l'influence qu'ils me prêtaient. Quand je finis par me le rappeler, je passai un moment à rire, puis je pris pleinement conscience du fait que j'étais devenue, sans m'en douter, depuis on ne sait quand, une légende comme Michel. Oui, comme Darbois, compte tenu de l'importance qu'ils m'attribuaient ; seulement, de Michel, on attendait de paraître en image lumineuse dont la grandeur suffit à consoler, tandis qu'à moi, on demandait de raconter des histoires pleunkoises. C'était étrange mais paradoxalement logique : l'auteur devait agir pour les sauver ; à l'acteur, il suffisait d'être visible ; dans les deux cas, à leurs yeux, c'était tout naturel, cela revenait pour chacun à faire son travail. (Pauvres gens, me dis-je, ils en sont vraiment encore à l'époque de Victor Hugo, ils imaginent qu'un écrivain français, c'est quelqu'un dont la parole retentit dans le monde entier, et peut changer le sort d'un petit pays, du moment qu'il veut bien écrire dessus ! Pauvres fous !)

Mais à mieux y réfléchir, en tenant compte de leur point de vue, on pouvait conclure que je n'avais pas été présomptueuse en oubliant mon impuissance réelle : s'ils pouvaient me prendre pour une divinité de la parole, c'était que j'en étais une, au moins au sein de l'inexistence pleunkoise (mes écrits y étaient manifestement pourvus d'un écho dépassant toutes les limites du concevable par la raison positive). Cela me rappelait vaguement quelque chose de familier – je m'arrêtai sur le palier du troisième étage pour faire un effort de mémoire – oui, Guina qui chantait *Salgo già del trono aurato* ! À mon insu, ils avaient décidé de m'attribuer la toute-puissance, puis leur messager était venu pour m'apporter la couronne, en quelque sorte ! Même à Paris, au moment de l'oubli de ma réalité, j'avais eu le pouvoir qu'ils m'attribuaient, et je l'aurais peut-être de nouveau, sous une autre forme, dans l'avenir. Qui sait ? si je l'écrivais, leur livre, en confirmant leur foi en ma compassion, il se trouverait peut-être qu'ils avaient raison sur tous les autres points : puisqu'ils y croient si fort, bien que ce soit plus qu'incroyable, ne se pourrait-il pas que le monde entier le lise et s'attendrisse sur eux ? Je me rappelai alors les propos de Claire au sujet du moine pleunkois : en effet, je pouvais passer pour une ascète ; j'avais des visions moi aussi…

Cependant, je n'avais pas la moindre envie d'écrire sur Pleunk, pas plus qu'avant, ni de matière pleunkoise qui puisse suffire ne serait-ce qu'à produire un tout petit livre. Je voyais maintenant ce que j'aurais pu dire à Alexandre, pour lui faire comprendre mon refus, si je n'avais pas eu l'esprit de l'escalier : « Tu crois que je peux raconter au moins comment c'était de mon temps, mais en fait, toutes les années que j'ai vécues là-bas, j'ai été ailleurs. On peut s'y tromper, au point de vue de l'extérieur, on peut croire m'avoir connue à Pleunk, mais ce n'est pas vrai. Je n'y ai jamais vécu. Quelqu'un que tu aurais pris pour moi, peut-être, mais pas moi. Je n'aurais pas pu, tu vois. Vous autres y viviez, et vous continuez, apparemment, mais pour ma part, je n'arrive même pas à imaginer comment on fait pour que ce soit possible. C'est pour moi de l'irréalité pure. Déjà, dans le temps, quand j'inventais des histoires auxquelles personne ne croyait, elles me paraissaient beaucoup plus plausibles que Pleunk tel que je peux me le représenter… »

Sur cela (les six étages gravis, l'esprit de l'escalier venait de rentrer), le téléphone sonna, et la voix d'une standardiste pleunkoise hurla dans mon oreille. Eh bien, merde ! pensai-je tout aussi fort. (Excusez-moi, cher lecteur, c'est le noble souci de la vérité qui m'oblige à vous faire recevoir l'expression de ma mauvaise humeur.) Merde alors, ils se sont passé le mot, tir groupé !... Mais ce n'était pas un autre condisciple, c'était Minou sur qui je pus déverser aussitôt mes doléances :

– ... Tu te rends compte, il a pour ainsi dire exigé que j'écrive l'Histoire moderne de Pleunk !

– Le pauvre gars ! fit Minou, compréhensive comme à son habitude, il doit aller très mal. Je l'ai croisé devant le supermarché, le mois dernier, il ne m'a plus lâchée, il a fait toute la queue avec moi sans rien acheter. Il avait besoin de parler à quelqu'un : son frère s'est suicidé récemment. D'après ce que j'ai compris, ils n'étaient pas très proches ; dans ces cas-là, souvent, la souffrance est encore pire. Leurs parents préféraient l'aîné, à ce qu'il paraît, tout lui réussissait depuis tout petit, mais voilà, l'année dernière, il est resté au chômage, puis sa femme l'a quitté, alors, il s'est mis à boire, et une nuit, il s'est jeté dans le fleuve.

– Dans le fleuve ? ! m'écriai-je. Dans la Merdeuse ? Mais on ne pouvait pas y noyer un chaton !

– Justement. Il était peut-être trop ivre pour se rappeler qu'il n'y avait pas assez d'eau, va savoir. Il a sauté du pont et il s'est écrasé.

J'eus le fou rire.

– Pauvre garçon, reprit Minou. Alexandre disait qu'il le revoyait chaque nuit : son frère venait lui demander pourquoi il ne l'aimait pas, si c'était parce qu'il était mieux que lui... Je lui ai conseillé de la valériane. Ça aide à bien dormir, et si ça ne sert pas à grand-chose, ça ne peut pas faire de mal...

La valériane était l'un des remèdes préférés de Florence, et la dernière phrase de Minou, une citation textuelle de sa mère.

– Il ne m'a rien dit de son frère, fis-je. Il n'a parlé que de lui-même, de ses affaires et d'anciens condisciples, l'air de dire qu'il avait vraiment bien réussi, par comparaison. Tu te rappelles Victor, qui voulait devenir mathématicien ? Il paraît qu'il vend des chaussures chez Gugume, maintenant, en « associé » – au ton, dans le contexte, on comprenait que ce qui le distinguait des autres vendeurs, c'était avant tout la complaisance du patron et le fait que leurs femmes sont cousines. Mais pourquoi je te raconte tout ça, depuis dix minutes ? ! Excuse-moi, qu'est-ce que tu avais à me dire ?

– Rien de spécial, je profite du bureau d'une nouvelle copine pour t'appeler, c'est gratuit, tu peux me raconter tout ce que tu veux, on a encore dix minutes. Comment il a eu l'idée de te faire écrire sur Pleunk ?

– Il prétend que je suis célébrissime là-bas. Il a lu je ne sais quoi dans un journal...

– Mais tu sais, c'est vrai que tu es très connue chez nous, actuellement : rien que les gens qui lisent tes articles...

- Non, je te l'explique mal : il imagine que je suis célèbre au point que si je revenais, tous les médias et la moitié du pays m'attendraient avec des fleurs à l'aéroport.

Minou rit :

- Ce n'est vraiment pas exclu, tu sais. Tu ne dois pas t'en rendre compte, avec la distance, et depuis le temps que tu es partie, mais l'effet que ça fait aux gens, chez nous, quelqu'un qui a pu quitter le pays et qui fraie avec le monde que tu connais à Paris…

- Tu ne vas pas me dire que l'illusion te tient comme eux, toi aussi ? fis-je (à ce moment, curieusement, je ne me rappelais plus mes réflexions des paliers où j'étais presque montée sur le trône doré).

- Non, mais il y a des faits qui comptent, vus d'ici : tu écris des articles sur des personnages qu'on n'est pas censé rencontrer facilement, tu as publié un livre, à Paris…

- En province !

- On s'en fiche, les gens en tirent la même conclusion : tu as réussi à Paris, essaie de les en dissuader !

- J'ai essayé, avec lui, avouai-je.

- Tu vois ? Tiens, si un jour tu reviens vraiment, je préviendrai la télévision – j'ai croisé une des journalistes qui t'invitaient dans le temps, elle m'a dit qu'ils feraient bien quelque chose avec toi, à l'occasion…

L'idée que je puisse revenir un jour (en visite) à Pleunk ne serait jamais venue à Minou sans un projet récent dont je n'avais encore parlé qu'à elle, et qui s'était formé par un concours de circonstances. J'avais fait, quelques mois auparavant, une rencontre formidable : celle de mon premier admirateur parisien, admirateur de mes poèmes s'entend, et authentique : ni critique ni confrère, ni ami ni même vague relation, mais vrai amateur de poésie et (accessoirement) avocat.

Peut-être ignorez-vous que les lecteurs de poésie sont, depuis un certain nombre d'années, une chose si rare chez nous qu'un poète qui a la chance d'en posséder ne fût-ce qu'un seul se sent parvenu sinon au sommet de la reconnaissance, du moins à son degré le plus précieux car le plus aléatoire : l'on n'est jamais sûr par avance de conquérir l'attention d'un individu que ni la rubrique « débuts » ni l'angoisse au sujet de la concurrence n'incitent à ouvrir votre premier livre. On ne comprend même pas comment cela se fait. Cela tient du miracle et pousse le débutant à croire que d'autres s'ensuivront, foi qui est en elle-même un trésor, vous donnant souvent assez d'enthousiasme pour concevoir un nouveau recueil - qui se serait peut-être fait attendre sans l'apparition fabuleuse du Premier admirateur.

Où rencontrai-je cette espèce rare ? Dans une petite librairie où je me tenais assise sous la protection de D. D. qui m'évitait d'être assaillie par l'absence de lecteurs potentiels. De fait, c'était le jour de notre première rencontre ; comme D. D. m'avait publiée sans rien savoir de moi, nous ne manquions pas de sujets de conversation, et je m'en réjouissais : rien n'est plus rebutant pour le client qu'une table couverte de livres derrière laquelle deux personnages exhibent leur silence découragé, même lorsque aucun client n'apparaît ; il serait là sans doute s'il avait senti, en passant sur le trottoir, le parfum de la foi dans le succès, ou s'il avait aperçu des visages animés. Nous parlions donc avec entrain, et la figure providentielle ne se fit pas attendre plus d'un quart d'heure : un homme élégant d'un certain âge, portant une serviette et des lunettes d'un modèle très intellectuel. Quelle joie ! ce serait sans doute notre premier acheteur du jour, qui nous permettrait de ne pas rentrer bredouilles, même s'il devait rester le seul.

Sans un regard pour moi, le client se dirigea vers D. D., lui serra la main par-dessus la table, se dit heureux de le retrouver et commença une conversation interminable sur des amis communs. Pendant ce temps, je m'appliquai à m'élaborer un sourire à la fois constant, encourageant et discret : bien qu'il tardât, le moment où j'allais être présentée au bonhomme ne pouvait pas manquer d'arriver ; il fallait me tenir prête pour lui donner, lorsqu'il me remarquerait, de quoi concevoir pour ma personne un intérêt assez puissant pour se porter jusqu'au livre. Tandis que je demeurais absorbée par cet exercice mental et facial, j'entendis mon éditeur :

- Mais c'est elle, l'auteur ! Elle sera ravie d'en discuter avec vous !

- Ah ! C'est donc vous ? Je ne vous imaginais pas si jeune, fit l'homme.

Je réalisai alors, simultanément, que j'avais été prise pour une vendeuse, que nous venions de perdre le premier client du jour (peut-être le seul) et que j'avais un admirateur. Les sentiments complexes qui s'ensuivirent gâchèrent la perfection de mon sourire, le rendant finalement démesuré à proportion de la déception qu'il fallait dissimuler.

Nous discutâmes de mes poèmes que l'homme loua, je promis de lui dédicacer son exemplaire (resté chez lui) une autre fois, puis nous fîmes plus ample connaissance : il s'appelait Benoît, il se présenta comme avocat et amateur de poésie (me faisant subitement oublier l'absence de clients), il m'interrogea sur mes occupations, me demanda où j'étais née et finit par s'enquérir de ma situation officielle.

- Elle est très provisoire, répondis-je, mais je commence à m'y habituer. Maintenant, cela fait plusieurs années que j'arrive à me faire prolonger, alors, je ne m'inquiète plus autant pour l'avenir…

- Mais c'est absurde, votre raisonnement ! fit Benoît. Si la durée garantissait la suite, tout le monde serait éternel pour avoir vécu quelques années ! Au contraire, vous devriez vous inquiéter, vous devriez agir, et tout de suite !

- Comment ?

- Eh bien, vous pouvez demander à être naturalisée en tant qu'auteur. Vous ne savez pas qu'il existe un article concernant les écrivains francophones ?

- Je n'en avais jamais entendu parler. Mais cet article, est-ce qu'on l'applique souvent ?

- Rarement, répondit l'avocat. Pour en bénéficier, il faut qu'on ait jugé en haut lieu que votre demande mérite satisfaction.

- Alors, ce n'est pas la peine d'essayer. Du point de vue des hauts lieux, je n'existe pas.

- Moi, je connais quelqu'un en haut lieu, fit mon admirateur, je pourrais commencer par lui envoyer votre livre et un petit mot à votre sujet. C'est quelqu'un qui lit beaucoup de poésie, qui aime les poètes ; vous ne serez pas le premier qu'il aura aidé. Je ne saurais me dire certain de la suite, mais vous avez une chance, à mon sens. Pourquoi ne pas essayer ? Qu'est-ce que vous perdez ?

Voilà comment mon premier admirateur parisien se transforma en sauveur potentiel.

Il suffit parfois d'un échange aussi bref pour ébranler les fondements de votre vision du monde. Cela faisait des années que j'habitais mon scepticisme bien assis sur ma longue expérience du manque d'intérêt, de la méfiance, voire de l'hostilité que les créatures de mon espèce suscitaient chez les gens placés assez haut pour décider de leur sort, qu'ils soient presque ministres (comme le Puissant pleunkois) ou simples guichetiers à la police. Pourtant, l'idée que je puisse me muer officiellement d'inexistante en être véritable avait un tel pouvoir de séduction que tout à coup, je perdis mes certitudes : puisqu'un homme avisé m'affirmait que c'était possible, comment ne pas admettre qu'il avait raison ? Puisqu'il les fréquentait, il devait connaître mieux que moi le point de vue des hautes sphères. Pourquoi désespérer d'avance d'elles en les jugeant d'après mes préjugés ?

L'idée de leur bienveillance possible eut sur moi un effet stupéfiant : pour la première fois de mon inexistence, je me sentis béatement libérée de toute crainte, comme doit l'être un croyant aux péchés pardonnés. Dans cet état de légèreté où l'image du paradis promis me faisait flotter, j'entrepris les démarches indispensables pour finir par y accéder. Aucune (re)naissance ne pouvant se passer d'efforts et de peines, dans mon cas, il fallait d'abord parvenir à prouver qu'il y avait bien moi : je me fis envoyer de Pleunk toutes sortes d'actes et de certificats attestant qu'on me trouvait dans tels registres inactuels et que l'(in)justice locale m'ignorait, que je dus faire traduire en parlementant successivement avec trois spécialistes assermentés dont chacun semblait tenir à les enrichir d'erreurs de son cru, pas forcément concordantes (deux sur trois souhaitaient me pourvoir d'un nom écrit différemment), après quoi il s'imposait d'affronter un nombre invraisemblable de fonctionnaires que j'eus au moins le plaisir de ne plus redouter. Comme une promesse vous donne du courage ! Comme elle vous remplit de force ! Pour un peu, je me serais déjà crue naturalisée.

Or, le moment vint où je me rendis compte que pour passer du rêve à la réalité, il me faudrait aussi plusieurs garants prêts à témoigner par écrit de mes mérites. Ce devait être des gens parfaitement fiables, au-dessus de tout soupçon, à savoir : dotés d'une situation assez respectable pour les faire paraître tels, comme Benoît me l'expliqua avant de me demander qui j'envisageais de solliciter, et de m'apprendre que personne de mon petit monde n'était digne du titre de Garant :

- Les étudiants, ce n'est même pas la peine d'en parler. Les professeurs de lycée, ça ne présente pas d'intérêt, d'autant moins qu'ils n'ont jamais été les vôtres. Un assistant social pour étrangers, ce n'est guère mieux, c'est même délicat : il ne faut pas donner aux gens qui liront votre dossier l'idée que vous avez besoin d'être assistée, cela fait mauvaise impression. Et tout ce qui est artistes, surtout jeunes, ce n'est d'aucune utilité. Les lettres de garants sont censées montrer que vous êtes soutenue par des personnes sérieuses qui ont du poids dans la société... Demandez-en toujours une à votre éditeur, ce sera mieux que rien, même s'il sera perçu comme complaisant. Mais est-ce possible que vous ne connaissiez vraiment personne qui ait une position un peu plus... ?

Face à son étonnement, je me sentis diminuer, au fur et à mesure de mes connaissances que je passais mentalement en revue, si nombreuses et toutes d'importance insuffisante – oh, que n'avais-je pas rencontré Benoît à l'époque d'Adrienne ! Elle lui aurait certainement plu, comme garante, même si c'était une artiste, vu que les gens qui liraient mon dossier n'avaient sans doute jamais entendu parler d'elle à ce titre, alors que son adresse était prestigieuse ; et elle m'en aurait facilement trouvé deux-trois autres, avec tout le beau monde qu'elle connaissait... Pourquoi diable devais-je, en vraie anachronique inadaptée à la réalité présente, ne jamais avoir *au bon moment* ce dont j'aurais besoin ?... Puis je réalisai que le besoin même de garants me répugnait : en arriver à examiner tout le monde sous cet angle utilitaire et dégradant, assimiler ce point de vue honteux, et pour quoi faire ? Pour finir par revenir aux sombres certitudes initiales, avec un nouveau passif de vécu désagréable ! Avant, au moins, j'ignorais que les hautes sphères avaient officialisé le commerce qu'on pouvait faire de ses relations, je croyais que le piston n'était pas censé s'étaler sous forme de certificats... Sur cela, par je ne sais quel enchaînement d'associations, je me rappelai Yvonne, ce qui me fit oublier tout scrupule : mais oui, Yvonne ! Voilà qui me sauverait !

- Je connais une dame qui a été galeriste, dis-je, très réputée, elle est comtesse et je crois qu'elle a été décorée…

- C'est parfait ! se réjouit mon avocat. Vous auriez dû y penser tout de suite !

- Seulement, elle n'est pas née en France, elle est de Cleunk.

- Tant pis. C'est toujours un peu mieux que si vous étiez compatriotes. Allez la voir tout de suite.

Facile à dire.

J'avais connu Yvonne à l'une des réceptions où je figurais en qualité de chroniqueuse mondaine. De tous les gens que j'y avais croisés, elle était la seule à m'avoir accordé plus d'attention que le strict indispensable pour échanger deux-trois propos courtois et pour se saluer en se revoyant. Yvonne était sociable, liante et pleine de sympathie pour la jeunesse : à son sens, la plupart des gens de son âge avaient pour défauts insupportables d'être trop vieux d'esprit, dépourvus de joie de vivre et portés à s'étendre sur leurs maux. « Aucune conversation n'est aussi passionnante pour soi-même et ennuyeuse pour autrui que celles qui concernent la santé, disait Yvonne, sinon les discussions d'argent ; on m'a appris cela quand j'étais jeune, et je m'étonne toujours qu'il y ait autant de monde pour continuer à l'ignorer même en ayant vécu plus longtemps que moi. »

Si la santé d'Yvonne n'était pas parfaite, on ne pouvait guère le remarquer : elle passait son temps aux vernissages de ses amis artistes et galeristes, dans les boutiques de luxe, au restaurant ou au volant (sur le chemin de ce genre d'endroits). Elle avait été mannequin chez Fath avant de faire de la Résistance, de se marier dans une vieille famille et de se passionner pour l'art abstrait. Lorsqu'on lui rendait une première visite, on ne savait pas où donner du regard entre les toiles qui résumaient l'histoire de la peinture moderne, et les photographies des meilleurs maîtres qui avaient éternisé sa beauté (à l'étape actuelle, son visage restait suffisamment plaisant à voir pour qu'elle n'ait pas à craindre que la différence ne frappe le visiteur et ne le porte à la plaindre mentalement, gâchant ainsi l'ambiance qu'elle souhaitait gaie). En sortant, il arrivait qu'on emporte une bouteille de bon vin ou des gourmandises : si elle n'en parlait guère, Yvonne se rappelait sa prime jeunesse désargentée, et pensait à agrémenter la vôtre.

Cependant, depuis que nous avions fait connaissance, je m'appliquais à lui rendre floue la réalité de ma situation (dont elle devinait certainement quelque chose), craignant qu'Yvonne ne soit gênée de prendre la mesure exacte de l'écart par rapport à la sienne. Ainsi, lorsqu'elle s'inquiétait du froid ou de la chaleur dont je pouvais souffrir, j'expliquais qu'un petit studio n'est jamais glacial, étant vite réchauffé ne serait-ce que par le voisinage, ou que je me sentais le mieux par un temps caniculaire. Ce genre de rhétorique positive avait le double avantage de rassurer Yvonne et de me persuader, pendant que j'en usais, que je vivais sans désagréments ni soucis matériels : ceux qui accordent un certain pouvoir au verbe sont souvent les premiers à le sentir.

Tout cela pour vous faire comprendre que l'idée de prier Yvonne de témoigner de mes mérites m'angoissait : je ne lui avais jamais rien demandé, nous n'étions pas très proches, et je craignais que les explications sur l'étendue de mon inexistence ne gâchent la suite de nos relations. Car je trouvais Yvonne admirable, dans un genre qu'elle seule incarnait à mes yeux (ce qui la rendait instructive autant que passionnante à observer), j'aimais beaucoup discuter avec elle, et je tenais davantage à ces plaisirs qu'à obtenir une lettre de caution (qui ne servirait probablement à rien, puisque aucune autre ne s'y ajouterait qui soit digne de crédit) ; j'en venais donc à regretter d'avoir évoqué Yvonne devant l'avocat.

En appelant ma seule garante potentielle, et en allant prendre le thé chez elle le lendemain, je ne m'étais toujours pas décidée à lui révéler la raison de cette visite. On verra, me disais-je sur le chemin vers son immeuble, elle aura peut-être quelque propos qui m'encouragera ; sinon, je dirai à l'avocat que je n'ai pas pu la revoir, qu'elle est partie pour plusieurs semaines, par exemple, ça me laissera le temps de réfléchir encore… - « C'est cela, réfléchis encore ! » Mon sosie venait de se remanifester. « Je viens avec toi. Le besoin d'une grande sœur se fait sentir. » - « Tu n'étais pas une *petite* sœur, déjà, pour commencer ? », ironisai-je. « Si, quand tu n'étais pas en dessous de tout ! Gare à toi si tu ne trouves pas le moyen de parler à cette dame, et comme il faut ! Je viens pour te surveiller. Tu vas voir le savon qu'une grande sœur peut te passer, si tu ne te débrouilles pas ! » - « Cause toujours. Je veux bien voir quel savon peut me passer quelqu'un qui existe encore moins que moi. Que tu me surveilles ou non, je m'en fiche complètement. »

Je trouvai Yvonne en train de dire au revoir à son visiteur précédent, qu'elle me présenta : Gilbert Machado. Je le connaissais de visage, c'était un journaliste mondain faisant partie des gens que j'avais souvent croisés sans jamais en arriver à l'échange minimal de politesses.

- C'est un garçon très sympathique, dit-elle après avoir refermé la porte derrière lui, je l'ai rencontré quand il préparait un article sur les anciens modèles et mannequins. Il avait beaucoup de mal : la plupart des autres se trouvaient trop vieilles pour vouloir se montrer ! C'est incroyable, non ? Les femmes qui ne peuvent pas accepter d'être moins belles qu'il y a un demi-siècle, ça me dépasse. Récemment, mon amie Gisèle m'a raconté que sa mère était en clinique depuis son soixantième anniversaire : pendant qu'elle le fêtait, elle s'est rendu compte que l'ami d'une de ses sœurs n'avait pas envie de flirter avec elle et, voyez-vous, cela fait maintenant dix mois qu'elle est en dépression. Moi, j'ai toujours pensé qu'une femme intelligente ne doit pas tout miser sur sa beauté. C'est ce que j'ai dit à Gisèle, d'ailleurs. Et vous savez ce qu'elle m'a répondu ? « Mais ma mère n'est pas intelligente ! »

Je ris. Je me sentais mieux qu'en arrivant. L'humeur bavarde d'Yvonne m'épargnait l'effort d'entretenir la conversation avant de m'être calmée, tandis que la teneur de ses propos rendait *objectivement* impossible la requête immédiate. Avec un peu de chance, je n'aurais aucune possibilité de lui demander quoi que ce soit, cet après-midi : je pourrais sortir de chez elle sans me faire gronder par mon sosie (que je craignais, en fait, pour ridicule que ce fût) et avec mes scrupules intacts, qui reprendraient de la vigueur ; pour l'avocat, je mentirais en disant que ma garante potentielle était à l'étranger et y resterait longtemps.

- J'ai connu une grande séductrice, autrefois, reprit Yvonne en nous versant du thé, Jacqueline Simon, la mère de Viviane, elle savait se servir de tous ses défauts. Sa mauvaise vue, par exemple : quand elle voyait un homme qui lui plaisait, elle allait se coller contre lui et s'excusait, les yeux dans les yeux : « Ne me croyez pas coquette ou entreprenante, je suis terriblement myope ! Je ne vois presque rien d'un visage à plus d'une paume de distance ! » Une fois, nous étions ensemble à une grande réception, elle a remarqué à l'autre bout du salon un très beau garçon (malgré sa mauvaise vue, elle les repérait sans se tromper, vous savez) : « Ma foi, je ne pars pas d'ici sans lui ! » Elle est donc allée prendre un verre au buffet, là où il se tenait, elle l'a fixé, elle s'en est approchée au point de poser la joue sur son épaule, et de lui dire avec un beau sourire : « Pardon, êtes-vous un homme ou une femme ? Je n'y vois rien et cela fait une heure que je me le demande ! » Eh bien, comment voulez-vous qu'un beau mâle manque de prouver ce qu'il est, dans ces conditions ?

Je ne réagis pas à la question rhétorique, étant abasourdie : non seulement je n'avais jamais songé à transformer ma propre myopie en avantage, mais je n'étais pas plus capable d'appliquer une telle stratégie que de l'inventer. À force d'admiration, j'oubliai complètement mes préoccupations. – « Heureusement, je ne suis pas la seule à te réveiller de temps en temps, fit mon sosie. Questionne un peu cette dame, qu'elle t'explique mieux comment d'autres peuvent user de leur cerveau, quand besoin est, au lieu de passer leur vie à rêvasser ! Elle a certainement tout un tas d'exemples à te donner. Si tu n'arrives pas à les suivre, ça ne te fera pas de mal de les connaître ! »

Mais Yvonne venait de changer de sujet pour revenir à Gilbert :

- Il m'a raconté une histoire invraisemblable. Figurez-vous que depuis quelques mois, il passe son temps à se tracasser pour une faute d'orthographe ! Son père était espagnol ; il a beaucoup voyagé, il a changé de papiers deux ou trois fois, on a écrit son nom de diverses manières...

- Le mien aussi, et même tout récemment ! fis-je en riant, avant de réaliser que cela pouvait former un moyen d'introduire le sujet qui me tracassait.

- Et vous savez comment on peut traîner ce genre d'erreurs : officiellement, la fille de Gilbert s'appelle Muchado au lieu de Machado, à cause de l'acte de naissance de Gilbert lui-même, où il y avait cette faute qui venait du permis de séjour que son père avait dans le temps. Gilbert ne s'en était jamais soucié, mais l'année dernière, il a décidé d'emmener la petite en vacances à l'étranger, et à l'aéroport, on ne les a pas laissés passer : « Vous n'êtes pas son père, vous n'avez pas le même nom. » Ils ont failli arrêter Gilbert pour enlèvement, imaginez-vous ! La petite pleurait, elle avait beau dire que c'était bien son père, ça ne servait à rien. Depuis, elle est devenue un peu bizarre : elle s'est mis en tête que la police avait raison. Elle ne travaille plus à l'école ; elle regarde ses parents d'une drôle de façon, à ce qu'il dit, et elle s'est mise à fouiller dans leurs affaires. Quand sa mère s'en est aperçue, la petite lui a dit : « Vous ne voulez pas que je le sache, mais je suis sûre que je ne suis pas votre enfant. Ce n'est plus la peine de me mentir, je le sais. »

- Bon Dieu !

- Comme vous dites. Gilbert a voulu faire corriger la faute, mais... C'est un homme du monde, vous comprenez, il n'a pas l'habitude qu'on le fasse attendre des heures avant de le recevoir, et pour lui dire de revenir le lendemain. Il a fait un scandale, cela n'a rien arrangé... Même avec moi, rien que d'en parler, il se met à trembler de rage. Il en est arrivé à vouloir faire un procès à l'État, imaginez un peu !

Yvonne se tut un instant. D'après mes observations, elle était plutôt portée à approuver l'état de choses du moment, quel qu'il fût, qu'à protester (ayant ce que j'appelais « la tournure d'esprit conservatrice », c'est-à-dire qui vous fait considérer qu'il vaut mieux conserver ce moindre mal qu'est un présent où l'on peut maintenir sa bonne humeur, que de devoir se la redonner dans de nouvelles circonstances riches en désagréments inédits), je supposais donc que malgré sa sympathie pour Gilbert, elle allait conclure en justifiant les coupables de ses soucis : certes, c'est très désagréable à vivre, mais ils ont leurs raisons, qu'adviendrait-il si l'on permettait à tout un chacun d'affirmer qu'il ne s'appelle pas comme il est censé s'appeler ? Avant de corriger la faute, il faut bien vérifier si c'en est une, et ce n'est sans doute ni le seul ni le plus urgent des dossiers qu'ils ont à examiner...

- Je le comprends, reprit Yvonne (et brusquement, son visage devint tel que je ne l'avais jamais vu, au point que j'eus un saisissement) : je les ai connus, moi, ces salles d'attente, ces guichetiers à qui l'on doit sourire quand ils s'amusent à vous humilier. C'était il y a plus d'un demi-siècle, mais même maintenant, si je les revoyais, j'aurais la même envie de les *déchiqueter en petits morceaux,* tous autant qu'ils sont !

J'écarquillai les yeux : Yvonne avait tout l'air de pouvoir et de vouloir le faire sur-le-champ. Il arrivait donc que l'inexistence survive et ressurgisse, une seule fois peut-être, mais intacte, même au bout d'un demi-siècle d'existence conservatrice, paisible et opulente ! Pierre et Jean avaient-ils donc raison de croire que nous autres, même si nous avions une apparence à peu près ordinaire, restions capables de n'importe quel acte téméraire, à n'importe quel moment ?

Alors, l'aveu me sortit tout seul de la bouche :

- Je voulais justement vous demander de l'aide pour quelque chose de cet ordre-là...

Et comme je vis qu'Yvonne changeait aussitôt d'expression, je me dépêchai de lui assurer que l'affaire n'était pas aussi grave que celle de Gilbert, avant d'exposer mon cas.

- Mais bien sûr ! Je vous fais la lettre tout de suite ! Que dois-je écrire ?

La question me prit au dépourvu.

- Je ne sais pas... Quelque chose faisant comprendre que vous me connaissez bien...

- Il faut qu'on réfléchisse, fit Yvonne. Il ne faut pas qu'on se trompe. On doit bien peser nos mots. Je vais écrire que je vous connais bien, ça, c'est certain ; ensuite, je vais dire qu'à mon avis, vous avez toutes les qualités requises et que vous êtes quelqu'un de doué. Je citerai mes médailles pour le cas où. Une lettre de ce genre doit leur plaire, je suppose. J'espère ne pas me tromper. Il eût mieux valu avoir un modèle... Mais moi, c'est en me mariant que je suis devenue française, on ne m'a pas demandé de recommandations...

Subitement, son visage s'éclaira :

- Tenez, vous savez ce qu'on doit faire ? Vous marier ! Comment n'y ai-je pas pensé plus tôt ?

Cette idée me laissa coite. (Décidément, cher lecteur, j'ai battu ce jour-là mon record en matière de silences à sens varié, et j'ai peur que votre estime pour moi ne baisse en proportion. Toutefois, si j'avais plus de présence d'esprit, mes dialogues eussent été meilleurs, mais mon histoire sans doute moins palpitante. Vous y gagnez donc du fait même de mes pertes de parole et autres échecs. N'est-ce pas rassurant de savoir que les défauts des auteurs peuvent parfois profiter à votre lecture ?)

- Attendez que je prenne mon carnet, continuait Yvonne, enthousiasmée, voyons voir : les Berthier, ils ont bien deux fils qui doivent être dans la trentaine et, aux dernières nouvelles, toujours célibataires... Les Dumesnil, ils ont des fils aussi... On vous trouvera un bon parti, laissez-moi faire ! Et mon neveu, tenez, il cherche à se caser. La dernière fois qu'il est venu me voir, il m'a demandé si je ne pouvais pas lui présenter quelques jeunes femmes bien...

À cette précision, il me parut urgent de réagir :

- Mais je ne veux pas me marier !

- Vraiment ? Pourquoi ?

Je sentis que j'allais avoir du mal à faire entendre mes objections, d'autant plus que je ne savais pas comment les formuler. Si mon sosie pouvait dire quelque chose ! Mais non, elle me laissait me débrouiller.

- Je ne suis pas faite pour la vie de famille, dis-je piteusement. J'aime trop l'indépendance.

- Mais voyons ! fit Yvonne en riant. La vie de famille, ce n'est pas une chose en soi, c'est ce qu'on en fait ! Moi, par exemple, je ne me suis jamais sentie dépendante de mon cher mari, paix à sa mémoire, je vois d'ici l'effet que cela lui aurait fait de vous entendre ! Et puis, on ne peut pas se croire incapable de quelque chose sans avoir essayé. Si vous aviez quelqu'un sur qui pouvoir vous appuyer, qui s'occupe un peu de vous, ce ne serait pas forcément un malheur, il me semble. Pourquoi vouloir absolument se battre toute seule avec la vie ?

- Le mariage m'horripile, déclarai-je (en essayant de jouer le Docteur Gerbier avec la force de conviction des acteurs qui vivent leur personnage). C'est sans doute complètement idiot, mais je n'y peux rien. J'en ai trop vu de mauvais, et vraiment pas assez de bons.

- Ce n'est pas cela, c'est que vous n'avez pas encore rencontré un homme qui vous plaise assez pour vouloir l'épouser ! Quand on en rencontre un, eût-on la pire des expériences, elle perd toute importance ! Moi non plus, avant de connaître le comte, je n'avais pas grande envie d'épousailles, vous savez. Procédons dans l'ordre : finissons-en avec cette lettre, puis je vais aviser en ce qui concerne les jeunes gens. En novembre, je vais réunir du monde pour fêter mes quatre-vingts ans – et sans déprimer, notez-le ! Je vais donc bien réfléchir aux invités, dès aujourd'hui. En fait, quels sont vos goûts en matière d'hommes ? Il ne serait pas bon que je me trompe en invitant des garçons qui ne plaisent qu'à moi-même !

Si vous n'avez aucune idée de mes goûts en matière d'hommes, cher lecteur, ce n'est pas maintenant que je vais vous éclairer ; réfléchissons plutôt à la morale de cette après-midi chez Yvonne de Mortange : avez-vous noté comment le malheur des uns y fit le bonheur de l'autre ? Il fallait bien qu'un journaliste mondain connaisse les ennuis d'une faute d'orthographe, et qu'une vieille dame retrouve ses souvenirs les moins plaisants pour que je sorte de mon indécision, victorieuse et munie de la lettre qui promettait d'augmenter mes chances d'exister. Parallèlement à cela, en croyant accomplir un acte aussi ponctuel (sinon simple) que la demande de recommandation auprès d'une connaissance, j'étais devenue une fiancée potentielle jugée digne d'entrer dans sa famille (par le neveu). Ce changement renversant de perspective me rappelait un vieil adage pleunkois : « Où tu le frappes et où ça se fend ! », la version plus expressive de « ce qui arrive et ce qu'on attend », que je saisis l'occasion d'acclimater dans votre mémoire ; étant cocasse, il détourna mon attention (pour un bref moment) du pétrin dont j'allais devoir me dépêtrer au plus tard au mois de novembre – si jamais Yvonne ne décidait pas de m'inviter en même temps que son neveu dès la semaine suivante. Mais comme ce jour-là, dans ce passage aussi, il ne s'impose pas de commencer à préparer une action défensive.

À part Benoît et Yvonne, personne de mon entourage parisien ne se doutait des démarches que j'avais entreprises : je ne pouvais pas me décider à en parler sans que ce soit vraiment indispensable, par crainte superstitieuse que l'annonce du projet ne compromette son accomplissement. Si j'en avais dit quelque chose à Minou, c'était par nécessité (pour me faire envoyer des certificats) et sans grande angoisse : le monde parallèle où elle demeurait ne me semblait pas pouvoir interférer avec le cours des événements de Paris. En effet, si les Écouteurs en prenaient note, que pouvaient-ils pour contrarier mon projet ? arrêter les papiers en chemin (ce qui arriva deux fois), mais Minou trouverait toujours un messager occasionnel, ils auraient donc seulement ralenti mes démarches (quant au colonel en jupon dont Filip m'avait assuré qu'elle serait capable de me poursuivre jusqu'à Marseille à cause de *La Marseillaise*, je n'y pensais plus du tout). Sur le territoire parisien, en revanche, je devais être très prudente pour éviter d'irriter les puissances occultes dont la réussite dépendait : mieux valait faire comme si je n'espérais rien plutôt que d'avoir l'air de vendre la peau de l'ours avant de l'avoir tué ; je n'osais même pas imaginer ce que serait ma naturalisation éventuelle (rêvasser, une chose pourtant moins grave que de s'étendre à haute voix sur ses projets).

Or, malgré mon intention de me taire jusqu'à la fin de la procédure, je finis par cracher le morceau chez Michèle, après une journée de travail en commun, pendant que nous préparions le dîner avec Sylvia, épluchant à six mains les légumes du plat de résistance. Je n'arrivai jamais à comprendre pourquoi je révélai mon secret, et juste à ce moment, mais si ce n'était pas une tentation diabolique subite, issue des heures d'analyse textuelle, cela devait avoir quelque rapport avec le fait de cuisiner, assez exceptionnel pour moi (toute seule et en dehors des obligations d'ange, je m'y refusais ; en compagnie, en revanche, j'y prenais du plaisir).

– Tu peux me passer un bon couteau ? demandai-je à Michèle. Comment je coupe les pommes de terre, en rondelles ?… C'est quoi, en fait, ce qu'on prépare ?

- Un plat que faisait ma grand-mère.

- Ça me changera des petits traiteurs asiatiques, dit Sylvia. Depuis le temps que je mange chez eux, je dois déjà être aux trois quarts chinoise.

- Les filles, je dois vous annoncer une grande nouvelle, déclarai-je : je vais demander ma naturalisation !

Il y eut un instant de silence, comme il se doit après un propos d'importance majeure, puis Sylvia retrouva ses esprits :

- Mais tu es folle, non ? Qui va te la donner ?

- Je vais tout t'expliquer, fis-je en souriant. Dans la loi, il existe un petit article en faveur des auteurs. On ne l'applique pratiquement jamais, mais un avocat pense que je pourrais en bénéficier, il connaît un personnage haut placé qui peut le faire appliquer. Je sais ce que tu vas me dire, mais ce n'est pas comme l'attaché culturel qui aimait bien les artistes à condition qu'ils n'aient rien à lui demander : celui-là, l'avocat dit que non seulement c'est un grand lecteur de poésie…

- Tu ne comprends pas, m'interrompit Sylvia, visiblement navrée. Peu importe comment ton avocat te le présente. S'il y croit, lui, c'est sans doute qu'il a envie de t'aider, et qu'il n'a pas déjà eu l'occasion d'essayer. En fait, tu sais s'il a déjà essayé, avec d'autres ?

Cette question m'ébranla.

- Non, je ne crois pas, fis-je tristement. S'il avait essayé, il me l'aurait dit, je crois.

- Ça tombe sous le sens. Il essaiera, et tu verras. Qui c'est, le personnage haut placé ?

Je le nommai.

- Oh, là, là !… Remarque, le Président de la République, ç'aurait été kif-kif. Ces gens-là, ils ont beau faire semblant, ils ne peuvent pas nous sentir…

- Mais il n'a pas l'air d'être xénophobe, essayai-je de protester, il connaît plusieurs langues.

- Qui parle de xénophobie ? Ils n'aiment pas les artistes, ces gens-là, je te dis ! L'art, peut-être ; les artistes, jamais, sauf s'ils nous trouvent utiles, si l'on peut faire de bons courtisans ou de beaux partisans à exhiber.

- Moi, intervint Michèle en s'adressant à Sylvia, je pense que Denise a raison : pourquoi ne pas essayer ? Qu'est-ce qu'elle peut perdre ? À quoi ça sert de se décourager d'avance ?

Sylvia hocha la tête, s'abstenant de répliquer. Elle radote, me dis-je, c'est chez elle une obsession. Car à force de vouloir espérer, je ne tenais plus l'expérience pour fiable, quand même elle le parût : il y a toujours quelques exceptions à chaque règle, n'est-ce pas ?

- S'ils te naturalisent, reprit Michèle, qu'est-ce que tu feras ?

- Je convertirai mes économies en champagne, ça doit suffire pour qu'on ne dessoûle pas tout de suite. Je sens que même sans boire, j'y mettrai des mois.

- Mais est-ce que tu vas retourner à Pleunk ?

- Quelle idée ! Jamais de la vie !

- Même pas pour quelques jours, en vacances, pour voir ta famille ?

- Ma mère voudrait bien, avouai-je, elle dit qu'avec un passeport français, on ne pourrait rien me faire, on ne se rendrait même pas compte que j'ai quitté le pays de façon illégale, d'après elle, parce qu'ils n'ont pas encore informatisé les données, là-bas, mais moi, ça ne me rassure pas. Je lui laisse croire que j'irai la voir, mais en fait, je n'irai pas. Le moment venu, si jamais il vient, je trouverai bien une excuse. Et peut-être qu'ils auront tout informatisé, entre-temps.

- Mais tu préfères qu'on t'empêche d'y retourner ? s'étonna Sylvia (qui n'était pas au courant, nos conversations ne s'y étant jamais prêtées, de mon point de vue sur les trous noirs).

- Oui, ce serait plus simple. En ce qui me concerne, il n'y a plus de Pleunk, abrégeai-je l'explication nécessaire. Je n'arrive même plus à être sûre que la plupart des choses de là-bas dont je me souviens soient vraies. Quand je me rappelle un fait, je me demande souvent si je ne l'ai pas inventé. C'est comme une sorte de rêve, de mauvais rêve…

- En Cleunk, fit Sylvia, il y avait dans le temps une bonne femme qui revenait tous les ans de Paris, voir ses parents qui étaient paysans. Une comtesse, très belle…

- Comment s'appelait-elle ? m'écriai-je.

- Je ne sais plus.

- Ce n'était pas Yvonne de Mortange ?

- Tu la connais ?

- Et comment ! Mais raconte : elle revenait tous les ans…

- Oui, et elle se promenait toute la journée sur la plus belle jument de l'élevage qu'elle avait offert à son paternel…

D'après Sylvia, le village natal d'Yvonne était connu depuis des siècles pour les chevaux qu'on venait y acquérir de tous les coins du pays, mais de mémoire de paysan local, on n'avait jamais vu personne s'y promener en tenue d'équitation. On admirait donc les bottes d'Yvonne, d'une teinte fauve et d'un lustre aveuglant, faites à Paris pour ses jambes au galbe vertigineux, sa cravache fichée à droite, sa culotte large aux cuisses, sa jaquette ajustée en daim roux sur laquelle tombaient ses cheveux tressés, de nuance identique, et ses mains baguées par-dessus les gants. Personne alentour n'arrivait à croire, tout en le sachant pertinemment, que cette femme avait été la gamine bien quelconque née d'un garçon d'écurie et d'une servante. On n'allait pas chez les parents d'Yvonne lorsqu'elle était là, car l'idée de discuter avec la comtesse rendait timides jusqu'aux voisins dont les filles avaient été ses meilleures amies – ou peut-être n'était-ce pas de la timidité, mais de la réticence à confronter ce qu'ils étaient, eux et leurs filles déjà mères, à cette incarnation de l'ascension sociale, du luxe et de la beauté. On ne faisait que la croiser, on la saluait, elle répondait poliment, sans s'arrêter, puis on restait un moment à la regarder s'éloigner, avec le mélange de sentiments qu'inspirent ceux dont l'existence se situe dans un monde inaccessible même quand ils rendent visite au vôtre.

Mais si l'on ne l'avait jamais eue pour petite voisine, on ne se disait pas qu'elle paradait, qu'elle revenait exhiber la splendeur de sa nouvelle existence : on ne pouvait pas s'empêcher d'oublier toute envie, en la regardant, tant Yvonne semblait faite pour traverser cette plaine en vision fulgurante d'un charme qui vous emporte, vous enchante et hante dès lors vos rêves. La future mère de Sylvia, enfant du même village, avait souvent vu la grande dame sur sa monture fabuleuse. « Tu lui ressembles, disait-elle à sa petite, des années plus tard. Elle était un peu comme toi : pas très grande, presque rousse, les yeux verts en amande… Qui sait ? peut-être qu'un jour, tu partiras comme elle, puis tu reviendras nous voir en vacances… » (Pas au village, bien sûr : cela faisait des années que les parents de Sylvia habitaient la capitale. Par ailleurs, ce village-là n'existait même plus : le Progrès cleunkois avait substitué à la plaine un lac artificiel pourvu d'un barrage ; entre-temps, les fameux chevaux avaient eu le temps de disparaître, étant moins utiles que l'électricité.)

La révélation que la mère de Sylvia l'avait pour ainsi dire élevée en vue de l'émigration vers Paris me stupéfia.

- Ce qu'elle a dû être contente quand tu es partie !

- Ma mère ? Tu penses ! Elle était malheureuse comme les pierres, elle ne se rappelait même plus m'avoir parlé de cette Yvonne, tu sais. Ç'avait été une sorte de conte, pour elle : des choses qu'on raconte parce qu'elles font rêver, sans y croire. Me voir partir vraiment, c'était une autre histoire.

- Mais toi, tu te voyais comme Yvonne ? demanda Michèle.

Sylvia rit :

- Oui, sans doute, à l'âge de dix ans ! Je ne sais même pas si j'y ai jamais repensé avant ce soir. C'est Denise qui m'a rappelé ça. En fait, comment tu es tombée sur la comtesse ?

J'expliquai et résumai nos rapports.

- Tu veux faire sa connaissance ? demandai-je. Elle serait ravie, elle aime vraiment les artistes, c'est pour cela qu'elle a choisi d'avoir une galerie, dans le temps, et elle n'a jamais assez d'amis jeunes. Elle pourrait peut-être te trouver un nouveau galeriste…

Sylvia m'interrompit par un bruit éloquent, puis :

- Je n'ai aucune envie de faire sa connaissance et de lui devoir quelque chose. Je la vois d'ici. Ces bonnes femmes qui ont fait un beau mariage... Elle doit passer son temps à parler de sa famille par alliance, quand ce n'est pas des grands peintres morts qu'elle a exposés, non ?

Je protestai en expliquant qu'Yvonne avait assez de mérites par elle-même, y compris des faits de Résistance d'avant son mariage, et qu'elle n'était ni vantarde ni imbue de ses relations, trouvant naturel de connaître des gens importants dont la plupart ne l'étaient pas encore quand elle s'était liée avec eux. (Pour ce qui était des peintres, en revanche, je ne pouvais pas contredire mon amie, n'ayant jamais entendu l'ancienne galeriste en évoquer de vivants.)

- Oh ! toi, fit Sylvia, tu la défendras toujours. Elle t'aime bien, tu ne peux pas être objective. Et puis, tu as un côté midinette : les dames du grand monde, ça te fascine !

- Méfie-toi, répliquai-je, encore un peu, et tu finiras par parler comme le copain de Jean-Jacques, l'ex-terroriste maoïste. Pour Yvonne, je peux te jurer que même si elle me fascine, comme tu dis, ce n'est pas cela qui me la ferait défendre si elle n'avait aucune qualité personnelle...

- Alors, m'interrompit Michèle, elle a écrit la lettre qu'il te fallait ?

- Oh, j'aurais mieux fait de ne pas lui en parler !

- Quoi, elle n'a pas voulu ?

- Ce n'est pas ça, c'est que maintenant, elle me cherche un mari !

Au lieu de compatir, Michèle se mit à rire.

- C'est formidable ! Tu finiras riche, avec dix gosses à doubles prénoms, dans un château ! Nous viendrons apprendre à faire du cheval chez toi, et ton mari achètera tous les tableaux de Sylvia !

C'était, décidément, une période de joyeux pronostics. Je lançai un coup d'œil affligé et lourd de reproches à Michèle – qui n'en tint nullement compte, mais demanda à Sylvia, « en attendant le mari de Denise », de lui montrer ses derniers tableaux :

- Ça me dirait bien de t'acheter quelque chose. Je pourrais venir avec Finbarr, pour voir ce qui lui plairait aussi...

Finbarr ne tarda pas à rentrer, et le dîner se passa dans la bonne humeur générale, après quoi Sylvia fit (avec nous) le tour de l'appartement pour juger en spécialiste des endroits où l'un de ses tableaux serait bien placé, et le rendez-vous fut pris pour visiter le stock de la boutique de copies, qui lui servait d'atelier. Nous sortîmes de chez Michèle pompettes et assez joyeuses pour chanter *La Marseillaise* tout le long du chemin vers la station de métro qui nous convenait, à l'initiative de Sylvia : « Maintenant que tu vas être française, il faut s'y remettre ! », un trait d'humour qui, à mon étonnement, sonnait vraiment comme un signe de confiance en mon avenir. (Cherchait-elle à me rassurer, pour avoir regretté ses propos pessimistes ? L'était-elle moins, avec le recul de quelques heures qui lui avaient peut-être permis de réfléchir, à tel moment, pour changer de prévisions ?)

Le lendemain, j'eus une nouvelle raison de me sentir rassurée : en retournant chez Michèle, je tombai dans le bus sur quelqu'un que je n'avais plus revu depuis longtemps, et qui me vit le premier. Il portait des lunettes et un costume trois pièces, d'une coupe impeccable :

- Maintenant, je suis banquier, expliqua Lao en riant. Il faut bien s'habiller en fonction de ses fonctions.

- Mes félicitations ! Alors, tu les a eus, tes examens ?

Il avait même eu le temps d'obtenir un diplôme américain, le plus coté dans son domaine.

- N'empêche, j'ai quand même cru que je n'allais pas pouvoir changer de métier : aux entretiens d'embauche, on me faisait comprendre que j'étais trop vieux pour un débutant. Au-dessus de trente ans, ce n'est plus l'âge, en principe, pour ces postes-là. Mais tout est bien qui finit bien : maintenant, j'en ai un et j'y reste, ça me plaît assez. Tu te rappelles l'appartement où tu as peint les murs ? J'en ai acheté un trois fois plus grand, sans travaux à faire. C'est tout près d'ici. Tu viens dîner ? Je vais te faire une soupe, pas la même qu'au restaurant, mais mangeable, j'espère...

J'acceptai avec enthousiasme, et j'y allai le soir même, car l'emploi du temps de Lao en soirée n'était pas plus chargé qu'autrefois. Nous bavardâmes à la cuisine pendant qu'il coupait les légumes et la viande (ayant repoussé mon offre d'aide), puis il me fit visiter le nouvel appartement qui (à mon sens ; je me gardai de le dire) ressemblait tout à fait au précédent : quoique l'espace fût plus vaste et que les meubles eussent changé, et pour le mieux, comme les anciens, ils étaient peu nombreux, disposés à distance respectueuse l'un de l'autre, dotés d'un air vaguement monastique et monstrueusement propres, ce que j'admirai à voix haute, avouant être portée de nature à l'entente amicale avec l'entassement poussiéreux.

En attendant que les légumes finissent de cuire afin que Lao puisse jeter les lamelles de viande dans la soupe (au dernier moment, juste avant de la retirer du feu), nous nous assîmes au salon et prîmes l'apéritif : moi, du porto ; lui, de l'eau.

- Je ne bois jamais, me rappela-t-il. Une goutte m'enivre, et j'ai le vin triste, alors, mieux vaut m'abstenir. Mais ne t'en prive pas, je ne veux surtout pas que les amis se sentent obligés de faire comme moi !

Nous choquâmes nos verres.

- À ta réussite, dit Lao. Tu vois bien, quand je te disais que tu allais t'en tirer ! Maintenant, tu as un logement fixe, tu manges à ta faim, tu as même publié un livre. Tu peux me croire : ça ira mieux encore. Quand on a connu ce qu'on a connu et qu'on n'en est pas mort, tout finit par s'arranger peu à peu. Dans quelques années, tu seras comme moi : tu auras un bon travail, une vraie maison, alors tu m'inviteras chez toi, et l'on s'amusera bien à se rappeler l'époque de tes galères.

- Ce que tu peux être optimiste ! Je n'ai jamais connu quelqu'un qui le soit à ce point.

- Mon psy trouve, au contraire, que je suis beaucoup trop pessimiste. Je vais lui dire ton opinion samedi prochain.

- Tu as un psy ?

- Mais oui. Je suis un homme riche maintenant, je prends des habitudes de luxe. Il m'écoute mieux que je n'écoutais les gens à mon ancien boulot ! (Lao rit.) Bien sûr, au prix qu'il demande, il peut faire semblant de ne pas s'ennuyer, c'est la moindre des choses, alors que moi, dans le temps… Tu sais, finalement, il n'y a que toi que je veuille toujours inviter à manger, maintenant, des quatre ou cinq qui ne m'ennuyaient pas !

Au lieu de relever cette déclaration d'amitié et d'en remercier Lao, je restai fixée au sujet précédent, qui ne finissait pas de m'étonner :

- Mais tu crois vraiment aux psys ?

- Je ne crois en rien, je demande à vérifier si ça peut être utile. Des gens m'ont assuré que les psys faisaient du bien, alors, je veux voir ce qu'il en est. Pourquoi pas ? Si ça ne sert à rien, ça m'aura tout de même fait un exercice : quand on est riche, si l'on n'est pas radin, il faut apprendre à dépenser pour des choses dont on pourrait se passer !

- Mais à quoi un psy pourrait t'être utile ?

Lao rit de nouveau.

- Je fais sans cesse des cauchemars, expliqua-t-il en souriant. Chaque nuit depuis plus de trente ans, je revois les miens mourir. Et il n'y a pas que ça : si j'ai eu des relations, comme on dit, avec des femmes, je n'ai jamais voulu me lier à qui que ce soit. Peut-être que le psy m'arrangera ça, va savoir. Je finirai peut-être en bon gros père qui ronfle tranquillement près de son épouse. Ça ne serait pas mal. J'ai les moyens, maintenant, pour une famille nombreuse, et l'on ne risque pas d'avoir une guerre, ici, pour le moment. J'arriverai peut-être un jour à croire qu'on n'en aura jamais plus. Tant de gens y arrivent. Je veux bien admettre que je suis anormal de ne pas le pouvoir. Le psy arrivera à m'en persuader, peut-être. Les gens normaux, ce sont ceux qui ne pensent pas aux autres qui meurent sans cesse dans tous les coins du monde, n'est-ce pas ? Ils voient cela à la télévision, en dînant, ils n'en digèrent pas plus mal, et ils ne font pas de mauvais rêves ensuite, ils ne se disent pas que dans vingt ans, l'année prochaine ou même demain, ça peut recommencer ici, non ?

Je lis pas mal de bouquins d'histoire, tu sais, maintenant que je ne fais plus d'études. Alors, je sais qu'entre la Der des Der et la suivante, par exemple, les gens normaux des pays concernés ont fait autant d'enfants qu'ils souhaitaient, sans se dire que la boucherie recommencerait. Alors, je dois certainement être fou, je ne demande qu'à le croire, d'autant plus que je suis français, maintenant. Un Français normal, ce n'est pas censé se préoccuper des risques de guerre civile ou mondiale, actuellement. Tu vois ma bibliothèque ? J'ai des livres sur l'avenir de l'Europe aussi, sur les questions sociales, sur les projets politiques... Plutôt rassurants. Les spécialistes disent tous qu'on peut dormir sans avoir peur de se réveiller au bruit des coups de feu ou dans l'autre monde. Ils m'autorisent donc à me croire fou, tous ces gens compétents et raisonnables.

Alors, puisqu'ils affirment que le problème n'existe que dans ma tête, autant régler leur compte aux guerres futures, pour ce qui dépend de moi : on m'a recommandé un psy très réputé, il a écrit des tas de bouquins, lui aussi. J'en ai acheté un avant de décider si j'allais le voir. Ce n'est pas mal : il parle du comportement des bêtes en les comparant aux humains. Je me suis dit : s'il n'arrive pas à me soigner, on pourra toujours parler de la vie sauvage, on ne s'ennuiera pas. Je lui raconterai ce que j'ai vu dans la forêt, il me racontera autre chose... Je serai peut-être utile à la science : je pourrais lui donner l'envie d'aller là-bas et d'écrire une nouvelle étude... Bref, dans le pire des cas, j'aurais un peu appris à perdre mon argent, alors que dans le meilleur, je gagnerais du sommeil tranquille, une femme et quelques gosses. Et toi, au fait, tu vis seule ?

- Oui, toujours.

- C'est bien quand on est un artiste. Pas de comptes à rendre, pas de contraintes, pas de dîner à préparer : veut-on aller chez un vieux copain qu'on vient de retrouver, on peut le faire tout de suite, et on a tout son temps pour vivre des choses qui permettent d'écrire des histoires...

Venant après l'incompréhension d'Yvonne, cette réaction de Lao me réjouit, et je m'étonnai qu'il connût si bien les besoins des artistes.

- Oh, c'est facile de les imaginer. Et puis, on voit comment tu es : du genre qui aime rester seule à réfléchir dans son coin, et qui ne supporterait pas que chaque journée ressemble à la suivante...

- Exactement !

- Le genre bohème, quoi. Je l'ai vu tout de suite, la première fois que tu es venue à mon bureau. Je me suis dit : ça, c'est quelqu'un avec qui je pourrais parler – une fille qui ne cherche pas à se lier, qui laisse les gens libres.

Ce résumé de ma personne m'ébaubit : je n'aurais jamais songé à me décrire en ces termes, même si je me savais un caractère plutôt indépendant.

- Mais à l'époque, je ne cherchais qu'à me lier ! le détrompai-je. J'avais peu d'amis, je rêvais de faire partie d'un groupe, de quelque chose, de me sentir attachée…

- Je ne crois pas, fit Lao. Je crois que ce que tu veux depuis toujours, c'est être complètement libre, rester en dehors de tout. Tu es dans ton monde, ça se sent tout de suite, quel besoin tu peux avoir de faire partie d'un autre ? Aucun. J'en suis sûr et certain. L'idée qu'on a de quelqu'un peut être fausse, mais l'intuition, ça ne trompe jamais, du moins pas la mienne. Rappelle-toi que le gros bonhomme qui te parle a traversé au flair une grande forêt, quand il était tout petit et tout maigre, sans se faire manger, sans bouffer une plante vénéneuse, sans qu'un marécage l'engloutisse. Alors, quand je te dis que je sens les choses, tu peux me croire. D'autre part, c'est bien connu que l'intuition des fous est la meilleure. En fait, qu'est-ce que tu penses des psys, toi ?

- Oh, moi… je les tiens en piètre estime, mais peu importe, c'est un point de vue… comment dire… de boutique.

Je ne voulais pas en parler davantage, craignant de nuire au projet de normalisation de Lao, mais il insista, m'assurant que cela ne lui ferait rien.

- Pour moi, expliquai-je le plus brièvement possible, ils ne font qu'imiter les littéraires, quand ce n'est pas les prêtres : ils piquent des personnages aux écrivains, ils les simplifient, puis ils appliquent aux gens notre vieux truc pour tuer les idées et…

- Quel truc ?

- Eh bien, les idées, plus tu en parles, moins elles existent ; les sentiments, pareil. Tout devient faux, à force d'en parler. Ta vie aussi : il suffit de la raconter à une seule personne, ou de l'écrire, pour qu'elle cesse de se ressembler, même si généralement, on ne s'en rend pas compte – on le remarque seulement face à des gens qui donnent des signes de mauvaise compréhension, mais en fait, c'est toujours le cas. Tes proches aussi : une fois racontés, ils ne sont plus les mêmes, ils deviennent différents au point que si tu les rencontrais tels que tu les as décrits, tu ne les supporterais sans doute même pas. Bref, parler des choses et des gens, ça les réduit, d'une manière ou d'une autre. La mise en mots les diminue et les abîme. Si l'on veut compenser cet effet réducteur, on est obligé de les réinventer…

- Mais ça revient à mentir ! me coupa Lao en riant.

- Tout au contraire, c'est les relater qui revient à mentir, par omission surtout, ça rend les choses trop simples ; quand tu les réinventes, tu les complètes autant que tu peux, tu te rapproches de leur réalité. La plupart des gens n'y pensent pas, mais tout le monde le sent, en écoutant ou en lisant, que la fiction est plus vraie qu'un rapport, c'est pour cela qu'on la trouve plus captivante. Quand tu recevais les inexistants…

- Qui ?

- Les immigrés ennuyeux, je suis sûre que s'ils avaient pu se réinventer ne serait-ce qu'un peu, ils t'auraient tous intéressé.

- Tu crois ? C'est très surprenant, pour moi, comme idée.

- C'est sans doute que tu n'as pas d'expérience qui te la rende évidente. Mais pour ce qui est de la parole qui abîme, tu vois ce que je voulais dire ? Tu as remarqué, par exemple, comment certaines personnes peuvent te dégoûter de quelqu'un rien qu'en te demandant souvent de ses nouvelles ?

- Jamais. Mais tu sais, moi, on ne me demande jamais de nouvelles de qui que ce soit. Au fond, ce que tu me dis là, c'est très encourageant. Allez, la soupe doit être prête, va admirer encore un peu ma belle salle à manger ; moi, je vais chercher les couverts.

Naturellement, je demandai à Lao une lettre de recommandation (qu'il me fit aussitôt) : à titre de banquier, il devait constituer un garant assez sérieux pour qu'on passe sur son nom exotique ; et si je ne trouvais personne d'autre, j'espérais que D. D. ferait bon effet pour compléter le dossier, en tant qu'existant de souche qui formerait la preuve que je n'étais pas uniquement appréciée par les cosmopolites. Du point de vue de Lao qui m'interrogea sur tous les détails de mes démarches, j'avais des chances de succès : « Tu es pistonnée, c'est généralement ça qui compte le plus, et d'autre part, il ne doit pas y avoir beaucoup d'écrivains qui demandent à profiter de cet article de la loi, ce n'est pas comme si tu faisais une requête dans un secteur où les gens en adressent par dizaines de milliers. » Venant d'un homme au jugement fiable et d'un ancien spécialiste des inexistants – presque ex-collègue de ceux qui liraient mon dossier –, cet avis finit de me convaincre que mes espoirs n'étaient pas vains.

*

La vague d'optimisme m'aurait sans doute portée pendant des semaines encore, sans une autre soirée qui me renvoya vers des angoisses familières. Pourtant, elle s'était annoncée sous les meilleurs auspices, par le biais d'un ami récent, John, un pianiste dont j'avais fait la connaissance à un vernissage. Son métier le retenant toute la journée dans son logement insonorisé, pour des heures d'exercices interrompus seulement par quelques pauses, John s'appliquait à sortir souvent le soir, par mesure de prophylactique : « Sinon, je risque de devenir complètement sauvage ! Pour un peu, j'oublierais comment on parle. Les gens n'imaginent pas ce que peut donner une vie de musicien : quand on n'enseigne pas et qu'on n'est pas célèbre au point de passer tout son temps entouré, au quotidien, on mène une existence d'ermite. Les concerts n'y changent rien : on joue et on se tait ; ensuite, on n'a même pas envie de discuter, on n'est pas en état, alors, on rentre, toujours en se taisant. Du temps où je vivais en couple, c'était autre chose, mais depuis qu'on s'est séparés, à moins d'aller à des soirées, je peux passer des semaines entières sans dire un mot. Ça finit même par m'embêter, de devoir répondre quand le téléphone sonne. Alors que je suis plutôt bavard de nature ! » Le petit ami de John avait fini par le quitter (au bout de sept ans) justement parce qu'il supportait de plus en plus mal la façon de vivre typique des instrumentistes : à Paris, il ne connaissait personne, et ne savait trop que faire de ses journées, en dehors de la cuisine et du ménage ; il avait donc décidé de rentrer dans leur pays natal, et John s'était retrouvé obligé de chercher du monde pour entretenir sa capacité à la parole, en faisant des sorties mondaines, faute d'avoir de vrais amis (les engagements successifs dans divers pays et la vie de couple ne lui avaient guère permis d'en garder ou de s'en faire). Ces derniers temps, j'étais la seule personne qu'il lui arrivait d'appeler :

- Serais-tu libre mercredi prochain ? J'ai une invitation pour une soirée chez une dame qui réunit des poètes. Elle tient un salon, à ce qu'il paraît. Hier soir, j'ai fait la connaissance d'un peintre qui m'a donné ce carton. J'ai pensé que ça pouvait t'intéresser. Alors, j'ai téléphoné à cette femme, je lui ai dit que j'amènerais peut-être quelqu'un qui a publié des poèmes. Elle semblait très enthousiaste. Si tu veux, tu peux les apporter. Je te lis l'invitation : « Soirée poétique. Buffet dînatoire. Tenue de cocktail. » C'est dans le seizième. Qu'est-ce que tu en penses ?

- Ça m'a l'air épatant ! Moi qui croyais qu'il n'y avait plus de salons littéraires depuis longtemps ! Je viens, bien sûr.

Quelle chance, me dis-je, une mécène. Enthousiaste. Qui reçoit peut-être des gens passionnants… Et si c'était tout un cercle déjà formé, où je pourrais entrer ? (Contrairement à la certitude de Lao, je cherchais toujours à me lier, surtout à des littéraires, étant en manque de connaissances vivantes parmi eux.)

- Tu me raconteras, après ! fit Michèle le lendemain matin. Ce serait vraiment bien si cette femme aimait ce que tu écris. Elle doit avoir des tas de relations, elle pourrait sûrement t'être utile.

John semblait être du même avis. Dans sa voiture, sur le chemin de la soirée prometteuse, nous fîmes des hypothèses sur l'hôtesse :

- D'après son nom, ce n'est pas une noble, dit-il. Ça doit être l'épouse d'un industriel ou d'un financier. Désœuvrée. D'une famille cultivée. Qui trouve prestigieux d'inviter des poètes ; sa mère tenait peut-être un salon, déjà. Je l'imagine plutôt vieille, avec un chignon gris, en tailleur Chanel. J'ai connu une veuve richissime qui engageait des musiciens quand elle recevait des amis mélomanes. J'ai joué chez elle, c'était dans le même quartier. Cette dame la connaît peut-être…

- Elle doit écrire des poèmes, supposai-je. En général, ceux qui en consomment en produisent aussi. Je pressens qu'elle va nous infliger ses vers, c'est sans doute justement pour cela qu'elle donne des soirées littéraires, pour pouvoir les lire la première. Mais bon, ils sont peut-être corrects, et même s'ils sont affreux, elle est sûrement trop bien élevée pour ennuyer longtemps ses invités.

- Ce que vous êtes méchants, les écrivains ! fit John en riant. Avant, je croyais qu'il n'y avait pas plus féroce que les instrumentistes, mais depuis que je croise des gens de lettres, j'ai changé d'opinion !

- C'est vrai, avouai-je, il faut bien le reconnaître. Si tu veux entendre du mal d'un confrère, demande l'avis d'un autre, en l'absence de l'intéressé, bien sûr. Quand ce n'est pas ses livres, c'est son caractère qu'on va critiquer, on trouvera toujours à redire... Au fond, on n'est peut-être pas pires que d'autres, mais on cache moins bien sa méchanceté. On aime trop décrire, et comment rater une occasion de se montrer spirituel ? C'est bien connu, le meilleur esprit est toujours cruel, une formule est plus facile à tourner quand elle est fielleuse. Pour louer quelqu'un de manière persuasive et mémorable, il faut du génie. Et même avec du génie, je ne sais pas si l'on y arrive vraiment : tu peux te rappeler quelque portrait de personnage sans défaut, que tu aurais lu ?

- Non. Mais c'est peut-être parce qu'on préfère oublier ce genre de personnages ?

Nous étions arrivés au pied de l'immeuble, assez impressionnant. En sortant de la voiture, John le parcourut du regard, de bas en haut :

- Années 20, un peu trop épuré pour mon goût, mais j'espère que le buffet dînatoire sera bien fourni. Je meurs de faim. Je n'ai pas eu le temps de déjeuner. Le parfait pique-assiette.

- Une femme qui habite un endroit pareil ne doit pas laisser croire à ses invités qu'elle est pingre.

C'était au premier étage. John appuya sur la sonnette d'un geste décidé, et la porte s'ouvrit, laissant paraître une dame ronde dans la cinquantaine, en ample tenue noire, dont l'aspect avait quelque chose d'étrange. Je mis quelques instants à trouver d'où venait cette impression ; de fait, sur son pantalon, par dessous sa veste, pendait jusqu'à mi-cuisses une langue de soie grise : la cravate de son chemisier. Il me parut inconcevable qu'on oublie de la nouer en se préparant pour recevoir - non, ça devait être le genre de soie lourde et glissante qui se dénoue facilement toute seule. Devais-je lui faire remarquer ce petit accident d'apparence, ou serait-ce plus poli de faire semblant de rien ?

- Mais entrez, fit la dame en nous souriant, venez, vous êtes parmi les premiers. Je vais vous présenter deux amies très chères...

Le salon que nous découvrîmes me surprit : les meubles n'étaient ni des antiquités, ni des modèles de l'époque de l'immeuble, ni *design,* mais quelconques et étonnamment usés ; sur les murs grisâtres pendaient non pas des tableaux de maîtres mais des huiles d'amateur, d'un très mauvais amateur : fussent-elles peintes par un parent, il aurait mieux valu se fâcher avec père, mère, frères et sœurs plutôt que de se faire honte en les exhibant.

- Ghislaine, cette dame est poète et ce monsieur, pianiste, fit la maîtresse de maison. Pardonnez-moi, je n'ai pas retenu vos noms…

Nous les répétâmes (ce qui me fit remarquer qu'elle-même ne s'était pas présentée, tandis que John ne m'avait pas dit comment elle s'appelait).

- J'ai toujours du mal avec les noms étrangers, reprit l'hôtesse. Ce n'est vraiment pas facile à retenir. Voici Monique, elle n'écrit pas mais elle aime les concerts, elle n'en manque pas un.

John s'assit à ses côtés ; il me restait à prendre place auprès de Ghislaine, à qui je demandai ce qu'elle faisait. C'était une femme âgée, mince, ridée et bronzée au point que sa chair en devenait inquiétante, ne ressemblant guère à celle des humains.

- Je voyage et je nage beaucoup, répondit-elle. Là, je reviens d'Islande, et dans une semaine, je repars pour la Norvège. J'ai une maison là-bas, j'y passe au moins un mois chaque automne. Vous n'allez pas me croire, mais je n'aime nager que quand il fait froid. Il n'y a personne, pas de touristes, rien que les poissons et les phoques. J'adore les phoques. Quand je nage, ils viennent autour de moi et nous passons des heures à nous parler. Ô, le langage des phoques !

Sur quoi, elle produisit un bruit proprement stupéfiant.

- Ils comprennent tout ce que je leur dis, reprit-elle. Ils vous comprennent beaucoup mieux que les hommes.

- Il faudrait essayer de leur chanter des chansons, intervint Monique. C'est ce que fait mon mari avec nos chiens quand ils sont malades, ils adorent. Ils se sentent tout de suite mieux, on le lit dans leurs yeux. Mon mari est compositeur, précisa-t-elle à l'attention de John.

- Que compose-t-il ?

- Des chansons et des symphonies. Vous connaissez *Le Chat ronronne* ? C'est de lui, ça fait des années qu'on la chante partout dans les écoles. Quand il ne compose pas, il enseigne, il a un cours privé. Le mois dernier, ses élèves ont joué ses œuvres en concert. Quel dommage de ne pas vous avoir rencontré plus tôt, je vous aurais invité ! C'était vraiment bien. Quand on pense qu'aucun d'eux ne sait lire une partition et qu'ils peuvent jouer des symphonies entières… Mon mari a inventé une méthode de notation sans notes ; il l'apprend à n'importe qui en deux semaines. Cela permet de commencer à jouer très vite de tous les instruments…

- Quel genre de signes utilise-t-il ?

- Je ne peux pas vous le dire, c'est un système original, il ne veut pas que tout le monde sache ce dont il s'agit. Il n'apprend sa méthode qu'à ses élèves.

- Mais vous n'avez rien à craindre, fit John en riant, je vous pose la question par simple curiosité ! Je connais trois types de notation... (Il les résuma en termes si opaques pour le profane que je ne pus rien en retenir.)

- Ce n'est rien de tout ça, c'est autre chose, dit la dame, visiblement irritée. C'est complètement original. Je ne peux pas en dire plus.

Sur quoi, trois hommes entrèrent, faisant une diversion bienvenue. Pendant qu'ils embrassaient Ghislaine et Monique qui s'étaient levées pour les accueillir avec l'hôtesse, je me penchai vers John :

- Ces bonnes femmes sont bizarres, non ? La maîtresse de maison n'offre même pas à boire et ne parle pas du tout. Je me demande si elle entend ce qu'on dit pendant qu'elle nous écoute. Tu as vu le regard qu'elle a ? Elle semble ailleurs.

- Exactement. Tu ne crois pas que...

Mais l'hôtesse interrompit notre aparté pour nous présenter aux nouveaux venus :

- Madame... Elle est poète.

Je répétai mon nom.

- Monsieur est pianiste.

Nous ne sûmes pas ce dont ils s'occupaient, mais ils travaillaient certainement ensemble, car à peine assis sur le canapé, non loin de nos sièges, ils s'absorbèrent dans une conversation à voix basse, très animée, qui n'avait visiblement rien du bavardage mondain : leur air concentré et tendu montrait qu'il s'agissait de choses graves, voire vitales (comme une affaire difficile à conclure peut l'être pour trois associés, par exemple). Alors, la maîtresse de maison vint s'asseoir à mes côtés, comme si elle avait pris conscience de son manquement à entretenir la conversation :

- Vous m'avez apporté vos poèmes ?

- Oui, répondis-je en ouvrant mon sac, les voici. On lit bientôt ?

- En fait, ce soir, on ne lira pas. Les amis qui devaient lire n'ont pas pu venir. Ce sera pour une autre fois. Quel joli recueil ! J'adore la couverture. Vous voulez bien me le dédicacer ?

- Excusez-moi, je ne peux pas vous l'offrir, c'est le seul exemplaire qui me reste.

- Quel dommage ! Mes amis poètes m'offrent toujours leurs livres. Vous l'avez édité à vos frais ?

- Bien sûr que non ! fis-je, vexée du fait qu'elle ait pu l'imaginer.

- Ah ! c'est vrai ? C'est vraiment un compte d'éditeur ? Alors, vous pourriez me dire comment on doit faire pour être publié. Vous avez une carte de visite ?

John a eu tort de me trouver mauvaise langue, me dis-je tout en donnant mes coordonnées.

- J'aimerais bien boire quelque chose, j'ai très soif, entendit-on : c'était Ghislaine.

- Encore un peu, répondit notre hôtesse, et nous allons passer au buffet. Il n'est pas encore neuf heures. On attend quatre personnes.

John me lança un coup d'œil où je lus ma propre réaction : était-ce possible que cette dame ignore à ce point le minimum de savoir-vivre requis pour recevoir ? Par chance, les derniers invités arrivèrent vite, tous ensemble. À leur entrée, j'eus comme une impression de déjà vu, vaguement inquiétante : ils me rappelaient quelque chose de déplaisant, mais quoi ? Je n'eus pas moyen de le retrouver à l'aide des présentations, car cette fois-ci, il n'y en eut point. Tout le monde sauf John et moi connaissait ces quatre hommes, et soudain, nous restâmes en tête-à-tête : les gens qui nous entouraient un instant plus tôt s'étaient redressés et formaient à présent un groupe serré près des fenêtres à l'autre bout du salon, autour des nouveaux venus.

- Si nous partions dîner ailleurs ? proposai-je.

- Mais il est neuf heures moins dix, ce serait affreusement malpoli.

- Tu as raison. Attendons qu'on passe au buffet. Après, on pourra dire qu'on doit se coucher tôt, qu'on est fatigués ou je ne sais quoi.

- Tu as remarqué, demanda-t-il brusquement, que ces gens sont tous en gris ?

La question me fit l'effet d'une révélation foudroyante, d'une importance énorme, quoique je ne fusse pas en état de comprendre à quoi elle tenait. En effet – comment ne l'avais-je pas remarqué plus tôt ? –, tous les hommes présents portaient des vêtements gris (qui un complet, qui un pantalon de flanelle et un cardigan), et mieux encore, leur personne tout entière était grise : les cheveux, cela n'avait rien d'étrange, vu la moyenne d'âge, même si l'on pouvait s'étonner que leur nuance soit identique chez sept individus pourtant différemment dégarnis ; mais leurs yeux et leur teint étaient grisâtres aussi, chez tous ! Sans que je sache pourquoi, ce constat m'effraya au point que je me redressai dans un mouvement de panique, après quoi (me rasseyant) j'essayai de me raisonner : voyons, celui-là, il a bien le nez plutôt rouge, les yeux de l'autre sont marron, pas gris, tu avais mal vu… Mais ces détails colorés ne suffisaient pas à changer la dominante indiscutablement grise de l'assemblée. Monique était en gris aussi, Ghislaine portait un collier gris, il y avait également le chemisier de l'hôtesse (dont la cravate pendait toujours par dessous la veste), et lorsqu'elle se déplaça d'un invité vers un autre, je pus observer que son pantalon n'était pas complètement noir, mais taché d'une substance grisâtre à maints endroits, ce qui paracheva mon ahurissement. Si elle avait été ivre, je l'aurais senti, et puis, une buveuse ne nous aurait jamais laissés à sec...

- John, fis-je tout excitée, ça y est, je viens de comprendre...

- Tu entends ? m'interrompit-il, manifestement absorbé par une tout autre découverte.

- Quoi ?

- Ce dont ils parlent.

Je dressai l'oreille.

- Ils nous diabolisent, disait un des derniers venus, ils veulent faire croire aux bonnes gens de France que nous sommes dangereux...

- C'est un complot, intervint l'un des trois que je tenais pour des associés, ce n'est pas nouveau, ils se préparent depuis plus d'un siècle à nous détruire. Ils nous envahissent peu à peu, c'est tantôt les uns qui prennent notre argent pour spéculer à leur profit, tantôt les autres qui mendient : nous sommes pauvres, aidez-nous ! Et voilà, nos enfants se retrouvent sans travail, sans avenir, alors qu'autour, ça se multiplie comme les rats...

- Il est grand temps d'agir ! s'exclama celui qui avait le nez rouge, c'est de nous que dépend l'avenir, l'Histoire sonne l'heure !

- John, on se tire ! chuchotai-je, terrifiée.

- Il est neuf heures, fit une voix forte dans mon dos, je propose qu'on se lève.

C'était l'hôtesse qui se tenait au-dessus de moi et qui posa sur mon épaule une main potelée et molle mais bien lourde.

- Venez, chère amie, j'ai préparé des tartes et du poulet, vous verrez, c'est très bon...

- Ils nous ont ruinés, disait quelqu'un.

- Il faut sévir, répliquait une autre voix.

- Prenez ce verre, continuait la maîtresse de maison. C'est du vin de Bourgogne. Vous en avez déjà bu ?

- Je ne me sens pas très bien, je crois que j'ai un malaise.

- Mais venez vous étendre dans ma chambre !

- Non, non, j'ai besoin d'air, il vaudrait mieux que je sorte.

- Vous ne pouvez pas sortir dans cet état ! s'exclama Monique.

- Mon ami m'aidera à rentrer...

- Prends d'abord un verre d'eau et rassieds-toi, m'intima John (manifestement incapable de saisir ce qui m'arrivait). Ça va mieux ?

- Oui. Beaucoup mieux.

Par bonheur, les deux femmes ne poussèrent pas plus loin leur sollicitude, m'abandonnant entre ses mains, pressées de rejoindre les autres dans la pièce voisine où devait se trouver le buffet. John me laissa affalée dans un fauteuil pour courir m'apporter du vin – en fait de bourgogne, c'était de la piquette, mais nous vidâmes tous les deux nos verres ; pour moi, la perspective d'un peu d'ivresse me semblait salutaire.

- Pourquoi tu as voulu me faire boire de l'eau ? chuchotai-je. C'était le moment de partir !

- Mais je croyais que tu te sentais très mal ! J'ai eu peur.

L'hôtesse revint vers nous, chargée de deux assiettes remplies dont elle faillit renverser l'une sur mes genoux. Je l'attrapai au vol en remerciant, ce qui limita les dégâts à une cuisse de poulet dans le giron ; John s'empressa de saisir la seconde, puis nous restâmes de nouveau seuls.

- Maintenant, on ne peut plus s'en aller, maugréai-je, on n'a plus de prétexte, il faut attendre qu'ils finissent de manger. Ou bien faire un scandale…

- Mais pourquoi veux-tu qu'on s'en aille si vite ? Ça vaut la peine de rester jusqu'au bout pour les écouter. Je n'avais jamais eu l'occasion de rencontrer…

- Moi non plus, le coupai-je, mais je n'y tiens pas.

- C'est pourtant intéressant. Toi qui es écrivain, tu devrais en profiter, observe-les…

- Je ne veux pas ! Je veux sortir, ils m'angoissent.

Les invités revenaient, chacun avec son assiette et son verre, pour reprendre place près des fenêtres, à l'autre bout du salon, où ils avaient commencé à parler ensemble un peu plus tôt ; je crus comprendre, par un bout de réplique, que les quatre avaient assisté ou participé à une « réunion » (de parti, sans doute) juste avant de venir ici ; apparemment, ils en rapportaient la teneur aux autres.

- Mais calme-toi, dit John, il n'y a aucune raison de t'inquiéter ! Regarde comme c'est intéressant, c'est comme si nous n'étions pas là. Ils parlent entre eux ; nous, on peut tout entendre, mais ils ne s'en soucient pas, ils ne baissent même pas la voix. Comme s'ils croyaient que nous étions d'accord ; ou comme si ce que nous pensons n'avait pas la moindre importance ; comme si nous n'existions pas…

- Comme si nous ne pouvions pas parler, comme si nous étions quelque chose d'assimilable aux meubles…

- Oui, et en effet, nous ne leur disons rien.

- Nous ne faisons pas de scandale. Nous sommes des lâches.

- Je ne dirais pas ça, je dirai que nous sommes des gens de l'espèce dont ils savent bien qu'elle ne fera jamais de scandale, dans ces circonstances : nous sommes bien élevés, d'un côté, et d'un autre…

Je m'évanouis au milieu de son analyse, venant de réaliser que tous les hommes présents ressemblaient à Born – par le coloris comme par une kyrielle de détails physiques qui faisaient de leur groupe quelque chose comme sa multiplication. Une fois revenue à moi, je pus sortir, soutenue par mon ami, presque immédiatement : cette fois-ci, l'hôtesse ne chercha pas à me convaincre de m'allonger dans sa chambre, craignant sans doute que je ne perturbe toute sa soirée par d'autres malaises, voire que je ne meure chez elle. John ne se contenta pas de me déposer devant mon immeuble, mais me raccompagna jusqu'au sixième étage, malgré mes protestations (je me sentais vraiment mieux), tenant à s'assurer que je ne tomberais pas dans l'escalier, et me quitta en s'excusant de m'avoir amenée à une soirée semblable, avant de rentrer manger tout seul : « J'ai encore plus faim et soif que tout à l'heure ! »

Le lendemain, je racontai notre mésaventure à Michèle, pour finir par demander :

- Qu'est-ce que tu aurais fait, toi, à notre place ?

- Rien du tout. J'aurais été trop sidérée pour dire quoi que ce soit. Et vous avez très bien fait de ne pas réagir, surtout toi : ça peut être dangereux, ce genre d'abrutis. Cette femme a ton adresse ; tu aurais parlé, ils auraient sans doute envoyé quelqu'un t'agresser, après...

Je n'avais pas songé à ce danger, ni que je risquais vraiment de recevoir un coup de fil de l'hôtesse, une perspective si désagréable que je me lançai, pour la chasser de mon esprit, dans une nouvelle description de la compagnie :

- Si tu pouvais voir comment ils étaient ! Ils étaient tous gris, essaie d'imaginer, tous complètement gris malgré les touches de rouge ou de marron... Non, on ne peut pas imaginer ça, il faut les avoir vus. Comme s'ils étaient couverts de poussière, d'une poussière poisseuse, ou comme si c'était une sorte de maladie, quelque champignon, par exemple, ou bien une décoloration des tissus, comme celle des vêtements et des objets qui sont restés longtemps exposés dans une vitrine où ils ont pris une couleur incolore, passée... Des visages *gris cireux* ! Je n'aurais pas eu si peur sans cela : le plus effrayant, c'était justement qu'ils avaient l'air de former un ensemble organique, une sorte de race grise, tu vois, alors qu'en principe, c'est inconcevable – c'était comme si tout à coup, je devais admettre que les lois de la nature n'avaient rien à voir avec ce que j'en savais. Je ne comprends toujours pas comment ça se peut : tous gris, tous les sept !

Michèle riait de ma fascination pour ce phénomène ; à son sens, la grisaille devait tenir en partie de l'éclairage, en partie de mon imagination.

- Mais non, je t'assure ! John aussi l'a remarqué. Moi, ça m'a frappée dès qu'ils sont entrés, seulement, j'ai mis du temps à saisir ce qu'ils avaient de bizarre...

L'échange se prolongeant, les Gris finirent par me faire rire presque autant que Michèle, et nous nous dîmes que notre romancier se serait régalé à dépeindre leur assemblée.

- Au fond, c'est un tas de tordus minables comme ses hobereaux, fit Michèle, des fin de race qui n'ont rien pu faire de leur vie, j'imagine, et qui passent leur temps à déblatérer pour se faire croire qu'ils comptent ou qu'ils font quelque chose. Qui d'autre irait se rabattre sur leur parti, ou boire de la piquette chez une vieille droguée ? L'extrême droite, pour ce que j'en sais, ça vient soit des milieux très défavorisés, soit des anciens riches, et ça revient au même : des ratés et des tarés dont personne d'autre ne veut. Alors, ils se réunissent, ils sont entre eux, ça les fait se sentir mieux...

Puis elle me raconta l'histoire d'un oncle par alliance, assimilable aux Gris quoiqu'il portât des vestes de tweed vert et jaune, et des nœuds papillon bordeaux – le rebut de sa famille, qu'on évitait au possible de croiser mais qu'il fallait bien inviter de temps en temps, à un mariage, par exemple, ne serait-ce que pour que sa femme ne se sente pas complètement rejetée... Tout cela fit que les Gris furent réduits, et qu'ils me sortirent de l'esprit ; mais le soir même, comme je parlais de tout autre chose avec Gaëlle qui était venue me voir, le téléphone sonna :

- C'est Victoire...

- Qui ?

- Vous êtes venue chez moi hier, chère amie, je n'ai pas eu le temps de vous demander l'adresse de votre éditeur...

La surprise m'empêcha de me rappeler qu'il fallait être prudente : je déclarai à Victoire que je regrettais d'être venue chez elle, ne comptais pas y retourner et ne voyais pas de raison de lui donner des adresses ; mais elle ne me laissa pas raccrocher :

- Je ne comprends pas, chère amie, qu'est-ce qui s'est produit qui vous a fâchée ?

- Je croyais venir à une soirée littéraire, répondis-je, pas à une réunion politique...

- Oh ! c'était donc cela ? Mais il ne faut pas le prendre mal, vous savez, il faut revenir, vous verrez que ce sont des gens très bien, qui seront ravis de discuter avec vous...

J'exprimai mon doute sur ce dernier point, et je lui confirmai mon intention de ne pas revenir chez elle.

- Mais il ne faut pas être comme ça, fit Victoire gentiment, il n'y a pas de raison de les diaboliser...

Ce dernier terme, droit sorti du discours d'un des Gris, m'exaspéra si bien que je m'écriai :

- Qui les diabolise ? ! C'est une bande de crétins pitoyables qui ne seraient même pas bons à faire les sous-fifres d'un sous-diable ! Restez donc entre vous, puisque vous vous supportez, nom de Dieu !

Et je raccrochai avec fracas, avant de reprendre conscience de la présence de Gaëlle dont les yeux sortaient de la tête :

- Qu'est-ce que c'était que cette conversation ? Qui a fait quoi, pour te mettre dans cet état ?

Mon explication la fit d'abord rire, puis, comme je me lançai dans une nouveau développement sur le phénomène incompréhensible (« s'ils n'avaient pas été complètement gris, tous les sept, comme Born, ça ne m'aurait sans doute pas fait grand-chose, mais comme ils l'étaient vraiment… »), elle émit la supposition mi-sérieuse que leur état d'esprit devait modifier leur substance :

- …Peut-être qu'avec le temps, quand on est à la fois con et malfaisant, on finit par se faner et par se décolorer de cette manière précise, tous pareil. Peut-être aussi que c'est à force de vivre enfermés ? Born, tu disais qu'il ne sortait jamais, et ceux-là, ils doivent passer tout leur temps chez eux, à des réunions dans des salles sinistres ou chez cette droguée, et ils ne voient que des gens comme eux, la plupart du temps, alors, toutes ces conditions à la fois, c'est sans doute trop, ça ne peut pas manquer de les transformer, et ils se mettent à s'habiller en gris parce que ça les attire, par affinité naturelle, si j'ose dire : même s'ils ne s'en rendent pas compte, ils doivent sentir que c'est la couleur qui s'impose…

- En tout cas, je ne sais pas si tu peux te représenter l'effet que ça produit, mais c'était épouvantable, revins-je à mon idée initiale, c'était quelque chose de complètement anormal, comme une sorte de phénomène surnaturel, très inquiétant, et maintenant, si ça se trouve, comme j'ai dit ce que je pensais d'eux, je ne pourrais plus m'en débarrasser – Michèle pense que c'est des gens qui seraient capables de venir m'agresser…

Gaëlle en doutait ; cependant, je ne pus pas m'ôter de l'esprit cette angoisse ; je fis des cauchemars où les Gris se groupaient autour de moi et se resserraient pour m'étouffer, tandis que le romancier ricanait, et non seulement le lendemain, mais les jours suivants aussi, j'eus peur de sortir ma chambre le matin autant que de rentrer le soir : si je tombais sur eux qui m'attendraient devant la porte cochère, sous le porche ou dans le couloir du sixième étage ? (Je devenais presque aussi craintive que la doyenne de l'immeuble.) Tout en étant consciente de l'aspect absurde de ma nouvelle hantise, je n'arrivais pas à m'en débarrasser ; elle se prolongeait et ramifiait en s'associant au moindre signe de xénophobie que quelqu'un pouvait donner dans mon champ visuel et auditif ; j'en arrivai à avoir des accès de terreur mêlée de répulsion quand il arrivait à une vendeuse un peu désœuvrée de vouloir lier conversation en me demandant d'où venait mon accent, et parallèlement aux occurrences toujours plus nombreuses que l'obsession me faisait relever pour se nourrir, je me mis à perdre – sans aucune raison concrète – l'espoir que le projet de Benoît pût aboutir. L'avocat avait déjà transmis une copie de mon dossier au cabinet de son ami haut placé, et m'avait appelée pour me dire qu'il ne restait plus qu'à attendre que l'original fasse le tour des instances requises pour donner leur avis, sur un ton très confiant, mais cela ne m'avait même pas remonté le moral pour un instant.

En dehors des journées passées chez Michèle, où je me sentais vraiment à l'abri, je commençai à vivre selon une stratégie dont je comprenais qu'elle faisait de moi comme une autre version des Gris, sans que ce reste de lucidité m'aide à y renoncer : je m'enfermais ou j'allais voir uniquement des gens bien familiers ; quand je ne pouvais pas éviter de me rendre à un endroit où les inconnus (toujours susceptibles de s'intéresser à mon exotisme) abonderaient, je faisais mon possible pour empêcher quiconque de me parler ; l'aurais-je pu, je me serais fait passer pour sourde-muette à tout moment où je n'étais pas dans les murs d'une personne rassurante, et hors de danger de voir arriver quelque porteur de menace.

Cela aurait peut-être tourné à la folie complète si je n'avais pas eu, les jours sans Michèle, assez d'énergie pour écrire : dans mes nouveaux (petits) romans en cours, rien ne pouvait me rappeler ma hantise, le travail m'en extrayait donc pour de longues heures passées dans un monde où elle n'avait pas lieu d'être – faute d'arriver à m'en guérir en me convainquant que, très logiquement, ce monde était le *vrai*, tandis que le reste *n'était jamais que la réalité*, et une réalité déformée qui plus est, cette prise de distance me reposait et me permettait de résister quelque peu, quand les angoisses revenaient, à leur tendance à s'approfondir.

*

La littérature finit bientôt par m'en détourner d'une autre manière aussi, grâce au coup de fil d'une éditrice qui venait de lire mon premier roman et me proposait de la rencontrer pour en parler – invitation qui me fit bondir de joie, ne pouvant pas impliquer un refus net. Le rendez-vous fut pris pour le surlendemain ; entre-temps, je fis avec Michèle le tour des éventualités que nous pûmes concevoir : on me dirait qu'il faudrait couper toutes les phrases en quatre pour que le roman devienne publiable ; on me demanderait de le raccourcir, ou, au contraire, de le « développer » (Michèle avait entendu dire, dans une émission de radio, que cela faisait partie des usages des éditeurs) en ajoutant de larges pans d'action, puisqu'il n'en contenait pas beaucoup ;

on voudrait me faire simplifier mon style par soustraction de métaphores et de mots rares, en commençant par le titre du manuscrit... Pour chaque cas envisageable, il fallait préparer une parade, une tactique qui puisse me permettre de préserver le roman tel quel ou presque, tout en donnant à l'éditrice l'illusion que je ne m'opposais pas à son point de vue, et en lui faisant admettre que la version finale (identique mais avec plus de sauts de ligne, ou à peine retouchée) ne rebuterait aucun lecteur. Nous y passâmes des heures, employant même les réserves d'astuce de Finbarr (pendant le dîner), jusqu'à épuiser toutes nos idées, à croire m'avoir prémunie pratiquement contre tous les pièges, et à ne plus nous inquiéter qu'au sujet du titre (auquel je tenais désespérément).

Or, comme il arrive souvent, le rendez-vous me révéla quelque chose de complètement imprévu. Après m'avoir installée face à elle dans la petite librairie qui lui servait également de bureau, l'éditrice (une femme qui ne semblait même pas avoir dix ans de plus que moi) me parla en ces termes :

- Je suis très gênée. Votre roman me pose un problème qui est sans doute le plus pénible qu'on puisse rencontrer en tant qu'éditeur, et j'ai vraiment honte de vous l'avouer, mais je n'ai pas le choix : je veux le publier, alors que je n'ai pas assez d'argent pour cela.

Je restai muette, partagée entre la jubilation et l'impression de mal comprendre ce qu'elle voulait me dire.

- J'ai fait des calculs, reprit-elle, pour savoir quelle somme il faudrait investir : il est plus gros que tout ce que j'ai publié jusqu'à présent, mais je me disais que cela ne dépasserait peut-être pas de beaucoup mes possibilités. Finalement, je me suis rendu compte que je suis loin de pouvoir le faire imprimer, alors que je n'arrive pas à y renoncer : on trouve rarement des manuscrits de cette qualité.

(Élan d'exultation muette.)

- Alors, je voulais vous proposer quelque chose : seriez-vous d'accord pour attendre un certain temps, ce qui me permettrait d'envoyer des dossiers à toutes les institutions qui pourraient me subventionner, et de voir comment mes affaires vont marcher dans les mois à venir ? J'ai déjà eu une aide pour un livre que j'ai fait traduire, je connais les démarches à faire, ça ira vite de mon côté, mais ensuite, l'attente peut durer longtemps, de trois à six mois, peut-être même plus, selon les instances.

- Mais ça marchera ?

- Je ne sais pas, je ne peux pas vous le garantir. C'est plus facile quand il s'agit de traductions. Je ne peux rien vous promettre, sauf de faire tout ce qui dépend de moi pour essayer de vous publier.

J'acceptai d'attendre sans hésitation, quoique dans un regain d'inquiétude : et si au bout de six mois ou d'un an, l'éditrice se retrouvait aussi pauvre qu'actuellement ? (Le sort du livre m'occupait si bien l'esprit que j'omis de songer à ce qui pouvait m'arriver entre-temps : à ce moment, je me tenais pour durable, inexpulsable et presque indestructible ; les Gris n'avaient jamais été plus loin.) Comme pour me rassurer définitivement, un client entra dans la librairie, et je pris congé, pressée de rapporter la bonne nouvelle à Michèle et au reste de mon monde, ce qui donna autant de messages exaltés sur répondeurs : chacun vaquait à ses occupations, dans cette fin d'après-midi, personne n'était chez soi pour partager mon retour d'optimisme. Je finis par me rappeler que Noémie devait être joignable dans sa salle, et je l'appelai sous prétexte de vouloir lui rendre son mémoire sur Massigny ; comme prévu, elle me demanda ce que je devenais ces derniers temps, me félicita d'avoir une éditrice potentielle, et me proposa de revenir voir un film chez elle : « Si tu veux, viens avec ton ami Antonin, je serais contente de parler un peu plus avec lui. » En promettant de la rappeler pour lui dire quel soir nous conviendrait, je réalisai que cela devait faire des semaines que je n'avais pas croisé Tonicek : avait-il changé d'horaires ? Une fois rentrée, je glissai un mot sous sa porte, et je recommençai à donner des coups de fil un peu partout (cette fois-ci, sans laisser de messages), l'impatience m'empêchant de songer au fait que cette occupation laissait les amis qui seraient rentrés et voudraient me joindre sans moyen de le faire. Je finis par m'inviter chez Michèle, attrapée au moment où elle rentrait, et qui devait préparer le dîner avant d'entendre mon récit détaillé.

Elle suggéra de donner à l'éditrice mon deuxième roman, puisqu'il était plus court, mais je tenais davantage au premier, et me rappelant que selon Luc, les auteurs qui avaient deux inédits étaient mal vus, je préférais attendre quelque temps avant de m'y décider. Michèle ne désapprouva pas :

- Avec un peu de chance, elle trouvera une aide d'ici quelques mois, et après, tu pourras lui dire que tu viens d'achever un autre manuscrit, plus facile à éditer : comme si tu l'avais fait plus court exprès pour elle. Tu aurais envie de rester chez elle définitivement ?

- Oui, ce qu'elle publie, c'est bien, en général, c'est plus joliment édité que chez d'autres, et on trouve ses livres dans toutes les bonnes librairies, elle les diffuse beaucoup mieux que D. D. Le seul problème, c'est que si je finis par écrire un Gros Œuvre, elle n'aurait sans doute même pas le courage de chercher des aides, puisque ça ferait au moins le double du manuscrit trop gros pour elle.

(Cette dernière phrase relevait de la plaisanterie plus que de l'angoisse.)

- Tant pis, d'ici à ce que tu l'écrives, tu seras devenue assez connue pour qu'un autre te le prenne, si elle ne s'enrichit pas entre-temps.

Sur cela, Finbarr rentra, et j'eus le plaisir de raconter de nouveau les événements (un peu moins longuement) avant de conclure :

- S'il n'y avait pas eu Noémie pour être joignable à son travail, j'aurais sans doute explosé comme une cocotte-minute, à force de jubiler sans pouvoir parler.

- En fait, c'est qui, Noémie ? demanda Michèle.

- C'est quelqu'un d'incroyable, répondis-je, la seule spécialiste de Robert Massigny, elle a voulu mourir parce que des gens riaient à un de ses films, tu te rends compte ?

Michèle pouffa. J'expliquai que Noémie s'occupait d'un cinéma de grande banlieue, où je pouvais voir gratuitement les films qui m'intéressaient, et j'allais proposer de les y amener tous les deux, quand Finbarr intervint :

- Mais ça doit revenir à dépenser en transports plus que le prix d'une place de cinéma !

Je n'en avais jamais pris conscience, et je fis de mon mieux pour dissimuler ce manque de bon sens :

- Oh ! ce n'est pas très grave, pour moi. Si un jour je n'ai pas assez d'argent pour le trajet, je pourrais toujours prendre le train sans billet, ou aller jusqu'au terminus de métro le plus proche, puis marcher. Ça me ferait connaître des quartiers que je n'ai jamais vus.

Michèle se remit à rire :

- Denise, une grande marcheuse devant l'éternel ! Quel dommage que le titre de Piéton de Paris soit déjà pris ! Un jour, on dira de toi : c'est un grand auteur pédestre, comme on dit « statue équestre », et je me vanterai de t'avoir connue entre deux promenades. Sur quoi, on va se coucher, parce que demain matin, si je ne me lève pas tôt et bien reposée, la fin de la dernière relecture risque de traîner !

Effectivement, la veille, nous avions achevé d'écrire la thèse (ce qui eût été un grand événement sans l'apparition de mon éditrice potentielle) ; il ne restait plus qu'à la relire et corriger, Michèle s'en occuperait toute seule. Je restai dormir sur le canapé du salon – comme j'avais fait naguère dans son ancien appartement –, l'heure du dernier bus étant déjà passée.

Une fois couchée, je vis des effets de lumière mouvants sur le plafond : cela circulait au-dessus de ma tête, quelques voitures qui passaient, sans doute. Un petit effort, et l'on pouvait en suivre une, sinon la rattraper : elle allait vers chez moi, et arrivant au pied de mon immeuble, j'y trouvai quelques messieurs d'âge mûr, de mine sérieuse, qui discutaient tandis qu'un grand bonhomme en blouse bleue se tenait à côté, appuyant un paquet rectangulaire contre la porte cochère.

- Pas ici, disait l'un, on va croire qu'elle habitait côté rue, on va déranger les gens, je vois ça pleuvoir sur mon bureau, les plaintes de voisins paisibles qui n'en peuvent plus qu'on sonne chez eux parce qu'on veut visiter le musée.

- Dans la cour intérieure, alors !

- Oui, dans la cour intérieure…

Celui qui tenait le paquet le souleva un peu, encouragé, et voulut passer le porche. Apparemment, la chose pesait lourd : on le sentait pressé de s'en décharger.

- Non, attendez ! Dans la cour intérieure, qui va la voir, cette plaque ? Ça valait bien la peine d'avoir décidé de la poser, pour la cacher !

- Et pour inaugurer, fit le troisième, imagine un peu ce que ça donnera : Monsieur le Maire, la télévision, tout le tralala, entassés dans la cour ! Et regarde-moi ces murs : ils n'ont pas dû les repeindre depuis le siècle dernier ! Ça s'écaille de partout. Plus minable, pour cadre d'une inauguration, on aurait du mal à trouver.

- Mais quand j'y pense, intervint le quatrième, là où elle habitait, enfin, le musée, ça peut contenir combien de visiteurs ?

Un silence s'installa, assez perplexe sauf en ce qui concernait le gars en blouse, qui ne suivait plus la conversation, trop occupé à caler son fardeau contre la poignée pour pouvoir le lâcher d'une main.

- Deux, je dirais, répondit le premier.

- Trois, fit le deuxième, apparemment doté d'une bonne nature, prêt à arrondir tous les angles qui pouvaient se présenter. Je dirais même quatre, pourquoi pas cinq. Le guide pourrait se tenir sur le palier.

- On aurait dû s'occuper de calculer plus tôt, non ? ironisa le troisième. De fait, qui a eu cette idée de mettre une plaque juste ici ? Elle a vécu au moins à quinze autre endroits, il me semble, dans d'autres arrondissements, le plus souvent… Mais bon, c'est décidé, il est trop tard pour laisser tomber. Posons-la au sixième, à côté de sa porte, pour en finir, ça ne dérangera personne.

- Je ne suis pas sûr qu'il y ait assez de place, sur le mur entre les portes.

- Ah bon ?

- Et puis, si on la posait là, les visiteurs pourraient se tromper de porte… Et le mur, ça doit être une cloison, je ne crois pas que ça puisse supporter le poids…

C'est alors que, n'y tenant plus, j'intervins, me faisant enfin remarquer par le groupe :

- Ce n'est pas une cloison, c'est un vrai mur en briques, fis-je, un mur porteur. Enfin ! vous croyez qu'il ne tient que sur les côtés, le toit ? C'est un bon immeuble qui a plus d'un siècle, fait pour durer ! Ce n'est pas une de ces saloperies à sol de marbre et à colonnes de plâtre, genre la mairie !

- Quelles colonnes de plâtre ? s'écria le premier, me faisant soudain réaliser que je m'étais embrouillée.

- Pardon, je pensais à la mairie de Pleunk. Vous comprenez, un jour, à un mariage, en me cognant la main, je me suis rendu compte que les colonnes étaient en plâtre, creuses : il suffirait de donner un bon coup de poing, ça tomberait en morceaux, pareil qu'un vase !

- Comme elle s'exprime mal, fit remarquer le troisième. C'est curieux : dès qu'on croise un personnage célèbre, on se demande pourquoi on en a fait si grand cas. Je l'ai souvent remarqué.

- De plus, elle est trop jeune, dit le quatrième. Beaucoup trop jeune. Vous ne trouvez pas ? Ça ne fait pas sérieux. Elle aurait pu faire un effort, il me semble…

Il se tut, soudain gêné par quelque idée que je ne pus pas deviner. Alors le deuxième, toujours soucieux d'arrondir les angles :

- Dites-nous, vous n'avez pas une petite idée sur le meilleur endroit où l'on peut la poser, votre plaque ?

- Juste ici, fis-je sans hésiter. Au-dessus de l'entrée, comme celle de Heine. Si vous craignez qu'on dérange les voisins, il suffirait de graver en plus petit : « Escalier fond de cour, sixième étage, dernière chambre à gauche. » Et même s'il n'y a pas beaucoup de place dans le musée, ce n'est pas grave, on ne s'y pressera pas en foule non plus ! (Ce disant, j'eus peur de les décourager en leur faisant réaliser que l'entreprise ne serait pas rentable, et je me hâtai de dévier :) Les gens qui aiment visiter les auteurs morts, c'est une espèce particulière, ils préfèrent être tout seuls ou presque, sur les lieux. Ils visiteront l'un après l'autre, ça leur plaira bien mieux que d'être en troupeau dans une grande demeure ; ce sera plus intime, plus convivial. Vous avez parfaitement choisi le lieu : mes livres, c'est ici que je les ai écrits, c'est bien cela, ma vraie maison. Maintenant, si vous voulez bien, je serais contente de voir à quoi elle ressemble, cette plaque.

Ils se regardèrent, l'air de se consulter sur quelque problème qui m'échappait (toujours à l'exception de l'homme en blouse, qui avait finalement posé son fardeau par terre et fumait, tranquille, sans faire attention à ce qui se disait), et comme aucun ne semblait avoir le courage de refuser, le troisième tendit lentement la main vers le papier qui enveloppait le marbre, pour le déchirer. Sur quoi, je me réveillai.

Je me réveillai étrangement effrayée, en sueur froide, alors que tout le long de cette vision de ma gloire posthume, je n'avais guère senti de déplaisir qui soit pire que l'agacement d'une maîtresse de maison dont on se permet de critiquer l'accueil. Pourquoi ai-je peur ? m'interrogeai-je, et je compris : parce qu'on avait hésité à me dévoiler la plaque. Que pouvait-il y avoir là de gênant à me montrer ? Tout de même pas le texte : fût-ce dans un rêve, personne ne songerait à graver sur marbre des méchancetés au sujet d'un auteur. Non, c'était une date qu'ils ne voulaient pas me mettre sous les yeux : l'année de ma mort. Comme j'avais l'air vivante, ils avaient dû se demander si je ne l'étais pas vraiment, ou se sentir gênés pour quelque autre raison à l'idée de me la faire lire.

De l'avoir réalisé, je me mis à trembler, ce qui me fâcha et me fit aller chercher un grand verre d'eau glaciale que je m'infligeai, en médicament – le meilleur moyen de chasser une idée noire (de celles qui se laissent faire) n'étant pas autre qu'un désagrément physique. Puis je me recouchai et rendormis sans plus rien voir (après avoir réalisé que les effets de phares sur le plafond avaient été strictement oniriques, ne pouvant pas pénétrer jusqu'à la fenêtre du salon à travers la courette).

Par une réaction pour moi-même surprenante, soit au rêve, soit à l'espoir de publier un roman, à peine rentrée de chez Michèle, j'eus une idée permettant d'achever une de mes vieilles ébauches de nouvelles (à laquelle je n'avais plus repensé depuis au moins un an), et en deux jours, je me retrouvai devant un recueil complet, que j'envoyai aussitôt à D. D. La réponse ne tarda pas beaucoup : il le mettrait sous presse dès qu'il l'aurait retrouvé, ou que je lui aurais envoyé un autre exemplaire, sans oublier la disquette, bien entendu. Avec un peu de chance, il paraîtrait assez vite pour que je puisse le faire transmettre à l'instance où mon dossier serait arrivé, et à l'ami haut placé de Benoît, avant l'étape finale : l'auteur de deux livres serait forcément mieux vu qu'une débutante.

C'est seulement alors, cher lecteur, que je pris conscience du sens profond que celait le projet conçu par Benoît, et que je me permis d'aborder en rêve son accomplissement. En effet, pour étonnant que ce soit, je n'avais pas réfléchi, jusque-là, à l'essence de ma demande : préoccupée par les formalités et la recherche de garants, j'avais omis de saisir le fait qu'être naturalisée à titre d'écrivain revenait à devenir pleinement et exactement, aux yeux de tout le monde, ce que j'étais. Mais oui, pourquoi étais-je venue à Paris, au fond, comment avais-je trouvé la force d'y rester (même menacée d'expulsion ou clandestine), et comment y vivais-je actuellement ? En écrivain français – d'abord potentiel, puis en train d'éclore, puis débutant, et maintenant, commençant à s'affirmer. La langue m'avait acceptée ; mes livres n'avaient pas d'accent, ils étaient jugés comme ceux de n'importe quel auteur de souche (je me rappelai, en y songeant, l'ami de Jean-Jacques refusant de croire que je pusse provenir de l'étranger). Quelle autre raison de demander à être reconnue pour existante saurait mieux me convenir ?

Si j'avais pu devenir officiellement réfugiée, et déposer une requête à ce titre, cela aurait impliqué l'idée de changer de nationalité *par défaut*, d'être la victime que je n'étais plus en fait depuis que j'avais quitté Pleunk, et l'exilée pour laquelle certains tenaient à me prendre, ce qui m'insupportait. Si j'avais eu un permis de travail, et accumulé le nombre de fiches de salaire nécessaires pour obtenir la citoyenneté en tant que membre utile de la société, je n'aurais guère pu écrire, et je n'aurais pas cru à l'utilité qu'on m'aurait reconnue, sachant que quelqu'un qui fait passer le gagne-pain avant ce que lui seul peut accomplir n'est jamais qu'un raté. Enfin, si j'avais eu envie de suivre l'exemple d'Yvonne (en devenant une Mortange, éventuellement), aurait-ce été autre chose qu'un artifice, puisque personne n'avait vraiment besoin de se marier pour aimer et vivre en couple, dans le monde où nous étions ? Quel sens pouvait avoir pour moi le fait de se marier ? Aucun, en dehors de son utilité pratique ; même Yvonne qui accordait aux épousailles bien plus d'importance, pour des raisons d'expérience personnelle, de génération et de milieu, n'y avait pas songé pour mon compte avant qu'il ne soit question de me faire naturaliser ; au fond, y arriver de cette manière ou par un mariage blanc, cela revenait au même mensonge : cela n'avait rien de naturel et que je puisse ressentir comme vrai.

Non, la seule manière qui me convînt, qui pût être vraiment la mienne, était celle dont j'aurais continué à ignorer l'existence sans Benoît. Béni soit-il, comme son nom l'indique ! Moi qui avais tant lu et relu tous les règlements concernant les inexistants, comment me serais-je douté qu'il pouvait y avoir, dans la loi, d'autres rubriques auxquelles je correspondrais ? Avais-je jamais entendu parler d'écrivains naturalisés en tant que tels, et où aurais-je pu le faire ? Pas à Pleunk, certainement ! Existait-il, de fait, quelque autre pays dont les législateurs aient conçu qu'il serait naturel d'officialiser la réalité intime et littéraire selon laquelle tout auteur est natif de la langue de ses livres ? Sans doute pas. Cela ne devait aller de soi qu'en France, où tant d'écrivains étaient venus faire leur œuvre depuis des siècles. Et ce n'était certainement pas ailleurs que votre premier admirateur, à peine rencontré, se préoccuperait de vous y faire rester, de vous sauver, de vous permettre d'écrire d'autres livres aussi qu'il voudrait lire, pensant à votre avenir mieux que vous-même – où diable trouvait-on jamais de tels lecteurs sinon à Paris, cité d'élection des lettres et des arts ?

À y songer, j'avais les yeux pleins de larmes (maintenant encore, cher lecteur, je les essuie), et faute de pouvoir appeler Benoît pour lui dire toute ma reconnaissance – je gardais assez de bon sens pour savoir combien ce serait incongru, tout à trac – ou de pouvoir embrasser le sol de la ville où je me trouvais (au sixième étage), je pris dans ma bibliothèque le Plan de Paris, un petit volume bordeaux acquis peu de temps après mon arrivée, encore plus précieux d'être d'occasion et fort ancien, pour couvrir de baisers sa couverture : le nom sacré et l'idée de tous les univers qu'il recouvrait.

Puis j'appelai Benoît pour lui annoncer la parution proche d'un nouveau recueil.

*

En attendant que mes nouvelles paraissent, la soutenance de Michèle approchait. Je faillis ne pas m'y rendre : elle eut lieu dans l'après-midi d'un jour où mon écriture allait si bon train que, faute d'avoir pensé à régler le réveil pour l'heure où je devais sortir, je constatai qu'elle était déjà passée seulement grâce à un coup de fil – que je ne pris pas, ayant juste le temps de courir chercher un taxi pour ne pas arriver trop en retard. On l'avait échappée belle : j'imaginais le désarroi de Michèle (déjà perturbée par le trac) face à mon absence inexplicable, qu'elle aurait attribuée à quelque horrible accident, sachant que j'avais plutôt tendance à être en avance même à des rendez-vous moins importants. Cependant, une fois sur place (presque à l'heure), je réalisai que mon amie était trop occupée à parler avec ses autres invités, dont sa mère venue spécialement de province, pour s'inquiéter de mon retard, et la situation qui avait manqué de se produire me parut amusante : une partie de l'auteur de la thèse ne se serait pas présentée, sans que personne du jury ne s'en aperçoive ! Puis je songeai à des choses plus sérieuses, réalisant que pour la première fois de ma vie, j'allais voir comment une étudiante – être par définition inférieur, inachevé – se transformait en Docteur – incarnation majeure de la connaissance.

J'y avais déjà pensé autrefois : « Qu'est-ce qu'ils vont faire, avais-je demandé à Minou lorsqu'elle m'avait expliqué qu'il lui faudrait soutenir sa Thèse devant un jury, ils vont te la mettre sur la tête pour voir si tu es capable de la supporter et de ne pas la faire tomber ? » (Je savais que cinq cents pages environ étaient requises.) Pour m'avoir détrompée en se tordant de rire, Minou n'avait pas réussi à me donner une idée précise de la différence entre une soutenance (qu'elle ne passerait en fait jamais) et un examen oral ; à mon sens, il devait y avoir quelque chose qui les distinguât plus radicalement que les détails qu'elle évoquait : une épreuve frappante, un signe net de transformation. À présent, j'allais m'évertuer à le chercher, ou à guetter, à défaut, le moment où mon amie paraîtrait consciente de se transformer.

L'espace où devait se dérouler le rite magique n'avait, à ma déception, rien de particulier : c'était tout simplement une salle de cours où j'avais écouté, quelques années plus tôt, un professeur parfaitement prosaïque (dont le souvenir me restitua l'impression d'être trop peu docte et toute remplie d'attente enthousiaste face au monde du savoir). Je pris place au fond, pour une fois, poussée par un besoin absurde de me dissimuler au jury, comme si l'on pouvait lire sur ma figure que j'avais aidé Michèle, tandis que sa mère, Finbarr et d'autres amis s'installaient aux premiers rangs. Puis je réalisai que le jury avait cinq membres, ce qui m'effraya comme un mauvais présage.

Ils étaient d'âge mûr et haut placés – littéralement, sur le podium devant le tableau noir, alors que Michèle se tenait assise au niveau du reste de la salle, ce qui lui conférait un aspect inattendu : elle semblait plus petite que nature, timide, dans l'état d'une fillette qui doit réciter un poème devant des invités intimidants. Dire qu'elle avait mis des années de travail pour se retrouver là ! En faisant son discours d'introduction, elle hésitait, laissait des phrases en suspens, se reprenait sur d'autres ; je savais qu'après, elle devrait rester à se taire tout en s'appliquant à cacher son angoisse, pendant un long moment, face au chœur omniscient qui la critiquerait, et j'eus envie de partir avant que la suite de l'action ne m'oblige à voir je ne sais quels malheurs encore inconcevables – comme il m'arrivait de sortir de la salle au milieu d'un film, quand mes nerfs éprouvés par mes propres mésaventures menaçaient de lâcher. Car on pouvait prévoir qu'un tel début n'était que le prétexte au développement des thèmes de l'injustice, de la cruauté humaine et de l'innocence punie, grâce auxquels le public allait se rendre compte des dons de l'auteur porté sur les sujets sinistres, les plus propices au déploiement de son imagination. Cependant, on ne quitte pas facilement une salle de théâtre (ou de soutenance) : les acteurs peuvent vous voir, et comme l'usage réserve à Dieu seul le droit d'abandonner les créatures (fils compris) à leur sort avant la fin du drame, chacun serait bien fondé de s'indigner du lâchage commis par un congénère – acte revenant à rappeler impoliment aux autres que leur souffrance du moment vous concerne aussi peu que les tourments éternels d'un enfer dont vous n'êtes pas menacé.

Je connaissais deux membres du jury, pour avoir suivi leurs cours : ce n'étaient pas des spécialistes de notre auteur, ni même de littérature comparée ; on pouvait supposer qu'ils se trouvaient là parce que d'autres qui auraient mieux convenu n'étaient pas disponibles. Je ne savais pas s'il fallait en tirer la conclusion rassurante qu'ils ne seraient pas trop sévères, faute d'être à l'aise avec le sujet, ou qu'ils voudraient se montrer compétents en cherchant à chicaner. En attendant, j'eus l'impression (hélas, nullement rassurante) que le spectacle auquel nous participions tous manquait de sérieux, chacun y tenant un rôle auquel il avait du mal à adhérer ou qu'il remplissait de son mieux mais en amateur : Michèle achevait son discours tout en remuant d'une façon qui (vue de trois quarts dos) pouvait signifier la gêne physique ou l'inquiétude galopante ; le professeur qui l'avait dirigée griffonnait on ne sait quoi sur une feuille de son calepin, dans l'attitude typique de l'élève distrait ; le reste du corps enseignant gardait une immobilité trop stricte pour être naturelle, tandis que l'assistance se retenait à peine de chuchoter, se contentant d'échanger continuellement des signes et des coups d'œil expressifs.

Lorsque le premier membre du jury intervint, je fus obligée d'accorder plus d'attention à ce qui se disait, en me rendant compte qu'il critiquait violemment la thèse de Michèle – notre thèse ! – en consultant un bloc-notes volumineux qu'on pouvait imaginer rempli du relevé de nos lacunes et inexactitudes. « Je suis très étonné de remarquer que vous n'avez pas cité, à propos de ce passage, le commentaire brillant de X. Y. », disait-il – et la seconde partie du « vous », dans le public, serrait les poings en grimaçant comme la première ne pouvait pas le faire, exposée qu'elle était à tous les regards - « Je ne peux pas être d'accord lorsque vous dites que… », poursuivait-il, et le cerveau supplémentaire de sa victime lui répondait en hurlant, mentalement s'entend, mais d'autant plus fort : « Qu'est-ce que tu y comprends, toi, imbécile ? L'auteur lui-même le pensait, tu crois en savoir plus que lui ? »

Je revoyais la page et la ligne précises d'un gros livre : la confirmation irréfutable de l'idée que Michèle avait tenu à développer. Allait-elle retrouver la référence et la citer pour se défendre ? Je croyais la voir pâlir (d'un point de vue plus rationnel que celui de mon angoisse, il devait s'agir du teint d'une étudiante qui s'était privée de vacances). Elle entreprit de répondre aux remarques du juré, mais sans donner la preuve indiscutable du fait qu'elle avait eu raison au moins sur un point dont l'ignorance de l'autre lui avait permis de l'invectiver. Elle s'empêtrait, répétait ses arguments, donnait d'autres signes flagrants d'affaiblissement, à proportion desquels mon désespoir et mon éloquence intérieure croissaient en torrents de discours muets, et je réalisai que je vivais en vrai un de ces mauvais rêves où l'on est empêché par une force mystérieuse de faire le geste salvateur, de prononcer le mot qui suspendra l'enchantement maléfique : ce qu'il eût fallu faire pour se défendre, je le savais parfaitement, tandis que l'autre partie de moi (Michèle) qui devait s'exécuter restait impuissante.

Pourquoi n'y avait-il pas moyen d'agir, de se lever et de dire ce qu'elle aurait pu si le pouvoir de l'irréalité régnante ne l'avait pas subjuguée, si la représentation qu'on donnait ne l'obligeait pas à se comporter selon sa logique où l'aspirante qui devait prouver ses mérites ne pouvait qu'être moins savante que ses juges ? Était-ce la faute du sujet – de l'auteur diabolique, qui aurait contaminé Michèle de ses doutes et faiblesses, comme Massigny semblait avoir transmis à Noémie sa malchance ? Non, tout venait sans doute du fait que les officiants accomplissaient le rite sans implication véritable : le directeur de recherche griffonnait toujours, au lieu de regarder Michèle pour lui redonner du courage ; quant au premier intervenant, manifestement mal préparé, il devait compter en permanence sur l'agressivité qui lui était propre pour donner l'illusion de bien jouer son rôle. Pendant que j'analysais la situation de cette manière, l'un de ceux que je connaissais avait pris la parole, pour confirmer ma pire prévision : il n'était guère plus clément que le premier, alors que ses arguments critiques avaient encore moins de pertinence. Si cela continuait ainsi, Michèle n'aurait aucune chance de s'en tirer, et face à un jury qui ne connaissait pas mieux son affaire que le tribunal devant lequel j'étais passée !

Décidément, ceux qui décidaient de la suite de nos vies n'étaient jamais à la hauteur où l'on pouvait les placer ou qui nous paraissait requise, indispensable, allant de soi, me disais-je. Pourquoi ? Peut-être parce nous les voyions du point de vue du protagoniste d'un drame, conscient de tout risquer ou presque, et plus faible qu'eux, alors que de leur point de vue, celui du grand nombre (fût-il incarné sur scène par cinq personnes), nous n'étions jamais qu'un échantillon insignifiant, négligeable, d'une routine interminable qu'ils pouvaient se contenter d'expédier n'importe comment. Toutes ces années de labeur pendant lesquelles Michèle s'était efforcée d'en apprendre autant sinon plus qu'eux – pour se voir liquidée en moins d'une heure, sans même que le futur retraité s'en émeuve ! Ils devaient s'en soucier comme de leurs vieilles chaussettes, tous les cinq, de ce qu'elle deviendrait une fois qu'on lui aurait démoli injustement son travail !

Le troisième commençait déjà, alors que j'avais omis de suivre la réponse de Michèle au précédent, et il parlait sur un ton guilleret, ce qui n'était pas fait pour réduire nos tourments, des deux côtés opposés de la salle : elle semblait catastrophée, sa posture évoquant l'accablement, et moi, j'incarnais le recul de la conscience, susceptible de subsister même aux pires moments. À ma gauche, deux étudiantes venues observer la façon dont cela se passait, en prévision du moment où leur tour viendrait d'occuper la place de Michèle, faisaient des commentaires à voix basse, plaignant l'infortunée et se demandant comment elles-mêmes trouveraient le courage de subir le même supplice. Les critiques se poursuivaient, par intermittences, quelques compliments venant se glisser entre deux attaques. À quoi bon ? me demandais-je, posant la question préférée de Michèle à propos des mémoires universitaires, qui prenait dans le contexte une autre résonance. Et je pensais, pour essayer de me consoler égoïstement (puisque je n'étais qu'une partie, et autonome, de celle à qui le malheur arrivait) que dans quelques heures, j'allais pouvoir rentrer, trouver à me distraire et cesser de penser à cette farce fatidique. Mais même en l'imaginant, je sentais que je n'y arriverais pas de sitôt.

Je ne suivis guère les deux dernières interventions (cessant volontairement d'écouter dès le premier reproche), après lesquelles on nous fit sortir pour délibérer. Dans le couloir qui se remplissait vite de fumée, un groupe se forma autour de Michèle, prodiguant des consolations parmi lesquelles les miennes étaient sans doute les moins persuasives, sans qu'elle ne nous réponde guère, sauf en riant, et plutôt tristement – jusqu'à ce qu'on nous rappelât, nous libérant de la contrainte de faire semblant d'être rassurants ou rassurés. Tout le monde se rassit et se tut d'un coup, puis le jury parla, à plusieurs voix ou à une seule qui s'exprimait au nom de tous - troublée comme je l'étais, je n'arrivais plus à percevoir nettement ce qui se passait, pas avant le moment du coup de théâtre final, parfaitement réussi, du moins pour moi qui ne l'aurais pas imaginé. Dans le silence terrifié de toute la salle, le jury se leva pour prononcer le verdict, et ce fut une conclusion aussi brève et flatteuse que ses critiques avaient été longues : « Le titre de Docteur vous est accordé avec la mention Très honorable et les félicitations du jury, à l'unanimité ». Je restai bouche bée. Ce n'était donc pas un drame mais une comédie ! Et de ces heures pénibles, il n'allait rien rester sauf la formule prestigieuse imprimée sur papier officiel ! On avait donc réduit Michèle à se croire presque ignorante, coupable d'erreurs grossières, dans le seul but de lui décerner ensuite la mention la plus élevée, le degré suprême de la connaissance dispensée par ceux qui la détenaient ! Les applaudissements furent si bruyants que je pus crier « bravo ! » sans me faire entendre, presque aussi fort que ma voix intérieure.

Et voici l'addition : quatre ans + quatre heures et demie = quelques mots. Et après ces mots, chacun (je n'invente pas !) regardait déjà Michèle d'un autre œil : elle n'était plus trop timide ni malhabile, mais si jeune, et *pourtant* Docteur ès Lettres. La formule magique venait de transformer même ses failles en mérites. Voilà en quoi consistait donc le propre du rite : on commençait par vous tourmenter sans raison, comme on ne l'aurait fait à aucun examen, et à n'en plus finir, puis, vous ayant pratiquement réduit à néant, l'on vous élevait soudain au rang que vous n'aviez plus aucun espoir d'atteindre – ce qui revenait à vous traiter comme le fer qu'on trempe, à vous transformer réellement par le chaud et froid émotionnel. Quelle expérience inoubliable, qu'il me serait épargné de vivre en tant que protagoniste ! (Il allait de soi que ça ne pouvait marcher qu'une seule fois : pour ma propre soutenance, je serais prévenue, elle n'aurait aucun intérêt.) Je comprenais maintenant mieux que jamais ce qui poussait tant de gens à employer des années de leur vie à gagner quelques mots de l'ordre de « Docteur ès Lettres », et je m'élançai vers Michèle pour l'embrasser tout en me promettant d'approfondir la réflexion sur sa transformation, en temps voulu, lorsque je serais seule et l'esprit plus paisible. Puis je sentis que nous étions dissociées. Quel soulagement ! Si nous avions échoué, comme tout l'avait laissé imaginer, notre union se serait prolongée dans le malheur. Mais désormais, il y avait elle, notre nouveau Docteur, une personne tout autre que ma Michèle tremblante de tout à l'heure, et il y avait moi, l'heureuse spectatrice de la plus réjouissante des comédies éducatives.

Comme le jury paraissait jovial et peu intimidant, maintenant que tout le monde buvait du champagne, et que ses membres piochaient maladroitement dans les plateaux de sandwiches que Michèle, sa mère et Finbarr leur tendaient ! À croire que c'étaient sinon des amis, du moins des collègues, dont l'aînesse leur donnait naturellement envie d'orienter et d'aider leur cadette : « Contactez cet éditeur de ma part », disait l'un ; « Si vous faites un article sur cette question, nous pourrions le publier dans notre prochain numéro », suggérait un autre entre deux gorgées. Je mangeai peu et bus autant que je pus, plus encore chez Michèle où nous allâmes ensuite fêter son succès en petit comité, et d'où je ressortis tard dans la nuit, si ivre qu'au réveil, je n'arrivai pas à me rappeler comment j'avais pu rentrer (à pied, logiquement, vu l'heure de passage du dernier bus).

*

C'est justement le lendemain que le malheur arriva, par la poste, sous la forme d'une enveloppe apparemment inoffensive, semblable à d'autres que j'avais reçues. C'est peu dire que je ne m'y attendais pas : non seulement je n'avais pas imaginé que la réponse puisse venir aussi vite, mais dans l'état d'esprit où je me trouvais depuis la veille, il me semblait naturel que même l'inespéré se réalise désormais sans faute, toujours. C'est pourquoi sans doute, en lisant la feuille que je venais de déplier, sous le coup de la surprise, il m'arriva quelque chose d'inédit : je sentis la terre se dérober sous mes pieds, si rapidement et par un mouvement si violent que je ne pris conscience de gésir sur le sol sous les boîtes aux lettres qu'au bout d'un long moment. Et le constat de mon écroulement du seul fait d'une lettre m'effraya tellement que je n'osai pas tenter de me redresser aussitôt. Je demeurai encore quelque temps allongée, puis j'essayai de soulever le haut du corps pour m'asseoir, ce qui n'alla pas sans mal : de fait, mes muscles étaient devenus mous, même replier les genoux était bizarrement difficile. Par chance, personne ne sortait de chez lui ni n'ouvrait la porte cochère pour entrer.

Je finis par réussir à me mettre à quatre pattes, avant de remonter lentement chez moi, tantôt les mains sur les marches, tantôt en m'accrochant au garde-fou, presque debout. Mes jambes ne me tenaient pas, et elles tremblaient toutes entières, d'une façon invraisemblable. Je n'avais jamais eu l'occasion de vérifier, auparavant, ce genre d'effets physiques dus à un choc, décrits par certains auteurs anciens, et que j'avais pris pour des facilités narratives. Et ce n'est pas facile de vous représenter ce que j'éprouvais : j'avais moi-même du mal à le savoir, n'arrivant pas à retrouver mes esprits ni à rassembler mes idées, sauf qu'elles tournaient toutes autour d'un fait intolérable aux conséquences qui me semblaient illimitées. Au bout de quelques heures, j'y vis un peu plus clair, et je me mis à pleurer amèrement, cher lecteur, en réalisant que par le biais de son maire (l'ami de Benoît, qui avait signé la lettre), Paris m'avait rejetée : je ne pouvais plus écarter l'idée que Paris ne tenait pas à l'amour que j'avais pour lui – alors que moi, si, toujours, et aussi fort qu'à ma nouvelle vie, malheureusement.

L'idée d'appeler quelqu'un pour chercher du réconfort me vint seulement en fin de journée, et aussitôt, je me rendis compte que j'étais incapable de parler de ce qui m'était arrivé. Je n'en dis rien à Sylvia qui m'appela et s'inquiéta de me trouver une voix blanche. J'annulai les cours que je devais donner dans la semaine, sous prétexte de forte fièvre, dont personne ne songerait à douter en m'entendant. Mais le surlendemain, j'avais rendez-vous avec Michèle, et faute de courage pour lui mentir, je me traînai chez elle où j'avouai mon malheur – qui lui avait sauté aux yeux dès qu'elle m'avait ouvert.

- Ce n'est pas vrai ! Les salauds ! Assieds-toi, tu vas tomber ! Tu veux rester dormir ici ? Il faudrait peut-être voir un médecin... Surtout, tu ne vas pas faire une bêtise, hein ? Ce n'est quand même pas la fin du monde. Tu as ton permis de séjour...

- Je n'ai plus que quelques mois, et ils sauront que j'ai essayé de me faire naturaliser, et pour eux, ça prouve que mon but, ce n'est pas d'étudier mais de rester ici, ils refuseront sûrement de me le renouveler...

(Ce à quoi j'avais évité de penser depuis le début de mes démarches, même si je savais – les inexistants apprennent toujours ce genre de choses – que toute tentative administrative qui échouait restait dans le dossier pour compliquer toute démarche à venir. C'était sans aucun doute en y pensant que Sylvia m'avait traitée de folle, et qu'elle avait fait son possible pour me dissuader.)

- Même si c'est vrai, il te reste encore du temps avant qu'ils ne puissent faire quoi que ce soit. Tu as appelé l'avocat ?

- Non.

- Fais-le tout de suite, il va peut-être avoir une idée qu'on ne peut pas trouver, nous, et il doit pouvoir te défendre, d'une manière ou d'une autre.

Je m'exécutai sur-le-champ : Benoît lui-même venait d'essayer de me joindre, ayant appris la nouvelle seulement quelques heures plus tôt, en raison d'un voyage professionnel. S'il se dit désolé (audiblement sincère), il ne pouvait rien faire pour m'aider. En fait, le refus ne venait pas vraiment de son ami, mais des instances qui avaient examiné mon dossier ; la raison en était ma situation économique (non imposable), qui prouvait que je n'avais pas d'intérêts financiers suffisants dans le pays, ou que je ne lui en apportais pas ; devant une telle conclusion, même les hautes sphères ne pouvaient que s'incliner. « Si vous aviez eu un titre, une distinction, un prix, ç'aurait peut-être pu marcher même sans revenus importants… Mais vous publierez d'autres livres, vous aurez peut-être assez de succès, avec vos romans, pour devenir impossable ! Il ne faut pas prendre ce refus pour une catastrophe. » Je ne réussis pas à lui parler de mes craintes liées à une perspective plus proche et plausible qu'un record de ventes, car il s'excusa de devoir abréger la conversation, et me promit de me rappeler pour avoir une dédicace sur le recueil de nouvelles, quand il paraîtrait : « Je le saurai par notre ami, il m'informe toujours de ses nouveautés. » Ce qui signifiait manifestement que seuls les sujets littéraires seraient de mise entre nous, désormais (en attendant mon succès commercial).

- Ne pleure pas comme ça, on avisera, on trouvera bien quelque chose ! disait Michèle en me passant des mouchoirs.

- Sylvia avait raison, répétais-je, sourde à toute consolation, j'étais folle d'y croire. C'est foutu maintenant, je ne suis même plus bonne à chercher comment m'en sortir…

Alors, le téléphone sonna. « Bonjour, Vincent, dit Michèle, excuse-moi, Finbarr n'est pas là, il joue au foot à cette heure-ci, le dimanche, et moi, je suis avec une amie qui se trouve dans une situation très embêtante… Denise, tu la connais, je crois. » Vincent, me rappelai-je, Américain, qui fait un stage ou quelque chose du genre dans l'entreprise de Finbarr. Résumant mon cas, Michèle se tut soudain et me jeta un coup d'œil. Au fur et à mesure de son silence, son expression devenait de plus en plus joyeuse ; elle ne me quittait plus des yeux et me faisait des signes mystérieux mais nettement enthousiastes. « Attends ! », fit-elle enfin et me remit le combiné d'un geste triomphant.

« Eh merde ! entendis-je, elle devient américaine et personne n'y pourra plus rien. Allô ? » - « Oui ? » - « Écoute, Denise, s'il le faut, je t'épouse et tout va s'arranger, ne t'en fais pas ! Je suis enfant d'émigrés, moi, je les connais depuis le berceau, ce genre d'histoires. Si je peux aider, je ne demande pas mieux ! Tu as mon numéro de téléphone ? Michèle l'a, en tout cas. Je ne quitte pas Paris avant six mois. Si tu n'as pas de meilleure solution, tu m'appelles quand tu veux… »

- Voilà, dit Michèle, il ne faut jamais désespérer. Quand je te disais qu'on allait trouver quelque chose, je ne savais même pas à quel point j'avais raison.

- Mais on ne sait pas si c'est vraiment faisable, il y aura peut-être des obstacles qu'on ne soupçonne pas… Et puis, si je me marie avec lui, il faudra que j'aille vivre là-bas, au moins pendant un certain temps, puisqu'il s'en va dans six mois…

- Pourquoi pas ? Tu apprendras mieux l'anglais, tu verras du pays, et puis, si ça se trouve, une fois que tu seras en Amérique, tu n'auras même plus envie de revenir à Paris, comme Nabokov ! Sait-on jamais ?

Peut-être que dans trois-quatre ans, j'irai te rendre visite à New York et ce sera à ton tour de m'héberger !

– Je ne veux pas m'en aller de Paris, fis-je en me remettant à pleurer, je ne peux pas !

– Seulement pour quelque temps, ce ne serait pas grave ! Tout te paraît affreux maintenant parce que tu es déprimée. Allons-y, il reste encore trois bouteilles. Il faut croire qu'on n'a pas assez bu pour la thèse ; maintenant on va boire pour ton salut ! Tu vas voir, demain matin, tu vas te réveiller beaucoup plus calme et peu à peu, ça va te passer. Allez, à la santé de Vincent ! Vive l'Amérique et les fils d'émigrés !

Nous bûmes assez pour que je ne sache plus si je devais être gaie ou pleurer davantage.

*

Et je me retrouvai dans un train de nuit, seule dans le compartiment, sur la couchette du haut, ne pouvant plus trouver le sommeil. Pourvu que personne ne vienne, pensais-je, pourvu qu'on me laisse en paix, et en réponse à ce souhait, la porte coulissante s'ouvrit aussitôt, laissant entrer un personnage que je reconnus avant même de l'avoir bien vu. Il n'avait pas de bagage, seulement un manteau, long et très large, à l'ancienne, qu'il enleva de ses épaules pour l'accrocher soigneusement à la patère.

– Quelle chaleur, dans ce train ! dit-il, rien d'étonnant que vous ne puissiez pas dormir. Si l'on prenait un verre ensemble ?

Je vis qu'une petite table et deux chaises étaient apparues près des couchettes, dans la ruelle qui semblait s'être élargie. Je descendis l'échelle pour m'asseoir face à la porte ; il attendait poliment que j'aie pris place. Et je compris que désormais, j'étais chez lui.

Une bouteille de champagne, visiblement glacé, trônait entre nous deux. Il nous servit, m'offrit une cigarette, trinqua avec moi, but avant de parler.

– Alors, une fois de plus, vous vous êtes mise dans le pétrin, d'après ce que j'ai appris ? dit-il, posant son verre d'un geste délicat. Et moi qui, depuis tant d'années, fais tout mon possible pour vous aider ! Ce n'est pas bien de toujours refuser ce qu'on vous offre, c'est déraisonnable et néfaste, j'aurais cru que vous le comprendriez plus tôt. Si j'avais moins de bonne volonté, je me serais découragé depuis longtemps déjà, vous savez.

Il hocha la tête en me fixant d'un air de reproche amical. Je détournai le regard.

– D'abord, je vous ai offert une situation, et la capitale d'un grand Empire, reprit-il en repliant son pouce gauche, dans l'intention de compter sur les doigts toutes mes fautes (je me demandai si deux mains suffiraient). Et comme il attendait que je me justifie, je répliquai :

- Vous qui savez tout, vous ne pouviez pas ignorer que les Empires, ce n'était pas ce qu'il me fallait. Si vous vouliez vraiment m'aider, il suffisait de me laisser venir à Paris.

- Mais c'est bien ce que j'ai fait ! C'est vrai, j'ai commencé par refuser ; toutefois, croyez-vous que vous auriez pu partir si j'étais contre ?

Cette révélation m'ôta la parole, alors même qu'elle tenait de l'évidence.

- Il était utile de vous mettre à l'épreuve, expliqua-t-il, je ne doutais guère que vous refuseriez, cette première fois, mais il fallait tout de même vérifier : les tentations, c'est censé être mon domaine, et il n'y avait pas de raison de vous priver de celle qui convenait le mieux à l'espace-temps où vous étiez. En revanche, quand on ne cède pas, il y a un prix à payer, je suis sûr que vous comprendrez qu'il est parfaitement juste : quand on refuse le meilleur que son espace-temps peut offrir, soit on accepte le pire, soit on doit se débrouiller pour en sortir par ses propres moyens. C'est juste, n'est-ce pas ? Et c'est instructif : cela vous a fait apprendre ce qu'un espace-temps pouvait avoir de plus fort que la gravité, pour retenir quelqu'un ; vous avez pu mesurer sa force aux vaines tentatives que vous avez faites avant de réussir, et aussi aux efforts qu'il a fallu au cours de votre traversée. Regrettez-vous de les avoir faits ?

- Non.

- C'est la réponse que j'attendais, et j'en suis pleinement satisfait. En revanche, par la suite, vous m'avez quelque peu mécontenté. Vous n'aviez pas l'air de vous en rendre compte, mais maintenant, j'imagine que vous comprenez que vous avez exagéré ?

- Comment ? Excusez-moi, j'ai honte de l'avouer, mais je ne comprends pas.

- Vraiment ? Pourtant, vous y avez songé, à propos de vos lecteurs : vous saviez qu'eux aussi vous adresseraient le même reproche.

- Pardon, je ne vous suis pas.

- C'est sans doute l'effet de la fatigue. Qu'est-ce qu'ils attendaient de vous, vos lecteurs à venir, qui liraient votre biographie aussi ?

- Il y en a une en train de s'écrire ?

- Naturellement, et pas depuis hier ! Il reste à savoir si elle ne finira pas avant l'année en cours, auquel cas, je crains qu'elle ne paraisse jamais. Mais pensez à votre première année à Paris : qu'est-ce qui n'allait pas, du point de vue d'un lecteur normalement intéressé par la vie de l'auteur ?

- Je ne vois pas.

- Enfin ! Je vous croyais meilleure élève ! Trop de chasteté, voilà ce que nous avions à vous reprocher !

- Et c'est pour cela que vous m'avez enfermée chez Born ? !

comme une brèche, à peine observable mais en expansion au potentiel infini comme ces forces qui détruisent ou font naître des univers.

C'était comme si j'y étais déjà, point n'était besoin que le corps et l'âme s'effacent : il avait suffi que le processus commence, à l'intérieur, on pouvait s'y fier pour continuer d'aller bon train. La mort locale m'étant familière depuis longtemps, le moment était manifestement venu de connaître la préalable ; désormais, elle me tenait : ni vraiment ici-bas, ni au-delà ; en route, sans qu'on sache jusqu'à quand. Ce n'était pas ce que le poète redoutait pour le futur romancier en lui conseillant de travailler vite, avant que le Temps ne l'anéantisse, mais cela y ressemblait : je ne pourrais plus ni vivre ni garder la raison qu'à moitié, et il allait de soi que je n'écrirais plus tant que je serais là où j'en étais : la force vitale m'avait désertée, celle du rien s'y était substituée.

En quittant Pleunk, j'avais reçu avec joie ma première mort, puisqu'elle me permettait de revivre là où je le souhaitais, comme les disciples du Vieux de la Montagne s'en allaient périr gaiement pour gagner leur Paradis d'éternelle volupté. Dans ma première vie quittée, je n'avais rien créé qui pût durer, rien n'allait rester après moi – les souvenirs seulement, pour quelque temps – sur la terre natale rejetée comme on repousse le sol des pieds en sautant, dans l'abîme peut-être, mais pour voler pendant quelques instants qui n'ont pas taille humaine, qui peuvent devenir éternité, ou paraître éternels. À partir de ce saut, si l'on me muait en légende à Pleunk (légende dont le vrai fondement ne serait pas autre que la disparition elle-même, séduisante comme les suicides des jeunes romantiques), ce ne serait pas une perte mais un pur gain : celle qui avait disparu n'aurait rien pu y faire de mieux que de se laisser détruire ; sa décision lui avait donné, faute d'œuvre, une belle image. Tandis que ma future disparition de Paris – certaine, puisque Satan lui-même m'avait informée que j'étais dans son train, et m'avait démontré qu'une logique infaillible m'y avait fait enfermer pour m'empêcher de vivre où je voulais – me faisait perdre par avance tout ce que je chérissais.

Mon livre allait rester pour quelque temps encore dans la cité où je n'étais déjà plus – ce tout petit livre que le poète d'autrefois aurait jugé très insuffisant face à l'Éternité –, et les empreintes de mes doigts dans les archives du Purgatoire, et les écrits à jamais inédits entre les murs d'une chambre, jusqu'à ce qu'elle trouve un nouvel occupant. Ce que j'étais et mon histoire n'avaient plus lieu d'être, le néant préalable les avait enveloppés, en avait fait un paquet pour l'emporter – où ? Lui seul le savait. Et peu m'importait. Car lorsqu'on aime le monde où sa conscience survit encore, mourir ne vous promet ni renaissance, ni paix, et encore moins de grandes joies inconnues. Au lieu d'un paradis qui s'ouvre en face et d'anges qui vous accueillent, vous voyez les fonctionnaires du Rien vous traîner vers les portes du non-retour, vers la Sortie au-delà de laquelle s'étend un nulle-part où vous serez uniquement ce qui n'est plus. Alors l'idée que le corps et l'âme survivent dans ce nulle-part ne console point, mais vous accable comme le plus ingénieux des châtiments.

Voilà où j'en étais : à contempler cette mort préalable, qu'il valait sans doute mieux parachever au plus tôt. Puisque même l'espace de Paris m'avait déjà accordée au néant, ne devais-je pas finir son travail en abrégeant le temps ? C'était cela, le travail que le Diable refusait de m'épargner : naturellement, il ne prenait que ses signataires, les autres n'avaient qu'à se débrouiller par eux-mêmes... Et je me rappelai soudain que selon un des livres où j'avais cherché jadis le moyen de Le rencontrer, l'un de Ses noms était « Celui-qui-coupe-le-chemin » - c'est sous cette forme, en effet, que je l'avais trouvé, la première fois déjà, pour m'empêcher de partir, et cette nuit aussi, pour me garder dans son train sans arrivée. Comment ne l'avais-je pas réalisé plus tôt ? J'avais voulu jadis, dans ma très grande naïveté, devenir une voyageuse dans le temps avec l'aide de celui qui vous arrête ; puis j'avais compris grâce au Puissant qu'il ne pouvait que barrer le chemin qu'on souhaitait prendre ; puis je l'avais oublié, car j'avais cru qu'il ne saurait m'apparaître à Paris, mais naturellement, il était partout, et maintenant, j'avais pour viatique son « au revoir ».

Le petit matin entrait par la fenêtre. Je me levai, me rhabillai et sortis de chez Michèle sans faire de bruit. Quoique affaiblie, je pouvais marcher, lentement, mais je n'étais pas pressée, rien ne m'empêchait de m'asseoir sur un banc pour me reposer quand il le faudrait – il me restait désormais tout mon temps, dans le plein sens du possessif, puisque c'était à moi de décider quand il s'achèverait en m'achevant. J'allais donc faire mes adieux à la Ville : doucement, longuement, puisqu'on avait été assez bon pour m'en laisser le loisir, puis je sauterais du train – j'essaierais, du moins, pour voir si je tomberais dans un autre qui reviendrait au même, dans un enfer (définitif) complètement différent, ou dans le pur néant.

La rue que j'avais empruntée sans m'en apercevoir ne me paraissait pas familière, alors que je devais bien la connaître, comme le reste du quartier et la plupart des autres, depuis des années ; peut-être le Plan que j'étais restée si longtemps sans rouvrir, n'ayant plus besoin de le consulter, m'avait-il lâchée – quand ? le jour de la lettre ? – disparaissant de ma mémoire, pour me rendre les yeux et la vision topologique des nouveaux arrivés. Si c'était vrai, si je n'arrivais plus à m'y retrouver au cours de ma promenade, cela signifierait que je n'avais jamais vécu à Paris ; que j'en repartais telle que le jour où j'y étais arrivée – que mon être encore actuel était déjà annulé de cette manière aussi. Et voilà une de ces belles perspectives rectilignes, qui sont comme certaines vies : une vaste percée, une voie toute tracée, avec au bout, nécessairement, un arc de triomphe (autrement dit une Porte de Paris), petit ou grand. Alentour, par toutes les rues de traverse aussi, la circulation reprenait, chacun se dirigeant vers le lieu de sa journée ; des clochards se levaient des bancs d'une petite place, les dormeurs des recoins et des renfoncements les quitteraient bientôt, pour vaquer eux aussi à leurs occupations ; les comptoirs des cafés se garnissaient de clients. J'avais obliqué pour prendre une rue plus étroite et tranquille, je ne savais toujours pas où je me trouvais, mais une idée m'était venue : à force de continuer tout droit, soit j'arriverais au fleuve, soit à quelque limite de la ville, qui me permettrait de retrouver les points cardinaux, car si je débouchais sur quelque banlieue sans avoir traversé la Seine, cela signifierait que j'avais suivi un trajet ouest-est, et non pas nord-sud. Où voulais-je aller, de fait ? Vers le sud, revoir l'Ile Saint-Louis.

Naguère, lorsque Michèle me posait i'une de ses questions plaisantes et rituelles, qui revenaient souvent au fil des années, avec ce petit sourire particulier signifiant son attente d'une réponse non moins plaisante et rituelle, qu'elle me redemandait pour le cas où je ne serais plus du même avis, tout en se doutant que j'allais l'être, par exemple : « Tu aimes toujours autant Paris ? » ou « Quel quartier habiterais-tu si ça ne dépendait que de ton envie, de pouvoir vivre où tu veux ? » (cette dernière question, c'était un jeu, bien sûr : je devais la lui retourner, après avoir répondu, et comme les longues rêveries à voix haute qui en résultaient étaient délectables !), je finissais toujours par arriver là, après avoir digressé sur nombre d'autres endroits séduisants et pourvus chacun de ses avantages incomparables – à l'Ile Saint-Louis, le lieu parfait entre tous, où j'aimais tant lire sur un banc près de l'eau, les jours d'été, tout particulièrement un des volumes de Proust où elle était citée (à titre de mauvais quartier), et où, disais-je à Michèle, si mon bon vouloir y suffisait, j'habiterais un étage entier. Ce serait le dernier, bien sûr – quai de Béthune, au numéro 22, peut-être, où Baudelaire a vécu, dans l'immeuble nommé hôtel Lefèvre de Malmaison (en hommage préalable aux *Fleurs du Mal*), ou au 17, quai d'Anjou, autre domicile du mélancolique, l'hôtel de Lauzun (où Théophile Gautier réunissait son Club des Haschischins). Même le puissant Turgot, gouverneur de Cayenne et de la Guyane, avait jadis préféré à ces grandes îles exotiques le plus petit des deux pans de terre ferme sur la Seine, pour y faire construire sa maison, notais-je doctement devant Michèle – cette île charmante où l'on peut se figurer la mer en plein Paris, les mouettes aidant, entendre toutes les langues dans les rues, manger les meilleurs sorbets, s'enchanter aux vitrines à bibelots des vieilles boutiques, compter depuis son balcon ou son lit les petits navires dont les projecteurs doivent faire une fête à grands feux d'artifice de chaque nuit d'insomnie, on trouve pire pour se distraire à défaut de dormir !

Aux temps où aucun pont ne la reliait à l'Ile Notre-Dame, elle s'appelait Ile aux Vaches – honni soit qui mal y pense – idylliques et sacrées, ruminant au bord de l'eau comme moi, mes lectures, et les jeunes couples ou les clochards autour, leur petit pique-nique. Que les arbres de ses quais étaient doux et sages, acceptant de pousser sur si peu de terre dans une plate-bande de pavage, au-dessus des bancs en pierre et sous les yeux des hautes fenêtres qui avaient remplacé les cabanes des bergers ! Aimable petite île aux berges pastorales, maritimes et urbaines à la fois, ce n'est pas toi qui peux te targuer d'avoir donné naissance à la Cité, ce n'est pas de toi que glissaient vers l'eau les bateaux en bois sur lesquels Lutèce s'établit, mais qu'y a-t-il de plus habitable que toi pour quelqu'un qui cherche le repos sans pouvoir cesser d'être citadin, enfant des capitales ?

Très jeune déjà, j'avais constaté que j'étais incapable de me perdre dans une ville – de m'y sentir perdue et de le rester, me rappelai-je ; tout pouvait me faire peur, sauf cette idée, car un instinct infaillible me faisait trouver, en m'égarant, une nouvelle vue sur un bout de carrefour familier, ou l'un des plus beaux coins, auparavant inconnus, de la cité qui n'en cachait pas de si nombreux qu'on puisse s'offrir le luxe d'en laisser quelques-uns inaperçus : chaque petite découverte, c'était un trésor qui venait changer pour le mieux son aspect (en attendant qu'on pense à le démolir). Et dans nulle autre, qu'elle fût petite ou grande, je n'avais jamais manqué de m'orienter presque immédiatement, sinon pour me rendre au point où je devais, pour arriver (en passant) à autant d'endroits appréciables ou curieux qu'il était nécessaire pour donner un sens au trajet entier. Et maintenant que l'état de mort préalable m'empêchait de retrouver mes repères dans Paris – je ne songeais pas à lire le nom des rues, comme si elles n'en avaient plus ; je ne tombais sur aucun monument reconnaissable, comme par hasard, mes jambes me portant immanquablement à travers des lieux inidentifiables –, je ne me tourmentais pas pour autant à l'idée (au constat) que je ne m'y retrouvais plus (ou pas encore), non : quoique je fusse désormais privée de l'aptitude de bien observer et de découvrir, je savais que s'égarer demeurait sans gravité. Ce n'était effrayant et dangereux que dans la montagne, la forêt, le désert – jamais là où l'humain (aussi redoutable qu'il pût être) construisait dru pour s'abriter : les murs des villes, surtout quand ils sont vieux et que le sens de la beauté y perdure, ont en eux-mêmes un pouvoir chaleureux et protecteur même pour celui qui n'a pas de logis ; faute de pouvoir l'accueillir, ils l'entourent de toute la douceur que leurs façades peuvent offrir.

Je m'arrêtai devant un petit square où je comptais m'asseoir pour un moment, je me retournai pour choisir la vue (le banc), et je reconnus, au bout d'une rue oblique, la silhouette lointaine de Madame Dalou : l'épouse du sculpteur, la République qui se dresse sur la place de la Nation. Je m'étais donc éloignée de mon but, j'avais marché vers l'est. Je me rappelai qu'au commencement, son char triomphal se trouvait juché au centre d'un bassin où nageaient des crocodiles (ses ennemis) – vivants ou bien en bronze ? je ne savais plus. Madame Dalou – qu'étaient devenus ses descendants, si elle en avait jamais eu ? se rappelaient-ils que c'était leur aïeule, la saluaient-ils en passant par là ?

Chère Madame Dalou, épouse d'artiste – qui n'avait sans doute pas toujours été officiel, et qui pouvait craindre de ne pas le rester (si les crocodiles reprenaient le dessus, que deviendrait-il pour les avoir ainsi représentés ?) –, que n'aviez-vous pas pris pitié de moi, enfant de la bohème, créature éprouvée, inoffensive et qui chérissais les beaux-arts ? Que n'aviez-vous pas entendu vos louanges que nous avions chantées, avec Sylvia, *liberté chérie* – pourquoi fallait-il que votre cœur y demeurât insensible, comme de pierre, alors qu'il devait être de bronze qui résonne ? Que ne vouliez-vous pas de moi, quand votre personne intemporelle devait bien savoir que comme ceux de Brassaï, mes vrais date et lieu de naissance remontaient au jour de mon arrivée dans votre ville ? Était-ce parce qu'on ne m'avait pas déposée sur votre place, ce jour-là, où j'aurais pu vous rendre tout de suite hommage ? Ou parce que je manquais depuis l'enfance de goût et de respect pour la statuaire d'État – une sorte de vengeance que vous m'auriez fait subir, et justement peut-être, si l'on admettait que par ce manque, je vous étais étrangère ? Adieu, Madame Dalou, je me résigne, je vous quitte à jamais.

Je lui tournai le dos, mais pas pour repartir vers l'Ile Saint-Louis (proche des parages où Charlemagne rendait jadis justice adossé à un arbre que Florence chérissait), non, je n'irais plus dans l'île, c'était vain d'en prendre congé, cela ne ferait qu'augmenter ma peine, et même sans m'y rendre, on pouvait dire que c'était déjà fait, réalisai-je : les adieux avaient eu lieu quand je m'étais rappelé les adresses où il était désormais certain que je n'habiterais plus, ne fût-ce qu'en rêve. Où irais-je, alors ? Au Palais-Royal, peut-être, dans le jardin où je m'étais aussi souvent installée pour lire ou écrire, appréciant particulièrement de pouvoir le faire comme dans une boîte ravissante à laquelle le ciel servait de couvercle, et la terre, de fond ; parmi les fantômes tutélaires des anciens habitués du Grand Véfour et du plus beau théâtre parisien, sous les fenêtres de Cocteau qui m'avait bien connue par le biais d'Adrienne, et de Colette dont nous aurions pu monter caresser les chats (les successeurs de ceux qu'un futur dialoguiste avait mangés pendant l'Occupation, faute de savoir qu'ils appartenaient à son idole littéraire). Oui, au Palais-Royal – cela faisait longtemps que je n'y étais pas retournée ; la dernière fois, c'était avec Shéhéra et son deuxième bébé, pour le leur montrer, mon amie ayant trouvé le moyen, on ne sait comment, de continuer à ignorer l'existence du jardin intérieur au bout de six ans de vie à Paris, et nous avions eu une longue discussion sur les colonnes de Buren – qu'elle désapprouvait initialement, m'imposant d'argumenter sur la manière subtile et efficace qu'elles avaient de s'inscrire dans l'ensemble par les nuances de leurs rayures et la simplicité ironique de leur forme qui s'offrait aux statues vivantes désireuses de s'y percher (les touristes, notamment) à divers niveaux – avant d'aller nous asseoir près du bassin à l'autre bout, puis de repartir vers les Buttes-Chaumont, Shéhéra trouvant décidément incroyable que je puisse passer volontiers des heures dans un endroit si pauvre de verdure et si poussiéreux, au point qu'on croyait avoir la bouche pleine de sable dès qu'on s'y installait. J'allais le revoir, ce qui me permettrait, en passant, de saluer pour la dernière fois le Louvre aussi, ma maison des dimanches de naguère. Puis je redescendrais vers la Seine et je la suivrais vers la Tour Eiffel – comme Sylvia avait fait du temps où elle cherchait son bien-aimé –, pour obliquer à droite près du pont de l'Alma et retrouver la rue où j'avais porté Adam et Ève chez le dernier client auquel le peintre m'avait envoyée, qui ne se souvenait sans doute même plus de moi, à l'heure qu'il était, et pourrait me croiser sans me reconnaître – mais non, il ne me croiserait même pas, ce serait trop beau de pouvoir lui envoyer un regard d'adieu à lui aussi. Si je n'étais pas déjà sortie de son esprit, définitivement, il serait venu m'aider quand j'étais tombée sous les boîtes aux lettres, me transporter jusqu'au sixième étage et me réconforter par ses infaillibles moyens qui pouvaient vous faire oublier ce qu'était la réalité (l'ici-bas pitoyable où les sorciers ne sont pas censés exister). À y songer, je m'égarai de nouveau, je crus me retrouver près de la Nouvelle Athènes, et tandis que j'envisageais de changer de trajet pour finir par le Louvre avant de rebrousser chemin en métro, ce qui semblait s'imposer compte tenu de ma nouvelle perte d'orientation et de la fatigue déjà très grande, je réalisai que mes adieux s'étaient achevés avant d'avoir commencé, car j'étais en train de descendre la rue Abbeville. L'ordre des choses – la mort préalable – n'avait donc pas voulu que je revoie les lieux chéris ; je ne pouvais dès lors plus que m'incliner devant sa décision.

Et voilà le café-tabac de la place Franz Liszt, près de chez moi, de la chambre où je dormais baignée par le ciel sur une couchette de bateau que je ne peux plus retrouver – le *Fluctuat-nec-mergitur* m'a abandonnée, le train du diable m'a reprise – même si je peux m'asseoir encore dans ce café pour regarder un peu la vue surplombée par l'église à laquelle mènent un large escalier droit et deux autres qui serpentent à travers le square flanqué d'immeubles anciens au charme typiquement parisien – naguère, quand tout allait mal, il me suffisait de m'y rendre et de rester à la contempler un petit quart d'heure pour me sentir mieux. Je ne comprenais pas à quoi tenait le soulagement qu'elle répandait en moi ; mais il était sans doute lié au fait que dans cette vue se trouvaient réunis voitures et piétons, murs et verdure, temple et cité, toits et ciel, verticales, horizontales et courbes, et que tout cela y apparaissait harmonieux et doux, entièrement adorable à mes yeux remplis d'amour de la ville. Maintenant, je me résigne, je renonce à te regarder davantage, belle place consolatrice qui ne peux plus rien pour moi. Il est temps de rentrer au néant.

Je ne croisai personne sous le porche, ni dans l'escalier que je montai jusqu'au palier du cinquième, où la fenêtre donnant sur la cour intérieure se trouvait large ouverte malgré le froid (après le passage visible de la femme de ménage, puisque le sol finissait de sécher) – un signe, s'il en était, de la pertinence de mon dernier projet. Je tendis l'oreille vers la porte de la vieille voisine un peu sourde : pas le moindre bruit, elle devait être à l'autre bout de son appartement, et ne risquait donc pas d'ouvrir la porte pour sortir (pour avoir une crise cardiaque) juste au moment où je sauterais. Je me baissai et m'appuyai des deux mains au rebord, regardai le bâtiment d'en face (personne aux fenêtres, pas même le badaud du sixième), et j'étais sur le point de placer mes pieds de la manière qui me semblait la plus appropriée pour me projeter loin de la façade (de l'entrée d'où quelqu'un pourrait surgir pendant ma chute) quand j'entendis retentir une sonnerie de téléphone stridente : c'était le mien. Oh, mon Dieu ! c'était Michèle, je ne lui avais pas laissé de mot en sortant, elle devait s'être affolée et chercher à me joindre depuis le matin !

Je me précipitai dans l'escalier étroit menant au sixième, je me cognai contre le mur au fond du couloir suite à l'élan pris pour atteindre au plus vite ma porte, et je pus rentrer avant que le répondeur ne se déclenche pour l'énième fois.

- Denise ! enfin ! la trouille que j'ai eue ! Où est-ce que tu étais passée ?

- Je me promenais, fis-je bêtement.

- Tu te promenais ?

Je m'imposai un effort mental :

- Oui, tu sais, c'est bon pour les nerfs, quand on est très déprimé. Des hormones se libèrent, sous l'effet de la marche, qui te remontent le moral. Excuse-moi, je suis tellement abrutie que je n'ai pas pensé à t'écrire un mot ou à t'appeler.

- Mais tu te sens un peu mieux ?

Plus moyen d'avouer le contraire.

- Oui, un peu.

- Tu devrais voir un médecin, quand même.

- Oui, sans doute.

- Appelle tout de suite pour prendre un rendez-vous ; s'ils n'en ont pas pour aujourd'hui ou demain, va aux urgences d'un hôpital, puis tu reviens dormir chez moi. D'accord ? Si tu vas à l'hôpital, appelle-moi, pour que je sache que tu risques de rentrer tard – on attend parfois des heures, aux urgences. D'accord ?

- D'accord.

- Ne te tracasse pas trop, surtout, j'ai lancé un avis de recherche de maris potentiels sur tout le réseau des murges de 14 juillet, on va bien finir par t'en trouver un qui ne soit pas américain. Charly doit me donner des réponses avant ce soir, et Jérôme, demain ou après-demain, et entre-temps, il se peut que d'autres gens que j'ai contactés rappellent. Finbarr t'en cherche aussi de son côté. Quand tu vas revenir, tout à l'heure, on t'en aura peut-être déjà trouvé tout un tas ; tu vas finir par ne plus savoir qui choisir ! En tout cas, je suis sûre qu'on va t'en dénicher au moins un, longtemps avant que ton permis de séjour n'expire. Alors, tu vas sagement chez le médecin, puis tu reviens chez moi, d'accord ?

- D'accord.

- Alors, à tout à l'heure.

- À tout à l'heure.

Je n'y croyais pas : s'il y avait vraiment eu quelque moyen que mes amis me sauvent, le Diable n'aurait pas dit que je m'étais condamnée à rester dans son train sans qu'ils le puissent. Mais puisque je l'avais promis, je reviendrais chez Michèle, ce soir : je n'allais pas lui infliger tout de suite de nouvelles angoisses et pire. J'attendrais quelques jours encore pour en finir. Et puisque mes idées tournaient en boucle à la manière des petits trains d'enfant sur leur circuit, pourquoi ne pas recourir, en effet (ce qui m'épargnerait de mentir à Michèle), à la science moderne qui prétend pouvoir nous faire échapper au vieux cercle vicieux par ses pilules ? J'allais vraiment voir un médecin – quel mal pourrait-il me faire, en me droguant, dans l'état où j'étais ? –, pas un psychiatre (corps de métier cher aux régimes oppressifs), un généraliste. Pas Dima Gerbier ; quelqu'un qui me soit inconnu, qui n'ait pas de raisons autres que médicales de compatir à mon cas. Car même la compassion des amis me semblait dès lors pénible et redoutable, puisqu'il faudrait raconter, expliquer de nouveau, revenir encore à haute voix sur les raisons de mon malheur (en parler les rendait encore plus intolérables qu'elles ne l'étaient dans la pensée : cela augmentait leur territoire extérieur, quand l'intérieur ne pouvait déjà plus leur opposer de limite), alors que c'était l'oubli momentané de ma mort préalable que je souhaitais obtenir pour toute aide, n'en espérant pas de meilleure.

Je choisis le médecin dans l'annuaire (où il attira tout de suite mon œil, au milieu de la liste des praticiens d'un dispensaire), en fonction de critères onomastiques : Michel Château-Milstein, autrement dit le prénom le plus idoine, et du meilleur augure, formant avec le double nom un ensemble splendide d'assonances et d'allitérations – on n'en trouverait certainement pas deux qui s'annoncent de façon à me plaire autant. (Ce n'était pas tout près, mais avais-je si hâte d'y arriver ? La secrétaire me donna le dernier rendez-vous de la journée : un autre patient venait de se désister. C'était parfait.)

Je me le représentai âgé, menu, connaisseur en grands crus, originaire d'Alsace et portant des gilets ; trois heures plus tard, je constatai que de fait (j'avais manifestement perdu mon vieux sens de la divination verbale), c'était un homme très grand, pas beaucoup plus mûr que moi, barbu et qui souriait largement, découvrant ses superbes dents prêtes à mordre les problèmes du patient – l'image même de la santé joyeuse, qui devait faire que nombre de gens venus le consulter se sentent un peu mieux dès leur entrée dans son cabinet. Mais sa gaieté n'était pas contagieuse pour moi qui demeurais enfermée là où les sourires d'autrui parviennent comme ceux qu'on voit au cinéma, dont on sait qu'ils s'adressent à quelqu'un qui habite un autre monde – je ne fis même pas l'effort d'imiter sa mimique.

- Qu'est-ce qui vous amène ? demanda-t-il (toujours allègre) après m'avoir invitée à m'asseoir.

- Je crois que j'ai une dépression, du genre dit « de réaction », lui parlai-je son langage.

Il me sourit encore plus largement :

- Vous connaissez la terminologie ? Ce n'est donc pas la première fois ?

- Non, j'ai déjà eu ça, il y a quelques années.

- À l'adolescence ? Un chagrin d'amour ?

- Pas exactement. Cela demanderait beaucoup de temps s'il fallait que je l'explique... Pour faire court : un être cher me manquait et je devais choisir entre le suicide ou la prison à vie.

- Mais vous vous en êtes sortie.

- Je suis partie.

- Et maintenant, qu'est-ce qui vous arrive ?

Il semblait s'attendre à quelque réponse amusante, ce qui ne me déplut pas.

- On veut m'empêcher de rester ici.

- Je crois que nous nous sommes déjà vus, vous venez souvent dans ce centre ?

- Non, c'est la première fois.

- Vous en êtes sûre ?

- Je ne suis pas encore complètement folle, à moitié seulement.

Il rit :

- Oh, non, bien moins qu'à moitié ! Vous me rappelez vraiment quelqu'un, par la façon de vous exprimer aussi... Vous n'auriez pas une sœur ?

Le sosie, me dis-je. Elle devait l'avoir consulté.

- Non, pas que je sache.

- Alors, c'est vraiment vous que j'ai déjà rencontrée. Il reste à trouver où. Ça me reviendra certainement dès que vous serez partie : j'ai l'esprit de l'escalier. Je pourrai vous le dire quand vous reviendrez.

Quoique je fusse sûre de ne plus jamais revoir Michel Château-Milstein, le point commun qu'il avait avec moi, et sa conviction qu'une fois *partie*, je ne pourrais que *revenir* après que mon improbable occurrence précédente lui serait elle aussi *revenue* à l'esprit, me plurent vraiment beaucoup. Ce garçon ne s'en rendait certainement pas compte, mais pour ce qui était de faire du bien en parlant, il était (du moins pour moi) nettement plus efficace que le meilleur psy ne saurait l'être. (Je me rappelai Lao, pour émettre le vœu que son tueur d'idées et de sentiments serve à ce qu'il lui fallait.)

- Je peux vous prescrire des comprimés à base de plantes, dit le Michel souriant. Vous en avez déjà pris ?

- Non.

- C'est assez efficace, d'après mes patients qui les ont essayés. Ça rend optimiste.

Juste ce qu'il me fallait, à supposer que cela pût agir sur une patiente dans mon état.

- Ça coûte cher ?

- Oui, plutôt.

- Il n'y aurait pas quelque chose qui rende optimiste mais qui soit bon marché ?

Il rit de nouveau.

- Je ne crois pas. Mais j'ai ici (il ouvrit le tiroir de son bureau) quelques échantillons, que rien ne m'empêche de vous offrir. Vous en avez pour deux-trois mois. Si vous ne sentez aucune amélioration au bout d'une semaine, vous reviendrez me voir ; si ça va plus mal demain ou après-demain, passez-moi un coup de fil, on avisera. (Tiens, me dis-je, un mot typique de Michèle.) Et si vous avez encore besoin de traitement au bout de deux-trois mois, je m'arrangerai pour vous en trouver sans que vous le payiez.

Je fondis en larmes. Il m'offrit un mouchoir en papier sans cesser de sourire, refusa ses honoraires et, comme je le remerciais :

- Mais je ne suis pas Château-Milstein, je suis son remplaçant !

Il prononça un nom que je ne saisis pas, se leva pour me raccompagner jusqu'à la salle d'attente, me serra la main et – « Ah ! bonjour ! » - se dirigea vers la patiente suivante (n'étais-je pas censée être la dernière ? ou serait-ce une amie venue le chercher ?) avec le même air d'invincible bonne humeur. Voilà comment je n'appris jamais si le docteur Michel Château-Milstein ressemblait à son nom.

*

Chez Michèle, ce n'était pas un mari potentiel qui m'attendait, mais un projet nouveau et complètement imprévu de sauvetage, issu des conseils téléphoniques d'un autre collègue de Finbarr (tous les deux se trouvaient, pendant qu'elle me les transmettait, dans leur pub irlandais préféré) :

- Il est de Montréal, il dit que tu n'as qu'à partir pour le Québec. C'est très facile, les Canadiens ne cherchent qu'à garder leurs immigrés, ils n'en ont pas assez ! Tu trouveras du travail tout de suite, il m'a assuré qu'avec ton niveau, tu peux commencer à enseigner dans une fac de là-bas dès l'année prochaine, il sait qu'ils manquent de profs en lettres modernes, sa sœur enseigne chez eux - imagine, avoir un poste dans une faculté, ça revient à être libre pour écrire pratiquement tout le temps ! Tu auras plein de facilités, et puis, une fois naturalisée, rien ne t'empêchera de revenir à Paris, si tu y tiens toujours.

– Combien de temps il faut rester là-bas pour être naturalisée ?

– Cinq ans tout au plus, et personne ne pense à te débouter, ils insistent même pour que tu fasses ta demande ! Et si ça se trouve, tu auras beaucoup moins de mal à faire paraître tes romans, au Québec !

Je me mis à pleurer.

- Je ne veux pas aller au Canada, fis-je enfantinement, on gèle, là-bas, et je ne peux pas supporter de rester aussi loin de Paris pendant cinq ans, je vais en mourir !

- N'importe quoi ! fit Michèle avec la voix de la raison, il ne manquerait plus que ça ! Toi qui as réussi à quitter Pleunk, tu mourrais parce que tu te trouverais au Canada pour un petit moment ? Je suis sûre que tu vas tenir le coup, et tu vas même t'y plaire, à mon avis, toi qui aimes la nature : c'est un pays où il y a des paysages grandioses, absolument superbes ; rien que les couleurs des arbres de Montréal à l'automne, ça va tellement t'enchanter que si ça se trouve, tu vas te remettre à peindre et Paris ne va même plus te manquer !

- Tu parles qu'il ne va pas me manquer ! Je vais m'étioler longtemps avant l'automne.

- Et penses-y : c'est une ville où tout le monde parle le français, ce n'est pas comme si tu allais à New York, tu te sentiras presque comme chez toi, tu ne risqueras pas d'oublier la langue. Et ils écoutent de la chanson française, les Québécois, ce ne sera pas comme avec nous qui ne savions pas ce que c'était que *La Bohème* d'Aznavour, dans le temps, quand tu nous la citais…

– Mais même si je survis là-bas, au bout de cinq ans, malgré moi, j'aurais attrapé toutes les façons de parler typiques, et en rentrant, quand je reverrais qui tu sais, il me trouverait complètement ridicule : déjà que je n'arrive pratiquement jamais à me montrer éloquente devant lui, mais si j'ouvre la bouche et qu'il en sorte l'accent québécois !

Michèle éclata de rire. Je me remis à pleurer :

– Je ne pourrai pas supporter de rester sans le voir pendant cinq ans !

Michèle faisait partie des rares personnes à être au courant de ma situation sentimentale, en dernière informée : jusqu'au moment où elle m'avait parlé de Finbarr, je n'avais eu aucune raison de cesser d'imiter son silence sur le sujet des amours, et par la suite, j'avais continué, car à la différence de Shéhéra (ancienne Juliette romantique) et de Gaëlle (disposée à comprendre et à apprécier toutes mes bizarreries autres que vestimentaires), ma première amie me semblait présenter à la fois trop peu de raisons personnelles de m'approuver et trop de bon sens pour ne pas être choquée par la révélation que je lui ferais. De surcroît, connaissant sa façon d'être franche (moins volontaire et prononcée que celle de Gaëlle, mais souvent liée aux circonstances existentielles où son avis semblait pouvoir vous éviter une erreur), je redoutais qu'elle ne réagisse à mes éventuelles confidences par quelque propos épouvantablement catégorique et désapprobateur.

D'autre part, n'avais-je pas déjà exagéré en mettant dans le secret Shéhéra et Gaëlle (suite à deux événements réjouissants de ceux qui n'ont pas leur place dans ce roman), quand on savait que naguère, l'ensorceleur n'avait pas apprécié d'être évoqué devant les jumelles ? Si plus récemment, il semblait tenir à m'apparaître dans des circonstances où tout le monde pouvait constater que nous ne nous voyions pas pour la première fois, devais-je en conclure qu'il serait permis (sans danger) de le raconter ? Certainement pas : ce n'était jamais qu'une mise à l'épreuve ; tout bien réfléchi, j'aurais dû continuer à garder le secret même devant Shéhéra et Gaëlle.

Or, je me retrouvai obligée de le trahir pour la troisième fois. Cela se passa ainsi : une nuit que l'ensorceleur n'était pas venu quelque part où il devait se rendre (comme cela lui arrivait assez souvent), et que je ne le trouvai pas non plus chez moi en rentrant, j'eus une de ces crises de désespoir qui vous privent du sommeil, et il faut croire que l'effet en resta très visible le matin, car lorsque j'arrivai chez Michèle pour l'une de nos séances de travail, elle m'accueillit en ces termes :

– Qu'est-ce qui t'arrive ? Je ne t'ai jamais vu une tête pareille !

Et prise au dépourvu faute de m'être attendue à une telle réaction, je ne pus que répondre :

– Je crève de rage et de désespoir ! (sur quoi, je me mis à rire, et Michèle aussi).

- Peut-on savoir pourquoi ?

- Je suis amoureuse.

- Ça, c'est un événement ! Qui a jamais entendu parler de Denise amoureuse ? Tu enrages parce que tu l'es ?

- Oh, non ! Tu penses ! Si c'était pour ça, ce serait le bonheur !

- Mais le malheur, où il est ?

- Le malheur, repris-je le mot en essayant de mettre la chose en termes factuels et acceptables, c'est que j'aime quelqu'un que je n'ai pas revu depuis des mois ; je devais le retrouver hier soir, et il n'est pas venu.

À la mine épouvantée de Michèle, je réalisai que ce résumé prêtait à confusion, et je précisai :

- S'il n'est pas venu, ça n'a rien à voir avec moi, il ne savait même pas que je serais là, il s'agissait d'une soirée avec plein de monde.

- Pourquoi il n'est pas venu ?

- Je ne sais pas, fis-je sur le ton détaché qui convient pour se moquer de soi-même, sans doute parce qu'il avait mieux à faire ailleurs, avec le nombre de filles charmantes qui lui donnent l'embarras du choix.

Michèle écarquilla les yeux :

- Mais qu'est-ce que c'est que ce personnage ? Je le connais ? Je veux dire, j'en ai déjà entendu parler ?

- Oui.

- Tu ne veux pas me dire qui c'est ?

- Je ne peux pas, avouai-je. Mais si tu tiens à le savoir, je peux te laisser deviner.

Michèle eut l'air tout excitée par ce nouveau jeu :

- Ça devient de plus en plus intéressant ! Ce ne serait pas un réalisateur, Stazewski par exemple ?

- Non.

- Ça ne peut pas être Robert Massigny, fit-elle en riant, parce qu'il est mort, et heureusement, parce que si c'était lui, il aurait quelque chose comme quatre-vingts ans, non ?

- Si. Mais n'empêche, tu es moins loin qu'avec ta première supposition.

- Ça ne serait pas l'acteur de Massigny qui t'avait emmenée dîner avec Adrienne Gilbert, comment il s'appelle déjà, je ne connais que lui ?

- Michel Darbois, mais non, Michel Darbois, je l'aime beaucoup, c'est tout.

- Concentrons-nous : ça doit être quelqu'un d'autre qui soit à la fois… Oh, je crois que j'ai trouvé !

- Tu as trouvé ? Ne le nomme pas, surtout !

- Qu'est-ce que c'est que cette histoire de ne pas nommer ?

- C'est difficile à expliquer. Disons que ça me fait trop d'effet ; ce serait trop bouleversant, pour moi, si tu le nommais, surtout dans l'état où je suis. Tu connais la chanson *Ton nom*, d'Aznavour ?

Non, Michèle ne connaissait pas encore assez bien le répertoire d'Aznavour, je promis donc de lui faire comprendre autrement, plus tard, la mystérieuse interdiction de nommer, pourvu qu'elle s'en abstînt. (J'étais déjà en proie aux pires angoisses superstitieuses suite à ce début d'aveux imprévus.) Elle prit un bout de papier et inscrivit dessus son hypothèse.

- C'est lui ?

- Oui.

- Quelle horreur !

- Merci, fis-je pitoyablement.

- Je voulais dire : tu ne pouvais pas t'en choisir un qui soit un peu moins impossible à aimer ?

C'était exactement le genre de réaction prévisible qui m'avait fait décider de ne jamais me confier à Michèle, mais plutôt que de regretter qu'on en soit arrivées là, puisque je ne pouvais plus revenir en arrière, j'essayai de vérifier dans quelle mesure son jugement était catégorique :

- Tu penses, demandai-je en me tassant (en toute humilité, prête à admettre que son bon sens avait raison), que je suis indigne de l'attention de quelqu'un d'aussi remarquable ? (Et en dernier recours avant le verdict :) Je suis quand même artiste moi aussi, j'ai même été célèbre, dans le temps, à ma petite échelle, j'ai peut-être encore un peu d'avenir…

(Cette conversation avait lieu, bien sûr, avant l'appel d'Alexandre.)

Michèle rit :

- Mais la question n'est pas là ! Si tu veux mon avis, je crois que lui plaire doit revenir à quelque chose d'encore pire que de ne pas lui plaire ! En fait, il te connaît ?

- On s'est déjà rencontrés plusieurs fois.

- Et alors ? Vous en êtes où ?

- Je te raconterai après, achève d'abord ce que tu étais en train de dire.

- Je ne sais plus ce que c'était.

- Comment tu vois cela, pourquoi tu trouves que c'est horrible.

- Ça me fait penser à *Lettre d'une inconnue*, tu l'as lu ?

- Oui, c'est très mauvais.

Michèle piqua un fou rire :

- Sacrée Denise !

- Je ne suis pas vraiment contre le fait d'être séduite-et-abandonnée, fis-je (un peu vexée), si c'est à cela que tu penses, ce serait déjà un progrès sur la situation actuelle, je saurais au moins à quoi m'en tenir, et il me resterait toujours des souvenirs absolument délectables.

Michèle me fixa un instant en silence, comme si elle me découvrait, puis :

- Mais à supposer que ça puisse avancer et continuer, ton but, ce serait quoi ? Te marier avec lui et faire des enfants ?

À mon tour de rire :

- Je n'ai jamais eu de buts pareils, même pas quand j'étais fiancée !

- Tu as été fiancée ?

- Dans une autre vie, laisse tomber. Je voudrais pouvoir cesser d'avoir peur de ne plus le revoir. Arriver, à la longue, à être sûre de toujours le revoir, même si ce n'est pas souvent, ne serait-ce qu'à titre de bonne vieille connaissance.

- Tu te contenterais de ça ? !

- Un peu plus m'irait mieux, mais rien que ça, ce serait déjà beaucoup. De toute manière, on ne sait jamais ce qu'on peut attendre de quelqu'un, même quand tout semble facile, ou à quel moment on va perdre tout ce qu'on avait eu. J'ai du mal à comprendre comment les gens arrivent à se faire les illusions qu'il faut pour être possessifs ou jaloux, et ça ne m'embête pas du tout de rester seule la plupart du temps – pour écrire, c'est mieux, et… Tu penses toujours que c'est horrible ?

- Non. Ça m'a l'air beaucoup moins fou qu'au début. Je n'arrive toujours pas à me représenter comment on vit une histoire pareille, mais j'imagine qu'il faut être plus forte que moi pour ça.

- Tu crois ?

- Oui, la plupart des gens ont besoin de compter sur quelque chose que l'autre leur promet, pour aimer ; ne pas en avoir besoin, c'est une preuve de force.

Cette conclusion m'ébaubit : pour l'histoire de la Frontière en tant que preuve de force, je m'étais faite à l'idée depuis un moment, et mes exploits sur le toit avaient achevé de me rassurer flatteusement sur mon courage physique ; toutefois, pour ce qui était de la vie amoureuse… Mais écourtons ce développement sur le sujet, dans un roman où il n'a guère sa place, et dans une digression, qui pis est. Le but, c'était de vous faire bien comprendre la dernière situation désastreuse où je me trouvais, et répétais piteusement :

- Je ne pourrais pas tenir le coup sans le voir, si longtemps ! Si longtemps ! Rien qu'au bout d'un mois, je dépérirais !

- Mais tu ne le vois même pas deux fois par an, en moyenne ! fit Michèle, ahurie.

- Ce n'est pas ça qui compte ! Ici, c'est possible de le revoir même par surprise, alors, je peux le voir partout et tout le temps ; là-bas, je n'en aurai plus moyen, on sera dans deux espaces-temps complètement différents.

- Il n'y va jamais ? Il doit bien y aller, de temps en temps. Tu pourrais lui envoyer un mot pour lui expliquer que tu es obligée de partir, on ne sait jamais l'effet que ça peut lui faire ; il va peut-être t'appeler pour te réconforter, tu sais, ou t'écrire pour te dire au revoir, au moins, puis tu lui enverras ta nouvelle adresse, ça te fera toujours deux occasions...

- Je ne peux pas y aller ! Je sais que si je quitte Paris, je meurs ; j'aime mieux crever sur place !

Finbarr rentra, sur cette déclaration, et les raisons publiquement avouables pour lesquelles je refusais de suivre le conseil de son collègue lui furent exposées, après quoi Michèle m'interrogea sur le résultat du rendez-vous médical, et me fit prendre les comprimés, puis nous regardâmes un film pour nous changer les idées avant de dormir, en attendant l'heure d'aller au travail (pour eux) et quelque solution hypothétique autre que le suicide immédiat (pour moi).

*

Le traitement ne fut pas complètement inutile : s'il ne me rendit pas optimiste, quand j'appris (une semaine après l'avoir commencé) qu'on venait de m'attribuer un prix littéraire, je pus garder mon calme plutôt que de m'effondrer de nouveau. Pourtant, cela relevait de l'ironie de la pire espèce : la récompense m'était attribuée à titre de poète français d'origine étrangère. « Si seulement tu l'avais eu le mois dernier ! », fit Michèle. – « Tu penses ! Un prix qui rapporte moins que le Goncourt, pour eux, ça ne doit avoir aucune valeur. N'empêche, j'aurais bien aimé leur mettre ça sous le nez : qu'ils me refusent en sachant que je l'ai, à ce titre précis. Ç'aurait été comme les obliger à reconnaître publiquement à quoi ça tient, leur acceptation, quand ils l'accordent. » - « Dommage que tu ne puisses pas leur envoyer une photocopie maintenant, pour qu'ils voient : ils seront sûrs que tu le fais pour les faire enrager. Mais tu pourrais le dire à l'avocat, non ? Il le dira peut-être à son copain. »

« C'est toujours ça de pris, fit Sylvia, maintenant, tu pourras au moins te payer les médicaments qu'il faut. » (En effet, la somme que le prix devait me rapporter y suffirait, comme pour compenser les jours de congé de maladie que je m'étais accordés.) Gaëlle, qui avait cherché vainement à me joindre pendant la période où je n'avais qu'une nouvelle désastreuse à annoncer, apprit aussi d'un coup les deux, et s'écria : « C'est le bouquet ! Tu veux que j'aille faire un scandale à la préfecture, moi, ou à l'hôtel de ville, tant qu'on y est, avec une grosse banderole, genre manif ? Ils vont m'arrêter, j'aurai prévenu deux-trois journaux, et ça va sûrement faire assez de boucan pour qu'on te fiche la paix, après ! Ils ne vont pas oser t'expulser, quand même, si l'on fait du bruit autour de ton cas ! » J'eus beaucoup de mal à l'en dissuader : elle ne voulait pas admettre que mes scrupules (liés au risque de mettre Benoît dans une situation plus que gênante, et à l'horreur du bruit que ferait le scandale envisagé, qui achèverait de me muer en victime) fussent de bonnes raisons de rester sans agir, et se calma seulement quand je lui dis que j'étais déjà trop faible pour pouvoir endurer l'effet d'un tel coup d'éclat. Shéhéra (que je m'abstins d'informer du refus) poussa des cris de jubilation, puis se lamenta de ne pas pouvoir accourir m'embrasser le jour même, « mais je vais voir avec Bilal quand il peut garder les enfants pour que je vienne chez toi, ou tu me diras quand tu peux venir chez moi, je te rappelle demain ! » Quant à Christian (que je revis le lendemain, au lycée où l'on m'avait rappelée pour du soutien), il déclara n'avoir jamais douté que je deviendrais célèbre. « Reviens au Club le mois prochain, on va bien fêter ça, comme il se doit ! Notre écrivain qui reçoit un prix ! Je peux te dire tout de suite au nom de tout le monde qu'on est très fiers de toi ! » Ce propos me donna atrocement mauvaise conscience : je restais donc « notre », pour eux ! même si je les avais laissés tomber (sous un prétexte bien acceptable, certes, mais ils avaient dû sentir malgré cela que je les quittais, je ne les avais jamais rappelés ne fût-ce que pour demander de leurs nouvelles), ils me chérissaient toujours !

Naturellement, je promis de me laisser fêter. « Et ta famille, ce qu'ils doivent être contents ! », reprit Christian, me faisant réaliser que depuis plus d'un mois, j'avais laissé sans nouvelles Minou qui devait croire qu'une lettre était en chemin ; voilà le bon moment pour appeler Pleunk – mes grands-parents, ces âmes simples, qui seraient émerveillés par mon succès et ne remarqueraient pas que j'avais un ton peu convaincant, en fait de triomphe, m'épargnant ainsi l'effort de chercher comment l'expliquer de façon rassurante. (Bien entendu, Minou devait continuer à croire aussi longtemps que possible que je n'avais pas encore de réponse officielle, et personne du trio familial ne devait savoir que j'avais des soucis, à plus forte raison parce qu'ils étaient graves.)

À l'autre bout de la ligne, l'Ourse était en train de « me tricoter quelque chose » avec le fil d'un vêtement qu'elle m'avait confectionné il y a quelque vingt ans :

- Je faisais du rangement chez ta Minou, la semaine dernière, je suis tombée sur ce petit pantalon et je me suis dit : je ne vais quand même pas le jeter, c'est de la bonne laine, il est comme neuf, la petiote l'aimait bien, elle sera sûrement contente de l'avoir en écharpe pour l'hiver ! Ta mère *se fout de ma gueule*, si tu crois qu'elle va porter ça à Paris, qu'elle dit, mais je lui ai cloué le bec : Et pourquoi pas ? est-ce que je tricote mal ? c'est de l'ouvrage *fait main* ! Ça coûte cher, de nos jours, ces choses-là ! Je vais même lui tricoter un bonnet, tiens ! il y a de quoi, et comme ça, elle aura la cervelle au chaud, elle attrapera pas de rhume ! Tu vas les porter, hein ?

- Bien sûr, fis-je, hypocrite.

- Je le savais ! Tiens, voilà la bestiole qui s'amène, elle a pigé que c'est avec toi que je parle. Alors, quoi de neuf ?

- Eh bien, j'ai une grande nouvelle à vous annoncer ; vous l'apprendrez à Minou, je n'arrive pas à la joindre...

Le prix suscita l'enthousiasme escompté :

- Quand je vais dire ça aux voisins ! La mère Marie, elle n'en revient déjà pas de savoir que notre petiote est étudiante à la Sorbonne, mais quand elle va apprendre qu'on t'a primée, en plus !

L'explication qu'on avait donnée à mes grands-parents après mon départ était celle d'un séjour d'études, éminemment rassurante. On n'avait pas trouvé utile de les détromper partiellement en précisant que si j'en faisais, ce n'était pas dans la seule université française dont le nom leur fût connu. Cette version de ma nouvelle existence avait pour inconvénient de susciter de fréquentes questions sur le moment où j'allais finir par rentrer pour les vacances, et Minou (qui prétextait le coût faramineux de l'aller-retour, tout en s'inquiétant à l'idée qu'ils fassent des économies dans ce but, en cachette) redoutait l'avenir où ils allaient trouver anormal que mes études – fussent-elles étrangères, c'est-à-dire bizarres par définition – se prolongent au-delà de toute durée concevable. Mais à chaque jour suffit sa peine ; pour le moment, tout ce qu'il fallait faire, c'était leur donner régulièrement des nouvelles laissant prévoir le meilleur des avenirs pour leur petite-fille. Il m'était agréable que la dernière en date au moins fût vraie, et l'envie qu'allait éprouver la vieille voisine, ancienne employée de la police pleunkoise, me réjouissait presque autant que ma grand-mère. Florence reprit :

- Qu'est-ce que c'était, le concours où tu t'es présentée ?

- Les comices agricoles !

- Hi ! hi ! hi ! hi ! elle me plaît bien, celle-là ! Non, sans blague, ça s'appelle comment, le concours ?

- Ce n'est pas un concours, c'est une biennale de poésie.

- C'est quoi ?

- Quelque chose qui a lieu tous les deux ans.

(Je n'aurai donc pas raté l'occasion d'apprendre un ultime Nouveau Mot à l'Ourse. Je ne doutais pas qu'elle le replacerait, même si je n'arrivais pas à deviner où – existait-il des plantes biennales, par exemple ? qui fleuriraient ou qui donneraient des fruits tous les deux ans ?)

- Et tu biennales, toi ?

Je lui expliquai que je n'étais jamais allée dans la ville d'où l'on m'avait appelée pour m'apprendre qu'on m'avait attribué le prix :

- Je n'étais même pas au courant que j'étais en lice, c'est D. D. qui a décidé de leur envoyer le livre.

- Qui ? !

- Mon éditeur !

- Ça lui dirait, une petite écharpe *fait main*, à ce gars-là ?

J'éclatai de rire avant de m'évertuer à la convaincre que les manières dont elle subornait ou remerciait des gens comme la caissière de l'opéra de Pleunk n'étaient pas d'usage dans le contexte de la vie parisienne (si je lui avais avoué que D. D. était de province, elle se serait aussitôt écriée : « Un gars de la campagne, comme moi ! », et il n'y aurait plus eu aucun moyen de la dissuader que l'écharpe s'imposait.)

- Et Dédé, comment il va ? changeai-je de sujet pour lui faire oublier son projet de tricotage supplémentaire. Tu me le passes ?

- Il est à l'hôpital.

- Quoi ? !

- Rien de grave, ils l'étudient seulement.

- Mais qu'est-ce qu'il a ?

- Rien de grave, je te dis ! T'es sourde, ou quoi ? Ils ne savent pas, ils l'étudient, il va rentrer demain.

Je ne réussis pas à lui extorquer une description des symptômes du « rien de grave » ; je n'avais plus qu'à espérer qu'il n'était pas de l'ordre du « tout va très bien » que j'avais proféré au tout début de la conversation. Peut-être la nouvelle du prix suffirait-elle, par la stupéfaction et l'élan d'orgueil qu'elle lui causerait, à remettre le Noisillon en bonne santé, d'autant mieux que sa tournure d'esprit saisirait (dans le petit retour de bien-être) l'occasion de faire enrager les spécialistes en leur prouvant, après les conclusions qu'ils auraient tirées de leurs analyses, qu'en fait, il ne souffrait de rien ? Je crus devoir augmenter les chances de guérison de la manière suivante :

- Quand il va rentrer, demain, dis lui qu'il ressemble à Louis Jouvet…

- A qui ?

J'épelai et lui fis noter, puis j'expliquai :

- Il doit très bien savoir qui c'est, tu disais qu'il t'emmenait au cinéma tous les samedi soir, quand vous étiez de jeunes mariés, et il a la mémoire des noms, lui, il connaissait tous les joueurs de football des équipes importantes du monde entier, dans le temps. S'il a oublié, dis lui que c'est un très grand acteur français et que je lui enverrai une photo, au besoin, pour qu'il se reconnaisse. Il lui ressemble énormément, mais jusque-là, je ne m'en rendais pas compte, je n'avais pas fait le rapprochement avant la semaine dernière où je l'ai revu chez mon amie Michèle…

- C'est son grand-père ?

- Arrête de me couper, c'est malpoli, comme tu disais dans le temps ! Ce n'est pas son grand-père, c'est un acteur qu'elle aime beaucoup, elle aussi. Dis à Dédé qu'ici, les gens cultivés et de bon goût admirent toujours Louis Jouvet, et que s'il venait à Paris, tout le monde le prendrait pour lui, les gens n'en croiraient pas leurs yeux…

Tel que je connaissais le Noisillon (faiblement, vu sa tendance à se taire quand il ne vous faisait pas enrager, mais tout de même), sa ressemblance avec un grand homme ne pouvait que le faire se rengorger, en tant que preuve supplémentaire à l'appui de sa vieille certitude qu'il en était un ; je me rappelais que dans l'espace-temps que nous avions partagé, il aimait vous faire remarquer qu'il était né *la même année* que je ne sais quel chef d'État, ou que tels footballeurs et ministres étaient chauves *aussi,* ou qu'avant l'époque de ce point commun, lui-même avait ressemblé (avec ses cheveux bien noirs et touffus) à tel *latin lover* de sa génération (ce qui était complètement faux – malgré le beau visage qu'on lui voyait sur d'anciennes photos, et qui s'était transformé assez tôt en quelque chose d'étonnamment dissemblable). Avec Louis Jouvet, il aurait mieux : une version française à la fois plus séduisante que lui-même, indiscutable pour de nombreux traits communs, et toujours prestigieuse (à la différence des sportifs et des puissants), immortelle, et qui le ferait soudain se sentir plus jeune qu'il ne l'était (j'enverrais une photo de film des années trente). Heureusement que Michèle avait eu l'idée de nous passer *Éducation de prince*, m'offrant ainsi l'unique moyen que j'aurais sans doute jamais de faire renaître la vanité bienfaisante chez le pauvre Noisillon !

Après avoir raccroché, j'essayai d'imaginer à quoi pourraient ressembler l'écharpe et le bonnet qui avaient été un pantalon, et je revis comme sur un portrait allégorique le visage de Florence, sa silhouette massive, sa posture typique pour se reposer ou réfléchir (les rares fois que cela lui arrivait) : assise en tenant ses mains, grosses et noueuses, dans son giron, comme si elles étaient non pas le prolongement de ses bras mais un objet, un outil de travail indissociable d'une tâche. Car ma grand-mère ne pouvait guère se concevoir sans un ouvrage quelconque : était-elle désœuvrée, son corps lui-même prenait l'air d'un assemblage à fonction utilitaire, au-dessus duquel sa tête flottait avec un petit sourire destiné à manifester, même lorsqu'elle était seule, sa façon *avenante* de recevoir tout ce qui lui parvenait de l'extérieur, du vaste monde. Ce sourire, c'était le résumé de son idée des bonnes manières, et l'expression emblématique de sa dignité personnelle. Si vous tenez à mieux vous la représenter (maintenant que je vous ai permis de retrouver Dédé en Louis Jouvet), je ne peux que vous orienter vers les photos que fit Luigi Baldelli de Cristina Calderon, la dernière descendante de la tribu indienne Yagan (ou Yanana), dans l'île de Navarino, sur le canal de Beagle (près du Cap Horn, en Terre de Feu). Quoique ce ne soit pas précisément le même visage, l'air de famille est très prononcé, la mimique est identique, et la posture choisie pour poser, les mains dans le giron, fait qu'on ne peut pas s'y tromper : ces deux-là sont de la même pâte, comme dirait mon sosie, sinon parfaitement interchangeables. (Et avec Cristina aussi, une langue allait disparaître, comme avec Florence, puisque les petits-enfants de sa sœur refusaient de l'apprendre.)

Je serais sans doute restée à méditer pendant un moment encore sur les images et le sort de mes grands-parents, si je ne m'étais pas rappelé soudain (à propos de coups de fil pour annoncer des nouvelles réjouissantes) Noémie, puis Antonin : bon Dieu ! il n'avait toujours pas répondu au mot que j'avais glissé sous sa porte il y avait combien ? deux semaines ? Affolée, j'allai aussitôt y frapper, en vain, puis j'appuyai sur la sonnette (flambant neuve) du trio de voisins, faisant apparaître l'épouse et le bébé, qui s'encadrèrent dans le chambranle sous l'aspect de Madone nourricière laquelle fut désolée de ne pas pouvoir m'aider : cela faisait longtemps qu'elle n'avait plus croisé ce Monsieur sur le palier, ni dans l'immeuble. La Madone disparue, je retournai devant la chambre de Tonicek, me couchai sur les tommettes du couloir et regardai sous la porte : le bout de papier (mon mot) y était toujours. À le découvrir, je fus prise d'un accès d'horreur irraisonnée mais aussi convaincante que des preuves factuelles complètes : Antonin n'existait plus.

J'en eus la certitude avant même de songer à me déplacer légèrement pour vérifier si le côté visible de sa chambre était complètement vide (non, un sac de voyage reposait sur le sol). Antonin s'était tué avant le jour où j'avais pensé à le faire, ou bien on l'avait arrêté et expulsé, ou bien quelqu'un – un de ceux que je craignais quand je rentrais par le dernier métro où il pouvait jouer : un ivrogne au vin mauvais, un drogué à la recherche d'argent pour sa dose, un gamin costaud du genre qui s'attaque volontiers à plus faible que soi, pour s'amuser ou se passer les nerfs – lui avait fait quelque chose d'irréparable. Oh, mon Dieu, ils avaient tué Tonicek, le doux Tonicek qui avait des compliments pour chacun, l'humble Tonicek qui ne se sentait même pas lésé de n'être plus ni ingénieur, ni jazzman, qui était venu à Paris – « bonne chance, Tonicek, je ne t'en veux pas ! » - dans l'espoir d'oublier que sa vie était déjà finie à Prague et à Berlin ! Était-ce possible, juste ciel, qu'on lui ait fait ça, à lui qui ne demandait rien de plus que de pouvoir regarder Claire manger une pomme, adossée à un mur ?

Je me remis debout en pleurant, je rentrai et me chaussai : j'allais le chercher. Où ? Je mis une veste. Pas à la police, bien sûr, à la bibliothèque du quartier, pour commencer : dans les faits divers des journaux des dernières semaines. Si je ne trouvais rien dans ceux qu'on pouvait encore y consulter (on les jetait au bout d'une quinzaine), j'irais ailleurs, quelque part où il s'en trouvait de plus anciens ; à défaut de pouvoir dater précisément la dernière fois où je l'avais revu, je savais que Tonicek était encore là environ un mois et demi, disons deux mois auparavant, au grand maximum. Si ce n'étaient pas les expulseurs qui s'en étaient pris à lui (et même dans ce cas, il n'était pas totalement exclu que la presse m'en fournisse un écho, ne serait-ce que sous forme de notice concernant tel nombre d'expulsions récentes), il y avait de fortes chances que les spécialistes des chiens écrasés aient relaté son cas, étant toujours (pour ce que j'en savais) intéressés par les suicides et les agressions.

Et voilà ce que je trouvai au bout d'un petit quart d'heure de lecture, pour la période en question :

> Paris. Suicide au musée. Un homme de 25 ans a mis fin à ses jours, hier matin, en se jetant du quatrième étage de la galerie principale du Musée d'Orsay. Vendredi soir, à l'Institut du Monde Arabe, un désespéré mettait également fin à ses jours en se jetant du neuvième étage.

L'âge du premier excluait, bien sûr, que ce fût Antonin ; pour le second, l'on pouvait supposer que le choix du lieu indiquait ses origines, quoique rien ne le prouvât (si c'était le cas, le journaliste n'en aurait-il pas parlé ? ou s'en était-il abstenu faute de place ?).

Poursuivant mes recherches, je découvris :

> **L'inconnu jeté du train de banlieue reste introuvable**
>
> La bière et la bêtise ont sans doute fait commettre l'irréparable aux quatre jeunes gens qui ont avoué s'être « tapé un mendiant », probablement un musicien quêteur, en le molestant avant de le jeter par la fenêtre du train en marche (*voir notre édition du...*) entre [*noms de banlieues situées sur le trajet vers chez Noémie*]. Un voyageur avait donné l'alerte après avoir entrevu le début de l'agression depuis le train qui passait dans l'autre sens. « Pour une fois, on a eu les auteurs du crime avant le corps », plaisantait un policier hier après-midi. En effet, malgré les recherches qui se poursuivent, y compris au fond de la Seine, au niveau du viaduc qui peut correspondre à l'endroit de la chute, la victime reste introuvable. Les enquêteurs n'excluent pas la possibilité que l'homme, qui parlait avec un accent étranger d'après ses agresseurs, soit un sans-papiers naturellement peu désireux de porter plainte. Blessé ou mort ? Même en l'absence de certitude, ses agresseurs ont été inculpés pour homicide volontaire.

Je me rendis à la rédaction du journal, où j'acquis l'édition signalée, et je m'assis sur le banc le plus proche pour la lire : elle ne m'apprit pas grand-chose de précis, sauf que les aveux des quatre étaient contradictoires aussi bien sur l'âge et l'apparence de la victime (moins jeune qu'eux, en tout cas) que sur le mobile éventuel autre que l'envie de « se taper un mendiant » : il n'était pas exclu que l'argent trouvé sur eux lui appartînt, et qu'ils aient jeté après lui autre chose, un instrument peut-être ; des voyageurs de différents wagons un peu distants, interrogés à la gare où la police avait arrêté les quatre, avaient entendu ou vu passer un musicien ambulant, environ trente minutes à un quart d'heure avant le moment de l'agression. En d'autres termes, rien n'excluait que ce fût Tonicek.

Si je voulais poursuivre mon enquête, je pouvais essayer de joindre l'auteur de cet article (ce ne devait pas être difficile) pour lui demander quel instrument ces voyageurs avaient entendu ou vu : il devait le savoir, non ? ou bien n'avait-il pas donné de précision à ce sujet justement faute de s'y être intéressé ? Quoi qu'il en fût, il ne refuserait certainement pas de renseigner une consœur qui croyait reconnaître un ami dans le musicien – je mentirais pour éviter qu'on puisse identifier Tonicek, s'il était toujours vivant et qu'il tînt à se cacher, je le dirais guitariste et habitant d'un tout autre quartier... Mais en y songeant – ce serait si facile –, je sus subitement que je n'en ferais rien. Je renonçais à l'enquête, j'abandonnais. Pourquoi ? Sans doute par peur d'acquérir une preuve supplémentaire – écrasante, car elle viendrait de l'extérieur – m'assurant que l'homme jeté du train était bien lui.

Je repartis lentement vers chez moi, à pied, en me demandant ce que je préférais – ce qui serait plus tolérable, comme version – entre le sauteur du neuvième étage et l'éventuel tombé dans la Seine, puis je réalisai que l'homme jeté du train qui pouvait s'être noyé réunissait les deux façons de disparaître les plus idoines pour moi-même (correspondant aux lits superposés comme au véhicule diabolique et au *nec mergitur*), et je me remis à pleurer, car je savais dès lors que je préférais le suicide au musée, bien sûr, pour moi comme pour Antonin, alors que je ne croyais plus que ce pût être son sort. Non, le Diable l'avait fait jeter du train, et dans le fleuve, un mois exactement avant le jour où la réponse m'avait été envoyée : voilà ce qu'Il avait fait « ces derniers temps », pendant qu'Il ne se tenait pas au courant de ce que je devenais – avant de me suggérer de voir ce que cela donnait quand on essayait de descendre en mouvement de son propre chef ! Tout concordait, les coïncidences étaient bien trop nombreuses (largement assez pour satisfaire même les policiers, s'ils avaient pu en prendre connaissance) pour que le doute subsiste. J'allais rentrer et appeler Claire, puis Noémie, pour leur apprendre qu'Antonin avait disparu, en exposant seulement les faits indiscutables (sac de voyage demeurant dans sa chambre, absence déjà très prolongée, nul signe de départ volontaire). Je le ferais dès que j'aurais réussi à cesser de pleurer.

Et je pleurai encore, et mes larmes furent longues à tarir, jaillissant de toutes les histoires connues et inconnues de ceux qu'on pouvait jeter du train du diable – les étrangers qui n'iraient pas, s'ils survivaient après la chute, se plaindre à la police, ni même se faire soigner à l'hôpital, faute de papiers ; les musiciens et autres bardes du coin de la table, du monde entier, de toutes les époques depuis l'invention du chemin de fer ou depuis que notre race était devenue si chétive, si frêle, facile à tuer ou prompte à mourir d'elle-même faute de pouvoir endurer longtemps la vie qu'on lui faisait mener, ou la laideur et l'horreur où le monde avait choisi de progresser (certains en passant par la case de la folie, en signe paradoxal d'accord avec l'esprit de leur temps, à partir des exemples du romancier de Michèle ou de *votre humble Scardanelli*) ; sur toutes les âmes vives que l'ici-bas avait détruites ou envoyées au plus vite dans l'au-delà. Si je ne pleurais pas sur elles, qui le ferait ? Et quelle pouvait être ma dernière tâche d'importance réelle, dans cette ville et cette vie, sinon de les pleurer tous, à partir du dernier en date que j'eusse connu ?

Existait-il au moins un disque, une cassette d'amateur, des photos, quelque chose qui pût demeurer encore en souvenir du quintette où Tonicek avait joué ? Quelques photos, au moins, sans doute, mais n'ayant jamais connu son nom de famille, je n'aurais pas moyen de les retrouver ou d'aider quiconque à le faire : c'était comme si elles n'avaient pas existé. À Prague et à Berlin, l'on ne saurait jamais ce qu'il était devenu – les parties de son destin voué à la triple mort locale ne seraient jamais rassemblées. (Voilà ce qui m'attendait, si je partais pour les États-Unis ou le Québec : tenez-vous-le pour dit et garanti, ricanait le Diable, jamais deux sans trois, comme on dit, n'est-ce pas ? au troisième pays, un petit voyage en train comme on en trouve partout, et hop ! personne ne saura comment ; si vous êtes curieuse, je vous en prie, allez-y voir ce qu'il sera advenu. Vous vouliez contempler la beauté, hein ? Le monde avait encore des merveilles, pour vous ? Allez donc jeter un petit coup d'œil par la fenêtre du couloir, nous passons par des endroits fort intéressants ! Ce joli fleuve, par exemple, serait-ce le Styx ou celui d'Héraclite, à votre avis de personne bien instruite ?)

Et bien sûr, les amis n'y pouvaient rien – qu'avais-je jamais pu, moi qui croyais porter bonheur, pour Tonicek ? avais-je eu ne fût-ce qu'une inquiétude pour lui, un pressentiment des dangers qu'il courait ? non, je l'avais cru, allez savoir pourquoi, assez fort pour ne pas risquer d'être agressé, tout comme pour ne jamais songer à se tuer, jusqu'au moment où j'avais dû me rendre compte qu'il n'y était plus. Ce devait être écrit, que les amis même plus perspicaces que moi n'y puissent rien, dans ces cas-là : pour les artistes dont l'existence ne voulait décidément plus, alors que l'Autre les tenait à l'œil depuis longtemps.

Sans y penser, j'avais emprunté la rue du Faubourg-Poissonnière (il fallait croire que mon sens de l'orientation revenait), et je levai les yeux sur le bâtiment du 25, où Luigi Cherubini vécut un temps, pendant qu'il dirigeait le Conservatoire de Paris : en voilà un dont les traces restaient, qui s'en était bien sorti, même si l'on ne pouvait pas savoir de quelles entrailles déchirées il avait dû tirer *Médée*. Si je renonçais à rentrer tout de suite, je pourrais continuer vers la Nouvelle Athènes, faire encore un tour dans les rues autour de la place de ma saison d'ange – comme cela semblait lointain –, que j'avais fait de vains efforts pour bien me représenter autrefois, aux temps où le journal des frères Goncourt était actuel pour moi, quand je rêvais sur l'utopie jadis presque réalisée : un quartier où vivrait resserrée la querelleuse fratrie des gens de lettres, artistes peintres, musiciens et autres prostituées, mélangés, familiers les uns avec les autres au moins de vue, et conscients même en s'entredétestant d'être tous le sel de la vie dans la seule capitale de l'esprit des temps modernes. Une colonie d'artistes – dans l'immeuble flaubertien, au sixième, nous avions été deux, c'était déjà un début, et jamais l'idée ne m'était venue de proposer à Tonicek, qui devait improviser, dans le quintette, de faire des chansons ensemble – à moi qui aimais tant les musiciens ambulants ; il aurait peut-être suffi d'y penser pour que la suite change en ce qui le concernait (qui peut savoir comment la suite du mouvement s'engrène ou se grippe ? nous aurions même pu chanter en duo), voire pour que l'utopie prenne, pour que d'autres viennent occuper des chambres encore disponibles : attirés par un vague bruit circulant dans le métro, ou par l'instinct des chats de gouttière qui savent sur quel toit passer pour se glisser par une fenêtre ouverte dans quelque coin accueillant, ils seraient venus, nous aurions pu survivre ensemble, bon an mal an, nous refilant des tuyaux et des astuces pour tenir le coup, certains mieux liés que la plupart, d'autres ne pouvant pas se sentir, mais qui se sentiraient tout de même obligés de soutenir le voisin, en cas de menace venant de l'extérieur. Mais oui, c'était de ma faute si cela ne s'était pas fait : le Diable ne venait pas chez le romancier du temps où son poète était encore vivant, et le poète mourut quand le romancier était à l'étranger ; rien que deux artistes qui restent près l'un de l'autre et se soutiennent moralement, cela suffisait, sans doute, pour qu'Il se tienne à quelque distance, qu'Il n'intervienne pas très violemment.

Si je l'avais compris à temps (on mettrait Paris en bouteille, ricanait le bon sens par le proverbe), j'aurais veillé sur Tonicek, et il ne serait rien arrivé, sans doute, même pas de lettre écrite le jour de sa mort, ou bien si – elle devait être inévitable, ç'avait été folie d'imaginer qu'il serait possible, permis, de devenir entièrement soi-même aux yeux du monde –, mais la lettre seule serait arrivée, pas sa disparition, et Tonicek aurait fait sa lessive juste quand je serais remontée à quatre pattes par l'escalier étroit menant au sixième, il m'aurait vue et m'aurait raconté comment il faisait, lui, pour supporter de bon cœur que Paris puisse très bien se passer de ses chansons. Il m'aurait appris ce que j'ignorais toujours : l'idée, l'attitude intérieure permettant de tout endurer sans perdre une once de sa douceur – celle que je n'avais plus, Satan l'avait montré – et en même temps, sans se résigner complètement. C'était le seul artiste que j'eusse connu, Tonicek, à posséder cette faculté d'acceptation douce sans résignation – je l'avais senti, su, d'une certaine manière, mais je n'y avais pas assez réfléchi, je l'avais négligé, oublié au profit d'autres gens et choses qui m'occupaient l'esprit, juste au moment où j'aurais dû chercher à savoir ce qu'il devenait, à lui faire un peu de bien pour lui permettre de me le rendre au centuple, comme il le souhaitait toujours face aux autres. Et je me rappelai soudain, avec horreur, la femme de son logeur berlinois, qui pleurait de l'autre côté du mur : l'enfer, disait-il, un homme disparu sans qu'on sache à quel moment précis ni comment, et aucun moyen d'agir pour aider...

Je rentrai sans croiser personne, je m'assis devant ma table de travail pour continuer de pleurer, puis, au bout de quelque temps, j'entendis du bruit dans le couloir, et je me précipitai dehors : un homme inconnu était en train de vider la chambre d'Antonin de ses effets (le sac de voyage ouvert pour accueillir le reste se trouvait sur le palier). « Vous aurez un nouveau locataire ? », fis-je. Il m'étudia d'un air à la fois étonné et réprobateur : « Peut-être. » - « Vous savez ce qu'est devenu le précédent ? » - « Tout ce que je sais, c'est qu'il n'a pas payé de loyer depuis deux mois. Vous connaissez quelqu'un qui en voudrait, de cette chambre ? » - « Non. » Sur quoi, je rebroussai chemin et m'enfermai. Un peu plus tard, des coups de marteau se firent entendre, puis des pas qui descendaient, et lorsque je ressortis, deux pitons réunis par un cadenas flambant neuf assuraient à l'extérieur de la porte d'Antonin qu'il ne saurait plus rentrer. Avec des tenailles, j'aurais sans doute pu faire quelque chose, et plus discrètement que le jour où j'avais essayé de défoncer la mienne, mais tout bien réfléchi, j'y renonçai. Si jamais il revenait – si par quelque bonheur invraisemblable il finissait par le pouvoir – n'aurait-il pas l'idée, en découvrant le cadenas, de venir frapper chez moi pour essayer de mieux se renseigner sur sa situation ? Si, logiquement, et quoique ce fût tout à fait improbable, cette logique fit que j'évitai au possible de sortir les jours suivants, et qu'à chaque sortie, je laissai collé sur ma porte le mot suivant :

Cher Antonin,
Il n'y a pas de nouveau locataire.
Je reviens très vite, attendez-moi
ici ou repassez. Je pourrais vous
aider, y compris pour les loyers
impayés, et en cas de besoin, vous
pouvez habiter chez moi. Ne partez
surtout pas, j'ai une chose très
importante à vous dire.

J'espérais que la dernière phrase suffirait à le retenir, s'il revenait : aussi considérables que pussent être ses objections (ses scrupules) à l'idée d'accepter mon aide, il m'attendrait ou repasserait au moins pour apprendre la nouvelle très importante concernant Claire – à quel autre sujet songerait-il, comment devinerait-il que c'était un piège, qu'il s'agissait (quelle ne serait pas sa déception, qu'il cacherait de son mieux !) de lui proposer des textes pour des chansons, et de lui expliquer pourquoi l'enfer ne saurait plus le reprendre s'il acceptait de fonder une Athènes du sixième étage avec moi, en attendant qu'on doive se cacher quelque part ailleurs ?

Car s'il revenait, ce serait que le train du Diable se pouvait quitter sans périr, et que Paris nous abriterait encore, en clandestins – avec quelqu'un sur qui l'on doit veiller, ce serait vivable, on la supporterait, la clandestinité, on tiendrait le coup chacun au profit de l'autre, en chantant ensemble. Je nous voyais d'ici : lui dans sa tenue de toujours, souriant sous le grand feutre noir, et moi, vêtue désormais de la même couleur (du deuil des anciens rêves ou du néant traversé), portant un chignon, des boucles d'oreilles de Gitane et un gros collier de perles rouges pour faire plus gai, qui lui ôterais parfois son couvre-chef par surprise, et passerais à sa place parmi les voyageurs, sans compliments mais en lançant des regards mi-redoutables, mi-enjôleurs, comme il convient au rôle de la Bohémienne.

Mais chaque fois que je rentrais et retrouvais le mot, que je le décollais pour le ranger en attendant ma prochaine sortie, l'évidence reprenait ses droits : il n'y avait plus de Tonicek, et les limbes me tenaient, et tous les trains du Diable continuaient de circuler sur tous les chemins de fer du monde, en attendant que je me décide ou que je sois obligée de descendre en marche. Rien n'avançait, pour moi, dans le nulle-part où je demeurais – ni ici, ni au-delà – seule l'inertie me faisait bouger encore dans le compartiment, et me permettait de faire illusion aux yeux de ceux – amis et inconnus – qui existaient, qui n'avaient pas connu d'expérience les mondes parallèles ni la mort préalable.

*

Shéhéra (la seule de mes amis proches qui ignorât toujours le refus et jusqu'au projet qui me l'avait valu) m'avait rappelée à maintes reprises au sujet des moments où elle serait libre pour fêter le prix, s'attirant autant d'esquives (moi, j'étais toujours prise quand elle ne l'était pas), jusqu'au jour où son coup de fil me redonna une crise de larmes audibles, tombant trop peu de temps après un retour chez moi (décrochage de mot) :

- Mais qu'est-ce que j'ai dit qui te fait pleurer ? ! Il s'est passé quelque chose ?

- Mon voisin est mort.

- Oh, mon Dieu ! Le pauvre ! Vous étiez proches ? Comment il est mort ?

- Il est mort par ma faute ! m'écriai-je avant de perdre momentanément la capacité de parler, puis – sous les questions toujours plus affolées de Shéhéra – de la retrouver pour raconter à la file, dans le désordre, tout ce qu'elle ignorait (à part l'échange avec Satan).

- Mais pourquoi tu ne m'as rien dit jusqu'à maintenant ?

- Parce que c'est encore pire quand j'en parle ! Ça ne fait qu'occuper l'esprit des autres au même malheur, et ils n'y peuvent rien, ils ont beau essayer de m'aider, c'est inutile, c'est joué d'avance, comme pour Antonin.

- Oh, non ! comment tu peux dire une chose pareille ? D'abord, pour ton voisin, rien ne prouve qu'il est mort ; on l'a peut-être arrêté, mais il va ressortir, et même si on l'a expulsé, il doit pouvoir se débrouiller pour revenir, s'il tient vraiment à Paris ! Rien n'est joué d'avance, jamais ! Et toi qui es si forte…

Je l'interrompis par un éclat de sanglots et de rage :

- Mais vous êtes tous aveugles, ou quoi, de croire que je suis forte ? Je suis mille fois plus faible que toi, je n'ai jamais réussi à rien faire dans la vie, à part prendre la fuite ! Me tirer quand quelque chose ne me va pas, et laisser tomber les gens, ça, je sais, mais pour le reste, je ne suis bonne à rien ! Et je porte malheur, en plus !

Un bref silence méditatif s'ensuivit, puis :

- Tu sais, tu devrais venir chez moi demain. Entre-temps, je vais bien réfléchir, et je te promets que je vais te chasser ces idées noires. C'est des idées noires, seulement, ce que tu as en ce moment…

- Et la disparition d'Antonin, et le refus, c'est seulement des idées noires ?

- Viens demain après-midi, je te promets que d'ici-là, j'aurai trouvé…

- Michèle aussi croyait qu'elle trouverait, fis-je, et Gaëlle croyait avoir trouvé, tout le monde trouve des idées pour me sauver, en y réfléchissant, et ce ne sont jamais les mêmes, et elles sont sans doute toutes excellentes, mais ça n'y change rien : moi, je ne peux pas les suivre, comme toi, tu ne pouvais pas accepter les prétendants, dans le temps, même quand ils étaient très bien, parce que *je ne suis pas faite pour*, tu vois, manifestement : je n'ai pas moyen de les suivre pour survivre, les idées qu'on peut trouver ! Et je n'en peux plus, je ne sais pas combien de jours encore je pourrai supporter ça ! Quoi que vous fassiez, ça ne fait jamais que s'aggraver ; c'est pire, de devoir les refuser, vos idées ! Je me sens encore plus nulle et plus coupable, de devoir continuer à les repousser ! Personne ne comprend pourquoi, et moi, je reste incapable de les accepter, voilà !

Nouveau petit silence méditatif, puis :

- Tu sais, tu as très bien fait de m'expliquer tout ça, c'est très important de le savoir. Maintenant que je le sais, ça va peut-être m'aider à te trouver une vraie solution, ou au moins le moyen de te soulager, si Dieu le veut.

- Oui, à moins d'intervention divine, je ne vois vraiment pas… Oh, excuse-moi ! Je deviens méchante comme tout, je suis affreuse avec toi ! C'est horrible, je me passe les nerfs sur toi, alors que non seulement tu n'y es pour rien, mais…

- Denise, arrête de t'en faire ! m'interrompit-elle, tu es comme Bilal, tu craques par moments, ce n'est pas grave. Écoute un peu de musique, maintenant, ou lis, puis tu vas te coucher, et demain, quand tu viendras chez moi, on verra.

La placidité inébranlable qu'elle m'avait opposée vers la fin de la conversation me stupéfia, une fois le combiné raccroché, à tel point – d'où cela lui venait-il ? l'avait-elle toujours eue, dans ses réserves, sans que je m'en doute faute de lui avoir déjà fait subir une crise aussi choquante et regrettable ? – que je tombai dans une sorte d'état second où je lui obéis point par point : je regardai parmi mes cassettes, choisis Gina Strozzi (Jacques Camp, Aznavour ou Piaf m'auraient ramenée à diverses idées déconseillées), l'écoutai pendant une heure, puis lus Rabelais (dont la bonne humeur invincible me semblait être le palliatif le plus approprié aux circonstances) jusqu'à l'épuisement complet, et me couchai. Je ne sais plus comment je fis passer la partie du lendemain qui me séparait du moment où les filles de Shéhéra feraient la sieste, mais en arrivant devant sa porte, je réalisai que j'avais eu une dizaine d'heures à peu près paisibles, et m'apprêtai à l'en remercier.

Or, elle m'accueillit sous un aspect qui me fit aussitôt oublier cette intention : vêtue d'une sorte de chemise de nuit qui lui tombait jusqu'aux pieds, la tête enturbannée et l'air si grave que je faillis avoir un malaise sur le seuil. Comme je vacillais, elle me prit par les épaules pour me faire pencher, et m'embrassa d'une manière complètement inédite aussi : sans sourire, sans la moindre effusion d'amitié, avec un regard pénétré de la conscience de quelque chose de très sérieux et que j'ignorais – un regard opaque pour moi, ne permettant pas la moindre complicité, proprement effrayant.

- Entre, fit-elle enfin. Viens t'asseoir ici et écoute-moi.

J'obéis en me disant que c'était un cauchemar : jamais ma petite Shéhéra que je connaissais depuis des années ne s'était comporté ni n'avait parlé ainsi, rien de tout cela – les gestes, les mots, le ton – ne lui ressemblait, et qu'elle demeurât debout devant moi après m'avoir intimé de m'asseoir sur une chaise au milieu de son séjour devait relever d'un accès de folie d'autant plus terrifiant qu'il n'avait rien à voir avec la logique des miens. Je ne pouvais plus que rester paralysée à la fixer, tandis qu'elle se taisait encore en me scrutant. J'allais tourner de l'œil quand elle parla :

- J'ai beaucoup prié pour toi, depuis hier soir. J'ai prié et j'ai réfléchi à ce que je pouvais faire, et je vais te dire ce que j'ai trouvé. C'est peut-être un péché que je commets, mais de toute manière, ce n'est pas moi qui décide, rien ne se fait sans la volonté de Dieu.

Ce propos tenu d'une voix inconnue, sur un ton solennel, me donna tant d'appréhension à l'idée de ce que la suite devait être, que j'éclatai en sanglots. Et au lieu de me rassurer comme je croyais qu'elle ne pouvait pas manquer de le faire en pareil cas – avec un tendre empressement enfantin, ou calmement, comme elle l'avait fait la veille encore ! –, Shéhéra poursuivit avec la même solennité :

- Écoute-moi. Je suis fille d'un homme de religion et arrière-petite-fille de quelqu'un qui avait des pouvoirs dépassant ce qui est donné de pouvoir aux hommes normaux. J'ai dû en hériter une partie. Depuis un certain temps, je sens qu'il m'arrive d'être capable de choses – sans même y avoir pensé, sans l'avoir vraiment souhaité –, de choses invraisemblables. C'est après coup que je comprends comment elles sont arrivées, que je n'y suis pas pour rien. Jusqu'à présent, je n'ai jamais essayé d'en faire exprès, consciemment, volontairement, en m'y préparant. Mais maintenant, je suis prête à en faire une pour toi. Tu veux ?

- Oui ! répondis-je aussitôt, sans réfléchir, ne craignant subitement plus rien et sûre, sûre et certaine qu'elle allait me sauver, quelle que fût la chose envisagée.

Shéhéra recula, comme pour me tenir tout entière dans son regard, me fixa d'une façon qui me fit trembler, et déclara :

- Au nom de Dieu qui créa l'univers, je te marie avec celui que tu aimes, devant Dieu.

Sous le coup de la stupéfaction, je me sentis comme projetée dans un tout autre univers, où tout ce qui m'avait accablée n'avait jamais existé, et pendant que j'essayais de mieux voir – de reconnaître des formes, de m'orienter topologiquement, de comprendre comment cet espace-temps inédit se présentait, j'entendis :

- Tu te sens mieux ?

Ce qui m'obligea à découvrir autre chose : Shéhéra avait soudain retrouvé son sourire à fossettes allant avec le ton enfantinement malicieux, et ses yeux de chat rayonnaient d'affection jubilatoire.

Juste ciel, me dis-je en retombant sur terre, par affection pour moi, elle s'est mise à la magie, elle qui ne supportait même pas qu'on dise le mot ! La bonne croyante qu'elle était – elle en est arrivée, *à cause de moi*, quelle horreur ! à inventer un truc qui doit revenir, selon ses hommes de religion, au centuple de tous les péchés ordinaires pris ensemble ! Le nombre d'années d'enfer qu'ils lui flanqueraient, s'ils apprenaient le coup !

- Maintenant, reprit Shéhéra avec des notes de rire joyeux dans la voix, il ne reste plus qu'à attendre pour voir si ça marche, c'est-à-dire à quel moment et comment ça pourrait se mettre à marcher ! Généralement, les choses s'accomplissent de façons surprenantes, tu as remarqué ? *Hamsé biryoun a chaytan* !

- Qu'est-ce que ça veut dire ?

- C'est une formule contre le diable, ça le chasse, répondit-elle comme s'il s'agissait d'une tapette à mouches. Tu veux qu'on prenne le thé, maintenant ? J'ai de bons gâteaux !

Malgré la découverte d'une formule contre le Diable, et quoique j'eusse fait semblant de trouver que tout allait bien, dès que Shéhéra dut quitter la pièce pour s'occuper des petites dont la cadette s'était réveillée (avait hurlé, réveillant l'autre aussi), je fus horrifiée (quoique un peu tard) de réaliser qu'elle m'avait mariée – du moins pour ce qui était dans son pouvoir que j'étais incapable d'évaluer – sans l'accord du principal intéressé. L'idée qu'on l'ait contraint, ne fût-ce qu'à son insu définitif et pour le seul usage de mon esprit, à être mon mari, se révélait insupportable. (Et le constatant, une fois encore, je me dis avec résignation que décidément, je ne devais pas être faite pour accomplir grand-chose de ce qui pouvait me rendre heureuse.) Si je n'avais vu en lui que le sorcier, à la rigueur, lui laisser subir un tel acte aurait pu me paraître de bonne guerre, mais depuis qu'il se manifestait aussi en « simple humain », comme il avait dit, je ne pouvais pas accepter qu'on lui fît une violence pareille – et si par hasard cela produisait à distance quelque dégât imprévisible chez lui, d'être considéré comme mon mari ne fût-ce que par la seule apprentie sorcière ? Si cela le privait d'une parcelle de sa belle liberté, sans même qu'il puisse comprendre d'où serait venu le changement néfaste – une ignorance qui revenait à rester sans moyen de lutter ? Puis je me rappelai le fait rassurant que le rite oriental lui laissait le droit d'avoir un harem ;

mais la contrainte impliquée par le procédé magique n'en subsistait pas moins.

Je finis par trouver la solution suivante : j'allais considérer ce mariage, puisque mariage il y avait eu, comme strictement unilatéral – moi, j'étais mariée devant les forces célestes, mais lui, non. En effet, c'est moi qu'elle a mariée, me rassurai-je, *son* nom n'a même pas été prononcé ; elle ne l'a même pas rencontré une seule fois dans sa vie, quel pouvoir peut-elle avoir sur lui ? Et de toute manière, ça ne doit pas marcher, à Paris, ce genre de trucs des Mille et une nuits.

Trois mois plus tard, je fus mariée très officiellement, à la mairie, avec un autre – un noble chevalier (futur médiéviste), amateur d'anges et angéliquement compatissant au point de faire cela pour moi. Par-dessus le marché, il était ravissant, ce qui donna de superbes photos de jeune couple, à exhiber en cas de besoin, voire sans, pour le cas où. (Mes grands-parents en profiteraient les premiers ; désormais, plus besoin, pour Minou, de se creuser la tête pour chercher de nouveaux prétextes à mon éternel non-retour pendant l'été : son mari ne veut pas venir en vacances à Pleunk, ça se comprend, il est habitué à mieux ; vous voulez qu'elle divorce, elle aussi ? non ? alors, fichez-leur la paix, à ces jeunes, qu'ils se reposent ensemble où ils veulent !)

Mais comme Shéhéra le faisait remarquer, les choses s'accomplissent généralement de façons surprenantes, et mes noces officielles faillirent, d'une façon complètement inattendue, manquer d'avoir lieu, ce qui vaut la peine d'être raconté ne serait-ce que pour la mise en garde originale qu'on pouvait y voir. Selon la tradition que nous avions tous décidé d'observer jusqu'aux moindres détails, les futurs époux devaient dormir chacun chez soi, la veille de la cérémonie qui aurait lieu un samedi matin, et les témoins de la mariée devaient passer la chercher pour la conduire à la mairie, pendant que le marié irait quérir ses parents avec son témoin à lui. Or, quand je descendis au pied de mon immeuble, aucune voiture amie ne s'y trouvait garée, ni n'arriva dans le quart d'heure suivant : soit mes témoins m'avaient oubliée (ce qui leur était déjà arrivé une fois par le passé, avec une autre, d'après leur propres aveux amusés de la veille), soit leur réveil n'avait pas sonné, soit ils avaient eu une panne ou quelque autre empêchement qui menaçait de devenir définitif, pour moi (il était urgent que le mariage se fît).

La mairie ne se trouvait pas très loin, cependant à pied, j'y arriverais en retard, et si entre-temps, les témoins parvenaient à ma rue, où personne ne saurait les prévenir que j'avais désespéré d'eux, le temps qu'ils le devinent et repartent dans le bon sens, le maire serait déjà passé (en sautant par-dessus le nôtre) au couple suivant, puisqu'il nous fallait *au moins* deux témoins. Cela se passait, bien sûr, avant l'époque où les téléphones cellulaires se seraient répandus à Paris comme dans les royaumes asiatiques des gadgets. Je finis par courir vers la cabine téléphonique la plus proche pour appeler les retardataires (en vain), puis la station de taxis la moins éloignée qui répondît – et reprenant ma place devant l'immeuble flaubertien, pour le cas où deux voitures arriveraient en même temps, j'eus le loisir de réaliser (enfin) ce que j'étais en train de faire, ce qui revenait à se sentir plus honteuse que jamais.

Mon Dieu ! j'étais en train d'attendre un taxi en tenue de mariée – pas en robe à traîne, au moins, mais n'empêche, c'était toujours d'un ridicule achevé : en tailleur crème offert par Yvonne de Mortange, en tenant le voile assorti dans un sac en plastique, toute seule, plantée sur le trottoir près d'une porte, comme les filles de la rue Saint-Denis ! de quoi avais-je l'air ? quel effet ferais-je aux passants qui ne tarderaient pas à apparaître, puis au chauffeur du taxi ? – et pourquoi ce spectacle absurde ? en prélude : pour aller ensuite me rendre coupable de bigamie, ne fût-ce que symboliquement parlant ! Il n'y avait que moi au monde pour me mettre dans un pétrin pareil, décidément.

C'était encore pire que le cas de Dima Gerbier, qui m'avait pourtant bien prévenue, mise en garde à sa façon contre les mariages par soumission, religieux ou républicains, et à quoi bon ? pour que j'aille me fourrer par des moyens de mon cru dans *les deux* à la fois ! Qu'est-ce qu'il ne me tomberait pas dessus, sous peu, comme punitions méritées, pour n'avoir pas immédiatement défait – par la parole, elle en avait le pouvoir, tout comme de lier – les noces unilatérales dès que j'avais réalisé qu'elles étaient une violence faite à l'insu du premier intéressé, et pour exposer ensuite un autre, de surcroît, qui se croyait au courant, aux dangers d'un lien avec moi !

Mon pauvre futur époux officiel, le noble chevalier, cette âme pure ! il ne comprenait même pas de quelle espèce pire qu'inexistante j'étais, en quoi il s'engageait : je l'avais abusé, induit en erreur, en m'abstenant toujours de parler de sorciers ; il n'avait aucun moyen de se douter que je le trompais de cette façon invraisemblable, incomparablement pire que d'être cocu comme chez Feydeau dans la réalité ; qui diable saurait accepter une situation pareille, si l'on la lui révélait ? Même si aucun de nous deux n'aurait songé à exiger la fidélité de l'autre, une tromperie de cette sorte, qui échappe au bon sens comme à l'entendement, dont personne n'aurait l'idée qu'elle puisse exister – s'il l'avait apprise, cela lui aurait fait prendre ses jambes à son cou, et comment ! Même si ce n'est pas réellement pour de vrai, qui voudrait se marier avec un cas de folie, d'irréalité partielle, d'ensorcellement, ou appelez-le comme votre esprit plus sain vous le suggère ? Si les écailles lui tombaient des yeux, ou s'il devenait extralucide, bref, s'il voyait subitement ce que j'étais, ça lui ferait un effet encore pire que la face de la Gorgone – car elle au moins, elle n'était pas ridicule *en même temps*, alors que la combinaison de l'effrayant et du grotesque avait de quoi vous faire vraiment perdre la raison, aussi preux que vous fussiez, j'en savais quelque chose, en demi-spécialiste du romancier qui avait fini fou !

Et plus concrètement, à supposer que mon futur époux restât encore un certain temps sans se douter de ce qu'il avait épousé (comme dans les contes où le pauvre jeune pêcheur tarde à constater que ce n'était pas une jeune fille charmante, mais une espèce d'oiseau des marais, et même pas une grue comme les autres : non, une créature complètement anormale, mi-ci, mi-ça, bref, contre-nature, pas naturelle du tout, comme aurait dit la grand-mère d'Yvan), naïvement convaincu que j'étais de la même espèce que lui, qu'adviendrait-il si tout à coup, il se retrouvait témoin de quelque chose qu'il n'aurait pas moyen de s'expliquer, ni de la bonne façon, ni en termes réalistes acceptables ? Si par hasard il me voyait, un jour, en passant quelque part, en train de discuter avec le sorcier, ou s'il tombait subitement sur quelque photo où il comprendrait encore moins que nous soyons visibles ensemble ? Ou pire : si quelqu'un d'autre, qui me saurait officiellement mariée – ce dont tout le monde ou presque serait informé sous peu –, me surprenait dans quelque situation ambiguë, qui aurait l'air très significative sans même être indécente, avec le roi de trèfle, quels commentaires s'ensuivraient et répandraient, qui pourraient aboutir en écho, on ne sait jamais, jusqu'à quelque longue oreille ? En matière de vaudeville, ce ne serait pas du Feydeau, hélas, mais du policier – un mélange des genres bien mauvais.

N'aurais-je pas dû prévenir le pauvre preux qu'un tel risque existait et subsisterait (puisque je demeurais incapable de bien mesurer ou de maîtriser ce que je faisais, sous l'effet de l'ensorceleur) ?

À ce point de mes réflexions – de l'attente du taxi qui n'arrivait pas plus que la voiture de mes témoins –, j'aurais bien demandé au sorcier, histoire de me soulager un peu les nerfs : « Tu vois dans quelles situations tu me mets, de pire en pire ? » (comprenez : en maintenant son pouvoir sur moi), mais je me sentais trop fautive envers lui aussi pour le faire : d'abord, il m'avait bien suggéré (avec insistance) d'expliquer mon point de vue sur son corps de métier, de le rendre public, ce qui aurait mis la puce à l'oreille à tout le monde, ou à défaut, aurait laissé ma conscience quelque peu moins chargée ; ensuite, comment avoir le culot de lui reprocher le fait que j'étais en train de le trahir au vu et au su de tout un chacun, j'entends : officiellement, légalement, avec les bans et l'arrière-ban, ce qui serait fêté sous peu à un banquet ? Au fond, il devait être le seul à ne pas en avoir été informé ! Si je lui adressais une réplique, maintenant, et s'il surgissait pour répondre – pour tomber des nues en me voyant en train de trépigner sur le trottoir en tenue de mariée oubliée par ses témoins ? Décidément, en matière de grotesque, je battais même Nicolas.

Sur ce constat, le taxi arriva, je m'y engouffrai en trépignant encore davantage, et je couvris le chauffeur d'objurgations, de supplications pour rouler le plus vite possible, et de jurons à l'adresse des témoins : « Vous vous rendez compte, ils ont déjà oublié de venir chercher une mariée, il y a quelques années, ils en plaisantaient hier soir, et maintenant, ils m'ont fait le même coup ! Bon dieu de bois d'étourdis ! Je vais arriver très en retard, ça devait commencer à dix heures, bordel ! Roulez plus vite, s'il vous plaît ! » Sur quoi, le chauffeur – le gros monsieur d'âge mûr droit sorti des clichés sur les taxis parisiens, les manches retroussées, la clope au bec et je-m'en-foutiste comme ce n'est pas permis, répliqua : « Mais il ne faut pas vous en faire comme ça, ma petite dame ! Ils se passeront bien de vous, ils ne se rendront même pas compte que vous n'êtes pas venue à temps ! Ce qu'il y a d'intéressant dans les mariages, c'est le banquet, et vous arriverez nettement avant l'heure de passer à table ! » Et m'ayant ainsi fait réaliser à la fois qu'il refusait de comprendre que j'étais la mariée – chose complètement inconcevable à ses yeux, il fallait se rendre à l'évidence, malgré ma tenue et mes propos – et que ma situation venait de devenir encore plus honteuse qu'à l'instant d'avant, il me laissa assommée au point d'avoir le plaisir de rouler sans que je la rouvre jusqu'au parvis de la mairie – où une foule poussa des cris et des fous rires en me voyant jaillir d'un taxi. Il ne manquait plus que les témoins et le marié, mais la cérémonie précédente ayant pris du retard, ils arrivèrent à temps pour que la nôtre ne soit pas ajournée, et l'on put passer (en voitures, en métro et à pied) aux réjouissances gourmandes que le sage chauffeur de taxi tenait pour le seul intérêt des mariages.

Elles eurent lieu dans une maison de banlieue assez spacieuse pour que même le voisinage soit convié, permettant aux mariés de subir un première épreuve de vraisemblance, que nous réussîmes sans mal. Effectivement, en matière de couple, on ne trouvait guère plus normal et réaliste : deux condisciples de la faculté, pourvus de goûts proches dans tous les domaines, bien assortis au physique (quoique en contraste, les anges se devant d'être blonds selon la tradition picturale), et dont la relation déjà ancienne s'était avérée assez stable pour qu'ils ne craignent pas d'augmenter le nombre des divorcés. (Qui aurait deviné que nous venions de faire connaissance, ou presque ?)

J'aurais vraiment dû connaître mon mari depuis au moins deux ans : malgré le nombre d'étudiants et la largeur du choix de cours en lettres, qui avaient empêché qu'on se croise jamais à l'université, il aurait dû me sauter aux yeux, beau comme il l'était, dès mon arrivée au Club du Conte dont il était membre – or (jugez de l'effet de l'ensorceleur), je n'y avais jamais remarqué ce garçon jusqu'au jour où j'y retournai pour me laisser fêter, et faute d'être en état de bien faire illusion, je racontai mon malheur – qui fit sur l'assistance l'effet d'une foudre tombant au milieu d'elle. On se récria, puis il y eut un moment de silence compatissant ou découragé, puis l'on entendit la voix d'Hélène : « Ce n'est pas possible ! Ils ne vont pas nous la chasser sans qu'on bouge, non ? Personne n'a une idée pour l'aider ? » Diverses suggestions, dont une idée de pétition, furent exprimées et éliminées, ne promettant guère de succès. « Ce n'est quand même pas vrai qu'on n'y peut rien ! reprit Hélène. Elle ne veut pas quitter Paris, nous aussi, nous voulons qu'elle y reste, et nous n'aurions pas le droit d'en décider ? Où est-ce qu'on va, si on les laisse faire ? Il n'y a pas un homme, ici, qui veuille se marier avec une future gloire des lettres françaises ? » – « Si ! », répondit aussitôt le chevalier, m'obligeant à le voir enfin.

Par bonheur, vierge de toute connaissance empirique des Organes dont nous dépendions (lui aussi, dès lors qu'il m'avait épousée, car ce genre de maladie honteuse s'attrape même sans coucher ensemble), il s'avéra aussi imperméable aux angoisses liées à l'inexistence, ayant décrété une fois pour toutes, dès la première fois où j'essayai de lui représenter les dangers qu'il courait (au lendemain du banquet), que j'avais tendance à trop m'inquiéter ; en contrepoids, il resterait sinon imprudent, du moins insouciant, durant nos années conjugales, de ce qui pouvait lui arriver pour sa noblesse d'âme. Mais assez sur ce sujet, j'ai déjà peur d'avoir dépassé les limites de la discrétion que je lui dois – car à l'heure où l'on est, nos lois ayant évolué, mon noble chevalier est heureusement uni à son ex-témoin (comme le chauffeur de taxi l'avait prédit en pythie authentique, ils se passèrent bien de moi pour se marier), son amant de toujours qui avait accepté de me le céder aux yeux de la société. Imaginant ce qu'avait pu coûter une concession semblable à un ange privé du moindre droit de coexistence légale, je ne vais pas m'approprier davantage son âme sœur en m'étendant sur nos liens révolus. Bénis soient les mariés qui vivent désormais dans une jolie petite maison de campagne, selon leurs vœux, au milieu d'un jardin planté de leurs mains – puissent d'autres bienfaits encore, qu'ils ont largement mérités, pleuvoir sur eux !

*

À propos de bénédictions, j'ai tardé à vous parler de l'arrière-grand-père de Shéhéra, qui avait « le don de Dieu » : un pouvoir aux limites imprécises, permettant entre autres de soigner des maladies mortelles ou la folie, et de rendre heureux ou malheureux en prononçant une phrase. De son temps, si l'on avait des descendants, on pouvait transmettre ce don à un fils, en l'instruisant dès l'âge de raison de façon idoine, mais il se trouvait que les siens (neuf) étaient tous stupides à un point qui rendait l'entreprise inutile d'avance aux yeux de l'homme doué – c'était là un malheur contre lequel il n'avait pas plus de recours qu'un géniteur parfaitement ordinaire.

Or, quand ils procréèrent à leur tour, un petit-fils, Hamid (le futur père de Shéhéra), se révéla très vif d'esprit, à la grande joie de l'aïeul qui entreprit de l'initier. Pour recevoir le pouvoir surhumain, il fallait retenir certaines recommandations ésotériques, et lire le soir, un nombre de fois précis, certains versets choisis par l'homme doué, qui donnaient des visions que le disciple devait lui raconter le lendemain pour lui permettre de vérifier si le don prenait, et de choisir d'autres versets pour la suite. Seulement, Hamid n'avait pas de visions mais des cauchemars si atroces et ignobles que le matin, il revenait chez son grand-père en pleurant. Cela dura quelques semaines, puis les parents en eurent assez du remue-ménage nocturne et diurne que la transmission du don causait chez eux, se fâchèrent et interdirent au petit de se muer en sorcier. Le grand-père d'Hamid vécut jusqu'à l'âge de cent dix ans, et le matin où il sut qu'il était temps de mourir, il refusa de se lever, ordonna à sa dernière épouse de jeter tous ses livres à la mer (qui s'étendait commodément sous leur terrasse), par dégoût de ses fils dont aucun n'était digne de les lire, fit ses adieux aux stupides et rendit sans regret son dernier souffle.

Mais contre toute attente, quelque chose du don avait pris racine chez Hamid : une nuit, longtemps après la mort de l'aïeul, il se mit à parler en dormant, à voix très haute, dans un langage incompréhensible ; quand son épouse voulut le secouer pour le réveiller, sa main trouva un corps brûlant au point de la faire hurler, et la lampe allumée, on put se rendre compte que le pyjama d'Hamid fumait, comme du linge humide sous le fer à repasser.

Il faut savoir que la veille, sa femme avait appris qu'elle souffrait d'une maladie qui menaçait de l'emporter à défaut d'opération – trop coûteuse pour les moyens de la famille. Elle avait pensé prévenir sa fille à Paris ; Hamid s'y était d'abord opposé, puis résigné : « Bon, on l'appellera demain ». Dans cette situation, rien d'étonnant que l'homme ait eu un cauchemar – mais encore fumant, et sans trop savoir ce qu'il faisait, il posa la main droite sur le ventre de sa femme, et elle sentit quelque chose y passer à travers la chemise de nuit, la peau et le reste des parois, jusqu'à l'endroit malade. Les médecins ne purent que constater, le lendemain, qu'elle n'avait plus besoin d'être opérée (et le coup de fil à Shéhéra fut donné pour lui annoncer un miracle au lieu d'une horrible nouvelle).

Cela s'était passé quelques mois avant que Shéhéra ne me parle de l'aïeul. Depuis, Hamid avait guéri d'autres gens aussi, mais faute d'avoir achevé son initiation, il n'arrivait pas à maîtriser le don qui se manifestait presque indépendamment de sa volonté, à la faveur de certaines circonstances : uniquement la nuit et si la douleur du prochain touchait vraiment Hamid. Il ne pouvait donc pas s'établir guérisseur ni jouir du prestige public de son grand-père ; néanmoins, ses oncles encore vivants, ses frères, ses belles-sœurs et le reste de son entourage lui témoignèrent dès lors une vénération empressée (dont le centenaire n'avait curieusement pas bénéficié), craignant de lui déplaire autant que de mourir.

« Je n'aime pas beaucoup ça, commenta Shéhéra. Mon père a toujours été capricieux ; qu'est-ce qu'il ne doit pas faire supporter à son monde, maintenant qu'on le traite comme un chat noir ! » – comparaison qui me surprit et dont l'explication tenait à la croyance orientale selon laquelle, pouvant porter malheur, les chats noirs ne devaient pas être maltraités ni contrariés : gare à celui qui s'attirerait leur haine !

J'eus l'occasion de méditer là-dessus, et de connaître le sujet empiriquement, grâce à la nouvelle carrière que j'entrepris peu de temps après mes noces, ayant appris l'existence d'une Agence Féline, dont j'aurais dû me douter plus tôt : n'était-ce pas naturel qu'on trouve à Paris tout ce qui pouvait sembler fait pour moi ? Je m'y rendis au plus vite pour postuler, et j'y fus acceptée immédiatement, avec des éclats de rire, après avoir expliqué les raisons qui me donnaient la certitude d'être la candidate idéale. Si vous connaissez des propriétaires de mon animal préféré, cher lecteur, communiquez-leur cette annonce publicitaire : Louez un écrivain pour garder vos chats, il n'y a rien de plus approprié ! Il est naturellement sédentaire, apte à servir de coussin vivant tout le long de la journée, entouré de papier avec lequel votre félin aime jouer, et capable de lui réciter les poèmes les plus flatteurs que l'on ait consacrés à son espèce. Les affinités décrites par Baudelaire rendent ce mélange d'*amoureux fervent* et de *savant austère* spontanément soucieux du bien du chat qu'il voit comme le prolongement de soi. Vos greffiers vous en diront des nouvelles !

Et comme c'était la saison des chats, celle où ils doivent attendre que leurs maîtres rentrent de vacances, je me remis à déménager jusqu'à quatre fois par mois avec mon vieux sac de professionnelle des déplacements. Dans la plupart des cas, les maîtres ne me voyaient que très brièvement, au dernier moment avant leur départ, le temps de me donner quelques instructions et les clés, après quoi j'avais le loisir de bien faire connaissance avec le nouveau Chat, un processus qui tenait des retrouvailles : m'ayant dûment flairée pour s'assurer que je sentais l'affection et l'expérience de son espèce, il me manifestait sans hésitation la familiarité qui va de droit à la maisonnée, se laissait cajoler et plaindre d'être abandonné par d'autres pour un laps de temps considérable selon sa façon de le mesurer (rappelez-vous que dormant par petites siestes, et jamais par nuits entières, les chats vivent environ cinq journées en vingt-quatre heures), puis décidait de ne plus me quitter d'un pas – peut-être par crainte que je ne m'en aille, moi aussi.

Selon l'opinion entretenue par ceux qui ne les fréquentent guère, les chats sont censés être des bêtes solitaires et quasi misanthropes, ce que l'expérience dément : quoiqu'on ne trouve jamais chez eux la servilité canine, la philanthropie pousse la plupart à s'occuper de l'humain pendant au moins deux journées quotidiennes, s'il n'est pas d'un caractère trop distant. J'en connus qui exigeaient d'assister jusqu'aux bains que je prenais, histoire de me tenir à l'œil et/ou de me rappeler qu'ils avaient hâte de se rasseoir dans mon giron, ouvrant de grands yeux inquiets et scrutateurs pour observer chaque étape du déshabillage, trempage, savonnage, rinçage et rhabillage qui me transformaient en autant de créatures différentes (se peut-il que ce soit la même qui prenne des aspects si étonnants, changeant de couleurs, de relief et de pelage ? ne va-t-elle pas nous faire le coup de disparaître complètement, avec la mousse ? et sera-t-elle supportable au nez, quand on pourra la retrouver ?). Pour mieux les rassurer, je leur adressais de petits propos permettant de m'identifier à l'oreille, dont des promesses de longues plages horaires où je m'adonnerais aux occupations paisibles, presque statiques, qu'ils appréciaient, quand ce n'était pas de quelque gourmandise qu'ils auraient sous peu, en récompense de leur patience (pour ma part, la canicule m'ôtant l'appétit, je me sustentais surtout de jus de fruits, et vivais grâce à cela dans un état de faible pesanteur, très agréable).

Habituée à prendre tout travail au sérieux, et payée en l'occurrence surtout pour rester là sans rien faire, je ne faisais rien, très consciencieusement, en dehors de l'écriture réglée sur les horaires du Chat, et de l'arrosage des plantes esseulées avec lesquelles je m'entendais très bien aussi, humant avec délectation leurs fleurs et la terre humide (si peu de planète pour tant de racines) ; une fois que j'avais achevé ma journée, ou quand le Chat décidait de se coucher à quelque endroit bien frais, comme je n'avais pas sommeil, je m'appliquais jusqu'à tard la nuit à perdre mon temps, autrement dit (faute de pouvoir rester sans penser) à m'occuper le plus futilement possible.

Je feuilletais les magazines des maîtres absents, surtout ceux où abondent les conseils d'été : choisissez telle marque d'huile bronzante (du temps où j'allais à la mer, je bronzais sans), tel genre de lunettes de soleil (il m'était déjà arrivé d'en acheter, sans guère les porter, préférant voir le monde en couleurs naturelles), buvez tel cocktail rafraîchissant (dont j'imaginais le goût). Ces conseils me charmaient, comme les photos de mannequins sur la plage et de plats de poisson variés (je n'aimais pas en manger) : autant de choses impraticables dont le plaisir m'était offert dans l'irréel, sans doute le meilleur des mondes existants car le plus adaptable à nos besoins personnels.

Le feuilletage rêveur ne suffisant pas à me faire perdre beaucoup de temps, j'allumais la télévision et changeais de chaîne (généralement, les maîtres n'en avaient pas moins de vingt) jusqu'à trouver quelque chose de divertissant, et comme je n'y arrivais pas souvent, je passais un petit moment à jouer en essayant de faire comme un montage de diverses émissions, de manière à les rendre plus amusantes par le dialogue que j'établissais entre elles (un homme d'État : « Je peux vous dire, et je tiendrai ma promesse... », relayé par une dame toute souriante : « ...de nettoyer parfaitement vos toilettes sans frotter, en moins de deux minutes montre en main ! », ce qui me faisait penser aux écuries d'Augias ; ou bien, une animatrice anonyme : « Mais c'est très grave, ce que vous avez vécu ! On comprend que vous soyez traumatisé... », et en réplique, un personnage au gabarit impressionnant : « Si tu ne la fermes pas, je vais te faire avaler tes oreilles, enfant de salaud ! »), mais cela me lassait vite. En définitive, ma façon préférée de ne rien faire revenait à méditer pour établir le classement des appartements félins que j'aurais adoptés avec les meubles, la bibliothèque, les disques et les cassettes vidéo – sans rien y changer sauf par ajouts.

De fait, l'un des meilleurs plaisirs que mes nouvelles gardes me procuraient consistait à observer autant d'appartements avec l'attention presque pieuse que m'inspiraient les pénates d'autrui : même le plus quelconque me donnait l'impression de me trouver dans un musée, du moment que je pouvais le parcourir en l'absence des habitants, car rien ne ressemble autant à la vie telle qu'on la vit et telle qu'on ne saurait la préserver que la combinaison, unique en dépit de tout ce qu'on y trouve de banal, de déjà vu ou de classable, d'objets que peut contenir un logement. Ce n'était pas tant pour m'instruire que j'étudiais les habitats des gens, c'était surtout pour essayer de les retenir, pour en imprégner ma mémoire ; et non pas dans le but de devenir apte à les reconstituer à l'identique, en les décrivant par exemple, mais dans l'espoir rien moins qu'utilitaire que leur atmosphère ou certains de leurs détails me reviendraient à l'esprit tout seuls, à quelque occasion aléatoire, comme cela arrive avec des pans des lieux où nous avons vécu. Si je m'étais demandé (ce que je ne faisais pas) pourquoi je le souhaitais, j'aurais sans doute répondu : par tendresse pour ce qui se perd ; parce il se peut que personne d'autre ne pense à le faire revenir. (D'ailleurs, étudier ce qu'un confrère résumait par « la vie, mode d'emploi » me permettait de sentir que je pouvais toujours changer d'existence assez facilement, tout compte fait, un constat très rassurant : j'étais capable d'adopter presque toutes les maisons gardées.)

Cependant, au bout de trois semaines, je rencontrai un chat noir qui allait limiter mes déménagements : en effet, j'allais le revoir assez souvent pour que sa maison finît par devenir ma résidence secondaire, ses maîtres voyageant beaucoup même en dehors des périodes de vacances. Je ne finis jamais par comprendre en quoi consistaient leurs occupations respectives, qui relevaient de la nébuleuse des entreprises publiques : lorsque nous nous connûmes, j'omis de faire l'effort nécessaire pour mémoriser les intitulés de leurs postes (dont chacun consistait en plusieurs mots vides de sens pour moi), ce qui s'explique d'autant plus aisément que je ne croyais pas les revoir un jour, tandis que par la suite, je préférai ne pas trahir mon manque d'intérêt initial. Au lieu de mieux me renseigner, je réglai le problème en décrétant (à l'usage des amis qui pouvaient m'interroger sur eux) que Patrick et Violaine s'occupaient d'Industrie et de Commerce – les deux notions les moins confuses à mon sens qu'on pût extraire du vaste domaine qui devait être le leur, dont je connaissais au moins l'appellation du ministère ; j'avais tout de même un peu progressé depuis l'époque où il arrivait aux adultes de me demander ce que faisait Minou (« Du commerce international à grande échelle », répondais-je en toute ignorance de ce que cela pouvait vouloir dire, à part l'échelle qui me semblait s'imposer pour y accéder). Par la suite, je me sentirais rassurée de constater que la mère de Violaine en savait et s'en souciait encore moins que moi, ayant décidé pour sa part de liquider les deux questions d'un seul coup, en disant simplement : « Ils sont dans les affaires ». Je n'arrivai donc jamais à me faire une idée précise des raisons de leurs voyages, et satisfis mon besoin minimal d'y voir clair en retenant le fait que Violaine occupait, dans sa spécialité imprécise, le poste le plus élevé jamais attribué jusqu'alors à une femme (ce que m'avait appris un article trouvé dans leurs magazines le premier soir où je restai chez eux). Mais revenons à l'essentiel : au chat noir, femelle, nommé Chanouar.

Ce fut le premier cas de ma vie d'adulte où je sentis que l'animisme relevait de l'évidence, dès que la créature sauta sur mes genoux pour me dévisager, tête levée, avec une curiosité très vive. Ce qui scrutait ma figure à moins de dix centimètres n'était pas vraiment un chat, pas plus un chat qu'un petit enfant, j'entends : c'était quelque chose qui tenait des deux à parts égales. Cette certitude s'imposait d'emblée, si bien que je n'avais pas moyen de la mettre en doute, l'incapacité à l'élucider ne pouvant témoigner que d'un défaut d'intelligence. Alors, je m'appliquai. J'observai à mon tour.

Comme un enfant (davantage que tout autre animal), la créature ne pouvait supporter de rester éloignée d'un corps volumineux ; elle vous suivait à travers la maison si vous bougiez, se blottissait dès que vous vous asseyiez, collée contre votre cuisse si jamais vous n'en vouliez pas dans votre giron (qu'elle se débrouillait toujours pour se réapproprier vite), et exigeait sinon toute, au moins une part bien perceptible de votre attention – continuellement. Si vous cessiez de la caresser ou si vous ôtiez de dessus son corps la main qui y avait reposé, il ne fallait pas tarder de l'y remettre : en cas de distraction, Chanouar vous le rappelait en commençant à se tortiller, mine de vouloir simplement s'asseoir la tête tournée dans un autre sens, mais avec des mouvements si lourds et maladroits, si douloureux pour vos jambes et anormaux de sa part, que vous finissiez par lui demander ce qu'elle avait, puis, si vous persistiez à ne pas comprendre, elle bondissait le long de votre torse, vers le visage (tu ne vois donc pas ce que j'ai ?), vous obligeant à la faire se recoucher avant d'arriver à la seule bonne façon de la calmer : en recommençant à la caresser. Elle confirmait qu'il s'agissait là du résultat voulu (ce que les grands peuvent être bêtes !), en fermant béatement les yeux et en se mettant à vibrer de bonheur de tout son corps.

Pour le téléphone, ce n'était pas mieux que les petits à l'âge le plus exaspérant : elle vous refusait le droit de parler là-dedans, c'était lui voler quelque chose, cela ne se pouvait tolérer. Vous ne pensiez même pas à la regarder pendant que vous accordiez vos propos à quelqu'un d'autre – quelqu'un d'autre, mon œil, personne qui vaille plus d'intérêt que les trous de ce machin ! Comme s'il y avait au monde des gens qui méritaient qu'on la délaisse pour eux, pire : pour leur absence, pour le vide qu'ils n'étaient même pas bons à remplir dans un fauteuil, qu'on puisse au moins voir à quoi ils ressemblent, se distraire à les regarder, et s'asseoir dessus, au cas où ils seraient sympathiques. Mais n'aviez-vous pas honte d'être un si mauvais parent, pendant que vous la négligiez au profit de pareils insignifiants ? Il s'imposait d'agir.

Elle commençait par faire des huit autour de vos jambes, quand vous étiez debout, poussant bien fort de la tête si par hasard vos chevilles étaient collées. Ensuite, en cas d'inattention toujours aussi scandaleusement prononcée, elle décidait de grimper sur vous, s'accrochant de tout son poids sur le tissu de votre pantalon. Si vous aviez la faiblesse et le geste déshonorant de la chasser – toujours les yeux dans le vague, ce qui aggravait encore votre délit –, elle reculait, prenait bien son élan et vous sautait carrément dessus, de manière à vous obliger à l'attraper des deux mains si vous ne vouliez pas être coupable de sa mort, ou du moins de quelque traumatisme atroce.

En position assise, on lui offrait d'autres champs d'action : d'abord, installée sur vos genoux, elle pouvait tirer à son aise sur le fil du téléphone, puis monter sur le bureau où l'appareil se trouvait, et pianoter sur les touches. C'était le truc infaillible : le temps que vous réalisiez où elle était passée, elle vous avait déjà forcé à expliquer à *l'autre côté*, aux méprisables que vous lui préfériez, d'où venaient ces bruits électroniques bizarres, et souvent (jubilation suprême), après cette petite coupure imprévue, vous ne pouviez plus retrouver le fil de la conversation, ni à ce bout ni à l'autre de la ligne, ou bien vous pouviez, mais changiez de sujet, par la force des choses : il s'imposait de raconter Chanouar. Dans les meilleurs des cas, cela pouvait durer une heure ou davantage, le nombre et la variété de ses exploits (bêtises) suffisant amplement pour exciter et nourrir l'intérêt de l'autre côté ; d'autant plus s'il se trouvait que l'autre côté *aussi* était parent.

Comme un chat, elle vous regardait la plupart du temps d'un œil quelque peu hautain, empreint de sagesse supérieure, mais facilement compatissant. Vous pouviez pleurer – ce n'était pas elle qui vous inciterait à cacher vos larmes –, et vous plaindre, allez, cela vous ferait du bien, vous pouviez tout lui dire, vider votre sac et le retourner, elle avait tout de suite vu, dès votre entrée, que vous aviez besoin de vous relâcher un peu, de laisser tomber la façade, de vous soulager les nerfs, et si vous ne le faisiez pas devant elle, devant qui de plus idoine le feriez-vous ? Qui vous comprendrait aussi parfaitement, captant les ondes des moindres mouvements de votre âme, et qui d'autre saurait avoir pour vous des gestes de réconfort si doux, entièrement désintéressés (pas un soupçon de prise de pouvoir, de joie maligne ou d'intention de profiter de l'occasion de quelque autre manière), suprêmement maternels du fait de ne l'être pas ?

Quand vous étiez malade, elle ne quittait pas votre lit de la journée. Assise *sur* les couvertures, en infirmière, elle vous observait sans ciller, suivait seconde par seconde l'évolution de la maladie, et lorsque son intervention était nécessaire, elle intervenait. Entre autres, elle faisait baisser la fièvre en s'asseyant à un endroit précis de votre torse, vers le ventre, et en y restant concentrée, en rond parfait, tout en vous fixant, jusqu'à l'obtention de l'effet scientifiquement prévu – par sa science, j'entends. (En aucune autre circonstance, elle ne s'installait à cet endroit du corps couché, ni ne présentait le même aspect de haute tension intérieure.) Mais lorsqu'elle jugeait qu'il était temps de vous lever – tu n'as plus rien, assez paressé –, le traitement qu'elle vous infligeait pour finir de vous remettre sur pied n'était pas moins impitoyable : elle vous réveillait d'abord complètement, en s'enroulant à côté de votre oreille pour y faire autant de bruit qu'une dynamo, après quoi, si vous n'aviez pas bondi, elle vous piétinait en appuyant très fort tout le long du corps, et si par malheur vous vous retourniez sur le côté, elle vous tirait par les cheveux avec ses griffes, de façon à vous faire crier – après quoi, elle vous présentait habilement ses excuses en glissant sa douce tête sous votre main gauche, pendant que vous cherchiez vos vêtements de la droite.

Tout cela revenait, on s'en doute, à ne guère me permettre de ne rien faire pendant que je la gardais (pour l'écriture, elle estimait qu'il n'y avait pas de raison de me limiter, restant bien sage dans mon giron quand je m'y adonnais). Faute de moyen de cohabiter moins activement, je me mis vite à employer ses ressources comme sa part humaine le suggérait, tantôt en l'instruisant, tantôt en la consultant. Elle avait (entre autres) la particularité de raffoler de musique classique, au point qu'on ne devait pas quitter la maison sans laisser allumée la radio réglée sur la bonne station, sans quoi elle se débrouillait pour casser la vaisselle accessible, renverser un vase plein de fleurs sur la moquette claire ou abîmer des livres (qu'elle faisait tomber de la bibliothèque, au risque d'en pâtir au passage, en s'accrochant à leurs dos comme sur une paroi). Et comme je n'aimais rien écouter où la voix humaine ne prît pas part, à défaut de pouvoir donner à Chanouar le goût de la chanson, je puisai dans les réserves de disques de la maison en matière d'opéra, pour vérifier et élargir ses préférences.

Elle n'arriva pas à se faire à *Tosca*, malgré le cours que je lui dispensai là-dessus : ça lui hérissait le poil littéralement, par moments, ou la faisait bâiller à n'en plus finir pendant les scènes les plus dramatiques ; il ne s'agissait pas d'une aversion pour Puccini car *La Bohème* passait beaucoup mieux, tandis que *Madame Butterfly* la mettait dans un état de tendre mélancolie où elle levait tantôt les yeux vers moi comme pour lire mes réactions, puis soupirait, puis fourrait la tête sous mon bras ou se frottait le front contre l'endroit le plus commode que je présentais – pour se consoler ou parce qu'elle croyait devoir me réconforter, ou les deux à la fois. C'était, bien sûr, une invitation à se complaire ensemble dans le chagrin langoureux, et j'y répondais en l'étreignant sur ma poitrine avant de demander : « Ma pauvre amie, où sont ceux qui nous manquent, à nous deux, hein ? », sur quoi, je penchais la tête et elle tendait aussitôt le cou pour frotter sa joue contre la mienne. Puis, si le chagrin persistait, je l'emportais dans une autre pièce, où l'on voyait sur le mur une photo de groupe (relevant de quelque miracle dont j'ignorais l'explication) où figuraient, séparés par d'autres gens, Violaine et l'ensorceleur, et nous restions un petit moment à contempler chacune l'objet de sa nostalgie.

Chanouar préférait de loin Guina à Reine, tout en raffolant des opéras où cette dernière chantait, quand le Diable y apparaissait. L'air le plus célèbre de *Faust* exerçait sur elle une sorte de fascination nerveuse : au refrain, elle produisait un « rrrrrr » qui tenait du roulement de tambour et du grognement canin, presque sinistre, en fixant la source sonore, ce qui ne laissait pas de m'inquiéter ; je la prenais alors dans mes bras pour l'interroger : « C'est Charoff qui te fait cet effet ? » (mimique impénétrable, tension perceptible dans tout le corps), puis, en lui passant la main sur la nuque et le dos, dans l'espoir de l'apaiser : « Tu ne l'aimes pas, le Diable ? » Non, elle ne l'aimait manifestement pas ; cependant, elle lui accordait un grand intérêt (restant concentrée, tendue, et l'oreille dirigée vers lui) dont je n'arrivais pas à déduire s'il s'agissait de déchiffrer des messages passant à travers le chant, ou bien de guetter le moment où *quelque chose* risquait de se produire (une apparition réelle du Susdit ?). En tout cas, elle ne quittait jamais le salon avant la fin de cet opéra, comme si sa présence s'imposait tant qu'il durait. « Tu montes la garde ? », demandais-je parfois, sans obtenir de réaction aisément interprétable.

Il s'avéra bientôt que Chanouar avait décidé de prendre soin de moi de façon constante : elle fit savoir à sa famille, par quelque moyen de son cru, que j'étais son élue, ce qui revenait à l'ordre de m'adopter, même si je tardai à m'en rendre compte, ne croisant guère Patrick et Violaine. Mais au bout de quelques séjours chez eux, j'y trouvai un mot me proposant de dîner ensemble ; comme on allait me l'expliquer plus tard, le but de l'invitation était « de voir qui plaisait autant à Chanouar », et il faut croire que dès le début de la soirée, ils arrivèrent à se ranger à son avis, bien que je ne me fusse vraiment pas montrée à mon avantage, mais timide jusqu'à la paralysie verbale ou si gênée que j'en devenais empotée, faute de trouver normale leur présence chez eux et de savoir comment me comporter avec ces inconnus qui m'étaient en même temps bizarrement familiers (par leurs photos encadrées comme par le reste de leur vie tel que l'appartement le représentait).

Je me retrouvai réduite à ne faire que répondre à leurs questions (maladroitement), tandis que Chanouar demeurait couchée sur mes genoux ou sur la table, à côté de mon assiette, manifestant de façon ostentatoire l'importance qu'elle m'accordait, ce qui me perturbait encore davantage. « Elle nous boude ! », commentait Patrick en riant. - « Elle préfère sa copine ! », surenchérissait Violaine, me donnant un accès d'angoisse : et si c'était grave, pour eux, malgré l'air de plaisanter ? Ils voulurent savoir si j'écrivais sur les chats ; je dus avouer qu'on n'en trouvait ni dans les poèmes, ni dans les nouvelles que j'avais publiés, et réalisant que cette réponse risquait de produire une mauvaise impression, je m'empressai d'ajouter qu'ils étaient évoqués, en revanche, dans un roman inédit que j'avais. – « Ah ! quand paraîtra-t-il ? » - « Je ne sais pas. Il est chez une éditrice qui attend d'avoir assez d'argent pour le publier », expliquai-je piteusement, en me disant que j'avais vraiment l'art et la manière de ne pas me valoriser. (Violaine et Patrick savaient-ils seulement que cela existait, des éditeurs aussi désargentés, et quelle idée pouvaient-ils se faire, en l'apprenant, de l'auteur que j'étais ?) Sur cela, ils s'enquirent poliment des sujets que je préférais : écrivais-je des histoires d'amour, du suspense, ou autre chose ? et je ne sus rien répondre de mieux que : « La plupart de mes personnages sont des artistes. » Devant l'air étonné de Patrick, qui devait se demander quel genre d'écrits cela pouvait donner, j'étais sur le point de préciser que j'écrivais des choses peu résumables en termes d'histoire, quand Violaine répliqua : « C'est amusant ! Nous sommes des enfants d'artistes tous les deux ! », ce qui me permit de sortir enfin de l'embarras où j'étais, du moins pour ce qui était des moyens de trouver de quoi parler.

Il s'avérait que Violaine était la fille issue du second mariage de Louis Fégar. – « Est-ce possible ? ! » Elle rit : « La ressemblance ne doit pas être frappante ! », et je me lançai dans une explication enflammée du sens de ma question rhétorique, à grand renfort de titres : Louis Fégar faisait partie de mon panthéon depuis l'enfance, par le biais de Minou qui appréciait autant ses films que ses chansons. (Ce qu'elle serait ravie de la coïncidence qui m'avait fait tomber sur sa fille à lui !) - « Ma mère chantait aussi, dit Patrick, ils se sont connus au music-hall, ce qui fait que nous avons goûté ensemble, petits, avant de refaire connaissance bien plus tard. Mais ça m'étonnerait que son nom vous dise quelque chose, elle a cessé de chanter quand j'avais sept ans... » - « Comment s'appelle-t-elle ? » - « Son nom de scène était Léa Sylva. » - « Bien sûr que je la connais ! C'était une des vedettes qu'Édith Piaf admirait à ses débuts ! » Cette preuve de compétence anachronique ébaubit mes hôtes, et relança la conversation sur mes goûts en matière de chanson et de cinéma, tandis que je me demandais comment il se pouvait que ces enfants d'artistes se soient orientés vers l'Industrie et le Commerce : serait-ce pour s'être fait une idée trop précise des inconvénients de la vie de bohème et de notre espèce dès le berceau ? ou par besoin de contraste, de changement, comme on peut en ressentir même en adorant ses parents ? ou bien (sait-on jamais ?) poussés par eux qui se seraient sentis rassurés de ne pas voir leurs petits marcher sur leurs pas ? Quoiqu'il en fût, aucun des deux n'avait jamais chanté (j'osai poser la question) ;Violaine avait joué de tout petits rôles dans deux ou trois films, du vivant de son père, mais ç'avait été pour s'amuser et parce que l'occasion s'en présentait, sans envisager d'en faire un métier.

Je leur parlai d'Adrienne Gilbert, de Michel Darbois et de Robert Massigny (de fil en aiguille), autant de noms familiers pour Violaine qui se rappelait avoir vu ce dernier chez ses parents : « Papa l'admirait beaucoup, et autant que je sache, ils s'entendaient très bien depuis leur jeunesse. Dommage qu'on ne repasse pas plus souvent ses films. » Puis, je ne sais trop comment, la conversation reprit un tour embarrassant pour moi, quelque question m'ayant obligée à mentionner le fait que j'étais mariée, puis à me débrouiller avec le problème inédit que présentait la réplique : « Et vous l'avez laissé dîner tout seul chez vous ? ! Mais il fallait nous en parler, il va de soi que nous vous aurions invités ensemble, si nous avions su ! Bon, ce n'est que partie remise, vous viendrez tous les deux la prochaine fois. » La perspective accablante d'une série de prétextes à trouver pour revenir seule se présenta à moi, en variante parisienne du problème du non-retour en vacances dont Minou venait à peine d'être débarrassée, alors que Violaine ajoutait : « Et bien sûr, s'il veut aussi venir passer un moment avec Chanouar, de temps en temps, n'hésitez pas à le garder pour dormir, faites comme chez vous ! » Ce qui acheva de me perturber, avec la vision de la chambre d'amis où le chevalier devrait dormir dans le même lit que moi, avec Chanouar au milieu, en doux substitut de l'épée arthurienne – situation qui ne s'était bien sûr jamais produite « chez nous ». Comme il me semblait inenvisageable de lui demander de jouer ainsi la comédie conjugale ne serait-ce qu'une seule fois, je lui inventai sur-le-champ une allergie aux poils de bêtes (plus tard, j'allais apprendre que ç'avait été un cas de voyance : il en souffrait vraiment), qui me permettrait de continuer à faire comme chez *moi*, avec la bénédiction de Patrick et Violaine (si l'ensorceleur décidait de me rendre visite dans leur appartement, je n'aurais pas mauvaise conscience de l'y recevoir – de toute manière, il faisait en quelque sorte partie des lieux, bien que j'ignorasse toujours par quel concours de circonstances).

*

Ce dîner marqua le commencement de ce que j'allais résumer bien plus tard en termes de « période familiale », entendant par là une curieuse abondance d'histoires de parents, d'enfants et d'autres membres de familles, qui se mirent à s'imposer à mon attention par le biais de sources diverses et pour la plupart complètement inattendues, alors que des événements personnels allaient me pousser progressivement à m'y intéresser davantage qu'au début. La rencontre inaugurale de la série eut lieu le lendemain, dimanche, dans un café où je m'étais rendue après une longue et délectable promenade dans Paris que j'étais en train de me réapproprier (Chanouar ayant fini de me convaincre que je bénéficiais de protections contre les tentatives diaboliques de me garder enfermée).

Partie tôt de chez moi, j'étais passée d'abord par la Nouvelle Athènes, puis j'étais montée vers le boulevard des Batignolles et j'avais traversé le parc Monceau (en me rappelant l'époque où j'essayais de le voir en passant la tête par une lucarne, debout sur un tabouret), avant de revisiter une partie du quartier des Champs-Élysées, de traverser la Seine par le pont de l'Alma et de continuer vers Saint-Germain. La ville étant encore quasi déserte, chaque étape de la promenade semblait confirmer d'autant mieux l'idée que Paris m'appartenait (quand bien même tous les diables eussent voulu m'en détacher), et par le plaisir que j'avais à le redécouvrir (comme on redécouvre la vie après une grave maladie), et par les épisodes de mon histoire qui avaient eu lieu un peu partout dans ses quartiers, l'espace de quelques années paraissant incomparablement plus longues que le passé pleunkois, en partie parce qu'elles étaient beaucoup plus vastes (telle la Ville) et plus riches de vécu.

J'associais toujours, comme à mon arrivée, tels lieux aux écrivains, artistes et autres personnages de fiction qui me les avaient fait connaître avant d'y mettre les pieds, mais désormais, le temps écoulé me permettait de mêler mes propres images révolues aux leurs – dans cet hôtel, derrière une fenêtre aux rideaux tirés, Daliés demeurait une fois de plus, comme Proust en face de ma première adresse, et je pouvais toujours revoir tout le monde qui m'était cher sans être jamais entrée dans les immeubles où je situais des scènes de sa vie, alors que mon homonyme passait devant telle façade et levait les yeux, ou cherchait à lire le nom d'une rue avant de s'arrêter subitement, sans se douter que je la regardais –, et de me rappeler aussi les gens, dont je ne retrouverais jamais certains, que j'avais côtoyés à tels endroits dont le sens ou l'importance avait déjà changé pour moi.

Je fis un tour au jardin du Luxembourg, où les jumelles se rendaient sans doute encore (les reconnaîtrais-je si je les croisais ?), parmi les palmiers et les lauriers-roses qu'on avait sortis, comme chaque été, pour donner un semblant de bord de mer aux Parisiens, et faire prendre l'air à la flore exotique en attendant le retour aux serres chaudes. Les palmes remuaient, en compromis entre l'octopode et les mèches de cheveux, dans un mouvement tellement plus souple que ceux de nous autres alentour – promeneurs de chiens matinaux, moineaux sautillants, feuillages périssables – qu'il était à lui seul l'exotisme même, tandis que l'eau du jet continuait à se déverser en nous éclaboussant par moments, dans une indifférence parfaite à toute chose sauf au vent. Je m'assis sur une chaise en surplomb du bassin, près de la balustrade, pour lire le journal que j'avais acheté (ce que je ne faisais jamais en semaine, mais qui me semblait s'imposer le dimanche), et en levant le regard au moment de tourner une page, je me rappelai combien il pouvait être reposant de trouver devant ses yeux, comme par surprise, ces bonnes statues rondes avec leurs ombres bien en place, quand on lisait dans un jardin public quelque ouvrage de philosophie utile aux études : comme si l'on retrouvait, après un séjour dans l'abstraction, à la fois la réalité concrète et l'art, personnifiés en déesse anonyme aux formes réconfortantes. Mais il ne faisait pas encore assez chaud pour qu'on puisse rester longtemps immobile en plein air, je décidai donc de m'offrir le luxe d'une boisson dans un café littéraire célèbre où je n'étais plus revenue depuis au moins trois ans, et redescendis vers le boulevard Saint-Germain.

Ayant commandé un thé, je finis de lire le journal, puis je regardai à travers la vitre les piétons qui commençaient à devenir nombreux, vers les dix heures et demie : tous bien habillés, l'air trop dignes pour jeter ne serait-ce qu'un coup d'œil aux clients par lesquels ils se savaient observés. Puis j'entendis une voix, non loin de moi : « On va demander à cette charmante dame… » C'était le serveur, parlant à quatre personnes qui venaient d'entrer et cherchaient une table, ce qui me fit remarquer que la mienne présentait trois places libres. « Merci infiniment ! », dit le garçon avant que je n'aie eu le temps de comprendre ce qu'il me demandait. L'espace d'un instant, il chargea sur son plateau toute la vaisselle de mon thé – cinq pièces de porcelaine et d'argenterie ! –, saisit religieusement le cendrier avec ma cigarette, sans cesser de parler (« Vous serez toujours dans le sens du mouvement, Madame, là où je vais vous installer, vous y serez très bien ! »), et s'élança à travers le café, suivi par la traîne de fumée qui parachevait ce tableau vivant du génie du garçon de café parisien : la seule espèce au monde dotée de l'esprit d'observation et de la finesse diplomatique nécessaires pour vous présenter, sans passer une seconde à chercher, cet argument séducteur : là aussi, vous serez placée *dans le sens du mouvement* ! Et cela, à moi qui ne l'étais pratiquement jamais, comme vous avez dû le noter, cher lecteur – ah ! si au moins j'avais eu le réflexe de remarquer, au café ou dans d'autres circonstances existentielles, dans quel sens je me plaçais – mais non, il fallait toujours que quelqu'un vienne me le faire observer, et combien de fois, quand personne ne s'en était chargé, étais-je restée sans le savoir ou sans m'en soucier – pourquoi diable n'avais-je pas le centième des dons existentiels du vrai garçon de café, ni ne les avais acquis alors que j'avais un temps accompli ses fonctions ?

Je ne savais même pas de quel mouvement il était question. S'agissait-il des piétons (qui ne marchaient pourtant pas tous dans une seule direction, mais dont la plupart allaient réellement là où portait mon regard) ou bien des voitures visibles au-delà du trottoir, ou de la façon dont le serveur lui-même circulait dans le café ? N'y comprenant plus rien, je me demandai si le propos ne relevait pas de la plaisanterie – mais non, le ton et le comportement du garçon ne suggéraient rien de tel.

Pendant ces réflexions, il m'aidait à m'installer, prenant mon sac à main et ma veste pour les poser juste là où il fallait selon les règles strictes et pertinentes de son savoir-faire, avant de s'occuper de disposer ma tasse, la théière et le reste des objets utiles sur la table, de manière à ce que rien ne contrarie mes gestes, puis de me resservir et de m'adresser encore mille remerciements, et de me demander s'il pouvait autre chose pour mon service. Comme j'avais bien fait de venir prendre un thé ! Voilà que je me sentais encore mieux qu'en entrant, amusée par la danse et flattée par la prévenance du garçon ; décidément, me dis-je, il n'y a rien de comparable au bon café parisien : y arriverait-on en se sentant en dessous de tout, l'on en ressortirait soignée comme une princesse et par surcroît moins bête.

Je finis ma théière en parcourant du regard le décor et les clients. Pendant ce temps, un homme s'était approché de ma table, sans me regarder, hésitant entre deux autres avant de prendre place ; ses traits me parurent vaguement familiers, et lorsqu'il s'assit, je le reconnus : c'était Max, le mari de Clélia, le père d'Yvan. Je ne savais pas s'il avait changé ou si c'était de le voir à Paris plutôt qu'à Pleunk, mais je constatai que je ne le trouvais plus ni très beau, ni élégant, ni notablement différent du commun des gens. C'est au moment où j'allais détourner les yeux qu'il me remarqua et me fixa, l'air intéressé, puis perplexe ; enfin, il se décida :

- Excusez-moi, nous connaissons ? Vous connaissez ?

De toute évidence, parler le français lui coûtait des efforts ; il semblait avoir perdu sa superbe caractéristique, ce dont je me réjouis malignement.

- Oui, répondis-je, et je me nommai.

- C'est incroyable ! s'exclama Max en pleunkois, avec un enthousiasme volubile dont je ne l'aurais jamais imaginé capable, c'est toi ! Si tu ne m'avais pas regardé et si tu n'avais pas la même coiffure, jamais je n'aurais pu te reconnaître ! Je savais que tu vivais à Paris, mais de là à tomber sur toi ! Le monde est petit !

Hélas ! répliquai-je mentalement, réalisant que je n'avais nulle envie de discuter avec lui, ce que j'allais sans doute devoir faire pendant au moins un quart d'heure, alors que je voulais repartir me promener, et qu'il m'était désagréable de parler pleunkois en public (surtout dans un café aussi chic, littéraire qui plus est).

- Ça doit faire au moins dix ans que je ne t'ai pas revue, poursuivait-il, comme le temps passe ! Alors, qu'est-ce que tu deviens ? Tu es tellement élégante ! Tu as l'air tellement... épanouie ! C'est drôle, quand j'ai su que tu vivais à Paris, je me suis dit : rien d'étonnant, cette petite si coquette, si artiste, avec son « R français », c'était écrit !

Max l'avait donc trouvé prémonitoire ; je n'en revenais pas, encore moins de savoir qu'il m'avait accordé assez d'attention, à l'époque des tartines, pour remarquer que j'avais de la coquetterie et des dispositions artistiques.

- Tu es contente de ta vie ? reprit-il, comme on demande confirmation de quelque chose dont on se doute.

- Je suis heureuse, répondis-je.

Mais un tel propos doit être suivi par quelque justification de cette chose peu courante qu'est le bonheur, afin de paraître plausible. Et faute de pouvoir faire entendre à Max que mon bonheur tenait, par exemple, au fait d'être assise à une table de café un dimanche matin, j'ajoutai, conformément à ce qu'on pouvait attendre :

- J'ai tout ce que je peux souhaiter, ou à peu près. Je me suis mariée récemment, je suis entourée de bons amis, j'ai publié deux livres, on m'a donné un prix...

- Mais tout Pleunk le sait ! m'interrompit-il en riant, pour les livres et le prix, je veux dire. Toutes mes félicitations, pour le mariage ! C'est un écrivain, lui aussi ?

Je le détrompai.

- Te voilà donc française, fit-il rêveusement (propos qui constituait une anticipation réjouissante – car, bien sûr, j'étais encore loin d'avoir été naturalisée). Pleunk ne te manque jamais ?

- Non.

- Ça ne m'étonne pas.

Le ton de cette réplique ne me permit pas de comprendre si Max sous-entendait qu'il n'y avait rien en Pleunk qui soit à regretter, ou seulement que mon cas excluait la nostalgie. Quoi qu'il en fût, il me parcourut du regard avec une sorte d'envie admirative, comme s'il venait de s'assurer qu'il avait devant lui un exemple du parfait accomplissement personnel, puis il hocha la tête comme quelqu'un qui s'adresse à ses propres pensées.

- Et vous, ça va bien ? demandai-je.

- Plutôt.

- J'ai su qu'Yvan faisait une carrière formidable.

- Il se débrouille.

Que Max résumât par une telle litote la réussite mirobolante de son fils me stupéfia. De deux choses l'une : ou bien mon ami de jadis avait perdu son ministère, ou bien son père avait on ne sait quelles raisons de ne pas voir d'un bon œil sa jeune grandeur. Je n'osai pas me renseigner et changeai de sujet :

- Vous êtes ici pour un colloque d'architecture ?

- Oui. J'ai travaillé récemment pour une firme américaine, il paraît qu'un spécialiste français a apprécié mes projets. Alors, on m'a invité...

- Ça marche donc de mieux en mieux, pour vous ! Qu'est-ce que c'était, comme projets ?

- Eh bien... ce n'est pas glorieux, mais bon, il faut bien en construire... Des prisons.

Mon visage dut prendre une de ces expressions plus éloquentes que tout commentaire.

- Nous en avons déjà fait deux en Amérique, reprit Max à la hâte, on en est satisfait, il y aura peut-être des commandes pour d'autres pays. Elles sont très économiques, la structure permet d'avoir le moins possible de gardiens, et elles sont confortables...

- Vous êtes donc mondialement reconnu, remarquai-je sur un ton qu'on pouvait interpréter comme on voulait.

- Oh ! n'exagérons rien, fit-il tristement.

- On dirait que ça ne vous fait pas plaisir.

- Je ne vais pas très bien, ces derniers temps, j'ai perdu mon père.

- Je suis désolée ! Mes condoléances !

- C'est drôle, continuait Max sans relever ma réplique, depuis qu'il n'est plus là, j'en parle à tout le monde. J'ai besoin d'en parler. Tu ne l'as jamais vu, je crois, il venait rarement à la maison, il n'aimait pas tellement la ville…

Et de fil en aiguille, il me raconta toute l'histoire, inaugurant ainsi ce qui allait devenir une série.

Max était né dans un village isolé, entouré de champs et de forêts, éloigné de la capitale mais qui s'en était rapproché, depuis, jusqu'à devenir l'une de ses banlieues, selon la loi du rapetissement pleunkois. Du temps de son enfance, il rêvait de cette ville lointaine, imaginant, d'après les récits de son père (qui s'y rendait parfois pour vendre de l'eau-de-vie au marché, les années où les pruniers de leur jardin avaient donné beaucoup de fruits), les grands immeubles et les rues pavées, les constellations de réverbères, les habits de tous les jours dimanche qu'arborent les citadins, toute leur vie si merveilleuse. Quand je serai grand, pensait Max, je serai assez fort pour marcher jusqu'à la ville sans me fatiguer, je n'aurai pas peur des loups qui vivent dans la forêt, si jamais y en a un qui me saute dessus, je le tuerai avec mon canif, puis je le mettrai dans mon baluchon qui sera grand comme celui de papa, et quand j'arriverai dans la capitale, je le montrerai aux citadins réunis au marché. Ils en seront tous bouche bée. Ils n'ont jamais vu de loup, eux ; même mort, il leur fera peur. Ils m'inviteront chez eux pour le montrer à leurs femmes et à leurs enfants, on deviendra copains, je resterai en ville, j'habiterai dans une maison haute comme cent fois la nôtre, avec l'électricité qui brille, et quand papa et maman viendront me voir, ils seront fiers de moi.

Et tout se passa presque comme il en avait rêve : Max grandit, alla en ville dès l'âge du lycée, pas à pied mais en car (ce qui l'empêcha de tuer des loups), et s'il ne s'installa pas aussitôt dans un grand immeuble, il apprit à en faire construire, dessina le projet d'une tour, puis de tout un quartier, puis d'une mairie, puis du palais où allait habiter l'homme le plus haut placé de Pleunk. Il se lia même d'amitié avec l'État.

- Je savais bien que vous étiez un architecte important, fis-je, mais je ne me rendais pas compte à quel point ! Vous avez fait construire des quartiers entiers ?

- Mais oui, répondit-il, celui où tu habitais, par exemple…

J'eus un choc comme on en éprouve rarement. Je devais donc à Max non seulement les murs détestés de l'immeuble où j'avais passé seize ans, mais aussi ce sur quoi donnaient les fenêtres ! Depuis ma petite enfance, il m'était souvent arrivé d'imaginer ce que je dirais à l'auteur de ces cages à lapins, au corbusillon bousilleur d'Espérances, si un jour je tombais sur lui – et voilà qui c'était ! Je l'avais eu sous le nez quand je croyais que le rencontrer relevait du rêve de vengeance impossible, et maintenant, il me suffirait d'ouvrir la bouche pour le réduire à néant – surtout dans l'état de faiblesse où il semblait être ! Je restai coite.

- Ce n'est pas le mieux que j'aie fait, reprit-il. Mais il fallait construire vite, et que ce soit économique, on n'avait pas vraiment le choix…

Bien que ces justifications d'un homme déprimé fussent un appel à la pitié, leurs termes me donnèrent un accès de colère.

- Quoi qu'il en soit, il n'en reste pas moins vrai que quand on y habite, on se fait une idée très précise du Progrès !

Il avait tout l'air de l'admettre.

- Ne crois pas que j'en sois fier. Justement, ces derniers temps, j'y pense beaucoup… Quand je suis devenu architecte et que j'ai eu mon premier appartement, j'ai proposé à mes parents de venir vivre en ville. L'appartement était grand, ils se faisaient vieux, et là-bas, il fallait tirer l'eau du puits et la chauffer dans une casserole quand on voulait se laver. L'hiver, on se couvrait d'édredons épais comme des matelas pour ne pas geler la nuit, et encore, on grelottait dessous. Ma mère était très contente de venir mais mon père n'en avait pas envie, on a dû lui parler des heures, des jours de suite, pour le persuader. Il disait que la campagne lui manquerait. Finalement, ils ont décidé de venir passer l'hiver pour voir si ça irait.

Les premières semaines, ils étaient tout ébahis, tout les impressionnait ; rien que d'aller faire les courses à deux pas de chez moi, ils passaient des heures à regarder, à parler avec n'importe qui… Puis mon père s'est découvert une passion pour les locomotives : on était près de la gare, il sortait trois fois par jour pour voir les trains, il avait même fini par copiner avec un cheminot… Ma mère tricotait, faisait la cuisine, elle disait qu'elle y mettait si peu de temps que c'en était un plaisir, pas une corvée comme au village. Et moi, j'étais content qu'ils soient là, de les voir en rentrant, de les emmener au cinéma, au théâtre : ils n'avaient jamais rien vu de tel avant.

Puis ça a commencé à se gâter : papa s'est mis à se plaindre. Il s'ennuyait, s'il restait comme ça à ne rien faire, il allait mourir, le jardin lui manquait, et la maison, et si le toit s'était remis à fuir, et si les souris leur avaient rongé les pieds des chaises, et si des vagabonds étaient entrés, et ceci, et cela… Il en a tellement dit à maman, à longueur de journée, qu'un soir, au dîner, elle m'a déclaré qu'ils allaient rentrer. C'était très bien, la ville, mais pour un temps. J'avais beau leur parler, ils avaient pris leur décision. Ils ne sont plus revenus. Et je dois dire qu'avec un peu de recul, j'en étais content : Clélia n'avait pas très bien compris que je les installe chez nous, même s'il y avait de la place ; elle ne faisait pas de commentaires, tant qu'ils y étaient, mais je voyais qu'elle n'appréciait pas que maman s'attribue le rôle de maîtresse de maison, même si cela la débarrassait de beaucoup de choses à faire...

Plus tard, quand on avait déjà perdu maman, mon père a commencé à venir en ville une fois par mois. Nous, on avait déjà déménagé pour la maison que tu connais, les enfants étaient déjà là, j'avais beaucoup trop de travail, je ne trouvais plus le temps de retourner voir papa. Je devais lui manquer pour qu'il se déplace aussi souvent, alors qu'il n'était pas en bonne santé et qu'il n'aimait pas prendre le car. Je lui ai conseillé de vendre et de s'installer près de nous, mais il n'a pas voulu. Il m'a dit : « Je veux mourir dans ma maison, devant mon jardin, avec les branches des arbres qu'on voit par les fenêtres, comme mon père et mon grand-père. » À l'époque, la ville s'était déjà beaucoup agrandie, il y avait des projets qui concernaient les champs autour du village. Je lui ai dit : « D'ici deux-trois ans, tu seras obligé de déménager, pourquoi ne pas le faire maintenant que je peux t'obtenir un appartement dans l'immeuble qu'on construit à deux pas de chez nous ? » Lui : « D'ici deux-trois ans, je serai mort. Je me fiche de ce qu'ils feront alors. » J'ai essayé de le raisonner, mais il ne voulait plus rien entendre, et on s'est presque fâchés, il n'est plus revenu me voir pendant trois mois.

Quand on a fait une grande route près du village et qu'on a commencé à acheter aux gens les terrains constructibles, je lui en ai reparlé. « Pour rien au monde je ne vendrais, s'ils veulent démolir la maison, ils me passeront par le corps ! » Autour de lui, au bout de quelques mois, tout le monde avait vendu, on rasait, on creusait, on construisait, ça ne ressemblait plus à un village, mais lui, il n'en démordait pas. « Tu m'obtiendras qu'on me laisse la maison et le jardin. Pourquoi tu fraies avec les plus grosses huiles si tu ne peux pas faire pour ton père la seule chose qu'il t'a jamais demandée ? » Je n'arrivais pas à lui faire comprendre que c'était impossible. « Si tu ne le fais pas, tu n'es plus mon fils. Comment est-ce qu'on n'a pas rasé ta maison à toi, hein ? » J'avais beau lui expliquer que notre maison, qui avait été celle des parents de Clélia, se trouvait sur un terrain non constructible selon les normes actuelles, il restait persuadé que j'inventais. J'en devenais fou.

Puis, on s'est rendu compte qu'il y avait des restes de constructions antiques tout près de chez papa, dans le terrain derrière sa parcelle ; alors, il a gardé ses murs, on lui a pris la moitié du jardin seulement, pour faire une rue devant, mais il lui en restait toujours assez pour avoir l'impression de vivre comme avant. Il n'a pas compris que c'était un coup de chance, il croyait que c'était moi qui avais tout arrangé mais que je ne voulais pas le lui dire pour qu'il n'aille pas se vanter, ou je ne sais quoi… À l'époque, on venait d'achever la construction du Palais. Il allait y avoir une réception d'inauguration, où j'étais invité avec ma femme, et j'ai voulu faire venir papa aussi. Il n'a pas dit non, il paraissait même content. Alors, on y est allés tous les trois. On arrive, le Chef de l'État vient nous accueillir, je lui présente papa, il lui serre la main et lui dit : « Je vous félicite, vous avez un fils très capable. » Et mon père qui lui répond : « Vous êtes bien gentil. Merci de m'avoir laissé ma maison. Je n'en espérais pas tant. »

J'éclatai d'un rire tonitruant, oubliant complètement où je me trouvais. J'ignorais si le vieil homme avait mis de la malice dans sa réplique, ni comment Max l'interprétait, mais adressée au Chef grâce à qui le pays déjà pauvre l'était devenu plus encore, elle semblait lourde de sens malgré la gratitude qui s'y exprimait. Max rit aussi, moins gaiement.

– Il y a deux mois encore, reprit-il, papa vivait dans sa maison, comme de tout temps, avec l'eau du puits et le poêle à charbon. Il ne voulait pas qu'on y fasse des travaux : « Ça tiendra bien comme ça tient depuis avant ma naissance, je m'en occupe. » Il travaillait encore dans son jardin, il lisait le journal au soleil, il était content, même le bruit des voitures qui passaient tout près ne le dérangeait pas : il était devenu sourd, il mettait rarement son appareil. Yvan lui disait : « Toi, grand-père, tu vis à la campagne en pleine ville sans t'en apercevoir ! » Et papa riait au lieu de se fâcher, tout content, comme s'il nous avait joué un bon tour. Il se plaignait seulement de la poussière : avant, il ne lavait pas les fruits et les légumes avant de les manger…

Quand il est mort, il était dans le jardin en train d'arracher les mauvaises herbes. Des gens qui passaient dans la rue l'ont vu à travers la palissade, couché sur le flanc par terre. Le médecin des urgences est arrivé, mais il n'y avait plus rien à faire.

Ces derniers temps, papa s'était lié d'amitié avec une vieille femme du voisinage ; c'est elle qui m'a appelé et l'a veillé en m'attendant. Quand je suis arrivé, il était couché sur son lit, il avait le visage tout calme, l'air content. Je me suis assis près de lui, je le regardais et je me disais : Quelle belle mort ! Dans son jardin, comme il le voulait. Sans souffrir ou presque. Maintenant il est ici, dans son lit, la fenêtre est ouverte, les branches de l'arbre qu'il aimait tellement se balancent devant…

J'ai dormi là-bas ; le matin, je suis sorti pour m'occuper des obsèques, et quand je suis revenu, son amie m'a dit qu'une tourterelle était entrée par la fenêtre et s'était posée un instant sur lui : « C'était un homme saint. L'oiseau est venu pour l'honorer. Il faut l'apprendre à toute votre famille. »

Elle avait peut-être inventé ça, ou avait cru le voir, comme il arrive aux vieilles personnes ; s'il ne s'agissait pas de mon père, j'en aurais ri, d'une histoire pareille. Mais quand j'y pense... Si c'était vrai, rien ne lui aurait plu autant. Il aimait imiter les oiseaux. Quand il roucoulait, les tourterelles s'y trompaient...

Max s'essuya les yeux.

- Tu vois, reprit-il d'une voix moins émue, que je peux comprendre les gens qui n'aiment pas la ville et les quartiers modernes. Surtout les vieilles gens. De la part des jeunes comme toi, ça m'étonne un peu...

Il s'interrompit, le temps d'allumer une cigarette.

- Les jeunes sont faits pour regarder en avant, pour construire, fit-il en me souriant. L'avenir est à vous...

Il tenait là un discours bien connu, dont je connaissais la suite par cœur, et je cessai d'écouter. Comme c'est drôle, me disais-je, il parle toujours, même ici, tout comme on parlait jadis à Pleunk. Seulement, là-bas, ces propos pouvaient sembler un peu moins absurdes. Comme il n'y restait plus grand-chose du passé (de l'époque lointaine où le pays avait mérité qu'on en parle), il était admis que toutes les merveilles gisaient dans l'avenir (il fallait bien qu'elles soient quelque part), dont chaque génération était autorisée ou censée attendre quelque chose de conforme à ses rêves. Bien que ces rêves et espoirs successifs fussent inconciliables, il n'y avait là rien de grave : de toute manière, pour la plupart des gens (à l'exception de ceux qui gouvernaient), ce qu'on attendait, quoi que ce fût, restait toujours au-delà de l'horizon, où pouvaient s'installer, sans risque d'encombrement ou de conflit armé, les chimères de tout le monde.

Je m'abstins d'apprendre à Max que n'importe quelle relique des temps anciens me semblait préférable aux biens de l'époque durant laquelle son ami gouvernait Pleunk où le manque de confiance en l'avenir s'assimilait au crime contre l'État, avec les conséquences que cela pouvait avoir pour les gens affligés d'un naturel sceptique tel le mien. J'aurais pu le lui dire, mais il me sembla que Max avait déjà perdu toutes ses illusions, y compris celle (dont les traces verbales pouvaient encore s'entendre par la force de l'habitude) concernant les jeunes, ce dont il devait être en partie inconscient, pour quelque temps encore, et il me revint à l'esprit une phrase du seul grand classique pleunkois, qu'on n'étudiait pas et ne pouvait guère lire du temps de l'Avènement : « Ne privez pas l'homme de l'illusion humaine » – un commandement comme on peut en écrire les larmes aux yeux, quand bien même *l'homme* fût entre autres quelqu'un qui aura contribué à vous ôter les vôtres.

Qu'il aille tranquille exhiber ses projets de prisons devant ses confrères locaux, me dis-je, il aura toujours trop tôt l'occasion de tourner en rond dedans sans que je m'en mêle – dans sa tête, sans oiseau qui entre par la fenêtre ; je me contentai donc de suggérer à Max quelques itinéraires de promenade, car il n'était arrivé à Paris que la veille au soir, et risquait de repartir sans en voir grand-chose, s'il ne mettait pas bien à profit ce dimanche, avant le colloque qui commencerait le lendemain. (D'apprendre qu'ils seraient une vingtaine, de tous les coins du monde, qui resteraient enfermés à se montrer leurs travaux et à les commenter pendant trois jours, au lieu de se promener dans la Ville, j'eus comme un accès de claustrophobie.)

Il m'arrivait parfois, à cette époque, de faire un mauvais rêve, le même à quelques détails près, que je revis dans la nuit après cette rencontre avec Max. J'étais revenue dans le quartier de mes grands-parents et je n'arrivais pas à retrouver l'immeuble où ils habitaient, ce qui n'avait rien d'étonnant : les barres qui m'entouraient se ressemblant toutes, le moyen d'en reconnaître une consistait à se rappeler son numéro (que j'avais oublié, comme les noms des rues pleunkoises, aussi bien dans ce rêve qu'en réalité) ou le trajet qui conduisait à elle. Je me souvenais qu'en descendant du bus, on tournait à gauche et remontait en longeant un petit square avant de suivre l'allée à droite. Mais étais-je descendue au bon arrêt ? Depuis l'époque où mes grands-parents s'y étaient installés, le quartier s'était étendu ; l'ancien terminus ne semblait plus situé à l'endroit d'autrefois, et le château d'eau abandonné qui était le but de nos anciennes promenades dominicales n'était plus visible. À l'idée qu'on l'avait sans doute démoli, j'éprouvai une grande peine.

Je n'y repensais jamais, mais il faut croire que ma mémoire y était attachée, à cette tour grise surgie d'entre les mauvaises herbes et les détritus comme une plante particulièrement résistante et malodorante dont la tige comportait une porte au cadenas cassé, facile à ouvrir, donnant sur un espace cylindrique à la hauteur vertigineuse et au sol jonché de vieux journaux, de sacs en plastique froissés et d'excréments. Petite, tout en sachant ce qu'il en était de fait, je l'associais au temps des chevaliers, grâce à quoi mon imagination y situait bon nombre d'aventures que je lisais : on ne trouvait en effet à Pleunk rien d'autre qui évoquât (fût-ce très vaguement) une ruine médiévale, je le visitais donc à peu près comme un musée.

Cet unique château de mon enfance me paraissait mieux que romantique : sinistrement fascinant. On pouvait se demander quel goût bizarre avait poussé les châtelains à se faire construire une demeure si peu habitable, et à quoi ressemblait leur intérieur d'antan. La Table Ronde devait y être, bien sûr, à sa juste place, un ameublement rectangulaire étant inconcevable dans cette tour ; mais où dormaient-ils ? Dans des lits concentriques à chaque étage, si l'on supposait qu'il y eût eu autrefois des étages là-dedans ? Leur escalier ne pouvait être qu'en colimaçon, leur existence devait s'écouler sous le signe du tournis, les ivresses et les danses de leurs fêtes ressemblaient sans doute aux ronds mouvants de l'eau où l'on jette une pierre… D'où le nom de « château d'eau ».

À défaut du château, je crus trouver le square. On y voyait les mêmes enfants, criant fort comme dans le temps (pour que leur voix franchisse la distance des années ?), s'insultant, s'arrachant les jouets puis se mettant à rire ensemble. Eussent-ils été d'autres, ils ne m'auraient pas paru différents : je n'en avais connu aucun d'assez près pour pouvoir l'identifier ; leur bande m'avait toujours paru unie, hostile aux étrangers. Puisqu'elle y était encore, l'immeuble que je cherchais devait se trouver juste un peu plus haut.

Si j'avais oublié son numéro, je me rappelais que l'appartement se trouvait dans l'escalier cinq, au septième étage – ce dernier coïncidant avec l'âge que j'avais quand nous avions visité l'immeuble encore inachevé, en attendant que mes grands-parents puissent y emménager. Ils devaient m'y attendre maintenant, prêts à se précipiter vers la porte en entendant la sonnette, comme du temps où je venais passer un week-end chez eux. Mais au septième étage, leur nom n'était lisible sur aucune porte. Je m'étais trompée d'immeuble, sans aucun doute.

Il fallait recommencer à chercher, et rien ne me laissait espérer que je trouverais, avec le peu de temps qui me restait déjà, au bout des heures passées à rôder d'une barre à l'autre. Aussi décidai-je d'abandonner et de rentrer aussitôt. Mais une fois revenue à l'arrêt du bus, je ne sus plus quelle ligne prendre pour l'aéroport, parmi les quatre affichées au potelet. Lorsqu'il en arriva un, je demandai au conducteur s'il retournait au centre-ville, je montai et je regardai les parallélépipèdes en béton qui fuyaient en arrière, tous semblables, me confirmant dans l'idée que ma recherche avait été vouée à l'échec depuis le début.

Comme c'était long de quitter ce quartier, même en bus ! On n'en voyait pas la fin. Je risquais de rater mon avion, ne sachant même pas bien où changer de ligne pour atteindre l'aéroport. Et mes grands-parents m'attendaient encore quelque part, sans se douter qu'ils n'allaient pas me voir. Pourquoi avais-je promis de leur rendre visite ? Il n'y avait qu'eux pour imaginer que ce fût faisable. Et j'avais perdu toute ma journée à regarder des barres telles qu'on en voit dans n'importe quelle banlieue parisienne. Faire un voyage en avion pour cela ! Mais tant pis ; à quoi bon regretter ce qu'on ne peut pas réparer ?

J'avais hâte de rentrer, j'aurais voulu être déjà à Paris pour les appeler et leur apprendre qu'il ne fallait plus m'attendre. Je voyais approcher l'arrêt où j'allais changer de bus pour arriver à l'aéroport : je reconnaissais l'endroit, je n'allais pas rater mon vol. Tout allait s'arranger. Et, tout compte fait, ce qui s'était passé n'était pas si regrettable : si j'avais déjeuné avec Florence et Dédé comme prévu, ils auraient voulu que je reste un peu plus longtemps, que je revoie leurs voisins, que je dorme sur le lit pliant, que je prenne le petit déjeuner avec eux comme autrefois… J'aurais eu tout le mal du monde à me débarrasser d'eux, c'est-à-dire à repousser leurs demandes, insistances et exigences, pour repartir à temps – et peut-être même auraient-ils trouvé quelque moyen de me piéger, sciemment ou instinctivement, pour me garder chez eux. (Dans une variante du même rêve, j'échouais à prendre l'avion du retour, et me retrouvais à rôder de nouveau entre les barres et les tours, sans même pouvoir retrouver mes grands-parents.)

Nous sommes nombreux, lecteur, à faire des cauchemars de ce genre-là, dans tous les coins du monde où les confrères de Max font pousser des habitations, des hôpitaux ou des prisons faciles à confondre. Un romancier de nos contemporains a si bien raconté la réalité d'un tel mauvais rêve que j'ai failli renoncer à parler du mien. Si je vous le rapporte, c'est qu'il devait avoir une suite inattendue, quelques années plus tard, et qu'il m'offre à présent un moyen de le trouver plus supportable : puisque nous sommes sujets aux mêmes visions sans nous être jamais croisés (comment y arriver, dans un quartier semblable ?), j'en profite pour rendre hommage à Kazuo Ishiguro, lui envoyant mes salutations par les transports en commun des tourments qui durent.

Je n'avais plus revu ce cauchemar depuis mon mariage (et je m'étais dit que le noble chevalier avait été indiqué pour me sauver de cela aussi) ; craignant qu'il ne recommence à revenir souvent, je décidai de prendre des nouvelles de mes grands-parents : la bonne conscience que cela me donnerait éloignerait sans doute l'image de leur quartier. Je ne trouvai personne chez eux ; d'après Minou, Florence devait être en visite à l'hôpital où Dédé se trouvait de nouveau.

- De quoi il est malade ?

- On ne sait toujours pas, il a des vertiges qui le font tomber, et il dit que par moments, ses jambes refusent de lui obéir, comme s'il n'avait plus de muscles. Les médecins ne comprennent pas ce que c'est, alors, ils le gardent en observation, ils lui font des examens plus poussés.

- Il souffre ?

- Il peste, surtout ! Il n'a mal nulle part, mais je crois que plus ça dure, plus il a peur. Depuis qu'il est là-bas, il n'ose plus trop se lever. Mon Dieu ! ça me revient maintenant, ta grand-mère n'est pas à l'hôpital, elle doit être à l'enterrement de Vladimir. On en a parlé la semaine dernière, mais je ne pouvais pas me libérer, je dois aller au bureau, tout à l'heure.

- Quel Vladimir ?

- Ton cousin, Crétin, comme on l'appelait, le pauvre, tu ne vois plus qui c'était ?

- Crétin est mort ? !

Minou se tut un instant, sans aucun doute faute de s'être attendue à une réaction aussi vive, et pour préparer l'explication qui s'imposait, de façon à me bouleverser le moins possible.

- Tu sais, à l'adolescence, il a eu des problèmes : ses parents avaient divorcé, son père s'était remarié, Vladimir lui en voulait, puis il a appris que c'était un flic...

- Parce que c'était un flic ?

- Oui, imagine-toi, un agent secret, si j'ose dire ; je ne sais pas ce qu'un agent secret pouvait faire exactement en province, à un poste d'employé de la mairie, mais il s'est avéré que c'en était un, c'est-à-dire qu'après les changements, un journaliste local a publié les noms des gens des Services qu'il y avait dans leur ville, et il en était. Alors, pour son fils, ça a dû être la goutte qui fait déborder le vase ; il n'était déjà plus là-bas, il habitait ici avec sa mère, il faisait des études, mais quand le père est venu chercher du travail ici, Vladimir n'a même pas voulu le voir, il a dit à sa mère que c'était un *rhomboïde irradiant*, imagine-toi !

- Qu'est-ce que cela veut dire ?

- Je ne sais pas, c'est une crétinerie qu'on lui avait apprise dans la secte où il s'était laissé embrigader. Il avait une copine qui faisait partie de cette secte, on en trouve beaucoup chez nous, depuis quelques années ; quand les jeunes commencent à ne plus trop rentrer, les parents ont toujours peur que ce soit une secte ou la drogue, et ton cousin, le pauvre, ça a été les deux, la secte d'abord. Il faisait croire à sa mère qu'il allait à la fac, mais non, il passait ses journées avec les gens de la secte, on lui a fait je ne sais quel lavage de cerveau, puis il s'est mis à se droguer aussi. Sa copine était une ancienne droguée, elle avait arrêté, la secte lui servait de substitut, en quelque sorte, c'est un de leurs moyens d'attirer les gamins, en promettant de les désintoxiquer, mais la fille n'a pas tardé à replonger, et lui, il s'y est mis avec. Quand sa mère a fini par s'en rendre compte, Vladimir a quitté la maison, plus moyen de savoir où il se cachait ; elle a appelé le père, pour le mettre au courant, et lui, il s'est débrouillé pour trouver le garçon, sans doute grâce aux copains qu'il avait dans les Services, et apparemment, il l'a engueulé de façon impardonnable devant tout le monde.

- En commençant par « Bravo, Crétin » ?

- Ça se peut bien. En tout cas, le lendemain, le garçon a laissé un mot à sa mère et il est allé se jeter avec sa copine du haut de son immeuble à elle. On les enterre ensemble, c'est-à-dire côte à côte.

- Vous avez une épidémie de suicides, dis donc, à Pleunk !

- On est les premiers dans le monde entier, depuis trois ans, à ce qu'il paraît, ça nous fait au moins un record. On ne s'en vante pas, mais les statistiques ont fini par être publiées quelque part, alors, comme tout le monde ou presque est concerné – même nous, tu vois, on en a maintenant un dans la famille –, tout le monde a fini par en parler. Pauvre garçon !

- Et Yvan, fis-je en me rappelant soudain Max, tu sais ce qu'il devient ?

- Non, ça fait un moment que je n'ai pas croisé ses parents, je sais seulement qu'il n'est plus au même poste.

- Depuis quand ?

- Je ne sais pas, depuis un an au moins. Mais il a dû se trouver quelque chose de bien, tel qu'on le connaît, peut-être même de mieux – tu sais, les postes en vue, ici, ce n'est pas forcément préférable à d'autres boulots, qui peuvent être mieux payés et bien plus stables. Il n'a sans doute même pas eu à chercher, ceux qui l'avaient mis là ont dû le caser ailleurs, il n'y a pas de souci à se faire pour lui, à mon avis.

Minou croyait peut-être devoir me convaincre qu'Yvan ne serait pas le prochain suicidé de la série.

- Tu savais que le quartier où tu habites, c'était un projet de Max ? demandai-je, certaine qu'elle l'ignorait.

- Oui, répondit Minou, bien sûr, Clélia me l'a dit quand on a fait connaissance. Pourquoi ?

Je me rappelai subitement qu'aux yeux de Minou, le quartier en question était appréciable.

- Moi, je l'ai appris seulement hier, en tombant sur lui dans un café, et je peux te dire que si je l'avais su du temps où je jouais avec son fils, je n'aurais jamais remis les pieds chez eux ! Même hier, ça m'a fait un tel effet que s'il n'avait pas eu l'air abattu et en dessous de tout, je l'aurais *déchiqueté en petits morceaux*, le constructeur de taules !

Minou éclata de rire :

- Mais tu es devenue serte, ma parole ! Qui aurait cru que mon petit chat deviendrait serte, un jour ? Je comprends maintenant pourquoi tu te débrouilles si bien, toute seule à Paris : ça doit faire longtemps qu'il a dû te pousser de ces griffes, pour être capable de déchiqueter un type pareil ! Je me ferai moins de soucis, à l'avenir !

Je ris aussi.

- J'oublie toujours de te dire un truc, fis-je (selon la logique à bâtons rompus typique de nos conversations). Dans le temps, quand l'Ourse m'emmenait à l'opéra, tu te demandais toujours comment elle pouvait en raffoler, une femme aussi inculte et fruste, tu te rappelles ? En fait, moi, je le savais, mais quand tu m'en as parlé quelques années plus tard, je n'ai pas pensé à te le dire : c'est parce qu'elle ne distingue pas l'opéra des chansons folkloriques ; pour elle, c'est toujours de grandes voix qui chantent le mieux possible. Ce qui se trouve au milieu, « la chanson de ville », comme elle dit, ça ne lui va pas parce que ça tient moins de l'exploit, vocalement parlant. Elle n'a pas moyen de s'y identifier, ça ne la touche pas, elle a besoin de prouesses sonores, tu vois ?

- Parfaitement ! Je comprends, maintenant ! Comment tu l'as su ?

- Je lui ressemble, sur ce point.

- Ah bon ?

- Pas complètement, bien sûr, mais je suis portée sur les prouesses comme elle. J'y ai repensé récemment, parce que je me suis remise à l'opéra. Je préfère Guina, maintenant, comme notre Ourse. Tu as déjà entendu comment elle chante les meilleurs morceaux de *Nabucco*, quand Abigaille se dit que les fils de rois viendront supplier l'humble esclave qu'elle était, et après, quand elle refuse de pardonner ? C'est le summum du jubilatoire !

Minou se remit à rire :

- Décidément, tu es devenue serte ! C'est ça que tu écoutes maintenant du matin au soir, à la place de Jacques Camp ? Qu'est-ce que c'était, déjà, la chanson qui te faisait toujours pleurer, dans le temps ? Je l'ai entendue à la radio, ces jours-ci... Oh ! j'allais oublier : ça te dirait de parler à la radio ?

- Comment ?

- Ils m'ont appelée pour me demander si tu voulais tenir une rubrique, qui passerait en direct, le samedi, tu donnerais des nouvelles culturelles de Paris. Tu pourrais parler de ce que tu veux. Ça ferait partie d'une émission récente qui a beaucoup de succès, tout le monde l'écoute, ici. Ça te dirait ? Ça ferait très plaisir à Dédé, tu sais, il pourrait t'entendre même à l'hôpital. Si tu acceptes, tu peux commencer dès samedi prochain.

Et bien sûr, j'acceptai. Mes émissions commencèrent par un long entretien de l'animateur de l'émission avec moi-même, où je fus traitée comme une célébrité enviée (quel était le secret de ma réussite ? quels conseils pouvais-je donner aux jeunes Pleunkois qui m'admiraient ? et cætera), et m'ingéniai à répliquer par des plaisanteries pouvant être perçues comme autant de signes de modestie, depuis le téléphone de ma mansarde où j'étais assise les pieds dans l'eau (dans une cuvette bien rafraîchissante par la canicule de fin août), avant de décrire le vrai luxe estival du Parisien, consistant à se promener dans sa ville quand elle est plus belle que jamais, presque déserte, offerte à son regard. Ma rubrique ainsi inaugurée fut intitulée, bien sûr, « l'Air de Paris », ce qui m'aida à réaliser que mon « R français » avait finalement trouvé l'occasion de se muer en avantage même aux yeux (aux oreilles) des Pleunkois : c'était là ma marque de fabrique sonore (car bien entendu, personne d'autre souffrant de ce défaut de prononciation ne pouvait être admis sur les ondes locales), permettant aux auditeurs qui auraient allumé leur poste au milieu d'une phrase de savoir immédiatement, à la fois, qui parlait, d'où et de quoi (de culture française, naturellement).

Les lignes téléphoniques pleunkoises n'étant pas toujours faciles à mettre ou à maintenir en relation avec un autre monde, l'animateur ouvrait traditionnellement ma rubrique par : « Allô ? Paris, vous m'entendez ? », ce à quoi je répondais en jubilant : « Ici Paris ! », avec une pensée pour les Écouteurs et le reste du monde qui devait enrager de savoir que non seulement j'y étais arrivée, mais je le représentais désormais sur les ondes du trou noir tout entier. (Par ailleurs, mes auditeurs ignoraient toujours quel miracle m'avait permis de quitter Pleunk : cela devait être la seule question tombant sous le sens que l'animateur avait soigneusement omis de me poser.)

Les conséquences de ma présence sur les ondes furent nombreuses et variées. Parmi les premières dont je pris conscience : l'on n'attendait plus de moi, dans le monde parallèle, que des communications unilatérales, revenant à apprendre des choses aux autres, et l'on jugeait désormais inutile ou impossible (comme cela doit le paraître aux humains entendant la voix divine) de m'interroger sur ce que je devenais, ou de me donner des nouvelles concernant quoi que ce fût (l'animateur aussi bien que les divers employés de la radio qui me parlaient au téléphone avant de lancer ma rubrique, d'un samedi à l'autre, confirmaient cette règle) ; Minou n'était bien sûr pas dans ce cas, mais mes échanges avec elle se raréfièrent encore davantage qu'auparavant, car son besoin de m'entendre se trouvait presque entièrement satisfait par le biais de la radio, comme celui de mes grands-parents qui se sentaient désormais, à ses dires, comme s'ils me retrouvaient une fois par semaine ; elle ne jugeait plus nécessaire de m'appeler qu'en cas d'événement exceptionnel qu'il serait important de me communiquer, ce qui fit que j'appris la mort de Dédé sans avoir été mise au courant des longs mois de maladie toujours non identifiée mais de plus en plus handicapante, qu'elle avait passés à s'occuper de lui avec l'Ourse, dans l'appartement que le cauchemar m'avait fait chercher.

« Va faire dire une messe pour lui », me demanda ma mère avant de se dépêcher de raccrocher (sans doute pour ne pas me faire entendre de sanglots), et un instant plus tard, je réalisai que c'était là un souhait complètement invraisemblable, venant de la part de l'athée qu'elle était – des athées qu'ils étaient tous les trois, à ma connaissance, Dédé le premier : hostile autant à l'église qu'à la religion et aux croyants, à la différence de sa femme qui tolérait ces derniers, et de sa fille qui considérait qu'il n'y avait plus grand mal dans tout cela, depuis que l'Inquisition avait fini de sévir. Je n'osai pas la rappeler pour me renseigner sur les changements survenus chez l'un d'entre eux, ou chez tous les trois, avant qu'on n'en arrive là ; et je me mis à pleurer de mon côté du combiné raccroché, à ma propre surprise, sans même comprendre si c'était parce que j'avais aimé le Noisillon davantage que je ne le croyais, ou parce que sa vie s'était achevée avant qu'il n'ait eu l'occasion de prendre plus qu'une importance minimale à mes yeux. Puis je me rappelai avec horreur le poème qu'il m'avait inspiré, ce qui m'oblige à revenir à l'époque où Dédé était toujours vivant et où je le croyais en bonne santé (puisqu'on ne l'étudiait plus, du moins pas à ma connaissance) : au mois d'avant mon mariage officiel.

*

J'avais passé ce mois-là chez Pauline, et quand j'y pense, ma « période familiale » commençait déjà, sans que je m'en aperçoive faute d'avoir l'esprit assez disponible pour lui accorder l'intérêt qu'elle prendrait par la suite. Pauline avait alors quatre-vingts ans et cinq enfants très occupés, dont certains vivaient en province ou à l'étranger, tandis qu'elle-même cohabitait avec sa bonne antillaise, Marilou, qui n'avait pas pris de vacances depuis douze ans. D'après ce qu'on m'expliqua, elle n'avait jamais voulu en prendre, se trouvant très bien à Paris et n'ayant ni le goût des voyages, ni le moindre petit ami pour l'emmener quelque part. Mais cette année-là, il arriva quelque chose d'invraisemblable : Marilou qui était orpheline et s'était toujours crue toute seule au monde reçut une lettre d'une personne qui se disait sa sœur. Au bout de quelques mois de correspondance, de coups de fil et d'échange de photos, elle décida d'aller passer quelques semaines chez cette sœur retrouvée, à l'occasion d'une grande fête de famille où plein de cousins et de cousines viendraient. Il fallut chercher quelqu'un pour la remplacer auprès de la vieille dame impotente, et le hasard me fit trouver.

Pauline était (tenez-vous bien, il faut suivre) une sœur du mari de la sœur d'Adrienne ; la nièce de cette dernière, que je n'avais plus revue depuis longtemps, tomba un jour sur moi dans la rue, s'arrêta pour parler un peu, et finit par me demander si je connaissais quelqu'un qui pourrait s'occuper de cette tante : « Elle est vraiment charmante, ce n'est pas le genre de vieille personne ennuyeuse qui fait des caprices, tout le monde l'adore… » J'offris mes services : l'idée de passer quelque temps avec une dame charmante me séduisait d'autant mieux que le salaire de Marilou représentait le double de mes revenus habituels : lorsque la titulaire aurait repris ses fonctions, j'allais pouvoir écrire sans guère me soucier de gagner ma vie pendant un bon bout de temps.

Pauline était vraiment charmante, et plus encore que je ne l'avais imaginé : aurais-je pu prévoir qu'elle vivait, dans son fauteuil roulant, entourée d'une compagnie de créatures visibles à elle seule, dont elle racontait les aventures à qui voulait l'entendre ? Elle avait grandi dans le château que j'avais visité naguère, à l'orée d'une forêt, entourée d'animaux, ce qui avait dû lui conférer la faculté de les susciter même dans son logement parisien. Ainsi, lorsque j'y retournais de chez moi où j'avais pris mon courrier et écrit pendant quelques heures, Pauline me donnait les dernières nouvelles de la Belette, du Renard et du Loup qu'elle avait revus pendant mon absence.

- Vous allez croire que je suis complètement folle... commençait-elle toujours, les yeux brillant de malice.

- Pas du tout ! protestais-je, savourant d'avance son récit.

-...mais c'est égal, il faut que je vous dise : le Renard a encore joué un mauvais tour au Loup !

Lorsque Pauline restait seule, ces bêtes en profitaient pour sortir du bois et pour venir prendre le café avec elle. Le Loup aimait la crème, ayant la nostalgie des moutons dont ce dessert lui rappelait le goût ; pendant qu'il s'en laissait servir un bol, le Renard s'ingéniait à voler sous son nez les restes du poulet que j'avais laissé à table pour le déjeuner de Pauline, tandis que la Belette s'enfouissait dans le lit qui lui plaisait bien plus que sa tanière.

- Je lui ai dit qu'elle allait salir les draps, avec ses petites pattes crottées, les aiguilles de pin et les brins d'herbe dans son pelage, et que vous n'alliez pas être contente en rentrant. Mais elle était si câline, si gentille ! Elle sait comment s'y prendre, la rusée ! Ma petite Pauline, me disait-elle, j'ai tellement envie de faire la sieste ! Laisse-moi me coucher ! Je te promets, l'hiver, quand tu auras froid, je reviendrai toutes les nuits dormir à tes pieds pour te servir de bouillotte ! Tu verras comme je suis chaude et douce, rien de mieux pour faire de beaux rêves ! Et quand tu le voudras, tu te mettras sur le ventre et je danserai sur ton dos et sur tes jambes à tout petits pas, mieux que les mains d'une masseuse, pendant des heures. Tu te sentiras tellement bien, tellement bien que tu finiras par pouvoir te remettre debout ! Si tu veux, je commence dès que j'ai fini ma sieste.

- Mais elle ne pourrait pas vous mettre de la crème, ses pattes sont trop petites pour l'étaler, et puis, si elle appuyait fort, vous sentiriez ses griffes.

- C'est bien ce que je lui ai dit : « Cela me ferait plaisir que tu dormes à mes pieds, cet hiver, mais quant au massage, je doute que tu puisses m'aider. Tes pattes ne m'inspirent pas confiance ! Ma jeune amie va rentrer, tout à l'heure, elle s'occupera de moi beaucoup mieux que toi. »

- Naturellement !

Mais je savais que mes soins ne pouvaient pas remplacer ceux des bêtes qui s'y connaissaient à merveille pour distraire Pauline et la réconforter dès que le besoin s'en sentait. Et comme elle concluait toujours, en riant, par son idée initiale : « Vous devez penser que je suis folle ! », je lui avouai que parfois, je devenais chat, ce qui est, il faut bien le dire, beaucoup plus fou que d'avoir la Belette qui fait sa sieste dans votre lit :

- Ça m'arrive surtout en automne et en hiver. Je me transforme, je m'enfouis dans un tas de choses chaudes et douces – des pulls, des écharpes, une veste en velours, tout ce qu'on peut imaginer de plus douillet, – je m'enroule autour de moi-même, je commence à ronronner et je m'endors. Pendant que je dors, je vois en rêve mes neuf vies de chat, dont je vis la troisième seulement. Les autres, celles à venir, sont de plus en plus belles. Pendant que je les vois, la laine et le velours me réchauffent toujours mieux, puis je cesse de rêver, puis je me réveille et je me sens comme un chaton prêt à bondir dans tous les sens et à courir après sa queue toute la journée. J'ai l'impression, si j'ose dire, d'avoir un petit tigre dans mon moteur.

- Ah ! quel plaisir ! disait Pauline. Que j'aimerais, moi aussi, pouvoir être un chaton, parfois. Mais non, ce n'est pas donné à tout le monde. Il faut me satisfaire des visites de mes voisins de la forêt…

L'appartement de Pauline donnait sur le Jardin des Plantes, ce qui revenait au même : n'étant plus sortie depuis des années, elle avait eu le temps d'oublier ses dimensions réelles qui ne pouvaient plus la décevoir, et voyait s'étendre comme au temps jadis les branches des arbres légendaires de la forêt d'Ile-de-France et des régions limitrophes, aux racines couvrant des milliers de kilomètres, où l'on pouvait chevaucher des jours de suite sans traverser une clairière. D'ailleurs, même en visitant le Jardin, on pouvait penser que Pauline ne se trompait pas en lui imaginant une étendue presque infinie. Il y avait là un petit enclos où poussaient, sous l'œil attentif des étudiants en botanique, des plantes de tous les coins du monde. Quelques centaines de mètres carrés avaient suffi aux jardiniers pour y reproduire les climats des cinq continents en captant la lumière et l'humidité de diverses manières, exposant telle herbe sibérienne sur le versant nord d'un monticule pas plus haut qu'une taupinière, adossant l'arbre-à-souris contre un muret doté de vertus tropicales. Dans cet enclos nommé *le paradis* par quelques amateurs de lecture en plein air, dont l'auteur de ces lignes, on trouvait un banc de pierre que le soleil réchauffait, décoré par moments d'un lézard de teinte vive, rafraîchissante pour l'œil.

Il m'arrivait souvent de m'y asseoir l'après-midi pendant que Pauline dormait, après avoir fait le tour rituel des plantes cosmopolites, relu leurs noms écrits sur des tablettes minuscules, et humé quelques parfums de prédilection. (Comme l'Ourse se plairait ici ! me disais-je.) Quand je finissais par m'installer sur le banc rêche, je songeais au balcon de ma grand-mère qu'elle aimait décorer d'une sorte de géranium vivace aux feuilles particulièrement odorantes et aux petites fleurs rose mauve – et une petite foule de souvenirs me revenaient à l'esprit, dont les lignes se croisaient de façon plus ou moins prévisible comme les trajectoires des abeilles de la ruche voisine, un va-et-vient qui bourdonnait sourdement tandis que je lisais, détournant mon attention, finissant quelquefois par occuper mes pensées complètement, au détriment du livre que j'abandonnais sur le passage du lézard, et de me faire produire deux-trois poèmes (sans doute sous l'influence de l'esprit de Rilke qui en avait beaucoup écrit dans ce Jardin).

Dédé aussi affectionnait la susdite plante, au point de se promener, certains dimanches, avec une feuille de ce géranium à la boutonnière – « C'est un personnage », avait commenté gentiment un de ses neveux à ce propos, ou à propos de je ne sais quelle autre particularité du Noisillon, remarque faite pour flatter mon grand-père qui ne demandait pas mieux que d'être le centre de l'attention. Je me rappelai que Dédé avait éprouvé une profonde méfiance pour ma précoce qualité d'écrivain, jusqu'au jour où l'idée lui était venue que je pouvais finir par le décrire. Il se mit alors à se servir fréquemment du futur à valeur impérative (« Tu raconteras que ton grand-père... »), ce qui m'irritait autant qu'on l'imagine : il ne me manquait plus que de recevoir des ordres dans le seul domaine de liberté et de pouvoir que j'eusse ! Mais voilà que le temps était venu de lui obéir, sans rechigner et même volontiers. Car je réalisais à présent qu'il avait bien le droit d'exiger sa petite portion d'immortalité verbale, ayant un don particulier, aussi remarquable qu'insuffisant aux yeux de l'éternel : le don du conteur illettré.

Lorsqu'il était d'humeur diserte (rarement), Dédé racontait quelques anecdotes tirées de sa vie, en les rendant si palpitantes et riches en grandeur épique que son public (les Enfants, encore petites, chacune à son époque) réalisait leur manque d'intérêt seulement beaucoup plus tard, après les avoir rapportées à un tiers qui, n'ayant jamais connu le plaisir de rencontrer l'aède originel, en tirait aussitôt une piètre opinion de l'esprit de ce dernier et de ses descendantes : être capable de s'enthousiasmer pour des histoires sans queue ni tête au point de les infliger aux autres ! Bien entendu, il était impossible de faire comprendre à autrui la valeur de ces anecdotes, réelle mais qui tenait exclusivement à la manière dont Dédé les disait. (Aussi ne vous les conterai-je pas, étant dépourvue de son don, ou douée exactement de même : pour magnifier les seuls menus faits de mon expérience, en dehors de la fiction.) À part ces histoires, dont le propre était de ne rien vous apprendre sur lui tout en le transformant en vrai héros, mon grand-père demeurait si discret sur son passé que Minou n'en aurait pratiquement rien su sans moi qui en avais appris les grandes lignes par l'Ourse (dont les moyens d'obtenir ce qu'elle voulait de son minuscule mari pouvaient s'étendre jusque sur le domaine secret des années d'avant leur rencontre). Toutefois, même elle n'en connaissait que les maigres faits constituant la biographie qui suit.

On avait doté le futur vantard du prénom de Modeste, choix inexcusable (il n'était même pas né en février) dû peut-être au curé, un bon voisin qui devait connaître la gêne des parents, ou bien au père réputé pour être un tyran domestique du meilleur cru. Sa mère le tira de l'embarras en le rebaptisant Dédé, quelques années avant de mourir et de lui laisser, avec le souvenir d'une femme très douce, une haine inextinguible pour l'homme qui lui avait raccourci l'existence. D'après la légende familiale (fondée sur l'assurance qu'il en avait donné à son épouse), dans sa petite enfance, Dédé fut costaud, voire gigantesque ; on ignore à quel âge il commença de rapetisser et de maigrir, mais quand il eut douze ans, il devint évident qu'on n'en ferait jamais un bon paysan : trop faible pour labourer. Son père attela le cheval, mit dans la charrette le rejeton chétif avec son baluchon de linge, et les livra à la capitale, chez un tailleur de sa connaissance, où Dédé allait demeurer en apprentissage.

Des années qu'il y passa, l'on sait seulement que leurs nuits furent courtes et mauvaises, à dormir sur une natte sous la table à couture, et que le jour, il recevait force coups de mètre en bois qu'il jugeait justes, reconnaissant son peu d'ardeur pour le métier. Dédé ne revit personne de sa famille jusqu'au jour où son père abominé revint pour le retirer de la boutique et le confier à l'école artisanale (grand bâtiment à la façade pourvue d'une horloge, la première qu'il eût vue, qui le fascinait au point qu'il me la montrât comme un monument sans égal un demi-siècle plus tard), où il allait payer sa pension en faisant le ménage après les cours. Il fut un élève des plus médiocres et ne se fit jamais aucun ami parmi ses condisciples, ayant tiré de son adolescence la leçon qu'on ne pouvait compter que sur soi-même et qu'il fallait se méfier de tous les hommes. De sa fratrie, Dédé n'appréciait que deux aînés, un frère et une sœur, rarement revus ; le reste des nombreux enfants issus du premier comme du second lit de son père semblait lui être totalement étranger, lui inspirant uniquement une sorte de vague antipathie. Sa belle-mère, une femme bonne et joyeuse, lui déplaisait terriblement, sans doute à cause de son sort plutôt heureux : pour des raisons obscures, remarié, le père avait perdu son ancienne habitude conjugale consistant à battre sa légitime dès la moindre contrariété et sans même qu'elle y soit mêlée.

Une fois sorti de l'école et engagé malgré ses piètres qualités dans un atelier de couture (minable), Dédé marqua son passage à l'âge adulte en s'achetant un chapeau chic, un porte-cigarettes (pour la frime, ne fumant pas) et un revolver – qui allait lui permettre de crâner devant moi (en l'évoquant) du temps d'Espérance et de mes trois ans. Personne ne vit jamais cette arme mythique, et d'après Minou, notre héros l'avait inventée, mais il prétendait s'en être servi un soir de neige, avant Noël, quand il rentrait à pied passer les fêtes chez sa famille. Traversant une forêt, il entendit des hurlements lointains, vit remuer les buissons qui bordaient le sentier, y tira toutes ses balles puis reprit sa marche, ragaillardi : s'il y avait eu des loups alentour, ils étaient certainement partis avec sa peur, et ne reviendraient plus. À cette époque, Dédé avait des idées subversives, qui lui étaient peut-être venues en supplément moral au revolver, ou vice versa (si l'on admet que Minou avait raison).

À la différence de l'oncle Assen, il était vraiment marxiste (sans avoir jamais lu une ligne de Marx, bien sûr), mais curieusement, s'il le resta même après l'Avènement, il ne s'occupa jamais de tirer le moindre bénéfice de ce fait, à part le plaisir qu'il avait de louer « son » régime pour exaspérer les Enfants. Dans ces cas-là, nous lui demandions de nous dire en quoi consistait son idéal, et ses réponses (revenant à l'idée de « donner à manger à tout le monde ») lui attiraient force moqueries (« donc, les vaches à l'étable vivent dans une société parfaite, à la différence de nous qui connaissons des gens sans moyens de subsistance ? », etc.), auxquelles il répliquait par des tirades enragées sur le manque de sévérité du pouvoir en place (coupable de notre impiété à son égard). C'était là le seul reproche que Dédé lui adressa jamais, et commentant en tête-à-tête son goût de la dictature, nous trouvions à la fois comique et pitoyable qu'il se manifestât chez un homme inapte ne fût-ce que de gronder sa progéniture, qui s'évanouissait s'il voyait sa femme tuer un poulet, et lui obéissait au doigt et à l'œil en se contentant de ronchonner. Mais peut-être n'était-ce pas ce goût, le responsable de la persistance de ses « idées » politiques : il semblait tout aussi, voire plus probable que pour le Noisillon, le marxisme n'ait jamais été autre chose qu'un moyen d'agacer autrui, à commencer par son propre père détesté (qui n'avait rien du bourgeois, mais n'appréciait pas pour autant les subversifs) ; comme sa nature le poussait à changer de point de vue pour s'opposer à celui qu'on exprimait en sa présence, on peut parier que si le Noisillon avait eu pour descendantes deux zélatrices de l'Avènement, il l'aurait renié et conspué, jusqu'à oublier de l'avoir jamais aimé.

À part cela, Dédé se distinguait par une prédilection inexplicable (chez un illettré) pour les stylos, allant du vulgaire jetable à bille jusqu'au luxueux à plume, qui lui semblaient tous également précieux et qu'il rangeait dans un, deux, trois, quatre tiroirs (au fil du temps) du meuble réservé à ses trésors, interdit même aux membres de la famille. Cela va sans dire que le collectionneur ne s'en servait jamais, il les montrait seulement, et à une seule personne : à votre auteur, me promettant de me les offrir tous lorsque je serais grande. Cette promesse solennelle ne manquait pas de m'agacer (ce qui devait être le but) ni de m'étonner. J'en convoitais un seul (le plus ancien, bien joli) et je ne voyais pas en quoi les années restant jusqu'à ma majorité légale me le rendraient plus utile : passant déjà beaucoup de temps à écrire, je me trouvais assez de mérite pour qu'on m'offrît tout de suite cet outil de travail dont l'encre risquait de se solidifier sous peu. Mais Dédé se méfiait encore de ma vocation, pendant la première décennie où je l'exerçai, et bizarrement, même après qu'il voulut la mettre à son profit, il n'eut pas l'idée de tenir sa promesse, que je ne lui rappelai jamais. À dix-huit ans, cela faisait longtemps que les beaux stylos ne m'intéressaient plus ; d'autre part, j'avais compris que le fonctionnement le plus courant des promesses consiste à dispenser celui qui les fait de les tenir : une fois émises, elles ont la vertu de le persuader qu'il a déjà fait une chose importante pour leur destinataire qui peut s'en contenter. (Ce qui compte, et qui demande déjà assez d'efforts, c'est de prendre la décision qui s'exprimera par la promesse, cette preuve de bonne volonté ; la mettre en pratique semble souvent relever de la simple formalité : fastidieuse, sans intérêt sinon complètement inutile.)

Mais en repensant à la collection de Dédé dans l'enclos paradisiaque, je me demandai s'il ne m'en avait pas privée pour avoir jugé que même à dix-huit ans, je n'étais point adulte ni n'allais le devenir un jour, ou bien s'il n'avait pas révisé tacitement sa promesse pour en remettre l'accomplissement au moment où j'aurais déjà écrit sur lui. Et la vision de quatre tiroirs de stylos définitivement inutiles, desséchés déjà du temps où je les avais revus pour la dernière fois, me fit penser que leur encre concrétisait tout ce que personne n'allait jamais écrire au sujet de Dédé, faute qu'il ait jamais vraiment intéressé quiconque et qu'on ait jamais su grand-chose de lui. Cette idée me donna si grande pitié de lui qu'un poème se forma dans mon esprit (bientôt noté avec un stylo jetable).

Bien sûr, le nom de Dédé n'y fut pas cité. Il est notoire que le domaine poétique demande à qui souhaite s'y établir de se débarrasser de toutes ses possessions autres qu'essentielles, immortelles et mentales ; autrement, il n'y entrerait pas plus que le chameau dans le célèbre chas : la forme est petite, réservée à l'épure et au sublime. Elle laisse passer l'amour, l'affection, voire (très rarement) la haine, mais non pas leurs incarnations temporelles, trop périssables et nombreuses, donc encombrantes, donc vouées à l'oubli, pour prétendre raisonnablement à son éternité. Le plus grand des poètes qu'il m'ait été donné de connaître personnellement m'avoua, un jour, que non seulement ses vers refusaient qu'il y fît entrer un nom propre qui ne soit pas universel (cosmique, géographique, ou personnel s'il était apte à servir de symbole), mais il n'avait même pas moyen de dédier ses poèmes d'amour autrement qu'à la main : « Un nom de dédicataire *imprimé*, ce n'est pas possible. J'ai essayé, le livre ne veut pas, il refuse de se faire tant que je n'ai pas ôté ce nom. Et même une fois fait et publié, quand j'écris une dédicace sur la page de garde, les doigts m'en cuisent. La poésie prévient : n'exagère pas ! ce livre est à moi, avant d'être le tien, et encore mieux après. »

Dédé apparut donc dans un poème anonymement (selon ce qui précède) et peu flatteusement, sous le titre *Un homme du commun*. C'est seulement après l'avoir achevé que je réalisai à quel point j'avais desservi le malheureux en finissant par le prendre pour sujet. D'abord, le titre était suprêmement choquant, appliqué à quelqu'un qui tenait à se faire remarquer, par lui-même comme par mes soins : pauvre Dédé, lui qui n'avait jamais admis l'idée de faire partie du commun, je venais de l'y mettre, et pour l'éternité ! Ensuite, le personnage était présenté dans les vers d'une telle manière que c'était à en pleurer même sans se reconnaître. Enfin, c'était un poème manifestement éloigné de l'époque où tout vers était compréhensible à l'homme du commun.

Les deux derniers points de ce constat appellent une réflexion, relevant non pas du simple cas d'un petit poème écrit il y a longtemps, mais d'un vaste phénomène de l'histoire littéraire moderne, assez répandu pour mériter sinon le qualificatif d'« universel », du moins qu'on s'y attarde un peu ici. Avez-vous remarqué, cher lecteur, que beaucoup d'écrivains (poètes ou prosateurs, doués ou graphomanes, désintéressés ou commerciaux) se sentent obligés d'écrire sur « l'homme du commun », et généralement d'une façon qu'il ne saurait entendre ? Surtout depuis les progrès de l'alphabétisation : auparavant, l'état des choses se chargeait de l'en empêcher à leur place, et ils avaient plus rarement l'idée de le transformer en protagoniste en le décrivant avec le vague espoir de se faire lire un jour par lui.

Mais dans tous les cas, le résultat de leurs efforts semble revenir au même : l'homme du commun ne tient pas à lire ce qu'ils racontent à son sujet. Il préfère les contes au coin du feu (qui ne parlent pas de lui mais de héros qui épousent des princesses), les histoires de famille, les romans de gare, policiers, fantastiques, sentimentaux (pour la dame du commun), et c'est en masse qu'il les préfère, comme il est normal pour un *type social*. Il laisse le goût des ouvrages ennuyeux qui le décrivent aux *individus*.

Pourquoi donc s'obstinent-ils, ces écrivains ? (Vous noterez que je m'en désolidarise.) Pourquoi prétendent-ils, de plus en plus nombreux depuis quelques siècles, en chœur, voire en orchestre symphonique international au cours du vingtième, se soucier de l'homme du commun davantage que d'eux-mêmes, pour incroyable que ce soit, mépriser les élites et n'admirer que le peuple - alors qu'à lui, cela ne lui fait généralement ni chaud ni froid, puisque ne les lisant pas, il ne saurait se soucier de leur souci de lui ? Curieusement, chaque fois que j'ai tenté de discuter de cette question avec des confrères, ils se sont vexés au lieu de m'aider à y voir plus clair. Aussi, privée de leur aide, ne suis-je guère plus avancée que la première fois qu'elle me vint à l'esprit (longtemps avant le poème sur Dédé).

Mais récemment, j'ai pris connaissance des propos du vendeur d'un kiosque de journaux, un vieux monsieur de Belleville. Interrogé en tant que témoin des changements notables qui avaient eu lieu dans son quartier ces dernières années, il affirma que le coin *s'embourgeoisait* de plus en plus, citant à titre de preuves indiscutables les faits qu'on ne lui achetait presque plus de romans (les bourgeois prenaient ça en librairie), et qu'il vendait à présent davantage d'exemplaires de *Libération* que du *Parisien*, de *Paris-Turf*, de *France-Dimanche* et d'*Ici Paris*. Eh bien, me dis-je en lisant cela dans un journal qu'il n'avait pas cité, eh bien, au lieu d'irriter les confrères par mes questions, je devrais les poser à qui de droit : au premier intéressé, à ce monsieur du kiosque, par exemple.

Et aussitôt, je réalisai que *moi non plus*, semblable aux confrères incriminés, je n'aurais jamais eu l'idée de consulter l'homme du commun avant d'écrire dessus, ce qui montrait non seulement que je ne le respectais guère, mais aussi que ce n'était pas la peine d'aller le déranger a posteriori. C'est sans doute une tare congénitale de notre espèce de ne jamais se soucier assez de lui pour s'enquérir à temps de son avis sur la littérature, nos idées et notre utilité éventuelle, avant d'avoir pondu des pages, voire des volumes entiers à son propos, d'aller nous faire abattre pour la dernière noble cause qui l'a remis à la mode, ou de commencer à prospérer grâce à elle. De quel droit irais-je faire perdre son temps au vieux monsieur du kiosque, alors que la *bourgeoise* que j'étais n'aurait même pas eu la décence de lui acheter un livre (n'en consommant point du genre qu'il vend, comme il le savait bien même sans me connaître, et n'étant pas assez riche pour faire un tel geste à son profit) ? Et à imaginer que j'aurais interrogé Dédé de son vivant, qui voulait, lui, qu'on le décrive, mais ne lisait jamais que le journal (en déchiffrant laborieusement), je voyais d'ici sa réaction : fallait-il que je sois folle, pour gaspiller de l'argent au téléphone en lui posant des questions complètement farfelues ! même de visu, il les aurait jugées telles, avant de me répondre par quelque moquerie de son meilleur cru. Ces réflexions faites, je n'ai pu que conclure, baissant les bras, que pour ce qui me concernait, à la différence des confrères qui se fâchaient, j'avais au moins l'avantage de n'avoir jamais cherché à plaire à l'homme du commun (pas plus qu'à d'autres).

Même pas le jour où je me désolai de l'avoir décrit de façon si peu flatteuse : le poème étant achevé, je ne pouvais plus y toucher (il n'était plus à moi) ; je décidai donc de le traduire en pleunkois et de l'envoyer à Dédé tel quel : que ça lui plaise ou non, et quoi qu'il en comprenne, j'aurai fait le minimum qui était en mon pouvoir (en écrivant quelque chose à son sujet). Sur cette décision, je consultai ma montre : il était temps de quitter le Jardin des Plantes pour faire les courses et retourner chez Pauline.

En rentrant dans son appartement, je faillis laisser tomber mes sacs : Pauline était debout ! Enfin, assise, mais pas dans son fauteuil roulant, sur une chaise ; je la voyais à travers la porte ouverte de sa chambre, au bout du couloir, de profil, en train de parler avec quelqu'un. Avec le Renard et la Belette ? Je me précipitai, toute secouée et me sentant fautive : qui avait soulevé Pauline sinon le médecin (possesseur du double de sa clé) qu'elle aurait appelé ? Ce qu'elle avait dû vivre, à se sentir mal sans personne autour, le temps qu'il arrive ! J'aurais pu rêvasser à l'intérieur plutôt qu'au paradis, je lui aurais épargné ce mauvais moment, et le malaise aussi, si cela se trouve !

Mais ce n'était pas le médecin. C'était – quel soulagement – l'un des beaux-fils de Pauline, un Italien. Venu à Paris pour affaires, il en avait profité pour lui apporter des gâteaux et les tendresses de sa fille cadette.

- Nous vivons en Campanie, m'expliqua-t-il, ce sont des pâtisseries de là-bas, goûtez !

Alors, en tendant la main, je revis quelqu'un, et je répliquai :

- J'ai connu une fille qui était née dans cette région, je me demande ce qu'elle peut devenir. Elle chantait. Avez-vous déjà entendu parler d'une chanteuse qui s'appelle Gina Strozzi ?

- Mais toute l'Italie ne connaît qu'elle ! fit le beau-fils. C'est une grande vedette, elle donne des concerts jusqu'en Amérique. Vous l'avez rencontrée ? Il y a longtemps ?

J'étais abasourdie, osant à peine croire mes oreilles : se pouvait-il qu'on ignore à Paris un succès assez grand pour traverser l'Océan Atlantique ? Mais puisqu'il l'affirmait, cela devait être vrai ! Tout était donc possible ! Ma Gina qui était sûre depuis toujours de réussir, voilà !

- Et son frère, demandai-je, transportée de joie, il est célèbre en tant que scientifique ?

- Je n'ai jamais entendu parler d'un frère de Gina Strozzi, répondit le beau-fils.

Alors, sans rien ajouter à ce sujet, je racontai la visite de Gina, le concert et la cassette.

- Je l'ai toujours.

- Elle doit valoir une fortune, maintenant, du moins en Italie. C'est incroyable, cette histoire d'erreur d'adresse. Quand je vais raconter ça à mon fils ! C'est un fan de Gina Strozzi. Il va se précipiter vers Paris pour vous supplier de lui faire une copie !

- Depuis le temps que je ne l'ai pas revu, dit Pauline, j'en serais ravie.

Je promis d'envoyer une copie de la cassette par la poste et les laissai achever leur échange de nouvelles familiales, pour m'occuper du dîner, très contente de pouvoir m'adonner tranquillement à ma jubilation à la cuisine. Elle était donc vraiment devenue célèbre ! On devait entendre sa Voix à la radio, maintenant, dans les cafés et sur les plages de toute l'Italie ; ses anciens maîtres qui ne voulaient pas d'elle dans la chorale tombaient dessus en allumant leur poste ; elle avait poussé son cri assez fort pour que sa gloire finisse par me parvenir, et elle était encore jeune, elle se ferait entendre par toute la France aussi, elle rugirait aux quatre coins de la Terre ! Gina qui savait bien qu'elle était historique, depuis toute petite, et qui n'avait pas peur, j'en étais témoin, de l'annoncer à n'importe qui du temps où l'on pouvait se moquer d'elle ! Elle avait vraiment fait ce qu'elle s'était promis ! Mon Dieu, il y avait donc – comment appeler cela ? une justice ? non – une clémence qui l'avait protégée, cette imprudente prête à suivre le premier venu, à dire ce qui lui passait par l'esprit, et à se fier à l'avenir pour arranger ce qui avait besoin de l'être, pour combler ses manques ; et en effet, elle avait d'abord trouvé un batteur à la dernière minute, puis, certainement, de meilleurs musiciens et l'imprésario de rêve qui saurait s'occuper d'elle comme il se devait ; son destin dont elle était incapable de douter lui avait accordé tout ce qu'il lui fallait, et vite, à temps, avant que ses galères ne soient devenues moins drôles à force de durer… (Mais son frère, que devenait-il ? j'avais une étrange peine à y songer, je chassai donc la question de mon esprit.) Dès le lendemain, j'allais essayer de me faire livrer d'Italie ses nouvelles chansons ; ça devait être possible, chez quelque grand disquaire. (Cela m'obligerait certainement à acheter aussi un lecteur de compact disques, les cassettes se faisant rares ces dernières années, mais tant pis ; il était sans doute écrit que Gina me ruine en appareils audio.)

Exaltée par le succès de celle que je tenais toujours pour une amie, je fus presque muette et très distraite durant le dîner, laissant Pauline me raconter sa famille italienne, puis les heures d'avant l'arrivée de son visiteur. Je saisissais vaguement tantôt le nom d'un petit-fils, tantôt celui du Renard, puis des bribes d'anecdote sur le Loup, que je laissai dévorer des troupeaux sans me mêler de protester. Je ne dressais l'oreille (et à moitié) qu'au début de chaque histoire. Au dessert, Pauline, qui avait la coutume de garder le meilleur de la journée pour ce moment, me raconta la dernière :

- Il m'est arrivé quelque chose d'amusant, pendant que vous

étiez sortie, dit-elle. J'ai vu qu'il manquait un bouton à ma robe, alors j'ai pris la boîte à couture, j'ai trouvé un bouton comme celui que j'avais perdu, du fil de la bonne couleur, mais… C'est drôle, vous n'allez pas me croire : je n'ai pas pu trouver le chas de l'aiguille !

Et elle partit d'un rire cristallin.

Faute d'avoir fait attention à ce qui avait provoqué ce rire, je cherchai à le comprendre, récupérant les derniers mots de Pauline dans ma mémoire, comme on se repasse un enregistrement : …le chas de l'aiguille ! Et avant que je ne prenne conscience de leur sens, une vision exquise m'apparut, une sensation de bonheur m'envahit : devant mes yeux, un chat se tenait assis sur une aiguille – aussi naturellement que nous, humains, sur une chaise. L'aiguille était très haute et brillante, le chat énorme, tout vaporeux, blanc et gris. S'il se tenait là, c'était qu'il n'était pas vraiment assis, il faisait seulement semblant de l'être, pour s'amuser. En fait, il flottait en l'air au-dessus. Ce chat était un nuage et une pierre – la pierre d'une épingle à chapeau – le chaton d'une bague, un magicien capable de croître et de s'amenuiser – et le vrai dieu des chats. Un pissenlit, une boule de coton, une barbe à papa, une bouffée de fumée : l'âme impalpable de la douceur même, sa forme changeante, volatile et suave. Il souriait de ses yeux bleu azur dont il nous fixait. Il était ce qu'on ne saurait attraper ni retrouver, le royaume des cieux, le fil perdu, le détenteur de tous les secrets, le sourire béat de ce qui nous dépasse. Cette vision m'apparut, telle quelle, et plus indescriptible encore, l'espace d'un instant - après lequel je ris à mon tour.

- Le chat de l'aiguille, répondis-je, c'est très, très difficile à trouver. Moi-même, quand je dois recoudre un bouton, je préfère changer de vêtement pour ne pas avoir à le chercher.

-Vous êtes une rigolote ! Comment ferez-vous quand vous aurez des enfants ? Il faudra bien s'occuper un peu de couture !

- À chaque jour suffit sa peine, fis-je sentencieusement. Pour l'instant, il n'y a que votre robe, et si vous voulez bien me raconter une histoire après dîner, je prendrai mon courage à deux mains pour vous l'arranger. Sans histoire, je sens que je ne pourrais pas supporter de courir après le chat. Je perdrais patience.

- Quel genre d'histoire voulez-vous entendre ?

- Une vieille histoire de votre château.

Sur quoi, je me levai pour mettre en marche la machine à café. Pauline ne pouvait pas s'endormir sans café.

- Quand j'étais jeune comme vous et que nous vivions au château, il n'y avait pas encore de salles de bains, seulement un point d'eau par étage, ce qui était déjà une grande innovation. Le matin, les domestiques déposaient devant chaque chambre un broc d'eau chaude et les chaussures cirées. Souvent, je me réveillais tôt, surtout pendant la saison de la chasse. Papa était chasseur. Je me levais, je mettais une robe de chambre très épaisse, molletonnée, je sortais tout doucettement de ma chambre et je descendais à la cuisine. C'était une grande cuisine, avec une table immense, très vieille, en bon bois costaud. Papa prenait déjà son petit déjeuner, je l'embrassais, je m'asseyais à côté de lui et je mettais son chapeau de chasseur. Je ne sais pas pourquoi, il l'apportait toujours à la cuisine avant d'aller chasser, il le posait sur une chaise à côté de lui. Moi, ce chapeau m'amusait. Je le mettais, je prenais un bout de charbon à côté du poêle, et je me dessinais une moustache avec. Je me souviens que j'étais ainsi, en robe de chambre, en chapeau à plume, avec une moustache noire, le jour où j'ai vu Alfred pour la première fois. Il était venu par chez nous pour le mariage d'un ami à lui, un cousin à moi. Alors, il avait vu Papa en ville, ils avaient discuté, Papa lui avait proposé d'aller chasser ensemble le lendemain, avant le mariage.

Nous étions donc à la cuisine, Papa se levait de table, je m'apprêtais à monter me débarbouiller, quand un domestique est venu nous dire qu'un Monsieur était arrivé, et avant que je n'aie pu me cacher, Alfred est entré. Oh ! j'ai cru mourir de honte. Je n'étais pas timide, j'ai grandi entourée par des garçons, mais là ! Me montrer avec cette moustache et le chapeau de Papa ! Quand il m'a vu, Alfred a rougi comme une pivoine, il a fait un bond en arrière, comme je vous le dis ! en se confondant en excuses. Et moi, j'ai ri. J'ai eu un fou rire tel que je n'en ai jamais eu ni avant ni après, de toute ma vie.

Au mariage, je l'ai un peu évité. Je l'avais trouvé très beau garçon, mais bon, cette façon de faire connaissance, comme nous l'avions faite, ça me gênait. Puis il est reparti en Normandie, d'où il était, et quelque temps après, à ma surprise, il m'a écrit. Je n'ai pas répondu. Puis, l'été d'après, il est revenu par chez nous. Un soir, j'étais toute seule à la maison, je lisais à ma fenêtre, et soudain, j'ai vu une voiture arriver. Comme il n'y avait personne d'autre, j'ai dû descendre. Ça m'embêtait de descendre, si vous saviez ! J'étais tellement bien à lire tranquillement. Je descends donc, et je vois que dans la voiture, il y a mon cousin et Alfred. Ils venaient dire bonsoir. On a parlé, cinq minutes, pas plus, la voiture est repartie… Et ne voilà-t-il pas qu'un peu plus tard, vers huit heures, Alfred revient dans sa voiture, tout seul. Il me demande, je vais à la porte, et il me dit : « Je voudrais vous emmener danser au casino. » Comme il était de Normandie, il avait l'habitude des casinos. – « Mais il n'y en a pas ici ! », je lui ai dit. J'étais stupéfaite par cette idée qu'il avait eue, gênée aussi. Et lui : « Il doit bien y avoir un endroit où l'on danse ? » – « Il y a un seul café en ville, je lui réponds, l'Europe, mais je ne suis pas près d'y aller, il n'en est pas question ! » Vous pensez ! À l'Europe, il n'y avait que les *poivrots*, excusez-moi pour l'expression. Quand je pense que ce pauvre Alfred avait pris son courage à deux mains pour venir me faire la cour, qu'il avait mis du temps à trouver un prétexte pour me sortir de chez moi et me parler ! C'est plus tard que je m'en suis rendu compte, mais même alors, j'ai vu qu'il était tout chose, il ne savait plus quoi dire : il ne voulait surtout pas s'en aller, mais comment réussir à rester avec moi, quoi proposer ? Il tripotait son chapeau, il le tordait, j'ai cru qu'il n'allait rien en rester, puis il a fait : « Alors, on va danser sur la route, sous les arbres ! » Sur la route ! Vous imaginez !

Le plus drôle, c'est que Papa l'a permis, sans s'étonner de cette idée saugrenue d'aller danser dehors en pleine nuit plutôt que de rester au salon où rien ne nous empêchait de le faire. Alors, j'ai pris mon frère pour chaperon, on a mis le phonographe dans la voiture, on s'est arrêtés sur une petite route, les phares allumés, et l'on a dansé. Mon frère faisait tourner l'appareil. Non, mais vous imaginez ! Jusque tard la nuit, sur cette route, sous les arbres. Il y avait de belles étoiles. Alfred dansait très bien, et moi, je n'étais pas une mauvaise cavalière, même si j'avais passé plus de temps à grimper sur les arbres ou sur le toit de la maison qu'à valser. J'étais un vrai garçon manqué. De tous mes frères, aucun n'était une tête brûlée comme moi. Mais voilà, nous avons dansé sur cette route, et l'année suivante, j'étais une femme mariée… Et vous, qu'est-ce que vous allez me raconter de beau, ce soir ?

– Les fiançailles de mes grands-parents, dis-je. (Le sujet me semblait tout indiqué pour une auditrice de leur génération.) Ils étaient de la campagne, du même coin, mais pas du même village. Ils ne s'étaient jamais croisés, ni là-bas ni en ville où ils vivaient depuis un certain temps. Quand mon grand-père a eu trente ans, un jour qu'il était revenu dans sa famille pour y passer les fêtes de Noël, il est allé à la taverne boire un verre et discuter un peu avec les villageois, et l'on s'est mis à le taquiner : « Eh ! le vieux garçon ! il n'y en a pas une seule qui veuille de toi, à la capitale ? Veux-tu qu'on te trouve une fille de chez nous ? Ce n'est pas ça qui manque ! » – « Ça ne manque sûrement pas, dit Dédé, mais moi, je suis très difficile : il me faut une fille qui soit jolie, qui soit sage et dure à la tâche. Des jolies, j'en connais, mais elles ne sont pas sages ni dures à la tâche. Des sérieuses et travailleuses, j'en ai vu aussi, mais elles n'étaient pas belles à regarder. Alors, j'attends. Si vous m'en trouvez une qui me convienne, je la prends tout de suite. » Un vieux bonhomme a dit : « Moi, j'en connais une qui est faite pour toi : jolie, sage, travailleuse, et vieille fille par-dessus le marché, elle doit avoir au moins vingt-cinq ans. Si tu veux la voir, je peux lui parler, son père est un copain. Demain, je vais dans son village, de l'autre côté de la montagne. »

Au bout de quelques jours, le futur fiancé s'est rendu avec le vieux compère chez cette fille, soi-disant parce qu'ils passaient par là.

Les parents les ont invités à prendre une tasse de café, ils ont appelé Florence (qui se cachait à la cuisine pour observer Dédé sans qu'il la voie, par l'interstice de la porte), elle est venue en portant le plateau, et son prétendant est resté bouche bée : c'est vrai qu'elle était jolie, seulement, elle faisait une tête de plus que lui et elle était assez forte pour pouvoir le soulever comme une tasse.

Pauline rit.

- Alors, il a pris peur, repris-je. Bien sûr, ce n'est pas de lui que je le tiens, c'est elle qui m'a raconté cette histoire. « La tête qu'il a fait quand il m'a vue, je ne te dis pas. Et moi, je réfléchissais. Il est joli garçon, je me disais, il a un bon métier, je suis vieille fille, j'ai assez fait de caprices ; mais s'il mourait, malingre comme il est, et si je restais veuve à peine mariée ? » Ils réfléchissaient donc intensément, chacun de son côté, tout en parlant pour voir un peu ce qu'ils pouvaient se dire, puis Dédé est parti. Au bout de quelques semaines de réflexion supplémentaire, chacun a fait savoir à l'autre qu'il voulait bien le revoir, et au bout de quelques années, ils ont fini par se marier. L'on n'a jamais su ce qui avait décidé mon grand-père, mais pour Florence, à ce qu'elle dit toujours, c'était l'idée qu'un mari si menu serait toujours doux avec elle.

- Quelle belle histoire ! fit Pauline. Vous voyez, ils étaient faits pour se trouver, chacun des deux a attendu de pouvoir accepter l'autre, et ils avaient assez de points communs pour que le reste n'ait guère d'importance. C'est comme un conte, je dirais, leur histoire, c'est plein de sagesse…

À mon sens, c'était plutôt une illustration de l'adage « faute de grives, on mange des merles », mais je gardai cette objection pour moi, et le café bu, je conduisis Pauline vers son lit, puis retournai débarrasser la table. Demain matin, me dis-je, je vais écrire une lettre à mes grands-parents pour leur raconter qu'une dame de leur âge a fait des commentaires admiratifs sur eux, en ajoutant le poème sur Dédé. Ensuite, je vais m'occuper de commander des disques de Gina, et je vais appeler tout le monde pour raconter qu'elle est devenue célèbre, et plus personne n'osera se moquer de mon goût en matière de chanson, du moins pour ce qui la concerne… Je me versai le fond de la bouteille de vin qui restait du dîner pour fêter ce programme, et je me dis que le Chat de l'Aiguille arrangeait bien les choses, de temps en temps ; si seulement il était un petit peu plus trouvable, tout s'arrangerait… (Je ne me doutais même pas que je serais nounou de chats, bientôt.)

Je finissais juste de laver la vaisselle quand ma grand-mère apparut à la porte de la cuisine. (À force de parler d'elle, j'avais dû faire siffler ses oreilles.) Pour une fois, me dis-je, elle me trouve occupée aux travaux ménagers qu'elle m'a toujours reproché de négliger : voilà ce qui va me faire remonter dans son estime ; et je la saluai joyeusement. Mais au lieu de me répondre, l'Ourse restait plantée là à me fixer, l'air désapprobateur.

- J'aurai vu ça ! fit-elle enfin, levant les bras avant de les laisser tomber à mi-mouvement, geste signifiant la désolation et l'impuissance totales. J'aurai vécu assez vieille pour voir ça ! Ma petite-fille qui fait la servante et habite chez les gens !

Pour ma grand-mère, *habiter chez les gens* représentait, j'ignore pourquoi, le comble du malheur. Soupirant bruyamment, elle s'écroula sur la chaise la plus proche, face à moi, encore plus lourdement que son poids ne l'exigeait, et se remit à me scruter avec désapprobation. Comme je l'ignorais ostensiblement, elle reprit :

- C'est à ça que t'ont servi toutes tes études, à devenir domestique comme moi ?

- En France, on dit : « Il n'y a pas de sot métier », lui fis-je la leçon sur un ton montrant que je ne me laisserais pas démonter. Mais elle non plus n'avait pas l'intention d'admettre mon point de vue, persistant à exposer le sien :

- Moi, je ne savais que trimer, je suis bête, je n'ai fait que mes petites classes, et en français, j'ai appris à dire seulement « porte » et « fenêtre ». (Ce qui me fit soudain réaliser, cher lecteur, que l'amour de la Sauvage pour le Savoir lui avait fait me transmettre ces deux mots dès mon plus jeune âge.) Mais quand je trimais, je me disais, d'abord pour ta mère, puis pour toi : la petite ne va pas vivre comme nous, elle en a dans le cerveau, elle réussira, je vais en être fière... Toi qui étais première partout ! Au lieu d'aller à la Faculté comme ta Minou, il a fallu que tu partes à la Sorbonne apprendre Dieu sait quelles langues étrangères. Et pour apprendre ces langues, tu t'es faite bonne !

Je m'esclaffai.

-Veux-tu m'écouter un instant pour que je t'explique ? D'abord, ce n'est pas pour apprendre des langues que je suis venue à Paris. Avant de venir, je connaissais déjà...

- Et toutes ces connaissances, m'interrompit-elle, à quoi ça t'a avancée ? C'est la faute de ta mère ! Elle t'a laissée n'en faire qu'à ta tête, quand il fallait qu'elle te raisonne, puisque moi qui suis bête, tu n'allais pas m'écouter ; je lui ai bien dit de te *rationaliser*, mais elle : non, ma fille sait très bien ce qu'elle fait ! Et je l'ai crue ! Je me disais : tu ne peux pas comprendre, c'est leurs affaires, elles savent ce qu'elles veulent, elles ont été premières de la classe... Quand je pense que tu aurais pu devenir *fonctionnaire* !

Cette dernière phrase impliquait tant de rêves perdus que l'ayant prononcée, Florence dut se taire un instant avant de reprendre son souffle pour la suite.

- Je me disais : la petite place la barre plus haut, elle sait ce qu'elle fait. Et maintenant ! Quand je vais aller voir la parentèle, *de quel front je vais les regarder dans les yeux* ? Ils me demanderont : qu'est-ce qu'elle fait, ta petiote, là-bas ? Et moi, je vais devoir répondre : elle est bonne chez des gens ! Avec ton Dédé, le mal qu'on s'est donné pour avoir notre maison à nous ! Et toi, il a fallu que tu t'en ailles *vivre chez les gens* !

Elle me lança un regard accablant. Je décidai de la laisser continuer avant de répliquer.

- Tu crois que c'est par fierté que je te gronde, mais tu te trompes. Ce n'est que par pitié ! Toi qui as toujours été si malingre, la peine qu'on a eu à te faire pousser, toute petiote comme ça, toute maigrichonne... Tu n'as pas la santé pour ces boulots-là, combien de temps encore tu vas pouvoir tenir ?

- N'exagérons rien, fis-je, je ne suis pas *malingre*. On n'a pas besoin d'être aussi forte et corpulente que toi pour être en bonne santé et pour pouvoir faire quelques petits boulots. Je n'ai jamais eu la moindre envie de devenir fonctionnaire, ça ne paraît enviable qu'aux gens qui n'écrivent pas. Écrire, c'est une chose incomparablement meilleure, même si tu n'as pas moyen de t'en rendre compte !

Florence hochait la tête, désespérée, ne m'écoutant guère et ne pensant visiblement qu'à reprendre. (Voilà le genre de dialogue de sourds qu'on est obligé d'avoir avec quelqu'un comme elle, me dis-je.)

- Je croyais, dans le temps, qu'un jour, avec ton Dédé, on pourrait souffler, s'asseoir sur notre cul et se dire : c'est pas pour rien qu'on a trimé, la fille a réussi, la petite-fille mieux encore, et nous, on a pu vivre assez vieux pour jouer avec nos arrière-petits-enfants !

Elle s'essuya les yeux démonstrativement avant d'ajouter avec véhémence :

- Mais tu n'a même pas été capable de te marier - avec toutes tes études !

Là, je partis d'un fou rire interminable. (Rappelons au lecteur distrait que cette conversation avait lieu après mon mariage unilatéral et avant l'officiel, qui serait annoncé à mes grands-parents seulement un mois plus tard.) Je riais à en pleurer, à gorge déployée, en me tordant, comme je n'avais pas ri depuis des lustres. Haletant, je fis des efforts pour cesser avant de m'écrouler par terre, mais je riais toujours. J'en vins à faire machinalement de grands gestes du bras droit, comme pour chasser un insecte. Apparemment, ce n'était pas là une mauvaise méthode, quoi qu'elle parût absurde : je finis par me calmer.

- Si tu pouvais te mettre à la place de quelqu'un d'autre pour t'entendre ! dis-je à Florence.

Mais elle n'y était plus. À sa propre place, j'entends. Où était-elle donc passée ? Je la trouvai dans la chambre où je dormais, en train de lire une revue : mon nom lui avait immédiatement sauté aux yeux parmi les autres imprimés sur la couverture, et elle s'était absorbée dans les poèmes que j'y avais publiés, les lunettes sur le nez. Bien sûr, elle ne connaissait que deux mots de français, mais qu'importe ? Avait-elle besoin de le savoir pour me lire ? Absolument pas ! La preuve, je voyais ses yeux derrière ses lunettes, qui parcouraient les lignes tranquillement, dans un rythme régulier, sans rencontrer d'obstacle. Les poèmes lus, elle posa la revue sur la table, ouverte, lissa le papier de sa main droite dont la paume éternellement calleuse produisit un petit bruit de frottement rêche, reconnaissable entre tous (Florence faisait sa lessive à la main, dédaignant la machine qu'elle considérait comme nécessaire uniquement pour les draps, et repoussait avec mépris le conseil d'utiliser des gants ou de la crème, il ne manquerait plus que ça ! c'est bon pour les *demoiselles* !), puis se tourna vers moi et dit :

- C'est très bien.

- Je suis contente que ça te plaise, Mamie, répondis-je en souriant (quel soulagement ! l'Ourse n'allait plus me faire de reproches, elle avait changé d'humeur !).

- Je me suis toujours dit, reprit-elle, qu'un jour, tu finirais par écrire les livres qu'on étudie, avec tes bonnes notes à l'école.

Ce raisonnement me parut d'une logique inébranlable, d'une évidence si frappante que je m'étonnai de ne l'avoir, pour ma part, jamais fait, malgré les vers autrefois publiés dans un manuel. Comme les choses sont simples, pensai-je, d'un certain point de vue. Mais oui ! Elle doit avoir raison ! Et moi qui me fais toujours tant de soucis pour ce que j'écris !

- Ce que j'aime le mieux, reprit Florence, c'est le poème sur l'arbre. Tu sais, les arbres, à la campagne, ils ont poussé ! ils ont poussé ! ils prolifèrent plus haut que la maison. Le cerisier qu'on avait planté ensemble, maintenant il donne des cerises grosses comme des noix. Il y en a eu tant, cette année, que non seulement on en a mangé à n'en plus pouvoir, mais en plus j'ai pu faire du reste cinquante bocaux de conserves. Les noisettes, je ne te dis même pas : quand tu t'assieds sous le noisetier et qu'il t'en tombe une sur le crâne, *mildiou* ! pour un peu, elle t'y percerait un trou. (Après cette formule plaisante, elle éclata de rire.) Et les roses rouges, si tu les voyais ! Tes préférées, tu sais, les Don-Juan ! Ça t'en fait des fleurs, comme des têtes de choux !

À ce détail irrésistible, je dus prendre une expression éloquente, car Florence eut l'air satisfaite de l'effet produit, et fit une pause, histoire d'exciter plus encore mon intérêt, avant de reprendre :

- Des choux, je te dis, plus vrais que nature ! Et ce que ça sent ! *Odoriférant* comme c'est pas permis ! Ça t'embaume l'âme entière. Toutes les abeilles de la campagne viennent chez nous pour y fourrer le nez, on ne peut même plus faire la sieste, tellement ça bourdonne de tous les côtés.

Me voyant fascinée par la vision de cette invasion bourdonnante, elle jugea que le moment était venu d'aller droit au but, assez de détours :

- Mon petit mimi ! si tu venais en vacances, pour une semaine, tu les verrais ! Et moi, je te gâterais comme quand tu étais petite. Tu m'aiderais à bêcher comme dans le temps. Je suis vielle maintenant, tu sais, j'ai du mal. (Ce dernier argument, quoique véridique, était pur mensonge de sa part : Florence demeurait persuadée, contre toute raison, que ni l'âge ni les maladies ne pouvaient rien sur elle, et agissait comme si c'était un fait.) J'ai très mal aux bras, insista-t-elle dans l'espoir d'être crue. Aux genoux aussi. Je peux encore bêcher, mais ça serait mieux qu'on m'aide, que je me fatigue pas trop.

Je faillis lui expliquer que je ne devais plus bêcher parce que je souffrais du dos, mais réalisai à temps qu'il fallait lui cacher l'actualité de ma santé si je ne voulais pas qu'elle soit malade d'angoisse des mois durant.

- Une semaine, ça t'empêcherait pas d'avoir tous tes examens, tu sais. Tu viendras avec tes bouquins. (Ce dernier terme était un clin d'œil, faisant partie de son vocabulaire « jeune » assimilé à mon contact, à l'époque où pour la sage petite écolière que j'étais, le mot avait une saveur de transgression.) L'après-midi, tu bouquineras, et moi, je dormirai, puis on mangera des fraises, elles sont parfumées comme des framboises. Tu sais, les fraisiers que j'ai *chipés* au père Milan ? (Elle rit, rayonnant de satisfaction.) Je lui avais demandé de m'en donner, il se faisait prier, le vieux grigou, alors je me suis dit : attends un peu, tu vas voir, mon gars, à qui t'as affaire ! J'ai attendu qu'il aille à l'épicerie et alors hop ! ni vue ni connue ! Comme le renard ! La meilleure, c'est que ses fraisiers à lui, le gel les a pris deux semaines plus tard. Rien d'étonnant, il n'avait pas pensé à les couvrir, l'abruti. Moi, les miens, chaque soir je les mettais sous des pots en plastique, un par un ! Les grands pots de yaourt, tu vois ? avec de petits trous percés sur les côtés, pour laisser respirer ! Eh bah voilà, le père Milan, il n'a pas mangé de fraises, cette année. Nous, on en a eu pour quatre. Grand bien lui a pris d'être pingre, ça lui apprendra. Il n'a même pas voulu me dire à quel *pépiniériste* il les avait achetés, tu te rends compte ! Que personne d'autre n'ait de fraises comme les siennes dans tout le village ! Je peux te dire, il n'y en a pas de plus goûteuses. Même pas besoin de les saupoudrer de sucre : elles sont tout miel. Tu t'en mangeras jusqu'aux doigts, tellement elles sont suaves. Et juteuses, t'y mords, ça te coule jusque dans le nombril !

Je salivais d'envie, et j'admirais le génie qu'avait l'Ourse quand elle voulait me plaire et me désarmer : pas la moindre allusion au temps qu'elle avait passé sans me revoir, aucune nouvelle d'elle-même ni du reste de la famille - quel reste de la famille ? il n'y avait plus qu'elle, moi et le sujet qui nous liait : le jardin, à dépeindre de façon idyllique.

En effet, quoiqu'elle se dît sauvage, la puissante née qu'était ma grand-mère savait user de la stratégie des empereurs : diviser pour régner. Avec chaque habitant de son petit empire, elle se liguait périodiquement contre les autres, le persuadant d'être son seul complice par des moyens simples et infaillibles. Elle entretenait soigneusement, à l'époque où j'habitais dans ses frontières, ma conscience d'être, *tout comme elle*, portée sur les plants, les ciseaux de jardinage, l'odeur de crottin et les joies de l'arrosage, pas comme sa citadine de fille que les choses terrestres ennuyaient ou insupportaient. Peu importait que j'aimasse non moins les lectures décadentes, les préciosités de tous genres et les plaisirs scandaleux comme celui de fumer – notre identité de goûts, pour être partielle, n'en était pas moins essentielle, à ses yeux – et aux miens, tant qu'elle l'invoquait. À d'autres moments, elle s'unissait aussi bien à Dédé pour médire des Enfants, ces *savantes* chétives (elle s'abstenait dans ces cas-là d'ajouter : c'est de toi qu'elles tiennent !) qu'on ne pouvait que contempler avec une pitié condescendante : espèce inférieure, fruits dénaturés d'une race pourtant si forte ! Mais elle se détachait non moins volontiers de son époux et de toute la gent masculine dès elle jugeait utile de s'adresser à nous en tant que femmes qui ne pouvions pas nous refuser un sourire en coin en remarquant avec son aide combien les mâles sont inaptes à comprendre que quoi qu'ils fassent, pour qui qu'ils se prennent, ils ne seront jamais rien de plus que les fils de leur mère. « Ça n'accouche pas ! » disait alors Florence en haussant les épaules : tout était dit. Ils n'avaient plus qu'à courir se cacher pour ne pas faire voir toute la honte de leur infériorité congénitale.

- Alors, tu viens ? demanda-t-elle.

Et comme je ne répondais pas, elle eut recours à un représentant de la catégorie des méprisables :

- Ton Dédé, le pauvre, il ne parle que de toi. Je mourrai sans l'avoir revue, qu'il dit. Et la chatte, tu sais, elle ne t'a pas oubliée, dès que tu nous appelles, elle dresse les oreilles, quand bien même qu'elle dormait de son plus beau sommeil !

Sous cette salve d'arguments, j'eus les yeux remplis de larmes, chose très fâcheuse du point de vue stratégique ; le temps de lever la main pour les essuyer, Florence avait disparu – vraiment, complètement, cette fois-ci, elle n'était ni dans la chambre, ni dans la cuisine, pour incroyable que ce fût : elle s'en était allée juste au moment où je faiblissais. Une fois de plus, j'avais donc échappé (par miracle) à ses tentatives de me ramener chez elle, et je m'en félicitai – avant de voir qu'à la place où elle s'était assise au début de notre conversation, un trou venait de s'ouvrir.

C'était un vaste trou comme on en creuse pour les fondements d'un immeuble, où une chaise commença à s'élever comme une construction incomplète, mais en poussant toute seule, dirait-on, et quand je me penchai pour vérifier s'il y avait du monde à ses pieds, je vis que le fond du trou était rempli d'une espèce de grouillement : quelque chose d'indistinct remuait en tâchant de grimper sur les pieds du siège, vision qui m'effraya. Je reculai, tout en réalisant (la fascination maintenait mes yeux fixés là où cela bougeait) que c'étaient des bonshommes minuscules, plein d'êtres si petits que je ne distinguais pas leur traits – tandis que moi, j'étais beaucoup plus grande que le trou, même si je l'avais jugé vaste à prime abord.

Puis j'entendis une voix :

- Un seul frère, j'avais.

Alexandre, dit Gugume, mon ancien condisciple, actuel homme d'affaires, était assis de l'autre côté de la table.

- Et tout le monde s'en fout, que mon frère soit mort.

Silence.

- Bien sûr qu'on s'en fout, s'il était le seul ! Pour une fois, on est premiers au monde.

Je me taisais toujours.

- Si tu l'avais connu, mon frère, ça t'aurait fait quelque chose, j'en suis sûr. Il était comme toi, pas très parlant, avec moi du moins. Remarque, dès qu'il ouvrait la bouche, on se disputait. Peut-être qu'avec d'autres, il parlait plus. Moi, il disait que ce n'était pas la peine de discuter. Mais même avec ses collègues… C'était une forte tête. Son chef de service ne pouvait pas le souffrir, dès que l'occasion s'est présentée, il l'a licencié : suppression de personnel. Partout, on en supprime. S'il m'avait demandé de lui prêter de l'argent pour ouvrir un cabinet, tu crois que j'aurais refusé ? Mais il ne demandait rien. C'était son genre de ne rien demander. Surtout pas à moi. Un bon médecin comme lui, il ne serait pas resté sans patients. C'est par lui que tout le monde voulait se faire opérer, à l'hôpital. Encore maintenant, il y en a qui appellent mes parents : le docteur est là ?

Cela me rappelait quelque chose, mais quoi ? Gugume renifla et s'essuya les yeux avec sa manche, puis me jeta un coup d'œil subreptice avant de baisser la tête. Je le fixai ; il finit par me regarder dans les yeux.

- Si tu écrivais quelque chose sur lui ? Ce n'est pas pour moi que je te le demande. Moi, ça va, la vie va, les affaires marchent : crise ou pas crise, on a besoin de chaussures, on en achète même plus depuis que les tickets de transport ont augmenté. C'est pas demain la veille de fermer boutique. J'ai trouvé mieux encore : j'achète en gros là-bas, je revends à l'étranger. Il y a de la marge, tu t'en doutes ! Tiens, tes chaussures, elles sont usées. Combien tu fais, quarante, quarante et un ? Je vais t'en offrir une paire, des meilleures, pas comme celles-là.

- Ce n'est pas la peine, dis-je.

- Pourquoi tu ne veux pas ? Mon frère, pareil, il n'en voulait pas. Un seul frère, j'avais…

Et tête basse, Alexandre me regarda de nouveau par en dessous, secrètement sûr de quelque chose. De quoi ? De son droit. Je compris subitement qu'il attendait que je lui rende son frère, ce qui me donna un accès de colère.

- Et tu ne l'as pas aidé, fis-je. Tu voulais qu'il te le demande d'abord, hein ? Va au diable ! J'en ai assez de ceux qui se débrouillent toujours pour recevoir plus qu'ils ne donnent, et à qui il faut demander. Va te chercher quelqu'un d'autre pour te plaindre. Si tu ne trouves personne, ça ne sera peut-être pas plus mal : ça fait réfléchir, les peines qu'on garde.

- C'est ça ton dernier mot ? demanda Alexandre d'un air soudain tout autre. Tu ne veux pas m'aider ? Tu n'as pas pitié ? Alors je vais te dire : tu n'es pas celle que je croyais. Même si tu voulais, tu ne pourrais rien faire pour nous. Ceux qui peuvent soulager les autres, ils sont comme le bon Dieu, ils comprennent tout, ils se disent : celui-là, c'est un crétin, il est mauvais, mais c'est quand même moi qui l'ai fait, le pauvre ! Même s'il est devenu plus mauvais encore en grandissant, il faut de tout pour faire un monde, et puis, il est bien malheureux, il a déjà assez payé pour ce qu'il est, faut bien faire quelque chose, allez, je pardonne, je ne lui en veux plus !

- C'est là-dessus que vous comptez pour vous en tirer, hein ? quand les meilleurs n'ont pas pu tenir le coup ! fis-je, tremblant de rage – mais Alexandre avait déjà disparu.

Tandis que la chaise dans le trou s'était couverte de petits êtres, hommes et femmes, dont je commençais à mieux voir les traits. Il y avait là les deux dames en robes longues de la foule d'inexistants, Moussa et le grand garçon africain qui avait porté mon sac vers la fin de la traversée (comment avais-je pu l'oublier, celui-là ? il m'avait vue tomber trois fois de suite dans la tempête, puis il me l'avait pris des mains et l'avait porté jusqu'au bout), les couturières qui aimaient faire la fête, et d'autres dont les visages m'étaient vaguement familiers, et d'autres encore que je n'avais jamais vus (le frère d'Alexandre aussi, peut-être). Ils se tenaient tous là comme sur une île ou sur un pic rocheux (certains avaient grimpé sur le dossier et y demeuraient, à califourchon ou même debout, il y en avait un qui tenait un drapeau blanc, le bras levé), au-dessus du trou, attendant de trouver quelque moyen d'aller ailleurs, de plus en plus nombreux, de plus en plus serrés les uns contre les autres sur la surface insuffisante. Personne ne parlait, mais leur silence était intelligible. Il signifiait : « Nous sommes comme toi au-dessus du vide, tu vois comme nous nous sommes faits tout petits pour mieux tenir, pour moins mourir quand nous tomberons de haut, pour pouvoir entrer là où nous aurions moins mal d'avoir vécu ou d'être toujours vivants sans exister ; s'il le faut, nous nous ferons plus petits encore, assez petits pour être des lettres dans un livre, puisque nous n'avons jamais eu les dimensions qui peuvent valoir à quelqu'un de devenir un personnage, puisque nos histoires ne sauraient occuper beaucoup de place, étant si piètres, semblables à des centaines de milliers d'autres. Nous, tu nous aimes, nous le savons à tes larmes. Nous sommes les tiens par le néant, sois douce avec nous, garde-nous quelques pleurs pour l'avenir, pour nous revoir parfois sur les pages quand les lettres se brouillent. » Et en effet, en les regardant, je pleurais, si fort que bientôt, je n'arrivai plus à m'essuyer les yeux et je ne vis plus rien, et me réveillai sans cesser de pleurer, avec l'idée que je ne retrouverais plus ces êtres à peine connus ou restés inconnus, auxquels je me sentais liée. Mais il me faut revenir au poème sur l'homme du commun, et au moment où, ayant appris la mort de Dédé, je regrettai aussi bien de l'avoir écrit que de le lui avoir envoyé – même s'il avait été très satisfait et très fier de le lire, comme Minou me l'avait raconté.

Maintenant qu'il était mort, les vers que je pouvais me rappeler me semblaient une insulte pire encore d'avoir été prise pour un hommage – non seulement ce poème était médiocre, mais il ne contenait que si peu de chose de la vie qui s'était achevée ! rien que quelques images, et certainement pas les plus ressemblantes parmi celles que je gardais de mon grand-père. Je n'avais fait que le rendre encore plus petit que nature – s'il ne s'en était pas aperçu, c'était tout simplement qu'il n'avait rien compris aux vers, ce qui lui avait permis d'y voir, à la place de leur sens, on ne sait quel éloge à son goût. Dire qu'il s'était tenu pour honoré et satisfait, avec cela et le poste de radio qui lui faisait entendre ma voix ! Et maintenant qu'il n'y avait plus moyen de faire mieux pour lui ne serait-ce qu'en l'appelant, il fallait que j'aille chercher par qui faire célébrer une messe pour son âme ou à sa mémoire, sans même savoir s'il l'avait jamais souhaité. (Était-il vraiment devenu croyant sur son lit de mort ? Cela me paraissait complètement improbable : tel que je le connaissais, la peur ne l'aurait pas empêché d'enrager contre le monde entier, ciel compris, pour n'avoir plus moyen de continuer à vivre ; et à supposer qu'après de longues souffrances, il ait pensé à sa fin avec soulagement, d'où lui serait venu le besoin de se tourner vers Dieu ?)

Ce qui rendait la situation encore plus péniblement absurde, c'était qu'en matière d'église où faire servir une messe pour mon impie grand-père, j'avais soit le vide, soit l'embarras du choix : à Paris, il n'en existait pas une seule où l'on parlât le pleunkois, je devais donc trouver quelque autre critère qui me permette d'élire une paroisse parmi celles où Dédé n'aurait même pas pu comprendre les mots « porte » et « fenêtre » si jamais il y serait venu assister au service – mais peut-être les âmes comprenaient-elles toutes les langues, comme du temps où l'on construisait Babel ?

La réflexion sur cette question me détourna du problème concret pour un moment ; finalement, me rappelant que moi-même avais connu longtemps après ma naissance une période où aucune langue ne m'était vraiment propre, je décidai que si les âmes subsistaient (ce dont je n'étais pas sûre), elles habitaient certainement un espace-temps où l'on ignorait la barrière linguistique comme le reste des limites de l'ici-bas : le seul fait qu'elles *voyageaient* (d'un monde à l'autre) devait suffire à le prouver. Ceci établi, où faire dire une messe qui ne déplût pas trop à Dédé ? De son point de vue, Notre-Dame se serait sans doute imposée (assez prestigieuse pour le satisfaire et seule assez célèbre pour qu'il en connût le nom, parmi les églises parisiennes), mais du mien, il y aurait dans la disproportion entre cette cathédrale et notre Modeste quelque ridicule que je ne me sentais pas prête à endosser ; d'autre part, il était sans doute plus difficile, plus long qu'ailleurs, d'y obtenir une messe. Je me rappelai que mon ami François, qui publiait des poèmes chez D. D., était croyant, et l'appelai pour le consulter : à son sens, je ferais bien d'aller à la Trinité, qu'il fréquentait, et j'adoptai son choix en me disant que ce nom convenait mieux que d'autres aux circonstances où il s'agissait de faire, par le biais de la messe, quelque chose pour tout le trio familial. D'autre part, je trouvais la Trinité, devant laquelle j'étais souvent passée, bien jolie à distance ; de l'intérieur, elle l'était aussi, sans doute, raison de plus pour s'y rendre. Il restait à savoir s'il y aurait là un prêtre qui pût voir ma demande du même œil dont je voyais son église, autrement dit sans objections.

Celui qui trouva le temps de me recevoir, parmi les quatre très occupés que je surpris en surgissant dans la sacristie, était un vieil homme soucieux de bien étudier le cas qu'on lui soumettait : mon grand-père avait-il été baptisé dans cette paroisse ? étais-je certaine qu'il fût catholique ? et (comme le « non » semblait voué à revenir s'il poursuivait sur la même ligne) quand m'étais-je confessée pour la dernière fois ? Il me sembla qu'avouer que je ne l'avais jamais fait de ma vie compromettrait définitivement ma démarche, je répondis donc de façon vague : « Je ne sais plus, il y a très, très longtemps », en me disant que mon sosie avait bien dû le faire dans son enfance. – « Il serait bon que vous vous confessiez, dit le père, avant la messe. Ce n'est pas une obligation, mais ce serait mieux. Si vous ne souhaitez pas vous confesser à moi, maintenant, vous pourriez revenir au moment qui vous convient, et choisir quelqu'un d'autre. » Ce propos me le rendit très sympathique : voilà un prêtre compréhensif et délicat, me dis-je, tout ce qu'il y a de moins embêtant ; qui trouverais-je de préférable pour me confesser, si je m'y décidais ? Or, au moment même où je le déclarai parfait en mon for intérieur, il me devint évident que je ne pouvais pas me prêter au rite de la confession.

Imaginez un peu ce que cela aurait donné, même face à ce vieil homme doux : pour commencer, il m'aurait sans doute demandé si je croyais en Dieu, et pour être sincère comme il se devait, je serais obligée de me dire agnostique, capable d'apprécier les images que l'Église Lui donnait (surtout quand de grands peintres les avaient faites), mais incapable de me Le représenter par moi-même autrement que sous forme de chat vaporeux planant au-dessus d'une aiguille ; sur cela, je pourrais préciser que le Diable, en revanche, m'était très familier sous des aspects beaucoup plus orthodoxes, suite à de longues études comme à des entrevues en tête-à-tête… Qui accepterait de servir une messe à ma demande, après ça ? Et même si la question de la foi ne m'était pas posée, ou si je la contournais d'une façon quelconque, quand on en arriverait à l'essentiel, à savoir aux péchés que je confesserais, que trouverais-je à dire d'admissible ? De fait, me reconnaissais-je le moindre péché ? Je voyais un certain nombre de choses qui auraient l'air d'en être, aux yeux d'un prêtre, sans éprouver pour autant le sentiment de culpabilité censé aller avec. En faisant un effort, je pouvais m'accuser d'orgueil et d'égoïsme ; cependant, je connaissais tant d'exemples plus flagrants que le mien de ces deux défauts que j'aurais du mal à bien battre ma coulpe, et ma contrition tiendrait davantage de l'hypocrisie que de l'acte sincère, ce qui reviendrait, du coup, à m'ajouter une faute considérable à mon sens. Bref, mieux valait pour tout le monde que je ne me confesse point, sauf éventuellement devant un chat (qui a bien le droit de regarder un évêque, me rappelai-je : n'y avait-il pas dans ce fait comme un clin d'œil de la force qui gouverne le verbe et le reste, à mon intention, histoire de confirmer que mes rites personnels assimilables au sacré n'étaient pas si mauvais que ça ?).

Je résolus le problème sur le plan concret en disant au vieux prêtre que je ne me sentais pas prête à me confesser sur-le-champ, et nous allâmes accomplir les formalités liées à la messe : le nom de Dédé fut noté par le sacristain dans un grand livre, avec la date et l'heure où il serait lu à voix haute (par un autre officiant, car celui-là partait en voyage le lendemain), je versai la somme prévue et pris congé du père qui me plaisait, en regrettant que mes bizarreries et son emploi du temps m'empêchassent de jamais le revoir. Je dirais à l'autre que je m'étais déjà confessée – après en avoir fait ce que je pourrais devant Chanouar, dès le lendemain, pour n'être pas complètement malhonnête.

Tout cela aboutit à un résultat imprévisible et affligeant : je ne pus pas rencontrer au préalable le prêtre inconnu qui devait dire la messe ; quand elle commença (un peu en retard), je réalisai qu'il n'y était pas question de défunts, mais d'enfants, selon une logique qui m'échappait mais me fit remarquer qu'autour de moi, les ouailles étaient toutes accompagnées par leur progéniture ; je supposai alors qu'on s'occupait d'abord des plus jeunes et des présents, pour finir par les vieilles âmes, mais la messe s'acheva sans que le nom de Dédé fût prononcé, et en entendant que nous étions censés aller en paix, désormais, j'eus - à force de ne plus rien y comprendre sauf qu'on avait oublié Dédé - une crise de larmes qui me fit quitter l'église pleine de familles au complet sur-le-champ et définitivement.

D'après François à qui je racontai cela, le sacristain devait s'être trompé en inscrivant le nom pour une messe inappropriée, celle dite « des enfants », ce qui expliquerait que le prêtre n'ait pas jugé bon de le lire, et qui se pouvait réparer si j'allais m'en plaindre ; mais je n'avais ni le courage ni l'envie de le faire, étant complètement accablée par l'idée que l'ordre des choses avait décidé de m'empêcher d'honorer la mémoire de mon grand-père ne fût-ce que de cette manière théoriquement accessible à chacun – et en m'infligeant une amende pour avoir essayé. Dieu sait quelle farce plus triste encore sortirait d'une nouvelle tentative ; mieux valait m'abstenir et rester avec Chanouar qui s'était installée sur mes genoux pendant que je me lamentais au téléphone, pour se blottir tendrement et chercher à frotter ses douces joues contre mes mains quand je ressortais ou remettais le mouchoir dans ma poche.

Une semaine plus tard, j'appris par une lettre de Minou qu'à l'enterrement de Dédé, on avait lu le poème qu'il m'avait inspiré, en guise de discours de la famille, ce qui me fit l'effet de porter à son comble la punition que l'ordre des choses devait avoir jugé que je méritais, et dont s'ensuivirent de nouvelles heures de larmes. Non seulement j'avais échoué à faire pour Dédé la seule chose qu'on ait exigée de moi, mais par ma faute, l'unique discours funéraire tenu pour digne de sa mémoire se trouvait être un poème objectivement réducteur et médiocre, que tout le monde réuni aux obsèques avait trouvé très beau et émouvant, qui pis est ! Que diable m'avait-il pris d'écrire sur l'homme du commun, et surtout de lui faire lire ce que j'avais écrit, alors que je savais bien qu'il n'y comprendrait rien ?

La loi des séries ou la providence fit que dans la même semaine, mon éditrice potentielle m'appela pour m'apprendre que faute d'avoir pu recevoir une aide et réunir les fonds nécessaires, elle renonçait à publier mon roman. Ce n'était même pas la peine que je lui donne à lire le deuxième, le plus court : sa conception de son travail faisait qu'elle tenait à « suivre » (comprenez : à publier sans partage avec d'autres éditeurs) ses auteurs, alors que c'était manifestement impossible avec moi qui, outre le roman trop cher à imprimer, posais le problème d'être trop prolifique. « Je n'arriverais jamais à bien m'occuper de vous : même si je pouvais vous éditer un livre maintenant, il faudrait attendre longtemps pour le suivant, et entre-temps, vous en aurez sans doute écrit deux ou trois autres, au rythme où vous travaillez. Cela me coûte beaucoup d'y renoncer, car je n'avais jamais reçu de prose de cette qualité, mais je dois me résigner, il faut admettre l'évidence : vous êtes un auteur trop important pour une si petite maison. » Il va de soi que cette conclusion m'acheva, pour ce qui concerne l'état moral qui en résulta : à la voir comme flatteuse, on ne pouvait que trouver plus accablant encore ce qui en découlait (mes écrits resteraient inédits faute d'être assez médiocres et/ou assez peu nombreux ; à continuer d'en produire, je ne ferais jamais qu'aggraver ma situation). Naturellement, je n'écrivis rien dans les jours qui suivirent, et restai prostrée en dehors des moments où je devais m'occuper à quelque gagne-pain ; puis j'eus l'idée de demander conseil au Vieux Critique, dont j'aurais déjà dû vous parler, et qui vous sera présenté après une pause utile pour reprendre courage.

*

Je l'avais surnommé ainsi par contraste avec le jeune (Jean-Jacques), après avoir fait sa connaissance à l'occasion de mon prix de poésie : il était le fondateur de la biennale dont le jury m'avait primée, et comme je n'avais pas pu aller recevoir ma récompense en province (faute d'argent pour le voyage) alors que lui aussi habitait à Paris, nous nous étions rencontrés à son retour. Le Vieux Critique l'était assez pour avoir connu les surréalistes (pas à la naissance du mouvement, tout de même, mais pas à sa fin non plus : avant d'aller se battre dans la guerre qu'Hitler avait déclarée), puis une kyrielle de grands auteurs anglais (ou américains comme T. S. Eliot, tout en s'occupant de résistance à Londres), avec lesquels il avait entretenu une longue amitié tantôt de visu, tantôt par correspondance. Il avait été éditeur pour le compte de diverses grandes maisons, et chroniqueur littéraire important, jusqu'au moment où il avait choisi de se retirer pour consacrer son temps à des occupations plus ambitieuses – ce qui en faisait, à l'heure où je le connus, un écrivain encore jeune. Pour des raisons que j'ignore, il n'aimait pas retourner dans les cafés qu'il avait fréquentés avec André Breton et d'autres amis dans sa jeunesse ; il donnait ses rendez-vous au bistrot de sa rue, dans le dix-neuvième arrondissement, dont l'aspect fit que la première fois où je l'y attendis (me débrouillant toujours pour arriver à l'avance, de peur d'être en retard), je crus m'être trompée d'endroit.

En ouvrant la porte, on découvrait que le bistrot contenait un immense comptoir, deux tables, trois baby-foots antiques, un jeu vidéo démodé, un juke-box gigantesque et rutilant, un chiot et quatre cages où piaillaient huit canaris. Ses murs et son plafond laqués de beige avaient un aspect saisissant, les vitres étant toutes voilées de plantes (grimpantes ou non) qui filtraient la lumière comme les algues dans un aquarium, et se reflétaient sur toutes les parois de l'intérieur, en mirage de jungle. Il n'y avait là (au comptoir) qu'un seul client pour un couple de patrons ; tous les trois étaient âgés et manifestement amis de longue date, ce qui fit que j'hésitai à franchir le seuil, mais la patronne me décida aussitôt d'un : « Bonjour ! Qu'est-ce qui vous ferait plaisir ? » - « Un jus de tomate, si vous en avez », répondis-je (doutant que leur thé fût buvable) en m'asseyant de dos contre le jeu vidéo, pour le cas où un amateur arriverait. (Était-ce bon Dieu possible que le critique ait choisi cet endroit pour y recevoir des gens ? En raison de son aspect saugrenu, justement ?) – « Je vais voir s'il en reste », promit le patron en disparaissant derrière un rideau à fleurs d'où il ressurgit dix minutes plus tard, brandissant victorieusement une petite bouteille qu'il m'apporta sur un plateau de plastique également rouge, flanquée du verre et du sel au céleri, sous les aboiements du chiot qui décrivait des figures autour de ses jambes en bondissant de son mieux vers le plateau, avec une hargne faisant penser (comme son corps trapu et la couleur de son pelage) qu'il devait être mâtiné de taureau.

Une fois que le patron l'eut ramené à ses trousses derrière le comptoir, je secouai le flacon de sel, découvrant qu'il était presque vide. En désespoir de cause, je le choquai contre la table en formica. « Entrez ! » s'écria le client. Nous éclatâmes tous de rire, et je songeai qu'après ce début convivial, on allait peut-être m'accepter dans la famille. Je me sentis prête à revenir dans ce bistrot pour le seul plaisir de faire leur quatrième - y avait-il jamais là d'autres clients ? -, ce qui me rappela pourquoi je m'y trouvais, et me fit demander prudemment : « Connaissez-vous monsieur Davout ? » - « Celui du boulevard ? » répliqua le patron, et sa femme se chargea de répondre : « Oui, par la plaque ! », faisant s'esclaffer le client, et m'obligeant à pouffer de concert, quoique je fusse très inquiète : je m'étais sans doute vraiment trompée d'endroit, en entrant dans le premier bistrot de la rue indiquée, alors qu'il y en avait sans doute un autre quelque part plus loin. Mais le Vieux Critique me tira de mon angoisse en arrivant ; il s'avéra que dans son bistrot préféré, on le connaissait sous le sobriquet de « Pépère » - qu'il acceptait avec un petit sourire en coin, pour incroyable que ce fût.

En y retournant pour lui demander conseil au sujet de mes inédits, je n'y trouvai que les patrons, qui me reconnurent aussitôt et me lancèrent deux-trois répliques plaisantes (à propos du stock de jus de tomate qu'il s'imposerait de faire, et du sel qui allait sans doute mieux m'obéir, cette fois-ci) sans réussir à me mettre d'aussi bonne humeur que la fois précédente. Je venais de récupérer mon gros manuscrit, non pas chez l'éditrice trop peu importante pour un auteur comme moi (elle me l'avait renvoyé), mais dans une grande maison, et le poids de cet autre exemplaire rejeté m'avait affaiblie encore davantage, dans l'état de détresse où j'étais, alors que j'avais mal au dos déjà avant de devoir le transporter (de plus en plus mal depuis le mois où j'avais aidé Pauline à passer deux fois par jour du lit au fauteuil roulant et vice versa).

Heureusement, le Vieux Critique ne tarda guère. Ayant tout de suite remarqué que je n'étais pas au mieux de ma forme, il me fit passer vite à l'essentiel ; après lui avoir appris que cela faisait presque trois ans que les refus pleuvaient de partout, tandis que D. D. ne publiait pas de romans et que le volume de la chose jouait contre elle, je montrai mon sac : « Voilà, une fois de plus, je dois le ramener. Et c'est encombrant. » - « Faites-moi un peu voir », dit-il en tendant la main par-dessus la table, puis il se mit à feuilleter mon roman d'un air sourcilleux ; je détournai le regard et me tassai. Sans doute la loi des séries voulait-elle que j'entende de la part du vétéran aussi que la présentation typographique était rebutante, voire qu'il faudrait couper mes phrases en quatre, ce qui me ferait inévitablement éclater en sanglots pour parachever ma honte. Cependant, à ma surprise, le Vieux Critique s'exclama : « C'est bien ce que je pensais ! Vous n'avez pas remarqué ça ? »

Il montrait du doigt les fragments de papier que la perforeuse servant à préparer les manuscrits pour la reliure à spirale ne manque pas de produire, et dont une partie se retrouve souvent entre les pages. « Vous n'avez jamais pensé à feuilleter, reprit-il, pour voir si on l'a au moins ouvert, votre roman, quand on vous le rend ? » Puis il saisit le manuscrit par le dos (par la spirale) pour le secouer : « Vous voyez, rien ne tombe. Pour faire partir les miettes de papier, il faut feuilleter et les chasser de la main de chaque page où il s'en trouve. La plupart des gens qui reçoivent vos romans ne feraient jamais cet effort, sans parler de vous lire ; même vous faire croire qu'ils vous ont lue, ce serait perdre leur temps, vous voyez ! » Comme je restais muette (atterrée), il poursuivit : « Maintenant, si vous voulez, vous prendrez un autre verre en attendant que j'en lise un bout pour m'en faire une idée ; si c'est trop pénible de rester là pendant que je lis, vous pouvez sortir faire un tour dans le parc, il est à deux pas ; dans un quart d'heure, j'en aurai lu assez pour ce que je peux vous apporter, comme aide. Dites-moi un peu comment c'est construit, pour m'orienter. » Je lui indiquai les fins de partie, et je sortis, m'étant dit que ma présence en incarnation de l'auteur malheureux menaçait de lui ôter la paix de l'esprit utile pour se faire une impression adéquate de la chose.

Car mon roman n'était pas seulement difficile d'accès en raison de sa syntaxe et de ses métaphores abondantes, cher lecteur, il était également (à la différence de l'auteur dans son état présent) empreint de jubilation, de plaisir sensuel qui s'attachait à toute chose ou presque, et de confiance en soi comme dans l'éternité à conquérir, au moins autant que de mélancolie – à le lire près de moi, dans les émanations d'accablement qui devaient m'entourer, on risquait de n'y voir que cette dernière, et de conclure que c'était là l'œuvre vouée à l'échec d'un écrivain maudit, dans le sens le moins séduisant de l'adjectif.

Le parc qui se trouvait à deux pas n'était pas autre que les Buttes-Chaumont, aux allées tortueuses en montagnes russes que j'arpentai tout en réfléchissant au décalage entre la réalité d'un auteur maudit et l'effet qu'il fait à distance, de préférence une fois mort. Si par hasard vous en avez croisé de vivants, je gage que même en vous contentant de les observer pendant un tout petit moment, moins que le temps nécessaire au vétéran pour se faire une idée de mon roman, vous aurez perdu votre éventuelle envie de prolonger et d'approfondir le contact : en effet, même quand elle ne répand pas une odeur d'alcool peu ragoûtante ou qu'elle ne se comporte pas en bande de fous à lier, notre fratrie afflige son prochain par des signes de misère et/ou d'autres cuisants besoins, nombreux et inextinguibles, qui font qu'on est spontanément poussé à la fuir ; serait-on de l'espèce charitable ou romantique capable de s'en sentir attirée, on finirait bientôt soit par déchanter, soit par se retrouver à partager avec elle le fond de son pétrin, car pour l'en extirper, il faudrait des moyens quasi surhumains : songez seulement au pouvoir, aux finances, à l'efficacité personnelle qui seraient nécessaires rien que face à mon cas (qui n'est pas, loin s'en faut, le pire) d'écrivain peu vendable, productif, dépressif et affligé de visions diaboliques et autres. Imaginez un peu ce que cela donnerait, de devoir me supporter au quotidien, en prenant également en compte le fait que dans mon meilleur état, je ne m'occuperais pas plus de vous qu'un autiste, à raison de dix à vingt heures par jour (où j'écrirais dans mon coin sans même savoir si vous existez toujours, et serais exaspérée si vous vous rappeliez à mon attention) – cela, en guise de récompense pour le bien que vous m'auriez fait en vous chargeant de moi et en me débarrassant de tout souci. Je ne suis guère surprise qu'il n'y ait pas foule pour se disputer ce plaisir – qui d'autre qu'un chat saurait me trouver non seulement vivable, mais préférable aux gens normaux ? N'est-ce pas mieux de me laisser là où je suis (où que ce soit) et de se contenter de me connaître sous forme de pages écrites ?

Si tout à coup il s'avérait que j'étais un membre de votre famille, en seriez-vous ravi ? Même en m'efforçant de limiter les dégâts, voyez un peu ce que je donnais comme petite-fille (heureusement que Minou était assez loin pour continuer de m'idéaliser), et s'il n'y avait que moi ! N'auriez-vous jamais lu les propos de la mère du poète fidèlement enregistrés par Baudelaire ? Connaissez-vous l'avis du bon docteur Proust sur le fils auquel ses prescriptions ne profitèrent point ? Savez-vous ce que pensait Mathilde Verlaine de son époux saturnien ? Quant à Claudel qui n'était même pas maudit, serait-il souhaitable de l'avoir pour frère ? Ne vaut-il pas mieux descendre du singe que de l'auteur des *Confessions*, malgré ses idées progressistes en matière d'éducation ? Enviez-vous le sort des petits Hugo ?

Hélas, même sans nous limiter aux malédictions les plus flagrantes, en matière d'écrivains, cher lecteur, on peut dire que la plupart sont superflus en tant qu'êtres humains. À petite distance, on le voit facilement, qu'on les trouve décevants ou admirables mais drôlement malcommodes. Pourquoi diable faut-il qu'ils existent, j'entends : en trois dimensions et à l'extérieur de leurs livres ? En ont-ils vraiment besoin, pour les joies que cela leur apporte ? Si vous en connaissez personnellement, vous conviendrez avec moi du fait que c'est parmi tous les artistes la race la plus sombre et tourmentée. Alors, ne feraient-ils pas mieux de disparaître au plus tôt - pour leur propre bien, pour débarrasser autrui et surtout au plus grand profit de leur œuvre qu'on pourrait lire sans eux à la distance la plus favorable, si toutefois elle valait la peine d'être faite ?

À qui diable peuvent-ils être nécessaires, de leur vivant ? Comme chacun le sait, les éditeurs ne vivent jamais mieux que d'auteurs défunts. Et à ma connaissance, les spécialistes, de la presse ou de l'université, qui se soucient de nous prématurément (avant qu'on ne soit à la bonne distance) n'en tirent guère de profit. J'entends comme une petite voix au fond de la classe, qui avance quelque chose dans le genre « quand même, les écrivains sont nécessaires à l'Humanité ». Allons donc ! n'auriez-vous pas compris qu'on vous raconte ça pour faire passer les textes au programme ? À quelques humains, oui, éventuellement (lecteurs qui attendent leur prochain livre et/ou amis qui tiennent à eux pour des raisons peu explicables), mais avez-vous déjà vu l'Humanité se préoccuper de garder en vie un écrivain quelconque, ou lui fournir ne fût-ce que le papier pour continuer d'écrire ? Il est vrai que certains vivent de leur plume ; seulement, est-il prouvé qu'aucun des autres n'a autant ou plus de valeur ? S'ils étaient nécessaires à l'Humanité, ne les aurait-elle pas traités comme les Indiens, les vaches sacrées – les laissant paître et se promener en ruminant leurs pensées, au lieu de leur demander d'avoir du succès, de rendre service aux puissants du jour ou de jouer les maudits ? N'avez-vous pas appris que de leur vivant, la plupart des auteurs que vous étudiez paraissaient superflus jusqu'aux critiques auxquels ils donnaient pourtant du travail ne fût-ce qu'en s'offrant au massacre ?

Je m'étonne toujours qu'on ne vous l'explique pas dès les petites classes : la plupart des grands auteurs sont inutiles, voire nocifs tant qu'ils vivent, comme le prouve leur gloire posthume : manifestement, vivants, ils se prêtaient beaucoup trop mal à l'idéalisation, à l'analyse, à la mise à profit de leurs idées ; bref, il s'imposait qu'ils disparaissent pour qu'on puisse les apprécier. De ce point de vue, on peut affirmer que si leurs livres servent à quelque chose, on se passe très bien de ces auteurs-là. Quant aux autres – que jamais personne n'aurait songé à faire disparaître, dont l'utilité semble indiscutable à leurs contemporains, et qui sont personnellement convaincus de devoir vivre aussi longtemps et agréablement qu'il est possible –, on peut penser qu'il n'était pas vraiment nécessaire qu'ils écrivent, autrement dit qu'ils auraient mieux fait de disparaître au plus tôt, eux aussi, quoique pour d'autres raisons.

En somme, les auteurs sont divisibles en trois catégories : chez leur race, c'est soit l'humain, soit l'œuvre, quand ce n'est pas les deux à la fois, qui ne vaut pas la peine qu'on s'en soucie ; contrairement au cochon, on ne saurait trouver un écrivain entièrement consommable. Et sur cette affligeante conclusion, le moment approchait où je devais retourner au bistrot, pour appendre dans quelle catégorie me rangeait ma prose aux yeux du Vieux Critique, ancien éditeur et jeune confrère. Vous vous doutez que j'y allais à reculons ; je traînais, en effet, en rebroussant chemin par les allées, je prenais le temps de jeter un regard nostalgique vers le flanc de coteau où jadis – à l'époque malheureuse et pourtant regrettable pour les illusions qu'elle ne m'avait pas encore ôtées –, j'avais passé nombre d'heures studieuses et rêveuses avec Shéhéra, face au banc où… Mais assez, affrontons le jugement sans plus tarder.

- La promenade n'a pas été trop mauvaise ? demanda le vétéran en souriant en coin, puis, comme je lui répondais par un petit rire tout en m'asseyant : Parlons sérieusement. Ce que j'ai à vous dire n'est pas très réjouissant. Vous êtes un écrivain comme on n'en trouve plus guère et comme on n'en veut plus. Vous auriez dû naître au moins trente ans plus tôt, pour avoir votre place chez nous.

Je ne sus absolument pas quoi répondre, n'étant même pas sûre de bien comprendre son propos.

- Je ne vais pas vous parler de ce qu'était la vie des lettres du temps de ma jeunesse, reprit-il, vous avez dû lire assez de souvenirs de vieilles badernes pour le savoir, et si cela se trouve, ça ne m'aurait rien dit, ce que j'ai sur cette table, à l'époque : comme certains autres, le roman en général, j'étais contre. N'empêche, vous auriez trouvé preneur, sans grand mal, chez ceux qui regrettaient d'avoir laissé passer certains romanciers, et qui préféraient prendre le risque, quand ils n'y comprenaient pas grand-chose mais que ce n'était pas écrit avec les pieds, le risque d'acheter, plutôt que de s'en vouloir de nouveau ensuite, parce que la maison d'en face en aurait fait le dernier cri de la mode. Il y avait des exemples qui semblaient encore frais, avant la guerre... Mais ce n'est plus la peine d'en parler ; ce que je veux vous faire comprendre, c'est la situation actuelle. Il y a trente ans, vous seriez tombée à point : si c'était sur moi, je vous aurais publiée, je le pouvais ; si vous aviez envoyé un roman dans la maison d'en face, et dans deux-trois autres dont les auteurs vous plaisaient, le manuscrit serait tombé sur quelqu'un qui aurait fait autre chose que d'attendre trois mois pour vous le refuser sans l'avoir ouvert ; je peux vous citer trois ou quatre personnes qui vous l'auraient accepté après lecture en moins d'un mois, sans plus hésiter que moi. Or, je ne suis plus éditeur, eux non plus ; d'ailleurs, il n'y a qu'un seul de ceux auxquels je pense à être toujours vivant. Tout ce que je peux faire pour vous maintenant, ça se réduit à deux choses : vous recommander à l'éditeur chez lequel je publie, et vous donner l'adresse de quelqu'un d'autre, qui lit sans recommandation.

- Oh ! merci ! merci infiniment !...

- Vous n'avez pas bien compris, il me semble : ces deux choses que je peux faire, ça ne vous garantit rien. Mon éditeur actuel publie ce que j'écris, mais je ne suis pas sûr qu'il le prendrait si c'était signé par vous. Et ce que je fais est d'un abord plus simple que votre prose. Quant à l'autre, c'est une dame qui a ouvert boutique seulement l'année dernière ; il se peut très bien qu'elle manque d'argent pour vous publier, ou qu'elle ferme boutique dès qu'elle l'aura fait, ce qui serait le pire : votre roman ferait mieux de rester inédit, ça lui garderait au moins la chance théorique d'être pris par quelqu'un d'autre dans les dix ans à venir. Pour parler vraiment clair, il me semble que vous êtes trop inconnue et trop bien pour la maison où je peux vous recommander, alors que celle où vous serez lue sans recommandation sera dans tous les cas de figure trop mauvaise pour vous. Voilà ce que je voulais vous faire entendre quand je vous disais qu'actuellement, chez nous, il n'y a plus de place pour vous. Ça va ?

- Oui, ça va, mentis-je (pour me donner l'apparence qui fait parfois retrouver la force aussi), et je m'empressai de poser quelques questions, histoire de montrer que j'étais vraiment loin de risquer l'effondrement : Qu'est-ce qui s'est passé entre « il y a trente ans » et maintenant ? Pourquoi c'est si différent ? Vous vous êtes retiré il y a longtemps, en fait ?

- Il y a une dizaine d'années, au milieu des *années fric*, comme on dit, quand je me suis définitivement rendu compte que je ne pouvais plus faire ce qui valait la peine de rester dans le métier. D'autres sont partis plus tard – ou se sont fait mettre à la porte. Avec le recul, je me dis que j'aurais pu me retirer plus tôt, j'ai quand même perdu pas mal de temps et d'énergie. Ce qui s'est passé, c'est que les Trente glorieuses étaient finies, ma chère, c'est la réponse la plus facile qui se puisse donner. Du coup, on s'est préoccupé plus sérieusement à faire du profit, des sous, voyez-vous, avec les bouquins, et en même temps, il a fallu qu'on fasse de la place à une génération qui n'avait pas les mêmes critères que la mienne ou que certaines autres, ni pour la lecture, ni pour le reste. Je l'ai bien aimée, à une époque, puis j'ai vu qu'elle ne se débrouillait pas si bien quand il ne s'agissait plus de défaire mais de faire. Vous voyez ce que je veux dire ?

- Je n'en suis pas sûre.

- Je crois pourtant que vous êtes passée par quelques situations qui peuvent vous aider à comprendre mon point de vue, venant d'où vous venez. Quand on était né de mon temps, il fallait choisir entre l'Occupation et ce que j'ai fait, si toutefois on avait le choix ; dans tous les cas, quand on y survivait, on pouvait se rappeler des choses qui vous font voir avec beaucoup de distance certains petits problèmes, si vous avez quelque chose dans le ventre ; pour ne parler que de moi, rentrant d'où je rentrais, je voulais m'occuper de lire et d'écrire ce qui me laisserait la conscience, la certitude si vous voulez, que rentrer valait la peine. On ne m'avait pas tué, j'avais eu de la chance, alors, je devais faire ce que j'estimais important, et de mon mieux, pour ne pas finir par me dire que j'avais baissé, en rentrant, que j'avais continué de vivre pour déchoir à mes propres yeux.

Remarquez, moi et quelques autres garçons de la même génération, on a eu cette facilité enviable de pouvoir se dire qu'on s'était battu pour une bonne cause, quand on est reparti dans la vie civile – on est reparti avec cette conscience-là. Ça n'a plus été le cas pour les gars de notre genre qui sont rentrés d'Indochine ou d'Algérie. Dans le temps, bien sûr, je vous aurais dit que si j'avais pu éviter de passer par une guerre, je n'aurais pas demandé mieux : être né quelque part où elle n'aurait pas eu lieu, si j'avais eu le choix entre cela et mon cas, je n'aurais pas hésité, quand j'étais jeune, et même avec un certain recul. Mais maintenant, quand je regarde en arrière et autour de moi, sans trouver cette guerre ni aucune autre justifiable, je me dis que ç'a été une chance de me retrouver pris là-dedans, de devoir faire le choix que j'ai fait et de vivre ce que j'ai vécu. Je suis peut-être une vieille baderne qui n'y voit plus clair, j'aurais peut-être parlé autrement si j'avais eu des enfants et de petits-enfants, ce n'est pas exclu, mais du point de vue qui est le mien, avec le temps, j'ai fini par me faire une idée peu plaisante du cas de figure où l'on devient adulte et même vieux sans avoir à se débrouiller dans une situation qui soit un peu grave. Il se peut très bien que je me trompe, j'espère que l'avenir me donnera tort ; pour ce qui est de votre génération, il est beaucoup trop tôt pour juger sur pièces, mais pour ce qui est de celle de vos parents – excusez-moi, il va de soi que je ne parle pas de votre père et de votre mère dont j'ignore tout de ce qu'ils ont vécu dans leur pays –, ces gamins qui n'ont rien dû se farcir, ni l'Occupation où il fallait voir si l'on était capable de résister, ni ces merdiers de guerres coloniales où il fallait se démerder pour ne pas rentrer pire que mort, à savoir démoli ou tortionnaire, comme ils ne connaissaient pas leur bonheur de lire encore des bandes dessinées à vingt ans, mais qu'ils avaient l'impression que quelque chose clochait, puisque tout n'était pas parfait, ils ont décidé qu'ils joueraient très sérieusement à casser ce qu'on avait fait avant eux, vous voyez. À l'époque, je n'étais pas contre, j'en ai aidé quelques-uns, à ma façon. Jusqu'aux *années fric*, ils pouvaient encore faire illusion : on pouvait se dire que quand ils auraient plus de pouvoir, et en mûrissant, ils donneraient quelque chose qui vaille la peine d'avoir commencé par tout vouloir démolir. La plupart ont bien sûr fait carrière, particulièrement dans notre milieu. J'en connais quand même une qui a investi dans les gros dégâts qui semblaient faisables ici et ailleurs tout ce qu'elle a pu avoir de sa famille, ce n'était pas peu de chose, soit dit en passant ; maintenant, elle fait le tour des institutions et des anciens copains, tant qu'il en reste encore à vouloir la reconnaître, et elle demande de l'aide – un remboursement partiel, pour ainsi dire... Moi, je suis quelqu'un qui juge sur les résultats, j'attendais de voir les leurs, et j'ai vu. En matière de prose d'importance autre que locale, pouvez-vous me dire qui on a découvert, pendant ce dernier quart de siècle ?

Je citai trois ou quatre noms (en commençant par « Il y a quand même »).

- Le premier a débuté il y a plus longtemps que ça, répliqua le Vieux Critique. Quant aux autres, pour moi, c'est de l'ersatz allégé de ce qui s'est écrit vingt ans avant eux, en fait de nouveauté. Ce pays ne compte plus que par son passé, dans le monde anglo-saxon : je peux vous le dire, j'ai encore des gens que je revois ou qui m'écrivent de là-bas, ils trouvent quand même curieux qu'on n'ait pratiquement rien de bon à traduire qui soit moins vieux que le Nouveau Roman. Ils se demandent comment on a perdu le *leadership* en fait de littérature ambitieuse !

J'osai protester (timidement) en exprimant l'hypothèse que nos contemporains les plus ambitieux n'étaient pas encore connus de ses correspondants, et peut-être même pas de nous deux.

- Pourvu que vous ayez raison ! Je suis moins optimiste. Mais pour finir de répondre aux questions d'où l'on est parti : regardez un peu l'importance et les préoccupations qu'elle a actuellement, la génération dont je vous parlais – dans la vie, je veux dire, en dehors de la cause du jour qu'elle peut soutenir pour se donner bonne conscience. Mes préoccupations n'étaient pas les mêmes, et si par hasard les vôtres ne le sont pas non plus, tant qu'on ne sera pas entrés dans une nouvelle ère de prospérité qui permette de se payer le luxe de publier un écrivain comme vous en se fichant complètement de son rendu, y compris pour ce qui est des renvois d'ascenseur, vous ne serez pas près de trouver un éditeur de l'ordre des trois ou quatre qui auraient été contents de vous faire un contrat à ma place, il y a trente ans. Vous ai-je répondu assez clairement ?

- Oui.

- Maintenant, notez les noms et les adresses ; si l'on vous rend le manuscrit que vous aurez envoyé avec ma recommandation, vous regarderez dedans, pour les miettes, on ne sait jamais. Je n'ai peut-être même plus le peu d'influence que je m'imagine, ce sera l'occasion de vérifier. Prenez un exemplaire qui soit neuf, et si ça vous amuse, vous pouvez aussi coller deux-trois pages par-ci par-là, avec une petite goutte de colle.

Je lui dis que cela me rappelait l'histoire de ficelle marquée à l'encre dans *Illusions perdues*.

- Mais puisque vous avez bien appris votre Balzac, vous auriez dû penser depuis le début à vérifier si on vous lisait !

- Je n'imaginais pas que c'était comme ça encore maintenant, fis-je, et le vétéran éclata de rire.

- Et pourquoi serait-ce mieux, ou très différent ?

« C'est incroyable ! dis-je à Michèle (en commençant à lui faire mon rapport sur l'entrevue avec le Vieux Critique), d'après lui, de nos jours, dans le milieu littéraire, ça se passe exactement comme dans *Illusions perdues* ! Tu aurais imaginé ça ? » – « Moi ? Sûrement pas ! Mais tu sais, pour ce que je m'en rappelle, depuis le temps où je l'ai lu, et pour ce que je connais du monde littéraire… » – « À l'en croire, tout serait dedans, il n'y aurait qu'à s'en souvenir pour savoir à quoi s'en tenir ! » – « Donc, rien n'aurait changé depuis quelque chose comme un siècle et demi ? » – « Il dit que du temps des surréalistes et jusqu'à il y a trente ans, c'était mieux, mais c'est peut-être un tour que sa nostalgie joue à sa mémoire, ou une sorte d'illusion qui vient du fait que lui personnellement, il pouvait promouvoir ce qu'il appréciait, à l'époque. Il semble en vouloir à ses successeurs ; peut-être qu'il enjolive ce qui se passait avant eux par besoin de les charger, va savoir… »

Je rechignais à croire tout ce que le vétéran m'avait dit, car ses conclusions étaient trop effrayantes pour que je puisse les admettre de bon gré. Il ne m'en semblait pas moins possible que Balzac ait encore (toujours ?) raison : que les usages du milieu n'aient jamais changé, sauf en apparence, autrement dit sous forme d'illusion du moment ; mais plutôt que de m'en faire une certitude sur-le-champ, je préférais garder encore quelques réserves, et vérifier point par point, si les circonstances me le permettaient.

Le manuscrit recommandé ne me revint jamais : six mois après l'avoir envoyé, j'appelai l'éditeur du vétéran pour me renseigner là-dessus, et une secrétaire me répondit qu'on me l'avait refusé et retourné un mois auparavant ; je ne pus pas savoir où il avait disparu avec la lettre censée l'accompagner, en me laissant sans moyen de vérifier si on l'avait lu et d'apprendre les raisons avouables du rejet. Entre-temps, l'éditrice qui lisait tout ce qu'elle recevait m'avait téléphoné pour me demander si j'avais d'autres inédits : « Je tiens à bien connaître les auteurs qui peuvent m'intéresser. » Après lecture de mon deuxième roman, elle me rappela pour m'annoncer qu'elle publierait les deux – mais pas tout de suite, l'année suivante, sans doute. J'appris la mort du Vieux Critique avant la parution du premier.

Maintenant, retournons (loin du milieu littéraire) à la suite de ma période familiale.

*

L'idée de n'avoir rien pu faire pour Dédé continua de me poursuivre, attirant par le magnétisme typique des hantises tout ce qui pouvait s'y associer pour renforcer mon sentiment de culpabilité envers mes aïeuls ; à l'égard de Minou, je ne me sentais guère fautive, nos affinités étant assez grandes pour me donner la certitude que la plupart de mes faits et gestes avaient ou auraient son assentiment si elle les apprenait. En revanche, le couple duquel nous descendions, dont une moitié se trouvait quelque part dans l'au-delà, et l'autre continuait de vivre dans l'ici-bas sans pouvoir mieux profiter pour autant de sa petite-fille existant dans un autre monde, me causait des remords aussi vains que vifs – qui tenaient moins du tort qu'on se donne que de la pitié pour autrui qui se retourne contre soi faute de pouvoir arranger les choses. Je me rappelais les reproches que Florence m'avait adressés chez Pauline, qui me semblaient d'autant plus réels que (comme elle l'avait prédit dans ce rêve) son mari était vraiment mort sans me revoir, et je me disais qu'objectivement, ces deux-là avaient de quoi juger décevant le dernier rejeton que j'étais. En effet, je n'avais rien fait de ce qu'ils tenaient pour important, à part les études, et s'ils avaient pu prendre connaissance de ma réalité, autrement dit de tout ce qu'on leur cachait depuis mes dix-huit ans, ils auraient pu conclure que je tenais à peu près de toutes les sortes de repoussoirs concevables. Oui, à me rappeler les exemples à ne pas suivre qu'il leur arrivait de donner, je ne pouvais pas manquer de m'y assimiler : comme l'oncle Assen, j'avais tenu des discours sans que cela me profite, et bien sûr, Dédé les eût trouvés inadmissibles ; comme certains de leurs neveux et nièces tenus pour une honte, je passais mon temps à changer de travail sans avoir de gagne-pain qui parût meilleur que ceux de mes aînés (alors qu'aux yeux de Florence et Dédé, chaque génération devait en avoir un qui soit nettement supérieur à ceux de la précédente) ; en outre, comme leurs deux anciennes voisines les plus critiquées, j'étais (à la fois) célibataire et épouse infidèle, différant de la seconde par l'absence de progéniture, pour aggraver mon cas ; et par surcroît, je ne souhaitais même pas revoir mes aïeuls, ce qui était à leur sens la pire des choses qu'on puisse se voir infliger par sa descendance. Comment diable m'étais-je débrouillée pour devenir tout ce qui horrifiait ces pauvres gens qui m'avaient élevée (me servant de parents bien plus que Minou) pendant au moins sept ans ?

Le bouquet, c'était que je n'avais même pas voulu prendre le contre-pied de leur idéal concernant les rejetons : j'étais devenue ce que j'étais sans la moindre rébellion contre eux, en les aimant bien, en les tenant au pire pour agaçants ; de fait, depuis longtemps, eux et leurs idées avaient perdu toute importance réelle pour moi, tout moyen d'être pris au sérieux, grâce à quoi se révolter contre eux n'était pas plus concevable que face à deux petits enfants. Mais oui, me dis-je, arrivée à ce stade de mes réflexions, c'étaient des enfants, pour moi, déjà quand il s'agissait de les rassurer en annonçant que j'étais fiancée, et à partir de là, avec Minou, on n'a plus fait que leur mentir à mon sujet, comme aux petits qu'on juge trop fragiles pour supporter telles vérités. Comment en était-on arrivées là ?

J'y réfléchissais en marchant le long de la Seine, ayant le temps d'une promenade entre la fin d'un cours que j'avais donné près de Saint-Germain et l'heure de nourrir Chanouar (qui habitait au-delà du pont de l'Alma). Je m'arrêtai pour allumer une cigarette face aux Invalides, jetai un coup d'œil aux pelouses où jouaient, justement, des créatures qu'on n'estime pas toujours aptes à comprendre ce qui peut aller contre leurs souhaits, et me demandai à quelle époque Minou aussi avait fini par voir Dédé et Florence comme des petits – plus tôt que moi ou en même temps ? Plus vieille que moi, en tout cas : j'étais certaine qu'elle les percevait encore comme des parents à l'époque de sa Thèse. C'est peut-être en cessant d'habiter avec elle (avec nous deux) qu'ils s'étaient mis à rapetisser – grâce à l'éloignement, en quelque sorte. Sans la cohabitation prolongée, n'auraient-ils pas perdu les restes de leur autorité bien plus tôt, aux yeux de Minou ? Certainement, car étudiante, elle était déjà très loin d'eux, mentalement parlant ; de fait, leur désir de lui (nous) voir faire des études les avait voués, à leur insu, à devenir pour nous assimilables aux écoliers de l'âge auquel ils étaient définitivement sortis de l'école. Leur façon de se représenter les choses nous semblait beaucoup trop élémentaire et naïve pour qu'on tînt vraiment compte de leurs idées. S'ils en avaient eu qui auraient valu la peine qu'on les écoute, à notre sens, eussent-ils seulement voulu ou su nous les faire entendre ? J'en doutais, n'arrivant à me rappeler, pour tout propos d'aïeuls qu'on ait pu trouver impressionnant, que le discours d'abdication de Florence (renonçant à s'occuper de moi par crainte de la mauvaise influence de son parler), propos revenant à nier tout intérêt à ce qu'elle pouvait transmettre.

Comme il était étrange – alors que cela nous avait paru naturel à tous les quatre, et continuait de le paraître, sans nul doute, aux deux qui restaient à Pleunk – que les rêves de mes aïeuls pour leur descendance aient abouti à nous rendre à ce point étrangers les uns aux autres ! Vue sous cet angle, je n'avais rien à me reprocher : je n'avais jamais fait que prolonger une trajectoire commencée avant moi. L'histoire des trois dernières générations ressemblait à une sorte de parcours en ligne droite laissant de plus en plus loin en arrière le passé – pourtant assez proche – d'où mes grands-parents étaient issus, ce passé cohérent de siècles où ni la vie ni les buts des aïeux successifs ne se distinguaient guère, par comparaison avec la différence entre ceux de Dédé et Florence, de leur fille et de leur petite-fille. Mes grands-parents, nés paysans dans un espace-temps où la capitale semblait aussi lointaine qu'un autre pays, étaient devenus citadins ; leur enfant, née à la capitale, avait quitté son milieu d'origine pour entrer dans les sphères mystérieuses des *diplômés* ; enfin, comme il fallait que le chemin se poursuive, moi-même me trouvais être écrivain (catégorie dont l'existence concrète était inconcevable pour Florence avant qu'elle n'ait eu l'occasion de l'admettre, dans son âge mûr, sur preuve vivante) et avais quitté Pleunk pour Paris. Cela vous avait tout d'une saga très dix-neuvième siècle, avec sa logique immuable, ses développements qui se devinent sans peine, et sa conclusion optimiste ou pessimiste, selon le point de vue du lecteur.

Cependant, je ne pouvais pas m'empêcher de sentir que cette logique linéaire, aussi persuasive qu'elle pût paraître, était une sorte de faux-semblant ou, au mieux, le produit d'une série de coïncidences ; pour l'adopter, il fallait croire que les trois générations en question prolongeaient vraiment chacune le parcours de la précédente, autrement dit qu'elles étaient trois images d'un seul être, d'une seule histoire. Tandis que mes connaissances empiriques m'assuraient qu'aucun des quatre individus impliqués n'avait son double dans l'ensemble ; de fait, Minou n'avait rien en commun (même pas un trait de caractère que je sache) avec Dédé ou Florence, si ce n'était, justement, le passé, la longue familiarité qu'on a avec ses géniteurs ; et malgré mes affinités avec

Minou, j'étais tout autre chose que sa version plus jeune : d'après elle-même, je n'avais pratiquement jamais fait que la surprendre, depuis qu'elle s'intéressait à moi.

Même indépendamment de ces dissemblances très prononcées, j'avais pu constater, un peu partout autour de moi, que les liens familiaux tendent souvent à cacher, d'autant mieux qu'ils sont indiscutables, l'absence d'autre, d'authentique ressemblance. Par ailleurs, je ne voyais pas comment quiconque saurait incarner le prolongement d'autrui, observé de plus près que depuis un pont au-dessus du sillage qui en reste (propre à être confondu avec n'importe quel autre), et les grandes sagas familiales me laissaient toujours l'impression que leur auteur avait passé sous silence beaucoup trop de choses, censurant un nombre incalculable de particularités de chaque personnage, qui, eussent-elles été décrites, ne nous auraient jamais permis de lire la même histoire et d'éprouver le très douteux plaisir qu'on a lorsqu'on se figure l'existence sous forme de ligne droite.

Or, pendant que je passais le pont de l'Alma, toutes ces réflexions aboutirent à une conclusion inattendue : qu'on adoptât le point de vue historiciste et progressiste, ou l'autre, plus individualiste, c'était égal, dans notre cas, les deux logiques s'unissaient, car selon les deux, il était évident, naturel, voire inévitable que le personnage incarné par moi se trouve et doive se trouver à Paris. La fille de Minou fille de Florence et Dédé ne pouvait pas rester à Pleunk, pas plus que l'artiste n'ayant que l'art et soi-même pour origines.

- Denise !

Je dus cesser de méditer : quelqu'un me faisait un signe depuis la terrasse d'un café proche, un homme très grand dont l'allure m'était familière bien que ma myopie m'empêchât de l'identifier aussitôt. Il s'était déjà levé et avançait vers moi : Michel Darbois. (Depuis que je ne vous ai pas reparlé de lui, nous avions eu l'occasion de nous revoir deux ou trois fois.)

- Quelle coïncidence ! Je pensais justement à toi, j'allais t'appeler. Tu as un petit moment ?

- Je dois rentrer tout de suite, dis-je. J'ai un chat à nourrir.

- Tu m'offres un verre, alors ? On sera mieux chez toi, pour discuter.

Je pris conscience du malentendu que je venais de provoquer, trop tard pour réagir comme il aurait fallu : Michel était déjà reparti régler sa consommation ; il n'y avait plus de moyen décent de refuser de l'accueillir chez Patrick et Violaine – où il eut l'air de trouver tout naturel que j'habite. Chanouar nous mena droit à la cuisine où il admira sa voracité avant de s'asseoir sur la chaise la plus proche et d'approuver la bouteille de bordeaux que je lui montrai (tirée des réserves où j'avais le droit de puiser). En la débouchant, je réalisai que j'aurais dû installer l'invité au salon (avait-on jamais reçu Michel avec si peu d'égards, depuis qu'il était une vedette ?) ; la cuisine n'ayant pas été conçue pour servir aussi de salle à manger, il y avait autour de la table (pour deux) juste assez d'espace pour qu'on ne soit pas obligé de la pousser avant d'y prendre place, et Darbois y semblait encore plus volumineux que nature. Toutefois, il s'était assis là de son propre chef, il avait l'air de s'y sentir à l'aise, et je pouvais sortir deux verres du placard sans lui demander de se redresser. Nous les choquâmes et bûmes.

- Comment ça se fait que tu aies pensé à m'appeler ? demandai-je.

- Je voulais avoir ton avis à propos de quelque chose qui me travaille. Je me suis dit que tu devais pouvoir m'éclairer. La semaine dernière, j'ai vu un film qui vient de sortir…

- Tu sais, l'interrompis-je, ça doit faire au moins un mois que je ne suis pas allée au cinéma, je ne vais pas à toutes les projections de presse ; j'ai bien peur de ne pas pouvoir t'être utile.

Michel me regarda, ahuri, puis éclata de rire.

- Mais ce n'est pas du film qu'il s'agit, pas la peine de l'avoir vu ! c'est d'une histoire personnelle.

- Ah bon ?

Mon étonnement le perturba : soudain, il eut l'air de se rendre compte que demander mon avis pour une question personnelle n'était pas une démarche allant de soi – alors que pour ma part, je venais de prendre conscience de la chance que j'étais sur le point de manquer, et me lançai dans un discours décousu qui se voulait amical au possible, pour l'encourager à poursuivre. Bon Dieu ! Michel Darbois voulait me faire des confidences, ou quelque chose du genre, et moi, je l'avais effarouché ! Heureusement, la situation ne se prêtait guère au repli ; ayant annoncé la chose, il fallait bien la raconter, et il retrouva vite assez d'aisance pour commencer :

- C'est parti du film, tu vois. J'étais là en train de le regarder, et brusquement, à une réplique, je me suis mis à pleurer. Dès que je l'ai entendue, avant même de comprendre ce qu'il y avait de triste. Tu te rends compte ? Je pleurais comme un gamin !

- Le film était si triste que ça ?

- Mais pas du tout, c'était une comédie ! Attends, tu vas comprendre. C'est une scène loufoque où le personnage se retrouve en enfer. Il croise des gens qu'il connaît vaguement, puis il tombe sur son père, et il s'écrie : « Papa, qu'est-ce que tu fais là ? » Le père dit qu'il n'en sait rien. Alors le fils demande une explication au Diable qui répond que ce bonhomme est puni pour avoir été un père indigne. C'est là que je me suis mis à pleurer.

- Et après ?

- Le fils dit qu'il pardonne au père, pour qu'on le relâche. Même s'il lui en voulait terriblement depuis toujours, il ne pouvait pas supporter de le laisser en enfer. Et moi, en voyant ça, je pleurais deux fois plus fort ! Parce que je venais de me rendre compte qu'en fait, mon père était beaucoup plus indigne que celui du film, et qu'à cause de ma mère, je ne l'aurais pas sorti de l'enfer…

- Comment ? ! Qu'est-ce qu'il a fait de si affreux ?

- Oh ! c'est une longue histoire… (Chanouar sauta sur mes genoux et s'installa bien confortablement pour écouter.) Pour commencer, je suis né illégitime : dès que mon père a su que ma mère était enceinte, il l'a laissée tomber. C'était une gamine, une fille de seize ans, ouvrière, et lui, il avait cinq ans de plus, c'était un fils de commerçants du même quartier, il était à l'école militaire, ce serait un officier – bref, tant que ça ne portait pas à conséquence, il a été amoureux, elle était très belle, maman, puis il a fait comme s'il n'avait jamais couché avec elle.

- Il a prétendu qu'elle était enceinte d'un autre ?

- Oui, en quelque sorte : il ne s'est plus montré dans le quartier, son père est venu parler avec ma mère et lui a fait comprendre que le bébé *ne pouvait pas* être son petit-fils. Elle s'est résignée – qu'est-ce qu'elle avait, comme moyens de se défendre ? De toute façon, c'était une dévergondée, comme on disait à l'époque, puisqu'elle avait fait l'amour sans être mariée ; même ses propres parents étaient contre elle, ils ne voulaient plus de cette honte chez eux. Il a fallu qu'elle aille habiter chez l'aînée de ses sœurs, dans une autre ville, c'est là que je suis né. Oui, mais il se trouve qu'au bout de trois ans, le père de maman est mort, sa mère l'a rappelée, et un jour, mon père est tombé sur elle et moi dans la rue. Je n'ai jamais su ce qui s'est passé, mais ils se sont mariés, pour peu croyable que ce soit.

- Ce qu'elle devait être contente !

- Un an plus tard, ils étaient séparés. J'ai été élevé par des femmes : ma mère, deux tantes et ma grand-mère. Tous mes copains avaient leur père, et moi, c'était comme si je n'en avais jamais eu : on me traitait toujours de bâtard, même s'il m'avait reconnu, et je n'avais aucun souvenir de lui. Mon grand rêve, c'était que mes parents se réconcilient. Un jour, j'en ai parlé à l'une de mes tantes qui en a parlé à ma mère. Alors, maman, qui était une femme très intelligente, a décidé de régler le problème entre quatre yeux, en me disant que j'étais assez grand pour qu'on discute sérieusement : il fallait que je sache que mon père l'avait mal traitée non seulement avant leur mariage, mais aussi après. S'ils étaient restés ensemble, elle aurait continué d'être malheureuse. Alors, c'était à moi d'en juger : serait-il bien qu'ils vivent ensemble, au prix du malheur que ce serait pour elle ?

- C'est elle qui l'avait quitté ?

– Je n'ai jamais su ce qui s'est passé exactement, mais je crois bien. Alors, j'ai dit non : je ne pouvais pas accepter qu'elle soit malheureuse, même si je voulais avoir un père. Avant cette conversation, j'avais cru que tout pouvait changer, s'arranger ; tu sais comment ça se passe dans la tête des gamins – d'un coup de baguette magique, mon père serait là et tout irait pour le mieux ; mais à partir du moment où j'ai dit non, j'ai compris qu'il n'y avait jamais eu qu'une seule possibilité : que tout reste pareil. Que je reste bâtard même si je ne l'étais plus, que maman se tue au travail et qu'il n'y ait que des femmes à la maison.

– Ça t'embêtait ?

– Je ne sais pas comment te dire : d'un côté, ça me plaisait, j'étais le seul mâle, on me gâtait autant qu'on pouvait ; mais d'un autre, ça faisait pauvre et triste : chez les copains, il y avait aussi de petits frères et sœurs, et chez nous, rien que des femmes, qui me semblaient vieilles toutes les quatre, peut-être parce que leur vie était déjà finie, en quelque sorte, il ne pouvait plus rien leur arriver de bon, tu vois. C'est des choses qu'on sent plus qu'on ne les pense. J'étais encore petit, je n'avais que sept ans. Mais j'avais compris qu'il n'y avait pas d'autre choix qu'approuver ce qui me faisait souffrir, tu vois : rien à faire, il avait bien fallu que je dise non, que je renonce ; c'était fini, les rêves.

– Tu ne rêvais de rien d'autre ?

– Non, je rêvais d'être comme tout le monde, c'est tout. Ça m'emmerdait d'être moi et de toujours devoir me battre – parce que je me battais tous les jours ou presque, tu vois, on me vexait et je tapais, c'est comme ça que je suis devenu costaud, je n'étais même pas très grand, jusqu'à l'adolescence.

Et Michel montra, en tendant le bras en l'air au-dessus du sol, où il semblait se revoir avec une sorte d'amusement contristé, une taille si modeste par rapport à sa version adulte que j'éclatai de rire.

– C'est bizarre, reprit-il, les gens ont toujours du mal à le croire, mais je t'assure, comme gamin, j'étais du genre sage : j'avais de bonnes notes, je me tenais bien en classe, à la maison aussi, bref, si personne ne m'avait fait enrager, j'aurais pu grandir sage comme une image. Même le fait de me battre, ça ne me donnait pas l'impression d'être un petit dur, parce que maman trouvait ça bien : « Il faut savoir se défendre. » Ça la rassurait, je crois, qu'on puisse me craindre ; rien d'étonnant : elle savait ce que j'étais au fond.

– Que tu étais doux ?

– Que j'étais complètement faible ! J'étais né pour donner un type qu'on mène par le bout du nez, du moment qu'on sait comment le prendre !

Cette déclaration fut faite avec une véhémence si désespérée que, ne sachant pas comment manifester ma pitié, je remplis le verre de Michel à ras bord avant de protester maladroitement :

– Mais ce n'est pas vrai, c'est des idées que tu te fais parce que tu es triste !

Il hocha la tête, l'air de vouloir me faire comprendre qu'il appréciait ma gentillesse mais n'en pensait pas moins ce qu'il avait dit.

– Attends que je te raconte. Trois ans plus tard, à l'école, on a eu un nouveau professeur, une dame qui s'est rendu compte que j'étais le fils de quelqu'un qu'elle connaissait. Et un jour, mon père est venu me voir à la fin des cours. On est allés dans une pâtisserie, pour la première fois de ma vie, figure-toi. Il me fait manger des gâteaux, il me dit qu'il est content d'avoir un fils qui travaille bien, que je lui ai beaucoup manqué et qu'il voudrait m'emmener à la pêche, le dimanche d'après : « Si ta mère est d'accord. Tu m'écriras un mot pour me le dire. » Et il m'a donné son adresse. J'étais fou de joie. Je me disais : maintenant, ça n'a plus d'importance qu'il ne vive pas avec nous, il reviendra me chercher souvent – ça changeait tout, tu vois. En rentrant, j'ai tout raconté à ma mère, et elle a dit que je pouvais aller à la pêche avec lui. Elle n'avait pas vraiment l'air contente, mais elle était d'accord.

J'ai attendu ce dimanche avec une impatience ! Aller à la pêche avec lui, entre hommes ! J'imaginais comment on allait partir en voiture – on disait « automobile », à l'époque, c'était encore rare, à Cleunk, et mon père en avait une, j'allais donc pouvoir monter dedans pour la première fois de ma vie, faire un voyage, en quelque sorte, puis on allait s'asseoir au bord d'un lac, attraper plein de poissons, faire du feu pour les griller, et discuter en mangeant… J'adorais les westerns, et je nous voyais comme les cow-boys, dans une grande étendue sans une âme qui vive, rien que la nature sauvage et nous deux, tu vois : la nuit tombe, ça fait un peu peur, mais mon père est là, il n'y a rien à craindre, je sais qu'il saura me défendre contre tous les méchants, en cas de besoin… Quand j'y pense maintenant, ça me fait rire : mon père devait être un des plus grands trouillards que j'ai jamais croisés ! Même dans le temps, je devais avoir plus de courage que lui.

– Et vous y êtes allés ?

– Tu penses ! Le jour où il devait venir me prendre, j'étais enrhumé. Ma mère m'a dit que je ne pouvais pas aller à la pêche dans cet état, que je risquais de tomber vraiment malade, alors qu'on ne pouvait pas se payer le médecin, et cætera, bref, il fallait remettre la sortie à un autre dimanche. Je me suis mis à bouder dans un coin ; quand mon père est arrivé, je ne l'ai même pas vu : elle est allée ouvrir, ils sont restés un moment dehors, à parler, puis elle est rentrée. Et il n'est plus revenu. En fait, je ne sais pas comment, mais j'ai été sûr qu'il n'allait plus revenir déjà quand je me suis mis à bouder.

- Elle lui a dit de ne plus revenir ?

- Va savoir. S'il avait vraiment souhaité me revoir, il aurait pu le faire, tu sais. Le lendemain, je lui ai écrit, il ne m'a même pas répondu. Et c'est comme ça que je suis devenu acteur, en restant définitivement sans père.

- Comment ?

- J'ai eu une tenue de cow-boy, cette année-là, pour Noël. C'était le genre de truc qu'on n'offrait pas aux gamins, dans une famille comme la mienne ; le fils du pharmacien en avait une, je la lui enviais, ma mère le savait, et elle s'est débrouillée pour me confectionner pratiquement la même, avec mes tantes, sans que je me doute de rien. À Noël, j'ai reçu un gros paquet, je l'ai ouvert, tout y était : le chapeau, en carton mais aussi beau qu'un vrai, le pantalon, la ceinture avec un étui en feutre et un revolver en bois dedans, la chemise à carreaux... Je suis resté comme deux ronds de flan. Puis j'ai compris : j'avais ce cadeau parce que je n'aurais jamais mon père. Et j'ai senti que j'acceptais : pas de père, tenue de cow-boy. Je l'ai mise tout de suite, j'ai commencé à gambader, le revolver à la main, en criant : boum ! boum ! Et à partir de là, c'est devenu clair pour moi, je ne sais pas trop comment, que j'allais jouer la comédie tout le reste de ma vie : je serais acteur.

- Tu t'es dit ça tout de suite, à dix ans ?

- Peut-être pas, je ne sais plus, mais c'est tout comme. J'ai été marié avec une psychanalyste, dans le temps...

- Ah bon ?

(Décidément, on en apprenait, des choses incroyables sur Michel Darbois.)

- Oui, je crois qu'elle m'avait choisi comme un cas à étudier, ce n'était pas une méchante fille, par ailleurs, j'ai eu de la peine quand j'ai appris qu'elle s'était tuée en voiture, elle picolait déjà du temps qu'on était mariés... Elle disait que c'était mon inconscient qui avait pris le dessus, à ce moment-là, quand j'ai su que j'allais jouer la comédie, mais moi, je n'y crois pas – quel inconscient, quand j'étais conscient de tout, et même trop ? S'il y avait encore des choses pas très claires, c'était parce que j'étais gamin, c'est normal d'avoir moins de comprenette à dix ans qu'à trente, non ? En tout cas, j'aimais bien me déguiser déjà avant, et j'étais doué pour imiter les gens ; plus tard, quand on m'a pris au conservatoire, ma mère a dit qu'elle avait toujours su que je deviendrais acteur...

- Tu as fait le conservatoire, à Cleunk ?

- Moins d'une année, je me suis fait jeter, et l'année suivante, je me suis enfui du pays.

- Comment ça s'est passé ?

- J'ai fait une connerie : un soir, j'avais bu un peu trop, j'ai mal parlé à notre chef du komsomol... (Peut-être ignorez-vous, cher lecteur, qu'on appelait ainsi l'étudiant responsable de ses condisciples auprès du Parti, sous l'Avènement ? Oubliez-le dès la fin de cette réplique.) C'est fou, quand on y pense : je ne suis même pas très vieux, et j'ai vécu en monarchie, sous une dictature, puis en république – j'ai l'impression d'avoir connu quelque chose comme trois siècles différents. Le chef du komsomol, j'ai du mal à croire que ça existait, et pourtant, c'est vrai, voilà ce qui s'est passé : on était dans un bistrot, deux tablées, et je l'ai entendu dire à ses copains des choses vraiment pas jolies sur une fille avec laquelle je sortais de temps en temps, alors, je me suis levé et je suis allé lui faire comprendre qu'il aurait intérêt à la fermer. Le lendemain, je le croise dans le couloir en sortant d'un cours, il me dit que je vais devoir répondre de mon comportement à une réunion, le Parti allait me juger, en quelque sorte, et là, comme j'avais encore la gueule de bois, je lui ai flanqué une gifle avant d'avoir eu le temps d'y penser – devant témoins, tu vois. À partir de là, j'étais grillé. Pour mieux me charger, ils ont sorti le fait que j'étais le fils d'un ennemi du peuple...

- Comment ça ?

- Mais il était officier, mon père, du temps du roi ! Heureusement pour lui, il était trop nul pour monter vite en grade, autrement on l'aurait fusillé dès que les Russes ont occupé le pays ! Fils d'ancien officier égale fils d'ennemi du peuple, c'était dans mon dossier scolaire, même si je ne m'en rendais pas compte, avant : on ne m'aurait même pas laissé passer mon bac si maman avait fait d'autres boulots qu'ouvrière et femme de ménage, tu sais. Une fois qu'on avait mis en avant l'ennemi du peuple, j'étais grillé partout, sauf pour les boulots dont personne ne veut. Comme je n'étais plus étudiant, je devais partir faire mon service militaire, dans un régiment disciplinaire, bien sûr, pour deux ans – mais je me suis tiré dès la première année, tu vas rire, déguisé en officier.

- En officier ?

- Oui, si j'avais été en jeune recrue ou en civil, je n'aurais pas pu m'approcher de la frontière. J'ai enfermé le mari d'une copine que j'avais, un officier de mon régiment, il nous avait surpris chez eux, alors, on s'est un peu bagarrés, et comme j'étais plus costaud, je l'ai coincé par terre, je lui ai pris son arme, je lui ai dit de se déshabiller et je l'ai enfermé dans les cabinets...

Michel exposait ces faits avec un naturel si bon enfant qu'on aurait cru une histoire parfaitement anodine.

- Attends, je ne comprends pas : tu avais décidé de fuir avant, et tu attendais l'occasion de trouver un uniforme d'officier ?

- Tu penses ! Je n'avais rien décidé du tout, c'était un concours de circonstances : il a fallu que j'empêche le gars de faire une grosse connerie, de tirer, quoi, et que je lui donne le temps de se calmer, en l'enfermant, pour qu'on puisse finir par discuter. Je l'ai fait se déshabiller seulement parce que j'avais peur qu'il sorte par la fenêtre des cabinets : en caleçon, il aura honte, je me suis dit, il n'aura pas envie d'être la risée de tout le monde, ensuite… Je voulais discuter avec lui, tu vois, trouver un moyen d'arranger les choses : sa femme le trompe, bon, ce n'est pas très joyeux, mais c'est des choses qui arrivent, c'est humain, on ne va pas s'entretuer pour ça ! Je n'ai jamais compris les grands jaloux ; quand ma deuxième femme m'a dit qu'elle me quittait pour quelqu'un d'autre, je n'ai pas été ravi, mais ce n'est pas pour autant que je me serais mis à hurler. Elle ne t'aime plus, c'est chiant mais c'est comme ça, on n'y peut rien, alors on n'en fait pas un plat, amen. Seulement, l'autre con, il ne voulait pas entendre raison : il allait me faire passer devant le tribunal militaire…

- Pour avoir couché avec sa femme ? !

Michel pouffa.

- Non, pour outrage et désobéissance, parce que je l'avais empêché de nous tuer : je n'aurais pas dû me défendre, tu vois, mais montrer du respect au gradé en le laissant nous tirer dessus. Il a eu l'idiotie de me dire qu'il allait faire un rapport comme quoi je serais venu le provoquer parce qu'il m'avait trop engueulé la veille, et que sa femme serait obligée de témoigner contre moi – il n'aurait pas du tout été question de coucherie, tu vois. Il croyait que j'allais le laisser sortir et me mener aux arrêts, en me disant ça ! J'en reviens toujours pas : le con que c'était ! Alors, je me suis dit : il faut que je me tire, j'ai demandé à sa femme si elle voulait partir avec moi. – « Où ? » - « Je n'en sais rien, on s'éloigne, puis on réfléchit. » Elle n'a pas voulu. Je n'avais pas le temps de discuter, j'ai pris la clé des cabinets et l'uniforme du connard et je me suis tiré avec sa jeep.

- On t'a laissé sortir de la caserne dans sa jeep ?

- Ce n'est pas à la caserne qu'on était, les officiers habitaient des maisons normales, dans ce patelin, la voiture était devant, je n'avais plus qu'à rouler – le temps qu'il sorte, qu'il me signale et qu'on transmette l'information un peu partout, ça me laissait de la marge. C'est seulement en roulant que je me suis dit qu'il fallait passer la frontière. Elle n'était qu'à une quarantaine de kilomètres, je pouvais me changer – heureusement que je n'étais pas à pied, parce que le gars était plus petit que moi, sa vareuse était un peu juste, et le pantalon me descendait à mi-mollets, mais au volant, ça ne se voyait pas, et un officier, on ne l'arrête pas forcément pour lui demander ce qu'il fait là, quand il roule pas très loin de la frontière… J'ai faim, tout à coup.

Je me confondis en excuses et nous fis l'omelette garnie la plus copieuse que je pus, dont Michel avala la moitié en deux bouchées sans discontinuer de raconter :

- Le plus compliqué, ça a été de trouver par où passer : je n'avais pas de carte de la région, rien. J'ai tourné en jeep tant que j'ai pu, dans les environs du dernier village, pour me faire une idée du coin ; c'était dangereux de faire ça, je risquais de me faire remarquer, alors, quand j'ai croisé des soldats, sur la route, deux gars qui marchaient à pied, je me suis arrêté en faisant semblant de m'être trompé de trajet, je leur ai demandé de me renseigner : où tourner, pour aller à tel patelin, à gauche ? non, ils disent, à gauche, vous allez droit vers le poste frontalier, et cætera… Bref, je les ai assez fait parler pour avoir au moins l'illusion que si je prenais tel chemin, il y avait peu de danger de me faire attraper tout de suite. Dans ces cas-là, quand tu ne sais pas très bien ce que tu fais, c'est l'illusion qui compte. J'ai laissé la jeep dans un fourré, et allons-y gaiement, par la forêt – j'avais une arme, on a moins peur, avec ; il faisait nuit depuis un moment, j'avais autant de chances de tomber sur un garde-frontière parce que je ne l'aurais pas vu assez tôt que de passer inaperçu, et finalement, je suis passé inaperçu, même si j'en ai croisé qui patrouillaient. Le problème, ensuite, ça a été de prouver que je n'étais pas officier, à l'Ouest, ni rien du genre espion… Mais pourquoi je te raconte ça ? C'est de mon père que je voulais te parler. (J'ouvris une autre bouteille, ce qui s'imposait manifestement. Chanouar alla s'asseoir sur les genoux de Michel, qui sursauta de surprise avant de commencer à la caresser.)

- Quand on m'a viré du conservatoire, reprit-il, je suis allé le voir. Ça devait faire des années que je n'avais plus repensé à mon père, mais cette histoire d'ennemi du peuple me l'a remis dans la tête : j'ai commencé à me demander ce qu'il était devenu depuis que le régime était en place, je l'ai vu comme une victime, en quelque sorte, et comme le seul souvenir que j'avais de lui était bon, je me suis dit que si ça se trouve, si je le retrouvais, ça nous ferait du bien à tous les deux. J'étais complètement désorienté, tu comprends : j'avais cru mon avenir tout tracé, et du jour au lendemain, je n'avais plus aucune perspective sauf casser des cailloux pendant deux ans, dans l'armée, puis continuer dans la vie civile. Quand j'avais raconté à ma mère ce qui s'était passé, y compris que finalement, on me chassait à titre de fils de mon père, elle a été sidérée ; au début, elle n'arrivait à rien dire, puis elle a fait : « Si au moins on était encore mariés ! » C'est comme ça que j'ai appris qu'ils avaient divorcé et que mon père s'était remarié. C'est pour ça qu'il avait recontacté ma mère, sans que j'en sache rien, six ans plus tôt : il voulait se remarier. À l'époque, il travaillait dans les égouts : « Ça m'a fait drôle d'apprendre ça, elle m'a dit, papa était égoutier, et penser que celui-là devait finir là aussi… » Mais d'après elle, il était trop malin pour y rester, il devait s'être dégoté une situation un peu meilleure, depuis. Bref, j'ai fini par trouver son adresse et je suis allé le voir.

Il habitait dans un mauvais quartier, pas mieux que le nôtre, mais sa maison faisait un peu moins taudis, plus propret. J'ai sonné, la porte s'est ouverte et c'était lui. Il m'a regardé, tout ahuri, j'ai dit bonsoir, il m'a fait entrer. Il y avait sa femme, je l'ai saluée, on s'est serré la main, puis mon père m'a fait passer dans la chambre : apparemment, il voulait qu'on reste en tête-à-tête. On était gênés, on ne savait pas trop quoi se dire, il m'a demandé pourquoi j'étais venu. Je lui ai dit que je voulais le connaître, depuis le temps, et il s'est mis à parler contre ma mère : elle l'avait empêché de me voir, à cause d'elle, c'était comme s'il n'avait pas eu de fils… Ça n'en finissait plus, alors je l'ai coupé : « Mais enfin, maintenant, je suis ici ! » Et lui : « Il aurait fallu venir beaucoup plus tôt ! » Ça m'a tellement surpris que je n'ai plus trop su ce que je disais, j'ai dû dire quelque chose comme quoi je l'aurais imaginé content de me voir. Et lui : « Je parie que tu es venu pour me demander de l'argent. » J'en suis resté coi. Je me suis levé, et juste à ce moment, sa femme a frappé à la porte. Elle ouvre et je vois qu'elle porte un plateau avec une bouteille et de petites choses à manger : l'apéritif. Quand elle a réalisé que je partais, elle a fait : « Déjà ? ! Vous ne restez pas dîner ? » Elle avait l'air gentille comme tout. Le genre de femme pour qui son mari, c'est le bon Dieu.

- Eh ben ! C'est du joli !

- Comme tu dis. Alors, je n'ai plus revu mon père, qui est maintenant mort depuis un bail, bien sûr. Quand j'ai raconté à ma mère comment il m'avait reçu, elle a fait : « C'est bien de lui. Dans le temps, il a suffi que je lui dise que tu étais malade pour qu'il ne cherche plus jamais à te revoir. C'est un type incapable d'aimer qui que ce soit sauf lui-même. Je n'ai jamais refusé qu'il te voie, c'était son choix de se tenir loin. Mais on lui a parlé de toi, alors, il n'a pas osé montrer qu'il se fichait complètement de son fils, il s'est senti obligé de venir te chercher à l'école pour donner l'impression qu'il voulait faire quelque chose pour toi. Je le connais, il aime se faire passer pour un gentilhomme, à l'occasion, quand ça ne porte pas à conséquence ou que ça l'arrange. Il t'aurait emmené à la pêche une fois, puis il t'aurait laissé tomber. » C'était très convaincant. Mais n'empêche, plus tard, en y repensant, je me suis dit que si ça se trouve, il m'avait laissé tomber surtout par peur de ma mère… Mais je dois t'ennuyer, avec mes histoires de parents ?

- Non, non ! Pourquoi il avait peur d'elle ?

- Parce qu'elle le méprisait. Ma mère avait une force de mépris comme j'en ai rarement rencontré. Si elle décidait que quelqu'un était méprisable, c'était définitif, et elle le lui faisait sentir d'une façon très nette, rien qu'en le regardant. Elle n'était pas du genre à gueuler ou à dire des choses désagréables, c'est surtout par le regard que ça passait, quand quelqu'un l'avait fâchée ou déçue. Et lui, il l'a déçue, je ne sais pas à quel moment : logiquement, ce devrait être déjà quand elle lui a appris qu'elle attendait un enfant, mais apparemment, non, puisqu'elle a accepté de se marier avec lui trois ans plus tard. Ce n'était pas une femme qui se marierait uniquement pour ne plus être fille mère. C'est ensuite qu'il a dû devenir complètement méprisable pour elle, sans doute à force de la traiter mal, ou peut-être parce qu'avant de le quitter, elle avait compris qu'il ne l'aimait pas vraiment, qu'il l'avait épousée pour jouer au grand seigneur, ou en se disant qu'elle était la femme tout indiquée pour être son esclave, je ne sais pas... Mais en tout cas, je suis sûr qu'à partir du moment où il a senti son mépris, il a eu peur d'elle : elle savait qu'il était méprisable, alors que lui voulait que tout le monde le respecte et l'admire. Alors, la revoir, ça devait être dur, pour lui : ce regard qui te montre ce que tu es. Quoi que tu puisses penser de toi-même, devant ceux que tu as déçus, qui savent que tu es indigne, tu n'es rien. J'imagine qu'en apprenant qu'elle me permettait d'aller à la pêche, il a cru qu'elle s'était radoucie à son égard ; puis il est venu, il s'est rendu compte qu'elle le méprisait toujours, et il s'est dit qu'on ne l'y reprendrait plus. Même si elle n'avait jamais refusé qu'il me revoie, c'était clair qu'elle n'en avait pas envie, qu'elle jugeait qu'il serait d'une mauvaise influence pour moi.

Alors que moi, j'avais parmi mes copains un garçon dont le père était un ivrogne vraiment affreux, qui distribuait des coups de ceinture sans raison dès qu'il était saoul, et j'enviais même ce garçon. Un jour, on a envoyé le type en prison après une rixe, c'était un soulagement pour toute la maisonnée, mais malgré ça, je me suis rendu compte que mon copain avait hâte de voir rentrer son père : il l'aimait, tu vois. J'y ai repensé après avoir vu ce film : ce garçon-là, il aurait sorti son vieux de l'enfer, alors que moi, je n'en avais pas moyen. C'est drôle, je ne suis même pas croyant, mais là, j'ai eu l'impression que l'enfer existait vraiment, et je me suis dit : mais oui, mon père y est, avoir un enfant qui ne t'aime pas et ne te pardonnera jamais, ça vaut l'enfer. Et même si ça me faisait de la peine de savoir qu'il y était, je ne pouvais que l'y laisser. Parce que si je le voyais par surprise en enfer, je ne demanderais pas : « Papa, qu'est-ce que tu fais ici ? » D'abord, je n'ai pas l'habitude de dire « papa », et puis, je n'aurais pas du tout été étonné qu'il soit là. Pourquoi le serais-je ? Les autres qui ont toujours vu leur vieux chez eux doivent être sidérés de le voir tout à coup en enfer, mais le mien, qu'il soit là-bas ou n'importe où ailleurs, ça ne peut que me paraître normal, du moment qu'il n'est pas chez moi. Alors, je n'avais pas moyen de lui pardonner : le pardon, au fond, ce n'est rien d'autre que la stupéfaction, tu vois. Si le fils est stupéfié de le voir là-bas, le père est pardonné. Le mien restait en enfer. Et moi, je restais le fils d'un père indigne. Qu'est-ce que tu penses de ça, toi qui a plus lu que tout le monde, tu vois un truc pour arranger la situation ?

Depuis que Michel me parlait de ses parents, j'avais eu le temps d'oublier que c'était pour me demander mon avis, si bien qu'en réalisant qu'en matière d'avis, il s'agissait carrément de laisser quelqu'un en enfer ou de trouver comment l'en tirer, j'eus un accès de panique.

- Mais je ne sais pas, fis-je en m'efforçant de paraître sûre de moi et compétente, il doit bien y avoir un moyen, seulement, il faut que je réfléchisse... Au fond, est-ce qu'il ne t'aurait pas rendu service, avec ce qu'il a fait de mal ? Récemment, un Pleunkois m'a raconté son père : un homme tellement bien que quand il est mort, sa voisine a dit que c'était un saint, tu te rends compte : normalement, le voisinage a toujours de quoi se faire une autre idée de toi, et j'imagine que les saints n'étaient pas forcément appréciés dans leur quartier... Eh bien, le fils de ce saint homme, ça devait être une vraie honte pour lui. Si cela se trouve, avoir des parents parfaits, ça peut te faire devenir bête et nuisible – il y a peut-être une loi de la nature qui veut de la variété, dans les familles...

- Mais le problème, m'interrompit Michel, ce n'est pas qu'il était mauvais, c'est que je ne l'ai pratiquement pas connu. Ce que je ne peux pas lui pardonner, au fond, c'est d'avoir été absent : si je l'avais fréquenté, je suis sûr que j'aurais réussi à lui trouver des excuses, à le prendre en pitié, bref, même en voyant que c'était un type méprisable, je m'y serais fait. Je ne suis pas tellement différent, tu sais : je suis un poseur, moi aussi, et un faible comme lui, on a assez de points communs, y compris ma gueule, tu t'en doutes, je t'ai dit que maman était une belle fille – bref, je lui ressemble assez pour avoir de quoi lui passer certaines choses. Si je l'avais fréquenté, j'aurais trouvé le moyen d'avoir de la tendresse pour lui, alors, je n'aurais pas été le fils d'un père indigne qui mérite l'enfer. En y pensant, après le film, je me suis dit que c'était maman qui l'avait mis là, en fait, mais je ne peux pas lui en vouloir pour ça, à elle. Il faut dire qu'aux femmes, je pardonne facilement ; aux hommes, jamais ou presque. Même un copain, quand il a mal agi envers moi, je n'y peux rien, je ne pardonne pas, c'est définitif. Alors que si je pardonnais à tout le monde, je me sentirais tellement plus léger !

Il soupira, puis :

- Je n'ai pas toujours eu la vie facile, tu sais. J'ai réussi à devenir quelque chose de mieux qu'un troisième couteau, mais ce que j'ai trimé ! ce que j'ai avalé de couleuvres ! combien de fois je me suis dit que je n'aurais jamais ce que je voulais – j'ai eu très peu de beaux rôles, en fait, j'ai passé les trois quarts de mon temps à prendre ce qui se présentait, quand ce n'était pas à m'échiner pour en décrocher un qui était merdique, rien que pour travailler, en espérant que les gens finiraient par savoir comment je m'appelle… Quand j'ai quelque chose comme un succès, je ne suis même pas heureux : je me dis que le soufflé ne va pas tarder à retomber ; les échecs, en revanche, j'en souffre, et pas qu'un peu ! Ça me reste sur l'estomac pendant des mois. Ça ne passe pas. Tu vois, j'ai beau avoir ma panoplie de cow-boy, au bout d'un moment, on se fatigue de courir et de tirer à blanc, et puis, tu rentres, tu repenses aux choses, seul avec toi-même, et il te vient des idées vraiment pas gaies. Tu ne vas pas me croire, mais quand je suis seul, ça m'arrive de me mettre à pleurer comme un gosse – je m'assieds, je pense et je pleure. Si je pardonnais un peu plus, je suis sûr que ça irait mieux. Quand j'ai vu ce film, je me suis dit : si je pouvais sortir mon père de l'enfer, je pardonnerais aux autres aussi, et…

Chanouar quitta ses genoux d'un bond, pour se rasseoir sur moi. C'est seulement alors qu'une idée me vint.

– Michel, dis-je, en fait, je crois que le problème de le faire sortir ne se pose pas vraiment. Si tu ne te vois pas lui demander : « Papa, qu'est-ce que tu fais ici ? », c'est peut-être que tu ne le vois pas plus en enfer que chez toi. Tu as l'air d'avoir trop pitié de lui pour pouvoir l'y laisser, s'il y était vraiment. Quand tu penses à lui, où tu te le représentes ?

Après la surprise initiale, Michel avait paru peu convaincu (par la deuxième phrase), puis sur le point de reprendre de l'espoir ; la question lui fit faire un effort d'introspection visible, très sérieux, pour pouvoir me répondre avec certitude :

– Chez lui, là où je suis allé le voir.

– Alors, qui te prouve qu'il est en enfer ? L'enfer, c'était dans le film, ce n'est pas une vision que tu aies eue par toi-même ; donc, même à supposer que ton père y soit, ce n'est pas toi qui l'y as envoyé, ce n'est pas à toi de l'en tirer, et au fond, tu n'as sans doute rien à lui pardonner. Telle que tu me vois, je suis une fille de père onomastique, autrement dit dont je ne connais que le nom, et je n'y trouve aucun mal. À mon sens, ce que tu devrais te dire, c'est que l'absence du tien est un mérite, pour ce qui te concerne.

– Tu crois vraiment ? Il faut que j'y réfléchisse. Parce qu'avant, j'étais arrivé à la conclusion qu'au bout du compte, le seul péché, c'est l'absence. Tu sais, l'adage « Les absents ont toujours tort » ? Eh bien, je me suis dit que je venais de comprendre pourquoi : parce qu'ils te privent de la possibilité de leur donner raison.

– Mais toi qui t'es enfui, une fois absent, tu as été coupable pour ta mère ?

– Non, bien sûr, mais en fait, absent, j'étais plus présent que les derniers temps où j'ai habité chez elle ! À partir de l'adolescence, je n'ai plus été proche d'elle. Ce n'est pas que j'aie été désagréable, j'en étais incapable, mais j'ai cessé de l'écouter et de lui parler, je lui cachais tout ce que je pouvais, bref, je lui glissais entre les doigts. Elle trouvait ça normal : je grandissais, je n'allais pas rester fourré dans ses jupes ; n'empêche, ça devait être dur. Elle n'avait jamais eu que moi pour sentir qu'on lui faisait pleinement confiance, et c'était fini, plus personne. Alors, une fois parti, c'était mieux : il n'y avait plus ma présence pour lui rappeler à quel point j'étais absent, tu vois. Plus tard, j'ai su que quand elle était seule, elle s'asseyait pour manger face au mur où il y avait des photos de moi, pour discuter avec : « Michel, tu as dîné ? Regarde ce que j'ai fait ce soir, justement ce ragoût que tu préfères... »

Michel pencha la tête, sortit un mouchoir de sa poche et s'essuya les yeux, puis le nez. Je fis de même.

- Tu vois, reprit-il. Si j'avais vécu plus près de ma mère, elle m'aurait vu, j'aurais été absent. Si elle m'avait parlé de mon ragoût préféré, ça m'aurait agacé au lieu de m'attendrir. Adolescent, ça m'agaçait déjà ; adulte, à force de l'entendre répéter, j'aurais peut-être fini par lui dire que j'en avais plus qu'assez, que ça faisait des années que je n'en pouvais plus, de son ragoût, que j'en avais marre qu'elle me traite toujours comme un enfant. Alors que moi absent, elle n'avait qu'à se vanter de moi, jamais à se plaindre. Au tout début, elle n'a pas dû se vanter, mais elle était fière quand même, elle me l'a dit : « J'ai eu très peur pour toi, quand j'ai appris que tu avais passé la frontière, mais je savais que tu avais bien fait. Après, quand je regardais les fils des autres, je me demandais : celui-là, est-ce qu'il aurait pu faire comme Michel ? Et toujours, je me répondais non. Ils n'auraient pas osé. Ce n'était pas pour eux. Ils n'en avaient ni le courage ni ce qui peut le donner. Et de toute façon, qu'est-ce qu'ils auraient fait, une fois qu'ils seraient passés de l'autre côté, eux ? Ils auraient traversé la moitié de l'Europe comme toi, sans même connaître une langue étrangère, sans le sou, rien que pour voir du pays ? Tu parles ! Ils n'avaient pas besoin de voir le monde, pas plus que le monde n'avait besoin de les voir. Un petit provincial né pour le rester, il n'a pas intérêt à se montrer à la capitale. C'est là qu'il comprend ce qu'il est. » Ma mère n'avait jamais voyagé, mais tu vois, ça n'en faisait pas un esprit de clocher. Je dirais même qu'elle était cosmopolite. Elle aimait lire mes leçons de géographie, et des choses sur les pays lointains en général. Elle disait que ça ouvrait l'esprit.

- Plus tu m'en parles, plus elle me plaît.

- Tant mieux ! N'empêche, si tu avais été sa fille... Je ne sais pas. Elle était difficile. C'était une femme qui voulait qu'on soit complètement à elle, et que tout ce qui est à elle soit le meilleur...

Michel hocha la tête, méditatif, et but la dernière gorgée de son verre. Le sujet était sans doute épuisé - ou bien la fatigue de se raconter assez grande pour le faire clore. Il jeta un coup d'œil sur l'horloge murale.

– Eh bien, je t'ai tenu la jambe jusqu'à minuit passé, mine de rien ! Si je peux me permettre d'abuser, tu veux bien me garder pour dormir ? Tout d'un coup, je me rends compte que je ne suis plus en état de rentrer. J'avais déjà bu avant de te voir. Et à l'idée d'une maison où il n'y a personne, je sens comme un malaise…

Il disait tout cela d'une façon vraiment attendrissante : l'air de se douter que ses arguments étaient légers, mais d'espérer quand même qu'on le garderait, gentil et désarmant comme il était.

– Le problème, réfléchis-je à voix haute, c'est que tu es trop grand pour le canapé, je ne vois pas où te mettre…

– Tu ne pourrais pas me mettre avec toi ? demanda-t-il en souriant, plus bon enfant que jamais. Je me ferai tout petit !

– Michel, dis-je, excuse-moi, mais ce n'est pas possible. Il se trouve que je suis mariée et fidèle. (Ce qui était un mensonge éhonté ou l'expression de la stricte vérité, selon le mariage auquel on songeait.) Ça peut paraître incroyable, pour une femme qu'on croise toujours seule et qui pense à te l'apprendre seulement quand ça devient indispensable, mais c'est un fait. Regarde, je porte une alliance.

Michel éclata de rire, puis :

– Oh, là, là ! Personne ne m'a jamais éconduit comme toi. Le coup de l'alliance, avec la main en l'air, je ne peux pas te dire l'effet que ça fait ! Si j'avais vingt ans de moins, je serais tombé amoureux ! Il a de la chance, ton mari.

– On appelle un taxi ?

– Non, non, surtout pas ! J'ai horreur des chauffeurs de taxi, ils me reconnaissent tous, ils commencent à me parler de mes films et ils me demandent un autographe. C'est toujours les mêmes trois films qu'ils ont vu, où je joue des seconds rôles, et je dois écrire « cordialement », ou quelque chose du genre, alors que j'ai envie d'étrangler le gars, tu vois ! Non, je rentre tout seul, dans ma voiture. Si j'ai un accident, ce sera de ta faute, mais je te pardonne d'avance ! J'ai toujours pardonné aux femmes, il ne manquerait plus que de commencer à leur en vouloir justement par toi qui as passé tout ce temps à m'écouter !

Pendant que je le raccompagnais à travers le couloir (en portant Chanouar calée contre ma poitrine), il me remercia sur un ton plus sérieux, puis, déjà sur le palier, m'envoya un baiser du bout des doigts :

– Ne raconte pas tout à ton mari !

*

C'est seulement après son départ que je pris conscience de tout l'extraordinaire de la soirée : ma légende d'autrefois, le professeur d'aventures, m'avait raconté sa vie comme il ne le faisait sans doute pas souvent (sans parler des histoires de famille, les circonstances de sa fuite n'étaient pas de notoriété publique, et l'ensemble de ce que j'avais lu à son sujet, entretiens compris, le présentait d'une manière très différente de ces confidences), et cela, parce qu'il me croyait capable de le conseiller ! Comment avais-je pu produire une telle impression sur lui ? Je me rappelai qu'il disait avoir bu dans l'après-midi, et me demandai s'il n'avait pas conçu l'idée de me parler à la faveur des circonstances, malgré ce qu'il prétendait : en me voyant passer, à un moment où la perspective de rentrer seul lui semblait insupportable – qui sait ? quelqu'un qui peut improviser une fuite en quelques heures...

De fait, la grande révélation, le plus étonnant dans l'histoire de Michel, c'était cela : qu'il ait changé de vie non pas suite à un choix bien prémédité (comme tout me l'avait laissé croire jusque-là), mais en improvisant, en suivant plus ou moins la logique du moment, en la poussant à bout : puisqu'il faut s'éloigner, autant disparaître complètement. Je restai un moment à y songer (tout en rangeant la cuisine) ; d'un côté, il y avait là quelque chose de décevant, et je comprenais qu'il n'en parlât pas dans ses interviews, mais au fond, n'était-ce pas plus admirable qu'une évasion réfléchie et bien préparée ? Quel don pour l'existence devait-on avoir, quand on était capable de se muer ainsi, d'un instant à l'autre, en risque-tout ! Je regrettai de ne l'avoir pas interrogé sur la suite de son parcours jusqu'à Paris – étourdie par son récit, je n'avais même pas relevé le fait qu'il ne semblait pas en avoir rêvé, contrairement à ce que j'étais habituée à croire par la légende.

Épuisée, je me couchai, et Chanouar se mit à ronronner une berceuse de sa façon, mais je ne pus pas m'endormir : tant et d'autres moments du récit de Michel me revenaient à l'esprit, chacun ébauchant une piste de réflexion que j'étais incapable de suivre, jusqu'à ce que j'en arrive au point de départ, à la scène en enfer, qui me rappela soudain ma vaine tentative de faire dire une messe à la mémoire de mon grand-père. On n'avait pas lu le nom de Dédé dans le temple : on ne l'a pas accepté au paradis, me dis-je, du moins pas dans celui des prêtres, et je me demandai d'où était sortie cette idée de répartir les âmes dans des espaces bien distincts et distants, que les Anciens n'avaient pas, autant qu'on sache (accueillant tout le monde dans le noir de leur Érèbe).

Venait-elle du seul souci éthique ? sans doute pas, sans quoi on l'aurait eue des siècles plus tôt, en même temps que la morale ; non, elle devait être issue d'un point de vue plus pragmatique : on avait dû la concevoir par besoin de rangement, depuis le temps que toutes les âmes, dont des milliers de peu compatibles, restaient fourrées ensemble ; on avait dû se dire que ça finirait par donner du désordre, des conflits, voire une guerre terrible, si par exemple le quartier du Tartare décidait de partir vers les Champs Élysées. Pour l'éviter, il fallait qu'elles se retrouvent entre semblables, et dans deux pays bien délimités : les unes au ciel, les autres dessous la terre, tandis que nous (la frontière) n'avions qu'à continuer de nous battre au milieu, étant plus difficiles à contenir dans les limites d'un espace précis et d'un ordre éternel que les défunts. Qu'eux au moins se tiennent tranquilles, avait-on dû se dire, puisqu'il n'y a guère moyen de venir à bout des désordres des vivants… Et le purgatoire ? Le purgatoire, ce devait être le reflet de l'ici-bas ; s'il existait, comment se le représenter de façon plausible, sinon comme un domaine où les choses vont ni trop bien ni trop mal, plutôt un peu plus mal que bien, bref, comme chez les vivants normaux ? Je me rappelai le romancier qui m'avait rendu visite en pantoufles et qui parlait de punaises ; tout s'explique, me dis-je, il habite au purgatoire, c'est pour cela qu'il peut revenir chez nous, parce que son monde actuel ressemble assez au nôtre pour qu'il soit possible d'y faire un saut – les mondes vraiment distants, ce sont seulement ceux qui ne se ressemblent guère (tout comme les humains trop différents ne sauraient se rapprocher) ; fussent-il géographiquement limitrophes, ces mondes, ce qui les sépare a une telle force d'éloignement que passer de l'un à l'autre doit nécessairement coûter des efforts monstrueux, et une fois que c'est fait, l'on a l'impression d'avoir franchi une distance incalculable… Et d'où leur viendrait l'envie, aux âmes du paradis, de faire la traversée épouvantable qui doit s'imposer pour revenir nous voir ? Tandis qu'à celles qui logent en enfer, cela doit être carrément impossible, autrement plus dur encore que de quitter Pleunk ou Cleunk, de revenir de notre côté – c'est pour cela que le passage se fait toujours vers chez elles, même pour les touristes comme Dante…

Fascinée par cette idée, je tendis la main vers la poire de la lampe de chevet pour la noter avant que le sommeil ne vienne me la faire perdre, et je tombai sur du tissu qui couvrait quelque chose de vivant. Je poussai un cri, tandis que la lumière se faisait. Un homme aux traits épouvantablement flous se dressait devant le lit, comme pour m'empêcher de fuir.

- N'ayez pas peur, je vous prie, dit-il, je ne vous veux aucun mal, je ne suis pas dangereux, je ne suis qu'un malheureux dont la plupart des spectateurs n'ont jamais vu la tête. L'homme invisible, voyez-vous, le metteur en scène. Les gens sont sidérés quand ils me découvrent : personne n'a jamais imaginé ce à quoi je pouvais ressembler. Mais croyez-moi, une fois qu'on s'est fait à ma bobine, on peut me trouver agréable, même une femme, je vous l'assure, même jeune. Vous ne connaissez pas une certaine Noémie ?…

- Mais si, l'interrompis-je (comprenant subitement qui c'était), et comment ! C'est une fille qui a voulu mourir parce qu'il y avait, à l'une de vos projections, des gens qui…

Je me mordis la langue : qu'allais-je faire à lui apprendre des choses semblables, comme s'il n'était pas déjà assez triste ! Car il l'était : de moins en moins flou à mesure qu'il parlait, le visage de Robert Massigny avait le regard le plus désolé que j'eusse jamais observé chez un humain – de fait, celui qu'on voit à certains chiens atteints de mélancolie congénitale –, un regard qui ne demande pas la pitié ni ne vous reproche rien, mais qui revient à dire que le monde n'a vraiment pas grand-chose pour nous réjouir.

- Mais de toute manière, moi, je vous connais, repris-je, nous nous connaissons déjà, tous les deux, je veux dire, nous nous sommes déjà vus sur le toit, vous ne vous rappelez pas ? Vous m'avez dirigée, et je ne suis pas tombée.

- Ah ! c'était vous, la fille aux pieds nus sur le toit ? Pardon, je vous avais prise pour une doublure !

Il en ressortait que Massigny tournait alors un film où jouait quelqu'un qui me ressemblait, mais complètement déboussolée, je ne songeai même pas à me renseigner sur ce sujet.

- En fait, c'est Noémie que vous cherchez ? Elle n'est pas ici, quoique… (J'eus soudain peur qu'il ne s'en aille aussitôt la chercher ailleurs, et je me mis à raconter n'importe quoi, oubliant même où nous étions :) Vous savez, ça paraît petit, chez moi, pourtant il y a souvent du monde qui vient chercher mes amis ou plein d'autres gens, et à bien y regarder, on les y trouve. Tous. Parfois, je ne m'en rends pas compte, mais ils y sont en permanence, au moins sous forme d'histoires ou de lettres… Et puis, je suis vraiment heureuse de vous connaître. J'aime vos films. Il y en a même un ou deux que j'ai vus des dizaines de fois…

- Mais je sais que vous les aimez, fit Massigny. C'est un peu pour cela que je suis venu, pas exactement, mais… Bref, depuis le jour où l'on m'a dit que vous m'aviez choisi pour faire l'adaptation filmée de votre premier roman, je suis impardonnable d'avoir tardé à venir vous rencontrer…

J'écarquillai les yeux, mais Massigny ne le remarqua pas, trop absorbé par son discours.

- …Mais vous savez comment ça se passe pour nous autres metteurs en scène, avec tout ce monde à voir, les producteurs, les co-scénaristes, l'équipe technique, les acteurs… Tous ces gens qu'on embarque dans son projet… Bref, j'attendais que cela se précise un peu : que je ne vienne pas les mains vides, pour ainsi dire, que j'aie un peu de quoi me vanter, sinon vous épater. Pour ne rien vous cacher (vous voyez à travers nos cachotteries, vous autres écrivains, de toute façon), j'attendais d'avoir l'accord de mes vedettes. Aujourd'hui, j'ai reçu la réponse qui se faisait attendre, et je n'ai pas tardé davantage, la preuve : me voilà, bien que penaud. Je préfère toujours commencer par l'essentiel ou par le plus désagréable ; dans ce cas précis, pour ce que je dois vous annoncer, c'est la même chose.

- Taisez-vous, je vous en supplie ! m'écriai-je, je ne veux rien apprendre d'essentiel et d'affreux, je n'en peux plus, les mauvaises nouvelles de grande importance, ça pleut sur moi, ces derniers temps !

- Mais ne craignez rien, fit Massigny, ce n'est vraiment pas si important, surtout pas pour vous, autant qu'on sache ; et même pour moi qui suis très concerné, parce que je perds des financements, du public potentiel et pire encore, de l'inspiration, c'est tolérable, je veux dire, je n'en mourrai pas. Pour en venir au fait, je dois vous apprendre que la vedette que vous aviez souhaitée pour le rôle principal masculin ne peut pas le faire.

Je restai coite, pour plus d'une raison.

- C'était sa réponse que j'attendais, bien sûr, continuait Massigny (imperturbable comme peut l'être un mort immortel), et voilà. Il m'écrit qu'il ne saurait participer qu'à titre d'apparition amicale. Très épisodiquement, et aucune scène d'amour. Il n'a pas le temps.

- Et aucune scène d'amour ? Quel rapport avec le temps ?

- Mais parce que ces dames se débrouillent toujours pour les faire durer, avec lui, les scènes d'amour ! « Si tu me trouves un petit rôle qui ne prenne pas plus d'un jour de tournage, m'écrit-il, je veux bien, pour te faire plaisir. » Le rôle principal reste donc vacant, pour le moment, et vous voyez, respectant les auteurs, je suis venu vous consulter : je pense le proposer à Michel Darbois. Vous êtes d'accord ?

- Non, répondis-je, retrouvant subitement mon esprit de décision et ma confiance en moi, ce n'est pas possible.

- Non ? fit Massigny, l'air très étonné.

Comment lui faire comprendre que ce serait une erreur de distribution monumentale, telle que je n'aurais jamais cru possible d'en faire à quelqu'un comme lui ? (Que lui arrivait-il ?) Je faillis lui dire que Michel Darbois ne ressemblait aucunement à un chat (et c'était bien écrit, dans le roman, que le héros y ressemblait), mais j'eus peur que dans sa disposition d'esprit actuelle, Massigny ne voie cette objection comme un problème de « détail », de l'ordre de ceux qui paraissent importants aux seuls écrivains.

- Vous avez répondu à cette lettre ? demandai-je.

- Pas encore.

- C'est parfait. Écrivez donc, dans votre réponse, que l'auteur tient à son choix, et que vous êtes prêt à attendre que la vedette se libère.

- Ma chère amie, soupira Massigny, on voit que vous ne connaissez pas la manière dont les choses se passent, au cinéma. Ne vous vexez pas, je vous en prie, c'est naturel que vous l'ignoriez, vous n'en êtes encore qu'à votre premier livre qui sera porté à l'écran, et si jeune… Mais moi, j'ai l'expérience de ce genre de cas, et j'aurais mieux aimé ne pas l'avoir, cette expérience-là. J'ai déjà envoyé plusieurs lettres comme celle que vous voulez me dicter, et en mon nom, et de mon propre chef, il y a longtemps… D'abord, à Louis Fégar, pour le rôle principal de *La Lettre égarée.* « Ne soyez pas bête, me répondit-il, tournez-le sans moi : ma cote n'est pas bonne, ces derniers temps, je ne fais que de l'alimentaire, et rien ne prouve qu'avant de pouvoir jouer autre chose, notamment dans votre film, il sera passé moins de deux-trois ans. Faites-le tout de suite avec un autre, ça marchera sûrement mieux, puis, si vous voulez toujours de moi quand j'aurai fini de couvrir mes dettes, on en fera un autre, je suis partant, je serais heureux de travailler avec vous. » Croyez-vous que je l'ai écouté ? Non ! Je ne voulais que lui pour ce rôle-là. « Louis, je lui ai dit, je te l'ai écrit et je te le répète : je t'attends. » Seulement, il y a toujours des circonstances imprévues qui se présentent, dans la vie : le lendemain du jour où j'ai confirmé ma décision à Louis Fégar, c'était la guerre.

Comme vous n'êtes pas une spécialiste de moi, vous ignorez sans doute que de fait, je ne m'appelais pas Massigny. Je m'appelais Weber, voyez-vous, comme le Martin Weber de mon film, et la guerre, ce n'était pas la Der des Ders, je le précise parce que les gens me croient toujours plus vieux que je ne le suis, depuis ma prime jeunesse. Bref, je m'appelais Weber. J'avais changé de nom parce que Robert Weber, pour un metteur en scène français, c'est vraiment importable. Vous la voyez, l'équipe de Robert Weber où personne ne se foutrait de sa gueule ? Un metteur en scène doit inspirer le respect, en imposer, pas faire crouler de rire les gens dès qu'il se présente. Cela s'imposait de changer de nom, et comme maman tenait à Robert (c'était elle qui l'avait choisi), j'ai jeté Weber.

– Mais pourquoi donc vous avait-elle choisi un prénom qui allait si mal avec le nom de famille ?

– C'est tout simple : en allemand, ça sonne très bien, Robert Weber, cela se prononce autrement qu'en France. C'est en Allemagne que mes parents se sont connus, c'est là que je suis né, c'est là qu'ils avaient cru que je grandirais… Bref, je m'appelais Weber, pour l'état-civil, comme mon Martin Weber ; seulement, lui, il était Allemand, alors que moi, non. C'est un patronyme qu'on trouve chez plusieurs ethnies, et pas seulement chez les Aryens, Weber… Donc, Louis Fégar ne savait pas plus que les autres gens du métier que je m'appelais Weber, et moi-même, je l'avais pour ainsi dire oublié. Quand je me le suis rappelé, j'ai mis un certain temps encore à réfléchir sur la meilleure façon de réagir… (J'avais le temps, je n'étais pas mobilisé, j'étais cardiaque.) Bref, j'ai changé de nom encore une fois, on m'a appelé Courtois, c'était indispensable pour mes nouvelles activités, mais je me suis fait prendre.

- Oh, mon Dieu !

- Ne vous en faites pas, c'est comme Weber que je me suis fait prendre, pas comme Courtois, et pas au pire moment ! Autrement, je ne serais pas là à vous conter l'histoire. Quoique… Ça m'arrive parfois d'oublier que je suis mort. Bref, je me suis fait prendre. Là où ils nous ont envoyés pour commencer, j'étais avec François Lavigne. Encore un qui avait pris un pseudonyme. Vous connaissez ?

- Non.

- Eh oui, depuis le temps, on l'a oublié, le pauvre, il n'avait joué que dans une dizaine de films avant qu'on ne le prenne, c'était encore une petite vedette… C'était un bon garçon, François Lavigne, un bon copain. Un bon copain, oui. Il arrive encore qu'on se revoie. Mais voilà, les gens l'ont oublié. Il n'a pas eu ma chance. Moi, j'ai pu m'enfuir…

Mais je ne vais pas vous raconter toute ma biographie, n'ayez pas peur. Pour revenir à mon propos : quand j'ai dit à Fégar que j'allais l'attendre, je n'imaginais pas qu'il allait y avoir ces histoires-là, cette guerre et le reste… Fégar prévoyait deux-trois ans au plus avant qu'on ne puisse travailler ensemble, mais ça m'en a pris sept, voyez-vous, finalement. Il avait vu trop juste. Et si je n'avais pas voulu attendre Louis Fégar, le lendemain de notre conversation, j'aurais pu être à Londres : mes producteurs, c'était une compagnie franco-anglaise. Et si j'avais été à Londres à ce moment-là, qui sait ? J'aurais peut-être complètement oublié que je m'appelais Weber, et je ne me serais jamais appelé Courtois, et cætera… Ce n'est pas que je regrette mon choix, je n'irais pas jusque-là ; mais vous voyez, quand on décide d'attendre qu'un acteur soit libre, on ne sait jamais à quoi on s'engage.

Et vous croyez que ça m'a servi de leçon ? Non ! J'étais comme vous, dans le temps. Deux fois encore, j'en ai attendu un. C'est là que nous revenons à notre Michel Darbois dont vous ne voulez pas. Je peux vous dire que moi, Robert Massigny, je l'ai attendu quatre ans, cet imbécile, quand il était tout jeune. Il était pourtant loin d'être une vedette, vous savez. Quatre ans ! Je ne voulais que lui, pour *Les Sentiers de la Nuit*.

- Mon Dieu ! Je ne savais pas ! Si vous saviez ! Nous l'avons vu au moins trente fois, ce film, dans le temps, moi et les copains que j'avais, à Pleunk. Si vous n'aviez pas attendu Darbois, je ne serais peut-être pas ici, je ne vous aurais peut-être jamais connu…

- Si vous voulez bien me laisser poursuivre, m'interrompit Massigny, car je tiens à vous dire certaines choses qui pourraient vous être utiles pour mûrir votre décision, pendant ces quatre ans où je l'ai attendu, ce gars-là, j'ai été trois fois sur le point de l'avoir, c'est ça le pire. Vous ne connaissez pas ça. Du temps de Fégar, au moins, il y avait la guerre, j'avais de quoi m'occuper la tête au lieu d'enrager ou de m'angoisser tout le temps pour un acteur que j'attendais ; je *relativisais*, comme on dit de vos jours. Et j'étais assez jeune, j'en étais encore à mon cinquième film, je me disais : si je survis, j'en ferai encore vingt ! Mon œuvre est devant moi... Alors qu'avec Darbois !...

J'avais quarante-huit ans, déjà, du temps où j'ai commencé à l'attendre, et j'étais cardiaque, vous savez. Et j'avais déjà fait quinze films. Et je me disais : si cela se trouve, demain, je n'y serai plus pour le tourner, *Les Sentiers de la Nuit*. Si cela se trouve, ce que j'ai fait jusqu'à présent, ce sera tout ; et c'est si peu. Si cela se trouve, le film qui pourrait être mon chef-d'œuvre, qui me permettrait d'avoir une ligne dans quelque livre d'histoire du cinéma, je ne vais pas avoir le temps de le faire. Trois fois, notre Michel, il m'a fait croire qu'on allait s'y mettre. Bon, tout est bien qui finit bien, j'ai tenu le coup ; au bout de quatre ans, on l'a fait et vous, vous dites l'avoir vu plus de trente fois, cela me fait plaisir... Mais si vous saviez ce que c'est d'être malade, de pouvoir y passer le lendemain, d'y penser tous les jours - pendant quatre ans... Vous voyez, même mort, je m'en souviens encore. Et la meilleure, c'est que j'ai été assez con pour attendre un troisième acteur, après tout ça ! Vous savez qui ?...

- Mais maintenant, l'interrompis-je, ce n'est pas pareil, vous êtes immortel, vous pouvez patienter tranquillement : ce n'est plus grave, même si ça prend du temps !

- Immortel, je l'étais déjà à l'époque de la troisième fois où j'ai attendu, fit Massigny. Être immortel ou non, cela revient au même quand vous avez besoin de quelqu'un, dans notre cas : d'un acteur. Même s'il comprend déjà que vous êtes immortel, ce n'est pas forcément une chose essentielle pour lui, non, il y en a d'autres qui comptent davantage, le plus souvent. Le rôle qu'il vient de jouer, par exemple : s'il ressemble à celui que vous lui proposez, vous avez beau être immortel, ça ne tombe pas au bon moment. Pareil si son dernier film n'a pas eu de succès et que votre projet n'en promet guère – les cinéastes immortels, ce ne sont pas nécessairement ceux qui attirent les foules. Et si vous êtes connu pour avoir mauvais caractère, à tort ou à raison ? Je connais beaucoup d'acteurs, et des meilleurs, que la seule idée de souffrir vos immortelles humeurs pendant des mois... Bref, il y a des centaines de cas de figure qui peuvent faire que l'acteur vous refuse votre immortel projet, je ne vais pas vous les citer tous. Mais le plus subtil, le plus perfide, vous ne l'imaginez sûrement pas, très peu de gens le connaissent, je vais vous dire ce que c'est.

Certains metteurs en scène, dont moi, aiment travailler souvent avec les mêmes acteurs. Mettons que vous découvrez un garçon ou une fille, que vous faites débuter ou qui a avec vous son premier grand succès. Qu'est-ce qui se passe ensuite ? Vous avez envie de faire un autre film avec la même jeune vedette, elle aussi, et les producteurs, cela va sans dire : une équipe gagnante, on la reprend ! Alors, vous refaites un film ensemble. Ça peut se reproduire deux, trois, quatre, cinq fois, avec plus ou moins de succès… Et il commence à se passer alors quelque chose de vraiment étrange, que vous ne remarquez pas forcément, ni la vedette elle-même, jusqu'au moment où tout le monde comprend que c'est irréversible, irréparable. C'est une chose… Affreuse et mystérieuse, à peine concevable. On ne sait jamais à quel moment cela commence à se produire, mais il se passe quelque chose, chez l'acteur et chez les gens qui voient ses films, qu'ils soient du grand public ou du métier, quelque chose qui fait que désormais, la carrière de cette vedette est ratée. Plus aucun grand metteur en scène ne pense à elle pour son prochain film. Elle-même, elle commence à jouer moins bien, peut-être parce qu'elle sent qu'elle est moins désirée qu'avant… Vous savez, les acteurs, ce sont des êtres très sensibles ; s'il y a *une personne* de moins qui les désire au monde, ils le sentent aussitôt… Et en même temps, ou avant, ou ensuite, le public se met à bouder de plus en plus les films de cette vedette. Pourquoi ?

Ce n'est pas parce qu'elle joue moins bien : il y en a tant qui ont toujours été mauvais, ou qui le sont devenus, et les gens les adorent au point de ne jamais s'en apercevoir ! Et dans le cas de figure qui nous intéresse, même si la vedette joue tout aussi bien qu'avant, elle est perdue. Ce phénomène est dû à plusieurs causes, sans doute, mais la seule qui soit indubitable, c'est que la vedette en question a fait un, ou deux, ou trois films de trop avec vous.

Je ne sais pas comment vous l'expliquer, mais on peut dire que les gens la voient, dès lors, comme votre propriété personnelle. C'est sans doute cela qui leur coupe l'envie de faire tourner cet acteur ou de retourner le voir. Car les acteurs, vous savez, c'est par définition à tout le monde, à la Terre entière, depuis que le cinéma existe. S'ils ne sont pas à tout le monde, s'ils n'ont pas assez de succès ou s'ils commencent à le perdre, ils s'étiolent.

Et d'un autre côté, vous, le metteur en scène qui travaillez souvent avec cette vedette, vous l'influencez. C'est fort, vous savez, le lien entre les acteurs et celui qui sait les diriger… Alors, quelqu'un que vous faites tourner souvent… C'est sans doute votre faute si cet acteur finit par jouer moins bien. Quand vous êtes immortel, vous le marquez plus qu'un autre ne l'aurait fait. Il devient un personnage à vous, vous l'enfermez dans votre monde, pour ainsi dire. Cela profite à vos films – et encore, pas toujours – mais à lui, non ! Ça lui était utile au tout début, vous lui avez appris des choses ; ensuite, il n'a plus rien à apprendre de vous, tandis que d'autres, même médiocres, pourraient lui donner je ne sais quoi qu'il n'a jamais connu…

Alors, vous voyez, c'est une situation si subtile et perfide que c'en est à être malade rien que d'y penser : d'un côté, un jeune acteur qui peut faire deux, trois, quatre grands films avec vous, est-ce qu'il songe seulement à refuser vos projets après le premier ? Et si c'est une actrice, et que vous soyez mariés, c'est plus perfide encore !... D'un autre côté, si la vedette décide, au bout de deux films avec vous, de refuser le troisième, et qu'ensuite, elle ne joue plus un seul grand rôle, est-ce qu'elle n'aurait pas mieux fait de ne pas refuser ? Personnellement, je dois vous avouer, même immortel et mort, je ne sais toujours pas quel est le moment précis, le moment décisif où elle doit ou ne doit pas renoncer à travailler avec vous.

Tout cela pour vous dire que les acteurs ont leurs raisons, que nous ne devinons pas nécessairement, et qui peuvent être bonnes, de nous faire attendre, parfois jusqu'aux calendes grecques. Alors, laissez tomber, ne vous obstinez pas. Moi, je suis immortel et mort, alors que vous, pas encore. Si j'écris cette lettre, si l'on remet le tournage à plus tard, qui peut nous dire jusqu'où se prolongera le délai ? Le temps que vous perdrez à vous tracasser, en attendant ! Et non seulement le temps : la chance d'avoir plus de succès, d'être adaptée par d'autres cinéastes – vous voyez la réputation qu'on va vous faire si l'on apprend que vous avez refusé que je tourne maintenant, vous, encore jeune et peu connue ? Et cela, pour attendre un acteur !

Prenons le meilleur cas de figure, mettons qu'il va se libérer, dans quelques mois ou dans sept ans. Mais si, entre-temps, vous changez d'avis ? D'ici à ce qu'il soit libre, il peut se trouver un autre qui vous paraisse convenir mieux au rôle. Qui vous assure que cela n'arrivera pas ? Et même si vous tenez toujours à votre premier choix – je ne veux pas être sinistre, mais il faut bien penser à tout –, qui vous assure que vous serez encore là, dans sept ans ? Vous n'êtes pas malade, mais tout mortel est à la merci d'un petit accident qui peut se produire n'importe quand, tant qu'il n'est pas encore mort : une guerre, un train qui déraille, une voiture qui dérape... Vous voyez ce que je veux dire ?

- Et comment ! C'est même pire, dans mon cas personnel. De fait, en ce moment, je dispose d'encore deux mois d'existence – normalement, on devrait me la prolonger sans problème ; n'empêche, si l'on se doute que...

- Mais enfin ! m'interrompit Massigny, puisque c'est ainsi, pourquoi me faites-vous perdre votre temps à vous convaincre ? Dans deux mois, votre vedette sera encore occupée ! Choisissez tout de suite quelqu'un d'autre, qu'on commence plus vite à tourner ! Darbois, je peux l'avoir aussitôt, il ne demande pas mieux, en ce moment, je me suis renseigné, il est libre. Vous ne voulez pas assister au moins au premier jour de tournage ? Si vous disparaissez avant... En fait, êtes-vous sûre de devenir immortelle, d'ici à deux mois ?

– Non, avouai-je.

– Y a-t-il au moins une personne qui serait prête à se porter garant ? Je veux dire, ce n'est pas la peine de prêter serment ni même de le dire publiquement, mais vous connaissez peut-être quelqu'un qui pense que ce sera le cas, qui le déclarerait devant moi, par exemple…

Je mis quelques instants à réfléchir.

– Non, je ne crois pas.

– Mais alors, puisqu'il n'y a personne, ni même vous, pour l'affirmer, ne vaudrait-il pas mieux être plus raisonnable ? Profitez du moment, ne vous privez pas des plaisirs qui vous restent, je veux dire qui vous sont accessibles actuellement. Ce ne serait pas agréable de venir assister au premier jour de tournage du premier film fait d'après vous ? Peut-être que ce sera mon film, justement, votre garantie, ou du moins un début de caution. Deux mois, ce n'est pas énorme, raison de plus de bien les utiliser, en préparant l'adaptation avec moi. Tout est dans le temps, vous savez. Ce que vous êtes pour les autres, pour le monde, c'est le temps que vous arrivez à passer de la bonne façon qui en décide, que vous soyez vivant, mort ou immortel. Si je n'avais pas pu venir passer un moment avec vous, vous n'auriez même pas su que j'existais encore, tout immortel que je sois. Vous auriez refusé de le croire, si quelqu'un avait prétendu qu'il pouvait me voir.

– Mais pas du tout ! Quand Noémie m'a dit qu'elle parlait avec vous, j'y ai tout de suite cru. Moi-même…

– Vous ne comprenez pas ce que je veux vous dire. J'ai dû mal choisir mon argument. Je vous donne un exemple du domaine que vous connaissez le mieux : un personnage de roman, pour qu'on y croie autant que s'il était un humain, pour qu'on ait l'impression de l'avoir connu depuis toujours, d'avoir vécu à ses côtés, il faut qu'il dure, il faut du temps. S'il ne dure qu'une page ou si le livre vous raconte sa vie brièvement, il ne sera pas aussi vivant pour vous, il ne vous côtoiera pas comme peut le faire un protagoniste de gros roman, dont vous aurez vécu les aventures une par une, des semaines durant, comme si vous y étiez. Parce que le temps de sa vie qu'on accorde à la lecture de la sienne à lui, il est réel ; plus ça dure, plus ça vous lie au personnage. Vous êtes d'accord ?

– Oui.

– Ouf ! Vous comprenez, maintenant, n'est-ce pas, ce que je voulais vous dire ? Tout est dans le temps ! Alors, deux mois passés à travailler avec un immortel, ça ne serait pas utile, pour vous ? Ça se refuse ?

– Robert, lui dis-je, vous êtes génial, et convaincant, et tout ce que j'admire, mais vraiment, je ne peux pas. Darbois dans ce rôle-là, ce n'est pas possible. Il n'est pas mon personnage, il ne peut pas l'être, ça va me gâcher l'histoire tout entière, et votre film par la même occasion. Je vois ça d'ici. Les critiques diront que depuis que vous êtes complètement sûr de votre éternité, vous avez moins d'inspiration, que votre travail est maintenant moins bon qu'avant votre mort. Massigny se relâche, dira-t-on, il ne fait plus assez d'efforts, il se repose sur ses lauriers, ce n'est pas étonnant : il a fait son temps !... Voulez-vous que j'appelle Noémie, maintenant, pour que vous ne soyez pas venu jusqu'ici pour rien ?

- Quand je veux voir quelqu'un, je me passe d'intermédiaires, répondit Massigny. Bon Dieu, est-ce permis d'être aussi butée, aussi inaccessible aux arguments de bon sens ? Vous voulez gâcher toutes vos chances de faire une belle carrière, alors que vous n'êtes même pas immortelle ? Si j'étais votre père, le savon que je vous passerais !

Son exaspération me fut soudain d'un vrai réconfort.

- Il faut que je vous explique, Robert, fis-je doucement, il y a très longtemps déjà, j'ai décidé un jour que je préférais mourir, s'il le fallait, plutôt que... Bref, comme vous dites, je ne vais pas vous raconter toute ma biographie. De toute manière, vous me comprenez à demi-mot : entre gens de notre espèce, comme dit mon ami Lao, on n'a pas besoin de se fournir les détails... Depuis ce jour-là, quand il m'arrive de sentir que vraiment, malgré ma bonne volonté, telle chose m'est impossible, bien que la raison soit contre moi, et toutes les forces du monde, je n'y peux rien changer. Quand on a fait une fois le deuil de sa vie, vous le savez depuis bien plus longtemps que moi, les fois suivantes deviennent plus faciles, ou bien même pas, mais on a pris le pli, ça devient naturel. Dans ces choses-là, au fond, comme les vivants le disent à propos d'autres, il n'y a que le premier pas qui coûte.

Massigny me fixait d'un air indéfinissable en hochant la tête.

- On peut se tutoyer, dit-il finalement. Nous étions faits pour nous connaître, vous êtes vraiment une idiote de mon genre. Quel dommage que cela ne suffise pas pour vous assurer l'éternité !

- Votre estime - je vous voussoie encore l'espace de cette phrase, Robert, elle sonnera mieux - votre estime m'est tellement précieuse, si réjouissante qu'elle me suffit, pour le moment. Tu vas revenir me voir, malgré le problème avec le film, n'est-ce pas ?

- Va donc au diable ! fit-il. Tu m'as bien joué ! Je ne te promets pas de revenir avant un siècle : quand je me fâche, ça dure un petit moment.

Il disparut. Et je vis que dans le fauteuil, à l'autre bout de la pièce, il y avait quelqu'un d'autre – qui avait entendu sinon tout, du moins l'essentiel de la conversation.

- Alors, une fois de plus, on refuse ? fit-il. En moins de deux heures, à deux personnages de valeur ? Vous poussez le bouchon si loin que ça commence à me plaire, à moi aussi...

Réalisant tout à coup que Chanouar n'était plus dans la pièce, je le coupai en m'écriant :

- Qu'est-ce que vous avez fait de la petite ?

Il rit.

- Mais rien du tout ! Ces créatures ne sont pas admises aux audiences, tout simplement. Nous autres commerçons uniquement avec les porteurs de péché originel.

- Vous y croyez ? m'étonnai-je.

- Le bon Dieu n'a pas eu que de mauvaises idées. À propos, savez-vous ce que c'est ?

- Je n'ai pas eu d'éducation religieuse.

- Allons, assez plaisanté. Répondez.

- Oui, je le sais. Moussa me l'a expliqué.

- Moussa ne vous a pas tout expliqué : avoir des origines, ce n'est qu'un détail. En vérité, le péché originel, dans ses trois aspects canoniques, c'est ne pas exister pour ceux qu'on aime, ne pas demeurer là où l'on veut être, et n'avoir pas de semblables. Dans l'ordre ou dans le désordre.

Cette définition me parut effrayante, bien que je ne l'eusse pas vraiment comprise, et je tentai de la rejeter :

- Je ne vois pas le rapport avec Adam et Ève.

- Il est pourtant évident. Adam existait-il pour Ève, et Ève existait-elle pour Adam avant qu'il ne puisse la faire sortir de sa côte ? Même une fois qu'ils étaient deux, n'étaient-ils pas tout seuls au monde ? Avaient-ils des semblables ? Et ont-ils pu rester au Paradis ? S'il vous faut d'autres aspects du péché originel, il suffit de demander.

Accablée par cette démonstration, je ne pus que dire d'une petite voix :

- Donc, même avant de manger la pomme ?... Pourquoi ?

- La pomme, ça n'a fait qu'aggraver leur cas en leur faisant comprendre certaines choses. Le péché originel, vous n'avez pas vraiment besoin de le commettre, on peut vous le donner.

- Comment ?

- Mais comme l'absolution. Ou comme une punition. La faute et le châtiment, dans ce cas, ne se distinguent guère. C'est pour cela aussi que ce péché-là s'appelle « originel », vous voyez, c'est comme la question de l'œuf et de la poule.

- Et on le donne à tout le monde ?

- Bien sûr que non ! À certains seulement, dont vous.

- Pourquoi moi ?

- Mais parce que vous écrivez, dit le Diable, visiblement étonné par ma naïveté. Vous avez entendu parler de chute ? Qu'est-ce qu'on m'a fait, à moi, quand j'ai voulu me prendre pour l'Autre, hein ? Vous croyez que je suis ravi de ma situation ? Je n'aurais pas été mieux en maire du paradis, entouré d'anges qui me fassent de la musique, tout gentil, tout généreux ? Mais voilà, je fais le sale boulot, tout le monde me déteste, y compris mes émules. Et vous autres, qui vous croyez chacun le démiurge de son monde, vous vous étonnez quand l'ordre des choses vous fait remarquer que vous êtes pire que des créatures ordinaires : des copies de vos propres créatures ! Ma chute à moi, on ne la vit qu'une fois, alors que la vôtre...

- C'est pour cela que vous ne me laissez pas tranquille ? fis-je, ébaubie. Vous venez nous voir *tous* ?

Il ricana :

- J'aime bien la compagnie des artistes, mais de là à vous fréquenter tous... Vous les verriez jusqu'au dernier, vous ? Pourquoi serais-je moins sélectif ?... N'empêche, de vos confrères, j'en vois pas mal. Parmi les artistes, c'est les gens de lettres que je préfère.

- Je m'en doutais, fis-je, réjouie de pouvoir me montrer avisée. Ça fait un petit moment que je l'ai remarqué. Vous voulez bien me dire pourquoi ?

- Vous ne savez pas ? Depuis le temps que vous m'étudiez, et que vous vous fourrez dans des embarras de ce genre-là...

- Devant quelqu'un comme vous, je ne suis plus sûre de savoir grand-chose.

- Très bien ! Je vais donc vous éclairer, comme l'un de mes noms le suggère. N'avez-vous pas déjà remarqué que les humains vivent, au moins depuis Moïse, dans un monde d'écritures ?

- Si, bien sûr ! m'empressai-je de répondre, puis, comme un écolier qui veut montrer qu'il sait bien sa leçon : Il y a les lois, les règlements, les actes de naissance, de propriété, de décès, et cætera, la comptabilité, le recensement, les livres de cuisine, de science, et...

Là, je me coupai, réalisant soudain que par étourderie, je venais de me mettre dans une mauvaise passe.

- Et les belles lettres, n'est-ce pas ? fit-il, patelin. Ah ! le pouvoir du Verbe ! Pouvoir enfermer quelqu'un dans un roman, ou dans un petit poème... C'est autrement mieux, et si je peux me permettre, autrement plus intéressant que le recensement, de mon point de vue ! Surtout quand il s'agit du travail d'une personne que l'occulte ne laisse pas indifférente... J'apprécie que vous progressiez dans vos études. Ces derniers temps, il se pose à vous des questions concernant le rangement par chez nous ? Voulez-vous que je vous dise où se trouve certain homme du commun ?

- Non, non ! criai-je, puis, comme il souriait : Ce n'est pas possible qu'il soit en enfer, quand même ! Ce n'est qu'un Noisillon, il n'a rien fait de grave ! Vous n'allez pas faire ça, c'est complètement injuste ! Vous... Vous étiez un ange, à l'origine !

- Comme tout le monde, fit-il en riant, du moins, c'est ce que

Paris : à mon sens, elles ne pouvaient pas avoir lieu ailleurs, même si en fait, elles n'auraient pas paru plus vraisemblables aux Parisiens qu'aux Pleunkois. Il arrivait que des adultes les lisent, et bien sûr, on me demandait pourquoi je ne décrivais pas ce que je connaissais. Vous voyez le genre de propos qu'on peut tenir dans ces cas-là, un peu condescendants et qui se veulent éducatifs : « il faut parler de la vie, de notre vie », et cætera. Je leur répondais que les histoires qui me venaient, c'était celles-là, mais en fait, la vraie raison, c'était que décrire ce qui pouvait se passer à Pleunk, ça revenait à mentir.

– À cause de la censure ?

– Pas vraiment, c'est-à-dire, pas pour moi : j'étais trop jeune pour vraiment en tenir compte, ça ne me concernait pas concrètement, je m'en fichais. C'était autre chose : en fait, moi-même telle que j'étais à l'époque, les gens que je connaissais, l'existence pleunkoise, tout ça me semblait être un mensonge. On avait beau tenir tout ça pour vrai et réel, je n'arrivais pas à y croire. Pour ce qui me concerne, par exemple, personne ne doutait que j'étais un enfant, et moi, je savais bien que c'était faux. J'en avais l'air, bien sûr, et je faisais semblant de l'être – faute de mieux, vous voyez, puisqu'on attendait ça de moi et qu'il n'était pas encore bien visible que j'étais adulte… (On rit.) Mais en même temps, je vous assure, je n'étais pas moins mûre que maintenant, sur la plupart des plans. Soit dit en passant, c'est une manie récente, de tenir les humains de bas âge pour quelque chose de tout autre que l'adulte : jusqu'à il y a deux-trois siècles, on pensait que le petit, c'était un humain de format réduit, du moment qu'il savait parler correctement, et personne n'aurait conçu des idioties comme les livres pour enfants. Bref, dans mon cas, étant naturellement anachronique, je réfléchissais d'une façon à peu près aussi élaborée que celle d'un adulte pas complètement idiot, et je savais très bien que je n'étais pas à ma place là où j'étais censée l'être, en général. Si j'avais écrit sur mon quotidien, j'aurais menti : ce n'était pas ma vraie vie. Pour ce qui est des autres, ça ne me disait rien de raconter des histoires d'adultes inspirées de ce que je pouvais observer. Même sans cela, j'étais obligée de parler comme dans une langue étrangère, la plupart du temps, en faisant semblant d'être d'accord avec eux, d'avoir le même genre d'idées, de désirs et cætera – il n'aurait plus manqué que de passer mes loisirs à raconter comment ils faisaient semblant de vivre. Alors que les histoires qui se passaient à Paris, c'était la vraie vie de gens qui ne faisaient semblant de rien…

– Mais pourquoi justement à Paris ? demanda Martin.

– Parce qu'à ma connaissance, c'était le meilleur endroit. Les Parisiens étaient connus pour cultiver l'art de converser, l'amour, la cuisine, les jardins et l'élégance, voyez-vous, qui dit mieux ? S'il y en a d'autres qui trouvent que c'est plus important d'avoir inventé la poudre à canon, la bombe atomique et le spoutnik, ou un tas de grandes théories, qu'ils se les gardent ! Les Parisiens s'en passaient très bien, ayant lu Voltaire, et s'ils avaient tendance à donner un peu trop dans le cartésianisme, Baudelaire leur avait appris qu'on ne peut pas vivre plus de trois jours sans poésie. Bref, c'était le peuple le plus appréciable de la Terre. (On rit.) Et si j'allais à Paris, un jour, on me reconnaîtrait tout de suite comme une congénère, d'autant plus facilement que depuis des siècles, il y venait des artistes de tous les coins du monde. À Paris, je me sentirais enfin chez moi, et je pourrais enfin écrire sur « la vie », car ce que je verrais là-bas, ce serait des choses vraies, pas des illusions qui se font passer pour la réalité…

- Ce que tu dois être déçue de Paris ! fit Martin.

- Oh, mais pas du tout ! répliquai-je, toute réjouie, pour l'essentiel, j'avais bien raison, vous savez. Bien entendu, depuis que je vis à Paris, j'ai pu remarquer que la plupart des gens n'ont pas *Candide* pour livre de chevet, qu'ils se fichent complètement de Baudelaire et qu'ils n'accueillent pas forcément les nouveaux venus comme des frères. Mais n'empêche, pour l'écriture, c'est Paris qui m'a permis d'avancer, et je n'ai pas la moindre envie de vivre ailleurs. Je ne peux pas vous dire comme je m'y sens bien. Comment expliquer ça ? C'est comme si j'étais née une seconde fois, et cette fois-ci, à l'endroit de mon choix, ce qui est vraiment un privilège inestimable. En général, à mon sens, rien n'est pire que de ne pas pouvoir choisir…

- Tu sais que le nom de ton saint patron, ça vient de Dionysos, qui veut dire « deux fois né » ? demanda Lucie.

Je l'ignorais, et je fus ravie de l'apprendre ; il s'avéra que la mère de Gaëlle avait pour passion l'antiquité grecque (sans avoir jamais visité la Grèce), depuis le collège, passant la plupart de ses loisirs à lire tout ce qui se pouvait trouver sur ce sujet. Voilà qui je vais pouvoir interroger sur les anciennes images des enfers, me dis-je, mais Michel me renvoya à Pleunk :

- Il y a de grands écrivains, chez toi ?

- Pleunk, ce n'est pas chez elle, le reprit Gaëlle en le foudroyant du regard, elle vient de t'expliquer qu'elle est parisienne !

(Car, cher lecteur – si vous ne l'avez pas encore compris –, mon amie savait bien que la formule en question revenait, quoique involontairement, à me signifier que je n'avais guère le droit d'exister, et faisait surgir devant mon regard intérieur comme un condensé de tous les rejets subis, que la personne qui venait de me l'infliger promettait à son insu de faire se perpétuer, puisqu'elle et d'autres pouvaient encore me renvoyer, ne serait-ce que brièvement, dans l'inexistence la plus humiliante. Mais n'insistons pas davantage sur un point si déplaisant.)

- D'ailleurs, tu savais que Pleunk, c'est en Bretagne ? poursuivit mon amie.

Une fois que ce dernier point fut éclairci aux parents (qui éclatèrent de rire en entendant que Gaëlle comptait m'emmener le visiter), je dus répondre :

- Avant l'Avènement, il y en avait, mais depuis, il n'y a plus qu'un grand poète, c'est un ami, d'ailleurs ; en matière de prose, autant qu'on sache, il n'en pousse plus.

- Comment ça se fait ?

- J'aurais du mal à être sûre de ce que j'avance, comme je n'y suis plus retournée depuis longtemps, mais je suppose que la loi du rapetissement vaut toujours. C'est un pays où les choses ont tendance à se réduire, alors, les grandes formes comme le roman, et les grands hommes dont les écrivains, ça a du mal à y pousser. Filip, le poète dont je vous parlais, c'est une sorte de rocher : une de ces natures qui tiennent le coup contre vents et marées, d'ailleurs ça se voit du premier coup d'œil, qu'il en faudrait plus que la petitesse pleunkoise pour le réduire, mais même lui, vous voyez, il travaille dans les petites formes, et à part lui, depuis qu'on a fusillé le dernier grand prosateur pour modernisme, en même temps que le Dernier Esthète, environ vingt ans avant ma naissance, il n'y a plus de littérature qui vaille la peine d'en parler, dans le pays. Ce n'est pas étonnant, à mon sens : moi-même, je ne pouvais pas y faire de la prose, comme je vous l'ai dit, en dehors des histoires qui se passaient à Paris. J'ai vite cessé d'en écrire, d'ailleurs, je n'ai plus fait que des poèmes, à partir de mes douze ans. En poésie, on peut dire tout ou presque sans que personne le comprenne vraiment hormis ceux qui doivent le savoir…

- Alors, c'était quand même un problème de censure, au fond, dit Lucie.

- Non, et d'ailleurs, la poésie, même sans la comprendre, on la censurait, là-bas : dès qu'elle n'était pas assez limpide, justement. Le problème pour la prose, au fond, ça doit être que tout le monde vit dans l'illusion, à Pleunk, du moins, c'était le cas de mon temps : les uns croyaient que leur vie était la vraie vie, et les autres s'en imaginaient une qu'ils auraient pu avoir si les choses s'étaient présentées autrement, vous voyez. Dans ces conditions-là, et quand on sait que le réalisme était obligatoire, comme mode de récit…

À cette étape (au dessert), il s'imposa d'expliquer que même en dehors du contexte pleunkois, je tenais le réalisme pour le mode narratif illusoire entre tous.

- Bref, essayai-je de conclure, je crois qu'il y a trop de formes d'illusion partout, en Pleunk, et dans la vie, et dans la tête des gens, et en littérature – rien que de devoir apprendre dès les petites classes qu' « aucun fleuve n'est plus grand que la Sombre », comme l'affirme le classique le plus célèbre de là-bas… La Sombre, vous savez, de mon temps, on l'appelait la Merdeuse ou le Merdançon, vu ce à quoi elle s'était réduite. En somme, le climat local rend fausse toute vérité ancienne ou importée, en même temps que la tête de l'habitant se remplit de toutes sortes d'illusions – ce n'est sans doute pas favorable à la prose qui a besoin d'un minimum de réel solide, y compris pour ne pas être réaliste. Par ailleurs, je ne sais pas grand-chose de Pleunk, pas beaucoup plus que vous, et je crois qu'il n'y a pas moyen d'en savoir vraiment beaucoup ; on peut l'imaginer même sans bien le connaître, bien sûr, mais on n'a pas forcément envie de le faire. Vous, si, peut-être, comme vous n'y avez jamais mis les pieds ; les natifs, en revanche, préfèrent imaginer d'autres endroits, pour autant que je sache, comme c'était le cas autrefois pour moi avec Paris…

- Donc, au fond, tu es venue à Paris pour devenir romancière, dit Martin.

- En dernière analyse, et si l'on doit retenir une seule raison, oui, certainement. À Pleunk, comme artiste, je ne donnais guère de fruits mangeables, et je n'aurais sûrement pas pu mieux faire si j'y étais toujours. Je ne suis pas comme Filip, je suis d'une sous-espèce qui a du mal à résister en milieu défavorable. Au mieux, je me serais suicidée ; au pire, ça aurait donné une longue vie stérile. Imaginez ce que c'est de vivre vieux en portant l'embryon atrophié de l'artiste qu'on aurait pu devenir ! Ça paraît à peine concevable ; pourtant, il y en a tant qui survivent ainsi…

- Mais à Paris, les conditions n'ont pas dû être si favorables que ça, pour toi, depuis ton arrivée ! fit Lucie.

(Il me revient à l'esprit, cher lecteur, un propos de ma chère Nathalie Sarraute qui trouvait incroyable, aux temps bénis de ses débuts, que les romanciers pussent encore s'encombrer de « dit-il » et « fit-elle » comme j'en sème – n'imaginant alors ni le fait que les lecteurs et les éditeurs de la fin de son siècle auraient déjà oublié, pour la plupart, que des procédés modernes comme les siens fussent possibles, ni les écrits qu'elle-même arriverait à apprécier dans ses dernières années.)

- Oh ! du moment qu'il y a de bonnes bibliothèques, de bons musées, et que je suis là où j'ai choisi d'être… Quand j'y pense, s'il y a une chose que je trouve vraiment dure et regrettable, avec le recul, c'est de n'avoir pas eu de correspondant littéraire ou artiste, en arrivant. Vous savez, autrefois, quand les confrères partaient pour Paris, ils avaient chacun au moins une lettre de recommandation à un confrère parisien, ou un autre moyen de se mettre en rapport avec le milieu qui serait le leur ; moi, je n'avais pour tout correspondant que la police. Ça faisait si longtemps qu'il n'y avait plus de contact possible entre la bohème pleunkoise et Paris… Vous allez rire : la bande d'amis que j'avais dans mon adolescence, de futurs peintres, connaissait Paris surtout par l'École de Paris, qui était encore beaucoup trop moderne pour n'être pas subversive et interdite, dans le pays. Alors, quand je suis arrivée, même si je ne croyais pas tout à fait que c'était dans le Paris du jeune Picasso, tout ce que je pouvais avoir pour compagnie, c'étaient des artistes d'autrefois ou des contemporains que je n'avais aucun moyen de rencontrer. D'ailleurs, même maintenant, c'est à peu près pareil…

J'étais sur le point de dire qu'à part Massigny (que j'avais fâché dernièrement pour aggraver mon cas), je n'avais personne qui veuille me parler sérieusement de son travail d'artiste et me conseiller comme un maître peut le faire, mais je songeai à me taire au bon moment.

- En revanche, repris-je, avec le temps, il m'arrive de plus en plus souvent le genre d'événements que je préfère, et qui ne sont possibles qu'à Paris, pour moi – je ne sais pas trop comment résumer cela, c'est un peu comme la madeleine de Proust, mais le présent y compte davantage que le passé, ou comme les épiphanies de Joyce, mais d'un ordre particulier : des choses jubilatoires qui tiennent du passage de l'irréel au réel. On peut peut-être les appeler « accomplissements ». Par exemple… Vous connaissez Michel Darbois ? Eh bien, à Pleunk, il était une légende, parce qu'on croyait qu'il était né là-bas et s'en était évadé d'une façon très ingénieuse ; avec des amis que j'avais dans le temps, on a passé des heures qui donneraient des mois, mises bout à bout, à parler de lui et à revoir un de ses films – et voilà que sans même avoir cherché à le rencontrer, j'en ai eu plusieurs occasions, si bien qu'il me tient pour une amie, maintenant. Et même sans aller aussi loin, rien que de réaliser, comme cela m'est arrivé l'année dernière, qu'il y a quinze ans, j'étais dans une salle de classe à Pleunk, en train d'attendre avec impatience la fin des cours pour aller au cinéma, et que maintenant, je suis dans une salle de classe à Paris, à la place du professeur, en train d'attendre avec la même impatience la fin des cours pour aller au théâtre où je verrais le même acteur, que j'irais en plus saluer après le spectacle, c'est un plaisir vraiment phénoménal ! Vous voyez ce que je veux dire ? Ça me donne l'impression que mon présent revient à accomplir plus que mes rêves, et que l'avenir m'apportera plein d'autres choses aussi exaltantes…

- Mais il n'y a vraiment rien qui t'embête, à Paris, à part le fait de ne pas connaître assez d'écrivains ? demanda Martin.

Je pris un instant pour réfléchir.

- Si, le côté exotique qu'on me trouve, plus le temps passe, plus ça me porte sur les nerfs – vous savez, la tendance qu'ont les gens qui vous rencontrent pour la première fois ou qui ne font que vous croiser, comme une vendeuse dans un magasin, par exemple, de vous demander si vous êtes espagnole, ou arabe, ou si c'est bien l'accent américain que vous avez, alors que vous-même, vous n'iriez jamais importuner les autres en leur posant des questions personnelles, comme disent les Anglais… Bref, plus les années passent, moins je trouve ça naturel, mais bon, la plupart du temps, je me débrouille pour le prendre du côté amusant…

En effet, cher lecteur, depuis l'année précédente (une fois mariée), je m'étais mise à m'en amuser après avoir découvert que je pouvais tourner la situation à mon profit, en me présentant quand bon me semblait sous l'une des identités qu'on m'avait infligées par le passé, ou en m'en inventant de nouvelles, complètes, à partir de l'infime ressemblance que je présentais avec elles, et qui aurait pu prêter à confusion même sans mon intervention. En les usurpant, faisais-je jamais autre chose que d'imiter la manie commune portant à reconstituer tout un portrait de famille autour d'une bague pouvant provenir d'un vol, du mont-de-piété ou de quelque bijouterie ? Puisque les gens tenaient à ne guère me voir telle que j'étais, pourquoi devrais-je me contenter de subir leur méconnaissance, sans jamais m'en mêler ? Et enfin, qui sinon l'intéressé(e) a le plus de droits sur sa biographie, y compris pour la modifier ?

Je racontai aux parents de Gaëlle comment j'avais découvert ce moyen de tirer amusement des airs exotiques qu'on me trouvait :

- L'année dernière, je n'avais pas encore la sécurité sociale – parce que même si vous faites des études, vous ne pouvez pas l'avoir, du moment que vous êtes de nationalité pleunkoise, sauf par votre conjoint éventuel qui n'aurait pas cette tare, et ça prend du temps –, alors que j'avais besoin de me faire soigner une dent, ce qui promettait de coûter cher. Mon amie Shéhéra m'a dit que je n'avais qu'à me faire passer pour elle, qui ne va jamais voir un dentiste. Et je me suis rendu compte que c'était un vrai plaisir – pas les soins, bien sûr ! (On pouffa ; il s'avérait que Gaëlle avait aussi peur du dentiste que moi.) Jouer son rôle, être du Liban, vous ne pouvez pas savoir comme c'était rafraîchissant ! Ça me changeait si bien les idées ! Et c'était facile : le dentiste m'interrogeait sur « mon pays », quand il n'avait pas la main dans ma bouche, je lui répondais par les clichés habituels, que tout le monde connaît, et du moment qu'il ne parlait pas l'arabe, il restait incapable de se rendre compte que je n'y avais jamais mis les pieds. Moi-même, j'arrivais à croire que j'avais grandi à Beyrouth, l'espace des phrases que je débitais : je voyais la montagne au-dessus de la ville, et la mer devant, où je m'étais baignée tous les beaux jours, au sortir de l'école ; le matin, je mettais mon maillot dans mon cartable…

On riait.

- On n'a pas besoin d'avoir lu ce que tu écris pour se rendre compte que tu as de l'imagination ! fit Martin.

– Mais ce n'est même pas une question d'imagination, c'est que factuellement parlant, j'aurais vraiment pu être n'importe qui d'autre, de n'importe quel autre pays, et ce que je suis personnellement serait resté tout aussi imperceptible à la plupart des gens. Je veux dire : du moment qu'on sait ce qu'est une montagne, une mer ou une ville, pour ce que les gens vous posent, comme questions, qui leur permettent de vous situer, c'est-à-dire de se faire de vous une idée assez complète à leur sens, on est vraiment du pays qu'on s'attribue, et on peut s'appeler n'importe comment, avoir vécu n'importe quoi, pour ce que ça les intéresse… Chez ce dentiste-là, j'étais Shéhéra ; il me demande : « Vous avez grandi pendant la guerre ? », puis il se remet à fouiller dans ma bouche, en se doutant que la réponse est « oui ». Après, il fait : « Mais maintenant, ça va mieux, non ? ça s'est calmé » – il a lu son journal, comme tout le monde, ou il a regardé sa télévision, bref, il sait que ça s'est calmé et il est content de le savoir. (Gaëlle pleurait de rire.) Après, il se renseigne sur le tourisme – pas forcément parce qu'il a l'intention d'aller en vacances au Liban, mais comme ça, histoire de se renseigner – et quand je vous parle de ce dentiste, il faut savoir que les autres personnes avec lesquelles j'ai eu ce genre d'échange, sur d'autres pays, parlaient de la même manière, sans même que je sois empêchée de développer par la fraiseuse, en posant des questions auxquelles on peut répondre sans avoir jamais mis les pieds dans le pays en question…

– Tu ne m'avais jamais parlé de ça ! dit Gaëlle, réussissant enfin à cesser de rire. C'est génial ! Comment tu choisis les pays ?

– Selon ce que la personne que j'ai en face me suggère, ou selon l'envie du moment. J'évite ceux dont je ne connais pratiquement pas un mot de la langue, en général, mais j'ai quand même dit à un vendeur de chaînes stéréo que j'étais italienne, parce que j'achetais la chaîne pour écouter Gina Strozzi, et il n'y a vu que du feu : « Ma mère est italienne aussi ! il a fait, tout ravi, de Sienne, et vous, vous êtes de quel coin ? » – « De Campanie. » J'ai eu la trouille, mais il ne parlait pas un mot d'italien. Rien d'étonnant. De fait, le plus commode, c'est de dire qu'on est d'un pays anglophone : les gens avouent tout de suite qu'ils parlent l'anglais si mal que c'en est une honte, ou qu'ils ne le parlent pas du tout, et dans tous les cas de figure, ils ont l'impression que le plus grand respect vous est dû. (Sur quoi, je saisis l'occasion de passer à un sujet plus intéressant à mon sens :) Mais vous, vous lisez le grec ancien ?

– Non, hélas ! répondit Lucie. J'ai essayé de l'apprendre plusieurs fois, c'est-à-dire que j'ai commencé, au début d'une semaine de vacances, en me disant que j'aurais le temps de bien avancer, et…

– On ne faisait pas de langues mortes, dans son école, précisa Gaëlle.

– Elle sera obligée d'attendre la retraite, fit Martin, et encore, avec le travail qu'on lui donne – rien que moi, même quand il n'y a pas d'enfants à la maison…

- Je croyais que quand les enfants seraient tous partis, j'aurais beaucoup plus de loisirs, mais en fait, il faut croire que je me débrouille pour ne pas en avoir.

- Déjà, il faut savoir qu'au moins deux fois par semaine, maman travaille de nuit, imagine si elle est en état d'apprendre le grec le lendemain.

On m'expliqua que Lucie préférait travailler de nuit aussi souvent que possible, ce qui lui permettait, entre autres avantages, de passer plus de temps avec Martin ; par ailleurs, c'était une petite dormeuse.

- Mais ce qui vous plaît dans les lectures grecques, c'est surtout le côté historique, ce qui donne le moyen de se représenter la vie dans l'antiquité, ou la mythologie ?

- La mythologie, répondit Lucie à ma grande joie. L'esprit scientifique, dans la famille, c'est Martin. Moi, je préfère les choses qui font rêver. D'ailleurs, chez les Grecs, l'histoire, c'était surtout des histoires de dieux et de demi-dieux, autant que je sache, à la différence des Romains qui ont vraiment inventé l'histoire telle qu'on a continué à la développer. Pour les Grecs, l'essentiel, c'était de raconter ce qui se passait de surnaturel, les hommes ne figurent dans leurs épopées que pour leurs rapports avec les dieux, à titre de parents, ou d'amants, ou pour avoir provoqué leur colère… Bien sûr, chez eux aussi, il y a eu des auteurs qui voyaient ça d'un œil critique, comme Évhémère qui voulait prouver qu'il n'y avait jamais eu de dieux : que c'étaient des hommes remarquables ayant réellement existé et qu'on avait mythifiés ensuite, Pausanias aussi va dans ce sens, mais c'est un point de vue d'après la fin de la grande époque grecque.

Je saisis l'occasion de me dire pratiquement ignare en la matière, pour interroger Lucie sur l'au-delà des anciens Grecs. Elle m'apprit qu'il était beaucoup moins impénétrable que le chrétien : non seulement nombre de mortels l'avaient visité, dont Orphée, mais il était possible d'y habiter quatre mois par an et de passer le reste du temps dans le monde des vivants, comme Perséphone, ou carrément d'en ressortir pour continuer de vivre de longues années sans devoir y redescendre, comme la belle Alceste qui avait accepté de mourir à la place de son mari, par amour, et qu'Hadès avait trouvée si émouvante et admirable qu'il la lui avait renvoyée. En somme, il arrivait assez souvent qu'on contourne la règle qui voulait que le passage entre l'ici-bas et l'au-delà soit à sens unique, et si les ressuscités étaient tenus au secret sur ce qu'ils avaient vu dans l'Érèbe, cela finissait toujours par s'ébruiter, on ne sait trop comment :

- Imagine qu'on en est arrivé à faire des descriptions géographiques et des maquettes des Enfers, en plus des récits sur ce qui s'y passait. On sait que les rites d'initiation d'Éleusis consistaient en partie à visiter une reproduction du paysage de l'Érèbe, à l'intérieur d'une grotte, pour se faire indiquer les chemins à prendre après sa mort. On pense que c'est Orphée qui avait donné ces renseignements…

- Parce qu'il était poète ?

- Je ne sais pas. Peut-être, mais d'un autre côté, ce n'était pas forcément un avantage, d'être poète : Pythagore aurait raconté qu'il avait vu dans l'Érèbe les âmes d'Homère et d'Hésiode qui subissaient des supplices affreux pour avoir raconté des histoires sur les dieux…

- Est-ce possible ?

- Il était influencé par Platon : le poète n'a pas droit de cité dans la République…

- Ça au moins, je le savais.

- Mais à propos d'Homère, il y a des passages, dans *L'Odyssée,* d'où il ressort que l'au-delà, c'est le monde des rêves nocturnes.

Face à mon étonnement (je l'avais lue, mais je ne me rappelais rien de tel), Lucie alla la chercher dans sa bibliothèque et me retrouva les passages : des âmes s'en allaient vers « le pays des Rêves », au-delà des « portes du Soleil » ; plus loin, les rêves que voyaient les vivants étaient présentés comme arrivant par deux portes : « l'une est faite de corne, l'autre est en ivoire ; quand les songes viennent par l'ivoire scié, on ne peut rien y voir de vrai ; ce ne sont pas des mots qui créent le réel sous nos yeux ; mais quand les songes nous arrivent par la corne polie, ils créent une certitude vraie pour quiconque les voit ».

- Pour moi, conclut Lucie, c'est ça, l'explication : leur au-delà, c'étaient les rêves, ce qui faisait qu'on pouvait très bien le cartographier, d'après les paysages que quelqu'un avait vus en dormant, peut-être dans des rêves récurrents…

- Leur au-delà, dit Martin, c'étaient les phénomènes telluriques : ils savaient très bien qu'à certains endroits, il sortait de la terre des choses bizarres, des gaz toxiques, du feu, et cætera. Ça devait les intriguer et leur donner l'impression que les morts qu'on enterrait habitaient ce monde-là. Rien que le fait d'avoir tenu des grottes pour des passages vers l'autre monde, ou d'y avoir mis des pythies, et les mystères d'Éleusis, ça le prouve.

Et Gaëlle, abondant dans son sens :

- C'était logique : les éruptions, c'est quelque chose de surhumain, donc ça doit être divin. Leurs dieux, ce n'était jamais que des forces naturelles, des éléments ou des fragments de nature personnifiés. Les nymphes, c'étaient des arbres ou des ruisseaux, non ? Et ce qu'ils appelaient Océan, c'était toutes les grandes eaux de la terre, mers et fleuves ensemble, autant que je sache…

Sur quoi, l'esprit positif ayant pris le dessus par le biais du père et de la fille, la conversation glissa sur l'océan bien réel où Gaëlle et moi allions nous baigner le lendemain matin – une sorte de baptême pour moi qui ne connaissais que la mer.

Je le trouvai épouvantablement froid, à l'étonnement amusé de mon amie : « Tu croyais que ce serait de la soupe comme la Méditerranée ? », ce qui fit que contrairement aux rêves de trempette que j'avais conçus, je restai la plupart du temps frileusement assise sur un rocher – même pas sur le sable, car Gaëlle abominait le genre de plage où les touristes vont –, à la regarder nager comme un poisson. L'après-midi, elle décida de me consoler en me promenant sur le chemin des douaniers, aux vues spectaculaires, qui ne pouvait que me plaire ; de toute manière, pour ce qui la concernait, une matinée de plage lui suffisait, elle y avait passé beaucoup trop de temps dans son enfance pour ne pas en avoir assez : « Je me baigne une fois quand je rentre, pour le contraste avec les piscines de Paris, puis je fais des choses plus intéressantes. » Le chemin des douaniers produisit l'effet prévu, et lui permit de me raconter enfin le débarquement des frères (qui se reproduirait en plus petit le lendemain) :

- Imagine, j'avais treize ans, j'étais partie en colonie de vacances, je rentre et j'en trouve une autre dans notre jardin : trois tentes et plein de garçons partout ! C'étaient mes frères flambant neufs et leurs copains – parce que maman avait dit qu'ils pouvaient amener des copains aussi, comme ça, ils se sentiraient moins dépaysés (jusque-là, ils vivaient chez leur mère dans le centre de la France), et comme il n'y avait pas assez de place dans la maison (on en habitait une autre, à l'époque, beaucoup plus petite), ils avaient résolu le problème en campant.

- Tu ne savais pas du tout qu'ils allaient venir ?

- Non, maman m'avait écrit : « Martin est enfin venu habiter chez nous, et quand tu vas rentrer, tu vas avoir une surprise » – tu aurais deviné, toi, que la surprise, c'était trois frères et une foule de copains ? J'étais tellement sonnée que le lendemain, je ne savais toujours pas très bien qui était qui. Mais on s'est vite habitués à être de la même famille ; la semaine suivante, on se chamaillait déjà. Tu sais, quand les gens sont encore nouveaux quelque part, ils ont tendance à trop bien se tenir, comme des invités ; eux, ils étaient encore intimidés par maman, mais une fois que j'étais là, j'ai vite commencé à les faire chier, et au bout de quelques jours, je les avais détendus, ils se sentaient assez à l'aise pour se chamailler au moins avec moi.

- Quel âge ils avaient ?

- Dix-sept, quinze et treize ans, c'étaient des gamins, tous les trois, je faisais plus mature.

- Comment ça se fait qu'ils ne soient pas restés vivre avec leur mère ?

- Apparemment, elle était affreuse, de plus en plus avec le temps, alors, ils ont choisi de partir avec Martin. Après, le plus jeune est retourné chez elle, mais il n'a pas tenu longtemps, il est revenu au bout de quelques mois. Même maintenant, ils ne voient pas leur mère, ils ne veulent pas. On s'est complètement adoptés, ils disent « maman », pas « Lucie », et ils rentrent souvent, plus souvent que moi, en fait, même s'il n'y a que Philippe à être resté relativement près, à Rennes. Jean-Marc travaille à Nice, et Pierre, à Chamonix. En fait, tu veux qu'on aille à Nice ?

- On peut ?

- Ah, mais bien sûr ! On n'a qu'à prendre les clés, on dormira chez Jean-Marc pendant qu'il sera ici : s'il ne reste que pour le week-end, on passe une nuit là-bas, puis on revient.

Cette proposition m'étourdit de joie : non seulement je pourrais me baigner dans la « soupe » méprisée par mon amie, mais le voyage improvisé ferait de mes brèves vacances quelque chose comme un tour de la France – tout ce qu'on verrait, en descendant vers le sud ! L'enthousiasme que je manifestai plut à Gaëlle qui abonda dans le même sens :

- Il était grand temps, en fait, qu'on te fasse voir autre chose que Paris. Ça fait quoi, six, sept ans, que tu n'en as pas bougé ?

- Presque huit.

- Est-ce bon dieu possible ? ! (Je me rappelai subitement que pour Gaëlle, six mois passés au même endroit tenaient de l'exploit, naguère.) Tu vas voir comme je vais te promener, il faut rattraper toutes les vacances que tu as manquées. Pas plus d'un jour à Nice...

J'essayai de protester, mais en vain.

- Même une journée entière, c'est trop, décréta-t-elle, il faut qu'on profite bien du peu de temps qu'on a. C'est quand même pas possible, que tu ne connaisses que Paris, de toute la France !

Et elle se lança dans un long discours pour me convaincre qu'en réalité, Paris, c'était ce qu'il y avait de moins intéressant – tout en se doutant que malgré l'énergie qu'elle y mettait, je resterais à mon avis initial.

- Bon, conclut-elle, je vois que tu fais seulement semblant de m'écouter, mais ce n'est pas grave, une fois que je t'aurai montré les jolis coins qu'on trouve en Bourgogne, par exemple, ou en Camargue, ou dans le Jura... Pour le Jura, on risque de ne pas avoir le temps, c'est dommage ; en revanche, on peut bien faire un petit détour par la Bourgogne...

Je commis la bêtise de dire que Claire y était, dans la maison de campagne de ses parents.

- Très bien ! On va l'appeler, peut-être qu'on pourrait passer une nuit chez eux, ça nous permettrait de faire plus de route et plus de détours.

- Mais moi, je veux rester près de la mer, fis-je d'une petite voix, ce qui m'attira des moqueries et des réprimandes.

- Pour ce que tu en profites, tu peux rester dans la voiture à te tremper les pieds dans une cuvette ! C'est une manie, la mer, chez le Parisien ! À Nice, l'eau est tellement sale que tu n'auras même pas envie d'y entrer, je sais de quoi je parle. Tu ne vas pas perdre la petite semaine que tu as à croupir au même endroit ! Perros, tu l'auras assez vu, de toute manière, puisqu'il faudra qu'on y retourne…

Je finis par lui abandonner tout le pouvoir de décision, en me disant que voir la Méditerranée ne serait-ce que pendant un petit moment, c'était déjà une chance inespérée. Et la bougeotte de Gaëlle fit que nous partîmes dès le lendemain matin (samedi), en prévoyant de dormir d'abord à Nice, puis chez Claire en Bourgogne. Jean-Marc ne pouvant pas nous céder sa voiture pour plus de deux jours, nous dûmes faire confiance à la Petite Bleue (au réservoir à huile vérifié par Martin qui n'y trouva aucun défaut).

Notre trajet, dont seuls les points de chute étaient connus d'avance, fut finalement déterminé à la faveur des circonstances : des indications erronées que je donnais fréquemment à Gaëlle en déchiffrant la carte, comme des embouteillages sur lesquels on tombait, et qu'elle contournait dès la première bretelle en s'écartant le plus possible de toute grande route où l'on risquait d'être prises dans un autre bouchon. Naturellement, les éviter aussi revenait à se perdre, mais après tout, on y gagnait autant de découvertes plus plaisantes que l'aspect d'une autoroute ; l'imprévu était vraiment l'élément de mon amie, tandis que pour ma part, du moment qu'il n'y avait pas de risque de rater la mer, j'étais prête à apprécier à peu près tout ce qui se pouvait voir sur n'importe quel chemin descendant vers le sud. En revanche, faute de temps pour vraiment visiter les lieux traversés, alors qu'il fallait aussi consulter la carte et surveiller les panneaux indicateurs, je ne retins pas grand-chose de ce que nous vîmes, à part l'image invraisemblable et idyllique d'un petit village quasi désert, haut perché au-dessus d'un panorama vallonné, dont l'épicerie de la place centrale nous octroya un merveilleux dîner sur le pouce pris sur les marches de l'église : du jambon fumé fourré dans deux petits pains croustillants, arrosé de vin blanc, tout cela d'autant plus goûteux que la vue était splendide.

Nous arrivâmes à Nice après la tombée de la nuit, fîmes un grand tour, à titre de concession de Gaëlle à mon faible pour les villes et les lumières, puis laissâmes la Petite Bleue devant l'immeuble de Jean-Marc, non loin de la gare, et allâmes à pied chercher un endroit où souper – en nous disputant en chemin sur l'architecture locale, trop ornée même quand elle ne faisait pas carrément pièce montée, au sens de mon amie. Comment pouvais-je trouver ça joli, moi qui avais si bon goût, normalement ? – « Paris est plus sobre et plus distingué, bien sûr… » Gaëlle m'interrompit en pouffant. – « Mais n'empêche, repris-je sans me laisser démonter, ça a son charme, l'architecture très ornée, ça va très bien avec le paysage d'ici, et quand tu as vu un peu trop de tours et de barres, rien que par contraste, ça te met du baume au cœur. » Ce dernier argument rendit mon point de vue plus acceptable ; Gaëlle, en revanche, préférait résolument les constructions anciennes les plus épurées et rudes, et à choisir, les villages aux petites villes, les grandes passant en dernier : « Leur seul avantage, pour moi, c'est qu'on y trouve les livres et les films qu'on veut. » Je lui proposai de jouer au jeu de Michèle (comme on s'asseyait à la terrasse d'un bistrot où l'on mangerait de la socca et boirait enfin à volonté), ce qui nous permit de nous rendre compte qu'elle ne savait pas du tout où elle voulait habiter, si le choix ne dépendait que de ses vœux :

- Pas à Paris, c'est sûr…

- Mais tu y es depuis quelques années déjà ! Ça te déplaît vraiment, d'y vivre ?

- Pas tout le temps, n'empêche, ça manque de nature, et je n'y passerais pas ma vie. Pas en Bretagne non plus, bien sûr. (Et après un moment de réflexion :) En fait, je ne veux habiter nulle part où je suis déjà allée !

- Même pas aux endroits qui te plaisent tellement, en Camargue et dans les autres coins que tu voulais me montrer ?

- Non. Ils me plaisent pour des vacances, pas pour y vivre. Je m'y ennuierais. Quoique… Je crois que je vois comment je pourrais faire pour ne pas commencer à m'ennuyer trop vite : il faudrait acheter une maison qui soit presque en ruines, et bien grande, tu vois, genre ancienne ferme, où j'aurais plein de travaux à faire. Le temps que je la retape, avec le peu d'argent que j'aurai…

- Mais dans le jeu, tu as tout l'argent que tu veux !

- Je n'en veux pas. Ou bien si, mais je ne vais pas l'utiliser pour la retaper comme font les gens qui ont beaucoup de moyens, je m'occuperais des travaux toute seule et lentement, à mon rythme.

- Qu'est-ce que tu ferais de l'argent ?

- Je m'achèterais des chevaux. Je ne t'ai jamais dit que je faisais du cheval, quand j'étais petite ? Monter à cheval, ça, c'est quelque chose que je pourrais faire tous les jours, pendant des années, sans m'en lasser !

- C'est la seule chose de ta vie qui ne t'ait jamais lassée ? m'étonnai-je, et de fil en aiguille, je fis exposer à Gaëlle sa théorie concernant le Principe de Lassitude – car elle en avait une, déjà ancienne, que sa tendance à digresser l'avait empêchée de m'expliquer jusque-là :

- Il faut savoir que quand j'étais petite, j'avais un mouchoir avec lequel je dormais – je le tenais dans mon poing pour m'endormir, un vieux mouchoir tout doux, tu sais, tellement usé qu'il était devenu merveilleusement doux –, et je lui attribuais des vertus magiques.

- C'était ta petite divinité.

- Tu en as eu aussi ?

- La mienne, c'était une sorte de calotte en velours brodé, mais peu importe, tout le monde a sa petite divinité du genre avec lequel on dort.

- Ah oui ? Tu l'as toujours ?

- Bien sûr ! Je l'ai chez moi, je ne serais pas partie de Pleunk sans elle, c'est comme les pénates. Je n'y touche pratiquement plus, parce qu'elle est déjà très vieille et fragile, mais je la garde.

Gaëlle eut l'air stupéfiée et rassurée par cette révélation.

- Alors, tu vas très bien comprendre ce que je vais te raconter ! Et moi qui croyais que c'était ridicule d'avoir des choses comme ça quand tu as plus de cinq ans !

- Mais même s'il y a des gens qui trouvent que c'est ridicule, fis-je avec étonnement, quelle importance ? Toi qui te fiches toujours de l'avis général, qui n'aimes pas faire comme tout le monde, ça te donne une occasion de plus ! Au fond, c'est encore mieux : les choses qui passent pour ridicules, actuellement, c'est l'équivalent de l'indécence d'autrefois – ça doit être à peu près les seuls moyens qu'on a d'être vraiment à contre-courant, ou en dehors du lot, non ? À part ça, tout est permis ou presque.

- Ça me plaît bien, comme idée. Je vais la creuser. Mais attends que je te raconte, parce qu'autrement, je n'y arriverai jamais, au Principe de Lassitude !

Gaëlle ne se rappelait plus comment elle avait découvert que sa petite divinité en était une, mais depuis qu'elle le savait, elle lui demandait régulièrement d'exaucer ses désirs, ou plutôt de lui épargner certaines peines – « c'est en te parlant que je réalise qu'à l'époque, je n'ai pas dû avoir de désirs, pour incroyable que ça paraisse ! », mais des peines, oh ! que si ! elle en avait assez pour avoir de quoi prier presque tous les soirs. – « Qu'est-ce que c'était ? » - « Je ne m'en souviens plus, à part le gras de la viande qu'on me forçait à manger, et les piqûres qu'on me faisait, mais je sais très bien qu'il y avait plein d'autres choses, comme de punir des enfants qui m'embêtaient – j'avais tout le temps au moins une faveur à demander. » Et voyant que sa petite divinité n'accomplissait guère ses vœux, loin d'en conclure à son manque total de pouvoir divin, Gaëlle comprit vite qu'il s'agissait d'un dieu pratiquement aussi faible qu'elle-même, plein de bonté et d'amour, sans aucun doute, mais presque incapable de l'aider. Elle en conçut une grande pitié pour lui, et ne l'en aima que mieux.

Elle savait déjà, malgré son jeune âge, qu'en grandissant, on abandonnait ce genre de dieux ; une fois qu'elle avait découvert que c'en était un de complètement fragile, entièrement tendre et inoffensif, l'idée de son sort ultérieur se mit à la tracasser. Elle se vit devenue adulte, « c'est-à-dire mère de nombreux enfants, imagine-toi ! », auxquels elle montrerait sa déité d'autrefois, sans plus y croire du tout, pour les amuser et en s'en riant volontiers avec eux. Elle se voyait même la leur laisser profaner en jouant (car pour eux, ce ne serait bien sûr rien de plus qu'une espèce de chiffe, à traiter sans le moindre égard), et accepter, le cœur léger, qu'on aille jusqu'à la détruire : qu'on la déchire ou qu'on la jette dans le feu, par exemple. « Je voyais tout cela se passer dans une pièce avec une grande cheminée, je ne sais pas pourquoi. Je me demande même où j'avais pu voir une cheminée, à l'époque – pas chez nous, en tout cas : on habitait encore dans un bâtiment moderne… » Devant cette scène où l'adulte laissait détruire son ancien dieu sans en avoir la moindre peine, que Gaëlle se représentait clairement, aussi persuasive qu'une prophétie, l'adoratrice encore actuelle du mouchoir pleurait inconsolablement (et bien sûr sans le profaner en l'utilisant) jusqu'à ce que sommeil s'ensuive. Le pire, c'était qu'elle ne pouvait même pas se promettre que rien de tel n'arriverait : elle était certaine que *cela ne se pouvait pas éviter*, car grandir, c'était nécessairement renier ses anciennes amours, devenir infidèle.

– Pourquoi tu pensais ça ? Qu'est-ce qui le prouvait ?

– D'abord, le fait de changer physiquement : deux fois par an, on t'achète de nouvelles chaussures, par exemple – il faut croire que ça produisait sur moi une très forte impression, parce que tu vois, je m'en souviens toujours ! Ensuite, le fait que les adultes autour de moi avaient l'air de trouver, dans l'ensemble, que tout ce que les enfants faisaient et croyaient, c'était des enfantillages, c'est-à-dire des choses qui leur passeraient, qui changeraient. Et en plus, j'avais déjà eu des jouets favoris dont je m'étais lassée. C'est là qu'on en arrive, enfin, à mon fameux Principe de Lassitude. Je l'ai découvert justement à propos de ça, du mouchoir que j'allais laisser brûler, tu vois : comme cette idée me perturbait, j'avais besoin d'y réfléchir, d'essayer de comprendre pourquoi ce serait inévitable, et je suis arrivée à la conclusion que c'était parce qu'on se lassait de tout.

– Tu avais quel âge ?

– Cinq ans. Je me suis mise à observer pour vérifier, et partout, je trouvais des preuves qu'on se lassait de tout. C'est devenu la base de toute ma philosophie ; plus je grandissais, plus je découvrais de preuves, y compris culturelles, idéologiques, et cætera, plus je creusais, et plus ça m'apparaissait comme indubitable. C'était pour ainsi dire la clé de tout, tu vois, de tous les changements, de la fin des anciennes civilisations et des religions, ou éventuellement de leur renaissance, bref, de toutes les énigmes – c'était une explication qui marchait toujours, et qui était meilleure qu'aucune vérité. Parce que le Principe de Lassitude veut, entre autres, que chaque découverte révolutionnaire qui peut être exaltante devienne une vérité admise, officielle, oppressante, bref, exaspérante pour les gens qui aiment les découvertes, et même pour les autres, à la longue. Et s'agissant de vivre ensemble, pareil : pour commencer, tu as le Prince Charmant et la Belle au Bois Dormant qui se marient, et ça donne quoi, au bout de quelques années ? la vie conjugale des Bovary !

J'éclatai de rire.

- J'en ai vu plein, des cas de ce genre, tu sais, déjà petite : rien que le premier mariage de ma tante...

- Mais il y a quand même des gens qui se sentent très bien ensemble pendant de longues années...

- Ça n'y change rien : les sentiments ne restent pas les mêmes qu'au début, et si les gens sont honnêtes, ils s'avouent qu'ils ont besoin de souffler l'un de l'autre, de temps en temps au moins. Personne ne va te dire, s'il est sincère, qu'il ne se lasse jamais de l'autre. Bref, le Principe de Lassitude vaut partout, et de toute manière, comme l'éphémère et le mortel sont les seules vraies constantes sur terre, le durable ou l'immortel ne peut que finir par se transformer en rebut.

Cette conclusion m'abasourdit ; je m'en fis expliquer la logique deux fois de suite avant d'arriver à l'assimiler.

- Donc, reprit Gaëlle, une fois que j'ai eu découvert le Principe de Lassitude, je me suis sentie mieux : c'était comme si je connaissais une loi de la nature – complètement implacable comme elles se doivent de l'être, tu vois – qui faisait que ce n'était même pas la peine d'être triste en pensant aux choses qu'on allait abandonner : c'est inévitable qu'on les abandonne toutes sans exception, donc, c'est idiot d'en souffrir.

- Ce n'était pas encore pire, encore plus triste de se dire ça ? m'étonnai-je.

- Pas du tout, c'est comme pour la mort : on mourra, c'est inévitable, on le sait et on s'en fiche, du moment qu'on s'est habitué à l'idée. Ça règle tout.

À mon sentiment, ça ne réglait rien, mais j'étais trop fatiguée pour chercher à préciser pourquoi, tandis que Gaëlle passait déjà à un autre sujet (au goût du vin blanc local que nous buvions), qui nous entraîna dans des digressions comparatives, puis dans les projets de visite de caves bourguignonnes, jusqu'au retour vers chez Jean-Marc – où je découvris que mon amie allait se coucher avec un vieux mouchoir, ce qui me fit exulter :

- Mais tu l'as toujours, malgré le Principe de Lassitude !

- Non, ce n'est pas le même. J'en ai plusieurs, en fait, un peu partout dans mes affaires.

- Ce qui compte, c'est que tu ne t'en es pas lassée !

- Mais je ne les divinise plus du tout depuis longtemps, tu sais, ce n'est pas pareil.

- N'empêche, la tradition reste vivante ! Leur espèce cohabite avec toi depuis longtemps sans que tu l'abandonnes ! C'est comme les petits singes de Symala !

Gaëlle rit.

- Oh ! si ça se trouve, l'année prochaine, je ne penserai plus à en racheter, et l'espèce va s'éteindre.

Je baissai les bras (tout en me couchant) : croire à la toute-puissance du Principe de Lassitude devait lui être, d'une manière ou d'une autre, vraiment nécessaire, puisqu'elle s'obstinait à le maintenir même contre les évidences de sa propre expérience. Je me rappelai l'histoire de la Tortue de Charly, qu'il n'avait bien sûr plus à l'époque où il nous la racontait chez Michèle (comme cela semblait loin, ces fêtes !), mais dont il devait encore avoir la nostalgie - elle survivait en lui, me dis-je, il lui restait fidèle, à sa manière, elle réapparaissait (sa petite divinité de jadis) chaque fois que l'ivresse le renvoyait vers la part la plus tendre et fragile de lui-même… Et je conçus (sur le point de m'endormir) une théologie selon laquelle le divin serait toujours, inévitablement, fragile et tendre encore davantage que l'humain tel qu'il vit – encarapacé d'usages et des lieux communs de l'âge de raison - dans son monde fait pour léser ou contraindre cette part-là. Et le Chat de l'Aiguille m'apparut, l'espace d'un instant, aérien et doux comme les aigrettes du pissenlit, souriant de ses yeux célestes, avant de se fondre dans l'air, s'évaporant ou se laissant emporter comme un nuage par le vent.

Le lendemain, nous descendîmes vers la mer – Gaëlle riant de l'impatience enfantine que je manifestais à ce propos – que nous trouvâmes aussi chaude qu'il se devait, et d'un bleu de turquoise, à mon exaltation. Cependant, il ne fut pas nécessaire de me presser et raisonner pour pouvoir repartir tôt : soit par astuce, soit par méconnaissance des plages niçoises qu'elle méprisait en bloc, mon amie m'avait emmenée sur la plus proche à ses dires, dépourvue de sable et dont les cailloux s'avéraient si peu accueillants que ce fut moi qui proposai de remonter en voiture seulement au bout de deux trempettes. Et nous quittâmes – Gaëlle pleine d'allégresse, et moi, de nostalgie – le littoral à l'air embaumé de plantes exotiques, aux palmiers tellement plus grands et plus beaux que ceux du jardin du Luxembourg (avec lesquels j'irais me consoler, aussitôt rentrée, d'avoir si peu profité de la Côte).

La Camargue nous déçut : contrairement aux promesses de Gaëlle, nous ne pûmes y voir ni manades ni flamants, malgré la bonne heure de détours que nous fîmes sur de petites routes serpentant à travers des marécages ou des champs aussi plats et peu spectaculaires qu'il leur sied d'être. La Bourgogne, en revanche, eut encore plus de succès que prévu, malgré l'inadvertance qui nous avait fait imaginer de joyeuses descentes dans les caves viticoles. (Gaëlle ayant oublié qu'elle devait conduire, et moi, que je n'avais guère envie de boire sans compagnie, nous nous retrouvâmes tantalisées de concert, osant à peine goûter le vin, et finalement chargées de trois bouteilles de provenances diverses que nous allions offrir à nos hôtes.) Non seulement les paysages vallonnés que nous traversâmes me plurent tout autant qu'à mon amie qui les connaissait déjà, mais le séjour chez Claire nous permit de faire une découverte inoubliable : celle du pont-canal de Briare.

- Bon dieu de bon dieu ! fit Gaëlle, avant de rester littéralement bouche bée et comme atterrée pour un moment.

- C'est l'endroit le plus incroyable que j'aie vu de ma vie ! déclarai-je.

Claire, pour sa part, demeurait ébaubie par notre enthousiasme :

- Je croyais bien que ça pouvait vous plaire, mais à ce point ! fit-elle, presque choquée par l'incompréhensible de nos réactions ; puis, curieuse : Qu'est-ce que ça a de tellement exaltant ? Pourquoi ça vous fait cet effet ?

- Parce que c'est le monde à l'envers, répondis-je : un pont avec des bateaux qui passent *dessus* ! C'est renversant !

- Parce que c'est comme une autoroute d'eau, dit Gaëlle, une autoroute liquide ! Ça change vraiment des routes normales, et c'est bien beau, le ciel se reflète dessus, et même si c'est artificiel, ça a l'air plus naturel que tout ce que j'ai vu comme ouvrages des Ponts et Chaussées ou même des Romains. Rien que le fait qu'il y a des poissons qui l'empruntent pour passer de l'autre côté, ça m'aurait suffi pour le trouver génial.

En effet, de temps en temps, on en voyait un qui bondissait, ou qui passait son chemin tout près du trottoir où nous nous tenions. Je réalisai soudain que le pont-canal pouvait être vu comme l'exact contraire du Merdançon : par sa largeur liquide, inversement proportionnelle à celle du ruisseau dans un grand lit de béton, par sa situation spatiale (élevée) et aussi par la pureté de son eau (puisque la faune y survivait) – mais je m'abstins de le dire, ne voulant pas encourager la tendance de Claire à me voir comme exotique malgré notre (déjà) longue amitié.

De retour en Bretagne, il nous arriva un événement dont on n'allait pouvoir mesurer la portée que par la suite : au grand marché de Lannion que Gaëlle avait voulu me faire visiter, nous tombâmes sur un petit étalage de matériel pour peintres bradé. L'époque où j'avais fait de la peinture s'étant ainsi soudain matérialisée sous mes yeux, je restai en arrêt devant (comme ces pinceaux et cette huile devaient être meilleurs, d'un usage si satisfaisant, comparés à ceux que j'avais connus !), et Gaëlle me demandant si je voulais acheter quelque chose, je répondis par l'affirmative avant d'y avoir réfléchi. Nous rentrâmes donc chargées de dix petites toiles vierges sur châssis, d'un grand coffret de peinture à l'huile, de pinceaux et de solvant, après quoi la terrasse de ses parents fut transformée en atelier. Les jours de vacances qui me restaient furent consacrés à peindre les portraits (stylisés mais ressemblants) de la famille, qui allaient se retrouver accrochés sur leurs murs. (Ce qui fit que nous n'eûmes pas le temps d'aller visiter le hameau de Pleunk.) Les quatre toiles restantes incitèrent Gaëlle à s'essayer au pinceau (« On va voir ce qui peut en sortir », puis « J'ai l'impression d'être retournée à la maternelle ! »), et dès la première, on put constater qu'elle était douée pour l'abstrait. Il allait en sortir – indubitable dès la fin de l'été – la découverte d'une vocation, qui me permettrait de méditer avec fascination sur l'idée que mon amie serait le peintre que j'avais renoncé à être.

Le dernier jour que nous passâmes ensemble en vacances, nous reprîmes le chemin des douaniers, et arrivées au bout, nous nous assîmes pour boire une bouteille de cidre à la terrasse d'un café d'où l'on voyait, au-delà de la plage et des eaux, une petite île boisée sur laquelle s'élevait la version locale du château des contes de fées : en granit rose, plein de tourelles pointues et de fenêtres menues.

- Jouons au jeu de Michèle, dit Gaëlle. L'île est à vendre, tu l'achètes ?

- Oh, oui ! je l'achète tout de suite ! avoir une île, c'est ce qu'il me faut depuis toujours ! On y passerait l'été ensemble, j'inviterais d'autres amis aussi, et on serait comme dans un petit pays à nous, avec cette belle vue et l'eau tout autour. Il y a vraiment tout ce qu'il faut : un ponton pour bronzer, des arbres pour ceux qui aiment rester à l'ombre, assez de terrain pour faire pousser des fleurs…

- Et sûrement une piscine chauffée : tu pourras faire trempette aussi longtemps que tu voudras. L'inconvénient, c'est que l'île est assez près de la côte, il doit souvent y avoir des curieux qui débarquent en canot, ou à la nage, pour visiter, même s'ils savent qu'elle est privée. Je crois que c'est pour ça que les gens finissent toujours par la revendre.

- Tant pis. Les curieux ne doivent quand même pas être mal élevés au point de venir nous déranger ; j'imagine qu'en voyant du monde, ils se tiennent à distance.

- Donc, tu la gardes ?

- Oui.

Une fois rentrée à Paris (où Chanouar m'attendait pour passer les deux semaines suivantes ensemble), je trouvai un moyen de rester au bord de la mer : il me vint une idée de roman dont l'action s'y déroulerait, ce qui revenait à en revoir les paysages tout le long de la journée. Et au bout de quelques jours, en allant relever mon courrier, j'eus l'une des plus belles surprises qu'il m'eût jamais réservées, en y découvrant une carte postale qui représentait la petite île, avec ce texte au dos :

Ma chère Denise,
Vous vous êtes installés depuis peu dans cette île.
Il est six heures du soir, tu es en train de t'habiller
pour venir dîner chez nous, et tu parles avec lui qui
te regarde. Vous n'avez jamais été aussi heureux.

La semaine suivante, Gaëlle rencontra dans un café (où elle devait travailler jusqu'à la fin de l'été) un Italien qui allait revenir l'y voir plusieurs fois par jour, d'abord pendant les heures d'ouverture, puis aussi à l'heure de la fermeture. Pietro devint bientôt son compagnon, et se montra patient (malgré l'étonnement que cela lui inspirait) face à sa ferme décision de continuer à servir jusqu'au bout de son contrat. Étant programmeur en informatique, et indépendant, il avait le loisir de travailler où bon lui semblait presque tout le long de l'année, ce qui leur permit d'accomplir d'une manière imprévue le rêve de mon amie consistant à n'habiter aucun endroit qu'elle eût connu, et de ne rester jamais longtemps où que ce soit : en moins de deux ans, ils allaient déménager quatre fois à travers l'Italie, sans compter les voyages faits entre-temps.

Pour ma part, j'avais déjà commencé à élargir mon territoire en apprenant l'italien afin de pouvoir comprendre les nouvelles chansons de Gina Strozzi - la seule que je connusse sur son dernier disque était une version plus lyrique de l'ancien chant d'amour où il s'agissait d'un être descendu du Paradis. Mes progrès me permirent de constater que les paroles de Gina n'étaient plus stupides du tout, autrement dit qu'elle avait mûri sur ce plan aussi. Désormais, en l'écoutant, je pensais à Gaëlle, tant et si bien que les deux se confondaient presque à mes yeux, ce qui ne tenait pas seulement au rapprochement géographique. En effet, il y avait chez toutes les deux cette énergie exubérante, insatiable d'expériences, une joie de vivre à fleur de peau ; elles avaient presque le même timbre rauque au moins en parlant, tandis que le chant inimitable de Gina me semblait nous réunir, me faisant reconnaître la part la plus vive et extatique de chacun.

Qu'il était bon de savoir que Gina avait atteint le versant ensoleillé de la vie, et le bonheur dans son art ; Gaëlle aussi accomplirait ses dons, en peignant, me disais-je, et rattraperait les retards pris sur d'autres joies, et peut-être le Principe de Lassitude se lasserait-il de la poursuivre (maintenant qu'elle avouait aimer quelqu'un, malgré sa vieille conviction que l'amour n'existait pas vraiment), du moins pour ce qui était des attachements. Et moi, j'allais bientôt pouvoir me dire que mon premier roman était *en lieu sûr* – comprenez : publié et déposé à la Bibliothèque Nationale, où il resterait quand bien même son auteur se retrouverait empêché d'exister.

2

Il parut au début de l'automne, moins gros que nature (mon éditrice ayant réduit par des moyens typographiques sa tendance à la ruiner en frais d'impression) mais bien plus beau à voir que je ne l'aurais imaginé, et je m'en sentis si soulagée que j'en terminai deux autres (plus courts) en un rien de temps, en attendant que des critiques paraissent. Je l'avais bien sûr envoyé à Jean-Jacques, qui tarda à me répondre au point que son coup de fil me surprit complètement – à plus forte raison quand je compris, rien qu'à son « allô », qu'il devait s'agir de m'annoncer quelque chose de formidable. Et en effet : on venait de lui confier la rédaction d'une revue littéraire plus importante que celles où il avait travaillé jusque-là ; il m'appelait non pas au sujet du roman, mais pour me proposer de participer au premier numéro qu'il préparait :

- … Tu serais d'accord ?

Et comment ! J'en étais toute retournée : m'entendre adresser une telle demande à Paris, et par le rédacteur en chef d'une revue que je connaissais déjà de réputation du temps de Pleunk ! Pour comble de satisfaction, Jean-Jacques n'étant guère plus qu'une connaissance perdue de vue depuis longtemps, ce ne pouvait pas être par amitié qu'il avait pensé à moi, ce devait être parce qu'il estimait vraiment, et sans doute davantage qu'au début, ce que j'écrivais. Cependant :

- Qui d'autre y aura-t-il ? demandai-je prudemment, retrouvant les réflexes des auteurs convoités.

Jean-Jacques cita quelques noms, pour conclure :

- Que des gens bien ! Alors, tu me donnes quelques poèmes ? Il faut aussi m'écrire une notice, une dizaine de lignes, pour te présenter. Tu expliqueras pourquoi tu es partie de Pleunk…

J'eus un choc.

- Quel intérêt ?

- Mais c'est un dossier « Écrivains en exil », ce que je prépare !

Naturellement, je n'avais pas relevé le fait que les noms cités n'étaient pas tous français ; encore moins avais-je réalisé qu'il y avait parmi eux deux pseudonymes. Je restai coite un instant, après quoi :

- Écoute, je ne peux pas faire ça.

- Comment ?

- Merci d'avoir pensé à moi, mais c'est un malentendu, je ne suis pas le genre d'auteur qu'il te faut. Que je sois née à Pleunk ou n'importe où ailleurs, personne n'a besoin de le savoir pour lire ce que j'écris.

- Je ne te comprends pas, fit Jean-Jacques, audiblement déçu. Personne d'autre n'a refusé d'écrire sa notice !

C'est donc moi la dernière qu'il appelle, me dis-je, le bouche-trou.

- Ils doivent avoir leurs raisons ; j'ai les miennes.

- Pourtant, c'est ton histoire qui est la plus frappante !

- Mais je m'en fiche complètement, de mon histoire ! éclatai-je. Quand je la raconte aux gens qui m'interrogent, c'est pour ne pas me fatiguer à mentir ! Ce qui compte pour moi, c'est l'écriture. Le reste, c'est des détails sans importance.

Jean-Jacques n'en revenait pas.

- Tu plaisantes ?

- Non. Si j'étais à Pleunk, je serais en exil ; à Paris, je suis chez moi. Si tu veux me mettre dans un autre dossier, où il y aurait des non-exilés et qui ne raconteraient pas leur vie, je te donne tout de suite autant de poèmes que tu veux.

- J'y réfléchirai, fit-il. L'occasion se présentera peut-être. En tout cas, pour cette année, les thèmes des dossiers sont déjà choisis, et c'était le seul qui me semblait convenir pour toi.

J'eus lourd (ce qui ne m'était plus arrivé depuis longtemps) tout le reste de la journée, bien que j'eusse exprimé mon point de vue – peut-être à cause du sentiment d'impuissance lié à l'idée que ce genre d'offre pourrait se représenter, quand bien même j'aurais publié non pas trois mais trente ouvrages appartenant sans conteste possible à la rubrique « littérature française ». Par ailleurs, j'étais dorénavant certaine que Jean-Jacques n'écrirait pas de critique de mon roman. D'après l'éditrice, nous pouvions compter sur un chroniqueur littéraire de ses connaissances, qui commentait un livre par jour à la radio, mais lorsque je lui fus présentée et qu'elle s'éclipsa, il me tint des propos qui me parurent de fort mauvais augure, quoique très aimables, en m'expliquant qu'il ne pouvait pas me promettre de me lire bientôt : « Avec tout ce que je reçois à la radio, alors que je suis en même temps lecteur dans deux maisons d'édition, vous savez, et que j'écris moi-même un roman par an, en moyenne... La dernière fois que j'ai lu un livre en entier, je devais encore être étudiant, voyez-vous ! »

« Il t'a dit ça ? fit Michèle, n'arrivant pas à y croire. Il avait l'air comment, en le disant ? » - « Il riait. » - « Eh ben, bravo ! » - « C'était façon de s'excuser. » Elle leva les yeux au ciel (au plafond), puis demanda : « Tu ne trouves pas, depuis que tu as commencé à fréquenter le milieu littéraire, que plus on le connaît, moins on comprend par quel miracle on peut encore lire un bon livre récent, de temps en temps ? » – « Mais à l'époque d'*Illusions perdues*, c'était à peu près pareil. » – « Ça suffit à te consoler ? » – « Non, mais c'est rassurant. Si la situation n'a jamais été vraiment meilleure, c'est qu'il n'y a pas plus de raisons de désespérer maintenant qu'autrefois, quand Balzac a persisté. » Michèle soupira, puis, revenant à son idée favorite : « Et le Gros Œuvre, tu crois que tu vas pouvoir le commencer bientôt ? »

Non, cher lecteur, je ne le croyais pas, n'en ayant toujours pas trouvé le sujet ni encore moins la structure, et doutant en outre d'en avoir un jour l'énergie (tandis que, ma thèse achevée et le travail alimentaire n'abondant pas, j'avais du temps à volonté). Et qui voudrait jamais me le publier (le mettre en lieu sûr), même si je finissais par l'entreprendre et si je survivais jusqu'à le mener à bout, le Gros Œuvre, quand il m'avait fallu trois ans pour faire paraître un roman de trois cents pages environ (que son éditrice tenait pour « un futur classique », mais que personne ne voulait recenser) ? Aussi portée que je fusse de nature à l'obstination et aux entreprises déconseillées, je ne me sentais même plus le courage d'y penser, au Gros Œuvre – il resterait dans les limbes des choses concevables mais qu'on n'a jamais fini par concevoir autrement qu'en parlant de leur conception éventuelle.

Or, venant à point pour me distraire des idées noires liées au souvenir du Vieux Critique (paix à sa mémoire) qui m'avait prédit qu'il n'y aurait pas de place pour moi, avant longtemps, dans les lettres françaises, il me tomba du ciel (à Orly) l'un de mes aînés chers, Filip, invité à Paris pour un colloque, à titre de traducteur. (Il n'y a pas que les constructeurs de prisons qu'on invite, m'étais-je dit en l'apprenant.) Il arriva émerveillé de mettre enfin les pieds dans la Ville – tant d'années après le livre qu'on lui avait publié ici –, au point de cesser presque aussitôt de se soucier de sa valise que nous ne pûmes pas récupérer (mystérieusement égarée). Il s'émerveilla également de l'hôtel (pourtant médiocre) qu'on lui avait choisi, tout en m'avouant demeurer pour le moment incapable de bien voir quoi que ce soit, car le bonheur d'être à Paris lui brouillait la vue, ou plus précisément, l'empêchait de la fixer ne serait-ce qu'une seconde : « Je ne sais littéralement plus où donner de la tête, avec tout ce qu'il y a à regarder ! », ce qui fit qu'il eut besoin de boire un grand verre d'eau froide avant de retrouver les forces nécessaires pour ressortir de l'hôtel et entreprendre la grande promenade qui s'imposait.

On était dimanche, Filip ne serait occupé qu'à partir du lendemain, nous avions donc toute une après-midi, sans parler de la soirée qui se prolongerait jusqu'à tard dans la nuit, pour savourer la Ville. « Où veux-tu que je t'emmène, pour commencer ? Tu veux déjeuner ? » - « Non, je ne pourrais pas, je suis trop ému. » (Réponse stupéfiante de la part du gros mangeur qu'il était.) Il se fiait à moi pour le trajet de notre promenade, du moment qu'on passerait par les Champs-Élysées, par le boulevard Saint-Germain et devant Notre-Dame, que Filip se représentait aussi proches que les plus jolis endroits du centre ville pleunkois ; nous commençâmes (en y allant en métro) par la place de l'Étoile.

L'étonnement initial passé (l'œil de Filip s'étant accommodé aux proportions locales), mon aîné décida qu'il s'imposait d'accorder un peu plus d'attention à Denise aussi, s'excusa de ne m'avoir même pas encore demandé de mes nouvelles, me félicita pour la parution récente (« On va arroser ça comme il se doit, dans un café, tout à l'heure ! »), et se mit à m'interroger sur le reste de mon actualité – pour me passer un savon à propos de Jean-Jacques (« Mais ça ne se refuse pas, sous aucun prétexte, une publication qui peut compter ! »), avant de s'enquérir de ce que le susdit savait de ma fuite : « En fait, moi, je ne sais toujours pas comment ça s'est passé. Tu es vraiment passée par l'endroit dont on t'avait parlé, à pied ? »

Et je dus raconter pour l'énième fois ma grande aventure, dans les moindres détails, car il s'avérait que Filip n'avait jamais eu d'autres occasions (rien d'étonnant, de fait) d'apprendre de quelqu'un qui l'aurait vécue ce qu'une telle évasion pouvait être.

Il me pressa de questions, me faisant revenir jusqu'à la première tentative, où l'on m'avait arrêtée dans le train, en possession de faux visas ; quand j'arrivai à la fuite pédestre, au tout début du parcours, près du dernier village, où le passeur nous avait demandé de nous déchausser à cause du gravier dont le bruit s'entendait même à travers la neige, Filip s'arrêta, me regarda comme s'il me découvrait, et fit : « Ça alors ! Mais tu étais comme *celles qui n'ont jamais froid* ! »

Il existait en Pleunk, cher lecteur, un village où vivaient depuis des siècles des femmes capables de marcher pieds nus sur la braise sans se brûler, et qu'on appelait « celles qui n'ont jamais froid ». Les philologues locaux avaient longtemps débattu pour savoir d'où pouvait venir cette appellation si peu appropriée, finissant par conclure que dans le contexte, « froid » voulait dire « chaud » (tout comme « grand » pouvait signifier « petit » ; « fleuve » : « lit sec » ; « élite intellectuelle » : « tas de misérables à éliminer », en pleunkois). Pour prouver que cette explication était la bonne, l'un de ces linguistes avait rappelé que jadis, « mer » se disait « montagne », ce qui était parfaitement naturel du point de vue des changements géologiques et climatiques survenant sur Terre.

En évoquant « celles qui n'ont jamais froid », Filip voulait parler du fait que déchaussés, mes pieds n'avaient pas gelé dans la neige, pas plus que les leurs n'étaient jamais brûlés. Mais sa phrase inattendue (j'avais oublié l'existence des dames en question) me parut avoir un sens beaucoup plus vaste, et consultant son visage, je l'y vis inscrit. Tout comme naguère les enfants amateurs d'histoires extraordinaires, mon aîné me voyait soudain dotée depuis ma prime jeunesse d'une force surhumaine. Et moi (une fois de plus), je voulais faire entendre ma faiblesse, que je ressentais de nouveau comme si j'étais revenue à l'époque de la fuite.

Je voulais lui dire : « Mais non, je n'étais pas l'une de ces sorcières magnifiques, rappelle-toi donc comment tu me faisais boire pour que j'oublie où j'en étais, avant ce départ, et comment je pleurais ! Le courage me manquait, je craignais tout : le présent, l'avenir et même le passé qui revient vous rire à la figure, vous détruire ou les deux en même temps. Je n'étais qu'une rêveuse ; je préférais mourir en chemin plutôt que sur place, mais cela ne me rendait pas plus forte pour autant. Tu me connaissais, et tu ne croyais pas que je puisse réussir – tu te ne rappelles plus que tu voulais me dissuader de partir ? »

Mais je n'en dis rien - je repris mon récit -, car soudain, je nous vis (marchant ensemble) comme à distance, d'en haut, en vol d'oiseau : deux personnes proches qui venaient de se retrouver après de longues années, dans une Ville qui ne les avait jamais réunies jusque-là, si bien que chacun paraissait à l'autre à la fois reconnaissable et différent ; la différence devait frapper l'attention à plus forte raison chez la femme dont l'existence avait tant changé, dont l'âge était tel que le temps écoulé pouvait être tenu pour un passage à la maturité, faisant que son aîné la voie, comme elle aussi le voyait, quoique pour d'autres raisons, dans une perspective quasi historique – tous les deux déjà morts, chacun à sa manière, et cependant encore vivants, et toujours susceptibles de changer. N'est-ce pas ainsi que même le révolu le plus définitivement achevé peut aussi ressurgir soudain à nos yeux sous un jour inattendu, sous un angle inédit ? Pourquoi alors s'étonner que Filip ait pu confondre la jeune fille de jadis avec l'aventurière qu'il se représentait pendant que la femme marchant à ses côtés lui contait une histoire à peine croyable pour lui ?

« Je n'aurais jamais pu faire ça, dit-il gravement après la fin du récit. Même essayer de partir avec les faux visas, je n'aurais pas pu. Et quand je pense à tout ce que tu as dû voir depuis, comme emmerdes et compagnie… » Alors, sa cadette se sentit soudain remplie de fierté (sans rien en montrer), car celui qui parlait en ces termes était l'homme le moins porté aux éloges qu'elle connût, doté du plus grand courage et d'une force d'âme qui l'avait maintenu, tout en lui faisant accomplir son génie, à travers une demi-vie d'humiliations, de rejets et d'interdiction de publier dans l'effroyable petit pays de Pleunk. Et elle se mit à lui raconter (plus brièvement) ses années d'inexistence.

L'aîné écoutait sa cadette, hochait la tête, la fixait par moments droit dans les yeux, jaugeant à travers ce qu'il voyait les expériences difficilement imaginables dont on lui parlait, émettait parfois quelque commentaire lapidaire. Manifestement, des images se formaient dans son esprit à partir des situations qu'on lui résumait, et il comptait certainement en mettre à profit quelques-unes dans ses prochains poèmes : comme chacun le sait, l'existence des autres et la sienne propre sont avant tout, pour l'artiste, des matériaux utiles à l'art, ce qui contribue à les lui rendre tolérables si ce n'est pas appréciables.

Et comme elle arrivait (bouclant la boucle) à l'étape actuelle, pour évoquer de nouveau ses romans (un de publié, encore trois d'inédits), il la fixa de l'air concentré de l'homme qui pèse les circonstances, les tenants et les aboutissants, ses moyens personnels de soutien et les capacités de résistance supposées de la personne qu'il regarde, puis il fit : « Tu connais l'anecdote sur le point de départ de l'écriture des *Âmes mortes* ? Le poète dit au jeune prosateur : vous allez vous mettre dès demain à écrire un livre, dont je vais vous donner le titre… » - « Oui, je sais. » - « Eh bien, tu vas faire un roman de tout cela – de tout ce que tu as dû voir et vivre pour devenir un écrivain français. Moi, je te donne le titre. Ce ne sera pas *Les Âmes vives*, même si cela pourrait convenir aussi, puisque les mortes, ce sont des gens qui n'existent que sur papier, ou qui vivent selon le monde tel qu'il est, alors que toi, tu parleras des autres qu'on ne compte pas, qu'on ne revendrait pas cher et qui n'ont même pas lieu d'être dans ce monde… » - « …mais qui s'obstinent à exister tout de même, tant qu'ils le peuvent… » - « Ce sera un autre titre, me coupa-t-il. Tu ne l'expliqueras pas dans le roman, et tu ne laisseras pas croire que c'est une indication géographique. S'il y a des gens qui ne le comprennent pas après t'avoir lue, tant mieux : chaque fois qu'on t'interrogera là-dessus, tu sauras pour qui ce livre n'a pas été écrit… »

Comme vous le savez, cher lecteur, plus d'un siècle et demi s'était écoulé depuis la précédente conversation entre un poète et un prosateur, distance temporelle trop considérable pour qu'une situation s'y reproduise vraiment à l'identique (alors que même le chemin entre l'oreille où entrent les paroles et la main qui écrira les propos d'un personnage peut être assez long pour que seule l'essence en reste reconnaissable), ce qui peut expliquer tous les décalages, mais un changement me frappa (seulement au moment où le titre fut énoncé) : si le poète de jadis avait choisi un sujet étranger à l'expérience du jeune prosateur, notre contemporain avait décidé de m'imposer de décrire la mienne – de me faire donner dans l'empirisme autobiographique.

Je trouvai stupéfiant – quand on savait que depuis une centaine d'années déjà, il y avait pléthore de romanciers qui se racontaient – qu'un homme si avisé veuille que je le fasse à mon tour, alors que moi-même ne l'avais jamais souhaité. Voilà qui montrait que le phénomène ne relevait pas forcément du narcissisme, malgré tant d'ouvrages où le récit se nourrit du seul amour-propre de l'auteur. Denise n'en adressa pas moins à Filip une réplique inattendue, s'écartant du modèle immortel comme du respect dû à son conseiller :

- J'aurais dû te le dire avant que tu me donnes le titre : je n'ai pas moyen de l'écrire, ce livre. Pour faire du roman, j'ai besoin de protagonistes qui ne soient pas moi, et d'histoires que je n'ai pas vécues. En plus, tu ne peux pas savoir à quel point j'en ai marre de devoir parler de ce que j'ai connu en tant qu'immigrée – tout le monde passe son temps à me le demander ! (Et comme Filip me regardait d'un air annonciateur de foudres olympiennes :) Mais bon, sait-on jamais, si je termine ce que j'ai encore en cours actuellement, peut-être que je me retrouverai en panne d'idées, et qu'entre-temps, je serais devenue capable de me romancer, on ne sait jamais. Attendons voir.

- Il n'y a pas à attendre, déclara Filip, calme mais impératif, il n'y a qu'à t'y mettre dès mon départ. Je t'ai donné le titre, et je peux te dire que personne d'autre ne serait assez bête pour l'offrir à une consœur au lieu de se le garder ! Après le cadeau que je viens de te faire, si tu ne m'écris pas ce qu'il faut, et comme il faut pour que je dise « bravo », gare à toi !

Le sujet ainsi clos, ils passèrent à d'autres, issus de la vue qui s'étendait devant leurs yeux, l'aîné venant de retrouver l'excitation enfantine de qui découvre le monde, aux antipodes de la retenue imposante qu'il veillait à garder en temps normal, et réjouie, la cadette ne laissa pas de tenir la partie du soprano aux côtés de cette basse qui tonnait : « Regarde-moi la façade, là ! On dirait une pendule d'orfèvre ! », ou : « Quel chignon ! Et comment elle le porte, comme s'il avait poussé tout seul ! », d'où partaient des développements et des digressions tenant de la surenchère d'enthousiasme devant les petites et grandes merveilles de Paris.

Ils traversèrent la Seine, en s'arrêtant à mi-pont pour contempler l'amont avant de changer de trottoir (sans se soucier de la circulation menaçante et indignée) et de rendre honneur à l'aval doté d'une vue non moins splendide, avec l'impression que les siècles avaient parfait tout cela dans le seul but de le leur offrir, avec les piétons et les automobilistes pressés qui ne figuraient là qu'en éléments décoratifs destinés à rendre l'ensemble plus vivant et magnifique par leurs petites touches d'éclat, d'imperfection humaine ou de laideur mécanique.

Et, traînant derrière eux les bribes d'un bavardage continu en idiome exotique, ils poursuivirent leur avancée avec la majesté de qui fait abstraction de l'ordre normal des choses – sans même plus penser à suivre le trajet prévu, jusqu'au moment où l'aîné fut rappelé à la raison par la sensation (croissante, et déjà assez pénible pour parvenir à sa conscience en traversant l'épais écran d'enchantement) de ses pieds qui cuisaient, serrés dans les chaussures neuves du plus beau modèle qui se trouvât à Pleunk (je vous laisse les imaginer).

Un peu de repos s'imposait ; l'on s'assit à la terrasse d'un café, disposée en plein trottoir, ce qui permettait aux consommateurs distraits de revenir à la réalité en présentant poliment leurs excuses aux passants auxquels ils avaient fait (involontairement, bien sûr) un croche-pied. Le garçon ne tarda pas à arriver, et je commandai résolument toute une bouteille de vin (ce n'était pas un jour fait pour être raisonnables), en promettant à Filip que ce serait le meilleur qu'il aurait bu de sa vie, après quoi il me prit la carte des mains pour s'y absorber – pour étudier avec l'intérêt d'un digne successeur d'Omar Khayyâm et de Li Po l'abondance d'ivresses qu'elle offrait.

Alors, je vis traverser la rue, vers le trottoir où nous étions, quelqu'un dont l'apparition aurait dû me surprendre d'autant moins qu'il était doté de la faculté propre à certains êtres peu communs de rester présents à l'esprit même en cas d'absence très prolongée ou totale de votre quotidien.

- Tiens ! fit-il en me voyant. Tu es venue boire un verre en bas de chez moi ?

Puis il remarqua Filip, se tut pour le jauger avant de me regarder de nouveau, et, avec la spontanéité qu'on peut avoir en parlant mentalement :

- C'est donc pour lui que tu as refusé Darbois ? Incroyable ! (Et comme j'ouvrais la bouche :) Excuse-moi, il est sans doute excellent, je ne l'ai jamais vu jouer, mais enfin, je n'aurais pas cru que l'auteur trouverait ce monsieur plus ressemblant. Et il doit bien avoir dix ans de plus que nous !

- Mais non ! fis-je, m'embrouillant dans les protestations que j'aurais voulu faire toutes en même temps, il a un an de moins, mais aucune importance, je voulais dire : rien à voir, c'est un poète ! Il ne va pas jouer du tout, c'est une espèce de père spirituel qui a mal aux pieds, ses chaussures sont pleunkoises comme le reste de son existence, ça t'use avant de s'user, c'est pour cela qu'il a fallu s'asseoir dans le premier café qui se présentait. Tu veux faire sa connaissance ?

- Je regrette, répondit-il poliment, je n'ai pas le temps, on m'attend. Nous aurons sans doute une autre occasion de nous rencontrer.

Et il disparut, même de mon regard intérieur. Curieusement, je n'en fus pas aussi désolée que d'habitude : sans savoir pourquoi, j'étais sûre de le revoir bientôt, et plus longuement, comme de la sincérité de sa dernière réplique. J'aurais même expliqué à Filip : « Tu comprends, il voudrait bien prendre un verre avec nous, mais il faut sans cesse qu'il se dépêche pour se manifester en même temps à je ne sais combien d'endroits et d'époques, alors… » Toutefois, Filip ne l'avait pas vu, son attention s'étant manifestement trouvée prise par autre chose que l'ici-et-maintenant, après la fin de sa lecture :

- Combien de temps tu as mis à écrire ton premier roman ? demanda-t-il.

- C'est difficile à calculer. On peut dire que je l'ai commencé quand j'ai changé de langue, mais à l'époque, je ne savais pas encore ce que j'écrivais.

- Donc, plusieurs années ? Et comment ça s'écrit, par petits bouts ?

- Tantôt par petits bouts, tantôt par plages de dix à vingt heures d'écriture de suite.

- Bon Dieu ! fit-il, écarquillant les yeux, ça se peut vraiment ? Tu arrivais à faire ça, dans les conditions où tu étais ?

- Il fallait que j'avance le plus vite possible, ça me donnait sans doute plus d'énergie. Je n'étais vraiment pas sûre de jamais l'achever, tu sais, même quand j'avais déjà bien avancé : je pouvais me retrouver dans la rue ou dans l'inexistence complète à n'importe quel moment. J'en arrivais à prier pour survivre jusqu'à le terminer, celui-là au moins, ce serait mon *Lebenswerk*, tu connais cette notion allemande ? « l'œuvre d'une vie ».

- Il faut que tu prennes bien garde à ta santé, dit Filip (redevenant subitement très grave et impératif), il ne faut pas que tu boives autant que moi, et pas d'enfants, hein ? Si je n'ai pas pu me permettre d'en avoir, tu le peux encore moins. Pas de charge d'âme, tu as tes livres à faire, c'est comme un sacerdoce. Tu es de ce monde mais tes liens sont ailleurs. (Je revis soudain Massigny clignant de l'œil.) Tu renonces à tout ce qu'il faut, pour écrire ce qui peut rester. Quand tu es malheureuse, pense à la réponse du vieil évêque dans *Huit et demi* : « Et qui vous a dit que l'homme était sur terre pour être heureux ? »

Quoique ce dernier trait de sagesse me donnât un élancement au cœur, j'assurai à mon maître qu'il n'avait pas à s'inquiéter : je suivrais ses conseils ; je n'avais jamais bu autant que lui, ni ne risquais d'avoir de progéniture.

- C'est ce que vous dites pour commencer, fit-il, mais je vous connais, dès que le problème se pose sérieusement, vous êtes tentées, parce que vous êtes des créatures pitoyables, dans le sens classique du terme : même de quelque chose qui n'existe pas encore, vous trouvez le moyen d'avoir pitié. Si ça t'arrive, rappelle-toi ce que dit Jeanne d'Arc à son procès : il y avait assez d'autres filles pour filer, tisser et enfanter. On t'a donné le talent pour que tu l'accomplisses ; c'est de la tête que tu vas accoucher, point.

Je trouvais étonnant qu'il s'inquiétât autant pour quelque chose qui ne me préoccupait aucunement, et je le lui dis.

- Ça va se mettre à te travailler plus tard, quand tu sentiras que le corps est mortel. J'insiste sur la question dès maintenant parce que je ne suis pas sûr qu'on se revoie au moment où elle risque de vraiment se poser. Tu te rappelleras que les sœurs Brontë ont fait ce qu'elles ont fait parce qu'elles n'étaient pas mères... (Je pouffai.) ... et que George Sand a passé les trois quarts de sa longue vie à écrire des idioties à la file pour nourrir ses gamins. On ne t'a pas imposé de rester dans un trou puritain à l'état de vieille fille comme Emily Dickinson, c'est déjà un luxe que les temps modernes t'ont offert, alors, estime-toi avantagée et profites-en sans demander plus. Ça donne rarement autre chose que des imbéciles ingrats, de toute manière, les enfants d'écrivains.

Puis, comme pour éloigner le fantôme de tout ce que l'écriture et la dèche interdisaient, Filip se fit optimiste :

- Le plus dur est derrière toi, maintenant. Quand tu seras professeur d'université, tu pourras déménager et souffler un peu...

Je ris :

- Mais je ne serai jamais maître de conférences, tu sais !

- Comment ça ? demanda-t-il, ébaubi, tu as fait toute une thèse pour cela, non ?

- Mon amie Michèle, qui a eu non seulement son doctorat mais aussi son agrégation, n'a toujours pas de poste dans le supérieur, et elle s'est rendu compte que sans piston, elle n'était pas près de l'avoir. Il y a trop de candidats, en lettres ; pour y arriver, il faut courir les colloques à travers tout le pays, faire la cour aux professeurs influents... Même si j'en avais l'envie, je ne pourrais pas me le permettre ; rien que les frais pour me porter candidate auprès des facultés qui embauchent, ça représente deux à trois fois mes revenus mensuels : le dossier de candidature, c'est un gros colis contenant entre autres tes livres, qu'il faut envoyer en recommandé à une dizaine d'endroits.

- Ce n'est pas possible ! fit Filip, atterré. C'est donc pire qu'à Pleunk ? Là-bas, au moins, quand tu arrives à devenir docteur, on trouve à te caser. Mais pourquoi tu as perdu tout ce temps à écrire une thèse, alors ?

- Au début, je n'étais pas au courant de la situation, et de toute manière, je devais faire les études les plus longues possible pour réduire le risque qu'on m'expulse. Et puis, ce n'est pas complètement inutile de l'avoir écrite : le titre de docteur, ça permet de faire comprendre aux gens tentés de te regarder de haut que même si tu es de la couche la plus pauvre de la population, tu n'es pas nécessairement plus bête qu'eux.

Filip leva les yeux au ciel. Je me rappelai qu'il n'avait que son baccalauréat et que l'opinion commune de ce qu'il était lui indifférait. Puis je le vis sourire :

- Donc, maintenant et pour toujours, comme disait Mallarmé en Ardèche, l'art et la dèche, hein ? On trinque en frères d'armes !

Et nous trinquâmes, repoussant la bouteille déjà vidée.

*

Je ne le revis guère les jours suivants, sauf pour aller acheter ensemble (chez Guerri) quelques vêtements qui lui permettent de pallier la perte de sa valise, pour boire encore une bouteille le soir où il ne dînait pas avec ses confrères du colloque, et pour le raccompagner à Orly. Après son départ, j'essayai (sans trop y croire) de commencer le roman qu'il m'avait demandé d'écrire, pour n'arriver, en une journée, qu'à dresser une sorte de liste des choses à raconter et des personnages qui pourraient y entrer ; le lendemain, faute de courage pour reprendre cette corvée, je la repoussai sans avoir trop mauvaise conscience, car primo, rien de bon ne sort jamais d'une journée de travail forcé, et deuxio, je devais de toute manière cesser de travailler tôt, pour préparer mes bagages et rejoindre le quartier où habitait la mère de Violaine, avant l'heure où Patrick viendrait nous prendre toutes les trois en voiture, avec Chanouar, pour aller passer la fin de la semaine dans leur maison de campagne. Et il allait de soi que là-bas, je ferais autre chose qu'écrire : ainsi, le problème créé par Filip se retrouverait repoussé assez loin, me disais-je, pour qu'il y ait des chances qu'au retour, il ne me paraisse même plus pressant comme il semblait l'être surtout parce que la force de persuasion et l'autorité de mon maître d'autrefois restaient encore proches dans ma mémoire. Bref, je comptais sur les circonstances pour cesser de prendre au sérieux le projet que je me savais incapable d'accomplir, que je n'aurais jamais conçu et qui ne me travaillait encore (malgré tout ce que j'avais contre lui) que sous influence.

La maison se trouvait au bout d'un hameau de l'Yonne, entouré d'un paysage de collines et de champs parsemés de bosquets. Le lendemain de notre arrivée vespérale, on me fit visiter son vaste jardin entretenu de manière à offrir des fleurs et des fruits (comestibles ou décoratifs) en toute saison, car la mère et la fille partageaient le goût du jardinage. La première avait même été fleuriste, autrefois, avant son mariage avec Fégar : « J'avais une petite boutique ravissante, près de la place Victor Hugo. Mon plaisir, c'était de faire des compositions florales comme on n'en trouvait pas, à l'époque – c'est devenu toute une branche, depuis, la haute couture des fleurs, si j'ose dire… J'en faisais non seulement avec des fleurs coupées mais en pots aussi, en assortissant des plantes qu'on n'avait pas l'habitude de voir ensemble. C'est comme ça que j'ai connu Louis : il est venu commander un grand bouquet chez moi, pour une autre, bien entendu ! (Elle rit.) Et puis, il est revenu, cette fois-ci, mine d'avoir grand besoin de jardinières : vous avez de si jolies choses, mademoiselle, originales comme on n'en voit pas ailleurs, et je viens de louer un appartement face à la Tour Eiffel, dernier étage, avec une terrasse qui manque de plantes… » - « La jardinière qu'il fallait, c'était vous ! » Elle éclata de rire : « On peut le dire, parce que les plantes et la décoration en général, il s'en fichait complètement, comme j'ai pu m'en rendre compte plus tard. Même les fleurs coupées, quand ce n'était pas pour offrir, ça ne lui disait rien : tu en mets partout, il disait, on n'arrive plus à respirer, tu veux me faire mourir comme Des Esseintes ! » Violaine intervint : « Lui qui fumait comme une locomotive, il étouffait à cause des fleurs, voyez-vous ! » S'ensuivirent d'autres souvenirs et rappels de taquineries familiales, qui me donnèrent l'impression que (malgré le divorce par lequel le mariage s'était soldé, et les années passées depuis sa mort) Louis Fégar allait arriver d'un moment à l'autre, lui aussi, dans le jardin où nous étions, rentrant d'un tournage avec Massigny, sans doute, pour parfaire l'ensemble de la réunion. – « Il aimait le grand air, en revanche, fit remarquer la mère de Violaine. On partait souvent marcher, faire de longues promenades, quand on venait ici. » Ce que nous fîmes entre femmes, l'après-midi, Patrick préférant courir ou sortir à vélo.

Comme le temps se gâtait et que la température avait baissé, après le dîner, il fit du feu dans la cheminée du salon près de laquelle nous nous installâmes (Chanouar juste devant, frileusement) pour discuter en buvant un petit verre d'eau-de-vie dont le parfum devenait plus pénétrant et délicieux à mesure que nos mains et l'air autour la réchauffaient. « Quand on pense que du temps où l'on a fait cette cheminée, les gens passaient toutes leurs soirées comme ça, près de l'âtre ! », fit la mère de Violaine. – « C'était leur télévision, dit Patrick, ils devaient voir un tas de choses passionnantes dans les flammes. » - « Et ils se racontaient des histoires… » - « Et ils chantaient », fis-je. – « Vous chantez ? », demanda la vieille dame. – « Oui, un peu. » - « Ah ! Vous voulez qu'on chante ? » J'acceptai volontiers ; elle s'installa aussitôt au piano, à l'autre bout de la pièce, en me demandant de voir s'il y avait des choses que je connaissais, dans ses partitions. Violaine et Patrick se mirent à plaisanter sur le duo professionnel que nous pourrions former, qui s'appellerait, bien sûr, « Les Deux Denise » (le moment est venu de vous apprendre que nous étions homonymes, cher lecteur) : l'aînée passerait pour la grand-mère de la cadette, ce qui expliquerait l'homonymie et nous attirerait le public des moins de sept et plus de soixante-dix-sept ans. Il s'avéra que nous pouvions facilement nous constituer un répertoire commun, à base de morceaux d'avant-guerre et de folklore. Ce dernier convenant mieux pour un récital près de l'âtre, nous commençâmes par *Trois jeunes tambours, À la claire fontaine* et *Aux marches du palais* (pour lesquelles je n'avais pas besoin de lire les paroles). D'autres suivirent, jusqu'à ce que le duo ait trop soif pour continuer. Violaine nous prépara de la tisane, que nous bûmes sous les éloges plaisants, puis l'on en vint à s'étonner que je connusse par cœur ces vieilles chansons : comment se faisait-il que je les aie apprises, et où ? – ce qui me permit de réaliser que je n'en savais rien. Chez les enfants que j'avais gardés ? Ou peut-être les tenais-je de mon sosie, puisqu'elle pouvait très bien avoir une grand-mère qui les lui aurait chantées…

Dans l'enfance des autres, finis-je par me dire en guise de réponse définitive (on avait déjà changé de sujet), et j'entrevis un domaine où régnait une sorte de petite éternité immémoriale que l'on possédait, sans forcément s'en douter, aussi bien sinon mieux que sa propre histoire : le domaine où la limite entre son passé et celui des autres n'existait plus.

Puis nous restâmes un moment, en silence, à écouter un disque (*La Bohème*, où chantait un brillant jeune ténor que Patrick voulait nous faire connaître) tout en regardant le feu – un spectacle si fascinant pour moi que je ne percevais que des bribes de l'opéra. Les flammèches orange, vertes, jaunes bordées de violet ou de bleu vif s'enchevêtraient pour monter vers le conduit, dégageant une fumée fuligineuse dont le parfum me réjouissait. La suivant en pensée, je la vis se répandre au-dessus du toit en ardoise, dans la nuit froide, sous les grosses étoiles de campagne, comme tout près d'elles. Une bûche me ramena sur terre en s'écroulant sur les chenets, projetant des braises et des étincelles, dans un bruit sec permettant à l'oreille de sentir que son bois était déjà presque cendre. Chanouar bondit en arrière, malgré l'écran grillagé qui la protégeait, nous faisant rire, puis s'installa sur les genoux de Violaine, et mon regard tomba sur un objet posé sur la commode à notre droite, que je n'avais pas remarqué jusque-là : une petite maison en grès éclairée de l'intérieur par une bougie dont la lumière sortait par ses fenêtres. Subitement, un sentiment de détresse me remplit : l'impression d'être seule en pleine nuit dehors, et de regarder de loin la lumière d'un foyer où je ne saurais pas entrer. Étrangement, le fait d'être à l'intérieur au moment où j'avais cette illusion pénible n'y changeait rien, et pour y échapper, je dus détourner les yeux du photophore – revenir au spectacle bienfaisant des flammes.

Pourquoi me plaisait-il autant ? Je ne le comprenais pas moi-même, mais le feu me procurait (comme à Chanouar, probablement, me dis-je) une sorte de bonheur paisible, et je réalisai que c'était là ce qui m'avait toujours manqué (sans que je m'en doute, ayant grandi dans l'une de ces villes où il ne reste aucune cheminée) pour les saisons où les jours trop courts, la grisaille et la nuit vite tombée me rendaient mélancolique : un feu de bois qui dissiperait la tristesse. Si j'avais un âtre, rêvai-je, en automne et en hiver, je serais pressée de rentrer, le crépuscule ne serait que le prélude de la joyeuse flambée, et si cela se trouve, j'en arriverais même à regretter que le beau temps finisse par revenir… Oui, une cheminée y suffirait. Comme on peut négliger l'importance de telles choses, quand on ne les connaît pas d'expérience ! Et dire qu'à force d'avoir vécu sans elles, on n'en ressent même pas le manque !

Depuis la nuit des temps, me dis-je, les hommes ont entretenu le feu pour vivre près de lui lorsqu'il faisait froid, oui, depuis cette nuit qui revient et dure encore – la fin du jour et le mauvais temps étant les mêmes, l'unique différence entre ces hommes et nous, dans cet espace-temps qui se reproduit éternellement, c'est que quelqu'un comme moi peut découvrir le feu si tard, après des millénaires. Ils scrutaient les étoiles aussi, guère visibles dans nos grandes villes aux ténèbres électriques… Et rêveusement, je me représentai le romancier écrivant à la lumière de sa bougie, du temps où l'on croyait encore au feu sacré et aux Génies, et plus près de moi, Balzac dans sa maison de Passy, se levant tard le soir pour se remettre au travail à la table que j'avais vue, où une lampe à huile devait être posée alors… Comme la vie d'artiste avait peu changé, depuis, quoiqu'on pût s'abuser en croyant le contraire – qu'y avait-il d'autre que l'électricité (ayant aboli les flammes) qui nous distinguât vraiment des confrères d'autrefois ? Moi non plus, de même que les personnages de *La Bohème*, je ne me chauffais guère l'hiver, un rapprochement qui me permit de réaliser que s'il y avait eu une cheminée dans ma chambre, j'aurais pu y faire comme eux des flambées de manuscrits (il m'en restait toujours des exemplaires superflus) ou de brouillons… Or, cette rêverie fut interrompue par Violaine qui tombait de sommeil, ayant eu une semaine fatigante, et bientôt, nous nous dispersâmes tous vers les chambres où nous allions nous coucher, remettant au lendemain l'écoute de la suite de l'opéra.

À peine avais-je fermé les yeux que je me sentis prise dans une sorte de tourbillon où je tombais vertigineusement, sans pouvoir m'en extraire, malgré la certitude qu'il suffisait de les rouvrir pour que la chute cesse ; je m'y efforçai de mon mieux, en vain, puis je réussis, mais je me retrouvai sur la couchette inférieure, dans le train. Et voyant son chef assis à sa place habituelle, je me redressai aussitôt, me cognant la tête, terrifiée par l'idée qu'il m'avait regardée dormir pendant un bon moment.

- Ah ! vous revoilà ! fit-il en souriant. Je commençais à m'ennuyer. Ce n'est pas très poli de s'assoupir devant ses hôtes ; mais vous aviez besoin d'un peu de repos, vous êtes excusée.

- Combien de temps j'ai dormi ?

– Pas plus d'une heure. Vous avez fait des rêves agréables, hein ? Laissez-moi deviner… Vous vous êtes vue apaisée, satisfaite, arrivée au bon port, n'est-ce pas ? Oh, comme cela doit être déplaisant de se réveiller ensuite dans mon train, sous mon nez !

– Qu'est-ce que je fais ici ?

– Vous rentrez, je suppose. À moins que vous ne partiez pas de chez vous ? En tout cas, ça tombe bien, de vous croiser en chemin. J'étais en train de vous lire, hier, et je me suis rendu compte que vous ne révélez jamais grand-chose de vous-même à vos lecteurs. Ça manque, vous savez. Et s'il n'y avait que cette omission-là… En fait, dès que vous ébauchez une action qui promet une suite intéressante, vous passez à autre chose avant d'être arrivée à ce qu'on attend d'apprendre. On a beau se dire que ça viendra sans doute plus tard, avec le retour aux personnages du début, on a beau être patient, même après avoir lu la dernière page, en imaginant que vous vous occuperez des choses les plus palpitantes dans votre prochain livre, vous continuez à décevoir notre curiosité, comme si vous aviez juré de ne jamais la satisfaire ! Bon, on ne peut pas vous forcer, mais il faut que vous sachiez que *moi non plus*, je ne vous ai pas tout dit.

– Vous ne m'avez pas tout dit ? À propos de quoi ?

– Je vois qu'il était vraiment utile que je repasse.

– Allez-vous en ! fis-je. Vous n'avez plus aucune raison d'être là, je n'ai pas de problèmes d'inexistence, en ce moment !

– Ah ! on arrive au sujet de la méprise !

– De quelle méprise ?

– Mais de la vôtre, quoique vous ne soyez pas seule à vous méprendre sur votre compte, mon amie. Vous croyez qu'il suffit d'être sûre de pouvoir rester à Paris pour ne plus me revoir ? Mais enfin, les départs, les arrivées et tout ce qui s'ensuit, ce ne sont jamais que des images ! Des métaphores, comme on dit dans votre métier – des transports de sens, hi ! hi ! hi ! Être Parisienne ou autre chose, quelle importance ? Tout ça, ce n'est jamais *que la réalité*, la peau de la pomme ! Voulez-vous que je vous dise d'où vous êtes, en vérité ?

– Non ! m'écriai-je, terrifiée.

– De la nuit et du froid, dit-il tranquillement. De la nuit immémoriale où l'on a peur, recroquevillé pour essayer de se réchauffer contre soi-même, si peur qu'on s'invente des contes – ou qu'on essaie de devenir un univers. Vous avez oublié comment vous vous appelez ? Que signifiait ce vieux prénom tiré du dictionnaire ? « Étoile-du-Jour. » Pourquoi donc vous a-t-on nommée ainsi ? Parce que vous êtes de là où il fait toujours noir et froid, et qu'on vous voit à la limite entre la nuit et l'aube, avant que le jour ne vienne vous effacer. Vous n'êtes pas du monde où les humains peuvent vivre…

- Ce n'est pas vrai ! l'interrompis-je, ne pouvant pas supporter l'idée d'appartenir à l'espace que je voyais subitement s'étendre, bien réel, autour de moi et de lui : à la nuit stellaire. (Je sentais que je devais parler, et vite, pour ne pas finir par croire que je tenais réellement mon essence d'un monde qui n'était vivable pour nul humain.) Je suis de chair, je suis bien d'ici-bas, et je raconte des histoires humaines ! Vous n'allez pas me convaincre que je suis d'un autre monde, j'aime celui-là tel qu'il est, j'y suis et j'y reste !

- Vous ne voulez donc pas être du ciel ?

- Non, ce n'est pas pour moi. Je veux rester avec les gens que j'aime.

À ce moment, je sentais mieux que jamais combien je chérissais la vie humaine : non pas le fait de vivre, mais le sort imparfait et si varié des mortels, les défauts et les faiblesses d'où naissaient les histoires, l'agitation, les embrouilles, les illusions humaines, et surtout les affections qui liaient et maintenaient ensemble certains d'entre nous.

- Eh bien, soit, fit-il. Je vous offrais un espace de paix parfaite ; vous préférez suivre votre orbite dans le cercle vicieux d'ici-bas, cela ne changera pas grand-chose à l'essentiel. Il est ici comme en haut de ces espaces où la nuit demeure, même s'il y a de la lumière… Et dans la nuit, quand on n'est pas de feu pur, quand on est encore une créature sans feu ni lieu, il y a les songes où je peux toujours revenir, et tout un monde dont je demeure le maître. De toute manière, votre décision ne saurait être que provisoire, comme tout ce qu'on peut vivre ici-bas, par ailleurs : vous savez bien que le train ne s'arrête pas. Regardez comme ils courent vite derrière la vitre, ces arbres et ces jolis petits villages !…

- Ça suffit, dis-je, vous m'avez largement assez embêtée, ces derniers temps. Je ne comprends pas pourquoi vous continuez de revenir, et je me doute bien que vous n'allez pas me le dire, mais pour ma part, je peux vous assurer que plus je vous vois, moins vous me faites d'effet. Je vais finir par m'habituer complètement, si vous persistez. Vous connaissez le Principe de Lassitude ? Il vaut pour les mauvaises choses aussi : à la longue, on se lasse d'en souffrir ou de les appréhender, alors, quand elles continuent de se reproduire, on finit par s'en ficher.

- Mais enfin ! je vous croyais plus avisée sur mon compte, et je découvre que vous me tenez encore pour l'épouvantail que les imbéciles de jadis avaient fait de moi. Si je viens discuter avec certains passagers, ce n'est jamais que par compassion, parce que je peux comprendre ce qu'ils éprouvent : quand on aime retenir les beaux instants, comme c'est le cas chez vous autres, et qu'on ne se lasse pas vite des choses, devoir toujours rester un étranger de passage…

- Je ne suis pas « une étrangère de passage », rétorquai-je, car même si vous pouvez me le faire croire par moments, vous n'êtes rien d'autre qu'un de ces cauchemars qui reviennent même quand il n'y a plus de vraie raison de les revoir, comme le rêve sur le quartier de mes grands-parents, où je ne remettrai plus jamais les pieds en réalité. Oui, vous êtes un mauvais rêve à variations, du genre qui fait concevoir des fugues sinistres aux compositeurs ; vous voudriez devenir un leitmotiv chez moi, mais n'y comptez pas. Homère vous aurait expliqué que vous venez par la porte d'ivoire, celle des visions qui ne signifient rien. Maintenant, vous n'avez qu'à sortir une fois pour toutes, puisque cela doit être déjà aussi clair pour vous que ça l'est pour moi : je ne crois plus du tout en vous.

- Je ne vais pas tarder à vous laisser, en effet, dit-il en souriant, mais je ne suis pas certain que ce soit vraiment une fois pour toutes, car votre mobilité reste assez grande pour qu'on puisse encore se croiser. Vous n'avez jamais eu de lieu que vous n'ayez pas dû quitter pour le laisser détruire ou pour le céder aux autres : à ceux qui peuvent se fixer, et qui lisent les histoires sans devoir les gagner au prix de l'existence. Vous n'avez jamais été entièrement de votre espace ni de votre temps. En somme, vous n'avez pour toute maison que vos livres, et dans vos livres, ce que vous êtes n'est même pas lisible. Dans l'ici-bas, les autres sont les lettres, et vous, l'astérisque. Voilà ce que vous êtes, plutôt qu'une des étoiles du ciel : un rien qui renvoie à des choses. À des choses qu'on doit taire, pour commencer, et qui, plus tard, ne diront rien à personne ; à des choses qui peuvent se trouver écrites en tout petit, très serré, à la fin de la page ou bien du livre de la vie – ces choses que les lecteurs ne savent pas et *ne veulent pas savoir* !

Comme il devait l'avoir prévu, ses dernières phrases me causèrent un tel choc que sa disparition ne me soulagea aucunement – au contraire, le fait de ne même pas pouvoir répliquer (si je finissais par trouver de quoi) parachevait mon abattement. L'idée que j'étais un astérisque, avancée avec autant de conviction, me laissait comme paralysée. Je commençais réellement à me sentir comme une petite chose mise dans un espace vide ; mon regard s'obscurcissait et je tombais de nouveau, emportée par un mouvement qui me faisait rouler sur moi-même, tournant de plus en plus vite - jusqu'au moment où je sentis un choc et me retrouvai dans un grand lit inconnu, dans une chambre vaste comme la nuit.

Puis une douce lumière se fit, celle d'une bougie, réalisai-je en me tournant vers elle, et j'entendis comme une réplique à quelque chose que j'aurais à peine dit :

- Brûler des manuscrits, en aucun cas ! Vous devriez avoir honte rien que d'y penser ! Heureusement que vous n'avez pas de cheminée, dans votre chambre ! Il ne manquerait plus que ça, comme s'il ne suffisait pas d'une fois.

C'était Nicolas, bien sûr, et je compris immédiatement de quelle « une fois » il parlait.

-Vous regrettez donc ? demandai-je, pleine de curiosité pour les révélations qu'il me ferait certainement (commencer ainsi, cela annonçait une conversation autrement plus consistante que celle que nous avions eue dans la première partie ; quel dommage qu'on ait fini d'écrire la thèse de Michèle !).

- Et comment ! Ça m'a tué, de l'avoir brûlé. Si je l'avais gardé au lieu de vouloir m'en débarrasser, je l'aurais relu, le lendemain, et la honte d'avoir écrit une chose si exécrable, comme je n'en avais jamais fait, jamais, même pas gamin, la honte m'aurait forcé à vivre jusqu'à pouvoir récrire ça bien. Je ne serais pas mort sur cet horrible échec.

- Mais ce n'était pas possible, de récrire ça bien, fis-je, stupéfiée de son idée, c'était voué à l'échec par son principe : vouloir représenter des personnages parfaits et qui vivent dans votre espace-temps, et qui puissent par surcroît le sauver de tous ses maux !... Et justement vous qui étiez surdoué pour dépeindre le mal sous toutes ses formes les plus mesquines, vous croyez encore que vous auriez pu réussir ça ?

- Bien sûr que non ! Je l'aurais récrite d'une tout autre manière, la seconde partie, pas du tout comme prévu. J'aurais eu le temps de comprendre ce qui clochait, et je me serais attaché à tout autre chose qu'à l'idée de personnages parfaits...

- Mais attendez, l'interrompis-je sous l'effet d'un rapprochement que je venais de faire à l'improviste, vous avez écouté *La Bohème* avec nous, tout à l'heure ? Vous habitez dans quel espace-temps, de fait, actuellement ?

- Là où les parallèles se rejoignent, répondit-il. Dans la mémoire, dans l'enfer et dans le purgatoire, toutes les époques sont contemporaines et tous les lieux sont proches, vous savez.

- Ah oui ? Comment cela ?

- Mais comme chez Dante.

Je réfléchis un instant.

- Et pourquoi pas au paradis aussi ?

- Le paradis, dit-il (professoral), c'est là où il n'y a ni *où* ni *quand*.

- Je ne l'ai jamais trouvé très convaincant, avouai-je, même pas chez Dante. Ça doit relever d'un problème général de l'ordre de celui que vous aviez avec la seconde partie : la chose est trop belle pour qu'on se la représente et la décrive plausiblement, fût-on un génie. De fait, s'il n'y a vraiment là ni *où* ni *quand*, on ne doit même pas avoir moyen de s'en faire une idée de son vivant...

- Si, on peut. C'est à peu près comme dans la chanson.

- Quelle chanson ?

- Celle où il est question de lit tout en dentelles blanches.

- Ah oui ?

- « Tout en nuages » serait plus approprié, mais les nuages aussi, ce n'est qu'une image, bien entendu. L'âme a besoin d'images, c'est pour cela qu'on lui donne des illusions. Il n'y a ni lit, ni draps, ni nuages, en vérité, pourtant on y repose, chacun avec sa chacune, là-bas, et…

- Vraiment ?… Vous dites cela, vous qui aviez horreur de la chair ?

- Il ne s'agit pas de chair, répliqua-t-il, agacé, vous êtes décidément dure de la comprenette. Il s'agit de pure volupté et de paix.

- Mais vous n'êtes plus contre la volupté ? Vous en connaissez de pures, maintenant ?

- J'en ai connu jadis aussi, du temps où j'étais jeune. D'impures également, plus tard, qui ne l'étaient pas tant que ça, avec le recul. (Et, sur un ton de confidences :) On rencontrait, autrefois à Paris, de ces petites femmes à jolie tournure qui pouvaient vous faire croire que vous étiez séduisant, ma foi, fussiez-vous aussi grotesque que moi. Le malheur, c'était qu'il fallait bien sortir du lit, et une fois bien réveillé…

- Vos idées vous retombaient dessus, vous voyiez dans l'acte commis le mal le plus ignoble, et cætera ?

- Bien sûr.

- Comment se fait-il que vous ayez changé à ce point de vision des choses, depuis qu'on ne s'est pas revus ? m'étonnai-je.

- Ce n'est pas vos affaires, répondit-il (assez gentiment), les étapes, on les découvre par soi-même. Vous saurez comment ça se passe d'ici à quelques siècles au plus tard.

- Est-ce que cela signifie que vous êtes… comment dire… sur le chemin du grand lit ?

- Trop de curiosité nuit. Vous ferez mieux de souffler cette bougie et de dormir.

- Mais vous ne souffrez plus ? Plus rien ne vous poursuit ?

- Le livre me poursuit, avoua-t-il gravement, le livre que je n'ai pas pu écrire. Ç'aurait été mon plus beau. Ne brûlez rien, jamais. Et écoutez ce qu'on vous dit : quand on vous donne le titre, il faut écrire le roman. Il s'agit d'un ordre venant d'un grand homme, il faut toujours obéir, dans ces cas-là.

- Je veux bien, fis-je piteusement, j'ai même essayé, mais je n'y arrive pas du tout. Vous pourriez peut-être me dire comment faire pour y arriver ?

Il me lança un regard sévère, puis il souffla la bougie pour pouvoir disparaître : naturellement, je devais me débrouiller seule, en commençant par me rendormir.

Le lendemain matin, je ne me souvenais même plus d'avoir reçu ces deux visites nocturnes, qui n'allaient me revenir à l'esprit (en m'obligeant à les interpréter d'une nouvelle manière) qu'environ deux ans plus tard, à un endroit dont j'étais loin de me douter que j'y habiterais un jour, lorsque je me réveillai dans la maison de campagne au beau jardin – mais n'embrouillons pas davantage notre lecteur en faisant des sauts dans le révolu, restons encore un peu à l'étape qui nous impose provisoirement de suivre l'ordre chronologique des événements.

*

À mon retour à Paris, un message m'attendait : rappeler tel journaliste de mes vagues connaissances (auquel j'avais envoyé mon roman environ un mois plus tôt), et bien sûr, je le fis immédiatement, en frétillant de joie – mais une fois encore, je fus détrompée dès qu'il me parla. Ce dont il s'agissait (le supplément littéraire de son journal n'avait guère de place pour la production des petits éditeurs, hélas, ce qui faisait que le collègue auquel le livre avait été transmis ne pouvait pas promettre de le lire), c'était de contribuer à une page de la rubrique internationale, qui serait bientôt consacrée à Pleunk. Car le responsable de cette rubrique avait décidé de faire le tour, par le biais d'articles réunis en dossiers mensuels, de certains pays parmi les moins bien connus aux lecteurs ; et naturellement, il n'y avait pas pléthore de spécialistes de Pleunk dans son équipe. Vous vous en doutez, cher lecteur : je refusai, expliquant que Pleunk n'existait plus pour moi – ratant ainsi ma seule chance d'entrer dans le journalisme parisien dont Balzac avait si clairement expliqué le pouvoir. Mais même si je l'avais souhaité, comment aurais-je pu contribuer à leur dossier ? Je n'avais réellement pas la moindre idée de l'actualité pleunkoise récente, et l'on ne fait pas d'articles à partir de sa seule conviction que dans l'Abarie qu'on n'a pas revue depuis presque une décennie, tout se passe comme autrefois, quoiqu'il y ait eu là-bas des changements officiels dont on ignore tout des signes concrets (des façades de Potemkine que font bâtir nécessairement les nouveaux gouvernants de pays irréels). J'avais même cessé de participer (m'étant lassée de débiter des nouvelles culturelles) aux émissions de radio où je pouvais recueillir auparavant quelques bribes d'informations en attendant de passer à l'antenne, ce qui faisait que dorénavant, je n'avais vraiment aucune occasion d'apprendre quoi que ce fût qui se passât en Pleunk et ne fût pas d'un ordre strictement familial. Or, deux jours plus tard, comme pour réfuter ce dernier constat et me faire regretter mon refus, Minou m'appela.

- Et toi, comment ça va ? Quoi de neuf ? demandai-je après avoir raconté mon week-end à la campagne.

- Il nous arrive quelque chose d'*un peu* embêtant, dit-elle. Mais surtout, ne t'inquiète pas. C'est assez drôle, par ailleurs.

Ma mère avait l'habitude de prendre toutes les précautions verbales possibles pour m'annoncer les mauvaises nouvelles qu'elle jugeait susceptibles de causer un choc affreux à ma nature sensible, au point qu'il était parfois difficile de comprendre si les événements qu'elle me rapportait étaient comiques (vu sa tendance à les présenter sous forme plaisante), insignifiants ou proprement catastrophiques.

- C'est quoi ?

- Eh bien… Tu ne vas pas y croire, c'est bien trop drôle pour être vrai… Il paraît que la maison croule. Ne t'inquiète surtout pas, c'est loin d'être certain.

- Quelle maison ?

- La nôtre, notre immeuble.

- Il croule ? !

- Pas encore, mais il s'avère qu'on l'a construit selon une mauvaise méthode, comme la plupart des autres, d'ailleurs. Il paraît que ce genre d'immeubles, ça n'a pas plus de trente ans d'*espérance de vie*. Les architectes le savaient depuis toujours, mais c'est seulement depuis la semaine dernière que tout le monde en parle, parce que dans certains bâtiments du quartier, les soudures du béton armé craquent, alors les murs se détachent, les tuyaux explosent…

- Mon Dieu !

- Ne t'inquiète pas, je te dis ! Pour l'instant, tout va très bien, rien d'inquiétant. Je ne vois pas de fissures chez nous ; si la presse ne parlait pas des risques, je n'aurais pas pu m'en rendre compte. Tout va très bien. Le temps que nos murs commencent à se détacher, on va sûrement inventer un moyen de consolider…

- Quel âge il a, cet immeuble, déjà ?

- À peu près ton âge, pas encore trente ans. Comme il y a cette sorte de bâtiments dans tout le pays, par milliers, ils ne peuvent pas les laisser s'effondrer comme ça, sans prendre des mesures ! Tiens, je ne t'ai pas raconté la meilleure : certains journaux conseillent d'acheter des sifflets…

- Des sifflets ?

- Pour qu'on retrouve les vivants sous les décombres, tu vois : tant qu'on respire, on peut toujours siffler, rien de plus facile. Alors, il n'y a plus de vieille dame, en Pleunk, qui n'ait pas autour du cou son sifflet de gosse, de flic ou d'entraîneur sportif. C'est très drôle, tu sais. On n'en trouve plus dans les magasins ! Celui qui ferait de l'importation de sifflets en Pleunk pourrait devenir tout de suite millionnaire !

- Il faut que tu quittes immédiatement ce maudit pays, m'écriai-je, tu ne comprends pas que les crétins qui le gouvernent n'en ont strictement rien à foutre qu'il s'écroule tout entier ?

(Pardonnez-moi, cher lecteur, ces grossièretés. Veillant à mon image, j'ai pris soin, jusque-là, de vous épargner au possible les propos censurables, abondants dans mon langage quotidien. Je promets d'y veiller à l'avenir aussi, mais en l'occurrence, je ne puis que les inscrire et signer, à défaut de propos châtié qui convienne.)

- Depuis que tu vis à Paris, mon chou, tu as dû oublier que ma ligne est sur écoutes, fit Minou en riant. Ce que tu es pessimiste ! Ne t'en fais pas, je te dis ! Je commence à me renseigner, je verrai quelle serait la meilleure façon d'agir. Comment veux-tu que je déménage ? Il faudrait vendre l'appartement, et je n'ai même pas fini de le payer. Personne ne l'achèterait, surtout pas en ce moment. Je n'arriverais pas à en louer un autre, sans parler d'aller vivre à l'étranger : de quoi je vivrais ? qui s'occuperait de ta grand-mère, si elle tombe malade ? Et il faut penser à ton héritage...

- À quoi ?

- Mais c'est tout de même ça, ton héritage ! Si l'on consolide, l'appartement gardera quelque valeur, il restera habitable, tu l'auras un jour...

- Maman, parbleu, débarrasse-t-en au plus vite, je m'en fous complètement, moi, de l'héritage !

- Qu'est-ce que tu peux raconter comme bêtises ! Tu ne vas jamais finir par avoir les pieds sur terre ?

Même en tâchant de m'en tenir aux arguments rationnels, je ne pus persuader Minou qu'hériter d'une part de château de cartes situé dans une ville où je n'allais jamais retourner m'importait moins que son bien-être actuel. Prenant mon discours pour un échantillon du désintéressement puéril de l'espèce artiste, elle continuait de me gronder gentiment (« À ton âge ! Il serait temps de prendre en compte les réalités de la vie ! »), et me reprocha de faire passer mon affection pour elle devant le souci de mes lendemains.

- Tu n'es pas assez riche, autant que je sache, pour renoncer à ton héritage sans même pouvoir imaginer où tu en seras le jour où tu l'auras !

Je renonçai à discuter davantage, comprenant enfin que ma mère chérissait plus que l'appartement l'idée de me le laisser, et qu'un parent saurait difficilement admettre que les efforts de toute sa vie n'eussent procuré à sa progéniture rien de durable. De son côté, pour me rassurer, elle me promit que dès les premières fissures, elle irait habiter chez l'Ourse, dont l'immeuble (plus récent) avait encore au moins cinq ans d'*espérance de vie*.

Et tout cela, c'est la faute de Max ! réalisai-je soudain en raccrochant. Étourdie par les nouvelles, j'avais complètement oublié qui était l'architecte du bâtiment croulant à date limite si proche. Mais enfin, que ce fût lui ou un autre, quelle importance ?

Il fut un temps, me dis-je, où les bâtiments étaient toujours conçus pour durer bien davantage qu'une vie humaine même longue ; il reste encore certains lieux au monde où c'est le cas. Il en est d'autres où l'on ignore encore que le quartier, la ville, tout l'État étaient voués dès leur construction à s'effondrer dans un délai très bref, calculable d'avance. Leurs habitants l'apprennent quand il est temps de fuir et qu'on ne le peut pas. La plupart préfèrent y demeurer, habitués à croire que c'est leur chez-eux fait pour abriter plusieurs générations, refusant de comprendre qu'il n'existe pas, n'ayant jamais été plus qu'un mirage. C'est à distance qu'on voit mieux cette inexistence-là, celle d'un endroit où l'on ne retournera jamais (si peu différente de celle d'un monde où l'on n'a pas vécu, que seuls les aînés ont connu et décrivent). Soyez maudits, pensai-je, vous qui faites croire aux autres que vos constructions sont vivables, qu'il n'est ni nécessaire ni possible de chercher à les quitter. Cent fois maudits, vous qui faites qu'on s'attache faute de mieux à vos tours infernales. Et j'appelai Sylvia pour m'enquérir de ce qui se passait en Cleunk, me doutant que chez les siens aussi, on achetait des sifflets. Et en effet, les prévisions cleunkoises ne différaient guère des pleunkoises. Ses parents s'apprêtaient à quitter le logement dont ils étaient locataires, pour aller vivre à la campagne, dans la maison natale de son père.

- De quoi ils vivront ?

- Mon père dit qu'ils auront moyen de se débrouiller. On lui a restitué récemment des terrains qui appartenaient à ses grands-parents ; il compte en donner la plupart en métairie, s'il trouve un candidat métayer ; en tout cas, mes parents garderont ce qu'il faut pour un potager qui donne de quoi manger, et ma mère pense qu'elle pourrait s'occuper d'élevage de chiens.

- Pourquoi de chiens ?

- Il paraît qu'il y a une race de molosses très à la mode chez les nouveaux riches, qu'ils se font livrer de l'étranger. Elle aime les chiens, elle a eu l'idée d'en élever de cette race-là, ça peut se vendre cher.

Je me gardai bien d'exprimer le moindre doute quant à la réussite de ces projets : le seul fait que deux citadins de longue date, et dont les métiers respectifs (de *diplômés*, comme aurait dit Florence) n'avaient rien à voir ni avec le jardinage ni avec l'élevage, aient pu les concevoir montrait à quel degré d'angoisse face à l'avenir ils étaient arrivés.

- Dire que je suis partie depuis si longtemps, fit Sylvia, et qu'il y aura toujours quelque mauvaise nouvelle, quand ce n'est pas les souvenirs, pour me ramener dans ce pays de malheur ! Même s'il s'écroulait complètement, je n'arriverais pas à m'en débarrasser !

Cette conversation achevée, je méditai un moment sur les diverses significations du verbe « partir », dont l'acception définitive m'était depuis longtemps plus sensible que la provisoire, au point que son sens littéral me semblait souvent relever de l'euphémisme – alors qu'en entendant dire à propos de quelque défunt qu'il était « parti », j'avais pour première réaction irréfléchie une impression de complicité plaisante : ah ! lui aussi, comme moi ! Au fond, c'est sans doute pourquoi l'évocation d'un héritage qui puisse m'échoir m'avait complètement surprise : non seulement je n'y avais jamais songé, mais j'étais convaincue que les seuls héritiers qu'il pût y avoir dans la famille étaient mes aînés – qui avaient déjà effectivement hérité de mes affaires quand je les avais quittés pour partir vers Paris (mon Paradis). Les livres que j'avais accumulés, les tableaux peints du temps de l'adolescence, ma garde-robe dont Minou pouvait porter une grande partie (nous faisions volontiers des échanges de vêtements, jadis) et où elle puisait sans doute toujours, vu la difficulté de se fournir souvent en tenues pas très laides, à Pleunk – tout cela (frappé pour moi de mort locale) ne m'appartenait plus depuis des années, et je ne m'en souciais plus du tout, alors que j'avais tenu à ces choses, que je leur avais attaché une valeur plus grande que ne saurait jamais en avoir le logement dans la barre abominée…

En y songeant, je ne me doutais pas que contrairement à toute vraisemblance, quelques semaines plus tard, Minou ferait appel à moi au sujet d'un problème pratique consécutif à mon inexistence en Pleunk, pour me faire réaliser que tant que je demeurais joignable dans mon paradis, les biens désormais inutiles étaient encore considérés comme les miens. En effet, je reçus une lettre où elle me demandait de dresser la liste de mes livres et effets qu'elle devrait préserver en cas de dégâts des eaux ou de déménagement vers le logement (plus petit) de Florence. Aurait-on les meilleurs héritiers du monde, me dis-je, on n'est décidément pas vite débarrassé des futilités qui peuvent les tracasser. Connaissant Minou, je savais qu'elle n'admettrait pas facilement que je me fiche de tout cela non moins que de l'appartement. Il fallait faire au moins semblant d'avoir bien réfléchi avant de lui répondre – en d'autres termes, je devais vraiment dresser une liste, et assez longue pour m'éviter d'en recevoir une autre par retour de courrier, contenant des choses auxquelles Minou n'arriverait pas à croire que je pusse renoncer.

Ce qui me fit réaliser que je n'arrivais plus à me souvenir de grand-chose que j'aie possédé à Pleunk. De ma bibliothèque occupant la majeure partie des murs de trois pièces, il ne me revenait à l'esprit qu'une vingtaine d'auteurs, dont la plupart se trouvaient actuellement aussi dans ma mansarde ; quant à ma garde-robe, je n'avais aucun moyen de savoir si le peu de vêtements que je me rappelais de manière très vague pourraient me servir de nouveau, et dans quelles circonstances parisiennes. C'est ainsi que j'atteignis un état de détachement encore plus poussé face aux biens d'ici-bas, ayant ressenti profondément toute leur vanité à partir du constat que ce qu'on n'a pas en mémoire ne saurait être une vraie possession. J'envoyai donc à Minou une sorte d'essai sur ce sujet, avec (pour complaire à son intérêt à l'égard de l'aspect pratique du problème qui la préoccupait) l'autorisation de se débarrasser de son héritage comme bon lui semblait, en bloc ou progressivement, en gardant seulement les livres rares d'auteurs pleunkois, qu'elle pourrait m'apporter si elle venait un jour en visite dans mon royaume céleste, ou conserver pour elle-même. (De fait, ce n'étaient jamais que les siens propres, à l'origine, acquis d'occasion à l'époque de son adolescence.) La lettre s'achevait sur cette conclusion : « Ne t'en fais surtout pas pour ce qui peut être bon à garder et que j'aurais oublié. Je suis déjà trop encombrée de livres, les bibliothèques d'ici contiennent pratiquement tout ce qui peut me manquer, et en dernière analyse, je n'ai besoin de conserver rien d'autre que mes propres manuscrits tant qu'ils ne sont pas encore publiés. »

*

Sur cela, ma dernière publication finit par me donner une occasion de me sentir comme un écrivain qui existe vraiment pour les lecteurs : j'appris qu'une amie de l'éditrice, qui s'occupait d'*événements littéraires*, préparait une rencontre avec trois auteurs qui liraient des extraits d'eux-mêmes et les commenteraient. Ce seraient un romancier, un poète et un essayiste, chacun choisi par son (petit) éditeur pour représenter sa maison, et je fus très réjouie de savoir qu'on me tenait pour l'essentiel de la mienne. Autre agréable surprise : le poète invité serait mon ami François, qui représenterait les éditions de D. D. (si bien que mes premiers livres aussi apparaîtraient à la table prévue pour les dédicaces). Quant à l'essayiste, qu'aucun de nous deux n'avait rencontré jusque-là, il s'agissait d'un écrivain connu qui travaillait un peu dans tous les genres, généralement pour de grandes maisons ; François supposait qu'il avait accepté de participer à cette lecture par amitié pour son éditeur débutant (un ancien journaliste) dont il était la garantie de succès. « C'est formidable ! dit Michèle en entendant son nom, tu vas te débrouiller pour copiner avec lui, et après, si cela se trouve, il t'aidera à publier ton livre suivant chez quelqu'un de plus en vue. S'il veut te faire parler de Pleunk, tu ne le rembarres pas, hein ? » Cette dernière phrase s'expliquait par le fait que l'essayiste avait un faible (en tant que romancier aussi) pour les grands voyages et les personnages exotiques ; autant qu'on sût, il n'avait jamais rien écrit qui se passât en France. Je promis à Michèle (en riant) d'être sage, autrement dit de raconter Pleunk aussi gentiment et largement qu'on me le demanderait, avant de finir de la tranquilliser en ces termes : « Ça ne m'embêtera même pas, maintenant qu'on sait qu'il va s'écrouler, j'aurai l'impression de faire quelque chose pour les gens qui restent là-dedans, en renseignant quelqu'un sur le merdier que c'est. Et de toute manière, puisque j'ai pu copiner avec un flic, je dois être capable de bien me tenir avec n'importe qui ! »

En effet, cher lecteur, pour incroyable que cela paraisse, j'avais depuis peu une relation personnelle travaillant dans le bâtiment devant lequel s'étendait jadis la queue d'inexistants qui regardait en grelottant le jeune homme en train d'arranger le drapeau suspendu sous sa fenêtre, sans les remarquer – un fonctionnaire presque aussi jeune des services que je craignais entre tous, qui se trouvait être un cousin de Michèle.

Quelques semaines plus tôt, en me parlant de la petite fête qu'elle comptait donner pour célébrer son premier agrandissement (une pièce de plus), elle m'avait demandé si je pourrais venir en sachant que parmi les invités, il y aurait un flic. « Tu sais, c'est un garçon vraiment sympathique. Ça fait peu de temps qu'il est à Paris ; je l'ai revu à Lyon l'été dernier, après des années où je n'avais pas eu l'occasion de le croiser, et je me suis rendu compte que même s'il est de ce métier, c'est quelqu'un de charmant... » J'essayai de me désister, en disant que je n'en doutais pas, mais que je me sentirais mal à l'aise, suspecte, sinon coupable devant lui : « Rien que le fait de les avoir toujours détestés, ça suffirait pour me perturber quand je devrais parler avec lui, et il va le sentir. J'ai bien peur qu'il ne puisse rien sortir de bon d'une rencontre pareille. » Michèle insista, en précisant que ce flic tenait à faire ma connaissance, et face à mon expression (de terreur), s'empressa de me rassurer : il y tenait parce qu'il avait entendu parler de moi (par elle) et que je le fascinais. – « Mais comment ça se peut que je le fascine ? Qu'est-ce que tu as pu lui raconter sur moi ? » – « Rien de spécial, je lui ai dit ce que je dis à tout le monde quand la conversation tombe sur toi. » – « Mais comment en êtes-vous arrivés à parler de moi ? » – « Parce qu'il aime lire et qu'il voulait que je lui conseille des auteurs contemporains : je lui ai dit que ma copine Denise en connaissait beaucoup plus, et je lui ai expliqué qui tu étais. Depuis, chaque fois qu'il m'appelle, il me demande quand il va pouvoir te rencontrer. » Après cela, je n'avais plus moyen de me désister. « Tu sais, fit Michèle, soulagée que j'accepte, il est vraiment gentil. Peut-être qu'il pourra t'aider, en cas de besoin. Bon, ça ne sera sans doute pas nécessaire, mais on ne sait jamais, ce n'est pas mal d'avoir un flic dans tes relations, pour le cas où. » Ce qui me fit me représenter une scène inspirée de la vie de Dima Gerbier (qui aurait voulu dire : « vous ne regretterez pas de tomber sur moi aux urgences »), où j'expliquais au cousin de Michèle que malgré mes origines exotiques et d'autres péchés, je pouvais valoir la peine qu'on me garde dans le pays, car j'étais capable d'apprendre même aux enfants de policiers ce qu'il fallait pour réussir au bac français, si d'autres professeurs n'y arrivaient pas.

Heureusement, il ne fut pas nécessaire d'argumenter de la sorte, ni même de faire des efforts pour paraître peu suspecte, car le cousin de Michèle m'aborda en ces termes :

- J'ai voulu faire votre connaissance parce que – vous allez rire – je suis persuadé que seuls les écrivains valent la peine d'être connus. (Il rit.) Vous voyez, j'ai rencontré toutes sortes de gens, et il y a toujours eu chez eux quelque chose qui m'a déçu. Peut-être pas déçu mais, comment dire, j'avais l'impression de voir trop clair en eux, de les connaître d'avance. Alors que les écrivains… Des écrivains, je n'en ai jamais connu, sauf par les livres. Et d'après les livres, il me semble qu'ils ne sont vraiment pas comme les autres.

- Comment ?

- Mais oui, les écrivains, ce sont des êtres purs, désintéressés, ils préfèrent vivre pauvres au lieu de transiger, ils se laissent mettre en prison ou même tuer pour leurs idées…

Mon Dieu, me dis-je, est-il permis, à l'âge qu'il doit avoir, de s'abuser à ce point ! pauvre naïf ! (J'avais déjà complètement oublié d'avoir peur de lui.)

Il me sourit avec une malice candide :

- Alors, j'ai voulu rencontrer un écrivain.

- Vous savez, fis-je, j'ai bien peur que les écrivains ne soient vraiment pas comme vous les imaginez - comme on les présente ou ils se présentent eux-mêmes dans les livres. Je ne veux pas vous décevoir trop brusquement, mais je dirais qu'il n'y a guère plus d'idéalistes parmi eux que dans n'importe quel autre corps de métier…

- Mais vous, m'interrompit-il, vous êtes une idéaliste ! Vous n'avez pas fait de compromissions et vous continuez de refuser d'en faire !

Cette réplique inattendue me fit prendre un instant pour réfléchir. À vrai dire, j'étais peu sûre que le terme « idéaliste » convînt pour me désigner : il me rebutait depuis l'époque où, en entendant qualifier ainsi quelqu'un, je voyais aussitôt une boîte de lessive censée laver plus blanc que blanc (non pas par opposition aux produits concurrents mais en tant qu'unique poudre à laver nationale) dont ma grand-mère usait avec la fierté de qui se modernise, ayant abandonné le savon de Marseille à son profit, et dont l'odeur chimique me faisait fuir dès que je voyais sortir du placard la boîte ornée des grosses lettres *IDÉAL*. Par la suite, j'attribuai à l'Idéal les crevasses irréparables aux mains de la Sauvage (aucun savon primitif n'eût su provoquer de tels dégâts), assimilant en même temps toute personne portée à l'idéalisme affiché aux allergènes capables au mieux de faire éternuer ; et malgré les apparences permettant de me vendre sous la même étiquette à quiconque ne me connût guère, à l'âge adulte, je gardais pour le type de l'idéaliste une sainte horreur provenant de la conviction que même en dehors du domaine ménager (de son foyer), il n'était bon qu'à nuire en abusant autrui. Personnellement, je me tenais pour artiste, et me méfiais de tout idéal exprimé autrement que sous forme de confidence. Mais comment faire comprendre la différence à ce garçon qui me voyait à travers la lunette de ses idées reçues ?

- Peut-être, fis-je, mais...

- Voyons, me coupa-t-il encore, sur un ton rieur, vous n'allez pas me casser mon rêve ! Pour une fois que j'ai devant moi un écrivain et qu'il est comme je les imagine, vous n'allez pas me dire que...

Je le laissai poursuivre son discours, venant de prendre conscience de ce fait incroyable : ce qui m'arrivait, c'était exactement ce que j'avais espéré autrefois (dans mes années naïves, me dis-je) – oui, j'avais jadis espéré qu'un jour, quelqu'un me regarderait ainsi et aurait cette admiration-là pour nous autres dont je serais à ses yeux le représentant exemplaire ; et tant de fois, en faisant ce rêve, je m'étais dit que c'était ridicule de s'y attendre ; et maintenant, l'on y était ! Je ne l'avais même pas cherché, c'était lui qui tenait à me rencontrer, et il attendait de moi de confirmer que les auteurs purs existaient, et s'il pouvait m'aider, il le ferait sans aucun doute, sans se faire prier... Et ces constats incroyables me faisaient l'effet de la plus amère des ironies.

Il poursuivait :

- ...La seule idole que j'aie jamais eue dans ma vie, et qui reste toujours mon idole, c'est cet écrivain. C'est quelqu'un qui ne s'est jamais trompé, qui est allé contre le courant quand il le fallait, qui a eu raison quand ceux qui avaient tort passaient pour les détenteurs de la vérité aux yeux de tous les autres. Je l'ai vu une seule fois. Il signait son dernier livre ; je suis allé lui demander une dédicace. Rien que de le voir, je tremblais de la tête aux pieds !

- Vous lui avez dit combien vous l'admiriez ?

Il pouffa.

- Vous pensez ! Je n'arrivais même pas à dire correctement mon nom !

Mon Dieu, me dis-je, et ce garçon-là, ce bon garçon travaille pour la police ! (Il fallait penser à le raconter à Sylvia.)

- Vous auriez dû le lui expliquer, fis-je. Si vous saviez à quel point il aurait été content ! Vous n'avez pas l'air de vous en douter, mais ce n'est pas tous les jours qu'un écrivain, même connu, rencontre un admirateur comme vous.

- Comme moi ? Mais face à lui, je ne suis rien, je ne suis rien d'autre que ridicule, avec toute mon admiration !

Je n'en pouvais plus.

- Écoutez, dis-je, ça me fait vraiment plaisir de vous connaître, rien que de voir que vous existez, c'est un immense réconfort. Ça doit faire un demi-siècle qu'on n'entend plus exprimer de vive voix des idées comme les vôtres, du moins pas quelqu'un qui y croit vraiment et qui n'est pas censé en tirer profit. Seulement, croyez-moi, il ne faut pas voir les écrivains avec un regard si... tendrement dépourvu de critique. Vous risquez d'être plus cruellement déçu que jamais, maintenant que vous en avez un devant vous. Il faut se dire qu'il y en a, effectivement, quelques-uns qui ne peuvent pas s'empêcher d'aller... contre le courant, comme vous dites, mais que ce n'est pas par idéalisme. C'est leur nature qui le veut, ils n'y sont pratiquement pour rien. Ce n'est pas méritoire, c'est un défaut qu'ils ont, de naissance sans doute, un vice de fabrication...

Il avait l'air atterré.

- Mais comment pouvez-vous dire des choses pareilles, vous qui êtes un vrai écrivain ?

- Enfin, fis-je, vous ne m'avez même pas lue !

- Mais bien sûr que je vous ai lue, je n'allais pas vous rencontrer sans cela !

Si j'avais bu un peu plus, j'aurais senti les larmes me monter aux yeux.

- Vous savez, dis-je, rendant les armes, si je proteste, c'est surtout pour la forme. Je veux dire : il fallait bien que je vous prévienne, mais je pouvais me douter que vous n'alliez pas me croire. Vous avez raison, il vaut mieux ne pas perdre toutes ses illusions, surtout quand on sait que certaines peuvent se révéler sur le tard plus vraies que la réalité – tout comme il arrive qu'on accomplisse ses rêves impossibles, si l'on n'a pas choisi d'y renoncer de bonne heure. Et je peux témoigner, sans parler de moi, bien sûr, du fait qu'il existe réellement des êtres qui ne vous déçoivent jamais, qui s'avèrent aussi merveilleux que les rêves quand vous finissez par les connaître sous l'aspect de *simples humains*. Et vous avez raison, ça aide à vivre, de savoir qu'il existe par-ci par-là quelques personnes... désintéressées. J'aime les écrivains beaucoup moins que vous, et pour cause, on ne peut pas s'aimer soi-même à ce point, mais je veux bien admettre que...

Voilà pourquoi, pensai-je soudain, avant d'avoir achevé ma réplique, voilà pourquoi la plupart d'entre nous se prennent pour des personnages de roman, depuis plus d'un siècle : c'est ce que les lecteurs les plus fervents attendent de nous.

Ensuite, nous parlâmes littérature. Mais il est grand temps d'en arriver à l'après-midi littéraire où je dus représenter le genre romanesque. Cela se passa ainsi (un samedi vers les quinze heures, dans une petite salle municipale contenant un podium depuis lequel se donner en lecture, nombre de chaises grinçantes et une grande planche sur tréteaux, couverte de papier kraft, avec nos livres empilés dessus et nos éditeurs montant la garde autour) : pour commencer, une partie des invités qui avaient promis de venir tarda à se présenter, et Marie (l'organisatrice de l'événement) décida que nous ferions bien de les attendre, ce qui me permit de faire du charme à l'écrivain porté sur l'exotisme. Comme prévu, il voulut se renseigner sur Pleunk, et je saisis l'occasion de lui dire que j'aurais beaucoup d'autres choses à lui raconter si nous prenions tranquillement un verre ensemble, un autre jour (aussi échangeâmes-nous nos coordonnées, et je me sentis moins idéaliste que jamais). Nous sympathisâmes tant et si bien qu'il en vint à m'avouer son regret de n'avoir pas pris un pseudonyme étranger en commençant à publier : « Je ne me sens pas chez moi dans ce pays, et surtout pas parmi les écrivains français d'aujourd'hui. Ça manque d'envergure, de largeur de vue, d'air – de tant de choses que je trouve quand je voyage et quand je lis des livres étrangers. » Confidence pour confidence, je lui dis en riant que pour ma part, j'avais le même regret allant dans le sens inverse : « J'aurais dû profiter de mon premier livre pour franciser mon nom, mais à l'époque, je sous-estimais le problème : je croyais que publier suffirait pour faire admettre aux gens que je suis un auteur français, et maintenant, c'est trop tard : prendre un pseudonyme pour le suivant reviendrait à renier les précédents. » Et comme il n'en revenait pas de cette révélation, j'essayai de lui représenter (sans heurter ses idées) certains inconvénients de l'exotisme.

À savoir : les gens mettent parfois des années, ou n'arrivent jamais à comprendre qu'ils ont en vous un congénère ; ils s'obstinent à vous voir comme l'habitant d'un monde parallèle, situé de fait à des années-lumière de votre réalité, vous poussant ainsi à croire que vous ne finirez jamais par être à leurs yeux ce que vous êtes devenu depuis longtemps, et cela revient à l'impression perturbante d'être constamment regardé à travers une lunette tournée à l'envers, plutôt qu'à l'œil nu (comme on est tout de même censé regarder son interlocuteur, ne fût-ce que par simple politesse). Et l'idée qu'on se fait de vous se glisse jusque dans les circonstances les moins prévisibles, par exemple dans les échanges où la malchance vous fait employer quelque mot rare qu'on s'empresse de prendre pour une faute de français (vous rendant à la longue douloureusement sensible à la pauvreté du vocabulaire de votre prochain, qui revient à vous marcher sur les pieds), ou dans les débats d'idées où l'on manque rarement d'attribuer votre opinion très personnelle au « point de vue pleunkois » qui, quel qu'il soit et si jamais il existe sur le sujet débattu, demeure totalement inconnu de ceux qui vous l'attribuent. « Enfin, lui dis-je, changer de nom m'aurait épargné d'expliquer la provenance du mien à toute nouvelle connaissance, et permis d'affermir la conviction, courante chez elles, que j'ai l'accent alsacien. » - « Mais vous n'avez *aucun* accent ! », fit-il, manifestement stupéfié d'entendre qu'on pût m'en trouver un. – « Oh ! vous savez, ça dépend de l'oreille. Même quand on n'en a pas, les gens peuvent très bien le percevoir, surtout une fois qu'ils ont appris comment vous vous appelez, ou même sans cela et avant que vous n'ouvriez la bouche, rien qu'en voyant votre physique. Heureusement qu'au moins, ce n'est pas toujours le même accent qu'ils croient reconnaître, ça repose un peu… » Là, je me tus, réalisant à temps que la suite (« … de la corvée de devoir toujours parler de Pleunk ») n'était pas idoine.

– « Moi, je peux vous assurer que j'ai le plus d'affinités avec les étrangers, répliqua chaleureusement l'essayiste (me faisant crisper les orteils malgré sa bonne intention). J'admire les gens qui ont fui leur pays ; j'aurais aimé trouver le courage de partir une fois pour toutes, moi aussi. Je me suis souvent demandé ce qu'on pense au moment où on le fait, ce qu'on emporte avec soi – comment on choisit d'emporter telles choses en renonçant à d'autres… » Je proposai de le renseigner à ce propos, pour ce qui était de mon cas personnel, bien entendu, sans généraliser, mais je me rendis compte que cela ne l'intéressait pas vraiment, du moins pas à cette étape de la conversation, car il reprit, en guise de conclusion : « Je trouve affreusement ennuyeux et prosaïque d'être français. »

Alors, réalisant que j'avais échoué à lui faire comprendre combien peu romantique pouvait être de provenir de l'étranger, je retrouvai malgré moi mon habitude de *dire des horreurs* : « Mais vous savez, même si un immigré peut faire un autre effet, ça ne vaut vraiment pas ce que ça coûte. Pour être là telle que vous me voyez, à parler avec vous, il a fallu d'abord que je me réduise à une sorte d'animal qui n'a rien sauf sa tête et son corps pour survivre. Je ne parle pas des possessions qu'on perd en partant, mais de ce qu'on vaut pour les autres : fuir, ça revient généralement à vérifier ce qu'on peut tirer de ses moyens personnels d'animal humain, auquel aucun respect n'est dû a priori, et qui se retrouve dépourvu de tout ce que le monde est censé offrir à l'homme sans qu'il fasse le moindre effort pour l'obtenir. Pour arriver ici, il a fallu que je marche dans une forêt où l'on pouvait me tirer dessus pour la seule raison que j'y étais. Pour avoir où dormir, il a fallu dormir très peu pendant pas mal d'années. Pour avoir de quoi manger, accepter de faire à peu près tout ce qui se proposait, et c'est là que vous constatez le mieux vos limites personnelles : dans mon cas, il m'est arrivé de devoir regretter sérieusement d'être inapte à la prostitution volontaire ou forcée ; et faute d'un physique très solide, ma santé n'est plus ce qu'elle était. Je ne vois aucun romantisme dans tout cela, qui est sordide et pitoyable, à mon sens, ce qui fait que je n'en parle qu'exceptionnellement. Je me passerais volontiers d'avoir envie de courir à toutes jambes dès que je vois un uniforme, de faire des cauchemars à répétition où l'on me refuse mes papiers alors que je les ai, et de haïr des inconnus tout simplement parce qu'ils me demandent d'où je « viens ». Il y a plein d'autres gens qui pourraient vous dire la même chose, seulement, comme on n'aime pas donner de soi une image repoussante et pitoyable, on a tendance à se taire, ou à enjoliver, ce qui permet aux autres de se représenter à votre place une espèce de créature héroïque, bien plus forte qu'eux, voire indestructible, ou quelqu'un qui a eu une chance inouïe. C'est bien sûr préférable à l'image d'un être faible et diminué ; mais n'empêche, tous les dégâts subis restent des dégâts, qui n'ont rien d'enviable, même quand ils peuvent vous apporter une sorte de prestige, vous fournir de quoi distraire vos interlocuteurs, ou de quoi écrire un ou deux gros livres… » - « Excusez-moi, m'interrompit-il, j'ai vraiment honte d'avoir… » Mais lui aussi fut empêché de poursuivre, car Marie vint nous faire monter sur le podium : la salle s'était (plus ou moins) remplie, l'on n'attendait plus personne.

Nous lûmes et commentâmes nos écrits, lui d'abord, puis moi, puis François, et répondîmes comme il se devait à quelques questions, avant de rejoindre la table où nous allions signer nos ouvrages. Il se forma alentour un attroupement de bon aloi. Je fus ravie de dédicacer trois livres de suite (mes œuvres complètes, pour ainsi dire) à Marie qui avait apprécié ma participation et promettait de m'inviter pour d'autres lectures aussi : enfin quelqu'un d'autre que mes éditeurs, qui veuille s'occuper de me faire connaître, me dis-je. Puis j'eus le plaisir peu courant de donner des autographes à mon propre mari (le noble chevalier) et à son amant, qui repartirent aussitôt, peu désireux de se retrouver en situation d'être présentés (en quels termes ? devaient-ils se demander avec appréhension) aux représentants du milieu littéraire. Après quoi j'affrontai avec un grand sourire le premier inconnu qui me tendît un exemplaire de mon roman :

- François m'avait fait lire vos nouvelles, dit-il, ça m'avait bien plu. Je n'imaginais pas que vous étiez si jeune, j'aurais cru une dame dans la cinquantaine… Comment ça se fait que vous n'écriviez pas sur des sujets de votre âge ?

Je pouffai.

-Vous devez me donner quelques années de moins que mon âge réel, ça m'arrive souvent. Apparemment, chez moi, la physionomie tarde à se mettre à l'heure.

- Comment ?

- Comme chez les débiles, vous savez, ils tardent à paraître adultes. Ça doit être l'apanage des anormaux. Il faut dire que je suis mentalement anachronique, de nature. Mais je ne manque sûrement rien pour attendre, ça va sans doute me tomber dessus d'un seul coup, quand j'aurai une vie un peu plus banale : je vais me réveiller un matin et je vais me rendre compte que j'ai pris vingt ans dans mon sommeil.

Le lecteur rit.

-Vous ne voulez pas me faire croire, avec ce que vous racontez, que vous n'avez rien vécu !

- Non, j'ai vécu des tas de choses, admis-je, seulement, pour la plupart, elles étaient… bizarres, disons, soit très désagréables, soit très exaltantes. Ce qui me manque, en matière d'expérience, c'est le normal et le satisfaisant. Heureusement, on n'a pas besoin de vastes connaissances sur la satisfaction pour écrire des romans, ce n'est pas un sujet. Quant au normal, j'aurais vraiment aimé pouvoir finir par faire une *Madame Bovary*, mais chacun ses limites, je fais de mon mieux avec ce que j'ai.

Le lecteur paraissait un peu perplexe.

- En tout cas, j'aime beaucoup ce que vous faites, me rassura-t-il. Le côté irréel, surtout. Quelle imagination vous avez !

- Mais je n'en ai aucune, pour écrire, avouai-je piteusement. C'est mon plus grand défaut : dans la réalité, j'en ai même trop, alors qu'en littérature, pas du tout. Tout ce que j'écris, c'est tiré de choses vraies, observées de la vie courante. Chaque fois que je lis un critique qui explique que tel grand auteur, Proust par exemple, manquait totalement d'imagination, je me dis : toi, ce n'est pas mieux et ça ne doit pas mieux faire illusion, ma vieille !

Il éclata de rire.

- Mon Dieu, et moi qui vous imaginais mélancolique, réservée, voire austère ! Vous êtes désopilante !

Et il s'en alla. Un autre inconnu lui succéda, qui se dit ami de D. D. et précisa qu'il avait beaucoup apprécié mon recueil de poèmes ; je signai très cordialement, en toute sincérité.

- Merci beaucoup et bon séjour, fit-il.

- Bon séjour où ?

- Mais à Paris ! Si vous revenez, je reviendrais volontiers vous écouter. Vous parlez si bien le français, c'est admirable : pas une seule faute dans tout votre discours. Au revoir !

Il me serra la main puis s'éloigna. Et en fixant avec stupeur son dos, je réalisai que c'était un Gris.

Je me redressai sans même savoir pourquoi, puis mes genoux fléchirent et je m'écroulai sur la chaise, bruyamment. Je ne voyais plus clair, mais je sentais qu'on accourait vers moi de tous les côtés, puis qu'on essayait de me faire boire de l'eau froide en me tenant par les épaules.

- C'est la chaleur, disait François. Ça va mieux ? Tu veux t'allonger ?

- Ça va me passer tout de suite. S'il vous plaît, écartez-vous un peu, je ne peux pas respirer. Il n'y a rien de grave, ça m'arrive de temps en temps, surtout quand il fait lourd.

L'on s'écarta, et François m'emmena à l'autre bout de la salle, où je me couchai sur le podium, en m'excusant de la perturbation que je provoquais :

–... Retourne signer tes livres, je reste ici encore un instant, puis je m'en vais.

- J'ai fini de signer, ça fait dix minutes que plus personne ne me demande rien. Tu veux que je te ramène chez toi ?

- Pas forcément, mais il faut que je sorte.

- Tu n'as vraiment pas l'air bien ! Je ne sais pas s'il est prudent de bouger dans cet état.

- Penche-toi, il ne faut pas qu'on m'entende. Ce n'est pas du tout physique, ce que j'ai. Si je ne sors pas sous peu, je me jette par la fenêtre !

(Nous étions au deuxième étage, assez élevé pour provoquer l'effroi chez François qui me remit aussitôt debout pour me conduire vers l'escalier.)

- Mais qu'est-ce qui se passe ? demanda-t-il, affolé, une fois dehors, en me tenant par le bras comme s'il craignait encore que je m'écroule, tandis que je l'entraînais au pas de course loin de la salle. Tu avais l'air tellement en forme et contente, tout à l'heure !

- Il se passe, dis-je en me laissant enfin aller aux larmes, que les Gris m'ont rattrapée. J'avais presque oublié qu'il y en avait, et en voilà un qui surgit en se recommandant de D. D., pour me renvoyer dans l'inexistence. Dès que j'arrive à croire que j'existe, il se passe quelque chose de ce genre-là. Je n'en peux plus ! Autant crever tout de suite qu'attendre ma vie durant qu'ils reparaissent à n'importe quel moment !

- C'est qui, les Gris ?

- Des gens qui veulent que tout le monde soit comme eux, ou bien qu'il crève ! Tu peux les appeler autrement aussi, ils ont eu le temps de se faire connaître sous des tas de noms, depuis la naissance du monde. On en trouve partout, sur toute la Terre, je n'ai pas où me cacher d'eux, et j'en ai assez vu ! À Pleunk, déjà, j'en avais trop vu, même si je ne savais pas encore les reconnaître – parce qu'ils deviennent tout gris seulement à partir d'un certain âge, tu sais, la couleur intérieure finit par percer et par s'étaler sur toute la créature...

François paraissait assez alarmé.

- Tu veux que je t'emmène chez un médecin ?

- Bien sûr, fis-je. Excellente idée ! Qu'il me donne quelque chose pour que je cesse de souffrir, de la morphine par exemple - c'est avec ça qu'on a piqué mon chat qui avait le cancer. Allons-y tout de suite !

Et je pressai le pas encore davantage. Tout en marchant, je versais des ruisseaux de larmes que j'essuyais au fur et à mesure avec les mouchoirs miraculeusement trouvés dans ma veste (un paquet entier !), de la main gauche, tandis que la droite serrait un exemplaire de mon roman (je venais seulement de prendre conscience que je m'y étais agrippée au moment du malaise), faute d'avoir où le mettre : il était beaucoup trop gros pour qu'on puisse en faire un rouleau tenant dans une poche. Je ne trouvai à le poser qu'une fois arrivée dans le cabinet du médecin (sur mes genoux), avant de lui expliquer que j'étais très déprimée, comme on pouvait le voir.

- J'aurais cru à un rhume, plaisanta-t-il. Pour choisir le traitement approprié, je dois vous poser quelques petites questions…

- Le moins possible, s'il vous plaît, le coupai-je. J'ai eu ma dose, en matière d'interrogatoires !

- Ce ne sera pas long. Vivez-vous en couple ?

- Non.

- Avez-vous des enfants de bas âge ou d'autres personnes à charge ?

- Il ne manquerait plus que ça ! Je suis peut-être folle, mais pas à ce point !

- Avez-vous des maladies chroniques ?

- Oui, je crois bien, mais je ne sais pas trop de quoi il s'agit. Je vais voir un médecin seulement quand c'est indispensable.

- C'est-à-dire ?

- Quand je suis sur le point de me suicider ou que je ne tiens plus debout. Une fois tous les trois-quatre ans, ces derniers temps.

- Mais alors, ça ne va pas si mal que ça ! Aimez-vous les cornichons ?

- Oui. Vous êtes homéopathe ?

Je commençais à sortir de ma crise.

- Entre autres. Aimez-vous la lumière forte ?

- Je ne supporte pas la pénombre.

- Vous avez un chat ?

- Non, pourquoi ?

- Ça convient aux gens un peu mélancoliques. C'est calme, silencieux, réconfortant. Ça pèse moins qu'une personne à charge. Vous devriez peut-être en prendre un.

- J'ai les chats des autres, en fait. J'en garde.

- Ah ! très bien. Pratiquez-vous un sport ?

- Jamais, à part la marche en ville.

- Pourquoi ne pas essayer le chant ?

- Le chant ?

- Oui. Vous avez peut-être une voix rentrée qui demande à sortir.

- Mais j'en ai beaucoup, je suis écrivain.

- Ah ! très bien. Êtes-vous en état d'écrire, aujourd'hui ?

- Non.

- Et demain, vous croyez que vous le serez ?

- Je ne crois pas.

- Alors, la voix rentrée se trouve bloquée, pour le moment. Et si vous écoutiez un petit peu quelqu'un d'autre ?

- Mais je ne fais que ça ! On me raconte toujours sa vie, même certains de vos collègues.

- Je parlais de chant, d'opéra ou de chansons. Vos aimez en écouter ?

- Et comment ! Mais dites, vous n'êtes pas un médecin normal !

- Je l'ai été. Depuis quelque temps, je travaille différemment. Vous feriez une analyse ?

- Pas plus que Dante, Proust ou Joyce.

- Je m'en doutais. Ni sport ni analyse. Mais Homère aimait le sport, lui.

- C'était de son époque. L'art appréciait les tueurs en puissance.

Il hocha la tête, puis changea soudain de visage avant de m'adresser un sourire rayonnant :

- Maintenant, je sais d'où je vous connais ! Depuis que vous êtes entrée, je me disais que je vous avais déjà vue quelque part, et ça y est, je me rappelle tout !

J'écarquillai les yeux.

- Nous nous sommes vus pour la première fois il y a environ huit ans, reprit-il, jubilant. C'est moi qui vous ai fait passer l'examen à la fac.

- Pardon ?

- L'examen médical pour les étudiants en première année. Je vous ai demandé si vous étiez sportive et vous m'avez répondu : je préfère m'exercer l'esprit. Vous vous rappelez, maintenant ?

- Mais oui ! Vous êtes le docteur Jacques Chatillon !

- Vous aviez retenu mon nom ?

C'était le premier Jacques que j'eusse rencontré personnellement, doté en outre de la seconde initiale de Camp, et par surcroît très sympathique. Soudain, je me rappelais tout, moi aussi :

- Les comprimés qui rendent optimiste, c'était toujours vous ?

- Oui ! Mais à l'époque, je portais la barbe et j'étais encore un médecin normal. Si les comprimés n'agissent pas sur vous, le reste, ça devrait : vous passerez quelques jours à vous promener et à écouter de la musique, jusqu'à sentir une amélioration. À renouveler en cas de besoin. Exposez-vous le plus possible à la lumière forte.

- Vous prescrivez du chant à tout le monde ?

- Oh ! non, il y a beaucoup de cas où ça ne ferait aucun bien. En général, j'essaie de me faire une idée du patient, et je lui conseille des choses qui peuvent lui convenir. C'est la méthode à laquelle je suis arrivé dernièrement, pour les problèmes qui ne sont pas strictement somatiques ; je peux prescrire des médicaments aussi, bien sûr, ou orienter les gens vers un psychanalyste, mais c'est secondaire. (Puis il reprit son ton plaisant habituel :) Maintenant que je vous ai expliqué ma méthode, je pense que vous ne risquez pas de revenir me voir, sauf accident majeur.

- Mais comment gagnez-vous votre vie si vos patients guérissent après une seule consultation ?

Il se mit à rire.

- Je n'ai jamais dit qu'ils guérissaient tous ! Je parlais de vous personnellement. Même si je suis généraliste, je généralise le moins possible.

C'est en sortant de son cabinet (en me disant que ce docteur me plaisait autant que Dima Gerbier, voire encore plus) qu'il me revint à l'esprit le propos du Diable sur les hommes auxquels j'aurais pu me lier avant de tomber chez les Born : Chatillon devait être l'un des trois (il eût fallu sans doute autant de concours de circonstances pour que je finisse par me rappeler les deux autres). J'essayai d'imaginer ce qu'aurait donné mon histoire si j'avais vécu avec ce Jacques, mais je n'y arrivai pas : tout ce que je pus me représenter, ce fut une pièce mitoyenne à son cabinet et à l'appartement (invisible) où nous étions censés passer du temps ensemble, une pièce qui devait être le bureau où j'écrivais, très confortable, où je me vis en train de me frotter distraitement le front tout en écoutant à travers le mur des bribes de conversation avec des patients – ce qui me donna la certitude que si le docteur Chatillon n'était pas divorcé à l'heure actuelle, il l'eût été au moins une fois par mes soins ; heureusement que ma difficulté innée à reconnaître l'attitude de flirt m'avait empêchée de constater huit ans plus tôt que son intérêt pour moi n'était pas strictement professionnel. Mieux vaut avoir subi Born qu'avoir rendu malheureux ce bon Jacques, me dis-je, c'était bien une idée du Diable de me faire former un couple avec – et je revins au constat regrettable de mon manque complet de dispositions pour la vie normale. Mais n'empêche (on peut toujours se rassurer), telle quelle, j'avais tout de même réussi à survivre pendant ces huit années, contrairement à mes propres prévisions…

*

Arrêtons-nous un peu pour considérer le temps passé depuis mon arrivée à Paris, cher lecteur, comme on ne saurait le faire au cours du récit ni pendant qu'on le vit : adoptons la distance qui fait saillir les changements, pour nous reposer un moment en planant au-dessus de nos années, comme les mouettes peuvent se laisser porter par l'air au-dessus de la Seine.

Nous avions changé de décennie ; bientôt, nous changerions de siècle et même de millénaire, encouragés sans doute par la conception progressiste selon laquelle le pire est toujours derrière nous (autant l'éloigner au possible, et vite) ; Paris s'était rempli de gens qui parlaient à voix haute à l'invisible, le bras droit plié, la main collant une petite boîte contre l'oreille ; les boutiques de mon quartier avaient pour la plupart changé d'enseigne, certaines à maintes reprises, à l'avantage des agences bancaires ou immobilières ; l'Hôtel Moderne de la Vieille Europe, maintenant désaffecté, regardait de ses fenêtres cassées, où paraissaient quelques fantômes habillés en rideaux, la plaque commémorative de Heinrich Heine toujours heureux comme un poisson dans l'eau. L'on ne fêtait plus le 14 juillet chez Valérie, qui habitait déjà ailleurs avec son compagnon et leur petit garçon ; Charly s'était marié, Jérôme aussi, en dehors de notre ancienne compagnie qui ne se réunirait plus jamais tout entière ne fût-ce que pour une seule soirée ; on avait perdu de vue Caroline qui faisait, paraissait-il, une carrière formidable dans la recherche ; des guitaristes Sacha et Lyocha, l'un avait disparu (sans doute vivant, mais ne donnant plus de nouvelles) quelque part dans son pays, tandis que l'autre était entré dans la diplomatie, ce qui fit froncer le nez de concert à Sylvia et à moi le jour où Michèle nous l'apprit ; plus personne d'entre nous tous ne faisait d'études, ce qui nous classait définitivement parmi les gens adultes, et quelques-uns étaient allés jusqu'à perdre leurs cheveux ou prendre du ventre pour marquer ce changement ; ceux qui avaient procréé seraient parents de famille nombreuse (pas un seul cas d'enfant unique voué à le rester, dans notre entourage), nous permettant de conclure que malgré la crise socio-économique prévue pour durer, mes contemporains gardaient une bonne dose d'optimisme.

La mode des années de notre enfance revenait par vagues (au grand contentement de l'anachronique que j'étais, ravie de pouvoir porter des pantalons à pattes d'éléphant) aussi bien dans la rue qu'à l'intérieur, ce qui fit que lorsque Minou vint enfin me voir, et rendit avec moi visite à nombre d'amis, elle fut stupéfiée de se retrouver dans autant de décors rappelant les films français de sa jeunesse : « On dirait que rien n'a changé, ici ! », fit-elle, émerveillée, et quoique je fusse obligée de la détromper (en expliquant le phénomène et en attirant son attention sur l'abondance au moins tout aussi grande de nouveautés technologiques et autres), il m'en resta l'agréable impression d'être en situation de vivre simultanément mon présent et le passé que je n'avais pas eu en son temps à Paris.

Dans le même ordre d'événements réjouissants, Jacques Camp était redevenu populaire, et mieux qu'autrefois : jusque dans les milieux intellectuels, y compris parmi mes amis qui ne l'auraient écouté pour rien au monde quelques années plus tôt. Je m'en rendis compte à une soirée chez Jérôme, qui mit un de ses disques (récemment réédité), provoquant ainsi des commentaires assez approbateurs parmi les invités, et comme quelqu'un me demandait si je l'aimais bien moi aussi, je pus enfin rendre publique mon opinion sans que personne ne s'en gausse :

« J'adore Jacques Camp, déclarai-je. Je l'adorais déjà quand j'étais petite, sans comprendre ses chansons ; j'ai continué de l'adorer quand il est devenu pour moi la Voix de la France, et je n'ai pas cessé quand j'ai appris qu'il passait pour ringard et qu'il n'était même pas français ; maintenant qu'il revient à la mode, je l'adore toujours et je peux vous assurer que je l'aimerai tout autant quand il ne le sera plus. Et ce n'est pas parce que je suis quelqu'un de fidèle et d'obstiné, ce dont je peux me vanter par ailleurs, ni parce que lui aussi, il a choisi Paris, c'est parce qu'objectivement, Jacques Camp est le meilleur de la variété française de sa génération, et que personne n'a rien fait de mieux depuis. Dans le millier de chansons qu'il a chantées, la plupart sont bonnes, et assez diverses pour qu'on ne s'en lasse pas ; on y trouve bien sûr quelques crétineries aussi, dont les morceaux qui l'ont rendu célèbre, mais il en fait quelque chose qu'un autre n'aurait pas réussi à en tirer. Par ailleurs, vous savez que Georges Brassens l'estimait beaucoup ? »

Car depuis l'année où j'avais lu la notice du dictionnaire de la variété, je m'étais renseignée bien davantage sur la seule voix que j'aimais depuis bientôt un quart de siècle. Et ce discours achevé, en réalisant que Jérôme ne se rappelait même plus avoir tenu Jacques Camp en piètre estime, j'admirai une fois encore le phénomène de « la bonne distance », aux manifestations si diverses et peu prévisibles : Jacques Camp s'y trouvait déjà de son vivant pour nombre de Pleunkois de tous les milieux, mais à Paris, il avait fallu que plus de vingt ans s'écoulent depuis sa mort pour qu'il plaise à un public cultivé, et que je puisse le louer sans avoir l'air d'exagérer ses mérites.

Et moi, avais-je beaucoup changé ? Oui et non, cher lecteur : j'avais gardé (comme l'amour de Jacques Camp) tous mes grands attachements et mes grandes certitudes (peu nombreuses, concernant surtout l'art, valeur suprême, qui n'a pas besoin de justifications autres que lui-même, et le pouvoir que je continuais de tenir pour mauvais même sous ses formes les moins pires), mais elles n'avaient plus tout à fait les mêmes fondements. En effet, l'expérience et les observations de mes années parisiennes les avaient consolidées un peu comme on peut le faire pour les vieux bâtiments qu'on réhabilite en en préservant l'essentiel auquel on fournit de nouveaux étais. Et bien sûr, je continuais de chérir Paris autant que par le passé, en dépit des vieilles prévisions de Michèle qui ne m'interrogeait même plus à ce sujet, s'étant lassée d'attendre que je m'en lasse. En revanche, j'avais changé sur certains autres plans, notamment pour ce qui était du caractère, d'une manière pour moi-même étonnante, en devenant à la fois plus offensive et encore plus tolérante que de nature (peut-être à force de personnalités multiples ?), si bien que je me retrouvais prête à comprendre, voire à trouver des excuses à tout agissement condamnable à mon sens, après avoir manifesté ma désapprobation de telle ou telle manière, notamment en faisant un scandale (là où autrefois, j'aurais gardé mon opinion pour moi). Par bonheur, cette nouvelle propension à l'agressivité ne trouvait jamais sa cause dans les faits et gestes de mes amis.

Et maintenant (en sautant presque deux ans depuis ma troisième et dernière rencontre avec Chatillon), nous en arrivons au meilleur changement qui me concernât, dont je pris conscience le plus intensément un 14 juillet à deux heures du matin (alors que tout mon petit monde était parti en vacances, personne pour faire la fête avec moi), en descendant à pied l'escalier qui longe le côté gauche du square de Saint-Vincent-de-Paul, pour rentrer chez moi après une soirée passée à me promener en ville. Je m'arrêtai au pied d'un réverbère à l'ancienne, pour regarder la verdure des frondaisons au-dessus de moi, d'un vert sombre là où la lampe ne rendait pas leur nuance très vive, près de la façade crème, noircie par endroits, de l'immeuble le plus proche de l'église, dans la paix parfaite de l'air tiède – et je fus prise d'une exaltation subite : cette ville était si belle et douce ; j'avais payé dix ans pour y être encore, et dorénavant, je pouvais me dire que j'y étais pour toujours.

Le 13 juillet n'étant pas un jour férié, le facteur m'avait apporté, le matin, une lettre m'informant que je pouvais me rendre à la Préfecture pour procéder au retrait... Les tournures bureaucratiques firent que je la relus au moins dix fois avant de saisir son sens, puis, doutant de l'avoir bien compris – était-ce croyable ? –, je téléphonai pour vérifier, oh, très prudemment, en posant une question oblique concernant mon dossier, car je n'aurais pas supporté que l'anonyme à l'autre bout du fil s'esclaffât et répondît quelque chose revenant à me faire remarquer que je prenais mes rêves pour la réalité. Mais il s'avéra qu'une telle réponse n'était plus concevable : ce n'étaient plus des rêves, c'était vrai. À quelque moment où j'avais été à mille lieues de m'en douter, une décision avait été prise, me transformant en citoyenne française. Je pouvais aller retirer ce qu'il fallait pour obtenir ma carte d'identité – pas dès le lendemain, car c'était un jour férié, mais tant pis, ce serait tout de même le plus beau Quatorze juillet qui se puisse avoir.

Je m'assis sur les marches tièdes, je posai les mains sur leur douce poussière, et je pleurai. C'étaient des pleurs qui coulaient de la peine remémorée vers la joie. Plus de dix ans avaient passé, et contre toute attente, je vivais toujours, et j'avais gagné la bienveillance du lieu que j'avais choisi pour un avenir si longtemps incertain. J'étais maintenant chez moi pour toujours, sur ces marches et devant cette belle vue (à moins que les Gris ne vinssent au pouvoir, mais pourquoi y penser ? à chaque jour suffit sa peine, ne gâchons pas la nuit après une journée qui ne fut que de la joie, et il est sans doute temps d'abandonner ces habitudes mentales d'inexistante qui tient toujours le pire pour assuré). Et voilà que tout à coup, je me rappelais une idée de Michèle, et – comment n'y avais-je pas pensé plus tôt ? – je concevais un projet précis pour les années à venir. Oui, maintenant, il n'y avait plus de raison de se limiter à la perspective des jours suivants, le temps était sans doute venu d'apprendre à raconter au futur. Essayons.

J'achèterai l'ancienne loge de notre immeuble, où la vieille dame du deuxième étage croyait voir le fantôme de la concierge à travers les rideaux de tulle poussiéreux - ne serait-ce pas accomplir un vieux rêve de la meilleure façon possible, quoique inenvisagée jusqu'à présent ? Car qui peut être plus parisienne qu'une concierge, et les gens de lettres ne sont-ils pas tous un peu de ce métier ? Sans jouer son rôle, l'été, quand tous les autres habitants seront partis en vacances, je me sentirai la gardienne de l'immeuble sacré entre tous, où ma première amie m'a abritée jadis, où j'ai passé de joyeuses soirées et eu tant de visites fabuleuses qui ont changé ma vie, où j'ai écrit tous mes livres parus (déjà cinq), et où je suis tombée par terre un matin, juste sous les boîtes aux lettres – à deux pas de mon futur logement définitif. Ce sera simple de déménager, rien qu'une descente des nuages sur le sol. J'aurai mon petit territoire dûment enregistré, mes petites souris personnelles aussi, et je finirai par me convaincre qu'aucune force du monde, pas même le Diable, ne saurait jamais me chasser de mon trou. Si cela se trouve, je finirai optimiste, comme Lao.

Ce sera peut-être un peu embêtant de rester toute la journée exposée derrière la fenêtre, là où je mettrai ma table de travail pour avoir plus de lumière, mais enfin, il n'y a pas énormément de passage dans la cour intérieure, et quand j'écris, je n'entends ni ne vois rien d'autre, et puis, ne serait-ce pas un moyen de mettre fin à la dispute des bonshommes du rêve sur l'endroit de la plaque potentielle ? Quand ils reviendront, je leur dirai : ce n'est plus la peine, j'existe maintenant, je fais « auteur au travail en vitrine », les lecteurs n'ont qu'à venir me voir en vrai, il suffit de les prévenir que je ne réponds pas aux questions (sauf dans les livres) - mais le marbre non plus, alors personne ne perd rien au change. Et par la fenêtre, l'image est bien meilleure qu'à la télévision.

Je pourrai enfin inviter presque tous mes amis à la fois, il y aura dans la loge assez de place pour une dizaine : l'espace changera l'emploi du temps de nos soirées de bavardage, certaines vies auparavant distantes deviendront contiguës ; il en sortira sans doute de nouveaux liens et conflits, autrement dit du matériau inédit pour les conversations et les récits à venir. Il suffit de si peu de chose pour que deux existences réciproquement ignorées se mêlent et changent même avant qu'on ne s'en aperçoive ! Et n'est-ce pas une vieille vocation, chez moi, de rapprocher des mondes qui s'ignorent ?

Comme on rira lorsque j'annoncerai ma nouvelle qualité de propriétaire d'une loge de fantôme ! Chacun croira d'abord à une plaisanterie, puis dira : c'est bien d'elle ! Je les amuserai en leur racontant les détails de l'acquisition étape par étape (dans le style héroï-comique de Dédé). Et ils seront tous obligés de venir m'aider à déménager : une boîte à chaussures de livres ou un petit tas de manuscrits par personne. Comme il y a beaucoup de travaux à faire, je vais finir bonne bricoleuse, voire plombier – une ressource pour ma prochaine période de grande dèche. Dès demain, j'achète un manuel approprié ; cela fait longtemps que je n'ai plus étudié, ça va me rajeunir. Allons maintenant jeter un coup d'œil à notre futur appartement par le carreau cassé, puis faire de beaux rêves. Merci, Michèle !

Oui, c'est bien elle qui m'avait donné, quelques semaines plus tôt, l'idée de devenir un jour propriétaire (comment aurais-je pu la concevoir toute seule ? et qui d'autre en eût été capable, autour de moi ?), fondée sur l'argument que quand on est toujours à court d'argent, on ne devrait pas le gaspiller en loyers. Aussi bas que fût celui de ma caverne, pourquoi continuer de perdre cette somme, alors qu'en faisant un effort, je pourrais finir, au bout de quelques années, par ne plus payer du tout, et par avoir un meilleur logement ?... C'était le bon sens incarné en amie qui parlait, et même si pour commencer, j'avais trouvé l'idée ahurissante (moi, propriétaire ? ! moi, l'être provisoire par excellence, déjà trop heureuse de n'être pas obligée de quitter sa mansarde dans l'immédiat ?), il fallait bien que je finisse par suivre son conseil : je n'avais pas souvenir qu'elle m'en ait jamais donné d'irréaliste, ou de mal avisé.

Elle n'avait pas pensé (moi, encore moins, faute du dixième de son bon sens, sans parler de connaître les démarches à faire) au problème des fiches de salaire qu'on me demanderait pour m'accorder un crédit, mais en fin de compte, l'année suivante, il s'avéra que toutes les deux, nous avions bien fait de l'ignorer : y penser dès le début n'aurait servi qu'à me faire renoncer définitivement au projet (allais-je me transformer en esclave de quelque boulot exécrable qui m'empêcherait d'écrire, uniquement pour devenir propriétaire ?), tandis qu'au moment où le problème se posa par le biais d'un dossier à compléter, les fiches surgirent miraculeusement, juste à temps, pour cesser de surgir une fois l'affaire conclue (je n'en pouvais plus du travail de bureau qui me les avait fournies), mais n'anticipons pas trop d'un seul coup.

Je n'achetai pas l'ancienne loge – il faut croire que raconter au futur avait été une trop grande audace, par laquelle j'ai dû mécontenter la force des choses qui n'aime pas qu'on la tienne pour prévisible, dont punition : les copropriétaires réunis ne firent que rire de mon offre (avais-je l'air capable d'acheter quoi que ce soit, moi telle qu'on me voyait, et qui vivais en locataire dans un débarras ?) avant de m'apprendre que de toute manière, elle n'était pas à vendre, puisque cela faisait quinze ans qu'ils n'arrivaient pas à se mettre d'accord sur ce qu'il faudrait en faire – ce ne serait pas demain la veille. (Je quittai la réunion aussitôt, sous prétexte de travail à terminer, pour aller pleurer de vexation et de déception.) Pourtant, mon offre ne fut pas inutile pour tout le monde, et dut avoir une sorte d'effet catalytique, car il en résulta une prise de décision étonnamment rapide et d'autant plus définitive qu'elle pouvait se passer de formalités : en attendant les calendes grecques où les copropriétaires seraient unanimes pour vendre ou pour louer, l'ancienne loge où je m'étais vue écrire en vitrine perdit dès le lendemain ses rideaux de tulle poussiéreux, et le reste des affaires du fantôme de la concierge (qui dut également vider les lieux), pour se transformer en *local à poubelles*. « Maintenant, dis-je à Michèle, il ne me reste plus qu'à acheter n'importe quoi le plus vite possible : je ne peux plus supporter de les croiser dans l'escalier et de les voir sourire, ces crétins ! Ils ont réussi à me dégoûter de ma chambre, puisqu'elle est dans leur immeuble ! » Et bien sûr, pleine du bon sens qui me manquait, Michèle répliqua que je ne devais surtout pas acheter *n'importe quoi*, mais quelque chose d'*encore mieux* que la loge.

Entre-temps, j'avais reçu un coup de fil qui devait aussi me pousser à quitter ma maison de poupée pour quelque logement plus spacieux, qui ne soit pas susceptible d'être confondu avec un débarras :

- Comment ça va, ma fille ?

- Très, très bien. (Je fournis une série de nouvelles plaisantes qui n'étaient pas toutes exagérées, même si la plupart l'étaient, comme de coutume pour rassurer Minou.) Et toi ?

- Très bien, sauf qu'une fois de plus, il s'avère que tu voyais juste, à propos de Pleunk. Tu n'es pas encore au courant, je crois ?

- De quoi ?

- Ça s'est vraiment écroulé, ma chérie, tu avais bien raison. Même les vieilles maisons, elles sont dessous, pour la plupart.

- Quoi ?!

- Ne crie pas comme ça, mon chou, tu vas me percer le tympan.

- Où es-tu ? m'écriai-je presque en pleurant, à moitié sûre qu'elle me parlait depuis Dieu sait quelle version ignorée du paradis.

- À la campagne, où veux-tu que je sois ? fit Minou en riant. Ce n'était pas une mauvaise idée de la garder, cette maison de campagne. On était ici avec ta grand-mère quand ça s'est écroulé. Si ça ne t'embête pas d'acheter un journal et de me faire un petit résumé, je serais curieuse de savoir ce qu'on dit là-dessus, à Paris. Parce que chez nous, pour bien se rendre compte des dégâts, il faut aller sur place, et pour l'instant, je ne trouve pas que ce soit très raisonnable.

- Ça s'est écroulé *quand* ?

- Hier soir, ça doit bien être dans *Le Monde* d'aujourd'hui, fit Minou placidement. Je peux te rappeler tout à l'heure, je t'appelle d'un téléphone portable, on me l'a prêté : tout le monde aimerait avoir des nouvelles fiables, dans le village. Mais en tout cas, ton héritage, ma pauvre, il n'en reste plus grand-chose : une voisine vient d'arriver, d'après elle, notre quartier s'est écroulé tout entier. Elle était dans le centre, et quand elle a voulu rentrer, on ne pouvait même plus savoir où se trouvait notre immeuble. Tu me diras, ce n'est pas étonnant, il n'y avait pas de raison qu'il soit plus solide que les autres…

Adieu, Pleunk. Il fallait que tu t'écroules pour que j'apprenne que tu existais encore hier, alors que cela faisait des années que je m'étais convaincue du contraire – était-ce prophétie ? Adieu, ville de malheur, ceux qui n'auraient jamais appris ton existence sans ta ruine seront émus par tes victimes, et sans doute voudront-ils faire quelque chose pour aider les survivants. Et l'on me demandera : c'est vrai que tu as vécu juste là où il ne reste plus que ces décombres qu'on montre à la télévision ? Et je dirai : c'est vrai, dans la cité Jeunesse, et quelques semaines durant, une auréole de désastre flottera autour de ma tête – une fausse image de plus.

Adieu, Pleunk, l'héritage sera à ceux qui ne sont pas partis, si toutefois ils peuvent extraire quelque chose de la montagne de béton brisé : quelque livre, peut-être ? Quant à moi, j'ai désormais charge d'âme, l'ironie divine fait bien les choses : à défaut d'enfant, me voilà sur le point de donner à Paris une petite maman pour nouvelle habitante. Je vais me charger de son éducation, comme il se doit, je ferai de mon mieux. C'est tout de même plus simple, de mon point de vue, d'élever des adultes : on a moins de mensonges à leur faire car on les suppose plus résistants aux vérités pénibles. Surtout elle – que pourrais-je dire d'effrayant sur les us et coutumes d'ici à une femme qui sait encore plaisanter quand elle a perdu les acquis de toute sa vie ? Je la promènerai dans Paris, je l'amuserai et je lui ferai écouter Gina Strozzi.

Minou ne voulait pas partir tout de suite (les questions du travail qu'elle pourrait faire à Paris et de ce que sa mère deviendrait sans elle continuant de se poser), mais elle se mit à apprendre le français intensivement, en attendant qu'on trouve des solutions pratiques, et pour ma part, j'accélérai au possible la recherche d'un logement où elle aussi puisse habiter. En ayant visité une cinquantaine, j'optai pour un studio très bon marché, avec des travaux à faire, aussitôt décrit par téléphone à Minou qui en fut ravie. Michèle réagit autrement :

- Mais c'est presque aussi petit que ta chambre !

- Non, c'est presque deux fois plus grand : le plafond est haut, ça change tout. Ça fait beaucoup plus de mètres cubes, et ça donne un espace complètement différent.

- Quand même ! Tu ne peux vraiment pas en acheter une qui soit plus grande ?

- Ce serait peut-être faisable, mais tout bien réfléchi, je préfère cette chambre-là. Comme ça, en cas de besoin, j'aurai de quoi nourrir ma mère, et si ça ne s'impose pas, je pourrais faire des économies pour partir…

- Pour partir ? !

- En Italie, voir Gaëlle et visiter les musées.

Car cette vieille manie ne m'avait pas quittée, cher lecteur. Il fallait se rendre à l'évidence : on a beau croire qu'on a changé, le naturel vous rattrape, pour certaines choses du moins. Apparemment, j'étais quelqu'un qui ne pouvait pas vivre sans *ailleurs* : maintenant que mon ici était enfin et pour toujours Paris, Rome me tentait. Seulement – observais-je avec soulagement –, je n'avais aucune envie d'y habiter ; tout ce que je voulais, c'était y passer une semaine de vacances (une seule fois, ou, pour être optimiste, tous les ans).

Comme il est bon de constater, en regardant en arrière, qu'on n'est vraiment plus l'être éternellement insatisfait qui n'habite que ses rêves, c'est-à-dire l'impossible, cet être qui aurait pu s'avérer mon seul moi comme il l'avait été durant mes deux premières décennies ! Et qu'on avait bien fait de se fier à Paris, de croire que l'amour qu'on lui portait ne serait pas déçu : que tous les lieux et désirs ne se valaient pas, qu'il y en avait certains qui pouvaient rendre heureux, vous ressemblant davantage que n'importe quel autre. C'était clair maintenant, j'étais d'âme et de papiers une authentique sédentaire parisienne, vouée à le demeurer jusqu'à la fin de ses jours. Si le besoin d'*ailleurs* ne semblait pas devoir cesser de me tenter, il n'avait désormais ni la force ni l'aspect douloureux de jadis. *Vade retro*, spectre de Léon Delmont !

- Tu préfères vraiment voyager au lieu d'avoir un studio un peu plus confortable ? Tu ne vas pas regretter ?

Michèle n'avait pas l'air de me trouver raisonnable.

- Non, lui assurai-je en riant. Je commence à me connaître : ce qu'il me faut avant tout, ce n'est pas du confort, c'est de l'extraordinaire. Et puis, tu sais, les artistes, ça se doit d'avoir une biographie quelque peu romanesque, autrement leur public serait affreusement déçu. Que penseraient les lecteurs de mes futurs souvenirs s'ils apprenaient qu'après moult déboires et aventures, j'ai passé ce qu'il me restait de vie en petite employée quotidiennement semblable aux trois quarts d'entre eux et contente de l'être comme de vivre pas moins confortablement ? Où serait l'exigence de l'artiste face au monde, dans tout ça ? Ce serait déclarer qu'il n'existe rien de meilleur que le sort le plus commun ! J'envisage donc de garder tous mes luxes existentiels, tant que je peux me le permettre : je ne prendrai pas d'emploi fixe, j'habiterai à l'étroit et je ferai ce que je veux lorsque je ne serai pas occupée à écrire. Je changerai parfois de métier, je verrai des gens divers, je me promènerai beaucoup, je voyagerai, j'aurai toujours mes petites réserves d'imprévisible, et la liberté de faire autrement si je me lasse, comme Gaëlle. L'essentiel, c'est que Minou trouve cette pièce assez grande pour nous deux.

- Tu vas y mettre des lits superposés, comme rue de Chabrol ?

- Oui, quand j'aurai fini les travaux. Jusque-là, je vais camper. De toute manière, Minou ne viendra pas avant le mois de juin.

- Mais en juin, elle viendra pour s'installer ?

- En principe, non : elle remet toujours ça à plus tard. N'empêche, une fois qu'elle aura passé tout un été avec moi, à Paris, telle que je la connais, elle risque de se retrouver beaucoup moins sûre que maintenant de devoir rentrer...

*

Mais une fois encore, ce fut à croire qu'il suffit d'imaginer un avenir précis pour s'en garantir un autre (l'ordre des choses tenant à rester impénétrable). C'est moi qui dus quitter Paris par le premier avion, un mois environ avant l'arrivée prévue de Minou.

« C'est un voisin qui vous appelle, à propos de quelque chose... C'est très désagréable à dire. Il vient d'arriver quelque chose chez vous... » Un instant, je crus qu'il s'agissait d'un fou : étant chez moi, je pouvais certifier qu'il n'y était rien arrivé du tout. Mais à la phrase suivante, je compris. Il n'appelait pas de Paris mais de Pleunk. Et je dus partir au plus vite.

Ils étaient tous venus m'accueillir, presque comme Minou l'avait prévu en confirmant la vision d'Alexandre selon laquelle tout le pays viendrait à ma rencontre (seuls les médias manquaient à l'appel, et heureusement) : toute la salle d'attente bondée parut s'élancer vers moi lorsque je franchis la ligne séparant l'espace des voyageurs de celui des Pleunkois sédentaires malgré eux, et ce furent des embrassades interminables qui devaient laisser chacun trempé de pleurs et de sueur. Le climat local avait évolué : il faisait en ce jour de mai une canicule telle que je n'en avais jamais senti même au mois d'août ; l'air frémissait, sur le point de bouillir, quand nous sortîmes de l'aéroport et montâmes dans un vieux bus parisien – non, je ne délirais pas, on me l'assura : « Après la catastrophe, tous les pays du continent nous ont envoyé ce qu'ils pouvaient pour nous aider – de la nourriture, des vêtements, des bus, parce que les nôtres étaient au dépôt, pour la plupart, quand ça s'est écroulé, et le dépôt se trouvait au pied d'une tour... »

Ce qu'on pouvait voir de Pleunk par les vitres formait un paysage étrangement historique : il y avait là des immeubles debout – soit très anciens, soit tout neufs – qui se tenaient par groupes ou tout seuls au-dessus des ruines des bâtiments construits du temps de ma naissance. Les plus vieux présentaient sur leur façade jaune, marron ou beige des sortes d'escarres rouge brique ; les récents portaient d'immenses panneaux publicitaires partout où ils n'avaient pas de fenêtres, si bien qu'on pouvait (quand on était un enfant sachant épeler, ou un nouveau venu de mon espèce) passer tout son trajet à lire, faute de livre, ce discours mural des choses fabuleuses achetables dans la capitale la plus pauvre du continent. Et sur tout cela tombait du duvet blanc, comme s'il pleuvait de minuscules nuages d'été, venus d'on ne sait où – les peupliers de Florence, me rappelai-je, il devait en rester quelques-uns debout malgré l'écroulement, et peut-être s'étaient-ils multipliés entre-temps, parmi les ruines, et avec tout l'espace vacant, leurs aigrettes pouvaient flotter très loin, à travers toute la ville et au-delà… J'éclatai en sanglots, ce qui ne surprit personne.

On me fit descendre entre une réclame de banque et une station d'essence fermée. « Où allons-nous ? » – « Chez ta grand-mère. Il faut te préparer à la voir un peu… Tu auras du mal à la reconnaître. Ce n'est pas seulement à cause de… Cela fait un certain temps déjà qu'elle n'est plus… Même nous qui la voyons assez souvent, on remarque qu'elle a vieilli, alors toi qui es partie depuis si longtemps, tu risques d'avoir un choc… »

Ce disant, on m'indiquait le chemin parmi les tours, les barres et les décombres. Je n'avais aucun souvenir de ce quartier ; en revanche, je croyais me rappeler avoir déjà contourné de même, sans savoir me diriger, et très longuement, des bâtiments semblables, et comme je me demandais si c'était en banlieue parisienne, je réalisai que j'avais atterri dans une nouvelle version de mon cauchemar. « C'est ici, dit un des anonymes qui devaient être des parents. Nous n'allons pas monter tous, on se retrouvera plus tard. Tu nous appelleras. Si tu as besoin de quelque chose, n'hésite pas. »

Il n'en restait plus que cinq, dont trois vieilles dames, un monsieur et la tante Monique (la seule que je pusse identifier), qui monta dans l'ascenseur avec moi. Je ne me rappelais pas non plus l'étage, ni la porte sur le palier – était-elle vraiment au milieu, jadis ? avait-elle cette couleur-là ? et ces trois énormes serrures ? –, mais le couloir menant à la cuisine m'était familier, et je reconnus tout de suite – qu'avaient-ils à raconter des horreurs ? – la Grande Ourse. Elle n'avait absolument pas changé. Elle se tenait dans sa posture héraldique de dernière représentante de la tribu, assise de tout son poids, le dos bien droit, les mains sur son ouvrage (du tricot) – avant de les tendre vers moi et de se mettre à pleurer doucement. « Ma petite Déni ! » Elle m'avait passé le fil de laine autour du cou ; l'aiguille me faisait froid à la joue. « Je ne peux pas me lever, mes genoux ne m'écoutent plus. » Non, elle n'avait pas changé : son visage était moins lisse, mais c'étaient de petites rides de rien du tout, qui ne se seraient même pas vues sur une photo, et ses cheveux restaient presque aussi noirs qu'autrefois... - « Qu'est-ce qui t'est arrivé à la figure ? », fit-elle, m'obligeant à me rappeler que j'avais une rage de dents et qu'après une trentaine d'heures de pleurs (le temps d'arriver), ma figure pelait à gros lambeaux. Une sonnerie stridente m'épargna l'effort de chercher une réponse rassurante. « C'est Gaëlle ! », m'écriai-je, avant de traduire pour les besoins de l'assistance : « C'est mon amie Gaëlle qui vient de Rome ! » Et comme on me regardait horrifié, l'air de prendre acte d'une crise de folie, je m'élançai vers le couloir. – « Quelle putain de ville ! fit Gaëlle en m'embrassant à son tour, je ne comprends pas comment les taxis peuvent s'y retrouver, dans ce bordel, mais celui qui m'a amenée, c'était un chef : il est passé tout droit par le gros monceau de béton devant l'entrée. J'ai une de ces bosses sur le crâne ! Ça va, toi, tu tiens le coup ? Ta grand-mère, ça va ? Bonjour, Madame ! Comment on dit "bonjour" en pleunkois ? »

Elle l'avait identifiée sans une seconde d'hésitation parmi les vieilles dames qui occupaient toute la cuisine. Non, la Grande Ourse n'avait vraiment pas changé : même sans l'avoir jamais vue, on la reconnaissait tout de suite. Elle était telle que je l'avais racontée. Elle ne pleurait même plus. Je m'y remis.

Chère Minou,

Voilà que nous sommes ici, comme en vacances – toi qui voulais nous convaincre de venir une fois en vacances à Pleunk, moi et Gaëlle, tu vois, on a fini par le faire. Notre Ourse est très contente de nous avoir : d'après elle, c'est comme quand j'étais petite et que les copines restaient à dormir (pendant que tu étais en voyage d'affaires, j'imagine). Elle nous a parlé de ce que tu faisais ces derniers temps, elle voulait nous montrer quelques photos, et l'on a passé une demi-journée à feuilleter l'album : visite guidée de l'histoire familiale, avec tous les récits qui s'imposaient. Elle nous a même chanté une vieille chanson de son village, puis elle est allée se coucher, et nous, on est restées encore quelques heures à discuter, jusqu'à ce que Gaëlle tombe de fatigue. On a bu du vin, on l'a trouvé bon : comme tu disais, « même si ce n'est pas le français, c'est l'une des choses que tous les étrangers apprécient quand ils viennent dans le pays ». Nous te citons beaucoup et ne parlons que de toi quand nous sommes seules.

Chaque fois que nous sortons, je montre à Gaëlle les endroits où tu as travaillé, les cafés que tu aimais bien, les immeubles des amis chez qui nous allions ensemble – pour ce qu'il en reste. J'ai été surprise de voir que le bâtiment où le Cousin trônait dans le temps tient encore, mais j'aurais dû m'en douter : s'attendant à régner à jamais, ils l'ont sans doute fait construire de façon à ce qu'il résiste non seulement aux débris de ce qui peut crouler autour, mais même aux bombes qu'on n'a pas encore inventées. Demain, nous irons à la montagne, refaire notre ancienne promenade traditionnelle – il faut tout de même que Gaëlle se fasse aussi une petite idée de la nature locale, et « par bonheur, Pleunk n'est pas entièrement constructible », pour te citer une fois de plus. C'est le fils de l'architecte qui va nous y emmener en voiture. Tu ne m'avais pas dit qu'il n'en restait plus une seule dans la famille ; c'est Monique qui nous a expliqué que la plupart des gens n'avaient plus de quoi les faire rouler et les revendaient aux entreprises de recyclage. Je l'ai trouvée encore plus exaspérante que de mon temps. Nous n'allons plus la revoir : peux-tu imaginer que cette crétine s'est permis de dire que « rien ne serait arrivé » si tu n'avais pas été « tellement faible et renfermée » ? Je lui ai fait savoir que tu gardais tes confidences pour qui en était digne, et que je lui souhaitais d'avoir un peu de ta faiblesse si elle se retrouvait sans appartement, sans mari, sans enfants, sans travail et avec la Grande Ourse sur les bras pendant deux ans. Et devine ce qu'elle a trouvé à répliquer : « Tu devrais l'envoyer tout de suite dans une maison de retraite, on t'aidera à la déménager. »

Tu te serais bien amusée de voir à quoi je peux ressembler dans mes nouvelles fonctions de chef de famille : Gaëlle a eu la trouille de sa vie, à ses dires, même sans comprendre ce que j'étais en train de hurler, et déjà avant que je m'y mette, rien que d'observer ma tête – tout cela pour te faire savoir que j'ai chassé cette crétine sans coups de pied au cul. Tu avais raison de trouver que je devenais plutôt serte, en vieillissant, comme nous n'avons pas manqué de nous le dire. Ne t'en fais pas pour l'Ourse, je me débrouillerai, et j'espère bien qu'elle survivra à toute la bande qui voulait la déloger ; de fait, le fils de Monique et sa future épouse s'apprêtaient déjà à emménager, mais je ne vais pas te raconter toutes les histoires sordides que tu avais sans doute prévues avant de quitter Pleunk – si je t'en parle, c'est pour que tu saches que je ne suis devenue ni facile à abuser, ni incapable de tenir compte des réalités locales, depuis que je suis de retour dans cette ville. Heureusement, l'idiotie environnante n'est pas contagieuse : tout le monde sauf moi trouve incroyable, ici, que tu n'aies pas laissé de mot d'explication ; je perds ma salive à répéter, au téléphone ou face à l'énième crétin qui me le demande, que nous n'avons jamais eu besoin de nous expliquer ce qui relève de l'évidence, toi et moi. Quand j'ai décidé de partir, tu ne m'as tout de même pas demandé pourquoi *!*

Je ne sais pas comment marchent les services postaux pleunkois dans ta direction, mais je suppose que si tu ne reçois aucune lettre de moi dans les semaines à venir, tu vas m'appeler, comme je l'ai fait dans le temps. Encore une fois, ne t'inquiète pas pour l'Ourse, ni pour moi : comme tu le lui disais (elle me l'a répété), je suis parfaitement capable de me débrouiller, je ressemble à Dédé qui l'était déjà à douze ans, et je ne suis même pas toute seule comme lui autrefois dans la Grande Ville : il y a Gaëlle ; quand elle sera repartie, il y aura Filip et même Dima pour me remonter le moral en cas de besoin. Tout va aussi bien qu'il se peut, sois-en certaine et repose-toi mieux que l'été dernier à la campagne (l'Ourse m'a dit que tu n'arrivais plus à dormir). Compte sur nous pour toujours t'aimer comme tu le mérites, ne te sens jamais coupable d'être partie – *voilà que mon tour est venu de te le dire, ce qui me rassure, parce qu'ayant été à ta place, je sais que tu me crois. Et je réalise que j'ai un avantage, dans ce renversement de situation : après mon départ, tu te demandais si Paris était vraiment un endroit aussi bien qu'on le disait, alors que moi, maintenant, je n'ai pas ce genre de doute, quoique je sache encore moins quelle vie on peut mener là où tu es. Je serais ridicule d'imaginer que tu as mal choisi, quand on sait que j'ai toujours été la moins sensée de nous deux, et que malgré cela, je n'ai jamais eu à regretter d'avoir cru à l'existence de mon paradis.*

Heureusement, treize ans d'expérience m'avaient rendue assez forte en lettres rassurantes. J'espérais que Minou n'avait pas d'autres moyens d'information ; par précaution supplémentaire, je m'enfermais aux toilettes pour pleurer, et au cours de nos sorties, je m'efforçais de m'intéresser à ce qu'on voyait, utilisant pour y parvenir une astuce supplémentaire : je me disais qu'en rentrant à Paris, j'aurais à passer un examen sur le sujet, auprès de chacune de mes relations, et qu'il serait déshonorant d'échouer.

Sur la Place du Pendu (ainsi la rebaptisa Gaëlle, suite à la présentation que je lui fis de ce lieu remarquable dans le bus parisien qui nous y menait), les trams avaient complètement disparu, tandis que l'obélisque s'était si bien réduit que nous mîmes un moment à le chercher, avant de finir par réaliser qu'une camionnette garée nous le cachait. La place elle-même avait désormais une circonférence quasi similaire à celle des carrousels aimés de Minou (« Ce n'est pas la Concorde », fit remarquer Gaëlle dans une litote qui réussit à me faire pouffer), et le quartier environnant, l'un des plus beaux du vieux Pleunk, le seul à paraître intact, avait rapetissé au point que nous en fîmes le tour en cinq minutes. À chaque autre endroit que je tenais à faire visiter à Gaëlle, j'aboutis au même constat : les Jardins du Poète Angélique n'étaient plus qu'un square, le vaste bar où mes deux aînés les plus chers avaient cherché à me dissuader de fuir méritait à peine le nom d'échoppe, et même la cathédrale dont tout Pleunkois savait qu'elle faisait partie des trois plus grandes d'Europe avait l'air d'une église de village grec. Et partout, sur toutes ces choses menues, il neigeait du peuplier, comme disait Gaëlle, me rappelant la vieille croyance selon laquelle recueillir dans sa paume un de ces flocons, lui murmurer un nom et souffler dessus permettait d'envoyer une pensée d'amour à qui l'on voulait ; puis il me revenait à l'esprit l'arbre sous la fenêtre de Florence, les douces joues de Minou du temps où elle ne songeait pas encore à s'envoler, la pesanteur de sa vie, son projet de venir me rejoindre, et je redoublais de pleurs, sur quoi Gaëlle s'empressait de m'interroger à propos de quelque bizarrerie visible devant nous.

Oui, tout s'était réduit bien davantage que je ne l'aurais prévu, réduit au point que même en connaissant la tendance nationale et dans l'état où j'étais, je n'en revenais pas. Aucun moyen de savoir si ma présence y était pour quelque chose, ou si le phénomène avait atteint ce degré en se contentant d'autres causes : des deux personnes que j'interrogeai à ce propos, l'une éclata de rire (à la manière typiquement pleunkoise faisant clairement entendre que c'est de soi-même qu'on rit) avant de me conseiller de rentrer tout de suite à Paris, alors que l'autre me dit que faute d'avoir jamais quitté le pays, elle ne pouvait juger ni des dimensions de ce qu'il contenait, ni du degré auquel il aurait changé en une décennie. « Tu sais, conclut-elle, quand on est dedans, on ne se rend pas compte que ça change, si toutefois ça change, à part l'écroulement. Mais remarque, dans les journaux, on ne parle que de changements, et il paraît qu'ils se font pour le mieux. »

En effet, les fragments de presse pleunkoise dont je pris connaissance (dans les bus, où toute personne assise lisait son journal, sans qu'on trouve forcément deux fois le même dans un seul véhicule, variété que Gaëlle jugea proprement admirable pour un si petit pays) présentaient tous, en gros titre, en sous-titre ou au fil des articles, des formules où le mot « changements » se trouvait avoir un sens très positif. Peut-être à cause de l'état où j'étais, je finis par m'en inquiéter : d'un côté, cela me rappelait l'usage similaire du mot « progrès » durant l'ère de l'Avènement ; d'un autre, cela faisait penser que tous les jours, il se produisait des transformations dont la plupart des Pleunkois avaient besoin de se tenir au courant – pour survivre, sans doute, vu la difficulté de trouver alentour quelque signe de mutations appréciables.

Seule la Merdeuse me parut n'avoir ni rétréci ni diminué de débit – j'étais sur le point de faire partager à Gaëlle cette impression réconfortante (au moins une chose qui reste à l'identique, ou du moins telle que ma mémoire la présente), mais en me tournant vers mon amie, je la vis ouvrir la bouche et se prendre le front : « Bon Dieu ! est-ce possible qu'ils appellent ça *un fleuve* ? » – « Bien sûr, faute de mieux », répondis-je aussitôt sur le ton léger qui convient pour évoquer un fait anodin – sans empêcher Gaëlle de rester durablement affectée par l'aspect du cours d'eau. Lorsqu'un ami francophone de Minou, que nous rencontrâmes le surlendemain, lui demanda ce qu'elle avait vu de plus remarquable depuis son arrivée, elle fit tout de go : « La Merdeuse ! Je n'ai jamais rien vu de pareil. J'étais pourtant prévenue, Denise m'avait expliqué qu'il y avait un grand lit de béton, et cætera, mais je n'imaginais pas que ça faisait l'effet d'un caniveau placé au milieu d'une route !... Excusez-moi, ce n'est pas pour vous vexer, je m'exprime mal, je voulais dire que pour moi, c'est vraiment remarquable : aucune autre ville que je connaisse n'a rien qui ressemble à ce fleuve-là. »

L'ami de Minou me regarda, consterné, et fit en pleunkois : « Tu lui as appris à appeler la Sombre *la Merdeuse* ? ! » - « De mon temps, répliquai-je, c'est bien ainsi qu'on l'appelait, quand ce n'était pas le Merdançon, dans toute conversation qui ne fût pas destinée aux Écouteurs ou filmée. Par ailleurs, mon amie Michèle m'a appris qu'à Francheville, près de Lyon, où habite sa mère, l'équivalent local de la Merdeuse s'appelle le Merderet – et personne ne voit aucun mal à cela, là-bas. Vous l'appelez toujours la Sombre, maintenant ? » Il me regarda d'un air difficile à définir mais de mauvais aloi : « Je n'ai jamais entendu personne l'appeler autrement. » Ce qui me stupéfia : pourquoi mentait-il ? Puis je réalisai qu'il s'agissait d'un patriote, qui avait dû croire qu'en racontant Pleunk, j'aurais son souci d'idéalisation. Je trouvai donc utile d'ajouter, en français : « Tu vois, même quand on n'enjolive pas, on ne sait jamais si les Parisiens ne vont pas finir par croire qu'on l'a fait » – un instant avant de prendre garde à l'effet désastreux de cette phrase par laquelle j'avais voulu l'apaiser en lui faisant quitter le domaine des sentiments pour celui des arguments rationnels.

« Malheur ! fit Gaëlle quand nous eûmes pris congé de lui (au plus vite), je l'ai blessé, je suis vraiment incapable d'apprendre à tenir ma langue ! Qu'est-ce qu'il t'a dit ? » Je la rassurai, expliquant que s'il y avait une fautive, c'était moi, pour conclure : « Ne t'en fais pas, c'est normal, pour les Pleunkois, d'entendre les touristes critiquer ou s'indigner ; les patriotes locaux sont ulcérés seulement si un natif le fait. » Cartésienne, Gaëlle s'en effraya : « Mais si personne ne râle, dans ce pays, ça ne va jamais finir par aller mieux ! Ils ne se disent pas ça ? Personne ne râle, en fait ? Il n'y a plus que toi sur place pour appeler les choses par leur nom ? »

Certaines de ces questions trouvèrent réponse au cabinet dentaire où nous finîmes par amener ma rage. Si je n'avais pas perdu connaissance de douleur en prenant un verre, je me serais épargné de comparer les fraiseuses locales au souvenir que j'en gardais ; par ailleurs, dis-je à Filip qui me ranimait, admettre qu'on a une dent malade quand on vient de perdre sa mère, qu'on doit prendre en charge sa grand-mère et qu'on ne sait même pas si l'on pourra sortir vivante de ce pays, ça revient à laver un mouchoir pendant que la maison brûle, sans parler de l'effet que ça produirait dans un roman – moi qui me targuais de mépriser le mélo et le naturalisme, je suis servie ! Cependant, Filip prétendait que la dame qui s'était occupée de lui dernièrement incarnait la douceur et l'efficacité ; il ne me restait plus qu'à vérifier dans quelle mesure ce jugement valait lorsque le patient n'était ni du sexe mâle, ni jovial, ni accoutumé au degré d'inefficience local.

Pour commencer, je dus expliquer à la praticienne pourquoi j'étais accompagnée (« C'est une amie qui est venue spécialement de Rome pour me soutenir le moral »), provoquant ainsi un malentendu qui m'obligea à préciser que l'idée de subir ses soins n'aurait pas suffi pour me faire pleurer à flots. Elle me présenta ses condoléances (« Ça arrive dans beaucoup de familles, ici, ces derniers temps. Rien que dans mon entourage, il y en a trois où… »), m'assura que je serais bien portante aux obsèques et poussa la gentillesse jusqu'à préparer du café pour Gaëlle, que mon amie boirait dans la salle d'attente. En revanche, une fois assise dans le fauteuil dévolu aux patients, je réalisai que la dentiste comptait m'attaquer sans anesthésie, et me récriai. Une discussion s'ensuivit.

– À Paris, l'informai-je, vos confrères font une piqûre même pour un petit plombage.

– Est-ce possible ?

– Je vous l'assure, j'en ai connu pas mal, et à chacun, il suffisait de dire que j'étais douillette pour qu'il m'en fasse une. On est parfois allé jusqu'à trois, pour une dent *moins* sensible que celle-là. Mon dernier dentiste jugerait sans doute que je mérite l'anesthésie générale.

– Mais chez nous, à l'école dentaire, on apprend que sauf extraction, le patient doit rester en état de réagir aux soins.

Face à mon ahurissement, elle me fit comprendre que sous anesthésie, je risquais de ne pas constater à temps les dégâts qu'elle pourrait causer – me voilà prévenue, avec une honnêteté pourtant rien moins que requise chez les arracheurs de dents, qui aurait réconcilié Molière avec toutes les blouses blanches, me dis-je avant de me rappeler que la réaction normale eût été de partir en courant ; mais que pouvait-elle causer, comme dégâts, par comparaison avec tout le reste ? et quelle était la probabilité de trouver un dentiste meilleur dans une ville ressemblant tout entière à une bouche cariée ? Craignant trop la praticienne pour lui dire mon opinion de l'école dentaire où torturer le patient était considéré indispensable pour éviter de détruire ses molaires, j'eus recours à un argument pratique :

– Si vous ne me piquez pas, je vais m'évanouir.

– Mais je vais vous piquer, n'ayez pas peur ! Décidément, vous autres Parisiens, vous nous étonnerez toujours. Mes patients, si je leur proposais une anesthésie, je vois d'ici l'idée qu'ils se feraient de moi ! Vous savez, pour nous, une ampoule, c'est le quart du salaire moyen. Moi, j'avance les frais, mais au final, c'est le patient qui paie. Maintenant, il va falloir que je téléphone et qu'on attende un peu…

Elle n'avait pas le produit nécessaire – ni, de fait, plusieurs autres qu'elle supposait disponibles dans tout cabinet parisien. (Je lui offris de lui avancer les frais d'une dose de cheval, quitte à ce qu'il en reste.) N'ayant pas d'assistante non plus, elle devait envoyer sa fille le chercher à l'autre bout de la ville (« Heureusement, la petite est à la maison, elle vient de rentrer de l'école, à l'heure qu'il est »). Je me remis à sangloter. Sur cela, Gaëlle surgit dans le cabinet :

- Qu'est-ce qu'elle te fait ?

- Rien, ne t'inquiète pas, pour le moment, on prévoit deux heures d'attente.

(Au lecteur qui s'étonnerait qu'il en faille autant pour traverser Pleunk, nous apprendrons que les transports locaux étaient anachroniques en matière de fréquence aussi.)

- Puisqu'on n'a pas eu le temps de parler avec Filip, dit Gaëlle, et qu'on a deux heures, là, on peut demander à cette dame si elle trouve que tout va pour le mieux, dans ce pays ?

Entre-temps, la dentiste avait placé un tabouret de l'autre côté du fauteuil où je restai quasi allongée, de manière à pouvoir traduire dans les deux sens sans trop me tordre le cou et sans risquer de chuter lorsque la dent m'élançait. Une chose entraînant l'autre, nous eûmes le choix entre deux boissons alcoolisées qu'elle gardait dans son placard.

- *Cheers.* Vous voulez savoir ce qui cloche ici, c'est bien ça ? Je vais vous le dire, pour ce que j'en sais. Vous avez remarqué que la plupart des bâtiments qui restent encore debout dans cette ville sont des banques ?

- Non, avouai-je pour deux.

- Regardez bien, quand vous ressortirez : ça ne saute peut-être pas aux yeux, mais si ce n'est pas écrit en gros au-dessus du toit, c'est écrit en petit à côté de la grande porte. Chez vous qui êtes un pays riche, il y a plus de banques que d'immeubles normaux ?

- Ce qu'on a remarqué, c'est qu'il y avait ici beaucoup de journaux, fit Gaëlle.

La dentiste éclata de rire.

- Bravo ! Vous avez presque tout compris.

- Comment ? demandai-je en mon propre nom.

- Eh bien, s'il y a plus de banques que d'appartements habitables et plus de journaux que d'opinions dans ce pays, moi, je ne vois qu'une conclusion possible : ceux qui financent les uns et gardent leurs sous dans les autres sont les mêmes, et ce n'est aucune des deux branches qui leur permet de prospérer. Comment ils prospèrent ?

- L'argent vient d'ailleurs, supposa Gaëlle.

- Ou d'un autre temps, ajoutai-je.

- Mais toujours aux mêmes, fit la dentiste. Et ce n'est pas chez moi qu'ils se font soigner les dents. Je vous ressers ?

- Merci. Vous ne râlez pas ? Personne ne râle ?

- Si, tout le monde râle tout le temps, surtout contre le voisin. Dans les journaux aussi, on râle, maintenant que c'est permis – maintenant que les Mêmes se sont rendu compte qu'ils pouvaient laisser râler et que ça leur profitait : une fois qu'on a bien râlé, on se calme et on va se coucher.

- Il n'y a rien à faire pour que ça change ?

- Moi, je ne vois pas grand-chose, mais peut-être que vous trouveriez. Vous devriez nous acheter.

- Qu'est-ce qu'elle veut dire ?

- Que si nous les achetions, les choses pourraient s'arranger par nos soins.

Gaëlle fit son possible pour faire passer inaperçu son ahurissement.

- Mais en attendant, conclut la dentiste, tous ceux qui ont quelque chose dans le cerveau s'en vont à l'étranger, dès qu'ils le peuvent. Qu'est-ce que vous faites de beau, vous, à Paris ?

Je lui répondis que j'écrivais des livres. Elle voulut savoir si j'étais célèbre, et je lui appris que je n'avais pas encore retrouvé le degré de popularité dont j'avais joui dans mon enfance pleunkoise.

- C'est curieux, fit-elle, je me rappelle bien qu'il y avait dans le temps une enfant prodige dont tout le monde parlait, mais je croyais qu'elle s'était suicidée.

- C'était une autre. Ou peut-être que c'était moi, mais en tout cas, à Paris, je survis.

Au bout de cinq heures et demie, à la nuit tombée, je quittai le cabinet avec une dent dévitalisée (en une seule séance au lieu des trois habituelles) qui serait toujours, pour citer Gaëlle, « une de moins que j'aurais contre Pleunk ». Entre-temps, la dentiste nous avait conseillé (« puisque vous avez encore quelques jours pour faire du tourisme ») de visiter la grotte d'Orphée – tenue, manifestement, pour l'une des meilleures attractions du Pleunk actuel, et dont j'ignorais tout. « C'est par là qu'il est descendu aux Enfers, vous savez. Elle est chez nous, c'est prouvé, ce n'est pas un mythe. Même les Grecs viennent la voir. » – « Demande-lui sur quoi elle débouche. » - « Sur rien. Elle est bouchée, depuis le temps. Mais de toute façon, si vous voulez encore descendre aux Enfers, une fois que vous serez dedans, vous n'aurez qu'à remonter ! » (trait d'humour typiquement pleunkois).

Puis nous retournâmes à la montagne. Je portais un paquet oblong, qui pesait moins qu'un nourrisson, enveloppé dans un châle velouté, serré contre ma poitrine. Filip marchait à ma droite, qui lirait un poème, tandis qu'à gauche, Gaëlle tenait un grand bouquet de fleurs. Derrière, deux vieilles dames s'étaient chargées de soutenir Florence, se disant costaudes et connaissant d'expérience la meilleure façon d'aider à marcher les gens impotents (elles avaient eu à s'occuper de leurs parents présentement enterrés ici). Presque tout le cortège paraissait du même âge, ce qui devait être dû en proportions diverses au vieillissement de la population, à l'état de santé des uns, au travail des autres et à la disparition de certains jeunes (« Voilà ton cousin Vladimir ; le petit Boris, lui aussi, on l'a mis là »). Je m'assis à côté de la tombe de Dédé, avec le paquet dans mon giron, et tout le monde se tut pour écouter Filip, qui fit pour finir ce vœu : « Puissent les anges être aussi bons avec elle qu'elle le fut avec nous ». Puis on souleva la stèle et fit un creux où je déposai le paquet, et chacun jeta un peu de terre dessus avant de s'écarter pour laisser les croque-morts achever leur travail. En contrebas, la capitale encore plus minuscule que nature formait une vue étrangement attendrissante, comme si on l'avait posée là exprès pour qu'elle soit juste sous les yeux des défunts qui pouvaient ainsi se sentir tout proches de ceux qu'ils attendaient. Et le duvet de peuplier volait du haut du cimetière vers la ville dont les habitants étaient habitués à voir partir ceux qui leur étaient chers, par la voie des airs ou par d'autres moyens, eux au moins, ils se sont sauvés, amen.

« Si je ne sors pas vivante de ce pays, dis-je à Gaëlle qui était sur le point de franchir la ligne séparant le territoire de ceux qui restaient de l'espace des voyageurs, écris à qui tu sais pour lui apprendre ce qu'il était pour moi. Donne-lui mes archives, il y a certainement là des choses qu'il n'a pas, et partage mes affaires avec Michèle, Shéhéra et Claire. S'il reste de l'argent sur mon compte, fais un mandat à ma grand-mère. » – « Tu vas rentrer. Je suis sûre que tu vas rentrer. » – « S'ils ne me laissent pas repartir, tu te rappelles ce qu'il faut faire ? » – « Oui, je fais transmettre au cousin de Michèle la lettre que tu m'as donnée, et j'explique où se trouve ta carte d'identité qu'on peut récupérer avec le double des clés que tu as laissé à Shéhéra. Écoute, je t'appellerai tous les soirs vers minuit. Si tu n'es pas rentrée le jour prévu, j'agis, et même si le cousin de Michèle n'y peut rien, je vais te tirer d'ici. » – « S'ils prétendent que je me suis suicidée, rappelle-toi que je ne peux pas me le permettre à cause de l'Ourse. » – « Arrête de dire des choses pareilles, je vais me mettre à pleurer ! Tu vas rentrer, j'en suis sûre et certaine. Qu'ils osent seulement te retenir, on va leur faire tomber dessus nos unités d'élite, avec Michel Darbois, James Bond et Superman en tête ! Préviens tous les salopards que tu vas voir d'ici-là qu'on ne te cèdera pas ! En tant que ministre plénipotentiaire des Arts et Lettres d'Europe libre, je vais lancer toutes les croisades qu'il faut pour te récupérer ! » (Et riant de tout son courage pour m'en redonner, Gaëlle s'en fut vers d'autres cieux.)

« D'ici-là », je devais me rendre à la police pour essayer de prouver que j'existais encore aux yeux des lois pleunkoises (sans savoir ce qu'elles prévoyaient à ce moment pour les revenants de mon espèce, puisqu'elles changeaient quotidiennement ou presque), ceci au profit de Florence qui se retrouverait expulsée à défaut, et avec le risque de me faire conduire droit en prison. En effet, quoique je fusse arrivée à Pleunk avec un passeport français, je dépendais entièrement du bon vouloir du fonctionnaire auquel je serais obligée de le tendre, alors que rien ne pouvait l'obliger à me le restituer plutôt que de le faire disparaître après avoir consulté mon dossier. Yvan n'occupait actuellement pas un poste assez élevé pour me garantir l'impunité, et les Lettres locales en la personne du seul grand poète vivant demeuraient totalement impuissantes, comme toujours ; au sortir de la police, j'étais censée revoir le Puissant de jadis, dit aussi le Cousin, mais même si je l'avais imaginé désireux de me protéger (ce dont il était sans doute capable, compte tenu des relations qu'il gardait avec les Mêmes, à sa place désormais plus discrète), je ne lui aurais pas dit un mot du rendez-vous que j'avais pris pour l'heure d'avant le nôtre. Tant que ça dépendait de moi, je ne devrais rien à ce personnage. Par ailleurs, l'idée d'être dispensée de le revoir, en cas d'arrestation, me rendait cette dernière perspective plus tolérable, aux moments où l'abattement prenait le dessus. La seule raison pour laquelle j'avais accepté de donner un rendez-vous à ce Cousin lorsque j'avais reçu son coup de fil de condoléances chez ma grand-mère, c'était l'accès de rage que je n'avais pas pu déverser sur lui en ces circonstances. De fait (m'étais-je dit en l'écoutant), il n'y avait personne d'autre à Pleunk qui soit mieux placé pour que je lui fasse payer, dans une bonne conversation entre quatre yeux, et ce qu'il me devait depuis de longues années, et tous les malheurs plus récents dont il n'était pas responsable personnellement, mais auxquels sa personne s'associait à mon sens comme un diable à un chaudron. Si l'on ne m'arrêtait pas sur-le-champ, il allait m'entendre avant qu'on ne m'arrête (éventuellement), quitte à y contribuer. Nous allions voir si râler paraissait toujours anodin, sous le nouveau climat pleunkois, quand une revenante s'en chargeait.

À la police, je fus reçue par trois employées en train de prendre leur café, qui ouvrirent des yeux comme des soucoupes en voyant mon passeport et en m'entendant déclarer que j'étais ici sous la protection de mon Ambassadeur. L'une se leva et s'élança (sans doute) vers le bureau de leur chef de service. L'autre finit par pousser un ricanement qui en disait long sur son opinion du corps diplomatique. La troisième me demanda quand je m'étais enfuie, et pourquoi je voulais me réinstaller dans le pays. Apprenant que je n'en avais pas la moindre intention, elle fit : « Alors, c'est pour exporter l'héritage, hein ? », provoquant ainsi une sorte d'explosion de larmes et de salive pendant laquelle je constatai que je n'avais plus de voix : désormais, je feulais. L'une m'ordonna de sortir, l'autre de revenir le lendemain, quand le patron serait là, en me rendant mon passeport. Les Parques ont voulu que le Cousin m'entende, me dis-je, mais de quelle voix lui parlerai-je ?

Allant vers le café où je devais le retrouver, je demandai mon chemin à tous les coins de rue (façon de parler, vu ce qu'il en restait), non seulement faute de reconnaître quoi que ce soit environ, mais aussi pour vérifier si j'étais toujours aphone. La troisième tentative, loin de faire se rapprocher de ma bouche le passant interrogé, le fit bondir en arrière : involontairement, j'avais produit un son dont je croyais capables uniquement les basses profondes, si stupéfiant de la part d'une frêle femme larmoyante, dans ce pays de sopranos, que le bonhomme mit un moment à retrouver ses esprits. Pour ahurie que je fusse par moi-même, ce nouveau timbre me rassurait. Pourvu que ça tienne jusqu'à demain, me dis-je, avec un peu de chance, leur patron sera assez sidéré pour oublier qu'il convient de m'arrêter, et s'il me fait arrêter, j'assourdirai ses flics, ils seront bien obligés de me lâcher pour se boucher les oreilles, j'aurai le temps de m'enfuir…

Pendant que j'anticipais ainsi, quelqu'un derrière moi posa la main sur mon épaule, et comme je me retournais après avoir sursauté, je vis un homme qui souriait largement : « On arrive en même temps ! » – « Excusez-moi, dis-je avec ma nouvelle voix, il y a quiproquo. » – « Tu ne me reconnais plus ? »

Bien sûr que non. Il avait perdu quelque vingt kilos, depuis la dernière fois où je l'avais vu ; il en paraissait plus jeune qu'alors, et presque beau. Ses yeux rayonnaient d'affection, ce qui le rendait encore moins identifiable – de fait, il se ressemblait si peu que je devais me répéter mentalement « c'est le même » pour ne pas lui sourire en retour. « Et toi, tu me reconnais donc ? demandai-je. Qu'est-ce qui te permet de me reconnaître ? » Il rit, toujours avec affection : « Mais tu n'as pas changé du tout, tu sais, on dirait que tu as toujours dix-huit ans ! Et tu marches toujours un peu courbée, la tête dans tes pensées, comme autrefois : dès que je t'ai vue, de l'autre côté de la rue, je t'ai reconnue rien qu'à ça ! » – « Ça doit être la pesanteur locale, fis-je. À Paris, je peux te le dire, je marche tout autrement. » – « Tu as pris froid, par cette canicule ? » – « Non, j'ai mué en prenant mes fonctions de chef de famille. La nature a jugé qu'une nouvelle voix s'imposait. » Il ne rit pas. « J'aimais beaucoup ta mère, dit-il. Je n'ai jamais connu de femme aussi bonne et douce. » – « Et la douceur se perd, ici, non ? On en sent le manque, de temps en temps ? » Le duvet de peuplier continuait de voler. – « Oui. Tu ne veux pas qu'on s'assoie ? », demanda-t-il gentiment, me faisant réaliser que nous étions plantés pratiquement devant l'entrée du café.

Il me traitait désormais en égale, à ma surprise, voire en supérieure, ce qui fit que je n'eus aucun mal à l'amener à s'expliquer sur notre rencontre précédente – qu'il avait (ou prétendait avoir) complètement oubliée. Si, il se souvenait que j'étais venue le voir un jour, il y a longtemps, dans son cabinet de l'époque, mais il ne savait plus pourquoi, ni ne se rappelait son refus de m'aider (ce qu'on demande aux Puissants, ce sont toujours des choses sans importance, me dis-je, forcément vite oubliées, j'aurais dû m'en douter) ; en revanche, il ne doutait pas que c'était vrai, puisque j'en parlais, et pour me complaire, il fit des efforts pour reconstituer l'échange d'autrefois.

- J'ai dû te dire des choses contre l'Occident…

- Tu ne jugeais pas utile qu'on visite les musées parisiens, le Louvre par exemple, tu te rappelles ? C'était plus néfaste qu'autre chose, pour les jeunes.

- J'ai dit ça ? J'ai dû vouloir te provoquer, voir ce que tu avais dans le ventre – oui, c'était cela, je voulais voir comment tu allais réagir.

- Ah ! c'était comme un jeu ? Jouer avec les gens, ce n'est jamais grave, n'est-ce pas ? Dommage que tu n'aies pas vraiment vu comment j'ai réagi : le plus intéressant des effets a eu lieu à retardement. Pour commencer, le lendemain de ton refus, j'ai failli devenir la première suicidée de la famille. Tu savais que j'étais en deuil, n'est-ce pas, quand je suis venue te voir ? Ma mère te l'avait dit. C'est curieux, on se voit toujours après la mort de quelqu'un qui m'est cher. Tu ne te rappelles pas comment je parlais, comme au ralenti, gavée de tranquillisants comme je l'étais ?

- Mais je pensais que c'était simplement la crise d'adolescence ! fit-il. Ta mère m'avait vraiment dit que tu n'allais pas bien, seulement, à l'âge que tu avais, les peines passent, on s'en remet, les idées retombent à leur place… Je n'imaginais pas que ta demande valait la peine d'être prise au sérieux.

- Vouloir faire appliquer la loi ne pouvait relever que de la crise d'adolescence ? Tu as sans doute oublié, de fait, que je te demandais uniquement cela : faire appliquer la loi censée permettre aux citoyens locaux de voyager. Pour visiter les musées parisiens.

- Tu allais faire une bêtise, dit-il, je le savais. Tu n'allais pas rentrer. Je suis patriote, je ne pouvais pas approuver ton désir de quitter le pays : je pensais, et je pense toujours que les gens comme toi y sont indispensables. Et je me rappelle maintenant, je m'étais dit que ça ne pouvait pas être grave de refuser ce que tu me demandais : de toute manière, les frontières allaient s'ouvrir bientôt ; si tu persistais à vouloir partir, tu le pourrais sans mon aide - mais entre-temps, j'espérais que notre conversation te ferait réfléchir, que ta lubie passerait… Je voulais te donner la chance de prendre un peu de recul et de choisir de rester dans ton pays, tu comprends ?

- Vous saviez donc ce qui allait se passer l'année suivante ? fis-je, sur un ton qui le fit sursauter.

- Que le Mur allait tomber ? demanda-t-il, penaud. Oui, on le savait déjà.

-Vraiment ? Mais nous, on ne le savait pas, ni ma mère qui cherchait à me sauver, ni moi, ni tout le reste de la population placée plus bas que vous qui jouissait de la chance de rester dans cette prison que je n'ai jamais reconnue pour mon pays. Tu ne savais pas que le patriotisme, quand on naît en prison, ça ne va pas de soi chez tout le monde, encore moins à force d'y prendre de l'âge ? Tu croyais vraiment que l'année suivante, je choisirais de vivre ici, si jamais je survivais un an de plus ? Je veux bien l'admettre ; seulement, ce jour-là, tu ne m'as pas dit : de toute manière, le Mur tombera bientôt. Tu m'as tenu le discours de celui qui a le pouvoir et qui compte le garder longtemps, voire pour toujours. Alors, le Mur n'est pas tombé pour moi l'année où il est tombé pour d'autres, et tu vois, *il ne tombera jamais*, feulai-je, c'est *depuis l'autre côté du Mur éternel* que je te parle !

Sur quoi, mobilisant toutes mes forces pour ne pas pleurer, je me gonflai et me mis à trembler en le fixant, comme font les chats juste avant de sauter sur leur proie. Et il faut croire que je fus assez effrayante, car il recula, se confondit en propos désordonnés censés le justifier, et finit par demander, avec le sourire de qui cherche à obtenir au moins la pitié par condescendance :

- Mais qu'est-ce qu'il t'avait fait, ce pauvre pays, pour que tu veuilles le quitter encore enfant ?

Je citai deux faits, en précisant que je pouvais fournir une longue liste :

- ... si ce n'est pas déjà assez à ton sens.

Il semblait horrifié.

- Mais c'est cela que tu aurais dû me dire à l'époque ! Si tu m'avais parlé de l'interdiction de publier, j'aurais tout arrangé.

En guise de preuve, il évoqua plusieurs intellectuels tenus alors pour subversifs et qu'il avait aidés : si je ne le croyais pas, je pouvais me renseigner auprès d'eux. C'est grâce à cela, d'ailleurs, qu'on ne lui avait jamais fait de procès « après les changements ».

- Et comment pouvais-je savoir que quelqu'un qui me recevait dans un cabinet rempli d'écouteurs et me parlait la même langue de bois que ceux qui m'avaient interdite serait partant pour me défendre ? J'ai osé te demander de faire appliquer une loi, tu as refusé ; il fallait te faire confiance pour autre chose, après cela ?

- Mais tu devais savoir que j'estimais ton talent. Je l'avais dit à ta mère : j'ai lu des poèmes de ta petite, elle est douée. C'est pour cela que je t'ai reçue – tu crois que je recevais tous les enfants de cousins ?

- C'était un privilège que tu m'accordais, hein ?

- Je comptais veiller sur ton avenir, je te l'ai dit alors. Je te le jure, ton recueil serait sorti tel que tu l'avais écrit, et plus vite que ça ! Si j'avais su ce qui s'était passé, mon Dieu ! Est-ce possible, un tel malentendu ? Tu serais restée ici ; au jour qu'on est, tu aurais publié cinq ou six livres, au moins…

Il se tut un instant : on voyait à son visage qu'il rêvait, rétrospectivement.

– Les livres que tu as écrits en français, personne ne les donnera jamais à ce pays ! Il n'y a plus rien ici, tous les jeunes doués sont partis, comme toi, tous ceux qui auraient pu faire comprendre aux gens ce qu'il fallait. Vous l'auriez déjà reconstruit, si vous étiez restés. Tout ce que vous auriez pu nous apporter !

Il en avait les larmes aux yeux.

– Je ne suis pas sûre qu'on l'aurait pu, fis-je. Pour ce qui me concerne, comme je te l'ai dit, je n'aurais pas survécu dans votre pays, et j'avais cessé d'y écrire deux ans avant de réussir à m'enfuir. Il y a un lieu commun selon lequel on a les gouvernants qu'on mérite ; c'est peut-être vrai pour les écrivains aussi. À propos, qu'a-t-on fait de l'État ?

Il comprit immédiatement l'acception où j'avais employé ce dernier terme.

– Il est mort l'année dernière.

– En prison ?

– Non, dans son lit.

– Ah oui ? Comment ça se fait ? On ne l'a pas jugé, lui non plus ?

– On l'a acquitté. Faute de preuves.

– Vous avez eu le temps de les détruire toutes ? Bravo !

– Tu es trop dure avec moi, fit le Puissant dont le visage eut tout à coup l'air vieux et las. Et soudain, j'entendis Guina chanter, face au souverain détrôné, son refus de pardonner : *en vain, tu supplies Abigaille…*

– Que deviennent tes enfants ? demandai-je, me rappelant qu'il en avait.

– Mon fils est mort il y a trois ans.

– Un accident ?

– Suicide.

– Ah, ta famille aussi a contribué au record mondial détenu par Pleunk ?

Minou m'aurait lancé un regard de reproche suppliant (la version compatissante de la phrase « Tais-toi, Denise, tu dis encore des horreurs »), le genre de regard par lequel les Madones empêchaient parfois les cœurs de s'endurcir, jadis – un instant, j'hésitai avant de poursuivre ; mais il n'y avait plus de Minou dans ce pays pour intercéder en faveur de quiconque.

– Je vous ai maudits, il y a trois ans, repris-je. Quand j'ai appris que vous aviez fait construire les trois quarts du pays pour trente ans d'espérance de vie, vous qui faisiez croire aux gens que votre immonde régime allait durer jusqu'à la fin des temps, je vous ai maudits tous. Si tu crois que je suis folle ou que les malédictions ne servent à rien, je vais te dire deux choses : renseigne-toi sur ce qu'est devenu l'architecte préféré de l'État, et sache que même folle, on peut avoir assez de puissance par le verbe pour détruire. (Il me regardait les yeux large ouverts, persuadé de ma folie mais fasciné – ou trop coupable pour avoir la force de protester.) J'ai fait de longues études empiriques sur l'occulte, à Paris : quand on peut disparaître à tout moment, on est tout près de l'inconnaissable, le sais-tu ? Si l'on survit, on peut acquérir le don, mais il ne suffit pas de survivre : encore faut-il le nourrir et le payer par ce à quoi l'on renonce chaque jour de sa vie. D'autres l'ont en héritage, et on les initie, mais ceux comme moi, qui ont dû commencer par marcher sans chaussures dans la neige, sur ce chemin-là, ne l'ont pas moins, le pouvoir de bénir et de maudire. Et tu t'en doutes, maudire est plus facile – détruire est toujours plus facile que faire croître, rendre heureux et maintenir, tu le sais, n'est-ce pas ? Tout le passé que vous avez détruit, dans ce pays, construit pour durer, avant de faire pousser à la place ce qui allait enterrer des milliers sous les décombres, dans un délai de trente ans tout au plus, comme vous le saviez depuis le commencement ! Jusqu'au jour où je vous ai maudits, je n'avais jamais fait que bénir, et presque tous ceux que j'avais désignés ont déjà reçu les bienfaits souhaités ; il m'en reste deux pour lesquels il faudrait encore travailler, car bénir ressemble à jardiner, et certains fruits demandent longueur de temps. Mais maudire peut porter en un instant, comme tirer, si la cible ne bouge pas ; si elle a bougé, ça portera tout de même, ça finira par porter, comme vos armes qui savent poursuivre – quelqu'un t'a déjà dit que tout ce qu'on invente et matérialise n'est jamais que le reflet de ce qui est dans l'âme humaine ? Que s'il existe des machines volantes, actuellement, c'est parce que depuis la nuit des temps, l'humain se voit voler en dormant ? Or, on peut voler sans ailes aussi, même réveillé, et détruire par la seule malédiction. (Il me regardait avec une expression indéfinissable.) Je n'aurais maudit personne si vous n'aviez pas fait ce que vous savez. Je n'ai pas maudit vos enfants, j'ai seulement émis le vœu que *tous les coupables* aient de quoi souffrir autant que les innocents – ce n'est pas moi qui vous désigne un par un, ni qui choisis les peines qui tombent sur vous. Mais pour ce qui concerne l'architecte, avant même de vous maudire, tu es libre de ne pas me croire, je savais ce qu'il deviendrait. Et crois-tu qu'il n'y ait que moi qui vous aie maudits ? Combien de milliers ils doivent être encore, à vous maudire de nouveau chaque jour, et jusqu'à la septième génération, dans ce pays ? Pour une fois, tu as devant toi quelqu'un qui n'a plus rien à craindre, dans la mesure où mourir serait un soulagement, y compris de la haine que je vous porte, et pour une fois, quelqu'un peut te le dire les yeux dans les yeux : tu ne saurais nous compter, nous les détruits qui vous avons maudits.

- Ne parle pas ainsi, ce n'est pas chrétien.

- Parce que tu es chrétien, maintenant ? m'étonnai-je. Vous vous êtes tous convertis à la foi qui fait escompter le pardon, c'est cela ? vous les matérialistes dialectiques sous lesquels il était aussi aisé de professer le credo que sous Pilate ? Vous qui interdisiez de baptiser ? Ah ! mais c'est vrai, la Russie a rouvert toutes ses églises restaurées aux frais des Services et des mafieux réunis, il fallait bien que Pleunk le fasse aussi.

Je m'aperçus soudain que la serveuse me fixait (depuis un moment, sans doute), les yeux sortant de la tête, et m'adressai à elle :

- Pouvez-vous me dire, mademoiselle, madame, ce qu'on apprend aux enfants, actuellement, dans les écoles d'ici, sur ce qui s'est passé dans ce pays en l'année de ce qu'on appelait « l'Avènement » à l'époque où nous étions écolières ? (Et comme elle ne semblait pas oser me répondre :) Vous pouvez me le dire, ça ne risque pas d'être dans tous les journaux parisiens dès demain ; par ailleurs, le successeur actuel de ce monsieur qui était autrefois le troisième homme de l'État a sans doute déjà pris les mesures nécessaires pour que je ne sorte pas de cette ville moi non plus. Vous ne ferez que m'aider à mourir moins idiote.

- Elle plaisante, fit le Cousin sur un ton qui se voulait rassurant.

Bien que la serveuse sût visiblement encore moins qu'à l'instant d'avant à quoi s'en tenir, elle me répondit :

- On leur apprend à peu près la même chose qu'à nous dans le temps. Pourquoi ? Ce n'est pas vrai ?

Je regardai l'ancien Puissant :

- Veux-tu dire à cette dame si c'est vrai ? (Et comme il esquissait un geste revenant à me prier de cesser, l'air de n'en plus pouvoir :) Comme tout le monde le sait depuis longtemps partout sauf dans ce pays, il a été envahi par une armée étrangère qui l'a pris à une autre, l'année où il y aurait eu une révolution ici, d'après le mensonge que vos enfants aussi apprennent par cœur. Pour ce qui est de l'armée victorieuse, je n'ai pas besoin de vous la nommer, n'est-ce pas ? Elle y était, elle y ferait ce qu'elle voulait. Seulement, l'invasion et la dictature, ça ne serait pas passé aussi facilement, plus facilement qu'ailleurs, s'il y avait eu dans ce pays moins d'âmes d'esclaves prêtes à baiser la première botte qui passe, et à chanter ensuite ses louanges en faisant croire aux autres ce qu'elle dictait. Une révolution, hein ? Ici où l'on a trahi et laissé pendre, il y a plus d'un siècle, le seul homme qui ait jamais été capable de mobiliser le pays pour un vrai soulèvement, avant qu'il ne le déclenche ? Toute la ville était venue le voir pendre, là où s'élève l'obélisque, et toute la ville, comme un seul homme, n'a pas bougé pour le sauver. Vous avez déjà réfléchi au fait que c'est cela, le héros national de ce pays – le trahi pendu avant de pouvoir faire ce qu'il aurait pu, que personne n'a défendu ? (La serveuse me regardait avec une sorte d'émerveillement mâtiné de l'air de ne pas en croire ses oreilles.) Une révolution, ici où l'on s'est dépêché de fusiller, pour complaire aux derniers envahisseurs en date, le peu de gens libres d'esprit et dont l'intelligence dépassait la moyenne nationale, autrement dit qui risquaient d'éclairer les autres idiots et d'essayer de les faire se rebeller ? Je peux vous le dire avec le recul de quelqu'un qui est passé dans un autre monde : tant qu'il y aura encore des Pleunkois pour croire que l'Avènement, c'était le choix de leurs aïeux, rien de plus important qu'un livre d'histoire ne changera pour le mieux, dans ce pays.

- Mais vous savez, dit la serveuse, il y a quand même des choses qui changent en bien. Actuellement, on a une ancienne dissidente pour premier ministre...

- Ah bon ? Qui est-ce ?

En réponse, j'entendis le nom de la Poétesse – et j'éclatai d'un rire retentissant (croassant) qui laissa mon interlocutrice abasourdie.

- Pardon, lui dis-je, ce n'est pas de vous que j'ai ri. Vous ne l'avez certainement pas entendue tenir des discours officiels aux écrivains, à l'époque où l'État ne se doutait pas encore que sa préférée deviendrait rétrospectivement dissidente. Ou peut-être que c'était prévu ? Allez savoir. En tout cas, vous venez de m'apprendre que j'ai encore moins de chances que je ne l'imaginais de jamais rentrer à Paris. Ç'aura sans doute été mon dernier rire, le sien à elle va suivre sous peu, s'il n'a pas déjà commencé. Les installations d'écoutes fonctionnent toujours, dans les meilleurs cafés de la ville, ou c'est plutôt d'indics qu'on se sert depuis l'écroulement qui a dû abîmer le réseau ?

- Excusez-moi, fit la serveuse, je dois vous laisser. Et elle repartit vite vers le comptoir, quoique nul client autre que nous ne se trouvât dans l'établissement.

- On n'écoute plus dans les cafés, je peux te l'assurer, dit gravement le Cousin, et tu n'as rien à craindre de personne. Tu pourras rentrer sans problème, on a cessé de persécuter les émigrants depuis des années. Comme je te le disais, vous êtes très nombreux à être partis, des milliers s'en vont encore chaque mois, et des milliers rentrent voir leur famille quand ils le veulent, sans que personne ne cherche à les empêcher de repartir après...

- Même ceux que votre actuel premier ministre avait dans le nez du temps où son grade était encore de colonel ? Qu'est-ce qu'elle est à présent, général ? Quel dommage qu'elle n'ait jamais pu porter ses galons en public !

- Tu vas rentrer sans problème, crois-moi. Tranquillise-toi, il n'y a pas de souci à te faire. (Je vous laisse deviner si je le crus, cher lecteur.) Parlons de choses plus agréables… Parle-moi un peu de ta vie à Paris – c'est à Paris même que tu habites, en fait ? Tu t'y sens bien ? Tu comptes y rester ?

- Oui. Pour toujours.

Et j'entendis cette phrase que je n'aurais pas su inventer, dite sur le ton de qui veut résolument se montrer gai :

- Rappelle-toi quand même que tu es de Pleunk, quand tu seras rentrée et que tu auras repris ta vie parisienne, hein ?

- Je ne risque pas d'oublier que j'ai ici une grand-mère à nourrir, si je finis par rentrer. Tu sais combien de pains par mois vaut la pension de retraite qu'elle a pour avoir travaillé depuis l'âge de douze ans ?

Il s'excusa, précisant qu'il voulait parler du fait que je restais tout de même native de Pleunk et pleunkoise de sang – sans se douter qu'il n'y avait guère de meilleur moyen de me faire voir rouge.

- De sang ? Au bout d'un demi-siècle de louanges à l'adresse du plus grand peuple sur terre, à savoir l'envahisseur, vous êtes passés à la mythologie du sang local, comme notre parti d'extrême droite ? Et moi, je serais pleunkoise, à l'heure qu'il est ? Je devrais me rappeler avec nostalgie l'hymne national qu'on m'a appris quand j'étais écolière ? « *Chère patrie, tu es un paradis terrestre* » – on le chante toujours, dans les ruines ? La démence locale est allée jusqu'à permettre de chanter encore ça, de le diffuser encore à la radio et à la télévision, pour que tout le monde l'entonne en chœur, au-dessus des cadavres de ses enfants ou de ses parents, à l'occasion d'un événement sportif où l'équipe locale gagne, vive les nôtres ! ô chère patrie ! – avec des larmes de joie et de fierté nationale dans les yeux, hein ? Au-dessus des cadavres, comme autrefois, sans même comprendre ce qu'on donne comme spectacle ? Et moi, je ferais l'écho depuis l'autre bout du continent ?

- Ce n'est plus notre hymne, fit-il, on a repris l'ancien.

- Tiens ! l'ancien, je ne saurais même pas que c'est lui si je l'entendais, vu que c'était punissable de prison de se le rappeler, dans le temps. Florence osait chanter *Lili Marleen*, mais son ancien hymne national, non. Et vous l'avez ressorti depuis que ça s'est écroulé ? Tu me le chanterais, histoire que je sache ce que c'est, si je te chante *La Marseillaise* ?

- Je ne suis pas chauvin, je suis patriote, dit-il. Je l'ai toujours été, j'ai fait de mon mieux pour agir en tant que tel à chaque poste où je me suis trouvé, je te le dis en vérité, en mon âme et conscience. La seule fois de ma vie où j'aie connu l'expatriation, pour faire ma dernière année d'études à Léningrad – à Saint-Pétersbourg –, j'ai senti mieux que jamais que j'étais pleunkois, que j'aimais ce pays et que je voulais y rentrer pour le servir.

- Hélas, on retombe dans le dialogue de sourds, répliquai-je (sincèrement désolée et ne demandant pas mieux que de clore la discussion pour m'en aller – mais pas à cette étape). Tu peux toujours poursuivre sur cette ligne, et je ne pourrai jamais que broder sur le motif exactement opposé. Il se trouve que pour ma part, les deux fois que j'ai quitté ce pays – la première, c'était une tentative de fuite qui a raté, si les Services ne t'en ont pas déjà informé –, je n'ai eu qu'une seule envie : de ne plus jamais y remettre les pieds. Pour en finir avec cette histoire de sang plus fort que le sol et je ne sais quoi encore, même notre parti d'extrême droite, que la majorité de mes concitoyens désapprouvent, n'a jamais envisagé d'imposer aux immigrés le dixième de ce que j'ai dû passer comme examens et autres épreuves, pour mériter d'être naturalisés – et tous les Français sensés trouvent qu'il propose des choses qui dépassent largement les bornes, tu vois. Alors, si tu veux, tu peux me dire : « n'oublie pas que tu es une immigrée », dans l'esprit de ce parti, je l'accepterai, même si c'est inutile et déplaisant de me le rappeler, car malgré la façon humiliante dont on l'emploie, la notion d'« immigrés » évoque des gens qui connaissent certaines choses importantes que j'ai connues, et qui me paraissent moins étrangers que toi et le reste de ma parentèle locale, de quelque pays qu'ils soient originaires. Tu ne vas pas aller jusqu'à prétendre que tu te sens proche de moi ?

- Plus je t'écoute, mieux je te comprends, répondit-il, et la main sur le cœur, je peux t'assurer qu'aujourd'hui, je me sens plus proche de toi qu'il y a treize-quatorze ans.

- Ça me revient, fis-je (ravie par ce qui venait de ressortir des couches anciennes de ma mémoire), vous autres, vous aviez dans le temps une notion qui conviendrait aussi : « sans-retour », non ? Ceux qui partaient comme moi, vous les appeliez « les sans-retour », n'est-ce pas ? Comme ça faisait peur ! Une mère de sans-retour, quand on ne lui envoyait pas son mépris ou toutes les saloperies qu'on voulait à la figure, on contournait le pâté d'immeubles pour ne pas la croiser, car le flic du coin ne manquerait pas de rapporter qu'on copinait avec, si jamais on la saluait. Heureusement, Minou avait l'habitude des perfidies, une bonne expérience de la moyenne de la population locale, en ex-mère d'enfant prodige, et puis, ça n'a pas duré longtemps – le Mur est tombé, hein ? C'est devenu enviable, tout d'un coup, d'avoir une fille à Paris ? Mais elle est restée sur écoutes, et si par hasard l'une de nous deux manquait d'envoyer son courrier à l'autre en recommandé avec avis de réception, aucune lettre d'arrivée – parce que les sans-retour et leur famille, il faut les faire payer, on sait qu'ils n'ont pas le sou, et on leur donne cette leçon : en recommandé, au tarif le plus élevé, vous aurez environ une chance sur deux de ne pas devoir envoyer ça pour la troisième fois de suite, par quelqu'un qui voyage, si vous en trouvez un. Tu sais qu'ils m'ont même renvoyé des avis de réception avec le tampon « n'habite plus à l'adresse indiquée », pour s'amuser ? Je les garde toujours, c'est des documents historiques. Et ils choisissaient bien les lettres qu'ils volaient, puisqu'ils les lisaient toutes – ils les lisent encore toutes, n'est-ce pas, les lettres d'anciens fichés ? Mais « sans-retour », ça ne se dit plus du tout ? Eh bien, ce n'était pas mal trouvé, tout compte fait : ça dit bien ce que ça veut dire. Même si je suis revenue enterrer les cendres de ma mère, je suis sans-retour par rapport à vous autres. Aucun des proches qui me restent n'aurait l'idée de me qualifier de pleunkoise, à l'heure qu'il est – sans parler de ma grand-mère qui me trouve toujours plus méconnaissable d'un jour à l'autre, au point qu'elle s'est mise à m'observer comme on le fait avec un animal d'espèce inconnue, pour savoir si ça se peut apprivoiser ou s'il n'y a qu'à le craindre. Pour clore la question du sang et du sol, tu veux voir le seul passeport que j'aie à l'heure actuelle ?

Mais il fit comme si ce discours n'avait pas eu lieu, persistant dans son intention de m'orienter vers des sujets plus agréables :

– Comment tu vis là-bas ? Tu as ce qu'il te faut ?

– Avant de revenir ici, j'avais acheté un logement où je faisais des travaux qui devaient s'achever avant l'arrivée de ma mère, prévue pour le mois de juin, l'informai-je. Pour avoir ce qu'il me faut, j'ai même plus que le nécessaire, notamment des amis dont une est venue ici dans le seul but de me soutenir le moral, le jour où elle devait être à son premier vernissage à Rome. Qui dit mieux ? Elle a emprunté de l'argent pour le faire, et il va de soi que je ne lui aurais jamais demandé rien de tel. Tu as des gens comme ça, parmi tes amis ? Une seule m'aurait suffi, mais j'en ai au moins trois qui me chérissent autant qu'elle, à Paris. Il reste des gens vraiment capables d'aider par amitié, ici, que tu connaisses, depuis que ma mère est morte ? Vous cultiviez si bien la délation et l'art de donner des coups de couteau dans le dos, en matière de relations humaines, de mon temps ; ça a changé, maintenant que vous avez un nouveau premier ministre ? Comment ils se sont comportés avec toi, de fait, les gens de ton entourage, quand on t'a destitué au profit du fils de l'architecte ? Je suis vraiment curieuse de le savoir. Qui t'a remonté le moral, ta femme ?

– Ma seconde femme a demandé le divorce le mois suivant, répondit-il avec un petit sourire qu'il vaut mieux ne pas décrire. On était mariés depuis cinq ans.

– Elle avait épousé le poste, c'est ça ? Le futur second homme de l'État ? Il n'y a eu personne pour te remonter le moral ? Pas un seul ami ?

– Ta mère, dit-il. Je suis tombé sur elle dans la rue. Les autres changeaient de trottoir pour m'éviter, ceux que j'avais aidés à faire carrière, surtout, et même certains intellectuels dont je te parlais tout à l'heure, qui ne m'évitent plus du tout maintenant, soit dit à leur honneur (je me demandai si cette dernière incise relevait du sarcasme) ; elle a changé de trottoir pour me dire bonjour : « Tu as le temps de prendre un café ? » – « J'ai tout mon temps, maintenant. » – « Je sais. »

Alors, ne pouvant pas m'empêcher de pleurer, je pris le mouchoir en papier qu'il me tendait (le drapeau de la paix, probablement, dans son esprit), avant de reprendre :

– Ça ne fait pas carrière, hein, les gens comme elle ? Et si jamais ça vous demande une faveur, vous refusez, avant de tomber et de vous faire ramasser par eux ? Tu la connaissais bien, en fait, ma mère ?

– Adolescents, on se voyait en vacances, dans le village de nos grands-parents, répondit-il. Elle était la plus belle. On était tous amoureux d'elle, cousins ou pas cousins. Après, on s'est perdu de vue…

– Tu n'avais pas remarqué qu'elle était intelligente, aussi ? Une fille d'illettrés qui passe son bac, première et terminale, la même année, dans un lycée d'élite – la plus brillante du lycée. Puis elle réussit le concours d'entrée, toujours la même année, d'une fac où l'on n'accepte que trois filles par an. Et ça donne quoi ? Une petite employée dans le commerce international, qu'on empêche de monter les échelons parce que se faire lèche-bottes et délatrice ou maîtresse du patron, ce n'est pas son naturel, alors qu'elle reste assez brillante pour qu'on la haïsse, même douce comme elle l'était. Elle rêve de finir sa thèse et de se sauver de ce guêpier, elle serait prof de fac, elle se sentirait plus à sa place, mais il faut travailler huit heures par jour pour gagner sa vie, elle a une gamine sur les bras, et elle n'arrive pas à terminer à temps. Suite de sa carrière dans le pays où l'un de ses cousins devient le troisième homme de l'État : correctrice et bien contente de l'être – un métier pour lequel on demande moins que son seul diplôme du lycée, puisqu'un brevet professionnel suffisait pour le faire ! Tu me diras : dans un autre pays aussi, elle aurait pu manquer d'achever sa thèse, et cætera ; oui, seulement, elle n'y aurait pas subi ce qu'il a fallu qu'elle subisse pour n'avoir plus la force de survivre à cinquante-quatre ans ! Tu as pensé à l'appeler, ta cousine, quand votre Progrès s'est écroulé, à vérifier au moins si elle était toujours vivante, ou enterrée sous les décombres de la saloperie d'immeuble où elle payait depuis trente ans les traites de l'avenir que vous lui aviez préparé ? Tu t'es demandé comment elle allait faire pour nourrir et soigner ses vieux parents ?

– Non, avoua-t-il. Je n'appelais personne et je ne voyais personne, cette année-là.

– Où étais-tu quand ça s'est écroulé ?

– Chez moi.

– Ton bâtiment n'a pas été construit selon la même méthode, c'est ça ? Bien sûr, le troisième homme de l'État ne pouvait pas loger dans une cage à lapins, on construisait autrement, pour vous autres. Qu'est-ce que c'était, comme méthode, en fait, ce qui ne pouvait pas tenir debout plus de trente ans ? Chez nous, les tours et les barres de la même époque, pour s'en débarrasser, il faut des charges de dynamite comme pour une forteresse.

– C'était la méthode russe, répondit-il, me redonnant le fou rire épouvantable (croassant) qui devait s'entendre jusqu'à l'autre bout de la rue – j'aurai au moins percé les tympans d'un Écouteur, me dis-je.

– Pour les prisons, il en utilisait sûrement une autre, réfléchis-je à voix haute, ils ont de la chance, les détenus, de ce point de vue. Mais parlons de choses plus gaies, n'est-ce pas ? Soyons optimistes pour ceux qui sont hors de la prison aussi : les meilleurs sont partis, soit en mourant, soit vers d'autres pays, il ne risque plus de leur arriver rien de grave, et ceux qui restent sauront toujours trouver du bon à ce qu'ils ont, tout va donc très bien pour les ressortissants de cette chère patrie. Tu te rends compte de tout ce que j'ai pu débiter comme propos rédhibitoires sur ce territoire sans qu'on me fasse taire ? Qui aurait jamais imaginé qu'un jour, tu te sentirais obligé de les écouter ?

– J'ai lu ton livre, fit-il. Je n'ai jamais voulu faire taire un grand talent. Et j'ai pour toi le respect que je te dois, même si je ne partage pas tes idées.

– Quel livre ?

– Le roman qu'on a traduit. C'était le premier ?

– Non, le deuxième. Le premier était trop gros pour les moyens de l'éditeur local. C'est bien dommage, il est meilleur. C'était mon *Lebenswerk* – tu connais le mot ? S'il n'y avait qu'un livre que je puisse écrire, ce devait être celui-là, que tu ne pourras pas lire. Ça parle d'amour et de choses éternelles – de choses très belles. Je doute de pouvoir en faire un autre comme ça, un jour, maintenant que je suis retombée dans le cauchemar. Vous m'aurez eue, à la longue, quand même : je croyais m'être sauvée, mais non, même si vous me laissez rentrer, je les reverrai encore, chaque nuit, les décombres de votre pays. Et le duvet de peuplier qui vole dessus, partout, tu as remarqué ? Jadis, il n'y en avait pas autant. Ce sont les âmes de ceux qui se sont jetés du pont ou par la fenêtre, qui le font se multiplier ?

– Tu vas encore écrire beaucoup de beaux livres, j'en suis sûr. Combien tu en as écrit, déjà ?

– Cinq de publiés, deux d'inédits dont un censé paraître avant la fin de l'année.

– Encore si jeune, fit-il, les yeux dans le vague de son rêve rétrospectif. Tout ce qu'on a perdu, comme grands talents… (Puis, sur un ton plaisant :) Ils se rendent au moins compte de ce qu'on leur a donné, maintenant qu'ils t'ont, ces foutus Parisiens ?

Je décidai de ne pas relever les termes que j'aurais corrigés.

- Ceux qui ne s'en rendent pas compte finiront sans doute par le faire au cours du nouveau millénaire, fis-je sur le même ton, c'est ce qui se passe habituellement, en littérature. Rares sont les clairvoyants qui m'ont tenue pour un trésor national à l'époque où je vivais ici – c'était ton cas, apparemment, et pourtant, ce qu'il me fallait pour recommencer à écrire, je l'ai trouvé en fuyant. Et je ne suis pas certaine qu'on ait besoin d'être vus comme utiles au pays, nous autres, pour faire une œuvre – « l'art pour l'art, disait le Dernier Esthète, que l'État fit fusiller, cela signifie la simple vérité que l'artiste n'a pas d'utilité plus haute que de s'accomplir en œuvre en sachant qu'elle seule a une chance de perdurer, si elle est grande ». Ce qui sous-entendait, bien sûr : pas les mensonges et les bienfaits que les puissants du jour ont le pouvoir de procurer. Mais pour parler de Paris, je ne crois pas que beaucoup d'artistes natifs y restent expressément pour maintenir sa grandeur, aussi reconnus ou inconnus qu'ils puissent y être, et tu te doutes qu'ils ne s'en vont pas en masse vers l'étranger. Rien que le Louvre, tu sais – j'avais raison, dans le temps – ça vaut la peine de vivre dans sa ville. Ça ne te manque pas, de ne l'avoir jamais visité ?

- Je suis content d'avoir pu parler avec toi, répondit-il, je crois qu'on a pu faire des progrès, en matière de compréhension mutuelle.

- Dommage qu'il ait fallu plus de treize ans et tant de morts pour qu'on puisse y arriver, notai-je sans ironie. Tu parles avec ta fille, chez toi ? C'est elle qui t'a appris à être patient au point de supporter pendant trois heures une furie déchaînée de mon espèce, qui te fait la leçon en te débitant tout ce que tu abomines ?

- Ma fille vit sa vie, dit-il en souriant. Je suis seul, chez moi, et j'apprends à parler avec les âmes, depuis un certain temps. Bientôt, je serai passé de l'autre côté.

Je me rappelai que les femmes pleunkoises étaient en principe censées résister mieux que les hommes au climat local, avant de souhaiter mentalement à sa fille de vivre sa vie autant qu'il se pouvait. Puis nous prîmes congé, et en m'éloignant, je crus entendre de nouveau *Deh, perdona* chanté par Charoff (dans la mise en scène de Gardini, où Guina se redressait, toujours plus forte, avant de répéter : *Invano* !). Et la fin de l'architecte du quartier Jeunesse me revint à l'esprit, telle que son fils Yvan me l'avait racontée quelques jours auparavant.

- Il a perdu la tête dans le mois après l'écroulement – ça a dû commencer dès le lendemain, mais on ne s'en est pas tout de suite rendu compte, surtout pas moi, ça faisait un bon bout de temps que je ne l'avais pas revu. Tu sais qu'ils avaient divorcé, mes parents ?

– Il y a longtemps ?

– Ça doit faire au moins huit ans. Mais je ne le voyais plus beaucoup déjà du temps où ils étaient encore mariés, tu sais. On n'a jamais eu grand-chose à se dire, en fait. Tu sais comment il était, de toute manière. (Je supposai qu'Yvan faisait allusion au côté taciturne et vaguement féroce que son père avait à l'époque de notre enfance.) Et il n'a pas aimé ce qu'il y a eu dans la presse quand on m'a destitué.

– Qu'est-ce que c'était ? Je ne suis au courant de rien.

– On a prétendu que j'avais profité de mon poste pour faire des malversations pour mon compte, y compris pour exporter de l'argent vers la Suisse.

– Et tu le faisais pour leur compte, en fait ?

– Je croyais que tu n'étais au courant de rien.

– Je n'ai rien lu, je n'ai rien entendu, je ne suis au courant de pratiquement rien de ce qui se passe dans ce pays depuis que j'en suis partie, confirmai-je. Ce n'était qu'une supposition, ce que je venais de dire. Ça me semblait tomber sous le sens qu'on te fasse laver de l'argent et l'exporter, entre autres services dus, à un poste où l'on t'avait mis à vingt-quatre ans.

Il rit :

– Tu sais comment on appelait ça ? « Changer de têtes. » Les gueules d'avant ne pouvaient plus trop se montrer, pour un certain temps.

– Max ne se rendait compte de rien, il croyait la presse, lui qui était ami avec l'État ?

– Il savait ce qui se passait, bien sûr, mais il a peut-être cru que j'avais vraiment fait cavalier seul, à un moment, ou bien il a décidé de m'en vouloir pour tout le déballage qui lui est retombé dessus. Il n'aimait pas qu'on soit faible et qu'on sorte battu, pour quelque raison que ce soit, mon père, tu sais. Bref, ça faisait un bail qu'on ne se voyait pratiquement plus, je ne risquais pas de remarquer que ça commençait à clocher dans sa tête, les jours après l'écroulement – mais on a fini par nous prévenir, toute la famille, quand il s'est imposé de l'interner. Et là, je suis allé le voir. Deux-trois fois. Il était calme, tu sais, pas du genre fou furieux qui t'invective. On avait du mal à croire qu'il avait fait du grabuge dans son immeuble au point que les voisins le fassent hospitaliser.

– Il n'habitait plus votre maison ?

– Non, c'est maman qui habite là, depuis le divorce. Il habitait dans un immeuble récent.

– Qui n'a pas croulé, donc ?

Yvan confirma de la tête.

– Bref, il était très calme, il ne disait rien, pratiquement, il prenait ce qu'on lui avait apporté – des gâteaux, des choses comme ça –, il remerciait, et c'était à peu près tout ce qu'il faisait, quand on venait le voir. Mes sœurs y allaient plus souvent que moi, en fait, elles m'en parlaient. Ça a duré presque un an, puis, un soir, Maïa m'appelle : « Papa a disparu de l'hôpital ! Aide-nous, on ne sait pas quoi faire, ils m'ont appelée, et moi, je ne peux pas laisser les enfants seuls... » Bref, elles voulaient que j'aille le chercher, mes sœurs. C'est très curieux : je ne sais pas pourquoi, mais elles étaient sûres toutes les deux que je pouvais le retrouver, et vite, imagine-toi. Je n'arrivais pas à les raisonner, et comme je n'avais rien d'autre à faire, je suis sorti – il était à peu près dix heures du soir, je suis allé parler avec les infirmiers, pour savoir un peu comment cela s'était passé, et comme ils me disaient que la police le cherchait dans le quartier autour de l'hôpital, tout à coup, j'ai pigé où il était.

- Comment ?... Il était chez Clélia ?

- Pas vraiment chez maman, mais à deux pas, tu sais, devant la maison, sur ce qui restait de l'immeuble d'en face. Il y avait un escalier qui s'était écroulé, sur le devant des décombres, un escalier en béton presque entier, et mon père s'était assis dessus, devant la maison. Maman était en vacances, à l'époque. Je ne sais pas comment te dire l'effet que ça faisait, comme spectacle : il se tenait assis là, sur une marche de cet escalier, en pyjama, et comme les médicaments l'avaient fait grossir, avec ses cheveux blancs ébouriffés, il avait tout l'air d'un poussin – vraiment, quand je l'ai vu, c'est ce que je me suis dit : comme un poussin ! il semblait tout petit et doux, et chaud, vraiment comme un poussin. Alors, je suis allé vers lui, et je ne sais pas d'où j'ai sorti ça, mais j'ai fait : « Oh, papa, si tu savais depuis combien de temps je te cherche ! » Je parlais tout bas. Et lui, tout gentiment : « Tu m'as trouvé, c'est bien. » Comme il ne bougeait pas, je suis monté m'asseoir à côté de lui, sur les marches. Il se taisait. Je ne savais pas du tout par quel moyen le décider à bouger de là. Et il était vraiment tout doux, et je sentais même sa chaleur, comme on était assis – je ne pouvais pas le gronder ou le forcer, tu vois, je l'aurais plutôt pris dans mes bras, si j'avais pu croire que ça lui plairait. On est resté à se taire encore un petit moment, puis j'ai demandé : « Papa, qu'est-ce qu'on va faire maintenant ? » Il m'a regardé, l'air toujours tellement doux, et il a dit : « Qu'est-ce qu'on peut faire, mon garçon ? Il est tard, il est sans doute temps de rentrer à la maison. » Alors il s'est levé, moi aussi après lui, et j'ai cru qu'il allait vouloir entrer chez maman, essayer de défoncer la porte, si ça se trouvait, je cherchais déjà comment le raisonner, mais non, il est parti du côté gauche, loin de la maison : « Viens, mon petit. » En fait, c'était à l'hôpital psychiatrique qu'il voulait rentrer. Et moi, je le suivais. On y est allés à pied, à l'autre bout de la ville, alors que j'étais venu le chercher en voiture. C'est fou, non ?

– Non, je trouve ça naturel.

– Je l'ai remis aux infirmiers, puis je suis allé récupérer la voiture et me coucher. Le matin, on m'a appelé pour me dire qu'il était mort : le cœur. C'est très bien, papa, j'ai pensé, on ne pouvait pas mieux s'en tirer, tu es tranquille, maintenant, débarrassé, une fois pour toutes. Puis je me suis rappelé comment il se taisait, là-bas, sur les marches, et il m'est venu une phrase, comme si quelqu'un me la donnait en explication : sa mort se taisait par lui.

Un fils sans père pour un père sans fils, pensai-je en essayant de trouver mon chemin vers un autre café, où Filip m'avait dit que je pourrais le retrouver à tout moment de l'après-midi (il écrivait le matin). J'aurais dû demander s'il y avait eu des malheurs dans la famille de l'État aussi, ce serait intéressant de savoir s'il bénéficiait de protections diaboliques suffisantes pour qu'aucune malédiction ne puisse l'atteindre de son vivant. Puis je me rappelai qu'Abigaille avait été punie, et je songeai à la tournure qu'allait prendre mon sort ultérieur : y avait-il quelque torture, dans l'avenir cauchemardesque prévisible, qui puisse m'amener au regret d'avoir maudit et parlé ? Non. Et pourtant, je regrettais par moi-même d'en être arrivée à maudire.

J'aurais eu du mal à trouver le café actuel des gens de lettres pleunkois sans interroger les passants, car l'immeuble du centre historique dont le poète m'avait donné l'adresse ne présentait nulle devanture de débit de boissons, sur aucun de ses quatre côtés ; de fait, l'établissement était situé au sous-sol (sans fenêtres) auquel on accédait par une suite de couloirs et d'escaliers, en montant, puis en descendant, de façon très symbolique.

– Comment diable croyais-tu que j'allais retrouver cet endroit sans même que tu m'aies prévenue que c'était une cave ?

Filip rit :

– Je voulais te garder la surprise ! Tout le monde sait où ça se trouve, dans le quartier, de toute manière : c'est le seul trou d'où sortent des ivrognes à toute heure du jour ou de la nuit. Parce que depuis l'année dernière, c'est ouvert vingt-quatre heures sur vingt-quatre, notre café littéraire, pour qu'on puisse y travailler du chapeau et de la bouteille encore plus intensivement qu'au Flore. Qu'est-ce que tu bois ?

– Du vin rouge.

– Mademoiselle, une grande carafe de rouge, s'il vous plaît ! Tu as vu comme elle est jolie, notre serveuse ? On a deux muses comme ça, la troisième est vilaine et méchante, comme il se doit – c'est la moindre des choses, pour ce qu'on est comme écrivains. Mais même à elle, je lui offre des fleurs pour son anniversaire.

– C'est vrai ?

– Bien sûr ! Je ne plaisante pas avec ces choses-là, moi, les muses, on se les soigne. Tu as un muse, toi, en ce moment ?

- Oui.

- Occupe-t-en bien. Ne lui fais pas de scandale et ne le fatigue pas trop en lui tenant la jambe pour lui raconter ce qui te passe par la tête.

- Ne t'inquiète pas à ce sujet, répliquai-je sur le même ton plaisant. Ma grand-mère m'a appris, quand j'étais petite, que dans les situations où l'on peut être tentée de faire un scandale, il vaut mieux se dire : « l'important, c'est que mon homme soit sauf et bien portant ». Par ailleurs…

- Ta grand-mère est une grande femme ! m'interrompit-il. On va boire à elle… (Puis, se rappelant soudain les circonstances familiales, sur un autre ton :) … à ta santé aussi, et on va laisser là un verre pour celle qui nous regarde d'en haut – la part des anges, ça s'appelle. Ne pleure pas, les âmes voient encore ceux qui restent, pendant quarante jours, et ça les tourmente quand ils souffrent trop.

- Comment tu le sais ?

- La sagesse éternelle des peuples le dit, ma foi le confirme et mon expérience aussi. Je les ai senties. Tu ne les as jamais senties qui te regardaient ?

- Pas de cette manière.

- Ce n'est pas grave, l'important, c'est de ne pas pleurer trop. Tu dois penser aux choses à faire, maintenant, pour bien les faire. Tu en as fini avec les formalités ?

- J'ai à peine commencé.

- Pour les supporter, tu te dis que c'est la seule occasion de t'instruire un peu sur ce qui se passe dans ce pays. On en apprend, des choses, sur la façon dont les gens vivent, en allant faire la queue aux services sociaux, à la mairie ou à la police… Quand tu seras rentrée, tu en raconteras à tes amis, et il t'en restera encore assez pour faire un livre. Maintenant, on va parler de l'essentiel : de l'écriture. Récemment, j'ai fait un petit voyage à Londres où l'on m'a publié un recueil ; dans l'avion, on nous a donné des journaux anglais, et j'y ai lu quelque chose qui te concerne.

- Quoi ? !

- Te réjouis pas trop vite, attends de savoir de quoi je parle, puis tu vas réfléchir pour savoir quel état d'esprit convient. Il y avait, dans le journal qu'on m'a donné, un entretien avec ce romancier américain, comment il s'appelle déjà ? je deviens sénile, celui dont tu disais que c'était le plus grand.

Je m'abstins de lui en rappeler le nom, sachant qu'en tant que poète, et en dehors de ses rares conversations avec des prosateurs de mon genre, Filip ne se souciait pas de l'identité des romanciers vivants. Cela faisait plus de trente ans qu'il avait cessé de lire des romans, et les derniers dont il avait dû prendre connaissance remontaient aux débuts du Nouveau. Sa question tenait plus de la rhétorique que de la demande de renseignements.

- Et alors ? le pressai-je.

- Je me suis dit : je vais lire cet entretien pour elle.

Il insista bien dessus, pour me faire retenir l'idée que je lui étais redevable d'avoir ainsi perdu du temps à mon profit.

- Et alors ?

- On lui demandait si l'avenir appartenait au roman américain, et il a dit que les littératures nationales, c'était déjà dépassé. Aujourd'hui déjà, dit-il, les auteurs qui représentent le mieux le monde où l'on vit sont des gens qui ont au moins deux cultures. Bref, d'après lui, l'avenir du roman appartenait aux immigrés. J'espère (Filip me regarda sévèrement, en Maître qu'il était encore de celle que j'avais été) que tu comprends sur quel terrain tu joues. Prends garde, en écrivant, à mériter la chance que tu as eue.

- La chance ?

- D'avoir connu ce que tu as enduré jusqu'à présent et ce qui te reste à pâtir. Prends garde à ne pas écrire en dessous. Quand on est privilégié, on n'a pas d'excuse à mal travailler. Et fais bien attention à ta santé, il en faut. Tu vas toujours au charbon pour dix à vingt heures par jour, pour les écrire, tes romans ?

- Oui, quand je n'ai pas de travail alimentaire à faire dans la journée.

- Mais tu trouves quand même le temps d'aller au café ?

Je ris :

- C'est vraiment le dernier de mes soucis.

- Comment ? ! Tu ne fréquentes pas tes confrères ?

- Tu sais, la vie de café à laquelle tu penses, à Paris, ça n'existe plus depuis quelque chose comme cinquante ans…

- Ce n'est pas possible !

- Il y a des écrivains qui vont comme avant à deux-trois endroits célèbres, mais ce n'est pas comme ici. Quand tu ne fais pas partie de leur bande, tu ne peux pas t'asseoir à côté, te présenter et te faire offrir à boire parce qu'ils sauraient que tu n'as pas de quoi leur payer une bouteille. Tu ne les salues même pas, quand tu es un inconnu, ça ne se fait pas. C'était peut-être l'usage autrefois, mais maintenant…

- Alors, comment vous faites pour copiner avec qui vous voulez ?

- Je n'en sais rien, je n'ai toujours pas trouvé, pour ce qui me concerne. Je copine avec qui je trouve par des concours de circonstances, et ça ne va pas très loin : les connaissances littéraires que j'ai eues, à la longue, ça ne donne jamais qu'un seul ami qui écrit, François dont je t'avais parlé.

Filip était consterné.

- Mais ce n'est pas possible, ça, de passer son temps à écrire dans son coin en ne voyant jamais qu'un seul confrère ! Et après, tu t'étonnes qu'on ne parle pas assez de tes romans ! Fréquenter tes confrères, ça fait partie de ton boulot !

- J'aimerais bien, fis-je piteusement, mais je ne connais personne qui veuille m'apprendre le moyen. Tu sais ce que dit François ? « Nous ne sommes pas du sérail. » Ça signifie que nous sommes voués à rester des *outsiders*, en quelque sorte, que ceux qui en sont ne jugent pas que ça vaille la peine de nouer ou d'entretenir des relations avec nous. Alors, on reste à l'écart. On publie chez de petits éditeurs, les grands ne daignent pas lire nos manuscrits, ou s'ils le font, il disent – du moins pour ce qui me concerne – que ce n'est pas assez facile à vendre…

- Ils disent vraiment ça ? Ils ne sont pas gênés de le dire ?

- J'en ai vu deux, l'année dernière, de lecteurs de grandes maisons, par des concours de circonstances, tous les deux romanciers aussi, et chacun de son côté, c'est ce qu'ils m'ont dit.

- Ce qu'ils écrivent, eux, ça te plaît ?

- Non.

- Est-ce qu'ils publient des auteurs qui te plaisent ?

- Oui.

- Qui ?

J'énumérai.

- Mais des auteurs français vivants qui te plaisent, ils en publient ?

- Non.

- Alors, pourquoi tu perds ton temps à te faire lire par ces gens-là ? Tu n'es pas capable de te dire qu'un auteur français vivant et meilleur qu'eux, ça ne peut pas avoir sa place dans leurs maisons ?

- Si, mais il faut quand même que j'essaie pour le cas où, faute de mieux. Tu ne te rends pas compte de ce que c'est, la situation pour les romans ; quand on fait uniquement de la poésie, c'est plus facile : au bout d'un moment, on arrive à se faire connaître, presque fatalement. Il y a beaucoup moins de monde sur ce terrain, il n'y a pas de vrais enjeux commerciaux, puisque la poésie, ça se vend mal, de toute manière…

- Je sais, je connais le nombre d'exemplaires que Saint-John Perse a vendus de son vivant.

- … Ce qui fait que les éditeurs savent qu'ils ne vont pas gagner grand-chose avec toi, que tu sois un peu plus reconnu que François ou simple débutant, du moment que tu n'es pas un classique inscrit au programme, et faute d'affluence, pour ce que j'en sais, ils lisent tout ce qu'on leur envoie…

- Il te faudrait un critique, m'interrompit-il (selon son usage consistant à limiter les digressions au profit du sujet jugé essentiel), un seul te suffirait, à condition qu'il comprenne ce que tu fais et qu'il ait les coudées franches. Tu n'en rencontres jamais, des gens de la presse, depuis le temps que tu passes pour journaliste ?

- Pour faire court, je vais te raconter une histoire, répondis-je (dans son style qui s'émaillait volontiers de paraboles). J'ai donné pendant un an des cours particuliers dans la famille de Pierre Bertrand-Desplats, tu vois qui c'est ? Sa femme actuelle est critique. Ils habitent près du boulevard Saint-Germain, un étage d'un hôtel particulier genre le palais royal de Pleunk. Tu montes par un escalier de marbre de trois mètres de large, une femme de chambre t'ouvre, et la première chose que tu vois, en entrant dans le vestibule, c'est Pierre Bertrand-Desplats assis à son bureau, parce que la porte de son cabinet reste toujours ouverte. Chaque fois que je suis entrée, je l'ai salué – deux fois par semaine, pendant un an –, et crois-tu qu'il m'ait jamais répondu ? Tu entres, il te regarde de ses yeux qui sont comme délavés et où tu ne vois aucune expression identifiable, tu lui dis bonjour, il ne répond pas, puis il baisse tranquillement le regard vers le travail qu'il était en train de faire.

- C'est ce qu'on appelle *la gauche caviar*, chez vous, hein ?

- Sa femme, en revanche, elle te parle, ça doit faire partie de la répartition des tâches dans la famille. Elle te dit qu'elle est critique littéraire, sans doute parce que lui, tout le monde sait ce qu'il est. Alors, au bout de quelques mois, comme je venais de faire paraître un livre, les deux petits romans réunis dans un volume, je le lui ai offert. Deux semaines plus tard, elle me dit : « Mais c'est drôlement bon, ce que vous écrivez ! », avec une sorte d'étonnement qui se voulait flatteur, tu vois, et qui provenait du fait qu'on ne s'attend pas à ça de la part de quelqu'un d'assimilable aux domestiques. Tu crois qu'elle a fait paraître un article au sujet de cette bonne surprise ?

Une grosse voix m'interrompit :

– Qu'est-ce qu'elle te raconte depuis trois heures, cette gamine qui ne doit pas avoir trois cents mots de vocabulaire ?

L'instant de sidération passé, je me rappelai que la galanterie locale prenait fréquemment ce genre de forme (s'il avait été de ma génération, le personnage qui s'était approché de notre table n'aurait pas manqué, autrefois, de me *tirer par la queue*), mais à ma propre surprise, au lieu de feuler, je ris :

-Vous devez avoir raison : depuis le temps que je n'écris plus en pleunkois, il ne doit plus m'y rester un grand choix verbal.

Et de très loin, le souvenir me revint que le pleunkois pouvait être une très belle langue, vivace et parfumée comme les jardins de la Grande Ourse, mélodieuse comme l'italien. Depuis combien de temps n'avais-je pas relu les plus grands livres de cette langue ? Depuis que je l'avais quittée, la laissant pour morte – de fait, elle l'était plus que le latin, dès lors, réalisai-je. Adieu à jamais, belle langue d'un pays trop petit pour te faire connaître au monde, que jamais personne n'apprit pour lire dans le texte tes créateurs. Adieu, pauvre et naïf moine historien qui crus dans l'avenir.

- La dame que tu as devant toi, fit Filip, est l'auteur d'un roman dont tu as préfacé la traduction.

Il cita le titre.

- Oh, mon Dieu, pardon ! Je vous avais prise pour une des collégiennes qui lui tournent autour !

- Décidément, ce pays fait rapetisser, constatai-je.

Le personnage s'écroula à mes pieds.

- Je vous demande pardon ! Je suis à genoux devant votre prose !

- Je t'avais dit, l'autre jour, qu'ils t'amuseraient, nos crétins, nota Filip. Lève-toi, Pithécanthrope, qu'est-ce que tu bois ? Ce n'est pas au café de Flore qu'un des trois meilleurs prosateurs du coin te fera voir un cirque pareil, hein ? Où sont le Tapir et le Fourmilier, qu'on lui montre leurs numéros aussi ?

Le Pithécanthrope (ainsi surnommé par ses propres soins, d'après le titre d'une de ses nouvelles) buvait ce qu'on voulait – façon de dire que n'ayant plus le sou pour offrir la tournée suivante, il n'oserait pas demander un whisky (sa boisson favorite depuis qu'il avait découvert Hemingway dans sa jeunesse), comme Filip me l'expliqua pendant qu'il était parti à l'autre bout de la salle pour s'enquérir du Tapir et du Fourmilier : à Pleunk, vous trouviez forcément, au café des gens de lettres, quelqu'un qui puisse vous donner, à tout moment, l'emploi du temps de n'importe quel habitué. Je glissai discrètement à Filip un gros billet en lui demandant d'abreuver de ma part mon préfacier jusqu'à la fin de la semaine.

- Merci pour lui ! On ne t'a pas fait perdre les bons usages, à Paris !

Et tandis que le Pithécanthrope donnait des coups de fil depuis le téléphone mural situé près du comptoir, afin de faire arriver au plus vite les confrères désignés, le poète conclut ainsi la partie sérieuse de notre conversation :

- Tu te rappelles l'anecdote sur Piaf et Aznavour que tu m'avais racontée quand tu étais collégienne, du temps où l'on ne me publiait pas ? Il chantait en première partie de ses concerts, en tournée, on le huait quand on ne lui jetait pas de tomates, il rentrait pleurer en coulisses, et elle lui disait : ne t'en fais pas, Charles, continue de chanter, ils vont s'habituer ! Eh bien, maintenant, c'est moi qui te la raconte, le Fourmilier est en train d'écrire toute une étude sur mes livres, et je te le ferai répéter en chœur, s'il le faut : continue, ils vont finir par t'entendre même sans Piaf, et ils vont s'habituer. C'est dans le désert qu'on chante, pour commencer, puis on arrive à l'étape où certains entendent mais se bouchent les oreilles, puis on finit par les habituer, ils en redemandent en se demandant comment ils ont pu vivre sans cette voix.

- À propos de voix, fis-je, est-ce que tu sais si Reine est toujours interdite, ici ?

- Non, elles sont toutes permises, maintenant, elle est même revenue en visite et on lui a fait un accueil d'héroïne, seulement, elle ne peut plus chanter. La voix l'a quittée. Elle s'occupe de bienfaisance, maintenant, ici et en Italie, entre autres en donnant des bourses à des jeunes doués pour le chant.

Sur cela, le Pithécanthrope revint, s'assit et me demanda (en attendant les autres qui n'allaient pas tarder) mes impressions du pays. « C'est un cauchemar, répondis-je. Et ce qui est pire, un cauchemar qui a l'air de changer, histoire de vous ménager des surprises, alors qu'il reste le même », et j'entendis rire mon préfacier, à la manière typiquement pleunkoise signifiant que c'est de soi-même qu'on rit.

*

Le surlendemain, je retrouvai Dima – pas le docteur Gerbier, mais la plus ancienne de mes amis d'autrefois. « Ève est partie pour l'Amérique il y a quelques années déjà, je n'ai plus de ses nouvelles, rien d'étonnant : je suis très mauvaise épistolière, et je mets six mois à répondre, quand on m'écrit. À toi, elle t'a écrit ? » - « Une fois ou deux. Je crois qu'elle est mauvaise épistolière elle aussi. » - « Ils sont tous partis, mes amis, je suis la seule à n'avoir pas eu l'énergie de le faire. » - « Tu travailles ? » - « Oui, je fais de la traduction commerciale vers l'anglais. » - « Comme Finbarr, le compagnon de mon amie Michèle. Si tu viens chez moi en vacances, je te les ferai connaître. » Dima parut ravie de cette perspective. - « En fait, où tu me mènes ? », demandai-je (cela faisait un petit moment que nous marchions sans que j'y pense). Son visage s'éclaira d'un sourire plein de malice : « À un endroit incroyable. Tu vois où l'on se trouve, maintenant ? » - « Non. » - « Mais tu sais dans quel quartier on est ? » - « Dans ce qu'on appelait le centre historique. » - « Exactement ! Maintenant, on tourne, et regarde ce qu'on voit à l'angle, là ! » - « Oh, mon Dieu ! Ta maison d'autrefois ! Elle existe toujours ! » - « Regarde l'enseigne. » - « C'est un restaurant ? » - « Oui. Incroyable, n'est-ce pas ? Nous pouvons retourner chez moi, comme quand on était petites, et on va nous accueillir très gentiment, même si l'on ne nous connaît pas, parce que maintenant, chez moi, c'est chez tout le monde, en quelque sorte ! On entre ou tu as peur d'avoir un choc ? » - « C'est effrayant à voir, à l'intérieur ? » - « Non, c'est même très joli, mais ce n'est pas comme du temps où tu venais dormir chez nous. »

Et en effet : on avait abattu toutes les cloisons, dénudé les briques rouges des murs porteurs, disposé un peu partout des tables et des sièges *design*, ainsi que des lampes cylindriques pendant bas sur leur fil depuis le plafond très haut ; mais les fenêtres restaient placées là où nous les avions connues, ce qui rendait l'intérieur reconnaissable.

- Regarde ! Là, c'était la chambre des enfants, tu te rappelles ?

- Et ici commence celle de tes parents.

- Exactement !

- Qu'est-ce qu'ils ont fait de la cuisine ?

- C'est les toilettes, maintenant, elles sont très chic, tu les visiteras tout à l'heure.

Une serveuse paraissant avoir l'âge du lycée nous écoutait, ébaubie.

- On s'assied dans la chambre des enfants ou dans celle des parents ?

- Je ne sais pas trop. Décide, on est chez toi.

- Dans la chambre des enfants, alors. Ici. Ça correspond à peu près à l'endroit où il y avait le petit bureau sur lequel je faisais mes devoirs. J'étais toujours pressée de les finir avant que tu n'arrives !

- C'est toujours aussi vide de clients, ici ?

- À midi seulement, répondit la serveuse, et seulement le week-end. Si vous venez le soir, vous ne trouverez pas une place. C'est bon, notre cuisine, et c'est bon marché, comparé aux prix des autres restaurants un peu chic. La décoration vous plaît ?

- Beaucoup. Je n'aurais pas cru que je verrais ce style à Pleunk. Ça peut passer pour un endroit branché parisien.

La serveuse parut très satisfaite de l'entendre.

- C'est la petite-fille de nos patrons, l'architecte d'intérieur. Ils ont fui le pays après la guerre, mais quand le Mur est tombé, ils sont revenus d'Amérique, pour voir ce que ça devenait et si leur ancienne maison existait toujours. Ils avaient une sorte de nostalgie : Monsieur Isaac l'aîné dit que ce sont ses parents qui ont fait construire ça, qu'il a plein de bons souvenirs d'ici et que même pendant l'occupation, les Pleunkois n'ont jamais fait de mal à leurs Juifs. « C'est le seul pays de cette partie du continent où il n'y jamais eu de pogrom, il dit, même Hitler a dû renoncer à nous faire déporter d'ici. Il s'est rendu compte que ce n'était pas possible, que les gens ne comprenaient pas l'antisémitisme et que s'il usait de la force, ça lui ferait du grabuge supplémentaire juste quand ça se corsait déjà pour lui. Les Pleunkois, c'est un petit peuple paisible et modéré, ça ne veut de mal à aucune autre ethnie, c'est pour ça que je me considère toujours comme un Juif pleunkois. »

- Il a racheté sa maison ?

- On la lui a restituée. C'est l'Avènement qui la lui avait *nationalisée,* comme tous les biens des gens qui sont partis après la guerre. Il dit qu'on en a fait le club des officiers russes, l'année suivante. Alors, il a voulu que ça devienne un restaurant, il aime bien l'idée que les Pleunkois viennent manger chez lui. Il revient en visite de temps en temps, il goûte à tous les plats, avec sa femme, et il surveille les prix : que ce ne soit pas trop cher. Regardez la carte, il y a plein de choses qu'on faisait du temps où il était petit.

Nous commandâmes, et je profitai du départ de la serveuse pour demander à Dima :

- Tu étais au courant, pour Monsieur Isaac l'aîné ?

- On savait que c'était une maison expropriée, quand on était locataires ici, et que les anciens propriétaires étaient en Amérique, mais rien de plus.

- On va boire à eux.

- Oui ! C'est incroyable, n'est-ce pas, qu'elle existe toujours, et que maintenant, on peut y retourner ?

- Quand vous avez déménagé, j'ai continué de revenir dans cette rue, pour la regarder.

- C'est vrai ? Moi aussi ! Comment on ne s'est pas croisées ?

- Va savoir ! C'était quelque chose que je faisais avec certaines vieilles maisons : j'allais me planter devant et je les contemplais. J'appelais ça « conserver des bâtiments ». Pour la plupart, on les a démolies, bien sûr.

- Mais celle-là reste ! Et maintenant, on peut y revenir ! Tu sais, je voulais te proposer quelque chose, pour ce soir. En principe, ça ne se fait pas, de proposer cela à quelqu'un qui est en deuil, mais c'est une occasion très particulière, qui ne va peut-être jamais se reproduire : je voudrais te faire voir un spectacle.

- Un spectacle ?

- À l'Opéra. Il y a un festival, en ce moment, et ce soir, on donne *Faust*, en français. J'ai deux places. Mon copain a dit qu'il renonçait à la sienne, si tu veux venir. Ça va être un spectacle vraiment exceptionnel, avec des chanteurs de la Scala et de l'Opéra de Vienne.

- Très connus ?

- Non, pas encore, ce sont des jeunes très doués d'ici et qui chantent là-bas depuis peu de temps. La basse surtout, on dit que c'est un chanteur fabuleux. Tu viens ?

Je ne pouvais pas refuser : qu'on donne précisément *Faust*, avec un Méphistophélès exceptionnel, et qu'il y ait une place prévue pour moi relevait d'un concours de circonstances beaucoup trop frappant pour que je ne m'y plie pas – même si je craignais des conséquences d'un ordre dont Dima ne pouvait pas se douter. J'allai téléphoner à l'Ourse, qui fut contente d'apprendre comment j'envisageais de passer la soirée : « Très bien. Ça te changera les idées ! », ce sur quoi je me gardai, naturellement, de la détromper.

Et nous nous retrouvâmes à l'Opéra que j'avais jadis hanté avec ma grand-mère endimanchée, intact mais qui avait rapetissé lui aussi, au point que je devais rester assise obliquement pour avoir où caser mes genoux (Dima, menue, m'en laissait la place). Et le rideau miteux se leva, sur un décor étonnamment bon, puis je pus me rendre compte que non seulement les chanteurs étaient remarquables, mais la mise en scène aussi, avant même que vienne le moment où Satan vous avoue une fois de plus qu'il conduit le bal.

Le jeu de scène conçu pour l'air célèbre était le suivant : Satan montait sur le puits fermé au milieu du décor qui figurait la place de la cité, ôtait son chapeau (un haut-de-forme) et le tendait à l'un des choristes jouant les habitants de la ville, qui l'entouraient par derrière en demi-cercle. Il commençait à chanter ; le chapeau passait d'une main à l'autre, se remplissant peu à peu de pièces d'or, et vers la fin de l'air, on le lui rendait. Alors, il le soulevait très haut, dans un geste de triomphe, puis pirouettait en lançant son contenu vers son public (aux choristes, à la foule, aux citoyens) qui se précipitait dessus, se bousculant et rampant à ses pieds.

La seule voix de la basse aurait suffi à mettre la salle en euphorie, mais il se trouvait que le chanteur avait en outre un don de comédien tel que pendant cet air, il semblait réellement incarner toute la puissance du Diable, qui pouvait enfin s'exhiber, sans même que ceux qui remplissaient son chapeau sachent comprendre que c'était Lui qui les divertissait avec une chanson à sa propre gloire. Le public qu'il avait en face, en revanche, jouissait de ses moindres inflexions de voix et mimiques riches de sens, et lorsque l'air s'acheva, la fin de sa pirouette au-dessus des rampants fit éclater des applaudissements et des cris à ébranler le bâtiment – un enthousiasme tel que je ne me souvenais d'en avoir jamais connu même dans ces murs où des fervents de l'art lyrique se réunissaient en venant de tous les coins du pays. Alors, Méphistophélès qui était descendu pour recevoir ce triomphe relevant du tremblement de terre leva le bras, et d'un seul geste, il fit taire la salle. Il remonta sur le puits, et entonna son air pour la seconde fois, mais en changeant de jeu : quand le choriste tendit la main pour prendre son chapeau, Satan le retira de sa portée : il l'avait bien eu. Gardant le haut-de-forme à la main, il montra au public son fond vide – « *Le veau d'or est toujours debout !* » – puis, continuant à dérouler son chant, il s'en servit pour faire divers autres signes, toujours plus moqueurs, et à la fin de l'air, il lança droit dans la salle, à nous tous, ses richesses invisibles, sauta du puits et ouvrit les bras en croix. S'ensuivit une jubilation indescriptible, où j'entendis hurler : « Bravissimo ! », « Merci ! merci ! », pendant qu'il demeurait immobile, le visage impassible, les bras toujours ouverts. - « Mais qu'est-ce que c'est que ce chanteur de génie ? », criai-je à l'adresse de Dima tout en continuant d'applaudir aussi fort que je pouvais. – « Tu ne le reconnais pas ? » – « Je suis censée le connaître ? » – « Si tu n'arrives pas à voir qui c'est jusqu'à la fin, je te le dirai ! »

À l'entracte, elle échappa habilement à mes insistances en partant faire la queue du côté des Dames, et je sortis fumer une cigarette sur le perron, comme la moitié du public, espérant entendre des commentaires qui m'aideraient à résoudre l'énigme. « Il est si jeune, pas même trente ans, disait un connaisseur, et déjà engagé à la Scala ! Dans cinq ans tout au plus, ce sera la meilleure basse du monde : il est déjà aussi bon que Plenkine, il dépassera Charoff. » – « La mise en scène est remarquable aussi », fit une jeune femme. – « Oui, vous n'avez sans doute pas eu l'occasion de voir de ses spectacles jusqu'à présent, c'est un metteur en scène de ma génération, il avait fait une *Tosca* qui lui a coûté quinze ans de taule, on croyait même qu'on l'avait fusillé… » – « La dernière *Tosca* que Reine a chantée ici ! ? », m'écriai-je, oubliant tout des bonnes manières. – « Ah ! vous y étiez, Madame ? Est-ce possible ? » – « J'étais encore enfant. Excusez-moi de m'être mêlée de votre conversation. C'est le même metteur en scène, il est vraiment vivant ? » – « Oui. C'est la première fois qu'il travaille de nouveau, ce sera sans doute la dernière. C'est un homme très malade, il n'a même pas pu venir ce soir. » Cette précision m'accabla assez pour que je m'excuse de nouveau et m'éloigne. Je sortis mon paquet de cigarettes, et je cherchais mon briquet quand une main masculine me tendit du feu, m'obligeant à lever les yeux vers le visage qui le surplombait.

– Je me doutais bien que je vous croiserais ici, fis-je (en réalité, j'avais été surprise, à l'instant avant de me dire qu'il devait avoir à faire à Pleunk, naturellement).

– Beau festival, n'est-ce pas ?

– Oui, et vous y êtes pour quelque chose.

– Merci, c'est bien aimable de le reconnaître. Le jeune homme est excellent, dommage qu'on ait moins d'affinités qu'avec Monsieur Charoff. L'ancienne génération, c'était tout de même autre chose, une autre école… Mais enfin, l'essentiel, c'est le talent, n'est-ce pas ?

– Naturellement.

– Vous irez dans sa loge, tout à l'heure ?

– Et vous ?

– Non, j'ai à faire, je compte m'éclipser au tomber du rideau. Mais votre amie vous cherche, je vais vous laisser. Bonne fin de spectacle.

– À la prochaine.

– Ah ! vous comptez me revoir ? fit-il avec un sourire de son cru.

– Je m'y résigne.

– C'est trop aimable à vous !

Et faisant une petite pirouette, il se glissa parmi les messieurs vêtus de noir aussi, pour disparaître. Nous nous retrouverions sans doute à l'aéroport.

Dima tint bon jusqu'à la fin, riant de constater que je restais incapable de reconnaître la jeune basse. « Bon, il faut dire qu'il ne se ressemble plus trop, depuis le temps, fit-elle comme nous avancions vers les loges. Mais ses yeux, ça ne te rappelle rien ? » - « On l'a connu petites ? » - « Oui. » - « Bon Dieu ! Ce n'est quand même pas mon petit soupirant de la chorale, qui avait une voix de fausset ? » - « Si ! » - « Juste ciel ! C'est devenu une basse ? ! » - « Eh, oui. Ta voix aussi a changé, tu sais. » - « Ce n'est pas ma voix normale, c'est une sorte d'effet du climat local. » Sur quoi, nous arrivâmes devant la porte ouverte de la loge, et quand la basse prit congé du petit groupe d'admirateurs qui la remplissait, pour se tourner vers nous, je reconnus vraiment ses yeux – soudain, se fixant sur ma figure, ils redevinrent brillants et comme au bord des larmes, tels qu'ils m'avaient regardée depuis moins d'un mètre d'altitude.

- C'est toi ? fit-il. Pardon, c'est vous ?

- Tu peux la tutoyer, dit Dima, elle n'a pas changé au point qu'on doive lui parler comme aux inconnus.

Mon ancien soupirant me regardait toujours, depuis ses deux mètres d'altitude, et ses larmes débordèrent, tandis qu'il rougissait comme à l'âge où il désespérait sans cesser d'espérer que je daignerais un jour lui accorder une attention minimale.

- Tu n'as pas changé du tout, dit-il, tu es telle que je t'ai vue pour la dernière fois.

Puis, ne sachant trop quoi faire, il souleva ma main et la baisa. Sa femme, une grande blonde milanaise, vint nous rejoindre quelques minutes plus tard.

*

Le lendemain, je fis la dernière visite prévue pour mon retour dans le passé, en me rendant (d'une façon totalement invraisemblable pour les indigènes normaux : en taxi) dans le village où habitait le neveu préféré du Noisillon, celui qui avait dit « c'est un personnage », et que j'avais surnommé jadis (encore enfant) le Douanier Rousseau, en raison du métier dont il était le seul représentant que je connusse alors (il le pratiquait vraiment, et toujours, à la différence du peintre). Le Douanier m'avait appelée pour s'excuser de ne pas pouvoir être présent aux obsèques, et avait insisté si énergiquement pour me faire promettre de déjeuner chez lui que je n'avais pas eu la force de refuser. Curieusement, comme pour me convaincre que son côté Rousseau était bien réel, il avait conclu : « Tu verras des plantes et des bêtes fabuleuses ! », me faisant me représenter sa femme en charmeuse sinon de Serpent, de monstres flous qui seraient typiquement locaux, et que les citadins ne sauraient connaître sans qu'une famille paysanne décide de les leur montrer.

En fait de village, l'endroit où le taxi me déposa tenait de la banlieue, en différant à vue d'œil seulement par l'unique commerce de sa place centrale, qui réunissait, comme ses équivalents campagnards du temps où Dédé était un petit garçon, les fonctions de taverne et d'épicerie. J'y entrai illico pour acheter (n'y ayant pas songé plus tôt) quelque chose à offrir au couple douanier, provoquant ainsi la stupéfaction de ses piliers, visiblement chômeurs et ivrognes de longue date, dont le regard multiplié par cinq me fit comprendre avec une éloquence n'ayant besoin d'aucune traduction que jamais nulle créature exotique au point où je l'étais n'avait mis les pieds dans les parages. « Vous êtes parisienne ? », demanda tout de go l'épicier-tavernier, et je confirmai, tandis qu'un de ses fidèles se tournait vers lui pour faire : « Comme si elle pouvait être autre chose ! Où t'en as vu ailleurs qu'à Paris, des nénettes comme ça, Babouin ? » Tandis que je me disais que la ménagerie locale s'enrichissait à vue d'œil, depuis quelques jours, une dispute s'engagea, portant sur le fait (le tavernier semblait aimer la chicane) que ce n'était pas à Paris, où personne parmi les six n'était allé, qu'on voyait des nénettes comme ça, mais au cinéma. « Ça revient au même, trancha un tiers. Mademoiselle, Paris, c'est comme au cinéma, non ? » – « Si, et encore mieux. » – « Eh ben, tu vois ? reprit le premier pilier. Elle sort droit d'un film parisien, c'est pour ça qu'elle sait parler le pleunkois, parce que ce n'est pas une femelle vivante mais une *fantasmagorie.* » J'en convins, puis tournai le dos aux clients pour choisir, parmi la dizaine de denrées inquiétantes disponibles sur les étagères derrière le patron, la moins indécente à voir : une boîte de chocolats à peu près présentable (faiblement décolorée) dont le contenu serait sans doute vermoulu, mais que faire… – « Non, surtout pas ! s'écria quelqu'un dans mon dos. Prends de la gnole, Mademoiselle, c'est ce qu'il y a de mieux à offrir chez nous, qui n'en a pas bu en boira, ça fait passer ce qu'on avale par ailleurs ! » Et je me rangeai à son bon sens – pour finir par lâcher la bouteille sur le seuil du Douanier, qui m'apparut en réincarnation du Noisillon tel que je l'avais connu dans mon enfance.

– Est-ce bon Dieu possible ? répétais-je pendant que sa femme (Maria) balayait les éclats de verre. Vous n'étiez pas à ce point pareils, dans le temps !

– Oh ! moi, c'est rien ! Si tu avais pu voir mon père ! Ils étaient comme des jumeaux, complètement identiques, mais seulement au physique. Parce qu'il faut dire qu'à la différence d'oncle Dédé, paix à sa mémoire, c'était un vrai salopard, celui-là.

J'appris que notre Rousseau avait eu à peu près le sort familial du Noisillon : orphelin de mère, tôt et pour les mêmes raisons, il s'était retrouvé rejeté par le père qui s'était remarié.

- Il faut bien que la salauderie s'hérite, au moins par un des fils du Grand Salaud Premier, conclut le Douanier, et Maria intervint gentiment :

- Ne parle pas comme ça, ce n'est pas chrétien – me rappelant le Puissant et me donnant l'occasion de demander depuis quand le pays entier s'était (re)christianisé. Rousseau rit :

- Je n'en sais rien et je m'en fiche ! Je ne réponds que de mon territoire, à savoir de qui habite sous ce toit. Ma femme était déjà chrétienne du temps que tous les popes étaient des flics ; moi, je suis toujours athée et tendrement tolérant comme elle l'est à mon égard, alors que nos fils se foutent éperdument de ce qu'on croit ou ne croit pas.

- Enfin, Sacho ! gronda affectueusement la chrétienne de longue date, tu vas lui faire croire que les garçons ne nous aiment pas. Denise, ne l'écoute pas trop, ton oncle a tendance à tenir de ces propos… Nous, on le décode, mais quand on ne l'a pas beaucoup fréquenté, on peut le prendre au sérieux, ce qu'il serait le premier à regretter.

- Ce n'est pas grave, il noisillonne comme Dédé, j'ai l'habitude, répliquai-je. Et maintenant, ça me plaît. D'ailleurs, il n'est pas aussi noisillon que mon grand-père, puisqu'il s'avoue tolérant.

Entre-temps, nous nous étions installés à table, sur la terrasse couverte devant leur maison, dont l'auvent sur piliers avait été construit spécialement par Rousseau :

- Tu vas connaître, maintenant, ma conception du paradis personnel. Premièrement, il faut être dehors dès que le temps le permet…

- Y compris la nuit, précisa Maria en riant. Tu sais ce qu'il fait chaque nuit, vers les trois heures du matin ? Il se réveille, il se fait un café, il prend ses bonbons – parce qu'il mange des bonbons comme les petits enfants, à l'âge qu'il a, je prévois toujours des réserves, qu'il ne risque pas de rester en manque ! Il en mange d'abord avant l'heure de se coucher, puis, la nuit, il les prend dans le placard, et si ce n'est pas l'hiver, il les apporte ici, avec le chat, il s'assied, il regarde le ciel tout en faisant ronron à deux et en suçotant, jusqu'à finir son paquet de bonbons, puis il revient au lit et il se rendort comme un bienheureux !

Pendant ce récit, elle continuait de rire à en avoir les larmes aux yeux, avec attendrissement, et en l'achevant, elle se redressa pour poser un baiser sur le front du mangeur de bonbons confus, avant de partir vers la cuisine.

- Et je parle au chat, avoua le Douanier en rougissant.

J'exprimai toute mon admiration pour ses rites personnels, ce qui lui rendit le panache qu'il avait en commun avec Dédé :

- Deuxièmement, tu t'en doutes, il faut avoir des animaux. Qu'est-ce que ce serait, un paradis où il n'y aurait que des congénères ? Viens voir, le temps que ta tante nous apporte l'apéritif.

Il me montra d'abord un enclos semblable à une cage en fil de fer, au fond du jardin, où un chien étrange se redressa à notre approche, pour bondir, aboyer et remuer joyeusement de la queue.

- Qu'est-ce que c'est que cette race ?

Rousseau était ravi de ma question :

- C'est la première fois que tu vois une bête fabuleuse comme ça, hein ? Eh ben, cette bête, c'est un berger pleunkois. Pendant de longues années, il n'était pas question de dire que ça existait, parce que les Pleunkois n'étaient pas censés avoir des chiens de chez eux, tu vois, on était un trop petit peuple pour avoir quoi que ce soit de propre, même les clebs étaient censés tous provenir de Russie si ce n'était pas d'Allemagne, mais maintenant, ce que tu vois ici est reconnu par toutes les sociétés canines du monde comme étant le Berger Pleunkois, absolument unique. Je le tiens en cage parce que même si c'est doux comme un chow-chow, au toucher, et que ça aboie beaucoup plus que ça ne mord, c'est une race tordue : tu ne sais jamais quand, pourquoi et qui ça va attaquer, sans aucune raison valable, sans doute par pure perfidie. Bien sûr, on peut le dresser, et ça devient sage comme si ça n'avait même pas de dents, avec ses maîtres, mais moi, je ne veux pas. Je ne dresse personne. Et je l'aime bien comme ça, tel que c'est. Ça te plaît ?

- C'est dommage qu'on ne puisse pas le caresser.

- Ne tends surtout pas la main, hein ! Tiens-toi bien à distance, c'est perfide, je t'ai dit. Mais moi, ça me plaît. Ça existe, il faut bien que ça vive, et c'est original, comme animal. Presque personne n'en veut, alors, j'en ai pris un : j'avais assez de place dans mon jardin pour lui faire une cage assez grande, et de temps en temps, bien sûr, je le sors. Ça ne m'a mordu que trois fois depuis sept ans que je l'ai. En vieillissant, ça va se radoucir. Viens voir les lapins, maintenant, on l'a assez regardé, celui-là.

Des lapins de tous les âges furent extraits de leur clapier pour me permettre de contenter mon envie de caresses. Rousseau m'expliqua qu'il ne les élevait pas pour les manger :

- Même si l'on en mange, bien sûr, il faut bien, avec la vitesse à laquelle ils pullulent ! Non, j'en ai pris parce que j'aime regarder ça, comme les poules et le reste. Je parie que tu n'as jamais vu de poules comme j'en ai.

Et en effet : outre les ordinaires, il en avait de plusieurs variétés plus bizarres et ravissantes les unes que les autres, minuscules pour la plupart.

- Ce n'est guère mangeable, précisa-t-il, c'est pour les esthètes. Ça fait des œufs, tu croirais que ça sort d'un cul de rossignol, et ça chante bien, le coq, je veux dire. Leurs coqs et moi, on est copains, je les sors du poulailler régulièrement, un par un, bien sûr, parce que c'est jaloux, ça veut être le seul champion, comme moi, mais en plus bête – j'en sors un, je me le mets sur l'épaule, il monte sur ma tête, et on fait « cocorico » tous les deux. Tu veux une démonstration ?

- Oh, oui !

- Non, tout à l'heure, s'il te plaît ! intervint sa femme depuis la terrasse, les œufs mollets vont refroidir.

Sur quoi, nous nous réinstallâmes à table et les mangeâmes tout tièdes, saupoudrés de paprika (« Il est maison, comme tout le reste ! ») et arrosés d'alcool local, avant de passer aux trois variétés de salade qu'il fallait me faire goûter.

- Chez moi, fit le Douanier (sur le ton de gloriole revendiquée et en même temps parodique, typique de Dédé), on ne mange jamais que du frais. Ces salades, ta tante les a coupées à la racine, dans notre potager, juste avant d'aller les accommoder. Les tomates, pareil, ça vient dans le saladier droit de la branche. Une tomate déjà cueillie, dans mon paradis, si on ne la mange pas tout de suite, on la fout à la poubelle, je ne la donnerais même pas à un cochon ! (On ne l'a plus, notre cochon, il est mort l'année dernière, j'aurais bien aimé te le montrer.) Avant, quand j'élevais des moutons aussi, même le yaourt était maison, et du jour ! Mais j'ai dû vendre leur terrain aux voisins, qui ont construit dessus. Imagine-toi que ta tante et les gamins, je ne sais pas quelle mouche les avait piqués, ont voulu me faire acheter un appartement en ville.

- Quelle horreur ! L'immeuble s'est écroulé ?

- Non, hélas. C'était tout récent encore, ce clapier, ça existe toujours, et l'appartement pourrit tout vide, parce que ça me dégoûte d'y retourner ne serait-ce que pour le donner en location. On y a vécu trois mois, imagine-toi, un hiver : ils croyaient que le chauffage central, ça m'acclimaterait, mais ce sont eux qui se sont retrouvés à étouffer autant que moi, et à me demander les premiers de rentrer. Ils n'avaient pas prévu l'effet que ça fait, une barre, au sortir d'ici – sans personne d'autre que le chat, tu vois, qu'on puisse y amener, il a du mérite d'avoir enduré trois mois de cage à lapins ! Mimi !

Un énorme chartreux accourut et monta sur les genoux de Rousseau qui le baisa sur le front :

- Où tu préfères habiter, Mimi, ici ou là-bas ?

Mimi produisit un bruit éloquent, et le Douanier commenta :

- Il en fait encore des cauchemars. Avant qu'on n'y aille, il n'en faisait jamais.

Puis, en le caressant :

- Ce que c'est beau, hein ? Et plein de compréhension, il n'y a que ta tante qui batte le record, mais ce n'est pas par hasard qu'ils s'appellent de la même manière. C'est lui qui a choisi son nom, en fait. Dès que je criais : « Mimi ! », il accourait. Il ne faut pas croire que je l'aie dressé, je ne dresse personne, moi. (Et recommençant à se donner en spectacle, façon Dédé :) Tu sais ce qui manque à mon bonheur, ici ? Une bête sauvage, un ours. Ah ! si j'avais encore un peu de terrain, pour lui faire un enclos ! Le paradis que ce serait !

Et comme je riais d'une façon nettement admirative, Rousseau développa :

- Tout de suite, je m'achèterais un ours, je le mettrais de ce côté-là, tu vois ? Dans un enclos bien grand, qu'il se sente chez lui, à l'aise pour faire sa promenade, avec une mare au milieu et des arbres pour qu'il puisse se gratter le dos. Il se promènerait, il mangerait, il se gratterait, il s'ébrouerait, et moi, je serais comme un roi, attablé ici, à boire mon café et à le regarder ! Rien que d'y penser, mon cœur chante ! Des loups aussi, j'en prendrais volontiers – surtout maintenant que je n'ai plus de moutons. (Son regard restait rêveusement fixé sur l'endroit où ils seraient, et de toute évidence, il se délectait royalement aux visions des bêtes fauves s'ébrouant là pour le bonheur de son âme.) Moi, j'aime tout ce qui vit. Matin et soir, avant et après le boulot, je me repose en contemplant ma faune. Il faut bien ça, pour supporter les animaux que j'ai pour chefs. T'as dû en voir pas mal, en ville, des congénères à deux pattes de mon berger pleunkois ?

Je ris tristement. Maria partit chercher le plat de résistance. Le Douanier changea de visage :

- Dès que tu peux, tu vends ce qui te reste ici. Tu n'as pas besoin de posséder quoi que ce soit dans ce putain de Pleunk, ta vie est à Paris. Si ça s'impose que tu reviennes en visite, tu dormiras chez moi. Ici, c'est mon pays, ce n'est pas la saloperie d'État de vendus et d'assassins où je vais au boulot. Tu as très bien fait de te sauver dès que tu l'as pu, je peux te dire. D'ici à ce que tu rentres, évite de te promener dans les rues, et n'entre surtout pas dans les cafés qui ont l'air bien, c'est les repaires des seuls Pleunkois qui peuvent s'y payer un verre : ceux qui tuent père et mère, à l'occasion, pour plaire à leurs caïds. Quand tu vois un Pleunkois bien habillé, même si sa gueule ne te le signale pas, sache que c'est un mafieux et un fidèle de l'Avènement – assassins et vendus, toujours les mêmes. Je ne vois que ça toute la journée, cinq jours sur sept. Oh, maudits fils de chiens ! (Son visage se tordit dans une grimace de souffrance insupportable, il tâtonna sous la table, là où il y avait sans doute un tiroir, puis, se rappelant quelque chose :) Tant pis, je ne vais pas les chercher, on est quand même au milieu du repas. Sors le moins possible, tu n'as pas besoin de te salir les yeux avec cette chiennerie. Si tu veux, tu restes dormir ici, ce soir. Ça te plaît, chez moi ?

- Beaucoup. Ça ressemble à Espérance.

Rousseau fit une tête étonnée, puis rit :

- Espérance, tu ne l'as pas connue ! Tu étais encore au berceau quand oncle Dédé l'a vendue. Tu ne peux pas te la rappeler.

Je protestai, mais il refusa de croire que je m'en souvenais très bien, s'entêtant au point que l'indignation me mit les larmes aux yeux.

- Mais puisque Denise te dit qu'elle s'en souvient, fit Maria tout en nous servant des parts copieuses de poulet farci, pourquoi tu fais comme si tu en savais plus qu'elle ?

- Elle ne peut pas se la rappeler ! déclara de nouveau le Noisillon cadet mais pas moins obstiné que l'aîné. Elle était dans les langes, quand il n'y a plus eu d'Espérance ! (Et se tournant vers moi d'un air de triomphe savouré au préalable :) Si tu as connu Espérance, tu peux me dire au moins le nom de la rue où mon oncle habitait ?

- Comment diable pourrais-je ne pas me le rappeler ? ! m'écriai-je, scandalisée. Je vais même te dire l'adresse exacte : 115, rue de la Commune de Paris ! – et je réalisai subitement (pour incroyable que ce fût) que je n'avais jamais fait jusqu'à ce moment, de toute ma vie, le lien entre la Ville et l'adresse de la maison dont on m'avait privée.

Bien sûr, personne ne citait l'adresse, dans la famille, en l'évoquant : c'est « Espérance » qu'on disait, et la rue ayant été détruite en même temps, ce n'était plus la peine d'en parler, plus personne ne pouvait s'y retrouver, ni nul facteur y apporter du courrier, et sans doute la référence imposée à une « commune » qui ne désignait pas une part urbaine ayant son propre maire, mais quelque phénomène assimilable à l'Avènement, avait fait qu'on ne tînt pas à prononcer le mot quand ce n'était pas indispensable – mais jadis, avant les leçons d'histoire de ma grand-mère, si j'avais donné un sens au nom de la rue, ç'avait été, sans aucun doute possible : rue parisienne ; et de fait, c'était par ce nom que j'avais appris jadis que Paris (capitale) et la France existaient. Je me rappelais maintenant très clairement comment Florence me l'avait expliqué, en me faisant répéter « 115, rue de la Commune de Paris », pour le cas où je me perdrais, dans le jardin d'Espérance, sous le poirier couvert de fleurs que Dédé maudissait toujours de ne jamais donner de fruits mangeables (pour ma part, j'en mangeais très volontiers) ; il semblait important à la Grande Ourse, peut-être à force de lire à haute voix *Le Petit Poucet*, que les petits enfants sachent où ils habitaient, car à son sens, ils risquaient de se perdre presque à tout moment. Et quoique je fusse totalement incapable, et sûre de l'être, à trois ans déjà, de me perdre dans une ville, docilement, j'avais appris une fois pour toutes l'adresse bientôt inexistante qui allait un jour me conduire à Paris – m'y faire rentrer, au bout de trente ans.

Oui, maintenant que le souvenir m'était revenu, il n'y avait plus de doute : aucune force du monde ne saurait m'empêcher d'y rentrer, pas même l'ancien colonel en jupon, actuel premier ministre pleunkois, tenu pour capable de me poursuivre jusqu'à Marseille à cause de *La Marseillaise* ; je rentrerais sans faute car même si l'on me barrait la route de nouveau, et quand même le corps serait emprisonné, le souvenir parviendrait à abolir l'obstacle pour me faire libérer : l'âme passerait par le souvenir, au besoin, pour retrouver Espérance à Paris.

L'âme y était liée depuis toujours, depuis le Paradis terrestre dont Paris était la contraction et l'avatar ultérieur ; le lien était resté en dépit de tout, suffisamment fort pour que le Diable lui-même renonce à le briser (ne voyez nulle provocation ni une once de manque de respect dans cette phrase, Votre Majesté, je me permets seulement de constater que vous aviez admis ma décision d'y vivre, finalement, ne cherchant plus à m'en dissuader quand vous daigniez converser avec moi), et à y songer, je doutais que les Puissants et autres gradés y aient jamais rien pu ne fût-ce que pour le corps ; et maintenant que les livres existaient, cinq livres mis en lieu sûr (dans certaines bibliothèques parisiennes), autant que les lettres du nom de Paris, ces irréels ne chercheraient peut-être même plus à tenter quoi que ce soit. Mais oui, le Cousin s'était résigné, lui aussi, au fait que j'appartenais à Paris ; le reste des employés locaux de Satan se dirait peut-être (espérons-le) « bon débarras », quand il apprendrait par les voies récentes de l'informatique policière que j'étais sur le point de quitter son pays. En tout cas, quoi qu'il pût en être, je n'avais plus peur d'eux.

– Je m'incline, déclara le Noisillon bis. Tu as vraiment vécu en Espérance. Et il leva son verre rempli de vin rouge, dans ma direction, pour me rendre hommage en portant un toast : Au dernier rejeton de mon oncle que j'ai aimé plus qu'un père même si l'on ne se voyait pas tous les jours, à la fille de ma cousine Minou qui nous regarde d'en haut – ne pleure pas, ta tante va te dire combien les âmes sont heureuses, là-bas, elle s'y connaît, c'est le sujet de sa sapience ; moi, je suis athée, mais pour les âmes, je reconnais qu'elles vivent là-bas en anarchie parfaite, sans maître, sans rien qui les gouverne sauf leur amour –, à ma nièce de Paris qui a écrit un grand livre, on l'a lu tous, et qui va en écrire encore cent, et de plus gros !

– Vous l'avez lu *tous* ? fis-je, n'en revenant pas.

– Tous ! Moi, ta tante, Mario, Ivo et même le chat ! déclara-t-il. À ta santé, et fais-nous-en de plus gros, parce que quand c'est beau, c'est toujours beaucoup trop vite fini. Il était mince, celui-là, c'est la seule chose qu'on ait à te reprocher. La prochaine fois, huit cents pages minimum !

Ne tenant pas à rester sur ce sujet, je demandai pourquoi leurs fils s'appelaient Mario et Ivo :

- ...Vous aussi, vous aimez l'opéra italien ?

- L'opéra, non, pas spécialement. On est des paysans, on préfère le folklore. Mario, je l'ai appelé ainsi en espérant qu'il serait comme sa mère, qui est, tu t'en doutes, la seule bénédiction qu'on m'ait donnée depuis que maman est morte. Ivo, c'est vrai que ce prénom également, on le trouve en Italie, mais le nôtre, il s'appelle comme ça en l'honneur de feu mon beau-père, qui s'en est allé trop tôt aussi, mais que j'ai eu le bonheur de connaître : un homme digne de sa fille. Il apprend l'italien, d'ailleurs. Il se peut qu'il aille travailler en Italie. Tu savais, en fait, que les Pleunkois et les Italiens du nord, on est sortis de la même souche ?

- Comment ?

- Je me doutais que tu n'en savais rien. Je t'aurai appris deux choses, l'existence du berger pleunkois et notre parenté avec les Lombards. Sache qu'à l'origine, il y avait une tribu qui s'est coupée en deux à la mort de son roi : il avait deux fils, comme moi (rengorgement autoparodique), et pour éviter les disputes, avant de mourir, il leur a dit : chacun prendra la moitié de mes biens et de nos sujets, et partira vers le sud-ouest ou le sud-est – ils vivaient plus au nord, à l'époque, là où il fait plus mauvais. Ils ont tiré au sort, pour savoir qui partirait vers le sud-ouest, et c'est tombé sur le cadet. Alors, le cadet est allé fonder ce qu'on allait appeler le royaume lombard (ce qui veut dire tout bêtement « des longues barbes », tu vois, parce que c'étaient des barbares barbus, les anciens Pleunkois, ce qui faisait bien rire les Romains), tandis que l'aîné est descendu vers ici. C'est ce qui fait que les anciens Pleunkois et les Lombards avaient les mêmes rites, et que leurs rois portaient la même couronne de fer – la lombarde, on peut toujours l'admirer dans un musée, et tu peux visiter l'église de Pavie où l'on voit toujours sur le sol l'endroit exact où les cousins de tes ancêtres se faisaient couronner. J'y suis allé, je l'ai vu. La couronne pleunkoise s'est perdue, rien d'étonnant.

- Alors, Ivo ira là-bas, et Mario restera ici ?

- Ça m'étonnerait qu'il veuille rester ici. Lui, il parle l'anglais, et tel que je le vois, ce sera Londres. Vous serez à deux pas l'un de l'autre, vous pourrez vous rendre visite, si vous en avez envie, sans devoir traverser le merdier de Pleunk pour arriver chez moi. Vous me manquerez, mais je serais le premier à vous en féliciter. Tu as vraiment bien choisi ton pays, en fait, quand on y pense : non seulement ça se voyait depuis toujours que c'était celui qu'il te fallait, mais en plus, tu es entre les deux où tes cousins comptent aller ! L'Europe, ce sera ma famille, bientôt ! Je me sentirai comme le roi de la moitié du continent, en venant vous voir ! Je bois à mes trois Européens, que le Dieu de ma madone de femme vous garde, et de mon côté, je ferai ce que je peux pour vous être agréable !

- Je bois à vous quatre, répliquai-je, dont les deux présents sont le roi et la reine du pays qui n'a pas besoin de couronne pour être le seul Pleunk digne d'exister et de s'agrandir.

- Je bois à l'écrivain qui nous est venu de Paris, dit Maria en souriant, et que j'ai fait lire à mes élèves.

- Comment ? !

- Mais je suis instit', tu sais. Je n'aime pas trop ce qu'il y a dans les manuels, alors, je leur fais étudier aussi les vrais écrivains. Même s'ils sont jeunes, ça ne peut pas leur faire de mal de les connaître de bonne heure. À chaque rentrée, je leur donne une liste de livres, puis on en lit des bouts à voix haute, en classe, et on en discute. Quand est-ce que tu rentres ? Tu pourrais peut-être venir à l'école, pour leur parler un peu ?

- Si l'on me laisse partir, je rentre demain après-midi.

- Comment, si on te laisse partir ? fit l'oncle. Il y a quelqu'un qui menace de te retenir, à ce putain d'aéroport ? Tu vas dire à la flicaille, avant de montrer ton passeport : Monsieur mon oncle, de la douane centrale, vous envoie ses salutations – en les regardant d'un œil mauvais, ces chiens, qu'ils comprennent bien que tu sais de quoi ils me sont redevables, même si tu ne le sais pas, et en citant mon nom. Tu vas voir l'effet. Même si le président de cette république de merde leur a ordonné de t'arrêter, ils comprendront ce qui risque de leur arriver s'ils touchent à ma nièce, et ils se tiendront bien sages comme en cage. Tu n'as pas besoin de connaître les trafics qu'ils font, on t'aura assez sali l'esprit pendant les deux semaines que tu as passées dans ce trou maudit. Le bon côté de Pleunk, c'est que de temps en temps, des gens comme moi peuvent faire punir des gens comme eux, sans que personne de leurs maîtres ne veuille bouger le petit doigt pour leur épargner la taule. Et ils savent ce que c'est, la taule d'ici, ils sont bien placés pour. Je voudrais voir celui qui oserait te contrarier, ce serait un phénomène comme il n'en est pas encore né même chez ces crétins dégénérés ! Ils tiennent à leur peau et à leur gamelle, tu sais, ce n'est pas eux qui auraient le dixième du courage qu'il faut rien que pour fuir quand ça s'impose. Ils te laisseront passer. S'ils se font convoquer, après, chacun dira que c'était un autre qui était assis à sa place, au moment où tu t'es présentée, et celui qui tombera, ce sera celui qui devait tomber même sans ça, il le saura, il sera bien content de n'avoir pas autre chose sur le dos, quand on va le vider, le genre de chose qui mène droit en taule. Tant que je ne serai pas encore retraité, tu n'auras pas à les craindre, ceux-là, des cages en verre de l'aéroport. Mais ne va pas te promener dans les rues, et si ta grand-mère veut bien, crois-moi, il vaut mieux que tu restes dormir ici, ce soir, plutôt que de reprendre un taxi toute seule, ou les transports publics. Ça se voit trop que tu viens d'un pays où les belles filles ne font pas forcément les putes à mafieux...

- Tais-toi, Sacho, qu'est-ce que tu racontes devant ta nièce !

- Elle a raison, pardon, ma nièce. Tu pourras retourner dire au revoir à Florence demain matin, Mario t'y ramènera, puis il prendra tes bagages et t'accompagnera jusqu'à l'aéroport. Il n'a rien de mieux à faire : le dimanche, quand sa cousine parisienne n'est pas là, il fait du sport, imagine-toi. Tu fais du sport, toi, à Paris ?

- Non, répondis-je en riant.

- Je m'en doutais. Moi non plus, dans mon pays, je n'en fais pas : je bêche. Mais je lui permets d'en faire, puisque ça lui plaît, du moment que sa cousine n'est pas là. Il attendra, à l'aéroport, pour voir si tu es bien passée de l'autre côté. En cas de besoin, je cesserai de bêcher. Je téléphone à ta grand-mère, maintenant ? Je te donnerai Mimi, pour dormir, il va te chanter une berceuse de sa façon. Si tu veux des bonbons, je les partagerai avec toi, je suis même prêt à te céder le paquet entier !

- J'ai des réserves, ne t'inquiète pas ! fit Maria en riant.

Je leur avouai que je ne pouvais plus dormir du tout.

- Eh bien, tu te coucheras avec Mimi, pour voir s'il peut arriver à te faire retrouver le sommeil, puis, si ça ne marche pas, tu sortiras ici boire et manger ce que tu veux, en regardant les étoiles, c'est les mêmes qu'en France, celles qu'on a, et moi, je viendrai te faire un brin de causette à trois heures du matin. Maintenant, j'appelle ta grand-mère. Elle m'aime bien, et elle ne voudra pas me refuser le plaisir de te garder ici encore un petit moment : je lui rappelle mon cher oncle. Elle aura Mario en prime, demain, pour compenser la privation que je lui aurai fait subir. Il ressemble à Dédé lui aussi, tu vas voir. Il est bon comme sa mère, mais sa tête, c'est kif-kif les emmerdeurs de ma lignée.

*

Quoique la formule magique du Douanier ait produit l'effet prévu, je passai à trembler intérieurement l'heure entière de salle d'attente avant l'embarquement, et même une fois dans l'avion, je ne me serais pas calmée tant qu'il n'aurait pas quitté le sol, si je n'y avais pas vu une femme dont la présence relevait de l'apparition – stupéfiante au point que je ne pus plus penser à autre chose. Une fois installée (très loin d'elle), je demandai à l'hôtesse de l'air si la dame en noir assise tout près du cockpit était bien Guina (l'idée qu'elle occupait la place due aux grandes vedettes internationales m'était très agréable : normalement, dans un avion pleunkois, on l'aurait mise tout au fond, histoire de l'empêcher, au cas où elle en serait capable, de *prendre la grosse tête*) ; l'hôtesse confirma, puis expliqua :

- Elle est en deuil, elle a perdu son mari la semaine dernière. Il était à Pleunk, et elle, à Milan pour faire un enregistrement ; ils devaient se retrouver le lendemain du jour où il est mort. Vous savez, il était tout ce qui lui restait, comme famille, elle n'a pas d'enfants. Elle l'a aimé depuis ses seize ans. Quand on lui a appris sa mort, elle a perdu la voix. Il paraît que ça finit par revenir, dans ce genre de cas, mais pour le moment, elle a dû annuler plusieurs engagements. Maintenant, elle va à Paris pour consulter un grand spécialiste. Vous comprenez, si elle ne chante plus, qu'est-ce qui va lui rester pour tenir le coup ?

Je voulus dire que je comprenais, mais au lieu de cela, j'éclatai en sanglots – en râles rauques, d'une laideur effroyable. L'hôtesse écarquilla les yeux, puis je cessai de la voir, déversant un flot lacrymal auquel je ne me serais pas imaginée capable (depuis quelques jours, je croyais avoir presque épuisé mes réserves). La plus aimante de toutes les Turandot avait perdu le seul homme qu'elle ait aimé ! À quoi cela lui avait-il servi de régner trente ans durant sur l'Empire céleste, tout en restant douce jusqu'avec les humbles – d'avoir eu jusqu'à la vertu d'ignorer sa royauté ? Pleunk le lui avait tué. Elle n'aurait même pas les ressources de haine, de rancune et de fureur d'Abigaille pour la tirer de sa peine. Et si sa voix ne revenait *jamais*, oh mon Dieu, cette seule source de sa puissance, de sa force surhumaine, comment diable survivrait ou mourrait-elle ?

« Ne faites pas attention, finis-je par dire à l'hôtesse et à la petite foule de curieux qui tendait le cou derrière elle. Ça va me passer quand on ne s'occupera plus de moi. » Puis je poussai un hennissement de douleur à l'idée qu'ils s'occupaient de moi et non pas d'elle. Heureusement, la distance entre nos sièges dans un avion en train de se remplir excluait qu'elle m'entende ou me voie. Le décollage à venir m'aida, obligeant tout le monde à reprendre sa place ou ses fonctions.

Un quart d'heure plus tard, l'hôtesse revint me voir, arborant un air tendrement complice :

- Vous êtes une vraie fan, vous ! Moi aussi, je l'adore depuis toujours, mais de là à prendre à cœur ce qui lui arrive comme vous le faites, j'avoue que ça reste au-dessus de mes capacités d'âme. (Quelle expression bizarre, me dis-je, est-ce que c'était d'usage courant, à Pleunk, dans le temps ? L'utilisent-ils tous ?) Je lui ai raconté.

- Quoi ? !

- Elle est touchée.

- Vous n'auriez vraiment pas dû faire ça.

- Mais elle est vraiment touchée, vous savez, ce n'est pas par politesse…

- Cela n'en reste pas moins un manque de discrétion peu appréciable.

L'hôtesse me fixa de nouveau d'un air ahuri, soit qu'elle jugeât que c'était l'hôpital se moquant de la charité, ou la poutre dans l'œil réprimandant la paille, soit qu'elle trouvât inouïs et le raisonnement d'où venait ma remarque, et le registre où je l'avais exprimée. (En effet, pour les Pleunkois normaux, ils pouvaient très bien l'être jusqu'à ce jour.)

Après un instant de réflexion, elle fit :

-Vous êtes moitié française ?

- Oui, répondis-je pour simplifier, et dans l'espoir d'écourter l'échange.

L'hôtesse sourit d'un air signifiant que cela expliquait tout, très cordialement.

-Vous êtes sûre de n'avoir besoin de rien ? Un peu d'alcool ?

- Volontiers, mais peut-être faudrait-il s'occuper d'abord des autres passagers, je peux bien attendre mon tour.

Elle piqua un fou rire, puis :

- Ça se voit que vous n'avez pas grandi chez nous !

La seule Abigaille et Turandot meilleure que la Callas elle-même, pensais-je, dont on disait que Verdi revenait de l'autre monde à ses premières, et qui n'avait en outre pas une once de leur cruauté, alors qu'elle incarnait leur force avec une telle persuasion qu'elle n'avait même pas à faire un geste pour que toute une salle la reconnaisse, dès son entrée en scène... Et qui s'étonnait elle-même qu'il lui suffise « d'ouvrir la bouche » pour chanter, trente ans durant, à l'émerveillement de tous, la partie la plus dure jamais écrite pour un soprano. Et maintenant, la peine lui a ôté la voix. Reine d'abord, puis elle. Je me remis à pleurer, en silence, cette fois-ci.

- Je vous ai apporté plein de mouchoirs, fit l'hôtesse sur un ton joyeux. Qu'est-ce que vous voulez boire ?

- Du champagne, c'est très bon pour les nerfs.

- On n'en a pas.

- Comment ? Vous desservez Paris, et vous n'en avez pas ?

- Mais du cognac, on en a, si vous voulez, du français.

- Très bien.

En le goûtant, je me rappelai la dernière conversation avec Filip et Minou dans le bar aimé jadis de la bohème pleunkoise, où nous formions un triangle isocèle, et comme mes yeux débordaient de nouveau, je me tournai vers le hublot pour chercher à me distraire à l'aide de la vue – juste au moment où l'avion commençait à survoler quelque chose d'immense, bleu, blanc et rose, d'un relief spectaculaire comme je n'en avais jamais connu – qu'est-ce que ce pouvait être ? La réponse me vint presque aussitôt. Alors, je contemplai en buvant la beauté de ces monts bleus et roses où la mort est si facile pour ceux qui ne les survolent pas, ceux qu'on ne saurait voir, depuis son hublot, pendant qu'ils marchent par les blancs sentiers escarpés dans la tempête de neige, et je pleurai de nouveau, un peu moins amèrement, cette fois-ci, en me disant que je ne serais pas la seule survivante.

Ma voix normale me revint dès l'arrivée à Paris.

*

Et je rentrai achever les travaux dans ma nouvelle chambre où il n'y aurait jamais de lits superposés – les parents de Claire me donnèrent celui où elle avait dormi adolescente, sur lequel nous passâmes des heures assises ensemble, avec un plateau de boissons et de friandises entre nous, à parler de littérature et d'autres choses importantes, en dernières femmes parmi nos amis à demeurer riches en soirées libres. À mon retour, j'avais appris que Sylvia avait disparu – sans laisser de trace – au cours d'un voyage vers le village cleunkois où habitaient ses parents. (Cleunk s'était écroulé un an après Pleunk.) Ils avaient appelé Michèle, cherchant à savoir si leur fille était rentrée à Paris suite à quelque problème survenu en route, supposition peu vraisemblable du genre auquel on s'accroche dans de tels cas. Shéhéra m'assurait qu'elle était toujours vivante : « Rien ne prouve qu'elle est morte. J'ai entendu parler de gens enlevés et qui avaient réussi à se sauver, mais qui mettaient du temps à retrouver leur chemin, depuis l'endroit où les ravisseurs les avaient cachés. Elle ne doit pas oser le demander à ceux qu'elle croise, elle se méfie sans doute et évite de se laisser voir. Dans les montagnes par où son car passait, ça ne doit pas être facile, pour une fille qui a toujours vécu en ville, de s'orienter. Elle reviendra, tu verras. Je prie pour elle. » Claire avait perdu un amour et son professeur de piano, une très vieille dame qui l'avait vue, chaque semaine, depuis l'enfance, maîtriser le clavier tout en grandissant, puis s'y adonner comme on le fait avec ce qui nous extrait d'une existence étroite – ce témoin des choses sacrées n'était plus. Et nous restions, les jambes repliées, sur le radeau de l'adolescence parti à la dérive, puis amarré et rechargé de gourmandises.

Claire trouvait mon nouveau logement très bien arrangé : « J'habiterais volontiers chez toi, en fait ! », quoique l'immeuble fût mal entretenu, le voisinage quelque peu bruyant (– « Mais tu sais, pour moi, l'important, c'est que l'immeuble soit *ancien* ; quant au bruit, c'est de la tolérance mutuelle : de mon côté, je leur inflige des heures de musique assourdissante… »), et le quartier, peu sûr la nuit. N'étant pas vraiment inquiète à ce dernier sujet, j'avais découvert en revanche aux environs deux inconvénients particuliers, que l'agent immobilier m'avait évité de connaître lors de ma première visite, sans doute grâce au génie propre à son corps de métier, pouvant aller jusqu'à la divination subliminale de vos bizarreries : il m'avait conduit jusqu'à ma future adresse en voiture, en débouchant par une rue traversière, pour m'empêcher ainsi de constater à temps que l'immeuble voisin, à gauche, situé en retrait, était une tour (sans doute solide, mais visuellement identique aux pleunkoises), et que l'impasse un peu plus loin donnait sur une sorte d'abîme au-delà duquel s'étendaient des barres similaires à celle où j'avais passé avec Minou seize de mes vingt premières années.

L'abîme correspondait aux voies du chemin de fer du nord, passant en contrebas – de fait, mon nouveau quartier pouvait être vu (sur le plan de Paris) comme une île autour de laquelle couraient les lignes du nord et de l'est, ce qui avait bien sûr tout pour me rappeler, la nuit surtout, à l'heure où l'insomnie vous permet de compter les wagons qui passent, suivant leur rythme nettement audible, que le train du Diable continuait de circuler – je n'étais certes plus dedans ; en revanche, il s'était arrangé pour que je me retrouve dans une boucle qu'il décrivait. (Quand j'avais fini par réaliser où j'allais m'installer, l'affaire était déjà conclue, bien sûr.) Mais comme il ne pouvait pas être question de déménager, dans l'avenir prévisible, je m'ingéniais pour voir le quartier de son meilleur côté, notamment en tournant la tête dans le sens opposé aux barres chaque fois que je devais traverser l'impasse pour me ravitailler au supermarché, et en fixant mon attention sur la petite chapelle où Jeanne d'Arc, blessée, ayant perdu la bataille de Paris, avait trouvé à s'abriter pour une nuit (et bien sûr, je me rappelais, suivant la suggestion de Filip, ce qu'elle avait dit à son procès, tout en souriant à sa statue comme à une voisine complice). La chapelle s'appelant Saint-Denis, on pouvait juger somme toute que j'étais bien placée pour habiter le quartier, pour deux raisons plaisantes qui devaient suffire à contrebalancer la tour, la barre et le train. Cependant, sensible à ce dernier, j'avais débaptisé mon nouveau territoire, pour l'évoquer auprès de mes amis en termes de « l'entre-deux-gares ». (Je préférais ne pas citer la station de métro dont le nom alliait les désavantages de renvoyer à la fois à l'idole de l'Avènement et à un ancien ministre de l'Intérieur fortement hostile aux immigrés. Par ailleurs, ces derniers vaquaient partout alentour sans se douter de ce sien sentiment.)

Comme prévu, je ne fis plus que des cauchemars, qui s'étirèrent sur une année passée à ne guère écrire (en dehors des bribes de souvenirs que je notais en vue d'un récit censé contenir, si jamais je finissais par l'achever, tout ce que je savais de Minou). L'été suivant, Florence devint folle, d'une folie lui ôtant le sens pratique où elle avait excellé jusque-là, et qui fit qu'elle noya les meubles de ses voisins du dessous, faute d'avoir songé à refermer les robinets de la baignoire où elle se prélassa toute une journée (les médecins parlèrent de démence sénile en constatant qu'entre autres distractions, elle ne se rappelait plus qu'il existait des jours de la semaine, ce qui me fit revenir à l'esprit, quand je le sus, *Ma lassù ci vedremmo* – dans *l'avenir éternel*, en effet, les jours ne devaient pas exister davantage que les noms des sentiments profanes qui ne fussent pas l'amour enfin régnant), et je dus devenir parjure devant moi-même en l'installant en maison de retraite, faute de Pleunkois digne de confiance qui veuille s'occuper d'elle dans ses propres meubles (dont il ne restait par ailleurs plus grand-chose). Une dernière fois, je fis le scandale de ma parentèle locale (que le Douanier avait refusé de rejoindre, comme d'habitude), à l'une de ses réunions qui tombait pendant mon séjour sur place, en commentant la folie de Florence en ces termes : « Tant mieux pour elle », ce qui indigna le plus Monique, dont l'amour népotique se trouvait sans doute exacerbé du fait de n'avoir pu voler que les affaires transportables et encore utilisables de sa tante, au lieu du logement entier. Et de nouveau, j'admirai le phénomène qui me donnait une voix effroyable de rogomme ou de sorcière (cette fois-ci, dès mon arrivée à l'aéroport) sur le territoire pleunkois revisité, pour me rendre la mienne dès que je retrouvais le sol parisien.

*

Je voyageai – comme Frédéric Moreau et son auteur, comme tant de petits et grands objets de désastres, le voyage promettant de vous extraire par moments du malheur qui vous habite, par la clémence des choses inconnues qui abondent hors de vous et attirent votre pensée, avec le regard. En voyageant, j'avais le délassement supplémentaire d'être une Parisienne identifiable du premier coup d'œil, qu'on interrogeait sur Paris et dont l'accent français était toujours relevé par l'autochtone – jamais question de Pleunk ni du nouveau séjour que je venais d'y faire. (J'avais vendu, suivant le conseil du Douanier, ce qui restait de l'héritage dont Minou avait chéri l'idée.)

Je traversai un pan de continent américain, où le temps n'était pas suffisamment beau pour moi, mais où mon futur traducteur faisait pardonner mes caprices en expliquant à qui me trouvait bizarre mes romans (avec exaltation). J'obliquai vers l'Italie où il faisait grand soleil, où la mer n'était jamais vraiment loin, pour voir Gaëlle et Rome, et puisqu'on y était, profitons-en : je descendis vers les îles du sud, qu'Ulysse avait connues, les visitant à mon tour l'une après l'autre avant de décider s'il serait préférable de s'attarder sur la plus petite ou sur celle dont le pourtour offrait le plus grand nombre de plages, diverses au point qu'on pouvait croire avoir changé de côte, voire de continent, en dix minutes de bus. J'y restai plusieurs semaines (dans une auberge de jeunesse dont les tenanciers ne demandaient qu'à me faire prolonger ce séjour, ayant rarement des hôtes d'une espèce si insolite, et qui soient disponibles pour bavarder des heures de suite, de par leur insomnie, juste quand on est de garde et qu'on s'ennuie). Les crépuscules de cette île étaient rouge pourpre sur fond bleu nuit, éminemment propices à vous distraire de la mélancolie qui tombe avec le soir, par leur aspect invraisemblable. L'on y trouvait une crique où l'on pouvait se baigner même en janvier, où il sourdait de l'eau bouillante entre les pierres, qui se mêlait à l'eau de mer pour demeurer plus chaude que l'air même en plein été. Je vis tant et d'autres lieux où j'avais placé mes personnages quand je n'imaginais pas que je les verrais un jour.

Puis je remontai vers Milan (où j'allais entendre chanter Guina le lendemain de mon arrivée), et le hasard me fit découvrir que j'y étais née – au cours d'une petite épiphanie qui eut lieu dans un tram passant devant un marché identique à celui où j'avais beaucoup aimé me promener à l'âge où rôder seule en ville me tenait lieu de vie aventureuse et de voyages dans le temps. Il me revint à l'esprit le propos de l'oncle sur les Lombards, Ivo, Mario et la couronne de fer qui s'était perdue, et je descendis du tram (datant de la même époque que ceux de mon enfance, mais ayant l'air pratiquement aussi neuf que dans le film de Visconti où l'on pouvait toujours le revoir) pour parcourir le marché, et le quartier environnant, et d'autres lieux de cette nouvelle ville natale – il était temps de mieux la connaître. J'y trouvai encore nombre de choses familières, parmi les inconnues, mais nulle qui me fût pénible, et je pus ainsi comprendre enfin Henri Beyle, *milanese*.

Guina avait recouvré sa voix, quoique il n'y eût plus là cet éclat triomphal des décennies sans deuil – mais mon oreille n'étant pas non plus la même, je m'abstins d'accorder à ce constat plus qu'une valeur momentanée. J'allai la retrouver (la dernière) dans sa loge, et tout naturellement, je lui parlai de l'effet que Milan m'avait fait.

- Oh ! la première fois que j'y suis arrivée, j'ai eu à peu près la même impression : comme si je venais à nouveau en ville depuis ma province. Seulement (elle rit, le réalisant), à Pleunk, j'arrivais vraiment d'un petit village, alors qu'à Milan, j'arrivais de Pleunk. Mais n'empêche, je me suis dit : mon Dieu, comment ça se peut ? c'est la capitale, on l'a déplacée en Italie, mais c'est bien elle, la même que j'ai découverte à dix-huit ans ! Je le pense toujours, maintenant que je les connais aussi bien l'une que l'autre : au fond, c'est la même ville. La seule différence, vous voyez, c'est que Pleunk est en ruines, alors que Milan, c'est Pleunk telle qu'elle aurait dû être – telle qu'elle serait aujourd'hui si l'Histoire avait tourné autrement.

Et en l'écoutant, remplie du plaisir qu'on a d'entendre quelqu'un qu'on chérit exprimer notre propre pensée, je me dis (avec le détachement issu d'un esprit parallèle, qui me venait de plus en plus souvent) que tout Milanais ayant visité la ville de Pleunk que nous avions connue (debout ou en ruines) aurait été ahuri de nous entendre

– « Qu'est-ce que ces deux folles ? se serait-il dit, cette capitale minable, l'une des plus laides qu'il y eût en Europe, comparée à ma cité ? ! » –, sans que cela m'empêche de savoir que nous avions raison. Car *ce qui n'a pas été* sait et reconnaît *ce qu'il aurait pu être*, cher lecteur, tandis que l'accompli ne saurait reconnaître l'inaccompli (pas plus que le beau ne saurait se voir dans sa sœur laide) qu'à condition de l'avoir assez fréquenté et d'avoir conservé leurs ressemblances dans sa mémoire. Et je songeai à Pleunk comme à la ville où mon homonyme de dix-sept ans aurait pu m'observer dans un café, moi l'adulte venue d'ailleurs qui ne l'aurais pas remarquée, tandis qu'elle, connaissant ce qu'elle avait d'inexprimé et percevant d'instinct la nature des autres, m'aurait tout de suite reconnue : c'est moi ! c'est ma version du monde où l'on peut devenir ce qu'on est ! Ce qui fit que, suivant une logique étrange mais parfaitement naturelle à mon sens, ayant quitté Guina, je partis à pied vers la piazza Ticinese où, selon Gina, il y avait (du moins dans sa prime jeunesse) des bars proprement fantastiques.

Le lendemain, je me retrouvai au musée de Brera, devant le Christ couché de Mantegna, le vrai se superposant soudain à la mauvaise reproduction en noir et blanc d'après laquelle je l'avais étudié au cours d'une année oubliée aux Beaux-Arts, et la différence entre les deux me fit reculer, le temps de comprendre ce qui venait de s'abattre sur moi, puis chercher où m'asseoir. Et une dernière fois, je pleurai, en fixant toujours le tableau flou, faute de pouvoir m'empêcher de revoir tout ce qui avait dû se passer avant que je ne finisse par pouvoir rapprocher la reproduction de l'original, dans toute leur dissemblance, et sentir me retomber dessus, avec les cendres du révolu inaccompli, le poids des jeunes années que d'autres n'avaient pas eu le privilège de quitter au prix que j'avais payé – dont certains vivaient toujours, sans doute, dans le cauchemar pâlissant, ignorant désormais eux aussi, comme tout le monde alentour, qu'ils auraient pu devenir de vrais artistes. Et une dernière fois, je maudis Pleunk, de les avoir gardés, eux tels qu'ils auraient pu être, devant une image dont ils ne pourraient jamais mesurer la fausseté - qui resterait leur connaissance et leur vie. Puis, portant quelque part derrière mes yeux le peintre que je n'étais pas devenue, je parcourus lentement le musée faisant partie d'un palais où se trouvait l'école dont les élèves pouvaient toujours monter quelques volées d'escalier pour se rafraîchir la mémoire avant un examen d'histoire de l'art, face aux chefs-d'œuvre, sans même imaginer que dans une ville jumelle, il leur aurait sans doute fallu plus d'une décennie pour y arriver depuis une salle de cours. Et j'achevai le deuil de l'inaccompli.

*

Puis je rentrai, mais ce fut pour aller en province, et quand je me retrouvai de nouveau chez moi sans plus aucun projet de départ, l'année était déjà près de sa fin. J'allais reprendre du travail pour regagner une partie de l'argent mis à me soigner par les voyages, et comme je ne pouvais plus écrire, il s'imposerait, au cours de mes loisirs, de faire le bilan de la vie dont j'avais été coupée – de celle où j'avais eu plus d'espoirs que de défaites.

En cet hiver, je revis l'ensorceleur, mais je restai à distance, m'arrangeant pour faire comme si je ne l'avais pas vu, parlant avec d'autres, et tenant mes mains dans le dos, par crainte qu'il ne remarque même de loin à quoi elles ressemblaient, car il m'était venu un de ces maux que le froid cultive, et assez visible pour que chacun sache que j'étais devenue inapte à caresser. La médecine m'occupa en hésitant à dire s'il s'agissait de celui qui obligea Renoir à s'attacher le pinceau au poignet, ou de l'affection plus rare mais aussi appropriée aux artistes, qui finit par vous pétrifier, vous transformant ainsi en votre propre statue impérissable, ou de quelque autre maladie peu connue – qui pouvait être due à ma très longue fréquentation de l'eau froide, à la façon malsaine dont je me nourrissais ou à quelque gène dégénéré, si ce n'était pas à tel choc nerveux à choisir dans la liste de mon curriculum vitæ –, on s'interrogeait sur les causes avec une curiosité d'autant plus grande qu'aucun des diagnostics plausibles ne laissait envisager la guérison. Cela passerait au printemps, puis reviendrait avec l'hiver, dans le meilleur des cas. Autrement dit, dans le meilleur des cas, si la force d'écrire ne m'avait pas définitivement quittée, il y aurait des mois où j'en serais empêchée, réduite à méditer sur la vieille idée d'être puni par où l'on a péché – pour n'avoir pas servi de secrétaire au Maître de l'ici-bas, probablement. (Il ne revenait plus converser avec moi, ayant sans doute jugé que cela ne valait décidément pas la peine.) Je me rappelais que j'avais repris possession d'une étude au fusain, faite par Ève du temps de notre bohème, et intitulée *Portrait des mains de l'écrivain*, pour me dire que tout le monde n'avait pas la chance de pouvoir retrouver les siennes encore belles sous cette forme. Je me consolais aussi avec l'idée que si et dès que cela s'aggravait nettement, je pourrais suivre l'exemple de Minou sans nuire à personne : Florence ne se rendrait sans doute même pas compte que j'aurais cessé de lui téléphoner, et ma disparition au bon moment lui laisserait une somme que j'aurais vite dépensée en devenant handicapée complète. Cela arrangerait tout, sauf le problème récurrent des inédits – il me restait *encore* deux romans que je n'avais pas su faire paraître, contre toute vraisemblance, mais conformément aux tristes prévisions du Vieux Critique.

Entre-temps, nombre de choses que j'avais racontées dans mes livres publiées, en croyant faire de la fiction (même si je la savais peu imaginative, car tirée de la réalité que je ne faisais guère que réinventer pour lui restituer la vie qui manque aux données factuelles), s'étaient accomplies, sans que je m'y sois attendue, un peu comme je m'étais retrouvée à visiter des pays préalablement décrits. Ces accomplissements concernaient, bien sûr, pour la plupart, autrui : les êtres qui m'avaient inspiré telles situations, telles rencontres ou telles fins. Et je réalisai que cela fonctionnait dans les deux sens, comme mon anachronisme : il m'arriva de tomber sur des preuves qui confirmaient non seulement l'avenir, mais aussi le passé que je leur avais attribué sans rien en savoir. En d'autres termes, pendant que je restais impuissante à écrire, il s'avérait que j'avais eu un pouvoir par le verbe bien plus grand que je ne l'aurais cru ; cependant, comme le don d'Hamid (et à la différence du maudire), ce pouvoir n'avait jamais dépendu de ma seule volonté. D'autre part, les preuves avaient beau augmenter en nombre, je n'arrivais pas à prévoir quelle serait la prochaine, souhaitable ou non, à quel moment elle viendrait à ma connaissance, ni si, à condition de vivre longtemps, je verrais s'accomplir absolument tout – passé et avenir – ce que j'avais écrit.

Et mon visage aussi, que le miroir du Diable m'avait montré, dans une vie qui me semblait maintenant enviable, déjà privé alors de sa douceur rêveuse, marquait maintenant comme une horloge l'heure exacte : j'avais vieilli, subitement comme prévu. J'étais à peine plus jeune que la femme de trente ans du temps de Balzac. On me donnait à première vue un passé plutôt long, et pas des plus agréables ; un de mes anciens confrères portraitistes vous aurait expliqué que cette certitude immédiate provenait avant tout de la manière dont la surface entre les joues et la bouche s'était creusée, en indiquant du crayon les sillons qui partent des ailes du nez – à accentuer pour obtenir un air très éprouvé.

En attendant que de meilleurs temps reviennent, à la fin de l'hiver, je devins – sans avoir cherché à l'être, par un concours de circonstances fortement symbolique – arbitre du Jugement Premier, comme Luc, et je connus ainsi de l'intérieur le pouvoir peu faste que j'avais subi (sans y rester moins soumise pour autant). Je lus, pour un, puis deux, puis trois éditeurs, des kyrielles de manuscrits que j'allais refuser, et autant d'autres qui avaient été acceptés avant même d'être écrits, généralement pires que les premiers, et dont il fallait dire s'ils étaient à refaire par un tiers ou si certaines corrections suffiraient à les rendre moins mauvais. Si je lisais parfois quelque chose de bon, j'avais l'amer plaisir de me rappeler que mon avis favorable ne lui garantissait pas la parution, ce dont j'essayais de me consoler en songeant aux ennuis que mes comptes rendus anonymes avaient causés et causeraient encore à tel auteur publiant tous les ans, depuis longtemps et à très grand tirage, sans s'être amélioré pour autant. Bref, vu de l'intérieur, le rôle d'arbitre m'apparaissait comme propre à développer les pires sentiments, sans parler de la tendance à s'y faire en raison du gain et du prestige minimaux qu'il assurait. « C'est un cercle vicieux, disais-je à Michèle, quand tu commences, tu crois que ça peut aller en ligne droite, mais après, il s'avère que ça tourne en rond, et tu te demandes comment en sortir. » - « Il faut que tu restes jusqu'à ce que tu aies publié tes romans là où tu veux. » - « Oui, mais c'est peut-être pour ça qu'ils ne disent toujours ni oui ni non, parce qu'ils se doutent que s'ils se décidaient à m'en prendre un, je laisserais tomber ce boulot. » - « Ils ne pourront pas traîner pendant dix ans ! Il faut bien qu'ils finissent par te donner une réponse bientôt ! »

Mais elle tardait, et ce fut de nouveau l'hiver, et le mal mystérieux revint pour un accès plus long que les précédents, si pénible que je perdis patience. Il est sans doute temps, me dis-je en ouvrant la fenêtre : cinq livres sont sortis, on ne s'attendait pas à en faire autant, et les deux qui restent dans les limbes auront sans doute plus de chance sans moi ; en tout cas, l'auteur parti, on aimera mieux tout cela. Ils seront libres, ils paraîtront plus beaux, débarrassés de cette excroissance qui traîne derrière et leur complique la tâche… Qu'est-il jamais, l'auteur, une fois l'œuvre achevée, sinon le supplément inutile qui n'a pas trouvé moyen de s'y fourrer ? À quoi servent les matériaux qu'on porte dans sa tête à l'état de gisements, quand on n'a plus moyen de les en extraire ? Et n'est-ce pas pour se donner l'illusion d'être importants ou utiles, même entièrement, que tant de confrères passent leur temps à se décrire comme je n'ai jamais voulu ou pu le faire ? Mais il n'en reste pas moins que le vivant dépasse, il n'entre pas entier dans un volume relié, aussi gros que soit ce dernier et aussi maigre que soit la réalité de l'auteur – et quand il s'agit d'un auteur de l'espèce qui fricote, bon gré, mal gré, avec l'inconnaissable, la tâche absurde consistant à essayer de se fourrer dans un récit de ses faits et gestes en laisse d'autant plus à l'extérieur. Dire qu'il en reste encore pour croire ou pour prétendre qu'ils se sont racontés ! Mais bien sûr, si leur mensonge par omission est assez beau, il finira aussi par devenir vrai, tout entier, une fois qu'ils auront disparu, comme les visions qui étaient vraies depuis le début le resteront. Et l'ancienne inexistante affligée d'un parler susceptible de la rendre étrangère en tout lieu sur terre restera, une fois réduite à ses livres, l'écrivain natif de leur langue – où était de fait la place de sa part mortelle sinon entre deux lignes, là où le Diable la voyait sous forme d'astérisque ? Et leurs lecteurs sauront qu'il existait autrefois, en son temps, des personnages qui ne déçoivent jamais, beaux comme les rêves ou comme le destin peut le paraître quand il veut bien, même si le bel aimé de Psyché s'enfuit encore, tel que Heine l'a décrit, à peine l'a-ton reconnu en tant qu'Amour (qui fait se mouvoir toutes choses).

Indiscutablement, même le meilleur des auteurs n'est jamais aussi bon qu'une fois mort, me disais-je devant la fenêtre ouverte (vous aviez oublié que j'étais là ? mais si, j'y étais encore, quoique – rassurez-vous – pour peu de temps). J'ai assez digressé, le moment est venu de conclure et de laisser le lecteur juger de l'intérêt de l'ensemble de mon œuvre, une fois la dernière page tournée. Les moins exigeants m'accorderont nombre de circonstances atténuantes, à commencer par mon absence. Ce qu'ils auront appris de qui j'étais aura sans doute suffi à les convaincre du peu de valeur que je présentais en tant que moi.

Et pourtant, je n'étais pas si affreuse que cela, mon cher lecteur ; maintenant que je ne suis presque plus, je peux me permettre une certaine indulgence, voire quelque complaisance dans l'autoportrait. Peut-être m'auriez-vous trouvée sympathique si vous m'aviez connue au lieu de me lire : j'avais quelques amis qui m'aimaient bien. Je n'étais pas des plus ingénieux dans la nuisance au prochain, et souvent, la distraction m'empêchait d'incarner un adversaire digne de ce nom ne serait-ce que dans une discussion, quand ce n'était pas l'esprit de l'escalier. Je manquais de sens de la rivalité, confrères et consœurs peuvent en témoigner : je n'ai jamais cherché à priver les uns de leur poste ou les autres de leur mari. Et j'avais eu quelques avantages, à une époque, avant que les travaux et les soucis ne prévalent de façon visible (ou simplement lisible) sur mon charme. Si vous m'aviez connue alors, peut-être auriez-vous trouvé mon personnage plus émouvant, malgré le reste ; peut-être…

– Effectivement, à une autre époque, on aurait pu faire un joli cadavre, se gaussa mon sosie. Une fois, surtout quand on est jeune, ça va – ça peut passer, disons ; mais deux fois et davantage, ça commence à faire ennuyeux, voire ridicule, dans ton cas. Ferme cette fenêtre avant de devenir grotesque. Tout le monde sait que tu ne sauteras pas, il te reste un roman à écrire ! C'est exécrable, le tas de brouillons, là, qui prennent la poussière depuis quelques années. On te l'a dit : il faut se relire, se remplir de honte, récrire ça et bien finir le travail. Si tu sautais, qui le ferait ?

– Toi, certainement.

– En aucun cas. C'est ton boulot. En revanche, je veux bien entrer dedans, si ça t'arrange. Tu peux me mettre à ta place, ça te permettra de donner dans l'autobiographisme sans en faire. Tu ne sais toujours pas comment je m'appelle ?

– Denise ?

– Bien sûr. Jamais deux sans trois. Quand tu l'auras fini, je te laisserai tranquille. Relis-toi, maintenant, pour voir comme c'est honteux. Quand tu pourras te servir de nouveau de ta main droite, tu t'y remettras, et ça avancera mieux.

Le lendemain, je revis Michèle qui me demanda (pour la première fois depuis longtemps) si je croyais que je pourrais bientôt me (re)mettre au Gros Œuvre. « Quelques idées me sont venues, répondis-je, mais je ne suis pas sûre d'avoir l'énergie d'aller loin. Je me sens faible, sans parler des mains. Je crois qu'il me faudrait un événement qui rompe la chaîne… » - « La chaîne ? » - « La série de malheurs et de déconvenues qui ne fait que s'allonger depuis un certain temps. » - « Qu'est-ce qu'il faudrait qu'il se passe, à ton avis ? » - « Soit qu'on me publie un inédit, soit quelque chose d'encore meilleur. » - « Tu crois que tu vas revoir qui tu sais, bientôt ? » - « Je ne crois pas. »

Et l'hiver s'acheva, me restituant l'usage comme l'ancien aspect de mes doigts, et le printemps passa sans que je pusse écrire grand-chose (même si cela avançait par petits pans de façon plus prometteuse qu'avant, selon la prévision de mon sosie qui n'en sortait plus guère), l'été aussi, pendant que mes inédits demeuraient dans les limbes, me portant à croire qu'aussi longtemps que je vive, je n'arriverais jamais à me débarrasser du souci de *deux* écrits achevés, tandis qu'un *troisième* au moins serait fatalement en cours pour aggraver mon cas.

Puis vint l'été indien, et Violaine me rappela pour me proposer de profiter des derniers beaux jours de l'année en allant finir la semaine à la campagne : « Si tu peux, on y sera au complet, maman vient avec nous – et Chanouar, ça va de soi ! » N'ayant depuis longtemps pas eu l'illusion d'être « au complet » où que ce fût, j'acceptai sur-le-champ, quitte à annuler un cours que je devais donner le jour de notre départ.

Comme du temps des chansons près de la cheminée, nous partîmes en promenade, l'après-midi, Patrick en éclaireur (à vélo, nous laissant bientôt très loin derrière lui) ; cette fois-ci, Denise l'ancienne avait préféré rester faire la sieste, si bien que mon sosie jouait son rôle en *Doppelgänger* au pied de la lettre, invisible pour Violaine mais marchant dans le bon rythme, et se rappelant des anecdotes sur Louis Fégar. Vers le milieu du chemin, nous eûmes très soif, nous arrêtâmes demander un verre d'eau dans une ferme, bavardâmes un moment avec la maîtresse de maison (« C'est sympa, une petite visite improvisée comme ça ! »), puis repartîmes, et fîmes un détour à travers champs : « De toute manière, Patrick va rentrer longtemps après nous, maman doit dormir encore, on peut se permettre de prendre le chemin le plus long. » Tout était beau, alentour, et nous marchions presque sans parler. Je réalisai soudain que Denise Troisième s'était éclipsée.

La récolte du grain avait été faite, de la terre sombre s'étendait de nos deux côtés, ramenant la pensée vers le dessous où Perséphone devait être allée séjourner – dans le noir, et comme je me rappelais tant et d'autres histoires sur les liens entre deux mondes, le monde de la mort m'apparut soudain comme celui où tout n'a qu'un seul sens possible. Oui, ce devait être cela : le monde où toute chose est, ou doit être, comprise d'une seule façon - la bonne, définitive –, sans qu'il y en ait d'autres à découvrir, qui puissent s'avérer aussi justes sinon meilleures. Ce monde-là, de par son existence, divisait tout en deux - alliés/ennemis, dogme/hérésie, présent/néant –, si bien que le néant, réservé en principe aux hérétiques à châtier, y régnait de fait seul, omniprésent. Car – aussi étrange que cela paraisse – ni la vie ni la beauté ne sauraient s'ériger en sens unique ou seule vérité, tandis que la mort et la laideur le pouvaient, s'affirmant naturellement, de plein droit, en prétendantes au titre (n'étaient-elles pas majoritaires, et sûres de vaincre ?). Ce monde avait de son côté le Principe de Lassitude, bien sûr, et nombre d'autres – comment faire pour ne pas s'en laisser absorber, pour pouvoir en ressortir même s'il nous saisit et affirme son emprise – alors qu'on sait combien les choses bonnes et belles, et jusqu'aux révélations impossibles à maintenir dans la durée sont fragiles ? « En se les rappelant », souffla quelqu'un ; « en les désirant », crus-je entendre la voix de Sylvia ; et par moi-même, j'ajoutai : en sachant qu'on est insaisissable. Qui pouvait saisir, et définitivement, ce qu'on était ? Multiple et variable comme on était, qui pouvait le réduire au sens unique si l'on refusait de s'y ranger ? Mais bien sûr, du point de vue de l'extérieur, il vaincrait, il nous prendrait, le néant – le noir de l'Autre qui prétendait que j'en étais. Avais-je quelque argument meilleur que les précédents à lui opposer ?

Je pourrais affirmer : je suis de l'intérieur et du désir, de là d'où peuvent sortir des univers, et comme le vivant ne saurait rester là d'où il vient – tout comme les mouvements de l'amour n'atteignent jamais qu'un but provisoire, et comme les visions ne font jamais que nous visiter, et comme l'inspiration se retire pour laisser l'être revenir à lui-même –, je ne peux pas habiter un seul monde, un seul ordre des choses, un seul mode de récit, une seule forme verbale, une seule idée de ma réalité qui serait immuable. S'il n'y a pas moyen de rester pour toujours là où je le voudrais, avec tout ce que j'aime, je n'accepterai pas pour autant de me ranger à la place fixe que vous m'attribuez, que ce soit en enfer ou au paradis ; je m'en irais je ne sais où ailleurs, avec mon petit monde – ça doit bien exister ou pouvoir se faire, un endroit ou quelque voyage entre vos lieux, qui nous réunisse tous, comme les pensées unissent les êtres chers. Ce serait peut-être dans mon prochain livre – puisque c'est dans ses pages que doit rentrer l'auteur une fois mort, au sens de l'extérieur – dans quelque roman qui serait mon au-delà, écrit depuis l'espace-temps d'apaisement d'où l'on se voit de si loin qu'on n'a même plus envie de répondre à vos discours, et qu'on en arrive à se féliciter des malheurs romanesques sans lesquels il n'y aurait pas eu ce récit (fait aux dépens des moi défunts) – tandis qu'on demeure peut-être dans un nuage mouvant dont l'ombre parcourt un jardin, dans son paradis personnel ou bien dans quelque autre espace indéfinissable que le lecteur ignore et que même l'auteur n'est pas sûr de savoir nommer. Je le laisserais sans nom, bien sûr, et sans image précise : ouvert à tous ceux et à toutes celles qui pourraient s'en approcher.

Je n'étais pas certaine de pouvoir écrire un tel livre, mais me le représenter comme possible me faisait autant de bien que le ciel clairement conçu devait pouvoir en faire à ses croyants.

Lorsque nous finîmes par nous retrouver devant la maison, Violaine décida de descendre chercher une bouteille à la cave : « Je pense que l'eau ne va pas suffire, en guise d'apéritif ! Va voir ce que fait maman, elle doit être dans le jardin, à l'heure qu'il est. » Je passai la porte, jetai un coup d'œil au salon, traversai la cuisine qui donnait sur le jardin, et en sortant, je vis quelque chose de si stupéfiant que j'oubliai tout le reste.

Sur le point d'avancer dans la direction précise d'où je venais, l'ensorceleur s'était arrêté comme moi, et me regardait par-dessus Chanouar blottie sur sa poitrine. Elle l'imita, ce qui produisit l'effet invraisemblable de deux têtes félines dont les deux paires d'yeux superbes me fixaient comme si elles me voyaient pour la première fois.

- Qu'est-ce que tu fais là ? demanda-t-il (brisant ainsi l'illusion de similitude avec la descendante menue du Chat de l'Aiguille).

- Quelle question ! C'est la jeune fille de la maison ! fit une voix, me rappelant que j'étais partie chercher la mère de Violaine, qui se trouvait étendue dans un transat au pied d'un arbre proche.

Et subitement, je sentis que je venais (sans doute pour confirmer son dire) de redevenir très jeune, ce qui me fit sourire.

- Et toi ? demandai-je.

- Je suis venu voir ma chère Denise, répondit-il en souriant de son côté, sans que je puisse comprendre s'il jouait en s'amusant du double sens – sur quoi, Chanouar sauta par terre, et il s'approcha pour me saluer en m'embrassant.

*

Il me fallut moins de quatre mois pour être près d'achever le Gros Œuvre, que je donnais au fur et à mesure à Michèle, par petits paquets de cent pages, lui faisant dire avec amusement que ce devait être le seul cas de roman s'écrivant plus vite qu'on ne pouvait arriver à le lire. Le poète en fut informé, et me félicita par courrier, en m'enjoignant une fois encore de veiller à ma santé – mais je pris ce conseil parental plus à la légère que jamais, car toute souffrance physique m'avait quittée (y compris le mal horrible à voir que l'hiver renonça à me ramener), tandis que ma nouvelle jeunesse persistait avec une force de persuasion telle que les inconnus s'étaient remis à m'appeler « Mademoiselle ». Mon sosie ne ressortait plus du tout, et Satan ne songeait pas davantage à revenir converser. Le romancier jadis hanté, lui aussi, avait cessé de me rendre visite (mais de sa part, avec ce qui lui restait de mieux à faire, et depuis que j'avais vraiment commencé le livre que vous êtes en train d'achever de lire, ça n'avait rien d'étonnant). Massigny, en revanche, continuait de revenir de temps en temps, et me suggérait tels et tels choix d'acteurs pour les rôles secondaires, que j'acceptais tous. Une nouvelle édition de mon premier roman parut, qui n'eut pas plus d'échos que la précédente, mais je m'en consolai en me citant mon sosie : jamais deux sans trois.

De fait, j'ai toujours préféré les formes divisibles en nombres impairs, cher lecteur, et j'aurais aimé qu'il y eût dans ce roman aussi une troisième partie, qui se serait appelée (après « Inexistence » et « Littérature (Le Reste) ») « Vie », mais aurais-je pu me la permettre ? Ces deux-là ont déjà largement dépassé les limites de l'acceptable pour ce qui concerne l'écrivain chétif et l'éditeur soucieux de gain rapide, ou bien trop pauvre, de ce début de millénaire. Si Dieu le veut, comme dirait Shéhéra la magicienne, la troisième partie ne sera pas écrite mais vécue – une fois que les deux précédentes auront pris à mes yeux l'aspect fixe des pages imprimées, parsemées d'astérisques – si cela finit par m'être enfin permis de me reposer un peu de l'écriture pour arriver à croire que moi aussi, je peux vivre comme vous dans la réalité, en la tenant (provisoirement, bien sûr) pour plus solide et rassurante qu'un roman. Fût-elle encore loin au-delà de tout ce que j'ai dû traverser pour rejoindre le point où je vais disparaître sous peu de votre regard, j'aimerais bien y arriver, à cette Vie dont il paraît que d'autres ne craignent jamais que tout son bonheur ne s'évanouisse à l'instant suivant. Mais revenons-en au roman.

Pour d'autres raisons aussi, et plus justes, il fallait bien deux parties et pas plus, qui rappelleraient l'éternelle dyade – déclinée sous des myriades de noms propres, des formes humaines et inhumaines, quand ce n'est pas à travers la double entité de l'espace-temps – dans ce livre où elle joue des tours de sa façon en se multipliant. Il fallait bien rendre compte des deux néants qui tiennent comme entre parenthèses ce qui vit, sans oublier l'opposition courante entre réel et représentation, quand on partait pour faire la navette parmi les mondes parallèles – sans oublier non plus de rendre grâce à mon sosie.

Car, bien sûr, c'est la distance entre nous qui m'a permis de raconter cette histoire – dont vous ne sauriez croire que ce soit moi qui l'ai vécue ; d'ailleurs, elle n'a peut-être même pas eu lieu : qu'en savons-nous ? Je suis certaine que les historiens et les autorités m'approuveraient vivement, pour une fois, si je déclarais qu'en vérité, rien de tel ne s'est jamais produit – les premiers, d'autant plus aisément qu'ils ignorent l'existence de l'individu ; les secondes, en consultant leurs livres où je suis décrite d'une tout autre façon. Et à supposer que ce fût l'histoire de n'importe qui d'autre parmi ces innombrables « ils » et « elles » qu'il m'a été donné de rencontrer, comment s'assurer qu'elle soit véridique ? En tout cas, ce n'est pas la mienne : tous mes amis pourraient en témoigner, ne fût-ce qu'en raison des omissions capitales qu'ils ne peuvent pas manquer d'y relever.

En effet, je n'aurais pas pu adopter le mode autobiographique si je n'y avais pas vu l'occasion de jouer un tour à l'usage qui consiste à présenter sous forme d'ensemble cohérent et suffisant (par le biais de récits, de descriptions, d'analyses et d'autres approximations qui prétendent être le reflet de ce qui est) un nombre de données insignifiantes par comparaison avec la matière du réel : j'ai détourné cette forme de mensonge en donnant l'illusion de vous fournir le résumable de ma vie, alors que j'en ai omis les événements principaux, qui auraient pu vous faire trouver un sens bien différent dans cette histoire. Ainsi ai-je pris ma revanche sur l'exigence - commune aux policiers, aux curieux et aux lecteurs candides - qu'on me présente inlassablement, de livrer les faits censés me représenter et formant une action (plutôt que le contenu de mon for intérieur, qui est moi comme le vôtre est vous, plus vrai que tout curriculum vitæ et plus décisif que tout accident par lequel le monde extérieur essaie de nous faire croire qu'il nous détermine). J'ai tâché d'omettre ou de modifier la même proportion de faits que celle des réalités intérieures qu'on élimine et déforme sans scrupule quand on écrit quelque *Capital* ou *Totem et Tabou* (parmi tant d'autres simplifications déterministes dont la logique commune peut se satisfaire). Ce faisant, je n'ai jamais nui qu'à moi-même : à mon image qu'on aurait trouvée bien plus intéressante et romanesque si elle avait été plus proche de ma réalité. (Faute de pouvoir me résoudre à perdre autant de beaux matériaux, j'ai versé une partie de mes données existentielles au crédit de personnages autres que le mien.)

Bref, si vous êtes tenté de prendre le parti de la raison qui ne prête foi qu'aux faits dûment prouvés, refusant en conséquence d'admettre qu'il ait jamais existé une créature semblable à mon héroïne, dont l'histoire ne saurait se concevoir ailleurs que dans le cerveau d'un auteur, je vous y autorise, en confirmant (quoique je persiste à tenir la fiction pour la seule forme de récit qui soit vrai) que cette histoire ne pourrait être la vôtre ni la mienne, appartenant seulement à la narratrice qui prend fin ici.

Ouf ! j'ai pu le finir, alors que j'ai passé tant d'années à croire qu'on n'arriverait même pas au début de ce fameux Gros Œuvre –

mais heureusement, parfois, la foi qu'accordent à la vraisemblance, c'est-à-dire à la probabilité du pire, ceux qui y sont habitués s'avère être excessive. Il arrive alors qu'à votre grande joie, mes chers rêveurs, l'improbable comme l'impossible s'accomplissent contre toute attente, y compris contre la vôtre, et que la voix en vous qui disait qu'elle aimerait tant se tromper dans ses prévisions les plus plausibles, puisse faire entendre un rire – le dernier sera sans doute un autre, mais celui-là est de pure joie.

Conclusion

Ainsi s'achève le présent ouvrage, et comme il est d'usage pour les doctes mémoires, nous devons rappeler aux lecteurs distraits, résumer pour les bigles ou apprendre à ceux qui commencent toujours par la fin, en quoi consiste l'enseignement de ce qui la précède. N'ayant pas le courage ni le moyen de condenser en une phrase ses centaines de pages, et à défaut du don de l'aphorisme, nous nous contenterons de reformuler sa découverte essentielle : après maints grands aînés qui ont traité du Diable, votre auteur est parvenu à faire un pas en avant ou dans la marge de la science, constatant et démontrant, grâce au hasard propice qui le fit femme, que fût-il majestueux, romantique, mesquin, terrifiant ou drôle, dans toutes ses apparences concevables, Satan demeure *insuffisamment séduisant* – défaut dont mes confrères mâles avaient unanimement négligé l'importance et les conséquences.

En effet, l'expérience et l'étude nous ont montré que nos prédécesseurs avaient grandement surestimé le charme du Susdit : pour l'artiste que nous sommes (et à la différence du scientifique Faust), le Maître de l'Ici-Bas s'est avéré manquer d'attrait aussi bien à travers les perspectives existentielles qu'Il nous offrait qu'au physique et en tant que personnage (se révélant inapte à tenir l'emploi d'un vrai protagoniste). Il parvient à séduire certaines, certes (cf. la Poétesse), mais aurait-Il échoué avec d'autres (et qui souhaitaient Le connaître) s'Il avait été aussi efficace que la tradition le prétend ? Non, le Diable est décidément beaucoup trop faillible et riche en défauts rebutants pour avoir (quel que fût son pouvoir dans d'autres domaines) un charme qui agisse plus puissamment que l'amour d'un « simple humain ».

Si cette conclusion vous semble obscure, (re)lisez à sa lumière ce qui précède.

Ce travail accompli, l'auteur voudrait remercier

tous les amis et les mécènes occasionnels, connus ou anonymes, qui lui ont permis de survivre au cours de la décennie de ses recherches, supplément inespéré au délai initialement accordé,
en citant nommément la plus ancienne, Raphaëlle Pache,
et, par-delà le provisoire, Annie Bantcheva (1947-2002) et Olga Horstig-Primuz (1912-2004) qui voulaient voir achevé cet ouvrage,
la ville de Paris d'où il est issu, le poète qui la visite parfois, tous les artistes aimés, la beauté des choses, et – *last but not least* – l'homme sans lequel je n'aurais sans doute ni voyagé, ni écrit de romans.

Au revoir.

*

Photo de l'auteur : Bassem NAHAS

Dépôt légal : 1er trimestre 2006
Premier tirage, 1000 exemplaires
Achevé d'imprimer en France
chez ISI, Paris XX

ISBN : 2-9525960-0-X